山东大学
SHANDONG UNIVERSITY
SDU

山大人物专访集

2014~2020（上卷）

《山大人物专访集》编委会 编

山东大学出版社
SHANDONG UNIVERSITY PRESS
· 济南 ·

图书在版编目(CIP)数据

山大人物专访集:2014～2020 /《山大人物专访集》编委会编.—济南:山东大学出版社,2021.6
ISBN 978-7-5607-7074-1

Ⅰ.①山… Ⅱ.①山… Ⅲ.①访问记—作品集—中国—当代 Ⅳ.①I253

中国版本图书馆 CIP 数据核字(2021)第 122948 号

策划编辑 李孝德
责任编辑 刘森文
文案编辑 冯敬远
封面设计 张 荔

出版发行 山东大学出版社
社 址 山东省济南市山大南路 20 号
邮政编码 250100
发行热线 (0531)88363008
经 销 新华书店
印 刷 山东新华印务有限公司
规 格 720 毫米×1000 毫米 1/16
58 印张 1035 千字
版 次 2021 年 6 月第 1 版
印 次 2021 年 6 月第 1 次印刷
定 价 260.00 元(全两册)

《山大人物专访集》
编委会

主　　编　桑晓旻

副 主 编　万广远

编委会成员（按姓氏笔画排序）

万广远　王莉莉　刘婷婷　张丹丹

赵方方　桑晓旻　蒋晓涵　谢婷婷

前　言

百廿山大，群星璀璨。回望120年的发展历程，一代代山大人将家国情怀刻在血脉里，把兴校图强扛在肩膀上，胸怀育人伟业，身传道德文章，留下一段段催人奋进、动人心弦的佳话和故事，传颂着、传承着，将其渐渐沉淀为山大最深沉、最宝贵的精神财富和文化基因。

箕裘不坠，薪火相传。立足当下，山大人接过历史的接力棒，赓续传承，踵事增华，继续演绎着一曲曲感人的奋进故事。近年来，山东大学党委宣传部、融媒体中心着力打造品牌宣传栏目“山大人物”，聚焦这些故事，努力记录、守护、传播山大精神和山大文化，打造全体山大人的网上精神家园和文化港湾。对于栏目组来说，每次采访，都是一次难忘的心灵洗礼：

——拜会一位退休十几年的学者，每天固定的时间里，他在校园中缓缓行走的身影是一道最美的风景线。问他仍然每天坚持工作至少6个小时的原因，他说，自己是一名老共产党员，现在什么也不缺，还能工作就继续工作，争取再为国家作些贡献。

——聚焦一位深受学生喜爱的教师，他说，老师就应该是带雨的云朵，下在庄稼地里，能带来收成。从教30余年，他通过鼓励、沟通、陪伴，在学生心中不断播下热爱学习的种子，成为“学为人师，行为世范”最生动的演绎。

——采访一位捐献造血干细胞的本科生，他在钱包最显眼的位置放着一张器官捐献志愿登记卡。他说，这样，万一有什么意外，别人知道我有这样一个愿望，会帮我达成。从他身上，我们看到了青年一代的责任与担当。

——对话一位获得全国奖项的优秀校友，他将对母校的思念比作乡愁，说自己无论在什么岗位，做什么工作，都会加倍努力，争取做到最好。因为别人一听他是山大人，会提高期许，他想为母校争光。

——连线奋战在湖北抗疫前线的山大援鄂医疗队员，他们舍生忘死、奋不顾身的凡人壮举一次次让我们泪流满面……

“讲山大人的故事，讲你我的故事。”在这样的采访与对话中，我们的精神世界和情感世界被不断地丰盈着、澎湃着。这些优秀的山大人，像是山大精神园林中的一棵棵大树，我们敬之慕之，发现着、守护着，并带着一种强烈的责任感和使命感，将他们的故事凝于笔端，让更多的山大人能在这片精神园林中汲取能量、温润心灵，让山大精神之树、文化之林常青。

今年是山东大学建校120周年，在这个特殊的历史节点，“山大人物”栏目组从近年来发布的人物稿件中，精心挑选了209篇，集结为这本专访集。其中，有学海破浪、砥砺践行的学子，潜心育人、静心科研的学者，博施济众、抗疫报国的医者，也有追求卓越、只争朝夕的教职工，扬帆远航、情系母校的校友；有学界泰斗、道德楷模，也有时代俊彦、雏凤新莺。他们的故事，从不同的侧面勾勒出近年来山大人心怀家国、永葆初心的至诚情怀，劈波斩浪、开拓前行的奋进姿态，刚毅厚重、朴实无华的独特品格。

翻阅这本专访集，你会被山大学者“板凳要坐十年冷”的执着坚守所折服，被山大医者“白衣执甲护国安”的仁心大爱所感动，被山大学子“中流击水，浪遏飞舟”的蓬勃奋发所震撼，被山大校友“凡我在处，便是山大”的爱校情怀所动容……细细品读，总有一个人、一个故事、一个细节，能直击你的心灵深处，引起你的情感共鸣，成为你由此人、此事、此情而触摸、感知山大精神的窗口。若干年后，他们的故事也将成为历史，成为山大人追求卓越、只争朝夕的奋进史中的缩影，绽放出闪耀的精神光辉和文化光芒。

这本书是一份双甲子献礼，更是一份新甲子表白。书中一段段求是、求真、求新的学界佳话，一曲曲筑梦、追梦、圆梦的奋进篇章，一位位有情怀、有才学、有信仰的国家栋梁，合力书写了山大的辉煌。而他们身上展现出的踔厉奋发、孜孜以求的奔跑姿态，滋兰树蕙、立德树人的育人初心，以及不负时代、不负人民的使命担当，必将在一批批新的山大人身上发扬光大，谱写“百廿山大，强校兴国”的崭新篇章！

本书编委会

2021年6月

目　录(上卷)

CONTENTS

创新坚守学者路

创新坚守学者路

李笑梅：以乐育人，为爱付出

我们采访李笑梅老师时，一进办公室，李老师就热情地向我们讲起她的近况。原来她刚安排完毕业论文写作及毕业演出工作。最近在忙着期末考试安排及各类教学实践活动，常在各个演出厅奔波。

李笑梅老师是山东大学艺术学院音乐系主任，也是山东省民族管弦乐学会理事、中国音乐家协会全国业余考级评委、中国音乐学院校外音乐水平考级评委。她曾开设过“中国近现代音乐欣赏”“基础乐理与音乐欣赏”“基础乐理与中国经典歌曲欣赏”“钢琴技能与即兴伴奏”“民乐重奏”“音乐基础理论与应用”等全校普修及选修课程以及“视唱练耳”“钢琴技能”“器乐合奏”等专业基础课程。她曾于 1998 年荣获第三届山东大学、山东大学退休者协会颁发的青年教师“开拓未来奖”；2004 年被评为山东大学“教学能手”；并多次在省级重大比赛中获得“省优秀指导教师”的名誉。此前，她还在 2012～2013 年度获得山东大学“我最喜爱的老师”称号。到底是怎样的一位老师会如此受到学生们的欢迎呢？我们来一探究竟。

做事先做人，教书先育人

提起此次获评“我最喜爱的老师”，李笑梅老师侧头明朗地一笑：“都是那些学生给我弄的。”似乎这个荣誉对她来说，就像学生送的一束花，她更珍视的是其中蕴含的学生们的情谊。

“其实我知道，很多学生都怕我，说我太严厉。”李笑梅老师说道，“我这个人说话比较直，学生有什么没做好，我会当面说出来。”她的一个学生也说：“李老师很严格，同学们都很敬畏她，她的课没人敢翘。”

任教 20 余年的李笑梅老师对此说：“学生有错误就是要给他指出来。如果不指出来，学生就没办法改正了。试想哪里有父母怕‘得罪’子女就不批评子女的。我教了好多届学生，往往就是那些特别淘气、经常挨我批评的学生，在毕业后特别感激我当年对他们的严厉。”说起自己的学生，她眉飞色舞：“他们一来看我就说，‘李老师啊，现在我们工作了才知道原来您的批评让我们少走了很多弯路啊！当初您怎么不多骂骂我们呢？’”

李笑梅见证了一届又一届学生的成长，也看到了当代年轻人的心路历程。她常常教导她的学生要有为爱付出的意识，因为充满索取的情感是欲望，而不是爱。正如土壤无私地付出养分，才能成就鲜花的绽放。

李笑梅老师始终将她“做事先做人，教书先育人”的理念贯穿在她对学生的培养中。在她心中，教书育人就是最重要的事情。对于音乐教育，她特别强调：音乐教育的首要目标是美育——认识美、爱好美、创造美。学习艺术不单单是要掌握技法，更重要的是让艺术融入生活。这正与孔子的“乐教”的思想相吻合——通过音乐提升道德，完善自我。

李笑梅老师的教导也深深印在学生心中。她的学生们非常认真地告诉我们，李老师不仅教给他们知识和技巧，更重要的是教会他们怎样做人，怎样做一个音乐人！他们言语之间充满了对李老师的敬意和感谢。

原来音乐可以这样教

在李笑梅老师的观念里，音乐是实践性十分突出、专业性很强的学科门类。将课堂教学向课外延伸，形成教学互动、学练相融的动态教学模式，是如今基础教育新课程背景下的创新教学应该提倡的，所以她十分重视在理论教学的基础上开发不同的实践教学模式。

为提升学生的能力，李笑梅老师潜心研究柴可夫斯基音乐学院等国际知名音乐学院以及中央音乐学院等国内顶尖音乐院校的教学实例，从中汲取长处，并结合国际著名的奥尔夫、柯达伊等教学法，根据山东大学艺术学院学生的实际情况，形成了一系列教学实践体系。在这个体系内，学生应该完成三个环节的教学实践：课堂内动态教学、校内练习表演、校外汇报演出。

首先是课堂动态教学。在李笑梅老师的视唱练耳课上，同学们不再只是呆板地听和唱。她将音乐练习与游戏结合，带动学生用肢体动作来表现节拍，在情景中穿插演唱，用接龙游戏练习节奏。手舞足蹈，拍拍打打，课堂气氛时刻保持活跃。结合同学们记谱能力较弱的特点以及课下无法练习的情况，李笑梅老师为学生专门编写了《音乐听觉基础训练指导与练习》和《练耳有声基础练习》等练耳的教材，并配有相应的练耳音频练习，解决了学生们课下无伴奏来锻炼听力的问题。

在校内练习表演环节中，李笑梅老师借鉴国际先进的教学方法，将“试唱表演音乐会”的实践形式融入视唱练耳课的教学中，开创了山东省音乐教育的先例。每学期，作为音乐系的系主任，李笑梅老师都会鼓励系里的其他老师至少组织学生办一场演出；期末的时候，她的视唱练耳班也会办一场试唱表演音乐会。在音乐会的准备过程中，她鼓励学生发挥自己的创造力，完全不限制表演形式和表演内容，只是在学生需要时提供指导。据李笑梅老师介绍，举办音乐会主要是出于以下教学目的：一是尽最大可能开发学生的潜能，提高学生的创造力；二是通过视唱音乐会提高学生视唱练耳的实践能力；三是增强学生的相互协作能力，促进学生间的情感交流。在她的主导下，“视唱音乐会”成了一年一度的盛会。

经过校内音乐会上的牛刀小试，音乐系的学生就可以在校外汇报演出环节走到校外的大舞台上展示自我了。李笑梅老师经常带领学生在全国各地参加比赛和演出，不仅增长了学生的见识，锻炼了他们的舞台技能，还为学校赢得了许多荣誉。

李笑梅老师说：“老师们都是用自己的休息时间来指导节目，而且由于学生水平不一、时间难以协调，节目的排练过程有时非常辛苦。但是看到学生的专业技能得到提升，同学情感加深，我们就感觉很欣慰，所有的一切都是值得的！”

教学，不可侵犯

作为音乐系主任，李笑梅老师除了负责日常的行政工作和音乐系的实践演出指导工作外，还承担着音乐系的教学任务。在繁杂的工作中，她始终将教学放在第一位。

她表示：“无论什么事都要等我上完课再说。”她家里的事情都会为她的课堂让步。甚至有一次，她的母亲突然生病住院，当她的丈夫在医院通知她这个消息的时候，她仍然坚持把课上完再赶去医院。“事情发生得很突然，我脑子里一片混乱，完全没法思考，所以就条件反射地选择了继续上课。所幸我母亲最终没事，不然我真不知道有多自责。”李笑梅老师回忆起这次经历仍然心有余悸，但是由此也看出她对课堂的负责。

在李笑梅老师的世界里，教学就是她生命的一部分，是她人生价值的体现，是她无法割舍的宝物。正如她所说，因为爱课堂，所以为之付出，不求回报。

爱，就是付出。李笑梅老师爱学生、爱音乐、爱教育，为学生考虑长远，为音乐潜心钻研，为教育倾心尽力。她一直都在为自己热爱的事业和学生不计回报地默默付出着，用乐观、知足的态度感染着身边每一个人。李笑梅老师也由此换来了学生们对她的爱！

（原载于山东大学新闻网 2014 年 1 月 6 日；文：孙伟洪、丁璇）

臧乐源：莫道桑榆晚

初进山大就知道了臧乐源老先生（臧克家之子）的名字，这要归功于中心校区公教楼前的那座臧克家雕像，因为该雕像承载着一段闻一多与臧克家师生情缘的校园佳话。

与臧乐源的初次见面，可以用“未见其人，先闻其声”来概括。一声浑厚高亢的招呼消除了记者面对“大家”“名人”时的紧张。在接下来的这次对话中，记者试着撇开属于父辈的耀眼光环，聆听他个人的心所向往，探寻这位老山大人的家国情怀。

受到习总书记会见，浓浓的幸福感

“天安门前朝霞映，今天又到北京城。日新月异新气象，生机勃勃春意浓。”这是臧乐源近期所作的《首都感言》。11 月 26 日，他作为教育部系统的先进，代表仅有的三个先进个人进京参加表彰大会，受到习近平总书记等中央领导的亲切会见。

“习总书记说老同志是国家的宝贵财富，充分肯定了老同志的社会作用，关心老同志晚年的情况，对老同志继续发光发热提出了殷切希望。”谈起这次会见，臧乐源言辞间透着浓浓的幸福感。

社会各界无微不至的关怀也让他心生感动。“国家很照顾我们这些老同志，安排我们参观了天安门城楼，让汽车直接送到天安门城楼下，而后直接坐电梯，很省劲。参观国家大剧院时，还给我提供了轮椅服务。作为离退休老干部，我很光荣。”

在臧乐源看来，现在全社会逐步形成了一种尊重老同志、爱护老同志、学习老同志的良好社会氛围。“这些天我沐浴在这种良好的社会氛围里，感到很温暖、很幸福、很自豪。”

“崇高的荣誉、殷切的期待、巨大的鼓舞、有力的鞭策。”这次受表彰以及来自社会的尊重，让臧乐源很是欣喜，也很振奋。实际上，这些肯定、尊重和爱戴，他当之无愧。

山大好，山大是我的家

“能获得这个荣誉，我要感谢山大，是山大教育了我、培养了我。”

从学生到教师，一直到现在的离退休干部，65年间，臧乐源在山大度过了青春年华，又到了古稀耄耋。他在这里学习、工作、奉献、成长，早已与山大融为一体。对此臧乐源感慨：“山大就是我的家。”

“从我爷爷，到父亲，再到我和弟弟，后来还有我女儿和侄子，都是山大人。”这段经历已经为山东大学乃至整个教育界的美谈。“为什么一家四代山大人？还是那句话，山大好呗！”朴实的话语、半个多世纪的传承，饱含着他们对山大的一往情深，流露着对山大的拳拳挚爱。

臧乐源是在济南出生的，父亲为他起名“泺源”，想给他打上泉城的印记。可后来在参加革命的过程中有人把“泺”字的偏旁“水”弄丢了，于是“臧泺源”变成了“臧乐源”。“乐源乐源，快乐的源泉。”曾有人打趣说，他的名字违反了辩证法，因为人不可能“只有快乐没有烦恼”。但在臧乐源这里，因为平时很少考虑个人得失，时时都能感受到祖国欣欣向荣的大好形势，所以他的人生确实很有“乐源”的味道。

现在的臧乐源，每天除了读书看报，总会下意识地主动关注山大消息。每当有活动需要参加时，他也总是欣然应允。“济南泉城，天下扬名。山东大学，人杰地灵。改革开放，欣欣向荣。全员奋进，中华复兴。”一首《山大感言》，寄托着臧乐源对山大奋进的美好期待。

离而不休，永做一名教员

父亲臧克家曾给臧乐源写过几个字：保持健康，离而不休。已是85岁高龄的臧乐源，离休已经20多年，仍然谨记父亲嘱托，一直“离而不休”。

他没有失去一名共产党员的忠诚与深情。虽然年老体弱、行走不便，但他克服困难，除坚持参加每月一次的离休党支部会外，还经常在党和国家重要会议、重大纪念日之际，参加各种离休干部主题座谈会，畅谈学习体会。

他没有放下自己毕生从事的哲学和伦理学教学研究工作，离休后出版了《树立正确的世界观人生观价值观》《社会主义道德建设》《天理人伦寻求录》《社会主义农村道德导论》等著作和文章，参与编写了《大爱永在》《友情和墨香》，在学术界产生较大影响。

他也没有停止对青年一代长期以来的关心、关注以及对教育工作的投入与支持。

“我的美好心愿，永做一名教员。要把微薄之力，全部献给青年。”这是臧乐源诗作《我的美好心愿》中的一句。他在诗里说：“青年朝气蓬勃，给我生命火焰；青年炯炯双目，给我智慧宝山；青年尊师热诚，给我欢快无限；青年人才辈出，给我信心倍添。”这首诗，是臧乐源教书生涯的真实写照。

他曾担任山东大学德育指导教师和多个青年研究机构及青年社团的顾问，现在仍担任山东省关工委“五老”报告团成员和山东大学关工委委员，把离休后大部分的精力和时光都用在了教育、关心青少年健康成长的事业上。

他曾应邀到全国20多个省市的高校、中小学、农村和企业，为青少年作有关中国特色社会主义核心价值体系、爱国主义、集体主义、理想追求、道德伦理、婚恋家庭、成才就业等方面的学术报告和讲演等上百场，听众达数万人。

一直到近期，他还应邀参加了山东省关工委组织的庆祝建党90周年“大手牵小手，永远跟党走”主题教育活动、山东大学组织的大学生人生理想讲座和山东交通学院组织的职业道德座谈会等活动。

他还曾接待青年学生来信来访，和青少年面对面交流，给予教育和指导，为青年作者出版专著撰写序言等。

…………

“言传和身教，身教更重要一些。”对于自己做的事情，臧乐源给出了这样一个简单的解释。

他很郑重地说：“年轻人还是要踏踏实实学习、老老实实做人。”

臧乐源注重与学生互动，曾经在一次讲座后一下子收到五六十个提问题的纸条，然后他一一认真地给出自己的回答。现在，面对大学生中有些人浮躁的学习状态，他依然想给出自己的建议：从来没有人会一步登天，任何梦想都要立足于平时的积累，大家要踏踏实实学习、老老实实做人。

“国富民强好盛世，多娇江山添新彩。古稀耄耋人不老，百岁路上向前迈。”身处盛世，臧乐源不服老，仍有满腔抱负，想要有所作为，追求自身价值的实现。

（原载于山东大学新闻网 2014 年 12 月 10 日；文：吕倩、梁舒翔，图：受访者提供）

李岩：一个低调的行者

在外人看起来艰涩难懂的分数阶领域，李岩一直走到了现在。“我在大学期间就明确了以后要走学术研究型道路，有了方向，就会埋头走到底。”说到自己的选择，李岩的眼里透着坚定。

李岩，山东大学控制科学与工程学院副教授，师从数学学院徐明瑜教授，曾受国家留学基金委资助赴美国犹他州立大学交流访问，受美方邀请和资助赴美国犹他州立大学进行博士后阶段的研究。2008 年在分数阶微积分及应用领域规模最大的国际学术会议上获青年学者理论奖，并且是当年该奖项唯一的获奖人。2014 年 11 月，应邀在第四十届智利自动控制大会（XXI Congreso Asociación Chilena de Control Automático，ACCA）上作一小时报告。

漫漫求知路

从应用数学到控制论领域，李岩最终选择了分数阶系统的智能控制这一充满挑战的艰辛道路。“从本科到硕博，一直都在学习数学应用理论。强大的数学工具为控制理论的研究铺平了道路,这也印证了人们通常所讲的'学数学的人更容易融入其他专业'。"李岩如是说。然而,分数阶微积分仍是一个相对较新的学科,存在诸多未解决的难题,李岩目前主要是从分数阶系统的基本问题出发,不断发现新工具、新方法,并将其运用到分数阶系统的稳定性、辨识和智能控制三个方向上去。

都说"兴趣是最好的老师",在谈到为何选择这个领域的研究时,李岩说:"我的科研兴趣比较广泛,很多知识对我来说都具有难以抗拒的吸引力。"而对于分数阶的热情,在他看来也是偶然中的必然。随着研究热情的逐渐提升,分数阶对李岩来说已经变得难以割舍。"当初在徐明瑜教授的指导下,我一直从事分数阶微积分的理论和应用方面的工作,特别是粘弹性材料理论。"一开始他并没有如此热爱,但随着研究任务的进行,他渐渐发现其中的"神奇"——一个小小的阻尼器、弹簧竟有如此丰富的演变结果,它们与电路中的电容、电阻还存在着巧妙的对应关系。"徐明瑜教授的指导是激发我研究热情和提高科研能力的重要因素。"在李岩看来,徐明瑜教授是他从事科研的导师,更是他人生的导师。

理论要落地,种子要发芽。从应用数学的角度转到控制理论的研究是一个艰苦而漫长的过程。李岩说,曾经有人在不了解分数阶理论的前提下对该学科产生过疑虑,更有师从自己的研究生对此理论提出怀疑,但通过深入的交流和体会,那些疑问最终转化成了研究的动力。可见,对新事物的认知和接受是有过程的,有些看法无须反驳,让事实来说话即可,而研究成果就是最有力的事实。"我那位一开始不相信分数阶控制器能行得通的研究生,最终毕业论文讲述的正是基于分数阶微积分的控制器设计及实现方法。"

在李岩的求知生涯中,有一个阶段曾对他产生重要影响——在美国犹他州立大学电子与计算机科学学院做访问学者和研究助理。"在那里,我主要从事分数阶智能控制、鲁棒自适应控制方面的研究。"

这期间,他得到了美国加州大学默赛德分校嵌入式系统与自动化中心(MESA)主任陈阳泉教授的大力支持。两年时间里的几十场专题报告与无数次讨论,使得他与陈阳泉教授及团队成员形成了紧密的合作关系,思路也慢慢从纯数学向自动控制方向转变。这期间,他还给犹他州立大学(Utah State University,USU)的研究生讲授了"分数阶微积分"这门课程,开始参加本专业最顶尖的学术会议等。"通过比较才能发现差异,通过交流才能更好地扩展自己的视野。"这也是李岩给学生们的一个建议。

"秉持破釜沉舟的精神,学会摸着石头过河。"李岩用一句话总结自己的求知经历。

悠悠育人情

从学者到教书育人的教授，这种角色的转换一开始让李岩有些“吃不消”。新环境、新专业、新领域，充满挑战和机遇。“自从进入控制学院以来，我一直在为分数阶控制理论的应用寻找机遇，通过与学院诸多老师的交流，逐渐实现着学科间的交叉。”同时，他认为科学研究和教书育人是密不可分的。“没有教书育人，哪来的科学研究？分数阶有记忆性，科学研究有传承性。没有后备力量的培养，科学研究就变成无根之水了。”如今，李岩正奋斗在成为一名优秀教师的路上，并为培养出更优秀的学生而不懈努力。

在人才培养方面，李岩采用“鞭打快牛”的方式，充分发掘学生们的潜力。在他看来，学生都是好学生，只是缺乏必要的修炼而已。“学生的潜力不可限量，我只是尽量提供帮助罢了。”作为一名导师，“正直”是他最为看重的学生的品格。“用心做人，专心做事。做人要正直，做事要开心。”这是他对自己的要求，也是对学生的希冀。

李岩曾获得分数阶微分及其应用（Fractional Differentiation and its Applications，FDA）国际会议青年学者理论奖。他用自身经验告诉青年学生：“什么阶段就该做什么事情，努力学习知识是同学们现在的主要任务，若能做到持之以恒，则前途不可限量。”

孜孜研究梦

李岩现在是山东大学服务机器人研究室的重要成员。据了解，他目前承担的研究项目有国家自然科学基金两项、山东省自然科学基金一项、山东大学自主创新基金一项，并参与了其他几项国家重点项目。这使得他把大部分工作时间都放在实验室里。他认为，分数阶系统与服务机器人的关系就是理论与实践的关系，理论指导实践，而实践为理论提供方向。

科学研究的过程，从来都不是一帆风顺的。李岩感叹：“现在发现一个新的问题或新的方法非常不容易，总会遇到困难，即使有了小小的突破也不会兴奋太久，因为很快就会有更多疑问等着你。”每当遇到困难，他都会查找大量的文献，看能否找到突破点；若行不通，就只能暂时搁置，但脑子里时刻都惦记着那些尚未解决的问题。

当收到智利自动控制大会的官方邀请时，李岩很意外。他在大会上作了一小时报告，并在会下与世界各国的专家学者进行了交流。“一小时报告能把更多的精华集中展示出来，并能吸引更多人加入到该领域的研究中。与会人员来自自动化领域的各行各业，通过交流，我学到了很多，也很受启发。”

李岩对自己的研究方向充满了信心，“这个研究领域目前太热门了，前景广阔”。他也期待着自己的研究能为社会带来变化，“知识转化为生产力是很高的要求，对社会的贡献也要通过多学科的综合应用才能实现，所以要想服务社会还要广开思路，继续扩展分数阶微积分的应用领域。”

在科研路上走到今天，李岩已经是分数阶领域的正式一员。他一直保持低调作风，怀着一颗感恩之心。当被问到对于自己的成长最想说点什么时，他答道：“我想感谢我的导师徐明瑜教授，多年的栽培一直铭记于心。现在十分想念他，也希望他身体健康、阖家幸福！还要感谢山大数学学院的培养、研究生院的支持和陈阳泉教授团队的长期合作！更要感谢山大控制科学与工程学院为我的学术成长提供了一片沃土！”

（原载于山东大学新闻网 2014 年 12 月 17 日；文：李希，图：受访者提供）

崔晞:奋斗创造未来

崔晞,曾经是山大学子,后执教山大 34 年,现为山大公共卫生学院实验教学中心常务副主任,兼任山东省药学会医院药学专业委员会委员、山东省分析测试学会光谱委员会委员。

虽已人到暮年,崔晞仍精神抖擞,丰富的人生经历让他的谈吐尽显大家风范。2014 年 12 月 15 日,为了让学子更好地认识公共卫生这片广阔的研究领域,崔晞和记者面对面,谈起了自己对于人生、对于公卫事业的独特见解。

过去:年轻的故事

崔晞的青年时光弥漫着报效祖国的热血和志向。他上大学的时候,“无论是年龄还是经历上,同学们差别都特别大,但大家学习氛围非常浓厚,所以77 级、78 级学生出了好大一批国家的栋梁之才”。

1985,当时的中国与外界沟通还比较少,崔晞选择到匈牙利留学一年,并于1992 年再次出国,留学德国。每当回忆起留学经历,崔晞感触很多。留学德国也对崔晞产生了很大影响,最重要的可能就是工作理念的变化,“德国的研究室吃饭、上班没有规定时间,但是大家都很自觉、严谨,这让我在以后的工作里更加负责”。

作为28岁的年轻教师,那时的崔晞浑身有使不完的劲。他在出国前几乎参加了各种层次的英语考试,忙着做课题,也努力晋职称。各种“短平快”的事情填充着他的生活,也因此消耗了他大量精力。直到后来,他才发现自己进入了误区:“对于我喜欢的研究方向,并没有沉下心去做。”

现在回首那段青春激扬的岁月,崔晞希望新一代公卫人看清楚自己真正想做的事,并积极投身祖国公共卫生事业建设。

现在:中年的奋斗与成果

从工作到现在,崔晞培养了很多优秀学子,育人方面很有经验。他对正处在磨合、过渡阶段的大一新生提出了自己的建议:应当自律、自主、自立,尤其应当培养独立学习思考的能力。他也向面临实习的学生解释了实践的重要性:“实习过程中可以熟悉工作的结构、内容和方法,而这些对以后的正式工作都大有裨益。”

到目前为止,崔晞已培养在职研究生27位,以第一作者身份发表文章五六十篇,以第二作者等身份发表文章近百篇,其中SCI收录文章将近20篇。申请课题3至5个,其中不乏国家自然基金项目、省自然基金项目及山东省科技发展项目。

未来:公共卫生事业需要你们

中国公共卫生事业的知晓性和可操作性相比发达国家而言是比较晚的,虽然最近五六年有了长足进步,在人员配置、国家拨款、政府工作中都已得到体现,但这些还远远不够。因为中国是一个人口密度大的国家,崔晞很赞同自己一位同学的看法:“中国最大的问题就是在人口密度这么大的人群中出现传染病和慢病后如何快速应对。”因此,崔晞说,中国的公共卫生事业需要大发展,应该治“未病”,而“目前很多老百姓对公共卫生不甚了解”,所以这项事业的发展非常重要。

在崔晞看来,新一代的公卫人最应具备的一大素质就是创新,“没有创新就没有活力”。科研创新与现实就业之间有一定矛盾,但并不对立,崔晞认为,只要二者方向一致,就不会产生互相削弱的影响。

崔晞将于不久之后退休。他估计,学院5年之内将有10位老教师退休,他们中的大多数都是学院的中坚力量。不过,崔晞对这种情况并没有过多的担忧，因为“院领导正在解决这些问题，实行多方向行进的策略，在大力培养人才的同时，积极从国外引进高端人才，而且一直在积极地培养年轻教师”。

回首过去，点点滴滴，历历在目。在桃李满天下的同时，他在公共卫生事业领域的研究也有了很高的造诣，但身为老教师的他，不因为荣誉而骄傲，依旧一步一个脚印地在自己的工作岗位上默默奋斗，用行动启迪着新一代的公共卫生人。

（原载于山东大学新闻网 2014 年 12 月 30 日；文：范晓琪、褚世洁、柴莉，图：杨士鋆）

刘建亚:做数学,多点耐心

2015 年 1 月 9 日,山东大学数学学院刘建亚教授等完成的“自守形式与素数分布的研究”项目荣获国家自然科学二等奖。这是继 1982 年陈景润、王元、潘承洞获得国家自然科学奖一等奖后,山东大学数论领域再次有人获奖,其间空白了整整 32 年。此外也是继 2008 年王小云教授获自然科学二等奖之后,山大时隔 6 年再次获得该奖,对数论研究和山东大学来说都意义非凡。

基于此,山大视点记者走近刘建亚,听他谈这次获奖,谈数学文化以及数学家的养成。仓促中得来些许零散的观点碎片,却不妨碍我们一窥数学大家的神秘真容,同时也体味三十年磨一剑背后的艰辛与不易。

数学是不器之学,要多一点耐心

“每个数学家房间里都有一块黑板”这句话在刘建亚那里得到了验证。刚在办公室落座,墙上一块密密麻麻写着数学公式的黑板就吸引了记者的眼光。刘建亚解释说,数学思想需要一个载体,而日常生活的语言不足以成为这个载体,所以数学家需要公式。

初中时期的刘建亚,读过报告文学作品《哥德巴赫猜想》后,就有了摘取数学王冠上那颗名为“哥德巴赫猜想”明珠的想法。随着研究的逐步深入,他发现,虽然“哥德巴赫猜想”家喻户晓,但它只是线性问题,只是素数分布领域众多著名问题之一。素数分布领域就像一个丰富多彩的果园,有着各种各样的果树与果实。“哥德巴赫猜想”只是一棵苹果树顶尖的一个苹果。

早在20世纪90年代,刘建亚与展涛教授已经开始合作,后来他们共同的学生吕广世也加入了研究团队。团队的研究不断取得进展。经过近20年的耕耘,这个团队已经系统研究了自守形式理论,尤其是自守L-函数的分析理论,开辟了一个新途径,成功地将高维自守形式应用到素数分布,并在多个问题中取得了实质性突破。

刘建亚说,这次获奖“是个好事”,但相对于在学校、学院层面引起的震撼,他本人并没有大喜过望。“可以说,这个奖是我们之前多年工作的一个总结,是一种长时间的积累。”他转而表达了自己对科研工作的看法,谈起了数学作为理论科学的独特性。

刘建亚在期刊《数学文化》的发刊词中这样写道:“子曰:‘君子不器。’数学恰是一门不器之学,堪比孔子意义下的君子。”在刘建亚看来,数学本身是形而上学,有着自身的哲学意义与文化意义;虽然数学有用,但数学不以有用为自身的目的。数学家,是康德意义下“仰望星空的人”,是这个世界的观察者,不可能像富豪名媛那样得到社会的关注,“正如哲学家从来都不是全民投票产生的”。

也正是因为这个原因,刘建亚郑重提出了自己的建议:“我们要对做事情的人多一点耐心,只要他真的是在做事情。不管做的人还是看的人,都要对数学有点耐心。”

数学家,这样存在

做数学似乎是一个苦行僧的行当。刘建亚开玩笑说,任何一所大学毕不了业的学生中有一半是学数学的,“对于那些数学挂科的同学来说,你们绝不孤独”。

但数学又是一门充满魅力的学科,她是所有科学的女王,是一门真善美的学问,因而吸引着众多学子围绕在她身边。

他们中的每个人,都怀揣着数学家的梦想。那么数学家,到底是怎么炼成的?又是一种什么样的存在?作为过来人的刘建亚跟我们谈了很多。

他说,要成为数学家,你得有一点天资,虽然用不上所谓的“最强大脑”;必须要努力,没有人仅凭聪明就能成为数学家。除了这些,起重要作用的还有另一个因素：机遇。

在刘建亚看来，数学研究是一个纯智力的创造性过程，并非“水到”就能“渠成”，或者“铁杵磨成针”。“铁杵磨成针”强调了积累的重要性，但是不足以导致数学突破的发生。在有了积累之后，突破的发生往往出人意料，往往由别的因素诱发，正如古人说的“功夫在诗外”。这些可能诱发突破的事件，就是所谓的机遇。“突破”恰似数学上的“奇点”，而“奇点”的性质是难以研究的。

“机遇是什么？有时候很简单，就是在什么时候遇见什么人。”所以刘建亚非常支持学生走出去，跟做不同学问的人交流，在碰撞中产生灵感。

相同的道理，有人说数学家组成的组织是个旅行俱乐部，常常坐十几个小时的飞机去地球的另一边，只为了见一个与自己有共同语言的人，最好也能聊上几个小时。因为遇见不同的人、说不同的语言往往能给人启发，也便有了可能“豁然开朗”的机遇。

刘建亚笑言自己如今已沦为“半个数学家”，因院长身份所要担负的行政事务占据了他白天大部分时间，所以他选择在晚上研究数学并忙到很晚，出国交流期间更是集中精力做研究，“那个时候会猛做。”

前几天，一位已经成为知名数学家的学生回来看望他，说了这么一句话：“好的数学家要拿命来换。”刘建亚很认同，又在后面补充了一句：“有的人拿命换也换不来。”

数学之外更有书法，一直在心中从未被放下

在刘建亚的办公室，还有一处特别的地方。那是一方书桌，桌上并没有铺开的宣纸，砚里的墨汁也已变干，几管大小不一的毛笔静静地躺在那里。书桌旁边，却有厚厚的几摞字帖。“这里有我的一百来本字帖，好几十斤。”

曾经，刘建亚在数学与书法的选择上有过一次激烈的思想斗争。当时的他顶住生活压力选择了数学。这也成为无数数学学子心中在面临抉择时的一个典范。如今，已过知天命年纪的刘建亚，在面对当时“被放下”的书法时，却是怎么都放不下。

“现在的我可以努力做一个业余书家，未必是作为一种职业，但心里一直装着（书法）这件事。”他这么说。

交谈中，刘建亚指着墙上悬挂的大幅书法作品说：“练书法就像是学数学。”数学需要不断解题练手，书法需要不断练字，这是二者的相同之处。此外，当二者达到一定程度，就不是仅靠多练就能进步了，而是需要前面提过的一点机遇。

“数学需要一个奇点去创造，书法同样需要一个突破点去创作。”对于因事务繁多而无法保证“一天仨小时练字”这样的情况，刘建亚也坦然接受。“每天

都想着，或许比每天都写来得更为重要。”想着想着就想通了，然后就会“豁然开朗”。

兜兜转转，当年数学与书法在留与弃之间角逐，如今又重归一体，不禁让人感慨，同时又欣慰于刘建亚对两者的“执念”终能双全。

寄语年轻人：做村里第一还是世界第一，你自己定

怎么样才算成功？

一位著名数学家在接受采访时说：“这个领域里的科学家，99％的人永远不会取得成功。”对此刘建亚笑称，可能99％的人不会取得那位数学家那样的成功，但一个人有一个人的活法，而不同的人对成功的定义也不一样。如果将成功定义为种植红薯，那么99％的人都能成功。

他还笑着给出了自己的一句“名言”：“我们不是高斯，但不能因此就跳楼啊！为什么呢？若是我们都跳楼了，那这个世界连欣赏高斯的人都没了。”

即便是同一个人种红薯，是否成功也有不同的标准。“是选择安安稳稳做村里的第一，还是要去争个世界第一”，这要看自己对目标的定义。种红薯要想达到世界第一，估计也得有拿命来换的思想准备。

对于现在的年轻人，刘建亚持有同样的态度。他建议大家在成长过程中最好有个目标，“如果你有拿命来换的打算，就定个高一点的目标；如果不打算这么做，那就定个不高的目标。总之，既不能让目标很容易就实现，也别让自己承受不起。”

同时，追求不同性质的目标，会给人带来不同变化。刘建亚总结说：“你的目标越不含私利，你就越趋于哲学上的善。”

（原载于山东大学新闻网2015年1月16日；文：刘婷婷、周全、杨彩娟，图：张建新）

程代展:打造中国原创理论

程代展,1946 年生,1970 年毕业于清华大学冶金系焊接专业,1981 年获中国科学院研究生院硕士学位,1985 年获美国华盛顿大学博士学位。是中国大陆为数不多的美国电气和电子工程师协会(Institute of Electrical and Electronics Engineers, IEEE)会士、国际自动控制联合会(International Federation of Automatic Control, IFAC)会士荣誉获得者,中国科学院数学与系统科学研究院研究员,博士生导师,中国自动化学会控制理论专业委员会主席。2013 年,他受聘为山东大学特聘教授。

年近古稀,程代展眼里仍透着一股子纯粹,似乎数学就是他眼中的全部。采访现场,这位两度以第一完成人身份获得国家自然科学二等奖的学者,滔滔不绝地向记者解释着“矩阵半张量积”这个理论。眉眼间的投入与执着让人着迷,也回答了他痴迷数学、愿一生躬耕于此的提问。

这是中国人原创的理论

矩阵半张量积是一种新的矩阵乘法,它将普通矩阵乘法推广到前阵列数与后阵行数不等的情况,可以方便地应用于处理高维数组及非线性问题,是一个便捷而有力的新的数学工具……

上面说的矩阵半张量积,是由程代展发展的一种新方法,也是他近20年来最宝贵的研究心血。2014年,程代展凭借矩阵半张量积这一工具,提出了逻辑动态系统的状态空间方法,初步建立了逻辑动态系统的动力学和相应的控制理论。这一研究,也使他和他的团队荣获国家自然科学二等奖。

“什么是逻辑动态系统呢?你看自然界里大概有两种过程,一个过程就是行进运动,比如机器人行走、机械运动、人的行走,这些都是连续变化的过程。这是从牛顿第二定律得来的,已经被研究了许久,有许多现成的数学工具可以应用。而另外一种是逻辑的过程,它不像第一种那样位置随时间的变化而变化。”由于投注了太多心血,以至即使面对外行人,他也想把这一艰涩的理论说出个一二三四。

“比如,下棋就是一个逻辑过程。这个事情与时间没有关系,可以走快走慢,只是地点发生了改变,这跟决定有关。这种逻辑决策的过程应用很多,像商业决策、军事对抗等等。”

应对第二种逻辑型的过程,以前并没有合适的数学工具去解决。程代展创造性地应用了矩阵半张量积理论,为这种逻辑型运动提供了数学工具。

“矩阵半张量积是中国人原创的理论!”在与程代展谈话的过程中,他不止一次向记者提到。“这个理论是中国人首先提出的,外国人跟着我们做,这种情况在中国并不多见。”

这种理论已应用于生物系统、博弈论、线路设计、网络查询等8种不同领域,足见矩阵半张量积的优越性和广泛性。

程代展对这个理论充满希望,他曾在论文里写道:“这是一片待开垦的处女地,这是我们中国人原创和主导的新领域,这里充满了新的挑战和新的机遇。我渴望更多的朋友,特别是年轻学子的加入!”

做科研,要顶得住浮躁

不慕虚名、不尚奢华、追求真知是程代展对待科研的态度。尽管已经退休,但除了学术出访,他几乎每周七天都耗在办公室,不是在纸上写写算算,就是在计算机上编程验证。

研究工作甚至成为他心目中的唯一,不管走在路上还是坐在车子上,心里想得最多的便是正在烦恼着他的数学问题。他在自己的博客日记里写道："APEC 放假那几天，几乎每天都是我走进办公楼道打开走廊的灯。心里有一种自豪感：即使我不是到办公楼的唯一，也是第一。"

"科研对我来说不是生存手段，而是真正的兴趣所在。"不难看出，他是在享受做科研的过程，而不计较最后的结果。这种对科研的纯粹态度，使他顶住了社会的浮躁之风。

程代展的论文时常发表在各大权威杂志上，即便获得国际自动控制联合会颁发的权威杂志《自动化》(*Automatica*)最佳论文奖，成为内地获此殊荣的第一人，他也并不沾沾自喜。"不就是这么回事儿嘛。"他淡淡地回应。可在发现问题解决问题的科研过程中，他却时常因为新的突破激动不已。

在程代展的回忆里，他从小就对语文、数学有着浓厚的兴趣，老师也特别喜欢这个"成绩优异"的好学生。

中学时代，老师经常组织各种课外小组，鼓励大家阅读各类课外书，再加上各种竞赛，都刺激了程代展对数学的兴趣。后来他被清华大学录取，却阴差阳错选了冶金系的专业。这不是他的兴趣所在，但在那个特殊时期没有太多选择的权利，他只好硬着头皮读下去，好在成绩也不错。后来考研究生，专业选择自由了，于是他进入中科院数学所，从此正式开始了自己的应用数学生涯。

回顾自己走过的路，程代展坦言，最自豪的事情便是在科研的路上一直走到了现在。当然其间也有遗憾，最遗憾的可能是"没有一开始就选择数学这条路"。

对数学、对科研的纯粹，让他即使遇到人生的风浪，也始终在心中保持着向上走的念头。这份纯粹与痴迷在如今浮躁的社会中显得如此难能可贵。他希望像拿破仑所说的那样："在历史的沙滩上留下自己的足迹。"

在山大，我有两个 Group

2010 年，程代展与山大结缘，那是他第一次来山大作学术报告，介绍自己提出的矩阵半张量积的新方法。当时的学校领导以专业的眼光给予了很高的评价，并诚邀他加盟。事实上，那时知道这种理论的人很少，它的影响非常有限，远没有现在这样热。因此，在程代展的心中，始终认为山大对自己颇为"知遇"。

自那时起，程代展便一直和山大数学学院、控制学院保持密切联系。2013 年5 月 14 日，程代展正式加盟山大，成为山东大学的特聘教授。

与此同时，矩阵半张量积这种新方法也有了长足的发展。国内包括北大、清华、山大、同济、哈工大等 10 余所高校的一些教授都在用这个工具进行研究，国际上有意大利、以色列的两个团队以及美国、英国等国的教授也在用它研究控制问题。

“我希望和山大的同行们一起将我们中国人自己提出的理论、方法进一步完善，形成一个完整的学科分支。让我们的理论成为有重要国际影响的‘中国创造’！”程代展加盟山大时说出了自己的愿望。

如今，在加盟山大的一年多时间里，他带起了两个团队，分别在数学学院和控制学院。程代展将自己称作“引路人”。他要做的便是运用自己的所学与所有资源，组织和引导这两个团队的学生与国际接轨，研究当下热门问题和前沿方向。“我现在正拼命‘鼓动’这些学生将矩阵半张量积的方法运用到博弈上。博弈是一种非常活跃的东西，它在控制领域也非常热门。”

“山大学生基础蛮好的，他们思想活跃，独立性强，会在老师之外自己找方向做科研。”对自己团队里的学生，程代展给出了很高的评价。有的学生在读博期间就发表了二三十篇论文，其中不乏国内外权威杂志，这样的钻研精神就连程代展也深深为之触动。

念书比写文章重要

作为老师，程代展也时常与人交流学生培养问题。2012 年 11 月，程代展在科学网上发表了一篇博文《昨夜无眠》，讲述自己一位很有潜力的博士生放弃科研改做中学老师的事情。一时间，“如何培养学生”成为网上热议的话题，程代展也分别撰文 3 次回应这个话题。

当时的程代展，对那名学生的离开感到惋惜。虽说没有强迫学生继续科研，但时至今日，他依旧在期待着那名学生的回归。“并不是每个学生都适合做理论研究，许多人都是依葫芦画瓢，真正能做出成果的千里马是可遇而不可求的。”

程代展曾说：“我们教育最大的缺失是没有培养起年轻人对理想的追求和为科学献身的精神。”中国在改革开放之后有着飞跃性的发展，前进的速度过快势必会带来一系列问题，物质的诱惑导致整个社会呈现一定的浮躁状态。对此，程代展显得有些无奈：“其实我也知道年轻人承受着许多压力，面临许多现实问题，这些都导致了他们很难一心一意做科研。”

要改变这种现状，程代展认为老师的培养是关键。如何让自己的学生对自己的专业真正感兴趣，学校教育很重要。他曾谈道：“我对数学的兴趣有很大部分也是来自老师的指导。”

作为过来人，程代展建议大学生在读书期间努力打好扎实的基础，这是一生受益的东西。他经常对学生说：“念书比写文章重要。”此外，即使是写文章，也要写些深刻的内容，在精不在多。正如杨振宁所说：“真理其实是很少的。”

程代展一直都保持着对文学的情有独钟和舞文弄墨的冲动。2011 年，他在科学网上开通了博客，记录自己的生活与感悟，甚至连载自传，访客已有 120 多万。丘成桐也曾说过："在学好数学的同时，更不能偏废语文。语文的训练是成为真正学者的第一步。"一个人的各种素养会在某一时刻不经意融会起来。所以程代展建议，理工科学生除了学习专业知识外，还应当抽时间读一点文学、哲学以及社会科学的书籍；文科生当然也要掌握必要的自然科学知识。

记者见到程代展的时候，他正在批改博士论文。在接下来的周三下午，他即将参加学生的讨论班，与大家探讨学术问题。退休多年，程代展的生活似乎比退休前还要忙碌。他说："只要做得动，我就舍不得放下……"

（原载于山东大学新闻网 2015 年 4 月 13 日；文：李希，图：刘梦冬）

侯滢：设计如一缕明媚的阳光

街角的二楼咖啡厅，一缕穿透玻璃的阳光，一个靠窗的木质桌子，一席绣着碎花的桌布，一杯浮着泡沫的卡布奇诺。她轻敲鼠标，调整着电脑屏幕上的那幅白蓝相间的设计图。听见我们上楼的脚步声，她回头笑笑，冲我们招招手……

她就是我们这次的采访对象，来自文学与新闻传播学院（现为新闻传播学院——编者注）传播学研究所的青年教师侯滢，也是山大视点“喵爷”漫画形象创作团队的指导老师。

“喵爷”的诞生：让课堂有点意思

“喵爷”形象诞生于2014年11月，制作团队以“山大神猫”的形象为蓝本，通过“漫画＋实景”的二次元条漫形式，表现大学的校园生活。我们的采访就从“喵爷”这个可爱的形象开始。一提起“喵爷”，侯滢的眼里多了一丝兴奋：“这还得从我的课堂说起……”作为一名广告学方向的教师，如何让新闻专业的学生对所授课程感兴趣，是她首先思考的一个问题，而通常与广告相关的课程都带有很强的实践性，这也促使着她对课程的教学内容进行创新。

"'山大神猫'很有特色，当时网上关于它的话题正热，我觉得这是一个很好的设计出发点。"说着，侯滢拿出手机向记者展示了几期"喵爷"的漫画。"'喵爷'就是咱们山大的一部分、学生的一部分。每期漫画的立足点都是以学生的视角来观察山大的校园生活。对于在校生而言，这是一种真实；对于在外校友而言，这是一份怀念。"这恰恰是设计喵爷的初衷：走出课堂，乐享实践，记录青春。

团队的组建：让心中有点温暖

在课堂 50 分钟之外，以一种怎样的方式消化或者融合课堂所学，是侯滢经常思考的问题。在承担学院"电脑辅助广告设计""新闻摄影"以及"媒介融合实践"课程的教学过程中，她发现部分学生有较高的漫画基础，随即提出组建一个课外漫画团队，将课堂知识从理论层面上升至实践操作。

"不如我们从神猫开始……"想法在课堂上一经提出，得到很多学生积极响应。很快一个 15 人的创作团队组建起来。由于各自专长不同，分设文案、摄影和漫画三个小组，一周一次碰头会，三个小组分工协作。无论是条漫主题的选择，还是具体的分镜设计，侯滢都让学生尽情发挥，以激发学生的最大潜力。"团队建立了小半年，其中也有不少感动我的细节。记得有一次团队开会，一位平时着装精致的姑娘蓬头垢面地走进办公室，一问才知道，这同学为画漫画熬了一晚上。每当看到同学们牺牲个人时间积极投入进来，我心里总是很温暖……"

通过建设"喵爷"团队，侯滢更好地了解了学生在设计和媒介融合等方面的能力短板，及时调整课程的构建内容。"现在提倡'互联网＋'，这里传递的就是'以用户为中心'的传播意识。把这种思想放在我的课堂上，就是'以学生为中心'，去发现学生需要的，以此进行课程的创新。当然，这些教学理念在一定程度上与我在法国的留学经历有关。"

法国的深造：让设计有点味道

大学毕业后，侯滢远赴法国学习广告设计。她说："我至今仍感激那段日子。"

"我所在的法国米卢滋高等美术学院每个学期都有 Workshop 活动，鼓励在校生自主选择，加入不同的设计师团队进行项目设计。在这样的课堂里，老师更像是一位引导者，他们帮助你前进，同时给予你最大的探索自由。"法国独特的教学方式不仅影响了侯滢的设计风格，也深刻影响了她的教学理念和治学态度。“我们‘喵爷’团队的创立，正是对这种教学方式的一次本土化尝试。”

采访快要结束时，“喵爷”团队来了。他们正在参加一个全国性的新媒体设计大赛，请侯滢现场指导。说起“喵爷”创作的过程，同学们颇为感慨：“平时我们的知识是碎片化的，在‘喵爷’的运营中，各个方面的知识得到了调动和整合”“也提高了我们的团队协作能力，大家共同创作一个作品，这点很重要……”

法国深造、组建团队、玩转课堂，对于侯滢来说，设计如一缕明媚的阳光，照耀着她，也照耀在“喵爷”团队每一个人的心上。

（原载于山东大学新闻网 2015 年 4 月 23 日；文：徐莉程、闫薇，图：闫薇）

王育济:凸显本土文化价值

素有"史学奥林匹克"之称的国际历史科学大会在济南举行,全世界的眼光随之聚焦济南。大会的成功召开,离不开为之奔走呼吁的中国学者。山东大学历史文化学院王育济教授是5年前中国申办第22届大会的直接推动者和参与者,为大会申办和筹备作出了不懈的努力。

与史学大会一路走来

山大能够承办此次大会,王育济认为有其必然性也有一定的偶然性。"其中的一个重要原因是中国史学会和张海鹏先生一直关注山大历史学科的发展。他们认为,山东是孔孟之乡,历史底蕴深厚,山东大学又以文史见长,有坚实的学科基础,所以史学大会的申办城市倾向于选择济南。"2009年初,在与张海鹏先生当面交流后,王育济立即联系学校领导。"当时徐显明校长的话我仍记忆犹新,他说:'这样的大会,在任何大学举办,都是这个大学至高无上的荣誉。'"

大会的申办工作有序进行,直到2010年8月第21届国际历史科学大会上陈述通过，申办的准备过程才告一段落。组委会作出了相对一致的选择，确定第22届国际历史科学大会在济南举办，山东大学参与承办。

承办权确认之后，便是忙碌又充实的筹备工作，王育济和他同事创办的《中国历史评论》便是为推动大会筹备和宣传所做的卓有成效的工作之一。《中国历史评论》设有固定栏目，专门研究大会100多年来发展历程以及梳理100多年来大会与中国的关系。“国际历史科学大会虽然有100多年的历史，但是学术界对大会历史的研究反而比较少，我们进行系统的梳理还是很有学术价值的。”回顾大会100多年的历程，王育济认为其灵魂与精髓就是国际和平主义的宗旨与理想。

随着资料的不断充实，在大会历史的梳理过程中有不少新发现。“之前的宣传中，我们认为30年代胡适是以个人身份参加的国际历史科学大会，其实并不是这样。当时选定了几位学者一起参加史学大会，因为各种原因最后只有胡适自己去了，但我们不能说他是以‘个人的身份’参加的。”其他新发现也不断涌出，例如中国与史学大会渊源已追溯到1905年的晚清；1923年23岁的向达在《史地学报》上发表了译自《美国历史评论》的长文，是中国第一篇系统介绍和研究大会的论文，该文长达18页。这篇文章当时影响很大，但此后的八九十年中，又从来未被提及，直到2014年《中国历史评论》创刊号重新编发了这篇重要文献。《中国历史评论》就是依靠这些扎实的学术研究，逐渐得到了国内外史学界的认可。

史学对话的国际化

国际历史科学大会的召开让世界各国历史学家的交流更广泛、更深入。面对这种趋势，王育济认为，这意味着进一步承认多元文明的价值。谈及国际化史学深度交流的对话基础、共同的对话基因，他说：“无论是中国的历史学还是国外的历史学，大家关心的问题都是一样的，就是对人类的命运的关注。”研究过去，是为了今天美好的生活：“关注人类文化中所有美好的基因，即和平、安定、富强、统一。这是大家共同关注的层面，从价值取向上来说所共同努力的就是中外历史学界交流的共同前提和基础。”

自21世纪以来，史学对话更加多元化、国际化，中国史学界不断融入世界的学术体系。王育济认为，学术的发展离不开大的学术背景：“近来最重要的话题是民族复兴和民族崛起，这二者是在和西方相比较之下的落差中得出的结论。”向西方学习是100多年来中国历史发展的重要主题，在世界学术话语体系当中展现中国学者的声音。这样一种融入过程，给中国史学带来了新的视野、新的思维。“向西方学习并不意味着放弃自身文化，而是通过这种交流进一步凸显中国本土文化的价值。”

国际历史科学大会首次在中国举办，这是推动中外历史学家相互学习、取长补短的良好契机。对中国历史学家与而言，王育济认为，要把推动国际学术的平等交流作为最重要的目标。“中国史学家要想在国际社会中有话语权，必须要关心和理解别人的话题。只有了解世界，才能为世界提供有价值的‘中国故事’和‘中国经验’。”

他山之石可以攻玉

在互联网时代，职业历史学家的学术研究正在与通常由非职业史学家创作的流行表演、电影、录像、电视节目相竞争。王育济认为，这种现象应该辩证看待。

“类似的竞争古已有之，例如，很多人了解三国的历史是通过《三国演义》而不是《三国志》。当下风靡一时的《明朝那些事儿》《百家讲坛》在为公众普及历史知识的过程中发挥着举足轻重的作用。”不可否认的是，电影以及互联网上其他形式的作品更能影响公众对历史的感知，但这些非历史学家的作品在传播过程中必须基于历史史实，把握民族情感这条底线。这需要非职业历史学家在创作过程中与职业历史学家积极沟通，职业历史学家也要转变观念，承认非职业历史学家的积极贡献与影响。

网络的使用为历史研究提供了便利：“以前要翻很多书才能找到的资料，现在动一下鼠标就能很快找到。历史学家在追求所谓效率的同时，可能也少了一份儒雅和书卷气。”王育济认为，网络的使用一方面对传统历史学研究带来了冲击，另一方面也助力了历史学的发展，中国历史学家应该正视这个问题。互联网时代，历史学研究一定要力戒浮躁，可以借助网络的便利，但不能丢失史学家应有的基本素质，如博闻广记、客观、严谨、冷静等。

在大会设立的四个最重要的主题报告中，有一个是“历史学的数字化转向”。王育济介绍说，这个主题及时触及了数字技术对历史学已经发生和将要发生的巨大影响，这使中国学者感觉到了研究视野上的差距，“这个专题是以美国史学会的名义申报和主持的，虽然对这一问题中国史学界也有讨论，但几乎不可能上升为国家历史学会的主题，这值得我们学习。外国历史学者已经开始研究‘作为文献来源的社交媒体’‘网页收藏：一种新的文献库’等前沿话题，中国历史学家也应该从本次大会中得到更好的借鉴”。

第22届国际历史科学大会期间，中外学者济济一堂，进行观点交流与碰撞，气氛热烈而融洽。这让王育济倍感欣慰，也对山大历史学科的发展满怀期许。“承办此次大会，山东大学无疑将成为一面学术旗帜，历史学科也应借此大会，极大地提升自己的学科实力与国际化水平。”

（原载于山东大学新闻网2015年9月10日；文：徐超超、范晓琪，图：贾宁远）

顾銮斋:调和历史的三原色

在专题会议“宗教研究在理解古代历史中的作用”上,作完学术报告后,顾銮斋走在会场之外的路上并不轻松——“顾老师,我的导师托我向您问好!”“顾老师,终于见到您了,请问可以和您合个影吗?”“上次那篇论文您的意见我收到了非常感谢!”“啊! 快看,顾老师在这里!”……

这位人人都爱的顾老师,正是山东大学历史学院专长于欧洲中古史研究的顾銮斋教授。20 分钟后,他终于来到距离会场不足百米的休息区,坐下来接受山大视点记者的专访。“我研究的这个领域,国内的研究还不多。”通过调和历史的三原色,顾銮斋向我们呈现了历史的包容宏富和博大精深。

热情的红:通过讨论碰撞出思维的火花

顾銮斋为什么这么受欢迎? 这份热度背后有三把火。自身的学术成就、大会的契机与全民的关注,这样三个因素,使得历史学与历史学家站在了如今时代的潮头上。

第一把火，顾銮斋主编的五卷本《西方宪政史》的出版，填补了国内相关研究领域的空白。深厚的学术造诣与丰富的研究成果，让他拥有了许多狂热粉丝。

第二把火，国际历史科学大会气氛正浓。顾銮斋对这次大会的召开期待已久。“学者不能总闷头在书斋，要多出去讨论交流，才能碰撞出火花。”当被问及他在本次会议上感兴趣的议题时，他如数家珍：“比如我参与的这场，还有之前听过的‘财富与贫困’‘现代讨论中的古代晚期’‘书写情感的历史’‘历史学的数字化转向’‘代议制的模式’等等，这些议题都是各国学者选定和参与的，在交流中有时会觉得陌生和冲突，这种感觉孕育了创新！”

第三把火，由习近平主席向大会发来的贺信点燃，对于“历史研究是一切社会科学的基础”“历史学家发挥的积极作用”等表述，他深表赞同。在他看来，国家领导人能够这样看待历史学的地位，表明了中央和国家层面对历史学功能和定位的思考。“历史是包罗万象的，所有学科都有一个起源发展的过程，这些都属于历史的范畴，都是历史学研究的对象。从这个意义上说，历史学不仅是人文学科，而且是所有社会科学学科的基础。”

谈到历史学的功用，顾銮斋说：“由于缺乏了解，许多人将历史学看作一门知识，把历史学的功用定位太低。实际上，历史学在制度选择、制度建设等方面都发挥了直接的、重大的作用。”他向记者举例说，马克思、恩格斯都是历史学家，正是基于对人类历史的深入研究，他们才归纳了人类历史发展的五种生产方式序列。后来很多国家都发生了革命，革命结束后都按照这个序列进行了制度选择。五种生产方式是历史学研究的成果，将这一成果付诸实践，便指导了这些国家的革命运动和制度选择，由此可见历史学的重大作用。

他同时也说：“当然，当前学术界对五种生产方式的理论体系有些争论，但这不能否定历史学在这方面的功用。依我的思考，习近平主席的表述实际上包含了这层意思。”

在谈到大会上学者之间的交流时，顾銮斋一脸兴奋。看着他炯炯有神的双眼，记者心有所感。或许，观点交流、思维碰撞中迸发的热情与火花，正是大会举办的意义所在吧！

期冀的黄：在学术的荒漠中开启宝箱

商业、农业、赋税、法制……顾銮斋对西欧中世纪的研究涉及方方面面，在大会10分钟的报告里，他将展示冰山哪一角？最终，他选择了展示对宗教的研究成果。“西欧中世纪是一个信仰的时代，教授知识传承文化，在中世纪的文化建设和传承中发挥了重大作用。”从具体资料出发，他提炼出了基督教中蕴含的权利意识，从小的切面展现中世纪的众生相。“您说过宗教研究对认识人类社会具有重要作用，而您还涉及了经济、法律等许多领域，您是把对具体领域细节的研究当作了开启欧洲中古社会研究之门的钥匙吗？”面对记者的提问，顾銮斋答道：“可以这么理解，研究基督教对认识西方中古社会至关重要。”

“西方中世纪的思想、文化是一座宝藏，但在中国学术界，这方面的研究还十分有限。”顾銮斋叹息、遗憾。几乎所有我们采访过的老一辈史学家都表达过这样的情绪，缘于中国史学界与国际史学界的隔膜与脱节，缘于许多历史谜团的尚未揭开。

“历史研究不能只是资料的发现和堆砌，我们有许多翻译成现代语言的原始资料或档案资料，但将其上升为史学概念并加以比较分析得还太少。”当问及顾銮斋的一本有关中西封建税制比较研究的书时，他说：“这本书用的方法主要是比较分析方法，英国、法国、德国、西班牙等都有所涉及，这个方法可以帮助你提出很好的问题，提出新的观点或形成精彩的结论，但当你急需发表文章的时候可千万别用，因为太耗时间！”

1997 年，顾銮斋走进了中西封建税制这片荒漠，步履维艰，身无长物。多个国家的资料浩如烟海，但切合研究主题的依然短缺，终于找到一条，基于孤证不取的原则需要反复稽考，往往持续数月不能定论。“在基本条件具备的情况下，用其他研究方法 10 天就可以完成的工作量，比较研究至少需要一个月，因为涉及的国家多。”

沙漠中的旅人心中秉持寻宝的信念：“中国的发展当然有自己的道路，而了解西方的历史发展及其背后的原因也十分必要，因为我们生活在一个流动的、融汇的世界里。”顾銮斋说。欧洲中世纪的税收记录、编年史记、国王的令状、教皇的敕令、《英国历史文献》……旅人一点点收集材料，再借用相关的研究方法，终究开启了西欧中世纪的税收之门。

“我对 80 后、90 后的学者寄予希望，因为他们接受了严格的培养。希望他们勇于选择中世纪思想文化和赋税经济这些领域，将来在国际史学界占有一席之地。”

温暖的蓝：当荒漠化为蓝海

从学生到历史学者再到教授，顾銮斋将导师的信念不断传承。“我的硕士和博士们，如果选经济史方向，我要求他们一定去经济学院听西方经济学、计量经济学等课程。为了能顺利阅读古典文献，我要求他们必须学习拉丁语。”谈到自己的学生，顾銮斋笑得温和而自豪：“现在的学生有着我们那时没有的条件，可以更好地与国际史学界接轨，做得十分出色。像《中国历史学 30 年》英文版首发式上的翻译，就是山大历史学院的学生。”严格的学术训练与学术规范，是身为师者的顾銮斋对学生们的要求，也是他的期望和祝福。

蓝色是温暖的颜色。经过顾銮斋这一代历史学家的努力，许多学术领域从荒漠变成蓝海，蔚蓝下的宝藏值得我们为之探寻。

当问及他最喜欢什么样的学生时，他表示自己最看重的和努力引导学生拥有的是同一种品质，那就是“发现问题的能力、清晰的思路和严谨的逻辑”。他说：“问题意识是科研的第一步。”在记者提出“发现了问题也不一定能应用于实践”的疑问时，顾銮斋回应道：“我让学生们去学经济学、学拉丁文，他们学得很苦，在自己学位论文的撰写中还不一定能用上，可还是要学，因为一代人有一代人的学术，你生于这个时代，就必须具备这样的素养！”

历史学家可能会遇到误解或挫折，也可能久久看不到自己的成果发光发热，但这些荒漠中的旅人仍步步向前“因为历史就在那里，那是历史的本色”。

（原载于山东大学新闻网 2015 年 8 月 29 日；文：黄彤、李希，图：李希）

王学典：史学会“三观”

第22届国际历史科学大会期间，世界各地史学家齐聚济南，碰撞出了无数学术思想的火花。大会现场，山大视点记者采访到了山东大学《文史哲》主编王学典教授，这位山大学者与记者谈起了人才培养、史学研究以及对于这次大会的观点、看法，让我们一起聆听。

人才观：我们不能被关在一个盒子里

历史并不只是给学历史的人看的，人人都应该学点历史知识。为什么这么说呢？作为山东大学儒学高等研究院执行副院长的王学典，一直在思考这样一个问题：“怎样才能培养出真正的人才？”

在这次国际历史科学大会上，他向记者提出了自己对人才成长的一个理想化设计——本科学历史、硕士学中文、博士读哲学，然后选择一个思想史的题目进行博士论文的写作。

这个设计也许是理想化的，但也现实地反映出当今学院分离、学科分离的问题。单纯地学习历史或是其他学科，会限制住我们的思维。在王学典看来，这样的设计也许能克服现行学科分离带来的片面性。

文学是白杨树的湖中倒影，哲学是在迷宫中望见星空，史学是沙漠玫瑰的绽放。每个学科都有自己的美丽，但学问终归是一个整体。

王学典用“盒子”理论为我们作了比喻。“大学里的知识镶嵌在不同盒子里，学生为了接受知识而被分割在不同盒子里，但如果一辈子受盒子的限制那就本末倒置了。我们的目的应当是以盒子为入口，逐渐了解全部知识！”好比一个人，如果只学文学，往往束之于感性，受限于审美层面，无法走向历史、走向生活、走向思想。人也是如此，光是感性层面的东西，仅仅靠风花雪月，思考根本不可能成熟。

我们不能做一个关在盒子里的人，所有杰出人才的成长肯定不局限于所在领域的追求，而是超越这个领域的一般追求，进而对人类命运的关切、对世界前途的忧虑，“只会操刀的医生绝不会是好医生”。

王学典对儒学教育十分推崇，“以前读《论语》《孟子》成长的人，天然就是一个通人，因为中国的古典学术是一个完整的体系，它包括了中文、历史、哲学、政治等方方面面。而西方现代学术分类却把这样一个完整的儒家学说三家分离了，着实可惜”。

“我们不能做一个被切割的人！”王学典反复强调这一点，认为一个人不管学什么专业都应该了解历史知识。换个角度说，学习历史的人也不能单一地进行研究，而应该通过历史这个盒了，去探索包罗万象的人类奥秘。

史学观：中国史重返中国

从大学时代起，王学典就一直从事史学理论的研究。晚清以来中国主动融入世界学术体系，西方的现代学术分类渐渐在中国社会占据了主流地位，中国传统的学术分类——经、史、子、集，逐渐向西方学术分类——历史、哲学、中文、经济、政治等转变。

在他看来，中国的学术分类与西方的学术分类能否对接是一个很关键的问题。“从现实来看，真正实现无缝对接的只有历史学科，历史能从中国传统历史学径直走向西方现代历史学。”与其他的经、子、集相比，历史似乎有着天然的融合优势，不需要太大的转变便能轻松过渡。

“尽管如此，中国历史学家在融合过程中还是自觉遵守着西方历史学的基本原则和纪律。”王学典继续说道，“接受的过程就是融入的过程，比如中国史学过去不太重视‘孤证不立’的学术纪律，但在融入过程中就必须接受这条国际惯例。”

一味地融合，势必带来一部分被抛弃。王学典在谈到这个问题时颇有些惋惜:“中国传统的学术话语被逐渐抛弃，转而采用西方现代的学术话语，而西方的学术话语反映的当然就是西方的历史事实和历史经验了，根本不反映中国的历史经验。”这样，我们自己的历史就显得有些不伦不类，“以前是‘中国史在中国’，打开国门后，是‘中国史在西方’。”

历史总是朝着前方发展，国人也渐渐意识到中国史融入世界是有利有弊的，对此王学典很欣慰。“中国史重返中国，让中国的历史学在吸收西方的长处后，朝着更加本土化的方向发展，这是目前比较适合中国史学的发展道路。”

王学典还有着更深的思考和期待，不仅是中国历史学要在融合中不断反思、发展，儒学更要焕发出自己的生命力。“我们的学问能否与世界主流意识形态对话，能否利用它创造出高于自由主义的生活方式，决定了其本身的生命力。”

大会观:史学大会望重振山大人文

将目光转向此次大会本身，作为具体参会者，王学典无疑是兴奋的。“此时此刻，我个人的心情和中国史学界的心情是一样的。在这之前，我们从未如此近距离地和世界史学的主流融成一片。世界各地的历史学家汇聚在这里，讨论就在我们身边发生，重要的辩论正在展开，并且是在山东的土地上。主流就在身边，这是以往没有过的，未来一段时间也不会再现。”

王学典的眼里透出掩不住的骄傲，他侃侃而谈史学大会对山大的重要意义。“历史大会选择了山东大学，这对山大是一次巨大的机会，是山大走向西方、走向国际化的关键步骤之一。”在他看来，这次大会标志着一个新的时期即将到来。

改革开放三十多年来，社会科学高速发展，而人文学科相对平缓。但从近几年看，整个中国的人文学科在朝着本土化的方向发展，这次大会将进一步刺激中国读史热的出现。人文学科正在崛起，正在呈现出新的变化。

“大会给山东大学带来的影响绝不仅限于历史学科，它对重振山大的人文学科将起到极大的推动作用。我们应将对习近平主席贺信和刘延东副总理讲话精神的学习落实到如何重振山大人文学术的辉煌上。”王学典毫不怀疑，以此次大会的召开为契机，山大的历史等人文学科将重新迈入主流行列。

(原载于山东大学新闻网 2015 年 9 月 15 日;文、图:李希)

朱维申:“地下工作者”的“80后”生活

朱维申,山东大学教授、博士生导师。首批山东大学“育才功勋奖章”获得者。1932 年生,1956 年毕业于原北京矿业学院建筑系,20 世纪 60 年代留学波兰克拉科夫矿冶学院,获岩石力学博士学位。1962 年在中国科学院武汉岩土力学研究所工作,曾长期担任中国岩石力学与工程学会地下工程分会理事长、中国岩石力学权威期刊《岩石力学与工程学报》的主编、国际岩石力学权威期刊《岩石力学与岩石工程》(*Rock Mechanics and Rock Engineering*)杂志编委,世界采矿委员会国际岩石力学局委员。2001 年 3 月,调至山东大学,任岩土与结构工程研究中心主任,主要从事地下工程围岩稳定性和施工顺序优化、复杂条件下高边坡稳定性研究及工程加固技术、节理岩体力学特性及工程应用等方向的研究,先后获全国科学大会重大科技成果奖 1 项、国家科技进步二等奖 2 项,在国内外核心刊物发表论文约 300 篇,出版中外文专著 6 部。

朱维申已经 82 岁了。14 年前,68 岁的他来到山东大学,创建岩土与结构工程研究中心并担任主任。14 年后,昔日零基础的岩土中心已经跻身国家岩土研究第一梯队，而他仍风雨无阻地每天上班、带学生、做科研。

从地下工程、地下空间到洞室群，朱维申做了大半辈子的“地下工作者”。回应现在每天忙忙碌碌不得闲的“80（岁）后”生活，他说“自己习惯了”。

山大要把岩土力学做起来，我就过来了

见到朱维申老先生时，他正在为学生检查计算数据的正确性。年纪大了，看屏幕有点困难，他身体前倾，看得努力又仔细。他说：“我用电脑还是跟年轻人学的。”

老先生为人随和，想得也周到，提前写了密密麻麻的个人介绍，以方便跟记者沟通。1932 年出生的朱维申，祖籍浙江绍兴，父亲毕业于有“东方哈佛”之称的上海圣约翰大学。母亲学绘画，并且曾是梁实秋婚礼上的伴娘。有着知识分子家庭背景的他，却也有着“七七事变”时被困北平、历时三个月南下逃难四川的艰辛经历，作为调干生于 1956 年毕业于原北京矿业学院建筑系，又于 60 年代作为三好学生留学波兰。1962 年，“留学博士”朱维申回国，被分配至中国科学院武汉岩土力学研究所工作，起初是给印尼籍华裔岩土力学专家陈宗基做助手。

在研究所，朱维申度过了近 40 年的奋斗时光。当他将那段经历慢慢讲来时，言语中能听出淡淡的留恋，又仿若开封了一坛老酒，满室飘香。

因为隶属中科院，研究所有很好的做科研的风气。“我们的课题组算是单位里的主要班底之一。到了晚上，办公室里灯火通明，大家都在继续工作。”因为离家远，年轻的朱维申“正好有时间干活”。因而他的成绩也是突出的，历任室主任、副所长、研究生部主任等职。同时，他自己的课题一直没放下，曾经承担、参与包括三峡工程在内的国家自然科学基金重大项目两项、重点项目两项、面上项目多项，经手的“七五”“八五”“九五”“十五”国家或部级攻关项目以及科研课题更是无数。

“山东大学要把岩土力学做起来，缺个带头人。”2001 年，朱维申的老同学、中国科学院院士宋振骐联系上了他。在校领导的诚意邀请下，朱维申经过一番思量，选择重新开拓一片天地，于是和助手来到了山东大学，成立岩土与结构工程研究中心，自此开启了自己的第二段职业生涯。

我们把一些好的传统带到了山大

当时的山东大学，还没有岩土力学这个方向，无论学科发展还是人员配备，都是一片空白。对于朱维申来说，离开科研单位投身高校，自身也面临很大挑战。

“早在武汉岩土力学研究所的时候，我们就认识到团队运作非常重要，后来就把这个传统带到了山大。”岩土中心一成立，就改变高校普遍采取的老师带学

生、单兵作战的运作模式，进行集中管理，密切合作。这也成为岩土中心发展至今的一大特色。

成立初期，朱维申和自己的学生、时任山东大学副校长兼土建与水利学院院长的李术才共同运作新的团队。李术才在招聘新人时都会问一个问题："愿不愿意长期到现场工作？"只有愿意长期蹲在现场、强调工程应用、理论结合实际的人，才会得到这个团队的认可。

不久，岩土中心就迎来了一次申报国家自然科学基金重点项目的机会。这支当时业内同仁没怎么听说过的年轻团队，凭借着理论密切联系实际和研究特色突出的优势，成功获得了项目的资助。这对于当时工科并不强的山东大学来说，无疑是振奋人心的一次胜利。而那个项目所涉及的现场灾害探测与治理，如今已成为岩土中心的优势方向，并且在一些方面已经达到国际领先水平。

"与国内许多科研院所、大学团队相比，我们体量小，但战斗力强，在几个方向上都是拔尖的。"如今的岩土中心，已经成为山东大学一块响亮的招牌，把自己的名字传遍了全中国的相关领域，并正在向国际延伸。

学生们总结说，这是钉钉子精神

朱维申对自己、对学生要求都很严。他的信条是："要么不干，要干就干好，必须做出成绩、做出成果来。"学生们因此总结说，他身上有一种钉钉子精神。看准一个方向，他会咬住不放；对看好的课题，他会千方百计去争取；争取下来后，他会克服各种困难，坚持不懈地做下去，力争做到国内甚至国际领先。

已经毕业留校工作的一位学生回忆，自己上学的时候，老师盯实验盯得很紧，会一天一个电话催，"如果一天没干活就会心里发毛"，不过也正因为这样，"特别出效率"。朱维申至今已培养了近百名博士生、硕士生，其中有三人获得"长江学者"称号，还有两人获得国家杰出青年基金资助。

现在的岩土中心俨然已经继承了这种钉钉子精神，"5＋2，白加黑"，甚至出了几个大家公认的"拼命三郎"。说到队员们的努力，朱维申稍有些不好意思，连连说着"我现在没他们那么拼命了"。他形容自己是"小打小闹"，因为年龄原因很少再出差或跑现场，更多的工作是指导学生做科研、写文章，又或者在大家讨论问题的时候"出点子"。

2015 年，朱维申推荐院里学生拿到了南京市千人智力引进计划中一个 100 万元的项目。这个项目国内有上万个申请者，最终能申请成功，其间花费的心血不容小觑。现在他还忙着联系铁道系统在安徽一个总价 4 亿元的大型工程项目，为岩土中心争取参与的机会。

2012 年，朱维申 80 大寿，学生找人给他写了一幅字，末尾一句是"锦绣道上一劲松"。或许，这是学生们对他劲松风骨、凛立寒冬的由衷认可吧！

这是我的兴趣，也是终生的追求

生活中的朱维申，每天都会6点左右起床，照顾行动不便的老伴，做早饭，锻炼身体，然后赶往办公室。他看起来身体不错，但其实每天都得服用五六种药，平时也少不了各种保健活动，自己更是医院里的常客。“目前比较困扰我的是头晕，明天还要再去医院看看。”80多岁的高龄，孩子不在身边，买菜、做饭，照顾老伴和自己的身体，这些都让他的生活格外忙碌。

那么，到底是为什么？为什么在本可以轻松悠闲的年岁选择这样一种一直工作着的生活？这个问题早在朱维申来山大时，就有亲戚朋友一次次发问。对此，他淡淡地回应：“这是我的兴趣，也是终生的追求。”

在朱维申看来，工作本身就是一种乐趣，在不断地思考和讨论中，跟大家探寻某个科学的规律，或是找到某种破解实践难题的方法，对他来说都有莫大的魅力。

这在与他共事多年的队员那里也得到了验证。在岩土中心的队员们看来，“朱老师就是对科研感兴趣，他已经把这个看作生活的一部分，并为之乐此不疲。如果离开工作，他可能反而不知道怎么过了”。

相较于大家的“另眼相看”，朱维申开着玩笑解释说：“要不断创新和动脑动手，否则，老年痴呆就要来了。”

朱维申喜欢听交响乐，只要有演出，他一般都争取去听。沉浸在贝多芬、莫扎特、肖邦、巴赫他们古典高雅的作品中，总能很好地舒缓来自工作、生活的忙碌。展望2016年，朱维申依旧不会放慢自己的脚步，“希望能结合工程数据分析和实验，在SCI发表几篇文章吧！也许，还能与他人合作争取下一个国家级奖项”。

在岩土中心，每当大家累了、倦了或遇到挫折的时候，都会不由自主想起办公室里“老先生”坚守的身影。有同事说朱维申就像是团队里的一根“定海神针”，这里的人有着共同的心声：“他在这里，就是对我们最好的鞭策。”

对话朱维申老先生，他思维缜密、条理清晰，如果不是偶尔的几声咳嗽打断交谈，会很容易忘记他是一位上了年纪的老人。或许，丰富的人生阅历已让他变得波澜不惊，又或许，他的“80后”生活我们还无法真正参透。但在这样一个晴朗的秋日，听他缓缓道来那些时光里的老故事，那些科研实践点滴中的纯粹、买菜做饭日常中的琐碎，那些老的心情、老的感悟，仍能捕捉到太多我辈需要沉思的东西。周围人都说：“朱老师是不退休的。”那么，唯愿老先生身体康健，岁月不老。

（原载于山东大学新闻网2015年10月27日；文：刘婷婷，图：晏竞一）

袁益让:我为什么始终离不开

袁益让,山东大学数学学院数学系教授,博士生导师。1958年毕业于山东大学数学系,曾任山东大学科学与工程计算实验室主任。在国内外著名刊物上发表学术论文200余篇,承担完成国家级项目、课题20多项,主持研制多项达到国际先进水平的工程软件并在国家主力油田推广使用,曾先后在数学基础理论和应用技术两个方面获得国家、教育部、山东省、胜利油田等多项科学和技术内容的奖励。

午后的阳光透过百叶窗洒在并不算宽敞的办公室里,目光所及之处,书桌上、椅子上,包括窗台上,整齐摆放着一摞摞厚厚的书稿。书桌前,80岁高龄的袁益让先生正身体微倾,专注地看着什么。

离不开,源于对科研的追求

时光荏苒,距离2005年袁益让正式退休已经过去了十个年头,然而我们仍然能够经常在校园里看到他忙碌的身影。“现在不用参加各种会了,我可以一心一意搞科研。”每天，他都保证至少6个小时的工作时间，风雨无阻。对于这样的生活，他很满意。从成为一名山大老师开始，袁益让就一直走在“上班”的路上，也走在科研的前线，从未离开。

生而有涯，学无止境。袁益让书桌上放着几本著作——《高维数学物理问题的分数步方法》《环境科学数值模拟的理论和实际应用》《能源数值模拟方法的理论和应用》《三维油气资源盆地数值模拟的理论和实际应用》，这些都是他退休后的作品。如果细心观察，你就会发现，袁益让右手中指结着厚厚的老茧。原来，这一本本厚重的著作均是由老先生一笔一画手写后打印出版的。手稿所用的纸张是废弃的打印纸，反面写满了整齐有序的文字、公式。一沓沓手稿，密密麻麻的心思，力透纸背，令人钦佩。

袁益让老先生办公室的小黑板上列满了写书、出书的计划以及辅导学生要做的课题项目。“2016年2月份，第五本书就可以出版了，估计年底第六本书也将出版，我还准备应国外一些出版社的邀请出版外文版，扩大这方面科研成果的影响力……”谈起要做的事情，袁益让思路清晰，也深感任重道远。

或许很多人不明白袁益让的“老骥伏枥，志在千里”，对此他回应说：“我是一名老共产党员，现在什么也不缺，还能工作就继续工作，争取再为国家作些贡献。”

1935年出生的袁益让见证过国家饱受屈辱的历史，也见证了中华人民共和国一路走来的风风雨雨。“只有国家富强才能不受欺负”，这是一位和祖国一同成长的科研人士最深的体悟，也是他获得“国家优秀教学成果”一等奖时，时任国家主席江泽民在颁奖礼上对他们说的一句话，袁益让至今记忆犹新。

离不开，是对山大的热爱

1954年，袁益让考入山东大学。在此之前，因为家境贫困，从小成绩优异的他初中毕业后就在靖江卫生院参加革命工作，经过6个月的专业培训后赴农村基层从事医务工作，后又因为人诚恳、工作踏实勤奋被单位推荐作为调干生并获得了考取大学的宝贵名额。没有上过高中，他硬是凭借丰富的生物、化学知识考进了山东大学，就读于数学系，由此开始了他与山大的一生情缘。

求学初，因为基础比上过高中的学生薄弱，加之当时教学用的是我国首次翻译出版的晦涩难懂的苏联统一教材，俄语零基础的袁益让遇到了学习的大难题，感觉非常吃力。他回忆那时候努力学习的情景说：“为了赶上其他同学的进度，我三年没有回家，学校多次统一组织学生到崂山游玩，我一次也没有去。”别的同学做好老师布置的课本习题中的部分习题就可以了，他却是把练习集上的每一道题都做一遍，甚至把一本本教材都背了下来。这样，慢慢地，他从一名零基础的学生成长为一位连老师都考不倒的学生，每一次考试都能考满分。这无论在当时还是现在都几乎很难做到的事情，袁益让做到了。

1955年，袁益让获得“山东大学优秀学生”奖章，由时任山大校长华岗亲自颁发。在山大求学的日子里，他也时时以此为激励，不断挑战自己，不断丰盈自己。

四年求学已满，成绩优异的袁益让选择继续留在山东大学，而这一次，他的身份是一名传业授道解惑的教师。从任课教师、辅导员到受人敬仰的教授，他一路走来，脚踏实地，走过坎坷，也收获了硕果。他的头衔多得数不清，曾任山东大学科学与工程计算实验室主任、《计算数学》《高校计算数学学报》《山东大学学报》编委……著作等身之外，他还培养了2名博士后、42名博士生(2名外国留学生)、60余名硕士生……

如今，袁益让需要仔细想想才能记起这是在山大工作的第几个年头。从山大学子到山大教授、博士生导师，对山大的热爱让他一直驻守在这片人杰地灵的土地上。

离不开，是对故国的坚守

1985年，在山东大学的推荐下，袁益让前往美国做访问学者，师从国际著名数学家、油藏数值模拟奠基人Douglas教授，为期近三年。起初，袁益让因自己英语口语不够熟练而感到胆怯、犹豫不决，这时导师莫叶和时任副校长潘承洞给了他莫大的鼓励和勇气：“一定要去，我们国家现在在某些方面还比较落后，你要去学习中国需要的、对将来国家发展有用的知识。”于是，袁益让带着满腔热血，肩负着学校的期望和使命，毅然踏上了漫漫留学之路。

求学芝加哥大学，袁益让特地到该校经济学院的大厅里数了数，发现共有28人获得了诺贝尔奖。此情此景，再念及原清华大学校长梅贻琦“所谓大学者，非谓有大楼之谓也，有大师之谓也”，袁益让感触极大。芝加哥大学给袁益让提供了广阔的学术视野，而后他更加努力学习，参加了许多科研和生产项目，发表了众多有国际影响力的论文。

也是在这期间，袁益让深刻感受到了中美之间的差距。在一次聚会上，袁益让的一位美国朋友不无嘲讽地说：“你们中国说，要深挖洞、广积粮、不称霸。可是中国贫困落后，就造了几颗原子弹、氢弹，怎么能称得上是‘霸’呢？我们生产这些东西就像你们生产香肠一样。”这番话时时鞭策着袁益让，他一直在心底暗暗地说：“要拼命地学，尽可能多地学到美国的先进理论知识，争取早日回国改变国家落后的现状。”

“虽信美而非吾土兮，曾何足以少留。”三年后，袁益让学有所成，准备回国，有国外学者对他放弃美国高薪和绿卡难以理解:“你在美国一年的薪酬,回到中国可能一辈子都挣不到,为什么要回去呢?”在袁益让看来,“我是中国人,就要回到中国,为祖国服务”,这是理所当然、根本没什么好质疑的事情。

袁益让认为,出国能够开阔视野,学习外国先进的文化和知识,这点毋庸置疑,但身为中国人还是应该回到自己的国家。“回到中国,我们是主人,只有国家强大起来,我们才算是不负今生所学。”

袁益让办公室的书柜上贴满了他学生的作业,每份作业他都作了详细批注。除了这些作业,还有一份份校历也被整整齐齐地贴在书柜上,可以看清日期的是从2001年至今。一张一张校历已然泛黄,袁益让却舍不得撕下来,他解释说,这是“为了纪念”。

从当初的弱冠之龄到如今的耄耋之年,袁益让见证了山大几十年的沧桑巨变。静静地看着窗外大成广场上空随风飘扬的五星红旗,袁益让说:“在山大,我至少要再工作五年。”

采访中,当被问到“大学应该承担什么样的使命”时,袁益让认真沉思了许久。“我们学校应该多做大项目、大课题,实事求是,希望山大能成为像芝加哥大学那样的世界一流大学,成为顶天立地的世界一流大学!”说到动情处,他下意识地攥紧了拳头,眼里一片热忱。让山大更好、更强,这样的殷切期盼,是袁益让以及如他一般的每一个山大人,最本心的期盼。

采访结束,天色已晚,老先生执意要送记者出门。他一一打开走廊里的灯,“年轻人啊,要努力,要下功夫”,简单朴实的话语从老先生口中说出,仿佛有了更多更深的内容。走出邵逸夫科学馆回头看,老先生办公室的灯依旧亮着,他还在继续工作……

(原载于山东大学新闻网2016年1月4日;文:孙倩、佘宁宁、吕倩,图:吕倩)

栾丰实：从容走过万水千山

栾丰实，山东大学考古系教授，现任东方考古研究中心主任。他曾发表的《良渚文化的分期与年代》《海岱地区古代社会的复杂化进程》等文章，对学界产生过重大影响。而耗时五年，由他主持编撰的《考古学理论、方法和技术》一书，从2002年出版至今，仍是国内有较大影响力的一本教材。

一月的济南，正被冬雪覆盖。刚从北京回到济南的栾丰实教授匆匆赶来，他打开办公室的门，冲记者笑了笑，略带歉意。这是他最忙碌的几年，不仅仅因为各种开不完的会议，更因为手头大批遗址发掘的资料需要整理，这些是过去几十年他和考古系师生共同的心血。他说，他想在最短的时间内把它们都整理出来，“不能留遗憾”。

客从何处来

1977年10月，中国正式恢复高考。当时，只受过初中教育、在老家几个村的联办中学当教师的栾丰实，因年龄超过了25周岁而被拒之门外。不再抱希望的他却又在6月被告知国家已将年龄限制放宽至30周岁。同年7月,像当时的许多人一样,怀抱着一丝期望,栾丰实参加了这场“突如其来”的考试。最终,他以山东烟台福山县文科第一名的成绩考入山东大学,也为自己的人生掀开了新的一页。

这听来多少有些像小说里的剧情,但其实并不是太戏剧化的过程。6月,还在教书的栾丰实,白天上班,晚上读书。因身在农村,没有太多资料,更没有可以询问的人,他便“自己憋着看书看了一个月”。临近考试,大家都提前到20里地之外的县城看考场,甚至找好了住处。栾丰实却哪儿也没去,一连三天,他骑着自行车来回于城乡之间,为自己的高考轻轻描上了句点。

或许,这场考试更像是命运的一次眷顾,但经历过动荡年月的栾丰实对于命运一直有着自己的把握。他毫不犹豫地选择了面向历史的考古专业。时年27岁的栾丰实再次回到校园,他把全部的精力都放在了学习上,“痴”了似的把当时可见的所有资料和报告一一读过并记下。天不亮的早晨,电线杆下挤挤搡搡听英文广播的人群中,每日食堂打饭时人手一本书的长队中,都少不了他的身影。空白了十二年,“好不容易逮着这个机会”,他说,只想“一分一秒地把时间补回来”。

凭借优异的成绩,大学毕业后,栾丰实留在了山大考古系。三十几年过去,他仍坚守在此,也从未想过离开。

一心一意地长途跋涉

在考古系,栾丰实被学生们悄悄称为“男神”。在他的办公室里,满满当当地堆着各样遗址资料和报告,都是他过去一年一年田野发掘的成果。年轻时,他几乎每年都要去野外发掘,长则半年,短则几个月。山东沂源、日照、泗水、邹平、茌平、青州、即墨,重庆万州、开县,河北顺平,山西侯马,湖北巴东、郧阳区,上海松江都曾有过他的足迹。

风吹日晒的野外发掘,唯有雨天才会暂停。被大雨浇回而暗喜的同学们会站在领队老师栾丰实的身后小声吟唱:“考古队长那消瘦的背影,望着灰蒙蒙的天空……”很显然,这位痴迷于考古的学者从未觉得这是种辛苦。

在他的世界里,似乎所有的坎都不是“难”。当遗址不被批准发掘,当村民躺在地里阻挠工作,当雇来帮忙的民工突然罢工……他都从容地想办法,一一应对,只因为这是他热爱的事业。

对栾丰实来说,考古像一口深井,充满着未知的惊喜,“有无限需要发挥潜力的地方”。当然,他的执着不仅仅是因为天性里探索未知的冲动。近代考古学的诞生以田野考古为标志,栾丰实告诉记者:“没有田野考古,就没有考古学。”这是一名考古学者理应具备的最基本的专业素养。

因而，面对20世纪80年代年轻人鼓吹的西方考古新方法，栾丰实最初觉得是空谈。他始终认为：“对中国考古学的研究要先进去，再出来。只有将传统的东西吃得很透，才能真正在反思研究的过程中推动学科的发展和变化。”

90年代末，山大考古系逐渐建立起了整个山东地区早期文化的年代体系，仅龙山文化遗址的发掘就多达50余处。已然“吃透传统”的栾丰实作为学科带头人开始思考“下一步该做什么”。当时，与耶鲁大学合作发掘日照两城镇遗址的直接感受让栾丰实意识到，运用西方科学技术“透物见人”是考古学研究的必然趋势。

绕了一圈，2002年，在学校的大力支持下，山东大学东方考古研究中心成立，担任中心主任的栾丰实随即开始筹划建设考古实验室。他的奔波和努力最终使山大率先成为全国最早拥有考古实验室的高校之一。一步步发展起来的考古实验室带来了大批研究成果。2012年，山大考古系在教育部公布的全国学科排名中位列第三。对此，栾丰实不无欣慰地说：“这对我们的努力是种肯定。”

当老师挺好的

这位考古学者的办公桌上堆着厚厚的材料，但最醒目的却是一颗青绿的看瓜(南瓜的俗称——编者注)。它被端端正正地放在一个小小的藏青色绒布盒上，透着一股主人刻意的小心和偏爱。栾丰实笑吟吟地介绍说，这是一个20年前毕业的学生送的，已经放了 年多了。

从1983年至今，栾丰实走上考古系的讲台已有33年。他的学生遍布全国，学生们只要回济南，总会第一时间来看望他。“我们和学生的关系很密切，一起去做田野发掘的时候，天天在一个锅里吃饭，住在一个房子里，从早到晚。”

现如今已与昔日老师成为同事的考古系1982级毕业生靳桂云教授回忆说：“85年参加田野实习时，老师每天都提早到发掘现场巡查，却又最晚下工。从那时起，老师就成了我格外敬重的人。”

然而，许多学生最开始对这位老师却是颇为惧怕的。秉持对学生负责的态度，栾丰实向来以严厉著称。但“随着学习水平的提高和工作之后取得一些成绩，同学们却越来越喜欢并愿意接近他”。现任考古系主任、1995级毕业生王芬也是栾丰实的学生，她告诉记者：“老师指导的学生论文，已经有3篇在国内考古学顶级刊物《考古学报》上发表，这在全国高校中都是极为少见的。”

2011年，为了给栾丰实庆祝60岁生日，他的学生纷纷回到母校，与老师团聚，畅叙往日的种种。如今，当时的合影被栾丰实收藏在书橱的正中间，与办公室里那颗看瓜隔空相对。它们或许并不相称，但在栾丰实心里却都无可替代。

“原来我教中学的时候，老师的地位很低，一心想离开这个行业。后来到大学里，本科、硕士、博士一路教下来，学生都和我关系很好。”说话间，这位已年过半百的长辈顿了顿笑了，说道：“当老师，挺好的。”

因为机缘，此前曾与栾丰实教授有过一次短暂的对话。当时的他，肩上搭着枣红色围巾，身穿绿色棉袄，绘声绘色地说着考古如何如何。此次再见，同样的装扮，不同的故事，原本预想的所有跌宕起伏在他口中都化为了波澜不惊的日常人生。或许，生命本就如此，薄雾浓云终会散去，一步步从容走过就好。

（原载于山东大学新闻网 2016 年 1 月 25 日；文：范玲，图：陈帷宏）

王曙光:环境学科的路还很长

王曙光,教授,博士生导师,山东大学环境科学与工程学院副院长。2002 年 6 月毕业于中国科学院生态环境研究中心,获理学博士学位。2002 年 7 月开始在山东大学从事教学与科研工作,先后在加拿大、美国、法国等国家的大学做过访问学者或高级研究学者。主持国家自然科学基金面上项目 3 项、国家重大专项子课题 1 项,发表 SCI 论文 71 篇,近五年被 SCI 他引 1399 次,获授权国家发明专利 15 项。获山东省自然科学二等奖 2 项(分别为第一和第三完成人)。2010 年入选“教育部新世纪优秀人才支持计划”,2011 年获得“山东省自然科学杰出青年基金”,最近入选“2015 年度山东省有突出贡献中青年专家”名单。

谈论轻松话题时开怀大笑,露出一排洁白的牙齿;解释专业问题时眉头微蹙,神情专注。爽朗而又不失严谨,这是王曙光给人的第一印象。当被问起入选“山东省有突出贡献中青年专家”名单后,工作、生活是否发生了什么变化,他笑了,很诚恳地回答说:“没有什么变化,和往常一样。”在王曙光看来,“因为了解业内专家的真实水平,所以越发觉得自身成绩的微不足道”。不以物喜,不为名累,严肃认真地对待工作,低调淡然地对待生活,这是他一贯的坚守。

看不见的微生物很神秘

"当前环境学科有很多领域前景非常好,我选择研究环境微生物主要是兴趣所在,没有别的原因。"不刻意追求,不急功近利,而是依着自己的兴趣,始终保持一颗不断探索的好奇心,王曙光在环境微生物的"海洋"里自由徜徉。

在近二十年的学术生涯中,王曙光的研究从广博到精专,他逐渐找到了自己的专长和乐趣,将环境功能微生物凝炼为现在主要的研究方向。"我觉得肉眼看不见的微生物很神秘,也很有趣。"说着这句话,他露出认真又活泼的笑容。

在王曙光看来,环境学科是一个交叉学科。一项研究,应该要么能解决基本的理论问题,要么能真正地推广应用,而他对环境功能微生物的研究恰恰满足了这个标准。当被问及环境功能微生物的具体原理及应用时,他尽量用外行易懂的语言作了简单解释:"我们主要是把环境功能微生物作为一种环境友好的手段及方式来解决水及土壤中的有机污染问题。"

理论是技术的支撑,把研究成果应用到日常生活与生产实践,同样是王曙光的不懈追求。"课题组近年研究开发了纳米有机硒微生物菌剂技术,不久后就要在山东菏泽某地进行推广应用,不仅能使当地的小麦增产 8%~10%左右,还能显著改善小麦品质,获得功能性富硒农产品。富硒食品被人体吸收和利用后,可发挥硒的特有功能,如抗氧化、抗肿瘤、提高人体免疫力等。"王曙光看着自己团队的实验成果,一边兴奋地讲解着,一边又一次爽朗地笑了。在这笑声的映衬下,看似枯燥的实验室也多了几分生动、有趣。

我们环境学科的路还很长

2001 年,原山东大学环境工程系、实验中心和原山东工业大学环境与化工学院的环境学科合并,成立山东大学环境科学与工程学院。2002 年 7 月,从中国科学院生态环境研究中心博士毕业的王曙光来到这里,开始了他与环境学科的共同"成长"之路。

积跬步以至千里,聚细沙而成高塔。王曙光心中铭记着环境学科迈上的每一个台阶、获得的每一个成就。2012 年,在学科评估中排到了全国第 12 位;2015 年,进入 ESI 前 1%。如今谈来,王曙光如数家珍。在他口中,环境学科永远是"我们的环境学科",环境学院永远是"我们的环境学院"。这一句句、一声声的"我们",是归属,也是责任。

专业课教学之外,王曙光还指导多名硕士、博士研究生,每周都要召集组会探讨当前的学术热点和科研情况,为年轻教师、学生授业解惑;同时作为副院长，他还要制定人才培养计划，优化研究生生源质量，扩大环境学院对外影响力……不停在教学、科研和学院行政事务之间进行角色转换，“忙”，自然是王曙光每天的主旋律。但在这忙碌之中，他感觉踏实、有干劲。“我们环境学院是一个积极向上的学院，虽然成立时间较晚，但在历任领导集体和学院师生的共同努力之下，作为新兴学科的环境学科，在短短十几年的时间里，取得了有些学科几十年才能有的成绩。”这样的成就让王曙光很是自豪。

“但环境学科还有很多事情要做。”王曙光一边作着这样的判断，一边视线投向窗外，若有所思。前不久，山东大学响应国家号召，确定“学科高峰计划”重点学科建设方案，环境学院做了许多努力但最终未能入围，对此王曙光十分遗憾，但他和学院的建设者们同时也意识到了当前学科发展的不足。于他而言，进一步明确发展思路、理清学院发展方向，意义非比寻常。

成功时不懈怠，受挫时不颓废，这才是一个始终向上发展的学科应有的姿态。

教书育人的根本是人

“您最喜欢什么样的学生？”“勤奋、努力的就行。”简单的回答，却也透着直接又真挚的期许。教书育人与人才队伍的培养建设，是王曙光始终坚持的教育的根本要义。虽然白天要处理学院繁忙的事务性工作，但是晚上到实验室督促和指导学生的科研实验是他雷打不动的坚持和习惯。

在学生眼中，王曙光对科研和学术要求严苛是众所周知的。“王老师时常教导我们，要实事求是做科研，认认真真做学术。虽然他很忙，但他非常关心我们的生活，关注我们的科研，给我们指导和鼓励，让我们不敢有丝毫懈怠。”环境学院硕士生任少杰谈起导师平时对他的勉励与督促，言语间满是尊敬与感激。

虽然严苛但不设限，正如王曙光选择研究方向的态度一样，“兴趣”始终是第一位的，对一件事物保持好奇，并且这份好奇可以支撑你研究下去，是他在指导学生选择研究方向时重点强调的。“王老师在科研上给我们充足的空间，让我们做自己感兴趣的东西，而不是设定条条框框，并定期和我们交流科研中遇到的问题，这一点是让我们感到钦佩的。”已经加入王曙光科研组两年的博士生郭宁如是说。

“教书育人的根本是人，宽严并济是人才培养的基本原则。对学生不能只是一味要求出成果，要在生活上多关心他们，学术成果有时候只是一种身心和谐的副产品。”工作中的王曙光严谨认真，生活中的他也是学生的好伙伴。周末他会带着学生一起爬爬山、打打球，在紧张忙碌的科研学习之余适当地放松身心。一张一弛，劳逸结合，师生之间其乐融融。

2016 年,随着青岛校区的逐步启用,被列入重点规划建设的环境学科也将迎来新的发展契机。“搬到青岛,人才引进方面肯定更有优势。”现在王曙光最为盼望的,是能尽快把实验室建立起来,顺利开展研究。

(原载于山东大学新闻网 2016 年 4 月 5 日;文:孙倩,图:刘梦冬)

张海霞：只要你喜欢，怎么样都可以

张海霞，山东大学信息科学与工程学院教授，博士生导师，不久前入选“2015 年度山东省有突出贡献的中青年专家”名单。现为 IEEE 高级会员，中国电子学会高级会员，中国通信学会青年委员，中国电子学会教育工作委员会青年委员、信息论分会委员，《国际通信系统杂志》（*International Journal on Communications System*）编委。

明媚的春日，校园里的白玉兰静静吐露着芬芳，阳光洒在路上，温暖宜人。记者见到张海霞的时候，她正像往常一样，目不转睛地盯着眼前的电脑屏幕，忙着手头的工作。办公室里整齐摆放着几张办公桌，她带的几个学生也在这里看书、学习、讨论问题。办公室看起来挤挤的，却很有味道。看到记者进门，张海霞放下手头的工作，跟记者亲切交谈起来。

只是苛求了一点

不久前获评“山东省有突出贡献中青年专家”，让张海霞再次赢得了诸多羡慕的目光,但张海霞本人显得很冷静,表示这个奖项并不会对自己的生活、工作产生太大影响,今后,她还是会一如既往地努力工作。

2009年初,张海霞结束海外留学,回到母校山东大学,受聘副教授。凭借优异的学术科研成绩,不到三年她就被破格晋升为教授。此后,张海霞主持承担了多项国家级和省级科研项目,在诸多国际著名期刊上发表了多篇文章。

翻开张海霞的简历会发现,她有着许许多多的奖项和职务,很难想象一名如此年轻的学者竟已获得这么大的成就。一路走来,张海霞的学术事业可谓顺风顺水。面对记者的这个判断,她沉默了一会儿,答道:"在一些同事和同学的眼里,大家可能觉得我是比较顺的。其实在我自己看来,只是一步一个脚印,认真做研究,认真指导学生,只是对自己苛求了一点。同其他青年同行相比,我这点成绩不值一提,还有很大的进步空间。"

张海霞坦言自己并不会受成绩太大的影响。现在,她又开始紧锣密鼓地投入到第五代无线通信技术的科研工作中。相比于国外,国内无线通信技术研究还有一定的差距。但随着近些年的快速发展,中国无线通信技术研究已不再满足于原来的"3G跟进""4G参与",在5G技术的开发上,中国试图引领这一潮流。在这项研究中,山东大学承担了科技部国际合作科技重大专项,张海霞是技术负责人。谈及这个,张海霞起身指着旁边团队研发的验证平台向记者作起了介绍,她微笑着,脸上满是自豪。

只要你喜欢,怎么样都行

张海霞说自己好奇心特别重,经常会干些看起来像是男生干的事。比如,她会在空闲的时候拆卸电子设备,看看里边都是什么东西,是什么工作原理。正是凭着自己的兴趣和好奇,张海霞从大学读到硕士、博士,再到现在从事的研究,全都是她感兴趣的通信技术领域。

2006年,张海霞受德国学术交流中心(Deutscher Akademischer Austausch Dienst, DAAD)全额资助,赴慕尼黑工业大学电路与信号处理研究所从事通信信号处理方面的研究工作。在德国的工作和生活使她养成了严谨的工作习惯和思维方式,两年多的留学经历对她的职业选择和职业态度影响很大。"我经常被批太较真、死板,当然他们批完之后也会把我这种态度和方式称之为认真。"张海霞笑着介绍了她的德国经历:"在德国做研究的时候,一个人挑一个项目,没有任何人可以依赖,而且要按照项目预定的时间表一个一个完成,必须认真工作,特别锻炼人,独立研究的能力有很大提高。同时,德国教授们对待工作的严谨、对人的热情都对我的职业生涯产生了深远的影响。"在德国工作的那段时间,张海霞对研究工作的兴趣得到了"升华"。

“瓶颈、困难，应该天天都有，但越是这种困难的东西越能激发你的好奇心，有了好奇心就可以慢慢去解决，去克服。”当被问及科研过程中的困难，张海霞解释说：“困难对于我们来讲是常事。”

有一次，张海霞的一个博士生挠着头对她说做不下去了。张海霞耐心开解，告诉学生：“东西做不下去了才说明有做头，大家都在做这个事情，要是没有困难的话不是谁都能实现？有困难的地方才有价值！”之后，她就和学生坐在一起，一块讨论，通过各种途径解决问题。

在学术研究上，张海霞表现得像个顽童。“保留像孩子一样的好奇心，天天跟学生在一起也让我几乎感觉不到自己年龄的变化。”她还直言不讳谈起对工科女生的建议：“这个社会对女性的要求太高了，让你出去和男性一样拼，回到家里还要庭照家庭。这就要求工科领域的女性要比别人付出更多的努力。但只要你喜欢，你感兴趣，那就怎么样都行，要是不喜欢，那就趁早放弃。”

教学，还是要辛苦一点

谈到自己的家庭生活，张海霞感慨时间特别紧张。现在，父母尚且不需要她花费太多时间照顾，需要照顾的主要是今年刚 5 岁的孩子。前几年，张海霞每天都要等孩子睡了才能工作，熬到凌晨两点是常有的事，熬的时间久了，就形成了黑眼圈，到现在都消不掉。

“我有很多学生的事情要处理，要想着哪一个学生下一步要做哪个东西，他们的东西要怎么修改，方向偏了怎么纠正回来。”张海霞感慨道：“对于学生，老师花的时间多还是少结果是很不一样的，所以还是辛苦一点吧！”

有学生介绍张海霞说：“她是个很有亲和力的老师，是通信大神，上课幽默，会讲故事，和学生也聊得来，很多大四的学生都找她当导师。”听到这样的评价，张海霞感到既吃惊又高兴。

在张海霞看来，国内的本科生教育和国外不一样，因为缺乏入门教育，很多学生学了自己的专业后，虽然能考很高的分数，但并不知道以后要干什么，“这其实是很恐怖的一件事情”。所以她在上课的时候会采取因材施教的方法，讲清楚“这些东西在通信系统中起什么作用，今天讲到了哪块，为什么要这么做……”，以此引导学生不再孤立地看问题。而对于研究生，张海霞会重点讲授做研究的方法，比如看到某些公式、数字，必须联系到具体的设备，不然的话就只会抱着框图发呆。

在长期的教学实践中，张海霞始终坚持师兄师姐带师弟师妹的方法，鼓励学生遇到不懂的问题就问师兄师姐，大家互相启发，逐渐形成了一支团队工作能力很强的队伍。中午时间，张海霞会和学生一块儿去食堂吃饭；工作的时候，大家就在一间办公室里,彼此间关系很好。每年临近毕业,张海霞都会觉得很沮丧,为这些已经成为好朋友的学生的离开而不舍。她有很多学生去了腾讯、百度、华为等知名企业,每次听到别人赞许自己的学生,她都会特别高兴,为自己的学生而骄傲。

以前的张海霞,还能抽空打打羽毛球,现在却没时间做这些了。她也喜欢听交响乐,各种乐器的配合和气势让她陶醉。现在,儿子稍微大了点,也喜欢听音乐,张海霞便会偶尔带孩子去听音乐会。作为忙碌工作、生活中的一点小插曲。

采访最后,记者在那张小小的办公桌前,给张海霞和她的学生拍了一张合照。拍完照,他们又立即投入到了各自的工作学习中,办公室里又恢复了忙碌与和谐。

(原载于山东大学新闻网 2016 年 4 月 11 日;文:刘登辉、原源,图:原源)

石玉峰团队：不忘初心 方得始终

队员们在中美创新创业大赛决赛现场合影（左三为石玉峰，右三为白彧）

在前不久刚刚结束的中美创新创业大赛中，山东大学金融研究院石玉峰教授带领的团队，凭借“基于压缩感知原理的复杂环境下高效影音传输系统”，在与近百支入选决赛队伍的激烈角逐中脱颖而出，获得大赛一等奖。目前，石玉峰教授以及团队主创之一、来自美国中佛罗里达大学电子工程系的白彧博士接受了山大视点记者的采访，讲述了他们创意的由来以及这次比赛的故事。

聊天聊出来的项目

石玉峰：“你最近都在忙什么？”白彧：“我看了几篇关于压缩感知原理的文章，感觉蛮有意思的……”这是两人曾经的一次对话，也是一个“金点子”的酝酿和开始。

“无心插柳柳成荫”，这句话用在石玉峰团队的项目上再贴切不过了。当记者问起这次项目产生的缘由时，石玉峰与白彧相视一笑：“这完全是一个聊天聊出来的项目。”

2012 年，石玉峰到美国高校做访问学者期间与白彧结识。2015 年寒假，石玉峰又一次前往美国访学，与白彧闲聊起压缩感知原理，碰巧两人对此都很感兴趣，互相交换看法、观点之后，他们一致觉得这方面很有研究的价值。由此，他们开始了对压缩感知原理的初步研究，同时预设了项目研究可能需要的人才。后来，在美国的一场学术会议上，他们与做底层芯片研究的华人专家孟林结识，三人一拍即合，又另外联系了其他几位学者，创建了目前这支由中、美、日三个国家的五所高校、七名成员组成的科研团队，真正开始了“基于压缩感知原理的复杂环境下高效影音传输系统”的研究之路。

一次简单的朋友间闲聊催生了一个很有发展前景的研究项目，一群人因为对同一件事情感兴趣走到了一起。“起初只是因为理论和技术上的需要进行研究和合作，我们没有想过用这个项目来比赛或者创业产生其他效益什么的，”面对参赛原因的提问，石玉峰解释说，“当我们的算法有了突破之后，大家就想把理论应用到实际，实现从软件到硬件的跨越。这是一件水到渠成的事情。不过大家的初心都很单纯，没有任何功利性的想法。”

如果说这个项目的产生具有一定的偶然性，那石玉峰团队参加中美创新创业大赛更是一次“无心之举”。说起这个项目，不得不提参赛前的一个小插曲。寒假期间，山东大学金融研究院与当时正在美国访问的石玉峰联系，希望他能出个项目参加这次大赛，不过石玉峰感觉没有相对充裕的时间便推掉了。不久之后，他和白彧发现他们的这个研究有很大的发展潜力和应用价值，经过一番深思熟虑，他们“临时起意”转而决定参加比赛。于是，团队精诚合作，花费了两个来月的时间，对项目进行了“突击攻关”。直到大赛前一晚，他们还讨论到很晚，对参赛资料进行修改和完善。

“当然，这次参赛既是一次大胆的尝试，也是对我们这个项目的一次检验，同时也推进了我们这个项目从理论和技术层面走向实际的生产和应用。”谈起本次大赛带来的影响，石玉峰感触颇多。比赛期间，已经有多家风投公司表示有意向孵化他们的项目，这让石玉峰和他的队友感到很欣慰，同时也意识到后面还有很长的路要走。

这将是一项改变人类生活的技术

“比如说今天青岛的天气吧，雾很大，拍照片的话看不出后面都有什么背景，但我们的技术能让背景还原，这就是去雾去噪的功能。”当被问起这个项目的具体内容以及创新性表现时，石玉峰和白彧以生活中的具体事件为例向大家作起了介绍。原本复杂枯燥的原理，经过他们通俗的讲解变得生动活泼起来。

这个技术是石玉峰团队对原有压缩感知算法的突破和创新，他们首次提出了基于压缩感知这一前沿理论的视音频处理的去噪算法。相比传统的算法，这个算法的好处是利用压缩算法本身实现高效压缩和去雾去噪两种功能的叠加。

白彧以众所周知的无人机为例，谈到现有的图像处理和传输非常耗费能源、资源，使用传统算法的无人机一般只能飞3个小时左右，而且如果照相次数增多的话会与有限的供电资源产生矛盾，使得使用时间进一步缩短。相比之下，使用了压缩感知技术的无人机因为拥有更简洁的算法，在航拍过程中具有更低资源功耗，降低了自身的载重，持续性更长，同时图片质量也更高清。

除此之外，这个项目另一个巨大的突破就在于去雾去噪的功能。谈到这点，石玉峰笑了，“使用了我们的技术之后，那些雾霾笼罩之下的画面信息都可以被还原出来”。这让人听后万分期待。

石玉峰团队的技术无疑有着创新性和领先性，但团队并没有因此而故步自封、止步不前。作为著名数学家、中国科学院院士彭实戈教授弟子的石玉峰，时时以彭老师不断创新、锐意进取的精神鞭策自己。他向记者讲到，彭实戈院士早在1990年就提出了著名的倒向随机微分方程，开创了一个全新的数学发展方向，但他始终没有停止创新，一直在超越自我，很快开创出以g-期望、G-期望等非线性数学期望为代表的更广阔的崭新领域，一直引领着世界的前沿研究，形成了国际上影响深远的“山大学派”。“如果我们因为现有的一点成就止步不前，那么很快就会被后来者超越。我们要避免出现龟兔赛跑中兔子因为骄傲懈怠而被乌龟追赶上的情况。”

“我们对这个项目很有信心，我相信这将是一项改变人类生活的技术。”白彧眼中洋溢着兴奋与自信，这个严谨稳重的工程师，像个意气风发的小伙子般掏出手机，向记者展示这项技术的神奇魅力。在团队设计中，这项技术具有广阔的市场前景和创新性的技术突破，硬件应用可以有效地减少前端数据采集量和传输量，从而减少前端设备的功耗；良好的去雾去噪功能可以广泛应用于军事领域和民用领域，前景广阔。

如何填补前沿理论与社会产品之间的鸿沟

当前中国很普遍的一个科研现象是，拥有众多的前端理论和学术专利，却无法投入应用进而带来真正的社会效益。这引起了石玉峰的思考：“如何填补前沿理论与社会应用之间的鸿沟，是我们需要探索的。”

结合多年教书育人、做科研的经历，石玉峰认识到，对实际问题的关注可以给理论研究带来极大的帮助。在一定程度上，这种与实际问题相结合的研究更原始、更本质，也更有价值。正如艺术来源于生活一样，真正好的研究也是来自实际生活的，“不为自己原有的专业画地为牢自我设限，而是不忘初心，勇于探索未知领域，这点很重要。”

和其他很多参赛队伍不同，石玉峰团队目前还没有注册公司，只是设计出了实验室产品，有待投入实际生产。“说实话，我就是一个教书的，做企业搞生产不是我所擅长的，”体型瘦削、鬓角略带斑白的石玉峰对此很是坦诚，“一个好的科学家未必是一个好的企业家。”在他们的团队发展规划中，“如果有合伙人或者投资人的话，我们愿意与之合作，毕竟我们不可能离开科研创作去做产品经理、市场营销乃至企业家”。术业有专攻，坚持科研道路，是石玉峰团队清晰的自我定位。

扬长避短才能合作共赢。从一个科研项目到创业产品再到技术落地，这是一个漫长的过程，包括前期理论的提出、工程师介入、后期生产的产品化和工业设计多个环节，这些不是单有学者或者工程师就可以完成的。石玉峰以蛋糕作比说：“要将蛋糕做大做好，就需要发挥各自的专长，寻找合适的合伙人与我们一起完成，而不是将好东西攥在自己的手里不与别人分享合作。”

（原载于山东大学新闻网 2016 年 4 月 14 日；文：孙倩，图：杨云雷）

方雷:具有担当与情怀的知识分子

一个温暖的午后,阳光洒进方雷教授的办公室。他放松地坐在椅子上,向记者悠悠讲述起自1984年进入山大32年来学习、学术生涯的点点滴滴。没有想象中的纵横捭阖、壮怀激烈,有的只是一位学者阅尽千帆后的淡然和永远不会磨灭的研究热情。

心怀梦想,做出真正有中国特色的东西

古往今来的中外思想家对于什么是政治见仁见智,对于什么是政治学,不同的学者自然也有着各种各样的解释。方雷说:"在我看来,政治学是一个围绕公共权力的追求、组织和运用而产生的学问,是一门古老的、基础的、位阶比较高而且正在科学化的学科。"

方雷最初是科学社会主义专业出身,是我国科社专业培养的较早的博士研究生。求学期间,他对马克思有着一种特殊的情结。2001年以来,方雷多次前往欧洲访学,仅德国就去过7次,累计长达3年多。连续的国外访学拓宽了他

的研究领域和学术视野,使他开始涉猎政治学理论和方法、欧洲政治等专业,也因此对“夹缝中”的中东欧政治转轨和政治发展产生了浓厚的兴趣。2007 年之后,方雷又将目光转向了地方政府与政治的研究。站在旁观者的角度来看,方雷在研究方向的选择和转变上有些随意,甚至任性,但于他个人来说,每次的转变都是深思熟虑的结果。

现在方雷的研究重点集中在地方治理与政党政治的关系上,当被问起研究方向时,方雷笑着说:“在我看来,有不少人研究地方政府和地方治理,也有不少人研究党史党建和政党政治,但很少有人把二者有机结合起来研究。中国是党建国家,是中国共产党领导的社会主义国家,党的领导是中国特色社会主义最本质的特征,而且国家治理体系和治理能力的现代化必须落实到地方层面,所以我觉得把政党政治和地方治理结合起来研究,在咱们中国有着特别重要的理论价值和实践意义。”

方雷认为,作为一名政治学研究人员,还应该有强烈的公共关怀精神和创新意识。公共关怀的精神就是古人讲的“为天地立心,为生民立命,为往圣继绝学,为万世开太平”,追求优良的政治秩序;而创新意识对于我们这个国家和民族至关重要,中国的发展必然带来一次“典范”的变革,或者说是一次“文明范式”的转换,当前社会科学的话语体系无法完整解读中国,我们需要一种全新的思维。在方雷看来,“中国的政治学者,应该有这种理论自觉、理论勇气和理论智慧,去打造一种新的范畴,推动中国文明重新确立在全球文明中的地位”。

他坦言,现在我国的政治学研究无论思想还是方法,主要还是对西方的“移借”,或者表现为“我注六经”和“六经注我”的方式,这种现状导致中国学者要做出自己的东西非常难。如何才能做出真正有中国特色的东西?方雷说这是自己的学术追求。

心态平和,时时“修炼”人生

得知自己获评“山东省有突出贡献的中青年专家”时,方雷很开心,却也很平静:“虽然这么说有点俗,但是真的,它只是我学术志业道路上一个新的起点。”已是知天命年纪的方雷,对所有事情都有着很好的心态,在他看来只要心态调整好了,什么都不是事儿。

现在方雷工作很繁重,除了日常的教学科研,他还要承担一些管理工作以及外出讲学的任务。前不久,山东大学马克思主义学院成功入选全国 9 所首批重点建设的马克思主义学院,这将使方雷以及学院同事的工作更加繁忙。方雷的工作需要频繁出差,他倒没有觉得厌烦或劳累,“对我来说出差就是一个办公环境的移动,现在科技这么发达,不坐在办公室里,该做的事情也都可以完成”。

方雷经常谈及自己人生的"修炼","自以为,无论志向是否高远,人总要有一定的境界、良知、责任和情怀,努力做到认真做事,淡定做人,无愧良心。"一个人有了比较高的思想境界、高度的责任感和公心,明确自己的行为不是为了个人私利,也就不会将名利看得太重,也就有了一个平和的心态,自然就有了一颗安静做研究的心。

秉承这样的理念和追求,方雷还积极参与社会公共服务。2013 年,他被中共中央组织部遴选为全国干部教育培训师资库首批专家(山东省共两位)。近两年,他为高校、党政机关、企事业单位作学术报告、时政报告累计百余场次。他还多次参与山东省、济南市、历城区经济社会发展的咨政活动,2011 年受聘为济南市政协特邀委员,2013 年受聘为山东省委组织部"名师送教"专家,2015 年受聘为山东省政协专家咨询委员会委员。

亦师亦友,打造"精彩一课"

采访中,当记者提到他曾经获得山东大学"我心目中的好导师"这一称号的时候,方雷脸上绽开了大大的笑容。他说,尽管这只是校内的一个奖,但却是自己"最看重"的奖项,因为这代表着学生们对他的肯定。

迄今为止,方雷共培养科学学位硕士生 55 名、专业学位硕士生 62 名、博士研究生 16 名。他指导的研究生曾两次获评山东大学优秀硕士论文和一次山东省优秀博士论文,多人荣获国家级等各类奖学金及荣誉称号。目前,在他指导过的研究生中,有继续深造的,先后被国内外诸多知名学府录取为博士研究生,分布在美国、德国、英国、新西兰等国家;也有参加工作的,涉及政府、企业、高校等各行各业,因其良好的品行能力获得不错的个人发展。方雷说,他最喜欢听到来自学生们的好消息。

在方雷的学生们看来,自己的老师是这样的一个人:"方老师大气儒雅""幽默风趣""从他身上看到了师范之道"……听到这些评价,方雷笑着回应:"我只是在力所能及地指导学生。"他深知,学生求学不易,"如果能给他们一些点拨,让他们少走弯路,对我来说只是举手之劳,但对他们可能会产生很大的影响。"

方雷自述的"举手之劳",在学生眼里却是另一番感受。一位已经毕业的学生感慨说:"作为我的学问之师,方老师严谨的学术精神彰显在为我批改论文时的审慎之中。"更多的学生们说:"方老师上课旁征博引,理论的讲解深入浅出,还会举很多实际的例子方便我们理解。""老师对我们就像对朋友一样,每次看到和我们专业相关的好文章,都会在微信上分享给我们,大家一起品鉴。"也有人说:"方老师时常教诲我们做人当'以大气对待小气''以宽容对待狭隘',给人如沐春风之感。"

无论是指导学生时的严谨还是上课时的旁征博引,这都得益于方雷深厚的知识积累。他一直喜欢随时记录,看到经典词句都会记下来,这让他在课堂上可以引经据典、信手拈来。除了有知识储备作为后盾,方雷对于如何授课也有一番自己的体会。“说相声的有贯口,老师讲课也应该有自己的‘贯口’。人的注意力集中时间是有限的,讲课时每过十几分钟就要有一个‘包袱性’的东西,来重新将大家的注意力拉回课堂。”

古人称做学问应“读万卷书,行万里路”,在方雷那里,“万卷书还没有读了,万里路算是行了”。十几年来,他于访学之际游历了欧洲众多著名学府、名城古堡、山川湖海,感悟各国人文风情,领略自然风貌,留下了深刻记忆,丰富了人生阅历。外出访学的这些经历,让他得以实地考察欧洲各国的政治制度。每次访学归来,他的课堂上总能增添一些新的事例,而这些都来自他的亲身经历。

在欧洲做访问学者带给方雷的还有教学方式的转变。长久以来,我国教学尤其是文科类学科的教学,大都是传统的灌输式模式,但欧洲教学非常强调学生的课堂参与。方雷结合自己在欧洲的经历总结出了一套新的教学方式。他将学生分为若干个小组,每组 4～5 人,由学生自主选择展示题目,培养学生主动学习的习惯和团队合作的精神,并以绩点的形式鼓励学生参与课堂讨论。这种方式赢得了学生们的一致好评。无论平时多忙,他从未耽误过本科生的课,都是保质保量完成教学任务。2015 年,他讲授的“政治学概论”获得了教育部首批马克思主义建设工程“精彩一课”,这也是山大唯一入选的课程。

山大“土著”,感恩成长

做学术的时候,方雷严谨到“抠门”,每一个字甚至每一个标点都会“斤斤计较”,但在生活中,他却是一个率性之人。对此方雷总结到,在生活中要做到“正派、仁义、善良、真诚”,用一颗赤子之心去对待生活,那么生活自然不会亏待你。

闲暇之余,方雷喜欢旅游,尤其喜欢自驾车外出,将车内的音乐调大,欣赏着窗外一闪而过的风景,无论什么都影响不了开车的好心情,这对他来说,其实就是放松的最好方式。他还特别喜欢收集硬币,在欧洲访学的时候,他每次买东西都会仔细查看手中的欧元,分辨是哪个国家的,是一个典型的“硬币控”。

作为从本科到现在一直学习、工作、生活在山大的“土著居民”,方雷笑言:他在山大有很多“欢乐”,也有些“纠结”;山大见证了他的成就,自然也见证了他的挫折,一路走来甘苦自知;值得庆幸的是,他在学术志业的道路上不断得到许多老师、前辈、同事的教诲和帮助。他始终认为,恩情浩荡,应铭记在心。谈及对山大的情感,他最想说的还是感谢,不只感谢山大培养了自己,也感谢百年山大勤奋、厚实、严谨的风气对自己的浸染。身为一名山大人,他深感骄傲与自豪。

“大学是最宝贵的、不可逆的、单纯的学习时光。”方雷对所有山大学子有着最简单却也最深刻的期盼：做学生的时候一定要珍惜时光，刻苦学习，将时间充分利用起来。作为学者的方雷严谨、严厉，作为教师的方雷温和、无私，生活中的他却又善良、真诚，这几种气质在方雷身上得到了很好的融合。从他身上我们能看到当代学者应有的气度，这样的方雷，无愧于学生给他的评价——“具有知识分子的担当与情怀”。

（原载于山东大学新闻网 2016 年 4 月 20 日；文：杨璇，图：受访者提供）

冯维明：师德体现在点点滴滴

冯维明，教授，博士，山东大学土建与水利学院工程力学系教师。长期坚持一线教学，35 年来，他的课堂教学工作学时数和他所教过的学生数双双过万，主讲 40 门次课程学生评价记录均为优秀，其中 37 门次课程纵向排名第一。其主持的“理论力学”课程和“材料力学”课程先后获评省级精品课程。2009 年，他获得“宝钢优秀教师”称号，2012 年获评山东大学“十大爱岗敬业模范人物”，2013 年获山东大学首届“学生最喜爱的老师”称号，同年还获全国徐芝纶力学优秀教师奖。日前，他获评山东大学“师德标兵”，并作为代表发言。

看看小冯和白菜冻在一起了吗？

“看看储藏室，那个小冯和白菜冻在一起了吗？”这个当年下乡干部口中的“小冯”，就是如今的冯维明教授。当时，高中毕业的冯维明加入了知识青年上山下乡的浪潮，被分配到黄河边上的一个村子里，村里僻静清冷的储藏室成了他看书学习的首选之地，因此才有了上述的对话。

冯维明小时候最喜欢的书是《科学家幻想 21 世纪》，书中对于未来的立体交通和信息高速化的畅想让他看到了一个令人着迷的科学世界。高中时，普通的作业已经满足不了他的需求，于是他开始自学高等数学，那时候他觉得数学“非常神秘，非常遥远，觉得自己能算出来了，我就非常高兴”。

高中毕业后，下乡的冯维明一直没放弃自学。当时，知青点的窗户是塑料纸做的，不防寒。天冷的时候，冯维明穿着棉大衣，戴着露指头的手套，有空就在那里写啊算啊。即使第二天早上还要干农活，他也会学习到夜里十一二点。知青点上，储藏室的灯总是最后一个熄灭。

1977 年秋天，冯维明收到了一封朋友的来信，信中写道：“秋天到了，收获的季节到了，终于要进行真正的高考了。”当时全国物理和数学录取了部分优秀考生进入高等院校师资班，冯维明凭借优异的成绩被提前录入数学师资班。考试中最后一道数学题是“求猪圈围栏的极值”，冯维明借助高等数学知识做了出来，这令参与选拔的老师刮目相看。

2016 年是冯维明他们离开知青点 40 年，大家组织了一场聚会，同学们感叹道：“你（冯维明）是知青点唯一一个上了大学的知青，我们对你在储藏室里学习的往事印象特别深。”当初与数学偶然的结缘，经过多年的坚持，让冯维明的人生多了一种可能。

忙并快乐着

由于教学深受学生欢迎，许多涉及力学基础学科教学的学院都希望冯维明来开课，所以他一年的教学工作量基本都保持在 360 学时以上，有时甚至超过 400 学时。但他坦言很享受现在的生活，“忙并快乐着”。

在时间分配方面，他更重视本科生教学。他曾给本科生算了笔账，一年的费用除下来，一节课的成本超过 20 元。对一名大学老师来说，一个班 40 个学生，那么两节课学费就是 1600 元。如果两节课随便应付了，就等于把这笔学费浪费了，就这点而言，老师也应该把教学放在优先位置。

当然，冯维明也有自己的科研项目，也要对自己的课题负责。近年来，他致力于载人航天、登月计划的轨道动力学理论的研究，主持和参与国家“863”课题将近八年。尽管很忙，他仍经常上网回复学生的邮件。正是这种“没架子”，拉进了他与学生之间的距离。学生遇到不愉快的事，或者因成绩不好而感到沮丧，或者困惑于考研的专业方向，或者取得好成绩，都愿意告诉他。对他而言，学生三两句感激的话就让他有一种很大的成就感。很多时候，学生考试不及格会打电话向他哭诉。尽管很耽误时间，但他从不会中途挂断电话，手机快没电了，就插上充电器继续听。

在冯维明的眼里，“师德体现在点点滴滴、方方面面，是无数平凡不起眼的工作积累”。不是必须要做出很显要的东西，也不是只针对某个人，而是更多细枝末叶的工作。师德不是高高在上或低低在下，而是交流上的平等：“让学生觉得你说的我能接受，让我感到温馨，我能听进去。”那是对学生感情和心理的尊重。

有些学生如果当时你不管他，会很可惜

冯维明有一名研究生，曾经因心理疾病几乎无法正常学习和生活，无法与他人正常交流，被学院建议退学。当退学申请书放到冯维明桌上时，他犹豫再三，因为他心里明白，“这一签可能毁了他的一生”。沉思半天，他把笔一摔，拒绝了在退学申请上签字，转而让这个学生休学一年。适逢假期，他带家人去旅游时，顺便把这个学生带在身边，对他进行心理辅导。回到学校后，冯维明经常让他到家里来聊天。慢慢地，这个学生开始正常上课、参加考试并顺利地进行了学位论文答辩，后又考取博士，结婚成家。在这位学生的婚礼上，他妈妈拉着冯维明的手说：“冯老师，你救了他一命。”

在冯维明看来，“能考上山大的，都不是差生”。所以当看到因累计挂科太多在退学边缘的学生时，他都试图拉一把。曾经就有一名因网瘾而颓废的学生，两年留级，走到了退学的边缘。冯维明跟他多次促膝谈心，最终触动了他，用师德的力量把他拉了回来，这名本科生最终顺利毕业。之后，这名学生做了一个惊人的决定——要报考他最尊敬的冯维明老师的研究生，当时旁人都认为这可笑又不可思议，同事劝冯维明婉拒，但冯维明却给了学生鼓励的承诺。一年后，这名学生以总分过 400 的高分考中研究生，又经过三年的苦读取得优异成绩，考取了博士研究生。

对学生有着如此付出的冯维明，当被问及对学生的期望时，略微沉吟了一会儿，然后开口说：“学生上大学要珍惜自己的四年光阴，不要虚度，这是铸造自身价值、自身素质、锻炼能力、培养精神的地方。有些人在这四年有个大变，有的是小变，但希望他们变好，不要变坏。每个人都有自己的长处，不要把考试成绩作为唯一标准来衡量，人生很长。”

教学过程处处体现师德

谈到现在本科教育中存在的问题，冯维明表达了自己的担忧：“现在有些教授不到一线教学，一门心思写文章、做科研、拿奖、拿经费，而把大学最本质的东

西忽略了。”为此他曾两次在学校教代会上呼吁加强对教学的重视，加强对教学型人才的培养。如今，山东大学已成为首批开展教学型教授评定的试点高校。作为这个政策的主要参与者和教学职称的评委，冯维明认为：“在一线踏踏实实做教学并取得优秀教学成果的老师，一样可以参评教授和副教授，这对大学本科教学将是一个极大的促进。”

冯维明指着桌上《工程力学》的书说：“我写了很多教材，都是大量一线亲身教学的成果，这是其中一本。”2014 年，他将几十年的教学经验整理为论文《大学课堂何以精彩》，在《教师教育研究》期刊上发表，随即又被国务院发展研究中心网站全文转载，这也说明他的教学经验受到了社会的广泛认可，而他的具体实践，也对如何做好教学工作这个问题给出了行之有效的回答。

冯维明的课在学生中备受欢迎，他个人认为主要有两点原因：一是常常用板书上课，二是坚持批改作业。在他看来，现在不少教师过于依赖多媒体教学，影响了学生理解和授课效果。在学生的课程作业方面，他坚持每星期一批，用红笔将错误的地方更正，最后写评语，将成绩记录在案。“教学过程处处体现师德。”在冯维明看来，师德其实是教学中一些细微的东西，可能很小，却可能占用很多时间，但这恰恰就是师德的体现。他认为，不能把师德限定在谈谈话、发发邮件这么狭小的方面，对于师德要广义地理解，就像批改作业，你可以简单地写个“阅”字，也可以认真逐字批改，这是教师与学生交流的重要途径。

师德重在传承

在冯维明的印象中，他上学时候的大学老师上课非常认真，和学生的联系也很密切。那时候老师多学生少，老师似乎也没有那么多课题压力，更为关注教学，师生之间经常接触，无话不说，师德在潜移默化中代代传承。

冯维明是山东大学第一届教师培训中心的受聘老师，在培训青年教师时，他最关注的首先是师德问题，其次才是如何讲好课。他希望每个老师心里都要装着学生，要知道自己的责任是什么，只要心里时刻装着学生，自然知道该怎么做、该做什么，国家对学子们的期待需要每个老师去实现。

采访之际，恰逢青年教师张炯向冯维明请教教学上的问题，冯维明连连称赞这位青年教师教学非常优秀，又询问了他参加讲课比赛的情况。张炯告诉记者：“我们青年教师缺乏上课经验，冯老师经常利用各种机会向我们传授怎么上课，怎么吸引学生，不断听冯老师讲解，然后去实践，我的收获很大。”在冯维明的指导下，力学系的青年老师在学校青年教师讲课比赛中连续两年获得一等奖。

冯维明说:“现在我的学生有不少当老师的,他们在教学中也会想,当年老师教我的时候很用心,老师都坚持批作业,那么我也应该这样。”这种从老一辈那里继承而来的对待工作的严谨认真,对待学生如朋友般平等相处的亲切,这些无处不在的师德,在岁月的洗礼下依旧光彩不减,并将一直熠熠生辉。

(原载于山东大学新闻网 2016 年 5 月 23 日;文:苏雅筠、范玲,图:范玲)

赵明义：一名老共产党员的情怀

"每到七一这个日子，我都会有很多感慨。"2016 年 7 月 7 日，明德楼 A 座一层工会厅，赵明义开始了自己的发言。他语速不快，声音清晰，有些低沉。赵明义已经 84 岁了，最近一个多月，因为忙着课题结项，长时间做科研，他有点劳累。不过他的发言效果丝毫没有打折扣，身为一名 17 岁入党、有着 67 年党龄的老党员，他发自肺腑的每一言每一语，在大家听来都掷地有声，且能激起心底的阵阵回响。

赵明义，山东大学终身教授，博士生导师。当天，他被学校邀请作《习近平总书记"七一"讲话》的学习体会发言。

摆在他面前的，不是讲话稿，而是一份刊登了此次讲话的《人民日报》，空白处简单列了几条观点。原来他是要作脱稿发言。赵明义 1960 年从中国人民大学毕业，后留校任教，1962 年来山大工作，56 年的教学生涯使得他对脱稿演讲得心应手。

赵明义当天的发言，只有一个主题，那就是习近平总书记 10 次提及的"不忘初心,继续前进”。对他来说,“不忘初心,继续前进”这8个字的意义有着异于常人的深刻,这要从他的个人经历说起——

“我是一个在旧社会长起来的穷孩子。”1932年出生的赵明义,3岁丧父,5岁跟着母亲逃荒要饭,13岁丧母。可以说,在当时的旧社会,他的命运是沉重而悲惨的,一如全国四万万同胞所承受的那样。在这样的不幸之下,他却感恩着自己的幸运。“我很荣幸,我是在老解放区长大的,一直在共产党、八路军的保护下成长。”

后来,15岁的他开始参加革命,作为“红小鬼”参加根据地工作;17岁,他加入中国共产党。从那个时候起,他开始把每年的7月1日作为需要纪念的特殊的日子。

因为经历过真实的苦难,所以铭记、感恩,想要付出和回报。当赵明义提高声音,说出“没有党就没有一切,我自己的一切都属于党,包括我的生命”时,现场没有人能质疑他为党奉献一切的决心,现实中也没有什么事能撼动那誓言般的信念。

要为党无私奉献,要兑现自己的诺言。1956年,党中央发出“向科学进军”的号召,赵明义报考了中国人民大学国际共产主义运动史专业,由此走上了学术研究、教书育人的道路。至今,他一直都是科学社会主义原理、中国特色社会主义和当代国外社会主义三个研究方向的学科领头人。

曾有媒体采访赵明义,提到他在自己的学术历程中耗费了太多的心力,对此他回应:“这是践行自己信仰的事业。”他的信仰,他的“初心”,就是共产主义,就是我们的中国特色社会主义道路。

对于这方面的理解,赵明义有着毋庸置疑的权威。虽说年纪大了,但他仍坚持每天读党报党刊,看内参,关注最新学术成果及时政大事,所以他跟人对话总能有理有据,又佐以最新的研究成果,令人信服。

赵明义提到,习近平总书记在讲到马克思主义、共产主义理想的时候,从来都是理直气壮的,对此他深表认同。他说:“我们本来就有理,从理论到实践都有理,我们走的道路是对的,我们的理论、党的方针政策是对的,有什么不理直气壮的?”他承认党的历史上出现过一些错误,但党对待错误的态度是承认错误,对人民负责,对历史负责,改正错误,胜利前进,“这就是伟大的表现”。

说起对党的态度,赵明义身体离开桌子,挺直了腰背,一字一字地郑重说道:“我认为,我们党是伟大的、光荣的、正确的党。讲这个问题,我们要理直气壮。”赵明义很清晰地给出了中国共产党带领国家不断走向富强的事实:我们党走的第一步,用了28年,实现了民族独立。第二步,又走了60多年,国家由贫穷走向富裕。“我们党的初心是什么?就是工人阶级和人类解放。”作为这样一个有着8800多万党员的执政党的一员,赵明义无比的自豪,他为自己的身份而骄傲。

在他看来，共产党员不忘初心，最重要的是，第一要坚持马克思主义指导，第二要坚定共产主义理想信念，坚定中国特色社会主义共同理想，把我们自己的事情做好。

赵明义是一名学者，也是一名师者，这是党员之外他的两重身份。“每一个党员都要做好自己的事情，比如我是研究科学社会主义的，我就搞这一个专业，那就好好研究，好好教学。”

曾经有人评价赵明义在学科建设上创造了“五个一”——带出了一支过硬的学术队伍，办好了一个独具特色的专业，建设了一个国家重点研究基地，建设了一个国家重点学科，创办了一份全国中文核心期刊。这“五个一”，其实就是他每次给学生上课都要耳提面命的一句口头禅式的写照——要“学科社，信科社，干科社”。而要在“科社”这个学科干出成绩，最先考验的，就是赵明义这个学科带头人的决心和勇气。

从 1979 年开始，赵明义耗费大半生的心血，将自己的精力和热情投诸科社学科，从山东大学科学社会主义专业的创立，到《当代世界社会主义问题》杂志的创办，再到科学社会主义与国际共产主义运动史专业博士点的申报、当代社会主义研究所成为教育部百家重点研究基地的实现，一项项成绩见证着赵明义和同事们的努力、付出。而科社学科显而易见的丰硕成果，就是他向党组织交出的一份沉甸甸的实干答卷。

现在的赵明义，依旧在带学生。学生眼里的他，一方面因为个人经历、学术实力而让人崇拜，另一方面也因其性格随和而想靠近他。他曾经的学生、政管学院蒋锐教授告诉记者，跟老师聊天，老师总是三句话不离本行，话题都集中在学科，“因为他整天想着这个，关心这个，所以一谈这个就兴奋”。

赵明义说：“每个党员用实际行动证明自己是伟大、光荣、正确的党的一员，就是不忘初心。”当天，他关于“不忘初心，继续前进”的发言只用了近半小时，而关于这句话的实践，他却已经进行了 80 多年。仿佛他手头有一本厚重的人生之书，敞开着，留待他继续书写，更留待后人观瞻、求索、铭记。

“无尽的远方，无数的人们，都与我有关。”这是鲁迅先生的至理名言，也是对“情怀”一词的完美诠释。赵明义对共产主义、社会主义有着绝对坚定的信仰，他对信念的秉持，对理想的坚守，对利益的超脱，对小到学科、大到国家的奉献精神，都让人联想到“情怀”一词。他是一个有情怀的人、一个有情怀的共产党员，让人肃然起敬。

借用赵明义自己的一句话作为收尾：“把自己的事情做好，每一个党员都如此，那又能带动多少非党员、多少群众呢？……”

（原载于山东大学新闻网 2016 年 7 月 8 日；文：刘婷婷，图：刘梦冬）

张恒旭：一名大学教师的心语

张恒旭，教授，博士生导师，美国弗吉尼亚理工大学博士后，现任山东大学电气工程学院副院长、电网智能化调度与控制教育部重点实验室常务副主任、电动汽车接入电网技术山东省工程实验室主任。长期从事电力系统安全稳定分析、电力系统运行模拟等研究工作；主持或参与“973”“863”、国家自然科学基金重大仪器专项、教育部、国家电网公司等各科技项目30余项，发表SCI/EI论文60余篇，申请/授权发明专利20余项；获国家科技进步一等奖1项，山东省科技进步二等奖2项，其他行业奖励5项；2016年获评“山东大学优秀共产党员”。

近日，记者采访了刚为山东大学电气学院学生夏令营活动做完培训的张恒旭教授。就在接受记者采访的短短1小时内，张恒旭6次被打断，需要处理学院科研的一些事务性工作。据介绍，接受完采访，他还要马不停蹄地赶赴武汉参加会议，随后还要去北京参加国家自然科学基金重大仪器专项的答辩。张恒旭就是这样一个非常繁忙、惜时的人。但是无论多繁忙，他内心始终坚守着一个目标，就是要做一名合格的大学教师。

“梦想”就是做一名大学教师

一个人如果缺乏目标，就像浮萍一样缺乏前进的方向，然而一旦有了目标，就会义无反顾地勇往直前。张恒旭是一个有明确目标的人。小时候的张恒旭虽然有些贪玩，但是家长对他的宽容态度，没有让他对学习产生厌烦，反而从初中二年级开始，学习成绩一直在全乡、全县名列前茅。1994年，19岁的张恒旭第一志愿报考清华大学失利，被山东理工大学（原山东工程学院）录取。刚进大学，他就确定了将来要考研的目标。这个目标引领着他在读完大学本科后，继续到山东大学（原山东工业大学）攻读硕士研究生和博士研究生。

博士期间，张恒旭师从中国工程院院士薛禹胜教授。他是薛禹胜院士与山东大学联合培养的第一个博士生。薛禹胜院士淡泊名利，珍惜时间，与学术无关的应酬他一般都是拒绝的，对待学术问题非常认真，思维敏捷而且周密严谨。张恒旭说：“薛禹胜院士是对我学术生涯影响非常大的老师。先生的治学态度、思考问题的方式、对名与利的取舍以及学术习惯的养成等都对我起到了决定性的作用。读书期间，我在薛禹胜院士身边工作了两年半，切身感受到学问大家的风范，每晚都和薛禹胜院士一起工作到深夜。”张恒旭对电力系统的认知和兴趣以及学术习惯的养成都是在这期间建立起来的。

2000年，张恒旭硕士毕业时，整个IT行业处在鼎盛时期。当时华为来山东工业大学招聘，无论什么专业，只要是硕士毕业，就会获得年薪15万～18万元的工作，待遇非常好。同级同学转入IT行业的不在少数，但张恒旭没有去，因为他的愿望是留校继续读博，将来做一名高校教师。

2003年年底，张恒旭博士毕业时，导师极力挽留他在国家电网电力科学研究院工作。当时的情况是，如果留在研究院工作可以拿到20万～30万元的年薪，而回到山东大学当教师当时只能拿到3万～4万元，年薪差距巨大。而张恒旭坚定地选择回校工作，这源于他有做教师的“梦想”。从小就懵懵懂懂地有这种意识，大学期间渐渐明确了，他的梦想和初心就是做一名教师。

毕业留校后，张恒旭主要从事教学、科研、学科建设等工作，一开始就是协助副院长刘玉田开展工作。刘玉田是张恒旭心中的“第二导师”。在教学科研中，刘玉田给了张恒旭很多指导和帮助。在教学上，刘玉田叮嘱张恒旭：“上课时给学生的第一印象非常重要，如果课程没有准备好就仓促地去讲，一旦在学生中留下坏的口碑就很难改变了。”所以一直到现在，给本科生上的每一门课，张恒旭都会认认真真地备课，从不敢有丝毫懈怠。在科研上，刘玉田教导张恒旭将国家重大需求和个人兴趣爱好结合好，并在攻坚克难中磨炼自己。

"看书学习""做科研"是非常有意义、非常快乐的事情

在张恒旭的记忆中有一个印象深刻的场景。初一下学期,学校表彰先进。在学习好的同学上台领奖时,班主任对他说:"有本事你也上台领奖啊!"这句话点醒了张恒旭。张恒旭从初二开始认真学习,此后每年几乎都是全乡第一名,并以全乡第一名的成绩考上了高中,高中一年级时考试成绩是全县第一名。在高中三年80%的全县通考中,张恒旭的总分一直保持在第一名。

"日日行,不怕千万里;时时学,不怕千万卷。"自从认识到学习的重要性后,张恒旭开始喜欢学习,并一直把学习当作"非常有趣"的事情来做。攻读博士学位期间,他最喜欢的事情就是"看书学习"。工作后,他认为,如果能抛开其他杂事,静下心来看书、做学问,给学生上课,带研究生做实验,与他们讨论科研问题是非常有意义、非常快乐的事情。他说:"做教师是我非常明智的一个选择。如果重新选择,我仍选择做教师。做教师,看着学生们不断成长,会感到自己非常幸福快乐。"

作为学院的副院长,张恒旭除了教学科研工作外,还要考虑学院的发展问题。他做事情很投入、很认真。比如,为学院进入"电气科学名人殿堂"的邵洪泮老先生写人物传记,整理资料、查阅图书、写材料,需要花费很多时间。学院申请实验室等繁杂的事情,也要花费不少心思和时间。有人说:"这些都是和你绩效工作没有什么关系的事情,事不关己可以高高挂起嘛!"但是作为一名共产党员,张恒旭想到的不是自己。他一直把单位利益、组织需要放在首位。他认为,在自己的能力范围之内尽可能多地为单位做工作,是自己的价值所在。只要是对单位发展有利的事情,他都会全心全意地去做好。

教师对学生的培养是全方位的。比如,研究生入校后,教师要从科学思维、实验方法、文章写作等多方面对他们进行培养。从事教师工作多年,张恒旭认识到在高校培养人是第一位的,科研是第二位的,育人和科研是相互支撑的。张恒旭的人才培养工作一直做得比较好,是学院最受欢迎的导师之一。张恒旭的学生、2012级博士研究生陈立征说:"张老师在学习上是'严师'。他让我们不要太功利,眼光要长远,要扎实学习,努力做事,培养自己解决问题的能力。在生活中,他像'慈父',关心我们的日常生活和身体健康,还经常与我们一起参加体育活动。"

提起做科研,张恒旭说:"做科研,我付出时间很多,每晚都会在办公室工作到11点,但丝毫没有觉得辛苦,反倒觉得是一件快乐的事情。我认为,做事情取得多大成就不一定是衡量人生成败的唯一标准。选择你喜欢的、有价值的事情,全身心地投入,能真正享受到过程的快乐,人生就是非常有意义的。其他的

各种荣誉和名利，多一点少一点并不是那么重要。”张恒旭讲，能够全身心投入工作，非常感谢家人的理解和支持，妻子徐秀莲的支持是自己做好工作的重要动力源泉。

要明白你到底是为谁在做工作，而不是你在工作中会得到什么

谈到对党的认识，张恒旭说：“我入党比较早，大学二年级就入党了。因为我大学学习成绩特别优秀，从大一开始，学习成绩一直是年级第一名。大学一入学，我就参加党的知识宣传活动，成为党员以后也一直起着模范带头作用，在学习上起到标杆作用。我考研时入学成绩是电气学院年级第一名，四六级考试也都是年级第一。因此，我常被请去为学弟学妹作报告，介绍学习经验。”

对于政治学习，张恒旭除了平时参加教研室周四的理论学习以及抽时间自学外，还买了习近平总书记重要讲话精神的相关书籍，并抽时间仔细研读。他说：“习近平总书记的讲话精神很有高度，有哲理性，很接地气，为我们的工作提供了一个做事情的方法论。”张恒旭认为，政治学习和教学科研是互相联系的。政治学习可以为科研工作提供理论指导。科研项目的选题要响应国家的重大需求，为国家发展作贡献。

在同事的眼中，张恒旭是一名有大局观的好老师。他的同事王晓龙说：“张恒旭副院长最突出的特点就是大局意识强，对学院学科建设、科研平台建设的思路非常新颖，做事执着、认真。作为学院泰山学者团队的骨干成员，他在教学科研方面作出了突出贡献，是青年教师的楷模。作为党员和学院的党委委员，他政治意识特别强，在给学生讲课过程中，除了讲授专业知识外，还把宣传国家的教育方针政策寓于课堂之中。作为博导，他不仅指导学生学业，还教学生如何做人做事。”

张恒旭把对学生的政治教育寓于教学、科研过程中。他的学生、2014 级硕士研究生傅涛说：“张老师对我们的管理非常人性化，常常因材施教，给学生很大的自主性。在实验室例会上，他不只局限于科研项目，还会给我们补一些政治理论课，让我们加强党性修养，还与我们交流一些自己的看法。”他的学生、2015 级硕士研究生王日照说：“张老师人好，气质佳，学术严谨，教育有方。‘三严三实’专题教育、‘两学一做’学习教育期间，他会及时与我们进行座谈，交流思想，让我们把眼光放长远，培养我们做事要有大格局。”

张恒旭身上有满满的正能量。当问他出国后为何还要回国工作时，他说：“2005～2006 年，我在美国做博士后，是学院第一个由对方全额资助的公派出国人员。当时我在国外的感受是，国外的自然环境、生活条件、科研设施确实比国内好很多，但就是没有归属感。贡献越大，就越会思考我在为谁工作？我在出

国之前是没有这种感觉的，但是到那里之后，就觉得内心还是想为我们国家的教育发展和经济建设作贡献。所以合作结束后我就迫不及待地回国了。”张恒旭觉得回国后，能为自己的国家作贡献，再苦再累，内心都有一种归属感。他想的是：“我到底是为谁在做工作，而不是在工作中会得到什么。”

莎士比亚说过：“一个人的青春时期一过，就会出现像秋天一样的优美的成熟时期，这时，生命的果实像熟稻子似的在美丽的、平静的气氛中等待收获。”对于科研获奖的感触，张恒旭说：“我们近期与多家单位合作获得了一个国家科技进步一等奖，其实我个人不太看重这些奖项，但是为了集体，为了单位，只要组织和单位需要，我就一定会把工作做好。”对于工作和科研的感悟，张恒旭不忘薛禹胜院士教诲，总结了一句话：不忘初心，保持好奇，珍惜时间，不畏艰难，享受过程，继续前进。

（原载于山东大学新闻网 2016 年 9 月 1 日；文：王莉莉，图：陈立征）

杜泽逊:菰芦深处有人行

杜泽逊,长江学者特聘教授,博士生导师,全国古籍整理出版规划领导小组成员,现任山东大学儒学高等研究院副院长、尼山学堂班主任。近日,杜泽逊获评“山东省十大师德标兵”。

常常在中心校区的校园里遇到杜泽逊教授。他时常穿着白衬衫,有时会挎一个单肩包,上身微微前倾,步伐颇快,仿佛是在赶时间去做什么。

对杜泽逊有所了解之后,又觉得他仿佛永远都不会着急。他曾经用15年的时间做《四库存目标注》,而《清人著述总目》至今也已经做了12年。多年前,两个项目时间冲突,因而必须搁置一个,他在一次采访中说:“稍微安慰的是反正可以做一辈子,所以不着急。”

再了解一些,才发现他真的在赶时间。手机里的日程表密密麻麻。采访的前一星期,他在北京参加会议,晚上还在暂住的酒店里为一本书作注。

学贵在恒

只要在济南，杜泽逊最常去的地方是“校经处”，在中心校区老晶体所南楼。从楼梯口进去，曲曲折折，绕好几道走廊、转好几个弯才能找到。这是一栋旧楼，天花板很高，灯光暗淡，夜晚有时看不清楼梯，但是这些于他并无妨碍。十年寒来暑往，他的脚已经记住了每一级台阶的样子。

校经处在三楼，打开门，第一眼看到的是满桌的书，环视四周，是满架的书。书籍摆放并不规整，歪的、斜的，正的、躺的，敞开的、扣放的……每一本都像是刚刚才被人翻阅过。学生在书架上找书，杜泽逊见他找不到，便主动问他在找什么，随即说了一个位置，学生一看，果然在那里。

校经处环境有些简陋，却能使人安静。门口贴了一张杜泽逊在2014年写的敬告：“校经处修整一新，工作条件稍有改善，现已开学，希望各位同人继续发扬艰苦奋斗的精神，做好《十三经注疏汇校》工作……校经处工作严谨繁忙，务请节制闲话。”即便不作要求，这里的环境也会使人不由自主地放轻脚步、放慢语速、压低声音。

校经处每天早上6:30开门，晚上10:30关门，寒暑假期间每天依然有人在，有时还会有学生在这里通宵进行研究。《十三经注疏汇校》项目由杜泽逊牵头，带着二十几个学生，需要十几年才能完成。在他看来，学术工作就像走路，前人走了50里，他再走50里，后人再走50里，是要大家接续着共同努力的。

李振聚2008年起跟随杜泽逊读硕士，如今在山大文学院任教。关于校经的意义与收获，他说了很多，他享受这种探索新知的乐趣。他形容杜泽逊像堂吉诃德：“骑着一匹瘦马，提着一杆长矛，行走在空旷的原野上，孤胆英雄。为什么是英雄？因为他不是王者，没有权力，也不追求那个，英雄都有点理想主义的气质。”

英雄主义的气质，是有崇高的理想，并因此产生韧性和奉献精神。

在主持《清人著述总目》时，为了确保正确，杜泽逊找了360余人帮忙做资料长编。开始工作之前，他与这360余人分别单独联系，针对个别书目的特殊情况，他又专门拟定细则，亲自抄写须知，找具体做这项工作的人面谈，逐条说明，再让对方当场试试，这才放心地让他拿回去做。大家做完后，他还要清理、编号、做登记……稿子一交上来，他就提回家，每天不断往家里运，后来家里放不下，学校帮忙找到房子后，就请搬家公司搬到了工作的地方。长编总共做了130万条，重达几吨。做项目的过程中，经费不够，他就从家里拿钱补贴，等下一批经费来了，就把垫付的钱报销，报销后没经费又开始垫，而且越垫越多。

李振聚说：“菰芦深处有人行，很庆幸有人带领我们走。虽然路上有坎坷泥泞，但是路的尽头有真经；虽然我们不一定走得到，但是至少前进了一步。”

即之也温

在学生的心目中，杜泽逊是一位“望之俨然，即之也温”的师长。前半句说他做学问严谨严肃，后半句说他待学生温和可亲。大家私下里称他为“男神”，颜值高、学问高，受到推崇。他也爱学生，有一年春节，他来上班时，想到学生的问题、人才的问题，就此提笔给校长写了一封信。一位尼山学堂的学生说：“我们和杜老师之间深厚的师生情谊，用语言是无法形容的。”

2015 年，尼山学堂第一届学生毕业。毕业典礼的前两天，电视台到尼山学堂教室，趁课间休息时现场录制他对毕业生的寄语视频。当时学生们都在，短短的几句话，使他数度哽咽，反复三次才录制完成。他说的是：“因为同学们聚在这里，我才有了一份体面的工作，有尊严地活在世上。因为有同学们的监督，我才远离虚伪，追求真理。希望同学们毕业以后，活得更有尊严、更体面。”

用他自己的话说，每到送别毕业生，都会有“严重的情绪波动”。他和研究生一起做科研项目，几乎每天都见，感情自不必说，尼山学堂开办以来，他也倾注了很多心力。

身为尼山学堂的班主任，每年入学之初，他都与大家拍一张合影，回到办公室就对着照片认清每一个人。从开学第二周起，他开始约学生到校经处详谈，每天谈两到三人，询问他们的家乡何处，父母做何工作，来尼山学堂的打算，未来想要研究的方向，还有什么困难，等等。了解后，他因材施教，针对每个学生的特色在专业上提出建议；学生遇到困难时，他不遗余力地帮他们解决。

尼山学堂每年举行论文报告会，学生在大二、大三时分别要作一篇大论文，他就根据学生提交的题目，从校内外甚至境内外为他们联系到最合适的导师。

平时如果学生遇到难事或有疑问，他会停下工作，和他们聊两三个小时。杜泽逊语速不快，逻辑清晰，谈话时会直视对方的眼睛，似乎这一看，就能判断出对方是否听进去了，懂了多少。然后不疾不徐地重新遣词酌句，摆事实讲道理，直到让你听明白为止。

前不久，大四学生面临保研推免，他关心每一个同学的去向，大家都有了着落他才放心。尼山学堂 2013 级本科生袁茵就为研究生报哪所学校而犹豫，为此找到杜泽逊。杜泽逊“和蔼、坦诚，把道理讲得很清楚”，如一阵清风吹散了她心中的迷雾。

有一件事让尼山学堂 2013 级本科生张鸿鸣感慨万千。上次论文报告会之后，他请杜泽逊看看自己写的论文。“因为其间杜老师还不断有其他事情，论文断断续续地改了一个月。”张鸿鸣回忆，“有一天在项目组，杜老师对我说，论文已经看完了。”接过论文，他非常吃惊——纸张的空白处写满了修改内容，正面塞不下更多字了,反过来一看,背面还有。他说:“我没有想到。杜老师这么忙,而且只是一篇本科生论文,他还看得这么认真、这么仔细。”

对待学生,杜泽逊向来认真。十几年前,他开了“文献学”课程,每周连续上4节课。每次,他都用整整一周的时间备课,平均每周要写一本讲义,一本100页。一个学期下来,就形成了《文献学概要》的初稿。书中有他多年积累的经验和个人体会,所举的例子都是他亲自摸索过的。他讲课旁征博引,生动有趣,学生们自然爱上他的课。

师承大义

杜泽逊师从文献学泰斗王绍曾先生22年,王先生对他身教多于言传。

1981年,王绍曾先生以71岁高龄做了结肠癌切除手术,手术后不久即开始著述。在73至90岁期间,他完成了浩繁的《清史稿艺文志拾遗》。杜泽逊回忆,王先生每天都要去山大图书馆四楼古籍部,上午、下午都去工作,晚上还要加班。在衰朽之年,抱病弱之躯,竟完成了多个有重大意义的项目,所知者无不称奇。据称,王先生听闻爽朗一笑:“因为我有一帮非常得力的学生。”他说:“我不会有‘坠绪茫茫,孰继吾业’之叹,因为我做的最重要的一件事,就是培养了一批人。”春蚕默默,桃李蓁蓁。

“王先生说教不多,通过把前辈的故事讲给你,你自然就知道应该学什么、做什么。”张元济、高亨等名宿讲课时、闲聊时,一个个真实的故事对杜泽逊产生了潜移默化的影响。

王绍曾先生是张元济先生的学生,“朝夕侍坐,获聆绪论”,张元济先生对他的影响延续了一生。张元济先生曾在戊戌变法时受光绪召见,进言办新学堂,储人才、图富强。在朝不保夕的战乱中,他不甘中国人为日本人所轻,在66岁时重返商务印书馆主持复兴工作,他说:“平地尚可为山,元济一息尚存,仍当力图恢复。”战火中,他倾尽心力校勘《百衲本二十四史》,为此视力严重受损。1937年国难日益深重之时,他将古代侠义故事编写成《中华民族的人格》一书,以此唤醒国人。中华人民共和国成立时,张元济先生已是耄耋之年,他得了中风,半个身子不能动,仍继续着编校工作。以国为家,气节长存。

转眼换了一个时代,不变的是教育的职责和使命。如今,是杜泽逊在为学生们传授知识,带领他们勤勉校书,并指引他们在这个选择更多、诱惑更多的时代走正道、守正义。“我的老师怎样培养我的,我就怎样培养学生。”

杜泽逊为尼山学堂开设了一门修身课,用的是蔡元培的书。这本教材选择颇为讲究,“作者必须是心里装着国家、民族的高级知识分子,自己先得是表率”。只有这样的人,才有资格教人“修身”。课程内容,并非教人独善其身,而是以大德大才兼济天下。课上,杜泽逊经常向学生提问:“什么是义?”他自己的答案是“舍己为人”，强调“舍”字。

李振聚读研二时，写了一篇关于清代藏书家的文章，他首先投稿到上海《图书馆杂志》，期限内无回音，又转投到国家一级期刊《文献》杂志。一个月后，他同时收到了两家杂志的录用消息，而他只能选择一家发表。他给《文献》回信，请求撤稿，并解释了其中原因是“向《图书馆杂志》投稿在先”。选择更好的杂志分明无可厚非，他却说：“这是一点小小的信用，我要遵守。”后来，杜泽逊指导他写了一篇水平更高的论文，顺利发表在《文献》上，杂志社给予高度评价。

张鸿鸣考博时放弃了北大直博名额。当时北大只有一个直博名额，他是第二名，之后直博名额增加为两人，他却选择了放弃。究其原因，是之前联系的导师不能带博士，如果直博，则必须换导师。张鸿鸣说：“这位老师对我很好，给我很多鼓励。我去北大送材料时，他还亲自到校门口去接。”北大直博的诱惑力不可谓不大，他不是没有犹豫过。他短信询问老师的意见，杜泽逊回复：“人这一辈子可以穷困潦倒，但是不能忘恩。”

正如尾生抱柱、郭伋夜宿，如今人们听闻，态度大多是带着不解的钦佩，甚至是掺着戏谑的怀疑，很少有人再沿着这样一根准绳去做事。做学问就是做人，杜泽逊常说起“境界”这个词，境界高自然看得远。在选择与诱惑面前，他教学生坚定地守在“义”的那边，又如一棵大树，在高处默默为他们撑起一片天，指引前路，兜住后路。

生有涯而知无涯，杜泽逊用“接力走路”来形容做学问，其实道德文章于他皆如此。他说，我们生来就享受前人创造的东西，要让世界经过我们的创造，在原有的基础上有所提高，应该把更好的世界交到下一代手中。他无意间解开了文章一开始关于“矛盾的时间观”的疑惑——不急，是因为功不唐捐，他培养着可担重任的学生，学问也会一代代做下去；急，是出于他对自我的要求，要把更多更好的成果留在当下。

故纸堆里有什么？笔者还是不知道。但是，通过与杜泽逊和他的学生们的接触，我看到了他们对待学问的态度，以及由此延展而来的对人生、对社会、对家国的态度。他们在校经处工作，专注安静，忙而有序，仿佛怀揣古朴匠心。他们知道最后未必会在自己手上完成，但这没关系，功成不必在我，功成足矣。

写稿过程中，笔者上网查阅张元济先生、王绍曾先生的资料，读来感佩不已，不禁热泪盈眶。笔者不由地去想，中华文明是怎样绵延了数千年呢？或许就是这样吧！一代代心怀天下苍生的知识分子，和平时潜心学问，战乱时奔走呼号，他们站在精神的高处，亲身探索、传承着中华优秀文化。他们是举着火种，走在前面的人，他们要把一个更好的世界交到下一代手上。

（原载于山东大学新闻网 2016 年 10 月 9 日；文、图：刘梦冬）

常晓梅:温婉典雅谱春秋,春风化雨育英华

32 年时光流逝,32 年兢兢业业,见证了常晓梅在高等教育战线上 32 年的付出与努力。于学生而言,她温文尔雅、率先垂范,教导学生为学、做事、成人;于同事而言,她中正平和、躬亲力行,积极投身于学院建设与发展;于自身而言,她锐意进取、脚踏实地,专心致力于教学科研工作的进步与提升。温婉典雅谱春秋,春风化雨育英华。让我们走进威海校区翻译学院副院长常晓梅教授,感受她对高等教育事业的热忱与担当。

但为桃李重仔肩

早在千年前,大文学家韩愈就提出,传道、授业、解惑是教师的职责。这意味着,面对学生,教师传授的不仅仅是知识,还应有做人、处世的道理。从教 32 年,常晓梅以其无私奉献的高尚品质和勤奋扎实的工作态度践行着"蚕丝永续春未老,桃李满园寸草香"的精神。

她先后主讲了"综合英语""高级英语""英语写作""高级口译""英语教学理

论与实践”等多门本科生、研究生主干课程，其中“综合英语”为省级精品课程。在她的悉心指导下，先后有多名学生在全国英语演讲大赛、全国英语辩论赛、全国大学生英语竞赛、山东省英语口语大赛等国家和省级英语赛事中斩获奖项，经其指导的多篇论文获评山东大学优秀硕士论文以及山东大学（威海）优秀硕士论文、优秀本科生论文。教学的同时，她不忘传道、解惑。在课堂上，她经常教导学生如何规范自己的言行举止，如何待人接物，激励大家树立目标并不断奋斗。凭借其敬业奉献、任劳任怨的精神，常晓梅赢得了一届届学生的尊重和赞许。她所指导的多位学生均追随她的脚步投身教育事业，活跃在高校教学与行政岗位上。

2012 年度山东大学（威海）教学成果一等奖、2013 年度山东大学教学成果一等奖、第七届山东省高等教育教学成果三等奖、第七届山东省高等教育教学成果一等奖、山东大学（威海）第一届多媒体课件大赛二等奖……一个个奖项见证着常晓梅在教学工作上的付出与奉献。山东大学（威海）首届“我最喜爱的老师”、山东大学“教学能手”荣誉称号、山东大学（威海）“教学名师”荣誉称号、2014 年度山东大学（威海）硕士生“我最喜爱的导师”，这些跨度近十载的荣誉称号，承载着常晓梅对学生未曾改变的关爱与付出以及大家对其工作的认可与尊重。

山有崖兮，吾未悔其远

在尽心教学工作的同时，常晓梅时刻铭记知识的传承绝不仅仅在于延续，更在于创新与发扬。这种创新意味着对知识的敬畏和对前人的尊重，这种发扬彰显着对问题的批判和对真理的追求，更意味着过程的一丝不苟、精益求精。

在过去的执教生涯中，常晓梅醉心于科研事业，取得了丰硕的成果。她先后在《外语界》《外语教学》等权威学术期刊发表论文 10 余篇；主持并完成第五批中国外语教育基金项目、山东省社科规划研究项目、山东省精品课程及 10 余项校级以上教学科研项目；主编 *English for Interview Success*（《实用职场面试英语》）、《西方文明简史》《英美报刊阅读精选》等 10 余部教材，参编《全新版大学英语阅读教程》（第二版）（“十一五”国家级规划教材）等 10 余部教材；另有译著《德伯家的苔丝》《三怪客骑行记》及多篇译文。她践行着真理愈辩愈明的无悔誓言，为学生的进步与成长提供良好的指引，也为知识谱系的创造和延续贡献着自己的力量。

2010～2012 年度山东省大学外语教学科研成果一等奖、2013 年度威海市第十六次社会科学优秀成果二等奖，这些是常晓梅醉心科研、勤奋付出的见证。她参编的《新世纪汉英大词典》曾作为国礼在国家领导人出访时赠送给外国友人。在她身上,我们看见了中国学者为推动中国文化事业发展以及中外文化交流作出的不懈努力与贡献。

虽千万人,吾往矣

与单纯的教学科研事业相比,高等教育管理工作的要求或许更多,它要求对他人的尊重和对集体的认同,要求无私奉献下的踏实投入,要求忠诚与担当,更要求奉献与责任。

从教以来,常晓梅在积极投身教学科研工作的同时,也在高等教育的管理岗位上做了很多工作。任职于原大学外语教学部主任期间,她提出"We Care We Share(人人分担,人人分享)"的发展理念,带领部门全体教师员工完成了英语课程教学改革,建立分级教学制度,完善教学评价体系,制定并实施了"3+1+1+X"教学模式,极大地推动了全校公共外语教学工作的发展。她创办外语文化节这一精品校园文化活动,扎实推进了学校国际化学术氛围的建设;成功申办剑桥商务英语证书考试并获得口语考官组长证书;于2012年9月获得威海市刘公岛管理委员会颁发的"特殊贡献专家"荣誉证书,推动了高等教育服务地方经济社会发展的步伐;她坚持"公开、公正、透明"的原则,极大地保证了集体的凝聚力和向心力。翻译学院合并重组后,作为副院长的常晓梅先后分管教学、设备等工作,以其丰富的管理经验,扎实推进学院教学工作的开展,推动"英语+X语种"创新性人才培养模式的发展和完善;她推动完善大学英语教学体系,形成了"2+1+1+X"的教学模式,完善了大学英语后续提高类课程库,为促进学院融合和发展作出了重要贡献。

山东大学(威海)"巾帼建功"先进个人、2013年度山东省教育工会"三八红旗手",一个个荣誉称号背后,激励着常晓梅砥砺前行的,是师者大爱无疆的至德。这份至德是对知识的敬畏,是对责任的尊重,是对信仰的恪守与追寻。

"桃李不言,下自成蹊。"师者的尊严与骄傲在于落英缤纷中的淡然,在于灼灼其华中的从容,在于看到学生不断成长与进步的喜悦,在于看到学生学会认同的满足。从教32年,一张张天真的笑脸、一声声真诚的感谢,衬托着常晓梅对党教育事业的忠诚与责任,衬托着她对学生的关爱与祝福。一语一词启人心智,一言一行垂为师范。为师之路,她继续前行,平凡而又神圣。

(原载于山东大学新闻网2016年10月18日;文:朱新秀、齐一鸣,图:受访者提供)

金光亿：一位韩国教授的教育观

金光亿，英国牛津大学社会人类学博士，韩国首尔国立大学人类学终身教授，国际著名人类学家，在当代中国和韩国本土研究方面都有杰出贡献。2013年，金光亿受聘为山东大学人文社科一级教授，目前在山东大学哲学与社会发展学院人类学系担任系主任和研究室主任，同时担任人类学系博士生导师。

见到金光亿教授时，他身着灰色风衣，右手拿着一把长柄雨伞，衬着花白的头发，站在那里，俨然一位年长的绅士，身影略显瘦小，却远没有将近古稀这个年纪的孱弱。

他的办公室，布置出乎意料得简单。一张不大的办公桌，上面放满了各种书和材料，只留了一小块地方供日常办公。办公桌后面是一个书柜，里面放着各种有关人类学的书。最显眼的地方放着一张合影，是前不久金光亿在江苏吴江参加费孝通纪念学术活动的合影。照片中的他，笑得温和、慈祥，一如他对待学问、对待学生那般。

家庭教育、学校教育应当找到平衡点

金光亿出生在一个传统的韩国家庭，在祖父的影响下，家庭文化氛围十分浓厚，如果要用中国的一个成语来形容，那就是“书香门第”。“在东方社会里，祖孙关系非常重要，小时候祖父非常喜欢我，他对我的影响很大。”金光亿 4 岁开始学写汉字，当时不知道是汉字，只是去写，5 岁练书法，6 岁的时候开始看书，祖父还让他每天念报纸。“因为小孩子的时候看了很多书，所以我对文字和语言很感兴趣，历史和文学的知识也很丰富，比其他学生多了很多这方面的积累，我自己也很骄傲。”为此，别人总会夸赞他“是一个天才”。

金光亿的祖父眼界非常开阔。在金光亿的启蒙教育当中，祖父除了教他汉字儒学，也会教英语和世界历史知识。幼时的文化熏陶在金光亿的人生中有着深远的影响，作为家庭教育的直接受益者，他也对家庭教育、学校教育有着更深的理解。

在金光亿看来，家庭教育培养的是孩子小时候的价值观、伦理道德观以及对生活的态度，而在学校中，学校提供的是不同于家庭教育的知识的培养。“现在，不仅是在中国、韩国，甚至全世界，家庭和学校的界限越来越明显，在很多独生子女的家庭中，家长对孩子的过分保护也导致了很多家长和学校的矛盾，这些都是需要解决的问题。”金光亿还举了虎妈的例子，以此解释家庭教育不仅是要把孩子送进一个优秀的学校，更是要培养他健全的人格。

家庭教育、学校教育应当找到平衡点。家庭中，父母不应过分宠爱孩子，而学校除了在进行科学文化知识的教学之外，也不能轻视对学生人格和思想的培养。“知识本身不是最重要的，修身才是最重要的。”金光亿说，教师不仅仅要向学生传达科学文化知识，也要增进交流，互相学习，形成一种教学相长的氛围，师生之间充分的交流与沟通有助于加强对学生人格的培养。

山大应当为未来的世界培养人才

金光亿在山大授课已有 3 年多，当被问起对这所百年老校“为天下储人材，为国家图富强”办学宗旨的理解，他思考了几秒钟，转而先讲起了另一个故事。

国立首尔大学成立之初，学校坐落在韩国首尔市特别区的冠岳山下，那时首尔大学流传一句话：“如果有人问我们的国家、民族走向哪里去，就让他/她看‘冠岳’。”言下之意，首尔大学培养的人才是将来国家和民族的希望。但后来，金光亿却向学校提出了自己不同的看法。他说：“高校培养人才，应该把学生的眼界扩大，不应仅仅局限于当下和自己的国家、民族，而应该着眼于未来和全世界。后来，在国立首尔大学 60 年校庆的时候，故事开头那句话渐渐被另一句话代替:‘立足祖国,放眼世界。’”2010年,金光亿又提出了一个新的口号“走向世界,走向未来”,学校采纳了他的提议。说到这句话的时候,金光亿正坐在椅子上,他跺着双脚,用动作来弥补自己不太标准的汉语,眼神里却满是自豪。

国立首尔大学现在的校训是“真理是我们的明灯”,口号是“走向世界,走向未来”。

由此再看山东大学,“为天下储人材,为国家图富强”,金光亿也有着自己的解读。他说,这里的“天下”不是通常人们所说的中国,而应该拓宽为全世界,同样“国家”也不仅仅指中国,而应该是全世界中的国家,并且是对全世界都负责任的国家。在他看来,对这句话的理解,应当从更高、更远的角度着眼,山大不仅仅是在为中国储人才、图富强,更是在为世界培养人才。

在首届山东论坛中,金光亿作了主旨演讲,阐述了东亚地区建立文化共同体的可能性。采访中,金光亿与记者再次谈到了这个话题。他说:“东亚地区的国家关系时常因为政治或经济原因出现一些摩擦、冲突,而形成共同的道德、伦理上的价值观,彼此互相尊重和认可,有利于减少类似问题的出现。”他提议,中国、韩国、日本等东亚国家的大学彼此开放,互相交流,一起努力培养下一代的年轻人。对于未来,金光亿有着这样的展望:“大学生是国家的未来,如果东亚国家下一代的精英有着共同的价值观、伦理道德观和历史观,他们将来就能更好地促进国家间的沟通,也能更好地推进东亚文化共同体的发展。”

教在山大,亦师亦友

每年春季学期,金光亿都会为大一新生讲授“人类学概论”这门课。谈起本科生的教育现状,他语气中有些惋惜:“很多本科生局限于自己的专业领域,对其他知识有排斥心理,认为不属于自己的领域就不用了解和掌握,所以在专业知识上会有较好成绩,但很难有自己创新、综合的想法,更没有学科间的融会贯通。”为此他建议,在本科教育阶段,学生在做好专业知识训练的基础上,应当根据自己的兴趣更多地吸收其他专业的知识,去广泛地了解和学习,拓宽自己的知识面和眼界。

因为时间的缘故,金光亿在山大的工作更多的是辅导研究生进行论文写作,所以他与研究生有着更深的交流。学术上,金光亿总是一遍又一遍地和学生讨论论文选题,帮助确定论文框架,再推荐阅读相关书籍;论文写完之后,他会拿过来逐字逐句地推敲修改,再还给学生让学生自己修改。如此往复,直到达到他的要求为止。

生活中,有时学生因为论文被他批评而自信心受挫,金光亿就会放下学术的问题,以朋友的身份进行开导,一起去大明湖游玩半天散散心,或者是一起出去吃饭缓解一下心情。在学生眼里，他总能找到很独特的方式来相处。

许希是金光亿的研究生，同时也是他的助教，经常陪同他参加各种会议。“金老师德高望重，跟着他一起开会的时候发现，很多韩国、中国、日本学术界以及政界、商界人士对金老师都非常尊敬。”这位在国际上有着相当地位的老师，日常相处中却从来都是平易近人，并且特别珍惜和学生相处的机会。“金老师一直很关心我们，特别是在天气冷、学业压力大的时候更牵挂我们。就在前两天，老师还请我们一起吃饭给大家鼓劲儿，怕我们有顾虑，还很幽默地补充说：‘不会吃太久，不会耽误你们学习。’”

“学生有时因为做研究花钱比较多，我就会把学校给我的研究经费拿给他们用。”对此金光亿解释说，“我并不缺这些钱，但是拿给学生就能帮他们减轻很多负担。”他对待学生就像是朋友，甚至更像是亲人。

采访中，金光亿教授说：“我自己的任何成就都不重要，我更希望看到学生们的成功。看到他们获得好的成果，我会很开心，因为他们是我的学生，我是他们的老师；他们如果做了不好的事，我会很难过，很内疚，因为我没有教好他们。”说完这句话，他又问：“你明白我的意思吗？”当看到记者点头，他很满意地笑了。事后，记者在想，当一位学者、师者特别是长者，以缓慢认真的语速，说出这样一种真实朴素却最有力量的心思，应该是所有人都能明白、深受触动，并认真思忖的吧！

（原载于山东大学新闻网 2016 年 11 月 7 日；文：田晶晶、陈帷宏、孙心笛，图：孙心笛）

臧旭恒：读读书，再教教书

臧旭恒，经济学院教授、博士生导师，国家重点学科产业经济学学科带头人，享受国务院政府特殊津贴专家，山东省首届“泰山学者”特聘教授。曾获“第十届孙冶方经济科学奖著作奖”，承担了十几项国家和省部级重点科研项目，其中教育部哲学社会科学研究重大课题攻关项目最终成果专著《转型时期消费需求升级与产业发展研究》获全国“普通高等学校第七届人文社会科学研究成果奖”一等奖。日前，臧旭恒获得“第十届山东省社会科学突出贡献奖”。

见到臧旭恒教授时，他刚刚出差回来，正在桌前办公，很是忙碌。见到记者，他面带微笑起身打招呼，平易近人是他给人的第 印象。在一种轻松欢快的气氛里，臧旭恒教授跟我们聊起他读书教书、与经济学、与山大的不解之缘，透过一层斑驳的时光年轮，讲述他对经济学的热爱、对学术的坚守。

“热爱＋勤奋”造就传奇经历

1970 年，17 岁的臧旭恒应征入伍，成了一名光荣的人民解放军战士。当兵时候的臧旭恒，主要从事部队通讯报道工作，给报纸写文章，人民日报、光明日报、解放军报、新华社等都采用过他的作品。也是在那个时候，臧旭恒养成了爱读书的习惯，像《政治经济学》《高等数学》之类的教材他就是在部队里读完的。用臧旭恒自己的话说就是："当时唯一的想法就是多读点书。"

臧旭恒会尽可能利用每分每秒去读书。平时训练，无论多么辛苦，他都挤时间手捧书本看上一会儿；部队晚上 9 点熄灯，熄灯后他会在被窝里拿着手电筒继续看书。就是这么一股子拼命的劲儿，成就了臧旭恒扎实、认真的治学态度，也延展了较为宽广的知识面。

臧旭恒谈到，自己最大的遗憾之一是年轻时没有参加大学入学考试。对他来说，有太多知识要学，他只能选择自己努力。"学习是一生的事情，活到老，学到老，每个人都应该不断学习和积累。"这是臧旭恒总结的对学习应有的态度。

对于走上经济学研究这条道路，臧旭恒形容为"偶然中的必然"。在部队里看书，臧旭恒以马克思主义哲学、历史为主。从部队复员之后，他进入山东省劳动厅工作，开始接触经济工作。在与经济问题打交道的过程中，臧旭恒对这个新领域产生了兴趣。他结合实际工作读了很多经济学方面的书，被书中的经济思想和智慧深深吸引。1981 年，臧旭恒作出了一个大胆的决定——放弃已有的稳定工作，报考经济学研究生。

对于这个选择，臧旭恒后来解释说："当时树立的一个志向，就是希望能够为国家的经济发展出谋划策。"通过自学，他掌握了本科阶段的经济学课程。在备考研究生时，他经常到山大听自己感兴趣的课，并会向老教授请教问题。最终，他以第一名的成绩考入山东大学经济学系。

山大三年的研究生学习经历，让臧旭恒为自己志向的实现积蓄了最基础的力量。这段时光于他而言是珍贵的，因为山大是他大学生涯的开始。更重要的是，他在山大，遇到了影响自己一生的导师林白鹏先生，在先生的引领下走上了研究产业经济和消费经济的道路。这些因素，使他对山大有着别样的归属情结，这也是他硕士毕业后选择留校任教的原因之一。

理论学习与留校教书实践相结合，使臧旭恒对经济问题的研究又上升了一个层次，然而他并不满足于此，"我想要继续学习，继续读书，继续充实自己"。1991 年，已在山大任教多年的臧旭恒，报考经济学博士研究生，被我国著名经济学家、南开大学经济研究所谷书堂教授收入门下。南开大学当时拥有全国最顶尖的经济学科，南开大学经济研究所是驰名国内外的中国最早的经济研究机构，在那里，臧旭恒遇到了一批著名的经济学家，结交了一批志同道合的经济学人，南开经济研究所浓厚的学术氛围对他产生了极大影响。"如果不是在南开读博，我不会发现经济学另外一片新天地，也就不会取得今天的成就。"

宠辱不惊，埋头学术

2016年，臧旭恒教授获得了“山东省社会科学突出贡献奖”。谈及获奖感受，此前已经获得过“孙冶方经济科学奖”和教育部“普通高校人文社会科学研究成果奖”一等奖的他显得特别平静。对他来说，这些奖项只是对他学术研究成果的一个证明，能够坚守自己的学术理想并不断为之奋斗才是最开心的。

1993年，臧旭恒教授以论文《中国消费函数研究》顺利通过博士答辩，提前毕业。面对诸多选择，他作出了回山大继续教书的决定。如今，他的日常工作是“读书，教学，做科研”。只要不出差，他都会到办公室来读书、备课、写作、辅导研究生。其中，读书仍旧是他最大的乐趣。在他看来，读书是一种充实自我的绝佳方式，当老师更要多读书，自己知识丰富了才能给同学们传授更多，“肚子里要有墨水，这是很重要的”。

臧旭恒教授在消费经济和产业经济研究方面卓有建树，他主编出版了多部权威性书籍刊物，有100多篇论文发表在《经济研究》《中国工业经济》《哲学研究》等权威性刊物上。

臧旭恒教授的经历是颇具传奇色彩的，当过兵，进过国家机关，然后考进大学读书教书，没有读过本科却直接读研、读博，没有副教授任职经历却直接评为教授……回顾自己读书求学、教书写书的经历，臧旭恒教授本人的形容是“比较顺利”。他自己认为，这是因为“自己感兴趣，读书、教书、写书没感觉有什么苦”。

对待学术，臧旭恒教授认为，最重要的是要对所研究的领域感兴趣，而不能仅把它当成一个谋生手段，“自己本身愿意去做的事情，是不会觉得枯燥无味的，如此才能持之以恒做下去”。几十年来，他始终坚守着自己的学术理想——尽力做到最好，为经济发展出力。

亦师亦友，教学相长

从1985年硕士研究生毕业后留校开始，臧旭恒教授培养了一批又一批学生。提起学生，他不禁感叹时光催人老：“以前和学生年龄差距还小，现在就很大了。”

“当老师是我的职责，对所有的学生，都要尽我全力。”这是臧旭恒教授的教书观，也是他在多年的教书生涯中一直坚持的。

如今的臧旭恒教授，依然坚持为硕士生、博士生授课，和学生之间的相处模式也非常随和。对学生来说，他是一名老师，可以引领学术发展的方向；也是一位如父如兄的亲人，可以向其敞开心扉交谈。看到自己学生的成长，臧旭恒教授很欣慰。他向记者聊起了很多学生的事情，看得出他为学生们的成绩感到由衷的欢喜。

作为老师，臧旭恒教授最大的希望就是帮助学生们提高，看到他们不断成长。他有着自己的教书方式，喜欢将理论与实际结合起来，通过课堂提问的方式鼓励学生互动讨论问题，在平时的教书中也很注重与学生的交流，“最重要的是要激发同学们的兴趣，这样才能更好地将知识传授给学生”。

在臧旭恒教授看来，老师和学生之间是教学相长的关系，在带领同学们进行研究的过程中，自己也从学生的反馈中受益匪浅。他举了龟兔赛跑的例子，希望同学们注意方法的重要性。“就像小兔子和乌龟赛跑一样，虽然学生们起点不同，但是通过老师教授的方法和自己努力的学习，起点低的同学也可以取得长足的进步。”

臧旭恒教授很喜欢去国外访学，与国外同行交流。他曾先后去过美国、意大利、英国、澳大利亚等国家，“主要去看一下不同国家大学学者的研究生活，看他们同样的问题分别采用什么样的方法应对，也会去听本科生、研究生的课，这是一种教书交流很好的途径”。多国访学的经历，不仅使臧旭恒教授开阔了眼界，也让他认识到了国内外经济学教学科研发展的不同状况。

对于大学生，身为老师的臧旭恒教授无疑有很多话说。虽然他没有读过本科，但是他坚持认为“大学四年的本科，直接决定着以后的发展潜力”。他说，大学生应该开阔眼界，利用好时间，扎实打好基础，同时也要培养其他方面的能力，更重要的是，要做自己喜欢的事情。对于大学生应该如何去做，臧旭恒教授谈了很多，他充满期望的寄语中，包含的是一位老教授对学生的殷切期望。

通过采访，我们深深感受到，在追求学术理想的过程中，臧旭恒教授有过很多意料之外的选择，这与他“喜欢读书，喜欢静”的性格密不可分，却也因此成就了他后来的成长与收获。他所追求的，是自己的兴趣爱好；他所尊重的，是自己的发展意向。在纷繁复杂的社会中，他始终坚持着自己最想做的，那就是“读读书，教教书”。

（原载于山东大学新闻网 2016 年 12 月 6 日；文：杨璇，图：加朵朵）

李平:画笔下的艺术人生

李平,山东大学艺术学院副院长、教授、硕士生导师。中国美术家协会会员,山东省美术家协会主席团委员,山东省美术家协会油画艺术委员会副主任,山东省油画学会理事,山东省文联东方书画院副院长,山东省文化艺术科学"十二五"重点学科美术学专业学科带头人。2016 年 11 月 5 日至 15 日,由山东大学、山东省文化厅、山东省文学艺术界联合会共同主办的"寻源问道——李平美术作品展"在山东省博物馆隆重举行。该展览推出了李平教授的油画作品 160 件,涵盖了他 1986 年至 2016 年期间的写生与创作作品。

这是一次跨越 30 年艺术探索历程的展览,细心的参观者能够从画作的标签上看出每一幅作品的创作年代,也能够从中感受到创作者不同时期艺术理念与风格的变迁。结合这次画展,记者对李平教授进行了专访。

"寻源问道",是回望和追寻,也是探索与展望

进入李平教授的工作室,首先映入眼帘的是三层楼墙面上满满当当的画

作。似乎是看出了记者的惊讶，李平教授打趣道："我工作室的墙壁应该是最不浪费的了。"这些画作内容不同、尺寸不一，都在诉说着创作者不一样的艺术人生。

李平教授对家乡有非常深厚的情感。他始终认为家乡洒满阳光的农舍田园是最富有魅力的所在，而根植于父母兄长的人生信念给他提供了前行的动力，学艺路上师长亲友的关切更使得他内心充满了感激之情。

这一次画展展出的，既有他早期倾向于古典风格的作品，也有出国留学期间乃至于近年来探索具有表现性的艺术作品。但是，无论怎样变化，李平教授始终秉承的都是艺术教学与创作兼顾、技能实践与学术理论并重的原则。他说："我有机会多次走出国门，为追寻艺术而求索。从圣彼得堡到慕尼黑，从维也纳到佛罗伦萨，从罗马到威尼斯……这些艺术圣城深厚的文化积淀和辉煌的艺术成就，能够让每一个热爱艺术的人懂得如何去尊重传统和敬仰先贤。"也是在这期间，他开始了更多的思考。"具象与抽象、技法与理念、传统与现代、民族精神与地域文化、生活习俗与审美理念等等。我的艺术观念，也就在这种思考中慢慢地演变推进。"这种探索与追寻，就是一种执着的"寻源问道"。

同时，李平教授还特别强调自己对于艺术教学的感悟。他认为，从事艺术教育是一项神圣的事业，画笔不仅可以书写美景，也可以教化人心。他很注意与学生的相处，并从中发现学生学习、思想方方面面的情况。他说："在艺术教学中，我既能够研究艺术教学与艺术创作，同时还有机会与蓬勃向上的年轻的艺术学子们一起'如切如磋、如琢如磨'地探讨艺术与人生，这是一种职业的责任与使命，同时也是一种人生幸运和精神富足。"

不忘初心，不断前行

李平教授自童年起就对美术表现出极大的兴趣。小人书上的图画、小说中的插图、墙壁上贴的年画，都让他心驰神往，一幅看似寻常的图画都会在他脑海中展现出一种别样的意境，一种有别于现实生活的神秘魔幻的空间。这使得他幼小的心灵慢慢滋生出一种对艺术的钟情和对图像世界的迷恋。对于李平来说，以艺术为核心的生活模式从少年时代就已经开启了。小时候的他，每当看到好看的小人书都会情不自禁地临摹。每当看到比他年长几岁的二哥与邻村小伙伴一起画画，自己都学着他们的样子，偷偷临摹他们贴在墙上的那些画作。临摹的多了，自然比同龄人画得好，也就容易得到邻里乡亲的赞扬："人在夸奖赞扬的氛围中和在批评打击的氛围中成长是不一样的。"在这种影响下，李平对艺术的感情日渐浓厚。

延续着对美术的喜爱，李平最终走上了美术高考的道路。与其他追求艺术理想的同龄人相比，生长在农村的李平在小学、初中、高中阶段都没有专业的美术班和美术老师，有的仅仅是一份对美术的热爱和执着。在那个文化课至上、研习绘画一定程度上被视为“旁门左道”的年代，他追求艺术的旅途并不顺利。老师不止一次劝他放下画笔，因为在老师看来，只要他努力学习，自然有希望步入大学之门，而这个结果要远比学美术令人满意。他感恩老师对他的关怀，但那个时候的他，已经对美术无法割舍，心里也早有了自己的理想与追求，那就是要一辈子与绘画相依为命。

李平说，他的童年到青年时代的艺术人生，是由赞誉与批评、希望与绝望谱写的。好在有家人与朋友的支持、鼓励，李平从中汲取了自己前行的动力，求学之路几经周折之后终于步入正轨——以优异成绩考入山东艺术学院并进行系统的专业学习。毕业后，他来到山东大学执教，继续自己的美术研究。

进入教师行列，教书亦律己

求学时代的李平，满心想的是如何实现自己的艺术理想，却从未想过自己将来会从事美术教育，对老师这个身份也没有产生过特殊的情怀。如今回首往事，他很庆幸人生中的某些机缘。

大一时，李平获得了在寒假协助老师教课的机会。在那次教学活动中，他收获了前所未有的快乐，也从中明白了“教学相长”的真正含义，同时老师对他的工作表现也很是赞赏。这次教学以后，李平又陆陆续续被邀请讲过几次课。在这些经历中，他渐渐感受到了辅导学生的乐趣，在教会学生的同时，自己的学识也得到了延展。他逐渐意识到，做老师是自己追求理想之途的最好选择。他说：“我有幸在这个领域中从事教学，同时又有着充裕的时间进行艺术创作，我心满意足。非常感恩有幸从事教育事业，就算是将来退休了，我也会对这份职业充满留恋。”

在教学与创作中，不管对自己还是对学生，李平都严格要求。他说：“不管局外人是否将教育事业看得崇高，我们自己必须将艺术教育事业当成一项崇高、神圣的事业来做，必须有责任感和使命感。无论谁走到这个岗位上，都要培养这种意识！”认真、负责、虔诚且满怀感恩，是这位老师对待艺术教育事业最基本的坚守。

坚定艺术信念，耕耘艺术家园

大多数人认为绘画是需要天赋的。李平却说，绝大部分人都具有艺术天赋与潜能，艺术需要倾情喜爱，重要的是看他是否能够发自内心地去喜爱艺术。艺术创作需要自由想象的空间和自由创作的空间，但同时艺术创作又是一项艰苦的劳动，需要付出巨大的辛劳，万不可自由散漫，一日曝十日寒。在他看来，老师不仅要敬业，还要教育学生敬业，只有这样，学生才不会懈怠。关于勤奋，他身上有很多值得学习的地方，一幅画有时要画一两个月、半年，甚至更长的时间。

平日里，李平常研习哲学、艺术、科学方面的书籍。不同学科间知识的相通交融，会给他带来更多创作灵感。有人用“功成名就”这个词来评价他，他自己的反应却是：“哪谈得上什么成功，只有不断地研究和探索。”他认为自己的事业刚刚起步，离成功还有相当远的距离。

谈起未来的规划，李平说：“深入研究当代社会背景下艺术教学和艺术创作是今后工作的核心内容。”他将继续深入研究当代语境下的艺术教学模式和教学方法，用科学、务实，且富有前瞻性的学术理论指导艺术教学。此外，他还认为，对于艺术创作，既不能拘泥于写实性艺术的研究，也不能局限于表现性艺术的探索，而是要在不断揭示二者共性规律的基础上，致力于对艺术本质规律的深刻表现和对艺术作品的寓意性、思想性及形式美的表达。他说：“至于今后艺术表现形式将以怎样的面貌呈现，我相信是随着艺术探索轨迹的发展而演变的。”

李平教授每日作画至凌晨才休息，还特意将工作室安置在离学校和住所步行十几分钟之内的地方，以此将路上省下的时间用来作画。但他并不因此感到劳累和辛苦，相反，这样的生活使他的人生充实而富足。“对我而言，绘画是一生的职业。因此，对艺术理论与技能的研究和对艺术至高境界的追求，便成为一种不可推卸的责任和义务。绘画之于我，还是一种所爱，一种与生俱来的生命中不可或缺的精神需求。因此，能够每日作画，是一件幸福快乐的事、令人陶醉的事。”

采访结束后，记者得到李平教授赠送的画册，并听他讲起了画册的封面故事。封面上的这幅画，并不是他画的最满意的一幅，仅是因为创作这件作品的特殊经历使他对此倍加珍惜。这是2014年在青岛崂山写生时的作品。李平在山坡上行走时不慎扭伤了右脚，固定画架的一个螺丝也不知滚落到何处，画架支撑不起来……脚扭伤了，山风劲吹，又找不到避风处，一米六乘一米八的大画框如何支撑？李平忍着剧痛，心中暗自不服：“我不信今天这画就画不成了！”他回忆当时的场景：“我半跪着用绳子捆绑住画架螺丝脱落处，之后用了近一个小时的时间，先将画架连同画布倚靠并捆绑在一块巨石上，在画架的四方拉起绳子加以固定。然后，就忍着伤痛，左脚支撑着身体，受伤的右脚作稍息状，画了一整天……”

李平教授对待艺术虔诚真挚的态度、坚韧不拔的毅力、执着探索的精神，让人敬佩。记者不禁感慨，与这样一位有生命力、有追求的老师交谈艺术，如画一般美好。

（原载于山东大学新闻网2016年12月19日；文：孙心笛、王芝媛、加朵朵，图：受访者提供）

王震亚:当设计遇到慕课

王震亚,山东大学机械工程学院工业设计系主任、副教授,曾主持省级精品课程 2 门,获省级教学成果奖 2 项,2013 年被评为山东大学首届"我最喜爱的老师"。他在中国大学 MOOC(慕课)上开设的课程"人人爱设计",选课人数超过 20 万人。在名校云集的 1000 多门课程中,"人人爱设计"入选中国大学 MOOC"2015 年度最受欢迎的 App 课程""年度热门五大零基础热门通识课",王震亚本人也被中国大学 MOOC 授予"2016 年度优秀教师"和"2016 年度杰出贡献奖"。走近王震亚,起初是因为他在慕课方面的"走红"以及同学们对于他的认可与喜爱。一番对话下来我们发现,王震亚对设计的热爱,对事业的热爱,才是他的课程以及他这个人打动人的原因所在。

见到王震亚时,他刚给大三学生上完课。走进他上课的教室,和一般学生上课的地方不太一样:桌椅摆放很是自由,椅子也风格各异,有着鲜明的创意,四面墙上贴着由五颜六色的便利贴和手绘插画拼成的小展板,上面写有同学们生活中发现的问题,或者解决某个问题的思路……整间教室处处显示着设计的画面感,在这样的环境下学习,想必一定很有趣吧!

慕课问道

对于王震亚来说,加入慕课,是偶然也是必然。当今时代学习方式很大程度上发生了改变,互联网已经深入到每个人的学习、生活中。慕课是“大规模开放式在线课程”的缩写,但王震亚认为,慕课的核心不是“online”而是“open”,他一直对他的慕课学员强调:“只看网上的授课视频,学习是不完整的,参与越多,收获才会越多。”他希望自己的慕课能够打造一种学习社群的模式,让老师、学员共同成长。

课程“人人爱设计”的学员自发建立了一个2000人的QQ群。和普通的课程学习群不一样,这个群很“热闹”,聚集了天南海北的学员,每天都有热火朝天的讨论。王震亚本人也参与其中,他会在快到截止日期时提醒大家交作业,偶尔和大家聊聊生活,听听学员吐槽。这门课程也组织线下聚会活动,最近一次是清明假期在洛阳。说起这次经历王震亚印象很深。他们的队伍在参观龙门石窟时,路边突然跳出来一个小伙子和他握手,后来才知道对方也是慕课学员,他激动于能见到王震亚本人,把一直随身携带的钢笔作为礼物送给王震亚留念。这一幕让王震亚感动得不知道说什么好,现在回想起来,他依旧感慨颇多。

慕课这个平台让更多的人相识相遇,即使从未谋面,一起学习的经历也让大家彼此惺惺相惜。王震亚说:“在线学习打破了学校的围墙和教室的限制,让每个人有机会聆听各种老师的讲课,但慕课不应该失去同学关系,‘人人爱设计’这门课就是要让学习不再孤单。”

在王震亚看来,自己的课程之所以深受大家喜爱,一方面是自己对专业的热情感染了大家,另一方面还是设计本身的魅力。这门课程每周五发布公告,王震亚每次都很用心地整理自己对生活、对设计的感悟,从未间断。慕课的开放性使得当前的教育更多偏向于分享,每次交流都是一种分享,每个人都能参与其中。正如他在某次课程公告中写的:“分享式学习不是简单地接收知识,它将改变以往的从教到学的简单给予关系,把学习变成一种集体参与和集体创造。”

关于“老王”

机械学院2014级本科生张智睿说:“王老师不只是引你走进一个新世界,而是带你去寻找属于你的领域,他更像是一位人生导师。”王震亚乐于帮助各位同学找到自己的定位,与班上同学亦师亦友,大家都亲切地称呼他“老王”。

1991年,刚满17岁的王震亚以全班第一名的成绩考入北京理工大学工业设计系。他坦言，当年第一志愿填写“工业设计”时，并不知道这个专业是做什么的，但现在的他坚信，这是自己人生当中一次正确的选择，或许也是最正确、最重要的选择。

设计师每天都在面对各种新的课题、新的挑战，对此王震亚的态度是：“大学虐我千百遍，我待设计如初恋。”大学期间的一次作业经历让他至今记忆犹新。

1994 年，互联网还不发达，王震亚为了完成一份关于商场休息设施设计的作业，先是用一个星期的时间在北京图书馆（现国家图书馆）查阅各种市场调查方法，然后在商场中花了几个小时观察来往行人在座椅处的休息情况，打电话给 10 家大型商场的工作人员采访他们对于休息设施的意见，并且在商场门口发放了 100 份调查问卷与行人交流看法。这份完成于 20 世纪 90 年代的作业，至今还在网络上广泛流传，甚至被上海一家设计公司作为案例进行内部分享，因为其中凝练的研究思路和方法在今天依然很有价值。

1996 年，原山东工业大学开办工业设计专业，王震亚成为这个专业最早的任课老师之一，至今已经工作了 20 多年。1999 届毕业生、现为山东建筑大学副教授的李月恩回忆说：“那时候，王老师和我们年龄差不多，他给我们上的第一门课叫‘创造学’，到现在我还记忆犹新。”2001 年，只有 27 岁的王震亚担任工业设计研究所副所长，负责专业教学工作。2004 年，他主持完成的“工业设计专业特色教学体系改革与实践”获得山东省教学成果奖。也是在他与同事的努力下，学校工业设计专业取得了一系列成绩：2010 年，德国 IF 机构把山东大学评为全球“TOP Design University”第 47 名；在中国科学评价研究中心、武汉大学中国教育质量评价中心《2016 年中国大学及学科专业评价报告》中，山东大学工业设计专业排名全国第 15 名。

用一句话总结自己的教学经历，王震亚说：“教学就是边教边学。”他曾经谈到，与传统的“传道、授业、解惑”不同，今天的老师更多的是在扮演引导者、共同学习者和建议者的角色，而在这三个角色中，他认为最重要的是共同学习者。平时，他会通过书籍报刊或者微信、论坛等多种渠道进行阅读，拓宽自己的信息来源。在阅读的过程中，他会不断思考，把知识转化为自己内在的理解，更新知识体系，以达到教学要求。

设计内外

2011 年，王震亚开设了一门创新类通识课程——“设计与创意生活”，在学校非常受欢迎，每次选课都要由抽签来确定是否选中。刘正中是电气学院 2011 级的一位本科生，曾经连续三年抽签都没抽中这门课，但每学期都会“蹭课”。

临毕业前,他担心留下遗憾,在QQ群求助,最终得以与其他同学交换,如愿选课。三选而不得,可见课程受欢迎程度之高,这件事儿也在历届选课同学中传为佳话。

这门课程的评分方式很特别,学生给自己打分,但要列举出所得分数的理由。至于为什么采用这样的打分方式,王震亚说:"有些事情你今天觉得很重要,再过几年你会发现并没有想象中重要,比如考试分数。大学生要学会站在不同的维度看待今天的学习,明白过程比结果更重要。而让学生提供所获分数的理由,就是一个过程。"有学生在自评报告里写道:"我第一次积极地参与课堂,为的不是功利性地应对考试,而是为了享受设计创意与生活完美融为一体时所迸发出来的火花与那种快感。"或许,王震亚最希望大家学到的,就是这样一种享受过程的经历。

在王震亚的课堂上,学生组成小组共同完成一个项目,不同于许多工科刷题式的学习,而是团队自己想项目自己做,最后围绕项目选出相对合理的方案。在王震亚看来,同学们在大学之前学的都是如何独立解决问题,很少有团队合作训练,但学会与人合作其实是一项非常重要的能力,这也是他重点想引导大家学习的内容。

"大家一说到创新,往往会理解为技术创新,实际上今天的创新还要考虑商业因素和用户需求。设计就是要发挥它的综合优势,比如通过设计研究建立一种共情的能力,理解用户的真实需要,才能让创新得以转化为实际成果。"王震亚也希望能够培养同学们发现生活中细微问题的能力,把设计思想潜移默化地融入自己的生活中来。

让设计影响更多人

王震亚的很多朋友甚至学生都已经是知名公司的设计总监、总裁,但他对自己的定位却是"做一名设计教育者和普及者"。在他看来,工业设计的发展离不开广泛的社会基础,当每个人都能欣赏、都愿意使用好设计时,中国就会出现自己的"苹果"和"宜家"。

最开始加入慕课平台,王震亚的初衷之一便是让更多人学习设计。他这样算了一下:自己1996年开始教工业设计,按每年招50名学生计算,到目前大概教了1000名学生;从2011年开设通识课,每年大概200多人选课,五六年间听他上课的人数已经超过1000人;而通过慕课,仅2016年一年,就已经有超过30万人通过他了解了"什么是设计""什么是好设计"。通过一个个接触设计的学生、一串串真实而有生命的数字,王震亚对设计的想法正越来越快地普及给更多人。

让王震亚欣慰的是，大部分慕课学员选择这门课不是因为它有用，而是因为它有趣。正因为没有目的性、实用性的导向，学员们反而更容易找到学习的乐趣，并因此碰撞出更多创意的火花，寻找到更多解决问题的途径。

王震亚的教学目标是让设计教育影响更多人，让更多人了解设计、热爱设计。他正在参与编写一本全国高中新课标教材，希望让更多中学生学会用设计的方法来思考，让全社会都认识到设计学科的作用。从“中国制造”到“中国创造”，不仅要靠科技的进步，还要体现人文的关怀。设计让科技和人文交叉在一起，就是要致力于开发更加个性化、符合用户需求的产品，提升市场竞争力。

“自然科学是研究物的，社会科学是研究人的，而设计是研究人和物之间的一种关系。它是沟通社会与自然的一座桥梁，与每个人的生活都密不可分。”对于设计的未来，王震亚有着清晰的认识，他说：“设计教育势必将在创新创业大潮中发挥重要作用。”

（原载于山东大学新闻网 2017 年 4 月 20 日；文：尚玉茹、卢静宇，图：罗金荣）

展妍男：责任，铸就师者之心

展妍男，山东大学政治学与公共管理学院教师，本科毕业于山东大学俄语系，2011 年博士毕业于俄罗斯圣彼得堡国立大学历史系，2013 年入职山东大学。主要研究方向为俄罗斯对外政策、俄罗斯与中亚国家关系。2016 年获“政管校友教育奖”。

早上 5 点，闹钟惊醒了梦中人。担心路上堵车，来不及细细打理，她匆匆忙忙来到车站，赶上 7:14 发往即墨北站的早班火车。这时，窗外天刚刚泛白。由于害怕一不留神坐过站，她拿出教案继续备课，让自己一直保持专注。

接近中午，她抵达青岛校区。简单的午饭过后，她来到教室，政治学与公共管理学院 2016 级的 117 名学生正在等她。稍作调整，她便开始了这一周一次的授课。下课了，十几个学生将她围住，询问自己没听懂的地方。于是，两个多小时的常规授课后，总会再多上半小时的小型研讨交流。

天色渐晚，她赶上前往车站的末班公交；常常作为唯一的乘客前往火车站，紧接着赶上最后一列回济南的火车。回到家，已经接近晚上 11 点。直到看见熟睡的宝宝，她才告诉自己，终于可以休息了……

这是展妍男 2016 年整个秋季学期每周都会有的一天。和许多到青岛校区上课的教师一样，她家在济南，却每周都要前往几百公里之外的青岛，只因为那里有一群等着她的学生。

取舍之间，不变的是责任

刚知道学院要整体搬迁的时候，展妍男并没有太多的感受。她想着，毕竟这是学校的一件大事，真正的决定也不是这么快就能做出来的。等到事情最终确定的时候，她的顾虑也随之而来：家里孩子还小，去青岛上课难免会压缩自己照顾孩子的时间，爱人在济南有稳定的工作，全家搬过去并不是现实的选择。同时她也清醒地明白，学院的课程安排需要她去给大一新生授课，作为老师她责无旁贷。展妍男想过很多，除了自己的情况，她也深深知晓青岛校区建设对于学院、学校建设的重大意义。多番思考之后，展妍男最终选择坚守作为教师的责任，成为第一批去青岛校区授课的老师，也由此开始了每周一次的两地往返。

2016 年秋季学期开始时，展妍男的小宝宝还不到 1 岁，尚处哺乳期，出于照顾孩子的考虑，她只能当天往返。展妍男是一个十分享受与孩子相处的人，她的朋友圈总是时不时晒孩子的各种照片，分享她与孩子之间的点点滴滴。工作与生活之间，教师与母亲之间，她一个都不想放弃，只能自己多做一些，尽力找平衡。不过，尽管展妍男拼命挤压自己的时间，舟车劳顿的奔波终究还是让她力不从心，无奈之下，她只能提前给孩子断奶。对于一个深爱着自己孩子的妈妈来说，这绝不是一个简单的决定。

在济南与青岛之间往返最初的一两个月，生活节奏上的改变让展妍男非常吃力。经历过的人都知道，小孩子一两岁的时候，父母正常来说是很难睡一个安稳觉的，何况展妍男还需要天不亮就早早起床。很多时候，她甚至来不及洗漱便拿起行李奔赴车站，到学校之后才有时间进行打理。当被问及她如何认识自己的这种行动时，展妍男的回答很简单，她说："当时并没有想这么多，只是想着要把课上好，尽量不要让其他因素影响到自己，毕竟对待学生、对待工作还是要秉持责任心。"

教学之时，学生是坚持的动力

回想起自己第一次去青岛校区上课的情景，展妍男坦言自己还是有一些紧张，毕竟她面对的是一个新的环境、一群新的面孔。面对学生们的期待，无形之中她也担负起了展示教师形象、激发学生兴趣的责任。真正开始授课的时候，展妍男很快就进入状态，课堂教学随之有条不紊地展开。

展妍男所教授的“世界近现代史”是一门课容量上百的大课，每一次上课，教室里都满满当当。课堂上同学们都积极配合教学，展妍男也会不自觉地加大自己的音量，以确保每一位同学都能及时准确地接收到信息。

每一次上课，展妍男都会有意延长课堂时间，以弥补课程安排调整带来的时间压缩问题。下课之后，每次有同学上前咨询，往往是一人提问，其他所有人都认真倾听，并不时参与讨论。展妍男说：“他们的笔记总是记得密密麻麻。”其间折射出的学生们的专注和努力，每每让她感动。

让展妍男印象深刻的还有一个总是坐在讲台旁听课的男生。大概从第四次课开始，那位同学都会自己带着小马扎来上课，进入教室后便主动坐到讲台旁。这一举动让展妍男很吃惊，她上前询问是不是座位不够坐，或者自己音量不够以至于后排同学听课效果不好，但那位男同学解释说，自己只是为了能更好地跟上老师的节奏，保持专注。这是展妍男从没遇到过的情况，毕竟大学课堂相比高中更为灵活，学生的专注度需要自己调节。学生这种认真的态度让展妍男吃惊，同时也让她欣喜，更让她感到身为老师必须教好这门课的责任。

课堂内外，态度成就师风

选择成为教师并不是展妍男一直都有的目标，而更像是一个水到渠成的结果。

展妍男本科毕业于山东大学俄语系。研究生阶段，她选择去俄罗斯圣彼得堡国立大学留学，攻读新闻专业的硕士学位。博士阶段，她又一次作出改变，选择研究历史学。而现在，她转而研究政治学，探究不同国家之间的政治关系。多种学科的知识背景，让展妍男拥有了多元的思考视角，使得她在看待问题时拥有比其他人更包容的态度。她对任何事情都保有好奇心，希望尽可能多地去尝试。而成为教师，与最有活力的大学生相处，也让展妍男有机会看到更多人生的可能性。

生活中的展妍男很随和，她十分注重与学生的交流，时刻注意与学生保持平等的关系，以避免不平等的姿态带来教师与学生之间的距离感。她经常站在学生的视角思考问题，比如，她不习惯用点名的方式给学生带来压力，偶尔叫叫名字也仅仅是为了熟悉一下学生。她会经常询问学生对课程的建议，通过学生的反馈不断调整自己的教学方式、教学模式，以求取得更好的教学效果。她也十分注重培养学生独立思考的能力，鼓励学生用批判性的态度发表自己的意见。在她看来，一名好老师首先要具备为人师的责任心，“教书育人是一件神圣的事情，老师对学生的指导意义重大，每一位老师都有责任把知识准确传递给学生”。

老师还要学会平衡，对自己的生活和工作要有基本的权衡，学会在其中找到平衡点，处理好二者之间的关系。而我们注意到展妍男，正是因为她在这方面良好的平衡。

2017 年 7 月份，山东大学青岛校区搬迁工作全面启动，一大批像展妍男一样的教师奔赴新校区，向学生传递知识，传递思想。新的学期，展妍男的教学任务将更加繁重，她的生活作息、工作时间又将面临新的调整。但不变的，是她所坚持的态度与责任。我们也有理由相信，众多如展妍男一般的山大教师，将在鳌山湾畔，托举起青岛校区明天的美好。

（原载于山东大学新闻网 2017 年 6 月 22 日；文：王帅，图：王芝媛）

张建：阳光心态，好导师就应该如此

张建，女，1965 年出生，山东大学药学院教授、博士生导师。在张建办公桌的电脑下面，压着几张小纸条，其中一张写着“以人格魅力引导学生的心灵，以学术造诣开启学生的智慧之门”。这句话是习近平总书记在 2014 年 5 月 4 日与北京大学师生座谈时指出的，张建非常喜欢，所以认真写了下来，放在面前，时不时看上一眼。当记者采访到这位山东大学 2017 年度“我心目中的好导师”的时候，她谈起自己对这句话的理解，聊起自己一直都很重视的“阳光心态”：“好导师，就应该如此。”

导师与学生，特别的“合作关系”

张建说自己目前有三个身份，承担三种类型的工作——教学、科研和行政。在药学院，她主讲本科生双语课程“免疫药理学”，主讲研究生英文课程“Immunobiology”“重大疾病的免疫基因治疗”，参与“Biopharmaceuticals”的授课。“其实教学在我的工作中所占的分量不是最重的，我主要还是带研究生做科研。”张建2017年带了3个硕士研究生、1个博士研究生，这么多年基本都是这个情况。面对一批批学生，张建在积年累月的相处、相交中慢慢定义着导师与学生的关系。

“这个关系不能用一种方式来解释，有师生关系、朋友关系，还有合作关系。”在张建的理解里，师生关系中，老师向学生传授知识，不过一般学生会因此对老师有一种敬畏之情；朋友关系相对亲密些，彼此相互信任，沟通融洽，无话不谈。不过，她更想谈的似乎还是合作关系，一种区别于“导师即老板”模式的特殊存在。张建很希望学生把自己看作是一个合作者，而不单单是老师。“对学生来说，在大学里学习知识，顺利毕业，这是目标。对我来说，指导他们学习知识、完成必要的课题研究、走上社会并成为有用之才，这是我的目标。要实现这两个目标，我们就需要合作。”张建口中的“合作”二字，远不是商业关系中基于一定利益的互相交换、利用与实现，而是一种相处模式：相处融洽又有任务指标，平等对话又遵循师生间的传承，倾囊相授又客观公正。

如果有人认为张建与学生“合作”相处的方式太“现实”，那就错了，因为她管得“很宽”。张建是一个很细心的人，她会在繁忙的琐事之余发现某一个学生几天没“泡”实验室了，然后抓紧喊来聊天。张建又是一个追求完美的人，她一直认为教学生做科研容易，难的是提升其综合素质。她希望自己培养的学生尽可能完美，于是她努力着，“用三五年的大学时间，让学生有意识提高自己的综合素质”。

在张建的理解里，一个学生掌握了足够的理论知识，具备了足够的科研实力，还不算为顺利进入社会作了足够的准备，因为“现在对科学家的要求越来越高了”。她常对学生说：“学术成果固然重要，但并不是培养研究生的唯一目的和标准。能够在失败中总结经验、克服困难，在实践中不断发现问题、解决问题，这也是培养研究生优秀品质的重要方面。”她会从实验室里凳子倒了学生们却视而不见入手，看到小细节背后责任感的缺失，由此制定详细的实验室管理规定，让学生们慢慢适应与人为善、团结协作的科研氛围。她做这些琐事的目的，不是单纯让学生去遵守什么规章制度，而是要教给大家做人的道理，正像习近平总书记对青年提出的期待一样，勤学、修德、明辨、笃实。

2017年毕业的袁奕博士是张建比较特殊的一个学生。2013年，袁奕原来的导师调离山大。据袁奕回忆，当时的变动打乱了她所有的人生规划，深受打击的她想到了退学，也是在这个时候张建走进了她的生命。转到张建门下的袁奕，经常找导师谈心，科研受挫了找，感情受挫了也去找。“我是一个让老师很操心的学生，我也不是她最好的学生，但张老师是我遇到的最好的老师，遇到她是我一生的幸运。”毕业答辩致谢的时候，袁奕哭了，因为她想要感谢导师的帮助："没有张老师，就不会有现在的我，我早在之前就放弃了。"

袁奕告诉记者，如今的她回到家乡，成了一名贵州大学的老师，而"这都是张老师对我的影响，职业有很多种，做老师会很辛苦，但很有意义，我想成为跟张老师一样的人"。

做导师，不容易，但很幸福

工作多年，张建在免疫学研究领域承担或参与10余项国家级课题，发表SCI论文90余篇，也曾作为主要成员拿过分量很重的国家自然科学奖二等奖、中华医学科技奖一等奖。但这些显赫的学术成绩，在一个由学生评选出的奖项面前，似乎不再那么耀眼了。"我心目中的好导师"这一荣誉的到来，让张建意外，却也感动。她说："身为老师，能得到学生的理解与认可，这是对我最大的褒奖。"

张建1983年考入原山东医学院，本科药学专业毕业后，她获得推免资格，继续攻读生化制药专业研究生，在山大度过了七年的读书时光。2004年，响应山东大学"人才强校"战略的号召，张建跟随自己的博士生导师田志刚教授回到了母校，组建了山大第一批创新团队中的生物技术（医药）创新学术团队，也由此开始了自己的教学生涯。"从教十多年，从来没想过从学生那里得到什么回报，只是自然而然地做着自己该做的事。"在与记者的对话中，张建起初对教学经历的回忆是"自然而然"的状态，而当话题变得深入，一些刻在记忆深处的片段慢慢涌现，与学生相处的点滴瞬间，让她一次次动容。

"好老师不是天生的，都是通过不断磨炼、自我修正达到的。"张建初回山大任教时已是39岁，她坦言面对一茬茬青涩的学生"有代沟"。学生们的成长环境与张建那个年代相差太大，每个学生都有自己的特点，二十出头的年纪又必然面临这样那样的问题，张建频频面临能否解决学生难题的考验。每当这个时候，她都会本能地站在学生父母的角度想办法，尽可能理解学生所思所想，推心置腹地谈心、交流，只为能得到学生相同的理解，进而帮助学生成长。走过曾经的迷茫，咬牙扛过各种难熬的时光之后，张建笑着下结论："我很庆幸，这么多年没有放弃一个学生，他们都成了对社会有用的人。"

药学院每年都会举办新年晚会，有一年学院推出了微信墙让大家留言互动，其中一条内容让张建印象深刻，又一次击中她坚强却柔软的内心——"张妈，我们爱你！"每次说起与学生相处的这些温暖回忆，张建总会微微顿一下话语，平复一下心情。看得出来，学生带给她的感动，她一直都非常珍惜，对她仍有很强的震撼力。

如果成果能应用于临床，一辈子做科研也就值了

从张建办公室出来，不远的地方就是免疫药物所的几间实验室。在一间不大的动物房里，张建向记者介绍着做实验用的小黑鼠，不能忽略装黑鼠盒子上的“剪左耳”“HBV”（乙型病毒性肝炎）等字样，这是很温馨的画面。如今的张建，对于当年自己求学时的场景，还历历在目。

时光回到30多年前，也是在趵突泉校区，药学院的实验室条件非常简陋：冬天没有暖气，做完实验手脚都冻坏了；查文献不方便，经常需要跑到北京去复印文章；读研的时候，张建和两个师兄每次都从一楼把水抬到四楼的实验室，因为需要自己做蒸馏水；有一次需要定点杀小白鼠，张建一晚上杀了一百只小白鼠，杀到最后手都软了，有的小白鼠没杀死，又蹦起来，把她吓得不轻……岁月淘洗过后，金子般的记忆会得到沉淀。如今回想起来，曾经的苦不再觉得苦，只记得当时班里大家铆着劲儿学习，很团结，很单纯，也很快乐。

记者问张建：“为什么选择这个专业？”她回答说：“感兴趣，喜欢做科研。”读研的时候，因为听了一门相关的课程，她选了生化制药专业。“我感觉这个专业使用动物下脚料要好于化学制品，另外也算是废物利用。”一份兴趣，引导了她的学术研究之路，也让她在多年的实验室“瓶瓶罐罐”间坦然度过。

1990年，研究生毕业的张建就业于山东省医学科学院基础医学研究所。工作几年后，深感知识储备不够的她有了想要继续深造的念头。2000年，张建考取了山东大学医学院免疫学博士生，就读于田志刚教授门下。那时候的张建算是跨专业考博，相当于从头开始学习免疫学知识，这对于离开校园十年之久的她来说难度很大。即使是考博成功之后，张建依然无法放松：“读博那三年，晚上12点之前几乎没睡过，都是哄孩子睡后自己再起来工作。”功夫不负有心人，读博时候张建的研究方向——对细胞因子基因修饰NK细胞的研究得到了有关专家的高度评价；她还由此发了两篇SCI文章，这对于当时的博士生来说并不多见。

张建说：“自从踏入免疫学研究领域，我一直都在学习。”从本科时期的药学，到硕士时期的生化制药，再到博士时期的免疫学，这样的跨学科背景，让张建一直都有压力，她时时不敢松懈，总在努力想要把底子打得更扎实一些。不过，她也因此收获了不一样的思维方式。“不同的学科有不同的思考问题的方式，同一个问题我会跟免疫学专家有不同的想法，这也算是我的一个优势。”

做科研，无论基础还是应用，最终都是为了能够服务于人类，这是张建一直都有的一个认知。2016年，美国食品药品监督管理局批准了一种靶向STAT3有关的治疗肿瘤的药物，看到消息的张建非常高兴，因为她在此10年前就开始

针对这个靶分子进行研究,主要探索其在肝癌肿瘤免疫中的作用机制,“我们这个研究方向还是很前沿的,这些年选的这个靶点不错。”张建希望,有一天,通过她的基础研究,能有人发明一种药物或者方法应用于临床,确确实实服务于老百姓。她说:“这样的话,我一辈子做科研也就值了。”

寄语青年教师:要允许学生有成长的过程

几年前,张建的硕士生导师张天民教授80寿辰,学生们给他做纪念册,张建思前想后,最后送出了四个字——“阳光心态”。在她看来,自己的这位老师为人朴实、温和而又谦逊,正是阳光心态的写照。在张建成长过程中的关键节点,总能在方方面面得到老师的关注与照拂,所以感同身受,她很想将这种阳光心态传递下去,传给学生,再由学生传得更远。

张建一直很重视对学生言传身教的影响。她说:“想让学生做好,老师自己首先要做好;想让学生成为什么样的人,老师首先要成为这样的人。”任何人的科研之路都不是一帆风顺的,放到学生身上也是如此。每当学生因为科研受挫而心情沮丧的时候,张建都会勉励对方:“遇到困难,心情难过很正常,但要尽可能快地度过,然后积极面对,想办法解决。”张建本身就是一个积极乐观、昂扬向上的人,所以总能对学生产生无形的影响,正如2016级硕士研究生沈文姝描述的那样:“她有双发现美的眼睛和一颗年轻的心,会与我们分享雨后满地的槐花,会带我们摘刚成熟香甜可口的苹果,会吃下我们包的奇形怪状的饺子……每当这个时候,我都觉得我们的生活天天向上,我们的前途万丈光芒。”

“要允许学生有一个成长的过程”,这是张建对青年教师最大的希望。从年轻时候一步步走过来,多年前张建自己的经验、教训凝为这样一个教学方向:不要急于求成,不要期待学生能在短时间内达到特定要求,要允许学生犯错。张建又补充说,要尊重学生的自尊心,要善于发现他们身上的亮点。当然,学生犯了错要果断给出批评,但批评也要注意方式、方法,多提供可执行的意见、建议。采访中,张建指着办公室里一张张与学生毕业时的合影,谈起那些与自己有过交集的孩子。一个个回忆下来,记者发现,差不多每个学生都有过“不完美”的时候,而现在的他们又都是那么的自信、闪耀。而学生这个蜕变的过程,是需要老师去见证、去参与、去引导的。

药学院青年教师韩秋菊谈起张建对自己的影响,赞不绝口。2012年留校任教的韩秋菊,从2014年开设了面向文科、工科学生的课程“人体最好的医生——免疫力”,正是在张建“山大应该发挥自身资源优势,开设跨专业课程让大学生具备基本的医学知识”这一建议下开通的。课程之外,张建的个人魅力让韩秋菊感慨不已:“张老师既是我的老师也是长辈,她教给我很多,既有科研也有为人处事。无论对学生还是同事，她都非常用心，她是我们学习的榜样。”

跟张建聊天很轻松，以至于恍惚间会忘记她教授、学者的身份。她的每一句话听来都很贴心，洋溢着阳光的力量。

“大学期间，不仅仅要学知识，更要学会做人。”

“药学院女孩子多，大家喜欢跟我聊天。”

“对于研究生来说，很多时候导师比父母更先知道孩子的困境，更能理解孩子的心情。”

“做事情要大气，别斤斤计较。”

“教师是一个很令人愉快的职业，我很喜欢。”

“看着一批又一批学生走上社会，我很有成就感，培养学生是无价的。”

……

几个小时下来，让人丝毫察觉不到时间的流逝。不禁感叹，师德的力量既无限又润物无声，产生让人靠近的力量。

（原载于山东大学新闻网 2017 年 10 月 9 日；文：刘婷婷、王佳丽，图：刘婷婷）

辛公明：探寻“有意思”的热力学

辛公明，能源与动力工程学院教授，从事动力工程及工程热物理学科的教学研究工作 11 年，承担本科生“工程热力学（双语）”等课程的教学工作，年均约 180 学时。主持国家自然科学基金项目 2 项、省部级教研项目 2 项、校级教研项目 3 项，参与国家级教研课题 1 项。曾获山东大学“教学能手”“课堂教学质量优秀教师”等荣誉称号。近日，辛公明教授获评山东大学 2017 年度“我最喜爱的老师”，山大视点网站记者对他进行了采访，听他讲眼中的教书育人以及情有独钟的热力学。

与学生交往，课堂上要做到三个“不”

记者见到辛公明是在能动学院进行“工程热力学（双语）”授课的教室里，他正在进行课前准备，并时不时地与学生交谈着。他说自己很喜欢跟学生交流：“交流的目的是什么？每个人都有自己的优势，通过互相交流可以从对方身上学到很多东西。”此外，多跟学生交流，多了解学生信息，反过来学生也易于接受来自老师的信息，这对教学非常有帮助。对于这样的教学小技巧，辛公明的结论是："从效果上看还不错，最起码学生看到我不会害怕，彼此距离不会那么远，这一点很重要。"

对于课堂上的互动，辛公明同样重视。他给学生上第一节课的惯例是：先对课程进行介绍，然后让同学们作自我介绍，每人几句话，喜欢什么不喜欢什么都可以讲。每次上课前他会邀请学生到讲台前与大家一起复习回顾上次上课内容；在课间后第二小节开始前，他还会安排同学讲各自家乡的特有小吃或讲一些笑话故事。这种交流可以把大家的兴趣调动起来，课堂知识点也好，外在拓展内容也罢，最后再收回来讲这节课的内容。

辛公明很爱自己的女儿，他对女儿的态度，不是管而是与其交流，这与他和学生的相处模式非常相似。提起女儿，他说："要让她知道，事情要自己选择，并由自己承担相应后果。当然，选择之后，可能会有奖励，也可能会有惩罚，这个都是要去体会的。"同样的，在十多年与学生教学相处的过程中，辛公明也养成了与学生交流的习惯。

在学生们看来，在辛公明的课上不仅可以学到书本知识，还能收获其他方面的很多信息。一个喜欢互动的老师势必能带来一个生动的课堂。这个互动，不是简单地发问"你明白吗"，而是对课堂融入诸多心思和思考，辛公明对此有着自己的体会。

他希望在自己的课堂能够努力做到三个"不"——内容不能讲错了，学生不能讲睡了，课堂不能讲满了。第一步，"内容不能讲错了"，这是课堂教学最基本的要求，也相对容易实现，每一位认真负责的老师应该都能够做到；第二步，"学生不能讲睡了"，则不是那么容易，"课堂上老师应随时关注学生听课状态并及时作出调整，不能让学生失去听讲和学习的兴趣"；第三步，"课堂不能讲满了"，不能总是采用填鸭式的上课方式，要多一些与学生的互动交流，最好有学生对教学过程的较多参与，希望学生能够在听讲和理解的基础上充分消化吸收，巩固教学效果。

平等、对话、沟通、互鉴，正是由于辛公明对待教学对象的态度以及对教学工作的用心与付出，他才在教书育人这一教师的天职工作上得到了学生的认可，得到了教学成效的回报，也得到了"我最喜爱的老师"这一光荣称号。

乐在其中，探索热力学未知世界

从大学开始，辛公明就在学习、研究热力学方面的东西。当被问及从事这方面研究的感受，他用了"有意思"几个字来形容。"有意思"，不仅仅是说这方面的研究有意思，更多的是他对热力学的喜爱之情。

2004年7月,辛公明赴瑞士日内瓦欧洲核子中心留学,主要参加丁肇中教授主持的阿尔法磁谱仪(Alpha Magnetic Spectrometer, AMS)项目研究。国外的学习与研究令他获得了很多机遇,但辛公明选择了回母校任教。

回到山大教书的辛公明,在给学生上课的过程中收获了不一样的成就感。他清晰地记得自己第一次走上讲台上课时的情景:"当时是新学期第一周的公开课,也是'工程热力学'双语课程,樊丽明校长还来听课了,我当时挺紧张的。樊校长对我在课堂结束前小总结的方式给予了赞许,更多的是对我提出了要求和建议,如课堂授课要加强互动、调节讲课节奏、增加学生的思考时间等。樊校长的鼓励对我的教学影响很大,也一直激励着我在教学工作中积极进取。"

在真正从事热学领域之后,辛公明发现,有太多太多的东西会用到热力学知识。"能量在被利用的过程当中,超过85%都要以热能的形式出现,热力学的重要性可想而知。"他举例介绍说,手机散热要如何控制热量、航空航天器件的热控制、快速测量温度计等都涉及热力学问题,它们在生活中随处可见。

辛公明对热学这一学科的前景十分看好:"它偏基础一点,会影响到越来越广的应用,重要性也会越来越强。"在谈到学生投身这一学科时,他说:"你只要真正地用心去做,不是光看别人做什么,而是自己去感受,就能发现其中的乐趣。"

辛公明的科研之路深受导师程林教授的影响:"程老师治学非常严谨,追求精益求精,年轻的时候就取得了非常突出的成就。程老师曾鼓励我们——个人的成长不需要模式,需要榜样。他希望老师都能成为学生学习的榜样,激励双方共同成长和进步。"辛公明从导师身上学到了很多东西:"他就是一个榜样,将来我也想做得更好一些,在科研方面,更在教学方面。"

(原载于山东大学新闻网2017年10月13日;文、图:孙心苗)

王哲伟：做对的事情，做感兴趣的事情

王哲伟，现任山东大学经济学院教授，2005 年毕业于山东财经大学，2005 至 2010 年间在英国爱丁堡大学先后获得硕士和博士学位。自 2010 年入职山东大学以来，先后获得“齐鲁青年学者”“仲英青年学者”“山东省优秀博士后”“山东大学优秀教师”等荣誉称号。其中，他最看重的就是“优秀教师”这一奖项，因为在他看来，这不仅是对他科研成果的肯定，更是对他教学能力的认可。

在王哲伟的朋友圈中有这样一组问答：“如果好人没好报，我们为什么还要做好人？”“我们坚持一件事情，并不是因为这样做了会有效果，而是坚信，这样做是对的——哈维尔。”作为 2017 年“山东大学优秀教师”获得者，王哲伟对自己最基本的要求是，首先要做一个好人、做对的事情。

优秀教师眼中的优秀三要素

何为优秀教师？王哲伟在回答这一问题时总结了他所认为的优秀教师三要素。他明确谈到的首先是“教课要好”。这包含两个方面：一是打造精品课程,保证课程内容精炼、干货满满,同时努力激发学生兴趣,安排课堂中的小幽默,营造积极活跃的课堂氛围。二是将学生定位为课堂主体,将学生能够理解吸收的程度作为基准来安排课堂内容的广度、深度。

他用登高打了个形象的比方:"教师站在十层的高楼上,向处于一楼的学生招呼:'快上来看看高处的景象有多么精彩。'但学生们没法从一楼一跃而至十楼的高度,于是只能望而却步,久而久之会失去信心和兴趣。"王哲伟觉得,无论教师处于多高的水平,在教学过程中都应站在学生的角度,走到二楼的高度,向学生伸把手,教给他们搭楼梯的方法,带领学生或者引导他们自己搭梯子,一层一层攀登知识大厦,最终培养出学生对于学习和研究的兴趣。王哲伟认为,只有充分调动学生的学习兴趣,使学生全面系统、深入理解所学知识的课堂才算是好的课堂,设身处地为学生着想、切实充分替学生考虑的教师才算是好的教师。

其次是"有较高的科研水平"。王哲伟坦言,对他来说,在工作时间的分配上,科研所占比例超过了一半。他提到,科研与教学是相互促进的,所谓"教学相长"正是这个意思。科研做得好,意味着这个教师对某个领域的研究达到了领先水平,对很多相关领域的研究也会触类旁通,同样有着较为深刻的理解。因此,在教学过程中可以对基础知识给出比教材更为深刻的解释,也可以拓展讲授内容、介绍某些领域最新的研究成果。当然,在培养以做科研为主要任务的硕士生、博士生时,教师的科研能力自然更为重要。

王哲伟认为,一位优秀教师的课堂还应该是"充满着正能量的",给予学生正面积极的人生观、价值观的引导。现实社会固然存在着很多问题与不完美,但与其一味批判或抱怨,不如在正视这些问题的同时,更多地传播正能量,让学生怀着热情、信心满满地走进社会,努力让世界变得更好。

我们都一样,年轻时也有过彷徨

由于优秀的科研成果,2016 年,年仅 34 岁的王哲伟被破格提升为教授。作为一位青年教师,他把读书、看电影作为自己休息、娱乐的主要方式,和很多年轻人一样喜欢《三体》这部小说,也对前不久上映的电影《摔跤吧!爸爸》和《敦刻尔克》称赞有加。王哲伟和大学生们有很多共同话题,同样也曾经面临很多抉择,有过同样的困惑与彷徨。

高考选择志愿时,王哲伟选择了报考较被看好的金融专业。但其实,一直热门的金融专业并不是王哲伟的最佳志愿,与其并不相干的物理专业更符合他当时的学习兴趣,但是因为高考发挥失常,无法就读理想大学的物理专业。那时,王哲伟和许多大学生一样面临着专业的困惑,他也不知道自己今后会不会喜欢上这个专业,但他当时的想法是:既然选了这个专业就好好学下去!王哲伟在学习金融专业基础课的过程中发现自己对经济学理论更感兴趣，尤其是微观经济学和宏观经济学，因此在之后的海外求学过程中他选择了经济学专业继续深造，并逐渐喜欢上了自己的研究方向。

后来，王哲伟成为一位教师。选择教师这一职业，其实是王哲伟对自己职业规划的理性选择，并不是因为一开始就十分热爱。而在已经入职七年的今天，他觉得自己已经非常喜欢这份工作。“那种从很小的年纪就找到自己所热爱的事业的人，实在太幸运、太少见了，大部分人都是在从事工作的过程中，慢慢找到了对它的兴趣。”王哲伟现在除了做一些严谨且专业性强的经济学理论和应用研究之外，也喜欢研究身边的经济现象，分析和预测某些市场价格的走势，“预测得准或不准都会给我带来不同的乐趣，能够把知识用在现实生活中是一件很开心的事”。他通过自我调节和不断的努力，成了能够凭借做喜欢的事情来谋生的幸福的人——一边享受着教学与科研的乐趣，一边收获着自己的成长与学生的进步。

王哲伟希望，自己的经历能够给当下的大学生提供一些启发：“首先要把自己需要做的事情认真做好，就算对自己当下的专业不甚满意，对自己从事的工作不甚喜欢，没有关系，许多人的兴趣是需要坚持之后才能培养出来的。因此，先努力做好试试看吧，或许就能遇见寻找已久的正确答案。”

从点滴小事中关怀学生

除了在课堂上充分顾及学生对知识的接受程度外，王哲伟对学生的关怀也体现在很多细节上。他经常会设计一些小段子，为的是不让课堂内容那么枯燥干涩，尽可能营造生动有趣的课堂气氛，希望学生们在课堂上能更有精神，注意力更集中，进而收获更多。

当学生有求于王哲伟时，他总会尽力去帮助。比如，需要老师帮忙写推荐信的时候，王哲伟不是只简单地签上自己的名字，而是与其交流、了解详细信息，之后亲自为其编写推荐信内容，在保证推荐信客观真实的前提下，对学生的申请起到最大的助力作用。

谈起未来，王哲伟对自己的规划很简单，继续踏踏实实讲课，取得更多优秀科研成果，同时希望能得到更多出国交流、增长见识的机会。采访最后，他不忘叮嘱学生：“大学是人生学习和积累的黄金时期，不要浪费大学时光，给自己定一个目标，努力认真做好要做的事。目标可以随着个人的兴趣点和认知水平的改变不断调整，但没有目标、浑浑噩噩混日子是不行的。”

（原载于山东大学新闻网 2017 年 10 月 18 日；文：李皖宁、薛书新，图：薛书新）

郑雨军:总想为学生多做一些

问:“做科研苦不苦?”

答:“任何事情要想做好,肯定会辛苦一些。不过,如果能从中不断发现兴趣、乐趣,那就不觉得苦了。”

以上是物理学院郑雨军教授与山大视点记者的一番对话。这位致力于探索微观世界里原子、分子运动规律的物理学者,有着低调的处事风格。对于近期获评“2017 年山东大学优秀教师”,他认为,评上是意外,评不上是正常,因为“我只是做了自己的本职工作,山大每一位老师都是这样的”。

郑雨军,1963 年出生,物理学院教授,博士生导师,主要从事分子量子动力学、量子体系谱学及动力学方面的研究工作。曾获山东省自然科学奖一等奖、教育部自然科学奖二等奖等,指导研究生先后获得各种奖学金、优秀学位论文等荣誉;他指导的大批学生成功进入世界一流大学(如美国哈佛大学、麻省理工学院等)攻读博士学位。

结缘物理，一次次偶然促成的必然

在郑雨军读大学的20世纪80年代，国家各项科研工程正慢慢起步，理工科迎来快速发展时期，社会上流行着“学好数理化，走遍天下都不怕”的说法。郑雨军1981年考入山大物理系，与这个大形势有很大关系。除此以外，他还受到了高中物理老师的影响。那位担任郑雨军高中物理教学的张老师，同样毕业于山大物理系，教学很不错，会向学生传授很多个人对问题的认识，也会悉心与学生畅谈各类问题。郑雨军不知不觉就被物理老师的个人魅力折服了，有了想要学物理的念头。学术兴趣之外的吸引，成了郑雨军结缘物理的第一份偶然。

成功考入大学的郑雨军，想法很简单：“农村孩子来读书，就要把书尽可能念得好一点。”后来大学毕业，郑雨军跟多数同学一样选择了考研，进入北京大学继续深造，而后到高校任教。

1996年，工作多年的郑雨军在同学建议下考取了山东大学理论化学专业的博士生，跟随导师丁世良陆续接触各类研究问题。他说：“当时读博很偶然，只是抱着试一试的态度。”来自同学的劝导，是郑雨军投身物理研究的第二份偶然，他也由此真正开始了自己的学术生涯。

1999年，郑雨军博士毕业。当时他正与导师一起做动力学李代数的研究，以色列希伯来大学莱文·布朗(Levine Brown)教授是国际上这方面最顶尖的研究学者，导师建议他试试申请莱文·布朗教授的博士后。跳过留学国外的语言问题、学术沟通障碍不说，当年导师的一个建议，成了郑雨军学术道路国际化的一个助推剂，也是物理之于郑雨军的第三份偶然。自此，他的视野不再局限于国内一域，学术天地更为开阔。

2005年，在外留学多年的郑雨军回国，“当时山大需要老师，丁老师建议我回来”。又是一份来自导师的邀请，成为郑雨军回归母校、继续开展科研工作的第四份偶然。一个人的一生总有大大小小的偶然，一次次偶然加上主动的选择，也就构成了一生的必然。重回山大至今已有12年，郑雨军扎根于此，静心从事着自己的教学科研工作。

教学，更要教给学生对物理的思考

回母校任教之初，郑雨军对于教师这一身份并没有太清晰的规划，只是简单想着，“要尽自己努力做好本职工作”。十多年过去了，与教学实践同步增长的，是他日益丰富的对教学的认识与感知。

目前郑雨军承担的一项主要工作，是为泰山学堂物理取向学生讲授“理论力学”这门课。泰山学堂聚集着一大批学校的拔尖学生，对物理取向的学生来说,这是他们进入大学后最先遇到的最难的课程之一。郑雨军解释说:“理论力学为物理学其他分支提供了许多必备知识和处理问题的方法,这门课用到很多数学工具,需要建立新的思考物理问题的方法,对于学生来说是一个挑战。”为了教好这门课,郑雨军用心地探索各类教学方法,“摸索怎么才能教得更好”,进行了如翻转课堂等教学尝试,只为提升这群初入大学的孩子对科学的感悟。在郑雨军看来:“要简单叙述知识,每个老师都能做得很好,关键是要教给学生课程背后对物理的思考。”

泰山学堂2015级物理取向学生程龚睿说,刚接触郑雨军老师的时候,自己很是受了一番“智商上的碾压”,主要就是因为“理论力学”这门课。“郑老师对我们有很大的期待,从教材到上课内容,比国外很多大学都要难许多。”对于程龚睿这一级学生,郑雨军的授课方式是“学生讲课+老师点评”,以此激发学生自己发现问题、分析问题的能力。他介绍说,泰山学堂小班授课,一个班不到20人,自己的授课基本能照顾到每一个学生,目前正在继续尝试打造一套“更好的教学方法”。

在郑雨军看来,讲课其实分几个阶段:“上课学的东西全学懂了,这是一个阶段;你真正要用了,发现书本上学的东西距离使用还是有差距,这是另一个阶段。”具体到一个概念,也有不同层次的认识,有不同的深度和广度。他拿背唐诗打比方:“一个人在小学的时候背唐诗,和到中年以后再背,理解是肯定不一样的。”相同的道理,哪怕一个知识点,在不同的知识架构中需要进行不同程度的掌握,而老师需要逐步引导学生掌握这个知识,包括后续返回来重新进行认识。

做科研,兴趣+耐心

采访中,郑雨军对青年学者给出了两方面的建议:一是要找到自己感兴趣的地方;二是科研可能会不顺利,这时候需要耐心和坚持。“兴趣”“耐心”,这两个词其实也是郑雨军个人科研经历的真实写照。

断断续续已有近40年的物理研究经历,郑雨军却说自己对物理“有兴趣,但并不是非常浓厚”。为什么这么说?因为他很多时候确实苦恼,苦恼于无法破解的问题,苦恼于自己还必须坚持,不舍得放弃。在郑雨军看来,物理学科本身的发展已经相对完善,这时候研究的问题势必越来越深入、越来越难。“有些问题是短时间能想明白,有的需要很长时间才能想明白,还有的是再长时间也想不明白,这样的只能先放放。”

留学时期,郑雨军花了很长时间才适应与国外学者的学术交流,他也格外重视学生的国际化培养:“建设世界一流大学,除了科研成果,学生也应该有一流的国际化视野。”

郑雨军是一个很有耐心的人，他做科研的风格，一如他谈吐间的不急不躁、不追不赶。最初留学的时候，郑雨军对以色列的了解仅限于电视上国际新闻中的巴以冲突。只身在外，一度让他备受打击的是学术交流的不畅。“起初与国外学者交流科研问题时，在认知和处理问题的方式上有较大偏差。”没有别的办法，他只能按捺住性子，自己更勤奋一些，多跟其他中国学者“取经”，多泡图书馆，多看文献作准备。凭着这份耐心，他终于平稳度过了学术上的国际“磨合期”。

这样的耐心，同样被郑雨军用在指导学生上。2015 级博士研究生孙舒宁曾纠结于理论推导中遇到的一个问题：如何推导出量子系统最优、最短的演化时间？这项研究会使量子系统达到最大的演化速度，进而为量子态的快速翻转提供理论基础。“郑老师考虑了很久，最终提出了一个可能的解决方案，让我把原来的问题简单化，从量子体系的特征时间入手去试一下。”学生眼里“优点非常多、学问做得非常棒”的郑雨军，熟知并随时留意着自己各个学生的科研进展，在任何需要的时刻都能送上恰到好处的指导。孙舒宁说：“这种学术交流来得非常及时，往往他的一句话就能点醒我们。”

在郑雨军看来，山大物理学科正面临非常好的发展机遇，即将迎来跨越式发展，置身其中，他个人也在科研方面继续做着自己的努力。物理学科的发展正不断催生许多交叉学科，比如与生物、与化学等交叉催生的新学科，可作为学科新的生长点。郑雨军时时关注着学科的最新进展，下一步他准备开始一项新的探索，即通过物理上的冷原子体系探索非高斯分布现象的行为特性，以此发挥其特定的潜在作用。

学生无法“批量生产”，师徒传承很重要

在聊教学方法的时候，郑雨军谈到一个“很怪的现象”：在科学技术高度发达的今天，研究生的培养还是实行导师制，无法实现“批量生产”，很大程度上还是依靠师徒间的传承。

2014 级博士研究生刘晓燕在谈起郑雨军时说：“每次大家问我，郑老师到底有什么魅力，指引你走上了漫长的科研之路。我脑海里总会浮现出三个词——严谨、认真、宽厚。刚读博时，对科研甚是迷茫，郑老师悉心引导，如阳光拨开我眼前的迷雾。后来在科研中遇各种困难，郑老师平易近人的鼓励和高屋建瓴的指导，如灯塔指引我的航向。”老师对学生潜移默化的影响，或许就是师徒间最重要的传承吧！

郑雨军最看重的一项学生素质是品德，他说：“不管做什么，先把人做好才

能去做事。”学生们对于他的科研要求记得非常牢,已经成为基本的行为认知。

谈起学生,已经毕业的王东升让郑雨军印象很深。这个学生能力很强,读研期间就在世界著名的物理学顶级学术期刊《物理评论》发表过文章,不过郑雨军记住他还是因为“科研方面我们常常争论问题”。对于学术争论,郑雨军是很期待的:“可以有不同意见,但你要说服我。”他希望通过观点的碰撞产生新的思维火花。

郑雨军对学生是宽容的,据说“从来不会对学生发火”,但他对自己却是苛刻的。2013级博士研究生蔡祥吉一直都知道导师的一个小习惯,那就是办公桌上总是会摆着很多参考文献:“老师只要有时间了就会拿起来看,了解当前研究进展,比我们学生要用功得多。”蔡祥吉明年将要毕业,打算去高校任教,自己老师的行事风格也将伴随他的职业之路。

“学生在大学几年到底能学到什么?这是一个很好的问题。”郑雨军不要求自己的学生毕业后全部进行物理研究,在他看来,除了学会做人,大学能留给学生的应该就是严谨的逻辑性训练、思考问题的视角和方法。“这种物理训练、科学训练,学生会受益终生。”

采访最后,谈起学生之于自己意味着什么,郑雨军依旧言辞浅浅。他说:“学生是老师教学、科研的主要对象,天天和学生打交道,老师自觉不自觉地会为学生做很多事情。”

(原载于山东大学新闻网2017年10月23日;文:刘婷婷、黄敏,图:刘婷婷)

张平：从教从仁师之范，一曲一章艺之美

或铿锵有力、荡气回肠，或如泣如诉、百转千回——丝竹管弦闪烁着音乐艺术的魅力；或隽秀明丽、自然舒展，或苍凉遒劲、力透纸背——一笔一画述说着刚柔并济的智慧；或循循善诱、耐心教导，或严格要求、忧心批评——一言一行铸成了言传身教的品格。他就是艺术学院音乐专业的张平教授，刚刚被评为威海校区第八届“我最喜爱的导师”，同时也获评2017年山东大学“我心目中的好导师”。多年来一心向学，如今桃李满园，他以严格的教学态度和严谨的治学品格向我们诠释了“学为人师，行为世范”的精神品质。

以爱为帆，航之弥久

“高票当选”的背后，隐藏了一位老教授淡泊名利的胸怀、言传身教的态度以及对学生深沉的爱。

作为艺术学院第一位教授、第一位硕士生导师，张平教学能力强，科研经历

丰富,一直深受同事的尊敬和学生的爱戴。谈及此次"我最喜爱的导师"评选活动,张平表示本想把机会让给更年轻的老师,因此对活动的具体程序一直没有太多关注,一切都放手让学生去做。对于评选结果,张平淡然视之,他表示做任何事情只要尽力做到零瑕疵、问心无愧就好,至于结果不是个人能决定的事。

走进张平的办公室,我们看到的不是一位板着面孔、刻板教条的老教授,而是能与学生融洽相处、以诚相待的知心朋友。

他认为一个人的世界观的塑造主要来自三个方面:家庭教育、学校教育和社会教育。家庭是一个人的根基,是人的第一个成长环境。学校教育作为其中同样重要的一部分,当然也不容忽视。

在教育工作中,张平以"爱的教育"为信条,不仅在专业学习上给予学生悉心指导,在生活上更是关爱呵护、无微不至。但关爱不是溺爱,它是殷切的期盼,是对学生的高标准与严要求。张平坦言,自己要求学生在学术研究上做到严谨认真、一丝不苟、实事求是。无论是本科生还是研究生都要有"问题意识"和敢于质疑的精神,本科生要"带着问题去学习",研究生要"带着问题去研究"。在基本功方面,他要求学生每天 6:40 起床练习,希望同学们可以克服惰性,养成良好的习惯。

此外,张平也不忘帮助年轻的老师。因为自己青年时期有过探索教学的经历,现在的张平对于年轻教师给予了极大的理解和无私的帮助。不管是日常教学、科研项目,抑或是学术文章,张平都热心地就相关问题提出自己的意见和看法,为他们提供方法思路上的指引。

张平时常感念自己的小学老师,他表示小学老师给他最大的启示是用爱去培养学生。看到他办公室里老师的照片,我们了解到他会经常和老师联系询问近况,张平教授一直坚守着初心,也坚守着中华民族尊师重教的传统美德。

关爱学生、提携后辈、尊敬师长,多年来张平一直践行着自己口中的那句"前无负于祖先,后无愧于来者"。得一如此良师,何其幸也!

治学之道,一以贯之

从业至今,张平已出版《识谱与乐理》《大学音乐》《张平音乐文集》等 9 部著作,参与国家级、省部级课题 10 余项,发表论文 40 余篇,出版个人 CD 专辑 4 张。曾作为竹笛、箫演奏家出访意大利、美国、日本、新加坡、韩国及中国香港和澳门地区。张平用这些斐然的学术成就向我们证明遗传基因、秉性天赋固然重要,但杰出的艺术家绝不会仅仅依赖先天的条件。锲而不舍、坚韧不拔的治学态度和勤学苦练、不畏艰难的治学品格永远是通往艺术殿堂的必经之路。

张平自幼酷爱音乐,犹以笛箫为最。为了吹好笛子,他自 12 岁始每天早晨

6点之前跑步到公园练习一个半小时，坚持到大学毕业，终于练就了严谨的台风、娴熟的技艺、一流的音乐感和超强的表现力。大学毕业参加工作成为人民教师后，为提高写字水平，张平痛下决心，每天坚持练习书法，11年后获太原市书法比赛一等奖，成为山西省书法家协会会员。张平办公室中那幅方圆相济、遒劲隽永的《七律·长征》便是他自己的作品。书法渐精后，张平又学习了篆刻、装裱等相关技艺，虽未成大家，但也不可等闲视之。

参加工作后，张平改行教乐理、音乐史等专业。通过刻苦钻研，从书籍中求甚解、由细微处究机理，他结合自身的演奏与教学实践，旁征博引、兼收并蓄，不断进行音乐艺术的深度研究，成为国内乐理研究和中国音乐史学界较有影响的学者。除此之外，张平还学习掌握了钢琴、打击乐、埙等乐器，极大地丰富了其演奏内容和教学质量。

采访中，张平反复强调“变被动为主动”的重要性。他表示生活中我们可以主动选择的事情很少，多的是那种不得不去做的工作。这时候，我们就需要抛弃消极情绪，变被动接受为主动追求，也就是树立目标、下定决心，然后一以贯之、勇往直前地去做好你必须去做的事情。

“动人以言者，其感不深；动人以行者，其应必速。”张平用这种严谨的治学态度和“不怕起点晚，就怕拼命干”的拼搏精神取得学术成就的同时，也在潜移默化地鼓舞着学生砥砺前行。

笛声悠扬，音乐之光

音乐是声音的艺术，也是情绪的艺术。在张平身上，我们看到了一个艺术家对音乐不灭的热情与追求。

采访过程中，张平邀请我们欣赏了他已经录好的个人独奏笛曲《九儿》，并为我们现场展示了从欢快到忧伤到热烈再到抒情的多段笛子演奏。他认为作为一种声音的艺术，音乐不是物理声效的简单相加，而是人们通过创造艺术形象来表达思想情感的手段。他坚信一首好的乐曲首先要做到声音干净饱满，其次有情感的投入与表达。欣赏演出时，观众首先会被表演者娴熟高超的技艺所吸引，继而会根据自己的生活经历，被音乐中的情感所触动，产生内心的共鸣与思考。就像他之前为送别毕业生们所作的一首笛曲，之所以能让学生们潸然泪下，也是因为其传递的情感和产生的共鸣。

张平对音乐艺术的信仰，更大一部分是坚信音乐对完美人格的塑造。柏拉图在《理想国》中提出用音乐训练精神：“一个小孩从小受了好的教育，节奏与和谐浸入了他的心灵深处，在那里牢牢地生了根，他就会变得温文有礼，懂得如何鉴赏优美的东西，并受其鼓舞，从中吸取营养，使自己的心灵成长得既美且善。”

张平指出音乐可以陶冶情操、抒发感情、塑造完美的人格,是打开灵魂的钥匙。爱因斯坦在小提琴方面有很高的造诣;量子物理学的开创者、诺贝尔奖获得者马克斯·普朗克的钢琴水准甚高,而被人们冠以"音乐家"的名称;中国航天事业的重要开创者和主要奠基人之一的钱学森是钢琴好手和古典音乐爱好者;清华四大导师之一的赵元任也作为音乐学家创造了中国音乐史上的14个第一。张平通过多个例子生动形象地论证了音乐作为一种人文情怀和文化底蕴丰富的艺术,对塑造完美人格的重要作用,并以此激励学生在音乐的道路上进行更深的学习与探索。

他给学生的温暖,像铺满大地的阳光,明亮但不刺眼;他对音乐的追求,像纯粹优美的乐章,圆润但不逆耳。他对工作的坚守,是一种无需声张的厚实;他对音乐的研究,是一种并不陡峭的高度。在教学方法上,他因材施教,以身作则;在音乐追求上,他刻苦奋进,坚守初心;在为人处事上,他善解人意,宽容大度;在心灵境界上,他辩证统一,收放自如。这不是开始,也不是结束,这是依然缓缓徐行的脚步,是值得尊敬的前行的背影。

(原载于山东大学新闻网2017年10月24日;文:张峻、谢奕童、朱新秀,图:受访者提供)

綦建刚：愿做春泥护芳华，桃李满园寸草香

綦建刚，山东大学威海校区教授、博士生导师，数学与统计学院常务副院长，自1988年担任高校教师以来，一直奋斗在教学一线。工作近30年，他不骄不躁，至诚至德，用行动实践着自己作为一个师者的操守。

梅贻琦先生曾说："所谓大学者，非谓有大楼之谓也，有大师之谓也。"大师是一所大学的中流砥柱，高校教师不仅要有过硬的专业本领、求真务实的科研精神，更要有高尚的道德操守和对教育事业的坚守与传承，不断追求大师的格局。

诲人不倦，坚守三尺讲台

初见綦建刚教授，他穿着朴素、清瘦儒雅，采访开始时还贴心地起身为我们泡茶。说到他所热爱的教学事业，綦建刚教授笑容满面地说："谈这个，我就有话说了。"

綦建刚每个学期都主动承担每周8课时的本科生教学，再加上研究生的教

学,每周的课程量基本都超过 12 课时,每年都超额完成教学工作。由于对教学岗位无比热爱,即使面对如此繁重的教学压力,綦建刚也能获得无限的满足感和成就感:“每次成功的授课都会给我带来愉悦,每次教学过程中的偏差和失误也会提醒我继续改进和提高自己。”

“綦老师讲课深入透彻,对我们态度也超级和蔼,同学们都很愿意听。”大一刚上过綦建刚数学分析课的同学说。在授课中,綦建刚始终坚持以学生为本,采用不同的教学方法,激发学生的求知欲,提高学生的学习兴趣。例如“数学分析”和“常微分方程”这两门课程,在綦建刚从教 29 年的过程中曾讲授过近 10 次,对其整体内容的把握、不同内容相互之间的逻辑关系早已驾轻就熟。但每次授课时,綦建刚都会参照以往的备课笔记重新备课,发掘新的教学方式方法。特别是对概念的讲解,更是注意采用多角度、多方位的立体式授课方式,注意将现代数学新的理论成果、思想和方法融入课堂教学中去。因为他自己有一个很朴素的标准,那就是要想使学生听得有兴趣,自己必须对自己讲的感兴趣。在研究生教学中,綦建刚更加注重与研究生的一对一交流,培养他们运用知识分析问题、解决问题的能力。他所指导的两位在职博士毕业后申请到了省级面上项目和国家青年项目,现已晋升为副教授,成为学院青年教师中科研能力突出的代表。实事求是、因材施教,这让綦建刚的教学工作虽然繁忙但依旧井然有序。

以研促教,引领学科发展

一叠书本,一个茶杯,几支笔,綦建刚的办公桌整理得井井有条,办公环境整洁有序,体现着一个数学人的严谨和认真,而这种态度也在綦建刚做科研时表现得淋漓尽致。

他从教以来在科研上毫不放松,共发表 40 多篇文章,其中 30 多篇被 SCI 检索。在做科研的过程中,綦建刚坚信科学研究对教学的促进和反哺作用。特别是数学学科,很多知识都是几百年以前的理论体系,这就要求一名合格的高校教师应当充分了解当代数学的发展趋势和热点问题。“高校的教师必须以科研作支撑才有更大的发展,如果没有科研,教学质量就得不到可持续发展。”他认为做科研不仅能让教师真正体会和运用专业的理论思想,还可以敦促他们去了解相关的知识素材,比如通过对物理、生物、化学、文学历史等知识的了解,可以产生新的想法,从而促进数学学科的进步。

在担任数学与统计学院常务副院长四年多的时间里,虽然行政事务占用了大量的时间,但綦建刚仍然没有停止自己对科研的探索。在此期间发表了 13 篇 SCI 检索文章(含通讯作者),解决了关于不定谱理论中一个近 30 年未解决的难题，其中有一篇被列为 2017 年山东大学数学高被引论文。同时，綦建刚还参加多项国家和省级项目，主持完成 1 项国家面上项目和 2 项山东省面上项目。

“我喜欢做科研，它是一件非常愉快的事情。”綦建刚说。曾经为了解决不定谱论的问题，他花了 5 年的时间，从 2006 年开始思考这个问题，2008 年有了些许眉目，2011 年彻底解决并发表文章。数学学科必须仔细严谨，把一个问题的方方面面考虑到，并且要有潜心钻研和坚持不懈的韧劲，才有可能将一个数学难题攻克。

薪火相传，延续师德师范

綦建刚表示在自己的求学生涯中，遇到过很多好老师："我觉得每个老师都尽心尽力，只是脾气性格不一样，对学生爱的方式不尽相同。"对此，他总是怀着感恩之心，也从中学到了师者的风范。

因此，助力青年教师成长成才，把这份师者风范传递下去，被綦建刚看得尤为重要。他认为这是一份责任，更是一份老教师的义务。对于刚入职的青年教师，綦建刚主要是在教学和科研上给予他们尽可能多的指导和帮助，告诫他们教学是立足之本，切实履行好教师的神圣职责。作为教学指导老师，綦建刚要求他们跟班听课、课后交流，使他们认识到教学的重要性和责任感，提高教学水平。他指导过的孙伟华、孙华清老师现已成为教学骨干；有位老师在刚接手"数学分析研究"这门选修课时，因为没有充足的材料，授课上产生了困难，綦建刚就把多年来积累的授课资料无私地提供给他，使他顺利完成这门课的讲授工作。

在科研工作中，綦建刚时常提醒青年教师融入研究团队中去，鼓励他们积极开展学术交流，开阔科研视野，提高学术水平。"第一步要立住脚跟，回归初心，站稳了，才能前进，而前进的方式就是科研。"近三年来学院分别有 3 名青年教师晋升为教授，5 名青年教师晋升为副教授。通过全院教师的共同努力，学院已形成了努力钻研的良好院风，推动着各项事业不断向前发展。

开拓进取，推动学院建设

与单纯的教学、科学研究和指导青年教师进步相比，高等教育的管理工作或许意味着更多。它意味着对教育事业的忠诚与担当，也意味着对他人的尊重和对集体的认同。管理工作需要的是不断奉献和踏实投入。

綦建刚重视学科建设和教学科研团队建设，努力拓展人才引进通道，提升人才引进质量；引进剑桥大学副教授 1 名，引进复旦大学长江学者短期特聘教授1名，引进东京大学博士后1名并聘为学术带头人；从海内外广揽人才，加强师资队伍建设，师生比逐渐趋于合理。通过近几年的努力，学科建设欣欣向荣，团队建设初具规模。

綦建刚积极为教师们解决教学、科研和生活等各方面面临的难题，为教师们的成长进步、学院的和谐发展提供扎实的基础条件。他每年为老师们积极争取教学课酬补贴，着力解决老师们的教学科研办公用房，努力改善办公环境。

綦建刚凝聚全院师生力量，共同努力，近三年，学院毕业生2014年、2015年就业率均排名全校第一，2016年排名第二。数学与统计学院学生在大学生数学建模竞赛、挑战杯竞赛和社会实践活动中多次获得国家级、省级奖项。为适应21世纪高等教育的新形势，拓宽学生视野，在学校各职能部门的大力配合下，学院与台湾中原大学联合开办“数学与金融实验班”，实验班采用“2＋1＋1”的培养模式，培养知识面广、具有创新意识的复合型人才。

平时，綦建刚会尽量坐在办公室里，“因为经常会有人签字或有其他的事情找我”。虽然管理工作取得了一定成绩，綦建刚依然谦虚地说：“管理上我还是小学生，我现在仍然在学习。”

虽是平凡的教育工作者，綦建刚却用扎实的专业知识、高度的责任感和高尚的品质践行着一个师者的责任。他在教师、科研工作者和管理者之间不断转换着自己的身份，平衡着自己的时间和心态，用实际行动甘守三尺讲台，做好“四有”老师。

采访刚刚结束，綦建刚接到一个电话，又匆匆忙忙开始了工作……

（原载于山东大学新闻网2017年10月24日；文：邵明月、万婷，图：受访者提供）

李开军：子非鱼，焉知鱼之乐？

李开军，文学院教授，近期以《陈三立与近代中国》立项获国家社科基金后期资助。初见李开军，他坐在办公室靠窗的座位上，面前放着一只茶杯、一册笔记本和一本倒扣的书。他头发花白，形容清瘦，未语先笑。回答问题，充满耐心，回忆过去，娓娓道来，让人望之也温、即之也温。

李开军的科研之路走得很"纯粹"：求学之路，是一马平川"山大路"——本科、硕士、博士和博士后都在山大；研究之路，是矢志不渝"陈三立"——作品整理、年谱编纂、论著撰写、诗歌注释四座学术堡垒，如今已攻下前两座。当记者问到，十多年的时间都在研究同一个人，是否会感到单调枯燥时，李开军开怀大笑，反问道："做自己喜欢的事儿，怎么会感到单调呢？"

发现之乐：我不是在坐冷板凳

李开军开始研究陈三立是机缘巧合。2001年，上海古籍出版社启动"近代文学丛书"出版计划，找到李开军的导师郭延礼先生，希望他在出版计划名单里挑选一个作家进行别集整理。郭延礼先生把这个工作交给了李开军,并为他选择了陈三立。由此机缘,陈三立开始进入李开军的研究视野。那一年,李开军博士毕业,刚刚开启全新的教师生涯。

工作之初,李开军利用零散时间点校陈三立诗文。2003 年,陈三立作品集的整理工作完成,以《散原精舍诗文集》为名正式出版。随着对陈三立了解的不断深入,李开军对陈三立的研究兴趣也在逐渐加深,并最终确定:将陈三立作为未来一段时期的研究重点。进而,他制订了研究规划,由浅入深、循序渐进地分四步走:作品整理、年谱编纂、论著撰写和诗歌注释。

整理作品(尤其是作品集佚)以及编订年谱是一个文献积累和考辨的过程,如此一来,发现和搜集材料就变得至关重要。李开军当时面临着文献短缺、地域限制等问题,虽然学校图书馆有些相关文献,但深入到专人研究显然不够,加上那时电子文献并不发达,这就需要到其他图书馆进行查阅。

2004 年秋天,李开军到中国人民大学做一年期访问学者,他把后半年时间几乎全部用来去国家图书馆阅看古籍。几乎每天早上 7 点多,他都会搭乘公交车,"晃荡"一个多小时才到达国家图书馆,在文津馆的古籍阅览室里一泡就是一天。就这样,陈三立年谱从此前的 20 万字扩展到 100 多万字的规模,其中 80 余万字的内容是在当时抄录并充实进去的。李开军意犹未尽地回忆道:"我恨不得从早到晚不出阅览室,时刻索书、调书、看书。这种生活可以说简单,但绝不能说是单调,更谈不上是坐冷板凳。我很享受这样的生活。"

为了尽可能全面地搜集材料,李开军还曾专门到上海图书馆、南京图书馆、湖南省图书馆等地访书。在湖南省图书馆,李开军感叹不虚此行,大量的发现让他激动不已,他在长沙待了一周,白天在图书馆紧张抄录,晚上回宾馆整理。"这些都是发现的乐趣,一下子冒出来这么多材料,让我兴奋不已。"

随着年谱资料的日益完善,尤其是借助在《申报》《南方报》《时报》上新发现的史料,陈三立在晚清最后七八年中参与修筑江西南浔铁路的来龙去脉较为完整地呈现出来。"陈三立这一段经历,人们以前提及甚少,比较模糊,现在终于清晰了。"李开军认为对陈三立的这一重新发现,必将改变人们以前对"戊戌政变"之后陈三立"神州袖手人"的看法,他认为这是年谱最重要的贡献之一。

十年踪迹十年心。2011 年,150 多万字的《陈三立年谱长编》完成初稿,李开军心里松了一口气,也颇为激动:"差不多十年啊,正合了古人说的'十年磨一剑'。"2014 年,年谱正式出版。同时,《散原精舍诗文集》增订本也得以再版,这为李开军接下来的研究工作奠定了坚实的基础。

超越之乐:做学问要"锱铢必较"

在同事和学生们的眼中,李开军在工作和生活中绝对是一个内敛、随和、友善的人，但是他在学术研究上却“锱铢必较”。学术上的严格要求、学术外的平和心境，看似矛盾的性格在他的身上完美地统一着。

“虽然我个人在生活中不喜争辩，但是在学术问题上我反而好去这样做。”2010年的时候，李开军看到刘梦溪、邓小军先生讨论陈三立父亲陈宝箴之死的两篇文章，读后发现其中对陈三立诗歌有一些误解，结论也有值得再探讨的地方。为此，李开军专门作《陈宝箴“赐死”考谬——与刘梦溪、邓小军两先生商榷》一文来反驳刘梦溪、邓小军的意见。李开军说：“此类论辩不止这一件。”说完，他有些不好意思地笑了。

冯友兰先生曾说，在真正的学者看来，校对古书发现一个错字，与天文学家发现一颗星球具有同样的价值。真正做学问的人在学术问题上的锱铢必较、字字必争，由此可见一斑。这不仅是对别人的要求，更是自己的追求。

李开军认为，做学问是一个追求完善、超越自我的过程。2003年出版《散原精舍诗文集》之后，李开军仍在进行陈三立集外散佚作品的搜集。为此，他专门在孔夫子旧书网的论坛上开了一个征集专帖，很多人提供了他们手上的陈三立佚作。“感谢这些无私的网友！”李开军说。

后来，李开军得知南京图书馆藏有陈三立早年未刊诗文集，这部分资料对陈三立研究具有重要意义。李开军与材料发现者一拍即合，于2007年合作出版了《散原精舍诗文集补编》。这本补编和2003年的《散原精舍诗文集》，使陈三立的作品基本齐备。但李开军仍不满足，仍然时刻关注陈三立的集外佚作。

同时，他也在反复阅读《散原精舍诗文集》中的古文部分，努力去发现当年因学力不足所造成的错误。每有发现，他既惭愧又欣喜，惭愧当年的无知，欣喜现在的些微进步。2014年，李开军终于完成了《散原精舍诗文集》的增订，增补了新发现的佚作，订正了2003年版中错讹，使这部集子更趋完善。

编年谱也是这样，郭延礼先生曾催问过李开军好几次，说：“材料没有穷尽的时候，差不多就杀青吧！”他却表示心有不甘：“明明知道‘东西’在那儿，我却不能看到它。”

“我有一种追求完美的偏执。”李开军说得温和，让人听来，却不禁为这种永不止息的劲头而感动。

大智若愚：用“笨方法”解决问题

郭延礼先生一句朴素的教导让李开军受益终生：“什么是科学研究？科学研究就是读第一手的材料。”这句话一直激励着李开军坚持自己的学术操守，绝不做投机取巧的事，老老实实读文本，踏踏实实做学问，并将此传承给自己的学生。

姜丽萍是李开军的硕士研究生，提起导师，文静的她一下子打开了话匣子：“能够做李老师的学生真的是人生一大幸事，他对学术原则的坚守，让我们敬仰又向往。”她说：“在课上，老师经常带着我们一个字一个字地去读作品，这对我们有很大影响。”每个学期，李开军都开设专门的“近代文学”课程。通过两年多的学习，导师的悉心教导使她对近代文学由陌生发展为热爱。

对立志做学问的学生，李开军建议他们“敢拈大题目”，然后老老实实进行研究。所谓“大题目”，就是对学术史而言具有重要意义的题目，对大题目的研究有利于把握整个研究领域，并让自己的研究像陈寅恪先生所说的那样“预流”。所谓“老老实实做研究”，就是去读原始文献，从自己的阅读、思考出发，踏实前行。

李开军认为，陈三立、梁启超二人是把握中国近代文学发展脉络的关键性人物，是他立志研究的“大题目”。李开军博士研究生学习阶段主要研究梁启超，学位论文题目是“梁启超与中国文学的转变”。在完成陈三立研究规划后，他还是想回到梁启超。陈三立年谱做了近十年，而有关梁启超的文献资料比陈三立更多。尽管如此，李开军仍然计划以年谱长编起步，他说：“编一部新的梁启超年谱长编肯定比编陈三立的更费精力，但是如果真的想把梁启超研究得更透彻，年谱长编是行之有效的办法。虽然是笨方法，但却是一个解决问题的方法。”

李开军求实求是的治学态度无形中也影响着他的学生。他的博士生周洋说：“李开军教授已成为陈三立研究领域中绕不开的重要学人，其间所贯穿的是志在拓荒的学术理念与严谨踏实的治学态度，而十年如一日的诚笃与坚韧更是让我无比钦佩。”正如许多学生所说，跟着李开军老师学习，“一颗浮躁的心瞬间扎实下来”。

得鱼忘筌：研究者的价值在于被人遗忘

教学相长之余，陈三立研究论著的撰写工作正在渐次进行。提到下一步的规划，李开军的“锱铢必较”又一次表现出来：“我要把别人没写好和没写到的，以及我认为有价值的问题，再花一段时间写写。注释诗歌也可以着手了，但是当前还是要先把论著部分做好，因为确实还有不少值得探讨的问题。”

对于陈三立诗歌注释，李开军同样是小心又谨慎。他认为陈三立的形象、魅力存在于诗文中，要想让人们更好地了解他、认识他，进而对他产生兴趣，认可他，就要读他的诗歌和文章，而不少诗歌作品，确有注释的必要。李开军希望通过自己的努力，让人们可以像他一样读着诗文，真正走进陈三立。

实际上，在李开军的学术规划里，之前所做的大量工作都是在为第四步做积累:整理诗文集,为读者更为自己提供阅读之善本;编订年谱,知人论世,了解陈三立的世界;研究论著,更深入地阅读和思考陈三立。所有这些工作,最终指向的是陈三立诗歌注释。“在我的规划里,这是最重要的工作,也是最难的工作,所以放在最后。”李开军说。

李开军并不觉得自己的年谱和即将完成的论著有多么重要、有多大价值,他认为最重要的是陈三立的诗文。“真正的研究帮助人们关注研究对象本身,所以研究者的价值往往在他被人们遗忘时彰显。古人说‘得鱼忘筌’,如果人们借助我的研究和注释进入并沉浸在陈三立的诗歌世界里,去体会、思考他,而不是去想李开军怎么研究陈三立,我觉得这是自己研究价值生成的时刻。”李开军说。

从2001年至今,李开军教授从未对自己的研究方向产生过怀疑和迷失,在他眼中,学术研究是一个十分有乐趣的过程。在这个快节奏的时代,李开军教授依然坚持缓步前行,把每一步实实在在地走稳,以经得起后来者的推敲。采访中,每谈到自己的研究收获,他的微笑总会不经意地蔓延到眼角,仿佛在说:“子非鱼,焉知鱼之乐?”

(原载于山东大学新闻网2017年10月26日;文:孙倩、刘梦冬,图:刘梦冬)

马文:把学生看作自己的孩子

马文,山东大学教授,博士生导师,教育部新世纪优秀人才支持计划入选者。现为山东大学外国语学院副院长,山东大学临床神经语言学研究中心主任,山东大学神经语言学与语言障碍研究实验中心主任、首席专家。在国内外知名刊物发表论文40余篇,出版学术著作2部,主持国家社科基金项目2项,主持、参与省部级等其他项目10余项。曾于2004年、2008年分别破格提升为副教授、教授。2017年,马文获评“山东大学优秀教师”。

藏在白发里的勤勉岁月

马文的研究领域为语用学、会话分析、神经语言学等,将语言学与医学进行交叉融合,譬如用语言学研究脑神经系统疾病、语言障碍类疾病等,并将语言学研究应用于解决社会问题。这样的研究方向非常新颖,对此马文难掩自豪之情:“咱们山大这支团队绝对算开拓的主力军……就想让自己的研究接地气,真正服务社会,解决实际问题。”马文边说边从桌上翻开一本由他指导的厚厚的博士论文，大量英文段落和会话分析中的专用符号成了一段段真实对话的记录载体。

这个记录必须正确、全面，甚至包含细微的语音语调及非语言特征，除了语言学知识，完整全面的医学、社会学等学科知识储备也是必不可少的。为此，马文 2006 年赴英国约克大学社会学系会话分析方向进行博士后研究，2012 年又在山东大学医学院基础医学方向完成博士后研究，2015 年在哈佛大学医学院附属麻省总医院神经心理实验室神经语言学方向做访问学者。持续不断的学习给马文带来的不仅是知识的增长，更多的是国际化视野的提升。“你不要光跟我学。”这是马文在哈佛做访问学者时导师大卫·卡普兰(David Caplan)教授对他说的一句话。这句话给马文留下了很深的印象，于是他不光自己走出本专业、走出国门，还积极推动哈佛大学、约克大学、香港中文大学等海内外知名大学的专家教授来学院交流，相互输送、培养人才。这使得由他推动成立、专门进行医学—语言学跨专业研究的山东大学临床神经语言学研究中心，逐渐成为学术枢纽地与创新科研人才的培养基地。

与此同时，马文组建了一支学科背景丰富的科研团队。除语言学外，还有不少成员分布于心理学、教育学、医学等其他专业。为了让团队研究更具现实意义，他积极推动与医院的合作，合作名单中不乏美国麻省总医院、北京协和医院等实力雄厚的国内外著名医疗机构。提升团队专业度和社会认可度，在马文看来非常重要，所以纵使有医院顾虑这种基于语言学的神经系统疾病研究方法太新颖而怀疑它的作用，马文的团队依然不懈地用科学的方法验证其有效性，从而带领团队通过踏实努力，一步步成长壮大。

马文主动提升，勤勉学习，2004 年刚到山大执教便被破格评聘为副教授，又用短短四年时间以至少双倍的科研成果从副教授破格提拔为教授。“我挺勤奋的。”回想起当时那段特别的奋斗经历，马文淡淡地给出了这样的解释。科研成果的取得离不开背后的努力与付出，加上繁重的教学、行政工作，忙碌成了马文的工作常态。“任务确实多，熬夜很常见，”他一边说，一边摸着自己斑白的头发笑了起来，“要不然怎么长这么多白头发呢。”

传道授业解惑，只是做好自己的本职工作

马文出生于教师家庭，他的父母、兄嫂均是老师，这也直接影响了他自己后来成为一名教师。“喜欢学校这种氛围，喜欢与学生待在一起”的马文，自 1998 年登上讲台，至今执教已 23 年。“至于这么多年自己的变化嘛，”马文沉思了一会儿说，“可能是看到一代代的学生在各个岗位上发光发热，我作为教师的使命感和责任感更强了。”

教学是马文承担的一项主要工作，目前他从事本科生、硕士生、博士生、博士后的教学与指导工作，每年都超额完成教学任务。“不同年级的学生，教育方法是不一样的。”谈到这个，马文仿佛打开了话匣子，仔细解释起来。在本科生课堂上，除了传授课本知识，马文常常拓展学生的思维方式，有意识地培养他们的科研意识、科研能力。

之前，他担任过学院本科生班的班主任，所以很了解本科生心中的迷茫：“他们往往不知道自己未来的路，读研还是工作。”为此他特意开辟了“一对一”沟通渠道，与学生面对面交流，帮他们排忧解难。“没有次数限制，想来就来，”随意又爽快，“尽力帮学生树立一个大的人生规划，在我看来这是最重要的。”常常是学生们无措时叩开马文办公室的门，目标明确后又释然地离去。

对于硕士，马文主张“当博士生来培养”，并用古语“取法其上，得乎其中”作解。据 2016 级硕士研究生李缘说，自己老师平时布置的任务相对较多，当然也就提供了更多参与高层次科研、提升自己的宝贵机会，对此学生们不但很少抱怨，反而非常感谢这“甜蜜的负担”。马文与学生间的交流“不是一般的多”，这种交流更多地体现在对学生研究方向的启发上。在每星期例行的研讨会上，他会分享自己的科研经验和研究成果，给予学生们灵感，层层引导大家选择自己感兴趣的点，进而深入地开展研究。这种方向的点拨和引导，对学生来说极为重要。

回顾多年教学经历，他感慨道：“就是热爱学生，这种意识应该深深印刻在每个老师的脑海里。”“热爱”二字，无时无刻不体现在他和学生的相处中。“我把学生都看成是自己的孩子。”马文在与记者的对话中提到。

2017 年教师节，学生们将一棵柠檬树作为礼物送给了自己的老师。马文开心不已，把它摆在了办公室最显眼的位置。回忆起与学生相处的点滴，马文很平静：“我只是做好了自己的本职工作。”办公室里，那棵柠檬树金黄如暖阳的果实掩映在绿叶间，默默散发着沁人心脾的香味，一如马文对学生的影响，默默关怀，低调却丰盈。

坚忍不拔，谦逊前行

在旁人看来，马文身兼数职，工作量之大超乎想象，但他总是有条不紊、游刃有余。当提起工作中遇到的挑战与挫折，他也只是轻描淡写地带过：“这很正常，人就是在挑战中超越自我的。疲惫的时刻也有，但总能克服。”采访中，马文引用了苏轼的一句话：“古之立大事者，不惟有超世之才，亦必有坚忍不拔之志。”其中的“坚忍不拔”四字，早已内化为马文工作与治学的准则。正因为内心澄明、目标坚定，马文一个个重量级科研成果的相继涌现也就成为顺其自然的结果了。

马文的爱人曾要求他不能把工作带回家,希望他多些休息和陪伴家人的闲暇,“但最后总是她妥协,真的很感谢她的支持”。想起平日生活的点滴,马文的嘴角不自觉上扬,目光静静落在了电脑旁的相框上——那是他两个孩子的合影。“一个男子汉,一个小公主,可是我没办法长时间陪伴在他们身边。”在马文时间的天平两端,分别是家人和学生,他总会向后者倾斜。

身为国内语言学与医学跨学科研究的领军者以及应用会话分析领域的开拓者,马文身上不乏有分量的荣誉和职位。与该方向有关的国际众多知名机构,或多或少都和他有所关联,但马文总是说:“我做得还不够。”在得知自己获评“山东大学优秀教师”后,马文很意外,也很惊喜,反复说自己只是众多普通老师中的一员。他习惯性地把自己缩得很小,嵌进整个大群体中:“这不是我一个人的荣誉,这个奖更多的是对外语人的认可。”

老师、学生,都要不断成长

谈到已经取得的成绩,马文微笑着说道:“我们是做了很多,但中国梦的实现最终还得靠学生,靠青年老师,得去引领他们。”

马文表示,大学正是学生人生中最宝贵的时候:“看到学生,我就想起了年轻时的自己。”勤奋惜时是马文对学生最基本的要求,在他看来,只要勤奋、踏实地努力,前途都是光明的。在具体要求方面,马文分享了三个词——学术规范、创新能力、国际视野。他认为,学术规范是立身之本,一点都不能松;而创新能力和国际视野的培养,不仅是对学生的要求,老师自身也要做好引导。

学生不免会有迷茫期,对此,他建议:“迷茫时一定要想着不能拘泥于眼前,毕竟梦想决定你能够开拓疆域的大小”。“立大志”“长远规划”几个字眼被反复提及,在他看来,拥有宏大的视野,才能创造属于自己的精彩舞台。

与对学生的创新要求相对应,马文自己的教学工作中也有众多创新亮点,比如主持完成三项教改立项,引入通识课程建设、Multi-speech 语音分析软件等新技术新方法来改进教学。

对于青年教师,马文希望大家能将“热爱”意识落实到教学科研上,做好教研结合:“这两者确实会遇到棘手的地方,如何平衡是很考验人的。”马文又强调:“一定不能忘了更新自己。”作为语言学跨学科研究的带头人,这一点他比别人有更深的感触,“要学的东西很多,知识结构需要不断完善。”学无止境,一如马文从未停止的自我成长之路。

(原载于山东大学新闻网 2017 年 10 月 31 日;文:袁薇薇、王佳丽,图:王佳丽)

徐艳玲：一位马克思主义学人的“初心”

徐艳玲，教育部“新世纪优秀人才支持计划”获得者，教育部马克思主义理论专业教学指导委员会委员，山东大学马克思主义理论学科学术带头人。曾获教育部首届“高校思想政治理论课教师年度影响力人物”、山东省首届“高校优秀中青年思政课教师学术带头人”、山东大学“三八红旗手”“十大优秀教师”“我心目中的好导师”等称号。曾以高级研究学者身份赴美国、俄罗斯、印度、波兰等国家进行访学和学术考察，利用各种国际讲坛传播中华优秀文化。

2017 年国家社科基金后期资助项目公布，山东大学马克思主义学院副院长、博士生导师徐艳玲教授主持的“全球化视野下民族复兴中国梦研究”获批，这是她继 2014 年国家社科基金后期资助项目“全球化与中国特色社会主义的自信”后再次获得后期立项，遂成后期项目姊妹篇。这或许是对一位马克思主义学人不忘初心的最好褒奖。

家国情怀与学术担当

徐艳玲出生在一个群山环绕的小山村，“不到山崖边看，根本不知道下面还有一个小村子”，走出大山、走向“诗与远方”一直是大山女儿的梦想。从诗人梦到从政梦再到为百姓鼓与呼的记者梦，最终她将梦想锁定在为民族复兴鼓与呼的学者梦上：1989 年从山东大学科社系本科毕业，1992～1997 年在山东大学政治学院硕博连读，1997 年获法学博士学位并被破格评为副教授，1999 年被破格评为教授，2003 年被山东大学聘为博士生导师……凭借自己的勤奋与努力，她一步一步实现着自己的梦想。

“做学问要讲究一种情怀和信念，要关心时代发展和社会变迁。只有将个人价值与国家命运紧密相连，才能触摸到时代的主动脉，聆听到社会发展的主旋律，你的人生也因此更有质量。”这是徐艳玲教授经常跟学生说的一句话，也是她自己不忘学者初心的写照。徐艳玲教授一直从事科学社会主义、中国特色社会主义、全球化理论等相关领域的研究，近年来更加致力于在全球化的坐标系中解读科学社会主义和中国特色社会主义。在她看来，中国特色社会主义事业取得了巨大的历史性成就，发展成绩令世界瞩目。马克思主义学科的任务就是要追踪现实需求，为中国特色社会主义理论和实践创新作出深度理论阐释，从而提升人们对中国特色社会主义的认知认同感和自尊自信心。

随着中国国际影响力的不断提升，放眼世界，“讲好中国故事”理应成为马克思主义学人的使命担当。徐艳玲教授在赴美国、俄罗斯、印度等国家进行访学和学术考察的过程中，发现西方学者对中国非常感兴趣，但谈到中国时，还会出现很多误读。“作为中国学者，我们对中国特色社会主义很自信，但不能老在国内‘自说自话’。在我看来，为中国特色社会主义鼓与呼，让世界听到中国的声音，也许是一位中国学者独特的生活方式。”面对“中国式难题”，用西方的话语体系去解读，难免会出现“水土不服”的困境，她认为，马克思主义学人必须有所担当，勇于向世界发出“中国声音”，展现“中国智慧”，阐述“中国理论”。有感于此，回国后，她一直致力于把全球化和中国特色社会主义联系起来进行综合创新研究，以期有机会更好地传播“中国声音”。这也是徐艳玲教授近年来一直做后期项目姊妹篇的原始精神动因。“全球化视野下民族复兴中国梦研究”是她近年来学术研究新的结晶。该论著立足于中国现实诉求，从全球化视角探求全球化与民族复兴中国梦的互动规律，以期回答时代之问，以中国梦凝聚全球化正能量。字里行间既体现着扎实的学术功底，又无不流露出一位不忘初心、钟情于学术的学者的家国情怀。

令人高兴的是，随着国际交流的日渐频繁与国外学者对中国了解的不断加深，一些外国学者逐渐以更加客观、公正的态度看待中国。这其中，像徐艳玲教授这样为构建中国的国际话语权而努力的学者们的贡献不容忽视。徐艳玲教授说，以前有的外国学者听到“崛起”这个字眼就会觉得不好，通过各种方式的互通互鉴，原来的偏见和误读在慢慢消解，中国学者的话语权在上升。以印度为例，对于中国的“一带一路”倡议，一些印度学者已经由原来的“新殖民主义”的怀疑转为理解和赞同，并时刻关注“一带一路”倡议中相关的项目动态，希望印度能“搭个便车”。此外，很多欧洲学者对“一带一路”倡议也称赞有加，都希望能搭上中国这趟高速行驶的列车。

研究既要顶天，也要立地

徐艳玲教授认为，马克思主义研究既要“顶天”，也要“立地”。

“顶天”就是必须有坚实的理论基础，构建完善的学术理论体系，要结合马克思主义的历史流变以及发展历程中遭遇的各种挑战，思索如何以今天的认识高度去回应这种挑战，从而构建中国特色的理论和话语体系，这种话语体系一定要有理论的高度、深度和丰度。为此，除了在日常学术研究中注重理论基础的构建，她还梳理出马克思主义基础理论研究中存在的6个薄弱环节（即马克思主义文本学、谱系学、范畴学、传播学、方法论、应用学），并在不同的场合积极呼吁加强该论域的理论研究，以期为马克思主义学科深耕和扩容进行深度奠基。

“立地”就是无论是授课还是理论宣传都必须接地气，要以鲜活的语言阐释马克思主义。这里就有一个从学术话语体系向教学话语体系或宣讲话语体系转化的问题。无论是作学术报告还是理论宣传，徐艳玲教授都能以生动、诗性的语言阐释自己的观点，让受众不仅能很好地理解，而且愿意一直聆听下去；听她讲话，永远都是一种精神享受，在灵动的语言下面隐含着丰富的思想；由于诗性语言和内蕴思想的交融和撞击，受众的思绪也被激活，永远都不会觉得枯燥乏味。徐艳玲教授说，这可能与她在写诗过程中积累起来的文学素养有关系。她的学生都很喜欢听她的课，学生们说：“每次上徐老师的课都觉得是一次文化学术之旅，她总能把理论和实践结合得非常好。很多经典著作和大家名篇，她都能信手拈来、游刃有余，让人在不知不觉间游走于浩瀚的学术海洋中，穿梭在经典和现代的交织中。”“听徐老师的课，有一种登上学术的高原看风景、一览众山小的感觉，下课后，往往还兴奋不已。”

学者有自己独特的欢乐

徐艳玲教授勤奋且科研成果丰硕。近年来，她平均每年在CSSCI期刊上发

表3～4篇文章，平均每两年出版1部学术专著，还承担着各级各类的社科项目。至2017年，她已发表各类文章10多篇(其中包括3篇C刊)，承担课题2项，出版学术著作1部。当被问及在忙碌的教学和工作中，是如何挤时间进行学术研究的时候，她坦言，学者是没有真正意义的假期的，每年3个月左右的寒暑假被她称之为“学术学期”。她认为，进行学术研究，不被打扰地“进入状态”很重要。因此，在这种难得的治学研究期间，她常常会因为进入状态太久而忘记做饭。女儿小时候不理解，会奇怪地问她：“妈妈，咱们家很穷吗？为什么每天都吃包子啊？”如今，女儿长大了，能理解妈妈这种对学术的热爱与享受了，但有时仍会借机开开妈妈的玩笑。2017年暑假，女儿在家待了20天左右，妈妈单调的研究生活与时常忘记做饭、随便买点儿什么凑合吃的做法，让女儿暑假没结束就匆匆回学校了，她同妈妈玩笑道：“妈妈，我不在家待了，我在家瘦了三斤……”

马克思主义基础理论研究具有长期性、艰苦性、连续性等特点，需要研究者厚积薄发，甘坐冷板凳。徐艳玲教授不仅从马克思的思想理论中汲取营养，更敬仰马克思本人对于理论研究不懈追求的品质，她说：“真正的学者有自己独特的欢乐，这种欢乐是在事业的奋斗中不断地开拓、升华。”对于她来说，读书、教书、写书已经成为一种生活方式，是她不争不攘的生命之花的绽放，既惊艳了岁月，也温柔了时光。她戏称自己如果哪天不读读书、写点东西，就觉得“哪里不对劲”。正是这种不问收获、只问耕耘的淡泊与孜孜不倦的学术追求，使她攀登上一座又一座学术高峰，使她的努力与勤奋在兴趣和惯性的催化下不断结出丰硕的果实。

学术导师与精神导师

徐艳玲教授认为，每一位导师都应该兼具学术导师与精神导师的双重身份。她对学生们说，当下及未来是“能力本位”的时代，作为硕士生和博士生，仅仅获得毕业(学位)证书是远远不够的，真正意义上的“产品”是独立进行科研的能力。她把教会学生们“吃饭的本领”作为一种责任，手把手、一步一步教学生们如何选题、如何整理学术思路、如何组织语言，还会督促学生定期汇报学术进展或指定研究课题让学生历练。严格的学术训练与“带孩子”似的耐心指导对学生们学术能力的提升起到了至关重要的作用。迄今为止，她指导的硕士和博士毕业生已有100多人，其中不乏成果累累、建树颇丰者。

学生们大多秉承老师一贯的治学态度，徐艳玲教授指导的博士毕业生庞睿清楚地记得初入校与老师见面后得到的第一句话：“选择了博士之路，就是走上了学术之路。这条路，付出足够的努力，就是一条光明大道；懒惰懈怠，就是一条不归之路。”随着向老师请教和学习的不断加深，他慢慢体悟到了科研的艰辛究竟是多么的艰辛。

在生活方面，徐艳玲教授带给学生们的是满满的正能量。她说，搞学术研究，心不能乱，要时时关注学生们的思想动态，给他们温暖，让他们能够潜心学习治学。她经常利用各种时机关心、了解学生们的生活和思想状况，每到中秋，她会带着他们一起去爬山赏月、闲话家常；日常空闲时，也会带学生们回家吃个饭，其乐融融；知道哪位同学经济上有困难，她也会时不时地接济点钱让学生买书……她把这种方式称之为“思想政治教育的生活化”。这种平等亲切的生活化互动让学生们都愿意亲近她、向她敞开心扉。在一次聊天中，她了解到一位单亲家庭的学生对母亲有误解，思想上有些逆反，就经常开解她，并在过节时提醒她给妈妈打电话送祝福。在这种润物无声的温柔攻势下，那位学生终于放下心结，对生活乐观豁达起来。如今，很多已经毕业多年的学生仍保持着与老师的密切联系，找对象了会带回来给老师看看；学习或者工作中没有动力了，找老师聊聊天后又浑身充满了动能。

在学生们心中，她永远是那个讲课风趣幽默、浑身充满正能量的可爱的徐老师。

（原载于山东大学新闻网 2017 年 11 月 2 日；文：张丹丹，图：受访者提供）

季书豫：因为热爱，所以努力

季书豫，化学院党务人事秘书，自 2006 年进入山大以来，兢兢业业为师生服务了十余年。很少有人知道，她在来到山大之前，曾经有过长达 15 年的军旅生涯。

寒露到，秋意浓。2017 年 10 月 10 日，秋雨沥沥淅淅地下着，不少教室、办公室已紧闭门窗抵御冷空气的侵袭。位于化学新楼的办公室 325 室，平凡无奇，可无论寒冬酷暑、春去秋来，却始终敞开着大门，方便着每一位前来办理事务的老师、同学。走进这扇门，记者见到了此次采访的主人公——2017 年山东大学先进教育工作者季书豫。

当令行禁止遇上人事党务

从 18 岁高中毕业参军，再从军队考上军校，毕业后回到部队，直到转业来山大，她将自己最美好的年华献给了军队。有人说军队的生活单调乏味，在季书豫看来，不如说是“简单”。“在连队带兵，就是和士兵同吃同住。平时在工作中，一就是一，二就是二。”她直言，刚来山大工作时，深感“隔行如隔山”。

在学校，季书豫面对的不再是以服从命令为天职的军人，服务对象可能是儒雅的学术大家，可能是刚加入山大的青年教师，也可能是涉世未深的大学生。面对这些群体，直来直去的沟通方式未必奏效。刚开始写年终总结、会议记录、学院计划等各种材料时，她也会苦恼于毫无头绪。在部队，季书豫一直信奉为人民服务的信条，到了学校，热心服务的心没有变，只是调整了服务人群的范围。慢慢地，她对人多了一些委婉，对事多了一份耐心，各项工作逐渐得心应手起来。

在季书豫看来，这里的每个人对待工作都非常认真负责。她跟自己说，在做好自己工作的同时，要尽量配合好其他人的工作。因此，不管她手里正在干什么，写一份材料、做一个年终总结或起草一个文件，只要有老师、学生前来咨询事情，她都会停下来，首先解决他们的问题。待这些事情做好后，回过头来，她往往会在电脑前愣一会儿，需要仔细想想才能续上之前的工作思路。她说：“不能让老师、同学等我先干完自己的事情，不能说他们的事情明天再给办，可能也是因为这种态度，我才能得到大家的认可吧！”

由于季书豫的工作覆盖面广，与其他办公室相比，来访人员相对分散，每天来往的人特别多。因此，不管天气多冷多热，季书豫总是开着自己办公室的门，方便每一位师生的进出。采访中，时时有师生来提交材料、询问事务，平时的忙碌由此可见一斑。期间，季书豫收到一份材料，她转而从桌上摆放整齐的资料中抽出另外几张材料，将纸张对齐、用装订机装订后放入专用文件夹。这一连贯的动作熟练而认真，而这些事情只是她日常事务中的一小部分。日复一日，如此琐碎的工作要做出成绩，只能归因于一颗热衷服务的真心和强烈的责任感。

时光流逝，初心不改

军中 15 年，培养出季书豫坚毅的性格、细致的作风；山大 11 年，她将这些特质体现得淋漓尽致。

她的工作主要有三大块——党务、人事、学生档案，各项工作细化起来更是烦琐。从新老支部书记的培训、发展党员、将各种材料通知上传下达，到各项党建活动、收缴党费，再到准备会议、作会议记录等等，都是她的日常工作。

初入山大，她诚惶诚恐；在职 11 年，她仍诚惶诚恐。刚来山大的一件小事把季书豫吓得不轻，至今仍记忆犹新。学院办公室主任交给她一张报销单子，她到机关交材料时就顺便拿上了，当她到财务部门时却发现那张报销单子丢了。当时她特别担心：“这意味着，任何一个人捡到单子，都能用它取出钱来。”

这件事最终以好心同学捡到送回学院收尾，但对季书豫影响非常大。从那以后，办公室里即使是一张小纸条，她也不会随意丢弃，总是留到确认无用后再处理。

事无大小，来校工作十多年后的今天，她对工作仍是一丝不苟。学院每年都会收到很多求职人员的材料，对于这些包含身份证号等隐私信息的求职简历，季书豫认为“随手丢弃是非常不负责任的行为”，哪怕麻烦一些，她也会进行相应处理，比如用碎纸机碎掉，避免信息泄露对他人造成困扰。

季书豫曾在 2008 年获评“山东大学优秀共产党员”，2011 年、2016 年获评“山东大学优秀党务工作者”。谈到此次获评“学校先进教育工作者”，她直言获奖心情与此前大相径庭，无论是奖项设置的数量，还是等级、规格，此次获奖都是最为隆重的一次。不过她始终觉得有些难以置信，因为和学校里教书育人的老师们相比，自己的工作又小又平凡。

11 年前季书豫初来山大，时任学院党委书记张大庆曾对她说过这么一句话：“其实我们的工作很简单，主要就是一句话，为老师和学生服务，让他们满意，就是对我们工作最主要的要求。”11 年来，季书豫一直身体力行践行着这句话。即便工作得到同事、学校的认可，她也没有片刻遗忘这份初心，依旧诚惶诚恐，为人民服务。“要说我这个工作做得特别突出，我觉得没有。因为整个学校做我这种工作的人基本每个学院都有，纯粹都是一些事务性的工作，大家都在这个工作岗位上希望把事情做得尽善尽美一些。”

心有小家，更胸怀大家

在工作中，季书豫是同事的好伙伴；在家里，她也是丈夫、孩子的好伙伴。谈起家人，季书豫满脸幸福。她与丈夫相识于军中，夫妻双双转业后，她进入山大，丈夫成为一名人民警察。两人平时工作繁忙，但总能确保有一人在孩子身边陪伴他成长。季书豫口中的丈夫“也是一个努力工作的人”。家人对季书豫的工作非常理解，他们每个人都为家庭努力着，也为工作努力着。

这些年，季书豫见证了山大的发展，更亲身经历了化学学科的成长。曾经有一段时间，她被派去做高校化学学科发展对比，通过阅读其他一些知名高校反馈的材料，她清楚认识到山大化学与其他高校的差距。经过 10 年发展，化学学科目前进入山大“双一流”学科建设行列。季书豫清楚记得院长郝京诚的话：“不管别人怎么说，不管别的高校怎么样，我们就是一个赶超者，一步一步往上赶超。”季书豫坚信，只要保持这种心态，扎扎实实赶超，总有一天会创造辉煌。

这些年，从季书豫手中转出党组织关系的学生多达 1029 人，她更是众多教师职称升级的见证者。对于青年教师，她也有自己的经验传授：“根据自己的学科方向和感兴趣的事情，跟着经验丰富、知识渊博的老教授做。”勇于把自己的想法和前辈沟通，营造良好的传承氛围。

季书豫就像是一枚螺丝钉。在山大，教学或服务岗位上有众多这样的螺丝钉，在自己“又小又平凡”的工作中默默努力，维系着作为整体的山大的良好运转，也见证着她的美好明天。

（原载于山东大学新闻网 2017 年 11 月 7 日；文：曾依人，图：尚玉茹）

孙圣民:心之所向,素履以往

孙圣民,山东大学经济研究院教授,博士生导师,教育部“新世纪优秀人才支持计划”入选者,2017 年专著《经济史研究中经济学范式的应用》获国家社科基金后期资助项目立项。笔者一直仰慕科研工作者做科研的那份定力和勇于创新的魄力,近日有幸带着“人文社科领域学者是如何在科研领域持之以恒地做科研、推进交叉学科研究的”这个问题,采访了孙圣民教授,了解了他是如何坚守岗位、创新思维且不断推进交叉学科研究工作的。

求知:为解决问题而学

孙圣民的学术研究始于 1993 年,这年他考入山东大学并成为管理科学专业的一名本科学生。一直以来,孙圣民认为,做研究要想不迷失方向,需要一个灯塔指引,那就是坚持问题导向和实践导向。

本科毕业后,孙圣民踏上工作岗位,开始了四年的“社会大学”实践。在一次辖区企业调查中,大家普遍反映企业经营困难。通过深入座谈,孙圣民发现企业的微观经营活动的成效和自身的经营管理水平是一个原因,更重要的是外部的社会环境影响,特别是宏观层面的产权、财税制度等。孙圣民当时就萌发了疑问:为什么文件上的制度规定是“硬”的,但现实中却是“软”的?制度为什么总是挂在墙上却不好落实?就此问题,他提交了调研报告并引起相关领导重视。

带着问题,2001 年孙圣民重回母校,在山东大学经济研究院(中心)攻读西方经济学的制度经济学方向硕士。攻读硕士期间,孙圣民重点学习了制度变迁理论,了解到制度问题的本质是政治经济学问题,进而转入政治经济学专业继续深造。

为了更好地解答上面的问题,2004 年孙圣民在山东大学经济研究院(中心)继续攻读政治经济学专业方向博士学位。读博期间,与导师合作,孙圣民以中华人民共和国土地产权制度变迁为案例,运用制度变迁理论进行实证分析的研究成果发表在《中国社会科学》上。他说:“这也算是对自己当年实际工作疑问的一个初步回答。”

孙圣民了解到制度变迁是长期的动态过程,现实中往往不易观察,制度变迁的案例更多地潜藏在历史的长河中。孙圣民的硕士和博士学位论文进行制度变迁研究时,分别选取了中国历史上的井田制和中华人民共和国土地制度为案例,无形中已经一只脚跨入了史学大门。2007 年,孙圣民顺理成章地到山东大学历史学博士后科研流动站继续从事博士后研究工作。

从学术履历中可以看出,孙圣民在山东大学完成了本、硕、博和博士后的学习工作经历,可谓“从一而终”。学界朋友们经常开玩笑说:“孙圣民是山东大学忠实的粉丝,整个学术生涯从未离开母校。”孙圣民则认为,不离开母校,是因为自己的学术研究需要一个相对稳定的外部环境。

求新:创新思维进行跨学科研究

经济学和史学都设有经济史专业,但相差很大。在两年史学博士后工作中,孙圣民深感史学和经济学两个学科之间范式差异为经济史研究造成了困扰。当单一学科研究遇到瓶颈时,孙圣民考虑进行跨学科研究,以解决研究中遇到的困惑。

为了给自己寻找解困良药、解除自己研究范式的“精神分裂”状态,孙圣民将关注点聚焦在了西方历史计量学这个学科。美国的诺斯和福格尔两位经济学家,开创了历史计量学,将经济学研究方法运用到传统经济史研究中,取得了良好效果,并获诺贝尔经济学奖。孙圣民梳理了这个学科国外五十年的发展情况,并将西方史学和经济学界在经济史研究中的冲突、融合和发展的历程,从方法论角度予以解构,介绍给国内学界同仁。同时,孙圣民以中华人民共和国工农业关系与经济发展为例,进行了历史计量学的中国案例研究。从理论和案例两个方面,为推动国内历史计量学这个交叉学科的发展作了初步的尝试。这两项成果分别发表在《中国社会科学》和《经济研究》上。

博士后出站后,因为拥有史学和经济学的专业背景,孙圣民便有更多的机会参加经济学和史学的专业会议,聆听了国内许多不同专业同仁之间的讨论、甚至是激烈的争吵。一方面,“经济学帝国主义”在经济史领域中的扩张及工具理性的“霸权”,引发了国内史学界的困惑和反感。另一方面,经济学学科固有的问题和不足,也充分暴露在史学家面前,并受到强烈抨击。孙圣民作为两个专业的“中立者”“调和派”,数次在会议上“劝架”。与双方沟通、解释的过程,触发了孙圣民的写作灵感,认识到学界亟待解决的现实问题正在呼唤理论研究的创新。整理相关资料并进行分析后,他分别以“国内经济史研究中经济学范式运用的现状”“对国内经济史研究中经济学范式运用的思考”为题撰写论文，发表在《中国社会科学评价》和《历史研究》上，前者用文献统计学方法评估了国内经济史中学科交叉的事实，后者从理论视角指出了双方相互借鉴的路径。

与此同时，孙圣民的案例研究也平行推进，通过对史料和数据的再挖掘，运用新技术深化了对中国土地制度变迁的案例研究，并以《家庭联产承包责任制的再考察》为题与合作者撰写论文，发表在《经济学》(季刊)上。这为孙圣民的系列案例研究又添上了一块“拼图”，并为理论的探讨作了最好的脚注。

在国内读到博士后，知识的深度有了。孙圣民深刻体会到在他的学术研究中主要的困难就是学术视野不够开阔，开阔的视野可以让学术研究走得更远。他认为，在山东大学完成了本、硕、博的学习并留校工作，为自己的学术生涯创造了一个连续稳定的环境，但也造成了他学术视野封闭、知识结构僵化。平时孙圣民尽可能多地参加外省、外校的学术活动，多与其他学派交流合作、多吸收新观点和新思维。

为了开阔视野，继续提升学术水平，迎接新的学术挑战，2014～2015 年孙圣民争取了去伦敦政治经济学院(The London School of Economics and Political Science, LSE)做访问学者的机会。“尽信书不如无书。”在做访问学者时，孙圣民就开始思考从中国经济发展的实践出发，辩证地看待西方经济学。有别于西方许多名校，除经济学系外，伦敦政治经济学院还独立设有经济史系和发展系。在分别选修这三个系的课程时，差异化的课程设置给孙圣民提供了一次比较和思考的机会。经济史系有来自不同国家的经济史专家，发展系的教师中有一些曾经在世界银行工作过或者是非洲、亚洲执行发展项目的负责人。前者突出从历史视角看待不同国家的发展问题，后者强调从发展中国家的具体国情出发解决发展问题。这都有别于当前经济学系中经济理论的抽象化、数学化、模型化的趋势。这些不同视角，触发了孙圣民从历史观和实践论视角对中国经济发展与西方经济理论之间关系的经济哲学思考。

鉴于以上思考，孙圣民现在的研究方向涉及两个方面：一方面继续跟踪主流经济学思路，进行中国案例的实证分析；另一方面从中西哲学史、科学哲学视角开展经济学方法论研究，关注经济思想史和经济哲学。哲学和数学是统领所有学科的知识，前者具有思想高度，后者具有工具理性。孙圣民认为，应该不时地在思想和工具中切换，审视自己学科的发展，而不是随波逐流。当前孙圣民的研究聚焦于经济哲学和发展经济学，尝试讨论中国经济学的本土化问题。他十多年来研究中对方法论的学习和运用，已为现在的思考埋下了伏笔。通过发挥经济学、史学和经济哲学等多学科交叉的知识背景，孙圣民希望能从历史观和实践论的视角，回答时代关切的问题。

这次申请国家社科基金后期资助的专著，汇集了孙圣民2001年以来在经济学和史学两个领域内发表的部分论文，主题是讨论经济史中经济学范式的应用，兼论制度变迁与经济绩效的理论与案例研究。当得知申请的国家社科基金后期资助得以立项后，孙圣民感慨地说："这已经是我连续第三次申请了，也算得上屡败屡战，最终得偿所愿。从另一个侧面也说明，自己所从事的交叉学科研究与通常的专业研究有所不同，要获得学界认可需要持之以恒地努力。"

孙圣民的专业研究从管理科学、西方经济学、政治经济学到史学，可谓"剑走偏锋"。朋友们风趣地对孙圣民说："你是财富的弃儿，从赚钱的商科开始，先是转到西方经济学，再到政治经济学，最后竟然驻足在史学。"孙圣民回答道："走上跨学科研究的道路其实是'心之所向，素履以往'的结果。"

求真：坚守岗位精益求精做科研

总结自己的心路历程，孙圣民认为，攻坚克难、愈挫愈勇靠得是对学术的兴趣和爱好，靠的是心无旁骛的严谨和自律，靠的是直面清冷的坚持。

孙圣民一直相信兴趣和爱好才是学术研究的最好导师。在硕士毕业时，他曾经有去中共山东省委工作的机会，在工作后也有从事其他职业的诱惑，工作中也曾遇到看似克服不了的困难和压力，也曾经想过退缩和妥协。孙圣民曾扪心自问：什么是自己最渴望的生活？其实答案就在其内心深处：一个人宅在书堆中，与精神世界中的人共鸣，为理论付诸实践探求可能路径。孙圣民说："整理一套实证分析使用的数据花费12年，构思一篇论文思考7年，论文投稿耗时3年四易其稿……那份孤单与寂寞，无处评说。苦乐自知吧！但在学术研究中，思想的翱翔给我自由，发现问题、解决问题的那一瞬间让我快乐，我想这就够了，人总不能贪心太多。"

科研过程中遇到困难，孙圣民总是积极面对。科研经费不足时，他克服困难的办法就是从小事做起，亲力亲为。孙圣民利用寒暑假时间，整理和录入大量数据，练就了速度很快的数据盲录。从学术基础工作起步，到论文最后成形，这种全程体验对于孙圣民来说在指导学生时成了宝贵经验。

为做到教学、科研两不误，孙圣民半年做科研，半年备课讲课。一般一次3小时的研究生课程内容，他需要准备3天。除基础知识外，他主要讲授前沿文献，每次备新课，课件经常更新。在伦敦政治经济学院做访问学者时，孙圣民两个学期共听了六门课，带回来大量笔记和课件。这些内容现在都成为他上课时的素材。他说："有些同学年年来听我的课程，这对我来说是一个很大的压力，也是督促我学习新知识的一种方式。"

曾经有一位可敬的长者告诫过孙圣民，学术的高标准是20年后还有人看你的研究成果，这才证明了你研究的价值。孙圣民听从教诲，对学术研究一直心存敬畏，做研究时精益求精，养成了严谨和自律的习惯。他对待每一个作品都像对待自己的孩子一样，担心因为自己的一时疏忽，留下瑕疵，多年后被别人揪出来向他这个家长问责。在这次申请后期资助过程中，孙圣民认为，申请课题也需要严肃认真地对待，即使是已经接近完成的著作。他说："三次申请过程中每次修改，现在回头来看，和写著作一样都是不断追求精益求精的过程。写申请和写论文一样，都是越改越好。"

孙圣民是山东大学无数科研工作者中的一员，身上有着科研工作者们的共性——专一、执着、精益求精。在学校"双一流"建设的路上，留有他们在科研领域不断探索的坚实脚步。正是他们对科学研究"心之所向，素履以往"的执着追求，以及"心无旁骛"的坚持才使得山东大学的科研项目逐年递增，学术影响力不断地提升。

（原载于山东大学新闻网 2017 年 11 月 10 日；文：王莉莉）

张存生:踏实做事,追求完美

张存生,材料科学与工程学院副教授、博士生导师,教龄 9 年,先后承担本科生“塑性成形 CAE”“Advanced Materials Forming”等课程的授课,年均 150 学时。连续两年被评为“课堂教学质量优秀教师”,曾获评校“青年教师课堂教学比赛”一等奖、“青年教学能手”;主持国家及省部级科研项目 10 余项,发表 SCI/EI 收录论文 50 余篇,获“国家科技进步奖”二等奖和“山东省科技进步奖”一等奖各 1 项、荣立山东省人民政府集体一等功 1 次。

对于获评山东大学 2017 年度“我最喜爱的老师”,张存生说,这代表着学生对自己的信任和肯定,更意味着以后要更加严格地要求自己。采访中,他一再强调诚实做人、踏实做事的重要性,教学严格、为人亲和是他深受学生爱戴的主要原因。

守得云开见月明

张存生目前的科研方向是铝型材挤压成形技术,近年来主要围绕高速轨道交通工程建设对高性能车体铝型材的重大迫切需求以及型材挤压成形中存在的主要问题开展系统性的研究工作。当被问及对科研的态度，他总结道："耐得住寂寞，坐得住板凳，扛得住失败，守得住希望。"

做科研是一件漫长而艰难的事。张存生具体解释说，做科研要能抵制住外界的各种压力、诱惑，所以要耐得住寂寞；要阅读大量文献，掌握国内外课题研究趋势和进度，所以要坐得住板凳；要承受住长时间的努力，甚至是功亏一篑的打击，所以要扛得住失败；要对自己的课题有信心，有能够坚持下去的动力和毅力，所以要守得住寂寞。

张存生走上科研之路，与他的硕士研究生导师、材料学院院长赵国群教授是分不开的。2008年9月，张存生从法国博士毕业回国，在导师邀请下回到材料学院任教。"赵教授就是我科研道路上的引路人。"——导师严谨的工作作风、专注的工作态度对张存生产生了深远影响。

张存生坦言，自己的科研道路不是一帆风顺的。刚回山大的时候，他先后申报多个科研项目，但无奈"全军覆灭"。这让刚博士毕业、踌躇满志的他倍受打击，甚至感觉似乎"没有出头之日了"。后来，在导师的鼓励和帮助下，他仔细分析原因，根据山东企业的产业结构和当地经济，及时调整了研究方向和课题。如今再提起曾经遇到的挫折，张存生微笑中带着坦然："没有什么过不去的坎，只要不忘初心、勤奋踏实，目标总会实现的。"

对于坚持了十几年的科研道路，张存生说，除了兴趣所致，更多还是对团队的一份责任。"目前，一方面参与赵国群教授主持的项目，更主要的是自己主持科研项目。"在导师团队中，张存生是课题研究的主要骨干，需要及时完成自己的任务；而在自己的研究课题组里，他是统筹项目进展的负责人，需要时刻关注学生进度，方便及时发现问题并对他们进行指导。置身团队中，团队目标的实现是张存生一直都有的责任。

塑性成形：注重实践、案例教学

材料学院2014级研究生王东谈起自己的老师，印象最深的是他"启发式以及案例式的教学模式"。他说："张老师采用的案例式教学方式，既锻炼了学生的实践动手能力，也提高了团队的协作能力，尤其是他开设的'塑性成形CAE'课程，让我们受益匪浅。"谈到"塑性成形CAE"这门课程时，张存生打开授课PPT，展示了高铁用复杂断面铝型材、汽车车门外板、大型碾环等制品的数值模拟成形过程。"你们看，这是我讲课的引入案例——2008年奥运会上菲尔普斯穿的鲨鱼皮泳衣就运用了塑性成形数值模拟技术。我喜欢用这种实例去发现和课程相关的点，从而引起同学们的兴趣。"

“塑性成形CAE”是张存生回到山东大学后开设的课程,也是他投入教学精力最多的一门课程,对张存生来说是一个特别的存在。对于这门课程,他就像养育自己的孩子一样付出了极大的心血,其中的艰辛和努力不是言语可以形容的。

2008年12月,张存生接受了编写《塑性成形CAE》教材的任务。在此之前,山东大学并没有这样一门课程。对于一个从未上过讲台讲过课的新晋教师来说,这无疑是一个非常大的挑战。因为没有可供借鉴的经验,张存生刚开始很是茫然、无措,但他也深知:“企业对塑性成形这个技术需求很大,所以课程技术的掌握对学生以后发展很重要。”于是他决心要编好这个教材。从初稿到第一次投入使用,教材编写历时一年多,之后又不断改进、再版,目前已是第9版。在编写完第1版教学大纲后,张存生不满足于单纯理论知识的传播,因为“这是一门必须用实际案例来讲解的课程”。为立足于更加完整的知识储备,他又开始跑企业、跑工厂进行考察,以便收集更多案例用于教学。

“当初开设这门课程,真是一个正确的选择。”在企业里,张存生经常看到学生用他教的软件进行模拟并且比在校时用得更好,他笑着说:“那种成就感是没法说出来的。”

张存生的办公桌上,堆着很大一摞论文材料。为了及时掌握国内外课题研究现状、方便科学研究,同时也便于借鉴教学实践,他每天都要阅读大量文献。在他看来,自己还有很大的进步空间,需要时时努力。

因材施教,培养更优秀的学生

在张存生的认知里,自己除了是学生的老师,更应该是学生的兄长、朋友。他说,与学生相处,一是要琢磨透学生的心思,和他们打成一片,建立亲情关系;二是要因材施教,对不同的学生给出不同的教学模式。

“可能是因为年龄的原因,我和学生之间没有代沟。我喜欢和他们交流,他们也都愿意和我谈心。”除了在学业、课题上为学生提供指导,张存生常常和自己的学生一起打羽毛球,组织他们开展野炊、爬山等课外活动。亦师亦友,是他最喜欢的与学生相处的方式。

张存生的电脑桌前贴着几个便签,上面写着“张庆友:落实北京有色金属研究院的疲劳试验方案”“温明月:今天汇报中铝苏州研究院的Gleeble实验进度”“刘明甫:今天汇报复合挤压中纤维材料是如何流动的”……他解释说这些都是学生工作进度的记录。曾经,张存生很想借鉴学习法国自由的教学理念,对学生进行“放养”,但一番尝试下来,他感觉国内学生还是需要时时鞭策,所以为学生确定汇报时间、督促完成任务、及时指导学生们的研究进展。

除了教学、科研工作，从教 9 年来，张存生还一直担任材料学院本科生的班主任和卓越班导师。如何做好班主任工作？他认为，“要有细心、耐心、虚心、爱心和良心，以及必须具备高度的责任心”。他分享了自己这方面的工作思路——一个核心、两个重点、三个关注。具体来说，“一个核心”就是培养学生的自主性和独立性；“两个重点”，一是抓学习，二是抓做人；“三个关注”，分别是关注家庭困难的学生、学习吃力的学生和心理方面存在问题的学生。在张存生看来，教育教学和科研任务一样重要，不能有偏向性，“不让一个学生掉队”，是他作为班主任深植于心的信念。

大学生应该如何有价值地度过大学时光？张存生对此给出了自己的回答：“追求完美的程度决定你成就的高度。大学生一定要珍惜时光，一定要控制好自己，一定要有目标！”谈及以后，张存生“想要培养出更加优秀的学生”。他期待着充分激发学生潜力，为学生创造更多成长的机会。

（原载于山东大学新闻网 2017 年 11 月 15 日；文、图：戴思琦）

武传松：一位闲不下来的焊接专家

“这是国际学界对我 30 多年科研成果和学术水平的认可，相当于是一种终身成就奖，还是非常激动、自豪的。”

2017 年 11 月 6 日上午，美国芝加哥，山东大学材料焊接方向的学术带头人、材料科学与工程学院武传松教授当选美国焊接学会会士（American Welding Society Fellow, AWS Fellow）。山大视点网站记者第一时间采访到了回国不久的武传松教授。

AWS Fellow，至高的荣誉

AWS 成立于 1919 年，是全球最具影响力的非营利性焊接专业技术学会，每年从全球杰出焊接科技专家中遴选 AWS Fellow，这是 AWS 授予其资深会员的最高荣誉称号。2017 年，全球有两位杰出焊接科技专家当选 AWS Fellow，武传松是其中一位。

说起这次领奖，武传松印象最深的是 AWS Fellow 遴选委员会主席查尔斯·罗比诺(Charles Robino)在大会上宣读的颂词:"武传松教授一直是各类焊接过程多物理场模型研发的开拓者和引领者。这些模型提供了对焊接过程机理的深入理解,并在丰富焊接科学技术知识库方面发挥了关键作用。他的开创性工作,为把焊接转变为可预测和可控制的工程技术奠定了广阔的基础。"武传松说:"AWS Fellow 遴选委员会组织专家进行了半年的认真评审,查阅了我在国际重要期刊发表的、被国际同行专家广为引用的代表性论文,用'开拓、引领'的关键词概括我的学术贡献,很用心、很准确,让我很感动。"

对武传松来说,自己在焊接物理数值模拟领域的"开拓与引领"开始于 30 多年前。准确地说,是在 1986 年,他作为国家首批中美联合培养博士生刚到美国威斯康星一密尔沃基大学时,看到了麻省理工学院学者发表的一篇用计算机建模分析的方法研究焊接熔池传热与流动行为的文章。

武传松回忆说,那篇文章研究的是传统的焊接方法——钨极氩弧焊,采用的研究方法和结果让他深受震撼,进而想到自己也要开展焊接熔池计算机模拟这一领域的研究,但又不能单纯跟着别人做,于是他决定尝试采用数值模拟技术研究工艺过程更复杂、工业应用更广泛的熔化极气体保护焊。"这类焊接工艺方法易于实现自动化,焊接效率高,适应面广。通过计算机模拟来研究其机理,当时国际上还没有人这样做。"

之后,在美国一年多的时间,武传松全心投入这方面的研究,经过大量摸索和实践,反复进行数值计算和实验验证,终于首次从传热学和流体动力学的角度揭示了熔化极气体保护焊接时焊缝指状熔深产生的原因。1988 年,他在美国期刊 *Welding Journal* 上发表了自己的研究成果 Fluid flow and heat transfer in GMA weld pools(《熔化极气体保护焊接熔池中的流体流动与传热过程》),成为所在领域的经典之作。此后近 30 年,这篇论文一直被国际同行专家广为引用。

在后来的研究生涯中,武传松一次又一次在国际学术界扮演开拓者、引领者的角色,让他印象最深的,还是那次"弯道超车"的成功挑战。英国焊接研究所在 1991 年发明了搅拌摩擦焊,国内焊接界于 1999 年引进并开始研究。但在山东大学,2009 年才开始购置搅拌摩擦焊研究的相关设备。武传松说:"从时间上来,山大这方面的研究滞后国际近 20 年,如何找到切入点开展研究、实现弯道超车?如何尽快进入该领域国际最前沿?当时是一个非常大的挑战。"

压力产生动力,挑战与机遇并存。因为知晓搅拌摩擦焊接是一种绿色环保的新型固相连接技术,在航空航天、轨道交通、船舶、汽车、军工等领域具有很大的应用前景,武传松扑下身子,一连阅读了 200 多篇国际上的相关研究文献,琢磨国际同行过去这些年的研究进展,分析常规搅拌摩擦焊接工艺存在的缺点与不足。终于，他找到了自己的主攻方向——将超声振动施加在搅拌头前方的待焊工件上，通过超声振动与搅拌头附近的塑性变形材料相互耦合作用，形成了超声振动强化搅拌摩擦焊接新工艺。该工艺解决了常规搅拌摩擦焊接在实际应用中存在的载荷大、搅拌头磨损、工艺参数窗口窄等问题。

武传松率领课题组刻苦攻关，将工艺试验、测试表征和数值分析相结合，既研发成功了新设备新工艺，也阐明了该工艺效果显著的物理机制。之后，系列研究成果在国际期刊发表，2016 年获得两项享有盛誉的国际学术奖励，2015～2016 年武传松被邀请在国际重要学术会议上作大会主旨演讲 2 次、特邀报告 3 次……超声振动强化搅拌摩擦焊接这项新工艺在国际上属于首创，“一下子深入到了国际研究的最前沿”。

总结自己这些年的学术成就，武传松归因于“不断追踪学科最前沿，及时掌握国际最新动态”。或许，这正是促使他成为国际材料焊接与连接领域开拓者、引领者的一个重要因素吧！

用国际一流学者的标准要求自己

20 世纪 80 年代，武传松开始接触国际焊接学术界，从那时起他就给自己定了一个目标——用国际一流学者的标准要求自己。30 多年来，他与美国、德国、日本著名高校和研究所的同行学者一直保持紧密合作，每年开展互访、交流，在互相学习中不断提升自己的学术水平。

日本大阪大学接合科学研究所田中学教授是武传松 1995 年认识的一位学者，当时作为客座教授的武传松从他身上学到了很多。“日本教授对自己的学术要求很高，一个方向可以深入研究几十年甚至一辈子。”由此武传松想到：“我们的研究也必须方向固定，长期做下去。”

具体到山大的材料焊接，武传松团队一直坚持着一项“看家本领”——焊接工艺方法背后的物理机制研究。焊接不是一个“傻大黑粗”的工种，不是曾经大家以为的“焊洋铁壶的”，而是一个跨学科的综合专业，涉及物理、化学、冶金、力学、电工电子学、计算机、自动控制等多学科的知识。基础理论的研究，在武传松看来是一项“顶天”的工作，“首先必须要打好基础，否则，基础不牢，后劲儿不足”。

武传松团队里有一个不成文的“泡实验室”规定，每天早上 8 点半到下午 5 点半，加上晚上 3 小时，周末再拿出一天，组成他们的“实验室时间”。材料学院 2013 级硕博连读学生王林介绍说，最考验他们耐心的是“靠”在电脑前面进行基础理论研究，即数值模拟、编写程序和研发算法。“武老师常说，做学术要有耐心，耐得住寂寞。他是我们做科研的榜样。”

对于焊接专业的研究，武传松在美国威斯康星一密尔沃基大学的导师曾经给出一个形象的概括，相应课题可以分为两类：一类是“好看”的基础研究创新，一类是“好吃”的实际应用。武传松很认同这种定位。他认为，要顶天也要立地，专注基础理论研究的同时也不能捆住自己发展的手脚，必须时时关注学科最新进展及其应用潜力，从中发掘自身生长点。“在弄清物理机制后，我们要对焊接工艺方法进行创新性改型研发，升级、改进现有的焊接工艺，把理论成果应用于实践，为工业界服务。只有这样，科研路子才能越走越宽，科研团队的发展才能可持续化。”

“做学术、做科研，只有第一，没有第二。”这是多年的求学、科研经历对武传松的深刻启发。1978 年，武传松作为中国高考恢复后的第一批大学生进入哈尔滨工业大学金属材料及工艺系学习。当时的他懵懵懂懂，对大学、专业还没有什么认识：“从来没想到这辈子还能有机会再读书、读大学。”但在后来近 40 年的时间里，他读研、读博、留校任教、出国做研究，一步步走稳了自己的学术研究之路。

很好的学习者

武传松是一个闲不下来的人。

他对材料加工有着“理应如此”的专注，一进实验室就会莫名兴奋起来，而且常对学生说：“一天不做点专业性的东西就浑身难受，跟犯了什么错似的，第二天必须赶紧补上。”在他看来，任何专业都是这样，在慢慢接触的过程中产生浓厚兴趣，而兴趣是最好的动力：“越学越有兴趣，越发现有太多问题需要探索。”

他只要不出差，每天 8 点之前务必到办公室，工作时间超 10 小时，周末工作一天半，周日会给自己放半天假。被问起怎么做到的。他回答：“多少年下来，已经成了下意识的习惯了。”

武传松目前的工作状态非常忙碌，但他乐在其中：“闲上半天还不如在实验室开心，我感觉自己还有使不完的劲儿。”除了承担教学、科研工作，他还需要完成学术界、工业界组织的学术活动、技术咨询等诸多社会服务工作。单就为国际期刊审核 SCI 文章来说，每年需要完成 50～60 篇文章的审稿，平均下来每周需要完成至少 1 篇。武传松的科研助手、材料学院陈姬老师说：“武老师感觉要通过审稿来及时了解国际上最新的研究成果，而他是一个既然做了就要做好的人，所以势必要投入很多精力。”

“我不敢说自己是个多好的研究者，但可以很自信地说，我是一个很好的学习者。”武传松参加任何一场国际会议，都会非常认真地从头听到尾，几十个报告听下来，说不定其中哪位学者的一句话、一张图片就能对他产生启发。

武传松对自己要求很高、很严，对学生同样如此。早上8点半，他会到实验室“查岗”，也会向学生提要求：“暑假是你们最出活儿的时候。”他承认自己很严格：“学生就像是一块原始的生铁，希望经过在我实验室三五年的锤炼，能变成一块高质量的好钢。”

在材料学院2013级硕博连读学生高学松看来：“武老师大部分时间是不苟言笑的，会很严肃地跟学生强调学术道德：‘数据必须是自己亲手测试和计算得到的，数据不实就像给你的人生埋一颗定时炸弹，不论你爬到多高的位置，这颗炸弹都能把你炸下来。’”但更多的时候，学生们是被自己老师对学术的坚守、对科研的认真、对治学的严谨打动的。高学松说：“武老师做学问的这份坚持深深影响了我，让我明白一个人如果想要成就一番事业，没有几十年的坚持和付出是不可能的。”

最大的期待，是把青年教师队伍带起来

走出AWS Fellow耀眼的光环，武传松恢复了自己往常的忙碌与平淡。谈起下一步的工作，他说，最大的期待是尽快把团队的青年教师培养成在国内外有一定学术影响力的接班人：“即使我退休了，山大材料焊接这支团队、这个研究领域也要可持续地发展下去。”

对于山大材料焊接团队的发展，武传松一次又一次经受挑战，最开始的要算他初来山大的时候。1996年，在哈尔滨工业大学求学、任教达18年之久的武传松，调入原山东工业大学，马上就承受了快速搭建材料焊接研究平台的压力。当时的山大材料焊接，受限于地域因素，在申报课题、服务社会等方面并不占优势。武传松不等不靠，做了很多工作，坚持焊接过程数值模拟、实验测试两个方向，迅速形成山大材料焊接自己的特色。如今，山大焊接物理和高效焊接工艺改型的研究，已经成为国内同行中的研究亮点，在国际上也有相当的影响力。

如何尽快提升年轻学者的科研实力？这是武传松面临的一个不小的挑战。对此，学院方面已经形成共识，发挥团队的集体力量为年轻人创造条件，主动给他们压担子，让他们尽快成长。武传松对于形势的紧迫性有着清楚的认识：“学术声望不是几年时间就可以有的，需要长时间的积累。”

他对青年教师有着殷切的期待，比如说“快速提高自己的学术鉴赏能力”。大数据时代，如何在海量的信息中快速、准确地提取自己需要的内容？武传松说：“要有主动意识，在有限的时间里找到‘金子’。”他认为，一名真心做学术的学者，应该有正确的学术态度，严格要求自己，树立发展标杆，制订发展规划，“不能像‘无头苍蝇’那样东一榔头、西一棒子，只要有规划，集中精力，深入钻

研，一段时间之后就能拉开与同龄人的差距。”目前，在他的带动下，焊接方向的几位年轻教师正逐步成长起来，慢慢地能够独当一面了，这让武传松很是欣慰。

近几年，山东大学实施“学科高峰计划”，重点建设三个优势学科冲击世界一流水平，材料科学与工程学科就是其中之一。面临新的发展机遇与挑战，武传松认为，山大有比较好的基础，下一步的发展很有干头。他说：“学院全体教师同心协力，要力争材料学科进入 ESI 前 1‰。”

惯性定律是一种很神奇的规律。日复一日地坚持，会变成一种习惯，之后又变成更大、更强的坚持。对武传松来说，材料、焊接已经成为他的习惯，成为他发自内心、这辈子都不会离开的一种追随。

（原载于山东大学新闻网 2017 年 11 月 21 日；文：刘婷婷，图：受访者提供）

郭卫华:当老师是一件很幸福的事

郭卫华,生命科学学院教授,博士生导师,教育部"新世纪人才",从事生物学方面的研究及教学 21 年,承担本科生"趣味生物学实验""生态学"等 4 门课程的教学工作,年均 96 学时,获"课堂教学质量优秀教师"称号,荣获"山东省教学成果奖"一等奖 1 项,主编《趣味生物学实验数字化教程》。2017 年,她获评山东大学"我最喜爱的老师"。

趣味实验,发现生物学之美

"趣味生物学实验"是山东大学 2015 年开设的一门通选课,因其与生活密切相关以及趣味性十足,深受学生喜欢。作为课程的主要负责人,郭卫华承担了课程的主要设计工作。本门课程共分 8 个模块,每个模块包含一个与之相关的实验。因为是面向全校本科生开设的课程,对于一些原理较复杂、较难操作的实验,授课老师需要提前进行处理,保持难度适中,确保低基础或零基础的同学能够顺利操作。学生们除了在实验室做实验,还会走出校园实地考察,亲身体验野外调查的乐趣，实属创新之举。

当被问及是怎么想到开设这样一门课程时，郭卫华回答："希望同学们掌握一些基本的生命科学知识。"她具体举例说，电视上常见的通过一根头发确定一个人的身份信息并不是天方夜谭，其实原理很简单——一根头发就包含人体的全部DNA信息。实验这种方式充满趣味性，自己动手操作并得出结果，会更有成就感，所以同学们就容易对科学产生兴趣，进而愿意了解、学习更多。

学生对与生活密切相关的实验总是特别好奇。有一次安排的实验任务是通过口腔上皮细胞提取DNA，并通过聚合酶链反应PCR技术扩增细胞内Y染色体上的特异性基因来进行性别鉴定。一个男生因为操作步骤有问题，在自己的口腔上皮细胞中没有扩增出结果，在进一步的电泳检测中没有检测出显色的条带，很是疑惑不安，又坚持再次实验才观察成功。回忆当时的场面，郭卫华有些忍俊不禁，不过她说："学生们对于实验的这种认真让我感触很深。"授课过程中，经常是实验时间到了，但同学们要么步骤没完成，要么已经完成但还想重复做几次，都留在实验室不肯离开。

不同的实验对同学们的要求也不同，比如口腔上皮细胞观察实验，要求按照步骤一步一步进行，不能粗心大意；而蛋白质荧光绘画实验，是在大肠杆菌培养皿上画自己想画的图案，就需要同学们发挥自己的想象力，这更是一种创造的过程。哲学与社会发展学院2016级本科生杨书诚评价这门课程说："实验不仅丰富了我作为文科生的生活，更给我带来了观念上的冲击，使我更为理性、科学地认识这个世界。"

郭卫华说，这门课程目前已经出版了数字化教材，可以提炼更多有价值的教学成果。随着生命学院搬迁至青岛校区，有同学担心以后在济南没法再上这门课了。对此，郭卫华表示，因为课程主要面向非生命科学专业的本科生，所以依旧在济南开放，"通识教育的初心不会改"。至于下一步的计划，郭卫华略微沉思了一下说："硬件条件还需要提高，实验规范性也要增强。"她期待着，未来能够扩大规模，增加授课班次，使更多学生受益。

兴趣之下，结缘生态学

现在的郭卫华，正立足自己的专业知识，不断向学生们传递生态学的趣味。其实她自身的科研之路，也是一个不断体会生态学趣味的过程。

大学期间，郭卫华机缘巧合之下选择了生物学专业。随着学习的不断深入，她发现生物学是一门很有趣的学科，也就慢慢喜欢上了这个专业。越学越发现，自己对这个专业的了解还是太少，置身浩瀚的知识海洋，还有太多东西需要钻研。抱着继续学习的想法，郭卫华先后读完了硕士、博士。

研究生期间，郭卫华选择了生物学下的生态学方向，原因是生态学与实际结合更为密切，应用性更强。“很多全球性问题包括气候变化、生态文明建设、环境问题等等，都与生态学密切相关。”她拿实地考察鄂尔多斯高原举例，提出地区生态环境的破坏让人痛心，但人为的破坏终究还需要人为的修复，所以就需要工程和科研力量的帮助，“而这是绝对可以做到的”。

郭卫华认为，做科研不仅需要扎实的基础知识、动手能力、创新能力，还要有一种使命感，用关怀的心态看待整个生态环境，只有这样，才能够真正做好研究。“首先我们得选定适合生长的固土植被，半灌木还是灌木……”一谈起这个话题，郭卫华仿佛打开了话匣子，一名学者的专业素养与社会责任感满溢其间。加之生态学是一门具有很强地域特色的学科，与实际环境结合非常紧密，可以借鉴不同地区的研究理论，但实地调查及规划要根据自己的实际情况来做，做好后又可以帮助特定地区特定生态政策的制定与实施——“实为互利共赢”，这是郭卫华对自己工作价值的定位。

曾经，郭卫华在韩国开展了一个关于青岛百合地理分布及遗传格局的项目研究，她对这个项目付出了很多心血，自己申请课题，自己设计整个过程。青岛百合这个物种比较稀少，在中国只分布在崂山地区，郭卫华只能回国采样。想要做充分的调查，就要走遍崂山寻找青岛百合，但当时只有一个星期的时间，时间非常紧。郭卫华和同事天刚蒙蒙亮就出门，晚上很晚才回来休息。甚至有一次下暴雨，雷电交加，上山下山非常不安全，带队导游都不敢上山，而郭卫华他们为了完成项目，咬咬牙出了门，淋了整整一天大雨，虽然穿着雨衣但还是全身都湿透了。这段经历虽然辛苦，但也充满乐趣。如今回想起来，郭卫华说：“因为我感兴趣，而且真的喜欢。不管过程如何，只要最终完成了，所有的一切都是值得的。”

当老师，是一件很有意义的事

科研以外，郭卫华目前主要负责学院的本科教学工作。2017 年，生命学院全院整体搬迁到青岛校区，有许多事情需要她济南、青岛两头跑。“2017 年一年真的特别忙。”郭卫华轻轻叹了口气，笑着下了这个结论。

“老师对于一个学生来说真的很重要。”对于自己能成为一名老师，郭卫华一直感到非常幸福。她觉得，一方面，和朝气蓬勃的青年学生相处，自己的情绪也不知不觉受到感染，变得积极向上、充满活力。另一方面，任教是一个教学相长的过程，学生的问题能够启发老师的思维。“看到学生取得成绩，自己会非常开心、欣慰，老师这份工作总是能带来成就感和幸福感。”想起过往的一届届学生，郭卫华一边说着他们的故事，一边笑意爬上眼角，心潮起伏，又显得慈爱、温柔。

对于青年老师，郭卫华结合个人经验从成就感、幸福感等方面给出了建议：教师是非常神圣的职业，也肩负着相应的社会责任。刚开始工作时由于不熟悉情况可能会遇到一些困难，但这些都是可以克服的。坚持下去就会发现，当老师是一件很有意义的事情。

郭卫华相信"坚持就是胜利"，这句话被她当作座右铭时时激励自己。"没有什么事情是解决不了的。"当郭卫华开心地说出这句话时，会让人不由自主受到其乐观、坦然心态的感染。从她身上能感觉到一股类似于水的力量，包罗万象、以柔克刚，乐观与幸福感流淌其间，让她在教学、科研之路上愈行愈远。

（原载于山东大学新闻网 2017 年 12 月 4 日；文：尚玉茹、袁薇薇，图：受访者提供）

蔡地：在试错中不断前进

蔡地，管理学博士，工商管理博士后，山东大学管理学院副教授。研究方向为风险投资、家族企业与技术创新。先后在 *Asia Pacific Journal of Management*、*Management and Organization Review*、《管理科学》《研究与发展管理》《经济评论》等国内外学术期刊发表论文 20 余篇。先后主持国家自然科学基金青年项目、教育部人文社科基金、中国博士后科学基金面上项目等国家级或省部级课题多项。

2017 年 9 月，蔡地撰写的管理案例《从"淘宝小店"到"生态运营商"：韩都衣舍商业模式的进化之路》入选"全国百篇优秀管理案例"，这是中国管理案例的最高奖项，也是蔡地撰写的第一篇管理案例。问起参赛初衷，蔡地的回答竟是"好玩"，认为这"可以满足我对管理理论与管理实践结合的诉求，教学和科研结合的诉求"。

一切源于好奇心

谈起对科研道路的选择，蔡地表示，自己没有太多的深谋远虑，更多的是追随想要探索未知的好奇心。“我很享受在科研中发现不同乐趣的过程，对未知的求证让我觉得很好玩。”一处处新鲜的领域、一个个新颖的观点，吸引着他沉浸在“好玩”的科研世界里。

做科研遇到不符合预期的情况在所难免。当屡次得不出预期结论时，蔡地也和普通人一样，有过后悔，有过动摇，“摇摆是每个人都会有的，能不能战胜摇摆就是最终决定成败的关键。”一直支撑他的，其实就是一份对科研的热爱以及对好奇心的满足欲。他说：“科研没有大家想象的那么好，也没有很多人想象的那么差。”在曲折中前进，这是他对自己科研路途的最好描述。

樊丽明校长不止一次说过：“扎根齐鲁大地，服务山东就是服务全国。”蔡地非常认同这一观点。在危机意识比较强的他看来，梳理总结山东优秀企业的案例，是山东老师尤其是山大老师的责任。蔡地喜欢自己写教学案例，认为在写案例的过程中，能更深入地了解企业，与更多企业家交流，进而更好地促进教学工作。他也期待有朝一日，“在课堂上用到的管理案例，都是我自己写的”。

蔡地一直好奇，在互联网基因、服装基因并不强大的济南是如何诞生互联网和服装结合的快时尚产业集团的。他抓住时机深入了解了位于济南的中国最大互联网品牌生态运营集团之一——韩都衣舍电商集团，与公司负责人多次座谈，其中创始人赵迎光的一句话“互联网的精神是开放”深深印在了蔡地的脑海中。正是因为打破了传统文化对思维的限制，真正理解了互联网精神，韩都衣舍才得以在济南做大做强。怀着对韩都衣舍的好奇与欣赏，蔡地最终用讲故事的方式把相关的管理学知识、商业模式及前沿趋势等生动形象地演绎出来，最终成功入选“全国百篇优秀管理案例”。

同样出于好奇心，蔡地很关注普通人物逆袭的故事。很多成功人士的逆袭之路离不开就业或创业，正因为如此，蔡地的研究方向围绕着就业、创业领域的人力资源管理、组织行为学以及创新创业展开。“在创新创业领域，‘大学生’只是被人们贴上的标签。就创业而言，重要的不是身份，而是适不适合创业。”蔡地目前正在做教育部一个创业相关的科研项目，研究方向就是分析怎样的人更适合创业。他反对心灵鸡汤和夸张的人物传记，欣赏既具备吃苦精神又不缺能力的京东创始人刘强东：“一个人只要具备创业能力和创业资源，那就可以尝试创业。”

教学、科研、实践，这三者在蔡地看来是相辅相成的，他希望自己能做到三者的高度统一。企业实践是管理类老师必须有的一种经历，蔡地曾在几家公司担任人力资源管理顾问。“管理学科实践性强，学生本身没有实践经历，如果老师也没有这方面的经历，两者之间的对话就会是纸上谈兵。”公司实践不仅有助于教学内容的运用，还会激发很多科研想法。蔡地觉得，只有在观察足够多的企业现象之后，才能发现真正有实践性的科研成果。

以最小的代价快速试错

遇到自己喜欢的东西，蔡地有敢于尝试的魄力。他认为：“在做取舍时，不应该用排除法，而应该用试错法。”

在他看来，排除法本身就是一种投机，是在不知道正确答案时的被动选择，其实试错法才是寻找最终答案的最佳方式。“试错法承认每一种可能，不否定任何一种选择，它鼓励人不断尝试，在尝试过程中找出错误，在犯错的过程中成长，最后找到自己最想要的东西。”

蔡地自己的学习经历，正是“试错法”的真实实践。2002 年高考结束，他追逐当时热门，选择了西安交通大学的电子与信息工程专业。但大学期间，他发现所在专业带来的愉悦感并不强烈，同时在自身视野、知识面拓展以后，认识到管理学更为深刻的内涵，加上在校期间参与管理学生社团的经历，于是他作出了跨专业考研的决定，并最终考入西安交通大学管理学院。跨专业考研并不轻松，但对蔡地而言似乎是小菜一碟，他“玩着玩着就考过了”。或许，正是因为有着真正的喜欢与热爱，才成就了考试时的一身轻松。

一番尝试之后，蔡地放弃了四年所学的电子与信息工程专业，转而选择管理学。“在不知道自己想要什么的时候，要多尝试，不要轻易否认你没有尝试过的东西。”当然，他也强调：“尝试过程中要做到全身心投入。”做任何事，只有全身心投入才有意义。若是不投入，刚尝试就想放弃，就算花费再多时间也只能是碌碌无为，白费功夫。“若试错了，就去改。”这是蔡地一直鼓励学生去做的。

富有特色的“三有”课堂

在课堂上，蔡地提出了“三有”原则，即有用、有动、有趣。

他主张在课堂上教给学生有价值的东西，给学生提供便于理解的场景以促进其理解、应用，而不是只停留在讲解课本知识的层面。在讲解人力资源管理课程时，他会引导学生进行设身处地的思考，让学生假设自己在校园里开了一家咖啡店，让其决定该怎样招聘员工、怎样选拔店长、怎样制定工资等等，以此更好地理解所学知识。

“在与学生的接触中，我发现较难的是转变学生的被动思维，只有让学生动起来，才能主动思考，增强课堂体验。”蔡地很重视与学生互动以及学生彼此之间的互动,“分组课堂”是他在教授“组织行为学”时开始进行的尝试。按照学生姓氏字母安排小组座位,以小组为单位开展各种各样的课堂任务,让学生立足集体定位,发挥自身优势。他发现,此举确实增强了大家的上课体验,也由此更坚定了“让学生动起来”的教学理念。

蔡地也很注意“有趣”授课。他会给学生放映各类有意思的视频,也会在“电梯实验”视频引发学生哄堂大笑之后,让大家分析“为什么人们的行为会受毫无关系的陌生人的影响”。“笑完之后有收获”,这是他对“有趣”的备注和要求。

此次接受采访,蔡地很重要一个想法就是传播“重视成绩但更要注重成长”的教育理念,希望学生回归上学的本质,正视成绩但不唯高分论,在学习中找到自己真正想要的东西。他一遍遍跟记者强调,学生不应该为了成绩而“活”,不要做只知道低头学习或者埋头打游戏的“无趣”人,“大学生应该有成长的诉求,这种诉求建立在与自己的比较中。”他很希望学生定期关注自己的各种能力是否在进步。

对年轻人而言,正因为未来的路还长,“低头走路”的同时更需要“抬头看天”。蔡地说:“要做现实的理想主义者,而不是理想的现实主义者。”

(原载于山东大学新闻网2017年12月11日;文:薛书新、戴思琦,图:受访者提供)

廖群:向诗与美的文化源头漫溯

廖群,山东大学文学院教授,博士生导师,副院长,从事中国古代文学教学与研究工作,主攻先秦两汉文学与文化方向。兼任山东省古典文学学会常务副会长、中国诗经学会常务理事、中国屈原学会常务理事。学术成果获得"教育部人文社科优秀成果奖"一等奖和三等奖各 1 项、国家级教材二等奖 1 项、"山东省社科优秀成果奖"1 项等,参与主讲的课程获得国家精品课程 1 项。近年独立承担国家社科基金项目 2 项、国家社科基金后期资助项目 1 项、山东省社科规划重点项目 1 项和古籍整理项目 2 项。主要著作有《先秦两汉文学考古研究》《诗经与中国文化》《神话寻踪》《中国审美文化史·先秦卷》《诗骚考古研究》《中国古代经典彩绘本诗经》《韩非子趣读》《先秦两汉文学的多维研究》《中国古代小说发生研究》等。在《文艺研究》《文学遗产》《文史哲》等刊物发表论文近百篇。

见到廖群教授时,她刚结束了繁忙的课程回到办公室。满眼笑意,语气爽朗,一说话,周围的空气都活跃了起来。2017 年,她花费多年心血初步完成的古籍整理著作《全汉乐府集注》获得国家社科基金后期资助项目资助。这其实是她的研究在 2017 年下半年结出的第二项丰硕果实。几个月前，国家社科规划办公室公布 2017 年度《国家哲学社会科学成果文库》入选成果，廖群教授的《先秦说体文本研究》入选，为当年“中国文学类”入选的两部著作中的一部。这是她的学术著作第二次入选《国家哲学社会科学成果文库》。充满着恢宏想象和丰富情感的先秦两汉文学，沉浸其中从事研究是不是一种诗意的体验？带着这样的好奇，记者与廖群教授进行了交流。

先秦两汉文学：情不知其所起，一往而深

为什么会走上先秦两汉文学与文化研究的道路？对廖群来说，这就像是几个偶然导致的必然。当年还在知青点时，她就通读了文史学专家刘大杰先生的《中国文学发展史》，这成为她以后研究兴趣的起点。廖群笑称：“也许是冥冥中注定将来要搞古代文学吧！现在想来应该是出于骨子里对文学的爱好。”

恢复高考后，廖群考入山东大学中文系，第一学期开设了“现代汉语”课，任教的是钱曾怡老师，也就是她的师母，她由此认识了以后的导师——国内外著名的中国古典文学和文献学研究专家董治安先生。课后回家，钱先生对董治安先生说起在班上发现了一个与他们女儿同龄的女生。第二学期，董治安先生给中文系学子上“古代文学”课，第一个点名叫起来回答问题的就是廖群。就这样，廖群对董先生、钱先生有了特别的亲近感。大二举办“五四”论文竞赛时，她请董治安先生指导了平生撰写的第一篇学术论文。于是毕业留校两年并报考硕士研究生时，她选择投入董治安先生的门下，此后与先秦两汉文学终生结缘。

“对我产生深刻影响的老师，首先要提到的当然是我的导师董治安先生。”廖群说。董治安先生一生致力于先秦两汉文学和文献研究，他既是她的硕士生导师，也是她的博士生导师。她是董先生独立招收硕士生的第一届学生之一，在硕士毕业留校多年考取博士以后，又成了董先生所带的最后一届博士生。所以她常常在同门师兄师弟们面前开玩笑：“我既是董先生的开门弟子，也是他的关门弟子。”

1993 年冬，在海内外学术界引起巨大震动的郭店楚墓竹简出土后，董治安先生第一时间在教研室告诉大家这个消息，廖群第一次了解到出土文物对于古代文学研究的价值。1994 年，上海博物馆从香港文物市场购回 1200 余枚珍贵的战国楚竹书（以下简称“上博简”）并收入馆藏，董治安先生让她参加了在北京召开的研讨会。此后，《先秦两汉文学考古研究》成了她的博士论文题目，“文学考古”这条独辟蹊径的道路也成了廖群此后多年学术研究的一个重要领域。谈起恩师，她非常敬重：“我所走的学术道路，每一步都离不开董先生的引导；我所

取得的每一个成果,都有董先生的心血在里面。"

除了导师之外,还有两位不是来自山大的老师,也影响了廖群的学术道路。一位是南开大学中文系郝志达教授。廖群记得很清楚:"当年我的硕士毕业论文以《原始与文明的交响曲:楚辞艺术形态考察,兼论楚辞与〈诗经〉的逻辑关系》为题在《文学遗产》发表后,郝先生不知我是男是女,不知我什么身份,只因欣赏论文就邀请我参加了在天津举行的'屈原与中国传统文化学术研讨会',并安排我在大会第一个发言,这是我参加的第一次学术会议。就是在这次会上,我有幸认识了中国诗经学会会长夏传才先生。夏先生当时就是为筹备诗经学会去参加会议的,他让我给董先生捎了一封信,由此建立了学术联系,我也从此走上了《诗经》的研究道路。"

从楚辞、楚墓到楚竹书,廖群的研究兴趣与多姿多彩的楚文化有千丝万缕的关系,那正是她的祖籍所在地——湖南的文化渊源。廖群的父亲当年也是位文艺青年,还在读高中时就以笔名在文学杂志上发表过作品。后来与她的母亲一起参军,在部队文工团工作,属于文艺工作者,当年都参加过抗美援朝。两个湖南人转业后留在了北方。所以廖群虽然祖籍湖南,却也是济南人。她回忆说,父亲在部队从事诗歌、散文创作,转业后与文学接触渐少,但当时家里还有《鲁迅全集》《普希金诗集》等。自己从小就帮父亲抄稿子,所以小学时就能写出十几页甚至二十几页的班级总结:"文字功夫当拜父亲所赐。"

以灿烂多彩的楚文化为祖辈源头,在文史见长的山大受到导师品格和治学风范的熏陶和影响,廖群所做的先秦两汉文学研究渐入佳境。2007年至2009年期间,她的《先秦两汉文学考古研究》顺利入选《国家社科基金成果文库》,并先后获得了"山东省社会科学优秀成果重大成果奖""教育部人文社科优秀成果奖"等重量级奖项。从本科到博士,从助教到教授,山大见证了她几十年的学术成长和一项项重要学术成果的取得。

治学之道:有趣还是枯燥,要看为什么读它

廖群曾经专门写过一部《诗经与中国文化》来讲述其与源远流长的中华文化的关系。作为周代礼乐文化的产物,后来又是"五经"之一、"十三经"之一,《诗经》与中国传统文化关系十分密切。"这一点在文学史上没有哪一部作品具有这样的地位。"廖群说。中国文学艺术中的美刺传统、忧患意识、中和之美、礼乐精神、比兴传统、情景关系、意境追求、声韵形式等等,都与《诗经》的奠基有着极大的关系。

从《诗经》到楚辞,从《山海经》到汉乐府,廖群在先秦两汉文学研究领域广泛涉猎,扎实严谨的治学态度和推陈出新的研究视角让她取得了一系列突出成

绩。继学术著作《先秦两汉文学考古研究》入选《国家社科基金成果文库》后，2017年，她的《先秦说体文本研究》也顺利入选《国家社科基金成果文库》。该专著在她所主持的国家社科基金项目“先秦‘说体’研究”成果基础上完成，“说体”是对先秦被称为“说”“传”“语”等、源自讲说、记录成文、具有一定情节性的叙述体故事文本的统称，是廖群率先提出和运用的考察先秦叙事文本的全新概念和视角。经过全面挖掘梳理，该成果已辑出数百则先秦“说体”故事，呈现出从未被呈现的先秦叙事景观；她所提出的“说体”概念也已经在学界开始被接受，近两年已陆续出现以先秦“说体”为题的研究著述。此前，廖群参与主讲了山东大学文学院博士生导师陈炎教授（已故）主持的“中国审美文化史”课程，综合展现中国古代审美文化发展脉络、经典作品、风格流变的全景画卷。该课程入选2011年“中国大学视频公开课”，上线后受到学子的广泛关注和高度评价。

此外，廖群在文学考古研究上也颇有心得。“文学考古”旨在借助出土文物以解决文学史问题，包括回到文学原生态，求真求实，也包括解决疑难。廖群举例说，尹湾汉墓出土的讲述一对夫妇鸟故事的《神乌赋》，就让我们看到了原来汉代已经有纯粹讲述故事的俗赋存在。再比如很大的学术疑难问题：《老子》的作者，究竟是春秋末的老聃，还是战国中期的周太史儋？成书是在春秋末、《庄子》之后还是《吕氏春秋》之后？战国中期郭店楚墓简本《老子》的出土，就证明了《老子》成书不在《庄子》《吕氏春秋》之后。“市井民间的东西古代社会不入主流，不被载录于正统的传世文献中，而墓葬所封存的就往往包括这些东西。打开它，就可以发现曾经的存在。”她认为，出土文献、文物对于学术史、文献史研究的价值实在是太大了。做课题时，廖群经常往山大考古系的图书室跑，把《考古》《文物》杂志能翻的全部翻阅了一遍，一来二去，“跟那里负责图书的老师都混熟了”。

以诗为友，以美为伴，同时又要以学术的严谨求证精神贯穿其中，这个过程是诗意的还是枯燥的？廖群对其中体验给出了自己的解读：“阅读文献，有趣还是枯燥，要看你是为了什么去读它。”

廖群给大一同学讲《山海经》里面的神话，大家听得津津有味，但她会提醒他们，若是从欣赏角度，还是先不要去读原著，不然很可能会挫伤兴趣。有的同学就跟廖群说，读得头都大了，太难懂，太枯燥。“但如果你从研究的角度，为了解决某个问题去查找资料，去寻觅蛛丝马迹，你就会觉得很有意思、非常有趣；如果从中找到了你所需要的东西，有了一个新的发现，你会非常兴奋。”廖群读《山海经》时发现了帝俊的身份很特殊，很可能是殷商的至上神，曾经是类似于希腊主神宙斯那样的大神。于是她翻遍《山海经》，在里面找到了很多线索和证据，诸如帝俊与妻子羲和生了十个太阳，与另一个妻子常羲生了十二个月亮，农神、工巧神、歌舞神等等都是他生的。还有“帝俊赐羿彤弓素矰，以扶下国”，射日的后羿也是他的臣属……“这样论证起来，当然是非常有趣了。”谈到她喜爱的研究，廖群那种由衷的快乐让周围的人不禁被深深吸引。她总结道：“实现从一名文学爱好者到文学研究者的转变，学会思考很关键。有了想解决的问题，再去读书查资料，再枯燥的东西也会变得有趣了。”

谈到2017年获得国家社科基金后期资助的《全汉乐府集注》项目，廖群说，选择这个项目缘于教学研究的迫切需要。汉代乐府诗歌是先秦两汉文学方向的研究重点之一。当年读研究生时，董治安先生就提到汉乐府缺少断代的全注本。宋代郭茂倩的《乐府诗集》从先秦一直收到唐代，还只有解题没有注释。所收按乐府诗题编排，比如《相和歌辞·江南》，会先收汉乐府古辞《江南》（“江南可采莲”），接下来要收梁简文帝的《江南思》，还会收唐李贺、李商隐、温庭筠等的《江南曲》，然后再转回来下一乐府诗题，又从汉代收到唐代。这样，汉代乐府散见于各个诗题之中，难以集中考察。明清时期两部比较全的乐府注本，即朱嘉徵的《乐府广序》和朱乾的《乐府正义》，都不是专门的汉乐府注本，而且没有收入《四库全书》或《四部丛刊》等丛书，很难找到。到她给研究生们讲汉乐府列参考书时，仍然没有一部断代的汉乐府全注本介绍给大家。廖群看到，时至今日《全唐诗》《全宋词》《全元曲》等都面世了，就是没有一部《全汉乐府》。于是她便想到了自己动手，编纂一部《全汉乐府集注》，不但集中收录汉代乐府，力求全收，还将历代各种著述中关于汉代每首乐府诗歌的各种解题、注释都汇集收录，这样就“一书在手，所需全有”了。

对于这个具有重要历史意义的项目，廖群分了几步完成。第一步是从《乐府诗集》《先秦汉魏晋南北朝诗》等大型诗歌总集及相关文献中遴选出汉代乐府诗歌，除了全面检索，还对入选诗歌进行了考订甄别。对于来自一般文献中的歌诗，需要发现是否有配乐歌唱的信息，才能判断能不能作为乐府诗歌收录进来。第二步是全面收集、辑出各种文献中汉代乐府诗歌的解题、注释、评论条目。到目前为止，虽然还没有一部汉代乐府全注本，但廖群从历代局部注本、选注本进行了汇总。“比如《汉安世房中歌十七首》和《汉郊祀歌》十九章，今人选注本大都不选不注，或只选几首，但《汉书·郊祀志》全部收录，唐代颜师古有《汉书注》，清代王先谦有《汉书补注》，自然连带着一并注释了这两组乐府歌诗。汉乐府中最难读的是‘鼓吹曲辞’中的《汉铙歌》，而清代至近现代有好几部专门解析《汉铙歌》的注本，比如庄述祖的《汉短箫铙歌曲句解》、谭献（仪）的《汉铙歌十八曲集解》、王先谦的《汉铙歌释文笺正》等等。今注本则偏重于注释‘相和歌辞’。将它们汇总起来，就可以完成一部颇为可观的汉代乐府集注本。”谈起一首乐府歌诗的不同注本，廖群非常熟稔，如数家珍。第三步是编撰，将纷杂海量的解题注释评论等文字进行选择、编排，这是颇费思量的一个工作。第四步，尽管广搜细勘，仍有一些乐府歌诗不见注文，那就由她亲自来做。

完成这四步，足足花了廖群五六年的时间。所喜的是项目获得后期资助后，中华书局已经审阅并提出修改意见，她计划进一步修订补充，除注本外，争取再将古代笔记杂论、当代相关论文中的某些说法吸纳进来。“我私心想把它打造成精品之作，甚至是传世之作。”对此，廖群很有信心。

教书育人：教学相长的良性循环

廖群用“临事而惧”总结自己的特点。事情无论大小，她都要下双倍乃至更多倍的功夫，潜意识地追求完美。因此，明明已经讲了三十几年课了，如果明天有课，她还是要花整整一个晚上备课。

这样精益求精的态度让她的课堂受到了学生的喜爱。文学院2017级硕士研究生郭泓志就是廖群的“粉丝”之一，他在本科时就上过廖群的课。在郭泓志看来，廖老师上课非常精彩，为人亲切，同时又治学严谨，很有师者风范。于是读研时，他投入廖群门下，成了她的弟子。研一刚进来两个月时，在廖老师的课上，他和同学们按要求开始抄《四库全书总目提要》，他抄了《越绝书》《历代赋汇》等篇目，一步步把学术训练基本功打扎实。“廖老师和学生交流时也很尊重学生意愿，在学生有思维方法偏差时循循善诱，三言两语就让人茅塞顿开。”他说。

在廖群所带的2016级博士生苗江磊看来，导师为人和蔼，不仅上课幽默，旁征博引，课堂气氛很活跃，而且做研究非常细致。而扎实细致也是她对学生做学问的要求。她要求学生多阅读，带着问题阅读，写论文找材料要有“竭泽而渔”的精神，要尽可能丰富全面。苗江磊提交论文给廖老师修改，老师修改得很细，文中的标点、错字等都用不同颜色做出标注，让她很感动。学生有问题时通过电话、邮件或短信问廖老师，都会得到及时的回复。

她对自己的学生提出了不同层次的要求。对于本科生，她希望能在认真学好每门课的基础上，培养自己的研究兴趣，就感兴趣的方面认真读几部原典，思考一点问题，围绕着问题查查资料，甚至写写心得，尝试着论证一下。这样的用意并不是期待每个学生将来都走研究之路，而是希望通过这种思考、阅读、论证能够培养思辨素质，提高解决问题的能力。将来无论从事哪方面的工作，这个能力都很需要。对于研究生，她要求在专业训练方面下功夫。读书方面要两条腿走路：一条是通读原典，打好基础；另一条是围绕问题读书、查资料、写论文。“除此之外，我也还希望我的研究生能多培养工作、实践能力，毕竟将来不一定都想或都能从事研究工作。”她为学生做了周到的考虑。

除去做学问和带学生，廖群的工作之“余”并不多，但在没有急事时，她每天晚饭后都会到公园散散步，有时读读小说、看看电视剧，当作给自己放个假。

虽然身兼教学、科研、行政等多个不同角色，但在廖群看来，教学、科研在她心中是第一位的。教学、科研算作一体，教学促进科研，科研提升教学。不久前在武汉参加出土文献与文学史研究学术会议时，她还对一位青年学者说，如果有机会一定要申请硕导，给研究生开课。教师要深入了解学术研究，才能上好这个课，这促进青年学者发现学术问题，进入研究境界。廖群的许多研究题目当初就来自于教学，包括这次国家社科基金后期资助项目《全汉乐府集注》。本科教学也是如此，教学相长，学生们提出的问题往往让她觉得很有启发；她将研究所得融入教学，学生们也都很感兴趣。

说到人文社科方面的研究需要具备的素质，廖群认为，人文社科研究者，特别是对社会学、哲学、宗教学等方面的学科专业来说，首先应该具备人文关怀，思考、解决民族、国家需要回答的问题。还有一点很重要的就是应该不计较眼前功名得失，排除利禄干扰，坐得住冷板凳，扎扎实实，潜心研究。此外，学者们之间的合作、交流、学术碰撞擦出的火花，对研究也十分重要。

是什么让她在治学道路上一走这么多年仍乐此不疲？廖群说：“刚开始并没有什么特别的动力，尽全力做好每一件事、上好每一堂课、完成好每一个课题。渐渐地，想成为某个领域学有专长的人；再后来，常常想到，‘三不朽’中的‘立言以不朽’这句话，并以此作为激励。”简单的话语，折射出一位学者做学术研究的朴素动力，这也正是廖群潜心治学育人背后的纯粹初心。

(原载于山东大学新闻网 2017 年 12 月 27 日；文：谢婷婷，图：薛书新)

曾振宇:努力,打造儒学研究山大学派

曾振宇,1962 年出生,教授、博士生导师。1984 年毕业于山东大学历史系,2000 年获得山东大学博士学位,现就职于山东大学儒学高等研究院。近期研究方向为中国古代思想史(先秦诸子、宋明理学、观念史)。

在第 8 届世界儒学大会上,曾振宇作了题为“民心即天命:董仲舒政治哲学发微”的观点发言。在此之前,作为推崇曾子研究的重要学术力量,他刚刚参与了中国曾子研究会的揭牌,并担任首任会长。会议期间,记者采访了曾振宇,谈儒学,谈曾学,谈这次世界儒学大会,以及他对儒学研究青年的期待。

中国曾子研究会成立,曾学研究开始新篇章

“曾子是孔子思想的主要继承者之一,也是孔子唯一留有著述的弟子,是学术史上非常重要的一个人物。”曾振宇对于曾子文化有着自己的认识和判断。他认为:“相较于其他思想家的研究,曾子研究在一般的学理研究之外,更重要的是面向社会大众、普通老百姓传播儒家文化,尤其是孝文化和君子文化,这是

它的亲民性。”经过一年多的筹备、建设,曾子研究会的成立让曾振宇很是欣慰。在这个话题上,他一下子打开了话匣子,仿佛在讲述自己孩子的成长般娓娓道来。

中国曾子研究会的成立契机源于济宁干部政德教育学院计划把曾子文化纳入干部教育课程体系之中,曾子故里山东省嘉祥县向山东大学提出了合作研究与传播曾子文化的建议。功夫不负有心人,在多方力量的支持下,山东大学先是与嘉祥县共建曾子研究院,此后又向中国哲学史学会提出申请并获得批准,全国性二级学会曾子研究会成立,秘书处设在山东大学。自此,曾子文化研究与传播工作有了组织上的支撑和保障。

社会各界力量对研究曾学、传播曾子文化工作的支持,让曾振宇十分激动,同时他对中国曾子研究会的发展感到任重而道远。他注意到,自汉代至今,曾子相关文献资料缺乏系统性专门性的整理,大都分散保存在海内外各大图书馆中,这无形中对曾学的传播增加了阻碍。鉴于此,他希望可以把两千多年来的曾学文献萃为一编,使其成为迄今为止收录最为全面、版本选择最为权威的集成类文献丛书,即《曾子文献集成》。《曾子文献集成》拟收录汉代至清末的曾学著作近800种,包含在四部分类法中的经、史、子三部内。这项工作,将使大量的珍本善本文献呈现于世,不仅具有重要的学术价值,同时也是很有必要的文献保护工程。

除此之外,打造“曾子论坛”和《曾学研究》文化品牌也是曾子研究会未来工作的重要规划。曾振宇介绍说,研究会计划每年主办两次学术会议,将会议成果《曾学研究》编辑出版,希望借助这个全国性的学会组织联合全世界曾学方面的专家学者、青年才俊,以文会友,以友辅仁,共同传播曾子和儒家文化。

激发儒家思想新活力,学术研究躬耕不辍

曾振宇介绍说,联合国大厅上悬挂着孔子的一句名言:“己所不欲,勿施于人。”国际社会对儒家价值观念的认同由此可见一斑。最近几年,儒家思想在全国乃至世界都成为一个热门话题,这其实与儒家思想自身的特点有关。“儒家思想是一个开放的系统,历久弥新,具有永恒性、普遍性。”每个时代的儒学都是不断发展的,就像宋明理学不同于汉代儒学,王阳明的心学不同于二程的理学,现代新儒家与以往又有所不同,它是不断与时俱进的。“不断开放、吸取新营养来丰富自己,以适应新时代提出的关键性问题。”

如何将儒家思想与现今社会相融合、焕发更长久的活力与生命力,是曾振宇一直都在思考并不断实践、探索的一个问题。当下他重点在做的一件事情就与此有关,那就是大型丛书《汉字中国》的编辑出版。几年前,中央电视台举办

《中国汉字听写大会》引起了曾振宇的关注。他认为这个节目的出发点是好的，但是形式流于浅薄，节目和参赛者只关注这个汉字怎么写，却忽略了汉字背后的文化含义，“比如这个汉字是如何起源的，又是怎样发展演变的，这些才是更重要的，是值得当前民众去深入了解的”。于是，他有了编写《汉字中国》的想法。

聊起《汉字中国》，曾振宇兴致高涨，言辞间满是憧憬和期待。这部丛书计划出 200 本，每本约 18 万字，主要是梳理仁、义、礼、智、信、忠、孝、廉、耻等能代表儒家经典文化并且具有特殊内涵的字。“本书的一大特色在于一字独成一书，从甲骨文、金文一直梳理到近代，剖析每个字意义的演变。像给一条龙梳理龙脉一样，把这些能反映中国文化的汉字的发展线索梳理出来，让每个中国人都知道这些字是怎么演变过来的。”

以“孝”字为例，曾振宇向记者详细描述了他们的研究成果。实际上“孝”在甲骨文中就存在了，并且具有道德观念的含义；到西周时期已经至少具有了 9 层含义，其中甚至包括对大自然的孝，比如古人认为到了春天还上山砍伐树木是对大自然的不孝；及至孔子，把商周时期的“孝”思想进行进一步提升、完善，形成了孔子“孝”的思想；汉代以后，儒家的这种思想开始对国家的法律制度产生影响；二程朱子时期，转而向内从本体论的角度论证孝存在的正当性，最后到王阳明时期从良知角度探讨“孝”的合理性。

曾振宇同时对汉代儒学有着自己的思考，他在本届世界儒学大会上就作了这方面的发言。在他看来，儒家思想并不提供具体的政治制度，但是两千多年来儒学经久不衰，一个重要原因就在于它为我们提供了一个道德基础、价值标准和文化依托。“它制定善恶标准，符合标准便是善，反之则是恶。”这个标准就是“仁义”二字，即对生命的尊重，对他人的关爱。

不忘初心，寄语儒学研究青年

在曾振宇求学的时期——20 世纪 80 年代，人们下海经商的风头正劲，但曾振宇却没有随大流。上学期间便痴迷于四书五经、孔孟之道的他，沿着自己兴趣的方向，走上了学术研究的路。在多年学术实践熏陶下，儒家思想对他的生活也形成了潜移默化的影响，他坦言自己在为人处事、生活态度方面有了一种“儒学的生命形态”。

曾振宇多次参加世界儒学大会，相比以往，他对本届大会最为满意：“山东大学是主承办单位，请到了许多国内国外从事儒学研究的一流学者，规模大、档次高。”他重点对“少儿读经利弊得失之检讨”的大会专题论坛谈了自己的看法：“我的基本观点是，在老师的引导下可以背诵国学经典，比如四书、唐诗宋词等等，但不要走向极端。”他认为，一个人在 13 岁以前是记忆力最强的时期，没必要一定百分之百懂了才能背诵。随着年龄的增长，人们会对相同事物产生不同的理解，小时候接触的这些经典内容，“会在脑子里永远沉淀下来，然后像一盏灯一样慢慢亮起来”。

儒学的复兴离不开年轻力量的注入，对年轻人进入儒学研究领域，曾振宇提了两点建议：首先，要静下心来，心无旁骛，在老师的指导下阅读经典原著，自觉地在阅读过程中梳理每一本书、每一位思想家的内在的逻辑线索，明白其脉络是什么，然后在此基础上阅读大家的论文和著作。其次，要始终具有批判意识和创新意识。年轻要大胆提出自己的观点，不要囿于前人，读书看文章时要有自己的独立思考，不要随大流，要形成自己的学术观点，否则永远成不了大家。

当谈及自己的未来，曾振宇说：“我目前只想多培养几个学生，多写几本书。远期规划，希望可以在儒学研究领域形成山大学派吧！当然，这个还要努力。”

（原载于山东大学新闻网 2017 年 9 月 25 日；文：孙倩、刘婷婷，图：贾宁远）

彭实戈:做数学是我正确的选择

一个初秋的下午,山东大学中心校区知新楼B座1240房间,正进行着一场数学学院和金融研究院的导师见面会。黑板上列着一位位老师的名字,排在第一位的便是彭实戈。讲台上,彭实戈刚做完一番介绍,便有学生害羞却充满期待地提问:“彭老师,请问您今年招几名学生?”

2005年,彭实戈当选为中国科学院院士。从那以后,他的经历和传奇故事逐渐为人所知。彭实戈与数学的结缘颇具“戏剧性”,其间穿插着的一个个时间节点,正是他一次次的人生转折。

1961年,彭实戈入读济南市第十四中学,后来进入济南第　中学读高中。年少的他有着随意而多样的兴趣,从当兵到练体操再到学数学,不是出于老师的要求也不需要承担来自家长的期望,完全是随着孩童的心思而变换。一直到现在,彭实戈还对自己学体操的经历记忆犹新,评价说自己喜爱体操运动是因为“体操动作非常美,有点儿像数学”。在那段自由而喧嚣的时光里,彭实戈的数学天赋慢慢地发酵。本就头脑聪明的他,因着一股子爱挑战的劲儿,机缘巧合地进入了探秘数学的神奇世界里。

1968年,彭实戈下乡插队来到临沂的小东岭村。一天的紧张劳作之后,数学成为他放松心情、“消耗掉”智力的法宝。艰苦的条件、高强度的劳动,这些在后来彭实戈的回忆里都淡去了痕迹,留下的唯有钻研数学的兴奋与专注。在当时,彭实戈并没有想过以后会成为一名数学家,只是对数学怀着独有的兴趣。

1971年,彭实戈来到山东大学物理系上学,毕业后被分配到禹城县广播站当技术员,一年后调到山东无线电厂当供销员。1978年,因为一篇题为《双曲复变函数》的论文,他被时任山东大学数学研究所所长的张学铭教授推荐到山大数学系当助手,由此正式进入了“数学圈”。

1983年,彭实戈被推荐到法国留学,在巴黎第九大学得到国际著名数学家本苏桑教授的全力推荐,直接攻读博士,在本苏桑教授的亲自指导下进行控制理论的数学研究。在法国留学三年,彭实戈获得两个博士学位:巴黎九大的数学与自动控制三阶段博士学位、普鲁旺斯大学的应用数学博士学位。

彭实戈至今仍清楚地记得初到法国时讨论班上的对话内容,那是一段未知却又非常充实的难忘时光。虽然无处不在的语言障碍似乎处处掣肘,他却在这个环境下渐渐锻炼出了在未知中抓要点的一种能力。“科学就是对未知世界的探索,而这种能力是非常重要的。”彭实戈坦言,其实是在法国留学生涯即将结束时,他才有一个偶然的机遇恍然大悟,也重新燃起了自己青少年时期对数学所怀有的那种向往和热爱。

回国,他成为中国金融数学开创者

1986年2月22日,彭实戈拿到第二个博士学位。他迫不及待地给自己在山大的老师陈祖浩先生写了一封信,信中写道:“当我拿到这张文凭时,我想到了生我、养我、育我成长的人,想到了我的故乡、我的祖国,我的远在天涯、盼我学成早归的亲友。十年育树,百年育人。游子千里,落叶归根!”

毕业后,满载学识的彭实戈选择回祖国。行前,面对导师的盛情挽留,他回应道:“我很喜欢法国,也喜欢法国文化,但是我的家在中国,我的文化的根在中国。”

回国之后,彭实戈继续潜心研究,很快就创立了著名的“倒向随机微分方程”理论,发现和证明了以他名字命名的“彭最大值原理”(随机最优控制的一般最大值原理)等理论。很多成果如今被认为是研究金融市场衍生证券定价理论“有力而优美”的基础工具。

在此过程中,彭实戈慢慢认识到基础研究成果对国家宏观经济决策的指导作用。1993年,他估算出中国境外期货交易存在一些严重问题:投资者每一笔交易获利的概率不会超过 30%。他立即致信国家自然科学基金委，及时叫停了境外期货交易，避免了国有资产的大量流失。1996 年，国家自然科学基金委通过“九五”重大项目“金融数学、金融工程和金融管理”，由彭实戈担任第一负责人。2007 年，他又担任了国家科技部“973”计划、“金融风险控制中的定量分析与计算”项目的首席科学家。

2010 年，彭实戈在第 26 届国际数学家大会作报告，他是全职在任的第一位被邀请作 1 小时报告的中国数学家；2011 年，他被美国普林斯顿大学聘为 3 位“2011～2012 普林斯顿全球学者”之一；2015 年，他在国际工业与应用数学大会上作了 1 小时邀请报告……诸如此类的消息不断传来，彭实戈已成为当之无愧的“大家”。

了解彭实戈的人都知道他不善言辞，也不喜欢过多谈论成绩、荣誉，不过这不妨碍他通过自己的科研成果为国家作贡献。1976 年，彭实戈入党。2012 年，他当选为十八大代表，祖国的发展和强大给他带来强有力的振奋。

2016 年 7 月，彭实戈被评为“山东省优秀共产党员”。

科研，首先要学会提问题

在彭实戈看来，做科研第一件事情就是要学会提问。上过他课的学生都知道，彭实戈有一个讲课习惯，阐述一段内容，然后停下来让大家提问。“你们有什么要问的？你们没有要问的了？”确实，彭实戈是一个喜欢学生提问、更喜欢对自己提问的人。

在一般人眼中，数学是单调乏味、刻板枯燥的，但实际上数学充满独创性的思考，往往能够超越理论鸿沟，这在彭实戈那里得到了验证。在数学研究中，彭实戈更看重创新的作用，他解决许多问题的方法让同行们惊叹不已。在彭实戈看来，可能就是自己不断提问、创新性提问、进而找出答案的经历，才塑造了他不一样的思考问题的方式。

在彭实戈看来，科学研究是一个发现的过程，发现别人没有发现过的东西就是创新，这种发现可以是各种形式，可以是一个新思路、一种新现象……只要它具有研究价值，便是创新。

提问题的习惯在彭实戈的生活中也持续着。“他就是整天忙数学，想数学问题。”彭实戈的夫人郝鲁民介绍说。一般在家里，彭实戈不太愿意说话，因为想着数学问题，一旦思路被打断只能重新开始。

从学物理到做数学，在科研的路上，彭实戈坦言自己走了太多弯路，在不断地摸索、碰撞中，他慢慢找到了最佳状态。

进入山大前，彭实戈的数学知识大多来自自学。他说：“我在 36 岁前，没有接触过副教授级别的人。”自由的学习经历造就了他独特的思维方式，但这种自由与正统、发散与严谨的数学教育也存在着冲突。当他意识到这个问题时也曾失落过。“我当时认为，做研究要用创新的方式去想问题，而正统的数学教育模式强调严谨性，任何一句话、甚至是一个字都不能有差错，所有的东西都要非常严谨、清楚地表达出来。”在彭实戈看来，“严谨”与“创新”很多时候都是相矛盾的。直到后来他才意识到，严格训练是科学创新的规范性保障。为此，他制订了系统的学习计划，掌握了严格的、成体系的数学研究方法，一丝不苟地投入到数学教学之中。

做彭实戈的学生，要比别人吃更多的苦

摘下院士、数学家的头衔，同其他教授一样，彭实戈是山大一名普通的教师，从科研一线走上讲台，长期耕耘在教学一线。

有很多人好奇彭实戈选拔学生的标准，对此他给出了回答：“我选的学生，希望能在两方面做到平衡：一是在理论分析和逻辑推理方面，要头脑清醒，因为与重大风险和不确定现象有关的问题很复杂，不能搞混，二是对实际问题、对数据要感兴趣。”

尽管身兼数职，还要进行科学研究，可彭实戈为学生上课还是倾注了太多的心血，其高度负责和忘我的敬业精神深深打动着一代代学生。数学学院博士毕业的郑国强是彭实戈的学生，他说：“彭老师每年至少会系统地教授一门学位课，对于博士和硕士讨论班更是倍加重视，每课必到。”

在学生眼里，彭实戈是位对科研严谨、对学生严格的好导师。硕士期间就师从彭实戈的博三学生张会林一入学，彭实戈就教导他说：“这是开始吃苦的时候，做我的学生要比别人更努力。”近几年，彭实戈为国家培养了一批批栋梁之材，他所指导的博士、硕士大都成长为学术骨干和学科带头人。

2010年，为培养拔尖创新人才，山东大学泰山学堂揭牌，彭实戈任院长。他切实履行职责，努力改革创新，在提高人才培养质量、创新人才培养方式等方面做了大量工作，也取得明显成效。他亲自参与学堂的人才培养方案设计，富有创造性地提出让学生担任面试官，深度参与学堂的新生选拔。目前，两届泰山毕业学子中已有众多学生进入国内外顶级学府深造，培养了一批有志于从事基础学科研究、有潜力成长为世界一流科学家的青年学子，形成了独具山大特色的人才培养模式和机制。

彭实戈是一位很纯粹的学者，总是沉浸在自己的研究世界里，不喜欢被过分地“关注”。他认为：“对科学研究而言，一旦你有了‘包袱’，自认为比其他人强，就会成为前进的障碍。”

30多年前，彭实戈参加博士论文答辩，除了顶级数学家们对自己论文的认可之外，让他更为珍惜的还是大家对于创新性成果的重视，他深感“做数学，是我正确的选择”。30多年后的今天，这位年近古稀的老人，对数学一如既往地热爱、投入和攀登。

（原载于山东大学新闻网2018年1月26日；文：刘婷婷、杨彩娟、杨璇，图：刘梦冬）

李占扬：一盏孤灯终未灭，满屋石头还堪读

1993 年世界十大科技新闻之一、2007 年全国十大考古新发现之一、2017 年作为第一作者的研究论文发表在 *Science*、2017 年中国科学十大进展之一、2017 年度中国古生物学十大进展之一……以上诸多荣誉，每一项都可视作我国科技界的领军标杆，每一项都离不开同一位考古学者，他就是李占扬教授。李占扬，山东大学 1980 级考古专业校友、河南省文物考古研究院二级岗研究员、国家文物局考古领队、文化部优秀专家。山东大学举行特聘教授聘任仪式，李占扬教授正式"加盟"山大。

三十多年，三件事

回顾自己的考古发掘经历，李占扬教授很动情。用他自己的话说："过去三十多年里，我主要干了三件事情。"也正是这三件事情，先后在古生物学、古人类学以及考古学领域掀起了一波又一波巨浪。

事件一：1993 年至 1997 年，李占扬与恐龙蛋。

1993 年 9 月 3 日，李占扬担任河南西峡盆地恐龙蛋抢救发掘队队长，和发掘队员一起进驻西峡县丹水镇三里庙村，开始对盗挖活动的重灾区上田西坡进行抢救发掘。李占扬教授有整理考古日记的习惯，当时的细节片段都被他作了详细记录。

“10 月 28 日，是开工以来令人高兴的日子，在 3 号探方，我们终于发掘出一窝恐龙蛋化石，这是大家梦寐以求的。我的心情无比激动。”

“挖掘恐龙蛋化石没有想象的那样容易，工具是铁锤和钢钎，所谓的地层是硬度在 5 度左右的砂岩，硬度和石灰岩相当，往往一锤下去仅留下一道白印儿，通常，一个人用三个工作日才能挖出一枚蛋来。”

…………

伴随着发掘工作的辛苦以及只有考古的人才能体会的欣喜，西峡盆地恐龙蛋发掘工作稳步推进，其成果被《科技日报》评为“1993 年世界十大科技新闻”之一。李占扬也结合自己的亲身经历和研究，出版《白垩纪之光——西峡恐龙蛋考察漫记》一书，并荣获第四届全国科普作品奖。

事件二：2005 年至今，“许昌人”头骨化石。

2017 年 3 月，*Science* 杂志发表了一篇来自中国的重磅论文，向全世界报告了“许昌人”头骨化石的鉴定结果。论文称，人类演化研究取得突破性进展：10 多万年前生活在中国中原地区的“许昌人”，可能是中国华北地区早期现代人的直接祖先。为了这项引起全世界关注的科研成果，李占扬教授带领的研究团队已经奋战了十多年。

2005 年 6 月，李占扬第一次带领来自河南文物考古研究院的考古队，在许昌灵井镇一处旧石器遗址进行考古挖掘。到 2005 年年底，他们挖掘出了石制品 2452 件、动物化石 3000 多件。之后是 2007 年 12 月 17 日，在原定 2007 年考古发掘的最后一天，第一块如手掌大小的人类头盖骨化石终于出土。

再到 2014 年 5 月，经历了 6 年之久，李占扬团队又一次发现了 20 多块人类头骨化石，至此“许昌人”遗址共出土 45 块人类化石。它们被拼接成两颗较为完整的人类头骨，年代为距今 10.5 万年至 12.5 万年。

关于现代人起源，业界有两种不同的观点——“非洲起源说”与“多地起源说”，两种观点已对峙多年。暂且撇开人类起源的学术问题不谈，李占扬教授认为：“‘许昌人’遗址是全世界最有研究潜力的古人类遗址之一，仍有许多未知之谜，有待进一步研究。”目前，他带领的团队正致力于对工具革新、进步等可能预见人类演化提速这一世界性的前沿学术问题进行攻关研究。据李占扬教授介绍，近期他们团队在河南灵井“许昌人”遗址的研究又取得新进展，“发现了目前中国年代最早的骨质工具，距今约 11.5 万年”。

事件三：2017 年至今，赴肯尼亚考古探索现代人类起源。

“为什么去非洲发掘？”这是李占扬教授频频被问及的一个问题。他曾在自己的一篇文章中这样介绍不少外国学者的观点：“非洲才是古人类学家最应该去的地方，否则，你的成果等于自说自话，甚至是杜撰。”

不过他们这次去非洲的初衷，是想解决灵井“许昌人”遗址发掘中不能解释的疑惑，如：同时期的非洲石器长什么样？人类行为技术怎么样？以此验证“许昌人”是不是从非洲来的。

此次联合考古由河南省文物考古研究院、山东大学等单位与肯尼亚国家博物馆合作开展，从 2017 年起分阶段实施。中肯双方已初步约定，中方考古学家对出土的重要人类化石和新发现的古人类文化遗址有命名权。李占扬教授说：“这次赴肯尼亚发掘完全由中国人主导，将增加中国在国际考古学术领域的话语权，发出我们自己的声音。”

2017 年的初步考古工作证明，东非大裂谷巴林戈地区分布有非常丰富的旧石器时代文化遗存，对探索早期人类起源、现代人起源等学术课题具有十分重要的意义。

李占扬教授说：“今后，我们不仅要发掘和研究非洲，而且希望发掘和研究欧洲、西伯利亚等地的遗址，为研究现代人起源这一世界性课题作出我们中国学者的贡献。”

一盏孤灯终未灭，满屋石头还堪读

李占扬大学时期选择考古的原因简单又朴素：“感觉这个专业可以到处跑，开阔眼界，上的又是有关陶瓷、摄影、文物修复的课，很有意思。”而在工作几年后，他很快便明白了科研工作的辛苦。“那为何还能坚持下来？”听到记者的提问，李占扬教授一开始幽默地说自己也挺惊讶的，仔细想了想，又缓缓答道：“还是因为兴趣与考古自身的魅力。”

考古发掘是需要点运气的，这话一点不假。李占扬教授所研究的旧石器时代属于地质时期的更新世，距今约 300 万年至 1 万年。这一时期地球上经历了多次冷暖交替，冰川作用强烈，气候与现在有很大不同。加上旧石器时代人类数量稀少，在考古发掘中发现人类化石的概率少之又少。他的代表性成果、在国内国际产生巨大影响的“许昌人”头骨化石，耗时长达 12 年之久。考古发现充满诱惑，能带来无法言喻的惊喜，但现实是——“惊喜太少了”。

李占扬教授说：“运气是送给有准备的、长期坚持的人的。”“要想记住一种化石，就跟记英文单词差不多，至少要 30 遍才行。我天天见，天天摸，当时头骨一出来，我就意识到，这是人类的！”专业的知识储备与果断的决策判断，是所谓戏剧性成果背后决定成败的关键所在。

2009 年，年近知天命的李占扬正在“许昌人”遗址上奋战并期待新的发现。日复一日的奔波忙碌、捉摸不定的研究进展、来自外界以及自身的质疑声，让他深有感触，继而写下了下面这首《子夜》：“道是不歇为仕途，我则子夜伴微烛。一盏孤灯终未灭，满屋石头还堪读。”

李占扬教授对考古这一行有着自己独特的感情。

刚毕业参与丁村遗址发掘，他在杂记中写道：“当你收获着、心存着、拥有着一个又一个激动或感动，你的一生就和这些紧密地联系在了一起，它使你的生命变得更加充实、更有意义、更具价值。”曾经，“许昌人”头盖骨化石的出现让他松了一口气，当第一眼看到那块化石时，感觉“像是久违的老朋友”。

肯尼亚发掘期间，他也会写下一番别具特色的幽默文字：“当地人说此地断不可发掘，这儿是狮子的领地，至少能看到两三个狮群。雇用保安呢？那更不行，狮子来了，他比谁跑得都快，并不是担心被狮子吃掉，丢了性命，而是怕惊着了狮子，惊了狮子所触犯的法律，比被动物咬一口还厉害……”

除了考古学家这一身份外，李占扬教授还是书法家、小说家、散文家，在文学艺术的相关领域颇有建树，并将文艺与考古相结合，创造了考古研究上的新新考古学。科研报告与小说散文同时动笔，考古与文学互补，形成良性循环，已成为李占扬教授考察研究时的习惯和一大特色。对此，他也乐在其中：“很多时候，白天发掘，晚上写作，往往发掘越忙的时候，也越有写作灵感。”

采访现场，李占扬教授笑着给想要从事考古的人建议：“升官发财求捷径，请往他处。”在他看来，考古这一行，遍布风沙、尘土与寂寞，唯有坚守着最初热爱的人才会被好运眷顾。

破解科学之谜，永远在路上

河南西峡，带队揭开恐龙蛋化石奥秘；发现“许昌人”头骨，挑战非洲起源说；参与安阳曹操高陵考古发掘，破解曹操墓千古之谜；赴肯尼亚考古，继续探寻现代人类起源……李占扬教授的几大代表性成就，串联起了一场又一场破解谜团的探索之旅。现在，他受聘为山大特聘教授，是回归，也是继续探索之旅前行的。

离校多年，李占扬教授仍深深记得第一任班主任张知寒先生对他们的毕业寄语：“遇到困难了，想想自己是山大学生，就不会孤单了。”后来的工作实践证明，这句话确实有效果。1980～1984 年，山大四年，无数个“三点一线”的日子，李占扬在这里开启了自己最初的考古生涯。初回山大，他在各个地方转了转，学校的发展让他满意，学风更让他寻到了久违的熟悉与感动：“晚上我去自习室看了看，教室里灯都亮着，学生们都在上课或自习，还跟我们当年一样。”

“到学校来，是想把这些年积累的想法、知识更好地实施、传播出去，也是想理一理思路，结合学校‘双一流’建设的时机，继续推进科研工作，发挥科研成果的最大效益。”李占扬教授对自己接下来的工作有着清晰的规划，正组织若干个国内、国际团队，对“许昌人”遗址的有关问题展开攻关研究，而这其中，将加入越来越多的山大身影。

在山大，所有教授都会给本科生授课。这学期，李占扬教授承担的是历史文化学院2017级本科生的课程“旧石器时代考古”。在学院2017级文博班班长张湘看来：“李老师是一位非常厉害的老师，他在讲课中穿插自己丰富的发掘经历，特别开拓我们的眼界。”在学生眼里，这位上课不用课件、谈吐幽默风趣的老师颇有些“雷厉风行”，第一次上课刚讲了化石如何形成以及怎样鉴定化石，第二节课堂上就多了两块真正的化石，学生们大喊过瘾。李占扬教授的授课，让一度“无趣”的旧石器时代在学生们眼里变得趣味十足起来，从小就对考古感兴趣的张湘甚至会这样想：“看到地上一块石头，都会想要看看是不是化石……”

回到三尺讲台的李占扬教授，同样经历着身份的转变。在有了全世界主要遗址跑遍的发掘经历之后，他对本科教学有了新的理解与感悟：“应该呼吁高层次人才重视本科教育，山大的本科教育很厉害，这个优势要继续发扬。”结合自己在发掘现场的困惑，他希望能重点传授基础性、可实际运用的知识。“到了野外，你要能判断化石和地层，这是石器而不是一般石头学生毕业后要能做到这些。”结合团队建设，他心中已有了一个大概的规划，希望搭建起地质学、古人类学和旧石器考古学等各相关门类的学科体系。

“石头竟能给我以镇静与安眠。这是千古一遇的良方，我有一种神农问药的满足。”与石头在一起，李占扬教授很喜欢这样的相处方式。

李占扬教授年轻时写过一篇关于恐龙蛋的日记，在其中描述了他心目中考古学家应该具备的专家素质。“对某种职业有强烈的热情，是你成长的最大动力；知识的积累是必不可少的，从书上，从实践中，不停扩充自己的知识范围，比别人知道得多，比别人了解得深，你就是一个方面的专家；耐心是干好一件事的重要条件，无论是科研还是学习，耐心会让你得到更好的结果。”热情、知识、耐心，这是李占扬教授多年来不断努力的方向，也是他对年轻人的期待和嘱托。

“科学永远在路上，人类不可能把所有的问题都解决，我们要把现阶段的路走好。”现在，李占扬教授正带领团队慢慢铺开自己的“世界布局”。未来，他们期待着“在人类演化研究领域建立自己的、具有世界意义的理论体系”。

（原载于山东大学新闻网2018年3月22日；文：刘婷婷、袁薇薇，图：受访者提供）

崔新壮:科海拾贝的交通岩土人

崔新壮,山东大学土建与水利学院教授、博士生导师,山东大学黄河冲淤积土工程技术研究中心主任,山东省海绵城市示范工程技术研究中心主任。目前主要从事交通岩土工程、道路病害机理与防治技术、路面力学等方面的研究。主持和参与包括国家“973”项目、国家和省基金项目、交通部和交通厅项目在内的30多个科研项目。在国内外重要学术刊物上发表论文100余篇,其中70多篇被SCI和EI检索。获得专利60余项,出版专著、教材和手册8部,编制标准5部、工法9项。

“爸爸,你是科学家吗?”

“当然是。”

“那为什么你跟牛顿那样的科学家不一样?”

…………

崔新壮教授跟自己的孩子曾有这样一番对话。从事交通岩土工程科研工作多年,崔新壮教授每天接触的不是地基就是路基。“交通岩土工程的学科理论相对成熟，不会有太颠覆性的发现。我的理想是一方面形成自己技术的理论体系，另一方面让技术落地，把产品做得更有用、更好用，并应用到更多工程实践中去。”这是他对孩子问题的回答，也是对自己科研之路的定位与规划。

从一种“不良的土”，寻到十多年的研究方向

2004年，崔新壮从中国科学院力学研究所毕业，来山东大学交通系任教。来山大不久，他便注意到了山东这块土地的一大特色——黄河冲淤积土。

黄河在历史上频繁改道泛滥，形成了大黄河冲积扇，涉及25万平方公里的区域，相当于2.5个浙江省那么大。山东省地处黄河下游，正属于黄河冲淤积土的范围。这个地区土性整体较差，路基病害现象非常严重。

在山东大学此前研究的基础之上，崔新壮把路基病害现象与黄河冲淤积土紧密关联在一起，对这种“不良的土”进行了深入系统的“特殊研究”。

研究表明，来自黄土高原的土经过长时间的运输后工程特性变差，一方面不好压实，另一方面毛细作用强烈，使得由这种土筑成的地基很容易被水浸入，且缺乏黏性，路基很容易被冲蚀，造成滑塌。黄河冲淤积土的工程力学特性研究清楚了，崔新壮教授又进一步拓展研究领域，先后在路基服役性能保障技术、路基长期性能监测与安全预警技术等方面取得了不错的成绩。2011年，山东大学黄河冲淤积土工程技术研究中心成立，进一步为这类研究助力。

“要通过研究山东这种有特色的土，做出我们自己的特色。”提出想法—理论研究—室内研究—工程研究—形成标准，这是崔新壮教授所沿用的科研路子。黄泛区的道路建设理论与技术这一研究方向，他已经跟了十多年，并且形成了系统性的成果。“就好像看病一样，这个病的机理是什么？怎么治疗？治好之后怎么长期跟踪监测并自动预警？完成这些，这个故事差不多也就讲圆满了。”

如今，基于完整的研究链条、扎实的理论根基和先进的应用技术，山大在黄河冲淤积土方面的研究已经全国领先，获得多项省部级科技奖励。

要像“扫地僧”一样苦练内功

崔新壮教授是“零基础”开始交通岩土工程专业研究的。来校之前，他的专业是工程力学。“我这个人比较随遇而安，当时想的就是，无论在哪儿工作，都得努力。只要努力，总能发光。”

跨学科着陆，当时的崔新壮很是花了一些工夫适应新学科。好在，读博时期的经历为他打下了较为扎实的理论基础，所以当时的过渡在今天回忆起来还算顺利。现如今，科研工作中的跨学科现象越来越普遍，专业背景与学术功底

哪个更重要？基于自身经历，崔新壮教授更加看重后者。“科学的研究方法、做科研的学术功底，这是最重要的。就好像武林高手对决，比的更多是内功。”

也是基于这种理念的引导，他在自己的科研实践中尤其重视理论方面的探索。比如，路基翻浆是道路灾害中的一类典型问题，需要对接现实需求、解决这一难题。崔新壮教授的做法是，首先向理论要答案。翻浆的基本原理是：冬季，地基或路基中的水由高温处向低温处流动，使得水冻积在地基、路基表面。春季来临，气温升高，大量冰化成水，路面变软，在车辆荷载作用下极易引发变形。山东是季节性冰冻区，加上本身黄河冲淤积土土性差，所以非常容易造成翻浆现象。“这几年，我研究了一种模拟交通荷载的装置，从土动力学角度对翻浆机理进行了比较深入的研究，还建立了累积变形模型，在理论上进行了创新。”

崔新壮教授一直强调这样一个观念：“科学问题从工程中来，研究成果最终要服务于工程，理论要与实践相结合，要知行合一。”他习惯从根本上发现问题、解决问题，认为任何实践或者经验都要有根有据。

教学实践中，他倾向于让学生首先参透基本概念和理论要义。科研中，一旦创新性想法成熟，会让研究生开展大量理论和试验研究，最终形成可以推向工程的技术或产品。他告诉学生，要像《天龙八部》中的“扫地僧”一样，苦练内功。“内功”，这也是崔新壮教授的学生、土建学院 2017 级博士生李骏常听自己导师说的一个词。在李骏看来，“内功”一方面指基础技能的积累，另一方面也是一种心态的修炼。他说：“这是师门的一种传承，师傅把自己认为最有效的方式交给了徒弟。”

坚持，有时跟努力一样重要

透水混凝土桩、智慧型土工合成材料、嵌固式土工格栅……崔新壮教授的一项项研究成果，很多是业内“首款”，很多又达到了国际领先水平。这样的工作在他看来很有意义，但同时“过程非常曲折，很多时候都面临夭折的困境”。

在崔新壮教授所研发的技术名单上，有一个产品的研发过程一波三折，让他如今想来都连连咋舌。“2013 年前后，我申报了一个国家基金项目，开始利用导电高密度聚乙烯的拉敏行为，实现材料的变形自检测，也就是后来的智慧型土工合成材料。”

高密度聚乙烯是一种工程上常用的高分子材料，在其中加入导电材料可以实现导电。材料遇到拉伸作用产生变形，电阻会随之发生变化，这样通过电阻变化就可以测量材料的变形情况。崔新壮教授深知“这是一个非常好的想法”，但从好点子到好成果，中间有很长的路要走。他成功完成了室内试验，却在车间中试这个环节遇到了障碍：“车间生产的情况跟室内完全不一样，材料没有电阻变化,根本无法达到要求。”他尝试了很多办法,均告失败,“一度真的想要放弃”。

灵感的产生总是那么不可预知而美妙。在一次与生产工人的聊天中,对方提议把问题“简单化处理”,一下子,崔新壮教授抓住了问题的关键。原来,工厂里土工带的生产工艺与室内试验试件制备工艺最为接近,而这个研究起初的设计却是格栅,“我们改为土工带设计,问题一下子解决了”。

然而,这个产品的研究注定不平凡,一个问题才解决完,下一个问题马上就出现了。“土中有水分,而水分中的电解质对电阻影响很大。”怎么解决防水问题?崔新壮教授想了很久,最终在一位工程师那里找到解决良策:“他们采用封装技术,把土工带放进热缩管,一加热一收缩,防水问题就解决了。”

崔新壮教授是一个很努力的人。他所在的办公室,一般都是千佛山校区南院图东楼最晚熄灯的。他说:“农村孩子,从小就比较能吃苦。”不过他也深知,坚持,有时候跟努力一样重要。“很多重大发现都是偶然的,不过,任何灵感都离不开你的坚持,离不开你长期的思考和积累。”

一个“实用主义者”的服务社会之路

崔新壮教授感觉自己是一个实用主义者。

“要既有工程,又有科学。要从工程中提炼和解决科学问题,又要把科学应用于工程,使其形成一个环路。”十多年来,崔新壮教授的研究工作一直非常“务实”。围绕黄泛区道路建设面临的重大理论和技术难题,他系统开展了黄泛区粉土变形破坏理论、黄泛区路基长期性能保障技术、黄泛区路基安全监测预警方法等研究,研发了多项新技术、新材料和新产品,其中透水混凝土桩复合地基技术和智能土工合成材料研究达到了国际领先水平,被成功应用于山东省高速公路和海绵城市建设,取得了显著的经济和社会效益。

当被问及不断改进产品的原因时,崔新壮教授解释为“迫于无奈”。不过我们似乎能理解,他无数次“迫于无奈”的背后,更多还是对产品应用的无限追求。最近,他正在探索智慧型土工合成材料的数据采集自动化功能,这一研究未来应用空间很广,用他自己的话说:“这将实现道路在出现损伤时自动发出信号,相当于为路基注入一根‘神经’。”

土建学院张炯副教授主要从事海绵城市方面的研究工作,是崔新壮教授的团队成员和合作伙伴。他说:“崔老师是我的引路人,让我学到如何成长为一名优秀的大学老师。”在张炯看来,崔新壮教授一方面注重理论研究,另一方面不断发明新技术、新产品,所以他不仅仅是科学家,更是一位发明家。“科研工作者不仅要研究透理论,还要反馈回现实,这样才能促进社会不断进步。崔老师的工作很有价值，我也在朝他的方向不断努力。”

近期入选国家“万人计划”领军人才，崔新壮教授认为很重要的一个因素是：“在服务地方上做了一些产品转化的工作，取得了很多实实在在的成绩。”当下，山东正面临新旧动能转换的关键节点，山东大学也从各方面发力助推学者服务地方。崔新壮教授结合自身经历提出了两点建议：“一方面政策要做实，真正把好产品推出去；另一方面要真正做好衔接，把企业需求和高校优势结合好。”

现在，崔新壮教授把主要精力放在智慧型土工带和嵌固式土工格栅上。这两种产品已经在潍日高速上投入使用，未来也将在京沪高速的建设中发挥重要作用。同时，他也积极尝试整合社会资源，从校外寻找更加开阔的研发空间。在山东潍坊，他与当地企业沟通协商开辟了一块场地，其中一部分用于建设实验基地，目前已经局部投入使用。“那里是我们走出校门开拓的另一支工作团队，将成为众多想法和技术的孵化器。”

崔新壮教授曾经就读的中国科学院力学研究所，是以钱学森先生“工程科学”思想建所的综合性国家级力学研究基地。在那里，他接触了众多钱学森先生的弟子，崇拜并折服于那个年代科学家们的学术实力与开拓性贡献。于自己，他一直有一个“科海拾贝”的信条，为朴实无华的科研工作做着最好的注解：“在科学研究的海滩上，只要一直走一直捡，你总能捡到比较漂亮的、自己喜欢的贝壳……”

（原载于山东大学新闻网 2018 年 4 月 4 日；文：刘婷婷、薛书新，图：刘婷婷）

王俊菊：人淡如菊，撒播师者滋养

1987 年，大学刚刚毕业的王俊菊站上讲台，转身之间，由一名坐在台下听讲的学生变成了讲台上每每被仰望的老师。三十多年里，山东大学人来人往、花开花落，而她因为一份热爱，在这里扎根成长，一次次作出抉择，经受历练，也收获着自己在人生、事业上的累累硕果。

虽然获得过很多荣誉，但王俊菊并未感到轻松，反而更认清了一直坚持的信条："我的人生路径很清晰，就是做个好老师。"

教师是我最理想的工作，没有之一

"随着时间的推移，我发现教师是我最理想的工作，让我找到了自己的人生价值和意义。"对王俊菊教授而言，从教并不是起源于强烈的兴趣，更多是"后天培养"的结果。在日复一日、年复一年的教学实践中，她见证和陪伴着一批批学生的成长，对教师这一身份的感情也越来越浓。

2018年是王俊菊教授从教31周年。这一学期，她一如既往地承担各个层级的课程，一门本科生、两门硕士生以及一门博士生的课，平均算下来，一周要上8到10节课，教学任务不算轻松。但当她谈及学院的学生，话语中的欣慰和满足总是很快就荡漾开来。“我们的学生学风特别好，学习动机纯正，驱动力强，老师布置的任务越多，他们反而越高兴。”外语学院采用小班化授课方式，师生之间相处得更为直接也更为融洽，老师会对教学投入更多心血，学生也能得到更多指导。她打着比方说起这种授课方式的好处，“一个班十几甚至二十几个人，老师带学生就好像老母鸡带小鸡到处玩儿，一下雨，赶紧张开翅膀，护着他们……”

2014年，王俊菊教授当选山东大学优秀教师，并在表彰大会上分享了自己的教学感受。当年的那些感悟，放到今天依旧是她想说的：“自从踏上讲台，我的学生从我的同辈变成我的小辈再到晚辈，我自己也从青年变成了中年再到准老年，经历了从青涩到成熟再到慈祥的转变，从一名教学新手，变成熟练型教师，再到专家型教师。整个过程，感谢学生给了我成长、提高的机会，感谢学生让我体会到身为教师的自豪和骄傲，感谢学生让我体验到生活的内涵和美好。”

专家型教师是王俊菊教授对自己目前的定位，也是她多年教学实践和科学研究相结合的结果。其间，她经历了从懂教学，到懂为什么而教的转变，不仅懂实践更懂理论，并且能熟练地用理论指导实践。“我感觉自己还是有当老师的天赋的。”立足于这些年取得的一个又一个成绩，王俊菊教授很开心地给自己下了这个判断。在她看来，学生是世界上最积极向上、最阳光的群体：“与学生相处，对老师来说是一种滋养。”

润物无声，终会有“人在丛中笑”的美好

初为人师的时候，王俊菊遵循着朴素的教学原则：“我的老师怎么教我，我就怎么教学生。”虽没有太多授课经验和技巧，但她对学生投入了足够多的热情，全身心地教学，努力调动课堂气氛，教学效果得到了大家的一致认可。如今，褪去曾经的青涩和稚嫩，王俊菊教授对人才培养的话题有了更加深刻的理解与思考。

“面对不同的学生群体，教学目标、教学理念、教学方法等都不一样。本科生以表扬为主，硕士生以鼓励为主，博士生以鞭策为主……”虽然教学侧重点不同，但在她看来，重视对人的培养是各个阶段、各类群体所共通的。“我们不仅要教学，更要育人。”

本科教学是王俊菊教授非常看重的一大阵地。她深深爱着这批“90后”的孩子，给予了他们足够的包容与耐心。在她的教学过程中一直贯穿着这样一种教育理念，那就是鼓励学生“犯错”，希望他们能在修正错误的过程中成长。她

也像妈妈一样期待自己的“孩子们”快快长大，希望他们经过四年的大学洗礼，能够成长为独当一面的成年人。

教学中，她用自己丰富的学术经历和广博的知识积淀影响着一批批学生。这学期，2015级英语专业商务方向本科生唐祥辉终于有机会选到了王俊菊教授的“英语应用文写作”课。她说：“王老师的课程设置很好，非常贴近我们的实际应用和日常生活。我们都非常珍惜这门课。”她从课堂上感受到了老师无形的影响力，每每上完课，总会折服于老师所处学术圈子的魅力，“也会希望自己成为王老师那样的学者，在自己的领域取得优秀的成绩”。

王俊菊教授不仅悉心传授给学生具体知识，更以身示范，引导学生们不仅有高智商，更要进行情商、逆商的培养。不管工作再忙、压力再大，她向学生展示的总是昂扬向上、积极乐观的一面。比如，结合自身经历，她为学生梳理了困难的类型及应对策略：“第一类是通过自己努力可以解决的，这样的一定不能放过；第二类是自己解决不了但可以通过寻求别人帮助解决的，这些要完成至少80%；第三类是再怎么努力也做不了的，一定要尝试一下，之后泰然处之。”类似的“心灵鸡汤”“人生语录”，是王俊菊教授常有的课堂“福利”，课前热身会讲，课中学生听课听累了也会讲。她希望通过这些“自选动作”，让学生们多汲取些正能量。

王俊菊教授认为，为落实立德树人这一大学的根本使命，教师就应该把知识、技能、能力、素养四个层面的要求渗透到日常教学中，培养出德才兼备的合格接班人，这才是成功的“人＋才”。“这个过程很漫长，需要文火慢烤。”但是，她相信，“润物于无声之中，终会有‘人在丛中笑’的美好。”

成功，往往意味着关键时刻“逼自己一把”

王俊菊教授常对博士生说：“做学问要专注，要集中力量办大事，更要付出超出常人的努力。”这不是一句空话，至少在她自己的科研之路上，就曾一次次面临成长的关键时刻，而她每次都选择“逼自己一把”。

1999年，王俊菊赴英国雷丁大学语言学系做访问学者，这段为期一年的访学经历对她产生了深远的影响，为后续研究打下了坚实的学术基础。受限于访问学者的身份，起初她只被允许旁听两门课，一周总共才4个小时。这对于求知若渴的她来说，远远不够。她没有像其他人一样打工兼职，而是争取一切机会到处“蹭课”。最终，她成功“蹭”到了12门课，同时也因为听课认真、学习勤奋、经常“蹭课”而引起了一位教授的注意，并主动担任她的指导老师。后来才知道，这位教授就是英国著名的应用语言学学者盖伊·库克(Guy Cook)，也是对她影响非常大的一位学者。

在王俊菊教授眼中，库克教授绝对称得上“拼命三郎”。他有好几次在一楼的书房做完研究，打算回二楼的卧室休息，结果累得直接坐在楼梯上就睡着了……王俊菊教授由此感慨："连这样世界级的学者都这么勤奋，我们要想成功，又怎么能不付出、不努力？"

经历了在英国的学习历练，2001年王俊菊迎来了自己学术研究道路上最为重要的博士三年。在香港中文大学，她选择并经受了一场更严酷的磨炼。"在香港三年，真正是苦读书的三年，我的'坐功'就是那时候练出来的。"那段日子忙到什么程度？她说："香港有那么多明星演唱会，我一场都没看过；有那么多电影院，一次都没去过；著名的沙田赛马场离学校半小时步行的距离，一场都没看过；每天的状态就是看书、学习，看书、学习。记忆中，晚上1点之前我从来没睡过……"

有时候，王俊菊是一个不给自己留余地的人，比如读博。2001年8月1日，她飞往香港开始读博。2004年7月31日，她飞回济南。前后刚好完整的三年，顺利拿下博士学位，用她自己的话说："一天都不多待！"这样的决绝，是以强悍的实力为根基的。她当年的博士论文获评"A＋"，这是香港中文大学英文系十多年没有过的好成绩。

外语学院大学外语教学部的林殿芳老师是王俊菊教授2015级的博士生，谈起自己的导师兼同事，他表示最敬佩的是她努力拼搏的精神。在他看来，王俊菊教授是一个目标明确、行动力特别强的人，有想法会立刻着手实施，并且拼尽全力去争取。他说："王老师对我影响特别大，促使我逐渐改变自己的做事风格。我对王老师，是欣赏，更是学习。"

2016年入职外语学院的张聪老师曾是王俊菊教授的本科生、硕士生。在她看来，单纯通过最终取得的成绩很难切实感受王俊菊教授有多努力，只有当接触到她的具体行动后，才能有这样的感知："王老师有今天的成就，是实至名归。"硕士从山大毕业后，张聪赴美国普渡大学读博，其间因为怀孕、生宝宝一度无法按期完成学业，是老师的鼓励让她坚持了下来。她说："老师都这么拼，我们做学生的要更努力才行，要尽量向她看齐。"

王俊菊教授曾说："一个人的发展是分阶段曲折上升的，是一个从无知到少知再到多知的过程，最后才慢慢有了经验，但是经验的积累意味着要付出努力。"她自己的学术道路正是这样一个曲折上升的过程，经历了从学习者到研究者的艰难转变，而这些都是不断努力、不断拼搏的结果。

科研，确立山大二语写作的国内领先地位

王俊菊教授对学院年轻老师一直有个期待，那就是要成为"教学科研双优型老师"，这是她结合自身经历凝练的经验之谈。教学之余，她积极开展外语教学、二语写作、教师发展和语言测试等领域的研究，力图实现科研反哺教学。近年来，她主持或承担各级科研项目20余项，出版学术著作6部，发表论文60多

篇,数篇论文被 SSCI 期刊《国际二语写作学刊》重点推介。

二语写作,是王俊菊教授博士阶段的研究方向,也是她多年科研工作的主攻方向。从香港学成归来后,她就开始着手组建写作团队,开展二语写作教学与研究,使其成为山东大学外语学科重要的增长点。她先后与香港中文大学教授合作编写《大学英文写作》教材,与美国普渡大学写作中心开展合作,出席"国际二语写作研讨会",承办"第八届中国英语写作教学与研究国际研讨会",领衔创立学会会刊《二语写作教学与研究》。此外,她还作为特邀主编为《山东外语教学》《中国应用语言学》主持"二语写作研究"专栏,成立山东大学二语写作教学与研究中心,巩固了山东大学在国内二语写作研究领域的领先地位。

2013 年,素有二语写作界"世界杯"之称的"国际二语写作研讨会"在山大举行。山东大学团队应邀作大会主旨报告和多项分组发言。王俊菊教授评价说:"这次会议全面展现了山东大学在二语写作研究领域的实力,使我们向国际学术前沿迈出了坚实的一步。"2014 年,王俊菊教授获聘美国普渡大学博士生导师;同年,作为国内唯一受邀团队,山大团队出席在美国召开的"国际二语写作研讨会"并作特邀专题发言。2015 年,王俊菊教授与多伦多大学合作开展写作研究,与安特卫普大学合作研发键盘跟踪技术用于写作研究,她表示:"这标志着我国二语写作教学研究进入国际前沿。"

王俊菊教授对研究工作有着一如教学那般的投入与热情。目前,她正带领团队开展一项有关二语写作的国家社科基金重点项目,此外与上海外教社合作研发的一套新国标英语专业系列教材也占用了她大量时间,耗费了很多心血。不过对于这样的付出,她乐在其中:"我更看重这个过程带来的山大以及外语学院影响力的提升。这些年,山大的声名也逐渐打出去了。"

谈起未来,王俊菊教授说:"一方面要继续巩固山大在二语写作研究领域的领先地位,再就是要把研究成果反哺教学。"在外语学院,写作教学已经全面铺开,写作授课从原有的 3 个学期发展为持续 7 个学期,"写作课不断线"成为学院教学改革的一大特色,这样的"实践效果"让她很是欣喜和自豪。

一个"生产大队长"对学院发展的坚守和承诺

王俊菊教授现在同时担任外语学院院长,但她对自己院长的身份看得很淡:"我就是'生产大队长',每天早晨起来吹哨喊大家上工,要带头锄地,锄得要快、要好,还要回头帮帮那些锄得慢的。"

在各大高校,青年教师因为发展潜力以及面临的多重压力而备受关注,王俊菊教授也关注到这一现象。她觉得自己不仅仅要当学生的老师,更要用自己的经验和积累积极帮助青年教师快速融入学术环境,引领他们更好更快地发展。她曾经对青年教师提出了一个"两线"发展的理论:"首先是底线——教学,这个做不好就不能叫老师了;另一个是生命线——学术,教师同时肩负着科学研究的责任,这个决定了你的职业发展空间。”

在她的带动下,外语学院推出了一系列改革措施,鼓励青年教师和学术人才脱颖而出:提供专项经费,全额资助青年教师参加国内外学术会议,制定政策鼓励发表高水平学术论文,划拨专款资助学术专著出版。在学院的支持和激励下,青年教师实现了学院科研高水平国际论文零的突破,近年获得50余项国家、省部级基金资助和奖励,目前已经在二语写作、神经语言学等领域进入国际前沿,创造了山东大学外语学院有史以来的最好成绩。她说:“青年教师正处在人生的爬坡阶段,不能懈怠,要鼓足干劲儿向前奔。”

王俊菊教授多年倾心实施的,还有人才培养模式的创新与改革。经过一番探索与建设,外语学院的人才培养改革取得了不错的成绩。英语专业、朝鲜语专业已建设成为国家级特色专业,日语专业、翻译专业、俄语专业成为省级特色专业,英语专业和俄语专业被评为省级重点学科。她领衔的“外语+专业人才培养模式探索与实践”获得山东省优秀教学成果一等奖,“英语+国际政治人才培养模式”被列为山东省高等学校人才培养模式创新实验区,“应用型翻译人才培养体系研究”获批山东省高等教育教学改革重点项目。

在2017年教育部开展的第四次学科评估中,山东大学外国语言文学学科获评“A-”,与清华大学、复旦大学等高校一起排名前十。谈起学院的未来,王俊菊教授说:“还是要做好铺路石,推动学院稳步向前发展。”

王俊菊教授获评国家“万人计划”教学名师,靠的是自身实力,更是对她多年坚守教师职业的回报。多年的努力与付出,为王俊菊教授赢得了多项荣誉和奖励,除获聘美国普渡大学博士生导师外,还获得“山东省有突出贡献的中青年专家”、教育部“新世纪优秀人才”、“宝钢全国优秀教师”、“山东省教学名师”、山东大学“我心目中的好导师”、“山东大学优秀教师”等荣誉,并曾带领学院女教师团队获得“全国五一巾帼标兵岗”、省教育系统“三八红旗集体”等荣誉称号。一项又一项荣誉,是她在教学科研中努力工作的证明,也是对一名优秀教育者辛勤付出的认可。

如今的王俊菊教授,处事风格依旧像她最喜欢的雏菊,“淡雅,不张扬,但有实力”。她积极,内敛,活得认真,自有一股子韧劲儿和拼劲儿,于岁月静好中慢慢绽放自我。在为人师的道路上,她砥砺前行,不断撒播自己爱的滋养,散发着一名师者的光与热。

(原载于山东大学新闻网2018年4月8日;文:刘婷婷、李皖宁,图:受访者提供)

赵国群：多彩材料铺就科技创新之路

“材料是人类赖以生存和发展的物质基础。希望你们勇于追求，大胆创新，实现梦想，为国贡献！”这是作为山东大学材料科学与工程学院院长的赵国群教授在2016年研究生毕业典礼上对毕业生的真挚寄语。或许这也是他的“材料生涯”真实写照，一腔热血，数载时光，不忘初心。

2001年，赵国群获得享受国务院特殊津贴殊荣，2004年，入选首批新世纪百千万人才工程国家级人选，同年荣获得国家杰出青年科学基金项目资助，2007年入选2006年度教育部“长江学者奖励计划”特聘教授。赵国群作为第一完成人分别于2010年凭借“快速热循环高光注塑成型技术”和2015年凭借“高性能大规模复杂截面铝合金型材挤压成形及应用技术”先后两次荣获国家科技进步奖二等奖。荣誉背后是一个材料人的终生追求：“想要跨越绿色贸易壁垒，突破国外技术封锁，必须依靠拥有我国自主知识产权的绿色制造技术体系。”

扣好产学研小铁环，造服务山东大链条

与材料结缘近30余年，赵国群将多年所学转化为实际成果，要从20世纪90年代说起。1996年，原山东工业大学进入“211工程”高校名单，面对国内学科建设、人才培养的迫切需求，赵国群于1997年初从美国学成回到母校，随后就一直扎根在齐鲁大地。1997年年底，年仅35岁的赵国群被任命为原山东工业大学锻压教研室主任。不久，由于学校整体发展和规划，锻压实验室被拆除，整个专业只有一个20多平方米的会议室，从此，适合于教学和科研的专业实验室和设备成为他心中多年抹不掉的情结。由于当时条件有限，赵国群决定：“不能闲着，还是首先立足于山东企业，着力为企业服务，做出使企业认可的东西吧！”1998年1月，在学校和学院支持下，他组织成立了模具技术研究中心。在缺乏实验装备和实验室的情况下，赵国群和他的团队利用计算机数字化设计与分析技术，围绕产品结构设计、结构分析与优化、成形工艺设计、模具设计和成形过程数值模拟等，为企业提供成形工艺和模具设计的解决方案。在当时我国大多企业的数字化设计还没有完全发展起来的年代里，很多企业还没甩掉图板，也没有数字化三维设计能力，更没有材料加工工艺和模具设计的数值模拟和仿真能力，赵国群抓住了这个机会，做起第一个“吃螃蟹的人”，从计算机三维CAD/CAD/CAM技术和成形工艺与模具设计入手，担任服务企业的角色，并在2002年被聘为山东省“十五”制造业信息化专家组成员。

1998年底，赵国群决定在CAD/CAD/CAM技术和成形工艺与模具设计的基础上，将研究重心延伸至快速成型与快速模具技术上面。快速成型技术就是现在3D打印技术的前身。围绕快速成型技术，他带领团队利用争取到的科研经费和可贵的一点学科建设经费，构建了新产品和模具快速设计与制造技术集成系统。从概念设计或样品反求开始，经CAD造型、反求/曲面拟合与修补/三维造型、结构优化、工艺分析、过程仿真、快速原型制造、快速模具制造到产品真空注型，开展产品全过程设计与制造技术研究与应用，他们服务了几十家山东省企业，为企业开发了上百种新产品，获得的科研经费又用在改善设备条件和办公条件上，使学科建设得以稳步快速发展。1999年初，赵国群团队与中通客车联合成立实验室，开展和客车结构和零部件设计开发合作，开发一款车型的结构和车灯等零部件，并获得了百万元的科研经费。赵国群回忆说：“当时企业对我们的支持非常大。我们到现在都很感激，也一直和这些企业保持着良好的合作关系，可以说我们实验室的起步和发展都离不开企业的支持。”

当实验室步入正轨后，他组织年轻教师着手申请国家和省部级科研项目，以生产中存在的实际问题为导向，深入挖掘其中的科学问题和共性技术并开展

系统研究，使实验室逐步走上了从基础研究到产学研结合的发展道路。2000 年起，赵国群开始从事铝合金型材挤压技术研究，这项研究在轻轨、地铁、汽车、高速列车方面具有很好的发展和应用前景。国家在 2005 年启动高速轨道交通计划后，赵国群带领团队在前期研究基础上，就与山东丛林集团和南车青岛四方机车车辆公司建立了产学研合作关系，将工作重心集中在高速列车车体材料的热成形加工方向上，集中力量重点开展高铁车体材料挤压成形的基础科学问题和关键技术研发工作。经过十多年的研究，团队与企业合作研发出高性能大规格复杂截面铝合金型材挤压成形技术，开发了 350km/h、380km/h 高速列车和 500km/h 高速试验列车车体型材及其他领域用系列型材，并应用到高速列车、轻轨地铁、轻量化汽车、船舶、大型工程结构上。十余年磨一剑，赵国群为团队感到自豪："在 2012 年到 2014 年期间，产学研团队开发的高性能大规格复杂截面铝合金型材就装备了 260 多辆高速列车。"凭借这项成果，赵国群带领的项目组在 2015 年获得了"国家科技进步奖"二等奖，这些正是产学研合作的结晶。

产学研结合让赵国群团队摘取了一项项科研硕果。他所在的材料塑性成形工艺与模具技术研究团队是山东大学材料液固结构演变与加工教育部重点实验室的骨干团队之一，2005 年成为山东大学"985 工程"二期重点建设的创新学术团队之一，2010 年获批教育部"长江学者和创新团队发展计划"创新团队，2012 年获得"山东省优秀创新团队"称号，2012 年团队荣立山东省人民政府集体一等功。目前该团队共有 20 名成员，其中博导 6 人、教授 7 人、研究员 1 人、副教授 5 人、副研究员 3 人、讲师 1 人、高级工程师 2 人、工程师 1 人，具有博士学位者 18 人。团队先后承担国家杰出青年科学基金、国家自然科学基金重点/面上/青年项目、国家科技支撑计划项目、国家重点研发计划等国家级科研项目 28 项，承担省部级科研项目 30 余项。出版著作、大典、手册和教材 12 部，获授权发明 40 余项，每年发表 SCI/EI 论文 40 余篇，获得国家科技进步二等奖2 项、省部级科技成果一等奖 6 项和二等奖 5 项。

"对于工科等应用学科而言，学校做科研，如果找不到实施之地，找不到合作用户，就很难把这个事做大。产学研结合起来才可能真正做成事。"赵国群坦言，在产学研合作过程中，我们的科研人员更能了解到企业生产中哪些未解决的问题以及这背后的科学问题和共性技术是什么，这些都为我们科研人员提供了良好的基础研究方向。同时，通过基础研究，研究的结果又反过来更好地指导生产实践，比较容易地构成一个良性循环。工科的科研历来离不开产学研结合，把成果应用于实际是一个系统的工程，产学研就像是由多个铁环连成的链条，其中一个铁环扣不好，就很难构成一个链条。因此，与企业的合作应该是长期的、定点的。通过多年的长期合作，团队成员就能够充分了解行业现状、企业技术水平和生产现状，所从事的基础理论研究就不会脱离实际，研究出成果会有更好的应用针对性，也会使我们在理论创新上具有更深入的理解。

日新月异的材料，蒸蒸日上的建设

2000年，原山东工业大学、山东医科大学和山东大学三校合并，从省属“211”到隶属教育部，山东工业大学材料学科也因此进入发展新时期。站在新的起点，赵国群感到对自己、对学科的要求应该更高，每个人都要发挥自身作用。他说：“学校发展好了，我们所在的平台就高；所在的平台高了，开展工作时就会拥有更加有利的条件和机会。因此，合校是相辅相成的事情。就像我们每个人和国家的关系一样，国家要发展好，每个人就得把活干好；每个人把活干好，国家就能够得到更好的发展。一个学校也是一样，一个家庭也是一样，一个团队更是这样。”

对于学科建设，赵国群始终保持清醒的认识。材料学院历来重视教学管理，寓教于研，以重视本科教育、推动学科发展作为学院传统，老一辈教师在投身产学研结合上树立了很好的示范作用。材料学院曾获28项国家科技成果奖励、30多项省部级一等奖，这得益于老一辈人为学科奠定的基础以及得以传承和发扬的管理经验与学术氛围。

对于本科生的教育，“以学为主，全面发展”是赵国群一贯的主张。自2006年被任命为山东大学材料科学与工程学院院长之后，他有了更大的舞台践行培养之道。赵国群的学生曾聊起，赵国群院长对学生最大的影响是对他们的激励：“我希望学生们能集中精力，对这个专业感兴趣，对这个学科感兴趣，掌握扎实的理论和专业知识，真正学会学习，做到理论联系实际，动脑与动手结合，并不断扩展自己的综合素质能力，做到有理想、有追求、有情怀、诚信正直、艰苦朴素。”他给新生作讲座，亲自引领他们走进多彩的材料世界。不论何时，赵国群始终把学生的教育放在第一位。

对这几年山大材料学院的发展，赵国群有喜也有忧。喜的是这几年材料学院发展较迅速，学科发展一直保持着较为强劲的势头；忧的是学院本身也面临着一些亟待解决的问题，例如人才队伍建设、学科研究方向凝练、团队建设以及实验室空间和科研条件建设等问题，人才队伍的建设与世界一流学科的要求还有很大差距。“‘双一流’建设离不开人才，加强队伍建设有引进和培养两条道路，两条道路是相辅相成的。引进杰出人才就会引领学科发展方向，更有利于培养和带动年轻人才发展；引进青年才俊，是学科持续发展的保障，雄厚的师资队伍和精益求精的学术环境是学科建设的心脏。”赵国群说。

促进科技创新，服务智造山东

2002～2003年，赵国群和他的团队启动了先进注塑成型技术方向的研究。短流程的绿色注塑技术一直是学术界和产业界追求的目标。注塑成型是一种重要的塑料加工方法，广泛应用于家电、汽车、电子、通信和医疗卫生等领域。因为注塑技术生产的注塑件普遍存在熔痕、流痕、流线等缺陷，必须进行打磨、喷涂等二次加工，排放大量苯系与重金属污染物等，生产的塑件也不满足欧盟RoHS环保指令的要求，面临欧美绿色贸易壁垒。

赵国群多次到海信集团生产现场调研和交流，将研究基础和生产实际现场结合，他一直思考，能不能把占用车间、设备和人力资源的几道二次加工工序减掉。他带领团队与海信集团产学研合作，花费了多年时间开展这项研究，建立了快速热循环高光注塑工艺、模具与控制装备等成套技术。一直到2007年，他们在海信公司构建了第一条生产线，注塑出具有高光泽度的注塑件；随后将技术铺开应用，相继构建了20多条生产线，开发出高光塑件50余种，一年注塑产量达到几百万件。其中，研究成果发挥了很好的作用，注塑生产流程由传统的4道工序减为1道工序，取消了污染严重的打磨、喷涂、罩光工序，成本降低显著，实现了短流程、无污染、高品质、低成本的注塑生产。研制的快速热循环高光模具出口日本、韩国、俄罗斯、印度等14个国家的相关企业，其中包括三星、LG、夏普、松下等国际知名公司。目前海信集团年生产高光塑件近1000万件。该技术为聚合物材料加工提供了一种短流程绿色注塑技术，也助推了“中国制造”的力量向着新的方向迈进。赵国群带领的项目组也凭借该成果获2009年度“山东省科技进步奖”一等奖和2010年度“国家科技进步奖”二等奖。

这个例子正是新旧动能转换的典型。在赵国群看来，“新旧动能转换”的定义和内涵非常宽泛，新的技术带来新的业态、新的生产模式、新的产品，这些都是新动能的重要组成部分。“通俗地说，转换旧动能就是通过科技创新，转型升级，改变产业结构。通过科技创新促进能源利用，把高耗能、高污染、高成本的环节去掉，降低污染，缩短工艺流程，提高产品的品质。”对于锻压、铸造、焊接等这些具有千年历史的传统工业来讲，它的新旧动能的战场在哪里？在于材料热加工模型的精确化、成形工艺的新颖性和先进性、模具设计的科学性和制造的精密性、成形装备的柔性化和智能化。赵国群认为，新旧动能转换中最主要的问题是科技创新问题，而创新中最需要的是科技人才及其自主创新能力。因此，下一步的发展方向是：结合学科发展趋势和国家与地方的重大需求，确定前景良好的研究方向，加强优秀人才队伍和实验条件建设。

通过科技创新，赵国群和他的团队已为上百家企业解决了实际问题，这其中既有山东的企业，也有四川、江苏、北京等省市的企业。合作方式是针对企业具体问题，由研究团队开展基础研究并提供技术解决方案，由企业方面提供相应的研发经费，或者联合申报国家与地方政府项目，分工合作，共同推进项目进展。赵国群一直秉承着这样的原则，与企业合作经费固然重要，但最重要的还是为企业真正解决实际问题。

赵国群团队一直践行着服务山东的理念。山东大学地处山东，无论是从天时地利人和，还是从我们对山东省相关行业了解程度和对口性来看，都相对容易达成合作；山东是工业大省，又成为国家新旧动能转换的示范区，适合工科且对口去做的事情很多，大学的基础研究能力很强，将多年的基础研究成果逐渐与山东企业需求建立联系，将基础研究逐渐向关键技术研究延伸，并逐渐构建起来较完备的技术体系，才能更贴近实际应用。工程应用是基础研究的效应放大器，无论是材料、制造、化工还是其他行业，做好服务山东工作就是服务国家发展。赵国群的态度很实在："要找到真正的切入点。事不在大小，只要是对企业有促进作用，对行业技术进步有促进作用，我们就把它认真做好。这是一个根本，任何事情都是由小到大的。"

（原载于山东大学新闻网 2018 年 4 月 16 日；文：李皖宁、曾依人，图：受访者提供）

杨蕙馨：聚焦中国现实重大问题，实实在在干些事情

1978 年，党的十一届三中全会召开，开启了改革开放的新时期。也是在这一年，一个 17 岁的姑娘放弃小县城里国企售货员的“铁饭碗”，考入山东大学政治经济学专业学习。经历中带有很深“计划”烙印的她，格外关注市场经济大潮中企业的成长和转变，围绕改革开放带来的中国经济形势的巨变，展开了深层次的思考和研究。

2018 年，改革开放迎来 40 周年，当年的这位姑娘也在经济管理领域钻研了 40 年，已经成长为学术带头人、教育部创新团队首席负责人，曾在众多关乎国计民生的重大问题上发出自己的声音。回想学术经历，她感慨：“如果当年没有考入大学，我的人生或许会跟许多关门国企的女工一样艰难，我赶上了好时候，是改革开放的受益者，想实实在在为国家干些事情……”

这位从计划经济走到市场经济，又在经济发展中步入新时代，今天依然勇立潮头的学者，就是杨蕙馨，山东大学管理学院教授、博士生导师。

一条主线：由国企改革开始，始终关注中国现实的重大问题

与同时代很多人一样，杨蕙馨教授在报考大学选专业的时候，并不清楚所谓“政治经济学”是研究什么的。不过，因为此前的“工人”身份以及工作经历，她很了解商业经营方面的操作，懵懵懂懂中想要从事与商业相关的学习，进而解决实际问题。

1985 年，结束山大本科、研究生学习的杨蕙馨选择了留校任教。此后，她留学法国一年。回国后，她慢慢寻找着自己合适的研究方向，“就像相机聚焦一样，有一个慢慢摸索的过程”。1996 年，杨蕙馨考入南开大学，跟随我国老一代著名经济学家谷书堂教授攻读博士学位，当时的她已经基本确定了自己想要研究的内容——产业组织和企业成长。

读博期间，她围绕国企改革进行了一系列调查、研究。20 世纪 80 年代，国家大力推进国企改革。因为曾经是国企员工，杨蕙馨的关注视角自然而然更贴近工人们的现实需求，所以她一直在想：“国企关门了，企业职工何去何从?”她曾经在天津实地调研，采访了很多纺织女工，曾经为劳模标兵、如今是下岗失业的女工境遇让她感慨很多。当时业界专家大多研究国企如何改革，杨蕙馨则另辟蹊径，从“政府应从产业组织政策方面多举措鼓励国企顺利退出”的角度进行了探索。最终，她的博士论文研究成果《企业的进入退出与产业组织政策——以汽车制造业和耐用消费品制造业为例》被上海人民出版社和上海三联书店纳入“当代经济学文库”出版。

凭借上述研究，杨蕙馨获得了 2000 年有着中国“诺贝尔经济学奖”之称的“孙冶方经济科学奖”。回忆当时参与评奖，她笑着说起自己“有一搭没一搭”，把获奖原因简单解释为“歪打正着，为国企改革提供了一定的决策参考”。杨蕙馨一直希望能开展问题导向、服务现实的学术研究。孙冶方经济科学奖是中国经济学领域的最高奖，这样一份李克强、周小川、厉以宁、吴敬琏都曾获过的荣誉，让她得到了“不小的肯定”，欣喜于自己抓准了研究的路子。

“这个奖已经成为历史，别太当回事儿，否则就变成包袱了。”杨蕙馨教授对荣辱得失有着近乎“局外人”的清醒，很快便从光环中抽身而出，回归自己的学者本色。“我没有什么远大的理想、目标，这些年的研究就是坚持中国现实重大问题导向，实实在在地为企业发展、为老百姓做些事情。”

一个特色：微观＋中观，我们的研究要高也成低也就

杨蕙馨教授的学生、管理学院 2014 级产业经济学博士生焦勇这样介绍自

己导师的研究特点："最重要的就是将微观研究与中观研究相结合，把企业成长放到产业转型的背景中研究，这是跟随中国改革开放进程作出的转变，极大地丰富和发展了我们的学术体系。"

杨蕙馨教授的学术研究起步于微观的企业层面，不过伴随着中国市场经济体制的逐步确立，以及改革开放带来的中国经济形势的复杂化、全球化大背景下企业竞争国际性的增强，她慢慢将研究圈子向中观的产业领域拓展。

在她的理解里，如今国家正在实施的新旧动能转换以及产业转型升级，需要做到"高也成，低也就"。具体来说，一方面是必须举全国之力推进高精尖技术的创新与高新技术产业的发展，另一方面也必须关注我们身边的、眼前的企业发展。

"企业是市场经济的主体，因此是我关注的一个重点，也是我研究的主角。"她曾经参加济南市政协的一次会议，提到了民企发展的问题，呼吁政府"拿出20世纪八九十年代吸引外商投资的热情爱护中小企业和民营企业，帮助他们成长"。为什么这样说？她在近期一篇文章中的论述给出了很好的解答："中小微企业迫于竞争压力，一般具有较为强烈的创新意识，但限于资金、人才和技术基础等条件不足，其创新风险较大。应通过政策支持，打造一批小而精、小而美、小而强的创新型企业。"她打趣道："经过五年、十年或者更长时间，这些企业中难保不会出现下一个阿里或者腾讯。"

近几年，中国人频繁出国"扫货"，电饭锅、马桶盖一度成为"网红"。谈及这种现象，杨蕙馨教授无奈之余指出了很多中国企业存在的现实问题——产品附加值低、处于产业链的底端、质量与细节不尽如人意。在应对策略方面，她结合管理学中有名的"微笑曲线"理论进行了展望，"要在前期设计与研发、后期品牌与营销方面下工夫"。从宏观层面来看，我国企业在产业链、价值链上要向高端、高附加值方向突破。她说："我们很多企业一直在探索产业的转型升级，但这是个缓慢的过程，一旦到了某个临界点，它们一下子就能成长起来。"

2013年，以杨蕙馨教授主要研究方向"产业组织与企业成长"命名的团队入选教育部"创新团队发展计划"，这也是山东大学社科领域唯一一个教育部创新团队。在团队成员、管理学院首位山东省社会科学学科新秀奖获得者冯文娜副教授看来："我们与其他团队很大的一个不同是，杨老师特别注重基于理论根基的'道'，而不是具体研究方法上的'术'。她会让我们重点打基础，厚积薄发。"管理学是一门应用性很强的学科，杨蕙馨教授却有着"高校要稳得住一批搞基础研究的人"的考虑，在团队中身体力行，让大家都能"坐得住冷板凳"。

焦勇向记者转述了业内一位学者对杨蕙馨教授的评价，因为她的理论创新以及她的研究对社会现实问题的高度契合，"产业组织与企业成长"团队"已经成为知名度很高的‘行业高峰’。”

杨蕙馨教授自己曾经历了一个不断凝练研究特色的过程，对于团队中逐步成长起来的年轻学者，她有着同样的期待，希望他们加大对中国现实经济、管理情况的研究，在某个具体领域长期坚持、凝练特色。她说：“只有每位学者都凝练出自己的特色，一个学科、一所学校才能形成真正的特色。”

一种情怀：做研究，应该具备一些人文关怀

杨蕙馨教授说：“管理学是一门实践中的艺术。”她一直都记得读博时期南开经济研究所的研究理念：“中国人，要知中国、服务中国。”

作为首席专家，她主持国家社科基金重大项目“构建现代产业发展新体系研究”1 项、重点项目 1 项、一般项目 2 项、国家软科学重大项目 1 项及省部级项目 10 余项；先后获得“孙冶方经济科学奖”1 项，教育部“中国高校人文社会科学研究优秀成果奖”一等奖 1 项、二等奖 2 项、三等奖 1 项，“山东省社会科学重大成果奖”1 项、一等奖 3 项；研究成果《经济全球化条件下产业组织研究》入选“国家哲学社会科学成果文库”……这些研究成果，都是扎根中国经济发展实践的结果。

在所有产业中，杨蕙馨教授对商业流通业、餐饮食品业、服装业等有着特殊的“青睐”。在她看来，这些都是面向大众刚需的“日不落”产业，蕴含着巨大的消费潜能。“只要善用心思，把各行各业、国内国外的技术进步与管理创新等要素嵌入这些产业，背靠 13 亿多人口的大市场，就一定能够创造企业盈利和吸纳就业的双奇迹。”

严谨、理性的学术预测之外，杨蕙馨教授还有着自己的考虑，这些产业都与老百姓的生活息息相关，并且能为低技能劳动者提供大量就业机会，“虽然看着小，但总量很大，我们觉得这方面的研究很重要。做社会科学研究的学者，应该具备一些这样的人文情怀”。

山东恒祥机械制造有限公司是中国传统制造业企业转型升级的一个代表，也是杨蕙馨教授的一个研究对象。2017 年，杨蕙馨教授带着学生推出了基于恒祥发展经历探索战略转型问题的典型案例。恒祥总经理孟庆振认识杨蕙馨教授已有十多年，经常因为企业发展问题前来咨询，“杨老师在我们企业转型以及战略调整上出了不少主意”。在孟庆振看来，杨蕙馨教授身上有着学者特有的气息：“她很喜欢帮助别人，做事严谨认真，甚至有时候会较真，我觉得学者就应该是这样。”

现在，杨蕙馨教授正带领团队开展一项有关山东省制造业新旧动能转换的课题。“市场经济体制下，企业要打造持续竞争力归根到底还是靠创新，创新是

一个永恒的话题。”他们在扎实调研的基础上拿出研究报告，为企业转型升级提供智力支持。

问渠那得清如许？为有源头活水来。过去，现在，未来，杨蕙馨教授源源不断地从社会现实中汲取着发问、研究、求解的能量。

一个身份：这辈子就当老师了，希望培养中国未来的企业家、管理者

问：“如何自我定位？”

答：“管理学的教学者和研究者。”

杨蕙馨教授说：“当老师久了，会习惯于和学生打交道。”铁打的校园，流水的兵，一届届学生裹挟着最年轻、鲜活的气息而来，让身在其中的她也“心态不老、青春常在”起来。

好老师是会让学生记一辈子的。提及对自己影响比较大的人，杨蕙馨教授谈到了硕士、博士期间的几位导师——巩丽泽、毛永林、谷书堂……她一直牢记自己老师的严谨、认真、扎实、包容。登上讲台的33年里，她也作为一名老师被学生观察着、判断着、记忆着。

一千个人眼中，应该有一千个杨蕙馨吧！学生眼中的她，是多面的：“很少见到这么认真、这么想要做事情的老师。”“杨老师应该是我这辈子都忘不了的一位老师了。”“对她最大的感觉是暖心、细致，但又要求很严格。”“为人耿直，做事公正，治学严谨。”“我很幸运，杨老师是我步入管理学领域的引路人，她让我发现了做研究有意思的地方。”凡此种种，万千不同，唯一不变的是学生们对她“好老师”身份的认可。

“山东省优秀教师”“全省高校十大优秀教师”山东大学“我心目中的好导师”……诸多肯定之外，杨蕙馨教授对“好老师”也有自己的追求：“要结合学生的兴趣、特点，‘量身定做’培养方式，引导学生就业或者继续做科研。”如何“量身定做”？这个问题只能从用心、负责、尊重中寻找答案。

她很重视学生基础知识的学习，“学生还是要以学为主，要踏踏实实静心读书”。她希望走出校门的学生能成为中国未来的企业家、管理者，为中国创造更多的经济奇迹。而要达成这个目标，首先需要学院老师尤其是青年老师不断增强对中国企业、中国现实的了解，“要重视教学、科研中的案例整理”。

2017年夏天毕业的焦勇进入高校工作，这很大程度上是受了导师的影响。他说：“我们年轻人似乎应该更有精力、活力一些，但杨老师往往比我们更认真，所以她做的事情能更完美。我希望自己能做到她这样。”

杨蕙馨教授的微信名是一个法语单词——“教授”，简单，干脆，明了，与她

“踏实做人，扎实做事”的人生准则颇有相似之处。2012年起，她开始担任管理学院院长。在第四次学科评估中，工商管理学科获评“A－”，“这证明我们学科已经进入全国前列，希望这一大好势头不断延续。”如今，卸去院长职务的她，已经开始展望单纯的“教授”生活：“这辈子就当老师了，上课、做科研、带学生，以后会有更多时间放在这三件事上……”

（原载于山东大学新闻网2018年4月23日；文：刘婷婷，图：受访者提供）

张天德：在山大相遇是缘，在数学相交是幸

“作为从事高校数学教学工作 30 余载的老教师，我热爱数学教学，更爱与学生一起分享学习数学的快乐，发现并惊叹数学的美，培养探索数学奥秘的兴趣。”这是山东大学数学学院张天德教授写在一篇日记中的文字。当时，他刚带队参加完第八届全国大学生数学竞赛，山东大学两名学子获得全国一等奖。

在第九届全国大学生数学竞赛中，山东大学再创佳绩，获得 4 个数学专业组一等奖、2 个非数学专业组一等奖、1 个数学专业组三等奖，获奖总数位列全国第二。这次的总带队老师，依旧是张天德教授。

2009 年，全国大学生数学竞赛诞生。多年来，张天德教授见证了山东大学在这一全国赛事中的进步和成熟，更见证和促成了山大学子的累累硕果。

记者对张天德教授的采访在一个春寒料峭的夜晚进行。窗外，路灯昏黄，凛冽的风肆意地吹着，不时有行人裹紧衣衫快速走过；窗内，一盏明灯，几把座椅，张天德教授不疾不徐地聊起他“学术为先，先为学生”的数载时光。

在数学竞赛的舞台上，“弯道超车”

在全国大学生数学竞赛的舞台上，山东大学先后有6000多名学生参赛，44人在决赛中获奖，一等奖获奖人数多次进入全国高校前三名。2017年，山东大学有7人进入决赛，最终拿到6个一等奖。在张天德教授看来，“这是一个振奋人心的成绩”。

鼓舞人心的成绩不仅属于刻苦钻研、最终在竞赛舞台大放异彩的参赛同学，更属于默默陪伴他们的竞赛指导老师。山东大学有一支专门的大学生数学竞赛师资团队，包括众多演练与实战经验丰富的老师，张天德教授则是其中的竞赛带队人，负责整个团队的运作。

竞赛的终点，有人仅看到欢呼、掌声，有人却更关注如何传承。有人看到的是镜头下分量十足的奖状，有人畏难于深夜里仅有数学在伴的孤寂，却有人享受着苦思冥想后奋笔疾书的满足。张天德教授与他的学生一样，属于后者，但数学竞赛对他们的意义却并非完全一致。

对参赛学生来说，竞赛更多的是一届、两届的概念，只是求学路上参与的一次竞技比拼。但对一所大学来说，横向、纵向的对比分析使得它蔓延成了一条漫长艰险的攀登之路，路上有繁花，也有荆棘。

学如逆水行舟，不进则退，张天德教授就像是掌舵者，立足于9年的带队经历以及自身的研究学习，对数学竞赛这条水道中暗涌的波涛已是非常熟悉。要驾驶好这艘船，就得控制好“传承”这面帆，他首先考虑的是生源问题。面对就学清华大学、复旦大学等在数学学科上具有绝对实力的强劲对手，山东大学想要在短周期培养并收获长期成果，难度很大。

这时，张天德教授提出要“弯道超车”！

日常，他按惯例组织开展传统竞赛培训，保证学生一点一点学习，稳扎稳打。与此同时，他又不循常理，经常在学生毫无准备的情况下点人上台讲题，这是他对学生提出的更高要求，很好地提升了学生的心理素养，保证在参赛时有强大的心理承受力以应付任何意外情况。

“我对他们要求很严格，但也把学生当朋友。”张天德教授鼓励学生参加数学竞赛，目的并不单纯是为了获奖，而是希望以此巩固学生课上所学知识，增强逻辑能力，培养数学思维。为了扩大数学竞赛的影响力，他在青岛校区开设“大学数学竞赛”选修课，一经开设便堂堂爆满，不得不多次扩容。

做一朵无私的云彩，霖洒大地

无论是数学竞赛还是本科教学，张天德教授对自己始终有六个字的要求——鼓励、沟通、陪伴。看似简单的六个字,具体到日复一日的实践中,却未必每个人都能做到。

张天德教授说:“老师就应该是带雨的云朵,下在庄稼地里,能带来收成。”泰山学堂2011级本科生张燕斌就曾接受了来自老师“这朵云”的滋养,很大程度上改变了他在数学方向上的成长轨迹。

在校期间,张燕斌参加了2014年的全国大学生数学竞赛。他对自己信心十足,但却并未入选集训队。对此,他很是不解,主动找到张天德教授沟通情况。在了解详情后,张天德教授亲自从1万多份答卷中找到了张燕斌的答卷,却由于字迹潦草而无法通过试卷作出判断,只能找到张燕斌,仔细听他将解题过程重新讲述了一遍。

此前,张天德教授与张燕斌并没有太多接触,但在听了现场解题后,他立刻下结论:“这是一个好学生!”就这样,张燕斌破格进入集训队。而后,他依靠自身努力通过考核,在当年的竞赛上夺得了全国一等奖的好成绩,随即也收到了北大发来的读研邀约。最终张燕斌选择到巴黎综合理工学院继续深造。张天德教授说:“通过比赛和学生交流,给学生提供一点帮助,对老师来说,这是非常开心的一件事。”

30多年的从教经验,使张天德教授变成了“一个行走的题库”。由他主编出版的图书在市面上流通的多达数十种,包括各大高校广泛使用的吉米多维奇系列中高等数学、线性代数等习题集、竞赛数学等辅导指南。在收获众多读者的同时,他的书也面临盗版的问题,甚至连出版社都替他着急。张天德教授却并没有特别介意,反而用“书有人盗版,侧面说明这个书写得好,好到畅销”的逻辑开导出版社。

在张天德教授看来:“应试教育下的数学教学,倾向于让学生做大量习题,却很少引导学生主动思考问题。在习题的练习中,又较多从操作层面训练解题方法,而较少从思维层面培养数学素养。”近年来,他也不断探索着如何提升中学生的数学素养。

2014年,山东大学与山东省实验中学联合创办了“山东大学创新实验班”,张天德教授是第一批参与的导师。在创新实验班中,他给高一学生讲解大学数学的先修课程,在他们心中埋下更深层次数学学习的种子,希望当他们步入大学时,这颗种子能慢慢发芽、生长,延续他们对数学的兴趣和坚持。

江山代有才人出,唯不断超越

一直以来,张天德教授主要负责和参与数学学院、泰山学堂及全校公共数学等多个课程的教学工作。因为新增青岛校区选修课,他开始了辗转济南、青岛两地的生活。来往路途奔波难免劳累，他却能找到自己的乐趣，“在高铁上，看看书，思考一些问题，或者听听同车厢其他人的声音，然后闭上眼用数学的思维想一想，其实也挺美好。”

在长期的教学工作中，张天德教授因讲课风趣给一代代学堂人留下了深刻的印象。学生们亲切地称呼他“德爷”，更有学生说：“老师上课时的那股劲儿让我根本困不了。”有时，他会故意将题讲错，以此试探学生是否能够及时发现指正。对自己写的书，他也会鼓励学生查找其中可能存在的问题或者加以更好地表述，一番探讨后若觉得可行，就在下次加印时完善进去。这对于学生而言，是一种意义非凡的体验。同学们毕业时在留言卡片上这样写道：“德爷，感谢您把我们领进高数这个神奇的世界。”“最喜欢您‘把玩’高数的样子，这些高深的定理都在您的掌控之中，希望您一直这样潇洒。”

张天德教授始终认为，学生是要超越老师的。“放至全国而言，若学生都不能有所成就超越老师，那么整个国家如何一步步向前发展？”他对学生没有保留，对同行也没有。外出交流时，他非常乐意与人分享山大的学科建设经验。对此，他的理解是：“闭门造车不是有效率的进步方式，当你将 1.0 版本传授于他人时，自身也要继续学习、超越自己，不断提高到 2.0 版、3.0 版。”这是张天德教授的“大教育观”，建立起良性的循环系统，在交流中互相进步、不断超越。

三尺讲台前，他默默耕耘。“学生来到山东大学，这就是我们的一种缘分，作为数学老师，做好自己的本职工作是很舒服的。”在数学竞赛以及数学学科建设发展的道路上，他从未停歇，“有困难，但我们在一步一步地走、一步一步地做，为取得更大的突破不断努力”。

（原载于山东大学新闻网 2018 年 4 月 24 日；文：曾依人，图：受访者提供）

贾春江：教学与科研，一直在路上

1998年，贾春江考入山东大学。本科学习阶段，他还是刚刚接触科研的迷茫少年，此后一路求学，保研北大，留学德国，在外一番游历，经历了很多，成长了很多。2012年，怀揣对母校的深厚感情，他回到山大，加入化学与化工学院，带领团队在无机化学领域开始上下求索。

贾春江主要从事催化化学与材料化学领域的教学、科研工作，设计和合成具有特定介观结构的复合催化材料尤其是亚纳米尺度的团簇材料，并着重探索其构效关系。

如今，贾春江教授已经在教学和科研上取得了不错的成绩，在国际主流学术刊物等发表论文50余篇，3篇入围ESI数据库“高被引论文”，于2012年获得“泰山学者”称号，并于2017年底评估优秀获得泰山学者二期资助，2016年获得国家优秀青年科学基金资助，2018年获得“霍英东基金青年教师奖”二等奖。

趣味科研，不断探索前行

高中时期，贾春江对化学已有浓厚的兴趣，也有很不错的化学基础，但当时并没有将化学确定为终身从之的选择。大学期间，随着学习的逐渐深入，他发现，“化学是一个高度融合的学科，与其他很多学科有交叉，是千变万化的，学起来很有意思。”从那时起，他对化学的认识开始从感性变得理性起来。

贾春江教授的研究对象主要是与稀土氧化物相关的催化剂。“很多人知道催化剂，却不知道稀土催化材料中真正起到催化作用的活性位点是什么。”他研究了负载型稀土氧化物上金属的状态、电子结构等对催化性质的影响，由此获得催化剂在反应条件下的活性位点并指导催化剂的设计合成。

贾春江教授是一位谦虚的科研工作者，对于获得的各类奖项也仅仅认为是自己在研究领域做的一些探索。他始终认为，化学的应用性很强，可以直接改变我们的生产和生活。他说：“作为一个应用性极强的学科，化学学科有义务在服务山东工作中走在前面。”

对实验方案的设计、实验数据的分析，贾春江教授很容易沉浸其中。在他眼中，做科研是很有意思的一件事情：“通过做研究可以搞清楚一些不明白的问题，还能按照自己的想法设计实现一些东西，会很有满足感。”

“科研是充满趣味性的，但需要付出的东西很多，要求也很高，需要自己喜欢，需要有想法，需要有足够的经费和实验条件……”贾春江教授经常在实验室待到晚上10点多，分析数据，批改周报，修改文章。即便有片刻的闲暇，科研问题也总在他脑中萦绕；即使半夜有了新想法，也会立即处理。显然，科研已经成了他生活中密不可分的一部分。

他最喜欢做的一件事情，是看学生的科研数据，分析学生写的文章，然后在交流中不断修正和探索方向。他希望能在科研中不断发现新东西、提炼新知识。现在教科书上学到的东西，是经过前人不断摸索、研究出来的普适性的发现：“通过对实验发现的高度凝练，找到科学规律，使其具有普适性，最终成为教科书式的发现。”这是贾春江教授努力的方向，也是他希望未来能达到的高度。

几经挫折，依旧坚持向前

2002年，贾春江进入北京大学读研。一入校，他便感受到了现实的压力。“很多研究生是从北大本科直升上来的，与他们相比我处于劣势。”对此，他决定付出别人几倍甚至几十倍的努力来弥补。

花费了将近半年的时间，在组里师兄的全力帮助下，他才基本适应当时的学术氛围，并把这股赶超的劲头保持了下来，先后获得了北京大学优秀博士论文奖、全国优秀博士论文提名奖等荣誉。

贾春江教授认为，是坚持让自己顺利度过了那段艰难的时光，也为他后来的发展奠定了扎实的基础。“那段经历对我特别有帮助，因为导师要求非常严格，所以很多时候面对难题需要自己进行思考，这也让我渐渐学会独立思考，减少了对导师的依赖度……”在北大严格的学术环境要求中成长起来，他的自动性、自主性都有了飞速的进步，也开始了对自己研究方向的探索。

还是因为坚持，他在德国的跨方向研究中取得了不错的结果。2007年，贾春江赴德国马普煤炭研究所开展博士后阶段的研究，他所在的研究小组有一个基本共识——材料合成是为催化研究服务的。在这样的氛围中，贾春江开始意识到，单纯做材料的合成是没有出路的。由此，他的研究方向开始由材料化学向催化化学转变。

在现在的研究中，材料化学与催化化学可以很顺利地实现融合，但二者的研究思路实际上有很大不同。在此之前，贾春江对材料化学方向的研究已经形成了一整套惯用的研究方法和思路，却不适用于催化化学，方向转变起来特别困难。“我的脑子里基本没有不想着课题的时候。”他把生活的重心放在实验室，花费了大量的时间、精力，咬牙坚持了将近两年，才真正有所适应，对材料化学、催化化学的融合应用也变得更加熟练。

科研之路从来都不是一帆风顺的，其中特定阶段少不了领路人的引导。对贾春江教授而言，本科期间的老师、山东大学化学院宋其圣教授是他做科研的启蒙者，给了他未来规划的指引。那时的贾春江对未来的选择处于迷茫阶段，“宋老师给了我高度的信任和认可，向我推荐了他所看好的材料化学方向和相应的导师，这是我后来选择继续深造的重大推力”。读研期间，中国科学院院士严纯华教授对科研的严谨态度以及常年不间断高强度的工作状态，也深深影响着贾春江，“老师的严格要求甚至让我害怕”。也正是在这种高强度的训练下，他的科研能力有了全面提升，终于能够独当一面，将自己脑海中的想法变成课题研究出来。

特色教学，课堂妙趣横生

贾春江教授很注重课堂上的兴趣教学，认为这样能激发学生兴趣，让其更好地理解专业知识。采访现场，他向记者举例谈起课堂上的兴趣导向。“提到氮气时，我就跟学生们说，氮气温度降低到一定程度会变成液氮，看起来和凉水很像，但是液氮的温度却是－196℃。”他会让学生想象碰触液氮的感受：“大家一般都会觉得很凉，但实际上徒手接触液氮会冻伤，而这种冻伤偏偏叫作‘烫伤’。”不管是情景带入还是关于学科专业的有趣故事，这些引导都能俘获学生们的“欢心”，使一堂普通的授课变得妙趣横生。

在“大学生创新创业实验计划”的引导下，化学与化工学院形成了很好的科研氛围，学院设有创新实验，很多本科生在大二就会接触化学实验。为了培养学生们的科研爱好，贾春江教授会把科研带进课堂，让大家接触实验设备，了解真正的科研是怎样的，也会经常在课堂上分享自己的科研成果，“让学生自己感受、认同科研有意思的地方”。

一笔一画写下氢氦锂铍硼，一字一句念好碳氮氧氟氖。从教以来，贾春江教授一直坚持写板书。随着神秘的化学符号跃然于黑板上，他与学生的关系就此拉近，这也使他的课堂别具一番独特的魅力。他经常提问一些没有标准答案的问题，以此开拓学生的思路。“我们不追求标准答案，遇见一个问题后，从哪个角度去切入，探讨哪方面内容，这很有意思。”他也会自己思考：“学生为什么会从这个角度而不是那个角度去思考？”他始终认为：“发现问题比分析解决问题更重要。”

贾春江教授非常看重学生自主学习的能力，在教学中也注意引导这方面能力的培养。他经常告诫学生：“大学学习很大程度上是一个自主学习的过程，能否学好，关键在于自己。”在他的课堂上，经常看到学生自己讲课的场景，这是他为学生设置的翻转课堂。为了达到更好的效果，他会经常问学生：“为什么这篇文章会被发表？”“这篇文章的亮点在哪？”以此引导学生在论文实验结果之外开展更深层次的思考。

贾春江教授获得“霍英东基金青年教师奖”二等奖，这要归因于独具特色的教学方式以及这些年的科研成果。不过，他认为，这既是对年轻一代教师的认同，更是一种鞭策自己前进的激励。

“最受欢迎导师”，如何炼成

2017 年，贾春江教授获评山东大学“我心目中的好导师”，这一称号是学生对老师极大的认可，也是很多老师最为看重的一项荣誉。在教师节祝语中，化学院 2014 级博士研究生王伟伟表达了自己对老师的感谢：“在贾老师的课题组，每一位成员都感到幸运与幸福。作为贾老师的第一位弟子，多年来，您的信任、鼓励、肯定，让我有了现在的进步与成长。感谢您，我的导师。”

“对刚入门的研究生来说，科研可能会很难，但一旦有了想法，有了客观条件的支持，科研是很有意思的。”贾春江教授对研究生要求很严格，每周都让学生交周报并及时反馈，随时关注学生的科研进展。化学院 2014 级博士研究生严涵从本科时期就跟着贾春江教授做科研，“我第一篇 SCI 论文，在贾老师指导下改了 50 多遍，就连标点符号都被一遍遍纠正”。正是由于老师的精益求精和严格要求，他快速掌握了科研论文的写作风格，第二篇 SCI 论文只改了五六遍就顺利发表，也因此对严谨的学术态度有了更深的切身体会。

不管对学生还是对科研，贾春江教授总会全力以赴。走进化学实验室，他是兢兢业业的科研工作者；站上讲台，他又是默默奉献的老师。不管哪种身份，他都怀揣着同样的情感，这是一名科研工作者的专注、一名师者的坚持。这一切，无关其他，只因热爱。

（原载于山东大学新闻网 2018 年 5 月 3 日；文：薛书新、李兵，图：受访者提供）

赵明文：物理，还是我最初喜欢的模样

2017 年 5 月下旬的济南，被雨水冲刷得格外清凉。记者走在山大校园，不经意听到一位上了年纪的爷爷对小孙子讲："春雨贵如油，今年的庄稼能有个好收成了。"

粒子物理与粒子辐照教育部重点实验室坐落于中心校区理综楼附近的一栋二层小楼，物理学院赵明文教授的办公室就在这里。他带领的课题组获得了 2017 年度"山东省自然科学奖"一等奖。于他们而言，这是一次值得慢慢品味的"好收成"。

桥梁

"5 月 17 日"这个日子，或许会被赵明文教授记上一段时间了。

这个参加山东省科学技术奖励大会并领奖的时刻，他们课题组一直在盼着的，但真要上台了，主角却开始紧张了。从小就对镜头犯怵的赵明文教授，最终怀揣着满心的欢喜，留下了一张略显严肃的领奖照片。

赵明文教授的研究主要集中在凝聚态物理与材料科学相交叉的领域。回到台下、回到自己的物理世界以后，他恢复了自己的从容与顺畅。“我们不是做纯理论的。”早在读博期间，他就找到了自己的研究路子，那就是实际应用中的问题导向，要在复杂高深的基础理论与实验应用之间搭起一个“桥梁”。

外人眼里的他是一个话少的人，会安静得有些沉闷。但面对自己多年的研究内容，他又会本能地想要解释其中的突破点给人听。

“低维系统的拓扑电子态、缺陷及界面效应”，是本次获奖课题的名字。这个课题组的主要研究对象是低维系统，研究开始于十多年前，最终落脚为对三个关键方面的探索——拓扑电子态、缺陷、界面效应。

在物理人眼里，世界上充斥着纷繁复杂的各种材料，但同时又不存在绝对“完美”的材料。如何发现某领域性能最适合的材料？如何利用材料的固有缺陷并使其具备好的性质？如何运用材料结构与性质间的关系为器件应用做准备？这三个来自实践的发问，正是赵明文教授他们希望解决的问题。

对此，赵明文教授和合作者完成了三项标志性成果，作为对上述问题的很好回应。课题提出了将传统半导体材料调控为拓扑绝缘体的理论方案，预言了一系列具有超大拓扑带隙的二维拓扑绝缘体材料；提出了基于缺陷电子态的磁性理论模型，在石墨烯、氮化硼和碳化硅等半导体材料中得到验证；发展了二维范德华界面、一维同轴核壳界面以及固液界面的理论模型，为研究低维材料的界面效应打下了理论基础。

“桥梁”一词，几次被赵明文教授提起。他说：“我们希望为理论找到落地出口。”

七年一个动作

2003 年，“教育部科技进步奖”一等奖。赵明文教授的博士生导师夏曰源教授是第一完成人，赵明文教授是参与人。

2010 年，“教育部优秀科研成果自然科学奖”二等奖。赵明文教授是第一完成人。

2017 年，“山东省自然科学奖”一等奖。赵明文教授还是第一完成人。

梳理了一下从事科研工作以来的主要奖项，赵明文教授惊奇地发现了一个很巧妙的节奏：2003 年、2010 年、2017 年。七年一个动作，由此延续。

“做科研，都要有坐冷板凳的准备。”相对于应用学科，基础学科往往更考验科研工作者的耐心。赵明文教授感觉，自己研究方向的“坚持成本”没有其他基础学科那么高，但他也从来不会渴望一下子就取得某个重要成果的好运气。

这次获得“山东省自然科学奖”一等奖，是赵明文教授以上三个奖项中唯一一次接受现场颁奖。这一课题的相关研究结果发表在 *Physical Review Letters*, *Advanced Materials*, *Nano Letters* 等国际顶级学术期刊上，得到了诺贝尔奖获得者安德烈·海姆(Andre Geim)教授等著名学者的正面评价和引用，8 篇代表性论文被 SCI 他引 428 次，赵明文教授 2014～2017 年连续 4 年入选 *Elsevier*"中国高被引学者榜"。

物理学是山东大学的传统优势学科，其中的凝聚态物理、粒子物理与原子核物理还是国家重点学科。赵明文教授 1987 年考入山大物理系理论物理专业，深知这方面"我们自己的历史和积淀"。

在他看来，科研成果是规划不出来的，需要有一个慢慢积累、由量变到质变的过程："每天都有进步，哪怕只进步一点点，脚踏实地，说不定哪一天，你一下子就突破了。"

物理学院新入职的齐鲁青年学者李伟峰教授是赵明文教授带出来的第一届研究生，他 2017 年回到山大，跟自己的老师再次并肩作战。"我为什么做物理科研？赵老师的影响很大。我一直记得他给我们本科上课时说过的一句话：'人生最快乐的事就是做自己喜欢的工作。'他对物理的热爱影响了我们很多人。"

李伟峰教授在博士阶段研究的是生物物理方向，这也是赵明文教授"心仪已久"但因条件限制迟迟未开展的一个领域。随着李伟峰教授等新成员的加入，课题组进一步壮大了，赵明文教授从服务山东的角度瞄准了海洋环境、海水淡化处理等相关问题，"开辟一个新方向，这是我们下一步的布局"。

谈及未来，赵明文教授说，自己期待着团队的下一个"七年"。

变与不变

每年毕业典礼上，物理学院学生都会喊一个特别响亮的口号："爱生活，爱物理，爱因斯坦。"是的，谈物理总离不开爱因斯坦，这位物理学界的标志性人物是每一个进入物理系的学生都会有的向往，赵明文教授也不例外。但延伸到一个人整体的学术历程来说，又有变与不变的区别。

变，对赵明文教授来说，比较实的就是身份、角色的不断调整。本硕学习阶段，他经历了对理论物理、实验物理的连番探索；研究生毕业，在"下海"大潮中，练就娴熟的计算机编程能力；四年程序员之后，想来想去还是放不下物理，于是选择回归山大，读博；博士毕业后，先后赴香港城市大学、澳大利亚昆士兰大学开展合作研究，完成了"从经受科学训练到独自做科研的转变"……

赵明文教授常常跟学生谈起自己在香港的经历。一个人在自身重要的爬坡阶段，如何破茧成蝶？他的经验是，每个做科研的人都需要经历一次痛苦的蜕变，而且“这个过程一定要靠自己”。

在多年的科研工作中，赵明文教授时时感觉自己是“一名打仗冲在最前线的战士”。事无巨细，考虑周全。但现在，他告诉自己，作为导师和课题组负责人，角色需要调整一下了，“要往后撤一步，给年青老师和学生留出更多锻炼的空间。”

万千变化中，有件事情一直未变。初心也好，兴趣也罢，1987 年到现在，赵明文教授和物理已经结缘相伴度过了 30 多年。这个数字让他本人都有些吃惊，“奥，都这么多年了呀……”

曾经，高中第一堂物理课开启了他学习物理的渴望。在此前一次采访中，他这样描述科研工作的感觉：“每一个方程的成功求解就像是《阿里巴巴与四十大盗》故事中那句神奇的咒语一样，一声‘芝麻开门’，就能打开一个神奇的世界。”

赵明文教授的办公室布置得格外简单，唯一醒目的是办公桌对面墙上挂着的一块大黑板。“做理论的人可能都习惯这样，想到什么问题就随手写下来，大家喜欢拿公式说话。”潜移默化中，物理改变了他很多。做科研工作久了，他喜欢上了观察各地不同的窗格，各式各样的窗格结构能带给他很美妙的遐想体验。每每看到奇特的结构，他都忍不住多想：“这很可能就是某个材料的结构……”

物理学院 2015 级博士生刘小标感觉自己的导师“本身就有做科研的天赋”，研究学术问题特别聪明，再加上自身刻苦，理论知识扎实，这才成就了“绝对的专家”。毕业后，她打算继续从事科研工作，像自己的老师那样，“做科研这样一件让人开心的事情”。

物理学科发展到今天，更多像赵明文教授这样的科研工作者是在默默地做“金字塔的塔基”，为即将到来的科研突破做“铺路石”。

但即便如此，他还是一直喜欢着物理，“就像最初喜欢那样”。

教师，第一身份

2001 年，赵明文留校任教。这算是圆了他多年来的一个梦。

大学填报志愿时，除了“山大物理”这个第一志愿，赵明文其他填的都是师范类院校。硕士报考中科院固体物理研究所，不确定能不能录用，他又想着可以去哪所中学任教。所幸，前两次他都有了更好的选择，最终把教师梦圆在了山大。

“我特别喜欢讲课，这是一种享受，挺带劲儿。”从小时候开始，赵明文就喜欢像老师那样给人讲东西，这种喜欢延续到了他如今的教学中。“尤其是当你对一个问题有自己的理解,这个理解还挺好的时候,你会非常愿意跟别人分享。”

赵明文教授格外喜欢上固体物理,这门课讲授的内容正好是他所研究的凝聚态物理的入门知识。他告诉学生:“这门课最大的特点是,你们前面学的十八般武器都能拿来用一用了。”

这门物理学重要的专业基础课,赵明文教授已经教了近20年。闫钦源说:“赵老师上课很有自己的特点,他能把物理学中最基础的东西都讲得赏心悦目。”

粗略算下来,赵明文教授已经教过1000多名学生。他最愿意看到的事情,是学生不断成长,赢得一个好的未来。他说,这是自己作为老师最大的收获。

赵明文教授自己最喜欢的上课状态,是讲到某一节公式最多的时候,不看课本不看讲义,一边教学生一边一黑板一黑板地写公式。各种错综复杂的计算公式,一个套一个,难保不会出错,所以教师写得格外认真,台下学生记得也格外认真。无声之间,课堂上传者与受者间的默契共通,浑然天成。

这个授课习惯,也是从夏曰源教授那里延续下来的。赵明文教授说起自己的导师:“夏老师虽然已经退休了,但还在做科研。今天上午还给我打电话,说自己做了六个月的计算,得到一个很有意思的结果……”

像夏曰源教授这样的老先生,还有已逝的王克明院士、退休的梅良模教授等等,在赵明文教授看来都是物理学院的“宝贝”。他作为旁观者,深深感动于他们扎实的基础知识、宽泛的知识面,折服于他们的人格魅力、对年轻一辈的提携与帮助,当然还有他们对工作的专注与热爱,“这些老先生永远是我们学习的榜样式人物”。

赵明文教授于2015年获评山东大学“我心目中的好导师”。谈起何为好老师,他回答说:“我能做的,就是言传+身教。”在他看来,自己受老先生们影响很深,也希望能把从老一辈那里吸收到的正能量传递给自己的学生们。

刘小标有时候感觉自己的导师特别辛苦。她知道老师带学生做科研有多烦琐,但从没听导师抱怨过。在赵明文教授那里,记者也听到了他自己的看法。学生情况各有不同,“作为老师,带学生最舒服、最理想的状态是,学生推着你走”。他希望学生在大学期间做好自己可以掌控的事情,培养起独立做科研的能力,要更主动、更有自己的思考。

采访最后,记者问了一个选择题:个人身份首选教师还是物理学者?意料之中,他给出了“教师”的回答,没有犹豫。

(原载于山东大学新闻网2018年5月29日;文:刘婷婷,图:受访者提供)

陈秀芳：与晶体作伴的十五年

碳化硅是典型的第三代半导体材料，其器件比硅单晶器件的性能更高，应用领域更广。山东大学晶体材料研究所陈秀芳教授主要研究的就是碳化硅的单晶生长和后续加工。

至2018年，陈秀芳教授踏入半导体研究这一行已经有15年，她从未停下研究的脚步，“当你认真做某个领域的研究时，你会发现，学无止境，研究也是无止境的”。

她曾先后主持核高基国防科技重大专项、“863”计划、国家重点研发计划等20余项国家及省部级项目，并获得2013年度“山东省技术发明奖”一等奖。说起自己的成果，她有着很朴实的归因：“作为学生，就好好学习；工作了，就好好工作。”

学生时期的陈秀芳认为，一个人的成就大小很大程度上要看发展机遇；而现在她更赞同的是，成就不由机遇决定，更多地取决于个人努力。

1999年，陈秀芳考入山东大学材料科学与工程学院读本科，2003年保送至晶体材料研究所继续攻读硕士学位。在晶体所的四个专业中，她选择了材料学专业，由此开始半导体方向的研究。同年，她进入晶体所徐现刚教授团队的碳化硅课题组。

在碳化硅课题组，让陈秀芳尤为难忘的是大家的仔细和勤奋。比如，从2003年起，项目组会把每一炉、每十炉、半年以及每年的炉次总结都单独放在一个不能上网的电脑里，每一炉的炉次记录单也都会装在单独的柜子里，现在已经装了满满一柜子……

“成长路上，总有很多人经意或不经意点醒自己。”读博期间，超硬单晶化学机械抛光的难题攻了两年都没攻下来——划痕无论如何都消不掉。有一天，陈秀芳跟徐现刚教授谈论起这个问题。对方提到，划痕消除有个规律，你应该先找到这个规律，才能消除。听到这句话的瞬间，陈秀芳一下子被点醒了，“我豁然开朗了，有了这个规律就能很好地去掉划痕。”在此基础上，她大量阅读相关文献，最终通过化学方法攻克了这个难题。

谈起自己的求学经历，陈秀芳教授有很多感慨：“有人点醒，你可能会获得很大的成功。”读博期间，中国科学院院士、晶体所学术带头人蒋民华院士是她的导师。虽然事务繁忙，蒋民华院士还是抽时间来实验室，对她遇到的难题给予现场指导。

准备博士毕业论文时，蒋民华院士又给陈秀芳提供了关键性的指导。“他对我的研究内容作了修改，帮助我凝练论文题目，画龙点睛，之后论文整体水平大幅提高。”说起自己的导师，陈秀芳教授言语间满是崇敬。她感慨于自己导师高瞻远瞩的思路：“像我们，可能只会做学问，但蒋院士会把我们带到一个很高的层次看问题。”

2009年，陈秀芳博士毕业。两年博士后学习之后，留校任教，成为晶体所的一名老师。在此期间，她一直继续碳化硅单晶方面的研究，科研状态也越来越好。

2012年，陈秀芳作为负责人承担了国防核高基重大专项。核高基重大专项是通过核心技术突破和资源集成，在一定时限内完成的重大战略产品、关键共性技术和重大工程。《国家中长期科学和技术发展规划纲要(2006～2020)》确定了大型飞机、载人航天、探月工程等16个重大专项，陈秀芳和她的团队所做的项目就是其中之一。

陈秀芳意识到这个项目分量很重。回忆当时的情景，她说：“这个项目不是仅凭个人能力就能完成的，一方面作为负责人要更加努力，另一方面团队的协作能力更为重要。完成这种国家级的重大项目，需要整个团队一起奋斗，每个人都要付出常人两倍乃至三倍的努力。”

这是个注重科研和产品相结合的项目，需要重复稳定地做出产品。“以前，从零到一是一步，从一到二又是一步。这个项目却是从零直接到二。”对科研工作者来说，要真正做出实用性的产品，是非常困难的一件事。每一步的操作规程、测试记录、作业指导书等，都需要一丝不苟地记录清楚。

做项目期间，陈秀芳和她的团队熬通宵准备资料，写的资料摞起来有一两米，都是常有的事儿……最终，2016 年，团队圆满完成任务，实现了“从零到二”的跨越。

随着业内名声渐长，开始有单位想要“挖”人。“我所掌握的技术可以挣到大钱，但人活着并不是为了钱。”从本科、硕士、博士一直到博士后，陈秀芳都在山大求学、工作。她说，自己从未想过离开。

2013 年，陈秀芳破格评上教授。作为教授，她的理解是：不仅仅教书，更要育人。她格外注重培养学生的创新能力。在她看来，创新能力是博士、硕士首要具备的能力。

和学生相处，陈秀芳教授也收获了很多感动。曾经有段时间，她需要到校外一家幻灯片公司修改 PPT，一待就是一整天，偏偏那个时候她得了重感冒。有个学生一直陪着她，“非常负责地把我的想法跟对方交流，这样，我成了辅助，他成了主力……”老师的勤奋感染到了学生，学生的担当意识自然也得到了老师的认可。

2014 年，距离陈秀芳教授进入碳化硅课题组已有 10 年时间。这一年，她获得了“山东省技术发明奖”一等奖，此时蒋民华院士逝世已有 3 年，但陈秀芳教授依旧记得自己导师常说的一句话：“十年磨一晶。”她说：“真正把晶体长出来并且用上，真的很不容易，我的 10 年相当于就做了这么一件事情。”

采访现场，记者注意到了陈秀芳教授的工作笔记本，上面是各种事件提醒。她会根据优先级进行排列，紧急的先做，不紧急的暂缓，完成的就划掉。几乎每天的安排都是满的，即使是有意识地规划，仍有做不完的事。

在陈秀芳教授的科研组里，老师、学生们看起来都非常忙碌，却自有一番从容。未来，陈秀芳教授想把晶体做得更大、性能做得更优：“我做研究，希望尽自己的一份力量，让国家、让生活变得更好……”

（原载于山东大学新闻网 2018 年 6 月 8 日；文：孙心笛、魏旭洁，图：孙心笛）

丁肇中：我还没退休，原因就是对在做的事情有兴趣

2018年7月6日下午，接近16:00，山东大学中心校区知新楼三层报告厅里正播放一个有关丁肇中教授的纪录片，其中探索宇宙奥秘的故事吸引了会场里全部师生的目光。忽然，坐在后排的同学发现听不清纪录片声音了，现场有些乱，忙起身向会场入口处查看，原来，丁肇中教授过来了！继而，雷鸣般的掌声响起……

第10次，这是诺贝尔物理学奖得主、华裔物理学家丁肇中教授自1994年以来第10次访问山大。

一场媒体访谈、一场大家讲坛、一次工作会谈、一个新闻发布会、一次学生座谈，此外还有其他各种活动。6日至7日的来访行程，排得满满当当。82岁的丁肇中教授却应对得不疾不徐。

这样的从容，或许还是因为这次的来访主题是他从事的物理实验。毕竟，在看他来，这是最重要的一件事情。

一个人在世界上只走一次，应该做自己喜欢的事情

1976年12月10日，是丁肇中教授拿诺贝尔奖的日子。他记得很清楚，领奖回去的那天晚上，他一个人就在想：宇宙中什么地方还有别的生命？怎么样去找这些生命？是不是和人的智慧、形状是一样的？这些问题他到现在都没有想出办法。

有记者问："如何描述物理的美？"

他回答："我就是好奇，怎么会这样？到底是怎么回事？"

现在的丁肇中教授，每天早上七八点起床，一直工作到晚上八九点，一天中的大部分时间都在实验室度过。他的办公室里有一个屏幕，可以看到所有数据。他会花很多时间详细地看数据，想其中什么地方可能有错误。

"实验中有30万个信号通道，假设有几个坏了，你要知道哪几个坏了，那这几个通道的数据就不要了。假使你不知道哪几个坏了，就会造成严重的错误。"

以丁肇中教授的学术地位，如果停下，生活能舒服、轻松很多。他自己也知道，这样的科研生活在别人看来并不是特别容易。那为什么这么做？他回答说："因为我有兴趣。"

大学时期，丁肇中就读于密歇根大学，起初学的工程。学了一年，导师建议他转专业到物理、数学。当时，他母亲很是犹豫。在她看来，最有能力的人才能念物理，显然是有些担心自己孩子的能力。不过母亲非常尊重丁肇中自己的意见。丁肇中对她说："一个人在世界上只走一次，应该做自己喜欢的事情。"于是，母亲没再反对，同意了他的选择。

丁肇中教授常常与人分享他的这段成长经历。"我认为，选择一个课题，并不是父母让你做、环境让你做，自己的兴趣是最重要的事情，其他都是次要的。"

丁肇中教授年仅40岁就拿到了诺贝尔物理学奖。他发现，包括诺奖得主在内的很多物理学家都有一个共同的特点，那就是对某个事情充满兴趣。他在与年轻学生的交流中频频提到这一点："假使你要念物理，一定要认识到，物理是最重要的事情。"

丁肇中教授说，假使退休，收入会比现在高好几倍，可收入对他毫无意义。"这么多年，早上、晚上，白天、夜里，我都是在做物理。不退休的原因就是我对我做的事情有兴趣。"于是，他的实验从地上到天上，从证明电子没有体积到发现J粒子，从发现胶子到L3再到如今的AMS，他一直好奇，不断求解着一个又一个的疑问。

只做一件事，一定要专心

丁肇中教授主持的AMS实验，有来自16个国家和地区的600多位科学家

参与其中。对于这些全球优秀的科学家，丁肇中教授邀请他们加入实验的第一个要求便是：只做一件事情，100％投入。

他常常怀疑自己哪里会出错，所以会花费大量时间不断思考。2011 年，AMS 搭乘美国“奋进号”航天飞机升空，进入国际空间站，开始了粒子太空探测的新时代。“奋进号”发射前，他告诉所有工作人员自己要一个人静静，需要想想有什么被忽视的细节、错误。他坐了整整 4 个小时，没有想出任何纰漏，之后才说：“好吧，可以了。”

如今，AMS 升空已经 7 年，科研工作却没有丝毫放松。“天上最大的特点是，你不知道怎么回事，在天上的实验只能成功不能失败。”他最为关心的是实验不能有任何误差，所以对参与者的专注程度格外看重。

面对收集到的海量数据，丁肇中教授非常小心、谨慎。在他的实验中，一个项目通常会组织 2 至 6 个国际团队参与，因为“误差很小，这时候人的判断力很重要”。几个团队互相之间不交流，分析到一定程度后集中展示，由丁肇中教授作出选择。

这次来山大，一位曾经参与 AMS 项目的山大学生向丁肇中教授提问：应该如何处理科研、工作中面临的一次次选择？丁肇中教授先是用他一贯的自信给出了回答：“我认为对的事情，别人的意见都不重要。”

接着，他又补充道：“主要是我只做一件事情，就是这个实验，其他的我都不管。”

寻找彩色雨滴

过去 50 多年里，丁肇中教授做过的每一个实验都曾经受到很多人的反对，原因是什么？他自己解释说：“做一个实验，要证实别人的理论，意义就不大，要推翻别人的理论，科学才能向前走。”

1962 年，丁肇中拿到博士学位。很快，他决定自己做实验，第一个实验就是用不同的方法测量电子半径。当时的他没有任何经验，没有人相信他能做出来，更没有人支持他。1965 年，他放弃在美国大学深造的机会，到德国开展了这个实验。8 个月后，他的实验证明，电子是没有体积的，它的半径小于 10～14 厘米。对此他说：“不要盲从专家的结论。”

此后，为了证明还有不同的夸克存在，丁肇中教授决定建造一个高精度的探测器。“这个实验要求的精度极高，相当于在北京或者济南下雨时，每秒钟有 100 亿个雨滴落下，其中有一个是不同的，或者是红色，或者是紫色。我要从 100 亿个雨滴中找出这个不同的，精确度是 100 亿分之一。”

当时，这个实验几乎被世界上所有的实验室拒绝。在理论物理学家那里，已知的三种夸克可以解释所有已知的物理现象，而实验物理学家则认为没有人能做出这样困难的实验。直到1970年，美国布鲁克海文实验室接受了他的实验。1974年，他发现了寿命比已知粒子长1万倍的新粒子——J粒子。在丁肇中教授的描述里，其重要性类似于我们发现一个偏僻的村子里面所有的人都可以活到100万岁。J粒子的发现改变了人们对基本物质的认识，丁肇中教授也因此获得了诺贝尔奖。

“做基础研究要对自己有信心，做你认为正确的事情，不要因为大多数人的反对而改变。”大家讲坛现场，丁肇中教授用诙谐的口气留下了一个个“金句”：

——要容忍别人的错误判断，换句话说，不要相信他们说的。

——不要怕别人反对，别人反对是别人的错误。

……

实验中，和任何人没有私人来往

丁肇中教授说，到现在为止，他还没有作过错误的决定。

“不作错误的决定，就是因为我了解自己的能力是有限的，不懂的事情我一定会说不懂，你要给我解释。”

AMS是目前国际空间站上唯一的大型科学实验，也是美国、中国、俄罗斯、芬兰、法国、德国、意大利、瑞士等国家首次一起开展空间合作。偌大一个合作团队，作为带头人的丁肇中教授，首先要做的就是作决定。

科研项目中竞争性很强。比如一个仪器，可能德国、法国科学家一同参与，而最终两个国家只能选一个。“怎么选呢？我请所有人开会，开会的时候，所有人都参加，包括工程师、学生，会是公开的，任何人都可以发言。我要听不懂，会马上告诉所有人，这个我不了解，你要好好地展示。我还没有听懂的话，过一个月再开会，有时候会开半年的会。我要听懂了，才可以作决定。”

选A组或者B组，原因是什么，他都会说得很明确。从来不投票，因为在他看来，科学上的事情没办法投票。

丁肇中教授说，自己和团队里的任何人都没有私人来往。他有一个原则，就是从来不到别人家去。“每礼拜五上午我们都有一个会，请来和我一起吃饭的人都是工作有问题的。”作决定的时候不能带感情，所以他跟所有人都保持着距离。

常常有人问他，对这个有什么看法，对那个有什么看法。丁肇中教授解释，获得诺贝尔奖，只意味着他对科学上某一个领域有自己的理解，绝不代表什么事情都知道。在他的实验团队里，大家来自不同的国家，有着不同的政治背景。丁肇中教授对他们的一个要求是，“不知道的事情不要在我面前说。”

两天时间里，面对记者、学生，甚至是校领导，他也一如往常，一次次地表示“不知道”。关于非物理领域的问题，他放慢语速、很认真地拒绝：“我不了解这个问题，所以不敢回答，没有资格回答。”

探索暗物质、反物质，2024 年会有比较决定性的结果

面对如何向公众解释 AMS 的投入和产出，丁肇中教授回答说：“我不知道怎么解释，这是花钱最多、最没有用的实验。”

然后，他笑了。显然，这是在调侃。丁肇中教授多次谈起，对人类知识的贡献，才是科学研究的原因。1994 年至今，在 20 多年的时间里，AMS 实验一次次推翻已有的理论，留下众多谁都解释不了的谜团。他说：“把暗物质和反物质找到，这是我在空间站上做实验的目的。”

2013 年，丁肇中教授发布 AMS 项目第一个实验结果——已发现的 40 万个正电子可能来自一个共同之源，即脉冲星或人们一直寻找的暗物质。当时，山东大学被授权同时发布这一结果，山大热科学团队负责人程林教授曾这样介绍，如果把暗物质比喻成自然界中可能存在的彩色雨滴，那现在相当于发现了类似于彩色雨滴的痕迹，下一步 AMS 需要探测分析更多数据来证明这些痕迹确实是由彩色雨滴留下的。

如今，AMS 已经收集到 1200 亿个数据，周期表上的元素慢慢被一个一个分析出来。丁肇中教授说：“到现在为止，这个实验的发现与暗物质理论是一样的，但并不能证明有暗物质存在，因为数据误差还很大，要等一段时间才能证实。”

国际空间站的设计寿命是到 2024 年，周期表上的元素可以推到什么地方？反物质最终结果是什么？暗物质的来源是什么？丁肇中教授说：“到 2024 年，应该会有一个比较决定性的结果出来。”

热控制，山大拥有世界上唯一的长期经验

2004 年，丁肇中教授第二次来访山大。这一年，山东大学正式加盟 AMS 实验。

14 年来，山东大学先后有近 60 人在欧洲核子中心、意大利航天局、欧洲航天技术中心工作。对于山大团队的工作，丁肇中教授给出了高度的认可，他认为山东大学作出了独特的、非常重要的、决定性的贡献。

“没有山东大学热科学与工程研究中心的贡献，AMS 不会存在。”

为什么这么说？空间站的速度是每小时 2 万公里，93 分钟绕地球一圈，46.5 分钟的白天，46.5 分钟的晚上，白天、晚上温差超过 30 度。“严密控制温度

的变化，这种知识是不可缺少的，唯一有这种知识的是山东大学。”

除了实验本身的重要性以外，将来人类上太空，第一步要在月球建立基地，第二步要带人到火星去。到火星上，白天、晚上温差100度，来回需要3年。“要是不能控制温度，你去不成，也不可能回来。”在他看来，人类要离开地球开展长期旅行，最重要、最困难的就是温度控制。

程林教授领导的山东大学热科学与工程团队主要负责热控制系统的设计和监控，他们的工作保证AMS各个设备运行温度的波动长期保持在3度以内。有了稳定的温度，仪器才能足够精确地测量所有的粒子。山东大学校长樊丽明说，下一步，根据AMS项目的需要，学校计划派出物理学科特别是粒子物理方向的学者和博士研究生参与其中，为寻找暗物质贡献山大力量。

或许人到了一定年纪，一举一动都会形成自己的习惯。丁肇中教授就是这样，双手背后地慢慢踱步，两手并拢抵在鼻下的凝神聆听，外界些微打扰下有所停顿与蹙眉，他周身萦绕着思考的气息。也让接触他的人相信了程林教授的那句话：“看着丁教授的眼睛，你会失去说谎话的力量。”纯粹、专注，山大两天，丁肇中教授留给我们太多需要思考的问题……

（原载于山东大学新闻网2018年7月9日；文：刘婷婷，图：刘梦冬）

程相占：素心数晨夕

程相占，山东大学文学院副院长、教授、博士生导师，教育部人文社科重点研究基地山东大学文艺美学研究中心副主任，哈佛大学哈佛一燕京学社访问学者，生生美学倡导者，2017 年度教育部“长江学者”特聘教授。

像所有哲人一样，程相占教授喜爱散步。观云、听风、闻鸟、赏花，充满喜乐，天然自如，不由地让人想起一句陶渊明的诗：“闻多素心人，乐与数晨夕。”

秘诀

2018 年 6 月的一个傍晚，黑云压城，暴雨骤降，街道成河，整座城市如临大敌。此时，程相占教授却趿上拖鞋撑开雨伞，直奔千佛山而去。

程相占教授每天晚饭后都要去千佛山散步，这场雨令他格外兴奋。天地有大美，他观察雨中的山体和大佛，看水像瀑布一样顺着台阶流下来，聆听雨水降落的声音，感受水流奔涌的力量。

随心而动，顺其自然，抓住人生的奇遇，体验生命的神奇。相较于这个你追我赶的时代,程相占教授格外从容。

他的生活很从容,每天最多在书桌前工作6个小时,一定要喝茶,一定要午休,饭后散步、爬山雷打不动,晚上从不读书。他做研究很从容,他认为学问“做”不出来,而是种下一颗问题的种子,让它自然而然地“生”出来。

一般印象中的文科学者,是板凳要坐十年冷、学海无涯苦作舟,或是一寸光阴一寸金、瘦尽灯花又一宵。相较之下,程相占教授似乎不够“刻苦”。

但这仅仅是表象,事实上,他对学问有着超越常人的执着追求。

程相占教授带着学术研究的意向去观看、观察。一场“雨行”,使他亲身体验到王维“山中一夜雨,树杪百重泉”的景象,“没有经过这种实景,就不理解古人诗句的纪实性”——他这样说。爬山、散步、喝茶……甚至做家务的时候,他都在思考。以擦地板为例,程相占教授在他的短文《怎样研究美学》中这样写道:

> 当我想到神秀所说的“时时勤拂拭,莫使惹尘埃”时,灰尘不再是灰尘,而是烦乱情绪的表象;覆盖着灰尘的地板也不再是地板,而是自己烦乱的心境——灰尘、地板都超越了日常意义而承载了某种精神意义,擦地板也随之从一般的体力劳动变成了心灵活动。……从凡俗之物体会到超凡脱俗的精神意义,一直是中国古代美学的精髓。

叶嘉莹曾说,伟大的诗人用自己的生命来写作诗篇,用生活来实践诗篇。程相占教授的学问正是来源于自己的人生经历和体验,他的生命和学问是一体的。用他自己的话来讲,就是用“生命故事”引发“思想事件”,进而提炼出“理论话语”。

学问与生命交织融合,程相占教授美学思想的背后,有着无比生动的生命故事。用生命故事做根基,正是程相占教授做学问的秘诀。

生生

“生生美学”是程相占教授提出的重要美学观点,“生生”即化育生命,“万物并育而不相害”,生生不息。其背后更深沉的生命故事,我们要到河南省南阳市新野县的乡村中寻找。

把时光拨回一个不惑之年,少年程相占生龙活虎地跳了出来——

他会干所有的农活,爬树、抓鸟、偷瓜、摸枣,打架也没落下。和所有小孩一样,野性十足,调皮捣蛋,无法无天。

他热爱自然风光,喜欢坐在河边看水的流淌、听鸟的歌唱。对乡村之美的体悟从心尖滑到笔尖,每一篇作文都被老师当作范文向全班宣读。

他的数理化科目都无起色,通常靠语文救命;他没有条件买书,全靠借一位在念刊授大学的同族叔叔的书来读；他满怀期待地给杂志投稿，却遭遇被毙稿的失落。

如果能够握住时间的两头，合缝相接，两个程相占或许都会感到吃惊和得意：谁能想到那位乡野少年会成长为一位美学教授呢？

1985年，他的高考作文题目恰好涉及环境污染问题，但他仍然没有意识到这是命运的启示。那时，他甚至还不知道什么是“美学”。他最热爱文学，于是在高考志愿第一栏填写了山东大学中文系，却因10分之差与山大失之交臂，考入郑州大学中文系。四年后，他如愿考入山东大学中文系，硕士、博士、留校……从此再也没有离开山大。

仿佛把鱼放回海洋，他读了不少书。他读书不追求速度和数量，而是传统的读书方式——抄书。读到感兴趣的地方，他就停下来抄在卡片上，抄一遍比读一遍印象深很多倍，理解的程度也加深很多倍。“如果说我这辈子在美学上能够有一些造诣的话，得益于我那一大包卡片。”正是大学时代，也正是通过这种方式，他认真阅读了《朱光潜美学文集》四卷本和李泽厚《美的历程》，为今后从事美学研究奠定了基础。

2000年山东大学文艺美学研究中心成立，程相占教授被任命为主任助理，他的学术研究重心开始聚焦于美学。2001年，曾繁仁教授和他共同受邀参加全国首届生态美学研讨会，他们分别向大会提交了题为《生态美学：后现代语境下崭新的生态存在论美学观》和《生生之谓美》的论文。山东大学的生态美学研究发轫于此次大会，程相占教授的生态美学研究由此开始。

“我来世上，就是看一棵树怎么生长，河水怎么流，白云怎么飘，甘露怎么凝结。”说这话的人是杨丽萍，放在程相占教授身上也十分恰切。舞姿与文字的区别只在媒介不同，它们有着同样的内核——生命。他们都极富灵性，赞颂生命化育，热爱天地万物。不同的是，她把生命注入舞蹈，而他以生命充盈文字、滋养学问。“生生之美”的理论中，也包含着他对人生的理解与追求。

农时

“做学问就像种庄稼，播种、发芽、开花、结果，根据农时来，不能揠苗助长，我是用农民种地的方式做学问。”做学问和干农活，完美地融合在程相占教授身上，他说：“我是美学家中的农民。”

万物生长，从一颗种子开始。为什么研究生态美学？程相占教授给出的答案是：直面人类面临的生态危机，让我们过上更健康的生活。呼吸、喝水、进食，最简单的东西，促成了生态美学的思想主题——拯救生态危机。他曾经对乡村的污染感到焦虑和痛心，满怀责任感。他撰写了一系列饱含现实关怀的文章，如《生态美学的时代关怀》《生态智慧视野中的洪灾问题》《雾霾天气的生态美学思考》等。

春种夏耕,急不得。程相占教授在日常生活中是个急性子,但做学问却是个慢性子:“我当时研究生态美学的思路跟国内很多学者不完全一样,我思路是不着急,慢慢做。”他严格遵循做学问的程序,先把全球范围内的生态美学研究相关资料和研究现状调查一遍。

无论是生态美学还是环境美学,都是“On going project”,不断有新文献产生,程相占教授花了将近十年的时间才完成这项“摸清家底”的浩大工程。

既要顺其自然,也要辛勤培育。生态美学发源于西方,学术前沿文献多是英文版,程相占教授为了提升英语水平,从1999年开始每天晚上跟读英语新闻,三年后,他开始教研究生专业英语。

2007年,在法国召开的一次学术会议上,他提交了人生中第一篇英语论文“City Image and Urban Aesthetics”,并以此为题作报告。头一次在外国人面前作报告,程相占教授有点紧张,但一讲起来,他就忘掉了发音是否标准,关注的重点变成了报告内容。

凭借深厚的中国古代文学功底和多年对西方美学的深入研究,他报告的内容汇通古今中西,让人眼前一亮。通过这次大会,许多国际美学家记住了程相占这个名字。

气魄

“一年之内搞定哈佛!”2004年8月的某天,程相占教授与厦门大学王诺教授击掌为誓。何谓“搞定哈佛”?原来,哈佛—燕京学社每年都要从东亚地区选拔20名左右的访问学者,山大学者也在选拔范围之列,王诺教授鼓励他积极申报。最终,当初那句“豪言壮语”变成了现实。经过认真的准备和严格的选拔,程相占教授于2006年8月来到哈佛大学,开始了为期一年的访学生活。

他把这一年定义为“人生的中场休息”——刚好40岁的他,从惯常的科研状态与思维方式中暂时停顿下来,认真反思人生上半场的经验与教训,重新设计下半场的学术研究,目的是为了更好地进入“人生下半场”。

对比哈佛与国内高校的办学理念、教学方式、学术风气,程相占教授大开眼界,受益良多。他反思最多的还是如何提高学术研究的国际化程度、尽快与国际学术规范接轨。“如果不注重提高学术研究的国际化水平,根本不可能创造出富有价值的学术成果,对于美学这样高度国际化的学科尤其如此。”

“全球共同问题,国际通行话语”是程相占教授的基本学术宗旨,这与他担任文艺美学研究中心主任助理、副主任的经历也有很大关系。原文艺美学研究中心主任曾繁仁教授有着强烈的国际化意识，2005 年以来，文艺美学研究中心举办了多场大型国际会议。“全球范围内只要是研究生态美学、环境美学的学者，基本上都来过山大。”2017 年李克强总理来山大访问时，曾就生态美学问题与曾教授进行交流，强调要利用好中国传统的美学资源，推动中国美学走向世界。

“生态智慧 C”是程相占教授最重要的理论成果，它融合并贯通了 8 个以“C”开头的词汇：“Chinese culture”“Confucianism”“Continuity of being”“Creating life”“Compassion”“Cheng Hao”“Community”“Cultural evils”。或许还有一个——“ChengXiangzhan”。总之，“生态智慧 C”是个贯通古今中外的概念，它构建了一个理论框架，借此实现中国美学精神的当代转化和国际化。

他的一篇探讨“生态智慧 C”的英语论文在德国发表，德国海德堡大学 2015 年专门邀请他去演讲。众所周知，著名哲学家黑格尔曾在海德堡大学做哲学系教授。程相占教授此行是“到黑格尔家门口去叫阵”。说到这里，他狡黠一笑：“我当时为什么一定要在德国发表？原因非常简单，就是挑战黑格尔，这是学术志向！”

如今，“生态智慧 C”已经成为国外美学研究者的研究对象，著名美学家卡尔松、伯林特等曾经在杂志发表文章回应程相占教授的观点。此外，程相占教授作主持人，与国际美学家共同申报课题、做项目、出成果，实质性地推动了中国美学的国际化进程。

关起门来当老大，这永远不是程相占教授做的事。他说：“去争世界一流，这才是中国学者应有的气魄。”

老师

程相占教授 1995 年毕业留校工作，给 1996 级中文系本科生上课。学生们说，程老师讲课时“两眼放光”。

当时，程相占教授讲的一门课是“文学概论”，而他的专业是中国文学批评史和中国文学史，对“文学概论”比较陌生。为了备课，他没有照本宣科地讲教材，而是自己构建了一个文学理论的框架，写出了详尽的教案。他这样解释原因：“教材上都有，白纸黑字学生们都认识，讲教材不利于调动学生上课的积极性。”程相占教授讲课也善于结合“生命故事”，既没有偏离教材，又从例子、描述方式超越了教材，学生们听得津津有味。

“把问题想清楚”跟“把问题向学生讲清楚”，两者之间具有本质的差别，对于抽象的理论课程尤其如此，需要老师具备高超的讲课技巧、透彻的理解力。为了把问题讲明白，程相占教授把他的研究思路倒了过来——把“理论知识”还原为“思想事件”，把“思想事件”还原到“生命故事”。

“我生命最灿烂、最富有光华的时刻，就是站在讲台上给学生讲课的时候。给本科生讲课要站在讲台上，是唱独角戏，带有一定的表演性。给研究生讲课有时可以坐下来四平八稳地讲，但是我要站着讲，坐着讲提不起气来。”程相占教授说。

和学生在一起，程相占教授感受到强烈的责任意识。他认为，知识有对错、新旧、深浅之分，给学生传授的知识一定要从职业伦理的角度去扪心自问：给学生传授的知识是对的还是错的、新的还是旧的、深的还是浅的。

在学生们眼中，程相占教授既是严师，也是慈父。他治学严谨，是完美主义者；生活中，他风趣幽默、平易近人。“做程老师的学生很幸福。”2017级研究生庄媛说。在2018年文学院的毕业典礼上，他给学生们拍照，镜头后的他热泪盈眶。他对毕业生们说：“你们的家长不在现场，今天我就是你们的家长。”采访中，学生们不约而同地提到一件事：程老师经常督促他们锻炼身体。程相占教授偶尔会通过微信运动了解学生的运动量，对于不爱运动的学生，他还要专门敦促一下，让学生们感受到了家的温暖。

尽管科研做得好，程相占教授依然认为，他的第一身份始终是老师，而非学者。教书育人，科研育人，始终是他做学问的第一动力。“做科研的目的是提高知识的质量，第一职业伦理就是对学生负责，不明白这个问题的老师在我看来都是糊涂虫。”

振兴

谈到山大中文学科，程相占教授可以说三天三夜。“我从1989年入山东大学中文系，先做学生，后做教师，对山东大学中文学科有30多年的观察和了解，它怎么发展的我心里都清楚。”他由衷地热爱山大中文学科，就像溪流热爱江河，种子热爱土地。每每听到唱衰文史的言论，他都忍不住跟对方论辩一番，“非好辩也，不得已也”。

如今，程相占教授又多了一个身份，2018年4月16日，他被任命为文学院副院长，分管科研和国际交流。这次“跨界操刀”让他感到身上的担子更重了——不仅要把自己的学问做好，还要让文学院形成浓厚的学术氛围；不仅要提升美学研究的国际化水平，还要推动文学院的国际化进程。

如何做好副院长？程相占教授还在适应和探索，他又想起被任命为文艺美学中心副主任时，曾繁仁教授对他说的话：“把事情做好就行了。”

上任以来，除了完成例行工作，程相占教授还协助文学院院长杜泽逊教授做了一件对文学院未来四到五年的学术研究和学科建设具有开创性作用的工作——启动学院立项。他设计了山东大学文学院项目申请书，并组织实施项目申请工作。目前学院共收到32份申请书，并进行了项目评审，这项举措极大提升了老师们的科研积极性，对于学院发展具有重大而深远的意义。

如今，文学院的领导班子成员中有杜泽逊教授、程相占教授两位“长江学者”，他们更加重视学术研究，注重加强国际交流，明确争创“A+”学科——一系列举措，让所有了解山大的过去、热爱山大的现在的人，更加憧憬山大的未来。程相占教授把2018年的主题定义为“中文振兴”，他对山大文学院和中文学科的未来充满信心。

（原载于山东大学新闻网2018年7月13日；文：刘梦冬，图：受访者提供）

谭好哲:人生做减法,学术却要做加法

做人、做学问,这是谭好哲教授非常看重的两件事情。于自己,于学生,都是如此。

2017级博士研究生韩筱蓁跟身边同学一样,只要有时间就会去自习室看书。11月份就要博士论文开题了,这个2016年硕士研究生国家奖学金得主、2017届优秀毕业生,总担心自己论文会跑题,正想着最近多找导师聊聊。

学术之外,她一直记着导师说过的一句话:"你们现在可能对学术没有太多想法,多读书就行了,但是比做学问更重要的是做人。"

谭好哲,山东栖霞人。1955年出生,山东大学文学院教授、博士生导师,教育部人文社会科学重点研究基地山东大学文艺美学研究中心主任,文艺学国家级重点学科负责人、学术带头人,兼任全国马列文论研究会副会长、中国文艺理论学会和中国中外文艺理论学会常务理事、中华美学学会理事、山东省比较文学学会会长等。主要研究方向为马克思主义文艺理论、文艺美学。2018年教师节前夕,谭好哲教授获评"山东大学优秀教师"以及山东大学2018年度"我心目中的好导师”。

问渠那得清如许

“老师们对我的影响，就是我今天在做的。”

自从 1982 年毕业留校，谭好哲教授成为一名大学教师已经有 36 年了。但在他的记忆里，从 1978 年开始的山大求学时光，依然鲜活。那时的山大，他遇到了很多好老师，像孙昌熙、狄其骢、曾繁仁、葛本仪、钱曾怡、牟世金、张可礼等等。“他们对学生非常好，学生取得一点进步，他们都像是自己进步了一样开心。还有就是，他们对学术终生不渝。”

谭好哲是 1977 年高考恢复后的第一批考生。参加高考前，他已经于 1974 年开始在家乡、当时的山东栖霞县杨础公社当了一年半小学老师、两年高中老师。20 世纪 70 年代走过来的人，或许对知识都有格外的渴求，谭好哲就是如此。考入山大中文系后，他慢慢发现并追逐着自己对文学理论、文艺美学的兴趣。1981 年夏天，距离毕业还有半年的时间，谭好哲正做着报考北京大学胡经之先生研究生的准备，当时的系主任张可礼找到“不是党员、不是班干部、但学习成绩很好”的谭好哲，跟他说：“你喜欢美学，那就留校搞美学吧！”

由此，谭好哲开始了在山大的任教生涯，教学、科研，沿着自己老师们曾经走过的路，一步步缓缓而来。其间，1987 年、2001 年，谭好哲先后在职获得文学硕士、博士学位，分别受教于狄其骢先生、曾繁仁先生。这两位先生，也是谭好哲教授如今最为念念不忘的。他常常把自己与导师的故事，讲给后来的学生听。

谭好哲的学术之路算是起步较早的。1980 年，他参加学校组织的“五四”论文征文比赛，作品《略论“写真实”与“写本质”》获得二等奖的第一名，当时一等奖空缺。这是由狄其骢先生指导的一篇文章。在参与学校征文的同时，谭好哲也把文章投了出去。1982 年初，刚留校不久的某一天，狄其骢先生在老文史楼北门遇到他，很高兴地问：“谭好哲，你知道吗？你的文章发表了。”原来，狄其骢先生从报纸上看到了《江汉论坛》杂志刊发的论文要目，由此得知谭好哲的文章被录用了。如今，回忆起当年与老师间的相处细节，谭好哲教授记得很清楚，说到兴起，语气也跟着活跃了很多。

1997 年 6 月，狄其骢先生因病去世。同年 8 月，谭好哲第一部个人专著《文艺与意识形态》出版。他在书的后记中这样写道：“本书问世之后，我当焚香以奠，告慰先生于九泉之下。作为学生，我将努力不已，以更多的学术成果报答先生的培育之恩。”

曾繁仁先生与谭好哲教授的办公室紧挨着，两人一个是文艺美学研究中心的名誉主任,一个是主任,经常就中心发展及学术问题进行交流。曾繁仁先生是生态美学领域的领军人物、代表人物。他个人的学术研究经历,可以分为西方美学、审美教育、生态美学"三部曲"。最为人称奇的是,曾繁仁先生达到学术巅峰的生态美学研究,是在他卸任山东大学校长职务后、年近60岁时转变而来的!谭好哲教授说:"曾老师不断探究、创新、拓展的精神,对我影响非常大。"

"问渠那得清如许?为有源头活水来。"来自师者的传承,永远在默默间积蓄着深沉而久远的力量。一位好老师,是怎么成为好老师的?一般来说,人们都能从这位老师的老师那里寻到答案。德国哲学家雅斯贝尔斯说:"教育就是一棵树摇动一棵树,一朵云推动一朵云,一个灵魂唤醒另一个灵魂。"这句话,说的正是谭好哲教授与他老师这种情况吧!

做"导游",带学生看最美风景

《大学》《论语》以及德国哲学家费希特的《论学者的使命 人的使命》,是谭好哲教授推荐大学生要好好阅读的几本书。

"君子务本,本立而道生。"这句《论语》中的话被他几次提到,意在强调做学问先做人,要做好人、"仁"人、有修养的人。

曾有媒体报道谭好哲教授,称在许多学界同仁、作家艺术家眼里,他是"深受齐鲁文化滋养、正直坦诚、儒雅宽厚的典型山东人"。2015级博士研究生杨天奇也说:"老师在上课时会教我们温柔敦厚、老实和善,不能投机取巧。"不同的词汇,相似的内涵,让人对谭好哲教授一直在说的"本"多了些了解。

"当老师,自有他的乐趣。"任教近40年,谭好哲教授说,"自己从老师这个身份中感受到了'双重的高兴'。"

聚天下英才而教之,这是谭老师一直在追求的人生一大乐事。每当看到学生有了成绩,他都感同身受,为之欢喜。而另一方面,谭好哲教授还开心于找到了自己做学问的一方热土。用他的话说:"就像老农民一样,在自己的一亩三分地上好好耕耘。"

在他的理解里,要当好学生的学术引导人,就要学会当"导游",带学生去看最美的风景。当然这有一个前提,那就是,老师自己首先要见过你所在学科、研究领域的最美风景。

柏拉图在《大希庇阿斯篇》中说:"美是难的。"谭好哲教授借用了这句话。他说:"最美风景是一个比喻,对于理论研究来说,最美的往往也是最难的,是最需要付出努力的,而且付出努力也不一定到达,但这正是学术研究的魅力所在。"

在韩筱蓁看来,自己的导师往往是不经意就"严肃"起来。比如,师生一起坐电梯，谭好哲教授不忘叮嘱几句："还是应该多读原典，把基础知识学扎实……"看似随意，但韩筱蓁每次都让自己记下、记牢。她很感谢这样的"严肃"。

谭好哲教授如今带的硕士生、博士生加起来将近 30 名，他很大一部分精力就花在指导学生论文写作上。他有一个习惯，对于学生的论文至少看三遍：第一遍主要看框架，第二遍主要看观点、看立意，第三遍主要看语言表达、论证逻辑以及学术规范。

一篇博士论文，少说一二十万字，看一遍得用上好多天。但他还是极为耐心地进行着自己一遍又一遍的"功课"，"论文是老师指导学生的最后出口，直接关系学生培养质量。"

为了照顾在职读博的学生，谭好哲教授已经连续多年把自己的课安排在周末。虽然已经卸任了行政职务，但他学术方面的兼职、咨询、评价以及教材编写事务依然很多。为了给学生正常上课，他经常"连轴转"，周末下午从外地赶回学校授课，当天晚上再继续出差。如今，他给博士生上的课，常有其他专业、年级的学生来蹭课。

多年学术积淀，谭好哲教授曾先后获得"教育部人文社会科学优秀成果奖"二、三等奖，并获评"国务院政府特殊津贴""山东省有突出贡献中青年专家""首批齐鲁文化名家"等荣誉称号。相比于这些荣誉，他最为珍视的还是学校刚刚颁给他的两个奖——"优秀教师""我心目中的好导师"。

他说："到了我这个岁数，不会再对什么奖高兴得不得了，但还是很开心。当老师是我的本行、职业，这两个奖，让我的职业生涯中有了真正对得起自己职业的荣誉。"

为生存而学术？为学术而生存？

这是一道选择题。"To be or not to be"，每一个从事学术工作的人都会面临这样的抉择。对于学术，谭好哲教授分为两类：为生存而学术，以及为学术而生存。

总结已有的经历，基本在学校度过，起起伏伏时常有，但没什么大坎儿，学术道路相对平稳，他说："面临一些问题的时候，我尽量给人生做减法，学术上做加法。"

人生做减法，是因为他知道有更重要的事情要做，因此对于生活中一些杂事、烦心事，他选择简化处理。但对于学术问题，他就不会那么轻易放过了。

晚上是谭好哲教授最好的写作时间。他现在养成了一个写文章的习惯，那就是在最好写的时候放下，第二天再接上思路，继续顺畅地往下写。反而在遇到难题、写不下去的时候，他不会放手，而是不停地思考："为什么会出现这种状况？问题的症结在哪里？怎么解决？”

他向记者描述了这样一种常有的情景：已经上床熄灯了，但问题没解决，人睡不着，大脑也还处于思考状态。突然，一些思绪闪过，赶紧开灯、下床，写下只言片语。再上床，还是睡不着，想想想，又想到什么新的东西，抓紧再开灯、下床、写下……

文学院杨建刚副教授自2010年开始任教于山大，与谭好哲教授在学术、生活上有很频繁的接触。说到谭好哲教授的学术研究，他借用了自己老师的一句话：“视学问为拐杖者，可让你登高望远；视学问为友朋者，可让你受益终生；视学问为己之宗教者，方达至境。”在他看来，“谭老师正在第三重境界，学术已经成为他的信仰。”

在对学生的培养中，谭好哲教授继续着对学术的思考。学术做好了，能带来相应的人生附加值，比如职称、待遇、机会等等，或者是“学而优则仕”，这都不失为成功的路径。但从学术传承的角度看，几年的研究生教育之后，还是需要有人投身学术、把自己的生命附着在学术上。“这需要为学术献身，可能是少数人，但需要有人来做这样的事。”

谭好哲教授说，老师一辈的人中，对自己影响最大的是狄其骢先生，最主要的还是他做学问的问题意识。“狄先生做学问非常质朴，问题抠得很深，踏踏实实推进学术基本问题的研究。”这样的学术风格影响了谭好哲教授接下来的学术道路。无独有偶，在韩筱蓁眼里，问题意识也是自己导师的一大特点。她通读了导师自20世纪80年代以来的所有作品，发现早在20世纪90年代中期，谭好哲教授就提出了人文学科建设中的价值取向问题，“这在当时是非常早的，看得出来老师问题意识特别强”。

“我这个年纪，应该研究一些有重大理论价值的问题。”过了耳顺之年，谭好哲教授更加关注自己所在学科领域的发展，对文学理论的基础问题更感兴趣，会集中对学术上的重点问题展开研究。

采访中，谭好哲教授引用了《文心雕龙》第一篇文章《原道》中的一句话：“文之为德也，大矣！与天地并生者，何哉？”他说，学者要有一点家国情怀、人文情怀：“学术不只是你一个人的事业，而是关乎国家、人类。”他又说：“我们不能做那些四平八稳的学术，要显示你的思想锋芒，要体现这个民族的精神特质，做有筋骨的学问。”

或许正如杨建刚所说，文科学者普遍存在“越老越吃香”的现象。他说：“像谭好哲教授这样的学者，并不以退休为学术终点。他给自己定的目标很大，还会干很多事情，正处在自己的学术爆发期。”

年轻人,要给自己 20 年打拼时间

已逝艾兴院士、赵明义先生的事迹让山大师生深受触动。谭好哲教授对两位先生都很熟悉,感慨于他们对学术的虔诚,却也指出:“很多人只看到他们的风光,却看不到背后的付出,哪有一路快快乐乐、唱着歌跳着舞就能走上人生顶点的!”

他接着说,现在的年轻人,“要给自己 20 年的打拼时间。”

谭好哲教授自己的学术研究主要涉及四方面内容——基础文艺理论、马克思主义文艺理论、文艺美学、文艺批评,其中在学术界最有影响的是马克思主义文艺理论研究。他是这方面研究的重量级人物。任何人的学术成绩都是逐渐积累起来的。在马克思主义文艺理论的研究上,谭好哲教授用时 10 多年才收获了较为实质性的成绩。

1982 年,他开始教授马克思主义文艺理论方面的课程,读研期间作为副主编参与出版《马克思恩格斯艺术哲学》,此后一直到 1997 年代表作《文艺与意识形态》出版,历时长达 15 年。他说:“任何学科、学者都要甘坐冷板凳,不是说一项工作一定要耗时多久,而是不要过多受外界影响,要静下心来,归回学术本身的天地。”

谭好哲教授曾在一部著作的后记中提到这样一种观点,学术研究特别是基础研究,要培养打阵地战、攻坚战的本领,不能只打游击战。在他看来,学术上打一枪换一个地方,无法形成关注重点,不能取得重大成果。“‘敌人’就摆在那里,必须要消灭,就要有啃硬骨头的本事。”

9 月 9 日,学生杨天奇结束了博士论文答辩,提前毕业。这个读博期间以第一作者身份发表 3 篇 C 刊、第二作者身份发表 1 篇 C 刊、出版 1 部专著、曾获 2017 年校长奖学金的学生,即将奔赴江苏大学任教。他对老师的话一直铭记于心:“做学问要朴实,要有自己的思想、严密的逻辑,要沉下心来慢条斯理地做,不能浮躁……”

杨天奇说:“导师是个很质朴的人,穿着如此,说话行事也是如此,连带的同门众多学生也都是这个风格。”

采访正逢新生军训期间。从知新楼北面的体育场上,传来学生训练的阵阵喊号声,洋溢着特有的清爽与生机。这边,谭好哲教授正说到学术研究中的攻坚战、阵地战。他一边用手敲着桌子,一边说:“你能走多高、走多远,就与你能啃多少硬骨头有关系……”

在那么一个瞬间,老与新,师与生,沉淀与激昂,跨越时空,有了奇特的交融与呼应,让人就想停下手中的笔,静静感受来自心底的触动与力量。致敬,每一位辛勤耕耘的老师都值得我们给予最热烈的掌声!

(原载于山东大学新闻网 2018 年 9 月 18 日;文:刘婷婷、曲赛赛,图:刘婷婷)

郭砚常：桃李不言，下自成蹊

在山东大学管理学院，有这样一位老师，谦和温润、认真亲切，有学生形容他满足了自己对大学老师的所有想象。这位老师就是郭砚常，他被学生称为“管院男神”。

郭砚常，山东大学管理学院副教授、硕士生导师。主要研究领域为信息分析理论、信息管理和预测决策方法等。主要论著有《信息系统理论、方法与技术应用》《市场调查与分析预测》《电子商务》等。

聊起学生时代，一直温文尔雅的郭砚眼里常闪烁起些许顽皮。学生时代，总有这样一类人，上课睡觉，下课玩游戏，忙碌于形形色色的校园活动，看起来对学习满不在乎，成绩却好得让人嫉妒。郭砚常便是这类“学霸”的典型代表，尤其是在数学方面，他一直学得很轻松。如今回想起来，他说：“是好的数学成绩给了我鼓励，所以大学阶段，也就顺理成章地选择了数学。”

谈到如今的大学生，再想想自己曾经的大学生活，郭砚常语重心长地说：“学习，要学会劳逸结合，大学阶段一定要培养体育方面的爱好，一是强健体魄，二是放松身心。”从容有趣的人生，是郭砚常的不懈追求，也是他希望传达给学生的生活态度。

郭砚常一直都是标准的理科生，但他很重视专业之间的融会贯通，坚信“理能强国、文能治国、商能富国”。1992 年，从南开大学硕士毕业后，他来到山东大学管理学院任教，将数学统计思想传授给未来从事管理事业的学生。他深知，一位卓越管理者要作出正确决定，必须有数量统计作为决策预测的依据，所以数量化的思维对于管理学院的学生来说可谓重中之重。

目前，郭砚常同时承担本科生、研究生的课程，本科生主讲课程为“高等数学”“线性代数”“概率统计”“文献计量学”和“信息分析与预测”。研究生主讲课程为“情报学理论与方法”“信息计量研究”“竞争情报研究方法”。工作日，四个上午都是满课，一周下来，基本得上 13 节课，教学任务相对较重。谈起教学，他一改聊学生时代的轻松，很严肃地说，只有老师教学态度认真，学生学习才会认真，尊重教学才是尊重学生。在郭砚常看来，为人师长，教育为先，特别是本科阶段的课程，得着重下工夫。“研究生课程更多的是引导和交流，但本科课程却要打牢基础，尤其是数学这样的基础学科，是学生以后开展研究必须掌握的基本技能，是老师、学生都不能掉以轻心的一门课。”

一位曾经在郭砚常数学课上拿满分的学生说：“听郭老师的课，不好好听都觉得不好意思。”为什么会这么说呢？只要是上过郭砚常课的人，都会有一种回到中学课堂的感觉。满满一黑板的板书，林林总总的白色粉笔字，听课时不敢低头、不敢走神，生怕错过重要的知识点。

郭砚常对每堂课都仔细准备，在以 PPT 教学为主的大学课堂里，他始终坚持以板书为主进行授课。这样做，既是因为对教学的认真，也是出于他对数学教学的理解。他认为，数学与其他学科不同，是一门十分考验逻辑思维的学科，“只有在黑板上结合学生即时听课的反应，一步一步地往下写、往下讲解，学生才能更好理解课程内容。也只有这样，才能尽到一位老师传道授业解惑之责”。

另外，郭砚常还很重视设身处地站在学生角度进行讲解，适当发散知识，好让学生更全面地理解内容，找到知识之间的共通点。“数学不靠背，靠理解，要减少记忆的内容，注重学习方法。”这是郭砚常传授给学生的最重要的数学学习之道。

说起“管院男神”的称号，除了大家感觉郭砚常长相酷似张信哲，还因为他经常参加学生们的活动。郭砚常性格随和、平易近人，很喜欢和学生相处，学生举办的各种活动，自然也就常常邀请他。而只要有时间，他都会欣然前往。不论是辩论赛还是合唱比赛，在学院许多活动中，经常能看到郭砚常的身影。

获评山东大学 2018 年度“我最喜爱的老师”，郭砚常自己十分意外，同时又很欢喜。受表彰后，他在“山大日记”里这样写道：“我很平凡，受到学生的爱戴，我心存感激。”

管理学院2017级本科生杨文忠说：“郭老师常说该怎么做就怎么做，这是解数学题的方法，也是解人生谜题的道理。”郭砚常经常挂在嘴边这样一句话：“岂能尽如人意，但求无愧于心。”知足常乐，谦逊温和，是他给人的最大感受。而“桃李不言，下自成蹊”，则是学生对他最真诚的评价。

（原载于山东大学新闻网2018年10月12日；文：刀彦月，图：受访者提供）

刘保东：十八年的创新教学与坚守

“作为一个老师，培养学生是最基本的职责，不管我自己过得怎么样，把学生教好才是最重要的。”至 2018 年，在教学一线奋斗了 18 年的刘保东已经很久没有给自己放过假了。从前是做项目，现在是承担教学任务的同时，指导并带领学生参加各级各类数学建模竞赛。

刘保东，1989 年硕士毕业留校任教，先后在山东大学环境学院、数学学院、计算机学院工作。现为计算机科学与技术学院教授、大学生“系统分析与软件设计”创新平台负责人、青岛校区公共教学管理服务中心主任。同时兼任全国大学生数学建模竞赛“深圳杯”数学建模挑战赛专家委员会委员、中国工业应用与数学学会数学模型专业委员会委员、全国大学生数学建模竞赛山东赛区专家组组长。多次获省级、国家级等教学成果奖，并于刚刚过去的教师节，获得“我最喜爱的老师”称号。

两易其身,三度跨界:“我一直没变”

从20世纪80年代至今,刘保东前后在三个学院学习工作。

1989年从数学学院硕士毕业后,他就留在了当时刚成立不久的环境科学中心。“我在环境学院待了10年,10年里一直在做课题,跑项目。课堂去得不多,工地倒是去得不少。”

当时的环境学院承担了山东省环保厅的一些重大专项,作为政策支撑的项目更是需要认真对待,不管是水容量测算还是环境空气容量控制与规划,每一个课题都需要实地测算。在这10年中,作为项目负责人的刘保东一直奔波忙碌于企业、项目、监测、工地间。

“作为一个大学人,如果跟学术走得越来越远,不仅会使他筋疲力尽,更会让他寝食难安。”每天游走于各种项目之间,刘保东突然发现,自己似乎已经很多年没有静下心来钻研学术了。在敏锐地察觉到问题的严重性后,刘保东选择回到数学学院,做回一名学生,在职攻读博士学位。此后,出于对数学的热爱以及当时院系合并的状况,刘保东最终又回到了数学学院的怀抱,担任应用数学研究所所长一职。他与数学建模不解的情缘就是从这里开始的。

2000年,刘保东义不容辞地挑起了山东大学数学建模创新教育发展的重担:“那时的我就像冒冒失失的堂·吉诃德一般,没有经验也没有准备,只凭长矛头盔,就义无反顾地做了起来。”现如今,他已成为计算机科学院的一名教师,对数学建模的钻研却从来都没有停止过。

对于自己从教生涯中的三次转变,刘保东始终认为,这其中没有跨度。“总的来说,我都是在玩数学,是拿着数学去适应这个学科的特点,所以很多东西都是相通的。”一个对数学有着深沉热爱的人,不管身处何地,都能发现数学的魅力,尽管他两易其身,却始终能在自己的领域找到数学的踪迹。的确,从教以来,刘保东一直没变。

成果一流,奉献一流:“要做就做到极致”

刘保东出身“书香世家”,他的父母是中国第一代师范毕业生,祖父也是私塾先生。老一辈在中华人民共和国成立初期就在农村教书,饭都吃不上的时候,却对教书这件事丝毫不敢懈怠。两代人的选择让“教师”成为这个家庭里认可度最高的职业。

“作为一名老师,最重要的是把心思放在教学和培养学生上。把学生带好才是最根本的事情。”自从接管了数学建模创新实践教学与竞赛培训工作,刘保东生活的重心就全放在了这上面。刚接手时,山大在数学建模竞赛领域的成绩并不好，甚至比不上其他省属高校。面对一群懵懂的学生，“最残酷的事情就是，有时候拿到赛题，老师也不明白如何下手，你说这让我们怎么教！”

刘保东迎难而上，放下了手中所有的工作，专心钻研数学建模的系列问题。首先调整师资团队，选择了一批有活力、有热情的年轻老师，齐心协力，攻坚克难，在一次次的实践中总结教学经验，重构教学内容。他只想掌握一套有效的教学方法，在短时间内提高学生的竞赛能力。

当被问到这一过程有多难时，刘保东只是说：“有些事情总要有人去做，而我的性格，要做就做到极致。”不管过程有多艰辛，他只追求结果的极致。功夫不负有心人，从刚接手时在数学建模竞赛中空手而归，到现在 10 个全国奖项全拿，刘保东可以说是在这一个领域做到了极致。“我能带学生在这个领域做到第一流。我就想，如果每个老师都能在自己领域做到全国一流，那么山大就是一流。”

从 2001 年指导并带领学生参加数学建模大赛，刘保东的一年是这样过的：平时上课，指导学生写论文；五一假期指导学生参加数据挖掘挑战赛、深圳杯数学建模挑战赛；整个暑假用来培训参加竞赛的学生；9 月份全国赛开始，而后是各种评审、颁奖、研讨会；10 月份开始为美国赛作准备，美国赛一连四天，结束后也就该过年了；新学期开始，这个流程再走一遍……

走着走着，不知不觉，就这么走过来了。

“我觉得挺亏欠家人的，陪他们的时间太少了。但是正因为如此，我更是要做到最好，给他们一个交代。”刘保东用成绩去偿还对家人的亏欠，工作最大的动力就是能让父母觉得自己是个有出息的儿子。

思维碰撞，针对性强：“我从不选拔学生”

三个学院的经历让刘保东在教学中体会到了三种思维：数学的逻辑思维、计算机的发散思维、工科的可行性思维。在接触三种思维的过程中，他看到了不同学科学的思维差异。“我跟数学人讲洞察力，即这是个什么问题；跟工科人讲这个是什么，该怎么去描述；跟计算机人讲这个数学该怎么算，算法是什么。”不同的教学思维让刘保东能够很快地融入学生中去，将晦涩难懂的知识转化成学生能听懂的语言，这正是他最擅长的事情。

他也曾遇到过事业的瓶颈，袁益让先生、孙讷正先生……老师们教会他的就是“坚持做好，不要放弃”。“你的工作是很重要的，只要做下去就是很了不起的。但是既然做了，就好好做，绝对不会埋没你。”老师的鼓励也是刘保东前进的动力，他将每一个学生都看作是一颗未经打磨的璞玉，时刻关注着学生的成长，尽可能为学生发展提供一切有利条件。他的教学，没有什么硬性要求，只是慢慢引导学生思考，带领他们一步一步地前进。

“在我心里，所有的学生都像是我的孩子。老师就应当心中装下每一个学生，认真对待学生的每一个要求，对每一个学生给出恰当的指导。”就拿数学建模竞赛来讲，刘保东选拔学生的标准就是没有标准，只要学生想做，他就尽可能多地提供有利条件。

“刘老师是我生命中的贵人，他给了我一个机会。没有刘老师，就没有今天的我。”这是曾经的“学渣”成生辉对刘保东的评价。“我大一大二的成绩很差，要不是遇到刘老师，我可能都毕不了业。”成生辉是大三开始学习数学建模的，刘保东给了他很大的帮助。在他的眼中，刘保东是一个会因材施教的老师，他从不以成绩来作为评判学生好坏的标准，真心诚意地为学生服务，为学生着想。

而如今，成生辉也成了一名老师，在香港大学带领学生们做项目，他选拔学生的标准与刘老师相同。只要学生喜欢做，有踏实肯干的态度，有勇往直前的冲劲，就可以来做。他也永远欢迎所有有想法、有能力的学生。

一个好老师，影响的不只是一代人。

“其实我也没有做很多事情，只是从不感兴趣的事情中找到一些有用的东西。既然我花时间做了，就一定要一点回报。”不管做什么，刘保东总会给自己定个目标，超越昨天的自己。

三度跨界，两易其身，只为一件事——做一位学生喜欢的好老师。

（原载于山东大学新闻网 2018 年 10 月 29 日；文：李兵、曲赛赛、汪涵，图：李兵）

李善杰：一花一世界，一笔一浮生

李善杰教授，山东大学(威海)艺术学院硕士生导师，中国美术家协会、中国工笔画学会会员，主攻工笔花鸟画、岩彩画。《绿天》《春》《翱翔》《武夷山下》等作品参加国家级大展并获奖项，在国家级刊物上多次发表论文，代表作之一玉兰花巨作《报春》现收藏于北京人民大会堂。

在山东大学117周年校庆之际，中心校区举办了一场山大花语国画作品展，山东大学(威海)李善杰教授和山大校友李彦霖以山大三地八校的景象为基础，创作了一幅幅独具匠心的工笔画、岩彩画，描绘了百年山大的盎然生机，传达美好祝愿。

一个深秋的午后，记者走进李善杰教授在济南的画室。古色古香的陈设为客厅增添了典雅的气息，暖黄色的灯光映照着各具风情的玉兰，花朵之间还有灵动飞翔的鸟儿，它们最美的神态都被李善杰定格在这一张张宣纸上，成为永恒的艺术。里侧的书房窗明几净，萦绕着一股淡淡的墨香，画笔、印章、宣纸等作画用具井然有序地排放在书桌上。

在记者环顾画室、欣赏着一幅幅精妙的画作之时，李善杰已经热情地沏好了茶。茶香伴随着水汽缓缓升起、飘散，三十多年间艺术创作、教学育人的经历在李善杰的讲述中渐渐变得鲜活起来。

因为热爱，所以勤苦

李善杰1958年生于山东文登的一个普通家庭，父亲是会计，母亲是农民。作为家中最大的儿子，他理所应当地肩负起帮助父母挣钱、照顾弟妹的责任，“冬天的时候，威海的海水特别冷，下水的时候虽然穿着靴子但是脚还是被水刺得疼。没有办法，多冷多疼也要干活，这样才能多帮家里挣点钱。”成长环境虽清贫困苦，却渐渐培养了李善杰淡泊名利、吃苦耐劳的品格，这也为他之后的成就奠定了良好的基础。

在那个饭都吃不好的年代，李善杰身边唯一的艺术熏陶就是校园里的黑板报活动。学生时代的李善杰一直是班报、校报的主力。原本单调的黑板，经过李善杰几只粉笔的加工，呈现出五彩斑斓的景象，再配以工工整整的小字，备受老师和同学们的赞赏。一次次在黑板上的绘画，让他慢慢意识到自己在这方面的天赋，一颗追求艺术的种子在他的心里悄然萌芽并茁壮生长。恢复高考后，李善杰以优异的成绩考入莱阳师范学校美术班。此后又凭借个人努力，考入中国顶尖的艺术殿堂——中央美术学院硕士研究生课程班。

在求学岁月里，冬天是一个磨炼心性的好时机。没有暖气，寒冷似乎更加猖獗，刺骨的凉意侵蚀着书桌上的墨水，亦在侵蚀着专心作画的李善杰。而李善杰却无视这艰苦的环境，依旧握着画笔潜心临摹、绘画，往往一笔终了才发现洗濯颜料的清水早已结冰。他还要常常给自己长着冻疮的手指哈哈热气，让它们不再僵硬以便创作作品时更加得心应手。

在多年勤苦作画和创作经验积累下，李善杰对如何画好中国画有着自己的理解：“画好中国画要注重两点，一是临摹，二是写生。”李善杰最擅长的是画玉兰花。玉兰之美，在于神态。为了将玉兰之美淋漓尽致地展现在观众面前，他需要对玉兰有足够的了解，他常常先研读相关资料、揣摩相关作品，之后则独自一人背着画夹去写生，往往一出家门就是一整天甚至一整月，直到将玉兰开花前的花骨朵、开花时的花瓣形态等细枝末节描画多次，熟悉到像是刻在脑海里了，才肯收工回家。回家之后又是一番悉心创作，配以其他的山水花鸟，让整幅作品更加精巧完美。在外行人看来，写生是一件又麻烦又枯燥无聊的事情，但李善杰却觉得分外有意义。艺术源于生活，他可以通过写生更加了解绘画对象、产生好的灵感、创造好的作品。哪怕有一些艰辛之处，他还是笑言：“吃苦是一个艺术家必备的品质。”

李善杰的导师、中央美术学院教授金鸿钧对于李善杰颇为赞赏:“他非常用功,尤其是在传统的绘画技艺上。”因为热爱,所以用功,业精于勤,方成大家。

李善杰对艺术的热爱和勤苦不仅让他成绩斐然,也在家族中树立了一个很好的榜样,深深地感染了他的弟弟妹妹们。李善杰的两个弟弟和儿子李彦霖先后跟随他的脚步考入美术院校,毕业后成为教师,亦从教多年,桃李满园。

玉兰堂主的玉兰情结

在威海昆嵛山无染寺前,有一棵静静地生长了300多年的白玉兰树。花开之时,远观一片皎洁,更可见鸟儿翱翔嬉戏。高山的硬朗、花朵的柔美和鸟儿的灵动结合成自然美丽的画卷。站在玉兰树下,呼吸间感受幽香沁人心脾,耳边伴着小精灵欢快的叫声。春风拂过,宛若天女散花,花瓣轻轻地落在泥土上、草丛中,也落在了李善杰的心里,平静之中激起一阵阵涟漪。

李善杰想起不久之前在广州举办画展时,北京人民大会堂的工作人员邀请他作一幅画的事情,他当机立断要把这一美丽的玉兰树作为此次创作的主要对象。绘画期间,他多次背着画夹来树下寻求灵感、进行构思。远处是磅礴大气又若隐若现的昆嵛山,近处洁白纯粹的玉兰在遒劲的树枝上怒放,零星盛开的几朵紫玉兰和连翘花也显得十分俏皮可爱,更有灰喜鹊频频飞舞、流连忘返……经过几个月苦心孤诣创作的《报春》,最终被北京人民大会堂收藏。李善杰“玉兰堂主”的称号更加为人所熟知。

当谈到和玉兰花的缘分,李善杰所要讲述的故事,可不止这一个。花鸟画是中国画中的一朵奇葩,在世界上享有盛誉。李善杰的绘画对象一开始是十分丰富的,直到有一次举办画展,他注意到观众对于玉兰花的相关画作赞誉有加,于是开始侧重于玉兰花的绘画,加之自己对于玉兰花的喜爱之情和玉兰花雅俗共赏的特性,他更坚定了将玉兰花当作自己艺术之路上终身研究对象的想法。

闻道有先后,术业有专攻。在众多的绘画种类中选择了国画工笔画,又在纷杂的绘画题材中认定了玉兰花,怀揣着热爱不遗余力地钻研创新,李善杰无疑是幸运且幸福的。李善杰对于艺术的不懈追求,成就了他在花鸟画尤其是玉兰花画作的累累硕果,但是李善杰言辞之间并不骄傲自满,反而谦虚谨慎,以此为动力,“玉兰花这个课题,我一生研究不完”。

世间万物,皆能成为人情感的延伸,如古人将梅兰竹菊称为“君子”,以其比喻自己崇高品德。玉兰花也因其素雅的外形被人们认定为报恩、高洁和真挚的象征。李善杰在山东大学(威海)工作的时间里,除了在教师的岗位上发光发热,还向学校捐赠画作,表达热爱和祝福。他常常随身带着画夹,走到哪里画到哪里。以画会友是他的生活方式,不论是亲朋好友还是陌生人,他从不吝啬自己的墨宝。李善杰认为，艺术不应该千金难求，为大众服务才能更好地传承。

在和玉兰花的相伴岁月中，玉兰花深深影响着李善杰的人生态度和品德志向，玉兰不仅盛开在他的宣纸上，还盛开在他人生的每一个角落。

执笔育人为第一要务

1978年高考恢复后，中国学子对于知识的渴求越来越强烈，但是师资力量却比较匮乏。大学期间，李善杰所在的莱阳师范学校美术班有一个毕业之后成为老师的名额。当时班级里共有41人，他不是班干部成员，只是一名普通同学，但是最后却拿到了唯一一个成为教师的资格。出人意料的是，让他脱颖而出的并不是在绘画方面的天赋，而是在班级体育建设方面的努力。

年轻时的李善杰瘦弱、内敛，一和女同学说话就脸红，周围的同学都笑称他是“大姑娘”。秋季运动会前夕，老师找到这个“大姑娘”，希望他能代表班级参加运动会的长跑项目，李善杰不好拒绝便答应下来。虽然在赛场上拼尽了全力，但他所在的美术班并没有拿到好的名次，这让李善杰有一点懊恼，却激发了他心中的集体荣誉感。在春季运动会来临之前，他积极准备，在自己的小腿绑上沙袋，只有在睡觉的时间才会拿下来；学业繁忙，他就早起一个小时在操场跑步。凭借着日复一日的训练，李善杰改变了自己的身体和精神状态，变得更加自信也更加健康，在运动会上取得了好成绩，为班级作出了卓越贡献。李善杰的努力，同学们看在眼里，也使得深藏在李善杰心中的自尊心自信心慢慢萌发，这番成长蜕变也为后来李善杰成为一名教师埋下了伏笔。成为老师看似偶然的一件事情，实则离不开李善杰的努力付出。最终，凭借着出色的专业成绩与广泛的认可，李善杰在毕业之后留在了三尺讲台之上，并决定将教书育人作为自己的终身事业。

工作之后，李善杰既要继续钻研绘画技巧、不断充实自己，也要指导学生执笔用墨、带领他们临摹写生，还要处理家庭和工作上的琐事，所以如何平衡好时间对于李善杰来说则显得尤为重要。然而无论时间多么紧张，李善杰一直坚持将学生放在第一位：“我终究不是画院的人，我是一名教师，第一要务是把学生教好。”

秉承这一想法，李善杰在教师岗位上兢兢业业工作了30多年，付出了自己毕生的青春热血，形成了自己教育学生的方式和风格。他总是要求学生提前去看字帖和相关作品，然后在上课时亲自示范如何用笔用墨，并对学生的疑惑进行解答。对于年轻的学生，李善杰从不吝啬赞美：“虽然年轻人的绘画技艺不够成熟，人生积淀不够充足，但是年轻人的画作吸收西方的绘画元素较多，色彩十分亮丽，具有年轻人的生活气息，这正是中国画发展所需要的。”与此同时，他对一些学生学习工笔画时的不良风气感到十分愤慨:“现在社会有一股浮躁的风气,学习工笔画时总是考虑以后如何用它来赚钱,而对钻研探索却了无兴致,这样不利于出现经典作品!”为了让学生们在中国绘画领域习得真才实学,他总是谆谆教导、循循善诱,将中国画的沉静特性与自己的人生感悟融会贯通,个中智慧悉数传达给学生们,希望他们在实现个人理想目标的同时,能为国画发展贡献自己的力量,能让艺术更好地为大众服务。

从 2005 年调任至山东大学(威海)艺术学院以来,李善杰教授已陪伴山大走过了十几载岁月,时间见证着他每一节生动的课堂、每一次与学生的交流互动、每一张绽放在宣纸上的画作、每一次获奖捧杯的喜悦。转眼间,他已到了退休的年纪。谈到要离开付出半生的事业,李善杰最放心不下的还是他的学生,他不愿意因为自己的事情而耽误学生的课程。经过努力协商,他将自己所要教授的课程全部安排在了退休之前,力求不留遗憾,为自己的教师生涯画上圆满的句号。

在到了法定年龄退休之际,为继续做好教学督导,李善杰与艺术的不解之缘在向更深层次延伸。自青年、中年逐步进入老年,李善杰的创作生涯与玉兰花相伴,造就了他和玉兰花的工笔画世界。30 年来,他用一支画笔绘出人生、培育桃李。他认为这是他一生中最开心、最彰显人生意义的事情。

(原载于山东大学新闻网 2018 年 12 月 17 日;文:宋烨、刀彦月,图:刀彦月)

刘战强:切磋琢磨,乃成宝器

“改革开放40年”“中国制造2025”“工业4.0”……2018年的这些热词反映了中国40年飞速发展的奇迹,其背后是机械制造与加工行业的有力支撑。国产航母、大飞机等大国重器的问世离不开不断提高的加工精度,“切削”“精加工”等字眼自然地跃上了生产制造领域的“C位”。小到衣食住行,大到国力象征,切削加工与刀具带来了源源不断的革新动力。在业界有“切削加工圣地”美誉的山东大学拥有全国最大的切削加工团队,其中的杰出代表之一便是刘战强教授。2018年12月18日,山东省政府公布“2017年度山东省有突出贡献的中青年专家”名单,刘战强教授名列其中。

走进千佛山校区西配楼,记者在六层的一间办公室里见到了刘战强教授。书架上陈列着大小不一的加工零件与刀具模型,右手边的墙壁上挂着醒目的一幅书法,上面苍劲有力地写着《礼记·中庸》的名句:“博学之,审问之,慎思之,明辨之,笃行之。”在提到这幅字时,刘战强教授的语气充满敬意:“这是全国劳动模范桂育鹏先生的墨宝,他是刀具加工这一行的专家。”在两个小时的交流后，我们深深感受到，刘战强教授是在身体力行地实践着这句箴言。

刘战强，机械工程学院教授、博士生导师、学院学术委员会主任、高效洁净机械制造教育部重点实验室副主任，是“国家杰出青年科学基金”获得者、“泰山学者”特聘教授、享受国务院政府特殊津贴专家，入选教育部首批“新世纪优秀人才支持计划”是“宝钢优秀教师”、“山东省杰出青年科学基金”、霍英东教育基金会“高等院校青年教师基金”、“山东省优秀博士后”获得者等。主要从事切削加工理论与刀具技术等研究工作，主要研究成果获得省科技进步奖一等奖、二等奖、国防科技进步奖二等奖、教育部自然科学奖二等奖等省部级奖励 6 项。

治学勤勉，处世淡泊

谈及刘战强教授的研究领域，他对刀具与切削加工意义的见解十分深刻：“时代划分的依据除了社会制度以外，还有人们所使用的工具。”旧石器时代、新石器时代、青铜器时代、铁器时代……时代进步的一个显著特征便是使用工具的更新换代，在如今的生活里，精加工的环节都离不开切削。说着，刘战强教授拿起了放在桌面上的手机，饶有兴致地抚摸着手机边缘的纹路为我们介绍：“每一部高档手机为了纹路美观，都要经过切削加工。”谈及切削加工技术带给我们的便利，刘教授表示，小到吃水果削皮，大到飞机零部件加工，都离不开切削；即使是当前热门的 3D 打印技术，其设备也要用切削技术来制造生产。“其中 90％以上的零件加工涉及切削，这是一种最基础的加工工艺。”如今的技术虽已日新月异，但其发展的本质仍是不断“做减法”。

在刘战强教授的办公桌上摆放着一尊 3D 打印的人物蜡像，这是他在一次高速加工国际会议上作主题报告后主办方送给他的纪念品，刻画精细，栩栩如生。刘战强说，伴随着科技的发展，人们对生产生活的质量也提出了更高的要求，这便需要更为精密的加工与操作，同时又需要不断提升的切削效率，这时精度与效率之间便出现了适配性的问题，刘战强教授的研究领域就在于此：“只有与加工需求最相适应的才是最好的技术。我们完成一个零件加工可以有很多种方案，选择哪一个最适用，这才是最关键的。”

长期投身于高速切削理论与刀具技术研究的一线阵地，刘战强教授取得了斐然的成绩。近几年，他主持国家自然科学基金、“973”计划、国家科技重大专项、国家科技支撑计划、武器装备预研等纵向科研项目 20 余项，作为项目合作单位负责人参与国家自然科学基金重点项目与海外合作基金、国家科技重大专项、“863”计划、国防 APTD 计划等纵向科研项目 10 余项。在机械制造类国际权威期刊发表学术论文 300 余篇，其中 SCI 收录 200 余篇，SCI 他引千余次。并获授权国家发明专利 50 余项、软件著作权 10 余项，出版学术著作 3 部。

面对此次获得的“山东省有突出贡献的中青年专家”荣誉称号，刘战强教授肯定了奖励和荣誉带给他的欣喜和动力，但也承认压力与动力并存：“荣誉是过去的事情，还是要往前看，以一种平常心来看待。教学科研不是为了获得荣誉，而是立德树人，透过现象，发现真相。”面前的刘战强教授脸上总挂着和蔼的微笑，在交谈中总是用较慢的语速表达着清晰的逻辑，谦逊的态度体现着一位学者的虚怀若谷，朴素的衣着难掩师者的满腔热忱。

精于裁剪，明于详略

机械加工的效率和国家实力息息相关，刘战强教授作为一名优秀的共产党员，心中总是有着家国天下的情怀。当被问及我国与其他国家在机械加工领域的差距时，他的眼中似乎在思考着什么：“我们国家的制造水平经过科技人员多年的艰苦创业，已取得了很大的进步，但与美国、日本、德国还有差距。目前国家也有较多的科技专项支持该领域的研究与技术开发，这些都是中国制造2025、工业4.0的主要组成部分。”他语重心长地对我们说：“你们可能也经常听到我们国家缺少核心科技，我们花了很大精力研究大飞机等国之重器，讨论到底缺什么。面对与发达国家的距离，我们都很急着迎头赶上，但着急之余我们也要冷静地思考。”

刘战强教授在闲暇时喜欢安静地思考，面对机械加工的发展瓶颈，他也常常陷入沉思。“这不是说某一个方面单一的落后，而是涉及一个系统、一个体系，需要日积月累。”说着他望向了挂在办公室中央的一幅大飞机及其发动机的结构图，上面密密麻麻地标注了各零件的名称：“发动机的本质涉及材料和工艺。从材料到毛坯，从毛坯又变成零件并装到发动机上，看似简单的过程可能就得几十个甚至上百道工序，每一道工序都是多个技术的集成。”

面对未来工业的发展，刘战强教授坦言机械加工仅仅是其中的一部分，离不开材料科学、控制科学等学科的交叉发展。“我们的最终目的是为了给社会提供更优质的产品，而产品是一门学科吗？显然不是。”每一个集成产品的背后都离不开多个学科众多领域专家的同心勠力，这也对接下来的学科融合和交叉提出了更高的要求。

于诗有悟，水到渠成

在和刘战强教授的交谈中我们了解到，他有时喜欢观看央视播出的《中国诗词大会》等节目，对中国古典诗词中所蕴含的哲理以及诗人的表达艺术十分赞赏。一首苏轼的《惠崇春江晚景》让他赞不绝口：“‘蒌蒿满地芦芽短，正是河豚欲上时。’你看这首诗，每一个用词都恰到好处，逻辑性和表达力都十分出彩，其撰写其实跟切削加工是一个道理，删去多余的，留下的才是有用的精品。”实际上，刘战强教授在交流中也透着一股诗人的气质，举止温和而优雅，词句简练而又富有表现力，同时饱含着缜密的逻辑。

“水到渠成”这四个字经常能从刘战强教授口中听到。他认为，世界自有其运行的规律和法则，我们穷其一生不过是做规律的探寻者，那么不论做事还是做人都要本着“水到渠成”的理念，做好自己该做的。行到水穷处，坐看云起时。面对荣誉得失，他宠辱不惊；面对人生起伏，他随性自然；这是他的人生哲学。

刘战强教授的人生哲学也体现在他对团队的参与和建设之中。他所在的团队是国内首屈一指的高速切削与加工团队，成员来自机械、材料等不同领域。“团队关键在人。我们讲究最多的还是一种默契，不希望把很多精力花在人和人的沟通上，希望把精力用在做事情上。比方说，讨论一个项目的申请或者执行，基本上我们分好工，说一下任务，就分头去执行了。”紧密的合作带来的是高效的工作，心中的默契凝聚着一个志同道合的科学团队。删繁就简，抱诚守真，如此“水到渠成”便是成功合作的最佳诠释。

在作学术报告时，刘战强常常把如何做学问嵌入其中，劝勉学子们在做学问时也需要培养删繁就简的品格。在他看来，做学问要培养“reading”(阅读)、“thinking”(理解分析)、“writing”(表达)三方面的能力，既要检索文献保持敏感的学术感知，在浩如烟海的资料和数据中找到有用的东西，更要在理解分析中进行归纳和梳理，最后用科学、规范而简练的语言表达出来。这三个过程实际上都是在不断剔除多余的东西，这和切削加工的理念亦不谋而合。

躬耕三尺，不忘初心

三尺讲台，一站便是半生。刘战强教授与山大的感情很深，他的大伯父和二伯父当年都是山东大学前身——国立青岛大学的学生，自己的手机里仍珍藏着当年伯父入学证明的照片：“可能叫作入学志愿书，因为没有章，也可能是报到证。”刘战强作为山东工业大学(2000 年并入山东大学)的本硕毕业生，毕业后便留校任教，距今已是 30 年。早年的学习和生活环境都与今日不能相提并论，刘战强就是凭着自己对机械加工研究的热爱走到了今天。

1995 年，刘战强前往香港城市大学攻读博士学位。谈及这段往事，他回忆起了恩师艾兴院士早年间给予自己的帮助，能获得读博的机会也得益于艾兴院士的推荐。在香港城大学习的几年时光，刘战强教授感慨自己获益匪浅。“90年代的香港和内地差距还是很大的，报到时给我一个 Email，我却不知道怎么用。”他认为那里充满了新奇，也充满了学习的动力。“我那时候的副导师是前苏联的一位院士，被人称之为‘金手’，加工一个零点几毫米的零件，凭手感就知道加工是否成功。”面对如此出神入化的技术，他感慨只有通过不断实践和摸索才能实现。香港的求学经历为刘战强打开了一扇看向世界的窗，也让他明白祖国内地和世界的差距，于是他更为刻苦地学习与钻研，并自嘲“要想让一个人吃苦，就送他去异地读博”。这段时光为他的学术生涯打下了坚实的基础。待到毕业以后，面对国外更优越的待遇，刘战强教授始终怀着对山大、对艾兴院士的感恩之情。“当时还有很多机会去外国，回来看见艾老师，老先生说你毕业就回来吧！我就又回来报到了。”每个人都会有牵挂，都会有放不下的情怀，不论走到多远，只要一声熟悉的呼唤，便会让回家的心情汹涌澎湃。

师恩难忘，在艾兴院士事迹报告会上，刘战强教授动情地追思老师的生平点滴，老师的风范品行影响着他教学生活的方方面面。“艾老师有着超人般的毅力，现在觉得那时候的条件很艰苦，他却一直坚持做研究。别管条件多苦，他都能变不可能为可能。”讲到这里，面前的刘战强教授难掩对恩师的思念之情。不论是做人还是做学问，他始终以艾兴院士为模范去实践，将艾老教给他的，再一点点教给后来的学生和青年学者。艾老对科研有着坚韧的毅力，刘战强教授也在学生中留下了“7711”（即每周工作 7 天，每天从 7 点开始工作至少 11 小时）的佳话。艾老对教育有着孜孜不倦的态度，对后辈有着因材施教的提携，刘战强教授也在学习与生活中给予学生无微不至的照顾，每日为学生推荐优秀资料，在学生生病时解囊相助……一点一滴的生活细节中可以看出刘战强教授的师承传递。

在学生眼里，刘战强教授既是一名博学的导师，又是一位和蔼的长辈。学生对他的评价里总少不了“亲切”“严谨”“勤奋”等字眼，有学生回忆自己刚上研究生时，刘战强教授晚上 12 点还会给他发文献；学生犯错时，刘战强就好言好语、苦口婆心地相劝。学生们不仅从他身上学到了知识，更学到了生活的态度。机械学院实验室管理工作人员任小平的硕士、博士生导师都是刘战强教授，在她眼中，刘战强教授真诚待人、谦虚有礼的作风给同事和学生都树立了很好的榜样：“刘教授晚上时常来实验室做科研，和学生讨论学术问题，在与学生交流时除了关心学习之外，还会主动询问并关心学生的家庭。”

“30 年来，每年都能见到不同的新面孔，这是做老师的乐趣。”刘战强教授谈到学生时，脸上洋溢着幸福的笑容。他喜欢在课堂上边听课边思考的学生，也总是会留心观察学生们的眼睛：“眼睛动了说明在思考，前几年给本科生上课时有几位爱思考的学生，我到现在都还记得。”谈到近年来自己因科研繁忙，上的本科生课程变少，他眼中透出一丝遗憾：“我还是很想给本科生上课的，教学其实是一门艺术。科研是抽象性的，而教学是形象性的。台上说一句话，台下要练十句。”直到今日，刘教授还常常观看 TED 演讲来学习教学与表达的方式和技巧。作为机械加工行业的专家，刘战强教授深知社会革新的速度以及未来人才培养的重要性，他总是鼓励学生勤于思考、敢于创新："能力的培养和创新的培养都很重要。培养也不是增加、添加，有时候做减法更好，特别是大学生、研究生把不良习惯和思维方法减去，专心做事情就好了。玉不琢不成器，人也如此。"他将切削的理念也运用在了教育之中，在教学领域也取得了丰硕的成果。

面对未来，刘战强教授坦言还是要一如既往地好好教书，好好做科研："社会的发展不是一代人就能做完的，如果说年轻人从我这里能得到一点东西，那就足够了。"谈到年轻一代的创造力时，刘教授对未来抱有非常乐观的预期："未来一定非常精彩，我们还是要热爱生活、期待生活、享受生活。"

（原载于山东大学新闻网 2019 年 1 月 11 日；文：何元航，图：谢婷婷）

姚榕华:守其本心绘刹那芳华

初冬的萧瑟掩盖不住斑驳树影映在墙壁上的禅意,透着年代感的艺术学院老楼静静地伫立在洪楼校区一隅。记者在小楼三层的画室里见到了姚榕华老师。

姚榕华,山东大学艺术学院副教授,硕士生导师,中国美术家协会会员,主攻油画创作和中国传统壁画研究。《凌晨》《暮归》《乡戏》《烟台开埠》《萨迦回响》等作品在全国和全省许多大展中屡屡获奖,在美术界享有较高声誉。

姚老师的画室不大,一条沙发,一张桌子,几块立于墙根的画板,明媚的阳光从窗外投进洒在画布上,给还未完成的油画里增添了几缕生机。这里的布置虽然简单,但对姚老师来说已经足够,平日他便是在这里进行绘画创作和研究生教学。

除了日常的创作与教学,姚榕华还有一个宏大的梦想。我们坐到沙发上,姚老师向我们聊起了他的梦。这场梦,始于十三年前。

十年沉一梦,百手绘芳华

2005年,姚榕华第一次带队与学生一起进行西部艺术考察,这也是他第一次亲临西域观赏壁画艺术。在柏孜克里克石窟考察时,一个名为20号石窟的地方引起了姚榕华的兴趣。这是一个空石窟,开凿于8世纪,原有的壁画在100年前被德国探险家勒柯克盗走,这些壁画被悉数运回柏林后震惊了整个西方艺术界。但不幸的是,二战中,流传千古的壁画难逃盟军轰炸,永远消失在废墟之中。这些集文化融合之大成、精美绝伦的艺术瑰宝在世间几经周折,最终难逃被毁灭的命运。这段令人心痛的历史深深地触动了姚榕华,重现这些未曾问世的壁画就一直成为他心中抹不去的梦想。

三年后,姚榕华怀着梦想带学生再次踏上了去西部考察的道路。回到学校后,姚榕华与学生自发地举办了一个名为《梵音风骨》的创作展,内容以复现20号石窟中的壁画为主,体现中西文化交融的历史脉络。姚榕华在这一次试验性创作中也看到了学生们身上的人文素养与艺术特质,这更坚定了他的追梦方向。五年后,第二次创作展《菩提世容》问世。相比第一次,此次创作展更加深刻地展现了艺术品中所蕴含的"对世界的看法"——姚榕华认为人类所创造出来的文明成果、科学艺术都是由自己的本心所投射出来的样貌。

前两次考察西部以及创办艺术展被姚榕华看作是一些尝试与铺垫,在他的心中依然不满足于现状。2018年,姚榕华带着学生第三次踏上西行的道路。他们在阴冷潮湿的洞窟里仔细临摹,力求达到最逼真的效果。这次回来以后,姚榕华和同事房静开始筹备壁画展《刹那芳华》,这次展览被姚榕华称为对于十年西部艺术考察的一个总结。

在姚榕华看来,"壁画还原"有两种含义:一种是技术层面上保护性地复制,另一种则是从艺术家自身视角出发对原作品进行重建。姚榕华所做的属于后者。"真相一旦发生,瞬间就成为了历史。欲找寻已逝去的历史,则依靠一种真诚的、自由的艺术呈现。"姚榕华重现的壁画,通过精妙的绘制,尽力去体验和揣摩原作,更重要的是,与当代人的艺术思想融会贯通,形成一种新的艺术语境。

房静老师是姚榕华壁画教学上的老搭档,两人在山大的合作已有十余年了。她眼中的姚榕华不仅是工作上的搭档,更是艺术上的挚友:"我侧重于绘画的制作过程,他则是以更宏观的视觉角度去考量展示空间和效果。在一起带壁画教学和创作展览的过程中,他更多扮演着总导演和策划人的角色。"

经过十年的作品沉淀以及创作团队的不懈努力,《刹那芳华》壁画展得以顺利举办。谈及这次展览,姚榕华脸上有着难以言表的兴奋与感激:"在没有专项经费的情况下,全凭老师们和学生们自发付出,将一个已经消失的石窟壁画进行再现。”画展一出，好评纷至沓来，大获成功。在谈到感受时，姚榕华说要对所有人的辛勤付出表示感谢：“仿佛我们一起进入了一个美妙的梦境，通过用心的创作，使人们与我们一起共鸣。”

从当初心里的一个萌芽到变为现实的《刹那芳华》壁画展，姚榕华走了十年。这十年的时间被姚榕华看作是一个长长的梦，他自己沉浸其中，他的一届届学生也被他带入其中。十年里他多次踏上艺术朝圣之旅，开辟了西域考察的线路，办了一次又一次的展览……从对石窟壁画的惋惜到对真迹再现的努力，从对西域文化的敬仰到对文化交流的钻研，“仰之弥坚，钻之弥深”。随着艺术研究的不断深入，姚榕华面对消逝的美好，他的心境也从惋惜到平静再到渴望焕发生机。十年光阴，一瞬而逝，姚榕华却像展览中的那只轻盈的草蛉虫一般以另一种形式获得艺术的新生。他在与壁画的羁绊纠葛里磨炼心性，在种种机缘和巧合里完成了自我的修行。

心手育人才，化雨入艺境

多年的艺术从业生涯为姚榕华沉淀了诸多心得，结合自身经历和体会，姚榕华在教学过程中也总是将自己的技能倾囊相授。“大学应该培养创作者，培养有思想、有创造力、有个性、有完整的历史观和宇宙观的人。”作为一名传授艺术技法的教师，姚榕华凭着自己多年积累下的深厚功底，结合以往自己创作的作品着重培养学生的创新能力。在学生们眼中，姚老师的课堂总是以鼓励创造为节奏，总是能体会到心手相传的教学魅力。同时，他在教学过程里不只停留在固有的实践基础上，更希望带给学生一种创作者的本心，鼓励学生通过创作自己的作品，使自己的心有所安放，体会到创作带给自己的平和，体会到艺术工作者赋予自己的感动、崇高、圆满和幸福。他认为大学生应该专注、心无旁骛地去做一件事，培养他所推崇的“本心”。

回顾自己的学生时期，姚榕华坦言，自己那时候太看重技巧的训练，其实技巧到达一定水准之后，就难再有提升的空间了，而产生真正伟大的艺术在于认识上的提升和灵魂深处的思考。姚榕华有时会旁听他感兴趣的历史文化课程，这使他的创作更游刃有余，他的作品也加入了更多自己的东西。

在西部考察的过程中，极具特色的风土人情、精美绝伦的石窟艺术、底蕴绵长的文明古迹，使人联想到中华古诗词的豪迈气魄与家国情怀。姚榕华和学生们的心灵也受到了极大的震动，产生了抒发与表达的欲望和灵感。在姚榕华的电脑里，储存着一张张学生们作品的照片。提到学生的作品，他难掩自豪的神情，兴致勃勃地一一为记者介绍：大幅的精美壁画、形神兼备的泥塑、精雕细刻的舍利八重宝函，还有历经周折与奇遇后设计出的草蛉虫数字模型……谈起这些学生，姚榕华感慨良多。他们的技艺曾令国内顶尖的学者大加赞誉，在大学里心无旁骛，凭着热爱与兴趣发挥着令人惊羡的创造力。在姚榕华的眼中，他们本身就是一件件艺术品。他的学生陈欣茹说："老师的教导是春风化雨的，他不会严格地要求你，但他会默默影响你去认真对待自己的作品。"

横侧分峰岭，读史绘古今

姚榕华首次带队和学生们开启西部艺术考察时，他们的足迹遍布中原、河西走廊和西域各地，看遍了龟兹、高昌、敦煌、麦积山、天梯山、云冈、龙门等大大小小的石窟与博物馆。在这条道路上，姚榕华领略了文化融合与碰撞的魅力，感受到了文明更迭与发展的生命力，"耳目为之一开"，自此对西域文化产生了浓厚的兴趣。同时，艺术专业出身的他，感受到自身文史理论的薄弱，于是他决定读考古的博士。

姚榕华主修油画，擅长历史题材创作。作为考古学的博士，他本人对历史也有着独到的理解。"历史是复杂的，从不同角度解读会有不同的结果。"因而面对历史时，姚榕华总怀有一种坦然和宽容。他讲到伊斯兰教徒挖掉石窟壁画佛像的眼睛时，指出其中存在文化冲突，然而又站在伊斯兰教徒的角度肯定了其中合理的缘由；他又讲到盗走壁画的勒柯克，理性地从盗宝者和时代条件角度剖析其初衷与动机。基于这种历史观，对于"真正意义上的历史画"，他产生了自己的理解。姚榕华在创作时会通过历史的种种表象，最大程度上还原真相，但他不会认定那就是真相，只是认为是自己在一个角度形成的"偏见"，是自己对一个历史场景的想象。

在他的画室里，一幅幅历史画层层叠叠地摆在一起，他平静地看着它们——望着《冯陆高萧》《城子崖遗址的发现》与《杨振声与赵太侔》，正像他看待每一段复杂莫测的历史轨迹那样平和与宽容。年过不惑，姚榕华说："所谓四十不惑，困惑很多，但唯有对待'困惑'这件事上不再困惑了。"他的人生态度也在艺术创作和历史摸索过程中渐渐发生变化。他从不拒绝附会人生的种种巧合，从不打消好奇，从不止步于思考与想象，从来都是沉醉于艺术的海洋，潜入历史的尘埃之中，不断思索着宇宙之道。这些正是姚榕华身上所具有的艺术家的特质。

临别前，姚榕华谈起《莎士比亚十四行诗》第 18 首，在浩如烟海的译本中，他最欣赏朱生豪先生的版本。他拍着桌案说："当时读到这首诗的时候，忽然很激动，心想这写的不正是我们这十年的经历吗！"这首诗的最后一句这样写道："只要世间尚有人吟诵我的诗篇，这诗就将不朽，永葆你的芳颜。"或许，这便是属于姚榕华的"刹那芳华"吧！

（原载于山东大学新闻网 2019 年 1 月 15 日；文：田俊腾、郭小冰，图：受访者提供）

刘培：埋首辞赋，不负初心

“初淅沥以萧飒，忽奔腾而砰湃。”“逝者如斯，而未尝往也。”“风倚倚兮来去，日翳翳兮溟蒙之雨。”……这些优美动人的句子，都出自赋。赋是我国古代几大文体之一，由于其讲究文采与韵律，兼具了诗歌与散文的色彩，让人流连忘返、回味无穷。在山东大学就有这样一位学者，常年徜徉在辞赋的汪洋里，透过时光的面纱探寻隐藏在辞赋背后的历史与文化，发掘掩埋在辞赋深处的意蕴与魅力，他就是辞赋研究专家——刘培教授。

刘培，现为山东大学《文史哲》编辑部教授、博士生导师，兼任中国辞赋学会副会长、中国李清照辛弃疾学会常务副会长。主持多个国家社科基金项目，获得“山东省社科优秀成果奖”一等奖 1 项，二等奖 3 项、三等奖 1 项。2009 年入选教育部“新世纪优秀人才支持计划”，2014 年入选“第三批齐鲁文化英才”。2018 年 12 月，刘培获评“2017 年度山东省有突出贡献中青年专家”。

辞赋人生,亦余心之所善兮

“我倒更愿意说,从事辞赋研究、学术研究既是我的工作,也是我的一种生活方式。”

刘培于1991年考入南开大学,师从杨成孚先生研究经学。1999年,刘培进入山东大学攻读博士学位,师从汉赋学术大家龚克昌先生。毕业后,刘培进入南京师范大学博士后流动站工作。求学期间的学习与积累、导师的培养与影响以及博士后时期学习工作的积淀,都为刘培的辞赋研究打下了深厚的基础,为他坚持进行辞赋研究拉开了帷幕。

中华人民共和国成立以来很长一段时间内,辞赋研究还相当沉寂。由于当时人们对辞赋的认识有所偏颇,把赋体文学视为贵族文学、宫廷文学、形式主义文学,辞赋因此成为被批评的对象。20世纪80年代之后,人们对赋有了改观,辞赋研究开始生机复苏。历经近40年的发展,如今的赋学研究已经开花结实,走向繁荣,成为继词学研究、小说戏曲研究之后崛起的一门显学。

辞赋研究在整体上已告别严冬,但宋代辞赋研究尚未迎来暖春。“除了欧阳修、苏轼的两三篇脍炙人口的赋以外,真正了解宋代辞赋的人非常少。”刘培语气间透露出因宋赋鲜为人知而产生的遗憾。就目前学术界来说,宋代辞赋不仅是辞赋研究的薄弱环节,也是宋文研究的薄弱环节,正因如此,不论是从赋史研究的角度来说,还是从宋代文学的研究角度来说,宋代辞赋研究都具有开拓意义。迄今为止,宋代辞赋的价值仍有待进一步的发掘。

谈及当年选择辞赋研究并专攻宋代辞赋研究的原因,刘培说:“当今的学术研究,仅凭个人兴趣恐怕是远远不够的,那样容易闭门造车,流于浅尝辄止。但是,完全缺少个人兴趣又会使学术研究变成一种折磨人的工作。我一向主张学术研究要兼顾个人兴趣与研究现状。”而他用将近20年的坚持证明了自己的决心和毅力。20年来,刘培凭着扎实的专业基础,以及对宋代辞赋的热爱与钻研,在宋代辞赋的研究领域开拓出一方天地。他的《北宋辞赋研究》《两宋辞赋史》作为宋代辞赋研究的代表作,受到学界广泛关注。《两宋辞赋史》更是作为第一部完整意义的宋代辞赋史专著,入选“十二五”重点图书出版规划和2013年新闻出版广电总局“三个一百”原创图书出版工程。

辞赋固然优美,但从事研究是否会减少其美感,多一些枯燥和烦琐?对此,刘培有不一样的体验与感受:“从事人文学科的研究确实是一件漫长的事,但这项工作是否枯燥,可能就因人而异了。我最开始选择从事学术研究工作,乃是因为喜欢读书。人文学科的研究,尤其是我们古代文学的研究,是以读书为基础的。如果养成了读书的习惯,每天不读几页书甚至会觉得生活缺少了点什么，学术研究可能就没那么枯燥了。一个人的学术识见和学术境界与其人生阅历、思想境界等密切相关。可以说，对文史哲学的认识与评价，是研究者人生经验和生活阅历的体现。因此，人文研究，除了读书，感受、体会生活也是一种阅读体验。”

在他眼中，从事人文研究的人要有了解社会的冲动，古代文学研究也要有现代的眼光和反思的精神，要以科学精神与人文精神作为基本的价值导向。“人文精神表现为对人的尊严、价值、命运的维护和关切。华夏文化的历史可以理解为一部曲折的人性解放的历史。”刘培对此有着深入的思考。在他眼中，学者做研究，必须要有深挚的人文精神和人性关怀，要尊重人的思想与情感，要能从人性的角度进行思考、探讨。这样的研究才是有价值的。

半生与辞赋相伴，此后还将在辞赋研究的道路上继续前行。刘培坚信：“对于国家和社会而言，人文学科的学术研究是对具有推动历史进步的因素的关注，是对人性走进解放之历程的坚信和坚守，它能够成为社会发展的有效动力，其意义不容也不应低估。”

勇攀高峰，吾将上下而求索

目前，刘培正在主持国家社科基金重大项目“中国赋学编年史”。这项课题的研究对象是中国古代赋学，包括辞赋作品、辞赋文献（笔记、类书、总集等）、赋史、赋论、辞赋作者和研究家、辞赋创作活动、与辞赋相关的各种事件等。编年时限自屈原诞生至清帝退位，共 2251 年。整个课题分为先秦汉魏晋南北朝、隋唐五代宋辽金、元明、清四个时间板块，分时间段清晰翔实地展现辞赋的相关内容与信息。此外，还将建立中国赋学编年史电子数据库及现当代赋学研究编年，进一步充实辞赋研究的材料、拓展辞赋研究的时段。在整体上，本课题以历史发展的重大事件为纲，把在这个时间序列上产生的辞赋专家和批评家的生卒年、辞赋、批评作品等信息，以及与赋学相关的重要创作活动、文人结社与交往、学术事件、政治事件、宗教信仰、民间文化等内容，在鉴别重要史实、资料的基础上，在恰当的时间点上予以摘录编次。

“中国赋学编年史”的课题组成员囊括了赋学研究领域的重要专家，既有经验丰富、著作等身的耆宿，又有精力充沛、思维敏锐的新秀，成员之间分工合理，前期工作准备充分，非常有希望取得具有重要价值的、经得起检验的学术成果。目前，各项工作进展顺利，并已取得了阶段性的成果。

这项对于辞赋研究具有重大意义的巨大工程，是刘培从辞赋研究整体入手的新突破之一。除此之外，他在辞赋研究的点与面上也有着自己的新尝试。

“一直以来，我都在考虑如何建立具有中国气派和中国特色的学术路径，如何让我们的学术研究具有深挚的人文关怀。”这是他一直思考的问题，也是他一直在探寻的问题，对这个问题的思考也渗透到他的辞赋研究中。

在刘培看来，文学不仅仅是审美的，更是历史的、文化的载体。古代辞赋所包含的社会文化方面的信息具体、全面且丰赡，在展示政治哲学、学术思想、宗教文化、制度变革等方面具有优势，值得被重视。目前，学术界的宋代辞赋研究方兴未艾。刘培认为，在《全宋文》《宋代辞赋全编》《历代辞赋总汇》出版之后，宋代辞赋研究的文献整理工作已基本完成，其研究的难点在于如何深化、细化研究，并将研究推向另一个高度。

在如何深化、细化研究的问题上，刘培主张采用融通文史哲，以“大文学史”的视角审视辞赋，尝试建设性地回归传统学术，避免当前学术研究中“只见树木，不见森林”的弊病。他主张的建设性地回归传统学术并非一味复古：“我主张融通文史哲学，并不是要混淆文史哲学各学科之间的界限，而是强调学术视野的开阔与宏大。”刘培将这种研究方法称为“以通驭专”，也即是章学诚所言的“道欲通方而业须专一”。“辞赋研究是一门专学，用融通文史哲学的方法来研究辞赋，便是‘以通驭专’。辞赋研究属于文学研究、文化研究，与经学更有密切的关联。有些辞赋和辞赋现象，其实是思想史、儒学史、经学史的另一种表现形态。”刘培说。

融通文史哲，“以通驭专”，这不仅是刘培想要将辞赋研究推向另一个高度的一种尝试，也是他对于如何建立具有中国气派和中国特色的学术路径，如何让学术研究具有深挚人文关怀的一种尝试。

编辑之路，精感石没羽

除去辞赋研究的学者身份，刘培另一个重要的身份是《文史哲》编辑部的编辑。入职十三载，编辑部与刘培的学术研究一路为伴，可以说《文史哲》已经成为刘培生命中的一部分。

《文史哲》于 1951 年创刊，已历经 68 个春秋，有“文科学报之王”的美誉。因其一直坚持“学者办刊，造就学者”的原则，发表了一大批优秀学者的作品，成为学术的风向标；并在 20 世纪连续发起了几场学术论战与重大讨论，引起了学术界、理论界的热烈响应，进一步提升了影响，从而在国内外颇负盛名。

身为编辑部的一名编辑，谈及对《文史哲》的认识时，刘培说：“古典性和高端性是《文史哲》所着力打造的特色，也是它的重要特质，有助于《文史哲》传承本土人文研究的学统进一步深入世界汉学学术圈，跻身世界汉学名刊之林。”关于文、史、哲研究之间的关系，他提倡在坚持本学科的立场上，积极吸收周边学科的研究成果，拓展自己的学术视野，不要故步自封，成为“电线杆”式的学者。

“在《文史哲》编辑部工作,我收获到了很多东西。”刘培说,“审阅稿件的过程,其实也是一个学习的过程。”在他看来,面对那些优秀稿件时,自己不仅是一名编辑,也是一个读者。而且,在《文史哲》编发的稿件大多是海内外的最新研究成果,能及时了解到学术发展的最新动向,利于学术上的成长。

包括刘培在内的《文史哲》编辑部的每一位编辑,基本都要在保证个人科研工作的基础上,承担着繁重的审稿、校稿任务,可以说面临着高强度的工作与巨大的压力。刘培自2006年入职《文史哲》,至今已近13年,十三年如一日的坚持令人感动与佩服。刘培将此归因于《文史哲》编辑部崇高的责任感和使命感的吸引与激励。在当下,《文史哲》编辑部能够把握时代脉搏,关注学术前沿,严抓学术质量,维护刊物声誉,不为世俗所动,这些吸引着他留在编辑部,与各位同仁共奋进。

“《文史哲》近70年的积累沉淀,已经凝练成一种精神、一种风貌,在《文史哲》工作,也使我对学术研究满怀虔敬之心。《文史哲》一直秉承着学者办刊的宗旨,这就要求编辑本身是一名学术研究者,而且我们的职称系列也是教师的所以除了编辑工作而外,教学是我们工作中很重要也是很繁重的一块。”正因为每一位编辑都秉持着对学术的虔敬之心和对学术研究本色当行的识见,才有了今天的《文史哲》杂志;正因为注重对这种虔敬之心的沿承和对学术研究的坚守,才有了一代代深受其熏陶的编辑部。《文史哲》编辑部是一家编辑出版单位,但它更像是一家积淀厚重的学术研究机构,它的学术研究特色在学界引人注目,在编辑界也独树一帜。可以说,唯有以文史见长的、有深厚积淀的山东大学才会有这样的气魄!

由于以学者的身份从事编辑工作,刘培对文史研究界相当稔熟,他与学术界建立起广泛而深入的学术联系。因此,他在工作中能够了解学界现状,把握学界动向,通过杂志反映、引领学术风尚,发现有潜力的年轻才俊,团结学术研究大家,努力把重要学者团结在《文史哲》周围。《文史哲》能够成为反映中国学术的窗口和风向标,是编辑部成员在彰显学术的宗旨下共同努力的结果,刘培就是其中的一员。

面对编辑部的工作与学术科研的压力,刘培认为,当今的学术工作者都面临着巨大的压力:“工作的繁忙、学术的压力以及日常生活的琐事,对于每一位学术工作者来说,都是不小的挑战。”他与我们分享了平衡工作、家庭与生活的“诀窍”:调整好心态,尽力找好自己的合拍节奏,做好日程安排,有的放矢。工作之余,刘培会看一些电影、小说。在他看来,文学与艺术是相通的,以这些相对舒缓的方式来调剂工作科研压力,不仅能够放松自我,还能够满足审美需求。除此之外,与家人、朋友的户外活动也是刘培舒缓压力的方式,“这不仅可以锻炼身体,还能感受大自然”。

不仅如此,他还会将自己的解压方式介绍给同事与学生。编辑部的同事孙齐在谈及与刘培相处的日常时便提道:“刘老师对电影和小说,一直保持爱好,如数家珍,常向我推荐。”刘培的学生也告诉我们:“刘老师常常与我们聊电影与小说,他还写过影评,并建议我们多锻炼身体。”

学术上严谨,生活中亲和,这应该是很多人对刘培的印象。在《文史哲》编辑部同事李梅看来:“刘培老师是很好的学者,也是很好的同事,充满正义感。”孙齐认为,刘培不仅在科研上严谨负责,在生活中亲和、幽默又充满智慧,而且比较照顾编辑部的年轻学者。他对我们说:“刘老师是个很和善轻松也很认真负责的人。比如,他现在教学科研任务都很繁重,但同时也在编辑部负责细碎的文章编辑。”

春风化雨,润物细无声

“我对我的学生要求是:先立人,再成材。”

“我希望我的学生堂堂正正做人,踏踏实实做事,有良好的品行和健康的心态,能够乐观、积极地面对生活中的一切;在学习上勤恳、严谨、认真,做学问立足原典,认真思考,既能博采众长,又可独树一帜;我希望他们不拘泥于自己的一方小天地,能有广阔的视野和真善美的情怀,成为有温度、有情怀、能够真正做学问的人。”刘培也希望文学方向的研究生,都能具备诚信磊落、踏实认真、沉潜静心的素质,不断提高自身学养,带着对文学的热情投入到未来的文学研究工作中。

“师者,所以传道受业解惑也。”为人师者,便有傍身的责任。刘培身兼数职,仍然坚持上课、带学生,已是为人所敬佩。据他的学生讲,不论工作有多忙碌,老师始终能够保证对他们学术上的指导及与他们在生活上的交流。

作为导师,刘培不但本身践行着乐观面对一切、常怀敬畏之心、工作认真负责等原则,也十分注重学生人生观的培养。学生王彬说:“刘老师说要过有意义的人生。‘君子役物,小人役于物。’名利等属于外物,老师建议我们不要为物所役。刘老师因材施教,能够根据学生的个性进行引导。他的教学往往在言传之外更重身教。比如,他为了启发我们如何从文学现象背后分析本质,以桂花为例,写了一篇《岩桂意象的生成与耕读传家观念的重塑》的文章,从一件关于《岩桂赋》的争论的小事件入手,分析科举对文化家族形成的关系,进而落实到南宋时期耕读传家生活观念的重塑,几乎涉及了南宋学术文化的方方面面,回归历史现场而又有现实关怀,发人深省,令人叹服。这篇文章洋洋洒洒四五万字,其写作初衷就是为了启发学生治学为文之法门。”学生秦玮告诉我们:“刘老师很乐观，并常跟我们说人活着最重要的是快乐。他说，每个人的能力都有限，学术能做到什么样的程度是能力的问题，但活得开心是一生的问题。人活着就应该不辜负这一生。”

关于人才培养，在刘培眼中，“先立人，再读书”居于首要的位置，而精读原典、提升思辨力以及开阔视野也十分重要。在具体的研究进度与方法上，刘培主张应当打好基础，切忌急功近利。他认为，做研究首先要精读原典，在此基础上再广泛阅读学术论著；其次要多读西方哲学方面的书籍，培养思辨能力。同时，刘培注重勤恳踏实的学术品格，并坚持践行。在深夜给学生看论文，通知学生及时修改，这对他来说也是常事。

在日常生活中，刘培很关注学生的身心状态。在学生们的眼里，刘培是师长也是朋友。“刘老师希望我们生活中都快乐。他希望我们能阳光一点，有什么事不要憋在心里，要多跟同学交流。”秦玮回忆说。“有时候在很晚才完成任务并反馈给刘老师时，他都会说‘在太晚的时候，就把任务放到第二天白天再做，晚上要早点休息’，这让我感觉他就像是家里的长辈一样，给我们温暖。”

对于正站在十字路口的年轻人来说，求职或者求学深造是他们的一道难题。刘培也曾作出过辞职继续求学的选择，他认为：“一方面是出于对自身学业精进的期待，一方面是对高校大师风采的敬仰。”对于正处于人生十字路口的青年，他建议年轻人谨慎选择，勇敢去闯。“所谓谨慎，就是对自我有一个相对客观公正的认知，知道自己想要什么，了解自己可以做到什么，然后选择适合自己的一条路，勇敢地走下去。年轻有无限可能，既然选择了，就要带着勇气坚忍地走下去，踏实刻苦，不负初心。”刘培如是说。

（原载于山东大学新闻网2019年1月19日；文：李琴，图：受访者提供）

刘加良:苦攀人生路,良心法律人

刘加良,山东大学法学院副教授,最高人民检察院山东大学检察理论研究中心研究员,中国法学会民事诉讼法学研究会理事,山东省人民政府研究室特邀研究员和国内多家仲裁机构仲裁员,主要从事诉讼法学研究,已公开发表学术论文 30 余篇、独著两部。

在这个时代,有这样一些人,以探求真相、追求正义为己任,这份勇气的背后是他们身为法律人的社会责任感和使命感。2018 年 7 月,长春长生被发现生产假疫苗的消息宛如石破天惊,将疫苗安全问题推上了风口浪尖,事关 20 余万个婴幼儿家庭,得知此事的山东大学法学院刘加良副教授不惧风险,一纸公开信向山东省卫计委(现已改名为山东省卫健委)依法申请政府信息公开,为公众寻找真相。

记者见到刘加良的那天,他刚刚结束了在山东人民广播电台的节目录制,脸上看不出一丝疲惫,满是对工作的热情。在他心中,法律就是探寻真相、维护公平正义的有力武器。

但行好事,敬重良心

做一个合格的法律人不容易,只有保持自己的良心,才可能说真话、办好事、做好人。对于刘加良而言,做好事已经成为他的人生信条并努力践行。2018年7月22日对于刘加良来说是不平凡的一天。七天前,国家药品监督管理局发布通告,长春长生生物科技有限公司冻干人用狂犬病疫苗生产存在记录造假等行为。一石激起千层浪,长春长生的疫苗问题彻底浮现在公众面前。

当时尚在外地出差的刘加良看到这则新闻后顿时敏感起来,是出于法律人对法治事件的敏感,也是为人父母对孩子们健康成长的忧心。刘加良觉得相关主管部门需要对公众有一个交代。

7月22日,刘加良决定就长生疫苗事件向山东卫计委申请政府信息公开,申请公开问题疫苗招投标基础文件、流程文件、合同履行信息,以及山东省卫计委作为省疾控中心的主管单位针对事件的应对情况。当被问及是什么促使他迈出这一步时,他直言:"正如公开信中所说,生于山东,就应该有对生养我的这片土地敬重。"

公开信原文中写道:

> 我长于山东、工作于山东,家中小朋友仍是学龄前儿童,故对此事件相当愤怒。问题疫苗的购买端及其监管方是否存在违规与过错,我目前疑惑颇多。近几年以来,我研究公共利益的法律保护机制用力不少,这次我认为付诸行动也很重要。故,今日上午我用EMS向山东省卫计委寄出政府信息公开申请书,期待其能依法回复。

疫苗案件的发酵引起了党和国家领导人的重视。很快,习近平主席和李克强总理对吉林长春长生生物疫苗案件作出重要指示,要求立即调查事实真相,一查到底,严肃问责,依法从严处理。作为问题疫苗流入地,山东省相关部门被推上舆论的风口浪尖。而后,刘加良的申请有了结果,山东省卫计委依法及时进行了回复。此事过后,很多人都问刘加良:为什么要在一个情况并不明朗甚至要冒很大风险的时间节点选择申请政府信息公开?刘加良对此报以一笑:"有些事,总得有人去做。"

公益诉讼,心系民生

法律维系着民生的切身利益,其中的公益诉讼制度虽带不来丰厚的经济利益,但背后所带来社会价值不可估量。刘加良作为一名法律人,多年专注于公益诉讼领域。

自2017年我国检察公益诉讼工作进入全面推进的常态化阶段以来，山东省检察机关积极作为。由于检察公益诉讼是新生事物，实践过程中的疑点与难点层出不穷，亟须学术界提供智力支持。在重要当头，刘加良怀着高度的使命感，积极参与并开展针对山东省检察机关公益诉讼培训班的授课工作，让相关领域的前沿理论研究能够落地山东、服务社会。其间，刘加良三次获邀为全省检察机关公益诉讼培训班授课，并参加模拟庭审活动，凭借精湛的专业技能和务实的工作作风赢得了参训检察官们的一致好评。

前往授课时，刘加良问清地点后便自行前往，中午也不需要专门的招待。课上，刘加良根据早已准备好的讲义，深入浅出地将学术理论讲清楚、说明白，同时将实践方法贯穿课堂；课下，检察官们也经常就环境污染等问题与刘加良在微信上进行交流，刘加良总是耐心地予以答疑解惑。在刘加良看来，生态环境、食药安全、国有资产等方方面面都关系着国计民生，国家重视公益诉讼是法律事业的进步，也是关系民生福祉的好事。作为法律人，刘加良心有家国情怀，对待检察公益诉讼培训，他始终感到使命在肩，丝毫不敢懈怠："尽自己所能为公益诉讼贡献一份力量。"

2018年11月19日，山东省人民检察院向山东大学致函，向刘加表示诚挚的谢意。济南的初冬来临，渐渐显露出萧索的氛围，省检察院的致函却让刘加良倍感温暖："冬的本义是终结，是先民系绳记事的绳结，社会发展与人生进步就像四季一样，只有一次又一次地跨越凛冬，才能迎来更好的万物生机。"刘加良对公益诉讼有着极为乐观的预期，对未来社会的发展也有着美好的向往。面对感谢，刘加良谦虚地表示这只不过是分内之事。"有些事总要有人去做，不做就没有改变，做了才会向积极的未来靠近。"在谈到当下社会存在一些负面问题时，刘加良如是说。

苦攀生活，拥抱改变

平日，刘加良是一个善于观察生活的人。由于工作的原因，他时常奔波在路途之中，对沿途的事物与风景有着独到的"视野"。他看到来来往往的人群，他看到人群的悲喜交加，仅是小小的车站里便发生着无数生活片段。刘加良便在这个过程中见证着、观察着、思考着。同时，刘加良又是一个善于记录生活的人，他以"苦攀"为名写着自己的心情随笔，以严谨的文风述说着自己的感悟。"写随笔不仅可以记录生活，还可以熟悉文字，不生疏于自己的学术写作。"在他看来，生活于他而言是一次次突破自我的攀登，生活中存在着诸多困难与挑战，只有不断克服与超越，才能交出自己满意的人生答卷。

谈及因何选择学习法律，刘加良笑称是因为小时候看过的《法网柔情》让他印象深刻。在法学的道路上，刘加良对自己所遇到的老师心怀感激："硕士期间的导师以安静淡然的气质言传身教，博士期间的导师将孜孜不倦的质感融入日常。"他笑称，导师的严谨认真和孜孜不倦时常让作为学生的自己感到惭愧。回忆起大学时光，他感慨如今所取得的成绩离不开大学期间的积累。据同学回忆，刘加良在读大学时可以说是一个"学霸"，也可以说是一个"不安分"的学生。成绩优异的刘加良不满足于"学生"的身份，他经常利用假期实践的机会体验不同的社会角色，不论如何辛苦和忙碌，他总是乐此不疲。正因如此，他才能提前了解这个社会，也才能更好地了解法律带给他的责任与力量。

如今，刘加良的主要角色是一名大学教师。他时常组织法律界同学朋友一起举办大学讲座，增加见面沟通的机会，在这样的学术探讨中，来自学术界和实务工作的双方朋友可以逐渐形成共识，使尚处在模糊边界的问题在讨论中逐渐明朗。

课堂上，刘加良有着自己独特的习惯，无论是本科生还是研究生课堂，他都始终保持着高度集中的注意力，希望能在有限的时间里教给学生更多的知识。课堂时间一长，难免会出现学生走神的情况，这时候的刘加良早已"眼观八方"，开始讲起自己最近接触的真实案件，一下子又吸引了同学们的注意力。别开生面的"现身说法"后又进入新一轮知识讲解，站在讲台上的刘加良就像运筹帷幄的执棋人，凭着自己对课堂节奏的把握，他所讲解的课堂知识点已经铺满整个"棋盘"，只待在恰当时刻落下早已演算好的那一颗子，让学生们得到最有益的收获。在多年的教学过程中，刘加良始终把尊重学生放在首位，他时常在课前课后与学生沟通，关注学生的想法和反馈。

在出版的《啄木法树：一名青年法律学人的历练与体悟》一书中，刘加良用"明显偏快的言语表达、明显偏厚的自制讲义、明显偏少的课间休息、明显偏奇的平时作业、明显偏难的期末考试"来描述自己开设的民事诉讼法课程。尽管这门课程本身难度很大，但通过刘加良精心的课堂设计与细心的讲解，仍然获得学生的广泛好评。2016年，刘加良获评"全国法律专业学位研究生教育优秀教师"称号。面对荣誉和肯定，刘加良报之一笑，表示自己"尽心教书只为心安"。

青岛的海风吹向济南，济南的泉水循环入海，济南与青岛之间早已有着千丝万缕的联系。刘加良的日常时间基本就这样在济南与青岛之间的一列列高铁上奔波消逝。好友在他组织的分享会上看到他，感慨着他的生活还是像以前一样忙而有序，同时庆幸他依旧怀着一颗赤子之心，不断苦攀着属于他的法律人生。"为生虫之树解除虫忧，为健康之树均衡生长提供条件"，刘加良以啄木鸟为喻来表达自己对法律人的看法。在网络上，刘加良以"苦攀"自勉，在人生道路中不断积累，将务实带进课堂，将法律人的良心传递给一代又一代山大学子。苦攀不仅是对过往的追思，更是对明天的展望，良心不仅是做学问的基石，更是做人的准绳。正如刘加良书中的赠语："前路悠悠，唯有进取不可遗忘。"

（原载于山东大学新闻网2019年2月3日；文：杨小雪、曾依人，图：受访者提供）

陈阿莲：对标国家重大需求，谱就电力电子新篇

陈阿莲，山东大学控制科学与工程学院教授，博士生导师，曾任学院副院长。长期从事可再生能源发电技术、高压大功率多电平变换技术、微电网优化运行与控制等领域的教学与科研工作。曾获国家科技进步奖二等奖 1 项、国家教学成果奖二等奖 2 项、“山东大学优秀教师”等荣誉。

济南伴随着夜幕降临进入了短暂的静谧，千家万户闪烁的灯光将这座城市再度唤起。电，已经融入我们的生活，亦成为这个时代最普及的动力。“光伏发电”“风力发电”等字眼早已不再陌生，近日济南地铁首线开通的消息更是强势“霸屏”，刷新着人们的生活印象。在一项项推动生产生活革新换代的技术背后，都涉及电力电子技术的转化与应用。作为电力电子领域的专家，陈阿莲教授及其所在团队在服务山东新旧动能转换、打破垄断实现自主知识产权、研发新型高效电力电子装备方面作出了成果丰硕的“山大贡献”。陈阿莲教授也因此获评 2018 年度“享受国务院特殊津贴专家”和 2017 年度“山东省有突出贡献的中青年专家”。

面向国家需求，研发核心技术

在千佛山校区教学8号楼办公室，记者见到了陈阿莲教授，干练的短发和热情的微笑是她给人留下的第一印象。交谈中，从科研到教学，从事业到生活，一路走来，坚持不懈已经成为陈阿莲教授的常态。陈阿莲研究的领域是电力电子与电力传动，这是一个新型交叉学科，融合了电力、电子和控制三个学科领域，主要研究电能的变换和控制。电力电子在工业生产、电力系统、交通运输、通信系统、家用电器以及国防领域等均有广泛的应用。其中，电力系统中的发电、输电、配电、用电都离不开电力电子，尤其在新能源时代，对于可再生能源发电中的光伏发电、风力发电以及微电网、智能电网等，电力电子变换更是必不可少。"电力电子器件、电力电子装置、系统与应用是电力电子学科的三大部分。器件是基础，装置是关键，应用是牵引。"谈到目前我国电力电子领域所面临的挑战，陈阿莲教授将记忆带回了10年前："以光伏产业的逆变器为例，10年前我们国家的高性能光伏逆变器基本被国外厂家垄断。"怀着振兴民族科技的使命与担当，陈阿莲教授所在团队立志为解决这个"卡脖子"的核心科技问题贡献力量。

自2006年团队承担第一个光伏逆变技术的项目开始，他们踏上了科研攻关的新征程。团队充分发挥山东大学在控制、调制、拓扑等方面的研究优势，以及企业在生产、工程方面的应用优势，通过与山东奥太电气有限公司、中节能太阳能科技股份有限公司两家战略合作单位长期稳定合作，在光伏系统的降本增效和提高性能等方面实现了重要技术的创新与突破。回忆起这个项目的研究始末，陈阿莲教授语气平和，但旁人都清楚，这是他们团队用10年时间一步一个脚印完成的一次科技革新。十年一剑，终成大器。"在国家政策的支持和全行业同仁的共同努力下，国内光伏逆变器基本都已实现自主生产。"在此征程中山大人也作出了不可磨灭的重要贡献。

凭借着10年的坚持，陈阿莲教授及其团队实现了当初的目标，项目成果也获得了社会的广泛认可。2016年度国家科学技术奖励大会上，山东大学控制科学与工程学院张承慧作为第一完成人、陈阿莲作为第二完成人、山东奥太电气有限公司张洪亮作为第三完成人的"高性能光伏发电系统关键控制技术与产业化应用"项目荣获国家科技进步奖二等奖。十年饮冰，难凉热血，面对过往的艰辛与挑战，国家与人民的肯定是对陈阿莲及其团队最好的嘉奖。

项目的成功给予了团队莫大的鼓励，他们又开始了新一轮的挑战。针对世界各国竞相争夺的电力领域战略性高科技——微电网和智能电网，陈阿莲团队对其中的关键科学和技术问题展开了攻坚克难。面对未来科技的发展，陈阿莲的目标不仅仅是破除垄断，更是通过研发应用自身的核心技术，不断助力引领相关事业的发展。

凝结团队“战斗”，缔造优秀成果

电力电子节能技术与装备教育部工程研究中心位于千佛山校区8号楼，中心主任是教育部“长江学者”张承慧教授，陈阿莲教授也在这个团队中。当问及对陈阿莲教授的评价时，张承慧用15个字精辟概括：“干劲足，贡献大，能力强，思路清，威信高。”在他看来，陈阿莲教授是一位有着高度责任心和事业心的科研工作者，把事情交给她做很放心。他说：“陈阿莲科研思路清晰，管理能力强，有着极佳的科技创新思维，具有卓越的职业精神，她是团队中不可或缺的灵魂人物。”

谈起这个团队，陈阿莲教授总是用“肯吃苦，能战斗”6个字来概括。团队每次完成任务都如同士兵走向战场一样，向着目标，勇往直前。从申报重点基金、“863”计划项目，再到重大项目，以及国家科技进步奖和2019年的国家创新群体，团队里始终透着一股“虎狼文化”和战斗精神。

在陈阿莲教授工作的办公室和实验室旁边，有一间会议室，平时用于团队及课题组的各种学术研讨会和交流会。一到加班的时候，这间会议室便成为加班人员专用办公室。2016年申报国家科技进步奖的那段时间就是在这间会议室度过的，让陈阿莲教授印象深刻。当时“高性能光伏发电系统关键控制技术与产业化应用”项目经过层层申报和评选，得以推荐申报国家奖项，并进入到最后答辩环节。答辩形式是视频答辩，评审专家观看事先制作的10分钟视频成果介绍后随即提问。10年研究成果用10分钟展示出来，从内容到表达方式，都需要高度凝练。于是，陈阿莲所在团队的各工作组各司其职，协同工作，20多位团队成员聚在一起集中攻关，饿了吃盒饭，困了累了就在办公室休息，这种状态持续数月。正是这种勇往直前的团结战斗气概和精益求精的精神，让团队攻克了一个又一个难关。

随着科研的不断深入，陈阿莲所在团队也获得一项又一项成就。就在刚刚过去的2018年，以张承慧、张焕水、刘允刚教授为学术带头人，陈阿莲、王光臣、高峰、刘帅教授为青年研究骨干申请的“新能源发电与高效节能系统优化控制理论、技术及应用”项目获得“国家自然科学基金创新研究群体”项目的资助。未来，团队还将紧密围绕新能源与节能减排国家重大战略需求，针对制约新能源发电与高效节能技术发展的难题开展研究，为落实学校服务山东战略，聚焦山东省新旧动能转换“新能源新材料”产业发展作出更大贡献。

勤勉务实前进，坚守学术初心

陈阿莲本科的专业是应用电子技术，毕业后被面试推荐到电力电子与电力传动专业攻读硕士研究生。在硕士生导师张庆范教授的引领下，陈阿莲的学术兴趣愈发浓厚，走上了电力电子领域的研究道路。硕士毕业后，她前往浙江大学继续深造。

陈阿莲读博伊始时常感到压力，觉得自己的知识储备不够。为了弥补不足，她在博士课程之外，又跟着硕士生修读所缺课程。通过不断努力，她逐渐取得了一些科研成果，自信心也逐渐树立起来，从而激励她不断取得更大的进步。毕业的时候，她已经成为实验室里拥有科研成果最多的学生。作为当时实验室博士生里唯一的女生，陈阿莲的名字为同学们以及师弟师妹们熟知，大家常常称呼她“师姐”并把她作为自己的学术榜样。

博士导师何湘宁教授不仅帮助陈阿莲在学术道路培养了前瞻性思维，更以良好的师风影响着陈阿莲的成长。何湘宁教授和陈阿莲基于团队研究成果，合作出版了国内第一部多电平领域的专著《多电平变换器的理论和应用技术》。“当年‘多电平’的概念还比较新颖，而如今它在电力电子领域的应用已非常广泛。”同样也是在导师的鼓励下，陈阿莲积极向国内外期刊投稿、申请专利、申报成果奖励。毕业时，陈阿莲的毕业论文获得浙江大学优秀博士学位论文，并获得 2007 年“全国优秀博士学位论文提名奖”。

在自己的教学中，陈阿莲不仅与自己导师一样鼓励学生勇于创新，对待学生同样温和中透着严格。硕士生宋超超这样评价自己的老师：“对于工作，陈老师雷厉风行，但对于学生则润物无声。”在他看来，陈老师严谨细致的工作态度，也影响了整个课题组的学习和工作习惯。为了提升自己的专业能力、开拓国际视野，2013 年陈阿莲到美国弗吉尼亚理工大学的电力电子研究中心(Center for Power Electronics Systems, CPES)访学一年，合作导师为 IEEE Fellow、美国工程院院士、中国工程院外籍院士李泽元教授。“国家和学校提供了这么好的资源和机会，一定要珍惜，要有所学，有所获。”她是这么想的，也是这么做的。

总结自己的科研心得体会，陈阿莲认为，本科生一定要厚实基础、全面发展，在打好基础的同时拓展各方面的能力。而对研究生来说，必须勤于思考，敢于质疑，勇于创新。当然前提和基础来自知识的积累和积淀，站在巨人的肩膀上才能看得更远、飞得更高、跑得更快。

授业精益求精，教学改革先行

2005 年从浙江大学毕业之后，陈阿莲便回到山大来工作。2007 年年底，刚

30岁出头的陈阿莲被任命为学院分管本科教学工作的副院长。这既是沉甸甸的责任，也是一个巨大的挑战。本科教学任务重、琐事多、责任大，是高校人才培养环节中的重中之重。任职副院长的10年间，她在教学管理上投入了很多精力，凭借着认真负责的精神，每次都能交上满意的答卷。在她和同事们的共同努力下，学院在教育教学上屡有突破，自动化专业获批国家级特色专业、教育部综合改革试点专业并通过教育部工程教育专业认证，申报成功两个国家级工程实践教育中心，建立了较完善的教育教学人才培养体系，专业国际化和创新创业建设成果突出。

回忆起刚接手这项工作的时候，陈阿莲坦言压力很大："当时缺乏经验，刚接手工作就面临着自动化专业工程教育专业认证。"为了圆满完成任务，陈阿莲几乎整个学期的时间都在会议室度过，从自评报告撰写到支撑材料准备到现场考查，各个环节都做足了准备。让陈阿莲感动的是，教研室的老教师都积极助力年轻的她，在学院的会议室里几乎教研室里所有教授都在集中加班、团体协作，这无疑给了陈阿莲极大的支持。

任职期间，陈阿莲团结带领同事们对重塑控制学院的教学培养体系、提升专业建设、做好专业内涵发展作出了突出贡献。控制学院党委书记高瑞在说起这位共事多年的同事时用了"勤奋踏实"这四个字，他说："陈阿莲教授作为2017年本科教学审核评估的主要负责人，在母亲生病情况下，顶住压力，圆满完成任务，控制学院的教学评估组织工作获得了学校的高度评价。作为一名女性科研工作者，要同时兼顾家庭和事业的责任，是非常不容易的。没有顽强的敬业意志和高尚的理想信念是不可能做到的！"

2010年，在时任自动化专业国际化建设项目负责人张承慧教授的积极倡导和引导下，陈阿莲认识到国际化视野在学生培养过程中具有重要意义，重视学生知识、能力、素质、视野四位一体的培养。在陈阿莲的组织与推动下，控制学院在理念、课程、师资、平台等方面的国际化程度不断提高。2014年，张承慧、陈阿莲、段彬、李振华、李现明等为主要完成人申报的"具有国际化视野的自动化专业创新人才培养模式研究与实践"获第七届国家高等教育教学成果奖二等奖。这也是控制学院的首个国家级教学成果奖。伴随着教学管理工作的不断深入，又进行了人才培养体系的改革。"张承慧院长一直非常重视本科教育和人才培养，他常说'办好本科教育是一所大学一个学院最大的良心'。经常是他出思想，我来执行落实。"他们提出了"厚基深融、学养兼修、因材施教、分类培养"的教育理念，实施了自动化专业"三纵三横"教育教学人才培养体系。该理念通过小班教学，夯实了学生的理论基础，又通过理工融合、交叉互通培养了一大批适应时代发展的优秀人才。"构建自动化专业多元培养体系，着力培育理工融合拔尖人才”荣获2018年“国家级教学成果奖”二等奖及“山东省教学成果奖”一等奖。

对于自己的教学质量，陈阿莲有着更为严格的要求。她常常会用学院老教师曾毅教授的话勉励自己：“作为老师，你讲课的机会有很多次，但是对于学生来说，听你的每一堂课的机会只有一次。”陈阿莲也始终践行着这句话，每一次上课必须要做好充分的准备，以最好的状态、最精彩的方式呈现给学生。在她看来，老师是个很神圣的职业：“教育的本质意味着一棵树摇动另一棵树，一朵云推动另一朵云，一个灵魂唤醒另一个灵魂。”她引用德国著名的哲学家雅斯贝尔斯的一句话高度诠释了她心目中教师的意义。

在陈阿莲教授所在的实验室里，有一面照片墙，贴着一届届师生进行各种文体活动的照片，有团队参加迎新年跑的照片，还有拓展训练的照片等等，不一而足。陈阿莲教授兴致勃勃地一一介绍照片的人物和活动背景，这是这个战斗团队温馨、阳光的另一面。

凭借着坚持不懈的劲头，从学生到老师，从教学到科研，陈阿莲克服了一个又一个难关。回望回到山东大学工作13年的奋斗历程，她最大的感悟就是脚踏实地、认真负责地做好每一件事。她觉得自己做的一切工作都是值得的，十分感谢中心团队、学院领导和师长对自己成长的帮助支持。特别是家人在背后默默地支持才让陈阿莲在参与团队“战斗”时没有后顾之忧。

谈起未来，她说：“控制学院已进入高速发展的全盛时期，正在向一流学科进发，我会继续脚踏实地干好本职工作，为学院的发展添砖加瓦。”如今对陈阿莲而言，过往的成绩都已铺在脚下，摆在眼前的正是一个新起点，怀着科研工作者的责任与担当，伴着家人与朋友的支持与鼓励，她笑着说：“自己只会更努力吧！”

（原载于山东大学新闻网2019年2月23日；文：窦皓，图：谢婷婷）

邢建平：点燃创新教育的星星之火

邢建平，山东烟台人，山东大学微电子学院教授、博士生导师，微电子学院实验中心、集成电路系主任。担任教育部创新方法教学指导分委员会委员、iCAN 大学生创新创业大赛中国赛区主席、中国通信学会集成电路分会委员、中国卫星定位协会顾问团成员、山东省北斗卫星产业联盟秘书长等。入选 2017 年度“泰山产业领军人才工程”、2008 年度教育部“新世纪优秀人才计划”。曾经获得两届“山东大学优秀班主任”以及“全国万名优秀创新创业导师库人才”“山东省青年科技奖”“山东大学优秀教师”“山东大学实验室建设先进个人”“山东大学 AMD 奖教金”等荣誉称号。

在高等教育人才培养中，理论与实践相结合是科学教育理念的要义，创新型人才培养则是人才培养质量的核心。在 2018 年高等教育国家级教学成果奖评选中，山东大学微电子学院邢建平教授所负责的“课赛结合 iCAN＋iSTAR 任务驱动创新工程实践慕客空间协同育人新模式”荣获国家级教学成果二等奖。在与邢建平教授打过交道的师生眼里，他总是保持着积极向上的心态，总是对工作生活充满热情，总是将满身的正能量传递给每一位师生。因爱非凡，优秀是信仰，教师是责任，他在教书育人、学术研究、传承创新、服务社会等多方面，都发挥了积极作用。面对荣誉和肯定，他并未停歇，一直在路上，在诠释博乐敏行先进教育理念的实践中信步前行。

行于路途，结合课赛

“培养学生拥有自由选择权利和灵动创新能力，正是回归大学教育的本源。”谈到大学教育初衷，邢建平教授这样告诉记者。

他信奉知行合一，深知创业创新课程的要旨在于理论与实践高度融合，同时要培养“遇水搭桥，遇山开路”的担当精神：“知识是永远学不完的，大学生不能缺失信仰、梦想、思维和毅力，我们要培养的不只是会背知识的鹦鹉，面对世界中没有标准答案的难题，要让学生自信、坚持、有梦想，具有自主学习、探究学习和终生学习的能力，去适应和优化瞬息万变的社会新生态。”

自从成为一名教师，邢建平教授致力于探索一套合适的创新人才教学模式。10 年前，大学教育依然是传统的课堂模式，学生很难找到一个展现自我、互相交流的平台，邢建平明白这种模式对学生以后的发展存在着诸多弊端。无数个夜晚，他一边备课一边思索，既走着眼前的路，又摸索着未来的方向。在查阅了大量案例与资料后，他萌发了带领学生任务驱动进行物联网创新作品实战、参加物联网大赛以检验教学效果的想法，让学生在实践过程中提升创新能力。当时的大学生物联网大赛即是 iCAN 创新创业大赛的前身。

秉承“传递 iCAN 理念，激发创新热情，点燃创业梦想”精神的中国大学生物联网创新创业大赛(原美新杯中国 MEMS 传感器应用大赛)，是 iCAN 的中国选拔赛。10 年前的 iCAN 作为单纯的学科竞赛，远未发展到今天的规模，仅是为学生提供一个展现自我和彼此交流学习的平台。深夜，在了解相关机制和模式后，邢建平向 iCAN 竞赛发起人——北京大学张海霞教授发送了一封邮件，阐述了自己对于创新竞赛的看法及承办山东省 iCAN 比赛的计划，很快就得到了回复，这封信也改变了邢建平的人生轨迹。两人的初衷和理念不谋而合，都希望学生能够得到一个树立自信、提高自身综合素质的机会和开放平台，这也恰好与国家在培养学生“德、智、体、美、劳”全面发展的素质教育要求相同。在创新师傅山东大学陈言俊教授、朱瑞富教授等人的帮助下，他深耕创新教育 10 年，也成为走在国家双创政策前面的创新教育先行者。

全新的教学模式意味着一次全新的开始，富有挑战精神的邢建平没有被预想的困难吓倒：“这是一次大胆的尝试，谁也不知道前边的路通往哪里，但是我有信心这条路是正确且光明的。”然而，这样一个“开路”的过程并不容易，在筹备比赛之初,他便费尽心思,致力于为学生提供一个他们真正需要的开放平台。

在iCAN大赛的定位上,邢建平教授一直坚持不办校赛:“iCAN的主要目的并不只在于竞技,更在于交流展示与学习,否则每次都是最需要帮助的同学被遴选下去了。我认为教育就是让每个学生有机会。”他在比赛筹办之初就明确表示,要让所有有梦想的学生都能来到大平台课堂学习、交流和提升,事实上这也着实改变了一批学子的命运。在确定大赛定位之后,他又萌生了一个大胆的想法:“我想让这场比赛更加开放,不仅局限于某一个单独学科,而是真正地让所有学生都能在这个平台交叉融合、协同获益。”于是他积极招募跨专业学生和志愿者,组建了全国高校第一个iCAN创新实践基地、第一个大学生iCAN×Lab科创社团、交叉学科学生组队参赛,不断扩大iCAN的影响力。山东赛区连续8年成为全国规模最大的赛区,打造了一堂堂真正的“启动内心,勇于创新,解决问题,永不放弃”的精品“综合性观摩课”。

目前在美国耶鲁大学学习工作的2012级管理学院的本科生李凌波同学在大学入学伊始就跟随邢建平教授在iCAN大赛做志愿者,大二、大三时又作为参赛者进行自我能力展示。在她看来:“我在iCAN中真正扩大了视野,也接触到了更多优秀的人。”打造一个大学生资源共享、经历助长的平台,这也是邢建平教授目标里iCAN大赛的深层意义所在。

“操千曲而后晓声,观千剑而后识器。”十几年时光飘忽而过,通过一届届比赛的举办,邢建平教授也逐渐意识到大学应该给予学生的真正馈赠——回归教育本质,即面向满足国家战略急需科教和产教融合,课赛结合开启创新思维灵动之窗。如今,国际iCAN大学生创新创业大赛入选教育部质量工程支持项目,不断发现和挖掘有作为、有潜力的优秀青年科技人才,同时为高科技创新创业搭建交流平台。理想照进现实,曾经一瞬间的思想种子如今已经洒向漫山遍野,收获了数不尽的景色与芬芳。

遥望星光,成就梦想

在选择科研方向方面,邢建平教授也是从国家需要出发,选择瞄准北斗高精度定位和车联网这一国家战略急需发展方向进行入手,一干就是20年,因为这项技术直接抗衡的就是美国的GPS系统。如何超越GPS系统,作为中国卫星定位协会顾问团成员、中国北斗卫星导航系统工程与应用参与者,邢建平教授深知“北斗系统”的现实意义和背后寄托的家国情怀,围绕中国北斗空间物联信息技术及其在空地协同、陆海一体的军民融合领域核心,通过多年科技攻关,有效实现了广域北斗高动态亚米车道级的核心技术与服务系统、静态毫米级定位系统关键技术的突破,将自主研制的北斗精密定位算法、集成芯片和格网差分技术在精准交通、农业、海洋等多个规模化示范应用和产业化，多项成果填补了国内空白，达到了国际先进水平，所撰写的产业发展报告得到中共山东省委书记刘家义等领导的批示，积极推动了行业发展和进步。他发挥自身优势，组织举办了多期高层次课程进修班，精心设计、认真组织、挖掘资源、积极排课，深入学员中间调研，得到合作单位的一致好评。

每当站在讲台或是站在赛场时，邢建平都能感受到这些不断进步的学生们的特质：他们思维活跃，自信满满；他们不仅懂得“顶天”，还懂得“立地”；他们正是新一代的摘星者，是祖国未来的接班人。于是，邢建平教授带领团队也对“育人之魂”进行了深入探讨，向 iCAN 注入了“北斗”元素，坚持科教和产教协同，建设中国北斗精准时空科教实验网（山东），将最新科研成果转化为校验实践教学和创新教育平台和优质课程，在全国率先开办了 iCAN 北斗新时空智慧物联创新班（大学生）、iCAN 北斗星光未来科学营（中学生），积极推进全国大学生和青少年接受“北斗”教育，让孩子们积极了解“北斗”背后榜样的故事，亲自参与进“北斗”创新教育体系的建设之中。国家北斗战略注入了中华儿女的民族自豪感和国家使命感。谈到这里，他难掩激动之色：“我仍记得少年时代自己遥望的星辰微光，也记得见证中国自己的北斗系统建成时内心是何等的激动与自豪，我也希望激励自己的学生们有着相同的情怀。”

立足比赛，邢建平教授还带领团队做了一系列卓有成效的创新尝试。2012年，在学校率先开设科研方法与训练导论通识核心课程，以社会对人才的需求为指导思想，以国际化视野，转变学生观念，进行案例式点评教学，让学生敢于提问、敢于表现，享受过程、享受自信。与张海霞教授一起，他们打造山大、北大创新名师名课名教材名平台，开发了以实践为主导的创新课程体系，开设“创新工程实践”“北斗创新设计导航”等全国创新学分课和山东大学创新荣誉学分课，以课程点燃万千学子创新思维的星星之火，累计选课人数接近 30 万人次；通过全直播“全国异地同堂”双向互动和组建学习社群，全国数百所高校万人在网上实现了共享学习，探索了信息化、网络化环境下的学习模式的变革，为新时期教育改革课程建设与学习方式优化积累了经验。他注重将课内、课外与人生有机地融合，用激情点燃学生求知的欲望，碰撞学生沉默的心灵。学生们说：“听邢老师的课是一种美的享受，他文理结合、善打比方、深入浅出、寓教于乐，不知不觉中打开了我们心灵和思想的空间。”

他们发挥山东大学国家级双创基地、创客空间优势，形成学生自主训练、开放共享的“在线慕课＋创客空间＝慕客空间”模式，融入北斗新时空物联教育平台将国家使命、思维方法、产权保护、自主技术等协同育人……为了开阔学生视野，他还带领学生走出校门，到社会和企业调研学习和交流，极大地激发了学生的学习热情。探索了10多年的"课赛结合 iCAN+iSTAR 任务驱动创新工程实践慕客空间协同育人新模式"经过了漫漫时间的考验。iCAN 大赛于2010年起成为国际赛事,普及到30个国家地区,累计700所高校20万人次参赛,举办全球青年创新峰会论坛20次,将中国成果展现世界面前,形成中国创新教育国际影响力,在教育界广受好评。作为创始人,邢建平还创办了山东省物联网创造力大赛、山东省单片机应用设计大赛,两个赛事成为山东省大学生科技节重要内容。作为指导老师,他10年来累计指导学生获奖500多人次,其中获得国际奖2项、特等奖(全国冠军)1项、国家奖80余项、省部级奖励200多项。目前,已培养研究生上百名,其中有20多人是国防生和强军计划,他认为,为国防培养创新人才是一名优秀教师义不容辞的担当和责任。

光环之下,邢建平教授没有留给自己太多庆祝与欢欣的时间,因为他深知距离心目中"好老师"的标准,自己还有很多可做的。

坚守信念,心系桃李

邢建平生在烟台,半边浪涛半边都市的故乡见证了他的少年时代。邢建平5岁时母亲去世,10岁时身为军人的父亲又突然离世,是亲朋好友、党和军队把他抚养成人,他从小就能感受到亲人们和军队、社会的恩情,并将同样做教师的姐姐视为最信赖的人及人生榜样。就是这无私的亲情滋养了一颗感恩的心,使他牢牢树立了"成人达己,达己为人"的思想,沐爱成长。上学时,他不像传统意义上规规矩矩的"乖学生",而是善于细致入微地观察,积极地面对生活与命运的艰辛,独立思考积极实践,乐观地度过了充实的大学时代并被保送攻读硕士研究生。

寒来暑往,春去秋来,学生时代结束,邢建平踏入社会,迈出了第一步。在与同班34位研究生同学挥手告别后,当时只有他一人进入企业工作,他坚信是金子在哪里都能发光,怀揣着"实业救国"的理想投身企业做了一名通信工程师。当时野外工作十分艰苦,邢建平幽默地将爬铁塔、架天线的通信工程比喻成"铁塔系井螺丝专业",几年下来爬遍了全省上百座高山,架设了数百套通信基站和卫星系统。想要做好工作,除了学校里课本上的知识,更重要的是亲身实践中学习,严寒酷暑中长时间工作是家常便饭。正是在这样艰苦的环境里,邢建平积累了大学校园里无法接触到的实战经验,创造了显著的经济和社会效益。因工作成绩突出,他29岁那年破格晋升全省最年轻的高级工程师。这些经历给他未来的科研教学、创新实践奠定了坚实基础。

工作中,他发现在现有的高等教育中,有相当一部分学生欠缺实践经验和解决实际问题的能力,于是萌生了走产、学、研相结合之路的想法。机缘巧合,因原企业转型房地产行业，同班同学相约移民北美，但都被他拒绝了，他坦言："我决不会加入外国籍的，要一辈子踏踏实实做个为国贡献的赤子！"随后，2002年他回到山东大学成为一名人民教师，到今天已经18个春秋。情感是全部人生的动力，尤其是亲情，它能够帮你塑造人生中阳光般的心境，它可以帮你站在社会的角度去对待人生。

回到学校前的那个晚上，邢建平给同在大学教书育人已14年的姐姐打电话，问如何能做一名好老师。姐姐说，1/3讲课内，1/3讲课外，1/3讲人生。6年后深秋的一个晚上，他突然又打电话给姐姐说，明白了。课内、课外、人生，不就是传道授业解惑吗？随着日积月累，要做一名优秀的教师，更应该释情、敏行，传承一种精神、思维的灵动，积极实践。要设身处地地为学生着想，以身作则地参与创新科研过程，让学生独立悟道、求业、生惑，摒弃一本书主义，不要成为精致的利己主义者。

以身作则、率先垂范，在职攻读北京航空航天大学博士期间，他师从我国著名交通导航专家张军院士。3年内几乎每周往返于北京和济南之间共100余次，每周一到周三在山大授课，晚上坐火车赴京，常常深夜进入北航实验室，每周四到周六又要在北航听课、考试、实验和论文撰写。耳濡目染、名师指导，经过勤奋努力和坚持，他最终没有耽误山大的所有课程和工作，如期完成了博士论文的写作和答辩。

从沉思的少年到工程师，再到大学教师，身份的转变带给了他多维度的思考模式；在多年的教学中，他也不停地在探求着"做一个好老师"的真谛，注重智商、情商，更注重学生灵商、行商的培养，传承和实践感恩与爱的教育，提出了智情灵行融商理论，重构了学习力、创造力、表现力、组织力、执行力等5个核心能力，提出了iSTAR（兴趣、自主、合作、实践、研究）学习方法。在他的眼里，培养出具有"谦谦君子之风""博爱灵魂之道""创新思维之法""否定批判之能"的学生，这才是大学"育人"的终极目标。

多重身份，多彩人生

采访中，随着往事一幕幕浮现在眼前，邢建平百感交集。在教师的身份之外，他在生活中是一位温情、细心的父亲，不论工作任务多么繁重，他总是会用心呵护孩子的成长。"我经常会带他们出去转转，看看祖国的好山好水，不能让他们过早地依赖网络，这就需要父母发挥榜样的作用和力量。"提到与孩子在一起的时间，他的眼里藏不住无限柔情，也饱含着对儿女深沉的爱。

一次郊游中孩子把小麦错认成富贵竹的经历，让他意识到在互联网时代，现在的孩子接触真实世界太少；实践要从娃娃抓起，要让孩子知道实践是检验真理的唯一标准。对待儿女，他既有面对孩子疑问时的循循善诱，又有为孩子确立规则意识时的严肃威严。有了陪伴孩子的经历，把孩子当学生教，把学生当孩子育，邢建平也更懂得在课堂上如何把握学生的心理状态。

提到自己的老师，微电子学院2016级学生蔺旭用两个词概括了他对于邢老师的印象——“细心”与“博学”。课堂之外，邢建平教授与学生时常促膝谈心，关怀学生的学习和生活。在他看来，教师与学生的关系应该打破传统，形成像朋友、同事的互相交流的关系。虽然是理工科教师，可邢建平教授一直保持着对于文学的热爱。课堂上，他经常结合生活经历对学生循循善诱，阐释人生。在这个信息发达、流行网络“快文化”的社会，他深知大学生的精神世界亟待充实，于是他将自己对于文学的热爱融入课堂之中，逐渐打破学生传统印象中“文理对立”的藩篱，同时鼓励学生利用互联网资源多阅读思考。“每个人的小宇宙里都有自己的兴趣点，都有自己渴望的事，重要的是怎样去发现它。作为老师，就是要帮助学生学会找到自己的兴趣点。兴趣和热爱才会让我们离快乐、离幸福、离伟大的事业更近一些。”邢建平教授如是说。

邢建平不仅爱读，还爱自己写；不仅自己写，还鼓励学生同他一起创作，在文学中抒发自己的情怀、体验自己的精神。春风化雨，润物无声。“时漫漫，谆谆声声唤，桃李八方捷报传，师比蝶花恋。”“站在我的肩上，或者让我走进你的心里，蝶变思翼，逆天有你。”正因为不囿于烙印与标签，邢建平教授成为了学生眼里富有人格魅力的“男神”。

结　语

教导学生是工作，启发学生是使命，深谙从教之道的邢建平教授在大学这片天地努力培养着一届又一届学子，为他们创新与实践能力的开发打开一扇天窗。他主张教育应该自主适应科技的发展，通过互联网让学生既能拓宽“博大”的视野，也能掌握“精深”的技能。有着多样人生经历的他，总是可以看到一个个稚气未脱的学子身上潜在的光芒，他要做的便是将这份光芒放大，使其照耀一方天地，取得瞩目的成绩。

“我距离退休还有15年，退休之后至少还能干上20年，离停下脚步早着呢！”邢建平教授笑着抿了口茶，望向窗外，眼底蕴含着无限期许。在他眼中，他所培养的学生正像是一颗颗太阳：他们“你争我抢”，在竞争中实现自我提高；他们富有朝气，勇于改变世界——这也是他在自身对于教育的探索中期待看到的结果。作为一名教师，他期待自己一直走下去，一直在创新教育上发挥更大的能量，哪怕风霜尽染，归来时仍是翩翩少年。

（原载于山东大学新闻网2019年3月11日；文：高鑫、何元航、刀彦月，图：受访者提供）

王芬：礼出东方，求索千年

走进历史文化学院，我们在一间办公室看到了王芬伏案办公的身影。一头利落的短发，神情温暖，目光明亮，让人难以将眼前这位年轻学者与古老遗址联系到一起。对于自己取得的成就，王芬报以莞尔一笑。见面之前，笔者在网站上了解到关于她的信息：山东大学历史文化学院副院长，考古与博物馆学系教授、博士生导师，山东大学焦家遗址发掘领队。2015 年入选首批“山东大学青年学者未来计划”，2016 年荣获首届中国考古学大会“金爵奖”，同年获山东省社科联评选的第 10 届“山东省社会科学学科新秀奖”，2017 年获评“泰山学者青年专家”。

2018 年 11 月 15 日，《考古新发现——山东焦家遗址出土文物展》在山东省博物馆正式开幕，一场跨越数千年历史的考古发现为我们展示了一幅规模宏大、遗存丰富、价值纯粹的远古画卷。这是继国家博物馆专题展后，山东章丘焦家遗址发掘成果的又一次重要亮相。近期，该成果先后入选由中国文物报社和中国考古学会主办的“2017 年度全国十大考古新发现”，以及由中国社会科学院主办的“2017年度全国六大考古新发现”。焦家遗址的工作凝聚了山东大学考古发掘团队的辛勤汗水，他们的领队就是今天报道的主人公——山东大学历史文化学院教授王芬。

敬重历史，献礼东方

2016年，焦家遗址的发掘工作正式启动。虽然是考古学生实习，但容不得一点马虎，王芬对该项工作全力投入。从一开始的发掘申报，到现场考古发掘以及之后的器物修复，每一个环节都能看到她的身影。由100多名考古系师生组成的山东大学考古团队用了两年多的时间，初步了解了这个大型史前城壕聚落的演变、内涵和价值等，为这一地区以城子崖为代表的龙山文化找到了重要源头，意义重大。对于焦家遗址入选“2017年度全国十大考古新发现”，王芬不无感慨：“虽然发掘的过程很艰难，但取得的成绩给予了焦家考古参与者最珍贵的礼物。”

“全国十大考古新发现”的光环是耀眼的，但发掘过程中的艰苦与挑战也是真实的。焦家遗址位于章丘农村地区，考古队就驻扎在农户家里，一住就是小半年。这对一直生活在“象牙塔”里的学生们来说着实不易，由于白天没有长供的自来水，在田野里工作一天，晚上回去还要为解决洗澡问题伤脑筋。带队的两位老师从来没有为自己开过绿灯，与学生们同吃同住，自己也乐在其中。虽然工作条件艰辛，但每个参与发掘工作的学生都怀着对历史的敬重与对未来的期待，洋溢着饱满的工作热情。

“最喜欢早上出门的时候，成队的学生们走在乡间的林荫小路上，迎着朝阳，一切都充满了希望。”早上推着小车出门，晚上伴着月色回家，用王芬自己的话说就是，与学生们在一起，感觉自己都变得更年轻了。

考古发掘是一次在已知条件下对未知的探索，发掘过程中充斥着不可预测的变数。在最初的一段时间，发掘工作一度遇到瓶颈，半个多月的发掘，期待中的早期文化堆积迟迟未到，不只是同学们，连王芬也隐隐着急，“发掘面积有限，如果布方位置不理想，发现遗迹少，会影响同学们实践能力的培养。”但多年的考古经验让她坚信自己区域规划的合理性，在鼓励学生们的同时也为自己加油打气。功夫不负有心人，令人欣喜的结果很快便接踵而至。

“那天我们就快收工了，一个同学跑到我身边，除了脸上挂着的笑容，单就那眼神，我就知道，肯定有重要发现。”王芬对当天的情景记忆犹新，第一座墓葬就这样被发现。为了保护文物，工作不能因为黑夜来临就停止，同学们个个精神抖擞，一直工作到晚上9点，之后留了少数“精兵强将”在工地值夜。第二天天还不亮，王芬就和几个女同学去换班。在这之后，大量的文化遗存不断涌现，考古工地上一众师生拿着小刷子、小铲子，不停地刷刷铲铲，焦家遗址的原貌渐渐浮现在世人面前，5000 年前的东方历史文明在他们的手下如花朵般慢慢绽放。

焦家遗址的发掘确立了目前所知海岱地区年代最早的城址，除明确的城墙和壕沟外，还发现有 116 座房址、包括 20 余座大型墓葬在内的 215 座墓葬以及近千座灰坑等遗迹。此次考古挖掘还出土了大量玉器、白陶和彩陶等高端器物，为早期社会的礼仪制度、宗教思想、文化艺术等研究提供了丰富的遗存证据和实物资料，是近 30 年来海岱地区最重要的考古发现之一。甫一出土，名动全国，焦家遗址的学术价值不可估量。

很快，喜讯传来，国家博物馆将展出本次出土文物。国家博物馆的展览，对考古工作者无疑是一次莫大的肯定，但消息来得突然，很多器物的修缮工作还没有完成。为了办好展览，工作室里，王芬带着整个团队的老师不眠不休地工作了半个多月："那时候忙得连饭都没时间去吃，经常给学生打电话求带饭，学生在食堂吃完就提着盒饭来给我们送。"工期短，任务重，但凭着一股子韧劲，王芬和她的团队圆满完成了既定工作目标。

7 月，以"礼出东方"为主题的山东焦家遗址考古发现展在国家博物馆如期举行。王芬笑着回忆说："我们的同学可高兴了，开展那天，好多学生还有家长都特意从济南坐车去北京见证这历史性的一刻。"看到玻璃柜里陈列着的一排排展品，过去的辛苦与挑战都已化作心底的甘甜，文明能在自己手中重现，就是考古人最大的欣慰和满足。

结缘考古，孜孜以求

说起与考古专业的缘分，王芬坦言，自己进入这个专业纯粹是偶然。作为保送生的她，面对专业大类的选择，选择了历史。初入大学，年轻人的诸多困惑和迷茫迎面而来，性格倔强的她对自己当时的那种状态并不满意，想要寻求一种转变。在面临专业分流时，"考古"一词映入了王芬的眼中："我当时对艺术史比较感兴趣，也希望考古能够让自己亲手参与历史重现，憧憬着这一过程能满足自己对历史的喜爱。"最终在专业分流的大潮中，她听从自己的内心，开始了与考古的缘分。

对王芬来说，考古的意义远不止于器物的重现："我觉得考古最重要的不是遇到了什么，而是在与文化遗存的对话中研究了些什么、知道了些什么。"承载了漫长时光的文物固然重要，考古人却更希望通过对考古遗存的分析，重现当时的社会生活、社会关系以及社会发展进程。

刚开始，王芬对考古学的知识很陌生，但她愿意花时间去学习，在不断积累的过程中被考古的魅力深深吸引,在这条路上一走就是20多年。本科毕业后,她继续留在山大学习直至博士毕业,其间在专业顶尖学术刊物《考古学报》上发表长文。她一直认为,知识的持续积累是最重要的,如果自己知识积累不够,即使遇到了好的考古遗存也不能充分解读,那会是一件令人遗憾的事情。因此,她也一直在理论学习与教学实践中不断充盈自己。

"我没有什么别的兴趣爱好,闲暇之余也就是读读书。面对不断涌现的考古新理念和新材料,唯一要做的就是不能停下学习的脚步。"王芬说。而今她在考古研究的路上,已经多有收获,当初作的选择已经回馈给她最好的结果。谈到未来,她说自己没有什么大的规划或目标,汲汲于知识,收获到学习的乐趣就是好的。已进入不惑之年的她,已记不清年少时自己所憧憬的样子,但也许,现在的状态就是最好的模样。

趣味教学,魅力人格

王芬的世界是纯色的,考古与上课两件事几乎占据了她生活的全部。作为大学教师,教学不仅是她的工作,更是她的兴趣与理想。正因为对教学的专注与热情,她的课在学生中有着很高的人气。很多学生评价称:"王芬老师的眼神中是有光的,从她的言谈举止中能够感知她对考古的专注,在课堂上非常有代入感。"在学生的眼中,王芬不仅有深厚的知识储备,还有极富感染力的教学技巧和幽默的口才,总能使课堂变得妙趣横生。很多学生就是在听过她的课之后,喜欢上了考古。由于学院工作的需要,身为副院长的她,在日常教学与科研之外也要忙于行政工作。这样一来,给学生上课的时间就少了。"现在的课时和之前比,已经减少了一半,但好在还能给学生上课。"王芬说。

考古是一门实践性很强的学科,从2006年留校任教开始,王芬就长期带学生下工地进行田野考古。最初混在学生中间工作,她总会被误认为是哪个不熟悉的同学。相仿的年龄,使得她与学生很快便相处得十分融洽。在考古实践中,她总是为学生耐心讲解并亲自示范,也因此成为同学们心中亲近的朋友。作为女性,在野外考古实践中面临着不小的局限性:一是条件的艰苦,二是体力的劣势,因此王芬需要耗费更多精力,来克服种种困难。有一次学生拍了她在工作的照片,照片中突然涌现的白发,也记录了不饶人的岁月在考古人身上悄悄留下的抹不去的痕迹。

孩子出生后的几年里,王芬每隔一段时间就要下一次工地,常常不在家,孩子的生活起居只能交给家人。同事们都戏称她为"工作狂",可是家人的理解给了她莫大的支持。

从本科时的"学霸"到现在考古领域的佼佼者,谈起这么多年来的成绩,王芬归结为幸运："我运气总是很好。"对于同学们来说，王芬的身上散发着强烈的人格魅力，努力、坚持、博学、有趣，一个个充满正能量的标签使得她不仅成为学生们学业上的导师，更是精神上的榜样。

考古是什么？悠远历史的奥秘，总要有人上下求索，沉下心，走进去，在堆堆土坷中探寻文明的遗迹。不在乎发掘的物件，只愿将当年的社会风貌展露于世间，这是王芬一直以来的追求，也是千千万万考古人的夙愿。她在20多年的教学生涯中培养了一批又一批优秀的学生，发掘了一个又一个价值极高的历史遗迹，分析出了一段又一段不为人知的历史。对于王芬来说，"考古人"三个字便是对她最好的界定。醉心考古，探究文明；潜心耕耘半生，只愿将遗失的那段历史讲述与人听。

（原载于山东大学新闻网2019年3月25日；文：李兵，图：受访者提供）

蒋晓芸：传递热爱，让数学离你更近一点

蒋晓芸，山东大学数学学院教授、博士生导师，国家“万人计划”教学名师，国家非牛顿流体力学专业委员会委员，山东大学国家重点学科“应用数学”学科带头人；先后主持10余项国家自然科学基金、省部级研究项目；主持国家首批精品在线开放课程2门；曾获国家教学成果奖二等奖2项、省教学成果奖一等奖2项、省自然科学奖二等奖1项；获“全国五一巾帼标兵”“山东省高校十大师德标兵”“山东大学优秀教师”等荣誉称号。

纯粹、优美、清晰，人们常用这样的词来形容数学。对许多学习数学公共课的大学生而言，学好数学绝非易事，不过在蒋晓芸的眼中，让学生学好数学并非难以跨越的鸿沟。执教30余年，她凭借扎实的专业基础与丰富的教学经验形成了自己独特的教学风格和教学理念，为学生搭建了一座通往高数奥秘的无形“桥梁”。2018年，由她担任主要负责人的“依托学科优势构建以生为本的数学公共课课程体系与创新人才培养模式”项目成果，获评教育部高等教育国家级教学成果奖二等奖。采访中，蒋晓芸与记者交流了她以生为本的教学理念，以

及项目获奖背后的故事。她热情爽朗的声音，让办公室更显温暖，春意盎然。

谦逊沉稳，因材施教的课程设计者

面对国家级教学成果二等奖的荣誉，蒋晓芸说："这个奖不是我一个人的，是属于整个团队的。"她指着桌上文件的标红处，上面写着团队每一位成员的名字——成果主要完成人：蒋晓芸、吴臻、秦静、张天德、刘保东、胡发胜、黄宗媛、王红英、王伟、黄淑祥。

谈到团队的创建，蒋晓芸的思绪回到了 2003 年前后，时任院长、教学副院长的刘建亚教授、吴臻教授建立了大学数学这个团队。10 余年来，团队成员紧跟时代步伐，不断进行教育教学改革。"我们能有今天的成果，离不开过往的积淀和既有的基础。"蒋晓芸说。

对于数学公共课的教学，蒋晓芸有着自己的一番心得。数学类公共课是非数学类各专业人才培养的重要支撑，其课程质量好坏直接关系到"双一流"建设的成败。"数学虽然很难，但它是一门基础学科，能够培养学生的数学逻辑和思维方法，这是很关键的。"其实，在蒋晓芸看来，拥有数学素养远比解出难题更重要。

蒋晓芸一直把上课当成一门艺术来研究，在不断推进的教学改革实践中，逐渐形成了自己独特的教学风格和教学理念，提出了"以生为本－快乐学习－智慧育人"的教学思想体系，践行了"问题驱动－教师授课－自主学习－讨论探究"线上、线下相结合的混合式教学模式。她尝试将数学知识与学科专业问题结合起来，激发不同学科学生的兴趣，在教学过程中引起学生共鸣，使得数学思想更容易被理解和接受。同时，学生通过讨论、探究参加到教学活动中，营造了学生独立思考、自由探索、勇于创新的良好氛围。"高等数学"这样在学生眼里本来相对枯燥的课，在蒋晓芸的教授之后成了课上气氛活跃、课后让人意犹未尽的一门精品课。课程教学效果、教学质量、课程建设成果受到师生和同行专家的广泛好评。

"蒋老师教学质量很高，课堂活跃，能带动同学积极性，是我们最喜欢的老师。""蒋老师给了同学很大的自主性，上课真的超级好！讲得特别简单易懂！会告诉我们好多解题技巧，还关心我们的生活和其他科的学习！超赞！"这些是学生在教学评估平台上对蒋晓芸的评价。蒋晓芸对数学公共课倾注的心血与热情，获得学生们的"点赞"无数。

蒋晓芸将自己在高数教学领域的探索融入所主持的"依托学科优势构建以生为本的数学公共课课程体系与创新人才培养模式"教学项目中。"创新不可缺少，但创新能力来源于基础。"蒋晓芸始终强调基础和素养的重要作用。仰望星空，更要脚踏实地，是她这一路的坚定信念。

立足实际，与时俱进的教改先行者

2013 年，慕课漂洋过海传入中国，当时已执教近 30 年的蒋晓芸与团队成员也产生了打造中国数学慕课的想法。慕课（MOOC），即大规模开放在线课程，是“互联网＋教育”的产物，能够帮助大学在全球范围内大规模地提供教育资源，让学习者得到更多更优质的学习资源。慕课上线后，在学校本科生院的支持下，团队部分老师在所教的高等数学课程中以慕课为载体，进行 SPOC 翻转课堂教学方式的尝试，践行线上、线下相结合的混合式教学模式。高等数学慕课在山东大学 2014～2017 级非数学类各专业学生中，作为课堂教学的补充和延伸被广泛使用，取得了很好的效果。

建设慕课的那段时间，10 月末的济南已进入了深秋，气温骤降，空气又干又冷。“那时还没来暖气，教室里很凉，我们穿着薄衣服录慕课，一录就是半天。我后来不小心着了凉，发了烧，但还是坚持把慕课集中录完了。”蒋晓芸笑着说：“开始做慕课的时候没想过获得这些荣誉，我们坚持做下去的动力就是想尽心做好这份工作，尝试新的教学方法。”此后，为了录制全程教学录像，蒋晓芸和团队成员牺牲了无数夜晚与假期，挑灯夜战准备课件，挤出时间录制了系列精品课程。

凭着这份坚持和责任感，2014 年，蒋晓芸所在团队率先在“中国大学MOOC”开设了数学类慕课。作为“高等数学”慕课的负责人，蒋晓芸始终坚持亲自在线答疑，耐心解答学习者的问题。全国各地有 40 余万人学习了她主持的慕课，有 10 余所高校选用她主持的慕课并在校内进行教学改革。她主持的“高等数学”受到全国大学生的追捧，连续两年（2016 年、2017 年）入选爱课程网“最热课程 Top20”，蒋晓芸被授予中国大学慕课“年度杰出贡献奖”，所主持的慕课 2017 年获得“国家首批精品在线开放课程”称号。

“我感谢山东大学的培养和给予的机遇，感谢领导给我的信任，感谢同事给我的支持。”蒋晓芸谈起获得的荣誉，最想表达的便是这份感恩。

“之前在爱课程网的留言区，看到一个在新疆上学的学生写下对我们制作慕课的感谢，我觉得特别高兴。”蒋晓芸讲起这件事时，眼神熠熠，言语中透露着由衷的欣慰。“通过慕课这样的形式，实现教育资源共享，让偏远地区教育资源欠发达的学生在千里之外享受了更优质的教育，是一件特别好的事儿。”在线开放课程的独特价值就在于，它不仅作用于山东大学一校三地的协同教学，更在全球互联网范围内为学生提供免费的学习资源。另外，蒋晓芸还了解到，他们所制作的慕课不仅让学生受益，许多年轻教师也会跟随慕课学习，将慕课中精华的部分融入自己的实体课堂中。

"慕课有优势也有劣势。比如,学生在坐车的时候就可以学习慕课,听不懂的地方能随时暂停,还能退回去重新再听,慕课为学生提供了多维度的学习空间。但也有些学生自觉度不够,而且屏幕前后的距离感会影响教学效果。"蒋晓芸如实说道。虽然为慕课建设倾注了不少心血,但蒋晓芸一直强调实体课堂的重要性与必要性:"我认为数学类慕课不应该完全替代实体课堂,这两者应是互相补充、并行不悖的。"实体课堂中,学生与教师之间的眼神交流、教师的肢体动作,都是蒋晓芸很看重的细节。平日里,蒋晓芸上课时不会完全依赖制作完成的课件,有些时候更愿意利用板书来现场教学。在她的眼中,课堂上教师声音的抑扬顿挫、眼神表情所传达的喜怒哀乐、肢体语言的得体大方等,都是增强课堂感染力的必备法宝。

全力以赴,心怀温度的科研工作者

蒋晓芸出生于教育世家,父母都是大学教授。自山东大学毕业后,她选择了直接留校任教。"一边教学,我一边体会到大学教师背后科研能力的重要。"教学对她来说是快乐,科研于她而言是梦想。不论哪一样,蒋晓芸总是全力以赴。

为了提升科研水平,蒋晓芸在毕业 6 年后再次踏上求学之路。攻读完在职硕士研究生,她又师从国际上最早从事分数阶微积分研究的学者徐明瑜,攻读在职博士。虽然进入分数阶微积分领域完全是"半路出家",但在导师的引领下,她凭着愈发浓厚的学术兴趣,踏入了这个新兴学科的研究领域。导师曾用 12 个字评价她:"基础强,思路清,悟性高,肯吃苦。"在他看来,蒋晓芸是一位有着高度责任心和事业心的科研工作者。为了拓展视野,蒋晓芸又于 2012 年和 2014 年先后到香港大学和美国罗格斯大学访学。

做科研,蒋晓芸始终紧盯本学科发展最前沿。在十几年的默默耕耘之后,她所带领的团队取得了一系列创新性研究成果:团队率先将 Levenberg-Marquardt(LM)算法、共轭梯度方法及贝叶斯方法引入到分数阶模型,对分数阶导数进行了参数识别,解决了分数阶阶数反演问题。该项研究成果是国际上最早对分数阶导数阶数进行参数识别的工作之一。近年来蒋晓芸以第一作者或通讯作者发表 SCI 论文 50 余篇,SCI 他引 400 余次,有 5 篇论文入选 ESI 高被引论文,成果得到了中国科学院院士包为民、郭柏灵以及美国国际著名数值分析专家 R.P.Agarwa 等许多国内外著名学者的正面引用与评价。2016 年,她作为第一完成人申报的项目"反常输运过程中的分数阶微积分理论及应用研究"获"山东省自然科学奖"二等奖。

面对取得的科研成绩,蒋晓芸并没有就此止步。她思考更多的,是如何把自己的知识转化到教学当中。于是,她不顾繁重的科研任务,总是拿出大把时间投入到基础教学中。“这 30 年来，会不会对日复一日的教师工作感到厌倦?”面对这个问题，蒋晓芸再次笑道：“每天见到学生们，觉得自己好像也变得年轻、快乐起来了。怎么会厌倦呢?”一提到上课，蒋晓芸尤其神采奕奕。不难看出，她打从心底里喜欢教师这份职业。

从助教到教授、博导、国家级教学名师，蒋晓芸时刻牢记，热爱学生是师德教育的核心，“进到教室，面对学生们的目光，我更加觉得自己的工作意义重大。”除本科教学外，蒋晓芸还培养了 30 多名硕士、博士研究生，其中有 7 名研究生获得国家奖学金，1 名博士生获得校长奖学金，博士生续焕英发表在 *Applied Mathematics Letters* 上的文章，获第 9 届流体力学大会青年优秀论文奖。

蒋晓芸带的博士生张惠是 2018 年山东大学校长奖学金获得者，她一直觉得自己能师从蒋晓芸“是一件十分幸运的事”。在她眼中，蒋晓芸对学生十分关心，就像一个大家庭的妈妈一样。学术上，从学生选题、确定研究方向到撰写论文，蒋晓芸都一直耐心指导，时刻关注学生们的进展，及时答疑解惑。生活上，她经常找学生谈心，帮助解决生活上的烦恼，为学生们未来的工作就业提供最真诚的帮助。

蒋晓芸的赤诚之心不仅体现在工作上，生活中的她也充满了温度。“我没什么特别的爱好，平时喜欢做做饭，养养花，出去散散步。”蒋晓芸笑称。透过这些平淡却充满情趣的小事，可以看到蒋晓芸的生活中满溢着阳光和正能量。她看起来比实际年龄年轻很多，脸上总挂着笑容，一双含笑的眼睛总能让人感到直达心底的暖意。

在刚刚过去的 2018 年，蒋晓芸还获得了“全国五一巾帼标兵”的荣誉称号。她在获奖感言中表达了自己的心声：“作为一名女教师，我感到很自豪，因为在山东大学这块沃土上，我们与男同胞一起并肩耕耘，挥洒汗水，拥有同样的平台，尽情施展着才华，为山东大学的发展贡献着自己的力量。也许你还是一位母亲、一位女儿、一位妻子，但首先我们是一名教育工作者，我们把甜美的爱送给家人的同时，更把无私的爱奉献给了教育。我们在用自己特有的方式和特有的身份履行这个职业赋予我们的神圣使命。”

“不忘初心三十载，我以我心铸师德。”蒋晓芸把温暖和情感倾注到每个学生身上，用春风化雨的热情引领学生，与他们谈历史、谈未来，谈人生、谈理想。蒋晓芸立志，要将自己的青春与热爱，融入祖国伟大复兴的中国梦中。“把教师职业作为值得奋斗一生的事业，这是我的追求。”在蒋晓芸看来，再多的成绩都已成为过去，未来任重道远，就从脚下的路开始。

（原载于山东大学新闻网 2019 年 3 月 31 日；文：李皖宁，图：受访者提供）

马清林:保护尘封的记忆,展示文明的魅力

浩浩汤汤,在滚滚的历史长河中,中国大地上积淀了大量文物古迹,考古发掘为我们揭开了一层又一层中华文明的面纱,这些历史记忆为我们和后人留下了宝贵的精神文明和文化财富。有位学者一直坚守在文化遗产保护战线上,用他的智慧和努力,研究如何更有效地保护与挖掘那些尘封的历史记忆……

日前,这位学者——中国文化遗产研究院原副院长、二级研究员马清林博士加盟山大,受聘为山东大学特聘教授。他带着对教育工作的热爱,将把科研与教学相结合,借助一方讲坛,传道授业,培养青年人才,在文化遗产保护科技领域,做保护与传承中华优秀传统文化的践行者和引路人。

实现夙愿,结缘山大

在文化遗产保护科研工作中,马清林教授的主要研究方向是科技考古、科技史与文物保护技术。他对文物的材料构成以及它们的劣化规律非常感兴趣,其研究成果获得国家文物局"文物保护技术成果奖"二等奖 2 项、甘肃省"青年

科技奖”、科技部“十一五”“国家优秀团队奖”、国家测绘局“国家测绘科技进步奖”一等奖等。现任多家国家文物局重点科研基地学术委员会委员、中国文物学会文物修复委员会副会长。曾任中国文物保护技术协会副理事长等。

在长期的文物保护研究与实践中，他一直在思考着这样的问题：如何才能将文物保护事业做得更好？如何将文物科技发展得更快？如何使文物科技更好地服务于文物保护和文化遗产价值的利用？

回顾多年来的工作经历，马清林教授深深感到，随着中国文物事业的快速发展，非常需要一批朝气蓬勃的年轻学子充实到文物保护行业中，唯其如此，才能改观中国文化遗产保护价值发掘和利用能力不足的局面。

党的十九大以来，文化遗产保护得到前所未有的重视，保护优秀传统文化已逐渐成为全民共识。全国许多高校纷纷设立文化遗产学院或专业，开展文物科技人才与文化遗产保护人才培养工作。作为百年名校，山东大学 2012 年已设立文化遗产研究院，可谓捷足先登。

在马清林教授眼中，山东大学历史学作为传统优势学科久负盛名，考古学科近年来发展迅猛，科技考古取得了长足发展，成绩引人注目。山东作为文物大省，文化遗产科技保护成绩斐然，但文物科学保护水平与科学研究能力提升的空间仍然很大。马清林教授愿意奉献自己积累 30 多年的文物保护实践经验和研究成果，为山东大学该领域研究生的培养发挥积极作用。

其实，几年前马清林教授就已经萌生全职前往大学工作的想法。他说：“我曾在北京科技大学、中国科学院大学、北京化工大学等高校兼职或共同培养博士、硕士研究生，已毕业的学生在文博单位和高校发挥着积极作用。由于管理工作和非科研事务的牵扯，我总是不能全力投入人才培养和科学研究。”

机缘巧合，2018 年 9 月，马清林教授在济南参加山东省文物保护学术会议时偶遇山东大学历史文化学院院长方辉教授，谈及山东大学文化遗产研究院成就和建设规划后，即前来山东大学考察，稍后就决定前来工作。

来校后，通过进一步与校领导交流，马清林教授了解了山东大学近年来的发展概况及未来发展愿景，深感学校在考古学与文化遗产保护领域发展前景辉煌。

在马清林教授印象中，山东大学历史文化学院许多学者都具有极高的人格魅力与学术素养，青年教师们学术思想活跃并具有广阔的国际视野，这让他对学院的发展充满信心。学校有关服务支撑部门为引进人才提供了更加开放的科研和教学环境，使入聘者能全身心投入教学科研。这一切让他感到，山东大学是一所有情怀、有温度、有发展潜力的大学。

马清林教授将山大看作实现自己“夙愿”的精神家园。在文物科技与保护领域，他对能与山东大学文化遗产研究院共起舞、同奋进感到欣然。

孜孜以学，上下求索

源于对文学与历史学的喜爱，1986 年，马清林在兰州大学化学系毕业后，选择前往甘肃省博物馆从事文物保护工作。

甘肃省博物馆是中国最早建立文物保护实验室的三家博物馆之一。马清林说："我喜欢探索，想弄清楚古代文物的制作材料、工艺和它们历经千百年所发生变化的原因。"也正是这份好奇和对博物馆事业的热爱，让他在博物馆岗位上默默坚守着，执着追求着，一干就是 18 年。

文化遗产科学研究属于交叉学科，为培养自己对古代文物的科研兴趣，马清林猛补了历史学、美学、艺术史、材料学、工艺美术史以及工艺学方面的知识，逐渐养成了以科学与技术探究为目标的研究和工作习惯。这期间，他深刻理解科学研究主要解决"是什么""为什么"等认识问题，保护技术则解决"做什么""怎么做"等实践问题，并通过科研项目组织相关人员在一定时间完成既定目标。渐渐地，随着主导越来越多大型科研项目，他具备了较强的项目管理意识和管理能力。

同事们的传帮带助推了他科研水平与能力的快速成长。马清林说："工作中领导和老同志的帮助是非常重要的。比如，我刚参加工作，就在甘肃省博物馆技术部李现老师的带领下，开始了甘肃古代各文化时期制陶工艺研究与潮湿环境下壁画保护技术研究工作。后来制陶工艺研究成果发表在《考古》杂志，这是我第一篇科研论文，对我影响很大，增强了我的科研自信心。"

关于文物科研活动，马清林说："应该有利于国家文化遗产的有效保护与利用，有利于行业人才队伍科学素质的提高和能力的增强，有利于文化遗产保护成果服务文化建设和促进社会发展。"

为提升科研素养，1994～2000 年，马清林在职攻读了兰州大学化学系分析化学硕士与博士学位。读研期间，他跟随导师、兰州大学原校长胡之德教授和敦煌研究院副院长李最雄研究员，主要从事中国古代镀锡青铜器、古代陶器制作技术、潮湿环境下壁画保护技术等研究工作。1996 年，马清林作为第一完成人完成的"潮湿环境下壁画画面层加固保护与霉菌防治研究"获得"国家文物局科技进步奖"二等奖。

读研期间，他广泛阅读相关文献，包括美国盖蒂保护所世界著名金属文物研究科学家大卫・斯科特博士(Dr. David A.Scott)关于古代金属金相和青铜器保护方面的专著等。"学莫便乎近其人"，马清林也由此产生了前往盖蒂保护所研习的愿望。

美国盖蒂保护所是世界著名的私立公益性国际化文化遗产保护科研机构，能前往盖蒂保护所研修是很多优秀青年的愿望。1999 年，在李最雄研究员推荐下，大卫·斯科特博士委托敦煌合作项目负责人、美国盖蒂保护所前任副所长内维尔·阿格纽博士（Dr. Neville Agnew）在敦煌莫高窟对马清林进行了面试。面试时，内维尔·阿格纽博士问："你为什么要去美国盖蒂保护所研习？"马清林回答："我想成为最优秀的文物保护科学家。"

2001 年，带着梦想，马清林前往美国盖蒂保护所，以访问科学家身份与大卫·斯科特博士合作开展中国古代镀锡青铜器、铁器以及中国蓝与中国紫研究。他的视野渐渐从国内放眼到国际，科学研究也"渐入佳境"。同年，由他和敦煌研究院苏伯民博士及两位导师主编的专著《中国文物分析鉴别与科学保护》获得自然科学出版基金资助，并由科学出版社出版发行，这在当时是比较系统的文物科技分析与保护的专业著作。

中国三代文明以青铜器闻名，镀锡青铜器是古代中国青铜器的重要装饰技术，最早出现于甘肃灵台白草坡西周早期墓葬。马清林与大卫·斯科特博士对此进行了细致研究。在开展镀锡技术模拟实验中，当时流行的说法为大英博物馆研究人员提出，实践中很难实现，马清林提出利用松香作为保护性气氛生成材料、同时利用锡汞齐作为热镀锡前涂覆材料的想法后，大卫·斯科特博士鼓励他的想法，其后实验取得了良好效果。2001 年 9 月，中国春秋战国时期镀锡青铜器研究成果在华盛顿佛利尔美术馆国际会议发表；2006 年，铁质文物研究成果发表在权威杂志 *Historical Metallurgy* 上。2014 年，甘肃灵台白草坡西周早期青铜戈镀锡技术研究一文在《文物》发表。

中国蓝、中国紫是中国古代两种人工合成的蓝色系无机颜料，在秦始皇兵马俑上多有使用，山东青州香山汉墓出土的兵马俑上的紫色颜料也为此种材料。2001 年在美国期间，马清林和大卫·斯科特博士开展了初步研究，并与当时正在开展埃及蓝和中国蓝相关研究的瑞士苏黎世大学无机化学研究所所长海因茨·贝克教授（Prof. Dr. Heinz Berke）讨论过中国蓝的研究工作与合作意向。

为进一步加深对中国蓝、中国紫的研究，2003 年，马清林前往瑞士苏黎世大学从事博士后工作，与海因茨·贝克教授开展合作，这项合作一直延伸到现在，并将持续下去。苏黎世大学研究模式完全由教授主导。此次合作研究，除与海因茨·贝克教授探讨方向外，研究路径和进程全由马清林掌握，研究过程完全是探索性的，并使用了当时很先进的激光拉曼显微技术。研究中，海因茨·贝克教授尊重马清林的想法，鼓励他探索并与其他科学家交流。当时他开展了中国蓝和中国紫的复烧实验，增加了很大的工作量，取得了许多有价值的研究信息，为后续研究提供了科学依据。2006 年，有关研究成果发表于著名文物保护杂志 *Studies in Conservation*。2007 年，秦兵马俑博物馆夏寅等分析山东危山汉墓壁画颜料中的另一种成分中国深蓝，其标准拉曼光谱即为 2003 年的合成物谱图。

古人云："博观而约取，厚积而薄发。"多年来，马清林在文物保护领域积累的科研与保护实践经验，将助力山东大学文化遗产保护学科的发展。

以梦为马，追求卓越

2001 年，马清林被任命为甘肃省博物馆副馆长。随着研究工作不断进步和走向科研管理岗位，马清林教授的科研格局也越来越大。2004 年，他参加国家文物局直属单位干部全国公选，得以进入中国文物研究所（后更名为中国文化遗产研究院）任副所长。

一次代表中国文物研究所参与美国盖蒂保护所承德殊像寺保护工作时，马清林在承德见到了内维尔・阿格纽博士。内维尔・阿格纽博士说："看来你当初的雄心已经实现了一部分。"当他得知马清林和国家博物馆文物保护科技部主任潘路研究员正在组织翻译大卫・斯科特博士所著 *Copper and Bronze in Art: Corrosion, Colorants, Conservation* 一书时，他说："这是一项对行业很有意义，对翻译者来说却很艰难的工作。"2009 年，当 Dr.Neville Agnew 在中国文化遗产研究院翻阅中译本《艺术品中的铜和青铜：腐蚀产物，颜料，保护》后，接连说道："太好啦！太好啦！当初我很担心你们不能高水平地完成此项工作，没想到做得这么好。"他随即带书数本，表示要放在美国盖蒂保护所图书馆。

马清林在中国文化遗产研究院一干就是 14 年，其中 12 年分管科研工作。那段时间，他积极投身于科研和科研管理工作，致力于行业的科技进步，并卓有成效。他主持的"潮湿环境下壁画地仗层加固技术研究成果"获得"国家文物局科学和技术成果创新奖"二等奖，主持翻译的《艺术品中的铜和青铜：腐蚀产物，颜料，保护》获得"全国文化遗产最佳译著奖"，主持的"十一五"国家科技支撑计划项目"铁质文物综合保护技术研究"课题获科技部"十一五""国家科技计划执行优秀团队奖"，其成果《铁质文物保护技术》（专著）获"全国文化遗产优秀图书奖"。由此，他在 2007 年入选"国家级百千万人才"名单，2011 年获评"享受国务院政府特殊津贴专家"……

一滴水只有放进大海里才永远不会干涸，一个人只有把自己和国家事业发展融合在一起才能实现自身价值。马清林教授一直坚持将自己的学术追求和国家需要紧密结合起来，坚持文化遗产保护科学的多学科属性和文物保护技术的交叉学科特点，积极与高校和国内外科研机构合作，保持着学术研究的国际前沿性,在合作中求进步、求发展。

与国家需求相结合,马清林教授承担过国家科技支撑计划项目“石质文物保护关键技术课题研究”“南京报恩寺遗址地宫及出土文物保护技术研究”、财政部项目“濒危馆藏壁画抢救性保护工程——馆藏壁画保护综合研究”“中国南海华光礁出水文物保护项目”“中国瑞士科学技术合作计划项目(Sino Swiss Science and Technology Cooperation Program)”、山东定陶王墓地(王陵)M2汉墓原址保护工程项目方案设计等。这些项目中的科学研究、方案制定和实施,有效保护了文化遗产及其价值,同时通过科研成果的出版与发表,对行业科技进步发挥了积极的引导作用。

“能用众力,则无敌于天下矣;能用众智,则无畏于圣人矣。”工作中,马清林及其团队积极采取与高校、科研院所合作的方式解决科学与技术问题。2007年,马清林作为项目负责人,承担“十一五”科技支撑计划项目室外大型铁质文物综合保护技术研究,总经费700万元,项目组由国家博物馆、北京科技大学、哈尔滨工业大学、北京化工大学等单位的专家学者和研究生组成。工作中,项目组成员细化科研目标,强化科学管理,充分交流磨合,逐步达成共识,共同攻坚克难,最终顺利完成预期目标并获得“优秀团队奖”。

在国际合作交流方面,马清林教授与美国、瑞士、德国、法国、日本、意大利等国文物保护机构的专家保持着良好的合作关系,与大卫·斯科特博士、海因茨·贝克博士、斯特凡·赛门博士(Dr. Stefan Semen)等合作研究,文化遗产保护国际路径越来越宽。这些科研合作,既提高了他与团队的科研水平,使其研究更具前瞻性,也促进了行业科技的进步。他深深感到,在这个开放的国际化时代,对国家文物科技策略的影响表面上是科研单位水平的显现,实则是众多高水平科研人员能力与水平的表现。正所谓:“大学者,非谓有大楼之渭也,有大师之谓也。”

带着对文物考古事业的一腔热忱,多年来,马清林教授在铁质文物保护技术、中国文物分析鉴别与科学保护方面深入实践、潜心研究,取得了丰硕成果:先后承担了多项国家及省部级课题,在*Archaeometry*,*Studies in Conservation*,*Journal of Archaeological Science*,*Journal of Cultural Heritage*,*Construction and building materials*,*Journal of Raman Spectroscopy*,*Ceramics International*以及《考古》《文物》《敦煌研究》《文物保护与考古科学》等国内外专业期刊发表论文170余篇,其中SCI收录28篇。授权专利5项。出版专著5部,译著4部,其中3部著作获“全国文化遗产优秀图书奖”。

在做好科研工作的同时,马清林教授政治上追求进步,主动参加社会活动,曾任第九届甘肃省政协委员,现任北京西城区政协委员、民盟中央委员、民盟文化部支部主委等，政治站位一直很高。无论身居何位、身处何方，他都积极投身社会建设，以促进科技进步为己任，为国家文物保护事业发展献计献策。

成绩总是惠顾不懈努力的人。仅2018年，马清林教授就以通讯作者发表3篇SCI收录论文、3篇核心期刊论文，还承担了国家社科基金重大项目南京大报恩寺遗址考古发现与研究子课题“大报恩寺遗址出土舍利研究”，中国文化遗产研究院中央级公益性科研院所基本科研业务费专项“海洋出水铅釉陶瓷器腐蚀机理与保护技术研究”，并获得“国家测绘科技进步奖”一等奖。

谈及取得的成绩，马清林教授说：“作为交叉学科，文物科技所有科研成绩的取得是大家努力和集体智慧的结晶，都与国际合作交流密不可分，包括出国游学经历，在北京科技大学、中国科学院大学做兼职教授培养研究生，开展多项文物保护技术研究课题等。”

在马清林教授看来，以前的成绩是曾经工作过的单位领导支持与团队协作的结果，是基础，也是过往。目前，他希望在山东大学这个新平台上，以梦为马，驰骋飞奔，为国家文物科技发展与人类文化遗产保护作出新的贡献。

筑梦山大，勠力前行

入职山大实现了马清林多年的“教师梦”。作为山东大学文化遗产研究院教授，他追梦而行，将依照学校“双一流”大学建设和“一流学科”建设的目标要求，努力工作，开拓进取，将自己所学所知应用到教学相长的实践过程中。

“工欲善其事，必先利其器。”短期内，他的想法是积极参与到联合实验室的建设中，与学院领导交流，与业内专家共同商讨实验室建设和项目争取有关事宜，完善青岛校区实验室设备配置，为新学期研究生课程和研究提供良好的学习、科研环境。

着眼长远，在学科建设与学术发展方面，马清林教授也作了认真思考。他看到，山大文化遗产研究院目前文化遗产科学研究与保护研究方向较弱，希望通过努力，组建科研团队，立足山东，瞄准国际前沿，力争在金属文物、石质文物、彩绘类文物、海洋出水文物等保护修复与文物数字化虚拟修复方面有所建树。

“一堆沙子是松散的，可是它和水泥、石子、水混合后，像花岗岩一样坚韧。”要做好科研，团队协作尤为重要。马清林教授认识到，人才梯队年龄适当差异、团队的凝聚力、团队成员的国际化程度决定着团队科研的未来走向和发展水平。他决定采用支持年轻科研工作者出国交流，邀请国内外知名学者来访、合作研究，积极申请国家科研项目，积极参与山东文物保护活动等方式，加强团队建设。

青年学生是科研领域的后备力量,做好硕士与博士研究生的培养,可增强团队凝聚力和战斗力。马清林教授说:“在培养研究生过程中,选题要有充足的科研经费,保障研究生的研究实验和分析测试工作有效开展;工作中应多和学生交流,尊重他们的想法,培养他们独立的科研能力;求职时尽力给予推荐和帮助。”

“用兵之法,教戒为先。一人学战,教成十人。十人学战,教成百人……”马清林教授说:“要做好文化遗产保护工作,以一己之力显然是徒劳的,必须将所学所知与青年共勉,不断扩大科技力量。山东大学本科生素质高,要在本科生中举办文化遗产价值认知和保护传承的相关讲座,吸引优秀本科生报考文化遗产研究院的研究生。”

为拓展并深化同学们对文物保护科学与技术的认识,马清林教授刚刚加盟便为山东大学历史文化学院师生作了题为“博物馆藏品保护科学与技术”的学术讲座。

文化遗产保护科学的实践性很强,在课堂讲授理论知识的同时,必须结合具体项目,将理论学习与具体实践结合起来。山大文化遗产研究院有考古专业和考古工地,为学生们提供了最直接的实验场地和实践对象。马清林说:“湖北苏家垅春秋早期曾侯夫人墓 M88 的实验室考古项目和即将开始的西安西汉时期彩绘陶俑保护项目等,为学生们提供了很好的实践场所。”

一切都刚起步,文化遗产研究院现有文物保护专职教学科研人员还较少,需要借助山东省内文物保护力量,以山东为立足点,争取国家和地方资源,积极开展工作。日前,为加强学术交流合作,马清林教授参加了山东省博物馆学会文物保护技术专业委员会成立大会,并任分会副会长。

使命在心,责任在肩。目前,在山东大学“由大到强”的征程中,马清林教授正带领团队勠力同心、逐梦前行,力争使山东大学在科技考古和文化遗产保护研究方面实现新的突破,助力考古学一级学科进入 A 档行列,同时服务于全国及山东省文物保护事业。

(原载于山东大学新闻网 2019 年 4 月 8 日;文:王莉莉,图:受访者提供)

温儒敏：让年轻一代从小养成爱读书的习惯

4 月 23 日，又是一年世界读书日。自 1995 年正式设立以来，这个致力于向全世界推广阅读、出版和知识产权保护的节日便见证了世界上“读书逐渐成为每个人日常生活不可或缺的一部分”的变化。

在 2019 年世界读书日之际，山大视点记者采访了温儒敏。温儒敏，现任山东大学人文社科一级教授，博士生导师。兼任北京大学语文教育研究所所长、教育部聘中小学语文教科书总主编、教育部基础教育专家委员会成员。曾任北京大学中文系主任、北京大学出版社总编辑、中国现代文学研究会会长、《中国现代文学研究丛刊》主编、国务院学位委员会第五届学科评议组成员、教育部义务教育语文课程标准修订专家组召集人、人教版高中语文教科书主编、国家哲学社会科学规划评审委员。主要从事中国现当代文学、比较文学和语文教育的研究与教学。

在文化氛围浓厚的文学生活馆内，同学们正在各自阅读书籍，享受书籍中的广袤宇宙。温儒敏教授坐在镜头前，温文尔雅，娓娓道出他对于国人阅读的理解与期待。

山大视点：又是一年世界读书日，您怎样理解世界读书日对于国人的意义？

温儒敏：今年世界读书日，国家肯定还是会大力宣传和推动阅读。然而，从现实数据统计来看，我国真正的阅读状态还是不够好：根据第十六次全国国民阅读调查结果，2018 年中国公民平均一年只读 4.67 本书，未成年人的图书阅读率有所下降。在这样的事实面前，宣传世界读书日，能够慢慢让国人重视和开展阅读，这对于改变国人的阅读状态，还是非常有意义的。

山大视点：您刚才提到了“阅读状态”，您认为国人目前的阅读状态是怎么样的呢？

温儒敏：阅读是分类型的，一种是“学习型阅读”，指学生根据学习目标进行专业书籍的阅读，目的是提升学业水平；一种是“职业型阅读”，指不同职业的人阅读相关书籍来提升专业水平或者考职称，带有目的性；另一种是“消遣型阅读”，是一种“浅阅读”状态；还有一种是“检索型阅读”，没什么目的性，只是为了寻找供自己参考的材料。

几种阅读类型各有不同功能，也有交叉，因年龄、职业等方面存在区别，会有选择上的侧重。现在，大部分国民的阅读除了“学习型阅读”之外，基本上没有深度阅读，以“消遣性阅读”居多，但对青少年而言，这样的阅读远远不够。我国现在是小学生读书读得最好，因为在父母和老师的带领下，小学生相对会比较认真地阅读。到了年轻的大学生，阅读数量和质量就大大下滑了。

山大视点：您认为什么是理想的阅读状态？

温儒敏：对年轻人来说，要有一些深度阅读，要读一些自己不太懂、但确实经典的书，它可能慢慢地对你一辈子都有好处。这些书可能不会特别好看——经典是不可能特别浅显好读的。既然是经典，就会有一定的隔膜和难度。像是《红楼梦》，有些孩子是不愿意读的，因为他们的生活经验不够。如果你读过了《红楼梦》，那就会对中国晚期古代的社会、生活有一个基本了解，对中国人的人情事理也会有所了解。

山大视点：在您看来，应该怎样调整国民的阅读状态呢？

温儒敏：我们应该让年轻一代从小学就养成爱读书的习惯，让读书成为孩子们童年快乐生活的一部分，到了大学乃至工作后也保持喜欢阅读的良性生活方式，做个喜欢读书的人。

而且，国家应该鼓励人们读一些对自己获取知识、成长修身有帮助的书籍，不要单纯读流行书。特别是大学生，不要什么书大热就一窝蜂地读什么。我给大家说一个经验，凡是什么书正热门的时候，先等等，等热度下来再去读，这是个筛选书籍的好办法。

山大视点:您对于“浅阅读”和流行书籍抱有怎样的态度?

温儒敏:浅阅读相对来说是阅读一些刺激性的、吸引人的、读起来没有负担的书籍,年轻人也可以适量阅读。如果要求学生不去接触流行文化,这样不现实,也不必要。但只有这些是远远不够的。现在许多年轻人跟上一代、上两代比较起来读书太少,不能真的沉下心来阅读。

我们不能轻易否定“浅”的东西——它也有它的功能,但是作为当代大学生,还是要养成深度阅读的习惯,这是必需的。应该尽可能多读经典,读一些比较深刻又有益于素质提升的书。

山大视点:作为大学教师,您觉得培养阅读习惯对于大学里非文科学生有什么样的意义?

温儒敏:非文科的大学生要关注一点人文,具备一定的修养,这对于学生本身的专业有好处。比如说,读小说与诗歌时需要运用形象思维,也是直觉思维。形象思维、直觉思维有时候对理性思维、逻辑思维能起到一定辅助、互相承托的作用。我们进行专业人才培养,知识面不要太窄,要有一定的人文素养以及社会科学的知识。我本身是搞文学的,前几天看见有关黑洞的报道,感觉它对人的思维和想象力是震撼性的,这不就是文理结合吗?

山大视点:您认为这样的阅读能够培养学生怎样的特质?

温儒敏:第一是好学,第二是独立思考。大学生必须要有创造性思维,要有敢于质疑的能力和思考的能力,还要有逻辑思维能力、直觉能力、形象思维能力以及审美的能力,这些无论对哪一个学科都是必要的。有良好阅读习惯的学生一般比较虚心学习,知识面也比较广,不管做什么工作都比较有潜力,而且他们一般都能独立思考,敢于质疑,敢于对既定的结论提出自己的看法,从而具有巨大的发展前景。

山大视点:您对于山大学子及山大人文社科发展有什么样的期待与展望?

温儒敏:山东大学学风非常醇厚扎实,学生素质也比较高,比较用功、刻苦、爱读书。我也希望学生的思维更活跃一些,要有更多的独立思考和质疑的精神,以创造性思维思考问题。另外,希望学生读书不要局限于自己本专业,视野要开阔一点,这样无论做什么专业,后劲都会比较足。

我希望我们山大人文社科的发展更加活跃开放,贴近我们社会的需求,适合时代的需要,这样我们的学科就会获得更长久的发展生命力。

(原载于山东大学新闻网2019年4月23日;文:高鑫,图:谢婷婷)

张士海：创新思路，思政课堂即是学生舞台

张士海，山东大学马克思主义学院副院长、教授、博士生导师，中国社会科学院马克思主义研究院博士后研究人员，山东大学政党研究所副所长，山东省党建研究会特邀研究员，山东省高校中国革命史教学研究会副会长，山东省科学社会主义学会常务理事、副秘书长，美国斯坦福大学胡佛研究所访问学者，入选山东省理论人才"百人工程"，入选山东省智库高端人才。主持国家社科基金项目、省部级项目10余项；出版学术专著2部，在《人民日报》等重要报刊发表学术论文60余篇；相关研究成果获"山东省社会科学优秀成果奖"3项，曾获评"高校思想政治理论课教师2015年度影响力人物"。

台上正上演着精彩的话剧表演，台下观众凝神观看、目不转睛，不时传来会意的笑声与掌声，一幕落下，又接一幕。这里既有自导自演的微电影，又有着媲美校园明星的歌喉；你可以体验文化部长的角色，为国家建设献言献策，也可以穿梭时空与大师对话，体验思想碰撞的魅力。走进这里，仿佛置身一处充满流行元素的舞台。然而，这里其实是一门大学思政课的课堂，这门课的主讲人便

是张士海教授。

提及大学思政课的课堂，许多学子脑海中会浮现出让人昏昏欲睡的午后阳光，往往对思政课有着“照本宣科”“脱离实际”的刻板印象。其实，当代高校思政课正在不断创新与变革。如何让思政课真正走入学生内心，让课堂“独角戏”变成“大合唱”，提升学生对思政课的获得感、满意度？张士海作出了有益的尝试。他凭着多年教学经验，总结出了一系列规律性认识和成功经验，充分调动学生的积极性，发挥他们的主体性特征，在思政课建设及创新工作上取得了突出成绩，真正做到了总书记说的那样，用高尚的人格感染学生，用真理的力量感召学生，以深厚的理论功底赢得学生。

重点在课堂，根本在学生

“提高教学实效性，一定要提升以教师为主导、以学生为主体的积极性、主动性和创造性。”谈到教学，张士海的神情和语气生动起来，“学生可以用唱红歌、演情景剧等多种形式参与到课堂展示中来。”微电影、短剧、角色模拟、辩论……大家各显其能，以多样的表现形式带来一幕幕精彩展示，一门大学思政课就这样变成了学生们口中的“网红课”。张士海认为，只有教师和学生双方都能有效参与互动的课堂，才是成功的课堂。因此，每当课程讲到有趣之处，张士海便即兴朗诵经典，让学生身临其境，体会古今中外思想者的魅力。他以深厚的理论功底为学生阐明真理，旁征博引，使得台下的学生聚精会神地听讲。多种形式融通之后，张士海的思政课堂吸引着越来越多的学子，学生在理论与实践的融合中不断提升着自己的思想素质。

近年来，国家高度重视马克思主义理论教育工作，实施马克思主义理论研究与建设工程，组织全国力量统编教材，大力扶持马克思主义理论向一流学科发展。思想政治理论课在高校整个教育体系中的地位越来越重要。习近平总书记主持召开学校思想政治理论课教师座谈会并强调，推动思想政治理论课改革创新，要不断增强思政课的思想性、理论性、亲和力、针对性。“办好思想政治理论课关键在教师。”言简意赅的话语中饱含了总书记对广大思政课教师的厚望。

张士海自2001年参加工作以来，始终坚持在教学第一线，为本科生、研究生开设过“毛泽东思想和中国特色社会主义理论体系概论”“中国特色社会主义理论与实践研究”“中国马克思主义与当代”“《共产党宣言》解读”“马克思主义中国化专题研究”等10余门思想政治理论课程，年均授课量高达320课时。在思政教育中，张士海主张推动思想政治理论课改革创新，致力于提高高校思想政治教育实效性。张士海坚决贯彻“四个坚持”，即坚持“知识—方法—境界”三位一体，坚持教师主导、学生主体，坚持理论联系实际，坚持结合社会科学的最新理论成就进行教学。

“老师，学习马克思主义哲学对我的专业有用吗？对我们做实验、做建模有什么帮助呢？”张士海回忆起曾经一位工科学生在课上向他提出的疑问。“不同专业对思政课的理解不一样，所以在给不同学院上课的时候，侧重的方面也不同。虽然知识体系不一样，但马克思主义哲学提供的方法论是有用的，比如你做实验也体现了量变与质变的关系，不仅是进行理论研究，更是一种生活。”张士海耐心地解答了这名学生的疑惑，也让自己明白了需要针对不同专业的同学进行课程设计。

于是，他结合每个学院的特色分别进行理论授课。在给经济学院上课时，他会结合同学们经济研究的专长，开展有关当前我国经济发展问题的大讨论，为学生们创设多个有趣话题，例如以“假如我是财政部长”为题让同学们对经济发展问题各抒己见，既让学生们拓展思想素质，又能巩固专业知识；在给文学院上课时，他会结合同学们文学研究的专长，开展一次当前我国文化发展问题的大讨论，以“假如我是文化部长”为题让同学们对文化发展问题畅所欲言。如此一来，不同专业的学生在张士海的思政课堂上，都能得到展示的舞台，并且可以在舞台上将自身的专业理论与社会实际联系起来。

在创新授课方式之外，张士海还积极维护每位学生的表达权利，鼓励每个同学勇于发表自己的意见和观点，并且通过科学规划课堂为每个人提供发言的机会。在学生发言后，张士海会耐心地与他们一一对话，通过师生之间思想的交流与碰撞，令课堂氛围生动活泼。在他看来，教育的主轴是答疑解惑，只有做到尊重、理解和关心学生，才能实现教育、引导和塑造学生。于是，张士海通过引导学生提出问题、分析问题、解决问题来调动学生在课堂上的学习积极性、主动性和创造性，并通过点评每一条思路、见解与学生形成良性互动。面对重点、难点问题时，张士海会通过分节和细化的方式梳理问题层次和逻辑，目的就是要给同学们讲清楚、讲明白。如此一来，张士海的思政课堂不仅带给学生世界观上的启发，更带来了方法论上的启示，使得学生能够融入课堂、享受课堂。

思想入党，身体力行

采访间隙，记者无意间向张士海问道：“您最崇拜的偶像是谁？”张士海毫不犹豫地回答：“毛主席。”掷地有声的回答让记者想起进入张士海办公室时抬头看到的党员干部廉政牌，正在墙上挂得端正。这间办公室不算大，但却处处充满了思想与哲学的气息，房间一旁立着一个高高的书柜，书柜四层，摆满了有关党政建设以及马克思主义理论的书籍。透过一本本因为多次翻阅而显得有些陈旧的书籍，记者仿佛看到张士海在无数个日夜认真研读的样子。

张士海在研究生期间便已入党。自提交入党申请后，无论学习、工作还是生活，他都时刻以党员标准严格要求自己。说到此处，张士海缓慢而认真地说："入党对于个人成长发展意义重大。"在当下，部分年轻人的入党动机不再像老一辈革命家那样单纯，甚至带有一些盲目性和功利性，也有部分党员的理想信念因松懈而有所动摇。对于这个问题，张士海提出了"思想入党，身体力行"。在他看来，只有不断警醒自己，让自己的思想永葆纯洁性，才能严格要求自己，达到一个优秀党员的标准。

在张士海的心中，党员的先锋模范作用是巨大的。在高校中，学生党员就应该努力学习、积极进取，发挥在班级中的模范带头作用；教师党员应该提高自己的教学质量和科研水平，发挥在教师队伍中的模范带头作用；干部党员应当克己奉公、勤劳谨勉，发挥为人民服务的模范带头作用。他认为，每个党员都应通过自己的骨干、带头和桥梁作用，影响和带动周围的群众，共同贯彻党的纲领和路线、方针、政策。

不忘初心，踏实前行

"真正的教育是用一棵树去摇动另一棵树，用一朵云去推动另一朵云，用一个灵魂去唤醒另一个灵魂。"雅斯贝尔斯的这句话被张士海奉为圭臬。他让同学们认识到，思政课不仅仅是一门必修的学业课程，更是一门可以受益终生的人生课程。

少年时便以立德树人为理想的张士海，直到今天还在身体力行地去上好每一堂课，力求使自己的课堂充满色彩。他从没把思政课当作可以应付了事的教学任务，而是重视课堂、珍惜学生，这也使他成了学生心中真正的良师益友。2018 年，张士海被推荐为"山东大学优秀教师"，面对这一份沉甸甸的荣誉，他认为："这是对我在山东大学近 20 年工作的肯定。这不仅是一份荣誉，更是一项使命、一份责任、一种担当。"

2001 年研究生毕业后，张士海来到马克思主义学院工作，如今已是第 18 个春秋。在这 18 年中，张士海从讲师到副教授、教授、博士生导师，从入选首届"全国高校优秀中青年思想政治理论课教师择优资助计划"到获评"全国高校思想政治理论课教师影响力人物"，以及收获"教学标兵""宝钢优秀教师"等荣誉称号，他始终兢兢业业、恪尽职守，在荣誉面前保持着理智的头脑，不断开拓具有时代特征的理论建设高地，投身于一次又一次精品课程开发，从一名青年教师成长为具有丰富教学经验的教学名师。

在 18 年的教学历程中，年龄的增长和阅历的提高使张士海沉淀了许多感悟:“年轻时更喜欢抬头看远方,慢慢地长大了,便喜欢低下头去看未来的路。”进入不惑之年后,张士海并没有放松对自己的要求,他对未来人生道路的规划十分清晰,“要踏踏实实地一步一步地走好人生的每一步”。

在张士海办公室的窗边,几盆绿植正在茁壮生长。在记者以为这些绿植得到了精心照料时,张士海却笑言:“能够长得这么好主要是因为它们的生命力太顽强了,平时很难抽出时间来打理。”如今,张士海作为分管研究生培养工作的副院长,在教课、科研之余还要承担学院的管理工作。他深切地爱着山大,将自己全部的精力投入到了对学校和学院的建设之中。张士海的想法很简单:“现在感觉非常忙,不过这样的忙有意义,因为我不是在为自己工作,我是在服务群众。”由于工作繁忙,张士海已经很久没有享受过假期的闲适了,过去喜欢的打乒乓球、登山等运动,也不得不暂时搁置。但是他认为,自己在工作和课堂中收获了另一种快乐,这其中的精神愉悦是更让他难以割舍的。

多年来,张士海的生活成了家庭与学校两点一线,在学校中克己勤勉,做一名好老师;在家庭中奉妻养子,承担另一份责任。在张士海看来,家庭给自己带来了充足的精神力量,让他能够在学校全身心投入,充分地闪耀自己的光辉。正是这种普通而又不平凡的生活,造就了如今的张士海。

在全国推进思政教育体系革新的历程中,张士海正是可信、可敬、可靠且乐为、敢为、有为的思政课教师队伍中的一员。在马克思主义理论教育中坚持了10多年,张士海依靠的是自己对于党和国家的忠诚,还有对于教育事业的使命感与成就感。这种依靠,让他把肩负的责任化作进步的动力和奋斗的激情,在这个时代能够掌清琴、发清音,踏踏实实做学术,认认真真教学生。

(原载于山东大学新闻网2019年4月26日;文:宋广鑫、杨小雪、刀彦月,图:受访者提供)

于浩海:跟晶体打交道是一件幸福的事

于浩海,山东大学晶体材料研究所教授、博士生导师,是"国家优秀青年基金"获得者、"山东省杰出青年基金"获得者、德国洪堡学者。日前,在教育部公布的"2018 年度高等学校科学研究优秀成果奖(科学技术)"的授奖决定中,于浩海教授等完成的"激光自倍频晶体批量化制备技术及其小功率绿光激光器商品化应用"获"科技进步奖"(推广类)二等奖。一个春日的午后,记者走进于浩海教授的工作场所——山东大学晶体材料研究所,跟随他领略晶体材料世界,倾听他科研路上的经历和心得。

自然万物绚烂无比,而晶体更是凭借其色泽、性能等优势得到了人们的青睐:俏丽的女子喜爱钻石,清晨叫醒我们的闹钟里有石英晶体;早期望远镜的镜头由水晶磨制而成,飞机上的雷达、威武的装备护甲更是离不开晶体材料。除了这些生活中的常见晶体,还有一些别有特色的晶体,它们的美和用处只有研究者才可以看见、读懂。于浩海教授,便是这样一个终日与晶体材料相伴的科研工作者。他不仅可以解读晶体的美,更能发现其不为人知的一面并培育出具有特殊功能的晶体，让晶体应用、服务于我们的生产生活。

十年磨一晶

于浩海的办公室一出门就是实验室，不大的空间里摆满了物理、化学等学科的理论专著。正如于浩海所说，科学研究主要思路来源于基础知识，基础理论是科学发展的主要源泉。

于浩海的研究方向之一是激光自倍频晶体和器件。据他介绍，这样一种晶体既可以产生激光，又可以实现非线性光学效应（可以使光的频率发生变化），使同一块晶体既可以产生激光又可以将频率变成原来的两倍。而在激光自倍频晶体问世之前，要实现与它相同的功能需要两块晶体，一块产生激光，一块实现非线性效应。激光自倍频晶体将两种功能完美地复合到一块，不仅大大提升了晶体稳定性，并且降低了制造与使用成本，使之在市场应用领域具有很大优势。

激光自倍频晶体曾经是一个非常热门的研究方向，但是由于激光与非线性效应两个功能的复合过程过于复杂，2000 年以后，国外很多研究者因为难以找到该领域的突破口，便逐渐放弃这方面的研究，这一热门方向也渐渐冷却下来。这块“难啃的硬骨头”吸引了于浩海所在的激光与非线性光学晶体课题组的注意。到了 2008 年，该课题组优选激光自倍频晶体，从理论和实验两方面证明了它是可以被制作出来的。

虽然在理论与实验中取得了历史性突破，但从“可以制作”到“成功制作”仍然有很长的路要走，这一过程的重点便是要找到核心问题进行突破。科学史上有许多历史性的进展充满了传奇色彩，比如苯结构的发现，就是源于德国有机化学家凯库勒的一个梦，在梦里旋转的碳原子像蛇一样咬住了自己的尾巴，梦醒后的凯库勒幡然醒悟，继续整理苯结构的假说，终于提出了苯环结构式。于浩海他们研究中的关键问题——是否可以在理论上用一种模型预测激光自倍频晶体性能怎么能达到最优化，这整个过程与苯环结构式出现有异曲同工之妙。于浩海先研读了很多国外文献，却没有一个适合这种晶体的简单理论预测模型，这让本来信心满满的他有些许沮丧，没有理论模型指导，怎么判断所实现的效果是最优的呢？

一天中午，他与同事去学校南门吃面，刚刚进店坐下，忽然想道：我们为什么要用前人的理论模型？为什么不能提出新的模型呢？他急急忙忙吃完饭，火速赶到办公室，用了一下午的时间设计出自己的理论模型，并在计算机上证实了这个模型与实验具有良好的结合度。

理论模型的问题得到了解决，接下来的研制工作也仿佛打开了一个突破口。经过不懈努力，激光自倍频晶体器件被成功制作出来。于浩海的模型契合实验看似偶然，实则与他渊博的知识体系和对问题的执着追求是分不开的。他完成了一个新模型的精妙构思并加以严谨求证，为激光自倍频晶体的诞生奠定了基础。对于这段经历，他这样感慨："做科研有时候就是一层窗户纸，只要捅破了，那就是一层薄薄的窗户纸；但是捅不破，就像一层城墙一样厚，看不到对面是什么。"

2012 年，于浩海赴法国交流，法国光学协会主席贝诺伊特·布朗格(Benoit Boulanger)教授在寒暄中问他今日报告的主题，于浩海回答是"激光自倍频晶体和器件"，贝诺伊特·布朗格教授有些惊讶地说："这个方向不是已经被'判了死刑'吗?"于浩海自豪地回答："我们已经把这个晶体的实用器件做出来，并逐渐引向产业化了。"听到此言，贝诺伊特·布朗格教授饶有兴趣地说："那一会儿我可要好好听你讲。"讲完这段故事，于浩海笑着表示："我们这项技术已经处于国际领先地位。"

近几年激光自倍频晶体供不应求，批量生产的需求迫在眉睫。于浩海的研究项目"激光自倍频晶体批量化制备技术及其小功率绿光激光器商品化应用"便很好地解决了批量化生产和器件制备问题，使这项技术在生产领域得到了广泛应用。青岛镭视光电科技公司便运用该项技术，使激光自倍频晶体和小功率绿光激光器实现量产。2018 年，仅激光自倍频晶体器件这一项产值就达到 1 亿元，如今公司生产的小功率绿光激光器占有全国市场份额的 40%到 50%，在同行业中取得了非常了不起的成就。

"传承"与"坚守"

面对取得的成绩，于浩海谦虚地表示，这并不是他个人的功劳。实际上，用于浩海的话说，激光自倍频晶体的相关研究是山东大学的"祖传项目"。早在 20 世纪 80 年代，山东大学晶体研究所就开始了相关领域的探索，并于 2008 年获得重要突破，2012 年，王继扬教授、张怀金教授、邵宗书教授等对激光自倍频晶体和器件的研究成果获得"国家发明奖"二等奖。于浩海的"激光自倍频晶体批量化制备技术及其小功率绿光激光器商品化应用"研究，正是在晶体所几位教授的基础上对晶体的批量化生产和产业应用进行着力。

回顾从事晶体研究的这些年，于浩海有着自己的一番感悟与体会。他说："当初走上研究激光自倍频晶体的道路，主要是受到三位老师的影响。"他硕士研究生阶段师从邵宗书教授，是其"关门弟子"；博士师从张怀金教授，是其博士"开山弟子"。邵宗书教授主要从事晶体材料及其物性研究；张怀金教授从事人工晶体生长和性能研究工作。两位老师的研究方向恰好涵盖了激光自倍频晶体研究的全过程。在此基础上,王继扬教授引导于浩海确立了如今的研究方向。因此,2008年于浩海博士毕业后,开始着手激光自倍频晶体的研究,到研究成型的2018年,已经有10个年头。10年于浩瀚历史只是一瞬,但对于一位科研工作者来说却是不易,其间多少次迷途与挫折,少不了的是于浩海对理想信念的传承与坚守。

他回忆说,自己在读硕士研究生的时候,因为在同门中年龄最小,邵宗书老师对自己格外照顾,就像对待自己孩子一样。几乎每个周末,他都会到老师家中讨论学术问题,到了饭点就与老师一起用餐,师母为他们准备可口的饭菜。到了博士阶段,作为张怀金教授的第一位博士生,他肩上有了更多的责任,需要为学弟学妹做好表率。于浩海说,除了这两位老师,还有一位老师是他需要特别感谢的,那便是王继扬教授。“一直以来,王继扬教授给予我莫大关怀和帮助。”他回忆道。当初王继扬教授强烈建议他研究激光自倍频方向,是他踏入该研究领域的启蒙者。直到现在,于浩海和这几位老师还经常讨论问题。他们在办公室关起门来讨论时十分忘我,对彼此的观点进行严谨地考证和细致地说明,讨论气氛渐入佳境时,外人听起来就好像在吵架,而对于他们来说,却是另一种和谐与享受。

在几位授业恩师的影响下,如今的于浩海与他自己的学生们同样保持着教学相长、亦师亦友的关系。“学术问题上该是什么就是什么,但到了专业外,老师和学生就没有什么区别。”他一贯对学生保持尊重与关爱并行的态度,既在能力范围内为他们提供帮助,又鼓励、支持他们自主研究与成长。在他看来,一项事业绝非一代之功,只有将学问传承下去,有后人去坚守,才能看到取得研究成果的那一天。

不一样的幸福

当被问及日常生活时,于浩海笑着回答说:“我是一个比较枯燥的人,没有什么业余爱好。日常生活就是在晶体所,早上7:30准时到办公室,大概7:30离开,每天有12个小时在办公室,下班时也要带几本书或者几篇文献回家看,也鲜有双休日。”在外人看来,于浩海除了在办公室就是在实验室,不是看书、做实验,就是和学生讨论问题。看似枯燥乏味的生活,他自己却乐在其中。

于浩海坦言:“跟晶体材料打交道确实是一件很枯燥的事情,但它更是一件幸福的事情。”他解释说,科学研究是无止境的,永远不会做到头,研究完一个知识点还有下一个在等待,一直有新的东西存在,这种对未知的探索和执着在不断吸引着他。曾经有一个非线性光学的理论问题持续困扰了他两年,直到去年下半年才有了答案。“虽然时间有些长,但是随着问题解决而获得的喜悦是无法言说的。”讲到这里，于浩海的眼中闪着激动的光芒。

不过，于浩海也承认主持课题时会有很大的压力，也会遇到问题。每当遇到难题时，他便会与晶体所的老先生们进行讨论。这些有着丰富经验的老教授既为他们的科研工作把关，又是他们在研究道路上的精神支撑。“有时出差回来，不论多晚，哪怕是晚上 10 点多，都要回晶体所看一看，先回晶体所再回家。”在于浩海的心中，晶体研究所就像一个大家庭，这里不仅有他的授业恩师，还有与他并肩的同事和年轻的学子，更有让他感到幸福的科研工作。

于浩海除了做科研还要从事教学工作。他的课题组中有着来自各种学科背景的学生，物理、化学、光学、材料、电子……学科十分丰富，因此他很注重因材施教，希望学生既能有广阔的知识面，又能深挖研究方向。例如，学物理的学生首先要懂晶体生长，更要精于晶体的物理性能和器件制备；学材料的学生，要懂晶体的物理性能，更要精于材料制备和新材料探索。在教学方式上，他更注重与学生之间的互动，从来不会对学生说我来教给你什么问题，而是说我们来探讨一下这个问题。他认为：“老师不懂学生也不懂，才是知识的顶端，只有互相探讨才能靠近这个顶端。”在学业之外，他对学生的学术道德和人格塑造也十分重视。于浩海课题组的一位博士研究生告诉记者：“于老师是一个很阳光的人，带动了整个组的氛围，但他对待科研的态度却非常严谨。”于老师曾经告诫他们，学问宁可不做也不能造假，诚信大于一切。

一天 12 个小时被投入科研与教学当中，于浩海已经成为同事和学生心中的典范。同办公室的王泽岩教授打趣说：“于老师是一个特别认真、特别勤奋的人，我们两个人在一个办公室，他跟我待的时间比跟他夫人待的时间都长。”也正是这样一个有着执着追求和务实作风的人，才能在晶体研究中发现真知、收获幸福。

山东大学晶体研究所著名晶体材料学家、中国科学院院士蒋民华曾赋诗一首：“宝石磨砺始出彩，晶体长大方成材。科学技艺两凝练，育晶育人创品牌。”这首诗里有对晶体材料、晶体所的美好愿景，也有对无数科研工作者的期望和称颂。于浩海坚守的这项事业，正如诗中描绘的那般散发着光彩。他也在制晶育人的岗位上，一直在传承着对“成材”的追求。

（原载于山东大学新闻网 2019 年 5 月 8 日；文：魏旭洁、李天一、宋烨，图：宋烨）

刘大钧:读易见天心

刘大钧,中央文史馆馆员,中国周易学会会长,第十届、十一届、十二届全国政协委员,教育部人文社会科学重点研究基地山东大学易学与中国古代哲学研究中心主任,山东大学终身教授、讲席教授、博士生导师,《周易研究》主编。长期致力于中国传统易学研究,以弘扬大易文化为己任,于 20 世纪 80 年代率先倡导并开展了传统象数易学研究,是山东大学易学学科的创建者和领导者,中国易学研究的领军人物,为传统易学的恢复和发展作出了重要贡献。先后在《中国社会科学》《哲学研究》《周易研究》等刊物上发表论文 40 多篇,出版《周易概论》《周易经传白话解》《今、帛、竹书〈周易〉综考》等学术著作多部。

易学的价值是生生不息

山大视点:提及《易经》,许多人的感受是“神秘”和“玄妙”,您能否为我们简单介绍一下什么是易学? 您认为当今易学研究的走向是什么?

刘大钧:《易经》是天人之学。过去古人有一句话叫“读易见天心”,他们认为读《易经》就能明晓天道，了解宇宙人生变化之妙。

为什么人们认为《易经》比较神秘、比较玄妙？因为《易经》之学有两部分，一个是经学部分，一个是术数部分。经学部分就是对于经文的训释研究，对于哲学思想的解读阐发，对于易学之学理的认知，这一部分是比较难的；之所以《易经》被称为"天书"，就是因为它的文字太古老了。在古时候容易理解，但现在时代语境不一样了，一些内容就难以理解了。

现在许多人一提《易经》就会想到算卦，但《易经》在过去其实是科举考试的必考内容。考试要写文章，起承转合，阐述经文大意，与算卦没有关系。秦代焚书坑儒的时候，烧了许多的书，但是《周易》因为是卜筮之书而没被烧。卜筮俗称算卦，是易学在古代的重要文化功能，属于《易经》"术"的部分。

至于易学的走向肯定是"生生之谓易"。古人说《易经》大道生生，就是"生产"的"生"，两个字重复起来就是说不断地生成变化。

"读易见天心"，天道就是"生生"之道。春夏秋冬不断变化，然后随着四季的变化，万物从成长到收获、储藏，再到来年重新生长。《易经》从头到尾体现的都是一种生生的观念，它的最伟大之处就是以生生不息来解释宇宙与人世，永远变化，没有穷尽。因此，六十四卦的最后一卦是"未济卦"，变化还没有结束，还要变下去，不断地创生创新，保持无限的生机与活力。这是它的价值。

当代易学研究收集最全的一套书

山人视点：最近您作为首席专家，完成了国家社科基金重大项目《百年易学菁华集成》，总字数达5000多万字。编纂这套丛书有什么重要意义？

刘大钧：《百年易学菁华集成》最重要的意义在于它是当代易学收集最全的一套书。

过去，从民国一直到抗战都有一个很大的问题，刊物随便办，也不需要批准手续，只要有钱就可以印发刊物，所以那个时候刊物特别多。有一些刊物上有很有价值的文章，但是刊物只发了一期或者两三期就不办了，后来战争爆发，炮火纷飞，很多刊物都毁于战事。一些重要的材料，又在动乱期间被破坏了。现在保存下来的文献，散落在民间各处，往往在一些小县城和乡村里。

美国康奈尔大学有一位教授叫倪策，早年搜集了很多易学资料，他发现我在办《周易研究》刊物后就来信和我联络，还投过稿。20多年前，倪策教授临终的时候写信嘱托我，说他搜集了一部分很珍贵的资料，希望我能继续完成。他用几十年的时间专门收集了散落在各处的民国期刊易学论文，这些期刊可能只有这一本，再有也不多了，而且很难搜集。希望我能继续搜集剩下的资料，代替他完成未了的事业。

我看了信非常感动，也认为他说的事很重要。后来，从2004年开始，我们中心就做了一个大的选题，叫“百年易学菁华集成”，要把这100多年来有关易学的所有资料搜集起来。

搜集百余年之易学论著，有一个非常重要的地点就是中国台湾。那里的经学研究及易学研究接续了民国以来的传统，有大量的研究著作和期刊论文具有非常重要的学术价值，但是由于两岸信息交流的问题，大陆能看到的台湾学术成果很有限。这就需要派专人去台湾各大图书馆和各大学资料室专门搜集整理。同时还有一些民间机构，像台湾“河洛理数易经学会”、台湾“中华易经学会”，他们也藏了一些民间版本的书，我们从那里得到了一些资料。

经过多方搜集、编目、分类、筛选，我们就编成了这套目前来说涵括当代易学资料最详细的书。虽说永远不可能做到最全，但是能找到的我们就尽量找到。所以说，这套书应该是目前最精良全面的现当代易学研究资料集成。

学以聚之，问以辩之，宽以居之，仁以行之

山大视点：您从事易学研究多年，可不可以分享您的治学感悟？

刘大钧：我认为很重要的一条就是治学必须以德为首。古人讲究“品学兼优”，把“品”放在前头，而“德才兼备”则把“德”放在前头，所以说“品德”永远应该在前面。《易经》很重要的一句话叫“进德修业，崇德广业”。这是一个很高尚的行为，不进德就不能修其业，不崇德就不能广其业。如果想着用不道德的手段成就一番事业，就绝对不可能成功。

什么是“德”？不显才为德，这是说不要处处彰显自己，要谦和、不显。有德的人不显，不显才是美德。先是进德修业，进而是崇德广业。“进”就是“前进”的“进”，先有进德才能修业。尤其是学经学，德行不好怎么能做研究呢？

讲到治学，应该是“学以聚之”，是指为了学习聚到一块。“问以辩之”，你对我提问题，我给你提问题，咱们互相辩驳、问难。“宽以居之”，要用非常宽阔的胸怀，和人相处，和人打交道。然后是“仁以行之”。孔子《论语》中问“仁”的话最多，就是要以符合仁义道德的标准来行事，不要做不仁不义的事情。这句话真正说明了古人治学讲究“先德后学”。

“君子学以聚之，问以辩之，宽以居之，仁以行之。”这就是《易经》对于治学的一种见解和认识。

山大在文史哲三个方面都占有重要地位

山大视点：您在山大工作已有数十年，见证了山大的成长与发展，您如何看待山大人文社会科学的发展？

刘大钧：我来到山大有40余年，在来到山大以前，就不断听人讲到山东大学以文史见长，来到学校以后也是不断地听到文史方面、国学方面代表人物的种种故事。山大的文史见长是不是货真价实地完全和事实相匹配？我这里说一个资料，就是1995年时任国务院学位委员会主任奚广庆主编的《中国社会科学家自述》。在这本书中，山大的文史见长得到了扎实的认证。这本书编纂了当时中国人文社会学科一些代表人物的名录。中国古代文学领域，全国共选了18位著名专家、学者，其中我们山东大学就有6位，占1/3，他们是冯沅君、陆侃如、牟世金、萧涤非、殷孟伦、袁世硕；在语言学中，全国选了4位专家，其中山大的殷焕先入选，占1/4；中国古代史领域选了22位专家，其中山大有3位，约占相关专家总数的1/7，他们是童书业、王仲荦、张维华；近代史中选了14位专家，山大有2人入选，占了1/7，他们是华岗、郑鹤声。这样我们就知道了，山东大学文史见长绝非虚言，这是实实在在的事实，我们确实在全国具有非常重要的地位。

在哲学界，当时山大也占有很重要的地位。在这本书上，中国哲学方面选了13个人，我们学校有高亨先生和鄙人，也是占了约1/7。

善继人之志，善述人之事

山大视点：您对山大下一步人文社会科学的发展有什么期望？

刘大钧：对山大人文社会科学的寄语，我想引用《中庸》上的一段话："夫孝者，善继人之志，善述人之事也。"真正的"孝"是继承、发展前人的事业，并且能把这个事业发扬光大，这才是真正的"孝"。正如余纪元教授所说的："是实现前辈的期许、意志与梦想，是对传统的不断创新。"希望我们时时、世世对山大文史哲等传统优秀学科展现出前面所说的这种大善、大孝、大美，这才是真正的"孝"。余纪元教授临终前在给我的一封信上说："希望诸位，今后介绍山大时，能够说山大以文史哲见长，给我们哲学以应有的地位。"他这一段话非常重要，因为我们哲学在过去和现在都占有一定的实力，这是一个事实。

冯友兰先生把中国哲学史分为子学时代和经学时代，他认为经学非常重要。为什么经学重要？经学是中国哲学中最具创造性的一部分，所以冯友兰先生非常重视传统经学。近年来，随着世界文化走向中国，中国文化走向世界，在这种圆融会通中，文化交流变得比过去几百年要频繁得多，范围也要大得多。清代末年的时候有大批官办的留学生到国外去，增加了这种交流力度。在西学东渐的过程中，中国古代经学受到现代学术之洗礼，获得了创造性的发展。关于如何发展经学的问题，就是如何发展中国哲学中最鲜活、最有生命力的那一部分的问题。

西方一些著名学者,比如荣格,一位非常有名的国际心理学家,他专门成立了一个国际心理分析学会。我们看到荣格是如何痴迷地把中国的易学思想纳入了他心理学研究的视野,而且在他的心理学研究中,不断地用中国易学中的一些道理来发展他本学科的优势。这给我一个很大的启发:我们经学的研究视野今后也要拓展、要拓宽。我们人文社会科学研究要以更广阔的境界和视野来对待经学、子学的研究和其他中国传统文化的研究。在一种自得圆融的状态下,把中国哲学的"大道生生"加以扩展。用《易经》以人文化成天下的角度和内涵,把我们中国人文社会科学的价值发扬光大。

群经之首,群星璀璨

在几千年绵延流传的中华文化中,《周易》被推崇为群经之首、大道之源,被看作是我国传统文化的先导,足见易经在中国传统文化中的重要地位。在办公室见到山东大学终身教授刘大钧,先生一头银发,目光平和,蔼然可亲。中央文史馆馆员、中国周易学会会长这些如雷贯耳的头衔之下,刘大钧先生还是那位一心致力于让易学研究发扬光大的山东大学教授,有着对学术的深切关注和学者的严谨质朴。谈到易学研究的发展,他的语气不疾不徐,用平实的话语解释深刻的道理;谈到山东大学人文社科的诸位名家,他如数家珍,清晰地道出文史哲各学科学者的一连串名字。这些学者与刘大钧先生一样,如星辰般照亮了山大人文社科研究的天空。

在谈到"德"在治学中的重要性时,先生拿出自己刚给学生写好的两幅字——"进德修业""崇德广业"。两行大字还带着墨香,先生认真地给记者逐字讲解。"什么是'德'? 不显才为德。不要处处彰显自己,要谦和。"先生用深入浅出的语言,春风化雨般向我们道来。

让记者印象深刻的是,76岁依然在易学研究领域耕耘的刘大钧先生,不仅和我们谈了易经的先贤智慧,更谈了中西方文明交融给经学带来的创造性发展,谈了从西方学者将心理学与经学学科交叉得到的启迪,谈了对中国传统文化研究开阔境界和开阔视野的期待。先生学术研究功底的深厚、对研究前沿的敏锐、对赓续山东大学哲学研究学脉的殷切心情,都让人肃然起敬。是的,大道生生。易经历经千年的古老智慧,正在一代代研究者的传承与创新当中不断发展延续,焕发出生生不息的生命力。

(原载于山东大学新闻网2019年5月15日;文:谢婷婷、刀彦月,图:刀彦月)

袁世硕:教学相长,理论与学术相结合

袁世硕,山东大学终身教授、讲席教授,1953 年毕业于山东大学中文系,师从冯沅君先生。研究方向为中国古代文学,兼重国学传统训诂考证与现代文学批评,对中国古代著名文学家孔尚任、蒲松龄等的事迹作出了超前深细的稽考,对几部古典小说名著作出了独到深切的解析。著有《孔尚任年谱》《蒲松龄事著述新考》《文学史学的明清小说研究》《蒲松龄评传》(与徐仲伟合作)、《敝帚集》《稷下传习集》,发表文学研究论文百余篇。主编有《中国文学史》(高等教育出版社本)第八编、《中国古代文学作品选》(人民文学出版社版)、《中国文学史》(中国人民大学出版社版)、《中国古代文学史》(高等教育出版社版)、《王士禛全集》《陆侃如冯沅君合集》等。

一边学习,一边教书,一边做研究

山大视点:先生您好!您在中国古代文学研究领域多年潜心治学,成果丰硕,可否与我们分享您的治学感悟?

袁世硕:我是山东人,如果从大学算起,我是在山大学习、在山大成长、在山大教学、在山大做研究,一辈子没有离开过山大。是山大培养了我,我服务于山大。我的一个深深的体会,是一边学习、一边教书、一边做研究。我没有把教学和研究对立起来,一直把两者看成是一个事情,所以我深深地体会到教学相长的裨益。

我学习了老一辈老师的治学精神——实事求是,也从他们身上学到了传统的训诂学、考据学的方法,这些使我能够有志学、有路子、有遵循。另一方面,我受到原来老校长的启发,重视学点哲学、学点理论,这对我研讨一些问题都起到了很重要的理论指导作用。如果说我这一生写了一些文章,在我们这个学科当中有所创获,那还得益于这两个方面都有一个很好的学习。我从来没有想有什么成就,只是想解决在我专业当中现在存在的、发生的问题。由于我提出的一些新见解,作出了一些成就,所以国外的同行专业期刊也都对此作过一些介绍,但绝不是我的初衷。

在20世纪50年代,中国古代文学的研究还是比较热的,一个突出的标志就是《光明日报》的"文学遗产"专栏,那是最兴盛的一个副刊。那个时候文学研究的议题很多,经常引发一些争论,学生也会提出一些问题,我怎么解答?我应该一面学习、一面研究。我先经过学习,对这些问题形成自己的想法,在课堂上讲出来,学生觉得可以接受、没有歧义后,我再写作发表出来。我的早期文章都是这样写出来的。教学相长,科学研究和教学实际上是一回事,在此中我也就慢慢地成长、成熟起来。

山大视点:关于教学相长的实践,您可否为我们举几个例子?

袁世硕:比如,1954年开展了关于《红楼梦》的大讨论,是我们学校的毕业生李希凡他们在《文史哲》发表的文章受到毛主席的重视才发起的。讨论中,有人说《红楼梦》的基本思想是反映了农民的要求、意识、思想,也有人提出《红楼梦》的思想性质是市民阶级,还有第三个意见是《红楼梦》的思想指封建叛离者的思想。《人民日报》曾在总结这个问题时提出来三种说法:农民戏剧作、市民阶级作和封建叛离作"三作"。我就给学生讲哪个正确、怎么理解,然后就写了关于《红楼梦》的思想倾向及其性质问题的文章。

再比如,1958年郭沫若提出为曹操翻案,这就牵涉到曹操在《三国演义》小说及戏曲中被塑造成反面形象。这个问题怎么解决?我就再学习,认识历史上的曹操和历史上对曹操的评价,过滤一遍,然后写了关于《三国演义》曹操形象的文章。从历史上来看,翻案是对的。看一个人不是看他说了什么,而是看他的行动,他所做的事情的意义。但是小说有它的特性,小说里面的曹操形象也不是简单化的阶层代表,而是体现了过去封建时代政治家的一些优点,很能干、机智,懂得如何处事待人,是一个封建时代的政治家。《三国演义》里不仅有他奸雄的一面,还有治世能臣的一面。所以为曹操翻案,不一定要否定小说,小说还有它自己存在的价值。小说里的人物是文学形象,而不是历史的人,不要混为一谈。我就是这样,一面学习,一面研究。

要研究问题,要学习理论

山大视点:您认为在当今时代,人文社科的研究者应当培养哪些基本素质?

袁世硕:我研究古代文学,不是为研究而研究,往往是要研究问题。就事论事常常很难解决不同意见的争论,那就要学习理论,学习马克思主义。我的大学时期正是解放初期,华岗校长亲自为全校教师开课,讲辩证唯物主义与历史唯物主义的哲学。当时我很感兴趣,所以我在大学的最后一年,还选了历史系赵俪生先生开设的"西方哲学史"和"逻辑学"。我通过这些学习有了基础,再就问题学习马克思主义。比如,《红楼梦》的思想性质用马克思主义理论可以解释得很清楚,不会绝对化、单一化。

我从中体会到,我们做文史研究,应该具备两方面的修养:一方面应该继承传统的训诂学、考证学的理论方法,搞古代文学要具备一定的历史知识,慢慢提高这方面的修养;另一方面还需要学习理论。面对同一个问题,理论修养的高低决定了你对于对象、现象、作品解析深度的高低。我之所以能够在研究方面提出一些新的看法,得益于学习了一点历史唯物主义理论,才能够解释清楚古代文学当中的一些问题。

文学研究的对象就是文学作品

山大视点:您提到了理论学习的重要性,那么如何甄别理论正确与否呢?

袁世硕:现在我们对于青年人对西方理论的盲目接受产生疑问,这促使我去看一些西方文学理论,也发现了一些理论的片面性,所以我这几年写了几篇文章。比如说对加达默尔的文学艺术存在方式论的质疑。我认为这是不对的。

我对接受理论写过两篇文章。我们文学研究的对象就是文学作品,这是根深蒂固的。但西方的接受理论认为一个作品的艺术价值不在于文本,不在于作品本身,而在于阅读、诠释、评论;一个作品的思想不是完全的存在,而是生成于诠释评论当中,那就是指评论家、诠释者才能作出思想的总结。我觉得文学研究的分析、解决也像自然科学一样,文学作品的形态、结构某些方面也具有永恒性,是不变的。你对它的理解可能有深浅的不同,有片面、全面的不同,各个时代的人也可能对它的看法不一样,但是它本身的特点是固有的,这是不变的。

所以我发现西方哲学理论家往往也会走向片面,强调阅读、解析、诠释是可以的，但是不要文本本身是不可能的。接受理论家最突出的悖论，就是他们在论述理论的时候始终没有离开作品，所以这些理论最后也总是自己否定自己。

美国的一个接受理论家说，接受理论家抬高读者的地位，抬高诠释者的地位，这是中心点。他认为这里所说的“读者”不是一般的读者，而是有文化、有修养的读者，是懂得语言、懂得文学的读者。那么既然有文化的读者能够对作品作出很好的理解和诠释，也就是说作者在作品中认为的空白点或者变化当中的不确定性，对于这些读者来说就不存在了，只有对那些没有文化的读者才存在。这不就是自相矛盾了吗？

《聊斋志异》是作者借志怪来表现自己的主观世界

山大视点：您做古代文学研究时有什么样的侧重点？

袁世硕：我研究过孔尚任的《桃花扇》，研究过蒲松龄的《聊斋志异》，某种程度上有点地方观念，因为他们是山东人、山东作家，所以要研究我们古代先贤的作品；此外还有其他含义，就是对于他们的认识和评价问题。“文化大革命”以前就有对于《桃花扇》的否定，因为当时在文学上批判“有鬼无害论”，所以写狐鬼的小说就不应该被肯定，对不对呢？这个问题引起了我的研究。我觉得研究《聊斋志异》如果本着中国古老的做学问的原则，像孟子所说的知人论事，读他的作品就要知道他那个人、知道那个社会，这是唯物史观原则。当然孟老夫子不会懂得唯物史观，但是他这个理论是符合唯物史观的。从蒲松龄这个人入手，我比较详细地了解了他的情况，重点在于与他结交的这些人都和《聊斋志异》有直接或间接的关系。所以我不是研究他所有的朋友，我只是关注与《聊斋志异》有关的、有直接或间接关系的人。

我从了解蒲松龄当中发现了这些狐鬼故事实际上和作者的一生密切相关。有些篇章写狐鬼故事，实际是写自己的感受、写自己的寂寞、写自己科举失意的苦恼。我发现《聊斋志异》很多作品具有自况性，即使有的人物和他自己无关，但也是反映了自己的希望、要求。从这里我进一步理解这些文学形象，在蒲松龄的小说当中不是他要表现的社会内容，而是他表现社会内容的一种工具、形式。所以我就提出来鲁迅先生对于《聊斋志异》所下的断语，说他是“用传奇法而以志怪”，“志怪”两个字不对，《聊斋志异》不是志怪，他是借志怪来表现自己的主观世界，就像作诗一样。所以我就提出这些奇奇怪怪的故事都是一种形式，故事下有“真实”的意思。所以他的内容和故事不是一个层面，是两层：故事层是鬼怪神故事，而意思层则是写作者自己的生活、感受、喜怒哀乐。这也是由理论得来的启发。

学术得兴变

山大视点：目前山大正努力实现“由大到强”的历史性转变，您对人文社科专业的发展有何展望?

袁世硕:我在山大60多年了,经历了山大的风风雨雨。我们学校在20世纪50年代以文史见长,在全国高校当中,是公认的在文史这两个专业方面走在学术前沿的。这有两个方面的原因:一方面,我们的研究走在各学科的前端,作出了一系列成果,取得了较好的社会影响。学术得兴变,重视学术创造。另一方面,我们的学生底子好。当时在各个专业,都有全国有名的教授,他们始终给学生上课,所以我们的课程比较扎实,学生的专业基础比较好,在工作上都作出了突出的成绩,给我们学校赢得了光荣、赢得了声誉。

过去山大文史都很重视教学。我们也要考虑到现在的大学是不是稍微忽略了一些教学?根据时代、科学和学术的发展,现在要好好研究一下我们怎么开课,开哪些课,是不是应该开一些新课,怎么开,要把这个事情作为重要的关注点。

我想,我们学校应该在这两个方面来争取再度辉煌:一是在科研上要有新的成就,在专业研究上有所创新,有所突进;二是让学生的培养质量也能够超越全国其他学校的水平,让他们在工作上有所成就,为我们的学校争光。

世纪老人,学贯古今的学者

见到袁世硕先生时,他的桌上摆放着一杯浓茶,正在认真地阅读文献。听我们说明来意后,老先生亲自起身招呼我们就座。在采访交流过程中,先生的思路之清晰、见识之卓远、精神之矍铄,远远超过了我对一位九旬老人的预想。他细细梳理着山大文史发展的脉络,难掩对学校的关切与自豪之情。这样一位在山大度过一甲子的教授,这样一位学贯古今的学者,为我们循循讲着山大的珍贵记忆,话语朴素却掷地有声,情感温和却坚定不移。

袁世硕先生说,他是一面学习一面成长了起来。面对西方接受理论的大行其道,他条理清晰地辨析,捍卫我国传统学术研究思路与方法的价值。我们深深感受到先生的人格魅力,那是走过时代风云后的虚怀若谷,经历岁月沉淀后洋溢的非凡气度。老先生的学术成绩蜚声学界,年过九旬依然心系教坛,不失赤子之心,言谈间尽显性格的坦荡真诚。即使袁世硕先生学识渊博,在后学面前他始终是个亲切慈祥的忠厚长者,一身旧式毛衣彰显着先生的简朴生活,笑起来时脸上的皱纹都舒展开来,仿佛是绵延的智慧。我们细细聆听先生的教诲,就像听一位世纪老人将一本故事娓娓道来:这本故事里既讲述着当代人文社科学术前进的坦途,又描绘着山大未来发展的壮阔篇章。

(原载于山东大学新闻网2019年5月20日;文:何元航,图:谢婷婷)

曾繁仁:蓬勃、旺盛、健康的生命就是美

曾繁仁,著名美学家,当代中国生态美学的奠基人之一,山东大学终身教授。曾先后担任山东大学党委书记、校长等职。现任教育部人文社科重点研究基地"山东大学文艺美学研究中心"名誉主任与学术委员会主任。曾繁仁长期从事美学与文艺学专业的教学、科研工作,在国内生态美学、审美教育、文艺美学研究领域处于领先地位,在西方美学研究领域位于国内前列。先后在《人民日报》《光明日报》《文学评论》《文艺研究》《文史哲》等重要报刊发表有关论文100多篇,出版《生态美学基本问题研究》《生态美学导论》《美学之思》《中国美育思想通史》等学术成果若干部。作为国内生态美学的主要倡导者之一,曾繁仁做了一系列开拓性的工作,初步构建了当代具有中国特色的生态美学体系。

美是人对于审美对象肯定性的情感体验

山大视点:作为文艺美学领域的知名学者,在您看来,什么是美?您能否简单介绍一下中西方文化"美"的认知差异?

曾繁仁：其实中西方对于美是有共通性认识的。就目前来讲，我认为美就是人对于审美对象肯定性的情感体验，这是一种情感体验，且是肯定性的。西方与此类似的美学范畴有很多，比如“美是感性认识的完善”“美是理念的感性显现”等等。但是到了当代以后，这种美学概念很大程度上被解构了，美成为此时此地此人的一种体验。在中国，用刘纲纪先生的话来讲，常常在没有“美”字的地方有美。中国传统文化交融性的特点决定了美善不分。

美学的英文单词是“Aesthetics”，该学科是由鲍姆加登创建的，原本指的是感性学。日本人把它翻译成“美学”，后通过王国维介绍到了中国，于是这里增加了“beautiful”，即“漂亮的”意思在里面。在中国古代的认识里面，羊大为美，指的是动物养肥养大了之后可以吃，把它当作一种美。我们现在一般认为，这是古代丰收以后的一种以肥美羊头作为装饰的舞蹈仪式。所以中国的美和日常生活以及我们的生命有密切的关系。我们现在用“生生之美”这一提法，指的就是“生命创生”的东方之美，这更符合我们中国传统文化与民间有关“美”的特点。

美丽中国、美丽乡村建设要立足于传统文化

山大视点：当代中国美学在不断发展，从党的十八大开始也提出建设“美丽中国”的目标。那么您觉得，中国的当代美学如何才能在“望得见山，看得见水，记得住乡愁”的富有生命活力的“美丽中国”建设中发挥价值作用呢？

曾繁仁：习近平总书记关于“美丽中国”以及“望得见山，看得见水，记得住乡愁”的美丽乡村建设的论述对我有深刻的启发。总书记讲的美，指的是绿色、美丽、生命。所以蓬勃、旺盛、健康的生命就是美。我们提出建设“生生美学”也是受到总书记生态文明理论的启发与鼓舞，这两者有着密切的关系。我觉得建设充满生命力的城市乡村以及人民健康的社会，这就是美丽中国。这个目标符合我们党十八大以来的精神，符合总书记的精神，也符合中国传统美学的本质。传统美学由《周易·易传》里的“生生之谓易”发展成为“生生之谓美”，其中的连接环节就是“生命的创生”，所以生生谓美。我们说“生生之美”，这其中的“生生”，第一个是动词，第二个是名词，合在一起就是生命的创生。所以我们的美丽中国、美丽乡村建设要立足于传统文化，根据习近平总书记“青山就是美丽”的观点来建设。

应该审美地对待他人、对待生活、对待自然

山大视点：教育部不久前下发了《关于切实加强新时代高等学校美育工作的意见》，要求普通高校要强化面向全体学生的普及艺术教育。您认为可以从

哪些方面着手提高我们当前学生的美育水平?

曾繁仁:当下最重要的问题是美育的位置没有放准确,很多时候美育只作为所有教育的一个附属部分。我个人认为,美育应该是一种教育理念,应该是人的教育,最基本的是人应该知道审美地对待他人、对待生活、对待自然。按照这个理念的要求,我觉得现在差距很大,差距就在于我们现在的高等教育功利主义色彩太严重。高校经常把发表文章、获奖、学科排名、教师的名分这些东西看得太重,反而对于学生的培养不够重视,尤其是把培养学生美好的心灵、审美地对待生活这些方面放到次要位置。美育不是附属,美育是一种教育理念,这个教育理念古已有之。古时礼乐教化和政治、文化、教育紧密联系在一起,是治国理政最重要的途径。所以我觉得,现在最重要的是去掉功利主义,然后美育才能落到实处。

治学是人生价值的一种寄托或者提升

山大视点:您从事文艺美学研究多年,回顾治学历程,您最大的治学感悟是什么?

曾繁仁:对我而言,这么多年来的治学感悟就是把治学看成人生价值的一种寄托或者提升,使得人生更有意义和价值。我也快80岁了,在这样一个年龄,还能做点有意义的学问,我觉得这是自己的价值所在。

教师是个很崇高、很令人骄傲的职业,我的想法是应该对教师这个职业有点敬畏之心。我的目标是做一个各方面合格的老师,上好每一节课,做好自己的每一件事情。

固本创新

山大视点:您对于山大的人文社会科学发展有什么展望?

曾繁仁:我的希望是山大的文科秉持一个基本的观念——固本创新,就是把原来的"本钱"巩固下来,然后再创新。我们的本钱是"文史见长",我们的中文学科在学科评估时是A类学科,我们有四个教育部人文社科重点基地。这一点"家当"要保持好,在此基础上再创新。我相信,我们山大人文学科经过努力是可以振兴的。

谦虚淡泊的美学家

山东大学的文艺美学教学与研究有着悠久的历史。早在20世纪二三十年代,时任山东大学校长的杨振声以及著名作家闻一多、老舍、洪深、沈从文等人就在山东大学开设了"近代文艺批评""文学概论"等文艺美学课程。自50年代初期至今，山东大学先后有华岗、成仿吾、吴富恒、曾繁仁四位校长和吕荧、孙昌熙、牟世金、周来祥、狄其骢等一批著名文艺学、美学家在此从事教学和研究工作，使文艺美学的学科建设始终处于备受关注的地位。

见到曾繁仁先生时，他刚刚结束忙碌的博士生复试评卷工作，便马不停蹄地接受了我们的采访，日程安排紧凑又有条不紊。谈起美学，他引经据典，见解独到；聊起文科发展，他的观点鞭辟入里，话语中充满信心。回望自己的学术生涯，先生话语中始终透着一种谦虚淡泊的心境。作为文艺美学研究领域的知名学者，就像自己多年治学感悟中总结的那样，他现在仍然在美学领域潜心耕耘。

什么是美？在曾繁仁先生看来，美是对于审美对象肯定性的情感体验，是蓬勃、旺盛、健康的生命。这样的美，存在于《周易》的哲学思想，也存在于“美丽中国”建设。美的价值，存在于对待他人、生活、自然的态度，存在于青山绿水，更应存在于美好心灵。

（原载于山东大学新闻网 2019 年 5 月 24 日；文：窦皓，图：谢婷婷）

陈言俊:踏遍青山人未老,创新路上风景独好

陈言俊,应用研究员,山东大学创新创业学院院长顾问,负责山东大学创新创业教育的管理和指导工作。获评教育厅2008年、2009年、2010年"山东省大学生机电产品设计创新竞赛优秀指导教师",2018年第四届"全国'互联网+'创新创业大赛优秀指导老师",山东省教育厅"科技创新优秀指导教师",山东大学"教学名师",山东大学"爱岗敬业十大模范人物",山东大学"课堂教学优秀教师",山东大学"我最喜爱的老师"。获国家科技成果管理委员会二等奖1项,国家知识产权认证委员会一等奖1项,国家专利局发明专利2项、实用新型专利9项,2014、2018国家级教学成果奖二等奖团队成员,山东省机械工业科技进步奖三等奖1项,山东省教学成果一等奖1项,山东大学教学成果奖一等奖2项。

一个骄阳似火的午后,第四届山东大学大学生创新创业大赛暨第十五届山东大学大学生科技创新大赛正火热进行。答辩教室外张贴着一个个参赛团队的项目名称,"自动化""人工智能"等字眼锁定了当下热门的科创元素。答辩教室内热火朝天,一张张面孔洋溢着青春的气息,各位参赛者正自信满满地站在

讲台上阐述着自己的创新创业梦,他们的身上展现着无限的活力和热情。在台下,我们看到了一个熟悉的身影。多年来,他致力于指导学生参加创新创业竞赛,虽年过六十,却精神矍铄,孜孜不倦。在观看学生们进行答辩时,他时而眉头紧锁,仿佛陷入思考;时而面露喜色,仿佛看到了创新的火种。举手投足间,他的心陪伴着所有参赛的选手一同起舞。他就是山东大学的创新创业导师——陈言俊。

结缘创新,笃志前行

1977 年,陈言俊来到原山东工业大学学习,毕业后在山东省交通厅航运管理局船厂工作,凭借着过硬的技术和积极创新的态度,仅工作一年后就升任车间主任。没过几年,陈言俊就被提拔为技术厂长,他心中对创新的追求也在不断提高。

一个偶然的机会,陈言俊来到原山东工业大学机械厂担任生产科长,此后一直处于生产第一线,其间也负责部分科研项目。2002 年,山东大学机械厂改名为“山东大学工程训练中心”,两年后在此基础上成立工程训练中心创新部,开始招募学生参与国内部分机器人大赛、电子设计竞赛等活动,陈言俊义不容辞地承担了指导学生的工作。随着参赛学生队伍的不断壮大以及学科竞赛类型的持续增加,竞赛筹备、学生训练要求也相应提升。在学校和工训中心的大力支持下,陈言俊先后开设了“人工智能与机器人”“创业理论与技能”“工程技能训练”等通识课程,并对相关学科创新活动竞赛予以指导。一直以来,陈言俊秉持知行合一的信条,为学生们树立榜样,以“启动内心、勇于创新、解决问题、永不放弃”的精神鼓励学生,坚持陪伴学生、全力以赴,在创新创业的道路上伴随山大学子前行了 15 年,带领学生斩获了诸多奖项。

回顾指导学生参赛的经历,陈言俊的记忆回到 2005 年。那时陈言俊第一次带领学生代表队参加中央电视台举办的“第四届 CCTV 全国大学生机器人电视大赛”。初出茅庐,在缺乏比赛经验、各方面条件不完善的情况下,山东大学学生团队在陈言俊等教师带领下,凭借扎实的专业基础和通力合作,从全国 41 所高校团队中跻身 16 强,一举赢得下一届比赛的直接参赛资格。此后,陈言俊每年都会带领几十个团队、几百名学生参加比赛,每年都能斩获省级以上奖项近百项,极大地提高了山东大学在国内外创新创业竞赛中的知名度。

丰硕的成果来自点滴汗水的付出。在创新活动中,陈言俊总是亲自示范教学,在电路板焊接过程中手把手地教,在机械制作过程中亲自做最危险的工序。编程、调试、演示,他一丝不苟地指导;学生提交的竞赛论文,他不厌其烦地一遍遍修改,有时改到凌晨一两点。带领学生外出比赛时,无论硬卧或硬座,陈言俊总是坚持和学生坐在一起,既是为了学生安全考虑,也是为了加深和学生们之间的沟通与交流。

每年暑假,学生们都会在工训中心进行集中训练,加上暑期学校、电子竞赛培训和举办竞赛,这段时间对陈言俊来说都是最忙碌的时间。他一直在实验室陪伴着学生,整个假期都没有休息,有时候甚至会在实验室过夜。陈言俊也一直把为学生创造更好的环境放在心上。他发现很多来训练的学生来自其他校区,住宿很不方便,就向工程训练中心申请买了60个床垫以供学生们休息。

在和陈言俊交谈的过程中,记者感触最深的便是来自他身上的热情与真诚,他怀着对创新的追求和对学生的关爱,即使过了退休年龄仍然默默耕耘在指导学生的第一线。“因为整天和学生在一起,我就年轻很多。假如时间倒流,我还会选择学生创新创业的工作,而且会更早投入这方面。”他笑言:“科技发展很快,知识更迭很迅速,有时候我也会感到力不从心。以后还要不断学习,紧跟时代脚步。我会一直坚守在教学一线,坚持锻炼身体,坚持为学生服务!”

始于热爱,服务学生

谈到被返聘担任山东大学创新创业学院院长顾问,陈言俊表示:“老骥伏枥,志在千里。始于热爱,乐于奉献。”虽然在2016年年底就办理了正式退休手续,学生们还是愿意来找陈言俊作为自己的指导老师去参赛。当时,山东大学创新创业学院刚刚成立,正忙于筹备申请创新创业教育改革示范高校和申报国家第二批大众创业万众创新示范基地的工作,这些工作都是陈言俊所熟悉的。在学校和学生的双重需要下,陈言俊欣然接受返聘,继续负责全校创新创业管理和指导工作。怀着对创新创业教育工作的热爱,那些积极投身创新创业竞赛的学子成为他心中最割舍不下的情感所在。“我非常乐意将毕生精力献给山大,继续为学生们服务。”说话间,陈言俊微微笑着,眼里的光芒坚毅动人。

在陈言俊获得的众多奖项中,山东大学“我最喜爱的老师”是他最看重的一项。他说:“这是学生们投票选出来的,是对我最大的肯定。”陈言俊为创新创业教育的付出,学生们都看在眼里,记在心里。早来晚归是他工作的常态,实验室里只要有学生,就会有他的身影。

一提起指导过的学生,陈言俊一下子打开了话匣子,十几年前的事情仿佛历历在目,还能准确地叫出学生的名字,李登望、刘培超、单金明、尹聪、董明睿等等。他一边说着一边拿出手机,满怀欣慰地向记者展示一个名为“陈老师和他的学生们”的聊天群,群里有近400人,都是接受过陈言俊指导的创新创业者,如今已各自取得了不错的成绩。单金明是陈言俊最早的一批学生之一,所在团队曾获飞利浦“挑战杯”创意商业挑战赛全国冠军。回忆起在创新实验室的那些日子，单金明很有感触："陈老师对我们的照顾无微不至。有了困难，我们首先想到的总是陈老师。每次回想在创新实验室的培训、比赛、实验，都无比激动，那是一段珍贵的回忆。"

单金明记得，有一次陈言俊老师因工作劳累生了病，却因为担心耽误学生们的进度，主动要求晚上训练结束后再去医院输液。还有一年中秋节，实验室师生忙着准备比赛都没有休假，陈言俊就和其他老师商量着买了月饼和牛奶，陪实验室学生们过了一个意义非凡的团圆节。除此之外，陈言俊为了给参赛学生放松心情，还带大家一起爬千佛山。清晨6点千佛山上开阔的日出景象，成为陈言俊和学生们之间的独特回忆。

学生毕业后，陈言俊也一直关心他们的成长。曾获得第二届中国"互联网+"大学生创新创业大赛金奖的深圳越疆科技有限公司，在成立前，其创始人刘培超、朗需林就找过陈言俊咨询，公司的发展、战略决策、市场销售等等都倾注了他的心血。

采访中，陈言俊带着记者参观了几个学生们的实验场地："这三个400多平方米的房间，都是给学生们的。"这些房间主要是给参加创新创业项目同学们准备的实验基地。有的房间全是工作隔间，能看到未完成的自动化机器模型；有的房间则摆满普通的教室桌椅，可以随时拉开进行实际操作训练。

陈言俊说，学校把创新创业的实践基地工程训练中心迁移到兴隆山校区后，场地建筑面积达22000平方米，新采购的仪器设备有1100余台(套)，总固定资产逾2000万元。说起工程训练中心这些创新创业设施，陈言俊不断感慨称赞学校的远见。2015年，国务院发布了关于大众创业万众创新的指导意见，山东大学却早在2003年就设立了创新学分，并于2006年设立科技创新基金、实行国创计划，每年投入200万元资金支持创新创业教育。2009年建立十大创新教育平台，2010年设立平台专项基金，同年在本科生阶段开设创新通识核心课程，2015年又设立了创新创业学院。参加创新创业竞赛的学生可以获得相应的创新学分，很多学生通过竞赛获得了保研资格，学校的支持大大激发了学生们开展创新创业活动的兴趣和热情。

知行合一，因材施教

退休前，陈言俊带领工训中心创新部的年轻老师们一起负责"人工智能与机器人"这门创新通识核心课程的授课工作。考虑到这门课程选课的同学来自多学院、多专业，且基本为低年级，陈言俊立足学生们的实际需求，在课程设计方面下足了功夫，致力于从不同的角度带给大家不一样的体验。例如，对工科方向的学生讲授机器人制作、单片机应用、电路设计等内容，与文科方向的学生讨论机器人的功能、人工智能的应用等问题，对医学方向的学生则侧重医疗机器人、手术机器人、康复机器人等与医疗相关的项目……根据专业方向的不同，老师们有针对性地组织课堂讲授的知识，让课程既符合选课学生的需求，又能最大限度地激发大家的课堂参与热情。

除了合理规划授课内容，陈言俊也把知行合一的理念带到了自己的每一堂课上，所有选课学生都可以到工训中心参观，实际了解各类机器人；愿意深入了解或继续从事这方面活动的学生，还可以选修“机器人制作”“电子设计基础”等课程，联系工训中心的老师作为自己的指导老师，一同参与国创计划和科技基金立项，到工训中心参与实践训练，或参与机器人、电工电子、机电产品大赛等活动，可以从多个层面参与到创新实践活动中来。

退休后，陈言俊继续支持其他老师的教学教改工作，参与邢建平教授的“课赛结合 iCAN＋iSTAR 任务驱动创新工程实践慕客空间协同育人新模式”成果获得国家级教学成果二等奖，在学校的支持下首次组建开设创新实验班，并坚持上课和指导学生立项项目。去年暑假，陈言俊又首次和学校招生办举办高中教师“人工智能”师资培训，首次举办优秀生源基地高中生夏令营、冬令营。

自 2004 年指导学生创新创业、创新学科竞赛以来，陈言俊获得了很多奖项，但他把所有的荣誉都归功于学生。作为一名创新导师，他坦言：“只要学生需要，我就会一直指导和辅导学生。只要有学生找，我从不推辞，从未有怨言，一如既往地训练指导。”在他的眼里，从来没有节假日与工作日的区别，15 年来从未休过暑假，退休的这两年甚至更忙。他人也有不理解，陈言俊却说这种工作状态正是自己喜欢的样子，因为他热爱创新创业，喜欢和学生们打交道。

今年，陈言俊已经过了耳顺之年，但面对创新创业教育工作，他始终保持着持续的热情和积极的心态。记者随他漫步在工程训练中心里，听着他缓缓介绍每一项荣誉和背后的记忆，言语之间难掩自豪之情。采访结束，他送记者到工程训练中心门外，贴心地询问如何返回，告知附近的车站。回头望去，那个熟悉的身影在楼前显得格外淡然稳重。送别记者，他健步离去，再次走入工训中心的大楼。我们知道，陈言俊向着他心中的方向，又一次投入到创新创业教育的未尽征程中。

（原载于山东大学新闻网 2019 年 6 月 10 日；文：张名轩、杨小雪、刀彦月，图：杨小雪）

矫雅楠：一人参赛，两人上场

矫雅楠，女，讲师，博士。2003～2008 年就读于山东大学文学与新闻传播学院新闻学专业及国际教育学院教育学专业，获文学学士学位和教育学学士学位。2010 年毕业于山东大学对外汉语专业，获文学硕士学位。2016 年毕业于山东大学语言与文化传播专业，获文学博士学位。主要研究领域为传播学理论、语言与文化传播。

夏天到了，天总是亮得很早。国际教育学院的矫雅楠老师踏着晨曦来到学校。虽怀胎九月即将生产，她的步伐却仍旧轻快活泼。她站在即将毕业的学生们中间，与他们一同拍摄毕业照，留下最美好的青春回忆。夏季的阳光明媚又刺眼，万事万物都在这个季节全力以赴地成长绽放，矫雅楠带着肚子里的宝宝经历了 6 个月的漫长赛程，终于在这个夏天，斩获了山东省第六届“超星杯”高校教师教学比赛文科组一等奖。

这不是我一个人的比赛

山东省高校青年教师教学竞赛是省内规格最高、影响最广、参与人数最多的高校教师教学赛事，是教师教学荣誉体系的重要组成部分，对参赛教师的教学基本功和实际应用能力要求极高。在过去的半年时间里，矫雅楠一直在紧锣密鼓地准备着这场比赛。从校赛到省赛，从初赛、复赛再到决赛，她一路披荆斩棘，直到摘下桂冠。

根据比赛要求，参赛教师要在报名前完成20个学时参赛课程的教学设计和相应教学节段的PPT，设计的教学环节要形成文字，并录制一节讲课视频。在比赛的课堂教学环节，要从20个教学节段中随机抽取一个进行展示。备赛过程耗时长、工作量大，但矫雅楠印象最深的不是其间面临的压力与困难，而是身边那些与她一同备战的人："你会感觉到别人的这种执着和热情，或者对教学的激情，特别特别有感染力。我作为一个有参赛机会的老师，就觉得不能辜负其他老师的期望。"

矫雅楠回忆，刚刚比完校赛，学校就邀请了去年全国高校青年教师教学竞赛一等奖的几位获奖者给他们作专题讲座。在她进入复赛后，学校教学促进与教师发展中心又多次组织专家团队来给参赛选手"磨课"。教学促进与教学发展中心的老师们全程陪同选手参赛，悉心提示各种比赛细节，全力做好保障工作。考虑到她怀孕的情况，国际教育学院为她减轻了课程和行政上的工作负担，全力支持她备赛，学院领导还专程和学校比赛组织单位沟通，叮咛照顾她的身体情况，带着她一起磨课，可以说无微不至。矫雅楠说："他们真的是在全心全意为我们这些参赛选手服务。"

初赛前的那一段时间，由于怀孕抵抗力下降，加上备赛着实辛苦，患重感冒的矫雅楠不得不哑着嗓子去录比赛视频，学生们却十分配合她的授课。"录完交上去，成绩也不错，便顺利地进入了复赛。"每次院里的老师见到她都会关切地询问："比赛准备得怎么样了？会不会很辛苦？"每次问起备赛进度，都不忘叮嘱她保重身体。校内外的指导专家在听完试讲后，都细心提醒她："先坐下歇一会儿。"一起备赛的老师们考察比赛场地，事无巨细地替她关注："地板滑不滑？讲台空间大不大？台阶上下会不会有危险？"比赛前，她收到了学院党委书记徐关众的短信："雅楠加油！期待好消息！身体第一，比赛第二！"回顾一路走来的历程，矫雅楠由衷地感慨："其他人如此多的关怀、支持与帮助，真的给了我太大的鼓励和温暖。"

语言是文化的载体

"语言""文化""传播"是三个互相独立又紧密相关的词，而矫雅楠的学习经历以及后来的研究方向便与这三个词有关。

本科阶段的矫雅楠出于对传播的兴趣主修了新闻专业，热衷于分享信息的她总在研究怎么通过自己的表达，把一件事情更好地告诉别人。保研时选择对外汉语为第二专业之后，她的兴趣点慢慢转移到了语言上来，因为“语言具有两面性，它既是一种沟通交流的工具，又是我们文化的载体”。

矫雅楠曾赴泰国曼谷的中学以及法国布列塔尼孔子学院任教，负责讲授各级别汉语、中华传统文化体验和本土汉语师资培训等课程。她觉得文化的传播也是信息的共享，就像陶渊明笔下的《桃花源记》，当桃花源与世隔绝没有信息流通的时候，就会缺少变化和联系，就会百年来“不知有汉，无论魏晋”。但是武陵人的偶然进入，给他们带来了信息，桃花源人才会“皆叹惋”。现在虽不同于古时，互联网的快速发展将世界连成“地球村”，但在国外总有一些“桃花源”等待着来自中国的“武陵人”去向他们传播中国文化。

依托中外合作的办学模式，孔子学院以“走出去”的方式在世界各地构建了具有中国特色的文化空间，像矫雅楠一样的公派汉语教师能够在那里身体力行地传播中华传统文化理念，展示当代中国发展，搭建中外相互了解交流的桥梁。推动不同文化间的交流互鉴，是她过去在泰国和法国的孔子学院所努力做的事情。她希望自己的学生以后也可以沉下心来钻研中国文化，慢慢成长为一个个文化传播的“民间使者”，正如习近平主席给意大利孔子课堂学生回信中的寄语那样，“做新时代的马可·波罗”。

矫雅楠曾在一篇文章中记下自己的思考：“当我们自然生长在一种文化土壤中时，常常疏于考虑它给予我们的深厚滋养和丰富内涵。幸运的是，我从事汉语教学和中华文化传播这项事业，让我领略到中国语言文化多样的思想和隐秘的美感。与世界上更多的人分享汉语的美好，既是工作赋予我的职责，也是我内心由衷流淌的天性。”

粉丝式的老师

说起成为老师的初衷，矫雅楠觉得对她来说，站在讲台上和学生讲汉语是一件非常有意思的事情：“特别是当他们能够把汉语作为一种语言工具来学习，还能在这个过程中了解和认同中华文化的时候，就会特别有成就感。”

来自喀麦隆的留学生沙力说起矫雅楠老师来赞不绝口，不论是矫老师精湛的教学、得体的穿搭还是开朗活泼的性格，都给他留下了很深刻的印象：“她是一位特别亲切的老师，很有责任感，能够第一时间去帮助我们。矫老师能当我的班主任让我感到荣幸之至。”2016 级汉语国际教育专业的本科生崔路也说：“矫老师年纪虽然不大，但却是个教学的老手，她会特别细心地引领我们自上而下地去了解一个新学科,就像是打团有'大佬'带一样,每次上课都特别舒坦。"

虽深受学生喜爱,但矫雅楠自称是一个"粉丝式的老师"。看到本科生写的课堂论文,她会非常佩服现在孩子们灵活的思维和想法,会与学生们相互学习,共同进步。当她在朋友圈看到毕业的学生在大使馆或者一些国际机构已经可以游刃有余地开展工作,再回想他们从前在课堂上文静内敛的样子,她都会感动于学生的成长变化,打心底为他们骄傲。提起印象深刻的学生,她会眉飞色舞地描述他们的优秀之处,俨然一副小粉丝的模样,毫不吝啬自己的表扬,言语间都是满满的自豪。

矫雅楠说,学生和偶像很像,都是"给人梦想的人"。看着他们一点一滴地成长,变得越来越好,矫雅楠会觉得,就像自己梦想成真一样,情不自禁地为他们开心。

一个好奇又包容的人

不知是专业造就了性格,还是性格促使她选择了这个专业,矫雅楠把自己定义为"一个好奇又包容的人"。

她特别喜欢从各方面了解其他学科,了解新的理论知识和研究方法。她当初决定参加青教赛的原因之一,就是觉得这是一个很好的与各个学科优秀教师增进了解的机会。她说:"回顾这半年的参赛历程,我的变化与成长要比腹中的孩子多得多。"

人的思维总有局限性,而好奇的矫雅楠总是一次又一次地找机会跳出自己的思维局限,去拥抱更大的世界。不论是学科间的交流,还是文化的碰撞,矫雅楠总是好奇地去了解和探究,即便与自己当下的观念不同,她也尝试着去理解和接受。

她说,每个人有每个人的特质,每种文化也有各自的不同之处。就像她在法国过圣诞节时曾被法国南方家庭和北方家庭的孩子邀请做客一样,北方比较传统,南方比较轻松,生活方式或许有所不同,但是文化的魅力正在于多样性,让人觉得开阔眼界、耳目一新。

这种包容的心态放到教学和科研上,让她感到教学与科研并非对立的两者,而是统一的。她在"山大日记"中写道:"在这备赛的半年间,它们似乎又回到了一体两面、相互协调的状态:在对经典教材的反复研读中,我对自己的研究方向有了更深的理解;在对专业前沿的持续关注中,我对研究课题有了一些新思路、新想法。在将科研成果反哺到教学中时,学生的反馈推进了我对专业发展的思考……"好奇心让她的知识面更加宽广,而包容的心态使这些五颜六色的知识都能为她所用。

对于矫雅楠来说，最好的解压方式就是跑马拉松。她第一次在法国跑半马时，学生第二天在当地报纸上看到她取得的成绩还挺靠前，兴高采烈地来告诉她；后来她在假期抽空去希腊，在马拉松的发源地跑了“全马”。她说要是这次生完宝宝身体允许的话，作为青岛人还想再去跑一次“青马”。

矫雅楠平时的事情很多，尤其在青教赛期间，她面临着很大的压力，还要顾家庭、陪孩子，以及照顾好腹中的宝宝。能够同时做好多件事情的人必然效率很高，但矫雅楠却觉得自己并不是一个高效的人，认为做事情胜在一心一意。不论备赛、跑步还是陪伴孩子，她都认真且专注。就拿陪伴孩子来说，陪伴不是边玩手机或者边做其他事敷衍孩子的话语，而是坐下来面对面地交流，让孩子感受到妈妈的在乎。

没什么高效率的诀窍，有的只是认真做好眼下每一件事的专注——就像42.195公里的马拉松一样，矫雅楠正心无杂念地跑好脚下的每一步。

（原载于山东大学新闻网2019年6月14日；文：刀彦月，图：受访者提供）

张卫东：养根教育，携爱同行，辛勤耕耘，静待花开

张卫东，山东大学后勤党委副书记、幼教服务中心主任，中国西部教育顾问，山东省“首届学前教育科研十大名园长”，山东省教育厅专家库专家，山东省远程研修首席专家，山东省高等院校幼儿教育研究会理事长，山东师范大学学前教育专业硕士研究生导师。出版专著《幼儿园安全管理与防范体系的构建与应用》，主编、参编幼儿园教材、绘本 30 余部并发表多篇有影响力的学术专业论文。主持的《构建幼儿园三维四化安全管理与防范体系　推进幼儿园健康和谐发展》《幼儿园一日标准化管理的实践与研究》分别荣获山东省教育厅基础教育成果奖一等奖和二等奖。

2019 年“六一”儿童节，一场热闹新颖的快闪活动在山东大学济南、威海、青岛三地校区的幼儿园同步开展。孩子们用天籁般的歌声和老师们共同唱响《我和我的祖国》，以独特的方式欢庆六一，迎接新中国成立 70 周年。在共同高歌的人群中有一个人笑容特别灿烂，那就是这次活动的组织者张卫东。

在山东大学第一幼儿园，记者见到了张卫东。温暖明亮的笑容，目光中透着平和喜悦，她的身上仿佛有着特别的亲和力和感染力，一说话，四周的空气都活跃起来，让人忍不住想走近聆听。省市级双“十佳幼儿园”、山东省基础教育成果奖一等奖、山大幼教自主研发的园本课程全国发行并推广到国外……经过多年的发展，山大幼教已经成为山东省幼教界一张靓丽的“名片”。在与张卫东的愉快交谈中，山大幼教的办园理念——“养根教育，携爱同行”像一幅生动的画卷在记者面前展现开来。

择一事而终，有爱就不觉得辛苦

从 1983 年参加工作，成为山东大学幼儿园的一名老师，到逐步成长为幼儿园副园长、园长和幼教中心主任，张卫东已经在幼教领域默默耕耘了 36 年。“我特别喜欢孩子，和孩子们在一起什么烦恼都消失了，所有的困难都不是困难。”张卫东回忆起和幼教事业结缘的历程，笑容像和煦的春风。“学了幼儿教育专业后就离不开它了。最重要的还是喜欢孩子，然后逐渐地爱上了这个事业，越来越感觉自己肩上责任重大。3 到 6 岁是孩子人生当中最关键的时期，不能耽误孩子的后续学习和终身发展。”她认真地告诉记者。

自 2008 年山大幼教服务中心成立，张卫东带领山大幼教已走过 10 年历程。张卫东思路清晰，目标明确，几个幼儿园资源共享，规范管理，共同发展：在她看来，各幼儿园有着各自的“温度”，都凝练着独具特色的山大幼教文化理念，最终将汇聚成山大幼教共同的声音。

在幼儿园融合的过程中，张卫东选择了以科学管理为抓手，“幼儿园一日标准化管理”的构想逐渐形成。孩子从入园到离园的一日生活，老师如何去组织，每一个环节怎么实施，标准是什么，如何自我评估、自我管理……这些都要有符合儿童成长规律的科学管理体系。张卫东团队梳理了山大幼教的管理体系文件，具体工作有章可循，每日检查和每年的内审、外审也围绕文件开展。再根据实施情况及时研究修改，反复打磨，真正贯彻“实践是检验真理的唯一标准”。入园环节、集体教学、区域活动、户外活动、生活活动、离园以及中间的过渡环节，每项工作都要有程序，一切程序都要有标准，一切标准都要有检查，以此形成螺旋式上升的科学管理模式，最后实现精细化的管理。

2012 年，山大幼教以其独具特色的一日标准化管理入选“山东省最具办园特色的幼儿园”“山东省十佳幼儿园”。2014 年，幼儿园一日标准化成为全省幼儿园园长、幼儿教师远程研修主体资源和必修课程，张卫东为受培训教师作了多场专家报告，这一体系在全省推广开来。济南市形成一日标准化管理的文件，在全市进行推广，在此基础上又制定了山东省幼儿园一日规范化流程。

在规范化管理的过程中，张卫东也在思考制约幼儿园发展的瓶颈问题，最后将目光聚焦到安全。安全是幼儿园工作的重中之重，从2012年起，山大幼教申报了以“幼儿园安全管理与安全教育”为主题的几项国家课题，以课题为引领，以研究为平台，开展了7年的深入研究，将近100所幼儿园参与其中。怎么有效保护幼儿不受常见安全隐患伤害？怎么保护幼儿教师的教育热情不因安全隐患而影响积极性？“怎么衡量安全责任呢？就看我们的管理、教育和保护到不到位。”张卫东直言。

这张幼儿安全防护网如何铺开？每次开学头几天，山大幼儿园要做的第一件事情就是辨识危险源，这是山大幼教安全管理及风险防范体系的第一步。幼儿园里每个人、每个岗位都要辨识危险源并形成表格，涵盖班级、保健、伙房各个部门，从入园到离园各项流程，从物到人各项因素，再结合广泛查阅资料和案例分析，全方位地织成一张细密的安全之网，把幼儿环境中的安全“地雷”一个不漏地识别出来。识别后，针对不同的风险，采取不同的管理措施。例如，在幼儿园区域活动中，孩子玩的娃娃家、小超市、小医院、建构区，不会出现大的安全事故，就按照3至6岁孩子直接感受和亲身体验的学习特点，让孩子自由探索，充分满足他们的活动需求；在烘焙区，有包饺子、做蛋糕、做菜饼等活动，孩子可以自由自在地想做什么就做什么，但在电饼铛、烤箱的区域则实施高控，严格避免安全事故的发生。辨析危险源和有效控制后还要结合安全教育。通过7年的研究，山大幼教形成了具体、细致、可操作性强、全覆盖式的安全防范网络体系。这一体系在2018年获得了山东省教学成果一等奖，得到了省教育厅的肯定，已经推广至全省。张卫东还受邀在北京师范大学面向全国各省幼儿园园长、教师开展培训，引起强烈反响，许多老师听完培训后特意留下来与张卫东热烈交流。张卫东的专著《幼儿园安全管理及风险防范》作为国际教育交流资源走出国门，被国侨办推广到菲律宾，为学前安全教育的发展作出了贡献。

养根教育，携爱同行

“养根教育是我们的课程，携爱同行是我们的文化，这样就形成了我们的办园理念。”对于这个响亮而有辨识度的办园理念，张卫东饶有兴致地谈了起来。“如果把教育比作农业的话，孩子的3～6岁就是养根的教育。如果根养好了，就能给成长提供源源不断的动力。‘三岁看大，七岁看老’，看的是什么？就是看对后续的成长有没有帮助。”她作了个生动的比喻。

定位好办园理念后，怎么落实到孩子的发展上呢？山大幼儿园开发了一套独具特色的家园共育“四养”课程，即涵养性格、润养品德、滋养体魄、培养能力。在孩子性格形成的关键期，教孩子学会管理情绪，涵养平和的性格；在品德形成的关键期，用中华传统美德来润养孩子的品德；让孩子养成良好的锻炼习惯，学会营养搭配，滋养体魄；通过绘本自主阅读，培养孩子的理解、倾听、学习能力。“眯眯笑着打招呼”活动、长幼有序的小故事、活泼身心的体育活动、让孩子读书自己做书签……“四养”课程融入孩子幼儿园的点滴，在中华文化的滋养下润物细无声，让孩子带着山大独有的烙印成长成才。

四养课程目的是实现幼儿园、老师和家长、孩子的同步成长，实践途径是“家园共育”。张卫东认为，幼儿园和家庭同样重要，家庭是孩子的第一课堂，幼儿园要引领家长学习科学育儿的方法和理念，共同促进孩子的成长。每年新生家长会，幼儿园都会组织家长作《3～6 岁儿童学习与发展指南》的解读，并通过幼儿园家长会、班级家长会、家长学校、家长恳谈会等形式对家长提供家庭教育指导。试园活动、亲子周，通过引导家长后退一步，让孩子“自己的事情自己做”，融入小伙伴、融入幼儿园，家长庇护的羽翼渐渐打开，孩子们背上小书包和家长欢快地挥手道别，如小雏鹰一般努力迈出成长独立的第一步。山大幼儿园老师们对孩子的爱、耐心与付出，成为家长和孩子信任的基石。

此外，山大幼教的中华文化传统课程也凝结着张卫东团队老师们的匠心巧思。京剧、越剧、黄梅戏……幼儿园舞台上活泼可爱的小演员用稚嫩的童声，有模有样地唱着中国传统戏剧，仔细一听，唱词正是孩子们通过绘本学过的古诗。中华文化经典传唱课程正是张卫东的创意。“孩子的根往哪扎？要用中华文化的营养来滋养，深入到孩子的骨髓、血脉当中。无论孩子将来学习、生活走到哪里去，他们的根在中国。”张卫东对此有深入的思考，语气坚定。

法国教育家卢梭在他的教育名著《爱弥儿》中有言：“大自然希望儿童在成人以前就要像儿童的样子。”传承中华文化，在幼儿园时期到底怎么做才是合适的、科学的？才是符合孩子成长规律的？“怎么培养孩子对中华传统文化的喜好？关键是尊重孩子的学习方式。”张卫东带着老师们，把中华文化的古诗设计创编成了孩子喜闻乐见的绘本，不是死记硬背，而是通过讲一讲、说一说、唱一唱、演一演、做一做，让孩子们通过感官来学习，从而唤醒心中对中华文化的喜欢。在她看来，有效的改变就是创新。“我们用不同戏曲谱了 18 首古诗，孩子们一边演一边唱一边玩，三年下来完整地演一台戏没有问题。”张卫东笑称。

“幼教老师工作比较单纯，就是和孩子打交道，也造就了老师之间的关系也很简单，相处起来也很开心和谐。”幼教中心团队的老师们说，这是一支“携爱同行”的团队。张卫东对“携爱同行”有三个层面的阐述：第一个层面是“不忘初心，携爱同行”。不忘 1948 年山大幼儿园诞生于战时的办园历史和初衷，不忘从最初“特批 800 斤小米让孩子不挨饿，五身军装改成小衣服让孩子不受冻”的特别呵护，到现在“对孩子有教育智慧地爱”，不忘这些年来山大幼儿园的发展历程。第二个层面是“养身养心，携爱同行”。“人”就像是一棵树，人字的一“撇”一“捺”就是树根，分别对应人的身体和心理，只有身心健康才能成就孩子的一生。第三个层面是“雁行精神，携爱同行”。幼儿园发展的过程就好像大雁飞行，园长如同头雁，扇动翅膀产生气流，鼓励大家借助气流和头雁飞得一样高。群雁通过叫声鼓励头雁，并在头雁飞累时勇于担当，接替头雁继续带领大家飞行。“我们有个口号，撸起袖子加油干，向着阳光一起飞！”张卫东爽朗地笑着说。

山大幼儿园老师们对孩子的爱，已经悄悄印在孩子们的心里。张卫东记得，刚担任幼儿教师时住在集体宿舍，班上一个小姑娘中午不睡觉，天天哭。为了让这个小姑娘更有安全感，也避免影响其他孩子午休，张卫东每天中午把她带到自己的宿舍，给她盖上小被子睡好，午休醒来再带到班上去。许多年过去了，她早已不记得这件事，直到一次小姑娘的妈妈偶遇她还十分感激。山大第一幼儿园园长傅军记得，坐班车时碰上以前班里的孩子，那个姑娘已经上了大学，却一眼就认出了自己，兴奋地问好，说永远也忘不了老师。曾在幼儿园担任幼教老师的后勤保障部工作人员张莉记得，一次自己遗失了校园卡，正好被以前班上孩子的家长捡起，看到照片后拨通了她的电话，那已经是20年前的电话号码，孩子的家长还一直存着……“你对孩子的一点好，他们能记很久很久。”说起幼儿园的趣事，老师们你一言我一语，一个个孩子的名字和故事清晰地蹦了出来，仿佛这些她们用爱呵护的小天使就在眼前。

除了孩子的爱，山大幼儿园还收获了许多“亲友团”的支持。幼教老师在幼儿园的操心和忙累，家人最清楚，但家属都提供了坚定的支持。准备“省十佳幼儿园”评比时，不仅老师们齐上阵，老师的爱人甚至公公婆婆都主动前来支援，布置环境，打扫卫生，像对自己家一样忙前忙后。“家庭的支持给了我们很多力量，让我们安心地从事这项工作。感谢自己的家人，也感谢老师们的家人。”张卫东真挚地说。

建立追求卓越的山大幼教品牌

张卫东平时的工作安排非常紧凑忙碌，作课题研究、制定课程、作专题讲座、担任学院客座教授和研究生课外导师……不管在讲座中、交流访问中、文艺表演中还是和幼儿园师生相处中，她常常是平和的、喜悦的、充满热情的，这背后是她对幼教事业、对生活的热爱。生活中的她美丽、时尚、有趣，经常给幼教老师们推荐有启发性的儿童教育书籍，《儿童的100种语言》《游戏的卓越性》《苏菲的世界》《儿童学智慧读本》……也会给同事们热心推荐家庭、历史方面的电视剧。带领幼教团队参加集体演出时，多才多艺的她会根据节目，对曲调或舞蹈作改编，加入一些新颖又贴切的元素，结果总让人眼前一亮。

“我有一个家，一个温暖的家，老师像妈妈……”这首山大幼儿园的园歌朗朗上口，老师和孩子们都喜欢唱，填词谱曲的正是张卫东。她把文化建设作为山大幼教的亮点，设立了园标、吉祥物、园徽，也在园歌中融入了她对山大幼儿园的深厚感情。同事们有些心疼地说起她们眼中的张卫东：“总有一股子劲，好像从来不知道累。”不管平时还是身体抱恙时，说到幼教，她“马上就眸子发亮”，带领山大幼教不断前进、克服困难。连身边同事的家属也钦佩地评价：“山大幼教需要张主任这么一个人。”

作为后勤党委副书记，张卫东在幼教中心创造性地推行了党员“一带五”的支部建设活动。30 多个党员，170 多个职工，“一个党员带动五个群众，让群众能够感受到支部就是她的娘家”。不方便和爱人、家人说的困难、心里话，可以和党说，党员成了群众的贴心人，增进了大家的相互了解和理解。集体中曾有职工患重疾，支部积极组织捐款和看望患病职工，帮助他们渡过难关。通过党员“一带五”活动，所有老师都充分感受到党员不仅自己做得好，还能关心群众；党支部是自己的坚强依靠，不可或缺。活动中涌现了许多动人的小故事，幼教中心编成了小册子进行宣传。党员的模范带头作用有抓手、有平台，党支部的战斗堡垒作用得到充分发挥，最终大家一心一意干工作，形成了良性循环。

山大幼教在团结发展的同时，也参加了多项援建帮扶活动。对青海海北州、贵州盘州市的幼儿园提供帮扶指导，新疆、西藏的幼教老师也到山大幼儿园跟岗学习。作为中国西部教育顾问，以及山东省办园标准、评估标准、幼儿园教材及政策的制定专家，张卫东也经常受邀到多地举办讲座、开展培训，致力于让山大幼教关于学前教育的有益探索惠及全国各地。

2019 年，张卫东的计划是建立追求卓越的山大幼教品牌。“怎么追求卓越？要落实到精细化管理上，落实到课程建设、品牌建设上。”山大幼教团队进行了周密的思考。青岛校区幼儿园被寄寓了打造山大幼教品牌的厚望。坐落于即墨鳌山湾美丽海滨的青岛校区幼儿园，总面积约 1.2 万平方米。它的环境创设、文化建设、设备购置都凝聚了山大幼教团队的心血，张卫东参与了整个设计过程。科学发现室、中华文化体验馆、创意木工坊、绘本馆、建构室等等，以建设最顶尖的幼儿园为目标，借鉴西方蒙特梭利、剑桥大学幼儿教育等理念，初步完成了青岛校区幼儿园“中华传统文化课程”“食育课程”“蒙氏课程”“早教课程”等特色课程的研发。“园里每一个角落、每一个设计，都考虑到孩子的发展。”张卫东说。

山大幼教将致力于打造国际一流品质的幼儿教育机构，服务学校“双一流”建设，为学校教职工子女提供优质的学前教育，同时也成为山大吸引国际化、高层次人才的优越条件。

张卫东非常喜欢这样一句话："我深深爱着我的国家，没有一片土地让我这样深情和激动，没有一条河流让我这样沉思和起伏。"谈起对年轻幼师群体有什么寄语，她沉思了一会，郑重地说："有的国家曾经侵略过我们，他们有全世界最好的治安，教育也走在世界前列，培养了一群嗷嗷叫的小狼群；如果我们不把孩子培养好，如果我们培养的是小白兔、小山羊，将来肯定会让这些狼吃掉，历史就会重演。既然我们做了这个事业，我们就要深深热爱它、做好它，要对得起国家、对得起民族，要对得起家长、对得起孩子，更要对得起自己的良心。这就是我们国家和民族的未来。教育家马克斯·范梅南曾说，教育学就是一种迷恋他人成长的学问。如果你能够迷恋孩子成长的话，那你的职业幸福感就有了。"说到这里，她的眼神尤其明亮。

（原载于山东大学新闻网 2019 年 6 月 18 日；文：谢婷婷，图：受访者提供）

孙康宁：架起知识与能力的转化桥梁

高校教学，如何把知识转化成能力，突破理论教学与实践教学之间的瓶颈？如何改革传统的教学方法，培养全面的工科人才？在山东大学校园里，一场教学改革正在悄然兴起。

“从初进实验室时的陌生和对科研的一无所知，到研究方向的确立、研究计划的制订、具体实验工作的开展、实验结果的分析，指导老师都悉心指导和无私帮助，让我一步步完成课题的研究工作。”山东大学材料科学与工程学院的研究生葛平慧感慨道。这是学校教学改革的一个缩影，也是孙康宁教授主持的“推进基础课与实践教学协同创新致力知识向能力有效转化”课题落地的实际成果。

该课题是山东大学联合40多所高校，历时10年，依托34个教学研究项目，由210余位教研人员和专家共同努力完成的，旨在探索出一条“知识、能力、实践、创新一体化训练”的教学培养道路。

培养全面的工科人才

工程材料与机械制造基础课程被确定为学校大平台课，课程增加到48学时以上，学生能从课堂上获得完整的产品制造基础知识和新技术，为后续专业课程学习奠定了重要基础。在MOOC等在线网站上开设的相关课程广受好评，2015年首次选课人数即超过1万人。

“这个项目的思路是我在教育部高等学校教学指导委员会长期从事教学研究工作时形成的。我发现现有理论教学与实践教学存在很多问题，原有课程教学与工程训练发展存在一些瓶颈，流水线式的培养模式非常不利于学生能力的培养。”谈起项目灵感，孙康宁如是说道。

随着新经济、新工科的发展，专业认证和各种评估等对制造类课程提出了新要求，传统的系列课程存在着理论课、实习课、教材、实习平台建设、竞赛、师资队伍建设等多重环节链接不连贯以及“重理论轻实践”等问题，已经难以满足现有人才培养的质量要求。

课题组的专家们意识到，这些问题很难只通过单独的一门课、一个实践环节、一所高校去解决，要从根本上解决，必须从宏观层面进行提前谋划、整体布局、协同配合。如何把知识转化成能力，涉及很多非常复杂的问题。比如，单从制造类基础课程知识向能力转化方面就梳理出七大问题，它们相互交织、相互影响，既有教育理念和工程认知的问题，也有课程问题、教材问题，同时还涉及工程实践问题、创新问题，既有师资问题，也有管理问题。

理论指导下的体系化改革

“我们要做的不是工作总结，也不是基于某些已有教育理论的实践。”这是一套从理论到实践成体系的工科人才培养方案。

为了能将项目做得更加深入，课题组提出了“知识、能力、实践、创新在最高层次合一”“能力叠加效应”和“近实践类课程”的观点等教育教学理论，以及知识、能力、创新一体化培养的新教学模式，构建了新的课程知识体系，并开展了一系列理论研究工作。这些理论成果经过相关教研人员的认可后，各高校达成共识。“有了理论的指导，我们的研究才不会散乱。”此后，课题组确定了“顶层设计、问题导向、协同创新、整体解决”的工作思路。

孙康宁教授牵头各高校协调相关理论研究，寻找实践教学育人规律和新的教学方法，构建新的课程知识体系和能力体系，确保正确的研究方向，提出了一系列新思想和新理念，为统领各环节教学改革、确保教改一致性和有效性、引领知识向能力的转化奠定了坚实的理论基础。

除了构建全新的课程知识体系和能力要求体系，切实引导知识向能力转化以外，“改革传统教学方法，构建一体化训练模式”以及“强化实践、倡导竞赛”都助推了知识向能力转化的进程。

课题组还采用“五协同”，通过将金工教研室建在工训中心等举措，化解理论与实践教学脱节、内容重叠、学时不足等多重矛盾；通过构建教学科研型工程训练示范中心，利用优质资源为青年教师搭建校企合作平台、教学科研平台，举办教师比赛等举措，解决师资发展空间小、稳定性差问题；通过建设西部及边远地区工程训练示范中心和发展模式，引领欠发达地区实践教学发展，解决发展不平衡问题。

“在进行项目的过程当中，我认为最困难的是众多高校之间形成解决问题的共识。”由于项目牵扯许多单位和众多教研人员，如何协调工作、协同创新，需要的不仅仅是智慧，还有十年如一日不畏烦琐、不怕困难的决心和毅力。

“千淘万漉虽辛苦，吹尽狂沙始到金。”拿出像做科研一样的认真严谨和巨大付出，200 余位教研人员的艰苦努力为工科类专业的本科教育作出了卓越贡献。

通过两教指委顶层设计与引领，课题组将教学研究成果有效辐射到了全国不同层次高校、西部院校和军队院校。建设各类课程 40 门，其中国家级各类精品课 18 门；编写各类教材 41 部，其中国家精品、规划、重点 8 部；建成各类工程训练示范中心 7 个；受益人数超过 41 万。

理顺教学与科研的关系

材料科学与工程是社会进步的基础和先导，是新兴战略性学科、新兴产业，是新经济、新业态、新工科的重要组成，各行各业的发展离不开新材料和先进制造技术。

“拔尖创新人才的特征，不仅要有坚实的基础知识，还要有多重能力。因此，研究知识如何向能力转化，培养学生做事能力、创新能力意义重大。”孙康宁从自身所研究的专业出发，看到的是整个工科领域对时代发展的巨大影响力。

如何培养更多有创新能力和科研热情的工科人才，是诸多相关专业教师不断思考、努力的方向。对于自己现有的教研成果，孙康宁并不满足，“这样的改革一定还要不断地进行下去”。他的目光投向更加遥远的未来，在那里，工科与各个行业有着千丝万缕的联系，正在为国家、为世界、为科学培养更多优秀的人才。

如果说长期在教育部高等学校教学指导委员会的工作给了孙康宁解决教育教学问题更加高远的眼界和更加宏阔的思想，那么 40 年的本科教育工作则给了他更加丰富深入的实践经历和对自己事业的更多热爱。

对于从事一线教育工作的高校教师而言，教学与科研是可以相辅相成的。当教师把研究成果作为新的知识传授给本科生，或者将本科教学中的问题延伸到研究生、博士生的课题时，教学科研就有了相长关系。

“本科教学本身并不机械枯燥，课是常讲常新的。”不断地将课程与时代接轨，不仅学生听得更有兴趣，对于老师也是一种享受。每当上好一堂课，学生们都会自发地给老师鼓掌。“收到一次鼓掌是能开心好几天的。”年过花甲的孙康宁笑道。这样平凡却真挚的鼓励，为孙康宁提供着源源不断的教学乐趣。

“教学过程中的喜悦来自你的坚持不懈、持之以恒，教学使很多学生成才，很多人和事会因你而受益。不需要刻意去追求什么，你为这份工作真心做了付出，你就会有回报。”他说道：“教师是一份值得付出的工作。”

回归教师天职，孙康宁团队用十年如一日的勤恳付出，在教育教学中继续实现着自己的突破。

（原载于山东大学新闻网 2019 年 9 月 1 日；文：支睿，图：朱征军）

路遥：文章千古事，甘为一布衣

路遥（原名吴松龄），山东大学终身教授、讲席教授、博士生导师，著名历史学家，海内外公认的义和团运动史与民间宗教史著名学者。自 20 世纪 60 年代开始，路遥率领研究团队在义和团与民间宗教研究领域锲而不舍地从事田野调查和研究工作，以其拓荒性研究奠定了山东大学作为海内外义和团运动研究学术重镇的地位。主要代表作有《义和拳运动起源探索》《义和拳教钩沉》《山东民间秘密教门》《山东大学义和团调查资料汇编》等。2004 年起，他作为首席专家承担"国家清史纂修工程基础项目"和"教育部哲学社会科学重大课题攻关"，其成果《义和团运动文献资料汇编》（分中、日、英、法、德文 5 卷 8 册，550 余万字）和《民间信仰与中国社会研究》（7 卷，300 余万字）得到海内外学者的高度评价和广泛引用。

踏进路遥先生的家，仿佛置身于一座小型图书馆。四壁环立的高高书架，在静静诉说着它的沧桑与厚重。先生微笑着同我们每一个人打招呼，安排我们就座。

客厅旁边是先生的书房,布置得很简洁,除了一张床和一个书桌,余下便还是满满当当的书。书桌上摆着摊开的书与笔记本,微风袭来,书页微微翻起,仿若一部安静的老电影,记录着每夜零点才熄灭的灯光。时光在木椅上篆刻的痕迹,也在无声讲述着老学者日夜伏案耕耘的故事。义和团研究的许多成果就是自这里产生,并走向世界。

谈及义和团研究,先生的话匣子一下子被打开。他从自己求学时与恩师故友的情谊讲到山大的历史往事,从早期义和团研究的农村调查讲到后来为使此项研究走向世界而遍寻外文翻译人才,从对历史学研究方法的思考讲到自己“甘为一布衣”的终身追求……他时而严肃,时而高昂,侃侃而谈,讲到兴起时起身带我们参观布满几个房间的珍贵书籍。老先生很擅长保存资料,有包含五国语言译本的整套《义和团运动文献资料汇编》、许多从创刊号就保存下来的学术杂志,还有几十年如一日记录下的百余本杂记。我们看得心潮澎湃。他的脚步稳健,虽然轻抚书本的手微微颤抖。先生笑着说:“我的家里算是‘环壁皆书也’!”我们惊叹于即将过93岁生日的老先生,依然孜孜不倦地为义和团研究奔走。这也让我们不禁思考:是什么让先生甘于坚守!是什么让先生勇于探索?是什么让先生乐于奉献自己的岁月与年华,视学术如生命?

历史社会学的结合对于义和团运动研究太重要了

山大视点:先生您好!作为义和团运动研究和民间宗教史研究方面的国际著名学者,能否与我们分享您的治学感悟?

路遥:在研究方法上,我认为对义和团运动的研究,要结合历史学和社会学研究,这一点非常重要。义和团运动研究难度太大,可以说至今为止世界各国没有一个学者能够单独写成一本义和团史。它虽然发生在中国,但运动过程中发生的战争及战后签订的条约却涉及11个国家。这是世界大历史的组成部分,也是中国近代旧民主主义革命运动当中很重要的组成部分。截至20世纪60年代,在近代旧民主主义的三大革命运动(太平天国运动、辛亥革命、义和团运动)中,唯独义和团运动的材料是空白的。

1954年,《人民日报》刊登了周恩来总理接见时任联邦德国总理康拉德·阿登纳时的讲话,提到义和团运动是我们50多年来中国走向胜利的奠基石之一。但直至今日,学界对义和团运动的评价都未统一。在中国旧民主主义革命时期的三大运动中,太平天国和辛亥革命的性质问题都得到了解决,唯有义和团运动的性质问题至今仍处于争论状态。

义和团运动是怎么回事?怎么开始的?在20世纪60年代,这个问题是不清楚的,国家便将这个任务交给了山东大学来解决。我们当时接到任务后,考虑到义和团运动发生于1900年,仅仅过去60年,义和团运动时期出生的老人还在,所以当时选择从田野调查入手,并取得了成功。山东大学历史系(现为历史文化学院)从老教授到年轻教授都统统下去进行田野调查。要弄清楚义和团的相关问题,光从历史学的方法着手很难得出成果,因为已有的文献、材料记载比较少,而田野调查正好能解决这个问题。学校很有远见,校领导、系领导都看到这个问题,必须破釜沉舟,彻底解决,前后组织了1960年、1962年、1965年及之后共六次大规模的田野调查,获得了很多材料,为我们后期的研究奠定了坚实的基础。所以,我最重要的感悟就是,历史学与社会学的结合对于义和团研究太重要了。

义和团运动研究是山东大学的一张名片

山大视点:山东大学义和团研究的发展情况如何?

路遥:义和团运动研究是山东大学的一面旗帜,是山东大学的一张名片。学校也为此下了很大功夫。从1960年至今,10年一次的义和团运动国际研讨会,已经在山东大学举办了5次。而且山东大学能够用马列主义的观点牢牢地把握住义和团运动的性质和意义,这很重要。我们的《义和团运动文献资料汇编》是2006年的国家项目,直到2011年才完成,花费了巨大的力量,项目得到了"国家清史"项目主要负责人戴逸的大力支持。现在相关学者只要想了解义和团研究的状况,都会到山东大学来。

我1947年进入山东大学,后来做义和团研究是受华岗校长的启发。华岗校长有本书叫《中华民族解放运动史》,其中就高度肯定了太平天国、义和团、辛亥革命。他曾经以山东大学历史系教授的名义给我们历史系学生作过一次报告,就是关于义和团的,我们当时感到原来义和团这么重要,所以后来我就一直把这项研究做下来了。下乡做义和团研究很苦,特别是三年严重困难时期,牺牲很大,但我们抢救了许多材料。

义和团研究涉及八国联军战争研究、条约签订国相关研究等,都要靠第一手的档案材料,这就需要研究者精通各国语言。山东大学于2011年聘请到了伦敦大学狄德满教授作为人文社科一级教授,他是知名的中国史研究专家,懂得七国语言,给我们搜集整理了70多万字的西方义和团研究文献资料,非常了不起,作了很大贡献。他的《西文义和团文献资料汇编》也由我的助手崔华杰副教授翻译,在山东大学出版社出版了。很可惜狄德满在两个月前于伦敦因病去世,但他去世前已决定把相关书籍捐献给山东大学。

义和团研究已经走向世界,将来依旧是面向世界。就研究义和团来说,很重要的一个素质就是必须掌握外语。目前,老一辈研究义和团的学者,有的退休了，有的将要退休，大家年龄都大了，没办法再接大型的翻译任务，因为翻译外文资料太难。我们现在的研究团队有精通英语、日语的人员，但是没有精通法语的人员，也希望可以在全校找到这方面的研究力量。

我认为义和团运动的进一步研究，首先需要学校、院系领导继续重视和支持；同时，义和团研究团队要建设起来，能够配备并增加力量。对于义和团研究这样山东大学特有的一些名片，应该考虑由学校力量促进发展，让研究后继有人。

历史学要靠证据说话

山大视点：历史学的研究已经走上了学科交叉融合的道路，在您看来，研究历史最重要的方法是什么？我们应当如何看待外来理论？

路遥：历史学是一门领域十分广阔的人文学科，其研究方法可以多种多样，这要根据研究对象的特点和研究者自身专长作适当选择。我只能就自己的研究经历简单谈一谈。回顾我几十年来的主要研究方向，从义和团运动起源至民间教门，再到更为丰富的民间信仰领域，可以说都是脚踏实地、层层拓展。历史学是一门讲求"实证"的学科，要靠证据说话，所以研究者一定要尽可能掌握充实的资料，同时还得接受方法论方面的指引。

我在研究中一直坚持田野调查与文献相结合，后来才逐渐意识到这是将历史学与社会学、人类学相结合的研究方法，在西方称之为"历史人类学"，我觉得称之为"历史社会学"更符合历史学者的研究转型。西方输入的理论我们可以吸纳，但不能被其牵着鼻子走，而要根据本土实际提出自己独立的思考与创新。

设置通识教育课程非常有必要

山大视点：对从事人文学科研究的年轻教师和学生而言，您认为该如何树立问题意识，并提出自己的思考和创新？

路遥：怎么提高学生学习方面的理论和方法意识呢？我长期在想这个问题。从课程设置来看，必须有一门通识教育课，特别是对于文科而言，通识教育课应该包括文、史、哲加上社会学科。西方重点大学很重视通识教育，而且讲这种课程的都是很有资历的老教授。大学文科新生中，报考文、史、哲不同系别的都有，学生一入学，首先就要通，才能视野开阔。一年或者一两年的通识教育课程，必须由有经验的教师来讲。要讲得通透，深入浅出，最好是副教授以上的老师来讲课。比如到历史系来，要学习文学史的知识，这样一个学年上完，学生的知识面就更宽了。学生受到了启发，就可以选择自己的方向了。

我的学习经历也是这样。我入学时是中文系，当时山东大学的文科只有中国文学系和外国语言系。1949 年中华人民共和国成立后增加了历史系，我就转到历史系了。为什么兴趣转移了呢？因为当时学校有很多进步的学生社团。我 1947 年入学时蒋介石反动统治已到了末期，比我高一级的文学系学生创办了历史研究社，我看到了他们影射当时国民党特务统治的历史题材壁报，觉得历史很有用，就参加了进步社团。1949 年，经过山东大学军代表批准，我也从此改名"路遥"。当时我们的学习"文史不分"，许多中文系的老师，包括搞文学的、搞历史的，还有一些搞哲学的老师经常聚在一起给我们讲课，让我们感到很新奇：文学里有历史的眼光，文学里也有哲学的理论，所以学了一年后视野就开阔了，原来学问还这么多。我们当时的老师都是很有名的教授，他们的经验起到画龙点睛的作用，引导学生入门。我自己本身就有这个体会。

做历史研究要掌握丰富的资料

记者：您认为从事历史学研究需要培养哪些素养？

路遥：就历史学来说，西方的许多理论是可取的，比如德国的兰格学派、法国的年鉴学派等。兰格学派和中国的史学体系差不多；年鉴学派重视历史学和社会学的结合，历史学是纵向研究，社会学是横向研究。我不自觉地采用的就是年鉴学派的研究方法。民俗学研究方面的海外知名学者科大卫教授也指导他的后学阅读我的《义和拳运动起源探索》并将其作为年鉴学派研究方法的重要参考书。要做好研究，必须吸收西方一些好的学科方法理论，但还是要以我们自己的为主。

此外，做历史研究，要掌握丰富的资料。我订阅了《中华读书报》《中国社会科学报》等，我一直看的《中华读书报》就特别好，他们专门组织人写文章，对前一代学者在文学、历史、哲学许多领域的学术贡献不断地还原和报道，写得都很好。这个很重要，搞文史哲方面研究的人如果不了解前人的研究，怎么来继承前人的成果？到现在我还把每一期《中华读书报》发表的文史哲文章做好目录索引，统统把它们抄下来，全都保存起来。许多杂志从创刊号开始，我也基本上一本不漏地保存下来。《中国社会科学报》里有各种各样的新书介绍，很多也很好。我经常阅读书报、文献到晚上 12 点，不掌握丰富的资料和信息是不行的。

（原载于山东大学新闻网 2019 年 9 月 17 日；文：李琴、张名轩，图：谢婷婷）

黄发有:教书育人是教师的天职

黄发有,山东大学文学院教授、博士生导师、山东省作协主席。主要研究方向为文学传媒与文学传播研究,其著作《中国当代文学传媒研究》获得"全国第七届鲁迅文学奖文学理论评论奖",主持国家社会科学基金重大项目"中国当代文学期刊发展史",获得"山东省社会科学优秀成果奖"一等奖,在《文学评论》《文艺研究》等重要刊物上发表多篇文章。

对于获评"山东大学优秀教师",黄发有老师谦逊地表示,这份荣誉,既是学校、学院对自己的鼓励,也是同学们的宽容与信任。身边的老师们都很勤勉,兢兢业业,他们数十年如一日的敬业精神值得我们好好学习。

信马登程往异方,任寻胜地立纲常

黄发有来自福建上杭,在地理位置上与山东相隔千里,两次来到山大,最终扎根山大,是一种特殊的缘分。正如他在文章《再次出发》中记录的:"与山东有缘。我从五千里外的南国故乡，来到这片土地攻读硕士学位，南行上海攻读博士学位后，又再度北上，在此读书教学，娶妻生子……谢谢这片土地上所有扶持过我和继续扶持我的人们。”

1999 年，黄发有自复旦大学获得博士学位后，作为引进人才进入山东大学文学院工作。黄发有的教学与科研都在这儿起步。山大中文学科有辉煌的传统，山大的老师们不仅学有专长，而且始终注重自我的完善和品格的塑造。最令他难忘的还有一届一届的学生：他跟学生们一起坐在小树林的条凳上讨论学术问题，有时争得脸红耳赤。尽管学生们的想法总有不成熟的地方，但那些看问题的新角度和不走寻常路的新观点如同碎金闪耀，总能带给他启发。而且，学生们那种敢于挑战的青春激情总能感染了他，让他始终保持着一种年轻的心态。在前辈的启发和同辈学者的激励之下，黄发有逐渐确立了学术研究的主攻方向，形成了自己的学术风格。在改写和修订博士论文《准个体时代的写作——20 世纪 90 年代中国小说研究》的过程中，黄发有发现不讨论文学与传媒的关系，已经很难准确地给小说定位。以此为起点，他慢慢地将研究重点从当代作家作品研究转向文学传媒与文学传播研究。

2006 年，黄发有调至南京大学任教。整整 10 年后，黄发有于 2016 年 12 月受聘为“山东大学杰出青年学者”，重回山东大学文学院中国现当代文学研究所工作。回到山大，同事和学生的热情、学校学院的支持，都让黄发有倍感亲切。

从弃商从文到以文学研究为志业

不同于多数从本科到博士都就读于文学专业的学者，黄发有本科主修的是经济学，大学毕业后还在福建的国有企业和合资公司工作了三年多。因为热爱文学，黄发有弃商从文，报考了中国现当代文学专业的硕士研究生。

因此，黄发有十分能理解理工科学生爱好文学、想要报考文学研究生的想法。他表示，文学并不只是一种无用的点缀，没有了文学，世界和人生都会变得不那么丰富、不那么生动。一种新技术在一段时间后往往会被新技术所替代，而有价值的文学可能会历久弥新，让我们和古人的喜怒哀乐息息相通。“著名语言学家赵元任就是文理兼修的典范，他任清华国学研究院导师时，同时讲授语言学、音乐学和数学、物理课程。”黄发有举例说。但是，他也表示，具有跨学科背景的同学一定要全力补课，只有对文学研究有深入了解，跨学科的优势才能显示出来。

在黄发有的求学时代，跨学科背景也使他在读研初期产生过迷茫与困惑。起初，他以为现当代文学的研究生以创作为主要任务，入学后才发现要专注于文学史研究或文学评论，为此还消沉了一段时间。但是，他慢慢在尝试中找到了乐趣，并最终坚持下来。读研期间，他开始写一些评论，参加几个杂志举办的影视评论征文，还多次得奖。慢慢地，黄发有在文学评论中找到了乐趣，就开始写起了论文，总共发表了将近 20 篇文章，其中短文居多，也有 5 篇万字左右的长文。读博期间，他逐渐坚定了从事学术研究的志向，那段时间长长短短发表了 50 多篇文章，其中有十几篇核心期刊论文，两篇被《新华文摘》转载。一路走来，一开始并不喜欢的文学研究竟成了平生志业。

教书育人是教师的天职

黄发有十分看重学生的成长和进步，他认为："教书育人是教师的天职，只有学生超过老师，社会文化才能进步。"要做好教书育人这件事，不仅不容易，而且很难。而学生们取得的成绩，总能带给他很多快乐。

他回忆起自己第一次登上山大讲台的经历，那是给新闻专业 1998 级的同学上专业基础课"中国当代文学"，这一班级的大部分同学次年还选了由他讲授的选修课"90 年代小说研究"，结果班上两位同学转专业考上了北大中国当代文学专业的硕士研究生。这一经历让他体会到：教学确实可以影响学生，因此要对得起自己所面对的学生。五六年前，黄发有给本科生开设过"流行文化与中国当代小说"的通识课，授课规模在 270 人左右，每年选课人数都在 500 人以上，最多的一年将近 2000 人，常常要通过抽签来确定选课名单，经常还有周边学校的同学来蹭课，课程的热门程度可见一斑。黄发有每一次上课总是非常用心，一次课程下来常常累得说不出话。虽然已经教了整整 20 年书，但黄发有坦言："现在上课前还会觉得紧张。"

除了成绩，黄发有十分注重学生的成长和进步。面对不同学历层次的学生，他总结出了自己的经验与感悟：本科生重点在夯实基础，培养选课同学对现当代文学作品的鉴赏能力，让他们基本了解现当代文学史的发展基础。至于硕士研究生，一方面要查缺补漏，多读经典性著作，另一方面要对本学科的学术史、理论背景和研究方法有较为全面的了解。到了博士阶段，要多读书、多思考、多写作，进一步拓展自己的学术视野，最重要的是选择有持续生长性的博士论文题目，通过系统的研究逐步形成自己的学术风格，甚至圈定一块独特的学术领域。这种对待教学一丝不苟的态度，成为黄发有深受学生欢迎的一大原因。

"对于人文学科的学习而言，老师上课主要对知识进行梳理，发挥带路和指引方向的作用，而要领略大森林内部的风景，主要还靠同学自己的阅读与探索。"结合自己的学习思考，黄发有建议，人文学科的同学们一定要多读书，有一定的阅读面，更要有深入研读的重点。在平时的学习中，不仅要学习知识，而且要重点学习大师的思维方式和研究方法。“细读一些原典，会受益长远。”这样的经验之谈，相信会使人文学科的学子受益匪浅。

传媒研究 任重道远

如今，黄发有的研究方向主要是文学传媒与文学传播研究，这是一种跨学科研究，经常会使用新闻传播学与文学社会学的理论和方法。文学传媒研究虽然新，但是文学媒介的原始材料往往都是第一手史料。最近 20 年，他收集了不少稀见史料，譬如作家书信、审稿意见、稿费单据、会议简报等等。当代文学史料研究是他现阶段的另一个重点研究方向，国家“十三五”重点图书规划重大出版工程“新中国文学史料与研究大系(45 卷)”的编纂已经到了收尾阶段。

传统的文学研究重点研究作家作品、文学现象与文学思潮，文学传媒研究则重点研究文学期刊、文学图书、文学副刊、文学网站、文学与影视的关系等等，从关注创作转向关注文学的生产、传播与接受，关注文学内部结构与外部环境的互动，以前长期被忽略的读者成为研究文学关系的重要切入点。黄发有在给来自不同院系的大一学生上新生研讨课“文学传媒与文学传播研究”时，常常是从一本杂志、一本图书、一张藏书票、一册油印的电影剧本、一部网络小说谈起，对相关的知识、理论、方法进行简要介绍后，让同学们以主编身份写一本新办杂志的方案，介绍一本印象最深的文学图书，写一份导演阐述或剧本大纲。这种教学方式的互动性很强，效果很好。2018 年，还有学生回忆将近 10 年前上“发哥”这门课的情景。

在教学过程中，黄发有并不刻意激发同学对文学传媒研究的兴趣，因为兴趣是长期形成的。有些同学选择这一领域，理由是它很新，做这一块更好发论文或更好找工作。黄发有对这类同学都会观察一段时间，如果他这方面的基础不扎实，往往会劝他改方向。在黄发有看来，靠一种功利心，往往很难让人持续对一种研究保持热情。他认为，中文出身的同学如果对这一领域有兴趣，必须自觉地补课、学习相关学科的理论与方法，打好文学传媒研究的基础，才能更加深入地理解报刊、影视、网络的媒介属性，审视文学与社会、政治、经济、文化之间的复杂关系。

(原载于山东大学新闻网 2019 年 9 月 19 日；文：苗立群、李雅杰，图：受访者提供)

张红军:人文学者的师者情怀

张红军,教授,博士生导师,于 2001 年 8 月开始在山东大学威海校区任教,现任威海校区文化传播学院院长,兼任中国中外文艺理论学会理事、中国马列文论学会理事、山东省作家协会理论批评委员会委员、威海市作家协会副主席。

秋高气爽的玛珈山下,红枫微微摇曳,陪伴着今天的主角——2019 年度“山东大学优秀教师”张红军,一起迎来送往,讲述“桃李不言,下自成蹊”的故事。

师者,传道授业解惑也

“我首先是一位教师,然后才是一位院长。”斜阳下,面带笑意的张红军微微颔首,说出了他对自己的定位。“我是教师出身,而且我也一直把自己定位为一名教师。比较而言,兼任的行政工作是暂时的,教学与科研是我一生的事业。”

30 年前,刚刚大学毕业的张红军选择成为一名教育工作者;时光荏苒,青葱模样褪去,如今他已是一位眉目慈祥的长者、一位德高望重的师者、一位承担许多责任的高校行政工作者。“一个人的人生,他想做什么和他适合做什么是两回事，有时候是难以统一的。而我却比较幸运，我喜欢老师这职业，现在回过头看，我也适合当老师。”

在威海校区任教近20年来，张红军一直承担着本科生教学工作，每年至少为本科生开设两门课程，最多时一年承担了四门。“大学老师的价值，有很大一部分体现在本科生培养中，完全离开了本科生讲台的教师，至少不能算完整意义上的大学教师。”在他看来，为本科生授课是大学老师一项最为基本的职责和义务，本科教育在高校教育体系中是根本所在，山东大学倡导的正是“以本为本”。所以即使任博士生导师、院长等职，他也从未间断承担本科生教学工作。

一名真正关心学生未来的教师，不只满足于传授课本知识。张红军说：“在高校教育中，开拓学生的视野十分重要。何为视野者？眼界也。今天的大学生要想真正在将来成就一番事业，承担起民族振兴与国家富强的责任，必须纵览历史、放眼世界。”作为从事人文教育的学者，他特别强调文化视野：大学生应该有自己的文化视野，包括对自己民族文化的认同，同时也包括对世界文化的理解。一方面，大学生应当深入了解自己民族的优秀文化传统，承担起传承民族文化的重任；另一方面，也要打开眼界，了解世界上不同的文化，这样才能形成一种大的文化气度。

学者，如切如磋，如琢如磨

“我始终未曾中断我的科研工作，我的闲暇时间也基本都用在了科研上。”张红军说。

他是一位事务繁忙的院长，一位受人爱戴的老师，同时也是一名认真执着的学者。他先后独立完成论著5部，发表专业论文百余篇，主持国家社科项目1项、国家社科重大项目子课题2项、教育部重点基地重大项目1项、山东省社科规划项目1项。

关于科研，张红军说：“科研这个事情不能中断，中断之后再想拾起来很难。”他从2008年担任副院长开始，11年来一直在繁忙的行政工作之余抽时间坚持做科研，尤其是假期，更是他眼里难得的集中研究的宝贵时光。

学术研究在张红军这里，不仅仅是一种热爱，更是身为“师者”的一个自我要求。

“大学教育不能只局限于现成的书本知识，还要教给学生创造性的能力。”张红军强调“学者”与“师者”身份的统一。他将自己在科研中的研究心得渗透在教学中。大多数学子可以自我消化书本内容，但是在思维创新和科研方法上需要老师的指导，张红军始终将日常教学与科学研究相互促进，在他看来，老师走在学科前沿，看到更多，才能授予学生更多。

“古之立大事者，不惟有超世之才，亦必有坚忍不拔之志。”做学问，就如“而世之奇伟、瑰怪，非常之观，常在于险远，而人之所罕至焉，故非有志者不能至也”。张红军认为，做学问，要坐得住“冷板凳”，心境和毅力两者不可缺一，方能一窥其中之非常。

长者，师生情谊，亲而不昵

“师生在知识与真理面前是绝对平等的，但在其他方面，老师应该是一位可以引导学生成长的有威信的长者。亲而不昵，是师生关系最好的状态。”张红军对于师生关系的认识和定位十分清晰。

“老师与学生的关系，是超出社会上一般的上下级、服务与被服务的关系的。在知识技能传授方面，老师通常毫无保留。在学校里，老师对于学生的付出，绝不是也不应该是以所得报酬的多少进行衡量的。”

自 2001 年至 2019 年，张红军已在山东大学度过了十八载。2016 年，张红军作为主要筹备者，成立了山东大学马克思主义文艺理论研究中心；2008 年至 2012 年担任学院教学副院长期间，他积极推动包括精品课程、教研立项等在内的“本科教学质量工程建设”以及文化、艺术类全校通识课核心课程的建设。近几年，文化传播学院各项工作也很有起色。谈到这些，张红军说：“自己在其中的作用实际上十分有限，如果没有学校政策的支持，没有老师们的配合与辛勤付出，一个学院的各项工作将很难推动。”

凭着对学生的关怀和认真指导，张红军曾获得第四届和第九届研究生“我最喜爱的导师”“山东省优秀硕士学位论文指导教师”、“山东省优秀本科学位论文指导教师”等许多荣誉称号。他认为，此次获得 2019 年度“山东大学优秀教师”荣誉称号的意义更加不同，“这是在山东大学任职期间，学校对于自己多年来作为教师身份的一种认可。”

你应该怎样做，才能不辜负你所受的大学教育？才能成为一个合格的山大人？这是张红军一直以来想要让学生思索的问题。在 2019 届文化传播学院本科生毕业典礼上，张红军说道：“一个受过大学教育的人，更应该知道：人在社会上固然要生存，要发展，要外在的体面，要世俗意义上的成功，但人活着同时要有骨气，有尊严，有底线，有操守。”

“令公桃李满天下，何用堂前更种花。”愿每个山大人，都是大写的人，愿每一位师者，都喜乐安康。

（原载于山东大学新闻网 2019 年 9 月 23 日；文：辛雨、廖颖颖、周欢，图：受访者提供）

范爱军：一生所爱是经济

范爱军，山东大学二级教授、博士生导师，国际贸易研究所所长，中国国际贸易学会常务理事，中国世界经济学会常务理事，全国高校国际贸易学科组常务理事，山东省外经学会副会长，山东省世界经济学会副会长，山东省教学名师，国家精品资源共享课“国际贸易学”首席专家，山东省有突出贡献中青年专家，享受国务院政府特殊津贴专家，中宣部“学习强国”平台慕课“国际贸易学”主讲人。主要学术成就：主持国家级和教育部、山东省重点研究课题14项；在CSSCI期刊发表专业论文200余篇，其中在《经济研究》《世界经济》等权威期刊发表46篇；出版《经济全球化利益风险论》等专著和教材12部；主编的《国际贸易学》列为国家级教材；主讲的“国际贸易学”课程2009年被评为“国家级精品课”，2013年被评为“国家精品资源共享课程”，2017年被评为“国家级精品在线开放课程”；科研成果荣获“山东省社科优秀成果奖”一等奖2项、二等奖2项、三等奖6项。

“国际贸易学”这门课，对许多经济学专业的学生来说，想要学好并非易事。

枯燥晦涩的理论知识、严谨完备的国际贸易规则、复杂易混的国际贸易术语，让学生们“头疼不已”。但是在经济学院范爱军教授的眼中，让学生学好这门课程，并没有那么难。执教30余年，范爱军凭借扎实的专业基础与丰富的教学经验形成了自己独特的教学理念和授课风格，为学生搭建了一座通往国际贸易专业的桥梁。作为获评山东大学2019年本科教学“卓越奖”的4位教授之一，他说：“通过教学卓越奖和其他的相关措施，让大学老师更加关注教学工作，能付出更多的精力把课备好，把课上好，这是我对这个奖项的最大感触。”见微知著，范爱军对于学生的关注是发自内心的，也是站在更高角度看待教育的。

一九七七　缘起经济

1977年，范爱军被告知高考恢复，匆匆忙忙上了考场，填报了高考志愿。作为一个土生土长的济南人，山东大学对范爱军来说，有着特殊的感情。在这之前，范爱军在部队当兵5年多。其间，他自学过政治经济学教材，还学习了相关的经济学著作，所以填报志愿时，自然而然地选择了自己感兴趣的经济学专业。那时的范爱军并不知道，正是这样一个选择，不但让自己以后的40余年为此执着奋斗，还亲身投入了山东大学经济学院的创建与发展。

1977年，山大成立政治经济学系，范爱军入学后成为经济学专业的第一届学生。毕业后，他留在了学校，从此与山大一同走过了数十个春夏秋冬。如今，即将退休的范爱军最割舍不下的还是经济学专业。“经济学专业就是在我们这一代人手里发展起来的，我们参与的是‘从无到有’的过程。”对于范爱军来说，是热爱让他进入经济学科，但是真正留住他的或许是寓教于学的成就感，是见证一个学科从萌芽到成长的参与感，是将人生奉献给经济学科建设的使命感。

40余年的执着与坚持，不但成就了范爱军的学术研究生涯，让他在2001年获得了“国务院政府特殊津贴”，还让他与同事们一起带动了山东大学经济学院的飞速发展。在教育部第四轮学科评估中，经济学院的应用经济学是全校8个A级学科之一，排名位居全国第8。

倾囊相授　桃李天下

“欢迎大家选学‘国际贸易学’课程。本学期开课时间为2019年9月2日上午8点，其中讲课8周(共8章)，授课结束后进行网上客观题考试。希望大家不仅报名学习，而且能够坚持到最后，取得国际贸易知识与证书的双丰收。”

这是范爱军6月份在“中国大学慕课”平台上传的开课通知。慕课，即大规模开放在线课程，是“互联网＋教育”的产物。近年来，教育部正式推出了490门“国家精品在线开放课程”，范爱军主讲的“国际贸易学”是山东大学首批入选的国家精品慕课。

说起这段慕课经历，范爱军记忆犹新。2014 年 3 月，山东大学开始筹建首批慕课课程，向校内老师征集课程申报。对慕课有所了解的范爱军递交了申请，很快就批了下来。“这次学校一共批了 15 门课程，一开始以为两三天就录完，没想到一录就录了两个月。”“慕课和校内讲课不一样，每一节课都需要单独做课件。”“编导也很认真严格，录制中有一点点粗糙，编导就会说‘停，我们再重新拍一遍’，哈哈哈……”慕课录制对范爱军来说是一次新奇的体验，也是一个全新的授课平台。但是，要做一门既让学生喜欢、还能收获知识的课程是不容易的，特别是网络授课。慕课平台没有学分要求，没有考勤，没有挂科，不受监督和约束，一切全凭兴趣爱好。因此，怎么将自己在课堂上讲授的内容转化为 15 分钟一节(共 54 节)的线上视频，吸引大家的注意力，范爱军颇费了一番精力，“慕课最重要的是短小精悍，要让大家觉得内容有趣，愿意一节一节地看下去，像看连续剧一样。”为了增加课程的趣味性，范爱军还把理论与现实案例及热点结合起来，“像经济学这类课程，多讲热点问题，多讲案例，学生特别爱听，他们会觉得学这个理论知识可以解决现实问题。”达到知识和快乐学习的结合，这正是范爱军想要传达的课堂理念。正是范爱军对细节一点点吃透，一点点下功夫，才让校内外的学生都尊敬他、喜欢听他的课。

“这是我在慕课上学完的第一门课程，我还在生活中跟家人分享了自己所学的东西。学完最大的收获就是能够正确看待国家出台的贸易政策以及中国在世界贸易中的地位……总之，感谢慕课，感谢范老师！有机会真的想当面谢谢他!”有同学在慕课后台这样留言。

如今，范爱军的“国际贸易学”课程已经上线 5 年多，今年 9 月份是第 10 次开课，选课学生总数接近 10 万。“如果说有什么目标，那就是干一件事，一定要下工夫做好它。我一直是这么想的，也是这么要求自己的。”范爱军如是说，眼神坚定。

薪火相传　科教并重

“对我影响比较大的老师是教我们‘政治经济学’这门课程的周之美老师。周老师上课、备课特别认真，对我们这一代人的影响很大。”范爱军回忆说。“政治经济学”课程是经济学科的基础课程，每节课周老师都认真准备，认真上课，这对学生来说，不仅打好了学习经济学的基础，更为他们树立了言传身教的典范。

“范老师对学生有什么要求吗?”面对这样的提问，2014 年师从范爱军攻读硕士研究生、如今正攻读博士的耿旖旎说：“与其说是要求，倒不如说是言传身教。范老师对自己要求很严格，并在点滴小事上影响着我们。”在耿旖旎眼中，范爱军经常工作到深夜，连寒暑假也一直在进行科研工作和指导学生。“有一次我论文修改到凌晨，没考虑太多就发到范老师邮箱。第二天正准备发消息说的时候，却发现已经收到了范老师的修改意见，邮件显示是凌晨两点半回复的。”耿旖旎感慨，范老师教学这么多年，对学术一直保持着严谨的作风，对学生就像对待孩子一样包容，为人谦逊随和，能做到严于律己、宽以待人，“我们在不断地向范老师学习，他是我们前进的标杆、行动的楷模，是我们的人生榜样”。从范爱军身上，我们不仅能感受到一个学者的严谨和认真，也能感受到一位长者的关怀与爱护，更能感受到山大人恪守传承的教学情怀和人文温度。

潜心耕耘，一心坚守。从学习到工作，从教学到科研，执教三十七载，范爱军始终坚持科教并重。在他看来，教学与科研是分不开的，科研是把问题研究深、研究透，有了科研成果，才能把教学工作做好；而教学则是科研价值的体现，科研成果需要通过施教于学生来体现其价值，让学生受益。“科研会有些枯燥，但教学却是有趣的，你认真备课，学生在前面听得很认真、很投入，你就会特有成就感。”范爱军说。

有本科生用“神奇”二字形容他，因为“他一个人几乎上了全年级的“国际贸易学”课程，而且还编著了《国际贸易学》的教材。”还有同学因为他而坚定了学习国贸专业的决心：“课堂永远都妙趣横生，大家都被‘寓教于故事’的教学风格所吸引。除了基本的理论学习以外，还会拓展许多历史故事。在讲石油贸易时，将两伊战争讲得跌宕起伏，从伊拉克首先进攻伊朗，到伊朗所向披靡剑指巴格达，再到伊拉克绝地反击，直到最后的战争结束，大家在整个过程中都听得聚精会神……”

一片丹心，一生秉烛。范爱军用40余年的执着，诠释了对经济学的热爱，于三尺讲台，用37年的守护，绘出了师者的模样。

（原载于山东大学新闻网2019年10月2日；文：蒋晓涵、杨小雪，图：杨小雪）

宋其圣：润物无声，春风化人

有人说，做化学实验都是些瓶瓶罐罐，无聊又枯燥，山东大学化学与化工学院宋其圣教授却将化学讲“活”了。他亦师亦友，30 多年如一日奋战在本科教学一线，秉持一颗赤诚之心，树立大爱无边的师者风范。对于这次获得 2019 年山东大学本科教学“卓越奖”，宋其圣表示：“这是学校对我以往工作的认可，更是一种鞭策。这个奖项的设置为一线教师提供了一个被认可的评价体系，激励教师们在教学岗位上不断追求卓越。”

宋其圣，1963 年生，山东大学硕士生导师，教育部高等学校化学类课程教学指导委员会委员，中国化学会化学教育委员会委员。主讲化学专业“无机化学”课程，担任“无机及分析化学实验”主讲教师，从事无机化学、萃取化学和无机盐化学教学科研工作。主编高校教材 4 部，主持完成国家自然科学基金项目1 项、省级科技攻关项目 2 项、省部级教研课题 5 项，发表科研与教学论文 40 余篇。国家级精品课程“无机及分析化学实验”负责人，国家级精品资源共享课“无机及分析化学实验”联合负责人。山东省“教学名师”，山东大学首批“十大教学名师”。

传承师志，用心育人

能从肥城到省城来求学，对宋其圣来说是梦寐以求的事情，也得益于当年的高考政策。宋其圣是恢复高考以来的第一届保送生。他在山东省第一届中学生化学竞赛中取得全省第二名的好成绩，从而获得了保送山东大学的资格。

提起求学往事，宋其圣说："化学启蒙老师韩延勤对我影响最大。我能在省化学竞赛中获得好成绩，与韩老师的精心指导密不可分。"宋其圣和韩延勤老师的关系可谓亲如父子。参加化学竞赛的前几天，宋其圣每晚都到韩延勤老师家接受辅导，若特别晚不能回家，就吃、住在老师家。从济南市教研室到肥城任教的韩延勤，不仅满足了同学们对知识的渴求，还给学生们以物质上的关怀。在他眼中，能教出几个好学生就是自己取得的最大成果。韩延勤一直把教学作为一种事业来经营。他对教育事业的热爱深深感染了宋其圣，在讲授化学知识的同时，也在宋其圣心中埋下了教书育人的种子。从此，宋其圣的人生便有了一个坚定的目标——要做一名优秀的人民教师。

人的一生，会面临许多难以抉择的事情。研究生毕业后，宋其圣有两条路可以选择：一个是负责化学专业本科第一门基础课课程的讲授，另一个是成为KTP晶体制造室的负责人。当时KTP卖得非常贵，像手指甲盖这么一小块晶体就可以卖到上万元。经过短暂思考后，宋其圣还是选择坚守本心，当一名人民教师。

从此，宋其圣带着满腔热忱开启了教书育人的教师生涯。他讲授的"无机化学"课程是化学专业第一学期开设的首门专业基础课，起到承上启下的作用，也是后续基础课和专业课的基石。宋其圣说："本科教育关系到整个国家和社会的发展，是高等教育中最重要的一个环节。学生三观大多数是在本科阶段形成。"正因如此，他日复一日地悉心钻研如何更好地教导学生。他做教学副院长期间坚持这样一个原则，上化学基础课的青年教师必须跟着老教师学，而且至少做两年辅导教师，然后才可以独自上课。他说："一门课程绝不仅仅是几本教材能概括的，要涵盖这个课程所涉及的学科基本概念、基本知识、基本原理、综合应用等诸多方面。教师上课前，必须博览群书、旁征博引、兼容并蓄、归纳演绎，只有真正把这门课程钻研透了，才能给学生最好的教育。"他的学生、留校工作的印志磊说："我毕业后教'无机化学'，在教学方面，宋老师手把手地教，给了我很多帮助。我跟着他听了两年多，才开始慢慢上这门课程。"

在宋其圣的价值观中，"坚持"和"忠心"非常重要。他的观念是，做事情应持之以恒、善始善终，既然选择了教师职业，就应该不忘初心、牢记使命、忠于职守，尽职尽责地教书育人。

带着对教育事业的挚爱，他坚守在教师岗位上30多年。这期间，夜以继日地挑灯夜战，寒来暑往地默默耕耘，改变了他的容颜，但不变的是他“为国育贤”的初心和“立德树人”的使命。他的学生、山东大学校长助理、科学技术研究院院长易凡说：“宋老师曾给我上大一的‘无机化学’课程。他讲课非常认真，课堂气氛活跃，很有启发性，而且从讲课中能够感受到他对化学和教学的高度热情。”他的另一位学生、化学院副院长贾春江教授也说：“现在大部分人都在做科学研究，真正从事教学的力量非常薄弱。宋老师却已扎扎实实地从事教学工作30多年，是一位特别执着于教书育人的老师。他非常负责，教育理念非常先进，并且关心学生成长及个性发展。我们特别需要这样扎根于本科教学且游刃有余的老师。”

甘为人梯，他把化学讲“活”了

化学与我们的生活息息相关。谈及对化学的感悟，宋其圣教授说：“曾有这样一种说法：一个学科的发展如果不用数学来描述的话，就不是严谨的学科；一个学科的发展如果不用化学来描述的话，就不是先进的学科。”在宋其圣教授看来，只要睁开眼睛，看到的事物都与化学有关，人类衣食住行的改善与化学的发展密切相关，几乎所有前言交叉学科的发展都以化学发展为基础，如材料、生命、环境、能源、生物医学、药学等等。因此，20世纪末科学界都公认，化学是21世纪的中心科学。

为上好化学课，多年来，他边上课、边思考、边研究总结，渐渐地摸索出了一条“三分教学法”，就是学科知识传授、思想方法引导、道德品质培养三者相结合。传授知识时，他分基本概念、基本原理、基本知识、综合运用四个层次去讲解。传授思想方法时，他采用启发式、讨论式、翻转式、疑问式、研究式教学，着重培养学生的自主学习能力。关于道德品质的教育，他注重把中国优秀的传统文化融入课堂，在传授化学知识的同时，培养学生的爱国情怀以及做人做事的道理。印志磊说：“在课上，宋老师不仅教给我们学习的方法，还告诉我们许多做人做事的道理。他上课流畅自如、风格鲜明，给人的感觉是润物细无声。在看似枯燥的化学知识里，他能融入一些人文、社科、生活的内容，把课教得绘声绘色，不论对学生还是对老师都很有启发意义。”

给泰山学堂拔尖班上第一堂课时，宋其圣教授总要给学生讲“八字方针”——“简明、条理、准确、完备”。短短的8个字既是他专业经验的结晶，更是人生信条，也体现了他对学生的一片赤诚之心。“简明”就是说话、做事、写文章要简单明了。他认为“简明”是人生追求的最高境界，“大道至简”“大象无形”“大音希声”“大爱无疆”“返璞归真”等等都是这个道理。“条理”就是说话、办事要有条理性、逻辑性，要学会归纳、分类，提高效率。“准确”是指做事要讲究准确性。比如，化学式、公式一个符号都不能写错，字母的大小写、正斜体也要分清楚，物理量的取值和单位、计算结果的有效数字都必须准确。“完备”是指做事要持之以恒、善始善终，不能半途而废。

宋其圣教授的课堂是多元化的。除了自己主讲外，他会布置一些章节和专题，让同学查阅资料进行自学，写出备课笔记并制作出课件进行讲解。他还要求同学们组成三人学习小组，课堂上经常抛出一些问题，让同学们现场研讨，并给出解答。布置的作业，除了教师批改外，还采用学习小组间循环批改的模式，以此加强同学们之间的沟通交流，使大家尽快融入大学生活。他还经常与同学们交流暑假带学生去境外交流的见闻，发现目前许多西方人一直在学习并热爱中国的传统文化，希望同学们有家国情怀，一定要继承、创新、传承好中国的优秀传统文化。

怎么把化学讲得有趣呢？在宋其圣教授看来“万物一理”，“他山之石，可以攻玉”，任何道理都是相通用的。人类生活与化学密不可分，生活中许多道理和化学上的许多原理是一样的，比如，“物以类聚，人以群分”“近朱者赤，近墨者黑”等就与化学中相似相溶原理、软硬酸碱理论相通。宋其圣教授说：“我经常把生活中的事情与化学结合起来讲，从而提高学生学习化学的兴趣，听我的课能听到很多有趣的东西。我想，如果让同学们学化学、做实验能感觉到快乐，对化学研究充满了热爱，那么他们就一定会学好化学、做好实验和化学研究。”

拖地做饭这些常见的家务事，也被宋其圣教授应用于教学之中，创造了“独树一帜”的教学方法。他每年寒假都会给学生布置一道特别的寒假作业，让他们回家从买菜开始，完完整整地做10道菜。这一个小小的要求，蕴含了他的良苦用心，“做菜的流程和做化学实验的流程几乎完全相同，比如洗菜、切菜，就像是药品的提纯和粉碎，炒菜就像是合成，需要严格把握加料的次序、用量、温度，以及翻炒的速度和力度、加热或冷却的时间等等。有人说做菜最难的是加盐，怎么加？加多少次？化学实验也是这样，什么时候加什么试剂？加多少次？加多少量？做菜有很大的学问，做实验和科学研究也是”。同时，对于象牙塔里的学生来说，去菜市场买菜砍价，可以让他们更加贴近生活。做菜的过程中向家里长辈请教，为家人准备饭菜，会让他们更好地承担家庭责任、优化家庭氛围、增进亲情。此外，学会做菜也使学生掌握了一项生存技能。好多学生留学回来后告诉他：“宋老师，当年对我们触动最大的不是你上课时教我们什么知识，而是让我们做的10道菜。我们出国以后经常自己做菜，既调节了饮食，也提供了与外国同学交流的渠道。”这种教学方法，既让学生获得了知识？懂得了治学之道，也增强了品德修养。这也是“三全育人”教育模式的生动实践。

润物无声，温润心灵

从事教学以来，宋其圣教授获得过很多奖励，他最看重的奖项之一是获评学生参评的山东大学首届“我最喜爱的老师”。他说：“怎么体现你的教学水平、教学质量？我认为得到学生认可最重要。”在他眼中，最重要的是学生，因为他们就像自己的孩子。

爱生如子的情怀，传承于他的导师。回首往事，导师沈静兰老师对学生的慈爱之心、孙思修老师对学生的悉心关怀，潜移默化地影响着他。导师亦师亦友，不仅教给他如何做学问，还教给他做人做事的道理。

宋其圣教授说：“作为一名教师，‘爱心’最重要，在教学中要让学生体会到你的爱心。”有一次，他指导一个实验课，有个学生重复几次都做不好，特别着急，宋其圣教授就不断地引导他，并教给他怎么去做，最后学生走的时候哽咽地说：“宋老师，我从来没有见过像您这样的老师，这么耐心地教我们做实验。”当然，宋其圣也有严厉的时候，当学生犯一些不应该出的错误时，他便直接批评他们，“你怎么对待自己的孩子，就怎么对待自己的学生，这样才能把书教好。”

宋其圣教授几乎每年都参与泰山学堂和基地班学生的选拔工作。曾经有个学生觉得自己很优秀，但没能进入泰山学堂而只进入基地班，因此特别不服气。他觉得自己就是奔着泰山学堂来山大的，如果进不去，这一生就没目标了。考虑到这正是对学生进行挫折教育的最佳时机，宋其圣教授不厌其烦地做心理工作，告诉他：“每个学生都有适合自己成长的平台，基地班的学生将来的发展不一定比泰山学堂差。”同时，他还教给学生如何找准自己的定位，“可能很多学生在某一个点上的确做得非常好，比别人强很多，但是大学生注重的是综合素质的培养，未来做科学家也是这样，即要有深度，也要有广度”。这位学生在宋其圣的开导下，慢慢找准了自己的定位，安心在基地班进行学习，大一后，通过再次选拔，又进入了泰山学堂。

在教育工作中，宋其圣总是竭尽全力。2018 年，为准备第 32 届全国化学奥林匹克决赛，他连续超负荷工作 12 天，每天早上 6 点起床，凌晨 2 点睡觉。由于劳累过度，他患上了神经性偏头疼。因为需要针灸、刮痧治疗，他不得已暂时剃掉了自己的“满头秀发”。为了教育事业，他认为这样做“值得”。

“学高为师，身正为范。”宋其圣教授对学生的教育，也是通过点点滴滴，潜移默化地影响他们。他非常注重学生道德品质的培养。在学生的毕业册上，他总会留给学生这样的寄语：“勿以恶小而为之，勿以善小而不为。”“有心为善不是善，无心为善善无边。”许多毕业的学生说：“当时在化学院，宋老师对我们的影响最大，他的一言一行都在向学生们传授着人生这门学问。”

课堂之外，他也有许多业余爱好，比如书法、绘画、紫砂、茶艺、桥牌等，在繁忙的教学之余，陶冶一下情操，浸润一下心灵。张弛有度的生活，使得宋其圣教授有更加饱满的热情投入到教学之中。

宋其圣教授有许多学生考入世界名校深造，回国后在化学相关领域卓有成就，有的成为“国家杰青”“国家优青”，可谓“青出于蓝而胜于蓝”。每当此时，宋其圣教授总是乐呵呵地说：“老师就是蜡烛，燃烧自己去照亮别人，如果自己的学生超不过你的话，你这个老师就不合格。孩子超过父母才好呢！孩子如果超不过父母，可就没出息了。”在爱学生的同时，他也希望将这个“爱心”接力棒传递下去，让山大校园充满爱，让同学们在“爱心”的浸润下成长为各行业的领军人才。

热爱教学，热爱化学，更爱学生，宋其圣将毕生所学融入了这门“无机化学”基础课，用爱心与善意为学生们点亮了人生之路。

（原载于山东大学新闻网 2019 年 10 月 10 日；文：王莉莉、刀彦月，图：王莉莉）

吕连仁:教书育人,为师之本

吕连仁,山东大学政治学与公共管理学院副教授、硕士生导师、科社系主任、中共党史硕士点负责人。担任山东省中共党史学会副会长,曾获“山东大学优秀教学成果奖”,被评为“山东省党史系统先进工作者”。

金秋十月,碧空如洗,10 月的青岛校区秋意袭人,桂花飘香,惹人驻足流连。然而对于吕连仁来说,这并不是一个可以放慢节奏的季节。吕连任告诉记者:“去年课程紧张时,一个月上了 22 天课,估计今年也差不多。”一个月上 20 多天课,乍听上去像是一位高三带班老师的课表,不太符合人们对于大学教授工作强度的惯常想象。更何况,由于校区分散,他还得往返奔波于济南、青岛两地。

但吕连仁说,其实自己早已适应这样的生活节奏,几乎每个学期,平均下来他都要开设三门本科生必修课和两门研究生专题研讨课,中间穿插为军队转业干部和在职硕士生授课培训。他的时间安排的确衔接紧凑:晚 9 点半,抵达略显空荡的即墨北站;第二天早 8 点,准时站上振声苑的讲台;下午 4 点,一天课程结束回到办公室，几名找他指导毕业论文的学生正在等待。

当思政课成为专业课

繁重的教学任务并没有削弱吕连仁的授课热情，相反，他十分注重在细节上精益求精。上过“毛泽东思想与中国特色社会主义概论”（以下简称“毛概”）的许多同学都记得，吕老师的课件思路清晰、内容丰富，无论是色彩搭配、字号选用还是图片插入，都堪称用心。此外，尽管每年都会固定讲授几门课程，但他总会尽可能多地联系现实，在原有基础上补充扩展一些新材料和新观点。去年12月，在“中国特色社会主义文献选读”课上，他找来几天前《习近平在庆祝改革开放40周年大会上的讲话》，结合这篇讲话为同学们分析改革开放的发展历程和重要经验。“将时政素材引入课堂的感觉很奇妙，历史和现实似乎接轨了，开始体会到‘一切历史都是当代史’。”2016级本科生韩晓雪和记者分享道。

吕连仁认为，对政管学院的本科生而言，“毛概”不仅仅是思想政治理论课，还是一门重要的专业基础课，这一定位也让他对自身教学提出了更高的要求。“虽然吕老师语速快，还带点方言，但是每次上课总感觉听不够。”韩晓雪想不明白，吕老师的课堂究竟隐藏着怎样的奥秘，“相比于听课，手机变得不好玩了。”对于这个问题，吕连仁坦言：“讲好理论课，并不是件轻松事。学生们从小接触这些知识，到大学再开这门课，就得打开思路、拓展宽度、提升深度。基本知识让学生自己看书掌握，上课时一般不再重复课本内容，而是补充党史、国史的相关背景资料，进而更好地解释理论从何而来。再者，史论结合，将社会科学研究方法运用在对历史事件的具体评价中，鼓励学生多角度解释和分析问题。”

在吕连仁看来，一位教师要做到上述这些，一方面要具备完整系统的知识结构和扎实的知识储备，另一方面也要了解学生的兴趣和困惑，发掘他们普遍关心的问题，让讲课更富有针对性。

质疑，创新的前提

除“毛概”课以外，吕连仁还独立承担科学社会主义专业的“中共党史”和“中国特色社会主义文献选读”两门本科生课程。学生们普遍觉得，上吕老师的课并不轻松，要准备多次课堂展示，上交读书笔记和课程论文，期末还有选择、填空、简答、论述等题型齐全的闭卷考试，可谓“一节（课）堪比三节（课）强”。实际上，科社专业的其他课程也同样“令人头疼”。已经毕业的2011级学生陈春根告诉记者，目前自己正在北京大学马克思主义学院攻读博士，本科期间打下的良好基础、接受的基本学术训练以及由专业课所激发的研究兴趣，让自己在求学求知路上受益良多。

作为系主任，吕连仁表示，科社专业小班制的优势在于，部分课程与研究生培养方式接轨，结合学界研究状况来讲基础知识，同时开设讨论课，鼓励大家多思考多提问，为同学们提供更多的锻炼机会。“让学生讲并不意味着老师偷懒，相反，老师需要认真倾听学生发言并进行评述，指出问题和不足，补充拓展相关知识，使其更快地成长进步。”

吕连仁记得，曾经有学生在课后告诉他，上完课自己十分痛苦，原有的观念和思维方式受到了冲击，对于很多问题的理解变得更为丰富，找不到标准答案。吕连仁听后觉得很高兴：“这其实很正常，或者说是一个必经的学习阶段。求学问做研究，最重要的就是要有‘质疑一切’的精神，这不是我说的，是马克思的座右铭。”他认为，质疑是创新的前提，敢于质疑，方能打破思维定式，更好地坚持解放思想、实事求是，这也是大学教育的应有之义。

育人，教师的良心

从 1985 年在山大科社系毕业至今，吕连仁已经在教学岗位上坚持了 34 年。很难想象，如今站在讲台上“党史典故信手拈来”“授课风格睿智洒脱”的他，也曾经历过上课紧张冒汗、离下课还有半小时就讲完了所有内容的尴尬情形。他说：“80 年代成长起来的大学老师，一般都经历过严格的教学培养过程，从旁听、试讲、讲部分章节再到独立授课，大约需要四五年时间。在这个过程中，会有老一辈教师亲自指导、传授经验并给予反馈。现在情况不一样了，青年教师博士一毕业就得讲课，科研压力又大，挺不容易的。”

尽管把上课当成一种乐趣，但对于教学的大量精力投入，也让吕连仁感到无暇顾及科研，“办公室里堆了好多新买的书，还没拆封，一直没有时间看”。

作为系主任，吕连仁对人才培养、学科发展等方面的工作同样倾注了大量心血。从 2011 年开始，他连续带过 9 届学生外出访学，从计划报备、联系对接、组织安排到财务报销，总是事无巨细。提前几个月预订宾馆和车辆，联系相关专家学者交流座谈，召集在京学生分享经验。……每一次准备工作，都是一项浩繁工程。“外出的时候，吕老师特别照顾我们。有次刚下火车，一转眼老师人不见了，原来是提前为我们办地铁乘车卡去了。”2015 级科社班无疑是幸运的，三年来，他们先后前往北京、济南、威海三地进行教学实习，“收获巨大，拓宽了眼界，增长了见识。”

生活中的吕连仁亲切随和，他喜欢摄影，经常抓拍年轻人，参与斗图，同时也被做成表情包。有一天早上不到 6 点，他在微信群里发了一个红包，为的是“‘炸’一下，想看看大家平时都几点起床”。

对吕连仁来说，与学生聊天谈心，为他们释疑解惑，是实现教师自身价值的一种方式。很多学生喜欢找他进行考前辅导，不管是夏令营、考研复试还是公务员面试，他总是尽心尽力，来者不拒，“这也是对我的一种信任”。已经毕业的2014级学生王钟薇回忆说，当时自己的毕业论文想写农业农村方面，但是迟迟没能确定具体题目，于是找到吕老师想让他帮忙参考一下，“没想到老师一下子带来三四十本相关书籍让我挑，帮助我仔细分析选题方向，还列了一份建议阅读的书单。吕老师并不是我的学业导师，但通过诸多小事，能够感受到他对待每位学生的那份真诚和用心”。

（原载于山东大学新闻网2019年10月23日；文：于璞，图：受访者提供）

秦静:“金课”的炼成源于心中挚爱

秦静,女,中共党员,山东大学数学学院教授、博士生导师,首届国家教材委员会数学学科专家委员会委员。自 1982 年 6 月至今,连续从事一线数学基础课教学工作 37 年。作为主要完成人分别于 2005 年和 2018 年两次获得“国家教学成果奖”二等奖;她主持建设的“线性代数”课程是山东省精品课程、国家精品课程、国家精品资源共享课程、国家精品在线开放课程、学习强国慕课栏目特别推荐课程;获评第四届“山东省教学名师”、2019 年“山东大学优秀教师”、山东大学泰山学堂“最受毕业生喜欢的老师”,被授予“泰山学堂卓越教师”称号。近五年,先后在全国 20 多个省市、数十所地方与军队院校介绍课程建设经验,多次在全国教学会议上作典型发言。

秦静是选课人数超 30 万的“网红”课程——中国大学 MOOC 平台首门“线性代数”课程的授课人。她的课堂是山东大学国家“双一流”建设示范课堂,被教育部本科教学评估组评价为“讲解清晰,很有激情,互动性好”。她在学生眼中是治学勤奋严谨的榜样,又是他们生活中细心的大家长。“如果说我现在取得了一点成就的话,那是因为我心中有着对教育的挚爱。正是因为这份挚爱,我才能保持对教育的专注,几十年如一日地坚持在工作岗位上。"在山东大学2019年教师节庆祝大会暨优秀教师颁奖典礼上,秦静的发言朴实又真挚。

打造一门好课的奥秘

和秦静教授交谈,你常常会被她的热情与专注感染。她语速很快,带着出自军校的干练与爽朗,平实的话语又让人倍感亲切。面对"全国优秀教师"这一闪亮的荣誉,秦静心中除了感谢还有感动:"我就是一个普通得不能再普通的老师,可以说是'一抓一大把'。学院和学校把我这样的一线老师推荐出去,很多同事和学生一看到公示就告诉我这个好消息,我心里觉得很感动,感到认真工作是会受到认可的。我觉得山东大学是一个海纳百川、胸怀博大的学校,在山东大学、在数学学院当老师非常幸福。"

长年工作在数学教学一线,秦静主讲过"高等代数""近世代数""高等数学""线性代数""概率论与数理统计""复变函数""积分变换""数论与代数结构""解析几何"等课程。教学中,她重视课程思政,坚持立德树人,以育人育才为目标,以学生为中心,以培养学生的批判性思维和创新性思维为重点,不断改进教学方式方法,合理使用线上资源,灵活运用"翻转式教学",把许多人觉得头疼的数学课上得有声有色。

"清晰、严谨、热情"是许多学生提到秦静课堂的关键词,但不同专业方向的学生从她课堂上得到的收获是不一样的,这背后有秦静的悉心考虑和精心的课堂设计,她在备课时始终把学生的需求放在第一位。物理、计算机等专业对线性代数要求很高,她在给学生讲课的时候会证明每个定理,对特别重要的定理证明会专门设计,先启发学生思考,之后再讲,对难题会组成专题讲授,方便学生理解和归纳总结,还会结合专业提出较有难度的计算或者证明题;生物、化学等专业在学习线性代数时用得最多的是方程组,秦静在设计课程的时候就侧重于把方程组讲深讲透,并配套和专业相关的各种练习例题,比如营养配比、化学方程式平衡等,让学生看懂其在专业里的应用。她认为每节课都要有一些精心设计的问题,也很重视和学生眼神的交流、互动。她的课清晰明了,引人入胜,课上的学生感叹:"秦老师的课几乎挑不出毛病来。"

2016年12月,秦静作为一线教师代表,在山东大学第三次教学会议上作了《互联网时代如何上好一门课》的专题报告。"备课的时候,要根据你的课表给谁上课来考虑,根据学生的不同而作出不同的调整,要认认真真地把这个课筹划好。"秦静说。

除了专题讲授和例题练习之外,秦静在课上还组织小组学习,让学生合作探索解决难题。开课之初，秦静会在课堂上提出成立学习小组，各小组按她提供或者自己选择的题目，找寻解决办法，结课前提交论文，并上台以课件、板书、讲演等形式展示成果。“学生太伟大、太厉害了！”她对学生不吝赞美之词，还把学生的作品汇集成了两本论文集。汇报成果时，学生说的最多的体会，一是体会到了做科研的艰辛以及不怕困难把它做出来的喜悦，二是发现了团队合作的作用和乐趣。“老师，这个活动你要坚持搞下去。”“小组合作加深了哥们儿姐妹儿之间的深厚友情。”“很嗨，很开心！”课程结束，学生们俏皮地给秦静留言，把她评为“最受毕业生喜欢的老师”，还高兴地和她合影留念。学生的成长与认可是教育者辛勤耕耘后品尝到的最美的果实。

说到秦静老师的课堂，不得不提的就是在学生中火起来的两门慕课——“线性代数”和“线性代数解题技巧及典型题解析”。在人工智能时代，与其联系最紧密的一门课程就是“线性代数”，因其是离散数学，跟算法有着紧密的关系。2014年，秦静作为山东大学最早录制慕课的教师之一，录制了“线性代数”课程并在中国大学MOOC平台上线，至今已开课10次，单期最高选课人数9万多人，囊括了所有的国家级课程荣誉。2019年3月7日成为“学习强国”平台的“特别推荐”慕课，成为当之无愧的“金课”，收到大量好评。在此基础上，秦静老师结合学生遇到的常见问题，又录制了“线性代数解题技巧及典型题解析”课程，推出后受欢迎程度不亚于“线性代数”，两门课选课人数合计50多万。

秦静曾应邀为教育部高教司主办的“在线开放课程建设与应用管理培训班”作了题为《线性代数MOOC课程的实践与思考》的大会培训报告。她到澳大利亚学术交流时，很快被一个在当地从事人工智能教学的年轻教师认出，原来这个小伙子正在学习秦静的慕课。“我这一生就一个职业，没离开过学校。作为老师，想到为教育事业作出了自己的一点贡献，还是挺自豪的。”秦静笑着说。

“为人师者，必应善教，讲课力求准确、简练、生动，深入浅出，旁征博引，重点突出，引导适度，师生融合；答疑力求热情耐心，一丝不苟，思路敏捷，博学解疑。在教与学中实现自己的人生价值。”这是秦静对自己教学提出的要求，其用心与负责也正是她的精彩课堂奥秘所在。

从师道传承中领悟教育真谛

苏联著名教育家苏霍姆林斯基有言：“教育——这首先是关心备至地、深思熟虑地、小心翼翼地去触及年轻的心灵。”用秦静的话来说，就是“做教育不能着急”。在她看来，学生来到大学，正是十八九岁的年纪，世界观还没有完全形成。老师怎么对待学生，学校里是什么样的氛围，很有可能就决定了这个学生的性格和为人处事的模式,所以教师的角色至关重要。

1978 年,以优异的成绩毕业于山东省实验中学的秦静为了心中的军装梦,高考时毫不犹豫地选择了军校,学习最擅长的数学专业。1982 年,秦静从解放军(洛阳)外国语学院本科毕业。当时正是大学教师青黄不接的阶段,秦静因为突出的成绩留校任教,接过了教学重担。因为历史的进程、祖国的需要,也是教育事业的需要,21 岁半的秦静就站在了大学的讲台上。1986 年离开部队后,秦静在原山东工业大学数理系任数学教师,2000 年在山东大学数学学院任数学教师。从第一次正式任教至今已 37 年,秦静将热情倾注于三尺讲台,再也没有离开。

"我很喜欢当老师。在我的成长过程中,许多老师影响了我。"忆起求学过程,秦静最难忘的是那些无形中让她对教师这个角色产生崇敬向往的老师们。高中的数学老师顾大义有个绝活,上课时板书总是把黑板正好从头写到尾,写到结尾,下课铃响,一节课的内容工工整整地呈现在黑板上,当时给了她莫大的震撼。"这个老师好酷!"从教之后,她以此为榜样,也下了很大工夫练习这样精准的安排和时间设计。高中班主任林长德是个瘦小的老头,很少瞪着眼睛对学生发火,更多的是用关爱和肯定潜移默化地影响学生。林老师的亲和力和人格魅力影响着秦静,在自己面对学生时总想起老师的耐心。语文老师王玲上课时会先布置几个问题,作了开头引导后让学生尝试讲课,学生觉得很有趣,后来发现很锻炼能力,这也成了秦静后来尝试翻转课堂模式的雏形。

上大学时,她的代数老师崔辉政讲课细致,对学生很有耐心,从不把自己的观点强加给学生。有学生在他上课时提出:"我有个想法,感觉比老师讲的方法好。"随后毛遂自荐,上台讲解,但讲到一半就推导不下去了。崔老师不怒不恼,反而让同学们给这位挑战的学生鼓掌,鼓励他说:"科学就是这样探索的。"崔老师不但引导秦静走上代数学习的道路,还让她明白了什么是对学生的尊重和爱护。

这几年,秦静一直在思考:大学老师应该留给学生什么?教育的真谛是什么?渐渐地,她有了切身感悟:"教育的真谛,第一在于唤醒,第二在于传递正能量。"

教学中,有学生中途跟不上了,秦静就从简单的内容启发,慢慢地等着,直到某一节课,这名学生兴奋地说:"我突然开窍了!"学生某次作业没做完,她告诉学生可以认真做完再补登记,前提是不能抄袭。在秦静看来,教育的目的是唤醒学生心中美好的东西,特别是要唤醒学生的责任心。虽然自己平时做事干练利落,但秦静自认和学生"处得比较慢热"。"要唤醒就不能太着急,这样学生就不会为了赶时间而失掉自我,而是会付出努力。怎么唤醒是个技术活,就像看着小芽慢慢地长大,你要有耐心、爱心和责任心。我觉得做教育,不能着急。”

关于“传递正能量”,秦静认为,教师不应把生活中的负能量带到教学中,而应把处理挫折的有益经验传递给学生。正如习近平总书记对广大教师的号召——做有理想信念、有道德情操、有扎实学识、有仁爱之心的“四有”好老师。作为有 35 年党龄的老党员,秦静认为师德为先,只要选择了教师这个岗位,就一定要明晰肩上的责任。“最重要的是要考虑培养什么人、怎样培养人、为谁培养人的问题,考虑清楚之后师德问题才容易解决,因为你会想到老师的责任。培养人是世界上最难做的一件事情,因为你面对的学生都是不一样的鲜活的生命。”

“不管有没有这个‘优秀教师’的称号,每个老师都很重要,责任重大。”秦静的话语很朴实:“老师对学生的影响是很深远的。如果每一个老师都能认识到自己的重要性,给学生营造一个正面的环境,就能把一个立体的好学生培养起来了。”

“和蔼可亲,又非常严格,对待学生像对自己的孩子一样。”“秦老师是特别负责、干练、有精气神的老师,在日常的相处中,我在学业、生活、做人方面都从她那里学到很多。”说到秦静,学生们总是很有话说。她学风严谨,师德高尚,言传身教,深受学生爱戴。她的研究生获得了博士生国家奖学金、硕士生国家奖学金、校长奖学金、山东省优秀毕业生等各种奖励数十项。

2016 级博士研究生朱斌瑞,在硕士阶段就选择秦静为导师,此后又读了秦老师的博士,研究密码学。他对秦老师感到“非常崇拜,又很可亲”。读博的经历中,他有一段时间感到迷茫,是秦老师帮助他度过了难熬的时光。写论文的过程中,秦老师和他就论文的立论、创新点、可行性反复讨论,对写作细节不断探讨。2016 级硕博连读研究生杨海宁今年获得国家留学基金委的公派资格,以联合培养博士生的身份到新加坡南洋理工大学进行为期一年的学习,他第一时间将这个好消息分享给导师秦静。他在《山大日记》中激动地写道:“从开始联系国外导师到将材料上交这段时间里,秦老师在诸多方面都给出了详细的指导。特别在检查申请书时,大到行文思路、小到标点符号都会给出建议,像每次改论文一样。由于秦老师工作繁忙,往往熬到深夜发邮件返回修改意见。这再一次让我感受到了秦老师视学生为自己孩子的高尚师德。”

秦静曾分享过一句话给学生:“你现在偷的懒就是你以后受的难。”以此提醒学生治学务必严谨认真,不可投机取巧。2017 级硕士研究生高嘉昕觉得,这句话已经成了师门警句,在学生以后的人生道路上都会记忆犹新。秦静对学生严格负责,但又不失慈爱细心。她和学生一起在食堂吃完饭后在校园散步,关心学生的近况,在学生有进步时不遗余力地鼓励,遇到挫折时耐心开解安慰,想放弃时适时打气加油，还在学生心情不好时提议爬山放松心情。她是个性情中人，学生常常看到她可爱一面。2017 级硕士研究生郑京竺说，秦老师身边的人都被她做事的严谨态度所感染，但和她微信交流时会发现，秦老师是“整个师门最会用表情包的人”。秦静也会和学生一起兴奋地去品尝食堂研制的新菜，还会和学生一起拍美美的照片，记录下美食以及大家相处的美好瞬间。

在参加 2005 级学生毕业十周年返校座谈会时，数学基地班的一位女生发言，说上解析几何的秦老师好时尚，希望自己也能成为很美丽的数学女老师。忆起这段往事，秦静笑称：“我其实从来都不是时尚的人，但是我会注意上课时候的着装，从细节上给学生好的影响。我更愿意让学生觉得看到的都是美好的东西，用美好的眼光看待世界，然后也会去做美好的事情。”

普通人写就的不平凡

在搞好教学工作的同时，秦静也注重科学研究。在她看来，科研的过程是解决问题的过程，这样的经历与教学相得益彰。她 41 岁读博，44 岁做博士后，49 岁出国访学，2015 年获博导资格，研究方向为密码协议。年轻时投身教学，尽管科研起步晚，但她不畏艰难，勇于拼搏，凭着一股韧劲，取得了优异的成绩。

近 10 年，秦静主持完成国家自然科学基金面上项目 2 项、主任基金项目 1 项，现主持在研国家自然科学基金面上项目 1 项；主持完成中国博士后基金、国家“十一五”密码基金项目各 1 项、山东省自然科学基金项目 3 项、国家重点实验室开放课题 4 项。近五年在其研究方向的重要期刊上发表论文 10 余篇，其中，作为通讯作者在信息安全领域国际顶级期刊 *IEEE Transactions on Information Forensics and Security*（影响因子 6.21）发表的论文“Enabling Identity-Based Integrity Auditing and Data Sharing With Sensitive Information Hiding for Secure Cloud Storage”被下载 7000 余次，一直处于热点论文排名榜第一，是 ESI 高被引论文。秦静目前已成为业内有一定影响的专家，被聘为国家杰出青年基金和国家自然科学基金面上、青年及地区项目会评专家。现为 SCI 国际期刊 *KSII*（*Transactions on Internet and Information Systems*）编委。

“我不是那种特别聪明的人，但是我会踏踏实实地做每一件事。”秦静这样评价自己。采访中，她最经常说的就是：“我就是普通得不能再普通的基层教师。”她还戏称自己是山大的“外来户”，也因此由衷地感谢学校和学院对她的支持：“山东大学和数学学院都特别伟大，把我们最普通的老师推荐了出去。”国家和学校对一线教师越来越重视，这让她感到很振奋。

秦静很喜欢数学学院宽松的环境，不管是教学还是科研，只要做事情，学院不仅提供精神支持，也给予经费上的资助。学院平时的一些细节也让她印象深刻:在改造洗手间时征求女职工的意见,专门加装了热水水龙头;设置咖啡室,给老师们提供一个交流、休闲的平台——这些细节让秦静感到很温暖。2019年,山东大学数学学院被评为“2019年山东省教育系统先进集体”。秦静说:“老师们生活幸福,心情愉悦,才可能有更好的成果。我挺感谢山东大学这种氛围,也特别感谢数学学院的氛围。我觉得这体现了一个单位的胸怀,有这种胸怀,就容易吸引人才,也更能激励老师去干事情。”

虽朴实无华,却如春风化雨。秦静的愿望很简单:“学生是我的世界,教好书、育好人是我的追求。我将心中有爱,心中有学生,继续做我应该做的事情,继续做学生喜欢的好老师。”

(原载于山东大学新闻网2019年11月4日;文:谢婷婷,图:受访者提供)

黄潇婷:时光不负人生的旅程

黄潇婷,山东大学管理学院旅游管理系主任,教授、博士生导师,山东大学历史文化学院文化产业基地博士后,北京大学旅游研究与规划中心特邀研究员,世界交通大会旅游交通技术委员会主席,山东省康养旅游协会副会长。研究方向包括旅游学基础理论、旅游者时空行为、旅游规划理论与方法、旅游移动行为与健康等。主持国家自然基金"基于旅游者时空行为规律的旅游活动空间生产与构建研究""基于旅游者时空行为规律的旅游时间规划方法研究",并参与多项国家级和省部级课题。学术著作有《旅游者时空行为研究》《休闲度假城市旅游规划》,参加编写《旅游资源开发与利用》《旅游学概论》《旅游学导论》等教材。

这个秋天,来自国内外的旅游行业的学者们齐聚在山东大学中心校区。他们的到来,是为了参加在旅游学术界的一场具有开拓性的学术会议——首届旅游实验研究方法学术研讨会暨《旅游学刊》第七届青年学者学术沙龙。会上,作为会议发起人和主讲嘉宾的黄潇婷，从容自信地走上了讲台，她目光沉静，语调平稳地讲述着自己关于旅游行为实验研究的成果。一席话毕，报告厅里响起了阵阵掌声。

走在前沿，建设学术共同体

通过这次会议建设旅游实验研究方法的学术共同体，是黄潇婷的一个重要目标。山东大学是全国第一家建立旅游行为实验室的高校，该实验室也是中国第一个数据开放共享的旅游行为定量研究网络平台，受到了旅游学术界的关注。实验室的建立还曾被教育部旅游管理类专业教学指导委员会主任、云南大学田卫民教授称赞为近几年国内旅游学术界的三大标志性事件之一。

"成为第一家，我们当然非常荣幸和开心，可是我们在研究过程当中也遇到了很多的困惑和困难，比如说我们的实验要怎么去设计？"黄潇婷说。旅游作为一个新兴的学科，实验研究方面虽有别的学科的方法可以借鉴，但是对于严谨的科学研究来说，细微之处才见真章。之所以发起这个会议，一方面，她也想借此解决自己遇到的困惑，希望邀请到重量级的专家学者们一起来讨论交流，"如果有人有答案的话，那就知道怎么去做研究了，如果大家都没有答案的话，那就一起去探索解决之道"。另一方面，黄潇婷也想实现推动旅游实验研究学术共同体成长的愿望。"我们要引领这个研究领域，把成果传播出去，扩大山大旅游行为实验室的影响力。"她的眼眸里闪烁着坚定的目光。

从2015年实验室成立到现在，有许多准备新建旅游科研实验室的科研机构和高校了解到山东大学是该领域的"全国第一家"，就会来参观学习，实验室已经接待了很多来参观的调研团。可是黄潇婷认为，简单的参观介绍对于深度交流还远远不够。"我们实验室的展示其实都是单向且比较分散的，我们想要通过集中展示来扩大影响力。"她希望通过举办这样的一个学术交流会，国内能够建立起更多旅游实验室，从事旅游研究的队伍也更加壮大，然后就可能成为方法驱动的一种研究流派，或者是形成新的研究领域，而不仅仅是单个科研实验室的探索。黄潇婷想通过会议聚集一股力量，建立旅游实验研究方法的学术共同体。

对于会议取得的成果，黄潇婷觉得非常理想，"应该说有点超出预期"。这次学术会议有200多位教授、学者以及业界同僚，从全国各地以及美国、澳大利亚等国家来参加，他们来自70多个学校、科研机构以及旅游企业。黄潇婷没有想到，会有那么多同行在从事这方面的研究，尤其是许多从国外求学归来的青年学者，他们在海外读博士的时候跟随导师做过相关旅游实验研究，但是国内还不具备完善的条件，所以他们也希望有一些合作者，这次会议便成了一个很好的沟通交流的平台。

从澳门大学远赴山东参加这次会议的劳伦斯·方(Lawrence Fong)教授对此次会议的感触尤其深刻。作为受邀嘉宾上台演讲结束后,他把个人的微信留在了PPT的最后一页,下台一看手机,微信里塞满了好友申请,这次的参会之旅让他收获了许多研究方向相近的朋友。他认为学术交流很有价值也很有必要,受到这次会议的感召,他也想要促进港澳学术圈与内地学术圈的交流,便把自己在澳门大学的同事和内地认识的新朋友邀请到一起,建立了一个多地学者相互交流的微信群。

短短三天的会议结束之后,很多学者都在微信朋友圈里公开称赞这次会议,或者私信给黄潇婷,表示感受到了主办方满满的诚意,收获非常大。“他们觉得这是比较成功的一个会议,所以我们想要起到的效果和办会初衷,应该说已经基本上实现了。”黄潇婷开心地说道。

有的放矢,时间会给你答案

举办这样一次干货满满、广受好评的学术交流会议,让人不禁佩服这位幕后发起人——黄潇婷。很多人没想到的是,黄潇婷作为教授、博士生导师,却是一位“80后”。年纪轻轻的她不仅在学术上成果颇丰,发表了几十篇SSCI、CSSCI期刊论文,主持和参与了多项国家级和省级课题,推动成立了山东大学首个文科实验室,顺便还刷新了管理学院博导的最低年龄,成了老师和同学心目中的“女神”。

面对取得的成绩,黄潇婷将一切都归结于自己是一个幸运的人,“恰好我擅长做的和我喜欢做的是同一件事,并且旅游是个新兴学科,它前面要翻的高山没有那么的多,所以出成绩也比较快一些”。虽然她本科阶段是被调剂到旅游管理专业的,但是在大学四年的学习中,她却深深地喜欢上了旅游研究,并且一条路坚持走了下来。她在山大顺利完成学士、硕士阶段学业后,又前往北大攻读博士学位,毕业后选择回到山大任教,默默耕耘在旅游管理这片新土壤,如今已结出了甜美的果实。每一份收获都离不开努力与付出,如果你了解黄潇婷松紧得当、效率极高的时间表之后,便会由衷觉得她值得这些“幸运”。

黄潇婷做事情总给人一种从容不迫、有条有理的感觉,这与她一贯的“尽早不尽晚”的行事风格有关。“在多项选择面前如何去平衡和取舍,我觉得要考虑两个方面。一是要有大的目标和规划,未来要走向哪里,自己的人生价值要在哪一个方面去实现,其中是有价值判断的;其次就是尽量把日程安排在一个完整的时间段,集中精力工作。”

基于自己的生活感悟和她对学生的观察,她开设了一门专门教授大学生时间管理术的课程——“自由幸福与休闲”，一度成为山大的一节“爆款”选修课。来自2018级公共卫生学院的李婧旖大一刚进校时便选修了这门课，她对黄老师十分感激，“很幸运自己能够在大学伊始就上了这节课，让我能够好好规划和利用自己的大学生活”。黄潇婷在课上告诉学生们，要多回顾、反思自己的过去，从而更好地确定未来，“以后你想要成为一个什么样的人，就要把你的时间和精力投入到相关领域上去，这是很公平的事。我们投入了时间和精力，最终就会成为这样的一个人”。

当有人询问她的成功感受时，黄潇婷沉静地说：“我不觉得自己算是成功者，因为人生是一个长跑，不能说你在前几圈的时候跑第一名就算是成功了，只有到终点的时候才能盖棺定论。我觉得最年轻的教授或者最年轻的博导并不是一个成功的标志，因为可能大家迟早都要变成教授，迟早都要变成博导，最关键的是能够做出什么样的学术成绩。如果能够为文化与旅游产业实践提供指导，能够对旅游学科的发展有所贡献，能够真正地为提升人类旅游生活的质量作贡献，我觉得那才是值得骄傲的事情。”

山东大学是最早一批建立旅游管理专业的“985”院校之一。旅游，从外事接待事业到新兴产业，为我国改革开放赚得了第一桶金，奠定了改革开放40年来经济成就的基础。科学技术的迅猛发展、市场的不断变化和国家顶层设计的战略转向，使得人们对旅游的认识不断发生改变。作为山东大学旅游管理系主任的黄潇婷，肩上承担的不仅仅是对当前学科的建设，更有为未来旅游产业培养精英管理人才的责任。

山东大学旅游管理是学校国际化建设重点专业，在旅游管理专业人才培养方案中，双语课程和全英文占的比例不断提高。“希望通过双语和全英文的课程体系培养出本专业具有国际视野的学生，坚持国际化建设是国内旅游专业发展的一个重要方向。”黄潇婷如是说。

面向旅游产业未来的人才需求，黄潇婷认为，智能化和文旅融合是未来整个产业的发展趋势。在当前，无论是可以进行智能出行规划的语音助手，还是酒店中的人工智能机器人，都体现了科学技术的快速发展使旅游行业产生了颠覆性、革命性的变化。同时，在文旅融合的趋势下，文化旅游以非物质资源为驱动，彰显了文旅产业的智造属性，必然会推动文旅融合的不断更新。在这两个现象的背景下，黄潇婷正在带领旅游管理系筹划人才培养方案向“智能文旅管理”转型，力争在新文科建设中体现时代特征和产业特征，让山东大学旅游管理专业培养的学生始终立足旅游产业发展的最前沿。

博采众长，做学生的能量场

旅游管理系研究生三年级的张琳琳从本科阶段就跟随黄潇婷学习，黄老师在她眼中就是“偶像”，“黄老师就是一个能量场，有用不完的能量。一方面她自己不停地有新的想法，而且执行力超强，能把每一个想法都变成现实。她喜欢当老师就被评为全校学生最喜爱的老师，喜欢做规划就可以把一份旅游规划做成上位规划的范本，喜欢做科研就克服各种困难建立了全国第一个旅游行为实验室，引导了一种新的研究范式。另一方面老师也在不停地把她的能量传递给我们，让我们觉得没有什么困难是克服不了的。”在学生看来，黄潇婷不仅是学业上的指导老师，更是心灵上的良师益友。“我们一旦遇到看起来不可能完成的任务，就去跟老师聊一聊，老师一定能为我们指点迷津，而且能发现我们自己都从来没有意识到的优点。她会鼓励我们所有天马行空的想法，让它们落地，还会在各种小事上处处为我们考虑。有这样的老师我们都觉得很幸运。”张琳琳说。

黄潇婷以真诚对待学生，在学生心中格外平易近人。她的选修课堂气氛活泼，学生可以轻松地同老师开玩笑。她的手机号码、微信号等联系方式从来不对学生设防，不管是不是自己学院的学生，只要有学生来找她，她都会真诚地倾听他们的烦恼，认真地陪他们聊一聊。在兴隆山校区上完晚课后，常有学生来找黄潇婷聊天，一聊聊到10点多，她开车回到家已经快11点了。即便这样，她也从不拒绝学生：“我觉得学生对自己的信任非常可贵。他愿意把一个跟谁都不能分享的问题来跟我说，就意味着我得到了他的信任，那么我也要相应地去付出时间，去回报这种信任。”

黄潇婷的梦想一直是成为一名老师。在入职山大之前，她始终在朝着自己的梦想前进，同时她也在不断地学习和实践，致力于做一名优秀的教学工作者。王德刚教授是黄潇婷本科以及研究生阶段的导师，师生情谊十分深厚。从王德刚教授那里，她学到了要做支持学生坚实后盾的自我定位。而从博士阶段的导师、北京大学吴必虎教授的身上，她学到的是开放包容，要接受学生的想法，减少学生的敬畏感，给学生提出客观的建议。博采众长，永不满足，如同她对学术的热情与追求。在做好教师的这条路上，黄潇婷不仅主动摸索反思，还在积极参加教促中心组织的教学技能培训，为成为学生心目中更优秀的“偶像”而不断探寻进取。

生活中的黄潇婷，是一个爱好广泛并且有十分有趣的人。她喜欢看电影、读小说、品尝美食，甚至现在时新的游戏也会偶尔玩一玩。旅行是充满自由和浪漫的过程，黄潇婷也在这条路上追寻着她的诗与远方。

（原载于山东大学新闻网2019年12月10日；文：刀彦月、宋广鑫，图：受访者提供）

高成江：天然免疫研究，“赛事”正酣

基础医学院高成江教授长期致力于天然免疫信号转导的调控机制研究，主要以病毒感染为模型，系统探索抗病毒天然免疫信号转导以及炎症反应的调控机制。日前，他当选 2017 年度“长江学者”特聘教授。

“世界杯，我是一定要看的。”高成江教授是个球迷，面对 2018 年世界杯的火热，他难掩自己的期待。

为什么喜欢看球？除了竞争性强、过程刺激，还有另外一个原因，“足球比赛跟我们科研工作一模一样。90 分钟踢一场，踢之前一定少不了刻苦的训练和技战术演练，另外还有一点运气的成分，踢完之前谁也不知道结果”。

站在荣誉光环的中央，高成江教授淡然依旧，“我们是做基础医学的，从基础研究到临床应用，中间的路还很长”。天然免疫的研究如同世界杯。在这个赛场上，他时时与自己作比较，进行着一场又一场的比赛。

科研上的寻找

“我们实验室主要研究的是天然免疫系统的调控机制。研究清楚天然免疫系统是如何活化的，就可以阐明天然免疫活化的调控机制，并以此为靶点设计出药物，治疗天然免疫异常所导致的疾病。”

高成江教授在天然免疫领域的研究已有10多年，追踪溯源，他的研究起点却是生物。从生物到基础医学，这是一个很长的打基础、选方向的故事。故事里，主人公一次次寻找着自己的兴趣、方向、思路和想法。

生物对于高成江，是小时候就有的兴趣。当时社会上盛行这样一个说法：“21世纪是生物的世纪。”来自生物的神奇，深深吸引着高成江，时隔多年说起，那股好奇劲儿依旧浓烈。“给植物转入一个发光的基因，夜晚它就能发出光来；给花转入不同的基因，它就能变成不同的颜色，当时你都不敢想象……”

1991年，他考入山东大学生物学专业，如自己所愿，开始了对生物世界的探索。

大三分专业，高成江选择了植物细胞与基因工程，此后分别在中国科学院上海植物生理研究所以及美国加州大学戴维斯分校、杜克大学度过了自己的博士、博士后研究时光。植物、微生物、基因，不同的学习阶段，高成江的研究对象各不相同，“从内容来看有所改变，但我手里的‘技术活儿’一直没变，就是分子生物学的研究方法”。

再后来，便是回国。“我想要找一个新的研究方向，不再延续博士后阶段的课题以及原来实验室的工作。”那个时候，天然免疫研究已经是个热门。天然免疫系统是人体面对细菌、病毒等病原微生物的第一道防线，人体慢性炎症反应也主要与其活化有关。天然免疫的研究越来越重要，刚回国的高成江看准了这方面的研究空间，慢慢把自己的研究方向聚焦于此。

凭借着求学时期打下的扎实基础，经过10多年的实践，高成江教授和自己的团队发现了多个调控抗病毒天然免疫信号转导的蛋白质泛素化修饰酶，为在分子水平诠释抗病毒天然免疫信号转导及其调控机制作出了创新性贡献。研究成果发表在 *Nature Immunology*，*Journal of Experimental Medicine* 和 *Plos Pathogens* 等国际免疫学和病毒学的顶级学术期刊。此外，研究结果还被Faculty1000推荐，并受邀为 *Current Opinion in Immunology* 撰写综述，研究成果得到了国际同行的认可。

一次次想法实现之后，高成江教授也在寻找着更多。“我们现在是在寻找靶点和阐明机制的阶段，最终还是希望能将理论成果转化，设计出药物，投入临床应用。”

身份的转变

“从博士后到教授，是一个身份转变的过程。”2007年回国，在高成江教授看来就是很平常的一次找工作的过程，并没有想象中那么难以抉择。

当时的他作为博士后，在美国开展科研工作近7年，期待着能有自己独立的实验室，以此为平台实现各种独立的“idea”。把握住第二届山东省“泰山学者”的机会回国，36岁的高成江一回山大，就获评教授，有了自己的实验室，可以带学生组团队。

他很重视身份的转变，比如，“怎么从文章的第一位作者变成最后一位作者”。在博士后研究阶段，发表文章后，他因为是学生，排名总是在前，是第一位的；但在独立开展工作之后，他希望自己能以导师、通讯作者的身份排在最后。

这样一个排名位置的调整，代表着他具有独立带团队做科研的能力，也代表着他完成了回国做科研的软着陆。

开始并不顺利，好在结果是喜人的。

2008年，实验室开始组建。学院只给了一个空房子，没有实验台，没有专用仪器。高成江教授回忆起来，“还是挺困难的。”好在当时免疫学研究所已具备一些公用仪器可供使用，总算是好过“白手起家”。

2010年，高成江教授拿到了一个小额的科研项目。这是继2008、2009、2010三年连续申请国家自然科学基金无果之后的一点转折，他笑称：“这是回国后获得的‘第一桶金’。”

2011年前后，团队科研工作陆续开花结果，在免疫相关基因的表达调控研究中取得多项进展，研究成果连续在国际主流学术期刊 *Journal of Biological Chemistry* 和 *Journal of Immunology* 上发表。

高成江教授回忆那个时间段的成绩，难掩兴奋，“这就是名字从第一位到了最后一位，从原来贴着老师的标签，到现在所有东西都是你自己的，身份转变成功了”。

此后，实验室论文所发刊物的层次逐渐提升，影响因子从“5”到“10”，再到后来的“20”。其间也伴随着团队的进一步成长。2015年，高成江教授获得国家杰出青年基金资助，这又是一份让他兴奋的荣誉，“说明国内同行认可你，认可你和团队的工作了”。

对于最近新加的“长江学者”这个身份，高成江教授最初没有想太多，但前几天参加教育部“长江学者”特聘教授培训后，他开始重新思考这个角色。“还是要转变，要成立更大的团队，推动一个学科的发展；要积极参与本科生的教学工作，利用自己的优势，进行科研育人。”

温

“为人随和、宽容、绅士、温和、文人雅士……”对于高成江教授的性格，他的学生有很多方面的形容，但似乎一个字足以概括——温。

语调温，行事温，待人温，科研也温。

高成江教授的家人常说，他这样的人就适合待在高校，“跟老师、学生打交道，简单、单纯，把科研做好就行。”

高成江教授的温，体现在科研上就是专注自律、持之以恒。每周60个小时的工作时间，是高成江教授团队的一个操作准则。至于他自己，作息时间非常规律：一周让自己彻底休息一天，其他六天里，早晨8点开始工作，下午5点结束，晚上再工作2个小时，22点上床休息。不过他也说：“做科研有这个特点，一旦有问题没解决，即使是休息，心里也会继续思考。”坚持不懈，这是做科研应该具备的基本态度。

刻苦努力之外，高成江教授过的并不是“苦行僧”般的科研生活，因为他很明白自己追求的是什么。他曾这样描述在做的事情：“在我看来，选择合适的课题，选择真正推动科学进步的课题，在这些‘戈壁滩’留下自己的脚印，远比名誉有意义得多。”

对于团队成员，高成江教授有着同样的期待：“早做人生规划，找好方向之后，要排除万难走下去，对于周围的东西特别是名利不要想太多。”基础医学院实验师张磊2008年参与组建天然免疫实验室，2010年又跟随高成江教授读博。在他看来，“高老师很喜欢科研，他做科研时会致力于寻找解决重要的生命现象。”张磊对于发文章的现实压力很有感触，是高成江教授把他“带了出来，真正带到了科研这个世界里”。

高成江教授为人温和，但又没有因为温和而失了师者的威严。基础医学院2016级硕士研究生孔令丽说：“高老师对学生很好，正是因为这么好，学生才不忍心偷懒。”基础医学研究离不开大量的实验。在老师的影响下，孔令丽他们都已经习惯了忙碌的科研节奏，并且“乐在其中”。

高成江教授的温，自有其锋芒所在。学生说，他每天都会查阅领域内的最新研究文章，时时提出前沿又“nice”的想法。高成江教授认为自己是个执着的人，对于科研，除了一直以来的探究兴趣，他还“注意创新性，提出自己的想法，还要站得高一些，看到这个领域没有解决的问题”。

Great, let's do it

2008年，赵伟成了高成江教授第一个博士后学生。如今任职基础医学院的赵伟教授已经成长起来，“从需要老师指导的博士生，到可以独立思考和解决问题的博士后，那是一个很关键的过渡时期，高老师对我影响很大”。

对于高成江教授，赵伟教授印象最深的是一句英文——“Great, let’s do it”。当时，高成江教授刚回国不久，很多情景还习惯用英文表达。这句英文在两人沟通科研想法时频频出现。

基础医学院青年教师刘冰玉也说：“高成江教授有一个口头禅——‘可以’。”常常是这样，学生有了什么想法，找他聊，一般都能得到肯定的回复：“可以可以。”刘冰玉是高成江教授2012级硕博连读的学生，刚留校不久，正面临从学生到老师身份的转变。她眼中的高成江教授，会尽可能鼓励和肯定学生。在“天天都是坎儿”的科研工作中，她很开心有这样一位先行者的整体统筹和指引。

在高成江教授那里，他对于自己“培养了一批很不错的学生”很是自豪。他的学生中，一个博士后拿到了山东省自然科学杰出青年基金、国家优秀青年科学基金，三个博士生毕业论文获评“山东省优秀博士论文”，一个硕士生毕业论文获评“山东省优秀硕士论文”……说起这些，他很开心：“学生教好了，科研做好了，我就挺高兴的。”

对于学生，高成江教授不会“push”得太厉害，更多的是引导。他说：“最希望从我们实验室出来的学生能够继续做科研，做好科研，超过自己的老师，开拓一个新领域、一片新天地。”

“我喜欢科研工作，喜欢挑战。”在高成江教授的科研世界里，“赛事”正酣。

（原载于山东大学新闻网2018年6月28日；文、图：刘婷婷）

王云岭:让生命教育在学生心中萌芽

王云岭,男,博士,副教授,硕士研究生导师。研究方向包括实验动物福利伦理、死亡教育、尊严死亡等。发表论文30多篇,参编教材10余部,主持国家社科基金1项,主持并完成省部级科研、教学课题等4项,出版专著《现代医学与尊严死亡》。是山东省精品课程"死亡文化与生死教育"负责人,该课程的慕课被评为"国家精品在线开放课程"。

有这样一门特殊的选修课——"死亡文化与生死教育",在山东大学基础医学院开设10多年来,在学生中一直有很高的热度。死亡本是许多人忌讳谈论的话题,但当不得不面对生死问题的时候,你会怎样看待呢?开设这门课的教师王云岭说:"名为谈死,实为论生。了悟死亡,可以让你更好地去生活。我们需要学会接受死亡,生死教育的意义是让我们更好地活着。"

当谈论死亡的时候,我们在思考什么

趵突泉校区教学五楼是老建筑,木质台阶,承载了许多历史的痕迹。拾级而上，走廊尽头就是王云岭的办公室。

初见王云岭，只觉他非常亲切，时常微笑，分外儒雅。“这门课最初开设于2006年，至今已有13个年头。”时光悠悠，在这栋随车辆行驶而过会微微震动的老楼里，王云岭缓缓诉说着开设这门课程的缘由，“人生必有死亡，透过对死亡的思考，对人生进行反思和规划，更容易成长为一个真正对社会有用的人。在国外，一些大学早已开设了这种死亡教育课程”。

在中国传统文化里，死亡是避而不谈的话题。可是在医学领域中，医学伦理学包括安宁疗护等，涉及很多关于死亡的伦理问题。王云岭告诉记者：“我们在谈论死亡的时候其实就是在谈论如何活着。让医学生在求学时代就养成一种恰当的生死观，有利于他们的成长。”

“死亡一定是坏事吗？死亡很恐惧吗？为什么大多数人对死亡有恐惧感？”这些是王云岭课上曾给学生提出的问题。通过对死亡文化的介绍，帮助学生们树立健康的人生观和死亡观，学会正确对待和处理人生中的挫折和偶发事件，同时为学生提供面对亲人死亡时重要的心理支持，这是王云岭的开课初衷。

当提起死亡的时候，我们在害怕什么

在王云岭的课上，学生们讨论濒死体验、安乐死、临终关怀等主题，也讨论自杀、殡葬文化、悲伤辅导等，通过对系列死亡相关主题坦荡而深入的讨论，学生们很多固有想法发生了改变。通过课程，学生逐渐懂得，生和死都是人生必经阶段。我们应该把它看成一生中自然的事情，正视它。“自己直面死亡，人生的格局才会被打开。那是尊重生命，是追求生命意义，是克服恐惧、安顿灵魂。”一位学生听完课后写下这样的感悟。

这门课程的开设也来之不易。2006年，国内还没有几所大学开设这样的课程，校园里更没有“谈死论生”的风气。王云岭在综合考虑西方课程名称和中国传统文化观念后，在同事曹永福老师的建议下，将课程命名为“死亡文化与生死教育”，此后获批通过。课程开设后，很快受到了学生们的欢迎和好评，后来又录制了线上课程。2015年下学期，王云岭将一共1000多分钟的课堂实录从头看到尾，为了符合“微课”的标准，他花了大半个学期的时间，将每一节四五十分钟的课分成二到四段“小课”，最后于当年冬天上线。课程上线初期，成绩就令王云岭感到惊讶，刚上线的选课量达到6700多人。在线上平台，听课的同学们写下这样的留言：“我1994年出生，离死亡应该还有一段距离。但是，听了老师的讲课，我将会更加珍惜生命，谢谢老师。”“有种选择叫‘别无选择’，生死就是这样的，也是每个人必须面对的。学习死亡文化与生死教育，我最大的收获就是学会思考生命这个主题，‘向死而生’使自己的格局、心胸豁达不少。”……

到了第二年，由于最初的课堂实录视频分辨率低，在线课程被撤了下来。“我费了这么多功夫，怎么能轻易下线呢？何况选课的人数这么多。”王云岭觉得要对选课的同学负责、对课程负责，不能草草了事。于是他重整旗鼓，打算再次录制，学院也很重视，大力支持他做慕课。“实际上真正做的时间是45天，是从2016年的12月1日到2017年的1月15日做完的，我记得非常清楚。”为期一个半月的录制过程十分辛苦，每天的工作时间长达十七八个小时，一边写稿一边拍摄，对身心都是很大的考验。王云岭打趣说：“刚开始录制时，头发很短。由于一直没有时间去剪头发，后来的视频里录着录着，头发就变得很长了。”

最终，“死亡文化与生死教育”课程在2017年再次上线，并于当年被教育部评为“国家精品在线开放课程”。说到这里，王云岭感到很欣慰，“慕课录制的效果还是不错的，上线之后比较受欢迎，选课量不断上升。现在每个学期都有1万多人选课，这个学期的选课人数是1.2万人”。

就像王云岭课程导语中说的一样——我们关注死亡、讨论死亡是为了学习死亡、懂得死亡，这实质就是学习生活，懂得生活，就是学习如何创造有价值、有意义的幸福圆满人生。死亡教育，名为谈死，实为论生。

当参观死亡的时候，我们在痛苦什么

周末，王云岭带着两个班的同学到殡仪馆参观，这是这门课的常规实践教学内容之一，颇受学生好评。

走进殡仪馆，参观告别厅、火化炉、化妆间、尸体存放间，体验死亡后的过程，最后再沿着山坡走“生命之路”。这条路上有很多雕塑，象征着人生各个阶段，从出生开始，然后慢慢成长，经过小学、中学、高中、大学阶段，然后工作，到了人生的顶峰，而后开始走下坡路，到老年，最后跨过一条象征着阴阳两界的分割线，这一生就终结了，“生命之路”的尽头就是骨灰存放处。“在走生命之路的过程中，同学们会不由自主地想起自己的一生。”王云岭说，“我相信，当站在生命的终点回望整个人生，学生们会对自己的人生有一个新的思考。”

在参观殡仪馆时，同学们还观看了殡仪馆员工出演的一个小节目，名为《天使的轨迹》。节目的主角是一位小女孩，因为患白血病去世，家人们为她举办了一个追思会。在沉默无声的氛围中，她的家人为她献上蛋糕、鲜花和蜡烛，为她哀悼。学生们虽然作为观众，但是在观看的过程中仍然能体会到家属的哀伤。“平常谈论死亡，谈的往往都是别人的死亡，所以很难有切肤之痛，没法体会自己亲自面临死亡时会有什么样的感觉。”王云岭希望学生可以学会直面死亡，从而能够更加珍惜自己的生活，珍爱自己的生命。

于是，今年的生死教育课程增加了一个体验内容——由学生们扮演情景剧

《醒来》。剧本分为五个部分，分别是临终、告别、醒来、分享、回归。情景剧第一幕是扮演病人的同学躺在病床上，四周七八个人扮演父母儿女妻子等亲属，向“病人”诉说留恋的话语；第二幕在奏着哀乐的肃穆的殡仪馆里，“逝者”躺在花圈之中，王云岭和其他同学献上鲜花告别、安慰家属并握手道别；第三幕是主持人让大家闭上眼睛，播放乐曲《醒来》，“逝者”伴着音乐醒来，来到分享现场；第四幕是在主持人的主持下，参演同学分享感受；最后一幕是在心理咨询师的指导下，参演同学和全体同学一起接受心理抚慰，平复心情，回归正常生活状态。

有一个平时喜欢搞怪的男同学在扮演病人时，躺在那里一直笑嘻嘻的，但当哀乐响起时，他沉默了；另一位扮演逝者的女同学在表演结束时红了眼圈。她流泪的原因是饰演妹妹的同学太入戏了，泪流满面，她被带着进入了氛围，开始思考自己的人生，思考死亡这件从未思考过的事。

“从他人到你我，从陌生人到熟悉的人，这样的体验可以让同学们感受到死亡是真实的，是近在眼前的。”王云岭回忆起刚刚经历的实践课情景仍有感慨，同时也有细致的考虑：“中国是比较忌讳死亡的，扮演病人的同学是需要勇气的。因为现场气氛哀伤，为了避免给同学们带来负面的心理影响，我特意设置了分享环节和心理抚慰的环节，以便让大家出戏。”

情景剧结束，醒来之后，同学之间互相抱一抱，庆幸还是活着的。“莲山一行，感慨万千；思及前事，瞻望余生；须向死而生，大步向前！”“我希望，每个人都能快乐地过好每一天，同时也能从容面对死亡。作为未来的医生，我们也要尽心尽力，学会人文关怀，提高人们的生活质量。”参观后，学生们在《山大日记》中写下自己的深刻感受。

当学习死亡的时候，我们得到了什么

“如果只剩一天的时间，明天可能就会离开这个世界，想想自己还有什么要说的？你希望在你的墓碑上刻上什么？”

这是王云岭的课堂上创设的一个情境，让学生闭上眼睛冥想，放空身心，思考自己的墓志铭。有学生写道：“人生至斯，盖棺定论。”简洁明了的文字背后透出一股不负此生的信念；有学生用古文写下了很长的墓志铭，颇显文采与深思；有学生用朴实的语言叙述了一个医生的心路历程：“她是个普通人，迎接过生命，见证过死亡。”……许许多多的墓志铭，体现了学生们对人生的思考和感悟。

“我们谈死是为了让学生去感悟死亡，在死亡面前反思人生。”王云岭说，“所以让同学们能够以死观生，先到生命的尽头看看是什么，然后回过头来反思一下，我们这一生过得值不值？我们当下的生活是不是我们想要的生活？”如果活着的时候浑浑噩噩，面对死亡时也会茫然不知所措，好像没有活过一样，这样的人生是没有意义的。“一切人在死亡面前都是平等的，昨天不可挽留，未来不可预测，我们能够做的就是珍惜现在，活在当下，快乐地生活。”这是王云岭每学期都会对学生讲的一句话。

王云岭的课程给学生普及了正确看待生死的理念，有的学生更进一步思考怎么把这些理念更好地传播出去。2019 年 9 月，临床医学院的本科生邱心慧和高鑫在大二时都选了王云岭的“死亡教育课”，对这个话题很感兴趣，课程结束后和同学成立了“生命关怀益生社”，并邀请王云岭担任社团的指导老师。王云岭日常工作繁忙，经常全国上下奔走，可还是亲自指导社团的发展，主讲了“生命关怀的新理念：爱与陪伴”等讲座，和到场同学们进行交流。“王云岭老师是真的热爱这份事业，并且希望更多的学生、更多的人参与进来！”高鑫感慨道。

王云岭为人谦和，风度翩翩，让人感觉如沐春风。给学生以启迪，受到学生的欢迎和尊敬，在他看来是作为老师最开心的事情。“如果写墓志铭，我想写的是：‘我教过很多学生，很满意。’”他爽朗地笑着说。短短十字，正是谦谦师者的最好诠释。

（原载于山东大学新闻网 2020 年 2 月 7 日；文：甘传昀、杨小雪，图：杨小雪）

于晓、孙金鹏：揭示 GPCR 奥秘，做学生的科研引路人

在山东大学基础医学院，于晓教授和孙金鹏教授两个实验室团队多年来聚焦营养代谢中的 GPCR（G 蛋白偶联受体），通力合作、共享资源，在相关领域多次取得进展。7 月 22 日，在于晓和孙金鹏的指导下，团队与中科院上海药物研究所、浙江大学研究团队合作，以共同第一作者和共同通讯作者在 *Nature* 发表题为“Structural basis of GPBAR activation and bile acid recognition”的研究论文，山东大学为第一作者单位。这项成果是对胆汁酸受体对两性荷尔蒙特别的识别机制以及 GPCR 领域新机制的全新探索，在其背后，是两位教授携手科研、潜心育人的多年实践。

于晓，山东大学基础医学院教授、副院长、博士生导师，国家自然科学优秀青年基金获得者、教育部“新世纪优秀人才”“齐鲁青年学者”“泰山学者青年专家”。研究方向主要为糖尿病的分子机制研究，联合酶学、膜片钳电生理、细胞钙成像、蛋白结构等多种手段，尤其关注胰岛中细胞环路和转分化以及膜受体

在其中所起的作用。

孙金鹏，山东大学基础医学院教授、生物化学与分子生物学系主任、博士生导师，国家杰出青年基金获得者、“齐鲁青年学者”。实验室目前的研究主要是应用多种生物医学方法（包括分子生物学技术、化学生物学与结构生物学方法），结合细胞实验和动物模型，对占临床处方药约1/3的重要靶点蛋白，包括蛋白质酪氨酸磷酸酶（PTP）和G蛋白偶联受体（GPCR）的结构与功能进行研究，并进一步进行药靶评估、药物筛选、疾病相关的基因突变的功能性鉴定。

这次发表是水到渠成的结果

“得知文章被接受后很高兴，这不仅是对学生认真拼搏的认可，在学术价值上也代表了国际上对此次发现的新机制的认可。”于晓、孙金鹏爽朗地说。他们带领的团队——基础医学院博士后杨帆、肖鹏副教授及博士生郭璐璐、林婧宇、吴襄经过长达一年零八个月的攻坚，和合作者一起揭示了胆汁酸受体对两性荷尔蒙特别的识别机制以及GPCR领域新机制，并首次在*Nature*发文，实现了实验室的“第一次”。这是团队长年累月的奋斗与积淀，既是惊喜，也是水到渠成的结果。

GPCR是重要的受体和药物靶点，临床上有近1/3的药物都作用于它，胆汁酸本身则既是可以检测的代谢组学的重要标志物，也是重要的体内信号分子。因此，这项研究对于疾病诊断检测，以及理解胆汁酸如何调控生理功能，并针对胆汁酸受体来开发治疗糖尿病、抑制非酒精性脂肪肝的药物将具有重要意义。孙金鹏在美国杜克大学曾师从诺贝尔化学奖获得者、GPCR领域奠基人罗伯特·洛夫科维茨（Robert J. Lefkowitz）教授，从事数年蛋白结构、信号转导及药物发现的博士后研究，并在独立工作后受罗伯特·洛夫科维茨教授的邀请返回访学一年半。这两段经历以及与导师的交流讨论让他对GPCR领域有了开阔的、极具前瞻性的眼光。

同样，于晓开展代谢类受体研究已有20年，博士期间在中科院神经所和北京大学就做了大量关于胰岛beta细胞分泌机制的工作，在美国又从事与糖尿病相关的博士后研究，有着深厚的研究基础。两位教授回国后对相关研究展开合作，此次课题便是系列研究中的一个重要方向。在2015年，实验室团队便开始构建GPCR复合物重组系统，并建立快速的复合物筛选的方法，极大提高了复合物的质量。这次的成功是团队多年来在许多研究方向积累的缩影。从初建实验室到发表影响因子10分以上的文章，再到在*Nature*上发表文章，每一步，团队都扎扎实实地走了过来。

除此之外，于晓和孙金鹏实验室之间的资源共享和通力合作也为研究带来了许多优势。在研究中，于晓团队专注于生理功能，从生理角度提出一些生化和信号转导专家所看不到的问题，而孙金鹏团队这边聚焦于生化和信号转导，使课题机制的研究更加深入，在相同的研究目标下开展多角度的思考。

Nature 是国际顶级学术期刊，能否在 NCS 正刊发文，考验的是团队的硬实力。困难不可避免，而实验团队总是用加倍的努力去克服。2019 年 11 月首次投稿后，文章经历了 4 个月的超长审稿期，并没有得到立即接收，而要再进行数据补充和补加实验。GPCR 是研究热门，竞争非常激烈，这给团队带来了很大的心理压力，再加上遇上新冠肺炎疫情，当时连最简单的试剂订购都成了大问题。

"没有条件就创造条件"，是实验室一直以来的信念。实验室老师(孙金鹏、于晓、肖鹏、杨帆)过年也没有休息，一方面与学生一起分析问题，解决难题；另一方面为团队提供实验条件，在拿不到同位素标记分析的情况下，他们设计了荧光配体的相关实验，满足了评审要求。整个实验团队没有离开学校，昼夜不停地跟时间赛跑。从复合物重组到受体筛选，从信号传导到细胞实验和指纹图谱研究，几位成员充分发挥自己所长，开展了紧密又融洽的分工合作。在研究过程中，成员们曾在实验室见过窗外的星夜和晨曦，也经历了信心满满投出稿件却被拒稿的失落。于晓和孙金鹏鼓励他们要向事情阳光的一面看，不要放弃。最终，经过不断修改和大量补充实验，功夫不负有心人，拿到了令人欣喜的成果。

"这次疫情期间坚持工作的青春奋斗团队让我们终生难忘。"回忆学生们在挫折和困难中的成长，于晓也赞赏他们所表现出来的团结合作和攻坚克难的精神，这成了实验室难以忘怀的经历。

"于晓实验室培养的早期的博士生杨帆，也就是这篇文章的第一作者第一位，经常和师弟师妹们说实验室发正刊是早晚的事。这次是实验团队第十次送审正刊，我们一直在吸取经验教训，这次发表也是意料之内。"吃苦耐劳，敢于拼搏，在趵突泉校区教学六楼里，两个经常 24 小时进行不间断工作的实验室保持着脚踏实地的态度，从 10 年前刚建立时非常艰苦的条件，到如今国际一流科研设备以及成功发表 NCS 正刊，从无到有，不断进行着对科研世界的探索。

师者，所以传道授业解惑也

"我们认为实验室有一半的功能或者成绩是培养人的。"作为导师，于晓和孙金鹏将"传道"作为最终目标，不仅要教给学生技术层面的方法，还要教给他们为什么做科研，如何做科研，希望能让他们终身受益。

要教育学生，自己首先要做表率。于晓和孙金鹏一向以高标准要求自身，潜移默化地影响学生们。他们总是最早来到实验室,在实验室投入许多时间,进行忙碌而高效的实验工作,这让学生们深受鼓舞。在每周组会上,他们会及时察觉学生是否遇到了难以跨过的坎,关注每个学生的实验进展和问题,从更广泛、全面的角度一起讨论如何克服这些问题,明确和调整实验方案,把握学生进步的程度。

共同协作又密切沟通,让团队形成了高度默契和"传帮带"的良好氛围。学生们每周有组会,每隔几天就会开一次讨论会,随时更新汇报研究进展,遇到问题一起讨论,一步步推进计划。师生之间配合很好,在保证大方向没有偏差的情况下一级级开展分工合作,高效又融洽地开展研究。

"我很荣幸能够在这样优秀又团结的大家庭里,不仅学到了知识,还跟着老师学会了怎样为人处事,无论在工作、科研还是在生活中,都做一个高效的人。"在孙金鹏实验室博士生郭璐璐眼中,两位老师学高为师、身正为范,给实验团队树立了很好的榜样,也鼓励大家更加勤勉。

同时,于晓和孙金鹏也特别注重培养学生严谨的科研态度。"比如做实验一定要设置正对照和负对照,避免带来假象;而且要多备几个方案,最后采用最佳方法;实验开始前一定仔细核对实验材料,每一步都要避免出错;快成功时一定要想这个地球上肯定有其他人在做着和你同样的工作;一个人走得快,一群人走得远。大家要齐心协力开展合作……"这种严谨态度,也是他们自身做科研的信念和原则。

每当团队遇到挫折困难,于晓和孙金鹏在提供新条件、新资源帮助解决具体问题的同时,还会用讲故事的方式鼓励学生们,比只告诉方法更容易理解和应用。"日就月将,学有缉熙于光明",这是孙金鹏经常说的一句话。他喜欢用自己求学的经历去鼓励学生们调整心理,只要每天有所收获和进步,明天肯定会做得更好。疫情之前,孙金鹏每周都会组织学生踢球,他实验室的博士生吴襄也是孙老师的"球友"。让吴襄印象深刻的是老师和他们谈踢球时的团结协作,教他们解读比赛的能力,从踢球中延伸出科研的方法论。于晓和孙金鹏一直致力于教学生做到生活与工作两不误,做一个科研和生活都积极向上的人,让他们锻炼思维、强壮体魄、活泼身心。

团队学生各有不同,两位老师都采用因材施教的培养方式,根据学生的具体情况制订他们的发展计划,让每个学生都能找到自己的发展方向,拥有更坚定的目标。这样的培养方式也让实验室团队更加团结积极,成为学生口中"向着太阳生长的实验室"。

研究生创新培养的关键在何处?于晓说:"学会阅读,学会扩大知识面,学会批判性思维。"孙金鹏说:"培养想象力,培养信心。让学生觉得没有什么事情是不可以想象的;任何想象得到的事情,都可以用双手来创造。”

多年相处下,于晓和孙金鹏的实验室团队蓬勃发展,对“为什么做科研”“怎样做科研”也有了更深的理解。正是在这样的精神引领下,团队将科研的寂寞与艰辛化为团结协作的温暖和克服困难的坚韧,在新的高峰上看到了更广阔的风景。

科研是对未知世界的探索

谈到实验室工作,孙金鹏幽默地把攻克难关比作登山,登上一个小山头,就能看见更多更高的山头,这让他对接下来的科研工作充满了信心和期待:“未来还是争取在这个研究领域里打造国际一流的实验室,比国外同时代同领域的人更强,培养出一批优秀的青年人才,并把我学到的知识以及科学概念传递下去。”同样,于晓将科研事业看作对未知世界的不断探索,期待实验室未来在糖脂代谢领域作出更多贡献。

带着这种对科研事业的热情和兴趣,即使在科研工作中遇到困难,他们也会选择积极面对,即使没有条件也要创造条件,把不可能变成可能。过去实验室还没有蛋白纯化系统时,团队节约开销,手工搭了一个蛋白纯化仪,最终发表了实验室第一篇影响因子达到10分的文章——不论是硬件缺陷还是投稿受挫,于晓和孙金鹏总是用坚强、积极的态度去面对,鼓励团队创造攻克条件,探索未知的世界,工作中的“苦”也就变成了“甜”。

同时,作为生活中的伉俪,于晓和孙金鹏总是彼此支持和帮助,因为科研不仅是双方共同的事业,也是生活的一部分。他们都在中国科学技术大学完成的本科教育,又均在牛立文－滕脉坤蛋白质晶体学实验室完成毕业设计,不仅打下了扎实的结构生物学和生物化学基础,也让他们在共同的科研追求中发现了彼此。

如今,两人每天中午在趵突泉校区的校园里散步,常常一起讨论科学问题,交流新想法、新发现,工作上也更加默契。在孙金鹏眼里,于晓特别有耐心,性格温和,善于与学生沟通,能做通学生的思想工作,而且在科学问题的把握上一般总能找出一些重要的、自己容易忽略的问题,由她指导的文章录用情况都不错。“而且唱歌特别好”,孙金鹏笑着补充说。而于晓认为,孙金鹏看问题有自己独特的见解,思维很活跃,很有创造力和执行力,能幽默地与学生交流,也能照顾别人的感受,替别人着想。两人既互补又促进,成了彼此的坚实后盾。

“孙老师和于老师是一家人,所以不管是孙老师还是于老师的学生,虽然是跟着一个导师,但工作中能得到两位非常优秀的教授的指导,学习他们对科研一直以来的热情和兴趣,以及一丝不苟的工作态度,这不等于是赚到了吗?”于晓实验室博士生林婧宇风趣地说道。事实正是如此，在于晓和孙金鹏两位老师的言传身教下，他们的实验室团队始终团结一致、不畏艰难。“希望我们多做一些对国家、对社会有利的科学研究，为国家尽一份我们科研人员的力。”在采访的最后，实验室团队成员如是说。

与于晓和孙金鹏联系时，他们每天的行程都特别满，线上采访时间分别约在了两个晚上，每次采访结束都已夜深，而第二天，两位老师又要以全身心的精力投入到日常事务之中。在分享治学育人经验的过程中，两位老师对研究的严谨认真以及对学生的真诚热心，深深感染了我们。他们对谈话中涉及科学研究的部分一丝不苟，也会互相补充对方的讲述——虽然是隔着屏幕对话，但就如同坐在两位老师面前感受他们之间的默契。乐观自信的孙金鹏老师，温柔细致的于晓老师，在平实的讲述中将科研的苦与甜娓娓道来。我们也逐渐从中感受到，科研创新如何产生，辛勤育人的甜美果实从何而来，如春风化雨，润物无声。

采访中，更令人印象深刻的是两位老师对学生们的讲述。聊起疫情期间补充实验、修改论文的过程，于晓、孙金鹏将大家努力的点滴都看在眼里，记在心里。想起团队师生在巨大的压力下一直坚持实验，他们有心疼，更有欣慰，“学生们在失败和挫折中成长了。”正是在这样团结友爱的大家庭中，他们的团队以坚韧进取的精神蓬勃生长，这篇发表于 *Nature* 的成果是一项硕果，更是一个开端，开启的是科研探索的无尽想象与奇妙旅程。

（原载于山东大学新闻网 2020 年 8 月 17 日；文：高鑫、谢婷婷，图：受访者提供）

刘淑琴教授团队：ECMO研制，十年磨一剑

ECMO，体外膜肺氧合，也被称为“人工心肺机”，主要用于对重症心肺功能衰竭患者提供持续的体外呼吸与循环，以维持患者生命。一场肆虐至今的新冠肺炎疫情，让这个平时并不为人熟知的机器一下子成了万众瞩目的焦点。由于造价高和卡脖子技术问题，且未实现国产化，ECMO在国内数量并不多，都是从国外进口的。新冠肺炎疫情初期，ECMO一度成为十分紧缺的重要医疗资源。

ECMO的基本结构包括血管内插管、连接管路、离心泵（人工心脏）、氧合器膜肺（人工肺）、传感监测与控制系统等，最核心的部位是离心泵和氧合器膜肺，分别起到人工心脏和人工肺的作用，也是最具有技术难度的部分，是当前国产化的难点。

2020年10月21日，在山东省新材料产业化成果项目签约仪式上，山东大学电气工程学院刘淑琴教授团队“应用于人工心肺的磁悬浮离心式人工心脏泵”项目签约，成果转化与合作总经费达到1.04亿，迈出了ECMO国产化的第一步。

从开始研制到进入如今的成果转化阶段，刘淑琴教授团队已经在这一领域

持续攻关了 10 余年……

源起：人工心脏，我们能做出来

2008 年，得知刘淑琴教授团队在磁悬浮技术方面的科研实力，北京阜外医院慕名找来，想请团队研制国产磁悬浮人工心脏泵。阜外医院是有名的心血管病医院，深知人工心脏对心衰等病人的重要性和需求量。

“真正的技术是买不来的，那我们就自己研制。”刘淑琴教授说。

一支十几人的团队很快建立起来，学科背景涉及电磁、电气工程、机械工程、流体力学、计算机控制、材料、医学等等。团队将主要技术攻关方向聚焦在人工心脏和控制系统集成上，对轴流式磁悬浮人工心脏泵和离心式磁悬浮人工心脏泵均进行了研发和实验。人工心脏的核心是磁悬浮技术和高效叶轮的设计，刘淑琴教授团队在磁悬浮领域深耕多年，具有丰富的理论和实践经验，随着研究的推进，团队成员越做越有信心。每推进一步，“我们一定能做出来，而且做出来的一定不比国外差”的信心就更坚定一分。

十年磨一剑，砺得梅花香。2018 年，项目开始进入单机实验阶段，水力学实验、代血液实验……团队始终秉持严谨、踏实的科研态度，在各种实验中测试、完善设备的性能。“我们把该做的、能做的实验都做了，做的实验越多，越能更好地对设备进行完善。”

2019 年 4 月份，团队的人工心脏实验宣布成功。

加速：全力以赴，尽快填补国内空白

新冠肺炎疫情的爆发，让刘淑琴教授团队的 ECMO 整机实验进入加速期。

2020 年 1 月 22 日，武汉大学中南医院首次使用 ECMO 成功救治一位重症新冠肺炎患者。第二天，国家卫健委印发《新型冠状病毒感染的肺炎诊疗方案》（试行第三版），正式将 ECMO 纳入其中。但与之形成矛盾的是，ECMO 在国内数量有限，并不能完全满足疫情初期的救治需求。当时，众志成城之下，中国企业抱着“国家需要什么，我们生产什么”的信念，纷纷通过转产、扩产等方式，生产口罩、防护服等当时急需的防疫物资。然而，由于技术封锁，急需的 ECMO 却无法生产。

这让刘淑琴教授团队充满了科研攻关的紧迫感。原来只是认为，ECMO 能救命，国内没有核心技术，需要团队自己研发。然而，这次疫情期间 ECMO 的供需严重不平衡与海外采购的艰难，让刘淑琴教授团队更加深刻地认识到，掌握核心技术对国家、对人民的重要性。

“一定要使 ECMO 技术不再受制于人。”怀着这种急迫性，团队成员放弃休假，快速投入到了 ECMO 的整机实验中，通过血液实验、动物实验等，测试整个系统的可靠性。

为获取新鲜的动物血液，团队成员常常需要半夜到济南郊外的屠宰场，与对方沟通，获取经过合格工序处理的动物血液。对于郊外的寒意料峭、夜半的浓浓睡意、强大的工作压力，团队成员从未抱怨过一句。团队两位齐鲁医院的成员用“殚精竭虑”来形容当时的工作状态和心情。做动物实验时，他们尽全力考虑周全，比如动物血液和人的血液在脆性上的差别等等，“就是一门心思想赶紧把 ECMO 做成功”。

在这样的工作效率和工作状态下，短短几个月的时间，团队已经完成了两代整机的性能优化。

2020 年 10 月 15 日，团队对 ECMO 样机进行测验，以羊为实验对象。羊上了手术台后，心跳因窒息停止，快速接上团队研制的 ECMO 样机，约 5 分钟后，心电图显示心脏重新恢复跳动，之后体外循环实验一共持续了 48 小时。

经过测试，刘淑琴教授团队采用全磁悬浮技术心脏泵的 ECMO 样机，各项性能均达到了国际先进水平。

转化：国产化量产，走好最后一公里

实验成功后，多家企业找到刘淑琴教授团队，洽谈合作转化事宜。10 月 21 日，刘淑琴教授团队与宇云（青岛）健康管理有限公司签署协议，迈出了 ECMO 由实验室进入市场的第一步。

宇云（青岛）健康管理有限公司董事长黎子策说，通过调研，公司认为这是国内第一台形成整机的、可以向产业化方向转化的 ECMO。填补国内空白、技术国际领先，这两项已经足够震撼，而且它还是在急救领域当中需要的。另外，“一带一路”沿线很多国家都需要这样先进的医疗设备，性价比也比较高，这样我们会在全球范围内帮助更多的人。

目前，要实现 ECMO 国产化量产，还需要多场分批次的动物实验以及后期的临床实验。按照企业的推进进程，计划两年内实现量产。届时，我国将实现 ECMO 从进口到自主生产的突破。

刘淑琴教授说：“我们会尽最大努力配合企业做好后续技术工作，让 ECMO 尽快实现国产化量产。”

这是刘淑琴教授团队的心愿，也是所有参与 ECMO 国产化量产人员乃至全国人民的心愿。

（原载于山东大学新闻网 2020 年 11 月 13 日；文、图：张丹丹）

徐宁:全心演绎管理学魅力

徐宁,山东大学管理学院副教授、博士生导师,兼任山东省人文社科重点研究基地公司治理研究中心研究员。她长期以来致力于公司治理及战略管理领域的学术研究,于 2017 年入选“山东大学青年学者未来计划”。曾主持多项国家自然科学基金、山东省自科基金与社科基金等,出版专著 3 部,发表论文 40 余篇,被《新华文摘》或《人大复印资料》多次转载。其研究成果多次获得“山东省社会科学优秀成果奖”,其中,一等奖 1 项,二等奖 1 项,三等奖 2 项。近日,徐宁荣获“第十四届山东省社会科学学科新秀奖”。

徐宁热爱管理学。早在上大学时,她就感受到了自己对管理学的兴趣,硕博期间的学术研究与跟随导师做企业咨询项目的经历,让她更深切地感受到了管理学的魅力,坚定了继续从事管理学研究的信念。从读博期间因成果丰硕获得校长奖学金,到如今在教学、科研方面的诸多成绩,她一边在学习、科研中丰富着管理学的研究成果,一边在教学与实践中散播着管理学的魅力……

在科学性与艺术性中探索管理学的魅力

对徐宁来说，管理学最大的魅力在于它的科学性与艺术性。它的科学性在于：拥有完整的理论体系和具有普遍应用价值的管理规律，在管理理论构建及演进基础上的管理理念、组织、制度及方法等方面的创新可以创造无限价值。它的艺术性在于：在指导具体实践的过程中，并没有“放之四海而皆准”的方法，需要因时、因地、因人、因事创造性地运用管理技术与方法解决实际问题。

徐宁一直从事公司治理与战略管理方面的研究，在科研与实践中，她在管理的科学性与艺术性之间不断探索，追求两者的相互融合。

2005年，中国启动股权分置改革试点工作，继而推出《上市公司股权激励管理办法（试行）》，中国股权激励进入全新发展时期。2008年，正在读博的徐宁认识到股权激励对于企业发展的重要性，开始投入大量精力进行研究。通过对现有理论的脉络梳理与研究文献的评述，她发现，在股权激励研究领域中存在最优契约假说与权力寻租假说的争论。为进一步探究并解决理论界的分歧，以及探索其应用于中国上市公司的独特规律，她在提出股权激励契约结构内生假说的基础上，收集了2006～2008年三年间推出股权激励的所有上市公司的草案，并对数据进行分析，形成了理论与实践皆备的著作——《中国上市公司股权激励契约安排与制度设计》。该著作对经典的委托代理理论和机制设计理论都进行了进一步的拓展和深化，并结合企业实践，得出了诸多对企业有价值的结论，获得“山东省社会科学优秀成果奖”一等奖。

随后，徐宁将研究视线转向了如何通过高管激励契约设计等推动中小企业技术创新。中小企业是中国经济体系的重要力量，自主创新能力缺失是制约其发展的重要桎梏。然而，中小企业的制度设计，很多都是摸着石头过河，如何通过股权激励制度等推动中小企业的技术创新，成为亟待解决的问题。在研究中，徐宁创新性地从“价值创造”导向出发，探讨公司治理的效用及作用机理，在理论上对传统的“价值分配”视角进行了拓展与升华，也在实践中为提高中小企业技术创新动态能力提供了制度基础。她在这方面的研究成果获得了“山东省社会科学优秀成果奖”二等奖。直到现在，徐宁还经常被邀请为企业家进行股权设计与股权激励等内容的讲座。她认为，股权作为组织的顶层设计至关重要，股权设计好了，制度架构完善了，企业就具有了内生的自主创新能力及持续发展能力。

作为山东省人文社科重点研究基地公司治理研究中心研究员，徐宁参与过多项企业咨询规划项目。她所在的公司治理研究团队，与海信集团、山东烟草公司、山东出版集团等建立了长期合作关系，对它们的战略规划、公司治理制度优化、管理创新等给予了直接的指导和帮助。

企业就是管理学的“实验室”

徐宁说,管理学研究一定要“顶天立地”。既要有对理论研究领域的边际贡献,又要紧密关注时刻发生的企业案例,研究结论对企业发展也要有所裨益。同时,还要积极参与企业委托的课题研究,在服务企业的同时,也获得研究的灵感与思路,企业就是管理学的“实验室”。

很多企业家都从徐宁的课程中受过益。一位企业家听完徐宁的课以后,根据所学知识将企业的组织结构进行变革。一年以后,他高兴地给徐宁打电话说,受益于结构变革,公司的营业收入增加了50%。另有一位企业家说,企业近期正好有一项投资项目,涉及股权分配事项,“听了徐老师的课,感觉醍醐灌顶”。

她近期的研究方向就是如何在对企业高管们进行深度访谈中获得灵感。在国外公司治理实践中,有完善的经理人市场,而中国的经理人市场尚未成熟,那么中国情境下的高管声誉有没有治理作用呢?进一步研究后,“‘舍利取义’还是‘为名所累’?——中国情境下高管声誉的双重治理效应及优化路径研究”项目,获得国家自然科学基金面上项目资助。多位匿名函评专家建议优先资助,其中一位专家提到,这一项目的最大特点是充分注意到了中国情境的特殊性,善于结合中国情境构建分析框架,凝练科学构念,这是许多同类项目申请做不到的地方,有可能创造出具有中国情境意义的公司治理理论。

让学生爱上管理学

提起徐宁老师,管理学院很多学生都会说:“啊,就是那位上课特别棒的美女老师。”每学期期末课程评价,徐宁总能收获学生们大段大段的赞美和喜爱之词:“课堂气氛活跃。”“热点案例丰富。”“能把‘死板’的理论讲得生动有趣。”“徐老师是我最喜欢的老师,没有之一。”“徐老师是我的女神。”“爱了爱了。”……她的课程受到了同学们的一致喜爱,也获得了山东大学青年教师教学比赛一等奖、“山东大学青年教学能手”等荣誉。

上过徐宁课的学生都知道,她善于通过一些鲜活的例子来让学生真正理解管理学理论,而这正是学生们最感兴趣的。徐宁会从历史中的管理学、生活中的管理学和企业管理实践中选取典型的案例,在课堂上为学生呈现出鲜活的管理实践过程,再运用视频进行补充,有的时候还会让学生进行情景模拟。这样的教学方式不仅活跃了课堂气氛,也将理论内容讲得深入浅出。她的上课课件处于随时更新的状态中,除了学期初对课件进行一次更新外,每次上课前,她也会对课件进行二次查阅、更新，将最新的理论进展和企业案例补充进去。

徐宁说："大学生，相对于高中生，最重要的是思维方式的变化，不能再像高中一样让学生去学习固化的知识，大学老师要像指路明灯一样，给学生以方向，锻炼他们的探索能力。"为了提高学生的思辨能力，每讲完一个理论，徐宁会引导同学们讨论这一理论的局限性；她还会在每节课上提出几个学术界或实践界存在争论的问题，引导学生进行思考；同时，在课程讲述中，会对学生进行管理学研究方法的启蒙，引导他们构建学术思维。徐宁认为，只有让学生了解了管理学研究方法，才能真正感受到管理学理论的魅力。

多维取材，寓教于例；紧跟前沿，充实内容；情境模拟，强化互动；拓宽视野，启发思考。这四点正是徐宁多年来教学经验的生动总结。

曾经有一个班级的学生每人给徐宁写过一张小卡片以表达感激之情，其中有同学写道："徐老师，我拿到管理学那么厚的书，感到'生无可恋'，但是听您讲完之后，我就爱上了管理学。"徐宁说："给大一新生上第一门专业课是非常重要的，作为老师，我们是他们探究本学科的第一位领路人。""让学生爱上管理学"，是她对教学的极致追求。

受益于硕士导师和博士导师两位恩师的教导，徐宁在对自己研究生的指导方面也受到了两位导师的影响：学术上引领指导、严格要求，生活上关怀备至、平易近人。她说："作为大学老师，教学与科研都是重要的职责，二者相辅相成，这是成为一名优秀教师的基础，但最终的成果应该体现在学生成长方面。"

徐宁形容自己导师对学生的好时，说导师会坚持每周召开读书研讨会，在批改学生论文时非常负责，甚至连标点方面的错误都会给指出来，对于学生生活中遇到的困难也是不计回报地给予帮助。如今，她的学生、2020级硕士研究生曲维实说："老师对我们很好，她给我留下的最深的印象是努力和认真，这也是我从老师身上学到的最宝贵的东西……"

（原载于山东大学新闻网2020年12月23日；文：张丹丹、杨璇，图：受访者提供）

山大人物专访集

2014~2020（下卷）

《山大人物专访集》编委会 编

山东大学出版社
SHANDONG UNIVERSITY PRESS
·济南·

《山大人物专访集》
编委会

目　录（下卷）

CONTENTS

仁爱济世医者心

平凡出彩职工事

修身创业校友情

砥砺践行学子梦

仁爱济世医者心

刘平：援助塞舌尔，医者无悔

2014 年 10 月 15 日，一封来自塞舌尔华裔的感谢信出现在山东大学第二医院的官方网站上。信中对当地中国医生“遇临床复杂之情况亦能善断，处置得当，屡获外方同行之赞誉”表示赞赏。

事情要回溯到 2012 年的 7 月 21 日：中国第十四批援助塞舌尔医疗队 6 人，踏上 1 万公里之外的援非之路，开始 2 年的援助塞舌尔医疗工作。两年间，这支队伍在当地饱受好评，把“中国医生”的名号叫响了塞舌尔全境。

山东大学第二医院心内科刘平副教授就是这支队伍里的医生，同时也是队长。白大褂、黑皮鞋、中等身材，刚到不惑之年的刘平却已鬓角微霜，掩饰不住岁月的痕迹。回忆起在塞舌尔的点点滴滴，刘平的心情难以平静。

任务紧急，总要有人承担

援外是刘平人生中一次艰难的抉择。面对这次跨时长、未知数多的医疗任务，他也曾犹豫、纠结过。“出去援外势必会造成患者断层、科研中断。家庭方面，我刚结束近10年的两地分居，孩子教育、老人身体也都需要我。”但最终，作为一名中共党员的他，经过一番思想斗争，还是作出了援外的决定。或许是因为党性与责任，又或许是因为医生的天职，面对记者的提问，刘平并没有解释太多，只是简单地总结为“国家任务总得有人去完成”。

接下任务的他，快速调整自己的状态，并从队长的角度拿出了打造“五星之队”的团队建设目标。“只要确定做一件事情，就要全力以赴。”如今，中国援助塞舌尔医疗队“大国之队、专业之队、团结之队、学术之队、文明之队”的五星之队形象，已经慢慢形成。

初到塞舌尔，陷入文化休克期

塞舌尔是非洲大陆以东1000余公里，印度洋上的一个小岛国，面积大概只有济南的1/20，甚至都没有两个天桥区大。初到塞舌尔的一个月，刘平和其他医疗队队员便深深陷入了“文化休克期”。

这里气候炎热，一年当中只有雨季、旱季。对于习惯了四季分明的山东人来说，这是个不小的考验。因为远离非洲大陆，岛上除了渔业，几乎没有工业、农业，物资和日用品绝对匮乏，高度依赖进口。塞舌尔是卖方市场，买东西一般没有讲价的余地。食物种类少，尤其是新鲜蔬菜和水果匮乏。“一颗西芹15元人民币，一颗大葱12元人民币，一个西红柿5元人民币。”在刘平看来，这个岛国的物资水平要高过欧洲，让他时时咋舌。

“我们队员的英语水平都很高，但跟当地居民交流还是存在障碍，因为他们说一口法语味道的英语。”说起当地的语言，刘平一脸无奈。工作中，在很多情况下他们必须先用英语跟当地护士交流，再由护士翻译成当地语言告诉患者。

生活方面也很不方便，“全国就一个修鞋的，跑遍所有商店买不到带孔的皮凉鞋，也找不到买毛毯的商店，最大的超市还不如我们乡镇的超市”。很简单的生活问题也能成为大问题。当地人如果电脑、电视甚至是电风扇出了问题，只有考虑扔进垃圾桶，原因是科技不发达，没人能修。

工作强度大，一晚能接50多个电话

塞舌尔是一个亚、非、欧移民国家，又是英、法殖民地国家，推行高福利的免费医疗，对医疗服务质量要求很高。因此，当地居民对医疗队员的专业、服务水平要求和期望值很高，这无形中增加了队员的工作压力和强度。

像心内科、骨科这样的大科，通常每次预约门诊患者25位至40位，那么就需要医生坐诊从早上8:15一直到下午一两点，有时一上午都没时间喝水或上厕所，经常午饭都吃不上。除了门诊，所有医生还担任着繁重的一线和二线值班，经常是下了夜班还要继续上白班。“在这里上夜班，在相当程度上就相当于为塞舌尔全国的医疗机构值班。很简单的病例、病情很轻的患者，各社区的医生都会让他们到首都维多利亚医院。”刘平曾粗略统计，队员晚上值班能接50多个电话，连迷糊一小会儿都是奢望。

在外两年，刘平瘦了8公斤，青丝变白发，血压也频频升高，每天都要吃大剂量的降压药，更有队员体重下降10多公斤。两年中，医疗队共看各类门诊8684人次，独立完成各类手术1318人次，抢救各类危重患者243人次，收治各类住院病人720多人次，做针灸7000多人次，做心脏彩超并出具报告1763人次，发送X光报告27115人次，拍摄X光片17044人次，CT检查和报告689人次，B超检查352人次，胃肠钡餐检查204人次，到普拉兰岛、拉迪格岛等外岛巡诊80多次，工作健康教育8190多人次。

援外期间，队员没有出现一次差错事故，没有出现一次临床投诉，受到当地患者、政府各层面的一致好评。正是因为队员们的辛劳付出，黄皮肤、黑头发的中国医生在当地人眼中，已经普遍成为亲切的朋友。队员走在塞舌尔维多利亚大街上，总会碰到被他们救治过的患者或家属打招呼——“Hello，Chinese Doctor”。来自患者的认可，也让远离家乡的队员们获得了一份久违的感动。

回归岗位，追求学术临床新高度

2014年的8月8日，医疗队一行结束援非任务回国。

刘平回国后，第一件事是去看他的实验室，查看实验进度；第二件事是回老家看自己的老父亲，因为他刚刚得知父亲在自己援非期间先后入院四次，“老人一直害怕等不到我回来就先走了……”

对于家庭，两年间刘平错失了太多东西，最令他遗憾的可能是没能见证女儿的成长。“她是个很认真的孩子，很有正义感和社会责任感，QQ签名是‘为中华之崛起而读书’。”身为父亲的刘平很为女儿的正直和爱心感到欣慰，但同时也担心在应试教育体制下女儿能否顶住压力并开心长大。而这些担忧，在外人看来都是一些甜蜜的成长烦恼了。

曾经的刘平，因为想达到新的高度，在工作12年之后，毅然辞去县城医院的工作，考入山东大学读研、读博。“我的梦想是当一名医学家”，这也就意味着他必须在学术上有提高、临床上有长进。

回归正常的工作岗位，再次置身熟悉的医疗环境、先进的医疗条件，刘平“迫不及待”地想要大展身手，多做些事情。他向记者罗列着自己一条条的打算：要继续申请科研课题，学术方面要加大研究力度，拿出几篇像样的文章；如果可能的话，希望能有自己的实验室。

“当然，所有这些都离不开服务患者、献身医学的基本路子。”而“不畏艰苦、甘于奉献、救死扶伤、大爱无疆”的中国医疗队精神，也已渗入他的血液，并将延续他未来的从医生涯。

（原载于山东大学新闻网 2014 年 11 月 6 日；文：刘婷婷、徐超超，图：受访者提供）

赵磊:影像世界里的咨询大夫

采访现场,赵磊向记者说起了如何结缘影像这一行。"这辈子就干技师这活儿了吗?"没人的时候,赵磊会一遍遍问自己。

赵磊,山东大学第二医院影像科技师。1971 年出生,先后求学于泰山医学院、原山东医科大学以及山东大学,1992 至 1997 年就职于齐鲁医院,1997 年至今在山大二院影像科工作。2012 年 7 月至 2014 年 8 月,作为中国医疗队队员赴塞舌尔开展医疗援助。

结缘影像世界 20 余载,特别是在两年的援非经历后,赵磊找到了自己的答案——把心沉下来,做一名出色的放射技师。

影像科大夫,并不只是给人拍片子的

1989 年,对未来尚且懵懂的赵磊考入了泰山医学院放射系。18 岁的年轻人爱玩爱闹,对医学、对影像知之甚少。他坦言,当时这个专业"更多是缘于父母的选择"。无论如何结缘,赵磊就此走进影像世界,到现在已有 22 年。

在放射科，赵磊属于放射技师，负责给病人拍片子。他曾经因为“影像科大夫不能像临床大夫那样直接为病人解除痛苦”而懊恼，所以先后在1995年、2005年开始本科、研究生阶段的学习。赵磊在成功实现自身知识提升的同时，也慢慢地在工作实践中发现了自己工作的重要性。“离开影像科，医院大部分业务都没法运作。”赵磊最终决定继续当他的放射技师。

影像科大夫就是给临床拍片子吗？赵磊并不这么看。“在病人眼中，所有穿隔离衣的人都是大夫，你的任何反应在他们看来都代表着医者的形象。”所以穿上隔离衣的赵磊，对自己有一个明确的定位——要做一名合格的放射技师，而不是单纯“拍片子”的工作人员。

日积月累之下，赵磊已经成长为半个“咨询大夫”。虽然不具备给病人下诊断的权力，但他能简单解释一些常见病，能有效缓解病人、家属的压力。“每次检查完，病人都会向我询问情况，我能理解他们的担忧和焦虑，所以总会给出起码的回复。”

有一次赵磊值夜班，科室来了一个病人，遭遇车祸，当时被卡在着火的驾驶室里。“病人全身都绑着，能闻到一股烧煳的味道，情绪很不稳定，一直说全身骨头都断了，家属也一直在哭。”看到这种情况，赵磊没有乱了阵脚，一边安慰病人，一边耐心地检查。从腿到胸到肋骨，各处的检查片子中都没有看到骨折痕迹，赵磊由此推断病人可能只是软组织损伤，并不严重。“小伙子，你的骨头没事，多半是吓得，不信你下来走走。”赵磊没有拍完片子就给出了自己的基本判断。起初病人难以接受，但是在赵磊的鼓励下，他很快就变得欣喜若狂，原来自己真的可以走路，旁边的妻子都被气笑了。最后，病人一家轻轻松松地离开了医院。

一场惊慌最终尘埃落定为一场笑谈，其中的转折点，正是身为医者的一点貌似“多余”的作为。而这份“多余”，正是广大患者在紧急时刻最期盼的，当然也是最考验一名医生医术、医德的地方。

援助塞舌尔，一段难得、难忘的经历

“同样是半杯水，乐观者会说：‘呀，还有半杯水！’悲观者会叹息：‘唉，只有半杯水了！’”在赵磊看来，在塞舌尔的两年是一次难得、难忘的经历，是对自己人生一次非常好的补充。

每隔两年，山东省就会从众多省级医院的医务人员中挑选6名医生援助塞舌尔，塞舌尔方面也在随时调整自己需要的专业。业务对口、经验达标，得以当选的赵磊十分珍惜这次机会。

赵磊有着很强的自我调整能力，所以很快就适应了当地的生活和工作。

“在外面，最重要的是心态的调整。在塞舌尔，因为条件限制，有些实习生的活儿可能都需要我们自己去干。我们首先需要适应那里的工作规则，不要在精神上有压力。”

“在塞舌尔，我真切地感受到人们对医生发自骨子里的尊重。”赵磊这样评价他两年的生活。“哪怕是来看病的小孩子，他们都会进门跟医生说‘good morning，doctor’，离开时说‘thank you，doctor’。”在塞舌尔，每天上午10点到10点半是所谓的“coffee time”，所有医护人员会有简单的休息，如果不是急诊，病人也都会主动避开这段时间就医。

“塞舌尔基本没有插队现象，主动排队是一种约定俗成的事情。”赵磊接触了陌生的克里奥民族，感受到一种异域文化。“当地人的生活很安逸，我去渔民家做客，得知他们两周才出海打渔一次，其他时间都是在跟家人、朋友享受生活。打鱼的钱能满足基本的生活所需，他们很满足。”

根在这里，以后不会再出去了

对塞舌尔有着很深感情的赵磊，在被问及如有可能是否还会再去援非时，却果断地摇了摇头。

2013年7月底8月初，赵磊家人赴塞舌尔探亲，济南的家中只留下了年迈的父亲、母亲。就是那么巧，子女都不在家的时候，父亲突患血管堵塞而导致双目失明，幸亏被及时送往医院救治。住院期间，只有70多岁的老母亲陪伴父亲。而这件事，赵磊一年后回国才知道。当他急匆匆找母亲询问时，母亲沉默了很久，缓缓叹着气说：“磊啊，以后不能再出去了……”

当说起这段往事时，赵磊似乎又忆起了不能亲尝汤药、侍奉病榻的遗憾，眼睛湿润嗓音发颤：“是啊，以后不会再出去了。”

离家在外，赵磊也收获了儿子的独立和成长。“我出国以后他都独自坐班车去上学。”2012年赵磊出国时儿子10岁，早上需要6点多起床赶班车，到了冬天出门的时候天都是黑的。现在的儿子，如果自己在家，会用微波炉热饭，洗袜子什么的也不在话下。对于儿子的变化，赵磊有些心疼，但更多的是欣慰。

回国前，塞舌尔医院曾向赵磊抛来橄榄枝。他有过动心，因为那里的环境着实让他着迷，但最终还是放弃了。“应该是我恋乡情结比较重吧！我的根在这里。”

未来，会重新爱上这份工作

从塞舌尔回来后，赵磊过了一段时间的“熊猫”生活——走到哪里都有人打招呼、唠嗑。一段时间的热闹过后，他开始思考回归后的工作。

一直以来，赵磊都在切身感受着工作条件、医疗环境的改善，比如对辐射的预防。采访现场，赵磊向记者展示了一个蓝色的标牌——剂量测试笔。小小的一个牌子，却内有乾坤，可以测算影像工作者接受的累积辐射剂量。影像科的每位医生都配有这个测试笔，里面的数值会定期返回防疫站。如果检测到辐射超标，防疫站会派人检测医院设备是否漏线。“现在检测很严格，各种设备、技术已经将辐射降到了最低，反而是医患关系有些紧张。”

赵磊的工作主要包括三部分——普通照相、CT 和磁共振。目前山大二院只有一台精密的大 CT，每天积聚很多病人。在正常的排队检查之外又常常出现紧急情况，比如重症监护病房和急诊，再比如一些老人和婴儿。“有一次临时送来一个新生儿，情况非常紧急，孩子出现窒息，脸都发紫了，所以只能把正排队的一位外伤老人排在后面。事后，老人家属与医生起了冲突。”面对这样的情况，赵磊能做的只有多解释、多沟通。

但是多数时候都很无奈。“有一次我拿着一摞检查单跟家属解释，他们根本不听，直接打掉了我手里的单子，落了一地……”当时赵磊心里很难受，但他不能有什么怨言，只能是捡起单子，继续干活。

有过塞舌尔经历后，赵磊明显感受到了国内外医疗环境的差别。“那里的病人都非常配合，在他们看来，医生需要他们做什么都是在为他们考虑。”任何医生都希望为患者提供更好的服务，赵磊迫切希望医患双方都能多一些理解和尊重。面对当下医患冲突不断的难题，这委实是一剂治根的良方。

没人的时候，赵磊会一遍遍地问自己：“这辈子就干技师这活儿了吗？”不能直接救治病人、整体待遇低于临床，这样的现状让他有些不甘。但更多的时候，还是认可自己的工作。“相对于鲜花和掌声，现在我更欣慰于为病人做每一次检查都没有出现差错。”走过一些地方，经历一些事情，赵磊成熟了许多，他告诫自己，放下不服气，多学些知识，多给病人些帮助。既然这行是有价值的，赵磊说：“那么，我会重新爱上这份工作。”

采访结束离开的时候，影像科走廊两侧传来轰隆隆的机器声，那里马上将成为影像科的一片新天地。据说施工完成后，山大二院影像科将增加 2 台 CT、2 台照相和 2 台磁共振，设备规模大增。记者又想起了赵磊那句口气明显轻松下来的话：“新设备来了，就能大大缓解医患关系了……”

（原载于山东大学新闻网 2014 年 11 月 17 日；文：徐超超、刘婷婷，图：受访者提供）

杨文玲:她走在最美的笑容里

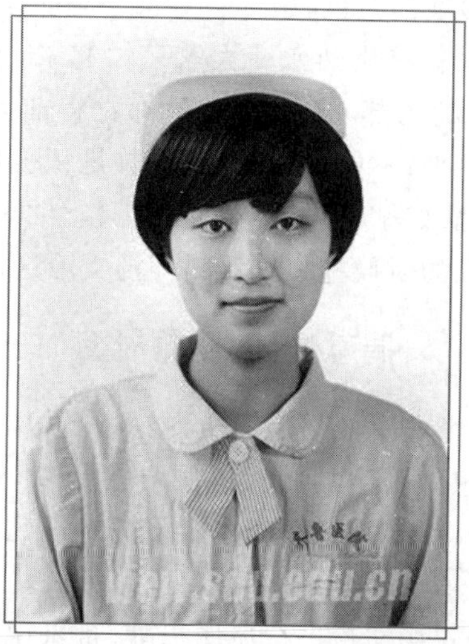

25 岁,正是花一样的年华,春天一般的年纪,韶光明媚,风华正茂。谁料无情的病魔竟夺走了她年轻的生命,从此时光永远停留在了 25 岁,任凭白云苍狗,不再有任何波澜。但是在白血病和化疗的无尽痛苦中,她并没有低下头颅,而是作出了一个惊天决定——将遗体全部捐献!谁言落红本无情,化作春泥更护花,从此,25 岁的生命不止步于尘土,年轻的生命在医疗事业中延续、升华,找到了新的归宿。

身患重病,忘我工作

2 月 2 日,记者在齐鲁医院见到了已经去世的杨文玲的同事和哥哥。父亲早年去世,母亲作为家庭妇女并没有经济来源,老家枣庄只有一个哥哥。

杨文玲 2010 年来齐鲁医院产科参加工作,2011 年查出患有 M5 型白血病。杨文玲生病初期,产科曾组织过一次募捐,共筹得 6 万余元。2014 年 12 月,产科和神经外科又组织了一次募捐，捐款 6 万多元，希望杨文玲能得到更好的治疗。孰料 2015 年 1 月，杨文玲病情突然恶化，因抢救无效而去世，家人按照她的遗愿，将角膜和遗体进行了捐献。

虽然在医院工作时间不长，但是提起杨文玲，同事们总是夸她勤快、积极、认真。因为患病不能接触病人，为避免感染，科室安排她整理病案。整理的工作繁重而琐碎，需要非常耐心和细心，杨文玲没有一丝一毫的抱怨和懈怠。生病期间，她上午去做化疗，下午总是准时出现在办公室。虽然家人、同事一再劝阻，希望她能够多休息，但是她经常又偷偷地跑回岗位，她说自己的病不要紧，能帮科里做点事情感觉更充实。

护士高峰说，有文玲在的时候，她都会觉得心里暖暖的，因为杨文玲每天上班都会将大夫、护士的水杯接满热水。大家一忙起来，有时候甚至连倒水的工夫都抽不出来。看着满满的热水，大家心里都觉得非常感动。平时科里的培训，杨文玲也总是尽量参加；不能参加的课，她总是积极借来笔记、询问同事，进行补习。她想着有一天病好了，能够继续回去工作。“这样才能掌握新技术，及时‘充电’，我可不想回来的时候拖大家后腿。”杨文玲这样说。

捐献遗体，回报社会

杨文玲从小就是一个非常要强的孩子，初中、高中时的成绩都非常优秀，但是高考发挥失常，本来想做医生的她为了圆自己的梦，选择了从事护士这个职业。产科护士长刘芬告诉记者，杨文玲在病重的时候几次谈起想要进行遗体捐献，但是护士长心疼她，不忍心，每次都搪塞过去了。

一开始家人并不同意杨文玲进行遗体捐献，哥哥说，因为文玲的情况不佳，在老家已经准备好了墓地，母亲和他都希望文玲能入土为安。但是杨文玲反复给他做思想工作，说她想用最后的力量为科室，为自己所热爱的医疗事业和广大像她一样患有白血病的患者尽一点力。一直以来，医院领导和同事们给了她太多的关怀和帮助，如果不是大家的鼓励和安慰，她可能已经放弃了治疗；如果不是大家的资助，家里根本没有足够的资金支持她看病；如果不是和大家在一起，她可能也不会有往昔这么多快乐的时光……

杨文玲的哥哥在外地工作，无法经常陪伴在妹妹的身边。最后一周，杨文玲陷入昏迷，哥哥甚至都没能和她说上几句贴心话，平时都是护士长和小姐妹们照顾她，安慰她，和她谈心。“护士长待她就像对待自己的女儿，”哥哥说，“医院给我们的帮助太多太多了，文玲总想回报点什么。”在文玲的再三请求下，家里最终同意了她的决定，在遗体捐献书上郑重地签下了名字。

生命,不止于此

齐鲁医院器官移植办公室主任、山东省人体器官捐献专家委员会专家组秘书董来东表示,这是齐鲁医院首例职工进行遗体捐献。“我们将带着敬意将遗体作为科研、教学使用,这对于医学有着巨大的促进作用。由于传统观点的制约,整体来说,现在遗体捐献、器官捐献还存在着巨大缺口,一定程度上导致了医疗发展的瓶颈,也希望有更多人能认识到器官捐献、遗体捐献的意义。”董来东说。

2015 年 1 月 31 日 8 点 20 分,杨文玲永远地停止了心跳,科室领导、护士长和同事们赶去送她最后一程,为她穿上漂亮的衣服,画好精致的妆容。25 岁的生命,不再奔跑、跳跃,永远定格在了那一天。但是任世事变迁、风吹雨打,她的精神不会消逝,她美丽的笑容烙印在每一个人的心里。一个生命并没有就此画上句号,而是在更广更大的天地里找到了寄托。

(原载于山东大学新闻网 2015 年 2 月 3 日;文:吕军、高丹璎,图:受访者提供)

姜先洲:扎根基层,到西部去

2015 年 1 月,齐鲁医院收到一封来自中共江西省委的感谢信,信中对齐鲁医院泌尿外科医生姜先洲表示感谢。作为中组部、团中央第 14 批"博士服务团"成员,姜先洲于 2013 年 11 月至 2014 年 11 月在江西省人民医院挂职副院长。信中提到姜先洲在挂职期间,"充分发挥专业技术特长为地方服务,以广博的专业知识、扎实的工作作风、良好的敬业精神和出色的工作业绩,取得了显著的社会效益和经济效益,赢得了当地的一致赞誉"。

思想观念上碰撞,为当地带来一股清风

2013 年 11 月,姜先洲第一次踏上江西这片土地。初冬时节,北方的室内已经温暖如春,但南昌仍然是一片湿冷。阴冷的天气丝毫没有影响姜先洲的热情,从踏上红土地的那一刻起,他就已经暗下决心:要把自己所学所能,竭尽全力奉献给老区人民。

新的工作,新的要求;新的环境,新的挑战。作为一名资深专家,从到岗的

第一天开始，姜先洲就把自己定位在入院新人的位置上，留心观察、虚心请教、用心思考，从熟悉医院基本情况开始，从学习规章制度和职工手册入手，向领导和同事们请教，定期与挂职小组的同志讨论工作交流心得，使自己能够在较短的时间内迅速转变角色，适应新环境新工作，热情饱满地投入到崭新的工作中。

通过深入临床第一线认真调研，姜先洲仔细比较江西省人民医院泌尿外科的优势以及与全国先进水平医院相比所存在的差距，协助医院有针对性地制订了发展规划。

作为分管外科的副院长，姜先洲参与了普外科专业划分工作，对专业设置、人员分配、学科带头人的选拔都提供了大量参考意见，特别是对科教工作在绩效考核的实施进行方案提出了大量建设性意见。他在泌尿外科中积极推广《泌尿外科诊疗指南》(2014 年版)，倡导全科医师规范从医、按标准实施医疗的观念，初步改变了部分医师医疗工作随意性较大的习惯。“与技术相比，我带来的主要是思想观念的碰撞。”姜先洲的到来好似“一股清风”，把齐鲁医院的先进管理方法与理念付诸具体工作，灵活地运用于临床带教、查房、绩效管理乃至护理管理中。

江西省人民医院泌尿外科很多设备仍然停留在 10 年前的水平，长此以往制约了科室的发展。姜先洲建议引进新设备、新技术，在医院领导的大力支持下，院方向泌尿外科拨款 300 万，结束了泌尿外科 8 年没有新设备引进的历史。他利用引进设备的契机，开展输尿管软镜技术研究，加上先期开展的腹腔镜技术研究，目前可以实施临床绝大部分相关微创手术，并形成规范化的系统性治疗，达到国内先进水平，使江西省人民医院泌尿外科实现了跨越式发展。

既要“引进来”，也要“走出去”，姜先洲积极参加学术活动，扩大了所在博士服务团的影响力，真正实现了双赢。作为华东六省一市泌尿外科学会的秘书组成员，姜先洲利用在省内兄弟单位、基层医院讲学、调研、义诊的机会，大力宣传江西省人民医院和泌尿外科，突出学术与医疗优点，鼓舞职工士气，从“精、气、神”上为医院鼓劲。2014 年 6 月 23 日，江西省人民医院一行首次对齐鲁医院进行了访问，随后江西省人民医院又多次来访，进一步建立了合作关系，在两所医院之间架起了一座友谊的桥梁。

救治病人，只要有一丝希望就不放弃抢救

“治好病，少花钱，把病人当亲人。”这是姜先洲经常挂在嘴边的一句话，也是他的导师、全国医德模范许纯孝教授在姜先洲耳边念叨了 3 年的人生经验总结。“话虽简单，但道理很实在。”姜先洲深情回忆道，“其他理论、学识、手术技术等东西，慢慢都在发展，逐渐形成了自己的风格，只有这句话没有忘记，并且

在日常工作中不断践行，成为我的座右铭，也是我行医20年没有发生一例医疗事故、没有受到一次患者投诉的护身符。”他把这个座右铭带到了江西，也像他的导师一样向身边工作人员念叨着、传授着。

2014年6月初，一名肾衰竭患者从ICU转入泌尿外科，要求进行急诊手术。该患者入院时已经出现多脏器衰竭。经过检查，发现血肌酐值达到2888μmol/L，远远高于110μmol/L的正常值。患者已经无尿，完全靠血滤维持生命。这是一名肾结石患者，多年前在外院进行了右肾超声碎石术，手术失败后导致右肾萎缩并丧失功能。不久后，左肾出现结石，又进行了碎石手术。然而碎石进入输尿管并造成了堵塞，导致急性尿毒症、代谢异常，其他脏器同时受到影响，情况十分危急。

术中发现，患者左肾因为结石肿得非常厉害，当务之急是保全肾功能，计划采取肾穿刺造瘘，引流尿以排出毒素。这一手术由主治医师朱遵伟实施，开始很顺利，先是穿刺成功，后是置管成功，但是短时间内造成肾脏出血，手术无法继续进行。手术组决定采用二套方案，改用输尿管镜，姜先洲立即亲自上台接续手术。他拔掉造瘘管，由外引流改为内引流，进行输尿管镜碎石。凭借高超的技术，姜先洲成功排除掉输尿管中的碎石。患者的肾功能得到保全，第二天就不再出血，度过了危机。术后10天，患者血肌酐恢复到正常水平。

此台手术难度极大，患者出现多器官功能衰竭，抢救成功概率低，稍有不慎就可能死亡。面对这样的情况，姜先洲没有犹豫：“只要有一丝希望，就不放弃抢救。”朱遵伟事后回忆：“别人在手术中遇到困难，他能马上挑起重担，亲自上台重新开展，这样的品德令同行敬仰，有大家风范。”在高难度的手术当中，姜先洲没有选择“明哲保身”，而是主动肩负起风险和职责，实现了他对生命的承诺。

同事眼中的姜先洲是这样的，对病人“随叫随到”“有求必应”，入院以来基本泌尿科所有大手术都能看到他的身影，不在台上就在台下，随时准备上台。

不单是对病人，姜先洲对于有困难、有需要的人也总是尽可能地伸出援手。江西省人民医院器官移植科有一名员工身患癌症，姜先洲多次给予他精神、工作、经济上的帮助。他还跟随博士服务团到赣州地区，对那里的孩子进行捐资助学。

倾囊相授，让技术理念落地江西

挂职江西，对姜先洲来说只有一年的时间，相比于具体的几台手术而言，如何让先进理念、技术在江西扎根是更重要的问题。姜先洲在科里选了5个“学生”，通过现场演示、口述指导等形式，在手术室内进行业务传授，手把手地与他们交流腔镜手术的基本功和手术理念。对于当地医生拿不准的手术，姜先洲总是在台下待命，“学生”遇到困难了，姜先洲就上台接替，等到手术顺畅的时候再交给"学生"。他成为大家的强大后盾,朱遵伟说:"只要姜教授在后面站着,心里就特别有底。"就是这样,通过在实践中的教与学,实现了技术的传承与人才的增长。一年时间内,姜先洲先后参加和指导手术210台,对于高难度手术中的关键技术毫无保留、倾囊相授。

此外,姜先洲还重点选择开展高难度肿瘤手术,先后在医院演示了高清3D腹腔镜保留肾单位肾肿瘤切除术、腹腔镜巨大肾上腺嗜铬细胞瘤切除术、腹腔镜前列腺癌根治术、腹腔镜膀胱癌根治术、原位膀胱术等先进的高难度手术。他还率先在江西省人民医院开展了输尿管软镜手术、掌握下尿路腹腔镜等技术,这标志着该院泌尿外科微创手术水平跻身江西省领先行列,自主掌握了目前所有常规泌尿系微创手术技术。

通过细心观察,姜先洲还搞起了"发明",率先启用"小棉垫"包裹引流管。泌尿外科护士长说:"可不要小看了这块小小的棉垫,用它包裹住引流管,敷在创口上或垫在皮肤下,能起到擦拭污渍、清洁创面、提高舒适感的作用,降低了感染、褥疮的发生率,又保持了被褥的清洁,另外成本还低。"一包小棉垫只要2元钱,换洗一套被褥床单的成本却超过40元。小小的"发明",既节约了医院的成本,又降低了患者的医疗费用,可谓"方寸之间,理念凸显"。

扎根基层,被需要是一种幸福

长期的医务工作使姜先洲落下了肩周炎的毛病,江西的冬天阴冷潮湿,更加重了他的病情,一场手术下来经常肩膀、背部疼痛难忍。但是对于各种手术、教学,他从来没有推诿,有时候在宿舍接到急诊,也是立即赶往医院。

初来乍到的时候,姜先洲还听不懂江西话,离开的时候他俨然已经成了一个"江西通",能和病人顺畅地沟通。

2014年9月,姜先洲90多岁的奶奶病重去世。他赶回家见了奶奶最后一面,虽然没能在老人生病期间侍奉床旁有些遗憾,但是他并不后悔自己的选择。

姜先洲扎根基层,无私奉献,同时也在这里实现着自己的人生价值,寻找着自己梦想的支点。"江西需要我,我更需要江西,被需要是一种幸福。这一年是感知社会最直接、体察民情最丰富的一年,也是观念更新最多、能力提高最快的一年。"

2014年的11月,又是一个隆冬时节,姜先洲离开了江西。但这个冬天不像先前一般阴冷,因为一年时间里的收获正像火一般温暖着他的内心,也将永远指导他的为医之路。

(原载于山东大学新闻网2015年6月18日;文、图:高丹璎)

程玉峰：履行白衣天使神圣职责

程玉峰，山东大学齐鲁医院放疗科主任，教授、博士研究生导师；1983 年考入原山东医科大学，1985 年 6 月加入中国共产党，医学博士，放射肿瘤学博士后；兼任中华医学会放射肿瘤学分会委员、中国抗癌协会放射肿瘤专业委员会委员、山东医学会放射肿瘤专业委员会主任委员、《中华放射肿瘤学杂志》编委、《中华肿瘤防治杂志》编委。曾荣获全国十大“口碑医生”、山东省卫生系统服务标兵、齐鲁医院首届“十佳医师”等荣誉称号。

爱岗敬业，医术精湛

作为一名老党员，程玉峰对自己高标准、严要求，二十年如一日，做到了依法执业、文明服务，展示出高尚的医德和无私的奉献精神。他总是对同事说：“做一名好医生，首先要做到以德为本、诚信待人。良好的医德，是一名医生从普通走向卓越的必由之路。”他是这样说的，也是这样做的。二十年的职业生涯里，他每天早晨坚持提前半小时到病房查看病人的情况；节假日、周末或者值夜班，从不休息。有一次因连续多日加班加点工作，他突发心前区疼痛，却坚持带着动态心电监护仪坚守夜班工作。为了排除加速器故障、不影响病人放疗，程玉峰亲自陪同工程师维修设备。放疗科工作用房十分紧张，他主动让出自己的主任办公室并用作工作用房，使放疗计划系统尽早安装使用，从而保证患者得到了及时的优质放疗，为病人提供优质服务和最佳治疗方案，受到同事、患者和家属的称赞。

作为放疗科党支部书记，程玉峰在加强自身作风建设的同时，努力用自身的品德修养作表率，带动科室团队建设和发展，赢得了患者、同事的广泛认可和尊重。他严格遵循"三会一课"等党内生活制度，经常主动组织科里的党员开展时政学习、党员集体活动等，通过各种创新性模式推进基层党建工作，增强科室基层党支部的战斗力、凝聚力。在他的影响和带动下，齐鲁医院放疗科成为一个团结、战斗的集体，形成了独特的科室文化，成为医院学科群中独树一帜的优秀团队。

作为一名本领域专家，程玉峰专业技术精湛，在业界颇具权威，每天都有各地慕名而来的患者找上门来。有一次，一位外地鼻咽癌患者辗转了多家医院，最后找到了他。当时患者状态很差，家属也被折腾得筋疲力尽。考虑到患者病情的复杂性和家人期待的心情，他们医疗小组(医师、物理师、技术员、模块工程师等)加班加点，从明确诊断到治疗方案的确定、再到实施放射治疗，本来需要一周的时间，他们硬是用三天的时间就完成了。作为国内知名专家，程玉峰没有为已取得的成绩骄傲自大，或者降低服务热情，他常说："肿瘤患者治疗时间长，常在不同的医院诊治；患者有了比较，也就有了鉴别、有了体会，他们的感受让我非常欣慰！患者和家属的认可，使我今后的工作有了压力，更有了动力。"

微笑天使，以诚待人

程玉峰被患者亲切地称为"微笑天使"和"心理医生"，他坚持"做学问先做人"的原则，对待学问一丝不苟，对待患者和风细雨。他总是细心听取病人的介绍，耐心答复患者的问题；对于年老和行动不便的患者，更是体贴入微；和患者进行平等的、心灵的沟通。关于医生对患者的作用，美国医生特鲁多有句名言：有时是治愈，常常是帮助，总是去安慰。医生的一个微笑、一份关怀都是对患者莫大的精神支持和鼓励。每次给患者检查，程玉峰总是先把听诊器捂热，就是这个习惯性的动作，感动了每一位患者。

在程玉峰看来，一名好大夫必须要注重病人的心理感受。在患者和家属眼中，程玉峰不仅是一位好的放疗医生，还是一位好的心理医生。有一天晚上，程玉峰值班。一位患者来找他，很痛苦的样子，因为担心放疗会给自己带来副作用,这位患者焦虑得睡不着觉,对于别的医生解释,也根本听不进去。他躺在床上,用自己带来的手电筒模拟加速器照射方向,给程玉峰反复说明自己心中的疑惑。找到这位患者失眠的症结,程玉峰开始一点一点地给他讲解,患者不明白的地方,他就在纸上画图解释。两个人讨论了半天,最后,这位患者长长舒了一口气,给他深深鞠了一躬:“我终于明白了,真是谢谢!”那天晚上病人睡得很香。

接受放疗的病人承受着身体的痛苦和精神上的压力,患者产生误会或者不理解时,程玉峰就耐心给他们讲解。有一次,一位不知道自己真实病情的患者需要做精确放疗。为了明确诊断,医院给这名患者做了不少检查,同时又要有CT定位、做放疗计划、摆位放疗等复杂的过程和步骤,更关键的是放疗费用高达万元。患者对此非常不理解,情绪激动,拒绝放疗。程玉峰及时找到同事了解事情经过,然后与患者促膝谈心,做了大量细致的思想工作,既不让患者知道病情,满足了患者家属的要求又让患者比较愉快地接受了放射治疗。

教学相长,以身作则

在同事的眼里,程玉峰是一个不知疲倦的人。他终日辗转于门诊、病房、教室、讲坛、会场之间,承担着医疗、教学、科研、保健等纷繁复杂的任务。他总是说:“国家和社会、医院培养我多年,在这个位置上,我必须做得更多、更好!”他用追求卓越的实际行动,诠释了蕴藏在这段朴实话语中的真谛。

程玉峰特别注重学术研究,不断提升业务能力。他不断学习本专业的最新知识、治疗技术,主要进行了肿瘤的精确放疗、肿瘤的放射增敏研究等研究项目并取得突出成绩,多次获得医院“疑难危重病例抢救成功奖”“新技术奖”以及“省科技进步奖”等。尽管他已经是教授、主任医师、博士生导师,但他并没有满足现状,仍在进行博士后研究。他先后主持承担了国家自然科学基金课题、国家“863”子课题、山东省自然科学基金课题、山东省科技攻关课题、山东省医药卫生攻关课题、中国博士后基金课题等;获“山东省科技进步奖”二等奖、三等奖各1项,山东省厅局级科研奖励3项。发表论文近100篇,其中SCI收录40余篇;主编人民卫生出版社著作《实用抗肿瘤药物治疗学》,副主译《癌——肿瘤学原理与实践》,副主编《临床肿瘤放射治疗学》《放射治疗医用物理学》《头颈部肿瘤放射治疗学》。作为山东省放疗医师分会的主任委员,他在全国放疗年会以及天津、江苏、山西等省市的年会上多次应邀作专题报告。

程玉峰不但对学生严格要求,还努力激发学生们的创造力,在前沿知识面前,积极和学生一起深入探讨问题,共同进步。坚持做学问先要做人的原则,要求学生以高尚的医德、渊博的知识、精湛的技术造福肿瘤患者。程玉峰毫不保留地把知识和经验传授给年轻医生和学生，提高他们的理论和临床水平；同时，更通过自己的言行去熏陶学生，让他们学习做人做事的品格和境界，对他们的人格塑造、精神境界的提升意义重大。

程玉峰在平凡的工作岗位上践行着自己的诺言：平凡做人，平凡做事；尽力工作，尽心做事；做患者的朋友，做健康的卫士。而这平凡之中投射出的正是我们所倡导和追求的服务人民、辛勤劳动、团结互助、诚实守信的精神和品质，投射出的正是一名优秀共产党员的责任和担当。

（原载于山东大学新闻网 2016 年 7 月 18 日；文：高丹璎，图：受访者提供）

张瑞芹：让真爱留在患儿心中

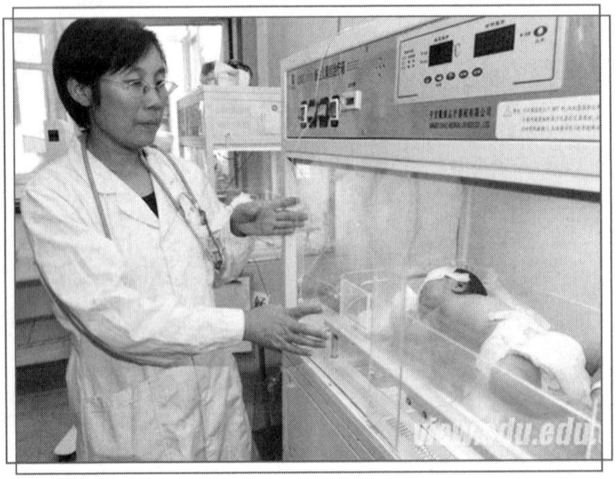

听她讲话如沐春风，她总是面带笑容，温言细语；看她工作才懂得了医生的魅力和艰辛，每一个患儿她都认真检查，呵护备至；患儿家属的每一句询问，她都耐心回答……这样工作一天、一年、几十年，从年轻的儿科大夫成长为优秀的儿科专家，她每一步都走得扎实坚定。多年来，她始终坚持着自己从医最初的梦想，无怨无悔地爱着儿科的孩子们，爱着这份伟大的工作。

她就是山东大学第二医院优秀党员、爱岗敬业的儿科专家——张瑞芹副主任医师。

唯有最好的医生才能做到

从医 20 多年，张瑞芹始终以一名党员的标准严格要求自己。从一个年轻的儿科医生成长为一名优秀的儿科专家，其中的酸甜苦辣只有她自己知道。20 多年来，张瑞芹的儿科同行不知有多少转到别的科室工作，而她无怨无悔地坚持了下来，她说："我不为名利，我是发自内心地喜欢孩子，由衷地热爱儿科医生这个职业。”

清晨，在山东大学第二医院儿科新生儿监护室，张瑞芹和护士开始了一天的忙碌。保温箱里有7个早产患儿，每个孩子都要隔一个小时或几个小时给他们喂奶、量体温或观察大小便……“新生儿病情变化快，有些炎症表现不突出，这就要求医生不停地观察他们，及时调整治疗方案。对于这些小患儿来说，几乎都是妈妈在产科住院，孩子自己在监护室，所以这儿的医生护士责任比较大。孩子吃奶的情况、病情变化、化验情况等，我时时刻刻牵挂着。轮值门诊时，都是下班后再到监护室看看，有时晚上也要来几趟，不然睡不着觉。”为了休息时也能及时察看患儿的病情，张瑞芹把医院外宽敞明亮的大房子换成了医院里面的小房子，这样半夜能随时过来。

新生儿监护室内病情危重的孩子较多，有的出生时才两斤多；有的肺发育不全，用呼吸机辅助呼吸；有的黄疸很厉害……有一个28周的早产儿，从产科手术室直接送到新生儿监护室，生下来时不到3斤，病情危重。只要不是看门诊，张瑞芹都在监护室“盯着”这个小患儿。小患儿住了一个多月，败血症、感染、黄疸、贫血、低血糖，张瑞芹陪着她一道道关闯了过来。尽管一个多月来她身心疲惫，瘦了好几斤，但看到孩子父母抱着健康的孩子回家的场景，她欣慰地笑了。她说，此刻她最幸福。

4岁的军军现在要上幼儿园了，从新生儿监护室出院到现在，军军的妈妈一直在张瑞芹的指导下抚养军军。因为军军是早产儿，体质相对较弱，张瑞芹建议军军妈妈晚一年送孩子上幼儿园，军军妈妈听从了她的建议。军军在幼儿园很适应，也没怎么生病，军军妈妈很感谢张瑞芹。“认识张医生这几年，没少给她添麻烦。孩子稍有不舒服，我就慌了，急忙打电话给她，她从没嫌烦过。军军不让别人给他看病，每次到医院就喊找张阿姨。有时我们想表示点感激，请她吃饭啥的，张大夫都不去。我认为最好的医生就是张大夫这样的。”

唯有真心热爱才能无怨无悔

“患病儿童哭闹、不说话、不合作，让诊治陷入僵局，这是常有的事。这也是所有‘哑科’医生面临的问题。由于我们工作的特殊性，也决定了儿科医生必须具有‘两心’特质——耐心和细心。哄孩子是我们的日常工作之一，碰上心神不定的家长，也得哄哄他们。”20多年的儿科工作早已把张瑞芹磨炼成好性格的“医生妈妈”。

早晨看门诊，趁着病号还没进来，她赶紧喝了几口水：“你们可能都不信，坐门诊的时候，都不敢轻易喝水，实在渴得不行了才抿两口，不然忙起来了连上厕所的时间都没有。孩子比较娇贵，家长都比较着急，只有家长向医生发火的，没有医生大声说话的。碰到什么样的家长，我都心平气和，小儿科大夫都是没脾气的医生。”

作为知名儿科专家，找张瑞芹看病的特别多。医院正常上班时间是上午8点30分，为了能多看几个患儿，她一般不到8点就到门诊了。赶上她坐门诊的时候，一上午接待四五十个病人是很平常的事情。

一进入儿科门诊，就听到孩子的哭声此起彼伏，而后看到张瑞芹正在耐心地哄着1岁多的小男孩伸出手脚，检查他是否患有手足口病。常规检查时，太小的孩子基本不会配合医生，张瑞芹就哄着孩子和她玩游戏，拿着听诊器说：“来，咱俩打个电话吧？喂喂，听到了吗？”就这样给孩子听了听肺部呼吸。“啊，像阿姨这样张开嘴，让我看看宝宝长几颗牙了？一二三，这么多，真乖。”张瑞芹趁宝宝张嘴的空，给他检查了嗓子炎症状况。

小孩子都怕凉，她就把听诊器握在手心里暖一会儿，再放到孩子背上听。有的孩子很调皮，经常拿张瑞芹桌上的东西玩，她就很宽容地递给他们，让他们玩。这样孩子们就放松了，特别配合医生的检查。有时，特别小的孩子检查时拉了尿了，弄了她一手，她都呵呵一笑，帮着家长给孩子整理好，再用消毒液洗洗手继续看病，没有一丝的不耐烦。

20多年的工作经验，常常让张瑞芹能在看门诊时，发现孩子潜在的疾病。有个3岁多的男孩来看病时频繁眨眼睛，频率是正常孩子的几倍，张瑞芹就建议家长带孩子看看，是否有多动症。家长虽然平时也注意到孩子的这个毛病，但没有引起足够的重视。检查结果出来后，家长给张瑞芹打电话表示感谢，说孩子果然患有多动症，正在接受治疗。哪个孩子缺钙，哪个孩子饮食不健康……她都能观察出来，热心地给家长一些生活上的建议。

对于大一点的孩子，张瑞芹就和孩子做朋友，建立“友好”关系，让孩子们放下戒备，积极配合医生，诊治起来才能事半功倍。除了孩子，张瑞芹认为，家长的感受也不可忽略。“儿科为什么说是‘哑科’，就在于孩子很多时候只知道自身不舒服，却不知道如何准确描述痛楚，为确诊提供信息。”她的经验是一定要与家长沟通好。

“对病症一知半解，加上紧张，很多时候家长对孩子的病情描述容易从自我思维方式出发，难免有所偏颇。”“心急则乱”是儿科应诊时家长普遍存在的现象，除了沟通，更为重要的是耐心地了解家长的感受和需求，打开孩子病情的突破口。

张瑞芹还有一个习惯，就是她自己看过的患儿从来不留尾巴给别人。不管患儿就诊时间有多晚，张瑞芹都会等他化验结束回来，给他开好药，或等他做完皮试，给他开好点滴。“主要是我对病人孩子的情况比较了解，善始善终吧！这样我心里比较踏实。”张瑞芹说。有时遇到下班后已经过了很长时间，但患儿仍不见回来的情况，张瑞芹就主动到门诊化验室、放射科或B超室看看情况。若患儿家长在，她就告诉家长做完检查后回门诊找她；若找不到，她就回来查看电话号码，打电话问清楚情况。不管几点下班，她都坚持到观察室看看自己看过的患儿，问问体温下降了没有、腹痛是否好转、喘憋是否减轻；只有看到孩子们都安好，她才会结束一天忙碌的工作。

有一次，张瑞芹中午下班后到观察室查看患儿，发现有一位呕吐的患儿，就过去摸摸他的头，发现有发热的现象，体温检测为38.7度，需要加退烧针。当时患儿的父亲已经回家了，母亲又没有带钱，张瑞芹便毫不犹豫地拿着卡帮她充上钱，把退烧药拿回来让护士用上，直到烧退了才放心地下班，而这时已经是下午1点多了，而她却是滴水未进。

口碑口口相传，找张瑞芹看病的孩子越来越多。夕阳下，爸爸、妈妈抱着健康的孩子来和张瑞芹道别，她千叮咛万嘱咐。襁褓中的孩子看着她甜甜地笑了，她说这是对一名儿科医生党员的最高奖赏。

（原载于山东大学新闻网2016年8月7日；文：郝爱、张静，图：王厚江）

李春阳:默默努力下的坚持与成长

李春阳,2009 年本科毕业于山东大学生命科学学院,2015 年博士毕业于中科院上海生命科学研究院生物化学与细胞生物学研究所,同年入职山东大学基础医学院人体解剖与组织胚胎学系,从事肿瘤或病毒感染过程中 T 淋巴细胞免疫功能调节的相关机制研究。

走进李春阳的办公室,电脑屏幕上、打开的教材里,正显示着形态不一的组织切片,也清楚地显示着李春阳的教学课程与组织胚胎学有关。

最近,李春阳入选中国科协"青年人才托举工程"项目,成为山东大学首个获此殊荣的青年教师。我们一同走近这位普通的青年教师,去了解他的成长、他的困惑以及他的坚持。

教学,跨专业的改变,默默努力

李春阳本科学的是生命科学专业,博士方向是免疫学。刚回到山大的时候,因为科室人员紧缺,再加上医学类知识有交叉相容的地方,学院便让他担任

“组织学与胚胎学”这门医学基础课的老师。

虽然几个学科有交叉相融的地方，但其间的差异还是让李春阳一开始有些“犯怵”。“‘组织学与胚胎学’，我之前没有接触过这门课，应该教什么、怎么教，起初完全没有想法。”说起曾经的迷茫，李春阳侧头摸了摸额头，握住拳头放在嘴上，轻轻叹了一口气，继而又说：“但是，一切都应该有新的改变，不是吗？”

在李春阳看来，本科是重点打基础的阶段，现在的学习是为了以后有更开阔的视野，这时候的老师一定要踏实教学，严谨再严谨。李春阳放下已有的经历与现在的身份，以一个学生的心态重新开始，拿起《组织学与胚胎学》课本，认真钻研。

他默默努力着，希望每个同学都能在自己的课堂收获知识。他认真研究其他老师的教学视频，一个视频能看上三四遍，一边看一边记记画画，遇到好的教学要点更是会认真记下来。教研室全体老师也对他的每次试讲内容提出意见，使他能够尽快进入教师的角色。“为了避免课堂上出现卡壳的尴尬，一节课我要花上一周时间做准备。”李春阳重视课堂效果和反馈，每次上完课，他总要向同学们询问教学意见、建议。

在李春阳的办公桌上，那本《组织学与胚胎学》封面已经泛黄。透过这本教材，或许能看到书主人一次次地翻阅、一次次的求证，以及他想要上好这门课的决心。李春阳的同事刘尚明老师这样形容他：“认真刻苦、热心负责，几乎天天都待在办公室，包括节假日，每天工作到很晚。”基础医学院 2016 级研究生彭加丽跟着李春阳做实验，她说：“李老师是个对待工作非常认真的人，在做实验的过程中，他能保质保量却又不拖泥带水，科研思路十分清晰，对待学生也十分友好。”

由于李春阳的良好表现，教学组决定让他继续担任“组织学与胚胎学”这门课的老师，他也由原来只讲三章内容渐渐增加了教学任务。李春阳的努力没有白费，他用事实证明了自己。“虽然不知道我做得够不够好，但是我在尽力，希望这门课能让同学们真正有所收获。”李春阳说，即使自己的努力只能改变一个人，这也是他的成功。“如果有那么几个同学，曾被我的课堂所影响，以后为国家作出更大贡献，那将是作为高校老师的我能得到的最好荣誉。”

李春阳不只是关心同学们的学习，同时也关心他们的生活状态。“现在已经大一下学期，开学也有一段时间，但是在一些同学脸上还是能看出他们的迷茫。”李春阳说起自己观察到的这个情况时眉头紧锁：“这让我有些担心。”

对于同学们从高中到大学的转变，李春阳认为大家要学会适应与调节，一如他对待自己的态度。李春阳研究生阶段在中科院上海生化细胞所度过，初回母校工作，科研环境的改变曾让他有过小小的失落。但他认为首先应该自己做出改变，无论在哪里做研究，都应该细致认真、脚踏实地做好手上的每一份工作。他希望学生能和当初的自己一样，尽快调节好情绪，相信自己，好好努力，不再迷茫。

科研，尽力而为，做好自己每件事

李春阳认为，任何人总会在一定阶段面临一定压力，这种时候，关键要做的就是，“谦逊、低头，做好自己每一件事”。

高校无一例外都对科研工作有要求，青年学者往往会遇到这方面的难题。面对科研压力，李春阳的态度是：“当学生的时候有学习成绩压力，当老师的时候有科研压力，这些都在所难免。”谈及如何应对这些压力，他则认为：“不要强求自己产出多少论文，尽力而为，不辜负自己。只要认真做自己的事情，一切都会有一个圆满的结果。”

李春阳在山大读书期间，就是“认真”二字的忠实实践者。“有些同学上课效率高，课余时间多，可以参与各种活动。我不是这样的人，课后我会选择待在图书馆复习课本，争取把每个知识点都弄清楚。”李春阳当然也羡慕那些把生活过得五彩斑斓的同学，但他更明白，学生的首要任务是学习，只有把学习这件事做好才能讲其他事。他说：“不仅是我，所有人都应该学会取舍，踏实一点生活。”

淡然的视角、超脱的心态，一定程度上也助推了李春阳的成长。2015 年，他以第一作者或共同第一作者（第一位）身份，分别在国际著名期刊 *EMBO Molecular Medicine* 和 *PLOS pathogens* 上发表一篇研究论文，现主持国家自然科学基金青年科学项目 1 项、博士后面上项目 1 项。对于入选中国科协“青年人才托举工程”项目，李春阳的态度一如既往的平静：“这个项目主要是针对在国内 32 岁以下青年科研工作者，而我的入选离不开学院刘树伟教授和学校的推荐支持。这实际上也显示了我们学校在人体解剖与组织胚胎学领域的强劲影响力。”

李春阳说，他只是一个普通教师、一个普通科研工作者，自己能做的就是：备课更认真一些，得到同学的认可；科研更钻研一些，完成自己的目标，让人生更有意义。

李春阳现在从事的肿瘤或病毒感染过程中 T 淋巴细胞免疫功能调节相关机制研究，在国内发展很快，有的方面已经超过了国际研究水平。李春阳非常相信国内研究实力，未来，他也希望自己能在这方面作出成绩。

对话李春阳，他让人感觉很亲切，因为他就是我们身边众多青年学者的缩影——努力勤奋、谦逊有礼、脚踏实地、积极上进。“我需要努力的方面还很多。”李春阳如是说。努力不止，钻研不止，做一个奔跑在路上的人。

（原载于山东大学新闻网 2017 年 4 月 27 日；文：农静雅、王格，图：受访者提供）

马春红：肝脏疾病基础研究，我触及了梦想的边缘

在我国，乙型肝炎病毒感染高发，目前大概有 8000 万人被感染，并且每年差不多有 100 万人会死于相关疾病。“乙肝病毒是一种非常狡猾的敌人，对机体的免疫防御有很好的逃避办法。”马春红教授是山东大学基础医学院免疫与肝脏疾病团队的学术带头人，在她看来，如何揭示乙肝病毒的逃逸机制，对乙肝治疗以及更多免疫系统相关疾病的治愈有很大的借鉴性，这正是她们团队的主要研究方向。日前，由马春红教授等完成的“乙肝病毒及免疫微环境参与慢性炎症和恶性转化的机制研究”课题，获得教育部高校科学研究优秀成果奖自然科学奖一等奖。

采访在趵突泉校区 6 号实验楼进行，因为施工的缘故，窗外是不绝于耳的钻孔声。马春红教授语速偏快，讲的又是医学方面的专业知识，所以对话过程中，记者不得不“开动最大马力”接受、消化信息。好在马教授人很“nice”，又会讲课，“特种兵”T 细胞、“一线卫士”NK 和巨噬细胞、乙肝病毒的逃避和机体免

疫系统发起的攻击……可以想象，初学者在马教授那里也会这样如沐春风。似乎，这是山大老师都会有的一种涵养。

慢慢积累，成就三大创新性成果

在马春红教授看来，急性肝炎不是临床大夫特别害怕的一种肝炎类型，反而是慢性肝炎更需要引起关注。慢性肝炎的治疗主要从两方面入手，一是乙肝病毒本身，二是机体自身的免疫系统，这两方面共同决定着患者病情的进展。“我们团队的研究，正是根据这两大方面展开的，一个是看病毒，另一个是看免疫。”

2002年，马春红拿到了自己第一个国家级青年基金。在此后10余年时间里，她和自己的团队获得了13项国家自然基金课题及教育部“优秀人才计划”的资助，以乙肝病毒感染慢性化与肝癌为模型，围绕乙肝病毒感染、免疫微环境两个关键节点及二者的相互作用，在肝脏非可控性炎症恶性转化机制研究方面取得了创新性成果，其间发表10篇代表性论文，累计影响因子90.681，累计SCIE他引232次，成功转让发明专利1项。

这个团队的研究，主要有以下三大创新点：

1.开启了Tim-3参与慢性病毒性感染诱发免疫耗竭的新方向，揭示了NK功能紊乱的重要机制，为阐明慢性病毒性感染介导非可控炎症的机制提供了新的证据。

2.首次报道了Tim-3在肝癌患者TAMs中高表达，通过促进巨噬细胞M2型极化进而加速肿瘤生长和转移的新机制，而阻断Tim-3可以有效逆转巨噬细胞M2样表型、减缓肿瘤进程。

3.首次确定了新基因TIPE1和ZHX2通过诱导细胞死亡、阻断细胞周期进程，在肝癌中发挥抑癌基因活性；同时发现，乙肝病毒通过调节肝癌细胞中端粒酶逆转录酶hTERT和凋亡受体DR5表达、促进肝细胞恶性增殖、抑制细胞死亡，是感染肝细胞恶性转化的重要机制。

“有些工作其实没做完，还可以继续做深。”这次申报教育部高校科学研究优秀成果奖，是马春红教授工作20多年来第一次组织报奖，整合了她独立做科研之后的大部分成果。能够获得一等奖，她很意外，同时又很高兴。因为在她看来，这是业界对自己团队多年工作的一个认可。“之所以能获奖，我感觉是因为我们工作的延续性，一直延续一个科研方向，瞄准一个科学问题。”

围绕肝病来做，我关心的科学问题始终没变

“我最大的优点，也是缺点，就是没有太大欲望，认准一件事情就不太会想

其他，比较直。"与自己性格很像，马春红教授的研究方向也很"直"，从来没离开一个核心，那就是肝病研究。

1994年，马春红硕士毕业后分配至原山东医科大学微生物与免疫学教研室工作。在这里，她遇到了对自己帮助、影响很大的一位老师——当时的微生物与免疫学教研室主任孙汶生教授，也是她后来的博士生导师。

延续导师的研究方向，马春红开始接触乙肝病毒方面的问题，重点针对病毒本身开展研究，一直到2005年。这一年，她开始调整自己的研究方向，慢慢向免疫学倾斜，开始了一个新领域的开拓。"免疫学一直很热，当时国内也有很多不错的研究，但山大这方面还刚起步。"当时的马春红刚刚被学校破格晋升为教授，同时结束了在美国Kentucky大学的博士后学习，开始"破釜沉舟"想要施展一番拳脚。

研究方向上的小调整，是马春红教授给自己制造的一次挑战。在她的回忆里，确定新方向的那段日子很难，要重新学习、使用新技术，适应新领域的新体系。"那是真正需要我自己去开拓的东西，当时和学生一起，不断做实验，不断摸索。"这种艰难的尝试，一直到2009年他们首篇文章在《细胞分子免疫学》杂志发表，情况才有所好转。这篇由博士生鞠瑛作为第一作者完成的学术文章，首次报道了免疫调节分子Tim-3在乙肝病毒感染诱发的CD8＋T细胞功能耗竭中的重要作用，开启了乙肝病毒免疫耗竭研究的新领域。

2002年至2018年，跨越16年研究一个科学问题，在马春红教授看来，这样的时间投入是科研工作中非常自然的一件事情。"我们需要跟踪学术热点和最前沿的技术，但要不忘初心，用最新进展和技术服务于最初的科学问题，不能一遇到热点就转弯。"结合近几年社会发展需要，她的团队也在关注代谢方面的新现象："乙肝携带者也会得脂肪肝，这对他们是好是坏？应该对他们提什么建议？这是我们的研究延伸发展的新方向。"但是，她又总结说："围绕肝病来做，我关心的科学问题始终没变。"

我现在已经触及了梦想的边缘

马春红教授与科研工作的结缘，开始得非常自然。因为父母一辈子从医，她很小就熟悉医生尽己所能救治患者的成就感，以及患者对医生发自内心的感激之情，也深深地把这种付出与收获的感觉铭记于心。因此，当她遇到与医学相关的生物学科时，很神奇却也顺理成章地碰撞出了发自内心的兴趣与探究科学问题的渴望。

导师孙汶生教授常对人说，马春红是自己众多学生中第一个主动要求做实验的。她对科研的追求，从来都是主动而坚持的。初来山大时，整体的科研条件并不好。马春红教授记得很清楚，没有分到房子，她临时在教学楼2号楼一楼男厕对面的储藏室住了很长时间。“做实验就在三楼，过夜染色需要摇动染色，没有摇床，我就把染色皿端到一楼，不时手动摇一摇。”在她的叙述中，曾经的那些艰苦和苛刻，都因为喜欢而变得珍贵。

马春红教授对自己的研究方向一直很有信心，特别是在说起团队重点研究的几个方向时。“Tim-3是一个特别有意思的分子，对几乎所有免疫细胞都有调控功能，但每种免疫细胞的调控又都不一样。”2002年，有学者开始发现这个分子并将相关研究结果发表在*Nature*上。2004年，在美国求学的马春红读到了这篇文章，一下子产生了浓厚的兴趣，随即着手开始相关研究。她说：“我相信Tim-3是一个很好的靶点，即使我做不出来也会有别人做出来，它一定是一个有效的药靶。”

从基础研究到临床应用，中间是一个漫长的过程。马春红教授是一个不太喜欢谈梦想、理想的人，似乎更倾向于实实在在地干些什么事情。不过，多年的科研追求，总归还是有一份终极期待。“我们在做的是基础研究，不能马上产生成果、投入应用。不过，那是我们的梦。如果说有梦想的话，那我现在已经触及了梦想的边缘。”

最大的幸福之处

免疫与肝脏疾病团队是基础医学院2016年试点推行科研团队后由马春红教授组织形成的，既整合了原有的科研人员，也融入了新的年轻力量。除了行政事务，马春红教授现在的一个主要身份就是这个团队的学术带头人。“就我目前来说，主要任务是把团队组织好，让每个成员都自由发挥，乐于贡献。”马春红教授很喜欢这个团结上进、气氛融洽的集体，就连微信头像用的都是团队的合影照片。

梁晓红是马春红教授的小师妹，同时也是团队的一员。她眼中的马春红教授，是一个正直勤奋、科研思维活跃又有着很大科学热情的人，也是因为这样一位带头人的身先示范，整个团队才会格外有干劲儿。身为老成员的梁晓红，非常欣喜地感受和经历着团队整体的成长：“大家都很努力，目前，国内免疫学界已经逐渐能够看到年轻成员的身影。”

马春红教授对于团队成员的发展情况非常上心。曾经两次获得破格晋升资格的她，一直感念学校提供的难得机会，也因此有感而发：“对年轻人来说，适时给他提供一个平台，他能很快发展起来。”

对于近几年新加入团队的李春阳来说，马春红教授对他最大的影响就是提供了一个好的团队环境。李春阳2015年来山大工作，就职于基础医学院人体解剖与组织胚胎学系,但他主要从事的是肿瘤或病毒感染过程中T淋巴细胞免疫功能调节的相关机制研究,与马春红教授的免疫学团队有很大交集。“后来学院尝试组建科研团队,打破了学系的概念,我就正式加入了马老师的团队。”目前已经是团队科研秘书的李春阳,承担了很多实验室建设管理的工作,在马春红教授看来是一位非常有责任心和团队精神的成员。

在六楼实验室里,2013级博士研究生宋晓佳正在做实验“摇一摇”,恍惚中与多年前她的导师深夜做实验的场景重合在一起。“一个人,一定要喜欢,才能把一件事情做好。”年轻的她正面临毕业、工作的各种压力。“希望能继续做科研”,她也有着与导师如出一辙的对科研的热爱。

从自己动手做实验,到申请各种基金、承担各项科研任务,再到如今成为团队带头人,马春红教授一直没离开过科研。如今承担了很多行政事务的她变得更加忙碌,但是她再忙都会给自己留出晚上专门的“科研时间”。在她看来,工作、生活都不能丢,不过因为她的喜欢,工作与生活之间的固有矛盾得到了很好的调节。她说:“我喜欢教学,喜欢科研,这就是我最大的幸福之处。”

马春红教授是一位习惯于做科研的学者,每日与组织、细胞、病毒等相伴。但她觉得自己首先是一名老师,最大的职责是培养人。何为师者?我们一直在寻找这个问题的答案。大学问、大学术之外,更多的回答隐藏在日复一日的教书育人中、以身作则的为人师表中。

采访间歇,马春红教授说:“我不太愿意接受采访,因为所有老师都是这样的。”采访过的很多老师都有这个疑问:做的都是应该做的,成绩也是水到渠成、顺其自然的,有什么好展示的呢?对我们来说,对更多的山大人来说,各位老师最平实、最本真的状态,最习以为常的理念和思路,才是耀眼光环之下的源头活水。正是这些,揭示了一个学科、一所大学最强劲的生命力所在。

踏实、专注、热爱、执着,在马教授这里,在她的团队成员以及更年轻的学生那里,我们找到了这样的力量。

(原载于山东大学新闻网2018年3月15日;文、图:刘婷婷)

马保华:生命的价值就是教书

在中国,长期存在着对"性"的讳莫如深和对性教育的不理解,大多人谈"性"色变,有关"性"的话题一直被社会用有色眼镜看待。而在山东大学,却有这样一位老师,意识到高校性健康教育的迫切性,于是打破常规,在全国高校中率先开启了一门名为"大学生性健康修养"的全校通选课。他就是基础医学院的马保华教授。

这门通选课很受学生欢迎,开课 10 多年来,基本堂堂爆满。采访现场,马保华教授笑着回忆起第一次开课时的场景,感慨道:"孩子们对课程都很期待,我能做的,就是穷尽毕生智慧,提供更多他们想要的知识。"

对三尺讲台的爱和情感

在成为大学老师前,马保华曾在济南市第二人民医院手术室做麻醉医生,后因在唐山大地震救援中表现出色,被特批进入原山东医学院读书。

大学毕业那年,社会上流行着这样一句对热门专业的描述:"一是权,二是钱，三是听诊器，四是方向盘。”马保华当然可以顺势成为手握听诊器的医生，但他“始终觉得自己生命的价值就是教书”，于是选择了留校任教，成为组织胚胎学专业的一名授课老师。

在此后的教学岁月里，马保华教授一直思考着如何才能教好书、如何才能更好地培养学生。后来，他发现，在学科综合方面大有文章可做，于是对医学各学科之间的联系展开了探索。

人体的自然状态是一个完整不可分割的整体，“人为地把医学各学科划分开的、单一的学科教学，不利于培养学生的综合创造性思维，比如实验教学往往施以验证性实验，极少有设计性和创新性动手实验”。马保华教授一直想做点什么以改善学生的学习条件，但苦于技术设备、教学制度不完善，并没有施展拳脚的机会。

这种苦恼一直持续到2000年。这一年，按照教育部部署，山东大学原医学院将组织胚胎学、病理学、细胞生物学、遗传学、寄生虫学五个学科组成基础医学形态学实验室，任命马保华教授为实验室主任。

得益于医学形态学实验室的建立，马保华教授组织编写了《形态实验学》综合教材，于2002年秋季学期正式开始“形态学”的授课。这本综合教材也在后来获得山东大学出版基金资助，并正式出版。2005年，马保华教授编写的形态学授课教材与基础医学机能学相融合，获得国家级教学成果奖二等奖。这门将几个学科综合起来的形态学实验课程，改变了当时各学科独立授课的局面，使山东大学成为国内最早一批开设形态学实验课程的高校。在马保华教授的回忆里，“依托形态学实验室的教学实践，山东大学在全国形态学授课领域先行了一大步”。

为使形态学实验课程在全国得到更好的发展，2010年，教育部批准马保华教授开设全国形态学师资培训班，授课对象由学生扩大到老师，培养了一大批青年教师在全国各高校开设这门综合课程。马保华教授同时还担任全国基础医学形态学实验室主任联席会会长、山东省高等教育形态学实验教学专业委员会理事长，他积极向全国推广和辐射形态学综合课程的理念，使其影响更加深远。2018年4月，国家级实验教学示范中心基础医学组“高校实验教学中心标准建设联盟”会议在北京大学召开，马保华教授被任命为制定全国基础医学形态学课程标准的牵头人，继续致力于推进全国各高校在形态学教学上的标准化与系统化。

今年马保华教授65岁了，从1979年到2018年，在近40年的教学生涯中，他对三尺讲台、一方课堂积聚了语言难以言清的爱和情感。每星期，他都期待着上课，期待着与学生见面，“每次一进入教室看到学生，都会触发我不一样的兴奋点。课下我是一个思考者，而课上我是一个传道者。”采访现场，每当谈到学生，马保华教授都不由自主地挺直后背，双眼也更添了些神采，“我生命的意义被赋予到了教学上，对我来说，教授知识体现着我人生和生命的价值。”

传授学生真正需要的知识

学生的身心健康是马保华教授一直关注的一个问题，也是因为长期以来的关注，他给自己设置了一个挑战——开设“大学生性健康修养”课程。

为什么说开设这门课程是一个挑战？除了中国人骨子里对“性”问题的保守态度，当下社会的教学模式也是一道实实在在的障碍。应试教育模式下，有关性健康教育的课程一旦做不好，就容易“污名化”，所以性健康教育长期被回避、被“边缘化”。但马保华教授觉得：“当老师不是为了名利，而是要传授知识，传授学生真正需要的知识。”

谈及开设课程的原因，马保华教授眉头皱了起来。他痛心于这样的事实：一方面，社会上和青少年 HIV 感染者不断上升，同居、未婚先育问题逐年加剧；另一方面，高校性健康教育还是个盲区，许多学生缺乏这方面的自我保护能力，没有意识到自己的生命是唯一的、无可取代的，这更让马保华教授感到危机重重。

“宝塔尖上的大学生，是国家层层选拔出来的人才，是国家的未来，我们有责任也有义务去保护他们！”对于老师应该担起的使命，马保华教授一直都是这般斩钉截铁。

终于，在 2004 年 2 月 14 日这天，“大学生性健康修养”在山大正式开课。第一节课，趵突泉校区 120 人的大教室坐得满满当当，连窗台边都有学生站着听课。马保华教授感动于学生对这门课所授知识的渴求，也意识到自己身上担子的重量。

想要真正开好这门课，马保华教授觉得：“办学理念与课程标准是两大难题。”为了确保学生们正确、全面地了解“性”是什么，医学出身的他广泛涉猎心理学知识，从生物学、心理学、伦理学三个方面进行授课。2006 年，他被公派到加拿大汉密尔顿 McMaster 大学医学院做访学教授。其间，他有意识地主动了解北美学校的学生性健康教育课程，对此类课程开放、科学、包容的教学模式深有感触。回国后，他参照北美课程并结合我国实际，对“大学生性健康修养”课程的教学内容进行了更新。“让学生们更好地尊重生命、解除困惑、自我保护，最终使自我人格更加健康。”这是马保华教授一直秉持的办学理念。

课程开设初期，国内的性健康教育已有零星火花，但仍旧是一个被掩盖、被边缘化的问题。幸运的是，马保华教授遇到了一群志同道合的人，学校开明包容的教学风气也使他的课程得以顺利展开。

2010 年，山东大学将“大学生性健康修养”课程纳入第一批核心通识课。2012 年，这门课成为教育部大学生视频公开课，在央视网络电台、网易公开课、教育部课程网站三个平台同时开课，开课后广受社会好评，于 2013 年被教育部评为精品课程。

也是在 2013 年，上海智慧树平台看到马保华教授的课程后邀请他将视频公开课改为视频学分课。后来，中国大学 MOOC 邀请他开设“慕课”课程。马保华教授更新、调整了视频内容，当月拍，当月上线，每次课都有好几万人同时上课，影响力进一步扩大。2017 年，这门课程荣获“国家级精品在线公开课”。

马保华教授认为，这门课程获得的诸多成绩，不仅仅是荣誉，更多是一种认可，代表着国家一步步认可性健康是一门科学，代表着社会对性健康知识的认可，也代表着学生可以开展系统学习、以科学眼光看待性健康教育。因此，在新的公开课视频里，他增加了一章内容，特地强调性健康教育的重要性：“性健康教育是大学教育的必须课程，性健康知识是每个大学生都需要的知识。”

抛砖引玉，做第一个点灯人

这学期，管理学院 2017 级本科生宋烨正在上“大学生性健康修养”这门课，她告诉记者，几乎全班同学都选了这门课。在她看来，这门课的一大特点是：“马老师的课堂是充满热情的，是学生真正参与的课堂。”

马保华教授始终认为，一个人的智慧太过渺小，老师与学生是平等的，知识的学习需要互相启发，所以他一直鼓励学生在课堂上畅所欲言、表达观点。课后，马保华教授的引导还会继续。他建了课程交流的 QQ 群，并向学生承诺，只要遇到问题向他发信求助，无论当天工作到多晚他都会回复。也是因为这份小小的承诺，“大学生性健康修养”开课至今，马保华教授几乎每天都会收到学生的求助信。发信人中还有很多没上过他课的学生，也都愿意将自己的困惑交由这位老师解答。或许，年轻的学生也能轻松判断出马保华教授对他们发自内心的关爱吧！

马保华教授却没有感觉自己做太多，他总说：“教育学生，我要做的就是抛砖引玉，做他们的第一个点灯人。而后面星星之火，都需要他们自己去点燃。”

雷锋是马保华教授从小就崇拜的人，“一心一意为人民服务”，放到教师这个身份来说，就是“事事以学生为先”。倘若生命是一趟列车，那马保华教授早已把他的生命安放在了名为教学的轨道上，从踏上这段行程的那天起，他便一直向前、从不停歇。

（原载于山东大学新闻网 2018 年 5 月 15 日；文：刀彦月、曾依人，图：曾依人）

徐广润：肩上有担当，所学为家国

徐广润，男，1971年出生，医学博士，山东大学齐鲁医院神经病学教研室副主任，神经内科副主任；擅长神经系统常见病多发病的诊断与治疗，尤其在脑血管病、头痛、痴呆、神经免疫疾病以及抑郁焦虑等神经心理疾病方面进行了大量的临床与基础研究；在SCI等核心杂志上以第一作者、通讯作者发表论文14篇，编写论著8部。主持研究山东省科技厅科技发展项目2项，山东省卫计委科技项目1项。

2017年7月31日，来自全国17个省市的500多名中组部第9批援疆干部乘坐两架专机前往新疆开展援疆工作，山东大学齐鲁医院神经内科副主任医师徐广润就是其中一员。他即将在新疆维吾尔自治区人民医院神经内科进行为期一年半的援疆工作。接到任务时，距离他儿子参加高考不足两年。但是在"大爱"和"小家"之间，他毅然选择了前者。

近日，刚从青岛开会回来，在山东大学齐鲁医学院参加慕课课题申请汇报的徐广润,利用会议间隙接受了记者的采访。

心中有家国

"一玉口中国,一瓦顶成家;都说国很大,其实一个家。一心装满国,一手撑起家;家是最小国,国是千万家……"对于"家国情怀",要从"家"说起。

时间回溯到1981年,经过长达10年的救治,一名全国劳动模范、长期患有三期矽肺的煤矿工人在医院里走完了他人生的最后一程。这名工人的儿子徐广润,从此暗下决心,长大后一定要成为一名帮助患者减轻痛苦的医生。

岁月如梭,白驹过隙,2000年6月,在华中科技大学同济医学院获得神经病学专业医学博士学位的徐广润回到山东,在山东大学齐鲁医院成为了一名神经科医生,实现了他多年来的愿望。

平时在医院,徐广润认真救治每位患者,医院里组织义诊活动,也总能看到他的身影。对此,他只有一个想法,就是要把自己所学应用到治病救人中,为更多人的健康提供服务。

随着时光的推进,徐广润的视野不断扩大,由小的"家"渐渐走向了大的"国"。他的目光由近及远,由亲人至所有需要治疗的患者,由内地逐渐触及祖国的西北边陲——新疆。

新疆是我国重要的能源资源战略基地,但由于社会发展滞后,新疆相当一部分地区经济水平落后。根据国家援疆政策,2017年来自全国17个省市的援疆干部对口支援新疆,以促进新疆社会、经济的发展以及安全稳定。医疗卫生人才援疆,为新疆受援地区提供人才和智力支持,直接使受援地区的患者受益,同时还为当地培养了一批技术水平较高的医疗技术队伍。

听说要在山东大学齐鲁医院神经内科选一名援疆人员,考虑到自己正年富力强,而且孩子已经大了,有责任去承担这份任务,于是,徐广润主动报名参加援疆工作。他认为,这是自己利用专业知识报效祖国的一次机会。为此,科里的同事们称赞他:"思想有境界,肩上有担当。"

就在接到援疆任务不久,一份病理报告呈现在徐广润的面前,他的岳母被确诊为肺癌晚期。岳父、岳母生活在湖北老家,妻子在齐鲁医院工作,常常加班至深夜。徐广润夫妻两个都因工作繁忙,无法长期陪伴老人。徐广润虽身不能至,但常怀愧疚之心,工作之余常常打电话问候老人。同时,他把这份"愧疚"换化为一种力量,用于救治更多需要帮助的病人。

儿行千里母担忧。已经90多岁高龄的母亲,时刻牵挂着即将远行的徐广润。但母亲的身体是否安康,也是徐广润援疆时最大的牵挂。"老吾老以及人之老。"徐广润由自己的母亲,想到了远在千里之外的新疆也有许多像母亲一样的老人，需要给予医疗关怀，这更坚定了他去援疆的决心。

临行前，徐广润感觉到比自己个头还高一点儿的儿子在自己的肩膀上轻轻拍了两下。平时，徐广润和儿子之间感情深厚。儿子的这一举动仿佛在说："爸爸，你安心去工作吧，不用为我担心。"徐广润就像吃了定心丸，信心满满地踏上了援疆的征程。

肩上有担当

入疆后，由于年长且经验丰富，徐广润被任命为新疆维吾尔自治区人民医院神经内科副主任，同时任所在援疆医疗团队队长。对此，徐广润看到的不是"头衔"，而是沉甸甸的"责任"。

医术援疆除危困。徐广润在疆期间，传经验、走基层，利用自己所学，发挥专业特长，为当地医疗工作者送知识、送技术，为当地百姓送服务、送健康。

初到新疆，他感慨万千："新疆地大物博，人美、物美、山美，新疆的美，让人流连忘返。"但是，新疆恶劣的气候与大自然的美丽形成了鲜明的对比。"蝉鸣空桑林，八月萧关道。出塞入塞寒，处处黄芦草。""秦中花鸟已应阑，塞外风沙犹自寒。"古代诗人眼中的新疆萧条、凄凉。而今新疆虽较往昔大有改观，但环境依旧较差，一些遗传病、免疫性疾病、感染性疾病比较多，像结核病、布氏杆菌病的患病率远远高于内地。当地的诊断、治疗方法较内地也有一定的差距。徐广润等援疆医疗专家们的到来，为当地带来了先进的医疗技术和方法，让当地百姓能够面对面接受来自全国各地的医疗专家的诊疗。

新疆维吾尔自治区人民医院神经内科综合业务处于全疆一流水平，但学科建设是其发展的瓶颈问题。徐广润充分发挥专业特长，通过讲座、专业会议、教学查房等形式，将内地神经内科方面领先的诊疗技术和方法（包括脑血管病、自身免疫性疾病、感染性疾病、遗传性疾病的诊断、流程、新的思路等）传授给当地医生，同时还积极参加神经内科及全院疑难病例的讨论和会诊，以加强该院神经内科的学科建设，提高神经内科整体的业务水平。

认识到只有不断提高青年医生的诊疗水平，才能提高医院神经内科整体的医疗业务水平，徐广润采取教学查房等方式，对青年医生进行教学指导。2017年8月29日，徐广润充分发挥自己的专业特长，在新疆维吾尔自治区人民医院为20余名带教老师和规培学员针对标准化教学查房做了示范。通过对一名急性脑梗死患者的问诊、检查、分析和讨论，他完整、系统地讲授了教学查房的重要性、关键步骤和注意事项等，帮助带教老师和规培学员们提高业务水平。为加强临床医生之间的经验交流，2018年1月25日，徐广润倡议并组织了新疆维吾尔自治区人民医院神经内科首届青年（住院规培）医师优秀病例报告会。广大青年医师积极参与,来自全疆神经内科领域的著名专家对评出的优秀病例报告进行了点评,并提出了意见和建议。该活动受到全疆神经病学界的高度关注和好评。

除了在自治区人民医院坐诊治疗外,徐广润还走到基层、走到民间,多次到南疆和田地区皮山县医院义诊,耐心地帮助当地百姓诊断疑难杂症;到新疆维吾尔自治区乌鲁木齐市高级中学为30多位教育工作者及其家属义诊,还利用周末时间走访乌鲁木齐新建县医院和水西沟哈萨克特色乡镇卫生院,并初步达成培养基层医务人员的援助意向和共识。

由于饮食习惯不同,新疆地区糖尿病、高血压等脑血管病患者居多。徐广润就利用治疗脑血管疾病、神经免疫疾病和焦虑抑郁等情感障碍疾病的专长,为当地患者诊断了很多疑难杂症,同时结合自己的临床实践经验与当地医生交流治疗方法。他还受邀到新疆广播电台"新疆名医堂"栏目组录制了以"高血压与脑卒中的防控"为主题的科普采访节目,让当地百姓了解了高血压病的危害及其预防知识。

在党的十九大胜利召开之际,他积极收听收看习近平总书记所作的报告,深刻领会新时代中国特色社会主义思想和基本方略,并代表自治区卫计委援疆专家接受了新疆电视台的专访。新疆其他媒体也纷纷报道了徐广润等专家们的援疆事迹。徐广润曾接受新疆人民广播电台"名医援疆路"采访,讲述了援疆医生的大爱真情。

架起桥梁同进步。作为援疆干部,就要当好援疆人,办好援疆事。援疆期间,徐广润在山东大学齐鲁医院和新疆维吾尔自治区人民医院以及两个医院神经内科之间,构建了一个学术交流和业务往来的交流平台,以达到共同提高、共同进步的目的。

为真正做好交流、交往、交融,2017年10月26至29日,在山东大学齐鲁医院青岛院区副院长焉传祝邀请下,徐广润陪同自治区人民医院神经内科李红燕主任、莫合塔尔副主任等四人到青岛参加了第三届山东省神经内科主任论坛以及齐鲁神经系统疑难罕见病论坛,参观了山东大学齐鲁医院(青岛)院区神经内科病房、门诊特检室和实验室。双方进行了业务、学术交流,初步商谈了长期合作的意向。徐广润等医疗专家还通过远程会诊方式与全疆各基层医疗单位联系,解决疑难病例;开展巡回医疗工作,培训基层医务人员;以讲座、学术会议等形式与当地医生进行交流,不断提高各级医生的诊疗水平,使当地百姓真正受益。下一步,徐广润准备充分发挥山东大学齐鲁医院神经科专家的作用,通过远程会诊,解决新疆当地的一些疑难病例。

"我觉得徐主任鲁疆合作做得非常成功。他好像在山东和新疆之间搭起了一座桥梁。他介绍的病号，有的专门从新疆赶到山东大学齐鲁医院来看神经肌肉疾病。山东举办学术会议，徐主任也会带着新疆的医务人员过来学习交流，有时候新疆的学术会议也会邀请我们去参加。”这就是山东大学齐鲁医院青年医生王勤周眼中的徐广润。

“这次援疆是我人生中的一个转折点。”徐广润说。他表示，这次援疆收获的是两院医务工作者之间心与心的交融、医术的交流，以及当地百姓康复后脸上绽放的美丽笑颜。今后，他将致力于加强两地医疗技术的交流，利用网络连线等方式推进疑难病例商讨制度的建立，并通过组织学术交流会议等活动，将两院、两科室的交流活动一直持续下去。

结对结亲助安宁。内地和新疆，生活、环境都存在差异。援疆 9 个多月以来，徐广润水土不服，皮肤上起了大片的疹子。蚊虫叮咬、存在时差、睡眠不良、饮食油腻等问题虽然困扰着徐广润，但徐广润说：“不管怎样，既然选择了援疆，便是选择了维护边疆和谐稳定的神圣职责。在援疆工作中，我要实实在在做一些事情、干一些工作。”

为了让民族团结之花常开长盛，徐广润积极投身到“民族团结一家亲”的活动中。刚来不久，徐广润就于 2017 年 9 月 19 至 21 日、12 月 26 至 28 日，两次乘坐 24 小时的火车前往和田地区皮山县阔什塔格乡加依纳古特村看望与自己结对的维吾尔族“亲戚”，并为他们提供力所能及的帮助。他说：“在南疆我们都有自己的维吾尔族‘亲戚’，要定期去看望他们。民族团结一家亲，就像内地的一对一帮扶，大家是一家人，心往一处想，劲往一处使。我们还把党的政策带下去，把党的十九大精神带下去宣讲。去年我们一次只是去三天，与他们谈谈心，看望一下他们。从今年开始，我们要和自己的‘亲戚’同吃、同住、同劳动、同学习，在‘亲戚’家要住五天，要过一个‘结亲周’呢。在‘亲戚’家，我们不只是在思想上帮助他们，还要给‘亲戚’看病，解决他们遇到的实际问题。”

“民族团结一家亲”活动融洽了徐广润与当地村民的关系，增进了他们之间的情谊，让当地百姓真正感受到祖国大家庭的温暖。援疆期间，徐广润与许多少数民族朋友结下了深厚友谊。其中，有人民医院神经内科的医生，也有人民医院的病人。徐广润说：“在新疆虽然辛苦，心想哪怕能为新疆安宁作出一点贡献，我也甘之若饴。”

“投之以李，报之以桃。”当地少数民族百姓也真正把徐广润等援疆医疗专家当亲人，邀请专家们参加他们的古尔邦节、哈萨克成人礼、婚礼等，让他们领略新疆的风土人情，感受异域文化带来的熏陶。

一段援疆路，一生援疆情。援疆期间，徐广润全力以赴投入工作，求真务实，大力弘扬“舍家报国、忠诚担当、团结奉献、创新奋进”的援疆精神，走基层、结亲戚、传知识、重交流、带学生;让新疆人民真切感受到来自内地的温暖,享有与内地同样的医疗服务,与内地人民共享一片蓝天。

日常有原则

援疆之外,日常工作中,徐广润同样是一名好医生、好学者、好教师。

“神经科非常有意思,诊断病情需要拨开层层迷雾,一切就像‘破案’一样;神经科还需要具有抽象思维的能力,神经核团、传导通路等名词都是要结合临床实践,通过抽象思维来想象的。”当初,徐广润因为这个原因选择了神经科。在自己心仪的科室中工作,徐广润非常用心、尽力。

《孟子·离娄章句下》中有这样一句话:“爱人者,人恒爱之;敬人者,人恒敬之。”在医院,徐广润与病人亲如一家。对病房里年龄大一点的女病号,他常常尊称为“大姨”,经常叮嘱科里的护士们要对他的“大姨”格外“照顾”一下。科里的人都说,徐主任的“大姨”和“姨夫”怎么这么多呀?后来才知道,原来这些都是他的病号。山东大学齐鲁医院护士吕贞囡说:“有个病人手术前给徐主任送红包,徐主任就把红包交给我,让我把这个红包里面的钱直接充到了病人的住院费里面,并把押金条交给了病人。平时,徐主任医患关系也处理得非常好,病人很信赖他,找他看病的病号特别多。”

临床医生看到的是病人的表象,要想深究病理,必须进行科学研究。“做科研就要创新思维,就是你能想到多少,就大胆地去做,不要害怕出错。”徐广润研究生阶段的导师曾这样在科研道路上潜移默化地引导着他。徐广润说:“在同济读书的时候,老师拿了一个100多万的国家基金重点项目课题,他从来不说你做不出来或者你做错了,他强调的是你做了吗?你独立思考和讨论了吗?”徐广润现在也这样引导学生做课题,并要求他们用开放性的思维去做课题研究。他认为,对神经科来说,主要是培养学生临床的辩证思维能力。

有些脑血管病早期,无法通过磁共振准确诊断出来。对此,徐广润不断进行科学研究,寻求解决办法。目前,徐广润主要研究的课题是脑血管病的“功能磁共振影像学研究”,主要是通过图像处理后的高分辨功能磁共振影像来探讨脑血管病发生认知功能障碍的机制及其防治措施。徐广润针对这方面进行研究,申请了一个山东省科技厅的重点研发项目。该项目利用功能影像学的方法,通过经颅磁刺激手段来探讨非痴呆血管型认知功能障碍的发病机制及其防治机理。徐广润还与山东省内有关高校团队开展情感障碍性疾病(如焦虑、抑郁状态)的研究,已发表了两篇SCI文章。徐广润创新性地做科研结出的“果实”是帮助患者尽早走出疾病缠绕的阴霾。

徐广润不仅仅是一名医生、一名学者,还是一名授业解惑的“师者”。“我对教学比较感兴趣，是因为获得学生的赞赏不亚于病人的赞赏。”徐广润坦然表达出自己对教学工作的喜爱。他认为，悉心施教，托起的是医学的未来。他教育学生，“视、触、叩、听”的问诊模式传承的是经验，医脉由此相传，一定要好好掌握；对待病人，要从病人的症状、体征入手，看病要有自己的思路。

他指导学生情商要高，作为医生要做到“以人为本，以病人为中心”。对待病人不只是礼节上的、道义上的关爱，还要学会人文关怀，学会与病患沟通，要真心实意地关心病人。这样做，病人才能配合你，才有利于对病人病情的诊断和治疗。

知识要经常更新。一改以往灌输式的教学，徐广润通过设计学习情境法教学（Problem Based Learning，PBL）、慕课等多种方式向医学生们传授新知识。PBL 教学方法采用启发式、病例式方法循循善诱地开展教学，以病例为主，用临床实例，逐步引导学生去讨论、去探索、去辩证地判断事物，并将其应用于临床。他们的 PBL 教学方法获得了省级教学二等奖。近年来，徐广润连续 5 年被评为“山东大学齐鲁医院优秀教师”，2016 年被评为“山东大学优秀教师宣传典型”，2017 年获得山东大学齐鲁医学院“齐鲁医学优秀教师”的称号。

在学生的心目中，徐广润亦师亦友。山东大学齐鲁医院的研究生文江山说：“徐教授特别严谨，对学生特别亲切，教学中又非常严厉、严肃。在科研方面，徐教授特别善于钻研，他总是第一时间掌握国内外最新的研究成果，然后督促我们去学，为我们做研究提出指导性建议。即使在援疆期间，他对我们的指导依然很及时。他经常把一些最新的研究成果通过微信发给我，并指导我学习，就像他随时都在身边一样。”

徐广润是齐鲁医院医生的一个缩影，也是山东大学医务员工的一个代表，彰显着山大人追求卓越、久久为功的精神。当得知学校即将召开第十四次党代会时，徐广润在预祝会议成功召开的同时，表示将以此为契机，用“时不我待，只争朝夕”的工作态度，担起责任，全力以赴，圆满完成组织交给的援疆任务。

（原载于山东大学新闻网 2018 年 5 月 21 日；文、图：王莉莉）

刘树伟：研雌黄以济世，此生即为解剖学

初秋的山东大学趵突泉校区，静谧中透着一丝古朴。解剖楼位于校友门附近，中西合璧式的一栋三层小楼，远远望去，很是安静。

上了二楼，左转就是数字解剖学实验室，一群大一学生正在这里上解剖课。实验室里弥漫着浓郁的福尔马林气味，有些刺鼻，学生们倒是不太介意，10 多个人围着一位大体老师，正看得认真。

解剖、福尔马林、遗体、白大褂、手术刀……这些已经与刘树伟教授相伴了 30 多年，对他而言早已不再陌生。

刘树伟，山东大学基础医学院教授、博士生导师、断层影像解剖学研究中心主任，曾任人体解剖与组织胚胎学系主任、人体解剖学教研室主任。长期从事人体解剖学教学、科研工作，专长于数字解剖学和断层影像解剖学。他主持的“断层解剖学”课程曾获国家级教学成果奖二等奖，被评为国家精品课程和国家级双语教学示范课程。

20 世纪 80 年代，正读大学的刘树伟曾给自己写过一句话立志：“研雌黄以

济世，括广妙而为师。”雌黄，是一味中药，代指医学。回顾过往，他说：“这句座右铭已经很久了，我一直都不敢忘记。”

从被动到笃定

刘树伟教授说：“我干解剖，其实很偶然。”

医学界有这么个说法，只有在遗体上划下第一刀，学医之路才算真正开始。但对刘树伟教授而言，真正开始学医之路，可能比遗体解剖要更晚一些。因为在他心里，医学、解剖学在很长一段时间里都是“被动”的存在。

1980年，18岁的刘树伟从山东省枣庄一中毕业，填下了自己的高考志愿。结果却有些“鬼使神差”，他最终被志愿之外的沂水医专录取。在此之前，他从没想过自己有一天会学医。

“被动”之下，兴趣缺乏，年轻人转而把相当多的时间花在练书法、看诗词上。直到一次外科小测验，平时表现还可以的他竟然没及格，被任课老师狠狠“训了一顿”，由此开始收心思到专业学习上。

大学毕业后，刘树伟被分配到一家酒厂当医生。一段时间后，他决定继续求学。1985年，他开始备战考研，目标是华西医科大学。

不久，刘树伟收到了复试通知书。通知书上写的是拟录取到神经解剖学专业，这是他非常感兴趣的一个方向。在他看来，神经解剖学是解剖学中最复杂的，同时也是未解决的问题最多的一个学科。这样一个领域，无疑让人摩拳擦掌，想要大干一番。

但很快，刘树伟又“被动”了一把。经过面试，最终录取他的专业是“解剖学中最累、最脏且有一定危险性的断层解剖学”。

1986年8月，刘树伟迈入华西医科大学，跟随全国著名解剖学家王永贵教授读研。1989年7月，研究生毕业的他进入原山东医科大学工作，担任人体解剖学教学、科研任务，至今已有29年。

是从什么时候开始不再“被动”的？对于这个问题，似乎没有清晰可查的时间节点，临床医学院林祥涛教授的回忆或许能提供点线索。

林祥涛教授比刘树伟教授早两年来山大工作，令他印象很深的是，刘树伟教授刚工作那会儿，“为了做断层标本，天天晚上泡实验室”。

很多转变都是在悄无声息间发生的。伴随着这种转变，刘树伟教授从日复一日的忙碌中笃定着对解剖学的追寻，同时一份份荣誉也印证、回应着他的付出：“卫生部科技进步奖”三等奖、“国家级教学成果奖”二等奖、“国家教委科技进步奖”二等奖、“科教兴鲁”先进工作者、“山东省青年科技奖”、霍英东教育基金会“高校青年教师奖”“卫生部有突出贡献的中青年专家”“山东省科技拔尖人才”、国务院颁发的政府特殊津贴、“山东省优秀科技工作者”“山东省教学名师”……

解剖，一辈子的事儿

推开刘树伟教授办公室的门，第一感觉是“挤”。办公室并不小，“挤”的很大原因是办公桌前后紧挨着两面满满当当的书橱。在身后那面书橱里，刘树伟教授一侧身就能看到一张老照片，那是他的老师王永贵教授的遗照。

王永贵教授1940年毕业于原齐鲁大学医学院，后任教于华西医科大学，一辈子从事人体解剖学、组织胚胎学教学工作，是全国著名的解剖学家，也是对刘树伟教授影响极大的人。他继承了老师的衣钵，在原齐鲁大学校园里继续着解剖学的追寻。

解剖学是一门古老的学科。基础医学院汤煜春副教授跟随刘树伟教授读研、读博，毕业后留校任教。他说：“当很多人觉得解剖学没前途的时候，刘老师一直没放弃，从不同角度探索解剖学发展的新方向。”

2000年，原山东大学、原山东医科大学、原山东工业大学合并组建为新的山东大学。以这一年为节点，刘树伟教授把自己的职业生涯分为两个阶段，关键词分别是断层解剖学和数字解剖学。

工作第一年，刘树伟接到了解剖学教研室原副主任栾铭箴教授的一项任务，开设一门“断层解剖学”的课程。当时没有先例可借鉴，也没有整体设计，全凭兴趣和求学时的经验积累。刘树伟从给研究生授课开始，一步步把课开了起来。也是从这个时候开始，山大有了全国第一门“断层解剖学”课程。

1993年，“断层解剖学”课程影响力不断提升，开始面向全国开展课程培训。2018年，这门课程的全国学习班已举办了23届，每届都吸引众多解剖、临床、影像方面的学者参加。迄今为止，全国共有3000余名解剖学教师、临床医师参加培训。汤煜春说：“现在一提去哪里进修断层解剖，大家都会首先想到山大，想到刘老师这里。”

2003年，对刘树伟教授来说是一个很关键的年份。这一年，在他的提议和推动下，几经波折的山东大学虚拟医学实验室终于建成，山大数字解剖学由此诞生；后来，又于国内率先开展了中国人数字化标准脑图谱研究，并取得了一系列研究成果。目前，他以通讯作者身份发表SCI文章已有50多篇。

山东大学校长樊丽明曾这样评价刘树伟教授：“一个科研促进教学的典型。”

断层解剖方面，1994年，“腹部断层解剖学研究”获卫生部科技进步奖三等奖；三年之后的1997年，“顺应现代影像学发展，创建断层解剖学课程”获国家级教学成果奖二等奖。数字解剖学方面有着相似的发展轨迹。2017 年,“中国人数字化标准脑图谱的创建与推广应用”获山东省科学技术进步奖二等奖;一年之后,“我国数字解剖学教学体系创建与推广”获得又一个国家级教学成果奖二等奖。

刘树伟教授自己说,他的每一项教学成果都有科研成果作前期铺垫,是一个“将科研成果引入教学”的人。未来,他正计划在“高精度数字人虚拟构建、物理复原及关键技术研究”方面,再出一些有实际应用价值的成果。

2003 年前后,刘树伟教授人生“第一版目标”开始成型。15 年之后的今天,他的目标基本没变:“我这一辈子,就是要做一个解剖学家,做解剖的事儿,把解剖学向前推进。”

要继续拼搏,不能停顿

谈起目前的工作,今年 56 岁的刘树伟教授坦言“比较紧张”,不过他接着补充道:“50 多岁应该是人生的盛年,还吃得消,很有干劲儿。”

刘树伟教授的工作,可以大致梳理如下:

教学方面,主编国家级规划教材《断层解剖学》,任“断层解剖学”课程负责人,此外还教授“系统解剖学”“局部解剖学”“生物医学导论”等课程,一年近 160 个学时。

科研方面,2004 年以来,主持数字解剖学方向国家自然科学基金项目 6 项,目前正承担国家自然科学基金项目 2 项、山东省重大科技专项 2 项。

社会服务方面,担任亚洲临床解剖学会副主席、中国解剖学会副理事长、山东解剖学会理事长,参与历次学术会议组织、筹办工作。

此外,担任九三学社山东省委常委、山东大学委员会主委。2017 年之前,连续三届任山东省政协委员。

简简单单几句话,概括的却是无数个不眠的日夜,以及用大量时间凝练了的心血。刘树伟教授经常出差,在全国甚至全世界跑。林祥涛教授形容他:“很有雄心壮志,身上有种不言败的精神。”

刘树伟教授心里自有一片天地。随着阅历的增长,他的研究方向越来越确定。数字化脑图谱研究,目前水平全国领先;数字化人体关键技术研究,分辨率高达 26000×16000;脑发育与脑老化影像学研究,现在解剖楼二楼的脑库已基本建成……

忙碌之余,刘树伟教授也有自己的诗和远方。

他从小就喜欢古诗词,喜欢毛主席的作品,也喜欢像李白那样走到哪儿写到哪儿。他的微信以“共之”为名,时不时推出很美的文章,有用来比喻齐鲁医学精神的梅花，有向大体老师送上敬意的丁香花，也有“不是仙花更胜花”的狗尾草。有篇题为“门前有棵石榴树”的文章，文风清新，笔触自然，点击量甚至突破了6万。拿来写作的时间，往往是出差等车、等飞机的间隙。对此他有自己的追求：“写的都是与工作相关的事情，希望将来一整理，一个人的足迹就出来了。”

不出差的时候，刘树伟教授一般恢复这样一种作息习惯：早上6点半，闹表喊着起床；上午、下午，办公室工作；6点半或者7点，回家吃饭，边吃饭边看《新闻联播》《焦点访谈》。或许对很多人来说，一天的工作到此就结束了；但刘树伟教授还有“加时赛”——晚上8点至12点，夜深人静，回到办公室继续工作。

他一直在筹谋的是，计划做一万例脑图谱，把人数字化甚至是“虚拟重建，物理复原，接近人体活体的物理特性”，希望建立人体解剖学的大型数据库以及大型人体博物馆。另外，他还想着组织整理“九三学社史”，先把发起单位山东大学的部分整理好，需要“赶紧抢救历史”。

50多岁的年纪，还能把如此多的精力用于事业，汤煜春有些时候不能理解自己老师的行为，比如对事业、对家庭。他还记得，曾经有段时间，刘树伟教授经常说起带孩子骑自行车的事情，“跟我们说个不停，因为非常难得，就带过那一回”。不过对于老师，汤煜春更多的还是感动，以及受到潜移默化的影响：“长期相处，他的人格魅力，对教学、科研的严谨认真、精益求精，都会影响到你。”

采访最后，记者请刘树伟教授描述自己当前的状态。他想了想，回答说：“理想尚未达成，我辈仍需加油！”

尾声：

侧面采访时，林祥涛教授谈到一个细节。研究样本过程中会用到影像检查，每次出来片子，刘树伟教授都特别小心，总是用手指头轻轻拿着片子的边缘，生怕玷污图像。做一件事，首先要尊重这件事。这样的人，让林祥涛教授触动很深。

2004年，王永贵教授去世，家人遵遗嘱捐献其遗体用于医学研究和教学。采访中，刘树伟教授也很随意地聊起自己的生死观，到了那一天，“就学我老师，献遗体，做成骨架”。

一个人，对一件事的热情、干劲儿能持续多久？一直到离开这个世界的那一天吗？或许还不止……

（原载于山东大学新闻网2018年11月8日；文：刘婷婷，图：刘梦冬）

张茂宏：学无止境，做一个不掉队的卫生兵

张茂宏，男，1929 年生，山东大学齐鲁医院终身教授、博士生导师。1947 年考入齐鲁大学医学院，毕业后留院工作至今。张茂宏教授曾任山东医科大学（现山东大学齐鲁医学院）研究生部主任、血液学研究室主任，附属医院（现山东大学齐鲁医院）内科、肿瘤中心和血液科主任，山东省血液病重点实验室主任，并担任中华医学会血液学分会常委和贫血学组组长等多项职务，是首批“山东省科技拔尖人才”之一，并享受政府津贴。

张茂宏教授从开始接触医学至今已 72 年，是山东省大内科领域的第一位博士生导师，也是国内最早对血细胞的荧光改变、扫描电子显微镜下血细胞的三维图像与表面微结构以及核素影像等开展研究的学者，还是国内最早结合分子遗传学等对白血病、再生障碍性贫血等难治性血液病的发病机制、诊断和治疗措施进行研究的人之一。他蜚声中国血液学界，获得过部/委级成果奖一、二、三等奖共计 15 项，主编及参编专著 18 部，发表论文百余篇，现仍在临床一线发挥余热；2017 年 6 月，又被山东省医师协会授予了“医师楷模”的荣誉称号。

寒窗苦读，立志学医

问：张老师，请问您的求学经历是怎样的？

答：我的故乡是江苏省宿迁市。6 岁时上小学，当时教室十分简陋，既无电灯也无火炉，但这些都不影响我对学习的热爱。从小学开始，我就时时争第一，或许这与家庭贫困反而激人好强有关。1940 年，我顺利考入宿迁县立初级中学，那时宿迁城已经沦陷，日本人对当地进行奴化教育，但大家内心都是抵制学日语的。初中三年，我患过两次重病，好在学习成绩还是很优异的。父亲和哥哥们支持我继续考高中，我没辜负他们的希望，于 1943 年考入了徐州最好的高中。这三年里，我两耳不闻窗外事，只顾埋头读书考大学。1945 年 8 月 15 日，日本人投降后，我又经历了解放战争，学习也受到了一些影响，所幸最终考入了齐鲁大学医学院，这是值得庆幸的。

问：您为什么决定学医呢？

答：关于这个问题的答案，我常常对我的子女、学生和记者们讲。我总结了以下几个方面：第一，家贫多病是我儿童和少年时期的情况，疾病不仅让我肢体痛苦，而且心理上也难以忍受，所以我觉得健康就是幸福，健康就能做百事。我日夜企盼着医生能尽快治好我的病，盼医生就是盼生命、盼健康啊！第二，小时候重病，西医用磺胺药使我康复，再加上儿时受到房东钱老中医治病救人的影响，也看到了城内两位西医医生受人尊重和爱戴的场景，便使我萌生了学医的想法。第三，高中毕业考大学，我想报考两门专业，一是学医，二是学工，这都是铁饭碗，都是不求人、受人尊重的职业。家人都同意了我的看法。最后，受中学同学和老乡韩德坦的影响，学工考了上海交大，因英语太差，草榜有名，正榜落地；学医考了齐鲁大学医学院，幸被录取，从而走上了从医之路。

穿越"封锁线"读大学

问：当时您对齐鲁大学的印象是什么样的？

答：1946 年日本投降后，齐鲁大学从成都回迁，我们入学时学校已经整修一新。当时的校园真的太大太美了！学校占地近千亩，像一座大花园，周围无墙，道路横平竖直。每条路的旁边都长着参天大树，于是便以树名为路名，如杏林路、长柏路、柳荫路等。路边还有成片的花卉，如迎春花、玫瑰花、梅花、桂花以及从国外引进的奇花异草等。在这个大花园内矗立着中西合璧的化学楼、物理楼、神学楼、图书馆，东西相对，南北是办公楼和康穆堂。造型独特的建筑还有天文台和供水塔。偌大而又美的校园里只有 400 名学生，所以显得非常幽静。

问：张老师，您在学医期间，什么事让您印象最深刻？

答:1948 年,在解放战争的炮火中,学校决定搬走,医预科随着文理学院迁往杭州,家境富裕的都选择乘飞机。我和两位同学无力交纳昂贵的路费,由济南穿过“封锁线”,一路半走半坐马车至济宁,然后乘船穿过微山湖至滕县下船……离开济南 16 天后,我们三人终于到了杭州,见到了亲爱的老师和同学。我现在回忆起来,还能记得穿越“封锁线”时可怕的情景,飞机的轰鸣声由远及近、由近及远,我们大气都不敢喘,太熬人了!

问:大学毕业后,您被分配到齐鲁医院,刚走上工作岗位,您有什么特别的体会吗?

答:1954 年毕业,分配到医院,那时候还叫“省立第二医院”。在住院医师期间,急症室是我们这一代青年医生最愿意值班的地方。这里不仅是展现医德医风的地方,而且也是考验自己医技的场所,所以是锻炼年轻医生德、才、智的最好的地方。我最愿意参加疑难杂病例讨论会。在会上专心聆听老师们根据病例资料从不同角度进行分析和讨论,真感觉像“八仙过海,各显神通”一样,不仅让我们深受启发,而且也认识到了自己在该病例诊疗上的不足之处,无形中提高了我们诊疗疑难患者的水平。

问:20 世纪 50 年代的医院内科是什么样的呢?

答:那时候,内科仅有 1 位教授(兼主任)和 1 位副教授、3 位主治医师、1 位住院总医师及其他 6 位住院医师,全科共 12 人,分担着内科三个病房和门诊的工作。大家在一起时非常和谐,将主治医师均视为老师,将高一年级的住院医师均视为师兄和师姐,几乎没有矛盾和“踢脚后跟”的现象。在医疗工作中,大家同心同德,共同诊治患者。省领导来检查工作时曾说:“你们逐级服从如此严格,真是和部队一样。”实际上,这是齐鲁医院的传统,而且都是自愿形成的。

问:您是如何做到“以病房为家”的呢?

答:在我实习的时候,高学勤老师曾告诉我们,他在贵阳工作时,一位住院医师在自由时间去理发,突然通知他回院参加抢救,他在头发剪了一半的情况下立即赶到急症室帮助救治患者。我们的上级医师都是如此,以病房为家,我们有什么理由不这样呢?严格遵守早晚查房、24 小时负责制的传统,深入了解患者的病情和心理变化,结合病情读书、查资料等,是我一直坚持的。久而久之,就变成习惯了。同时,以病房为家还需要与患者及其亲属密切接触和交流,医者应具有“仁心”,再用自己的“仁术”为患者服务。医德医风缺一不可。

学无止境,潜心钻研

问:张老师,您是如何一步步做科研工作的,有什么积累的经验给后辈分享吗?

答:1956 年,我去济宁的山东省丝虫病防治所帮忙工作 1 年,而后才对科研产生了兴趣,这也为我奠定了搞科研工作的基础。临行前,我从学校图书馆选择了 40 多本相关的国外杂志,装了满满一大箱,这样就可以边学边干了。研究成果后来发表在《中华医学杂志》上,至今在有关专著上仍被作为参考文献引用。可以说,1977~2000 年这 23 年是我的"多产期",我在血液学的医教研临床工作的基础上发表了多篇论文。

谈到经验,我先举个小例子。1964 年,我当时负责高干病房的诊疗工作,一位老革命家为过敏性体质,因发热在家服了一片金霉素,结果发生了过敏反应,出现了哮喘、皮疹等症状,于是急忙来医院,检查时发现其血细胞中嗜酸性粒细胞超高。除常规治疗外,我受此启发想写一篇关于白血病反应的论文,于是收集近 3 年的住院患者进行研究。最终,论文不仅在当年的全国血液学会议上宣读,还发表于 1965 年的《输血及血液学附刊》上。我其实想说的是,做好科研和写论文需要把握住"机遇",就是多用心、多思考、潜心钻研,不要错过那些意想不到的机会。

问:从医 70 多年,您认为作为一名医生怎样才能跟上医学的发展、疾病的变异、诊疗技术的进步呢?

答:做一个不掉队的称职医生,需要活到老、学到老。至于怎样学,我的主要经验是:在一生中不断地向三位老师学习。第一位是"启蒙老师",指的是教过我、带过我的老师,包括我的师兄和师姐等。老师们对待病人一视同仁,态度和蔼可亲,管病房时以病房为家,杨锡范老师是当时年轻人的榜样。这种医德医风要一代代传承下去。大家都知道"师父领进门,修行在个人",老师们除直接传授对疾病的诊疗知识和技能外,还教我如何自学,以便更快地积累临床经验。第二位是"病人老师"。我还记得三年级学习人体解剖学时,赵常林老师告诉我们,他以后不再讲课,我们的老师就是"尸体",按着解剖学逐步解剖即可,我们全班同学就是这样在"死者"身上学习了一年。工作后,向"病人老师"学习的对象主要是门诊和住院病人,急诊室是很重要的地方。我们把濒危的病人救治过来,同时也积累了经验。医生向病人学习,还要吸取教训。对疑难病例和死亡病例的讨论,大家要畅所欲言,找诊疗不足之处,汲取失误的教训。总之,要做到"胆大、心细、果断",如果胆大而不心细就会漏诊或误诊,心细、胆小而不果断会耽误病情。第三位是"书刊老师",也是我的更新型老师。现在医学进展很快,诊断技术、新药研发可谓日新月异,疾病谱也在不断变化。青年医生除每年参加各种继续教育学习班外一定要多看新出版的书刊,还要多讲、多写和多想。最后,我以"学无止境,做一个永不掉队的卫生兵"作为警句,愿与青年医生共勉。

晚年尽力发余热

问:张老师,您都已至鲐背之年,还依旧在一线发挥余热,什么原因让您一直坚持呢?

答:实际上,是否愿意发挥“余热”,关键要看每个人的意愿。就我来说,看患者、讲解疑难已成为习惯,看文献也是我喜欢的学习方式,我也没有打牌、唱歌跳舞、听音乐的兴趣,因此愿意在我的专业中发挥“余热”。我于 2005 年 12 月正式退休,当时已年满 76 岁,之后由于返聘及科内留聘而上班至今。我现在的临床工作很简单,就是周二查房和周四的疑难病例讨论。平时,各组病房如有疑难问题,我也可以做到随叫随到,与大家互相商讨解决问题。我喜欢结合疑难和罕见病例,查阅最新文献,制成幻灯片进一步讲解。此外,新药评审也是我的一项工作。齐鲁医院经常在每周三的下午开会讨论,审阅项目费时较长。因此,在发挥“余热”的过程中,这项工作是较费时间的,虽然劳累但我责无旁贷。

(原载于山东大学新闻网 2019 年 5 月 27 日;文:李小诗,图:受访者提供)

卜培莉：匠心培英才，拨云寻医道

诗人泰戈尔说过："花的事业是甜蜜的，果的事业是珍贵的，让我做叶的事业吧，因为它总是谦逊地低垂着它的绿荫。"教育事业就是"叶的事业"，每一名教师犹如一片绿叶，孕育着未来的希望。

山东大学齐鲁医院心内科主任医师、内科教研室副主任卜培莉教授已经在三尺讲台上坚守了35年，她既是患者"心脏的守护者"，也是学生的"春风、绿叶、暖阳"。1984年，卜培莉于原山东医科大学（现为山东大学齐鲁医学院）毕业后，便来到了山东大学齐鲁医院。出生于中医世家的她，因为家庭的氛围的熏陶，自幼便对医学怀有憧憬；种种的机缘，使得她最终选择成为一名心内科医生，也与教学结下了不解之缘。

卜培莉如今是山东大学医学院教授、博士生导师，负责CCU病房工作以及心内科的教学工作，承担本科生、"5+3"8年制、博士生等各类教学任务，注重对学生的医术和医德培养。主持省部级课题数项、国家自然科学基金课题两项、"973"前期子课题1项、国家重点研发计划重点专项立项项目子课题1项，并参加了数项国内或国际的多中心临床研究。获“山东省硕士学位论文指导奖”一项。兼任中华医学会心血管病学分会全国委员、女性健康学组副组长，中国医疗保健国际交流促进会高血压分会常委委员，中国医师协会高血压专业委员会委员及代谢学组副组长，中国医师协会心脏重症专业委员会委员，国家心血管病中心高血压专病医联体副理事长，中国中药协会微循环用药专业委员会副主任委员，《中华心力衰竭和心肌病杂志》编委，2017 年当选美国心脏学院高级会员(Fellow of the American College of Cardiology，FACC)。

引导学生，匠心科研

“作为一名临床教师，这些年，我也做了许多教学方面的探索，包括自主学习、小班教学，一直走在不断探索的路上。”卜培莉对青年医师和学生耐心地传、帮、带，多年来担任心内科教学秘书，优质地完成了各项教学任务。自 2013 年担任内科教研室副主任以来，她更加注重对学生的医术和人文培养，曾荣获“山东省硕士学位论文指导奖”，指导的博士生曾荣获“美国生理学学会优秀论文奖”。

卜培莉常常通过言传身教，对学生加强道德教育。“对于学生，我们要注重医德、科研思维和临床技能三方面的培养。”卜培莉表示，作为一名医学生，要学会“共情”和换位思考，能体会病人的疾苦，设身处地地为病人着想。比如，面对病人要说“请”，对于病人的问题要积极解决，不对病人说“不”等，使病人感受到医生的素养与关心。

此外，她还经常鼓励学生们大胆创新，引导学生们从课本和日常病例中发现问题，培养他们的创新思维；同时，深入了解医学生们在各阶段所可能遇到的困惑及难点，对学生们进行相应的指导。她关心每一位学生，了解他们的所思所想，帮助他们解决在生活学习中遇到的各种问题和困难，鼓励他们建立创新、求是、协作精神，及早发现一些不良情绪或错误并及时引导，发掘每个学生的闪光点并因材施教。她身体力行地为学生们作出表率，激发学生们的学习热情和拼搏的精神，期待他们在各自的岗位上成长为杰出人才。卜培莉说：“借‘教师节’契机，我也想感谢前辈和老师们一直以来对自己的教诲和鼓励，还要感谢学生们。教学相长，是学生们的一路同行，让老师们更加努力，共同进步。”

每次上课，卜培莉都会认真准备，随时补充新内容，总是一丝不苟。心内科非常重视教学，由卜培莉和其他几位专家授课的“临床心脏病学”博士选修课程，经过七八年的时间，由最初只有几十个人上课，到现在发展成 100 多人听课，成为医学院众多学生喜爱的课程。

近年来，卜培莉围绕高血压、心力衰竭和心脏疑难危重症方面开展了较多的基础工作和临床工作，在基础研究中进行了高血压及相关疾病心血管重构发生机制的探讨，通过基层医师培训、患者教育、举办高血压及相关疾病高峰论坛及参加国家级研究项目等开展临床研究，积极开展高血压等慢性病的防控工作，并采用心脏超滤技术等心脏重症诊治新技术，努力促进救治工作水平的提升。近年来，卜培莉主持或参加了国家自然科学基金课题、973前期子课题、国家重点项目子课题、山东省科技厅课题等多项课题；发表论文60余篇，主编或参编著作5部，获“教育部科学进步奖”二等奖1项、“山东省科技进步奖”三等奖1项、“山东省教委科技进步奖”二等奖1项。她在其基础研究领域深入探讨了高血压心血管重构发生、发展的具体分子机制，进一步明确其作用关键靶点，对高血压及心血管重构和心力衰竭的防治有重要意义。

妙手仁心，健康护航

“时间就是心肌，时间就是生命”是心内科广为流传的一句话。在多年的临床一线工作中，卜培莉经常加班加点，已经记不清多少次节假日或半夜被叫到医院处理危重患者。在多年的救治诊疗工作中，她不仅认真尽责，更是不轻言放弃。活动中，有的心衰、心梗病人及家属甚至已经不抱希望，是卜培莉和同事们的尽心救治和悉心照护，使得患者脱离险关，最终回归健康。

“看到患者能够康复，我就觉得疲惫一扫而光。健康所系、性命相托，他们的信任和理解，是我努力工作的不竭动力。”卜培莉说。多年的诊治抢救工作中，卜培莉在同事们的共同努力下多次成功抢救，受到患者及家人的广泛好评及同行认可，并多次获医院“危重疑难病例抢救成果奖”。

心内科的诊疗工作中，除了要面对突发急病这一类“急”的工作，还要认真对待诊疗慢性心脏疾病这一类“慢”的工作。在多年的工作中，卜培莉获得的不仅是急重症患者及家属们的认可，还有更多的慢性病症长期患者的信任。有的患者二三十年的时间里定期前来复查，“认准”了卜培莉。有一位30岁的患者因急性心肌梗死在齐鲁医院就诊，由当时还是主治医师的卜培莉具体负责。一晃30年过去了，在卜培莉的长期随诊和家人的精心照料下，患者身体康复得很好，心功能正常，目前已开启了丰富的退休生活，可谓是不亦乐乎。

在刻苦钻研、不断提高诊疗水平和救治能力的同时，卜培莉同样以高度的责任心和亲切和蔼的态度对待病人，注重人文关怀和心理疏导。她总是站在病人的角度体会他们对疾病的担忧和恐惧、就医的不易和焦虑，倾听患者心声，给予患者鼓励，增强患者信心。

在卜培莉的理解中，“看病人首先看到的是‘人’，要把病人当作一个整体去看待，不能只诊病，同时也要一并考虑病人的其他方面。”卜培莉这样强调。尤其是收治疑难危重症的心脏重症病房(CCU病房),患者病情凶险,突发事件多,病情变化大,卜培莉在精心医治的同时给予患者更多的人文关怀,患者大都会更好地配合治疗,从而达到最优的治疗效果,她也由此赢得了大多数患者及家人的信赖。由于工作成绩突出,获得“山东大学齐鲁医院2015年度先进工作者”称号,第七届“山东省十佳女医师”称号。

卜培莉以卓越的医德和精湛的医术,使很多患者成为了心内科的宣传者。“我始终把自己定位于患者朋友们健康知识的提供者、医疗的决策者、健康理念的教育者和心灵上的交流者。”卜培莉说。三尺讲台,方寸之间,写满爱与责任。

(原载于山东大学新闻网2019年9月12日;文:高丹璎,图:受访者提供)

王永彬:逆行奔跑,只为心中的美好

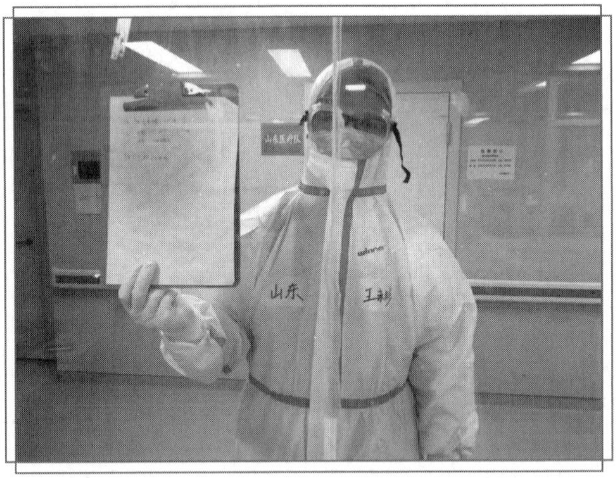

“有时,去治愈;常常,去帮助;总是,去安慰。”生死、进退,这些普通人不愿意面对的抉择,时刻在医生面前交织、上演。他们没有铠甲,却依然愿意以白衣为战袍,24 小时随时待命,与时间赛跑抢夺生命。

山东大学第二医院呼吸内科副主任医师王永彬是山大二院第一个请战支援抗击疫情的医生,也是山东首批抵达湖北黄冈的医疗队员之一。对王永彬及队友来说,医者的战斗是在没有硝烟的战场上。

这是我们的工作

“当、当、当”——敲三下玻璃,是立即响应,相关的工作人员就会过来……在大别山区域医疗中心,一扇透明的玻璃窗,分开了隔离病房与办公区域。这样的设计,是为了方便观察隔离病房内的情况。玻璃两侧,是王永彬和战友们抗击疫情的最前线。这扇玻璃对于他们来说,不仅是隔离疫情的墙,也是传递信息的窗口。

隔离病房有严格的无菌要求，任何通信和办公设备都不允许带入，医生下医嘱、写病历、讨论病情时，需要隔离病房内外的医护人员配合才能完成。由于医护人员都全副武装，听力会受到影响，说话的声音不知不觉就会放大，听别人说话时也必须聚精会神才能听懂。

援助初期，医生、医护、医患之间的沟通交流是医疗队员们面临的最大困难。山东首批医疗队队员们来自省内不同医院、不同行业（中医与西医）、不同专业（呼吸、感染、重症等），治疗的理念、流程、习惯不尽相同。

如何协同工作，在隔离区内外进行有效交流？为此，医疗队成立了专家小组，对病人实行分组管理，落实三级医师负责制和三级医师查房、值班制度，多次开会讨论制定统一的治疗方案和院感防控方案，明确分工，合理排班，使得医疗队快速成为一个富有战斗力的团队。隔离病区内外的沟通从最初的隔着玻璃拍照传达医嘱，到手机、对讲机交流，到最后的多方协调，在隔离病房内配置了一台电脑来处理医嘱，最大限度地保障了医生、医护之间的沟通顺畅，并减少了感染的可能性。医疗队员们参照援助武汉的山东医疗队经验，结合黄冈当地方言编订了“湖北方言对照手册”，并采用手机录音的方式，请当地医护人员协助翻译，解决了医患之间的语言交流障碍。

“有战友在隔离病房内，简单的一个手势，我们就知道如何进行配合。每当有战友要进入防护病区的时候，就会有人主动过去帮忙检查防护，调整防护用品；出隔离病区的时候，也会有人主动帮忙喷洒酒精，进行全身消毒。”王永彬如是说，“我们的团队之间的合作越来越默契，越来越流畅，医生与医生之间，医生和护士之间，在厚厚的防护服下，一个小小的动作，我们都能明白彼此表达的含义。”

他们本不相识，却因为共同的使命而战斗。通过一个手势、一个动作，我们读懂了他们治病救人的神圣使命。疫情来临，把危险留给自己，把安全带给别人，“这是我们的工作”，轻描淡写，却震撼人心。

感觉所有的努力都没有白费

“国家有难，匹夫有责，作为一名中共预备党员，我觉得我应该第一时间站出来；我工作 10 年了，对治疗呼吸危重症有着丰富的临床经验，而且还是科里为数不多的男医生之一……于情于理，我都应该第一个站出来。”疫情暴发需要征调医务人员的时候，王永彬第一个报了名，并在医院工作群中立下“主动请战，不计报酬，无论生死”的“战书”。他说：“这种危急时刻，正是需要我们医务人员的时候，换作别人也会这么做。我们在前方会科学规范地开展工作，发挥个人医疗救治水平，同时也做好个人防护，争取疫情结束后，早日归来。”

1月26日凌晨,王永彬所在的山东首批援鄂医疗队抵达湖北黄冈。黄冈紧邻武汉,是山东对口医疗援助的城市,也是当时除武汉外疫情最严重的城市。经过紧张的战前培训,1月28日夜间,他们被紧急调配至大别山区域治疗中心。这里是黄冈市中心医院新院区,由于疫情到来而被提前改造启用,被称为黄冈版的"小汤山"。王永彬他们接手的是一个临时改建的医院,里面缺少的东西很多,基本上是从零开始:"我们根据疫情需要改建了隔离病房,重新规划了一个病区,搬运了一些设备,就相当于一个新的医院开诊一样……"

开始收治病人的第一天晚上就来了50多个病人。值班结束后,每个医护人员都累到接近虚脱,喊到声嘶力竭,连话都说不出一句。这个时期的工作开展,对王永彬他们而言,面临着巨大的挑战:"一是对疾病的认识和诊疗方案尚在摸索中;二是病房条件还有很多设备尚需要进一步的完善,面对这么多需要救治的危重病人,压力可想而知……"王永彬主要负责普通及部分危重病人的救治工作,每天进行查房、病例讨论、交班、文书书写等。每个班次,王永彬都要对患者进行全面巡视,沟通病情,在做好心理疏导的同时同患者亲属建立联系,从躯体和心理两个层面来治疗疾病。除此之外,王永彬还要执行病例讨论制度、死亡病例讨论制度,不断讨论制定诊疗流程,进行标准化、同质化治疗,每3天至5天进行一次病区学术讨论,对诊治中的经验教训进行总结,形成诊疗工作总结。

2月4日,立春,王永彬写了一篇题为"虽疲惫不堪却顽强拼搏"的日记,日记中写道:"不经意间来黄冈抗击疫情已经10天了,现在的医疗工作已经按部就班地进行着,查房、巡视病人、医患沟通、下医嘱、写病历及上报传染病,一切都有条不紊……很多兄弟姐妹都在关心我在疫区工作是不是很累,说不累那是假的。每天穿着密不透气的隔离服穿梭于充满病毒的隔离病房,不吃、不喝、不眠、不休,查一次房需要两到三个小时,而且还要面临语言、交流障碍,有时候为了写一份病历需要反反复复问很多遍……"一天的工作结束后,每个人都是汗流浃背,护目镜下都是湿的。在王永彬看来,查房不仅仅是制定科学的治疗方案和策略,更多的是对患者和家属的安抚和鼓励,消除他们的恐惧,增强他们对疾病治疗的信心,让他们重燃对生的希望。

特殊时期,医务人员的一个微笑、一个鼓励,往往能够缓解患者心中的恐慌和不安。反过来,患者的一句感谢、一个点赞,也能够带走医护人员的疲惫和压力。

2月4日,也是黄冈市大别山区域医疗中心首例新冠肺炎患者治愈出院的日子。这个好消息,让在大别山坚持11天的他们欣喜不已。王永彬同样激动,在他看来,欣喜的不仅是患者出院,还有工作状态的改善:"第一,病房条件和设备不断完备,为我们提供了一个越来越好的工作环境;第二,我们对疾病的认识越来越多,汲取了非常多的教训,也总结了很多的工作经验,使我们的诊疗流程和过程进一步优化;第三,团队之间的合作越来越默契、流畅,厚厚的防护服下一个小小的动作,我们都能明白彼此表达的含义;第四,病人经过我们精心的救治和心理疏导,逐渐克服了对疾病的心理恐惧,开始信任我们,并配合我们治疗。"

"还有一位确诊为新冠病毒肺炎的退伍军人,经过我们的精心救治后好转出院。这名退伍军人出院的时候隔着隔离病区的玻璃给我们医护人员敬了一个标准的军礼,感叹'山东泰山,黄冈靠山',并承诺待疫情过去,一定到山东去一趟,感谢他的救命恩人。那一刻,我们觉得特别激动,感觉所有的努力都没有白费。"

经过一段时间的适应、磨合,医疗环境逐步改善,诊疗的流程逐步优化,团队配合越来越默契,病人治疗方案越来越完善,使得王永彬的心态更加安静和沉稳。"医者心、仁者心、中国心,万众一心不畏艰难,向前跑,只为了心中的美好。"王永彬坚信,冬将尽,春可期,山河无恙,人间皆安。

英雄,就是心存畏惧并战胜畏惧的人

作为一名呼吸科医生,王永彬一直有一个英雄梦,希望能拯救更多的人。汶川地震发生的时候,由于年资尚浅,他未能奔赴一线抗震救灾,却也暗暗下定决心,如再有需要,定赴一线。为此,王永彬参加了山东省级卫生应急队伍,希望在危难来临之际,能"招之即来,来之能战,战之必胜"。"疫情来临时,我很庆幸能来到一线,让生病的人尽快痊愈、恢复健康,让社会远离疫情,护卫中华。"一直以来,"英雄"作为偶像般存在的字眼,被赋予了太多特殊的含义。

您对"英雄"的理解是什么?您现在是在做"英雄"做的事吗?面对这样的提问,王永彬给出了这样的答案:"所谓英雄者,挽狂澜于既倒,扶大厦于将倾。英雄,是一个国家光辉历史的记忆,是一个民族坚强不屈的脊梁,也是时代发展的先锋力量。没有人生来就是英雄,我心中的英雄是心存畏惧并战胜畏惧的人。"

王永彬眼中的英雄,不一定要有"惊天地泣鬼神"的丰功伟绩,或是"身披金甲圣衣、脚踏七彩祥云"般灿烂夺目;默默无闻、支撑起整个时代的,才是真英雄。新冠肺炎疫情暴发后,王永彬每天也会被一些英雄事迹所感动着:10天建成的火神山医院号称中国奇迹,这个奇迹是一群善良执着的普通劳动者用生命拼出来的;数不清的人以自己方式捐献着自己的爱心,各种医疗物资、生活用品像雪花一样飞向疫区;警察们牺牲休息时间,夜以继日地守卫着民众的安全……在王永彬看来，“是他们撑起了整个中华民族的脊梁，他们都是英雄，而我只是一名普普通通的医护人员”。

出发去湖北之前，王永彬也做过最坏打算，把家里的微信、支付宝及银行卡的密码都编辑了一个短信：“如果不幸的话，可以发给我妻子。说实话，我也害怕，但是这个时代需要白衣战士，这就是我的职责，责无旁贷。”

截至2月26日，大别山区域医疗中心山东医疗队累计救治患者385人，治愈177人。目前在院92人，重症8人，危重7人。听到这些数据，王永彬很受鼓舞：“这说明我们的救治工作取得了一定的成效，我们医护人员所有的努力都没有白费……但是，我们仍然需要注意，现在未治愈的病人还有很多。行百里者半九十，我们的道路任重道远，思想上绝不放松，不能有丝毫的马虎大意和懈怠，不获全胜决不轻言成功。”

有人问王永彬9岁的儿子：“你觉得爸爸是什么样的人？”

儿子说：“爸爸是一个不怕危险的人。”

伟大出自平凡，平凡造就伟大。在抗疫一线，他们是冲锋在前的英雄，是挡在我们和病毒之间的屏障；回归生活，他们是孩子，是父母，是丈夫或妻子。“虽然我特别想念家人，但是现在黄冈人民需要我。我在黄冈很好，请家里人放心，我一定好好工作，好好防护，争取救治更多的病人，不辜负你们的期望，早日战胜疫情，安全回家。”或许正是因为平凡，危急时刻的挺身而出才显得珍贵。

（原载于山东大学新闻网2020年3月4日；文：蒋晓涵，图：受访者提供）

郝学喜:精勤不倦初心志,抗疫报国济世情

郝学喜,山东大学第二医院急诊重症专业副主任医师。1 月 28 日,主动请命随山东省第二批援湖北医疗队驰援一线。目前在黄冈市大别山区域医疗中心担任第二批医疗队重症四组组长。

接到采访郝学喜医生的任务后,我通过他的同事了解到,采访当天,郝学喜医生可能有空;下午 5 点半联系他的时候,他还没吃晚饭。知道前线医护人员吃饭时间不固定,且有时候会隔很长时间才能吃饭,我们约定等他吃完饭再进行在线采访。等郝学喜医生联系我的时候已近 7 点半。他是当天凌晨的班,值班结束后,上午、下午各开了一个视频会议。就在与我联系前,他还与医疗队员开了一次线上交流会;他说他们已习惯这样的工作节奏。除了专业诊疗方面的事情,他对一线的物质条件、工作强度等甚少在意和提及,在前线也很少拍照,目前只有两张。他说自己生活简单,对这些不怎么关注。关于驰援一线,他也只是平实地解释为“我合适”。但每当提及新冠肺炎的认识与治疗,总能从字里行间感受到那种身挑重担的责任、压力,甚至是担忧。如文中所述,他有着从医

者必备的冷静自持和专业理智，但当我在他的手记中看到他写的“看到我工作的病区，昏迷三天的69岁患者睁开眼睛时，我的眼睛几近湿润，我努力不让眼泪流出来，因为护目镜会起雾”时才明白，这种理智之下的医者仁心，比其他任何情绪都热烈滚烫。“药王”孙思邈在《千金方》总论论述医者的必备素养中说：“学（医）者必须博极医源，精勤不倦……大医治病，必当安神定志，无欲无求，先发大慈恻隐之心……”意思是说，作为医者，一要有精湛的医术，精勤不倦；二要有高尚的品德修养。以此对照，郝学喜医生确实是一个精勤不倦、报国济世的好医者。

因为抗疫一线工作忙碌，对郝学喜医生的在线采访短暂而紧张，但短短不到一个小时的交谈，一位专业理智、质朴内敛、自信担当、饱含家国情怀的医生形象清晰地呈现在了笔者的面前……

医疗队的“攻关突击型选手”

“新型冠状病毒面前，我们都是新人，每天学习很重要。知识更新速度要快！”

新冠肺炎是一个新的疾病，在明确的诊疗方案出现之前，每位患者的治疗，对医护人员们来说，都是一次挑战。因此，及时了解、学习最新的新冠肺炎相关诊疗信息、研究报告、学术资料等，对于把握疫情发展动态、制定有效的诊疗方案、提高诊疗效率至关重要。

在前线的一个多月的时间里，郝学喜一直引领着医疗队队员的知识更新，队员们都亲切地称他为“攻关突击型选手”。除了一线救治以及业务研讨，他将剩余的大部分时间都用在了新冠肺炎知识更新和文献查阅上。郝学喜说，来黄冈之前，他可能一周或一个月查一次文献、写一次总结，但在前线，这种频率是每天。新冠肺炎的诊疗方案，在不到一个月的时间里已经更新了6版，大约5天至7天就会更新一版；另外，一些与之相关的流行病学、尸检报告、治疗方法每天都在更新，信息量很大；此外，有些病人发病时间短，初期有些问题没有暴露出来，但病情随着时间进展变得越来越复杂，已经不再局限于抗病毒治疗，而是需要多元化的综合治疗。而所有这些都需要在不断地学习、研讨中敲定最优方案。

在浩如烟海的医学文献资料中查找有指导意义的、行之有效的诊疗信息，是一件很棘手的事情。郝学喜依托自身的专业素养与科研攻关能力，再加上山东大学便捷强大的数据库做支撑，承担了信息检索、知识分享这项任务。到武汉后，他检索和阅读了大量关于新冠肺炎的相关资料，并将一些行之有效的方法运用到了实际治疗中。同时，郝学喜会将检索到的实用信息分享到专家组，然后与专家们一起讨论、研究，总结出更好的诊疗方案应用到全队的医疗工作中。此外，郝学喜还时常利用上下班途中或以线上的方式开展小范围讲座，向医疗队员们讲解最新诊疗方案和相关业务知识。

2月11日上午11时，黄冈大别山区域医疗中心第一例妊娠合并新冠肺炎患者出院，这也是山东援湖北医疗队治愈的首例妊娠合并新冠肺炎患者。该名女子25岁，今年2月2日入住大别山区域医疗中心，是一名怀有身孕的准妈妈。郝学喜是她的主治医师之一。他说，从这名孕妇感染进医院到治愈出院，自己是从头到尾全程参与和主持治疗。因为孕妇出现病毒感染是一个很棘手的问题，早期妊娠病毒会不会通过胎盘对胎儿造成影响？哪些药物、哪些治疗措施针对孕妇早孕三个月之内可以用？医疗队中没有妇产科医生，即使是妇产科医生，也不可能单独处理得了这种病情，因为这种病患需要多学科背景的专家团队开展联合治疗。针对这一情况，郝学喜与团队成员一面采取前后联动的方式，在线向医院妇产科医生请教相关问题，一面有针对性地查阅大量资料，不断针对患者的病情进行相关的调研和治疗的调整。郝学喜说，从这位病患入院到出院这十几天，他每天晚上都会针对妊娠合并病毒感染查阅文献。“病人不会因为你会什么而得什么专业的病，虽然我也不是妇产科专业，但是遇到这种情况，我就是最专业的，必须将之治好。在病人眼中，我们就是全能的。”

在工作中，我是一个职业选手

“在前线，正确的决策，有时比一腔热血更有效，新的诊疗方案可以直接让病人获益。”

在同事们看来，郝学喜是一个专业、理智、感情很少外露的医生。到达前线后，很多医护人员都会在手记中记述对病患痛苦的感同身受、患者出院的喜悦、对社会各界齐心抗疫的振奋、身着防护服的不便等等，但郝学喜每天的手记中大多是专业的病情进展、病情研判，情感方面的内容很少。他的查房效率很高，每次查房，为病人治疗、解释病情都简单明了、理智透彻，说一遍病人就能听明白，很少重复。他说：“我不是没有感情，但是在工作中，我是一个职业选手。我更多的想法是怎么用我的医术去缩短病程，让他尽早痊愈，我在想怎么尽快把他身上的病给解决了。”

理智、感情内敛，绝不代表无情；相反，在抗疫过程中，郝学喜心中涌动的大爱与家国情怀时时让人动容。

时光回溯，大年三十晚上，从济南刚驱车回到聊城老家不久的郝学喜就收到了召集赴湖北医疗队员的信息。因时间紧急，他没有赶上与第一批队员一起驰援湖北。但他向领导请命，第二批，一定要去。谈到请命去一线的初衷，郝学喜一如既往的理智、内敛。他说，新冠肺炎是呼吸道疾病，属于肺炎，只有急诊科、重症科和呼吸科三个专业对口，而自己专业对口（急诊科）、年富力强，且有援医工作经验（赴陕西子洲县健康扶贫一年），“我是最适合干这个活儿的”。当被问到有没有担心会有被传染的风险时，郝学喜说，自己考虑问题比较理智，从职业角度来讲，医生就是治病的，治病就包括治疗传染性疾病。

这种特殊时期勇挑重担的责任意识，除了来自他的职业使命和专业自信，还源于家庭教育中家国情怀的浸润。郝学喜说，当初自己选择学医，便是源于父亲“不为良相，便为良医”的教育。父亲对自己的教育一直是传统教育，这种家国情怀在自己头脑中根深蒂固。2 月 15 日，郝学喜的父亲知道儿子瞒着自己去前线的事情后，给他写了一封信，信中写道：“国家有难，匹夫有责，职责所在，使命使然。你没有忘记医学生的誓言，没有忘记咱们是一个有三个共产党员的家庭……”这封信一经被转载，信中澎湃而出的家国大义感染了无数网友。郝学喜说：“（之前）‘老头儿’从来没有给我写过信。千里之外的风雪，湖北山东的连线，他还是在用传统的方式表达对国家和孩子的关注，纸短情长，见字如面。虽然‘老头儿’这次的叮嘱显得如此啰唆，但它会成为我行动的力量……”

阳光总在风雨后

初到黄冈时，天气湿冷。因为是紧急投入使用，大别山区域医疗中心那时还没有空调和暖气。郝学喜和医疗队面临的挑战是，如何将这里规划改造成专门收治新冠肺炎的医院。治疗流程、防护流程、病房的通道怎么设计，病人通道怎么走，医疗废物怎么走……郝学喜和队员们参照 SARS 期间小汤山的建设模式进行了细致、严格的规划和设计。从郝学喜的一篇手记中，可以一窥当时的工作状态：“新病区取暖设施在紧密调试安装中，整夜工作状态都是一路小跑……”

但这并不是最大的挑战。作为重症组组长，郝学喜要时刻掌握患者的病情变化，对治疗方案和医疗质量进行把关。他的压力主要来源于新冠肺炎病情复杂所带来的挑战。由于基础研究还在进行中，当前对新冠肺炎的临床治疗并没有具体的、切实有效的方案。郝学喜说，因为没有大量病例的治疗，总结不出规律来，而且没有经历病人病情的演变，对于从整体发病到病情结束没有一个整体上的认识。所以有时候虽然每天在翻阅文献，但由于病毒感染的复杂性，作为组长，心理上还是会有很大压力的。

令人欣慰的是，在各方的共同努力下，黄冈市的疫情防控形势越来越向好。郝学喜所在重症监护病区的病人陆续治愈出院，新转来的重症病例也较前明显减少。目前 18 个床位仍处于满员状态，部分原因是第一批医疗队员因休整而将其管理的病员合并到了郝学喜所在小组。

2 月 28 日凌晨，郝学喜所在病区的一位患者病情急性加重，呼吸机辅助通气下氧饱和度 85%，呼吸状况差，情况十分危急。郝学喜立即决定应用俯卧位通气治疗。1 小时后，患者病情有所好转。这是医疗队在医疗中心利用山大二院专利器具，第一次成功实施卧位通气治疗。

郝学喜说："阳光总在风雨后，相信疫情定会被控制，湖北定会平安，中国定会平安，因为我们有强大的祖国和团结的各族人民。"

（原载于山东大学新闻网 2020 年 3 月 7 日；文：张丹丹，图：受访者提供）

李颖霞：风雨彩虹，“疫”线芬芳

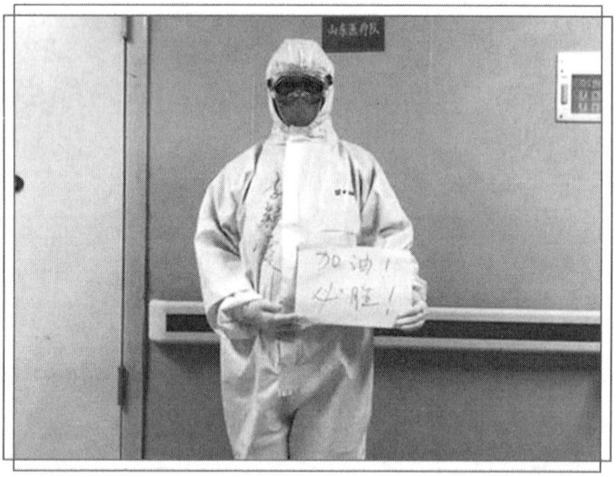

在这场突如其来的新冠肺炎疫情中，全国数万名医务工作者千里迢迢奔向战“疫”一线，他们争分夺秒，治疗、照顾、鼓励患者，与时间赛跑，与病魔争斗；在死神手中抢夺一个个生命，为患者送上天使般的温暖，带给患者对未来生活的美好希冀。山东省首批援助湖北抗击新冠肺炎医疗队成员、山东大学齐鲁医院第一批赴湖北医疗队队员、齐鲁医院东院区外科护士长李颖霞就是其中的一员。

两地书，母女情

2020 年初，一场来势汹汹的疫病在荆楚大地暴发，黄冈是仅次于武汉的重灾区，那里急需重症医学方面的支援。

1 月 24 日（大年三十），李颖霞得知齐鲁医院即将支援湖北的消息。当天是李颖霞女儿 18 岁生日，女儿再过 134 天就要高考了，此刻的李颖霞内心掠过一丝犹豫，但 5 分钟以后，她就义无反顾地在医院报名接龙里写下了自己的名字，请缨奔赴湖北战“疫”一线。

下班回家后，李颖霞收拾行囊，告知女儿自己就要随医疗队出征湖北。女儿哭着说：“我还有 4 个月就高考了，你走了我怎么办？”李颖霞内心澎湃不已，唯有紧紧地搂着女儿，安抚着她……

李颖霞平静地对女儿说：“武汉这么多重症病号，医务工作者太辛苦了，需要大量的医务工作者，妈妈的特长是重症护理，我应该去援助。”此刻的女儿还无法理解妈妈的决定，关在自己的房间里抽泣，但经过一番劝慰，女儿想通了，说：“妈妈你去吧，我没事了。”

1 月 25 日（大年初一），李颖霞随团队赴黄冈大别山区域医疗中心救治危重患者工作。这次出征的山东大学齐鲁医院第一批赴湖北医疗队队员共 5 人，有 1 名医生和 4 名护士，李颖霞被分到山东省援湖北黄冈医疗队重症三组。

最初，女儿对妈妈的职业并不十分理解，只知道妈妈的工作很忙碌、很辛苦，天天和病人打交道，一整天下来总是很累。在李颖霞赴黄冈工作的日日夜夜，女儿在不时送去问候的同时，也在担心妈妈的安全，还经常发一些医务工作者被感染方面的信息提醒她注意防护。有一天，女儿通过一段视频了解到：妈妈援助的地方条件比较差，原认为穿上防护服会比较热，后来发现她们那里不能用空调，只能用暖风扇取暖。李颖霞安慰女儿说：“妈妈是专业人员，此前的医务人员是在不知道的情况下，没有做好防护才被感染的。现在妈妈接触的都是确诊病人，而且我们都经过专业培训，防护得非常到位，肯定没有问题。”女儿渐渐理解了，妈妈是在凭着自己的能力和专业挽救患者的生命，她觉得妈妈的职业令人敬佩。

10 天之后，女儿给妈妈写了一封信：“现在我已经完全理解并支持你的决定，为你感到自豪。在新闻上看到护理病人的你，我十分骄傲；在视频里看到你被口罩勒红的脸庞，我又十分心疼。这些天我一直听从你的嘱咐，锻炼身体，认真备考。希望你认真工作，注意身体，也希望疫情早日平息，湖北重焕生机。”

因为这次疫情，也因为妈妈的逆行，女儿找到了心中的“远方”，那座城市叫作武汉，并决定今年报考武汉大学。

1 月 28 日，李颖霞的女儿给她发了一张穿上妈妈衣服的照片。看后，李颖霞瞬间泪流满面。

她在回信中对女儿说：

你知道吗？得知医院将组织医疗队援助武汉时，如果说在要不要报名上我有些许犹豫的话，那主要的牵挂就是你。孩子，我说不出什么家国情怀的豪言壮语，我自认为我的思想觉悟也还没达到那样的高度，但是，我是一名医务人员！我是一名护士！现在正需要重症及呼吸专业的人员，而我恰恰具备条件。关键时刻就该挺身而出，特别是在这样一个特殊时期！我绝不后悔！妈妈之所以狠心离开你，那是因为我对你有十足的把握！你是个非常优秀的孩子，从小懂事，自立、要强，学习成绩一直名列前茅，妈妈一直以你为傲！我相信，妈妈在与不在，你同样优秀！妈妈爱你！妈妈一定会平安归来！

克时艰，迎挑战

李颖霞随医疗队于1月26日凌晨3点到达黄冈，进驻大别山区域医疗中心。入驻后，她的第一感受是黄冈急需医务人员支援。仅睡了几个小时后，她便投入了工作中。

第一批医疗队员条件是最差、最苦的一批。刚到时，大别山区域医疗中心是被临时征用的黄冈市中心医院在建新院区。那里像一个建筑工地，医疗团队来的前一天才通了电。当时病房的条件特别差，没有空调、暖气，没有热水不能洗澡，仅仅通了电，供了凉水。

入驻后，医疗队队成员从打扫卫生开始，清洗消毒、安置床位、调试仪器……迅速开辟出两个隔离病区、100张床位(其中包括ICU床位12张)。山东首批支援湖北医疗队成员共130多人，分为普通患者救治组和重症患者救治组。李颖霞分在重症组。

“我分在重症组，将面对最危重的患者，工作量也最大。但我有信心能够护理好每一位病人!”李颖霞说。

南方的气候非常湿冷，1月份的黄冈，气温在零度左右。因为要穿防护服，医疗队员里面只穿短袖衣服或者短袖手术衣，尽管这样，他们穿脱防护服的过程还是很长的。在病房值班4小时，就要提前拿出半小时来穿防护衣。值完班，脱去防护服，为做好个人防护，他们要用75%的酒精把身体裸露的部位进行擦拭消毒。李颖霞说：“穿着短袖衣服再用酒精擦拭，确实特别特别冷，这个经历让我很难忘。”

这时候，温暖的小集体，让李颖霞忘却了寒冷。她们小组7个人，虽然来自不同的地方，但大家特别团结，在艰苦的环境中互帮互助。不能洗澡，没有暖气、空调，她们就自己想办法，上班时套上棉背心。穿完防护服后，她们互相检查是否到位。每天下班脱下防护服后，她们相互提醒着用酒精擦洗身体裸露的部位，脱衣服时互相提醒千万不要被污染。

在黄冈，护士们扮演着“超人”的角色，既要随时监测患者病情，给患者做各种生活护理、基础护理，同时还要打扫卫生、搬运物资等。有时甚至马桶坏了，也只能自己动手，想办法解决。有时候李颖霞也会问自己：“苦吗？累吗？是很苦很累!"但她不后悔。她认为,作为一名医务人员,在疫情暴发之时,在祖国最需要的时候,就该挺身而出!责无旁贷!

临时筹建的病房,硬件设施不完善。一开始防护用品也不充足,这都给工作带来了不便。"防护物资短缺,我们很节省,只能将护目镜浸泡消毒以后重复使用。一些防护服质量不太合格,大家就尽量穿两层,这样来克服困难。"李颖霞说。

条件不够,智慧来凑。工作中,大家集思广益,创新方法,对现有的条件进行改进,使之更加利于工作。李颖霞说:"我们集大家的智慧制定了规章制度、工作流程,监护室本身也有一套标准。我们还对房间做了有利于工作的区域划分、调整和规划布局,再就是对吸痰、吸氧等细节性问题在工作中也总结了一些小窍门。"

1月29日,对李颖霞来说是难忘的一天。她收获了多个"第一":她第一次"真枪实弹"进入隔离病房,在开始收治病人的第一天,上了第一个班次,收治了ICU的第一个病人,为第一个病人进行了静脉穿刺,而且一针见血,穿刺成功。

心向党,担重任

在战"疫"一线,李颖霞感受到了党的凝聚力、感召力、向心力,并为自己定下了"危难时刻,冲锋在前"的目标。1月30日深夜,李颖霞向党组织递交了入党申请书。

她在申请书中写道:

> "这次,我要求火线入党,最初是源于面对疫情时党员们重温入党誓词那份激情感染着我。其次,国家有难匹夫有责,大难面前党中央高度重视,习近平总书记作出重要指示,各级领导奋力投身防控一线,党员们发挥模范带头作用,各地疫情得到及时有效的控制,大别山区域医疗中心48小时内建成黄冈版的"小汤山医院",这是中国共产党领导下的令世界震惊的中国速度。再次,我觉得写下这份入党申请书,我就更有理由冲在最前面,更有理由承担最严重、最危险的任务……
>
> 在新型冠状病毒肆虐的今天,我决心在疫情面前勇担重担,不计报酬,不畏生死,不为荣誉,不为光环,只因担当和责任,用自己的专业守护患者的安全,同时做好自我防护,服务于一方人民,彰显齐鲁护理精神,不辱使命……
>
> 我决心用自己的实际行动接受党对我的考验,郑重地向党提出申请:我志愿加入中国共产党。我深知,按照党的要求,自己的差距还很大……恳请党组织对我从严要求,争取早日能够成为一名共产党员。

申请书的字里行间,表明了李颖霞一心向党,积极向党组织靠拢,在工作中勇挑重担的决心。

天使情,战病魔

李颖霞所在的重症组的主要工作是对于上呼吸机的患者进行吸痰、做雾化、生活护理、喂饭、喂药,帮他们翻身、拍背等。吸痰特别容易感染,尤其是气管切开的患者会往外喷痰,这个时候最危险,最容易感染。医疗队员护理时事无巨细,一切都为患者安排得妥妥当当的。

病区患者的家属基本都在住院或被隔离,没人送饭,病人只能吃医院准备的盒饭,有时候患者想喝点汤都喝不上。有一天,上班时,李颖霞从酒店带了一兜水果。她问一名症状相对较轻的患者:“你想不想吃水果?我带了好多水果,有苹果、梨、沃柑等,你想吃什么?”患者说:“我都想吃,但是怕麻烦你们。”“没关系,你想吃什么告诉我,我给你洗。”“那我吃个梨吧。”李颖霞给削了一个梨,又剥了一个沃柑,患者大口大口地很快就吃光了。看到病人满足的表情,李颖霞笑了。

在李颖霞所在病区,有一个陈姓患者,一开始病情很重,后来在病区护士的精心护理下,病情好转后转到了普通病房。病区有三名男护士,与患者从陌生到熟悉,结下了如亲人一般的深厚情谊。患者说:“我们不是亲生父子,胜似亲生父子。他们三个人我都能分别叫出名字,等我出院后大家聚一聚是我心中的愿望。”临走时,患者说:“真的特别舍不得你们。”李颖霞说:“患者把病区的三个男护士称为他的‘三个儿子’。我觉得用‘儿子’这个称谓来称呼护士,是对我们工作最大的肯定。”

分别来自齐鲁医院、省立医院、千佛山医院、市立四院、济南市人民医院、济南市中心医院、东营市人民医院、泰安市中心医院等省级、市级医院的重症组成员,年龄不同,工作习惯不同,但大家在这个临时组成的团队里,齐心协力,互帮互助,在工作需要时迅速形成合力,争先恐后地冲在前面抢救患者。李颖霞说:“记得有一次,有位患者是一个年轻的小伙子,消化道大出血,血便流了一床。我们一起给患者翻身擦大便、血便,都没有嫌弃患者,都在耐心地给他擦洗。我挺感动的,这个时候没有一个人退缩。”

2月4日21:30,坐上回酒店的班车,李颖霞肚子突然感觉到一阵饿。她说:“回去得加点餐,怎么感觉有点饿呢?”同车的队友们笑了,说:“李老师,不光你饿了,我们大家都饿了,因为我们都没有吃饭呢!”是呀,下午3点去上班,到现在下班,难怪李颖霞会觉得饿。每天医院、酒店两点一线,她6天上了8个班次,忘了白天黑夜,忘了星期几,也记不清一天吃了几顿饭。

在休整了一段时间后，3 月 3 日晚，李颖霞一走进病房，就开始和几个症状比较轻的患者聊天了。有一名患者不太会用手机，对她说："你帮我调个视频吧，我想看视频。"于是，李颖霞耐心地教患者如何用手机看视频，跟他聊家常。还有一名患者想吃饭，李颖霞给他喂饭、热中药、倒水。此时的李颖霞感觉和患者亲如一家。

住院期间，有一名患者说："我看你们太不容易了。我住院 45 天了。听说你们是大年初一来的，知道后特别感动。你们也是有孩子、有家的人，大年初一，本应是阖家团圆的日子，你们却跑到我们湖北来，我们所有人都应该谢谢你们。"还有一位患者在一张 A4 纸写道："谢谢你们，山东人！"有的患者心疼地对医务人员说："你离我远一点，会传染的，别让我传染你。"每当此时，李颖霞心中有感动，也有自豪。

在黄冈已经工作 40 多天了，她始终对自己能做好防护充满自信，也对自己的工作充满自信。

强信心，展未来

齐鲁医院是李颖霞坚强的大后方，有各位领导同事的关爱支持，她的心中充满了温暖与力量，激励着她战胜一切困难。李颖霞说："身后有关心支持我的各位领导、同事和兄弟姐妹，有我工作的齐鲁医院的支持，我信心倍增。"

出征湖北后，李颖霞所在的齐鲁医院外科党组织看望了她的家人，并带去了医用外科口罩、一次性乳胶手套、酒精、海鲜以及防疫药品。普外科党支部也为她家中邮寄了慰问品。

除了领导、同事外，李颖霞的闺蜜和同学们也叮嘱她要上班防护好，下班休息好。闺蜜在信中写道："我是你的闺蜜，必须做好你的后方工作，你担心的事情可能是孩子的情绪和科里的工作。我给闺女发了段短信，懂事的孩子真的让我们很放心。你走的第二天，我到科室为值班的护士准备水果、牛奶、面包、方便面等食品，非常时期让她们少外出。得知科室口罩缺乏，拿出自己科室储备的部分为大家应急用……"

对未来，李颖霞充满信心，坚信抗击疫情最终会取得胜利。对于这次疫情，她也作了深入思考。李颖霞认为，政府和医院应有针对性地对这种突发公共卫生事件做好应急预案，一旦疫情暴发，立刻启动突发事件的应急预案。同时还应重视宣传，加大防疫宣传教育的力度，加强群众的防范意识。医院方面还要加强培训力度，包括对医务人员、患者及家属的防疫相关知识培训等。

应如何做好疫情防控知识的宣传，让公众不再恐慌？李颖霞认为，要让公众不再恐慌，就要借助媒体或者其他的一些方式，普及与疾病相关的一些知识。

同时还要做好正确的舆论引导，让大家不信谣、不传谣。最重要的是要加强公众、民众的自我防护意识。可印发宣传手册做好病人、家属的宣传教育，加强对医生、护士的培训，做好防疫方面的教育。

自从报名来湖北那一刻起，李颖霞心里一直没有担心过、害怕过，因为她知道，作为一名工作25年的老护理人，她有信心、有能力，借助专业知识，在做好自我防护的同时，护理好每一位病人。她相信湖北疫情很快就会被遏制，我们很快就会打赢这场没有硝烟的战争！逾越寒冬，就是明媚的春天！

（原载于山东大学新闻网2020年3月11日；文：王莉莉，图：受访者提供）

于杰滨：我的愿望是“天下无疾”

2月2日正值大年初九，新冠肺炎疫情的影响下，武汉的街道上几乎没有行人车辆，特殊时期的城市用寂静对抗着病毒。而在济南遥墙机场，引擎的轰鸣打破寂静，包括山大二院急诊重症医学专业主治医师于杰滨在内的山东省第三批援湖北医疗队整装待发，赶向了没有硝烟的战场，负责接管华中科技大学同济医学院附属同济医院中法新城院区C7西病区的51张床位。

如今，于杰滨与其他129位医疗队成员已经在工作岗位上奋战一个月了。物资、人手、治疗方案……层出不穷的问题让这场抗疫出征远比想象中辛苦，但在主动请缨支援的于杰滨心里，他只不过正在做着自己应该做的工作，担负着自己应该承担的责任。

支援武汉，义不容辞

新冠肺炎疫情暴发后，山大二院响应国家，在除夕夜就开始向全院医护人员发出号召。而在看到消息后，于杰滨也按捺不住，立马向医院请战，希望自己成为医疗队的一员。

他的想法很简单：一方面，疫情与每个人息息相关，自己作为医护人员理应承担起责任，国家需要时，就应该到需要的地方去；另一方面，自己的专业是急诊重症，这也是救治新型冠状病毒感染患者的最佳专业。无论从哪方面考虑，于杰滨都认为自己必须加入支援武汉的成员之中。更何况于杰滨始终记得2002年SARS爆发时，还在上学的他内心对援助一线、抗击疫情的渴望，现在自己有能力去救治患者、援助同事，又怎么能退缩？

带着这样的心情等待选拔结果，2月1日的下午，他终于接到了医院的准确通知，成为了第三批援鄂医疗队的成员，直到这时他才将实情告知家人——他并不希望她们太过担心。家人虽然担心他的个人安全，但也尽力支持他，帮助他为出发作准备。名单在医院里公布后，于杰滨的手机提示音一直没停，上级和同事们纷纷打来电话、发来消息叮嘱，都是要他“做好防护，一定平安”。叮咛的话语是相似的，但这种聚集起的情感像是护身符，让他更坚定、更勇敢。

2月2日，于杰滨与同事们踏上了飞往武汉的飞机。于杰滨在日记中写道：“登机前，广播里提醒我们因为支援湖北的物资装不下了，希望我们登机前每人可以带走几个苹果，并祝福我们胜利归来。”他们每人都携带了四个箱子，里面装着卫计委、医院、科室为他们准备的医疗物资，防护服、隔离衣、手套、鞋套、酒精、84消毒液……他们都知道，这次出征里，只有做好严密的个人防护，才有可能救治更多患者。

情况比预想更严重

抵达武汉后的第二天，于杰滨开始进一步学习相关的防护知识，并进行穿脱防护服的操作演练，全员通过考核后才结束培训，可以进入病房。

直接接触一线前，于杰滨对情况进行过预估，提前作了最坏的预期。而他真正了解后，才发现情况比预想更严重、更复杂。当时不仅感染人数多、重症患者多，封城后还有许多亟须解决的基础问题，相关部门要对全国各地不断赶来支援的医务人员进行统筹安排，各方面都需要精细对接，否则就有可能因为小小的缺口而引发危机。这些都对医疗队提出了巨大挑战，需要他们严密防护的前提下全力工作。

医院的病区分相对清洁区和污染区，而医护人员进污染区之前要进行二级防护，帽子、口罩、鞋套各两层，还要装备隔离衣、防护服、护目镜、面罩等，然后才能经过五道门、四个房间，而且每进一个门之前要进行手消毒和门把手消毒。通常来说，从开始到进入污染区需要半小时的时间，从污染区出来也需要同样的流程。这样烦琐严格的规定有着非常明确的目的，那就是防止污染。

医疗队的工作主要分为白班、夜班，夜班医生在交班时把处理的病号情况和注意事项交代清楚，医生对病人进行整体评估，根据化验检查和影像学结果调整医嘱。随后，部分医生更换防护服进入污染区查房，通过电话沟通相对清洁区的医生再调整医嘱。对于需要进行咽拭子核酸检测的患者，医生进行三级防护后开始采样、送检。以上工作完成往往已经到下午了，于杰滨和同事们又要接收新病人、办理入院、记录病程、查看病人新的化验检查结果，再准备交接班。

在高强度的工作里，体力受到很大挑战，而且穿着特殊的防护装备在病房里工作，动作稍微大一点或者活动得快一点就会感觉明显胸闷。这对于于杰滨和同事来说就是抵达武汉后的日常体验。

除了人手和物资，更大的挑战在于患者。于杰滨和同事所在的整个病区 51 张床全是病危病重患者。新冠导致的重症病人最主要的表现就是呼吸困难、肺纤维化，需要呼吸机维持血氧。同时，在这里面，有高龄患者，有患心衰或糖尿病等基础病的患者，也有已经妊娠 30 周的孕妇，还有患有抑郁症等精神疾病的患者——对于这些患者来说，每一个瞬息都更有可能发生意外。

于杰滨知道，他们需要对每一个病号的病情做到了如指掌，并针对性地进行治疗，以尽可能缩小意外发生的可能。对于这些病人，他们从西药、中药、饮食等各个方面进行治疗和探索，不断对患者进行心理辅导，采取各种办法给予安慰和鼓舞。功夫不负有心人，绝大多数病人治疗效果比较好，目前也不断有治愈的患者出院。

于杰滨对那个妊娠 30 周的孕妇印象很深，她入院时病情非常重，胎儿胎心不稳定，患者告诉他们，之前医生就通知她说有可能保不住胎儿。但经过医疗队的治疗，胎儿胎心稳定了，最后这个患者也治愈出院了。通过治疗挽回两条生命，这样的“奇迹”是点燃他们斗志的火苗。

在“情况比预想更严重”的一线，逐渐康复出院的患者让于杰滨坚信：疫情结束既不渺茫，也不遥远。

我们不是在独自战斗

于杰滨觉得来武汉以后，几乎每天都能被感动，这种感动深扎于心，来源于人与人之间最真挚的互助。当国家、同胞有难，各方各界无数的人用着自己的方式对疫情中心进行支援，延伸出春的新芽。

来武汉后，第二医院组建的“援湖北医疗队员后勤保障小分队”每周固定给家里送油送菜；援助的一个多月里，医院里没有间断慰问，从生活需要到临床物资、心理健康都给予支持，让他们没有后顾之忧；社会各界爱心人士、无名英雄们以及企业们倾其全力去捐助物资……这些保障让医疗队感动，更让医疗队安心。是他们让医疗队感觉不是在独自战斗，也让远离家乡出征的医疗队对家少了担忧。

还有许多感动来自患者。他还记得有一位特殊的患者，是个33岁左右的青年。这位患者的父亲是医院的外科主任，在此次抗疫过程中不幸感染去世，患者本人还有抑郁病史。他们在治疗中坚持疏导他的心情，鼓励他积极向上，也能够深切体会到患者在控制自己的情绪。治疗期间，有一次主任在查房时偶然咳嗽了一声，后来这位患者很急切地去关注这件事，担心主任被感染。一个患者能够在自己患有抑郁、痛失父亲并不幸被感染的情况下还想着关心他人，这让于杰滨很受触动。

疫情还不知道什么时候结束，仍然有患者入院，医疗队的他们也没想过懈怠。他们知道，此时正在一线的自己，不应该辜负期待。

3月已经到来，春天已然临近。在被问到疫情结束后有什么最想做的事情时，于杰滨以一句“我的愿望是‘天下无疾’”作为回答，正如他选择学医时所说的“目标是救死扶伤”时一样，简单，但真挚。

最后，他又补充了一句：“没有最想做的事情，正正常常上班应该是最想做的事情了。如果说非要说有，不知道援外算不算？”

（原载于山东大学新闻网2020年3月12日；文：高鑫，图：受访者提供）

孙长远：有大家才有小家

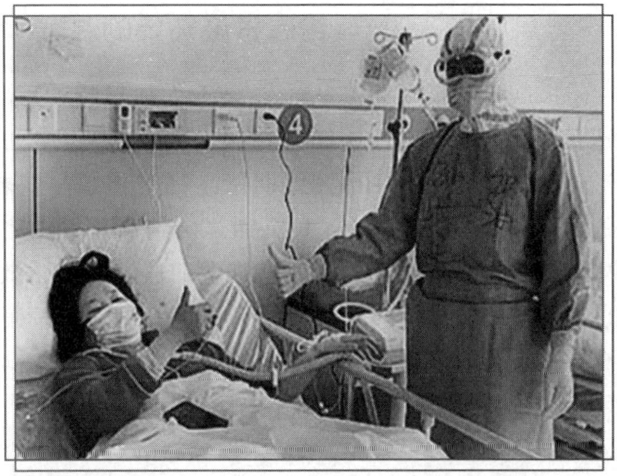

在这场全国人民的疫情阻击战中，医务工作者逆行而上，舍小家为大家，奋战疫情一线。他们不计报酬，无论生死；他们争分夺秒，与病毒斗争；他们抢救患者，用生命呵护生命。这些逆行的面孔深深地感动着我们，也给予我们强大的“医靠”。山东省第二批援湖北医疗队队员、山东大学齐鲁医院感染性疾病专业“90 后”主管护师孙长远，便是这群最美逆行者之一。

我有责任和义务投入一线战斗

1 月 24 日，大年二十，孙长远和他所在的山东人学齐鲁医院急诊科接到了报名支援一线的通知，他和科里的同事没有任何犹豫，全都报了名。可是，大年初五是他原本计划带着妻子和孩子回老家淄博与父母团圆的日子。由于医护工作的性质，他一直留守济南上班，没能赶在年前回家团聚。但是，疫情面前他毅然决然，舍小家，为大家，选择请缨战场。1 月 27 日，孙长远接到了通知，他和呼吸科的盛东芹被选为山东省第二批援湖北医疗队队员。经过紧锣密鼓的准备和培训,孙长远和医疗队其他队员于1月28日下午16:30从济南出发,星夜驰援黄冈。

“是什么原因让您如此坚定地作出这个选择?”面对这个问题,孙长远说:“当时从电视、手机上看到了湖北武汉疫情比较严峻,包括山东省内、济南市内也慢慢开始重视起这个事。大家心里都很忐忑,我家里人也为这个病毒感到害怕。我觉得身为一名医务工作人员更应该有责任、有义务投入到一线的战斗工作中,想让疫情早点结束,因为有大家才有小家。”

“有大家才有小家”,身为“90后”的他,家国情怀已然牢记在心,从孙长远的身上,我们看到了“90后”的成长与担当。

全身心投入工作,给患者最需要的温暖

1月28日,孙长远乘坐的飞机在18:30落地天河机场;21:30,他们抵达目的地黄冈。到达黄冈的时候,孙长远的内心有点忐忑,但更多的是期待。忐忑是因为他不知道这边具体是怎样的情况,期待是因为他想尽快救治病患。“看着手机里满满的叮嘱来不及一一回复,我更加坚定信念!清点完物资已是初五的0:30,脑海闪现画面……我想我的家人会为我的决定感到骄傲!我想我那即将两岁的儿子也将会为我感到自豪!容不下想太多,抓紧时间洗涮休息,因为保证自己的安全,才能全身心投入到这场战斗!”这是孙长远在抵达黄冈一线时写下的手记,落地那刻,他便进入战斗状态。

一开始,孙长远所在的山东省第二批援湖北医疗队去了一个由学校改造的临时医院,这里主要收治疑似病人。经过了一个班,他们便立马转到了大别山区域医疗中心,这里专收确诊病人。在医疗中心,孙长远被分到了普通病区,负责普通病区的团队成员是来自山东省内不同医院的医务工作者。“尽管刚开始大家不熟悉,但是大家有着共同的心愿——战胜病毒,所以在一起很团结,互帮互助、互相提醒,很快就融合到一块,没有经过太长时间的磨合期。”孙长远对自己的团队很满意。

从酒店出发到医院,在更衣室更换一级防护,穿戴隔离衣和一次性的帽子、口罩、鞋套等进入半污染区缓冲区(办公室等场所);在半污染区缓冲区进行二级防护,穿戴防护服、双层手套、双层脚套和护目镜等进入污染区(病房);在病房,如果要给患者做雾化、吸痰、气管插管等操作,还需要戴一个防护面具进行三级防护。这是孙长远和战友们每天都要严格进行的防护操作。在医院,大家四个班次倒换,六个小时一个班。刚开始,因为对穿脱防护服以及环境的不熟悉,孙长远和战友要提前一两小时出发,这样算下来,大家一个班得工作八九个小时。现在,孙长远已经对工作很熟练,穿脱防护服只需要十几分钟便能完成。

层层防护增加了他们的负担，平常的一个操作，在穿戴防护服的情况下可能要付出两三倍的体力去完成。脸上的护目镜必须戴紧，否则就会有感染的风险。护目镜压得脸生疼，有时候憋得慌，但是大家都相互支持、相互鼓励。

在病区，一名当班医护人员负责几个病床，所以孙长远和战友们的工作身兼数职，订饭、发饭、输液打针、收拾垃圾、拖地、消毒、采集标本、送标本、管理危重病人的吃喝拉撒、疏导情绪不稳定的患者……工作期间，他们没有休息的时间，吃饭也是在下班之后。尽管辛苦，但孙长远觉得这是应该做的。

“除了穿好防护服，我觉得跟平时工作一样。”每次进入病房，孙长远的心态就跟平时工作一样，心里只想着怎么把患者护理好。因为在普通病区，还有一项重要的工作，那就是为患者提供心理上的支持。新冠肺炎患者心理上会比较担心，害怕这个疾病会给自己带来不好的后果，或者是担心自己好不了。因此，孙长远便会想办法主动拉近跟患者的距离，让他们放松，增强他们战胜病毒的信心。

病人来了之后，孙长远会先倾听一下患者自己的想法，然后从专业的角度跟患者讲解新冠肺炎是一种自限性的疾病，只要配合治疗，度过了 14 天的隔离期，就会很安全，从心理上安慰病患。患者来到医院，对环境比较陌生，孙长远便跟他们聊一些家常，比如介绍一些山东特色和风土人情，让患者的心情放松下来。因为患者大多是湖北当地人，存在一些语言沟通问题，孙长远便通过在纸上写字或者手机打字的方式与患者沟通。

进入大别山区域医疗中心的第一个夜班，孙长远接诊了 120 送来的一对父女。9 个月大的小女孩，稚嫩的脸庞，微微噘起的小嘴，甚是可爱。看到没有哭泣的小女孩，孙长远不禁心疼，因为自己也是一位父亲。孙长远给小女孩冲了奶粉，他想尽自己所能去帮助这对父女。虽然这个小女孩没有分到自己负责的病床，但是孙长远在平时工作的时候会经常过去看一看。2 月 14 日，这对父女出院了，由于上夜班，孙长远没有来得及送别。虽然感到遗憾，但是他的心里由衷地感到高兴，他觉得一切都值得。

“我的指标好一点了吗？我是最重的病人吗？”面对重点患者的担心，孙长远会耐心地跟他们交流，讲解监护仪上的数值，给予患者更多的信心和勇气：“已经比昨天好多了，有没有信心早点出院？”

“不知道今天的病人情况怎么样……”每次从酒店坐上去医院的大巴车，一路上，孙长远都会在心里不停地这样想着。孙长远和战友们在用心、用情、用爱护理着每一位患者，他们的护理是有温度的护理，尽力给予患者最需要的温暖。

患者出院和后方支持给予了最强力量

接受采访时，孙长远的声音略显疲惫，一线高强度的救援工作需要消耗他们很多的体能。当被问到如何缓解工作的压力时，他表示，是患者出院和后方的支持给予他力量。

进入3月份以后，孙长远所在的普通病区每天大概有八九个患者可以出院。当看到患者出院，孙长远觉得一切都值得了。“我们的普通病房里面大概空了2/3以上病床了，大多患者都已经出院了。我们病房61张病床，现在还剩十来张病床的患者，看着一张张空着的病床，越来越多的人可以回家团聚，我的心中有一种成就感。”讲到目前的救治状况，我们能感觉到孙长远的自豪感。“前几天，有一位阿姨，她一开始来的时候在重症病区，好转了之后就来到我们普通病区了。她配合治疗，情况越来越好，现在监护也不用带了，氧气也不用吸了，自己能起来活动，对我们非常感激，那天她说着说着就哭起来了。其实，她的感激对我们是一种很大的鼓舞。”患者的好转、出院令孙长远感到欣慰。

家人的关心给予他精神上强大的支持。身在黄冈的他时时刻刻牵挂着家人，每隔两三天，他都会跟家人视频报平安，跟家人的每次视频都会消除他身上的疲惫。孙长远的家人对他此次奔赴湖北救援全力支持，但支持的同时每天也在担心着他。“今天上什么班？工作怎么样？累不累……”这是家人每次视频时都会问到的。对于家人的担心，孙长远都会安慰他们说：“这边没事，现在这边的情况每天都在好转。”出征湖北前，因为知道此次救援时间可能会比较久，细心的孙长远为即将2岁的儿子提前买好了生日礼物。2月28日，是儿子的2岁生日，孙长远在黄冈通过视频给儿子唱了生日祝福歌。在救援一线，他是铮铮铁骨的战士；在儿子面前，他是有着柔情的父亲。其实，孙长远还为自己的儿子送上了一份永远的礼物，那便是他给儿子做了一个很好的榜样：无所畏惧的白衣战士。

孙长远的妻子也是一名医护工作者，疫情发生以来，也一直在医院工作。夫妻两人都忙碌在救援工作中，所以他比较担心家里。令他安心的是，孙长远所在的齐鲁医院每周都会给家里送一些物资，这减少了他的顾虑；医院领导每天都会微信或者电话询问他在黄冈的情况，这让他感受到了来自后方的支持与温暖。还有源源不断的白衣战士增援前线，“东齐鲁，西华西，南湘雅，北协和”，全国人民的献爱心活动……这些都让他更加坚定信心，没有理由不去攻克难关！

当被问及疫情散去，最想做的事情是什么时，他说：“陪家里人好好吃一顿饭，陪他们出去玩一玩。”孙长远的回答中既有“小家”的愿望，也有“大家”的愿望，这就是他们——有着大爱的白衣战士。

家是最小国，国是千万家。现在的他们依然坚守在战疫一线，只为打赢这场没有硝烟的战斗，守护好每一个“家”。春天已经来临，我们相信胜利就在不远方，正如孙长远所说：“山河无恙，再续团圆！”

（原载于山东大学新闻网2020年3月12日；文：赵方方，图：受访者提供）

李玉:尽管危险,但我必须在这里

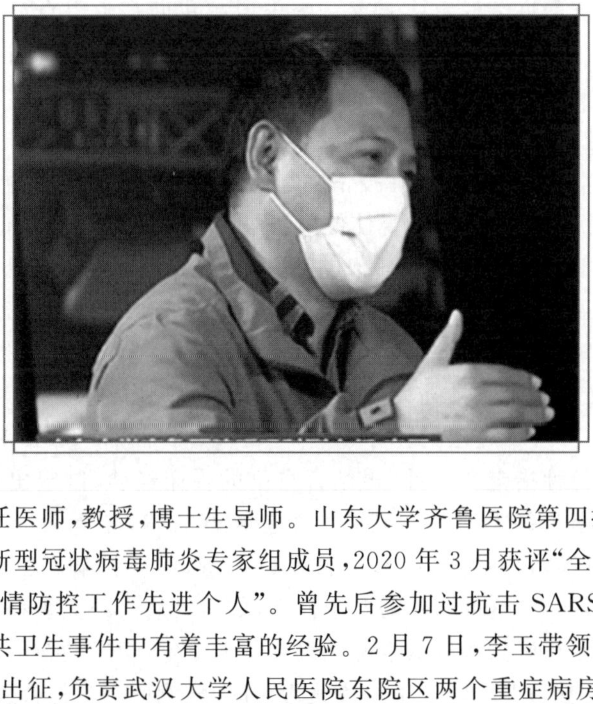

李玉,主任医师,教授,博士生导师。山东大学齐鲁医院第四批援鄂医疗队队长,山东省新型冠状病毒肺炎专家组成员,2020 年 3 月获评“全国卫生健康系统新冠肺炎疫情防控工作先进个人”。曾先后参加过抗击 SARS、汶川地震救援,在处置公共卫生事件中有着丰富的经验。2 月 7 日,李玉带领齐鲁医院第四批援鄂医疗队出征,负责武汉大学人民医院东院区两个重症病房,至今仍奋战在疫情防控第一线。

有令必应,不破疫情誓不还

李玉作为齐鲁医院应急大队内科队的队长,遇到 SARS、汶川地震等涉及肺部问题的应急需要时,总是有令必应,冲在前线。面对这次来势汹汹的新冠肺炎疫情,李玉同样没有犹豫。

2 月 6 日,一接到援助湖北前往武汉的通知,正在山东省卫健委为新冠肺炎病人会诊的李玉立刻着手准备,从医院仓库中拉出随时待命的应急箱子,里面配备着贴身衣物、洗漱用品、医疗用品等应急物资。其他队员只要接到援鄂通知的电话,全部放下所有工作,做好去往武汉的准备。当晚,在不到一个小时的时间内,131 人的整建制医疗队就组建完毕。这 131 名医护人员,均是齐鲁医院各科室骨干力量。据统计,在医疗队 31 名医师中,包括副高级以上专家 17 人,科室主任、副主任 5 名;在 100 名护理人员中,主管护师以上有 29 人。

2 月 7 日下午,在济南遥墙国际机场举行了山东大学齐鲁医院第四批援鄂医疗队出征仪式。中共山东省委书记、省新型冠状病毒感染肺炎疫情处置工作小组组长刘家义在出征仪式上讲话,山东大学党委书记郭新立为医疗队授旗,李玉代表医疗队发言宣誓,这些都极大地鼓舞了医疗队员们的士气和信心,体会到此次援鄂抗击疫情的重大意义。李玉说:"我们都觉得自己是代表齐鲁医院、代表山东省来到疫区的,我们既要治好病,还要保护好自己;既要获得抗击疫情的胜利,还要给山东争光,不能给齐鲁丢脸。"医疗队的每个人都怀揣着这份使命感,奔赴武汉前线。

131 人的医疗队可能需要在疫情中心武汉工作两个月或者更长时间,"第一要素就是如何保证这些队员的身体健康,不被感染;第二还要稳定大家的情绪。我们不允许在救治过程中出现任何差错"。被任命为医疗队队长,李玉接到这一任务时心里还有点波动和担心:"但我相信我的同事们,相信齐鲁医院,很快就放下心了。"医疗队配备的医护人员都是医院的精兵强将,业务能力很强;同时,齐鲁医院在背后给予了强大支持,帮大家解决一切顾虑。

作为队长,李玉给自己的任务定位是"带头"和"断后"。"带头"是指通过阅读新冠肺炎的各种指南和文件,再结合自己的临床经验,制定出基本治疗方案的大致方向。李玉每天上午会到两个重症病区查房,定下大方案里的工作事务,例如什么时候需要插管、什么时候可以拔管,明确抗病毒药物在什么时间用,激素大概用几天,抗菌药物需要用什么,如何给病人补充蛋白及免疫药物等等。"断后"则是指确保病例的准确无误。每天下午,李玉会在电脑上仔细检查每一份病例,查看病人化验、CT 检查是否及时,病例历书写是否合乎规范等等。

另外,李玉特别注意强调的就是医疗队员们的个人防护。除了每天在开会时反复强调,还专门安排了"感染控制员",进行 24 小时轮班。只要是进病区的人,都要在"感染控制员"的看管下穿好防护装备才能进入,"感染控制员"还会随时检查病区中的人口罩、帽子、防护服是否穿戴合适,确保病毒防护不留一个死角。

山川相逢,原是他乡遇故知

"东齐鲁、西华西"早就于 1937 年抗日战争全面爆发期间"联合办医",为中国医学发展播下了继往开来、生生不息的火种。这种众志成城、共克时艰的精神，让他们身怀同一份家国使命，时隔 83 年重逢在武汉天河机场，奔赴新的战场。

齐鲁与华西在这场抗疫中的交集并不只有这次在机场的匆匆相会。李玉对记者讲述，来到武汉以后，不仅两家医院的医疗队在同一个病号楼工作，而且在救治病人时，来自不同医疗队的队长、呼吸科主任还经常在专门建立的微信群里交流业务、讨论病情。

齐鲁医院第四批援鄂医疗队所接手的病区中，有一位病情最重的患者，上了呼吸机后效果仍不理想，于是他们请到了华西医院医疗队重症医学科的康焰教授来到病房参加病情讨论。双方对病人病情进行了交流，对呼吸机参数进行了适当调整，10 天左右的时间，病人的情况明显好转，并且已能够拔掉气管插管，这证明调整后的治疗方法是比较成功的。李玉告诉记者，每一个医疗队对病情的认识大体相同，但细节上仍会有所不同，比如如何使用抗病毒药物，细致到某种药物到底配多少盐水，双方的认识和理解会有些许差别："双方碰撞一下，有利于挑选出最适合病人的救治方法。"

除了华西医院之外，齐鲁医院与其他医院医疗队之间的合作救治案例也有很多。"合作是时常有的，因为不同的团队会带来不同的技术。"李玉说，他带领的医疗队收治过一个 61 岁的病人，病人刚来时觉得自己病情不严重，但检测后医生发现病情并不简单，马上安排病人做了 CT。仅仅两天之后，病情就发展到危重症程度。这位病人的炎症指标特别高，达到了"炎症风暴"的程度，医生在查房时发现了这个情况，立刻于当天早上 8 点 30 左右联系了浙江大学附属第一医院教授李兰娟院士，请他们来到病区进行讨论，最后认为人工肝对这位病人可能是有利的。果然，这个病人经过药物加肝治疗了四五次以后，病情就稳定了下来。

受中央广播电视总台邀请，李玉与华西医院重症医学科主任康焰一同做客央视新闻频道"战疫情特别报道"。节目中，李玉重点介绍了齐鲁医院援鄂医疗队的团队构成、前期准备、收治病人、与兄弟医院协同配合情况及救治过程中总结出的"齐鲁经验"和特色做法等。他谈道，各支医疗队对同样的诊疗共识或许有不同的解读思路，共同合作将最大化地整合医疗资源，加强交叉会诊，联手寻找最优的治疗方案，保障人民生命健康安全。

心心相印，众志成城抵万难

医疗队员们来到的是一个完全陌生的医院，面对的敌人是一个完全陌生的传染病种，身边的每个人都是全副武装的。但尽管在这样危险的情况下，大家仍加班加点地工作，很快就进入了状态。"齐鲁医院的医护人员素质真的非常高,整个团队始终干劲十足,自信满满,没有人会抱怨什么。"李玉告诉记者,有位队员的脚趾受了伤,马上有人提出愿意替班,让他不要上班或者上班的时候不要进病区,怕他感染,尽量让他不要洗澡。这一个多月以来,团队内到处展现着这种互帮互助的氛围。

刚来到武汉时,医疗队生活和医疗的许多方面都面临着不同程度的困难。比如,在生活上,一开始队员们的一日三餐只有酒店提供的盒饭,可是同样类型的饭菜连续吃了一个月之后,难免会觉得不适应。如今伙食得到不断改善,酒店也推出了面条、水饺这些符合山东人口味的面食,渐渐解决了医疗队在饮食上的问题。在医疗上,一开始病区没有呼吸机,看着几位病人病重却没办法给他们上呼吸机,那时候的情况确实很棘手。好在三四天后,病区就分来了两台呼吸机,现在医疗器械已经基本到位了。

同样,医疗队员们也在时刻关心着病人们生活上的困难。在饮食上,通常病人们吃的都是由医院食堂统一制作的盒饭,但很多上了年纪的高龄患者嚼不动这些统一的饭菜,于是医疗队根据菜谱进行调整。护士们用从山东带来的餐护用破壁机专门为这些老人们制作米糊、菜糊、肉糊,再根据每个人的口味适当调整菜类和肉类的比例。李玉笑称:"我们的护士长说自己都快成厨师了。工作之外,每天还为老人们做三顿饭。"

在加强病区管理方面,医疗队严格执行"三级查房"制度,即由主任医师、副主任医师、主治医师查房。"三级查房"原本是在齐鲁医院日常执行的工作制度,如今针对武汉的病情及特殊情况,医疗队不断对"三级查房"制度进行改进——每次进病区的医生数量缩减为两到三位,剩下的医生通过电脑查看病例,通过视频问诊病人;将查房频率由一周一到两次调整为一天一次等。通过执行更为严谨的病区管理制度,医疗队在病人治愈率、住院天数、医疗队员的感染率、死亡率等各项指标方面都做得很好。

另外,新冠肺炎病人的焦虑情绪普遍比较严重,这种现象比一般病人要明显得多。李玉告诉记者,这是因为这种病很容易传染给一家人,武汉的许多病人都有因新冠肺炎而去世的家人,这些病人不仅在患病时焦虑、恐惧,甚至在被治愈后依然恐惧,不愿出院,也不知道该如何回家面对其他家人。医疗队员们除了救治病人身上的病痛,还会尽力陪护着病人治疗心中的伤痛,劝慰开解他们,陪伴他们尽快走出病魔的阴影。

医疗队员们之所以能够这样无后顾之忧地奋战在武汉一线,是因为齐鲁医院在背后给予了坚实的支持。一位队员的母亲在援鄂期间病重,齐鲁医院的领导得知以后,立即派车把他的母亲接到齐鲁医院住院,还配了特护,从而解决了这位队员的后顾之忧。在山东的其他同事们不仅时常为一线的医疗队员们发来问候信息和电话，还自费为他们寄来了口罩、防护用品等医护物资；怕他们吃不惯武汉的米饭，还为同事们寄来了喜饼、牛肉干等零食。

坚守职责，为国为民谋安康

抗疫至今，始终支持李玉奋战一线、坚守职责的信念有两个。第一，“所有医护人员都明白，出现了疫情，国家需要你，你就必须战斗，必须往前冲”。面对中华人民共和国成立以来最大的疫情，作为医生，李玉看得很清楚：这个疫情克服不了，谁也跑不了，会影响到全国所有人。因此，即使看到有那么多同行殉职的消息，即使李玉自己也觉得很危险，但是从国家利益来说，他必须坚守职责战“疫”。第二，从个人来说，李玉认为自己是代表齐鲁医院、代表山东来到武汉的。“我反复对队员们说，我们必须坚持下去，努力努力再努力，仔细仔细再仔细。如果我们在医疗方面有一分的处置不当，就会让别人觉得是齐鲁医院有十分的欠缺。”李玉说。他所做的，既为了国家利益抗击疫情，又希望能为齐鲁争光。

“中国的医务人员真的向全国人民交出了一份合格的答卷。”谈及参与这次抗疫的体会，李玉感慨。在武汉，新冠肺炎疫情的感染风险不只是在病区里，在地铁上、在马路上、在任何地方都可能碰到病人。“作为医生，我认为医生有拒绝的权利，但中国医生没有一个人会拒绝救治新冠肺炎病人。他们知道危险吗？肯定都知道。虽然害怕，但还是都来了。”同时，不光是医务人员，比如酒店的服务人员、民警、公交车司机等各行各业的人都在参与全民防疫。“整个国家都被调动起来了，全国人民都在全力支持医护人员的科学防控和救治。这是我这段时间里感触最深的体会。”

面对已经到来的复工大潮，李玉表达了自己的担心。他建议如果不是必须情况，学校应尽量延期一段时间开学；如果涉及比较重要的工种，复工时必须按照要求测体温、戴口罩；如果身处于人群密集处务必要戴好口罩。李玉提到，需特别注意的一点是，不建议康复出院的病人即刻加入复工的队伍。康复出院的病人，即便是在隔离了 14 天以后，还是建议在家休息一段时间。“我们也正在思考如何制定更严格的出院标准，尽量避免出院再‘复阳’，这是个很大的问题。”

从李玉接手援鄂医疗队的工作，到现在已经过去了一个多月的时间，现在的武汉病区是“床等人”，而不再是“人等床”。这段时间以来，全国的病人数也在越来越少，医护人员对病情越来越熟悉，治疗的方法也越来越得当。李玉相信，中国的疫情一定会被控制住的。

在武汉的这段时间里，医疗队里没有一个人抱怨工作的辛苦和忙碌，李玉说：“大家只是开玩笑地聊聊什么时候回去，我们就说会是樱花盛开的时候吧！”

（原载于山东大学新闻网 2020 年 3 月 18 日；文：李皖宁，图：受访者提供）

曲仪庆：战“疫”一线忙，队长责任在胸膛

曲仪庆，山东大学齐鲁医院呼吸与危重症医学科主任医师，教授，博士生导师。山东省医学会呼吸病分会候任主任委员。山东省第三批援湖北医疗队队长，医师组组长。2020 年 3 月，被授予“全国卫生健康系统新冠肺炎疫情防控工作先进个人”称号。

生命之托，重于泰山

“北方，熄了；暴雪，停了；昨日的太阳将普照万家。毒枭终将现行于紫外线下，万千人们前出家门，将小鬼碾压。人类岂容恶魔践踏，春回大地，众生笑靥如花！”

这是在华中科技大学同济医院中法新城院区重症病房一位患者写的诗。康复出院时，她把诗分享给医院里的医护人员。在疫情面前，好消息总是能振

奋人心。曲仪庆是该病区的第一责任人,同时也是医师组组长。对于他来说,在武汉的一个多月,见证了从“人等床”到“床等人”的转变。

山东省第三批援湖北医疗队奔赴武汉后接管了华中科技大学同济医院中法新城院区一个重症病区,负责 51 张床位。医院的两栋楼临时改造成收治新冠肺炎患者的病房,调整为 22 个病区,由包括本医院在内的 22 支队伍分别接管。已经康复的写诗患者就是来自山东医疗队负责的病区。曲仪庆是医疗队员当中年龄最大的,但为了解病人的第一手资料、制定更精准的诊疗方案,他克服着头疼、胸闷的不适,坚持每天到病区讨论病情,进入污染病区查房,不断改善完成工作诊疗流程,提高救治质量。到目前为止,曲仪庆带领的团队是整个同济医院中法新城院区治愈出院患者最多的病区。

“这个病是一个暴发的急性传染病,最初我们看到的入院的病人都是重症的,甚至是危重症、病危患者。很多病人来医院都住不下,因为当时病房很紧张。”曲仪庆告诉记者。在来到医院一个多月的时间里,随着普通病房加快速度改造成收治新冠肺炎患者的病房,加上医疗队的全力救治,病人的病情大为好转。“我们的床位是 51 张,现在已经空出了一些床位。因为我们收治的是重症病人,不是重症病人不会进来,所以现在来看重症的人明显减少。”曲仪庆说。这个数字减少的背后,凝聚着这支医疗队全体成员的努力,这些努力被患者看在眼里,更牢牢地记在心里。

有这样一位患者,用笔记下了他所“看见”的医疗队队员。病房里,隔着层层保护服,患者看不见医护人员的脸,但是可以看见写在防护服上的名字,于是他用一张纸写满了 100 多个名字,他说他感激每一位山东医疗队的队员。“无论是哪一个班,只要你看过他、服务过他、和他打过交道,他就把你的名字记下来。”曲仪庆说,“他让我非常非常感动。”

有时医护人员除了提供医疗救治以外,还需要做一些病人的思想工作。有的病人对戴口罩的要求不配合,有的病人心理波动大,甚至有对医护人员吐痰、咬人的行为。曲仪庆理性地分析道:“这不是道德品质的问题,而是因为面对这个病而产生了恐惧。”面对这少数不配合治疗的患者,曲仪庆和同事们经过跟家属以及患者反复沟通交流,消除了患者对医疗环境和疾病的恐惧,再进行康复治疗。在他们眼中,想方设法治愈病人是第一要事。

山东第三批援助湖北医疗队队员许霞说,曲仪庆每次查房之前都会先把病人的情况捋一遍,对每个病人的信息都掌握得一清二楚。对此,曲仪庆解释说,传染病房不同于普通病房,穿好隔离服就不能随便返回清洁区,这就需要在进入隔离污染区之前,医生必须对患者信息熟记于心。

驰援荆楚，凝心聚力

拨动时间的经纬，可以看见更多的细节。“我们是第一批到达武汉的山东省医疗队，此前的第一批、第二批医疗队都去了黄冈支援。”2月1日接到通知，2日到达武汉，曲仪庆带领的山东省第三批援鄂医疗队已经在武汉工作了接近50天了。

这批由山东卫健委从山东省内各大医院抽调组成的医疗队一共135人入驻华中科技大学同济医院中法新城院区。2月2日半夜，距离接到通知不到20个小时的山东省第三批援湖北医疗队到达武汉天河机场，休息了几个小时后，第二天就开展了正式的培训工作。曲仪庆作为医疗队的队长，在山东省卫健委领导的指导下，带领全体医疗队队员，迅速投入到组织动员，开展了岗前培训、新型冠状病毒自我防护及院感培训。时间紧任务重，但是安全进出污染区这一培训的关键环节不容丝毫疏忽。

曲仪庆说起自己第一次穿戴防护服的经历：“学习如何穿防护服和脱防护服，看起来很简单，但操作起来却是非常麻烦的一道工序。”培训刚开始的时候，有的队员要花很长的时间才能穿脱防护服，他们一遍遍地练习着。曲仪庆和队员们都想尽快上岗，因为当时医院里的医生和护士有的已经连续工作三四十个小时了。但作为队长的曲仪庆深知，防护才是正常工作的基础，他强调必须要求队员单人通过防护考试，考试过关才能上岗。这也是做到医疗队全队“零感染、无意外”的重要保障。

白天的培训工作结束，曲仪庆顾不上休息，为迅速投入工作，连夜组织成立医疗专家组、护理管理组、院感防控组、后勤保障组、综合协调组和宣传报道组，召集讨论制定各小组工作职责、预案、流程等，保证了医疗队后续工作的顺利开展。当日晚上，应医院的要求，医疗队医生和护士紧急入驻病房。进驻病房跟演示的情况也不一样，除了“全副武装”，从清洁区到污染区还有5道防护门。会起雾的护目镜和面屏影响工作，护目镜松紧带勒得太紧，头疼到坚持不住……面对这样的情况，曲仪庆和队员们强调，一定要以身体健康为先，避免无谓的牺牲。他说，自己充分理解选择来到一线的队员们想为抗疫尽全力的想法，但是作为队长，曲仪庆的心中更是希望医疗队全体成员能在疫情结束后，平安健康地回到山东，这是他的责任和坚持。

“身体坚持不住就马上换下来，不能说等着真不行了再换人。”曲仪庆补充说，“最初的时候真有坚持不住的，慢慢地找到窍门，大家就都能坚持下来。”

曲仪庆不仅负责患者的医疗救治，还需要时刻关注医疗队队员的日常生活。刚来到武汉时，为做好院感防控，酒店不能开中央空调。正是春寒料峭时节，没有暖气，队员们普遍反映房间太冷，曲仪庆就迅速联系给队员们配置电暖器，尽全力为大家解决后顾之忧。在不断的忙碌中，曲仪庆关心、体贴、照顾每一位队员，了解队员的思想动态，通过各种方式同队员交流，积极协调解决队员生活上的问题，保证了各项工作的开展和院感防控的落实。

呼吸之间，责任为先

曲仪庆在上海攻读博士期间，就曾到过湖北，那时的他作为博士生下乡服务团的成员，在湖北长阳土家族自治县服务了一个月。而武汉，就是他旅途的中转停留城市。他说那时候的武汉人非常多，非常繁华，而这次刚抵达时的武汉，在曲仪庆看来，是一个空旷到让人感到悲凉的城市。刚下飞机就没有见到人，当时机场就这一支队伍，就这一架飞机抵达。往武汉城里走，整个路上也没有车，更看不到人。当时的武汉已不见往昔的繁华盛景，清冷的街道上只有逆行者坚定的身影。

曲仪庆从医30多年，他的爱人和女儿也是医生。“当时接到出征通知的时候，我爱人和女儿正好都在国外。”曲仪庆说，她们原本预定了航班，但受疫情影响取消。“那天我也忙着出发的事，没顾上嘱托娘俩，出发前和她们简单通了个话。到了武汉后，才确认她们改道其他城市，辗转回到了家。”他最大的心愿是控制住疫情，结束后早日回家，这不仅仅是源于对家人、家乡的思念，更是因为原来在齐鲁医院的患者需要进一步的治疗。

“医生这个职业要有担当，实际上比其他职业担当精神要更大一些。”曲仪庆谈起自己对于职业的理解。医生不只是需要专业技术的要求，还需要高尚的道德品质，它对每个医生的要求是综合的，因为医生是治病救人的，必须要懂人文关怀，懂得心理学。他说：“医生这个职业还是挺难的，这不是一个单纯掌握技术就可以做好工作的职业。”

除了诊疗工作，作为一位科学学位博士生导师，科研也是曲仪庆的一项重要工作。“病区危重症患者中药使用率超过80%。”曲仪庆介绍，根据国家要求和指南建议，山东医疗队迅速展开中药治疗新冠肺炎的救治工作，在繁忙的工作之余，认真研究中西医结合对于新冠肺炎的治疗作用与意义。接到山东大学新冠肺炎应急攻关科研专项的通知后，曲仪庆认真查阅资料，与医疗队中医医师反复讨论，撰写了《中西医结合治疗新型冠状病毒肺炎的临床研究》并获得山东大学立项。

对于在校的医学生，曲仪庆建议既然选择了这个职业，就要热爱它，就应该去承担起这份责任；哪怕在漫长的培养过程中会付出很多，但当有所作为时，也能非常有成就感。“呼吸科可能比较累、比较辛苦，但其实是非常有担当的专业。”2003 年的 SARS，后来的 H1N1、H7N9 流感，这次的新冠肺炎，都与呼吸科息息相关。“呼吸与危重症医学是我们的专业，是我们的责任，我们就应该来一线支援湖北！我们义不容辞！”这也是专业带给曲仪庆的感召。

随着疫情的控制，有的援湖北医疗队已经开始返程。曲仪庆所在的同济医院中法新城院区也准备开始清空病人，对医院消毒杀菌，预计两周后恢复正常医疗活动。清空病人后，医疗队会休整待命，有可能去往其他定点医院继续支援，也有可能月底返程。虽然归期未定，但曲仪庆表示，一切听从组织安排，做好医生应该做的事。

山东省第三批援湖北医疗队的交流群里，有人晒出了家里寄来的大葱，有人收到了胶东大馒头、鲅鱼水饺、烟台苹果……在战“疫”一线的曲仪庆和队员们一次次感受到来自家乡的温暖与支持。在这新冠病毒的笼罩下，人与人之间的感情却冲破了隔离服，变得像呼吸一样自然。救援队与疫区，一线与后方，患难见真情，隔离不隔爱，守望相助，携手战“疫”。希望早日结束疫情，让大家早日在春暖花开时自由呼吸，这也是曲仪庆和队员们的共同心愿。

（原载于山东大学新闻网 2020 年 3 月 22 日；文：杨小雪，图：受访者提供）

周敏：疫情不退，我们不退

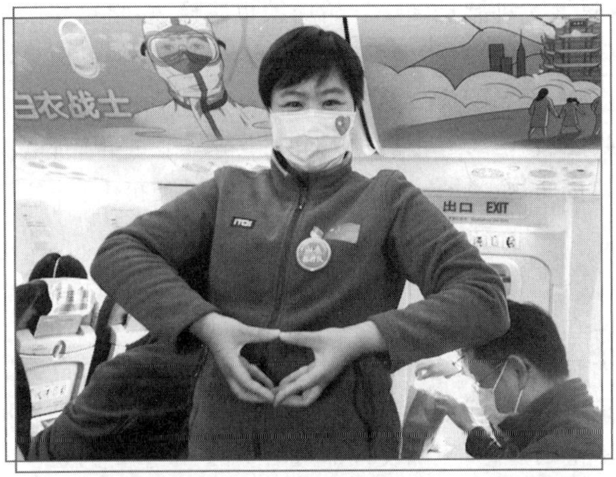

周敏，山东大学齐鲁医院重症医学科护士长、主任护师、硕士生导师。齐鲁医院第四批援鄂医疗队临时党支部副书记。2020 年 3 月，被授予“全国卫生健康系统新冠肺炎疫情防控工作先进个人”称号。

毫无疑问，我应该参加

时间退回到新冠疫情在武汉肆虐之时。在武汉封城、各地封路的严峻时刻，周敏毫不犹豫地报名，选择了最美“逆行”。她作为临时党支部副书记，跟随山东省第五批援助湖北医疗队暨山东大学齐鲁医院第四批援助湖北医疗队向武汉进发。

接到出发的通知后，齐鲁医院 131 人的整建制医疗队很快就集结完毕。时间十分紧张，每位队员都不知道武汉是个什么情况，尤其是作为护士长的周敏心里很没有底。这次出征，她带着科室的 15 个人一起支援武汉。带领一个团队的周敏，感到压力很大：“我们的团队里有年轻的妈妈、刚刚领证要做新娘的同事，还有男同事的爱人正处于孕期。”作为“大家长”的周敏内心只有一个想法：把他们平平安安地带出来，也要把他们平平安安地带回去，带回到他们的家人身边。

而周敏出发后，女儿回了姥姥家。害怕近 80 岁的母亲担心，她一直瞒着老人。她的妈妈从新闻上知道周敏到湖北的消息，女儿说：“姥姥当时就哭了，一直埋怨您骗她。”不过第二天周敏的妈妈就跟孩子嘟囔：“你妈妈不去谁去呢？她是护士长，她就应该去。”当听到这句话时，周敏心里很感激：“还是我妈妈最了解我。”

面对疫情，周敏始终觉得自己义不容辞：“如果是医院派的话，毫无疑问我应该参加，就是这么一种感觉。”一开始周敏也犹豫过，自己年龄偏大了，五六十岁又是这次疫情的高危人群。但是当国家号召去湖北援助时，接到医院组织医疗队的通知，她马上报名响应。她微笑着说：“这可能就是作为一名老党员的本能吧！不光是我，我相信每一个医护人员在我这个位置上，都会有这样的想法，都会义无反顾地接受这个任务，而且还要把这个任务努力去完成好。”

凡我在处，便是齐鲁

周敏所在的齐鲁医院第四批援鄂医疗队在湖北武汉大学人民医院东院区，整建制接管两个病区，她任十七病区的护士长。她所在的病区是一个由肾内科病区改造的隔离病房，尽管是在医院工作，但是一开始对传染病房、对传染病人工作的流程还不是很熟悉，环境设备都是陌生的，最重要的是没有陪护人员、卫生员、护理员。除了危重病人大量的治疗和生活护理工作外，医护人员还要负责清理环境卫生、提供患者饮食等工作，但是周敏都尽心尽力做到最好。

周敏的病区里有两名 80 多岁的老人，由于年纪大了只能吃流食。其中一位老年患者由于长时间隔离治疗，出现了严重的压疮，刚开始情绪很差。周敏特地把医疗队的食品料理机拿到了病房，利用自己工作间隙时间，每天三次亲手给老人制作流食，给老人增加了营养，提高了抵抗力。这种细致的关怀让患者们感觉到更多关爱，心情更好了。在医护人员的精心护理下，老人的伤口有了明显好转，精神状态也好了许多。最终，老人的脸上露出久违的笑容，并对医疗队员竖起了大拇指。

同时，周敏及其医疗队员还结合当地和齐鲁医院规范，从头开始建章立制，把各工作流程、监督反馈流程，包括每一项防护措施都在队中重新培训，张贴上墙，让大家在短时间内迅速有条不紊地开展工作。经过一个多月的验证，这套规范是成功的，得到社会、医院、患者以及友队的广泛赞誉。

截止到 3 月 21 日，医疗队正常接诊，负责固定床位 80 张，累计救治患者

113 人，其中重症 68 人，危重症 12 人，累计开展核酸检测 575 次，治愈出院 67 人；现在在院患者 26 人，其中重症患者 4 人，危重症患者 4 人。

忆起初到武汉时，面对陌生的挑战，周敏也曾有过担心，担心不能按要求完成任务，担心感控防护不到位、伙伴发生意外，担心病人出现并发症、不能顺利出院……但她始终坚信她不是一个人在做这件事。她说："我们是一个团队，我们是一个国家都在齐心协力，我们有党的领导，必胜的信念一直在支持着我。无论在任何环境下，我都会克服困难，坚持下去。"作为一名老党员，周敏还是齐鲁医院第四批援鄂医疗队临时党支部副书记。在临时党支部的带领下，援鄂医疗队中的 50 名党员克服危重病人繁多、病情复杂、人手紧缺的种种困难，迅速形成战斗力，佩戴党徽、亮出身份、冲锋在前，在抗击疫情一线充分发挥先锋模范作用，在最危险、最紧急的关头让党的旗帜高高飘扬。无论是咽拭子采样、气管插管、机械通气吸痰、俯卧位通气、连续肾脏替代疗法(Continuous Renal Replacement Therapy, CRRT)治疗等高风险操作，还是在日常治疗和护理过程中，点点滴滴之间，临时党支部的党员们做表率、见行动，处处彰显着齐鲁风采和齐鲁精神，打造了一座疫情防控阻击战中牢不可破的战斗堡垒。

这些事迹也深深感染了周围的普通医护人员。周敏骄傲地说："短短几周，已有 74 位同志在前线郑重地向党组织递交入党申请书。他们看到了党员的敢为人先和无私奉献，积极向党组织靠拢，决心在这场没有硝烟的战斗中经受考验。先后有 9 名同志火线入党，为党组织输送了新鲜血液。"

作为山东大学齐鲁医院的一员，周敏坚定地说："我感到非常自豪！在武汉这段时间，我们感受到'山东大学'这个名字带给我们的无上光荣。有郭书记和樊校长的殷殷教诲，有侯书记和陈院长的切切关怀，有所有同事和朋友们的关心和牵挂，还有源源不断从后方运来的物质装备，包括数不清的海外山大校友的支持和帮助，让我们顺利渡过最开始物资匮乏的艰难时期，得以毫无牵挂地全身心投入抗疫战斗中。学校还给了我们荣誉和表彰，我下定决心，一定继续发扬'凡我在处，便是齐鲁'的精神，圆满完成任务，不辱使命！"

人人都是平凡英雄

在山东省的前几批医疗队均已顺利返回时，周敏所在的山东省第五批援湖北医疗队坚守到了最后。思乡之情不可避免，在湖北期间，周敏跟家人每天都会通过视频报平安。家里人不敢先和她联系，怕耽误她的工作。周敏回忆道："最初一段时间每天忙完都是深夜了，但无论多晚，只要联系，家里都是第一时间接起，看到彼此的笑容才放心。大灾面前更能体现亲人感情的珍贵！"

在武汉期间让周敏感触很深的是，每一个人都是英雄。隔离病房的病人焦虑不安、害怕恐惧,但他们会在即将摘下口罩吃药时挥手让医护人员们避开,会在忍不住咳嗽时快速将头偏向一侧,生怕感染了辛苦救治、照顾他们的医护人员。也有乐观的病人用幽默的话语逗笑房间的所有人;还有的病人不甘于被困于狭小病室,气喘吁吁地唱上一段京剧,或者赋诗作画。周敏温柔地说:"相信我们很多人在未进去前都默默想象过烈性传染病人的模样。但我们进去后,立即把他们当作自己的朋友、家人,去照顾他们的心情、倾听他们的埋怨、安抚他们的情绪,缺什么就拿来什么,为他们饭食不合口味操心,为他们的病情反复担忧……"

这场突如其来的疫情,有许多人感动着我们,坚守到最后的援助医护人员、酒店服务人员和班车司机师傅,在武汉奋斗的各领域志愿者,医院附近的超市掌柜、花店老板、快递小哥、咖啡师、理发小哥……周敏说,在武汉期间,每天上下班途中看着武汉的繁华街道,虽空无一人,却感到它隐藏着一股蓬勃的力量:"我感受到了这座英雄的城市和不屈的人民!"天气也越来越热了,厚厚的防护服带来的不适越来越严重,但是周敏及其医疗队员都表示:"疫情不退,我们不退!"

基辛格在《论中国》里说:"中国人总是被他们之中最勇敢的人保护得很好。"中国最勇敢的人们,他们平凡,他们伟大。他们是和平年代的普通人,也是抗疫战场上最英勇的战士——舍身为国,无怨无悔!

(原载于山东大学新闻网 2020 年 4 月 10 日;文:刀彦月,图:受访者提供)

马承恩：去无畏，战无懈，归无恙

新冠肺炎疫情发生后，山东大学第二医院响应国家要求迅速组建援助湖北国家医疗队，医院重症医学科主任马承恩就是最早报名者中的一位。他在请战书中写道："我是一名党员，又是一名老医务工作者，武汉人民需要我们，党员就应该坚定果敢地站出来，帮助他们。"2月9日，由31名医生和100名护士组建的山东大学第二医院援湖北抗疫国家医疗队，整建制出征武汉。58岁的马承恩被任命为这支队伍的队长，同时还被任命为医院援湖北抗疫医疗队临时党支部书记。

出征当天，马承恩带领队员集体宣誓："同舟共济，众志成城，山大二院，不辱使命！"经过52个昼夜的奋战，医疗队整建制接管的华中科技大学同济医学院附属同济医院光谷院区E1—7重症病区病例清零。马承恩带领医疗队员圆满地完成了援助任务，光荣凯旋。

记者联系到马承恩时，他刚送病区的最后4名患者出院。回到酒店后，马承恩仿佛松了一口气，回首50余日的抗疫征程，他的心中有着许多感慨。听着他的讲述，一幅饱含真情与血汗的抗疫纪实长卷在我们面前缓缓展开。

患者不愿意离开我们

3月29日,在山大二院医疗队工作的最后一个班次上,同济医院光谷院区E区7层最后4名新冠肺炎重症患者陆续出院,医疗队所辖院区的患者实现清零。

"谢谢你们这么多天的照顾。"14床的95岁老奶奶是病区最后一名出院的患者,也是同济医院两个院区收治病人中年龄最大的一位。出院前,她握着医护人员的手止不住地道谢。这位老人年事已高,患有老年痴呆、心脏病房颤等基础疾病,缺乏生活自理能力,并且因为疫情无法得到家人周全的照顾,入院时身体和营养方面都存在问题。住院以后,老奶奶得到了山大二院医疗队的精心护理和治疗,很快便康复了。"我在这里,被你们照顾得太好了,我不想出院。"在疫情期间,患者同医疗队的医护人员建立了深厚的感情,最后老奶奶竟然舍不得离开。老人朴实的心情使医疗队非常感动。为了使老奶奶放心,马承恩和医疗队员们专门同老奶奶所在的社区进行沟通,在确定出院后会有专人护理之后,经反复做思想工作,老奶奶最终才同意回家。

像亲情一样的医患关系、护患关系,是医疗队入驻病区以来一直悉心建立和维持的。马承恩说,由于接管病区里的患者多数为老年人,他们要求医护人员在开展救治护理工作时要格外用心,尤其对年事已高、不能自理的老人特别照顾。从喂饭等生活护理到细致的心理疏导,医疗队员们尽自己所能给予患者们最大的呵护。

在医疗方法上,马承恩所在的医疗队积极探索科学有效的医疗技术,实现了在治疗危重症患者方面的经验积累与方法创新。"比如及时改善肾脏替代CRRT呼吸机应用方式,调整呼吸参数,以及经鼻空肠管的应用和平常都很难做到的盲插,我们都积累了宝贵的经验,也得到了成功的实践。"马承恩介绍,由于绝大多数危重病人病情较为复杂,而大部分队员经验不足,于是医疗队专门成立了重症小组,由重症、呼吸科的大夫来负责危重症病人,这样绝大多数患者都能得到有效的救治。

经过医疗队的不懈努力,危重症病人的治愈率达到77%。马承恩说:"对危重症患者的治疗效果,我们还是非常满意的。"据统计,山大二院医疗队接管期间,总计收治患者94人(其中重症75人,危重症19人),治愈出院73人,转出16人,开展培训2040人次,采集咽拭子213例,核酸检测213次,心理疏导129人次,累计院感督导5000人次。在这一串串数字背后,饱含着马承恩和山大二院医疗队员们所付出的巨大努力。

在病房里我才放心

在抗击新冠肺炎疫情的战斗中，重症病房是与死神争夺生命的前线战场。马承恩从事重症医学近 20 年，救治过各种危重病人。2002 年，作为业务骨干，马承恩参加了中国援助非洲的医疗队，担任援非医疗队队长，在塞舌尔工作两年。回国后受命创建重症医学科，并担任首位主任，一干就是 16 年。2008 年汶川大地震时，马承恩所在的科室接收了省内第一批来自汶川的伤重者，经过全力救治，成功实现了“零死亡、零截肢、零感染、零并发症”的目标。面对国家和人民的需要，他又一次毅然决然地站了出来。

2 月 10 日，医疗队到达武汉进驻同济医院光谷院区，24 小时内接管一个重症病房。时间紧、任务重、困难多，此时马承恩与领队魏峰涛、副队长王欣紧急讨论并决定：不讲任何条件，必须克服一切困难进行收治！动员会上，他告诉全体队员：“现在疫情紧急，不容商量，考验我们的时候到了！共产党员先跟我上！”

面对没有特效药物的新冠病毒，马承恩介绍：“新冠肺炎的治疗重点还是改善患者的呼吸功能，因为它首先影响到肺功能。如何改善缺氧是最重要的问题。”他告诉记者，如果缺氧得不到改善，很多老年人或者有基础疾病患者的其他脏器会很快受到严重影响，所以改善呼吸功能是重中之重，是医疗队首要的救治任务。“危重症患者大多为患有基础疾病的老年人，在感染新冠肺炎后病情进展很快，有时候一天一个变化。”马承恩强调，如果不及时处理就会造成全身缺氧而威胁到生命。

对待危重病人的治疗和护理，马承恩不敢有一丝懈怠，只要有空就查看危重病人的检测结果，第一时间掌握危重病人的病情，发现问题及时处理。“重度患者每个病人有各自的特点，治疗方案必须因人而异。”在日常医疗救治工作中，马承恩常常亲力亲为，自己上呼吸机、连接管路，监测病人情况。连续六七个小时在病区里，不吃不喝，不能上厕所，汗水往往浸透衣背。别人换班休息了，马承恩还要去会诊，参加同济医院的疑难危重病例讨论。在病区外，他根据每天医护工作中出现的问题，对交接班人员进行危重病人治疗的指导、交代注意事项等；每天半夜里还要打电话询问危重病人的病情，指导处理，每晚工作直至深夜，有几次甚至出现了低血糖的情况。大家生怕他吃不消，劝他回去休息，而他却说：“我没事，在病房里我才放心。”

随着收治患者人数的不断增加，压在马承恩和医疗队肩头的担子也越来越重。“在医疗队落地武汉的第二天晚上，病区便一口气接收了 29 名新冠肺炎重症患者，第三天晚上便全部收治满了。”马承恩回忆。突然增加的患者数量、忙碌的检测、厚重的防护服、不透气的口罩和面屏，让不少年轻队员一下子喘不过气来。作为医疗队队长，58 岁的马承恩表现出超人般的意志。尽管自己本身就患有高血压、糖尿病等多种基础性疾病，但是他在抗击疫情的工作当中身先士卒，从进驻同济医院光谷院区以来每天都工作十几个小时，平日里靠服用镇定药物来维持休息，即使这样每天才能够睡三四个小时。在如此高强度的工作压力下，他的身体几近透支。医疗队联络员董红说："有一天，我们两个在病区聊工作的时候，他坐在椅子上，起都起不来了，是我把他扶起来的。"尽管如此，马承恩却仍然表示自己挺得住。

当问及支撑他一往无前的动力时，他的话语很平实："作为一个党员、一名医生，在国家需要我的时候站出来是应该的。山东大学、山大二院培养了我，我尽自己所学去帮助有需要的人，这既是医生的职业素养，也是一种感恩和回馈。"

我们每一位队员都是战士

"开始的时候防护物资非常紧缺，同济医院也是尽最大努力做好防护物资的准备，但是开始前三天还是有很大缺口。"回想起抗疫初期的物资短缺，马承恩坦言那是一段"令人后怕"的时光。

"我们山东医疗队的队员大多体型比较高大，但是医院提供的防护服的型号不全，导致防护服根本就包不起来面部。"说到这里，马承恩语气变得凝重起来。穿戴防护服、医用口罩和防护鞋套是医护人员实现自我防护的基本措施，但是医疗物资的缺口摆在眼前，在抗疫初期着实使得医疗队员们犯了难。"同济医院已经尽最大努力了，有困难我们自己来克服。"马承恩表示，抱怨、提要求都不符合医疗队的规定，也不符合现实，"防护鞋套不够，我们就用自己带来的塑料袋来代替"。马承恩叮嘱队员们："我们是来支援的，不能给武汉人民添麻烦。"

在疫情爆发的一线进行救治，医务人员面临的风险系数非常高。在这种环境下，医疗队穿着厚厚的防护服，除了自身有许多不便之外，也给予检查、治疗工作很大的影响。穿着防护服不能听诊，有时候护目镜上有雾也看不清。"另外一点就是语言沟通的障碍，尤其是老年人听力不是很好，南方跟北方的语言沟通确实存在一定的问题。"回忆起抗疫初期的困难，马承恩表示，听不懂的时候就用纸条来写，通过各种办法来解决问题。在生活上，医疗队也面临着水土不服的困难，马承恩鼓励医疗队员们充分发挥自主性，积极探索克服的办法。"面对饮食方面的差异，我们要求队员们在轮休的时候去帮厨，指导当地厨师做一些家乡菜，这样就解决了。"马承恩乐观地说道。回想这 50 多天的抗疫征程，马承恩欣慰地表示，医疗队确实没有提什么要求，也没有添什么麻烦。

作为131人的队长，马承恩在团队纪律方面要求十分严格。“医疗队来了以后就制定了生活纪律、工作纪律，目的是让大家充分认识到我们是一支投入一线的战斗部队，我们的工作状态是战士状态，我们每一位队员都是战士，战士就要有高度的纪律性。”为了提高医疗队的工作效率，马承恩在抵达武汉后迅速制定了工作制度和流程，在每天早上班次轮换时，马承恩总要根据前一日出现的问题作出及时的讲解和指导。在他看来，如果工作没有章法，团队就没有效率，医疗救治任务就会受到影响。

在严格要求纪律之外，马承恩又像一位慈祥的父亲，年轻队员们的安全也让他时刻挂在心上。正如他自己所说的：“队长的责任，就要把队员一个不少地带回来！”

为了加强管理、协调，医疗队成立了管理领导小组，全面负责医疗队在武汉事宜。为了加强防护，他和其他队领导一方面积极联系防护物资以保证使用，另一方面制定了严格而又切合实际的感染控制制度，并指定麻醉科冯昌医生为专职感控员以严加督导、落实防护。新年伊始便离开亲人远赴抗疫一线，许多队员在高压工作的环境下难免出现一些情绪上的波动。每当这时候，马承恩总是及时地与队员们进行沟通。在他看来，调整、缓解队员的情绪非常重要，所谓“治病先治心”，治疗一个病人要先从心理上去治疗他；队员也是如此，要想保持很好的工作状态，必须有一个健康的心理状态。

作为队长，马承恩对每一个队员都给予无微不至的关怀。每天回到宾馆，他顾不上吃饭，第一件事就是对几个身体不适的队员逐个打电话询问：症状好转没有？有没有新的不舒服？服药后有没有副作用？做好每个人的健康档案，开始几天里，仅这项工作每天就需要1～2小时。白天只要有空，他也随时打电话了解情况。每天组织医疗队委员会讨论身体不适队员的健康情况、用药情况、是否继续休息或能否上班等，晚上还要嘱咐队员们注意用电安全、用酒精安全。

谈到队员们的表现，马承恩充分肯定。据他介绍，山大二院医疗队中“90后”成员有41位，“80后”有63位，占绝大多数。“他们来了以后，工作都冲在前面，吃苦在前面，不退缩、不喊累、不推诿，不管工作还是生活都充满活力。”说到这里，马承恩的语气当中洋溢着自豪之情。“他们一是为了老队员着想，再一个他们的体力也确实好一些，他们表现得非常好。”通过此次抗疫支援，一线医务工作人员尤其是年轻人员得到了有效的锻炼。在马承恩看来，医疗队员们众志成城才有了今天的胜利，他们付出的努力将来一定会成为人生当中最宝贵的财富。

4月10日，在山东大学团委主办的战“疫”团课第10期上，马承恩分享了在武汉前线抗疫期间医护人员体现出的可贵精神，高度肯定了新生代医护人员尤其是90后青年一代展现的良好精神风貌和使命担当,并结合习近平总书记的讲话和自己的体验,勉励广大共青团员为实现中华民族伟大复兴奉献青春力量。

131人,一个不少回来了!

回首这52天的武汉一线抗疫经历,从疫情爆发到取得基本胜利,从困难重重到捷报频传,马承恩感慨万分,却只字不提自己的付出和奉献。他说,抗疫任务的顺利完成汇聚着前后方的共同努力,后方人民尤其是山东省政府、山东大学及校友会等各方力量的大力支持是鼓舞医疗队员英勇战斗的强大动力。“我体会到、感受到全国人民万众一心、同舟共济、共克时艰和时难的家国情怀,在党中央领导下,全国人民没有战胜不了的困难。”在马承恩看来,全国人民对湖北武汉地区的积极援助构筑了抗击疫情的一级屏障,各地前往灾区支援的医疗队员发挥了医务工作者勇于担当、不畏艰险的职业精神和高尚品德。

3月31日,山大二院援湖北国家医疗队返回济南,武汉市政府和当地人民群众为欢送英雄们,自发地走上街头相送,给予了医疗队极高的礼遇。马承恩和医疗队员们被武汉人民的深情厚谊深深感动。“今天快递人员给我们免费送行李,每个箱子上都写上‘英雄一路顺风’的字样,几个小伙子替我们搬运这么多箱子毫无怨言,让我们感动得流泪。”说到这里,马承恩哽咽了。

下午4时,医疗队队员乘坐两架包机抵达济南遥墙机场。踏上家乡的土地后,马承恩平复了自己激动的心情。当被问及最想做什么时,他表示由于医疗队前往武汉援助,后方抗疫的压力都留给了科室的同事,他想在休整之后希望尽快再投入到科室的工作当中去。

在抗击疫情最艰难的时刻,像马承恩一样的千千万万的医务人员与湖北人民风雨同舟,他们以生命守护生命,谱写了动人的抗疫史诗。狂风骤起,劲草迎击;烈火凶燃,真金砥砺。他们用双手为重症患者们筑起堤坝,用行动传递了山东人民与湖北人民风雨相随的深情厚谊。他们用精湛的医术、崇高的职业精神,为祖国和人民递交了一份满意的答卷。

(原载于山东大学新闻网2020年4月13日;文:何元航,图:饶经伦)

魏峰涛:白衣执甲护国安

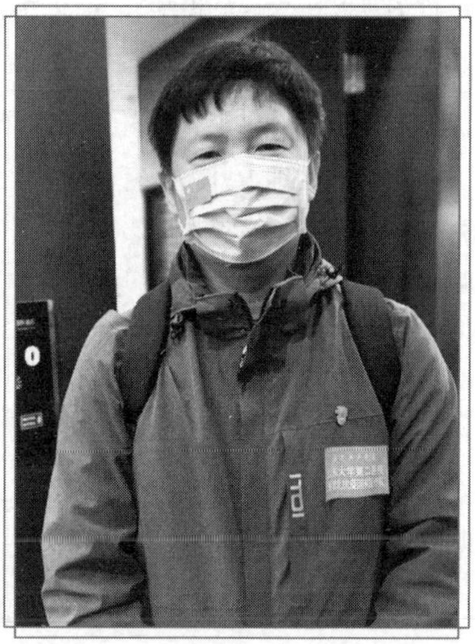

2020 年的开始,一场新冠肺炎疫情牵动着中华儿女的心弦。疫情当前,全国各地医务人员挺身而出支援湖北武汉,履行自己的职责,拼尽一身精湛医术,只为守护同胞们的生命与笑颜,只为让他们还能再见武汉的樱花美景。基辛格在《论中国》中说:“中国人总是被他们之中最勇敢的人保护得很好。”魏峰涛就是此次新冠疫情期间勇敢逆行的其中一员。

魏峰涛,山东大学第二医院门诊部主任,山大二院援湖北国家医疗队领队,2020 年 3 月被评为“全国卫生健康系统疫情防控先进个人”。2 月 9 日,他带领 130 名医务人员奔赴武汉,整建制接管华中科技大学同济医学院附属同济医院光谷院区 E1 区 7 楼重症病区。

逆行出征,争分夺秒

2 月 8 日元宵节,农历新年的第一轮圆月悬挂夜空中,静静地望着这片神州大地上的悲欢离合。

晚上 10 点，魏峰涛接到山大二院的电话，紧急召开会议。在开车前往医院的路上，他得知，自己将作为领队驰援武汉，明天中午就要出发。

2 月 9 日上班之前，魏峰涛去到父母家里，为了不让父母担心，他将事情缓缓告知。出乎意料的是，父母早已提前得知了消息，并嘱咐他一定要做好防护。谈话时间只有短短 10 分钟，魏峰涛便离别父母，赶去医院交接工作、领取任务、组织队员出发。

2 月 9 日下午，医疗队出征仪式在济南遥墙机场举行。魏峰涛在随笔中写道："紧急的出征，来不及更多的准备。一件蓝色队服、一顶蓝白相间遮阳帽、一个蓝色口罩汇集成了医疗队的标志，也绘就了一副蓝色的逆行风景图。"

自从接到指令到全队出发，也就十几个小时的时间。魏峰涛看着在紧急会议后才得到的人员名单，虽然大家都是同事，但是来自不同科室，魏峰涛并不能将名与人一一对应起来。他先默默地记住所有人的名字，并暗暗下定决心，一定圆满完成任务，将他们全部安全地带回来！

这一抹明亮的蓝色坚定地去往疫情中心，去往没有硝烟的战场，医者逆行，只为护国安宁。

形势严峻，义无反顾

晚上 10 点，医疗队顺利抵达武汉。从机场去驻地宾馆的路上，魏峰涛就接到了同济医院光谷院区院长的电话，这个电话让他意识到武汉的形势比想象中更加严峻。"当时电话里，光谷院区院长第一句话就问我到了没，紧接着第二句话就告诉我，病区今晚就要收病人。他们医院的医务人员先把病人接下，我们休整一晚，然后明天就要去救人。"

魏峰涛挂断电话后的第一反应是，一定让队员好好睡一觉，然后抓紧对全队进行防护培训。"如果不休息，明天根本无法面对高强度的工作；此外，新冠肺炎的高传染性、高风险性意味着如果稍有不慎就有可能是致命的，所以防护工作即为所有工作的重中之重。"

魏峰涛安顿好队员后，自己与队里的几位领队和联络员火速开会，制定严格的防护流程、交接班制度、生活管理制度等。会议一直持续到深夜 1 点，等到事无巨细安排妥当后，魏峰涛才敢整顿休息，迎接第二天的高强度工作。

医院刚刚完成传染病房改造，许多设施还不完善，防护用品还不到位，医护人员对设备程序也不熟悉，甚至施工人员都没有完全撤走。在这种情况下，魏峰涛不议条件、不讲困难，号召全体队员："同志们，现在疫情紧急，不容犹豫！必须克服一切困难开始收治病人！考验我们的时候到啦！"在他的带动下，队员们立即展开工作：整理物资，熟悉程序，练习防护。

2月10日夜里，医疗队收治了首批29名重症病人。然而，真正的考验才刚刚开始。魏峰涛发现，防护物资严重缺乏。魏峰涛和队员本来自带了一部分防护物资，以为可以坚持几天，不幸的是，当天晚上防护物资便已告急！常言道“巧妇难为无米之炊”，没有防护物资，一切都是零。

2月11日，对于医护人员来说，也是忙碌紧张的一天。魏峰涛回忆，那天接收了20名病患。接收如此多的病人，许多工作应接不暇，连续高强度加班，加上水土不服，很多队员感觉困倦乏力、疲惫不堪。由于长时间穿防护服，很多人的手腕腿脚处都有很深的压痕，面部也因为戴口罩和护目镜而出现了压疮和水泡。

魏峰涛发现这些情况后，积极联系各方渠道以保证医疗队物资供应。由于连续接打电话，手机一天要充电好几次，一周的时间竟然用坏了一部手机！他与马承恩队长、王欣副队长商议，制定了切合实际的病房感控制度和流程，并指定专职感控员严格督导、落实防护。

作为医疗队的领队，魏峰涛不仅要负责协调队里工作，确保队员安全和一线救治有序开展。作为治疗心脏病重症的专家，他还坚持上一线查房。常常穿上层层防护服，带领医生查看负责的每一个病人，严把质量关。通常是从早晨接班一直查到下午，不吃不喝，汗水浸透衣背。别人换班休息了，他还要去参加会议。为保证大家能专心工作、安心休息，医疗队规定了队员的作息制度，而魏峰涛自己总是“违反制度”而站到一线靠前调度指挥。病房开诊之初，他干脆以病房为家：渴了喝几口矿泉水、饿了吃几口盒饭，困了只能在更衣室里打个瞌睡，有时累到极限甚至仰在椅子上便能呼呼睡着，就这样连续工作了31个小时。

回忆起初到武汉的情形，魏峰涛甚至都没有感觉到自己的压力，每天就是高强度的工作，紧绷着自己的弦。最让他感动的是，在这种艰苦的环境面前，每一位医疗队员都是心甘情愿地付出，义无反顾。

转危为安，大爱无言

“尽管气候湿冷，困难重重，但整个团队的精神面貌非常好，大家全力奋战。患者们也极力配合，一些危重症患者的病情已经稳定下来了，这让我感到非常欣慰。”

2月12日，一位70多岁的男性患者引起了魏峰涛的注意。“他转来时病情很严重，一说话就喘憋得厉害，正常人体动脉血的血氧饱和度在98%，而他已经到了80%左右，心率也偏快，在110次/分。”魏峰涛说，这样的情况需要用到无创呼吸机，还对医护人员的操作及护理要求更高。

让魏峰涛感到意外的是，虽然情况严重，但这位患者从始至终都保持着乐观的心态，积极配合治疗。魏峰涛说："虽然他一说话就憋得难受，但也从没见他悲观，依从性很高，性格很开朗，经常和我们开玩笑。我们每次去看他，他都会跟我们说谢谢。"

2月20日上午，魏峰涛到达武汉工作后的第11天，病房里迎来了第一例治愈的重症病人，他非常开心："我们整个医疗团队兴奋了有一天多。"这一例治愈，起到了极大的鼓舞人心、提振士气的作用，10多天的付出取得了成果。魏峰涛期盼着这样的好消息能够越来越多，他相信没有哪一个冬天不会过去。

在越来越多病患出院的同时，凭借高效的防护流程，魏峰涛所在的医疗队做到了全体医护人员零感染："我们不仅重视医院里的防护，同时也重视医院之外的防护。"为了做到"零感染"，医护人员从驻地宾馆到开始工作，不同的地点要换三四套衣服、工作服、防护服，从准备工作到4小时工作结束，往往要花费7个半小时的时间。工作防护生活防护双管齐下，保证了医护人员的安全。

凭借着抗疫的突出表现，魏峰涛荣获"全国卫生健康系统疫情防控先进个人"，他却表示，自己是代表着集体来接受这个奖项，因为所有的工作都是大家齐心协力的结果。

经历了团队50多天的通力合作、默契配合和艰苦奋斗，魏峰涛回忆这些时日的点点滴滴，心头萦绕着无言的感动。他记得那些被口罩挡住的清秀的脸庞，记得坚定迈入重症污染区的步伐，记得护目镜水汽后生辉的眼睛，记得气管插管时的精湛操作，也记得夜班后通勤车上的和衣而眠……虽然没有任何轰轰烈烈的事情，但是这些平凡微小的细节一点一点积攒，成为了令魏峰涛最动容的东西。就像他在手记里提到的，"这支医疗队就是我理想中团队的样子"。

在这段特殊的时日里，还发生了一件令魏峰涛自豪的事情。3月17日晚，在驻地宾馆的会议室里，举行了入党宣誓仪式，魏峰涛成为了一名中共预备党员，并代表新党员作表态发言。加入中国共产党是他一直以来的一个心愿，在"火线入党"后，他将以更高的标准来严格要求自己，履行自己的义务和职责。他说，他将以自己的医术来挽救更多的病人！

当问到回家最想做的一件事是什么，他回答："休息，好好休息。"3月31日，山东大学第二医院援湖北国家医疗队圆满完成任务，光荣凯旋。4月15日，队员们结束了为期14天的集中休整，回家团聚。至此，第二医院援湖北医疗队、援省内专家共146名队员全部平安归来。经历两个月的奋战后，他们终于可以踏实地睡一个好觉了。

（原载于山东大学新闻网2020年4月16日；文：宋烨，图：受访者提供）

董红:护士的主心骨,患者的暖心人

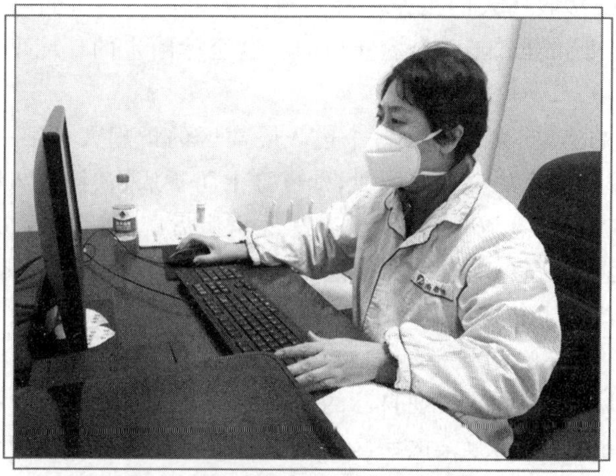

2月8日,山东大学第二医院在接到国务院应对新型冠状病毒感染的肺炎疫情联防联控机制(医疗救治组)通知,要组建一支整建制的支援湖北抗疫国家医疗队后,护理部副主任董红作为联络员及护理带队,和她的同事们一同奔赴武汉,成为了这场战疫中逆行而上的成员。董红也成为了前线护士的大家长和主心骨。接管武汉市华中科技大学附属同济医院光谷院区重症病房的52张床位以来,至3月31日医疗队圆满完成任务凯旋,医疗队奋战了52个难忘的昼夜。

董红,山大二院护理部副主任,援鄂抗疫国家医疗队联络员及护理带队,在此次战疫中获"全国卫生健康系统疫情防控先进个人"称号。

"战疫"打响,责无旁贷

2月8日,在接到赶赴战疫前线的具体通知后,董红作为医疗队的联络员和护理带队,深感责任重大。100名护理人员,涉及呼吸与危重症医学科、感染性疾病科、重症医学科等相关临床护理专业，她知道这些护理人员都是前往疫情中心的精锐之师，也认为自己有责任、有义务带好这支队伍，尽力做到每一个环节的妥帖有序。核对人员，安排次序，检查名单……董红明白，自己每核查确保一次，奔赴前线的同事们就有更多底气。

抵达武汉，简单对接工作以后，董红就接到了“上午培训，中午看病区，当晚收患者”的通知。谁也想不到情况会这么紧急，而且紧急的同时又对医疗队提出了更高的要求：他们要关注到最细微处的细节，避免出现纰漏，保障好自身的安全，以达到救助患者的目的。作为护理带队，董红立即带着大家熟悉环境，并召集几位经验丰富的护士长，成立了临时管理组，一组完善病区医疗物资准备，另一组制定今晚接收病人的工作流程。董红的镇定让同事们略微忐忑的心情得到了缓解，专业素养和工作经验让他们在这全然陌生的环境里开始了紧张而有序的工作准备。

接收患者的当晚，董红为每一个进入隔离区的护理人员细心地检查防护，加油打气，以安抚大家的心情。同时，她也穿上防护服，一同进入隔离病区接收患者。为了让大家熟悉流程，她在患者进入病房后耐心地进行讲解，直到每位护士都达到熟悉的程度。夜已深，街道寂静，武汉已经进入了睡眠，而光谷院区内如同白昼的灯光下，董红和护士们来回奔走，安置患者为生命争取时间和空间。凌晨两点，那一晚的最后一名患者得到了收治和安排，董红才离开了病房——等脱下防护服，她才发现自己的汗水完全浸透了头发和衣服。

万丈高楼平地起，再复杂的病区也是由基础工作组成的。第一天的忙碌之后，董红知道要把护理成员们的工作进一步细化，让大家步入正轨。100 名护理人员该怎样分工？这是个需要斟酌的问题。在丰富的护理经验指导下，董红将护士根据不同专业及特长分为了 10 个小组，化散为整，确保每个小组都有能力接管危重症，都有能力上呼吸机，都有能力解决置管问题。董红每天都会和各小组组长开会，交流工作中出现的问题和困难，第一时间寻求解决方法，修订工作制度。在这样一次次的完善下，即使一线环境与平时医院相比十分陌生，护士们的工作还是有条不紊地进行。

同时，董红要求自己做到事无巨细，保障护士们的工作。起初，医院里规定每 6 小时为一个班次。为了完善流程和职责，董红每个班次都跟班。为了省下一套防护服，她就连续跟班不出舱。数不清多少个班次、多少个日子，小组们就这样细化了流程。哪个班次要带进缓冲间物品，哪个班次要打捞护目镜，哪个班次要把缓冲间垃圾运出去，哪个班次进行紫外线消毒；什么时间送饭、什么时间打水、什么时间统药、什么时间布置采血试管……恰恰就是这些在外人看来烦琐的工作组成了他们辛苦而忙碌的日常，为患者每天的治疗、检查提供了保障。

每日细化工作，提高护理质量；做好协调调度，保障防护物资；协调组织管理，保障队员生活……在董红的心里，这些工作，她责无旁贷。

我的愿望是患者平安

3月下旬，随着疫情好转，越来越多患者出院，董红所在的光谷院区重症病房里未出院的患者都属于病情比较危重且有多种基础病的类型，还有几位患者感染时间较长，意味着极细微的改变都有可能影响患者的生命体征。

其中，一位69岁的患者让董红印象很深，这位患者姓徐，医疗队员们都叫他老徐。老徐2月11日才入院，感染时间相对比较长，而且他本身有高血压和房颤史，所以尽管年纪相比其他危重患者较小，但病情却很严重，已经出现多器官功能衰竭。医疗队对老徐的情况也时时关注，以免出现意外。

此时，医院已经为了保障医护人员的休息将排班改为了4小时一班，董红就安排每天6个班次中都要有特护对老徐进行护理，密切监护他的情况。而且，由于老徐需要24小时进行血滤，而同济医院的CRRT小组人员非常紧张，只能做到下午5点，董红就安排山大二院的护理人员组成CRRT护理团队，在下午5点到凌晨5点为患者搭建起生命线。

老徐已经接受了气管和食管插管，但由于输入到胃里的营养液总是反流，增加了窒息风险，医疗队便决定为老徐留置十二指肠营养管以保证他的营养供应。在无法采用任何辅助引导措施的情况下，董红只能凭借临床经验"盲插"。厚重的防护服和护目镜，对此时的董红来说，这些保护反而成了一种束缚。再加上此时老徐的病情极不稳定，操作稍有不慎就会对他产生刺激而致使病情加重，所以这项操作必须轻柔而又果断。

得益于丰富的临床经验和对患者康复的坚定期盼，董红成功地将长达1米的营养管置入老徐体内，而用时还不到20分钟。"平时需要半个多小时，今天我必须快，而且我不紧张，我做足了准备。"在整个置管过程中，虽然老徐已使用了镇静药物，可董红仍然不断地轻声安慰。"我觉得他是能听见的，我就是想告诉他，别害怕，我们都在他身边陪着他呢！"

老徐的故事其实在病房里多次上演，每个病例背后都是一个具体的人和一整支团队最真实的经历。无论面对哪一位患者，董红都本着那颗真诚的心奔赴在一线，用她的细心、耐心、恒心和高标准、严要求的工作，给予患者安慰。在一线接触患者的董红更能直观地感受到患者的求生欲望，她和护士们共同的心愿就是帮助这些患者争取健康的机会，争取重回普通生活的机会。

此前，病区的患者陆续出院，他们都纷纷通过鲁鄂医患微信群交流近况，询问医生护士们的情况，为病友们祝福，为医护人员们加油。人与人的距离在这样特殊的情况下拉近，一颗心触动另一颗心，一份爱融入另一份爱，心与心紧紧相贴，对于双方来说都是无法言表的感动。在接受采访时，当被问及这次战疫里她对临床工作的感触，董红的回答既朴实又动人："平平安安才是福，我现在的愿望就是患者平安。"是啊，平平安安才是福，这句中国的老话蕴含了多少令人泪下的故事，隔阂终将消融，唯爱永存。

护士们的"守护神"

"我带来了这100人，我就要对我的这些护士们负责。"出发前，董红就是这样对自己说的。她把护理团队的每个人都看作自己的兄弟姐妹，不论是工作上的困难，还是身体、心理上的问题，她都要去关注和处理。

工作正式开展以后，她每周进隔离区3到5次，对每一名护士穿戴防护服的情况亲自把关，被医疗队队员们亲切地称为"门神"。前期，由于患者数量多，人员较紧张，每个队员都要打足精神去工作，接病人、上监护、戴氧气面罩、测生命体征、询问病史……工作繁重，防护服很闷，有不少护士出现了头晕、呕吐的现象，而为了节省防护服，大家都选择尽量"无视"这些由于工作而出现的身体不适，避免增加负担。董红非常心疼这些护士们，当她看到有些护士脸上的压痕和破溃，就会忍不住在队员面前落泪。她觉得自己这支队伍是一支"奋力向前，不敢落后"的队伍，他们的目标就是救助患者，赶在病情恶化前为患者提供更多的保障。

工作不能松懈，但更要关注护士们的身体、心理状况。为此，董红牵头组建了"身体关注群"，为每个护士建立了健康档案，一旦有任何突发情况就立刻进行判断和处理。有时，有护士上报发烧，董红会第一时间安排她自行隔离，处理相关情况，而且通过微信安慰护士——这样的夜晚总是难以入睡，直到护士排查正常、恢复健康了，她才能放下心来。

为了照顾到每个队员的心理健康，她组建了心理援助小组，及时对护士进行心理疏导，避免大家出现心理压力过大的情况。董红还经常鼓励大家自己动手做一些便于日常操作的"小发明"，在方便工作的同时调剂大家的生活。比方说，护士每天在隔离病房里要做很多记录，但防护服给这项工作带来了很多不便，这就变成了一个难以解决的问题。董红注意到以后，就别开生面地让大家开动巧思，用酒店里能得到的材料制作自己的便捷小包，放上纸笔和其他工具。借助这样的方法，大家心理上的不适也得到了缓解。

作为护理带队，董红把这份职责落实到自己的每个行动上，就是这些零散而动人的细节，让她成为了护士们的主心骨和大家长，也让她成为了大家心目中的"守护神"。

（原载于山东大学新闻网2020年4月21日；文：高鑫，图：受访者提供）

曹英娟：白衣仁心谱芳华

曹英娟，山东大学齐鲁医院护理部副主任，山东省第五批援助湖北医疗队暨山东大学齐鲁医院第四批援助湖北医疗队副领队、护理队队长。在武汉抗疫期间，齐鲁医院医疗队的 31 名医生和 100 名护士整建制接管武汉大学人民医院东院区两个重症病区。经过两个月的奋战，4 月 6 日，这批医疗队作为山东省最后一批援鄂医疗队圆满完成治疗任务凯旋。4 月 9 日，曹英娟作为齐鲁医院医疗队代表，与美国约翰霍普金斯大学医学院、得克萨斯州医学中心和澳大利亚南澳大学医学院专家网络连线，就新冠肺炎防控治疗分享了包括进出污染区的防控方式、专科护理、团队管理方式、医护人员心理调适方法等方面的经验。

他们是战士，也是孩子

提起护理队的年轻队员们，曹英娟总是习惯叫他们“孩子”。曹英娟所在的这批医疗队中，医生的平均年龄是 35 岁，护理人员的平均年龄是 33 岁，其中不乏许多“90 后”。带领着 100 名护理队员，有着丰富护理经验的曹英娟就成了年轻队员们的"曹妈妈"。从身体健康、工作状态到情绪变化,曹英娟每天都密切关注着。她说:"让我做这个护理队队长,是国家、学校和医院对我的信任。我要把这100个队员,平平安安地带回来。"

队员们在穿上隔离服的那一刻,就成了战士。这支精锐的护理团队,从抢救、重症病人管理、呼吸康复、生活互助到心理支持,都紧密地互相配合。很多重症病人都有基础疾病,对护理专业水平的要求很高。面对这样的病人,齐鲁医院护理团队根据病人的情况,及时调整护理方案,实施精准的护理治疗。

曹英娟记得,一天夜里,医院转进来了一位同时患有心脏病、高血压、糖尿病和终末期肾病的重症新冠肺炎病人,亟须增加护理人手。曹英娟连忙给护士长打电话,刚走到班车点的护士长听到这个消息后,立即返回医院投入护理工作。她们一直忙到凌晨2点,等病人的状况稍微稳定后才休息。第二天恰逢交接班时,这位病人突发心脏骤停,情况危急,值班护士马上通过胸外心脏按压,帮助病人恢复了心跳,给后期医生的救治赢得了宝贵的时间。重症病人的病情常常不稳定,每当发生这样的情况,都是护理人员第一时间发现并及时抢救。他们就这样从刚抵达武汉时飘着小雪的寒冷天气,一直坚守到蝉鸣开始的季节,没人退缩过。

"曹妈妈"每天都记挂着护理队的孩子们。年轻的队员受了伤,出来见到她却是一句道歉,因为担心自己受伤而耽误了工作;为了能够更仔细地观察病人,队员时常顾不上"不用离病人太近"的指示;即使三令五申地强调了4小时换班的制度,也总是要多次催促,队员们才肯下班……于是,曹英娟严禁队员带病工作,每天了解队员们的身体情况,包括有没有干咳和发热、皮肤有没有破损、有没有腹泻和其他身体不适等,一旦出现身体问题,立即让其休息。为了给队员有效的心理支持、缓解前线高强度工作的压力,曹英娟还主持开办了"云课堂",通过网上授课开展心理辅导,累计听课人数达2600余人次,还吸引了其他医疗队队员纷纷加入。

作为武汉大学人民医院东院区联合护理质量与安全领导小组副组长,曹英娟定期对科室护理质量进行监控,召开会议,分析科室护理质量中存在的问题及改进措施,不断地提高护理质量水平,确保护理安全。从来到武汉的那天起,曹英娟就不断地把相关措施精细化,保证所有细节没有疏漏。她把每位队员的生日细心地记下来,哪怕一块小蛋糕、一句"生日快乐",也能让这些孩子感受到家人般的温暖。

齐鲁标准源于"走心"

谈到所带领的护理团队,曹英娟提到最多的字眼就是"走心"。"无论做什么工作,都必须走心。”曹英娟说。仪器是冰冷的,但是心与心的交流是有温度的。重症病房的患者常常伴有巨大的心理压力,这是无法通过仪器检测到的。因此,曹英娟要求护理人员在关注病人身体状况的同时,也要记录下病人当日的心理状态、睡眠、饮食和社会支持状况。

一位 88 岁的老奶奶入院之后一直比较消极,这可让医护人员们犯了愁。曹英娟在查房的时候重点关注这位老人,通过聊天,她得知老人心里一直惦念着在另一家医院被隔离的老伴。于是,她联系了老人的家人,告知她老伴的状况,让老人放宽了心。老人感激地握住曹英娟的手,说等她回济南的时候要和老伴去送她,还给她敬了一个标准的军礼。还有病人在康复出院时跟她说,以后一定要在自己的岗位上,将医疗队员的爱与责任传递下去。

由于病人中老年人的比例比较高,营养支持对于他们的治疗非常重要。然而,疫情严重时期的武汉物资紧缺,很难满足病人的营养需求。于是,队员们开始把后方医院提供的肉、蛋、奶和水果等物资制作成匀浆膳,给病人补充营养。有的病人需要补钾,队员二话不说就把自己的水果带过来给病人。曹英娟和同事们给病人设立了“爱心书屋”,他们一本一本地核对书的内容后再发放给病人们阅读,以确保读物是适合病人们阅读的。用心地护理和坚守,就这样在点滴中凝聚成了战胜疫情的强大力量。

为了实现“队员‘零感染’,提高重症患者治愈率”的目标,齐鲁医院护理团队对感控等各岗位的工作环节、技术操作、专业评估编制以及病区分区设置、监管流程等方面进行了充分探讨。曹英娟牵头编制了《山东大学齐鲁医院援鄂医疗队感控与护理管理手册》,这一管理手册受到在武汉大学人民医院东院区工作的国家医疗队同行的肯定,被推广应用到新冠肺炎临床救治一线,目前已申请地方标准。

经过经验的积累和不断的探索,齐鲁医院护理团队整建制为 100 名护士进行排班,根据不同的专业倾向划分病区,设 8 位护士长协同管理,同时设立了 4 小时轮班制。在实践中,曹英娟和团队探索出“移动查房”模式,通过移动终端进行患者救治和护理,开展远程连线会诊,实现实时指挥,降低了感染风险。为了保证护理人员的安全和护理的质量,队员孙勇还设计了一款“输液针头分离器”,自动切断针头,有效防止护理人员被针头刺伤。不少病人需要雾化治疗,然而其中产生的气溶胶也有着极大的传染性,而队员王成涛改良了雾化吸入器,减少了气溶胶的产生。这些优秀的管理经验和“小发明”赢得了广泛的认可,曹英娟和团队也在持续总结工作经验,希望能分享给更多的医疗团队。

你不必说,我自然懂

尽管曹英娟在队员面前工作起来总是雷厉风行、有条不紊,但是在家人面前，她总觉得有所亏欠。因为怕家中的母亲担心，曹英娟平安凯旋之后，才敢告诉母亲她自己带队去了武汉。母亲春节后身体就有些不适，当时曹英娟一直在医院值班，去武汉后更是近两个月没看到母亲。这期间，丈夫一直帮忙照顾着母亲，远在武汉的她才放心下来。

集结队伍援鄂的消息下达得急，曹英娟来不及和家人商量就报了名。2月6日晚医院公布医疗护理队员名单时，与她一同在齐鲁医院工作的丈夫——医院宣传统战部部长吕军也在现场。尽管两人之间没说一句话，但眼神的交汇之间，吕军就猜到这次报名去援鄂的队员中一定有她。这一刻，这对夫妻之间，涌动着默契和理解，更饱含着关心和牵挂。

曹英娟抵达武汉之后，小到叮嘱“牛奶要趁热喝，不要放凉了才想起来喝”，大到交代“要跟团队负责人多沟通，带好队伍，做好管理工作”，丈夫的一条条微信消息，都蕴藏着一份份的惦念。曹英娟在视频中偶然提起，病人中有一些老师和研究生，如果他们在治疗期间可以读一些文学的书籍和杂志来舒缓心情就更好了。吕军马上筹集适合阅读的书目，联系当地转送这些书和杂志到医院，办起了病房里的爱心书屋。同时，为了让援鄂的齐鲁医院医护人员有归属感，和书一起带过去的还有齐鲁医院的旗帜和横幅。女儿知道疫情期间爸爸的工作任务也很重，常常要熬夜处理工作方面的电话，担心影响爸爸的身体，于是让曹英娟劝他不要熬夜工作。曹英娟却对女儿说：“我管不住，我和你爸爸不属于彼此，是属于山东大学齐鲁医院的。”因为同为“齐鲁人”，所以你不必说，我自然懂。

在家人面前，她是“瞒天过海”的女儿，是视频时“心不在焉”的妈妈，只因为身上同时肩负着“健康所系，性命所托”的使命。隔离结束后，曹英娟想做的第一件事就是马上回家看看好久不见的家人，感谢他们的支持和理解，让她在武汉能踏踏实实地工作，能够心无旁骛地战斗。

心上还是悬着一根弦

4月6日下午，山东省最后一批医疗队到达济南遥墙机场，131名医疗队员回家了。在飞机上时，机长说为他们准备了一个小惊喜——山东大学齐鲁医院党委书记侯俊平和院长陈玉国为队员录制的一个欢迎视频。当熟悉的声音在飞机上响起时，曹英娟红了眼眶。一方面是因为两个月的临床工作在登上飞机的那一刻已经告一段落了；另一方面，也是因为感受到了齐鲁医院对于他们工作的认可和肯定。这种肯定，是来自最亲切的齐鲁大地，来自她一直奋斗的齐鲁医院。

下了飞机，做好核酸检测之后，曹英娟和同事们去了休整的驻地进行隔离。

在驻地隔离期间，曹英娟继续联系所负责病区的患者们，了解他们后期的情况，做好随访工作。所幸在武汉大学人民医院同事的帮助之下，病人们情况都比较好，这让她放心了很多。而最让她放心不下的还是她的队员们。两个月高强度和高风险的工作后，队员的身体状况和心理情况都让她惦记。尽管隔离期间无法和他们见面，曹英娟仍坚持每天通过网络了解队员们的情况。为了帮助队员们尽快调整至正常的生活状态，曹英娟还联系了心理学专家，给休整期的队员们进行心理调适。她还为队员们对接资源，通过人文类课程帮助他们放松心情。曹英娟对这些课程都一一把关，以保证能够为队员们提供最合适的支持和引导。

回济南之后，曹英娟近两个月以来第一次睡到早晨7点。去武汉之前，曹英娟一直保持着早睡早起的好习惯，在武汉时由于工作繁杂，常常凌晨才能忙完，睡不了几个小时又要起床工作。曹英娟笑称，每次答应着家人说的"注意休息"，总显得有些没有底气。面对作息习惯的变化，她没有感到疲惫和不满，反而很快就适应了。"我知道自己此行的使命是什么。"曹英娟说。作为护理队队长远赴武汉，是为了提供最专业的护理服务，是治病救人，是保护同行的队员。

在国外疫情日益严重的情况下，曹英娟将这两个月期间积累的经验整理出来，在视频连线中与国外医学专家交流分享。同时，为了能够更好地贡献"中国方案"，她也计划与团队撰写《感控经验手册》，并做成中英文对照版本。当听到其他国家的专家对中国医护人员的肯定与夸奖时，曹英娟表示，身为中国人的自豪感和幸福感是溢于言表的。

长夜终去，云开月明，武汉按下了重启键。而这些在凛冽寒冬中勇敢地前往武汉的医护人员，也必将在泉城的春暖花开中，迎接这场抗疫决战的胜利。

（原载与山大视点网2020年4月24日；文：贾丰竹，图：受访者提供）

郭海鹏：五代传承医者仁心

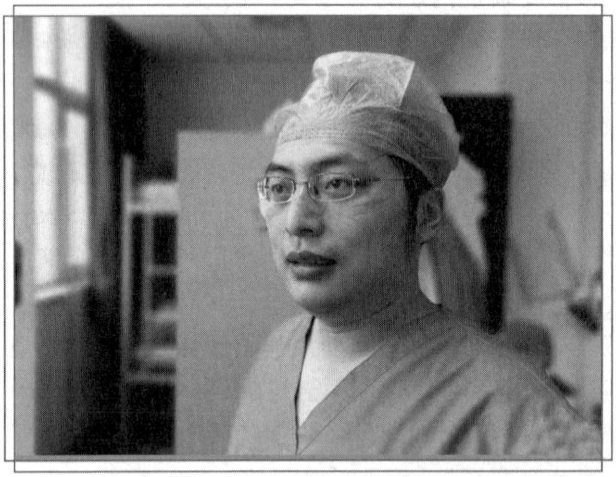

在国家医疗队援助湖北抗疫期间，一本48小时内完成的《国家援鄂医疗队武汉方言实用手册》（以下简称《武汉方言实用手册》）及音频材料，迅速成为全国援助武汉各医疗队的学习教材并被国内各大媒体报道，《武汉方言实用手册》及音频材料的快速面世离不开山东大学齐鲁医院援助湖北医疗队成员郭海鹏的出谋划策。曾在武汉大学攻读硕士、博士学位的郭海鹏，来自五代从医的医学世家，此次援助武汉对郭海鹏而言，是报恩，亦是履行医者的天职。

郭海鹏，山东大学齐鲁医院重症医学科副主任医师，中共党员。2020年2月主动请战支援湖北，跟随山东省第五批暨齐鲁医院第四批国家援鄂医疗队，奔赴武汉大学人民医院东院区，参与新冠肺炎患者的一线救治工作。2016年5月，郭海鹏曾荣获“中华医学会重症医学青年研究奖”。

6月初夏的午后，阳光耀眼，经过一整个春天的努力，武汉的疫情得到了很好的控制。在山东大学援鄂医疗队先进事迹报告会上，郭海鹏分享了他援鄂期间的抗疫故事和个人感悟。随着他的一一讲述，我们见证了五代传承接力的医学世家风范，领略了在疫情当前主动请战的决心，看到了郭海鹏身为医者的仁心仁术。

驰援前夕：主动请战，毅然出征

2月6日晚上，郭海鹏收到医院通知，第二天上午紧急集合出征武汉。当天晚上，正在陪妻子的郭海鹏心里非常平静，因为早在疫情暴发的时候，他心中就已经做好了奔赴前线的准备。“从一个医生的角度来说，在国家危难的时候，我发自内心地想做一些事情。这是我应该做的，也是自身价值的体现。”事实上，郭海鹏刚刚完成在哈佛大学的三年博士后培训，留美回国还不到三个月。在这本是阖家团圆的新春佳节里，面对肆虐的疫情，他没有犹豫，毅然选择了再次踏上征途，支援武汉前线。郭海鹏所学习的ICU专业正是新冠疫情中最为关键、最为紧缺的学科，想到自己的所学习能够在疫情中发挥重要价值，出征武汉就像是必然的使命。

这份医者的使命感来源于家庭的影响。郭海鹏的家族五代行医，他从小就在爷爷的药铺里闻着中草药的味道长大。爷爷行医时一心只想着能为他人做些什么，且从来不收取诊金，这些都在郭海鹏幼年的心里留下了深深的烙印。他的父亲也是一名多年来在临床一线救死扶伤的医生。郭海鹏出发前一晚，妻子只是询问了是否已经做出决定，在得到肯定的答复后便默默地帮他收拾起行李。当晚因事情紧急，不想打扰父亲休息的郭海鹏没有当面同父母告别，只在晚上悄悄地给父亲微信留言告知自己的选择。第二天，正赶往机场的郭海鹏收到了父亲的回信：“你是医生，是国家出资在美国哈佛培养的博士后，你是齐鲁医院ICU年轻的医学专家。国家有难，匹夫有责，武汉的同胞们正在忍受煎熬，越是艰险越向前，‘世上没有从天而降的英雄，只有挺身而出的凡人’。爸妈都支持你成为一名‘逆行者’！”医者仁心，父爱满溢，这样的一封家书谁读来不是热泪盈眶？想到自己唯一的儿子要冲到最为危险的前线，作为一个父亲怎么可能不担心？但知子莫若父，同为医生的父亲，更明白、更理解也更尊重儿子的选择。在信中，父亲还殷切叮嘱郭海鹏“要细心，多关心每一位患者，你多付出一些劳动、多献出一点爱，就有可能从死神那里多夺回一条生命，多挽救一个家庭”，最后也不忘叮嘱儿子要注意保护好自己。

“但愿世间无疾苦，何惜架上药生尘”，郭海鹏在几代人的共同影响下，在医学这条路上行走得愈发坚定。感激于家人理解的郭海鹏奔赴武汉再无顾虑，身为人父的他也希望自己能够为孩子树立一个榜样：“我要用实际行动告诉孩子们，什么是‘有国，才有家！’”

重回武汉:看到病人就要冲上去

踏上武汉的土地,郭海鹏感觉一切都是那么熟悉。武汉大学是郭海鹏攻读硕士、博士学位的母校,这是搭载了他医学梦想的地方,武汉是他的第二故乡。但是,此次重回武汉,往日繁华热闹的街道却因为疫情失去了生机,这使得对武汉拥有着深厚情感的郭海鹏心情十分沉重。在机场里,齐鲁医院医疗队和华西医院医疗队相遇,双方隔空对喊,互相鼓励,让他逐渐恢复了动力。他想到了武汉对他的养育之恩,想到了武汉大学对他的栽培,想到了武汉大学校训"自强、弘毅、求是、拓新"蕴涵的不服输精神,郭海鹏的内心又充满了力量。"钟南山院士称武汉是一座英雄的城市,在自己看来,它确实是一个不服输的城市。"郭海鹏有感于武汉人民做出的巨大牺牲和努力,他秉承着一种感恩和一份感动,奋不顾身地投入到紧张的抗疫工作当中。在两个月的时间里,他把患者当成家人,细心呵护,仔细观察病情,为他们制定最佳诊疗方案。他尽己所学,为第二故乡做了自己所能做的一切工作。

在武汉期间,郭海鹏的日常工作就是每天进到病区查房,问诊、体检、取咽拭子、查血气、心电图检查,他不放过任何一个细节。他说,做了十几年的ICU医生,争分夺秒抢救生命,已成为一种本能。在这种本能的驱使下,一看到病人就忍不住要冲上去。

"让医学绽放人性的光辉是每一名医者的不懈追求。"郭海鹏在谈到救治实例时说道。今年86岁高龄的抗战老兵刘爷爷此前已治疗了近一个月,但病情却逐渐加重,而后送到了郭海鹏所在的病区。经过会诊,因为氧饱和度过低,医疗队决定采用无创呼吸机为老人治疗,老人却拒绝配合治疗。而老人的生命容不得半分拖延,郭海鹏后来了解到老人曾经使用无创呼吸机留下了不好的感受,所以心中有些惧怕。为了缓解老人的抵抗情绪,郭海鹏一直陪在老人身边,他的武汉话也让老人感到十分亲切,最后取得了老人的信任并说服老人配合治疗。凭借着熟练的操作,医护人员仅用3秒钟就为老人换上了呼吸机。在郭海鹏的指导下,老人很快掌握了正常的呼吸方法,氧饱和度也恢复到正常水平。看到老人安详地熟睡后,郭海鹏才松了一口气。

编纂手册:武汉方言解决方案

郭海鹏所在的两个重症病区收治的都是重症患者,而且大多数是老人,年龄最大的已经94岁。由于地域和年龄的差异,多数患者不会说普通话,这可给前来支援的医务人员出了难题。医学之父希波克拉底说过:"医生有三大法宝,语言、药物、手术刀。"患者面对的不仅仅是病毒在生理上的威胁,还面对着巨大的心理压力，控制不好就会折磨患者的精神，从而影响到最终的疗效。作为一名医生，不仅要掌握精湛的医术，还要能够跟病人进行良好的沟通。在跟医院进行交接的时候，医疗队第一时间注意到语言不通是不得不面对而且必须立刻解决的问题。

所幸团队很快就想到了解决方法，副队长胡昭提议将常用的武汉话收集、翻译出来，编成一本方言对照手册。这个想法得到了大家的一致认可，有着武汉求学经历的郭海鹏成为承担编辑方言手册任务的不二人选。编一本方言手册的核心并不在于懂得多少方言，而在于判断在治疗、护理和医嘱执行时需要用到哪些常用词语。队员们齐心协力，争分夺秒，很快就根据多年的临床经验和体会整理出了200多条方言词汇；郭海鹏又向在武汉大学求学时的老师、同学寻求帮忙，并找武汉的专家录制了音频，最终编写成《武汉方言实用手册》。来自全国各地的众多医疗员都从中受益，这本手册也被称作“战时方言密码本”，在网络上迅速走红，被央视新闻、《人民日报》、新华网、“学习强国”等30余家媒体平台先后转载。

凭着一口亲切的武汉方言，郭海鹏很快便拉近了和患者的距离。患者看到一个来自山东的小伙子用着熟悉的方言和自己说话，纷纷笑得合不拢嘴，有的患者还高兴地给他录了视频，深厚的情谊也就在这一笑一说之间建立起来了。老人们都把他当作自己的孩子那样看待，相处得十分亲切。

和队友群策群力，和患者朝夕相处，有着海外求学经历的郭海鹏在这场抗疫实战中更加体会到国家集中力量办大事的制度优势，深刻地体会到了党和政府“人民至上，生命至上”的民生情怀。“国家给我们的要求就是绝不放弃每一个病人。”医护人员们在前线奋战，后面还有来自各方的支持。在武汉，郭海鹏还能吃到自己爱吃的水饺和馒头，队员之间通力合作、互相打气，各行各业都在做着自己的努力。其中，他看到的更多是党员冲在前头的身影。郭海鹏表示，正是由于许许多多的党员干部不计得失，冲锋在前，全国抗疫斗争才能取得伟大的胜利。这一切都让他感慨中华民族不屈精神的伟大。

凯旋：历经磨炼后，更懂得珍惜

时间悄悄地到了4月6号，郭海鹏所在的齐鲁医院第四批援鄂医疗队已经在武汉整整奋战了两个月。这支队伍是山东省医疗队在武汉支援时间最长的队伍。直到离开的前一天，医疗队依然在忙碌地工作着。当时还有几位病人没有出院，队员们除了继续照看病人外，还要完成交接工作，对病房进行清理和杀毒，在最后一天站好最后一班岗。离别之际，郭海鹏最放心不下的还是患者：“我总觉得还有些什么事情没有做完，心中感到有些牵挂。”

在两个月时间里,郭海鹏跨越千里,从山东奔赴武汉,为患者送来医术,带来健康。在给病人诊疗的过程中,郭海鹏和病人之间早已拥有了共同经历患难的宝贵情谊,和许多病人家属也建立了深厚的友谊。他和队友们亲切地称呼一位年近七旬的患者为“湘湘老师”。郭海鹏和湘湘老师互相添加了微信,湘湘老师邀请他以后来武汉的时候务必到家里面去坐一坐。在郭海鹏返回山东之后,他还收到了湘湘老师夫妇所作的一幅国画和一幅书法。从武汉到济南,小小的一幅国画和书法饱含着真挚的医患之情,让郭海鹏感动不已。

结束了60天不舍昼夜的奋战,医疗队从武汉凯旋的那天,郭海鹏觉得自己就像是一个出远门的孩子,仅仅回家住了一段时间又要匆匆离去。他在心里默默祝福这个城市越来越好。

隔离期结束后回到济南,郭海鹏的心终于放了下来。他回到温暖的家里安心地睡了一大觉,调整数日后又继续回到了工作岗位上。和他一样松了一口气的是看到他平平安安归来的家人。看着为他开心的家人,抗疫归来的郭海鹏更加懂得了什么叫作珍惜。在他看来,此次前往抗疫的每一个人都不容易,不管是工作上的付出还是对家庭的割舍,每个人都付出了许多。在这场疫情的大考当中,英雄的身影随处可见,每一位甘于奉献、敢于牺牲的医护人员都是英雄,每一位践行抗疫责任的中国人民都是英雄。

出生于五世悬壶济世的家庭,郭海鹏如同他的父辈们对医者一直秉持着最纯粹的理解。山东大学“为天下储人才,为国家图富强”的家国情怀和齐鲁医学“博施济众、广智求真”的人文理念,已渗透于血脉之中,更成就了他合格医生的职业蜕变。当前,我国经济社会秩序正逐步恢复,面对疫情防控常态化的形势,郭海鹏怀着对祖国和人民最美好的期盼,依旧在医疗卫生领域坚守着自己的初心与责任。

(原载于山东大学新闻网2020年6月21日;文:甘传昀、刀彦月,图:受访者提供)

许伟华：多次逆行绽放巾帼风采

在山东大学第二医院援鄂抗疫国家医疗队里，担任医疗一组组长的许伟华是除了队长以外年龄最大、资历最深的队员，也是为数不多的此前拥有抗击疫情经验的医生。2020 年 3 月 31 日，在武汉樱花的绚烂和人们的夹道欢送中，许伟华与队友们完成了在华中科技大学同济医学院附属同济医院光谷院区重症病房 52 天的工作，踏上了飞离武汉、返回济南的旅程。因为在抗击疫情中的突出贡献，许伟华获评全国"一线医务人员抗疫巾帼先锋"称号。

在山大二院接到组建 131 人的援鄂国家医疗队通知时，许伟华是消化内科第一批报名的。实际上，这已经不是许伟华第一次"逆行"守护。在 2003 年非典疫情和 2007 年山东省东明县抗洪救灾中，视救治为己任的她同样选择了前往一线。在做医生的这些年里，她总是这样：在危难时奔往前线，平安后回归日常，做那个一直在"逆行"的守护者。

许伟华，1967 年 4 月生，汉族，中共党员，山东大学第二医院消化内科副主任、主任医师，山东省第六批援鄂医疗队医疗一组组长。曾获山东省抗击"非典”三等功，于 2020 年 4 月入选“一线医务人员抗疫巾帼先锋”，其家庭在 5 月 15 日国际家庭日获评“全国抗疫最美家庭”称号。

我既是党员，又是组长，应当作先锋

在武汉奋战期间，许伟华是医疗组进隔离病房查房最多的人。她负责制订病人诊疗计划，总是尽量把最危重的活留给自己。在医疗队抵达武汉的第一天晚上，许伟华站在酒店门口等待组员们取行李、领物资，足足持续了两小时。在确保每个组员领好物资、到达房间后，她又嘱咐组员们进入房间立刻消毒，各个方面都进行细致的指导。近距离接触病人、查房、安抚病人、陪检、做汇报材料、病例讨论等，她都亲力亲为。在许伟华眼里，“我既是党员，又是一组的组长，就应当为组员们负责，应当做先锋”。

遇到危险或者困难时，许伟华都认为自己必须先上，在具有危险性的任务面前绝不能退缩。在武汉期间，医生每天都要到隔离病房内查房，心理上的恐惧难免存在——直面病毒就有可能被感染，这样的心理压力是巨大的。在和组员第一次进病房前，许伟华注意到一个组员的防护服胸前已经洇湿，而当时环境并没有那么热，细心的她立马告诉组员先去休息，自己则率先进入了病房。后来，她又和组员们进行心理上的沟通疏导，给予贴心的安慰。

许伟华身体状况并不好，牙痛、头痛再加上睡眠质量差，体力消耗很大。而在病区中必须进行二级防护，帽子、口罩、鞋套各两层，还要穿戴隔离衣、防护服、护目镜等，一套装备下来，稍微一活动就容易缺氧，进而出现胸闷、头晕和恶心等不良反应。每天 6 小时的工作结束后，她整个人都极度疲倦。即使如此，有时遇到交接班或者组员生病隔离，她总是当仁不让地揽下工作，甚至在病区里连续工作十几个小时，这是她对组员们的负责。

在支援前期医疗物资短缺时，许伟华和组员们能省则省，物尽其用。为了省防护服，他们工作期间就不喝水、不吃东西，每天工作快结束时都已经感到筋疲力尽；没有外科橡胶手套，只有一次性手套，就用橡皮筋紧紧扎住，直到脱下防护服时才发现因为缺血，双手几乎失去了知觉。在这样的工作条件和强度下，许伟华以身作则，坚持了下来，没有落下一个班，也没有想过退缩。

其实，在许伟华看来，自己带领的小组中的每个人都和她一样，脑海中从来没有“退缩”两个字。抗击疫情期间，有一件事令她印象格外深刻。那是一天晚上，许伟华接到通知说有个病人病情不稳定，需要增加 3 个值班人员增援。她在小组的微信群里说明了情况，告诉队员假如有想去的就在宾馆门口集合。结果当她来到宾馆门口，所有队员都在门口等待——没有人后退，也没有人松懈，这样类似的感动同样让许伟华感到鼓舞。

用细致和认真破解“未知”

新冠肺炎的发病、起病、临床症状、转归等方面都存在着许多“未知”，而许伟华相信，唯有细致、认真地对待临床患者，敏锐地觉察出线索，一点点总结经验，才能慢慢破解所谓的“未知”，拥有对抗疫情更多的筹码。

在一次检查中，许伟华发现有一位患者的化验单显示其有严重的低氧血症，但这位患者并没有表现出胸闷、呼吸困难、紫绀等常见临床表现，反而看起来很稳定。再次化验，结果依然呈现出严重的低氧血症，她立刻下医嘱给患者，要求及时进行相应处理。

随着相似病例的出现，她认识到有相当一部分新冠肺炎患者貌似只是得了轻症，然而可能实际上已经进入呼吸衰竭的阶段，于是要求组员和护士在面对病人时要更认真细致地查看化验结果和临床症状，在查房时仔细询问和观察细节，找出蛛丝马迹，以达到防患于未然的目的，让病人不至于变成重症乃至危症。这在后来的救治中发挥了重要作用。

与此同时，许伟华每天都会学习前沿文献资料，对新冠肺炎研究进展进行分析，以判断是否有利于改善诊治方法。她也会利用网络和认识的医生交流沟通，分享和汇总经验，以更好地救治病人。

健康不仅包括身体，还包括心理。因此，除了在专业领域里对患者细致认真地观察，许伟华还特别注重对患者心理上的抚慰和照顾。病区中有位老人给她留下了很深的印象。虽然一开始症状较轻，但老人自从知道自己得了新冠肺炎就陷入了惶恐，用消极的态度面对，拒绝一切治疗。面对这种情况，许伟华发现老人听得进去他女儿的话，于是就多次和他女儿联系，劝说老人好好吃饭睡觉，提高抵抗力，从各个方面对老人进行照护和治疗。后来老人先后出现了胰腺炎、消化道出血和心脏问题，但是在密切监护下，老人顽强地挺了过来。

在武汉时，最令许伟华愉快的大概就是送病人入缓冲病房或者出院了。经过细致认真的观察、研究和护理，针对患者病情的个体化诊疗方案发挥了重要作用，防止了病人病情向危重症转化。她参与成功救治 26 位重病人，其中 4 名危重患者均康复了。日子一天天过去，她总爱眺望窗外，当发现街道上车辆渐渐多起来，行道树叶子渐渐变绿，她知道，春天来了，他们回家的日子也近了。

3 月 31 日下午，131 名山东大学第二医院援湖北国家医疗队队员圆满完成援汉任务凯旋。结束 14 天的隔离期后，许伟华和队友们终于回到了阔别两个月的家。

保护我们的大家，也就是保护我的小家

在病区内，许伟华是组长，是医生，是那个内心强大的人；而面对家人，她心

中则有了更多的顾虑和柔弱之处。报名山东省第六批援鄂医疗队时，她知道自己的丈夫、女儿尚能接受自己又一次“逆行”到最危险的地方，但担心自己有脑血栓病史的母亲情绪激动，便只向母亲隐瞒了这件事。没想到，后来母亲还是通过电视发现了事实，只是没有告诉她，自己每天默默关注疫情发展的情况。

因为许伟华有慢性结膜炎的病史，只要激动，就会结膜充血，再加上并不想给家人增添心理负担，所以她在一线时尽量不和家人倾诉。面对患者病情恶化的压力、病人的去世、工作的高强度、身体的不适、生活的不习惯……本着“报喜不报忧”的原则，她向全家隐瞒了自己的泪水和委屈。说到疫情之后最想做的事，她的愿望很简单：“回家，吃上家里做的饭菜，和自己的家人团聚。”

直至她踏上归程、回家之后，才知道在自己抗击疫情期间，母亲脑血栓复发再次入院，而母亲却嘱咐家人千万不能将这个消息告诉她。这些“隐瞒”，是懂得，更是体谅。许伟华认为，在疫情面前，各行各业都参与其中，每个家庭其实或多或少都在付出。她参与抗击疫情，也是为了保护自己的小家；因为只有保护了国家，小家才会安定。

因此，面对“一线医务人员抗疫巾帼先锋”的荣誉称号，许伟华并不觉得奖项仅仅是对个人的嘉奖，而是对全队、全体医务工作者的肯定。因为所有参与抗击疫情的医务工作者都做了自己该做的事，他们都是“逆行”的守护者。

返回济南后，经过短暂的休息，许伟华在五一劳动节假期过后便回到医院，回归了正常的工作。她说，自己在武汉的抗击疫情工作只是工作的一个特殊阶段，现在她作为消化内科的医生，还要带着科室年轻医生们做好各方面的工作，眼前新的目标和任务已经展开。

（原载于山东大学新闻网2020年6月27日；文：高鑫，图：受访者提供）

孙元婧:在武汉坚守的52个日夜

52个日夜,在漫长的岁月里或许并不起眼,但对于前往武汉一线支援抗疫的孙元婧而言,却是人生中最难以忘怀的一段记忆。在援鄂医疗队表彰暨先进事迹报告会上,孙元婧讲述了在武汉战"疫"一线的工作、生活,也回顾了在武汉坚守的那52个日夜。再次忆起曾经朝夕相处的过命战友,再次想起那段和死神赛跑的接力赛,孙元婧不禁哽咽落泪。52个日夜里,孙元婧有所失,有所得,有所守;有坚定,有感动,更有收获的成长。

孙元婧,山东大学第二医院援鄂抗疫国家医疗队队员,2月9日随队奔赴武汉,入驻华中科技大学同济医学院附属同济医院光谷院区重症病房。6月,孙元婧被授予山东大学"援鄂抗疫突出贡献奖"。

职业担当不能忘

孙元婧在工作群里看到征集支援湖北医护人员的消息时,恰好是除夕夜,当时她和家人正吃着年夜饭。孙元婧第一时间报了名,回想当初报名的那一刻,她至今仍透露出一份坚定。“职业担当不能忘。”在她心中,护士的使命就是帮助病人战胜病魔,在疫情爆发的危急关头肯定是要冲在最前方。“我坚信自己是一定要去前线的,因此没有丝毫犹豫。”

父母年迈,孩子年幼,丈夫又长期在外地工作,报名去武汉对孙元婧而言并不是一个最佳选择,但她还是遵从自己内心的想法,决定去支援武汉。孙元婧的家人们也曾参加汶川地震、胶济铁路脱轨的救援工作,因此对于孙元婧的决定给予了充分的理解和支持。

“我要到一线去,帮着他们把疫情控制在当地,不要让疫情蔓延。”怀着这样的目标,孙元婧与队友一起登上了前往武汉的飞机。这是孙元婧第一次来到武汉,去机场前她还特地查了一下武汉的风土人情。但是当飞机降落在武汉天河机场的时候,与往日的繁华与生机不同,正值新春佳节的武汉,让人感受到的却只有萧条和冷清。在她看来,这座城市已在疫情中承受太多创伤。孙元婧坚定了自己支援的决心,希望能通过自己的努力加速武汉“康复”的脚步。

到达驻地之后,孙元婧迅速进入工作状态。她甚至来不及休息,便开始打扫、收拾和整理房间,为第二天的工作做准备。她还在房间里贴了很多小纸条,上面写着消毒步骤、注意事项和一些自我激励的话语,为自己和其他队员们加油鼓劲。

第一天进隔离区的情景,孙元婧至今记忆犹新。从晚上 5 点到凌晨 3 点半,差不多 10 个小时的时间里,孙元婧一直穿着厚重的防护服。“憋得慌”“难受”是孙元婧对于防护服的最初印象,这也与她自身有着咳嗽变异性哮喘有关,所以这种憋闷的感觉在她身上又进一步加重了。从到武汉开始,孙元婧每天都要坚持吃抗过敏等四种药物。她心无旁骛,只希望自己能够以最好的状态去照顾病人。

我是来打病毒的,才不怕

孙元婧所在的同济医院光谷院区专门收治危重症患者,52 个日夜里,几乎每一天都要和死神赛跑。有些路程并不注定会赢,但是孙元婧细心照料着每一位患者,同他们有着很深的感情。

孙元婧的病人当中,有一位叫老徐的大叔,他和他的儿子不幸感染了新冠肺炎,都在医院接受救治。孙元婧说:“从老徐的眼里,我看到了强烈的求生欲望,我们医护人员能做的就是坚定他的信心去克服病痛。”孙元婧每一天都鼓励老徐和他的儿子视频连线,并且叮嘱他好好吃饭,增加抵抗力,晚上也会细心地帮他把鼻导管粘在鼻翼上,让他在睡觉的时候也能呼吸到充足的氧气。

老徐是病区最重的一个患者,正是靠着顽强的意志,他无数次与死神擦肩而过。每天交接完班，孙元婧习惯性地就会去看看老徐，帮他吸痰、擦脸、翻身和洗脚，做一些力所能及的护理。3 月 8 日是妇女节，也是医疗队到武汉“满月”的日子。医护人员们都收到了一枝康乃馨。孙元婧把她的那枝康乃馨摆在了老徐的床头。尽管当时老徐已经陷入昏迷的状态，但是孙元婧仍然坚持同老徐说话，希望他能在昏迷中感到一点温暖。她对老徐说：“快点醒来看看花吧，花开了，春天就要来了！”令人惊喜的是第二天晚上老徐突然醒了，目光就注视着床头的康乃馨。孙元婧大声地叫他、喊他、拍打他，同时眼泪也抑制不住地往下流。

老徐最终还是离开了，未能走进繁花似锦的春天。孙元婧在疫区工作的 52 天里，老徐在这儿度过了漫长而又艰苦的 42 天。面对这场来势汹汹的疫情，孙元婧有过焦虑，也有过恐慌。这种焦虑和恐慌来自对病毒来源和感染路径的未知，也来自对部分重症患者的病情得不到有效控制的挫败感。当患者的病情恶化、生命垂危而自己却束手无策时，当看到并肩作战的同事因为无法挽救病人难过哭泣时，孙元婧回忆说：“根本无法形容自己当时的感受。”但是她很快调整了自己，选择了以坚韧的心态继续投入到抗疫一线，增强患者康复的信心和希望。所幸的是老徐的儿子成功战胜了病魔，坚强地挺了过来，恢复了健康。这让孙元婧的心中多了一些安慰。

孙元婧性格外向、活泼，她很喜欢和患者聊天，向患者传递积极、乐观的情绪，同时病人的感激和赞扬也给了她很大的鼓励。一位 84 岁的老奶奶会主动找孙元婧聊天，开玩笑说自己也是“80 后”。她乐观的心态给孙元婧留下了深刻印象。不光如此，这位老奶奶把自己每天的血压、体温等数据，还有吃了什么、做了什么等事项都记在一个小本子上。孙元婧说，老奶奶告诉过他们，这样做是因为她记性不好，怕忘了医护人员对她的好，她想让她的家人知道医疗队帮了她很多。此外，老奶奶对待孙元婧就像对自己孩子一样，十分担心孙元婧的安全。据孙元婧回忆，老奶奶跟她说的第一句话就是“我有病毒的，不要离我这么近”。这份长辈对晚辈的关心让孙元婧倍受感动，孙元婧笑着告诉老奶奶：“我是来打病毒的，才不怕。”

回忆着遇到的患者，孙元婧感受到在生死关头涌现出的人间情暖。病区 28 床和 42 床是一对夫妻，他们一家五口全都确诊了，但由于医疗资源短缺，他们的孩子还没有住进病房。丈夫眼里饱含泪水与痛苦，妻子要把自己的床位让给孩子。“他们多希望能再有一支像我们这样的医疗队，帮帮他们的孩子和老人。”孙元婧每每想起这一幕，就特别心酸。为了满足他们的心愿，孙元婧全力帮忙协调他们的孩子住进了病房，后来也得到了很好的救治。“我们竭尽所能保护每一个无价的生命，花最大的力气去守护，不惜一切代价去救治。”孙元婧说。

每时每刻都有人在想着我

武汉一线的抗疫支援是一场同新冠肺炎疫情展开的艰苦斗争,孙元婧在这场斗争里收获了坚强的意志力,也同疫区的医护人员结成了最亲密的战友,在这场“逆行”的支援当中坚定地相互支持,救助患者。

孙元婧感慨,当看到那么多同她坚持在一线的战友时,她的心里就有一份踏实。“有嘱咐我务必保护好自己的老姚,有陪我一起轮班的老翟,有很靠谱的宣传员老闫……整个医疗队在武汉像一个大家庭,一起并肩作战。”孙元婧说,“感觉每时每刻都有人在关注我、保护我、想着我,战友之间的关怀让我很踏实。”据孙元婧回忆,初到武汉时,她每天上班听到最多的就是:“你这漏气,过来我给你粘粘!”孙元婧笑着说:“我们穿上防护服后就感觉背着一个大气球,一天下来不漏气就是最大的胜利!”如今回过头去看那段时光,孙元婧也多了一份从容与豁达。

作为护理九组的小组长,孙元婧每天总是第一个进隔离区交接工作,最后一个离开。除了要负责病人的基础护理、协助诊疗等,她还要对病人进行健康宣教和心理护理,包括血标本的采集、常规的输液服药、喂饭等等。由于人员短缺,医护人员还需要负责打扫病区的卫生以及清理垃圾。刚开始天气阴冷、水土不服,物资也相当缺乏,每当觉得难熬的时候,孙元婧就会回到自己房间看看曾经写下的小纸条,给自己“提气”。为了打赢这一场抗疫斗争的持久战,孙元婧把自己的生活安排得非常有规律。回到驻地休息的时候,她会去运动,看一些育儿书籍,听护士长推荐的舒缓情绪的音乐,跟家人视频,将当天的情况记录下来,或是看一些文献资料。

父母在给她的家书中写道:“国难当头责无旁贷,这场与病毒抢人的战斗,是你们医者的责任和担当,我们唯有以我们安好、看好孩子来支持你在武汉的工作。”3 岁半的女儿经常会给孙元婧录一些小视频,喊着“妈妈加油”“武汉加油”。支援期间,第二医院对医疗队员的家庭做了周到的安排,科室同事也无微不至地帮孙元婧照顾家中的父母孩子。这些来自后方的温暖给了孙元婧一路前行的信心和勇气,让她能够更安心地投入抗疫工作。

在武汉的这段时间里,孙元婧经历了很多,也收获了很多;她在抗击疫情拯救生命的同时也战胜了自己。她在武汉坚守 52 个日夜的动力不仅来自患者的信任、战友的同行,也来自家人的理解和科室同事的帮助。正是这些信任与陪伴,让她无悔自己当初的选择。

更加敬畏每一个生命

当援鄂任务接近尾声时,面对分别,孙元婧反而有些不舍,她最舍不得的还是可爱的患者们。还有为数不多的患者被合并到其他病区，送别患者时，孙元婧几度落泪。每一个病人走的时候，孙元婧都握着他们的手说："你一定得好好的，出院一定得跟我联系。"寥寥数语，真诚而又温暖，饱含着孙元婧对患者的关心和牵挂。

在此次前往武汉抗疫支援的日子里，孙元婧对生活的感受和对职业的信仰也变得更加深刻。回想起当初去武汉的初衷，孙元婧希望能够通过自己的努力，为饱受疫情折磨的武汉人民送去健康。回顾52天的难忘的战疫历程，孙元婧最大的感触便是感慨平静安稳的日子多么难得与可贵。

转眼间，孙元婧从事护理这一行业已经有16年了。经历了岁月的洗礼，孙元婧对护理工作的热爱有增无减。她至今仍记得初入大学校园看到南丁格尔誓言时的感动，"终身纯洁，忠贞职守，尽力提高护理之标准"，让她坚定了自己的白衣梦想。同时，这次抗疫之行，让孙元婧对护士这个职业多了一份依恋，也多了一份深刻的理解："无论走到哪里，我都是一个护理人，我的言行举止都代表着护理人的形象。我为护理工作而骄傲，希望护士这个职业能够因为我的工作而更加出彩。"

作为山大二院的护理人，百年山大的家国情怀和职业担当深深印在孙元婧的脑海之中。孙元婧说："那些逝去的，让我更加敬畏每一个生命；那些得到的，让我更加尊崇我的职业；那些所坚守的，让我更加懂得负重前行。"

（原载于山东大学新闻网2020年7月7日；文：杨璇、杨小雪，图：受访者提供）

费剑春:医以战疫为己任,咬定青山不放松

今年2月初,山东大学齐鲁医院接到国务院应对新型冠状病毒感染的肺炎疫情联防联控机制医疗救治组通知,要求山东大学齐鲁医院等8所国家卫健委委属委管医院组建派出医疗队驰援湖北。具有多次带队经验的费剑春临危受命,承担起山东省第五批暨山东大学齐鲁医院第四批援鄂医疗队领队的职责,带领医疗队逆行而上,奔赴一线,全面接管武汉大学人民医院东院区两个重症病区,应用"齐鲁标准"与"齐鲁方案",圆满完成战疫任务。

费剑春,山东省第五批暨山东大学齐鲁医院第四批援鄂医疗队领队,时任山东大学齐鲁医院医务处副处长,获评第十二届"中国医师奖"、山东大学"援鄂抗疫突出贡献奖""山东大学优秀共产党员"称号等。

尽到自己应尽的职责

31名医生,100名护士,总人数达到131人次的医疗队,这在带队经验丰富的费剑春印象中还是第一次,足见当时形势之严峻。"刚坐上飞往武汉的飞机

时，感觉自己就像接到命令带士兵上战场的指挥官，但是敌人在哪里不知道，阵地情况不知道，敌情如何也不知道。”疫情的未知难免带来内心的紧张，但工作多年的经验与沉稳的性格很快让他战胜了忐忑。费剑春深知，作为医务工作者，救死扶伤是自己的天职；作为领队，保护好队员是自己的责任。既然接下任务，就要将自己全部身心投入到战疫事业中来，尽到自己应尽的职责。

新冠肺炎属于乙类传染病，传染风险很高，按甲类传染病管理。对于奔赴一线抗疫的医疗队来说，首要要求就是做好防护——这是红线，也是高压线。作为领队，费剑春带头定下多条铁的纪律，包括驻地内医务人员活动和消毒规定、穿脱防护服培训考核要求、对接医院任务及医疗物资分配等，用缜密细致的规划填补了初到武汉时对疫情的未知。

医疗队对接武汉大学人民医院东院区后迅速投入工作，而随着实际工作的开展，许多具体问题也一一摆在医疗队面前：核酸检测谁来做？物资到哪里取？分工怎样调整？于是，费剑春要求自己做好观察、记录、协调，以根据实际情况快速规划医疗队分工，并通过每天与护士长、医生交流，解决工作中暴露的安全隐患。

“病区里的任何事都不是小事。”在出入污染区检查时，费剑春观察到分隔污染区与清洁区的门并没有做到完全隔绝，尽管门缝已经被透明胶带粘紧，但是时间长了仍然是隐患，他便第一时间作出反应并进行处理，掐灭每一点发生暴露风险的可能。“细节决定安全，无风险就是一遍遍筛查纰漏”，正因为这样认真仔细的态度，医疗队在极短的适应时间内快速完成了合理分工及安排，保障病区内工作有条不紊地进行。

在武汉的连续两个月高强度工作中，费剑春就像连轴转的陀螺，不知疲倦地一遍遍往返于医院、驻地之间，不厌其烦地做好指挥部和医疗队之间的上通下达，只为全力保障医疗队员安全高效地开展救治工作，尽到领队应尽的职责。

“用心”成就“齐鲁标准”

提到在这次疫情中收获良好成效和广泛赞扬的“齐鲁标准”，费剑春觉得最重要的就是“用心”。战疫工作不可纸上谈兵，每一步都需要根据实际情况进行缜密地思考和部署，方可达到理想的效果。面对国家提出的具体要求，医疗队将齐鲁医院一贯的工作标准作为基础，充分发挥医疗队内多学科合作的优势，对医疗队的治疗常规和要求作了严格的规定，以达到提高治愈率、降低复阳率的目标。

根据国家第七版（修订版）《新冠肺炎诊疗方案》，医疗队也将中医诊疗融入了临床，在有限的条件下通过病人舌苔判断病情变化，因病施医，根据每个病人的病情变化去调整成方的剂量。“因为新冠肺炎的特殊性，我们的中医科医生没法做到望闻问切，甚至不能经常进入病房，只能每天拍下病人舌苔照片进行讨论，再由讨论得到结果。”在这样的用心诊疗下，中草药小组的治疗获得了比预期更好的结果。

除了鼓励和推广多学科合作，“齐鲁标准”更聚焦于对医疗队成员们的高标准、严要求。“我们的团队和集体很好，大家互相分担任务和压力，都在严格的要求下恪尽职守。现在回想起来，有很多事当时怎么可能做得到呢？但我们都做到了，潜力都发挥出来了。”从90后的年轻医务工作者到近60岁的老教授，在费剑春看来，疫情面前，每个医务人员都抛去杂念，不惧风险，在前所未有的工作强度面前，一如既往地专注工作，也付诸了超出平常的专注度。

特殊情况特殊处理，在日常工作中，医疗队还“发明”了许多更方便、更安全的小窍门，比如微信视频查房、输液针头分离器、手套简易雾化吸入器等。费剑春也鼓励队员们积极动手，一方面调节紧张、焦虑的心情，另一方面也是满足疫情期间的工作需要。“我们通过微信视频直接和病人面对面交流，可以很直观地观察病人营养状况和精神状态，也能直接询问病人情况，是利用科技发展的一种创新方法。”这同样达到了费剑春提出的“最少的人数进入污染区，实现最高的查房效果”目标。而输液针头分离器、手套简易雾化吸入器可以大大降低医务人员感染的风险，既好操作又安全，经过齐鲁医院医疗队的信息分享，得到了其他医疗队的一致好评。

治疗中，有患有心衰的病人需要24小时不间断的血液过滤，以避免加重心衰症状、缓解肺炎症状。于是，费剑春抽调安排医疗队中所有接受过血滤资质授权和培训的护理人员，给病人进行操作。他提出：“在没有外援的情况下，医疗队无论遇到什么紧急情况，都应该奔着自己能解决的目标去做。”在这样的信念下，“齐鲁标准”成功经受住了疫情的考验，顺利实现了对病人的救治。

同时，齐鲁医院第四批援鄂医疗队成立了中共山东省第五批援鄂医疗队临时党支部，医疗队中的党员们将党员先锋模范作用融入对“齐鲁标准”的践行中，用实际行动共同打造了一座疫情防控阻击战中牢不可破的战斗堡垒；更起到了带头作用，带动医疗队70余名医务人员纷纷递交入党申请书，自觉接受党的考验，团队进一步凝聚了强大的向心力。

拼尽全力，珍惜每一个生命

费剑春本身是麻醉科医生，在临床的多年工作中，他始终觉得挽回病人生命的那一刻就是医生这个职业的高光时刻，激励他在这条路上不断前行。而此次带队驰援武汉，更是加深了他和医疗队队员们对“生命”的理解，让他们拼尽全力,去珍惜和挽回每一个生命。

有这样一位病人让他印象很深。这是位求生欲望很高的老人,但由于年龄和感染程度方面的原因,他的病情十分严重,氧合指数一度跌至70,需要进行气管插管和接呼吸机治疗。连续15天的呼吸机治疗里,老人的病情不断反复,时好时坏,牵动着大家的心。“说实在的,大家心里都没底,都担心救不回来,但是还是咬牙坚持,没有放弃。最后,终于下了呼吸机,把患者救回了。”当护士给老人拔管时,老人颤巍巍地竖起了大拇指,这种医者与患者之间真挚纯粹的情谊触发了每个人心底真实的感动。

正因为珍惜每一个生命,他们才会在每次工作中全力以赴。病区时常会接收转院的患者,基本都是重症病人,而且转运过程中医务人员感染风险也相对较大。一天,医疗队接到通知,需要在夜晚接收三个重症患者,都有基础疾病,有的在做透析,有的处于休克状态。那天,费剑春和队员们一直忙到凌晨,直到安置处理好每个病人,他们才松了一口气回到驻地。

同样怀着对病人生命的重视,齐鲁医院医疗队与华西医院医疗队在此次战疫过程中续写了“山川”战友情的佳话——早在83年前,在抗日战争期间,“齐鲁”与“华西”会合于华西坝,携手建立“联合医院”,共赴国难;同样出于国家需要,驰援湖北的两家医院医疗队会师天河机场,奋战于同一家医院,共战疫情。

病区内,两支医疗队经常共同研讨疑难病例的治疗方案,通过互邀专家会诊、参加线上病例讨论会等方式相互学习,共同进步,建立了深厚友谊,也在临床治疗中获得了良好成效。临行前,心系这诚挚的战友情谊,两支医疗队共同合影留念,喊出了“东齐鲁、西华西,我们在一起”的口号。

用心的付出亦换来了真诚的感谢。随着病人治愈出院,医疗队收到过病人的画作,也收到过诗,更多的是朴实的话语,每句话都搭建起坚实的纽带,成为疫情中暖色调的景象。即使医疗队返回济南,许多病人依旧通过微信和医疗队联系,这些点滴感动在费剑春心中,亦是促使他坚持下去的动力。

八方支援,提高战斗力

“社会各界的大力支持和倾囊相助是我们在前线安心工作的动力,为我们打赢这场人民战争提供了坚强有力的保障。”费剑春回忆起援鄂期间许多人对医疗队的无私支持,总是感慨万千。

每天接送医疗队队员、运送患者和抗疫物资的志愿者,打扫城市卫生的保洁人员,用奔忙为一个个隔绝起来的家庭带来联系的快递小哥,坚守岗位执勤的警察,小区门口的社区工作人员……数不尽的温暖来自于此前从未见过的“陌生人”,而这份暖心也在疫情期间给医疗队带来了许多感动。

医疗队驻地酒店的服务人员专门准备了保温箱，放在驻地大堂，让上下班时间不固定的医疗队员下了夜班也能吃上热乎的盒饭；家乡人民为了让医疗队吃到家乡饭菜，驱车千里为医疗队送来冷冻水饺、山东大馒头、胶东大包、蔬菜等，改善医疗队的饮食，提高医疗队的战斗力；其他医疗队也分享了他们家乡捐赠的食物，团队间互助互爱的战友情在武汉的早春闪着温暖的光。

费剑春还深深记得两位来自山东临沂的货车司机，这两位老乡星夜兼程送防疫物资到武汉，却将自己的报酬全部买了矿泉水送到医疗队驻地，极大地鼓舞了医疗队的士气，在疫情中给予了医疗队最直接的动力。在这次抗击新冠肺炎疫情里，无数人以自身的方式为战胜疫情贡献了力量，身处前线的医疗队员亲眼目睹了全国人民、各行各业同舟共济作出的努力和贡献。

期待青年医生和医学生们继续努力

山东大学齐鲁医院第四批援鄂医疗队于 4 月 6 日返程，那一天对于费剑春来说是难忘的，也是心情复杂的。在武汉的欢送会上，他不乏风趣地说："不好意思，我要给今天下午的指挥部会议请个假，我要回家啦！"回家，这实在让他感慨万千。4 月 21 日，所有队员结束隔离，与家人安全团聚，费剑春也真正放下心来。医疗队圆满完成任务。短暂休息后，费剑春很快又恢复了自己忙碌的日常工作。一方面，他要专注于齐鲁医院自身的工作；另一方面，作为医疗队的发言人，他也要将战疫期间医疗队的经验进行分享和报告，以支援全国各地的战疫工作。

与此同时，费剑春也非常关注青年医生和医学生的成长。无论是在战疫主题团课还是在院内报告会上，费剑春都坦诚地分享自己战疫时的所见所闻所感，以勉励青年医生和医学生在医学之路逐步精进，探索更广阔的天地。"这次疫情其实给全人类都敲响了警钟，我们在自然面前还是太渺小了，这尤其需要我们的青年医生和医学生们继续努力，去探索、进步，为我们的世界作出贡献。"费剑春这样说道。

（原载于山东大学新闻网 2020 年 8 月 9 日；文：高鑫，图：受访者提供）

庄向华：向阳而生，华景相伴战疫路

庄向华，中共党员，山东大学第二医院内分泌科副主任，主任医师，医学博士。山大二院援鄂抗疫国家医疗队医疗四组组长，获评山东大学“援鄂抗疫突出贡献奖”。2020 年 9 月，庄向华获评“抗击新冠肺炎疫情全国三八红旗手”称号。

2020 年初，在疫情蔓延的危急时刻，庄向华发挥共产党员的先锋模范作用，主动请缨支援湖北。从 2 月 9 日随队奔赴武汉前线，接管华中科技大学同济医学院附属同济医院光谷院区的重症病房，再到 3 月 31 日圆满完成援鄂任务返回济南，52 个日日夜夜里，庄向华不畏辛苦，冲锋在前，以抗疫的初心，诠释了敬业奉献的担当精神，这段经历也成为庄向华最难忘的回忆。

我是一名中国医生

今年 2 月，庄向华收到援鄂抗疫的消息。虽然她所在的内分泌专业并不是重点选派的专业，但是庄向华说，那种担忧和迫切的心情是一样的："我是一名中国医生，我愿意竭尽全力，去帮助湖北和武汉的患者们。"

庄向华将援鄂形容为"作为医生的本职工作"，无论是帮助患者，还是支援湖北都是自己应该做的事情。因此，当得知山大二院要组建国家医疗队支援湖北时，庄向华毫不犹豫就报了名。"疫情紧急，国家需要，医护人员应当冲锋在前。"这是庄向华内心最真实的想法。

在 2019 年 11 月，庄向华曾因为开会的缘故在武汉短暂停留，匆匆看了这座城市一眼便马上离去。2 月初再次来到武汉时，与三个月之前的景象不同，当时的武汉不见昔日的车水马龙、繁花似锦，庄向华感受到的是阴霾，是凝重，更是沉寂。当飞机降落在武汉天河机场时，整个机场就只有她所在的医疗队和几位工作人员；经过长江大桥时，也看不到其他的车辆。在奔赴武汉之前，庄向华做了大量的准备工作，通过媒体报道和官方消息，对当时的疫情也有了深入的了解。但这种沉重是庄向华未曾经历过的，这样的情景也是她出征之前没有预想到的。

直到进入院区，她才发现情况比想象的还要严重：当时疫情蔓延迅速、患者病情变化不一、医疗物资短缺，再加上初到武汉水土不服的影响，让人不由得感到焦躁不安，包括庄向华在内的医护人员要面临工作和心理上的双重压力。

由于此前曾有去北京和赴美进修的经历，庄向华很快就适应了异地环境。到达武汉的第二天，她便马不停蹄地开展工作，包括迅速熟悉整个病区的工作流程、进行患者的抢救和诊疗，还要负责医疗队工作的轮换。

身为医疗四组的组长，对于庄向华来说，最重要的就是带着其他队员们把工作干好。每天晚上她会和队员们开会，捋清每一个患者的病情，再交接第二天的工作，真正做到了以患者为重。"要让大家安全地来再安全地回去，照顾好每个队员的身体健康。"同时，庄向华格外注意队员们的心理状态和身体情况，除了对队员们进行心理疏导，还会每天汇总队员们的身体状况，确保每一位队员的身心健康。

庄向华所在的同济医院光谷院区主要收治危重症患者。她清晰地记得，收治病人的第一个晚上就来了 29 个患者。当第一次穿着厚重的防护服、穿过长长的通道进入病区的时候，许多问题对庄向华来说都是未知的：患者病情是什么程度？救治中会不会遇到突发情况？医护人员会不会发生感染而影响整个医疗队？真正的勇敢，是带着恐惧前行。庄向华坚持做好本职工作，全力救治患者，随着工作流程进一步完善和患者病情的逐渐平稳，庄向华的心才慢慢地落下来。

庄向华的家人非常理解她作为医生的责任和使命，给予了她充分的支持，这些都让庄向华更安心地踏上战场。她的儿子给她写信:“想到母亲即将进入战场,我就一阵心酸,但同时也为我的母亲感到自豪。医护人员们给予病人们救助,在我的心中他们是最美的逆行者。”庄向华此行也给儿子树立了很好的榜样,她希望儿子知道医生这份职业可以为别人带来帮助,可以给患者提供生的希望,更可以在国家有危难的时候挺身而出,为国家和社会作出贡献。

把患者当作亲人

由于专业的特殊性,庄向华的患者需要定期来检查和随访,平时的她和患者都是常年打交道。庄向华和患者说:“你看了我这个专业的病,我们就是一辈子的朋友。”庄向华会把患者当成亲人和朋友对待,而这种付出得到了患者的更多的信任,她与患者之间也建立了很好的联系。

从医 16 年来,庄向华和很多患者都处成了亲近的朋友,也会互相沟通聊聊开心的事情。其中一位患者得知庄向华要前往武汉时,还特地给她送来牛奶,嘱托她一定要注意安全。

在武汉,庄向华也收获了很多患者带来的感动。病区里住着 50 位年龄和病情不一的患者,一位患者常常在查房时对庄向华说:“山东来的医生、护士啊,谢谢你们远道而来帮助我们,我们一辈子都忘不了!”有一位阿姨特地写了一封长长的感谢信,信中写道:“虽然我看不清你们的脸,但是我能听到你们的名字。我会记住你们每一个人的名字,记到我的心里。等到病好的时候,我会到济南去看你们,看一下你们真正的样子。”

这些带着浓浓湖北口音的话语,让庄向华的心里既温暖又踏实。庄向华从中能感受到这些患者对医疗队队员们最真切的感谢,也能体会到他们对生的渴望。身为医生的庄向华能做的就是竭尽全力地去救治患者,用自己的努力和坚持让生命重新焕发生机。随着一个个重症患者转危为安,庄向华对取得战疫胜利的信念也愈发坚定。

武汉是英雄的城市,在这里,每个患者背后都有着令人感伤的故事。每次穿着厚重的防护服,在病房了解患者信息的时候,庄向华都不由得落泪。看到患者所面对的生离死别的痛苦和哀伤,庄向华非常心疼:“有的病人家里有多位亲人都因疫情去世,这对他们的打击是非常重的。”因此,庄向华特别注重对病人进行心理上的疏导。在庄向华的病人中,有一位 94 岁的老奶奶,由于疫情原因,家人没能在身边照料。来自医疗队亲人般的关怀让老奶奶很感动,每次查房时都会跟庄向华聊天。在医疗队要撤退的时候,老奶奶说:“你们对我太好了,我要跟着你们回山东。”

回到济南之后,庄向华跟患者们仍保持着联系。写感谢信的阿姨会给庄向华发消息告知自己的病情,庄向华也会把队员们没有戴口罩的日常照片发给她,阿姨开心地说:“终于看到你们真正的模样了。”94岁老奶奶的儿子非常感激医疗队帮他无微不至地照顾老人家,他经常向庄向华咨询母亲的病情,也会转达老人家病情好转的消息。

团队的力量是最重要的

庄向华说:“团队的力量在抗击疫情中发挥着重要的作用。”在危重症病区,很多病人除了患有新冠肺炎之外,还有心脑血管等方面的各种基础疾病。这个时候医疗队来自不同专业医护人员之间的合作发挥了很大的优势,让病人得到了最优的治疗。

在武汉的52天里,大家共同面对身心的考验,有一个队员身体不适,全队都会轮流照顾。庄向华说:“在最艰难的时刻、最危险的地方,没有一个人退缩,每一个队员都挺身而出。医疗队队员们彼此之间的团结和照顾是支撑我们继续前行的动力。”这种大公无私的信念让队员们更加团结一致,最终平安归来。

援鄂期间,来自医院的关怀也让庄向华倍感温暖。虽然不能见面,但是医院的书记和院长经常会以视频会议的方式问候、关心每一位队员,通过沟通来缓解队员们的压力。医院的后勤会每周定时给庄向华和队员的家里送各种食物与生活用品,并组织活动照顾关心孩子,让在武汉的医疗队员们完全没有后顾之忧。

疫情面前,庄向华时刻以一名共产党员的标准要求自己,在履行医生职责的同时展现共产党员的责任和担当。作为山大二院援鄂抗疫临时党支部的纪检委员,庄向华还负责临时党支部活动的开展和非党员同志的入党事宜。在武汉,庄向华真切地感受到了党倾尽人力、物力和财力帮助每一个患者得到最好的诊疗,也深刻认识到了共产党的力量和信念。经此一战,庄向华深有感触:党的领导是抗疫取得胜利的关键。

从医16载,在经历了援鄂之后,庄向华对自己的职业也有了新的认知。在武汉,她帮助别人闯过了生死关,自己也见证了生死的考验,从而更多了一份人文主义精神:不光要治病救人,更要注重与病人的情感沟通和换位思考。同时,也多了一份无畏的精神:“无论在工作上遇到什么困难,我都会像在武汉帮助患者一样,想尽办法去解决,而不是退缩。”

(原载于山东大学新闻网2020年9月28日;文:杨璇、杨小雪,图:受访者提供)

胡昭:医生是终生的使命

40个春秋岁月很短,于漫漫医学发展史不过是弹指一挥间;但却又很长,足够青丝熬出白发,见证一名医者的磨砺与成熟。从医40年,胡昭医生一直用心守护每一位病人。他说,学医是一生的使命。

胡昭,山东大学齐鲁医院内科副主任、肾脏科主任,主任医师,教授,博士生导师。援鄂期间担任山东省第五批暨山东大学齐鲁医院第四批国家援鄂医疗队副队长、临时党支部委员、武汉大学人民医院东院区危重症病区(十七病区)主任,曾参加过抗击"非典"、玉树地震等多次医疗救援任务。2020年6月,胡昭医生被评为山东省"抗疫榜样",获评山东大学"援鄂抗疫突出贡献奖"。

初心未泯,热血抵寒

新冠肺炎疫情发生后,年近60岁的胡昭,在医院组织第一批医疗队时就向齐鲁医院党委递交了"请战书",强烈要求到疫情最前线武汉支援。"当国家有难，需要你奔赴前线、挽救生命，这就是医生的使命和责任。”不管是抗击“非典”，还是参加玉树地震的紧急救治，医者救死扶伤的初心始终是胡昭奔赴前线的最大动力与勇气。

到达武汉接手危重症病区后，胡昭第一时间对病区的各方面情况进行了排查、梳理。临时改建的危重症病房软硬件设施均不达标、防护救治设备不足、危重症患者多、医护人员配备不足，队员心理压力过大……这些难题，让作为病区主任的他倍感压力。为尽快救治病人，最大限度地合理利用人力资源，胡昭提出了因病施治和分区、分级管理的解决方案。他带领队员们将病区按照患者病情轻重程度划分为三个不同的区域，对其施行不同的人员配备和救治方案，并将临床医生分为三个组，分别负责相应区域。这样的管理模式使每个病人有相对固定的责任医生和护士，大大提高了医护人员的配合度，从而使患者的治疗成效愈加显著。

援鄂期间恰是武汉的冬季，为防止病毒扩散，医院、驻地不能开中央空调，甚是寒冷。在这样的条件下，胡昭和队员们每天要坚守工作岗位近 12 个小时。作为病区主任，他还带头参加科主任 24 小时值班制度，每隔两天就要值一次夜班，从早上 8 点到次日早晨 8 点，来不及休息，就要继续进行第二天的工作。从驻地到医院需要花费 40 分钟的时间，为了应对随时可能发生的突发状况，即使是在听班期间，胡昭医生依然要穿着手术衣，戴好基本的防护设备守候在医院；一旦病人出现情况，15 分钟内便穿戴好所有防护设备进入病区。抵达武汉的前两周，胡昭始终处于这种高强度的紧张工作状态之中，每天只能睡四五个小时的觉，常常忙得忘记了自己的年龄，感觉自己和年轻医生一样。“我大学期间曾做过五年的运动员，身体条件比较好，也评估过自己的心理与身体健康状况，并带足了必需的药品，我了解我自己的身心承受能力。”尽管面对高强度工作，胡昭仍能始终保持着乐观态度。

新冠病人的病情变化迅速，胡昭与队员们需要时刻保持高度警惕，随时作出应对措施。“我们最担心的是病人出现突发的病情变化，如‘炎症风暴’，它会导致病人全身出现炎症反应，使其病情迅速恶化，多器官功能将面临衰竭的风险。”胡昭印象最深刻的是一位 62 岁的男性病人，他第一天来到病区接受检查时，看似情况尚好，第二天的常规化验也未发现异样；但到下午其他检查项目结果出来时，他敏锐地意识到这位患者的病情可能会引发“炎症风暴”。不出所料，当天晚上病人便出现严重多器官功能衰竭的症状。胡昭立即召开了全科的紧急会诊，迅速决定使用“人工肝”技术对患者展开救治。但当时的齐鲁医院医疗队并没有这项救助所需的设备，胡昭立即向同一栋病房楼里的浙江省医疗队李兰娟院士团队求助，两个医疗队协同开展救治工作，对患者采取了股静脉置管、血浆置换、血液滤过、血液灌流、分子吸附等一系列措施，经过每天 6 小时，连续 4 天的鏖战，终于成功救治了这位危重症病人。“这件事让我深刻地认识到，作为医生对病人的病情作出快速预判的重要性，提前作好预案，是病人最大的救命药。”胡昭说。

齐鲁智慧，温暖人心

新冠病毒感染属于甲类传染病管理，有的患者在承受疾病折磨的同时，没有家人陪伴，甚至联系不上他们的家人：作为医生，既要给患者提供精准的治疗方案，语言交流和鼓励同样重要。胡昭进入危重症病房后，发现病房 60％到 70％的病人都是老年人，且大多只会讲武汉方言，不会甚至听不懂普通话，医患语言交流成了最大的困难。

在一番思考之后，胡昭想到，可否将常用的武汉方言用普通话的读音翻译出来，让队员们可以“依葫芦画瓢”与病人进行沟通。说干就干，胡昭当即组织曾在武汉大学学习生活过的郭海鹏医生和其他队员们，仅用 48 个小时便编写完成了《武汉方言实用手册》。但是理想与现实总会有差距，当队员们拿着“新鲜出炉”的手册进入病房，对照手册一字一句地拼出武汉方言与病人交流时，却发现病人依旧不知所云，简单的文字材料并不能让队员们在短时间内讲出有腔调的武汉话。经过一番商讨后，胡昭决定联系武汉的专家录制更加生动形象的音频版“教学资料”。在山东广播电视台和武汉电视台的帮助下，几经周转，《武汉方言音频材料》应运而生，迅速成为了各个援鄂医疗队的重要学习材料。

“拐子”是哥哥，“老俩”是妈妈，“葛自嘎加油”的是给自己加油，“轴你呀康复”是祝您康复……熟悉的家乡话让病人们倍感亲切，更加愿意与医生、护士进行交流，积极配合医生的治疗方案。《武汉方言实用手册》这一“齐鲁智慧”被誉为“战时方言密码本”和“武汉方言齐鲁解决方案”，被国家减灾委员会语言储备中心录用，为抗疫一线的医患沟通提供了巨大的便利。“这也是我们为国家贡献的一份力量。”胡昭说。

行动的力量胜于言语

“想说服别人，想更好地开展工作，最好的办法就是以身作则，让自己的行动成为他人学习的榜样。”在医疗队中，胡昭的年龄、党龄、工龄都是全医疗队最大、最长的，他始终认为行动的力量胜于言语，总是以身作则给队员们做出最好的示范。他每天早晨都会提前 1 小时到达病房，将所有病人前一夜的情况摸清楚，待队员们上班后再一一告诉他们每个病人的病情变化情况、需要检查的项目，以及是否需要更改治疗方案。作为队里的“老大哥”，胡昭医生在进入病区后，总是尽快地完成自己的工作，主动为其他医生分担工作压力。

胡昭坦言："我在武汉一线的工作状态很紧张，一是任务重，二是压力大，三是饮食不习惯。"即便如此，他仍然将工作和队员的安危放在比自己的身体更重要的位置。在一次查房中，与他同组的一位年轻医生突然感到身体不适，胡昭立刻安排他出病区休息，自己则在病区中继续完成查房、取样本和其他的操作技术。等他走出病区的时候，他的护目镜上早已沾满水汽，厚重防护服内的手术服已经全部湿透，几乎能拧出水来。

相较于工作压力，"吃饭"对胡昭来说也是一个巨大的挑战。武汉封城后，物资紧缺，伙食供应也很难跟上。他和队员们每天只能吃统一提供的盒饭，而因为各地饮食习惯不同，大家一时很难适应武汉当地的饮食口味，多日的饮食不适与高强度的工作，导致许多人出现了恶心、胃部不适的症状，身体健康状况也有所下降。同样出现这些问题的还有病区的患者，饮食不均衡所带来的后果就是病人抵抗力下降，病情恢复慢。当各方支援物资抵达武汉时，胡昭第一时间就把馒头、水饺、饼干、罐头、蔬菜及营养食品送到了病区，为病人做营养餐，而自己和队员吃得最多的仍是方便面类的速食食品和盒饭。

胡昭的行动给予了队员们莫大的鼓励，无论是单兵作战还是共同协助，大家都能认真负责地完成工作，队员之间也会积极进行交流，互相关照，彼此关系融洽。援鄂期间，胡昭所在危重症病区成功救治了83位危重症和极危重症患者，实现了"高治愈、零感染"的救治目标。"任何时候都要先明确自身定位，身为医生和党员，只有事事都冲在前面，才能更好发挥自身的榜样作用。当和年轻人一起时，行动显得尤为重要。"用行动诠释了模范作用，这是身为医生与党员的胡昭对自己的一贯要求。

学无止境，医者仁心

1980年，胡昭怀着学医初心，进入了原山东医学院，由此踏入了医学大门。学校与医院之间不足100米的道路，胡昭不知道来回走了多少遍。从学生到医生，从住院医师、主治医师、副主任医师成长为主任医师、教授、博导、知名专家，先后担任中华肾脏病学会常委、中国医师协会肾脏内科分会常委、中国医院管理学会血液净化分会委员等多个职务，身份不断发生着转换，胡昭对于医学的热忱与作为医者的强烈责任感却始终不曾改变。"国家、社会、老百姓对医生这个职业要求非常高，几乎不能有差错，即使你已经成功了99%，但那1%的失败对于一个病人来说，就是100%的损失。"对于救死扶伤、治病救人，胡昭的追求永远是尽量做到完美。

35年的临床工作经验和数次参加紧急医疗援助任务的经历，让胡昭深刻感受到了我国医疗水平和紧急医疗援助能力的提升。“如今，我们国家无论是经济实力还是医疗水平，都在逐渐和国际接轨；在医疗政策和紧急援助效率方面，甚至是远超其他国家。”医疗技术的不断进步，更加坚定了胡昭投身医学的信心：“要一直努力学习，掌握最先进技术，更好地为病人服务。”

从武汉凯旋后，胡昭又马不停蹄地投入到了齐鲁医院的常规工作中，比之前更忙的是还要定期对病人进行回访调查。“日常工作依然忙碌，忙碌之余也要更加珍爱生活。”这次的经历仿佛一场心灵的洗礼，援鄂归来的胡昭对于生命的重要性认识得更加透彻。作为医者，当怀仁心，要更加细心地照顾好每一位病人和身边人，使他们能够生活得更好；这份细心也当用来好好照顾自己，使生活规律化，万不可因为繁忙工作而忽视自身健康。“既要好好工作，也要好好生活。”这是胡昭对自己未来的规划。

胡昭坦言，医生这个职业非常辛苦。“医学是需要终身学习的一个行业。”从踏入医学院的那一刻便注定了一生都需要进行学习，通过不断学习，提升自己的诊治技术，从而更好地服务于患者。帮助病人摆脱病魔是他最大的心愿。每每把一个病人抢救过来，病人转危为安，便是他感到最自豪的时刻，而这一次次的成功都是通过不间断地努力与磨砺换来的。

说到当今的青年医者，胡昭有赞许，也有期望。他赞许他们赶上好的时代，有好的机遇，更有好的未来；希望青年医者们不仅要“术业有专攻”，更要放远眼光，拥有更深厚、更扎实的功底。“我希望青年医者们能成为一个全能医生，紧跟时代发展步伐，不断追求和达到‘医者仁心、术业求精’的目标。也希望他们能将医生这个职业，作为一生的工作、一生的使命。”

（原载于山东大学新闻网 2020 年 9 月 29 日；文：范心怡、李兵，图：受访者提供）

来超:向险而行,把病人治好就值得

2020 年初,突如其来的疫情打破了春节的欢乐氛围,一场没有硝烟的战争牵引着全国人民的关注。对于山东大学第二医院神经内科的医生来超来说,危急时刻请战,奔赴前线的奋战经历尤为难忘。在奔赴抗疫一线的 52 个日夜里,作为山东大学第二医院援鄂抗疫国家医疗队的一员,他和同事们一起,给患者带来生的希望,也为自己的行医生涯增上了浓墨重彩的一笔。

我第一个报名

正月初四的中午,年味还未散去,山大二院收到了组建国家医疗队支援武汉的通知。“我第一个报名。”来超说。即使前线疫情不容乐观,但身为医者的使命感让他不容多想就挺身而出。其他同事也紧随其后,纷纷加入报名队伍,一时人数急增。在他看来,援鄂抗疫并非出自一时的热血,而是他“早就准备好的”。

早在疫情发生之初,来超就密切关注相关讯息,特别是在看到关于确诊患者情况的报道时，他会在心里反复推演治疗方法，仔细斟酌该怎么实施治疗。一听说疫情有扩散的趋势，来超就有了上抗疫一线的想法。报名两天后，来超和他的130名队友踏上了抗疫的征途。

谈及抵达武汉时的情景，每一个细节都让他记忆犹新，按下暂停键的城市令他感慨"武汉空了"。来超曾去过武汉，在他的印象中，那是一座繁华热闹的都市，是九省通衢的历史名城，热干面和黄鹤楼是武汉的记号。二月初的武汉因为疫情沉寂下来，等待着被重新开启的那一刻。那天是正月十六，天已经黑了，"月亮非常亮"，皎皎孤月映照着空旷的城市，这使他联想到边塞诗人王昌龄所写的"秦时明月汉时关"的场景。"我意识到我们参与进了一个历史事件中，是它的一部分。"他的心头也沉重了起来。压力没有让来超沮丧，反倒激发了他的斗志。"我们是国家医疗队，我是专业医生。"20多年的从医经验和来自各专业背景的队友们让来超即使面对未知的征程，也依然有战胜病毒的信心。

到达武汉以后，来超所在的山大二院援鄂国家医疗队以小组为单位开展治疗，每个小组由8位医师组成。开展工作的当天晚上，来超担任组长的小组就进行了数次抢救，打响了援鄂抗疫的第一枪。

应对前所未有的挑战

来超不是第一次面对疫情。在"非典"时期，他就曾坚守在发热门诊，后来还参与过甲型流感防控工作。但像这样长时间驻守紧张、劳累和布满危险的"前沿阵地"——重症病房，对于他和他的队员们来说，仍然是前所未有的挑战。

初到武汉时，正是疫情最严峻的时候。统一送治的患者很快将病房住满了，而且送到病区的都是重症患者，这让来超和他的同事们应接不暇，重重检测治疗环节也不容马虎，加班是常事。结束一天的工作后，完成脱防护服、交接换班、层层消毒等一系列程序回到酒店已经夜深，休息的时间非常少。连续的超负荷运转，挑战着医护人员的身心极限。

被感染的风险让人不敢有片刻懈怠。重症病房往往意味着更多的风险，由于神经内科工作的性质，来超总要面对情况最危急的患者，与他们密切接触、交谈。一次次进入病房，就是一次次与病毒擦身而过。尽管来时已经作好了思想准备，但在这样的环境下，"说不害怕是假的"。在工作中，暴露是最危险的，为了尽量减少暴露在病毒中的可能性，来超和队友们非常谨慎，"护目镜怎样摘""口罩怎么换""防护服怎么消毒"，这样的细节问题他们都需要讨论多次，直至找到最佳方案。作为组长的来超曾在出发前立下"军令状"：要无感染地把队员全带回来。在这样的决心下，来超严格监督每一位队友，按照规范操作，防护消毒一个环节也不能少。他坚信"良好的流程是'一个不能少'的基石"，而他的队伍也成功做到了援鄂期间全部无感染。

百密也有一疏，来超自己也曾面临惊魂一刻。一次在为一位重症病人做检查时，他的口罩被防护服的领子顶起来了。失去口罩的防护，如同战士在战场掉了铠甲，时刻有被击倒的危险。来超按捺下内心的恐慌，屏着气坚持完成了检查。他坦言在那段时间，因为担心被感染而影响工作，一度“心情差到极点”。好在有协同作战的战友以及院领导的安慰和鼓励，他克服了来自身体和精神的双重压力。而为了帮助援鄂医疗队员增强体质、提高免疫力，医院大后方为他们提供了充足的营养品和药物，这些同样起到了不小的作用。几天之后，看到多次核酸检测结果一直是阴性，来超才松了一口气，也算是有惊无险。

团队里的“来大哥”

紧张的工作需要团队的相互支持。小组的8位医生来自不同的科室，援鄂之前彼此还并不熟悉；经过这段经历，同组的队友们已然成了性命相托的战友。“队友是彼此的‘守护神’。”来超说。大家平时互相监督着穿防护服，发现队友的防护服有破洞还会帮忙用防漏贴贴上。尽管病房意味着风险，但大家都抢着进病房，承担更多的工作。戴着口罩说话困难，护目镜戴久了也会起雾看不清楚。在这样的环境下，队友们建立起了高度的默契，不需要太多的交流就能相互明白。

除了医者之外，来超的另一层身份也让他勇往直前。“我是一名中国共产党预备党员，就该担负起党员的使命。”这是来超在援鄂期间说过的话，也是他身体力行去实践的。身边的人评价他是“行动上先入党”。在他看来，不能把党员的身份当成一个包袱，而要主动思考自己能为党做什么。来超是组长，年龄也最大，组员们称呼他“来大哥”，而来超在小组里也确实担起了大哥的责任。抢救时他总冲在最前面，把队员们护在身后；工作再难也不喊苦不喊累，一直用积极乐观的形象激励着他人。52天下来，来超带领的小组完成任务最多，效果最好，以出色的工作获得了嘉奖。

在治疗过程中，来超总是对患者尽心尽力，多方考量，选取最恰当的治疗方案。他对一位75岁的老大爷印象深刻。老大爷的身体状况非常危险，血氧饱和度总是达不到标准。来超和队友们想了各种方法，做了各种尝试，把老大爷从死亡线上拉了回来。出院时，老大爷给医疗队的成员们深深地鞠了一躬。除了悉心治疗患者的身体，来超还经常给他们做心理疏导。曾经有一位患者因为家庭变故拒绝接受治疗，来超了解情况以后，特意找机会与这位患者沟通。尽管戴着口罩说话困难，来超还是坚持对患者进行了两个多小时的心理疏导，患者最终同意重新接受治疗，并且治愈出院。提到这些，来超只笑称：“没有别的想法,把病人治好就值得。”

如今医疗队早已返回济南,患者们也已出院,但不少患者仍然和来超保持着联系。每逢节日,来超总能收到几份来自武汉的真诚祝愿。来超说:“医生的职责是救人,看到患者痊愈的那一刻,我们就觉得已经值得了。”

我也是一个儿子和父亲

赴鄂战疫期间,身后的家人是来超的坚实后盾。家国难两全的情况,也让来超对家人抱有亏欠。来超的母亲身体不好,不久前因为脑梗住院治疗,他的儿子也即将中考,家里正是需要他的时候。出发前,为了不让父母为自己担心,来超用善意的谎言安慰他们:“我不进病房,10 天就回来。”

“10 天之约”刚过,父母就频频打电话询问:“不是就 10 天吗? 怎么还不回来?”纸包不住火,来超的“谎言”最终被识破。但面对儿子肩负的使命和对国家的责任,父母还是选择了支持和理解。

来超一走,教育儿子、照顾老人就全给了妻子。妻子理解他,独自一人担起了家里的重任,为来超解决了后顾之忧。在武汉的 52 天里,来超一有休息时间就跟妻子打电话,两个人互相鼓励,共同渡过难关。

经历此次支援,来超成了儿子的榜样和英雄。“我的家人以我为荣。”来超面带自豪地说道。他更觉欣慰的是儿子在此期间的成长。之前由于工作繁忙,他总遗憾跟儿子相处的时间不多,对儿子的教育太少。来超的儿子今年初三,此前学习成绩不太理想。此次援鄂战疫,虽然陪儿子的时间更少了,但儿子看到父亲的亲身参与,也开始热心关注疫情信息,了解国家大事。更为难得的是,一向贪玩的儿子也对自己的人生有了思考,多了责任和担当,在考试中相比以前取得了不小的进步,这让来超倍感欣慰。

我只是做了自己该做的事

来超记得,去时正是凛冬,回时已春暖花开。之前在武汉时,来超和队友们总是穿着厚厚的防护服,回到济南,看到接待他们的工作人员穿着防护服,这种身份的转变让来超意识到自己和队友在这场与病毒的战斗中凯旋了。来超不禁笑了,笑过之后却是如释重负的号啕大哭。52 天精神紧绷的疲劳工作终于可以告一段落,“轻松了,安全了”。

回鲁的第一顿饭是水饺。山东有“下马饺子上马面”的说法,远行回家要吃饺子,这是来自家乡的迎接。尽管还要在宾馆隔离 14 天,但一份水饺给来超带来了回家的温暖。

武汉一行虽险,但经历却弥足珍贵。生死线上的坚守让他更加坚强、更有担当，抗疫的经验让他的工作水平有了更高的提升，也让他更深刻地认识到了自己作为党员、作为医生的责任。

鲜花和掌声是认可也是鞭策。这一次的抗疫工作，来超和队友们因为大无畏的付出和出色的表现获得了来自各方的赞扬和敬佩，他个人也获评山东大学“援鄂抗疫突出贡献奖”。在来超看来，医生仅仅是这场疫情防控阻击战中的一个部分，这场战疫过程中，许多人都在自己的岗位上战斗着，清理医院垃圾桶的阿姨、提供爱心专车的志愿者、为居民服务的社区工作者……无数人在尽己所能为防疫作贡献，每个人都值得鲜花和掌声。来超说：“我从没觉得自己是英雄，只是尽了本分。如果有需要，下次我还会冲在前面。”

（原载于山东大学新闻网2020年10月4日；文：李天一，图：受访者提供）

王鹏：同舟御疫冀霄晴

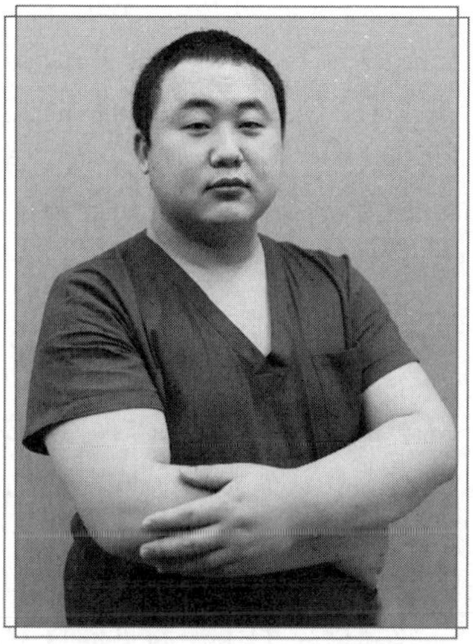

“吾之幸事，与同济之师共为一营之军，共御时疫之横行。少顷，问师焉，‘师之所愿为何？’笑而答曰：‘吾与子之所共愿乎。’而后，二人皆喜而笑焉。亦师亦友，岂非心之所向乎？”这是山大二院援鄂医疗队员王鹏写的《同济赋》中的一段。2月2日，“90后”王鹏随山东省第三批援鄂医疗队出征武汉，在与队友并肩战疫的历程中书写了青春担当。

王鹏，山东大学第二医院重症护理护师，山东省第三批援鄂医疗队员，获评山东大学“援鄂抗疫突出贡献奖”。

不遗余力以御时疫

抵达武汉当天，王鹏就惊呆了。当时这座城市像极了“空城”，整个天河机场只有昏暗的灯光和空旷的场地，繁华仿佛只停留在了往日。王鹏回忆说：“这场面远远超过了我的预期。”

时间往前追溯，得知要组建医疗队支援湖北的消息时，王鹏正在山大二院上夜班，他毫不犹豫地向护士长主动请缨前往武汉支援。对此，他笑着说道："报名的事情是不敢告诉父母和爱人的，最主要的是怕他们担心。"2 月 1 日，王鹏接到支援通知，心里既激动又忐忑。一方面，在国家危难之时，作为一名医务工作者奔赴前线，王鹏感到很自豪；但另一方面，王鹏也担心自己不能平安归来，那家中老小该如何生活，心中多少还是愧对家人。所幸家人从担心到支持的态度，让王鹏更加坚定地踏上征程；周围的同事也给王鹏准备了各种防护和消毒用品，还叮嘱他要注意安全、注重细节；医院对出征队员做了周到的后勤安排：这些周围的鼓励和支持更坚定了王鹏支援的信心。

作为山东省第三批援湖北医疗队的成员，王鹏参与整建制接管华中科技大学同济医院中法新城院区 C7 西病房，他的主要工作内容是护理重症患者。"我们抵达医院时物资紧缺，加上我个头比较大，适合我的防护服少之又少。"因此，王鹏每次进入病区都一定会坚持到最后。他说："如果我浪费了一套防护物资，那就是对患者的不负责任，就是对同个战壕里的战友不负责任。"

回忆起第一次"全副武装"，他说自己永生难忘。"从内到外要穿十几种防护物品，整个人就像被隔绝了一样，鼻腔呼吸都觉得累，只能靠嘴大口呼吸。"王鹏的讲述让我们如临现场。"护目镜和 N95 口罩的勒痕在脸上隐隐作痛，护目镜勒得头生疼，手套中的双手都被汗水泡得泛白。最艰难的就是护目镜上起雾气，什么也看不清楚。"王鹏的主要任务是为患者穿刺输液，但是戴着三层手套，根本就感觉不到患者血管的弹性，所以每一次平时操作起来很简单的穿刺都要 20 多分钟。他只能凭经验争取为患者一针穿刺成功，以减少患者的痛苦。

3 月 15 日，王鹏写下《致同济医院中法新城院区》的文章，他这样描述在中法新城院区的情景：

> 江城之大，设一十有三之区以为治，吾暂居蔡甸，助于同济中法新城之医舍。翌日，于望鹤之会堂，同济之师授吾等防身之术，谨习之，以迎天行时疫。既日，赴医舍，着衣物，入医坊，览医坊之周围，密而无垢，是洁也。遂问同济之师焉，'何为之？'师曰："予设一人勤于消毒之事，此为阻疫之道也！"心悦而从师，见医坊行道之处，多设消毒之器具，以备触之罹患而后以消手。师者忙乎罹患之间，复授技于齐鲁之人，众人不遗余力以御时疫，胸怀天下以求国泰民安。

终有罹患之人得以康健

王鹏喜欢用文字记录自己的战"疫"感受，在武汉 50 多天昼夜奋战的间隙里，他写下了数篇文章，分别表达了不同阶段的感受与心情。"苦心人，天不负，终有罹患之人得以康健，其人含泪而长揖以示谢意，感人肺腑，潸然而泪下”，这是对病人康复的满心喜悦；“纵是直面生死，也敢与之抗衡”，这是对武汉人民的真挚赞扬；“鲁鄂同舟御疫，阳和终至言嬉，顺寄归客乡路，丰添万家灯弥”，这是对疫去春来、曙光显现的欣慰；“草木彬彬林中生，逐理寻方月正明。时疫之行苦作乐，悬壶济世冀霄晴”，这是对中医治疗方案最有力的肯定；“武汉啊，武汉，我愿把我的梦想给你，只为你的胜利”，这是王鹏心中最朴实的愿望。

有位患病的老奶奶令王鹏印象深刻。患者患有阿尔兹海默症，像个小孩子。每次到王鹏上班期间，他都会喂老人家吃饭、吃药，搀扶她去厕所，用当地的方言“婆婆”称呼她。时间久了，后来每次到王鹏值班，老奶奶都很“听话”，总是拉着王鹏的手，讲一些陈年往事。“虽然有一些我还是没有听懂，但从她的眼中，我仿佛看懂了，她把我当作亲人。”王鹏回忆道。还有一位患者老爷爷，有一天对王鹏说：“你来上班了，我很开心，又吃了两份饭。你就是个开心果，看到你，我的病都好了一半了。”他说完就拉着王鹏的手说“谢谢”，不时地竖大拇指。

作为医疗队男护士的一员，王鹏感到，在这次战疫过程中，男护士体力强、力气大的优势被发挥得淋漓尽致。搬运体重比较重的患者、搬运大型仪器设备，这些都是男护士的工作，能让女护士节省体力，更加细致地护理患者，在合理分工配合中完成高强度的工作任务。

在病区工作时的王鹏和平日工作最大的变化便是穿得像卡通形象“大白”一样，说话需要大声吆喝，走上三两步就气喘吁吁。在工作中，医护人员需要用笔来记录情况，但防护服上没有口袋，大家就把笔拴到自己的身上；听不懂患者的口音，大家就向身边武汉的同事学习当地语言。王鹏说：“在疫情面前，我们的任务就是克服困难。”

医疗队每个班次的战友之间都有交班，主要是交接患者的病情，把所有的信息都掌握后，大家才能安心地上下班。“患者已经很痛苦了，我们需要心思缜密地去照顾和护理他们，让他们有信心战胜病魔。”对王鹏而言，“雷厉风行”和“仁术仁心”是对自己所在医疗队最恰当的形容词：“我们战友之间往往一个手势、一个动作就知道要干什么，这是我们建立的默契，因为大嗓门说话实在是太浪费体力了。”

找到了生活的重启键

3 月 26 日，武汉同济医院中法新城院区 C7 西病区最后两名患者出院，病区正式关闭。50 多天里，医疗队员们夜以继日，攻坚克难，共收治 96 名重症新冠肺炎病人，其中病重 77 人，病危 19 人，治愈 81 人，转出 12 人。王鹏也与队友踏上归程。

在返程当天，同济医院为医疗队员送上“一证一衣”当作纪念品，纪念证书上写着“情深意厚，山高水长”，大红色的T恤衫上写着“守望相助，同舟共济”。几位在武汉的山东老乡带着年幼的孩子前来为医疗队员送行：“你们辛苦了！你们是山东的骄傲！太感谢你们了！”武汉市民也自发组织前来为医疗队员送行，夹道欢送，竖起大拇指，一声声“谢谢”，一句句“加油”，道不尽他们内心深深的情意。王鹏在深受触动的同时，也在返程的时候写下：“武汉，我终于找到了你的重启键，英雄的城市怎能卡住英雄的光影？”

这段经历让王鹏对自己的职业有了更深刻的认识。护士是一份很神圣的职业，三分治疗七分护理，只要用心去护理患者，为患者带去快乐、带去健康、带去希望，比获得再大、再多的荣誉都强得多。因为护士是和患者接触最多的，往往患者的一句“谢谢”就能让护士们心里暖流涌动。

对于王鹏来说，结束战“疫”工作后，自己生活的重启键却是来自母亲端上的一盘热腾腾的饺子。他坦言：“与家人辞别的时候，我没哭；抗疫结束归来时，我也没哭；见到家人的时候，我也咬紧牙关没哭；可当母亲为我端上一盘热腾腾的饺子时，我痛哭流涕。”在援鄂期间不为家人道的辛苦疲惫与百感交集，都在那一刻找到了出口，也得到了治愈。

此前，王鹏从来没觉得生死之间有这么多的挂念；可当自己亲身战“疫”归来、所有的泪水奔涌而出时，他才明白自己对父母、爱人、亲人之间难以割舍的情感。王鹏从前线回来已有百余天之久，工作也早已步入正轨。通过这次抗疫之行，他顿悟了生活的美好，他的目标是活着要开心、要积极，要以最佳的状态迎接每一天的晨曦。

目前，疫情防控常态化已成趋势，作为医务人员，王鹏也多了几份叮嘱：要勤洗手，勤通风，外出佩戴口罩，减少在人群密集的场地出现，减少与他人的直接接触，保护自己，同样也是保护他人！

（原载于山东大学新闻网2020年10月8日；文：杨小雪，图：受访者提供）

平凡出彩职工事

陈士峰:平凡人的光彩

一天之中,早餐、午餐、晚餐,我们享受着食堂的便捷。寒假、暑假,食堂也敞开大门解决留校师生的后顾之忧。在丰富多样的饭菜背后,在解决全校师生饮食问题的庞大体系背后,有一群在平凡的岗位上踏实工作着的人。中心校区食堂三楼齐园餐厅主任陈士峰就是其中一员。

我就是个再平凡不过的人

记者刚到食堂三楼,恰好碰到正在打电话的陈士峰。表明来意后,陈士峰便招呼记者:“姑娘,先在这歇会儿,喝点水,我先去处理一点事。”说完,便匆匆出去了。记者眼中的陈士峰,穿着干净的西装,却没有严肃的感觉,温和的语气给人一股亲切感。

陈士峰告诉记者,他 1987 年从技校毕业后,服从上级的分配从事餐饮服务工作,现在已经有 27 个年头了。自从 2004 年来到山大,他就一直在食堂三楼齐园餐厅工作,已经工作了十年。干过厨师、保管员,一直干到现在的主任,说是主任，其实什么都干，包括上菜、送盒饭，他都亲自上阵。陈士峰说，这个社会有不同的分工，有人负责教书，有人负责烹饪，自然也需要有人做自己的这份工作。每个人，都有遵从社会分工、做的工作的责任。

交谈不到十分钟，陈士峰手机铃声突然响起。接完电话后，他让服务员拿来单子记下：20份盒饭，其中5份馒头，15份米饭，2份是清真，12点之前送至理综楼六楼。记者注意到，这样的电话在短短一个小时内陈士峰接了4个，有办公室打来订盒饭的，有物品采购的，有嘱咐宴会注意事项的。陈士峰说，他每天的工作除了负责餐厅安全之外，一个重头戏就是对外联络。餐厅三楼不仅负责师生饮食，还主要负责学校的宴会接待和办公盒饭，而他正是这些工作的传达者和协调者。餐饮行业和普通行业不一样，往往与正常休息时间颠倒，因为周末学校里的接待事务比平常更多，这时候他们也更加忙碌。寒暑假也是一样，去年大年二十九，食堂三楼就为留校师生献上了一场温馨的年夜饭。“工作时间与正常休息时间颠倒，您会觉得陪伴家人的时间变少了吗?”陈士峰回答：“只要有师生需要就餐，只要有宴会安排，我们就要服务，就要好好服务，这也是服务行业的准则。”

“我就是个再平凡不过的人，在平凡的岗位上，做着平凡的工作。”这是陈士峰说得最多的一句话，“对于现在的工作，以及工作环境，我都特别满意。早上八点半来学校，晚上八点回家，忙忙碌碌一天就过去了，感觉特别充实。”

陈老师是我们的榜样

说到陈士峰，三楼的同事和员工都亲切地称呼他为“陈老师”。人缘好、性格好、平易近人、以身作则、自觉性强的老党员，这是大家对陈士峰的评价。许多事情在陈士峰看来很平常、很自然，却都被同事和员工一一记在心上，这时都被一件一件地回忆起来……

“陈老师可以说是山大的‘活字典’，因为他对山大的情况太了解了，熟悉到只要有电话打来，他光看来电号码就知道是哪个办公室的电话，就知道要把盒饭送到哪个办公室。为此他帮餐厅省了不少事。只要有陈老师在，大家都工作得特别安心。”同事对陈老师赞不绝口。

陈士峰实际上是餐厅的安全管理负责人，主要负责餐厅的安全和收账。但他所做的工作超出了他原本的工作范围，采购宴会用品、上菜、送盒饭，陈士峰都亲力亲为。送盒饭是餐厅每天的重要任务，学校这么多部门，组织部、宣传部、招生办等等，只要有加班，就要送盒饭，而送盒饭的这段时间正是师生用餐的高峰期，为了提高效率，陈士峰坚持亲自去送盒饭。他对员工说：“你们留在这好好服务，我对校园情况最了解，我去送最合适。”有时候，盒饭份数比较多，他往往需要一个部门来回跑两趟。

餐厅宴会厅主管耿庆浩回忆，有一次下雨天，又到了送盒饭的时间，因为穿雨衣不方便，陈老师50岁的人了，蹬着三轮车，冒着雨就去送盒饭了，这个瞬间也被耿庆浩记录下来保存在手机里，提醒自己向陈老师学习，学习陈老师为师生服务的精神。“陈老师是我们的榜样，他在工作上真正做到了平衡左右，沟通内外，真真正正实践着为师生服务。在他身上，我看到了老党员的精神。”耿庆浩动情地说道。

我也有自己的山大梦

山大的梦想是建设世界一流大学，陈士峰也有自己的山大梦，那就是在自己的岗位上更好地服务师生，为山大作点贡献，为大学增光添彩。“我处在这么平凡的岗位上，要说为山大作多大贡献也是不现实的，我只要做好自己该做的事，管好自己该管的人，也算实现了自己的山大梦。”陈士峰朴实的话语让我们相信，在实现山大梦的过程中，只要每一个平凡的山大人都贡献自己的微薄之力，那山大梦离我们必定更近一步。

陈士峰的愿望就是能在山大再干十年，一直干到自己退休，毕竟他对山大太熟悉了，熟悉的工作，熟悉的环境，已经让他离不开这个校园。

“安全第一，营业额第二，员工的福利第三。”这是陈士峰的工作理念。由于齐园三楼的营业成本较高，所以每个月的营业额目标也较高，陈士峰积极地创新研发菜品，希望带动三楼的营业额，也是为了员工有更好的福利。“当然，我们的原则还是服务师生，菜价不能让师生承受不起。”曾经有学生提意见说菜价过高，以及服务态度不好，陈士峰立马采取行动，变动了菜价，也耐心和学生进行了解释。让他欣慰的是，最近几年很少有师生再提出这样的意见。“只要有师生提意见，我们就一定会想办法改正，因为我们的宗旨就是更好地服务师生。”

没有掷地有声的话语，没有可歌可泣的事迹，陈老师只不过是在工作岗位上实实在在地做好自己该做的事。正是他甘于平凡的生活态度，正是他为师生服务的价值理念，让他在不知不觉中感染他人，成为他人心目中的榜样，也向我们奏响一曲动人的歌。

（原载于山东大学新闻网2014年3月18日；文：黄丹妮，图：耿庆浩）

霍新喜:严把学校"花钱"关

霍新喜,2012 年来到青岛鳌山湾畔,参与青岛校区建设工作。在济南工作 30 年,已经打下生活与事业根基的人,怎么就义无反顾地选择奔赴全然陌生的青岛校区?在他内心深处有过怎样的挣扎、怎样的抉择?现在的他又如何评价当年的取舍?下面,就是霍新喜与青岛校区的故事。

缘起:内心深处的蓝色校区梦

20 世纪 80 年代,山东大学建威海校区,当时学校动员了许多行政工作者前去参与建设。参加工作不久的霍新喜很是心动——自己从小就喜欢大海的纯净和悠远,能去海边工作,同时见证一个校区的从无到有,听上去就热血沸腾。但参与就意味着与济南的家人遥遥无期的两地分居,并不是一场说走就走的"旅行"。霍新喜反复思量,无奈放弃了那次机会。可是,与大海同呼吸,亲手参与建设一个蓝色校区的梦想,却扎根在了他的内心深处。

时隔 20 多年,曾以为与大海无缘的霍新喜,欣喜得知山东大学将在鳌山湾畔建设青岛校区。而且，他清楚地知道，青岛校区的建设具有重要的战略意义，它将引领学校朝着世界一流大学迈进。

鳌山湾畔吹来的海风让霍新喜本已沉寂的内心，再次泛起“蓝色”涟漪，已不再是年轻小伙的他跃跃欲试，恨不能即刻启程、冲锋陷阵。但冷静下来，却不得不再一次面临两难境地。这次的情况更为复杂：一头是上有古稀老人、下有两岁稚童的济南的家，是必须托起的责任、永远的牵绊，难以割舍；另一头是等待着自己参与建设的蓝色校区，是梦想的召唤，无法放弃。

凡事有得便有失，霍新喜不想再错过。于公，青岛校区的建设需要懂得造价的人，而自己又是审计专业出身，有丰富的经验，为之奉献是责无旁贷的事情；于私，自己从小就向往大海，在蓝色大海旁参与建设山大校区更是多年的梦想。于是，他决定报名。

2012 年，经过竞争上岗，霍新喜奔赴青岛即墨，成为当时青岛校区建设办公室监察审计办公室主任。

经年：监察审计的酸甜苦辣

清晨，当鳌山湾的海风迎面吹来时，霍新喜深深地吸了一口。不同于济南略带尘土味的风，这里的风散发着清新醉人的味道。一去经年，转眼间，他已经在青岛校区建设指挥部待了近 3 年，当年的梦想早已转化成当下的实干。

前不久，霍新喜他们参与了一个校园场地平整工程的监察审计工作，一次性为学校把住了 90 万余元的缺口。在这个工程里，施工单位起初报审价格 394 万余元。将近 400 万元的钱花在哪里，怎么花？花得是否合理？这些都需要霍新喜他们反复推敲、论证。

深知经费来之不易，霍新喜不想让学校多花一分“冤枉”钱。每一个工程，他都带同事研究施工图，到施工现场实地测量，不断核对工程量，看有没有按图施工，有没有偷工减料。

秉着对学校花的每一分钱负责，不放过审计的每一个细节的原则，最终，这个工程的审定价格为 304 万余元。欣慰的是，由于霍新喜与同事们准备得有理有据，每一个审减项目都经得起推敲，对方最终坦然接受了这个结果。

为学校严把资金关，是霍新喜所在的监察审计处每天都在做的事情。监察审计并不是个轻松活儿，它的严肃性和敏感性要求参与者丝毫不能懈怠。“我们的工作，不仅要对行政人员的廉政、绩效等进行监督，还要对整个青岛校区建设进行跟踪审计和造价控制，对每一分钱的建设经费支出进行审计。”

监察审计处的工作，贯穿校区建设全过程。招标阶段，他们需要配合学校招标部门做好招标控制价。在施工阶段，他们要配合基建部门做好造价控制。

最后还要进行竣工结算审计，“也就是说，楼盖完了还要算一算总账。”谈到自己的工作，霍新喜显得冷静而条理清晰。

霍新喜与记者聊起了工作中的一些小细节。“有的施工企业会虚报价格，如果不能及时发现，势必会给学校带来损失。”他同时也说，“并不是每一次都会赢得对方单位的理解，有时按程序审减了企业报价，却常常迎来各种不配合，更有甚者会来办公室大闹一番。”

这样的情况多了，难免会产生压力，有时霍新喜也会感到些许辛酸：“会有人认为我们管得太宽。”这时，霍新喜心中有一杆秤：既不能固执己见，也不能盲目服从，要根据学校的规章制度办事。

情思：建设者的小家与大家

霍新喜的女儿今年5岁了，在济南上幼儿园，她是霍新喜最放不下的牵挂。“刚来青岛校区时，我太太经常在医院值夜班，家里就留着一个80多岁的老太太和2岁的女儿，怎么都让人放心不下……”

女儿会一次又一次地问：“爸爸你为什么不在家陪我？”采访现场，霍新喜转述着女儿的质疑，声音变得低沉，默默地低头，拿手掩住了眼睛。5岁的孩子还无法理解爸爸内心的矛盾，而霍新喜也无法向女儿说清何为理想与责任。

每天晚上回到宿舍，霍新喜都会打开微信，与女儿视频。“小燕子，穿花衣，年年春天来这里，要问燕子你为啥来，燕子说，这里的春天最美丽……”爸爸一句，女儿一句。有时是爸爸教女儿唱自己记忆中的儿歌，有时是女儿给爸爸唱幼儿园里新学的歌曲。

如今，霍新喜沿着青岛校区建设的轨迹，一步一步地走着自己的路。他习惯了早上5点起床，绕着规划的校区走上一大圈，想象着以前的一无所有和现今建筑的拔地而起，观察对比着今夕的变化。每天，他会至少两次上工地现场，了解工程进度、工程材料和施工质量，以便控制造价。他更在这里感受着不一样的同事情谊、不一样的“战地情”。同吃同住同劳动，大家互相配合、互相理解、互相帮助，是“战友”，更是亲人。

作为办公室的负责人，有时为了照顾更有需要的同事，他常常主动应下周末留守值班的任务。平均三个星期一次的回家频率让他几乎无法照顾自己的小家。

不管是采访现场他眼睛里闪烁的泪水，还是提及同女儿一唱一和时的开心与满足，都让记者感慨不已，无法也不忍去询问这场取舍的对错。然而霍新喜很快就回应了我们的犹豫。

他说，青岛校区已不只是自己的一个梦，它已然成为心中另一个家。他期待着这个大“家”的建设稳步推进，尽快竣工。也是在对这个大“家”的不断付出中，他实现着对另一处小家的坚守。

一期，二期……他会在这片土地上努力下去，直至梦成。

（原载于山东大学新闻网 2015 年 6 月 15 日；文：李希，图：刘婷婷）

李广勇:我要在青岛干到退休

“不好意思啊一直比较忙。”刚刚开完一个现场招标会,青岛校区建设指挥部财务处李广勇匆匆走进办公室,见缝插针地接受了记者的采访。

在决定来青岛校区前,李广勇的心情比较复杂,一方面他不满足于安逸的生活,想改变工作环境,憧憬着在青岛开始崭新的人生篇章;另一方面,上有老下有小的他要离开亲人,独自奔赴一个完全陌生的地方,确实需要下很大的决心。

投身校区建设的强烈愿望还是让李广勇作出了“来”的决定。他说,自己就像一个“老小孩”一样,喜欢新鲜刺激。青岛校区初建时,建设指挥部附近一片荒凉,少见人迹,但对于厌倦了城市喧嚣的李广勇来说,安静的环境、优美的风景却非常合他的胃口。李广勇回忆道,曾经有朋友来看望自己,看到校区的工作环境心生羡慕,开玩笑说他简直是“住在天堂”。

然而,当时的青岛校区与“天堂”相去甚远。建设指挥部大门外只有一条路通向一望无际的远方,周围是茫茫原野、漫漫大海,“喊一嗓子都不会听到回声”。离开家乡、家人的李广勇，在不到半个月的时间，就开始感受到无边的寂寞、孤独感迅速袭来。

他坦言：“当时花了很大工夫才克服了巨大的心理障碍。”他自我感觉“适应能力”较强，遇到这种情况只能自己排解。于是，接下来的日子，他将几乎全部的精力投入工作，在忘我的工作中强迫自己忘却乡愁。他珍惜与同事们同甘共苦的日子，尽可能多地与大家交流感情、相互勉励，浓浓的战友情也冲淡了千里拓荒的孤独感。那时候他们总是开玩笑说，身在“即墨”就要耐得住“寂寞”。2013年，他写了一篇日记发表在《山大日记》栏目上，抒发了作为一个普通建设者的心声，那篇日记发表后广受好评，其中展示的建设者的心路历程与奋斗决心打动了很多人。

两年过去，李广勇深深感慨于青岛校区的变化。“看到当初冷冷清清的校园里，如今座座大楼拔地而起，确实很振奋人心。”作为目睹青岛校区从无到有的见证者、参与者，他感到“非常荣幸”。

截至目前，国家为青岛校区建设已拨款15亿，如何花好这笔钱是个大学问。李广勇一直承担着财务方面的工作，主要负责基建经费的管理。这项工作是支持校区建设的基础性工作，重要性无须多言，“在其位谋其政”的李广勇承担着很大的责任。每一天，李广勇都要和一沓沓的单据打交道，一遍遍地履行着烦琐的财务手续。起初，部门人手紧张，李广勇除了负责会计工作还要参与招标采购事宜，身兼数职，经常“忙得团团转”。

之前在济南，李广勇主要负责科研经费管理，投身青岛校区建设后，他才开始从头学习基建经费有关事宜。“算是摸着石头过河吧，从零开始，领导、同事也给了我很多帮助，手把手地教给我业务。后来，我一边自己学，一边再教给更年轻的同事。”

青岛校区建设紧锣密鼓地进行着，各方资金需求都很大，财务部门在其中发挥的协调作用日益凸显，但让李广勇头疼的事情也不少。说起工作中遇到的困难，李广勇着重谈了资金需求与工作规范之间的矛盾。毕竟自己以前也办过报销手续，知道费尽心思准备一大摞材料最后却被“打”回去的滋味不好受。虽然一个“不”字很难说出口，但李广勇有着对“规矩”二字的坚持，“再急也要按照规矩办事。”当出现不符合工作规范的情况时，李广勇少不得要和各方反复沟通、解释、磨合，在规范之内尽量满足建设要求。

青岛校区建设有个特殊之处，那就是很多地方性法规与学校已有规范有出入，如何掌握规范尺度曾让财务处及李广勇费了很大心思。再就是，校区建设是个全新的领域，很多方面都无规可依，也就导致很多工作无章可循。为解决这个工作瓶颈，在财务处处长刘竞虹的领导下，全处同心协力，逐步建立和完善各种财务规章制度,最终确立了目前较为完备的财务规范。

财务工作涉及层层付款、收款、审核、记账环节,其中很大一部分在青岛无法完成,需要奔赴济南。因此,李广勇常常在济南、青岛间来回奔波,牺牲周末时间加班更是家常便饭。招标、工程变更、合同审核,各种琐碎的工作充斥着李广勇的生活,他的每一天都格外繁忙。

李广勇患有高血压,工作压力大时,血压也会跟着一路飙升。然而工作多人手少,无人可替,“这里都是一个萝卜一个坑,恨不得一个人当两个人用,怎么好意思请假呢?”不过每每这个时候,领导及同事对他工作的支持、生活的关心,都让他深感欣慰。

李广勇住的地方离办公室有几公里,没有交通工具,他每天都要步行很久。冬天的清晨,天还未放亮,周围静得吓人,寒风刺骨,窄窄的土路走起来很是艰难,还要提防不时开过的大卡车。工作繁忙,加班是家常便饭,他经常是天不亮就离开住处,天黑透才回来。李广勇回想着工作忙碌的时候,加完班打着手电筒往回走,回到宾馆时一身的尘土,“真想瘫倒在床上再也不起来。”

李广勇对着记者说,他常常想家,会牵挂家中年近八十的老母亲。所以,他几乎天天向家人汇报情况,诉说自己的思念。不过他又说,自己的情况并不算什么,有许多同事,孩子都不大,还在上学,牵挂孩子学习却没有办法亲自辅导,只能天天通过电话与孩子交流功课,让人心酸之余只能更多地给予理解。

每个轮休的周五,是李广勇和同事最为期盼的日子,暂时放下忙碌的工作,他们匆匆在学校安排的大巴前集合,坐火车回济南。李广勇这样安排自己的周末时间,在老母亲家住一晚,在自己家住一晚。时间总是过得很快,周日下午,李广勇他们又会迎来再一次的匆匆,匆匆离别,匆匆赶赴青岛校区“战场”。

在并肩战斗、共同拓荒的日子里,青岛校区建设一线的人们结下了深厚的友谊。每天三点一线的生活,仿佛把大家送回了简单纯真的学生时代。曾经,有一名同事患了急性胃肠炎需要打吊针,周围却一时找不到卫生院,大家经过多方周折最后在村里找来一位医生,在入住的宾馆大厅里打上了吊针。李广勇把曾经的故事娓娓道来时,时间早已经淡化了当时的紧张与不安,唯留下一份共甘同苦的不离不弃,会让人忍不住去想象那是怎样的一场手忙脚乱,其中的人又曾经历过怎样的鼻子发酸、心头发颤。“大家的关系,真的就跟亲人一样。”李广勇给忙碌在青岛校区的人这样定义着彼此的关系。

李广勇精力充沛,干劲十足,采访中时常听到他像年轻人一样爽朗的笑声。但实际上,他已经52岁了。李广勇掰着手指头算道:“如果退休年龄不延长,再有8年我就要退休了,青岛校区后期工程还需要很长时间,我要在青岛干到退休了。”

投身青岛校区建设，对李广勇来说意义很大。见证校区成长，就像亲手养大了一个孩子，他感到格外幸福，也将其视作一种财富、一种荣耀。接下来，他期待能将整个家搬到这里，一心一意投入工作。

到现在，已经有4.5亿的经费在财务处的安排下投入建设，青岛校区的建设蓝图正缓缓铺开。而具体到这位要在青岛“干到退休”的建设者来说，未来的路，还有很长。

（原载于山东大学新闻网2015年6月20日；文：张颖，图：受访者提供）

李传海：校区蓝图有我参与

忙而不乱、沉着冷静，是李传海给人的第一印象。在青岛校区建设指挥部，李传海担任基建管理部综合管理科科长，承担着基建管理的综合统筹工作。几年间，他具体参与了校区规划、单体设计和市政道路与管网工程等配套设施的建设、管理工作，以及青岛校区智慧型校园规划建设工作，可以说是全方位参与了青岛校区的建设管理工作。

这位建设管理者，曾经要建设的是一个自己完全陌生的地方。大学毕业后，李传海到山东大学工作，一待就是16年，从事学校基本建设管理。2012年9月，渴望尝试新环境的他主动申请工作调动至当时的青岛校区建设办。

如今基建管理部的工作，贯穿整个校区建设，从前期立项、规划设计、建设手续办理到施工管理、竣工验收等一系列事宜。李传海具体参与过青岛校区的规划、设计和工程管理。

最让李传海兴奋的，是青岛校区智慧型校园规划建设工作。他耐心地向记者讲解着智慧校园的情况，一个个拗口的专业术语，因为他的解释变得通俗易懂，智慧校园的概念也都不再显得那么遥远。智慧校园，其实是通过物联网实现对物理校园全面动态的感知，借助云计算、大数据进行处理，达到信息共享、互联互通，从而为学校的教学科研工作提供硬件支撑，为学校管理工作提供决策依据。李传海说："这是学校创新发展、推进教学与管理方式改革的重要手段，智慧校园的好，等到建成后我们会更深刻地体会到这一点。"

这项工作于2014年初展开，李传海负责前期调研，为智慧校园的规划建设提供了科学的决策依据。2014年5月，智慧校园的规划工作正式启动。在指挥部、学校信息办的支持与指导下，他牵头具体推进青岛校区智慧型校园规划设计与建设工作。

李传海坦言，接手这项工作时自己心里有很大压力。尽管有一定的专业基础，但面对众多的智能化子系统和集成管控平台，多半也是个门外汉。不过，通过依靠有过兄弟高校成熟规划经验的规划专业团队，在学校信息化工作办公室有关老师专家的直接业务指导下，大家边学边干、协作并进，最终顺利完成了青岛校区智慧校园建设总体规划工作及一期建设项目智能化系统专项设计任务书的编写工作。

李传海充满期待地说："在大家的精心'抚育'下，青岛校区智慧校园羽翼渐丰，即将在更广阔的天空发挥作用。"

除了智慧校园建设，李传海还参与了校园110KV变电站的合作共建工作。他兴奋地说："这一项目至少为青岛校区节约了5000万元的建设资金！"

按照校区规划，基建部通过调研发现，如果山东大学自己投资建设一座110KV变电站，不仅投入大，建设及运行管理难度会非常大。通过与政府相关部门的交流，基建部得知政府正在附近地区规划修建一座同级别的变电站，于是经过反复的前期沟通、可行性探讨、具体实施路径设计探索等，提出了合作共建的建议方案，最终争取到了山东省、青岛市、即墨市等各级供电主管部门的大力支持。在这一共建模式里，山大出地，政府负责投资、运行管理，变电站建成后主要为青岛校区供电，也兼顾周边区域。

现在，经过半年多的规划、立项、实施，这座110KV变电站的建设正在有条不紊地进行。记者曾到变电站施工现场进行采访，映入眼帘的是一派繁忙的劳动景象。变电站在今年5月正式开工，目前地下建设已经进行了大半，预计8月建筑部分就会完成，然后就是内部设备安装调试。2016年初，这座屹立在鳌山卫畔的变电站，将为新生的青岛校区输送充沛的"血液"，更将成为周围地区的能量之源。

李传海每天都牵挂着工程进展，同样也牵挂着的，是自己正在上小学五年级的孩子，来青岛工作后，因孩子上学无人接送等原因，已两次转学。投身青岛校区建设后，他很少回家，假期也常常被工作上这样那样的事情挤占。每天晚上，他忙完工作，总要上网指导孩子的学业或电话沟通交流。谈起独自养育孩子的妻子，他心有愧疚。"对于家人，我亏欠太多，只能尽力弥补。"工作累了的时候，他会静下来想想妻儿期盼的眼神，仿佛这样，他又获得了一丝暖暖的动力，让他继续前行、不断努力。

谈起在青岛校区的这段工作经历，李传海感觉自己收获非常大。同时他也直率地说，由于多年的工程一线管理工作，养成了自己有时说话直、性格急的性格，这也是要慢慢改进的地方。

在青岛校区这片土地上，李传海不同程度地参与过几乎每一个单体工程的设计或建设工作，其中他最为期待的工程可能要属图书馆。在李传海看来，它是青岛校区标志性的单体建筑，他欣赏图书馆稳重而不失灵气、朴素而不乏大气的建筑风格，更看重图书馆的重要功能。青岛校区的核心机房设在这里，数据中心、应急指挥、安防中心也在这里。“毫不夸张地说,这里将是整个青岛校区的大脑中枢。”李传海这样形容图书馆的作用,也因此深深期待着图书馆明年的投入使用。

李传海曾经站在2014的尾巴上这样寄语2015:“这是青岛校区建设关键的一年,是攻坚克难的一年,我们会继续坚定信念,做好建设本职工作,为校区如期启用和正常使用提供保障。”如今,一年已然过去一半,他继续完善着青岛校区蓝图的每一个细节,精益求精:“我时时感觉,青岛校区的蓝图就铺开在我面前。”

(原载于山东大学新闻网2015年6月29日;文:张颖)

李延成：做这件事，很有意义

李延成，20岁的时候园林专业毕业，之后成为他年少时候向往的山东大学的一名员工。从青春年华到成熟中年，从普通工作人员到中层干部，他在基建部门一干就是28年。“济南六个校区的每个角落都有我的身影”，对于曾经奋斗过的地方他至今仍有太多不舍。后来的某一天，领导“点将”，要他“奔赴”青岛校区“前线”。经过一番思想斗争，他说服了自己：“济南是我的福地，即墨是我的家乡，山大要在自己魂牵梦绕的家乡续就新的辉煌，我怎么能不参与呢？”

2013年10月7日，李延成到青岛校区建设指挥部报到，主要负责规划、设计、手续办理等基本建设的前期工作。李延成说：“那时指挥部刚成立不久，时间我记得很清楚。”记得清楚，是因为来青岛对已有的事业、生活来讲是大转折，是一次全新的开始，更是一场未知的挑战。

占地3000亩的新校区，一期建筑面积约70万平方米，当时却只有3万平方米的教学楼E区正在建设。其他工程，要么尚未设计，要么设计完了但还有烦琐的手续需要办理。工作千头万绪，每个项目都需要展开并快速推进。基建工作是个程序工程,一环紧扣一环,任何环节出了问题,都会影响整体项目的完成。李延成说:"刚来的时候,压力确实很大。"

压力首先来自前期的设计任务。设计是基建工作的龙头,直接决定后期工程进度、质量和效果。不同于很多单位一确定设计单位就催拿图纸的行为,李延成坚持要留出一个合理的设计周期。在他看来,不过分的压缩时间,是设计质量的必要保证。

在工程总周期不变的情况下,必需的设计时间保证了,势必会挤压另一部分时间,那就是手续办理。

具体到某个项目,从方案征集、方案审批,到规划许可证,再到抗震、图纸审查、人防、消防,依次办完之后才能拿到齐备的证件,才能进入下一阶段的招标程序,"这是一个程序烦琐、反复而漫长的过程"。对此,李延成对外积极同各主管部门沟通,对内注重协调,取得理解和支持,提高效率,为后期的施工阶段尽量多争取点时间。

常有年轻同事向李延成发牢骚:"某某部门跑了三次了事情还没办好。"每到这个时候,李延成就会给大家做思想工作,告诉大家要注意沟通方式。"比如说去有关部门送材料,不能对方说一就是一,要多沟通、多争取,这样才能提高工作效率。"他向记者算了一笔时间账:"跑一趟青岛,要一个半小时,跑一趟即墨,要四十分钟,再加上路上堵车的时间,可能一上午就只能办一件事。"这样的客观情况下,李延成及团队的每一个成员经常早吃或不吃早饭就往外跑,就为了能多赶一点时间。

李延成压力,还有一个就是钱。从青岛校区建设的整体预算情况来看,资金相对紧张,如何控制预算、用有限的资金建设最好的校园,是所有部门都面临的问题。而从整个建设过程来看,设计是控制造价的第一关,作用能占到80%。"我们要通过限额设计的方式,为后续工程把好资金关。"与此同时,作为学校新百年发展新支点的青岛校区,势必要担承更多的使命,如何在时间紧、任务重、资金压力大的情况下打造"最美丽的大学校园",是摆在大家面前的大问题。

李延成他们一直在努力往前赶时间,有压力就有动力,他脑中无时无刻不盘旋着一个声音:"怎么做好这个事情?既要保证质量,又要保证工期?"

"怎么做?"李延成不断向细节要答案。学生公寓S区进行绿化施工图设计的时候,起初要求树木胸径15厘米,李延成想:"能不能减少到12厘米?"3厘米的小小差距,会造成绿化效果上的细微差别,但这个差别会随着树木的自然生长在三五年后消失,同时带来的,却是工程造价的大幅降低,是为校区建设省下的不小的款项。类似这样的事情,在李延成他们的工作中是常事。无数个小细节上的用心,来自对校区建设的责任与担当,也最终落脚为一砖一瓦根基的夯实与稳固。

“怎么做?”李延成非常注意团队作用的发挥。在他们的团队里,老同志身先士卒,注意发挥带头作用;中坚力量敢于挑大梁、啃硬骨头;作为后续力量的年轻小将,也能很快进入角色,成长迅速。无论工作还是生活,李延成都注意协调团队成员关系,努力调动每个人的积极性,使其发挥最大作用。团队成员的成长也让他感慨:“青岛校区真的是个锻炼人的好地方,来这里的每个人都是抱着踏踏实实做事的念头,我觉得这样非常好。”

“怎么做?”当李延成起个大早,在柔软的海滩边跑步时,心里还会想着这个问题。或许是因为变换了场景,深蓝的大海、翻滚的海浪、和缓的海风,常常会在某个瞬间带给他灵感,突然就想通了几天来的某个难题。

“怎么做?”李延成的母亲也时不时叮嘱着他。即墨是李延成老家,这是他开展工作的一大便利条件,也使他常常忙里偷闲回去看望老太太。80多的老人供养了李延成兄弟七个,其中两个儿子都在山大工作,让老人很早就有了山大情结,关心山大发展特别是青岛校区的建设。李延成每次回家,老人都会向他问起校区建设情况,关心他的同事是否习惯在海边的生活。老人喜欢看新闻,总会把电视上看到的道理告诉李延成:“多帮助别人,踏实工作,不能喝酒,更不能要别人的东西。”李延成说,老太太的话很简单、很朴实,一字一句,他都记在了心里。

现在,除了综合体育馆,一期工程的前期设计等工作都基本完成了。在李延成看来,“青岛校区建设对山东大学很重要,对我们搞建设的人来说也很重要。”这是一个难得的建设时机,置身其中,会因为层层挑战而升起难言的兴奋。他因赶上了这个时候,参与了这个建设而自豪。

采访现场,李延成向记者比画着从一个高度的任务向另一个高度任务的跨越,神色间难掩激动与满足。他说:“每当一个任务完成的时候,我都会觉得心里很踏实。做这件事,很有意义。”

写在最后:李延成,同记者在建设指挥部遇到的其他人一样,“忙碌”是他们行动的主题词。虽然看不太明白他们忙碌的具体事情,大批量的图纸,或者是哪个手续、哪块施工,但能感受到他们一片忙碌之下那马不停蹄的赶超,能听到他们一直跟自己较劲作着的保证:一定保质保量完成建设任务,确保明年校区如期启动!

(原载与山大视点网 2015 年 7 月 3 日;文:刘婷婷,图:李希)

马勇:老臧庄村的山大人

一般,马勇会在凌晨0:33从济南上车,搭乘青岛到襄阳的卧铺赶往驻马店,第二天13:30下车,之后转车,15:30左右到达扶贫所在地——河南省驻马店市确山县三里河乡老臧庄村。在这个3360人的贫困村里,马勇是人人都知道的山大人。他是山东大学党委、校长办公室的一名工作人员,2015年9月开始在老臧庄村居委会挂职第一书记。

2012年,国家确定河南确山县为山东大学定点扶贫单位,自此山大成为中直机关选派驻豫开展扶贫工作的唯一一所高等学校。而马勇则是山东大学派出的第一批"驻村书记"。根据中央要求,第一书记担负着加强基层组织、推动精准扶贫、为民办事服务、提升治理水平等责任,对一直从事高校工作的马勇来说,这既是一个全新的尝试,也是一个不小的挑战。

"当时接到消息很突然。"2015年端午节放假前一天,马勇收到担任老臧庄村第一书记这一组织任务,之后经历了一番思想斗争。"主要是考虑到距离太远,不能照顾家庭。"马勇面临的第一个现实问题是,怎么接送正上幼儿园的孩子？答案：只能靠爱人了。不会开车？打车接送！此外让马勇时时担心的，还有他的老母亲。年纪大了，老人身体不是太好，有比较严重的颈椎病，经常头晕，有时会晕倒，马勇只能把老人从老家接到济南，就近照顾。

除了生活上的困难，马勇也面临着对新环境新岗位模糊认知带来的不确定性。以前，他只是听说、接触过第一书记这一职务，但对这项工作没有太深入的了解，这与他曾经的工作经历不同，是一项完全不一样的挑战。经过一番思量，马勇最终还是选择了服从组织安排，深入基层迎接这个考验。说服他的理由很复杂，但事情过去之后，马勇简单解释为："学校信任我，我就应该去干好。"

刚到老臧庄村的时候，马勇听不懂当地的方言，加上群众说话快，常常沟通不畅。也由于一直在教育系统工作，他对基层工作很不熟悉，这里的工作方法、沟通方式与学校完全不一样。经过大半年的磨合，如今他和乡里、县里各个部门的同志慢慢熟悉起来，渐渐渡过了适应期。

马勇的工作地点就在村里，和村支部书记臧小顺共用一间办公室。也是这位"室友"，在逐渐地接触和熟悉中，给马勇留下了来老臧庄村以后的最深印象。在马勇眼里，臧小顺每天都在忙碌，没有周六周日，尤其是107国道拓宽工程期间，从征地到拆迁，没日没夜地干，一天光通电话就几十个。这样的同伴，这样的氛围，这样的动力，无疑也给了马勇探索的勇气和无穷的干劲。正是在这样一批人的付出和共同努力下，去年村里工作在全乡从第8名进步到第2名，村党支部也被确山县推荐为"省级优秀基层党组织"。

入村以后，马勇积极投身各项事务，熟悉了解处事流程。他参与了乡党委、政府开展的贫困户建档立卡、防秸秆焚烧、合作医疗金和养老保险金收缴等各项工作，也参与107国道拆迁、入户走访，积极推动老臧庄小学扩建改造，同时，他也利用自身优势，加强当地与山东大学的联系，推动小学教师赴山东大学进修学习。

在山东大学帮扶下，村里唯一的小学——老臧庄小学，硬件资源正不断改善，而软件方面如管理水平、师资队伍建设仍亟须提升。在马勇的协调下，前不久确山县三里河乡的三位老师来山大开展了为期7天的学习培训，这是山大帮扶确山县以来开展的第一次教师培训，也是山大"扶贫先扶智""精准扶智"扶贫工作理念的具体体现。老臧庄小学校长周敏就参加了这次活动。她说："曾经，我以为，当教师就是要教会孩子学会做人，学会求知，只要把自己的一切毫无保留地教给孩子就好，可是在山大附中的学习经历使我感受到了不一样的教育方式，让我知道以上这些远远不够，改变学生的生命状态才是最重要的。"教学、座谈交流中接触到的各种新的教学方法，让几位老师感悟到了全新的办学理念，而这些感受，也如一颗颗种子，通过他们带回当地，推广给更多的教师，让更多学生受益。

山大附中、第一幼儿园帮扶老臧庄小学这项工作，让马勇收获了驻村以来最强、最大的成就感。“确山县相关媒体进行了报道，县、乡很多老师和教育管理者都表达了要来山大学习的强烈愿望，根据学校领导要求，教育方面的帮扶工作将扩大到县乡，我正在和各部门对接，做详细的方案。”

今年3月份，老臧庄小学300余名学生生平第一次穿上了统一定制的校服，这要得益于马勇协调下东阳奇树有鱼文化传媒有限公司的捐资助学款。此前，在马勇的积极推动下，该公司向老臧庄小学捐资5.85万元，其中一部分用于购置校服。当校服发下来的时候，马勇忍不住在自己的微信里记录下了那一刻的场景：“老臧庄小学春秋季校服做好了，师生们都很高兴，孩子们迫不及地待穿上，各种造型，全校沸腾，满满的幸福感。”

在马勇赶赴老臧庄就职之前，学校领导曾跟他谈话，有三句话让马勇印象深刻，“要明白道在民间的道理”“要多一点家国情怀”“要始终坚持群众利益至上”，马勇也将这三句话的精髓作了总结——“第一书记就是要弘扬浩然正气”。

“浩然正气”几个字，马勇本人有着切身的理解和体会。他18岁来山大求学，之后留校工作，至今已有18年。山大时光的日夜熏陶，已让“学无止境，气有浩然”的校训精神融入他的血液。就像山大校长张荣所说：“这种正气对于每一个人来说，它不再是一种抽象空洞、遥不可及的价值理想，而应当成为我们行动时的一种思考、一种取向、一种精神境界，成为思维方式的一部分。”如今走出校园，这种浩然正气依然为马勇所珍视，并更加重视，结合新的实践环境、新的服务对象，在新的地方延续、传承。

“在山大，有我的老师、同学、朋友、同事，山大就像家一样。”谈起对山大的感情，马勇感慨很多。在他看来，自己这些年在不同的岗位锻炼，经历着不断地蜕变、成熟和进步，“我的每一步发展都是山大给予的，我的心中充满了感恩之情，但无以回报，只能更加努力工作，为学校的发展添砖加瓦。”

最近正是村里夏收农忙的时候，马勇他们接到了“三夏生产、秸秆禁烧暨防汛抗旱”的任务。按照上级要求，第一书记要参与工作，每天9点到村里，晚上11:30回住处，连续工作一个半月，驻村工作队和村干部两到三人一队，开着宣传车在辖区巡逻，严防死守，不允许有起火点，发现有起火点立即扑灭，并按有关规定处理，书记乡长、县督查组不定时到村里检查。“基层同志们工资很低，但是都很敬业，有个怀孕的女同志和我们一样坚持工作，很让人感动。”每天一起工作，一起吃饭，马勇很快就跟大家打成一片。随着工作的不断推进，尤其是在教育方面，山东大学在当地的声誉也迅速提高。

在被问到是否想家时，马勇回答：“当然想家。”目前，老臧庄村只有小学能上网，校长有一台电脑，大家上网要到小学去用电脑。平时马勇一般都通过电话跟家人联系，偶尔跟孩子视频，“就怕分开时间长了，孩子和我的感情淡了。”新环境、新岗位、新形势、新挑战，马勇时时面临着各方面的压力，他自己分析了一下主要有两类，“一个是工作上的压力，特别是工作没有突破、项目没有进展的时候；另一个，是老人、孩子生病的时候……”

虽有对于千里之外小家的牵挂，但小家之外的大家、责任所在使命所系的老臧庄村，却是马勇毋庸置疑的生活重心和关注焦点。谈起下一步的工作，他说：“目前来看，扶贫工作任务比较重，确山县的目标是 2018 年脱贫。”通过努力，2016 年老臧庄村被县里确定为“整村推进”示范村，县里将统筹各类涉农资金 200 万元以上集中投入，实施水、电、路、气、房和环境改善“六到农家”工程，届时村子的基础设施和环境将会大大改善。整体形势的乐观和向好，让马勇对未来的工作充满了信心。

“能够工作在全国脱贫攻坚的一线，是人生的幸运，当然也是对我个人能力的巨大考验，说实话压力很大，这种压力来自当地群众的期望，来自学校的重托，也来自上级政府的目标责任。”

对马勇来说，经过 8 个月的工作和学习，初步熟悉工作的过程已经结束，给群众做了一些实事，这让他获得了很强的幸福感。下一步，他计划着将小学综合教学大楼、研究生支教、学校对口帮扶、义诊等工作推进完成，继续争取各类资金和社会资源，为老臧庄村多作贡献。

（原载于山东大学新闻网 2016 年 6 月 3 日；文：刘婷婷，图：受访者提供）

王姿颖：在平凡中彰显最真的魅力

记者见到医学院药理学党支部书记王姿颖时，她刚刚带领代表队参加完医学院“两学一做”党员知识竞赛。通过交谈，记者发现王姿颖机智、干练的外表下，有着细腻的心思、缜密的言语、准确的逻辑以及清晰的思路，眼神中流露出的是待人的真诚和处事的果敢。

教学科研是“主业”

当记者问王姿颖是否为专职党务工作者时，王姿颖说：“做党支部书记，是我在党内的职务。但作为一线教师，我的工作其实是以教学和科研为主，教学、科研、学术交流、与研究生讨论课题才是我的‘主业’。”

在同事和学生的眼中，王姿颖最大的特点就是无论做任何事，都特别踏实，特别认真。

对待教学工作如此。虽然已经工作了近 20 年，每次上课前，她都要从头到尾把课备一遍，先想想如果自己作为学生在下面听课会有怎样的感觉，再不断地修改教案，直到自己满意为止。她认为，只有这样才能对得起学生，才能无愧于教师这份职业。

做科研时更是如此。当她和研究生们做出不是非常肯定的结果时，必须一遍遍地重复，不断地去求证，直到确信结果为止。

从事教学和科研工作的同时，她还担任了两届临床医学七年制学生的兼职班主任，经常根据自己学医和从事科研工作的经历给予学生专业课学习、科研训练和就业方面的指导和建议。学生们对王姿颖的课堂教学效果给予了很高的评价，王姿颖也因而获评了山东大学2015年度课堂教学质量优秀教师。

为了在学术上继续深造，2006年至2007年，王姿颖把年仅3岁的女儿留给丈夫照看，自己作为国家留学基金委公派访问学者前往加拿大蒙特利尔大学进行学术交流。交流中，王姿颖感到自己在学术视野和高度上需要进一步提升。这一年，她加倍努力，在开阔视野的同时，学术论文写作水平也提升了一定的高度。学成回国后，在药理学科老一辈学术带头人张岫美教授的指导下，特别是在医学院药理学科引进了学术带头人易凡教授以后，王姿颖的科研工作更是有了新的提升，获得了两项国家自然科学基金资助，发表了多篇高水平学术论文。

锤炼党性，凝聚人心

对于加强党员党性问题，王姿颖说："医学院的课业繁重是有目共睹的，考虑到医学院药理学系教师和学生的工作学习都比较繁忙，大家几乎天天都有课，很难找到完整的、集中学习时间，于是药理学党支部决定采用集中学习与分散学习相结合的形式进行政治理论的学习。每位党员可以根据自己的时间自学，然后在规定的时间内进行考试，要求和学生学习药理学一样，要看到学习的效果。"

教书育人"德"为先。王姿颖表示，作为以高校业务教师为主体的党支部，药理学党支部一贯强调师德师风建设，一致认为"立德才能树人"。支部通过召开支部大会、师生座谈会、写学习笔记等多种形式交流心得体会，推进青年教师师德师风建设，强化职业理想和职业道德教育，激发青年教师树立崇高的职业理想，严守教育教学纪律和学术规范。

政治理论学习非常"枯燥"，但与外出参观学习结合起来便感觉"有趣"多了。王姿颖说道，药理学党支部组织的各项活动都要结合专业特点，让大家在活动中受教育。比如，在教师节期间，药理学党支部组织全体教师（党员超过三分之二）和入党积极分子参观平民教育楷模——武训先生纪念馆，通过观看展览，深入了解武训先生的事迹，促进广大青年教师坚定理想信念，锤炼高尚品格，从而全面提高青年教师的思想政治素质和业务能力；国庆节前后，组织教职工与联谊班级学生共同组织了“红歌传情凝党心”红歌对抗赛活动，让广大党员在红歌的旋律中重温党的历史，加强党性修养，增强勇于担当的责任感和奉献社会、服务人民的主人翁精神；鉴于药理学党支部女党员占绝大多数，母亲节期间，党支部组织大家参观红嫂纪念馆。通过活动使各位女性党员追随红色足迹，以红嫂为榜样，学习和发扬红嫂精神，进一步增强党性意识，不断提升自身的政治素养。

随着科技的发展，目前手机几乎“绑架”了所有人。有些人虽“近在咫尺”，心与心的距离却“远在天涯”。药理学党支部党员多，王姿颖感到，如何提高党员的凝聚力，的确要花费一些心思。

为加强支部成员凝聚力，药理学党支部组织师生积极参加学校、学院组织的运动会、元旦晚会等各项集体活动。在2014～2016年医学院运动会中，药理学系全部成员共同参与，团结协作，连续三年获得团体总分第一名。在2014年、2015年医学院师生联欢活动中，药理学系全体教师和研究生“倾巢”出动，大家团结协作，在极短的时间内组织排练了四项集体节目，在师生面前展示了与讲台上完全不同的风采。更重要的是，通过组织集体活动，丰富了大家的业余生活，锻炼了身体，更增强了大家的集体荣誉感和使命感。

把“问题式学习方法”引入政治学习中

药理学党支部成员全部是一线业务教师和研究生。在开展政治理论学习的过程中，王姿颖作为学院问题式学习(Problem-Based Learning，PBL)教学团队骨干人员，利用自身教学上的优势，带动药理学党支部采取以问题式学习、学习与考试相结合等多种学习方式来提高学习效率，以知识竞赛和政治理论学习讲课比赛的方式检验学习效果。每次学习，针对某一议题提出问题，让大家自己主动查找资料解决问题，并在下一次学习中与大家分享问题的解决方案和提出新的问题。该学习模式充分发挥了党员自主学习的积极性和主动性，全面提高了党员的思想素质和政治水平。

“慕课”“微课”这些本科教学新形式也被王姿颖引入药理学党支部政治理论学习中。为了提高每位党员的参与意识和学习效果，党支部要求每位党员都要认真学习慕课、微课的流程，根据支部分配的理论学习任务精心制作慕课、微课视频，并在制作的教学视频后配套一部分讨论和自测题目，然后汇总到支部的公共学习平台中供所有党员学习和交流。药理学党支部全体党员和部分非党员参与对视频的评比，择优奖励。学习后，党支部还利用互动式学习平台及时进行监测和讨论，随时检查学习效果，以提高每位党员的学习主动性，使政治理论内化为自身修养。

在工作学习闲暇时间，低头刷微信成了多数人的常态。为了让各位党员能够充分地利用时间给自己“充电”，王姿颖介绍说：“药理学党支部即将把微信引入政治学习过程中。通过建立党员学习微信公共平台，将学习计划、任务和考核方法放到平台中，每天布置适量的学习任务和相应的测试题，要求每位党员必须到平台中签到，学习后签名，通过语音交流感想，完成自测后将成绩分享到平台，阶段性奖励表现突出者，形成相互竞争和评价的学习氛围。通过这种学习形式，使政治理论学习成为每个党员的习惯，成为日常生活中的一部分，形成一种长效机制。”

政治学习与教学科研相结合

党建工作如何促进业务工作？这个问题是王姿颖一直在思考的问题。她坚信，自己作为党支部书记、基层党务工作者，就要创造性地开展党建工作，就要更好地推动学科进展，为教学科研和人才培养这个大局服务。

鉴于这种理念，王姿颖带领药理学党支部把对党建工作的解读都结合到教学、科研工作中。他们认为，在群众路线教育实践活动中，作为教师，学生是距离大家最近的群众，药理学党支部理应定期召开学生座谈会了解学生们的需求。在创先争优活动中，他们提出，作为高校教师，最根本的任务就是做好教学科研工作，就是要在教学中争优，在科研中创先。作为从事教学和科研工作的高校教师，他们对“三严三实”这样解读：“严以修身”就是加强师德修养；“严以用权”就是在教学中要严格考试纪律，确保考试公平，在科研经费的使用上要严格遵循各项规定；“严于律己”就是党员一定要严格要求自己，作群众的表率；而“谋事要实”就是教学上要实实在在地把知识传授给学生，科研更是老老实实地做学问，容不得半点虚假；“创业要实”要求在教学改革、课题探索的过程中一定要注重可行性，要踏踏实实地做，避免眼高手低，不切实际；“做人要实”，要求各位科研工作者和研究生一定要讲诚信，尤其保证在研究中各种数据结果的真实性。把这些和自己工作生活息息相关的认识融入政治理论学习中去，提高了大家政治理论学习的积极性和学习内容的针对性。

在组织活动时，王姿颖也考虑如何能与大家的专业背景和身份相结合。既然党支部的党员们是药理专业教师，药理学党支部就组织大家去参观药厂的生产和质控车间，看看药品是怎样生产的？是怎样规范药品质量的？照本宣科地讲专业课比较枯燥，如果和实际应用结合起来，更有利于对相关知识的理解和掌握。这样，大家都认为和自己的专业密切相关了，不再是单纯的为完成任务而组织活动了，也就对支部活动有了参与的积极性。

党支部工作和业务工作紧密结合，相互促进，取得了较好的成绩。在党员教师的模范带动下，全体教师共同努力，目前药理学党支部内每一位党员业务教师均获得一项以上国家自然科学基金资助，每一位45岁以下的青年教师都完成了一年以上海外求学经历并获得博士学位。主持省部级以上课题100余项，其中国家自然科学基金23项，该支部的优秀党员易凡教授获得2015年国家杰出青年基金。自2012年药理学与毒理学学科进入基本科学指标数据库(Essential Science Indicators，ESI)前1%排名后，近年排名不断上升，医学院药理系作为其中的主力军为更是为提升山东大学的国际学术影响力贡献了自己的一份力量。

（原载于山东大学新闻网2016年7月7日；文：王莉莉，图：受访者提供）

白向忠:认真做好每件事

白向忠,生于 1968 年,1987 年参加工作,1990 年入党,部队转业干部,现任山东大学党校培训科科长。

白向忠是一个爱学习,爱思考,善于积累,富有创新精神的人。记者发现,他的办公桌上摆着一摞书,桌子有些旧,书也都是翻旧了的。最近,他手头常翻的是《中国共产党章程》。他的阅读,不仅是用眼睛浏览,还勤动脑思考、勤动手记录。书中不同颜色的笔迹,代表着不同的层次标注和不同时期阅读的思考,字迹认真工整、条理清晰明确,读来丝毫不乱。在他的电脑桌面上,有一份名为“读书笔记”的电子文档,这份文档建立于 2005 年,现在里面已经记了 14 万字。这 14 万字的读书笔记,被他称为“个性化的百科全书”,是他十几年如一日的积累,里面包含着大量的知识信息和自己的逻辑思维、辩证思维,量的积累已成为知识、思想的宝库,这也使他的写作更加理性、全面、迅速。

认真源自党性锻炼

作为一名“60后”，白向忠对党的感情有着深深的时代烙印。除了青少年时期接受的革命传统教育之外，在军校学习的经历，使他接受了正规的思想政治教育，更锤炼了他的意志。在军校，他正式递交了入党申请书。在那个年代，发展党员的名额不多，但白向忠凭借自己出色的表现，终于加入了党组织。“我1990年5月21日入党，我至今还记得，当时在学员中队会议室进行入党宣誓时，那庄严的情景和自己激动的心情。”他说，加入党组织，不是入党前一时的事情，而是一辈子的事情，党性修养和党性锻炼伴随自己入党后成长进步的全过程，党性修养和党性锻炼永远在路上。

部队的《内务条令》《纪律条令》《队列条令》和军政训练，使他养成了认真细致的严谨作风。但他却说，在人的一生中会有许许多多的教训，教训的对立面就是经验，有些教训是让人受益终生的，可能一件事就会影响一辈子，这就是辩证法。军校期间，他曾经在不认真上摔过跟头，教训成了他日后砥砺前行的不竭动力。从军校毕业后，他去连队工作，身在兵中，兵在心中，心在营中，他奋发图强，被评为“五好带兵人”。从1996年起，他在济南陆军学院工作，先后三次被评为“优秀教员”，两次荣立三等功，两次提前晋职、晋级。2005年，他来到山东大学，多年年度考核优秀，在建党95周年之际，荣获山东大学“优秀共产党员”称号。对此，白向忠难掩激动：“这是我入党以来的最高荣誉！”

认真是一种工作态度

在30年的职业生涯中，白向忠始终以党员应有的觉悟和认真的态度，做好每一次工作。

在宣传部工作三年，他每年在山大视点网站撰写新闻稿件几十篇，编辑来稿几百篇。他秉承“学术无禁区，宣传报道有纪律”的原则，更因为强烈的政治意识、大局意识、核心意识和看齐意识，由他撰写和编辑的稿件，在意识形态问题上从来没有出过任何差错。

军人出身的他，不仅认真对待自己的份内工作，而且时刻保持着强烈的责任感和主人翁意识。就拿在宣传部的工作为例，三年间，他先后承担了上百场重大活动的新闻拍摄、写稿任务，每到一个活动现场，他要做的第一件事，不是找拍摄角度或安放录音笔，而是进行“安全巡视”：看看现场的插座、电线有没有漏电之处，物品摆放是否符合安全规范，天花板上有没有安全隐患。有一年，他负责学校新春茶话会的拍摄工作，提前来到学人大厦，他发现音响设备的一些电线平铺在地面上，想到来参加新春茶话会的大部分都是些老同志，很容易被绊倒。他马上联系现场工作人员拿来透明胶带,协助他们共同梳理好电线,并把电线固定到地板上。谈到这些“管闲事”的经历,他严肃地说:“虽然都是小事,但是出了问题就是大事了。工作中,每个环节、每个人组成了一个整体,任何一点差错对我们都有影响。”

认真是一种党性品格

毛主席说过,世界上怕就怕认真二字,共产党就最讲认真。白向忠说,当年在军校,给他们进行入党培训的党课老师中,有参加过对越自卫反击战的战斗英雄,有参加过我国“两弹一星”科研攻关的功臣,老师们的现身说法使他对党有了更加深刻的认识,深刻理解了共产党员在各行各业中发挥的先锋模范作用。他发现,“党章的每一句背后都有着深厚的理论和实践支撑,党员都应该认真学习党章、严格遵守党章,身体力行地保持共产党员的先进性和纯洁性”。

自己的入党经历使他更加热爱和重视高校的入党教育培训工作。在党校工作期间,他针对以前入党培训方面存在的诸多问题,梳理出了培训的报名、考试、阅卷、发证四个阶段的38项具体工作,形成内控、外联的“一揽子”解决方案,设计了大量的功能性表格,拟定了常用的规范性文件,使培训工作井井有条。通过考前的考风考纪教育和诚信考试教育,把党课考试定位为入党教育培训的“最后一课”,实现了党课考试的“零作弊”,充分体现了从严治党的时代要求。同事们这样评价他:“工作细致认真、做事有条有理。”

共产党员如何发挥先锋模范作用?白向忠在《学思践悟:坚守党性是共产党人的政治良心》(发布于山大视点网站《师生感悟》栏目)一文中给出了这样的答案:“三条标准,一是平常时候看得出来,二是关键时刻站得出来,三是危急关头豁得出来。”唯有如此,才能不辜负党和人民的重托。

认真是一种工作习惯

对白向忠而言,认真不仅是一种工作态度,还是一种工作习惯。党的十八大以来,白向忠已陆续编发了34期《党课教师教学参考资料选编》电子杂志,受到普遍欢迎。电子杂志的核心内容就是党章党规系列解读文章、深入学习领会习近平总书记系列讲话精神有关文章、全国优秀共产党员“重大典型”事迹材料。

党校副校长罗建军说:“大家印象最深的,是他重视学习、善于学习,并通过学习推动工作,取得了大家有目共睹的成绩。”今年,党中央决定在全体党员中开展“两学一做”学习教育,中央的学习教育方案在2月29日正式公布,白向忠在第一时间就读懂《“两学一做”学习教育方案》,坚持先学一步、学深一步,在

《党课教师教学参考资料选编》电子杂志大量资料的基础上，厚积而薄发，有的放矢地在3月1日编辑了18万字的《“两学一做”学习教育读本》，供党课教师和党员学习使用，受到广泛好评。

面对大多数党支部书记“本领恐慌”的实际问题，他系统研究党支部工作职责、工作方法、工作实务及支部书记的工作艺术，在山大视点网站连续发布了数篇以“基层党支部建设专题学习与思考”为主题的文章，与大家共同学习交流。有党支部书记反映，这一系列文章，为他们党支部的学习教育提供了很好的素材，为党校举办的山东大学教工党支部书记示范培训作了必要的前期准备工作。

认真无处不在，习惯便成自然。在一个周末，白向忠去爬英雄山，看到了许多烈士的墓碑，其中王尽美、邓恩铭两个名字引发了他的思考。回来后他立刻着手查阅资料，通过学习资料，不仅对中国共产党在济南的早期组织有了更加深入的了解，而且还有“意外收获”——知道了英雄山这个名字是由四里山演变而来的故事，更了解了安葬于此的早期中共山东省委书记刘谦初、中国人民解放军山东省军区政治部副主任黄祖炎的故事。为此，他专门写了一篇《七一随想：济南英雄山上的忠魂》，在慰藉英灵的同时，书写着对实现中华民族伟大复兴的期待和自信。

就像白向忠自己强调的，党性修养和党性锻炼永远在路上，要不忘初心、继续前行，认真向党和人民交出新的更加优异的答卷。

（原载于山东大学新闻网2016年7月12日；文、图：刘梦冬）

李德堂:向党交一份特殊党费

李德堂,原山东医科大学总务处副处长(正处级),1923 出生,1946 年入党,1954 年调入原山东医学院工作,1983 年离休。日前,他获评"山东大学优秀共产党员"。

在十平方米左右的小会客厅里,李德堂用力拍着自己的胸口,很郑重地说:"作为党员,就要对党章党规清清楚楚,明明白白,这样才能真正执行好。"老人今年 93 岁,再有 3 个月党龄就满 70 年了,他耳朵已经有些背,说话声音特别大。

2015 年 8 月的某一天,李德堂向所在党组织山东大学离退休党委上缴了一份特殊党费。这份党费共计 5000 元,相当于他 40 多年正常缴纳的党费总额。说起这份党费,就不得不提李德堂身上的一个荣誉——"中国人民抗日战争胜利 70 周年纪念章"获得者。

1923 年出生的李德堂,1942 年开始参加工作,在山东德州陵县(如今改为陵城区)第六区区公所任通讯员,后来在县政府财政科做财政干事、助理员、会计、总会计。据女儿介绍,父亲的工作就是“给八路军管钱”。离开财政保障,任何正常的生产生活都无法正常运转,更别提打鬼子了,李德堂当时工作的重要性显而易见。抗战时期,李德堂他们除了开展业务,还要经常跟鬼子打游击。老人对当年的经历记忆犹新,“常常是鬼子来了,我们拿麻包装了钱就跑,会临时存到老百姓家里(藏起来)”。

战乱纷起的年代,人们会格外珍惜黑暗里一丝一缕的曙光。对李德堂来说,中国共产党就是投进他生命里那片炽热的光明。1946 年 10 月,他秘密加入中国共产党,成为一名年轻党员,为了安全,这样一件重要的事情“连家里人都没有告诉”。后来不久,党组织为他们集中、公开地举行了入党仪式。至此,李德堂终于可以光明正大地行使党员的神圣职责。这段时间以及以后,他先后在德州平原县财政科、山东分局土改队及财政厅工作。

1954 年 7 月,刚刚结束在山东政治学校学习的李德堂接到了新的任务。组织分配他到当时的山东医学院财务科任副科长。由此,李德堂开始了在山大近 30 年的工作生涯,直至 1983 年离休。

2015 年,中央向约 21 万名抗战老战士、老同志、抗战将领、为中国抗战胜利作出贡献的国际友人或其遗属颁发“中国人民抗日战争胜利 70 周年”纪念章,表彰他们的历史功勋。从抗战时期一路走来,经历过解放战争、建国大业,又积极投身社会主义现代化建设的李德堂,也收到了这样一份至高无上的荣誉。伴随纪念章一同发给他的,还有一份 5000 元的一次性补贴。这份补贴也就是文章开头李德堂上缴党组织的那份特殊党费。他在这笔党费的信封上写道:“我受党教育几十年,接受党恩几十年,无以报答,党收下了我的(特殊)党费,我也就心安了。”

李德堂感念党的教育和栽培,是有原因的。他刚开始工作的时候,还是从农村出来的懵懂小伙子。19 岁,正是年轻好学的年纪,“我文化程度低,但我很愿意学习。”他现学现用,快速学习各类财务知识,态度端正,工作认真。经历过几次岗位调动的他,每次都极其认真地作好交接工作,“有收支对照表及明细表,交接时清楚明白,此表保存至今”。因为工作出色,他先后获得赴渤海行署党校、山东行政学院、山东政治学校学习进修的机会。他说:“党对我的栽培,到现在我都忘不了。”

1955 年至 1958 年,李德堂任原山东医学院学生党总支书记,在学生中发展了一大批要求进步的优秀党员。采访现场,他一个名字一个名字地介绍着当年那些学生党员骨干,对于他们如今在各行各业成为翘楚深感自豪。

“从入党宣誓那天起,我就严格按照党员准则要求自己,做一名合格的共产党员。”李德堂一直牢记自己的入党誓言。他还将各种版本的党章都找了来,仔细学习,对照党章要求审视自己的一言一行。最近,他的孙子给他买了三本书,分别是最新版《中国共产党章程》《中华人民共和国宪法》以及法律法规的合订本。这些书对李德堂很有用,让他好好学习了一把。他对标旧版,仔细研究了新老党章里党员准则的区别,“在我看来,就是从要求积德行善,变成了要求立德向善。”他这样总结,党章就是要求党员不做坏事,要做好事、做善事,就像习近平总书记说的,“做老实人、说老实话、干老实事。”

从工作岗位退下来,李德堂找到了自己新的乐趣。他参加了济南老年人“青松长跑队”,坚持锻炼身体。他还每天读书两小时,“虽然老了,但还是要懂国家大事。”周围人都知道,李德堂凡事想得开,万事放得下,处事平和,心态健康,是公认的“快乐老人”。离退休工作处处长兼党委书记吕波也曾向记者提及:“老先生的个人境界,他的老有所学都值得我们学习。”

李德堂退休后,在家里开始了一个新制度——家庭会。据他介绍,这个会,儿媳、女婿不参加,只有儿子、女儿参加。凡是涉及经济方面的问题,都拿到家庭会上讨论。之前上缴特殊党费,也是家庭会上全员通过之后再执行的。如此缜密的生活方式,跟他曾经的财务工作经历是分不开的。对工作的投入和热爱,早已让诚实守信、客观公正的会计精神渗入他的血液,成为一种习惯。他也笑着说这样对自己好,“孩子们都同意了咱们再办,这样自己心情好,多活几年”。

李德堂说:“我这一辈子,都非常认真。”清清楚楚做事、明明白白做人,这是经受过革命洗礼后李德堂总结出来的自己为人处事的最人准则。日前,他正在整理回忆录,草稿基本整理完毕,后期再由女儿手抄出来。言语间透出的认真劲儿,一如当年整理的一张张明细表,细致真实,无形中有着感染人的力量。

(原载于山东大学新闻网 2016 年 7 月 19 日;文、图:刘婷婷)

王蔚:细微处见真情 平凡中求创新

时光荏苒,自 2002 年 7 月毕业留校从事辅导员工作,到如今担任机电学院党总支组织委员、2015 级本科生支部书记,王蔚在一线工作已十余年。她从热情活泼的"小师姐"变成了学生敬爱的"王老师",从处处乐于求教的"小王老师"变成了同事们最信赖的"知心人"。她乐观,学生眼中的她总是带着关心爱护的微笑;她热情,同事眼中的她总是有股子不辞辛劳、敢想敢干的活力;她用爱坚守,真诚走入每一个学生的成长故事。

见微知著,创新学生党务工作新思路

党务工作琐碎而繁杂,不仅需要良好的耐心,更需要有效的方法。王蔚热爱着党务工作,十多年来,她积累了大量的工作经验,积极探索基层党建工作的新方法、新模式,不断提高党务业务的水平。

王蔚充分发挥学生党支部的战斗堡垒作用,做好学生的入党启蒙教育,早教育、早选苗、早培养,坚持原则,规范发展程序,加强入党积极分子的教育和培养,把好“入口关”。充分发挥党员和积极分子模范作用,协助管理班级事务,培养学生自主管理意识和实现自我激励的目标。她还鼓励所有学生党员参与“党员联系宿舍、支部联系班级”活动,促进帮助大一新生尽快适应大学生活。尝试党支部“1+1”建设,利用学生在外挂职锻炼的机会,将学生支部和村党支部建设相互结合,互通有无,使得学生党员接触农村实际,将所学理论和实践相结合,真正领悟和体会党的基层工作。正能量的积聚,自我管理、自我教育、自我服务的意识增强,使王蔚所带党支部学风浓郁,支部成员学习成绩优异,曾获得奖学金的比例占奖学金获得者全体支部成员的36%,获得“百优大学生”“青春榜样”等荣誉称号的党员占获得者全体的57%。

同时,王蔚还注重加强学生党员的思想素质建设。通过党建带团建,结合团总支政治学习提纲和学生的实际学习需求,制定学期政治学习计划。学习内容包括党的基本理论知识、时政要闻、社交礼仪、成功学等,通过智力问答、知识抢答和自己主讲等多种形式,使同学们愿意学习、乐于接受。她以团支部工作达标升级为手段,提高团支部成员整体素质、支委会成员工作能力和整个团支部的凝聚力、向心力。她所带的2006级机械团支部曾被评为校级优秀团支部。

潜心育人,培养学生创新实践真本领

作为机电与信息工程学院学生党支部书记和辅导员,王蔚不止一次感慨理科生的辛苦,满满的课程和紧张的学习工作是他们每天的必选项目,高难度的学习内容更使一些学生对自己专业抱有“恐惧”。因此,王蔚经常与学生谈心,掌握学生思想情况,了解学生需求,认真指导青年学生积极参与校园活动和社会实践活动,使得学生在活动中增长才干,全面发展。

社会是学生学习和锻炼的广阔舞台。王蔚多次以班会的形式,向学生介绍各种社会实践以及怎样更好地参加此类活动,激发学生参加活动的积极性,并邀请优秀团队进行经验介绍,让学生吸取成功的经验,树立学生的信心。在她的感染和带动下,学生党员充分发挥带头作用,其所在的学生党支部社会实践参与率达100%。2009年暑期,由王蔚负责带队的“青春同行”社会实践团队被评为省级优秀团队,她本人也被评为2009年度省级社会实践优秀指导教师。同时,她利用朋辈教育资源,以优秀学生党员为楷模,积极动员学生参加专业老师的课题或者学生自己组队进行感兴趣的课题研究。在参赛获奖群体中,获得国家级奖项的有70%为支部成员,省级奖项占41.4%,校级奖项占32.9%。2011级第二学生党支部共有12人获全国大学生电子设计大赛省级以上荣誉,3人获全国大学生飞思卡尔智能车竞赛省级以上荣誉,1人获“蓝桥杯”软件和信息技术人才大赛国家级荣誉,4人获全国大学生英语竞赛国家级荣誉;在全国大学生数学建模竞赛中，4人获省级荣誉，4人获国家级荣誉；校级比赛中，14人在科研立项活动中得奖，3人在“挑战杯”课外学术作品竞赛得奖。在党支部成员的影响下，她的班级也有多名同学在各种竞赛活动中获得荣誉。

用爱培育，传递教书育人正能量

爱心是成功教育的原动力。陶行知先生说得好：“捧着一颗心来，不带半根草去。”多年来，王蔚讲团结、讲奉献，认真履行工作职责，将党务工作与学生工作有机融合，用爱心，用真情，走进学生的内心世界，时刻关心每一位学生的成长和发展，坚持开展一对一深度辅导，了解学生的思想动态；坚持走访学生宿舍，与学生谈心，耐心倾听他们的迷茫与困惑，认真分析问题所在，提出改进的意见和建议，帮助他们调整心态。

为了帮助贫困学生，王蔚积极宣讲学校关于贫困生资助的“一揽子”资助政策，建立贫困生档案，设立资助情况一览表，确保涉及贫困生切身利益的事情公平、公正、公开，并通过寒假家访，了解学生家庭情况，引导学生树立正确积极乐观的人生态度和学习态度。

王蔚给确定有心理问题的学生和有可能引发心理问题的学生建立了心理健康档案，便于对有心理问题的学生进行跟踪和治疗。对于由于沉迷网络、学习成绩差引起心理问题的学生，她总是以包容、理解、支持的态度开导他们，和他们共同分析在学习中遇到的问题，共同商讨解决办法，以帮助学生尽快戒除网瘾，正常地学习和生活。

对于高年级学生面临的考研和就业困惑，王蔚通过和学生座谈、聊天等方式搜集学生迫切想要了解的问题，将问题整理和归纳，邀请相关老师进行答疑解惑，使学生对考研和就业有了比较清晰的思路，提升学生考研和就业信心。同时，她还在学生刚进入大四时，督促学生尽快明确自己的就业方向。她对全体毕业生进行就业意向统计，以便有的放矢，根据学生的就业意向分类指导，提供给学生所需的指导内容。对于考研的学生，她尽最大可能提供给他们安静的学习环境、良好的学习氛围，比如调整班级干部设置，由保研和就业同学负责班级工作，调整宿舍成员配置，将考研的学生集中住宿等。对于准备就业的学生，她会收齐学生的电子简历，积极联系相关单位推荐学生，通过学院就业网站或班级飞信群为他们提供及时有效的就业信息，并积极带领学生参加大型招聘会。

勤学苦干，探索学术研究新发展

伴随着学生的成长，王蔚也在不断地进步。在学校和学院领导的关心和指导下，王蔚围绕本职工作积极开展研究，探索学生工作特点和规律，重视理论研究与实践工作同步提高。她连续三年参加学校“形势与政策课”教材的编写工作、发表工作论文八篇、主持地厅级课题两项、校级课题两项，并参与了其他多项课题。她认真进行政治理论学习，注重自身思想政治觉悟和工作能力的提高，认真完成学生的教育、管理和服务工作，按时保质保量地完成领导交付的工作。王蔚曾多次参加国家级和省级辅导员培训班，并获得国家二级就业指导师资格证书和三级心理咨询师资格证书。

多年来，王蔚恪尽职守、不辞辛劳，只要是关于学生培养和成才的问题，她都会全身心地投入。迎新、主题班会、新生入学教育、党课、班级成长报告会与指导、学生活动、寝室、课堂、操场到处都是她工作的前沿阵地。一分耕耘，一分收获。工作十多年来，她先后被评为山东省高校优秀辅导员、山东省“三下乡”社会实践省级优秀指导教师、山东省高校“十佳百优”骨干辅导员，被山东大学威海校区授予“优秀辅导员”称号，被山东省团省委授予“第五届‘调研山东’社会实践省级优秀指导教师”称号。2014 年 7 月，由她负责的 2011 级第二学生党支部被山东大学威海校区授予 2013～2014 年度“十佳学生党支部”。

“困难时，我拉你走过；成功时，我为你喝彩；悲伤时，我伴你左右；欢笑时，我与你分享。”对于十多年默默奉献的党务工作，王蔚从未后悔过；在引导同学们进步的道路上，王蔚从未迟疑过；在时代赋予的责任和挑战前，王蔚从未放松过。她用一身辛劳倾注一片爱心，她用执着和奉献竖起党务工作队伍中一面高扬的旗帜。

（原载于山东大学新闻网 2016 年 7 月 27 日；文：戚伟良，图：受访者提供）

刘竞虹：责任重大，使命光荣

在今年7月1日青岛校区庆祝建党95周年暨“七一”总结表彰大会上，青岛校区党工委委员兼财务审计党支部书记刘竞虹作为优秀党务工作者代表在发言中深情地说道：“今天，是党的生日，借此机会，我献上心中的祝福，祝我们的党永葆青春。我愿和大家精诚团结，继续发扬党的艰苦奋斗的优良传统，把青岛校区启用这场硬仗打好。”

当日，距离青岛校区首批新生入住还有78天，而距离刘竞虹2012年到青岛校区工作，已经过去了约1400个日日夜夜。

因为青岛校区建设工期紧、任务重，笔者对刘竞虹的采访工作颇费周折，有时候电话打过去，她会小声而礼貌地说：“对不起，我在开会……”；有时候，终于在下午快一点的时候打通电话时，她又会抱歉地说：“不好意思，上午招标会刚结束，下午还有工作安排……”“忙碌”作为青岛校区建设者们的工作标签，在刘竞虹身上得到了鲜明的体现。因为地域和工作时间的限制，我们互相加了微信，通过微信断断续续地进行采访和交流。渐渐地，一位气质优雅、工作严肃、热爱生活的女性形象立体、丰满起来。

“我一直觉得我和青岛校区的同事们在做着一件非常大的事情，青岛校区建设和启用的重要意义，足以让我们倾全力而为之！”2012年8月，青岛校区正处于建设初期，物质条件还比较艰苦，但秉持着“责任重大、使命光荣”的信念，刘竞虹欣然赴青岛校区工作。刚到青岛，她与同事们便立即投入了紧张、忙碌的工作中。

作为党务工作者，刘竞虹不断加强党支部自身建设和作风建设，不断提升党支部的凝聚力和战斗力，讲政治、顾大局，努力调动干部职工的积极性和创造性，引导大家继承和发扬党的艰苦奋斗的优良传统，积极投身于青岛校区的建设工作中。在“人员少、任务重”的情况下，她带领财务与招标工作组的同事们，攻坚克难，履职尽责，精打细算，圆满完成了青岛校区一期单体及市政工程的招标采购和基建经费的支付及管理工作。

刘竞虹说：“在工作中，我是一个严肃认真的人……我只有埋头苦干、开拓创新、凝心聚气、勇于担当、清正廉洁，才能担负起肩上的重任，才能不愧于组织的重托。”她深知制度建设对做好财务管理和招标采购工作的重要性，为创建良好的校区财经秩序，她坚持原则，开拓创新，针对新校区建设所面临的复杂问题，积极探索，攻坚克难，努力创新财务管理手段和工作方式，通过制定一系列管理办法、规范工作流程、深入调查研究、加强沟通协调等手段，不断提高工作质量和工作效率，既保证了各项工作的顺利开展，又维护了各项财经法律法规的严肃性。为保证招标采购工作顺利进行，面对时间紧、任务急、市场竞争激烈的复杂局面，刘竞虹严格执行招标采购法律法规，自觉接受学校纪委监察部门的监督，时刻保持清醒的头脑，廉洁奉公。通过建立健全招标采购信息平台、建立招标采购联席会议制度、加强招标前期的管理、加强与主管部门及校内各单位的沟通等措施，确保了招标采购工作的有序开展。累计完成招标采购金额17.91亿元，节约资金3.65亿元。

刘竞虹奉行勤奋务实的工作原则，如何更好地做好校区的财务保障工作，如何开源节流，为校区建设筹措更多的资金，这些都是她在实际工作中时刻思考的问题。作为校区的“财务管家”，她精打细算，坚持精细化管理。一方面积极筹措校区建设资金，通过开展校园一卡通合作银行、电信运营商战略合作项目招标采购工作，共筹集校区建设资金1.88亿，大大缓解了校区建设的资金压力。另一方面，加强经费支出过程控制，细化资金审批环节，完善财务信息系统，确保资金支付的安全和规范。累计完成基建经费支出11亿元，连续四年保持中央基建经费预算执行率100%；累计完成校区运行经费支出1939万元。2015年顺利通过了学校内部控制专项审计检查。

以上工作成绩的取得，刘竞虹将之归功于与她一起奋斗在建设一线的同事们。获得“山东大学优秀党务工作者”荣誉后，她深感荣幸，但想到同样兢兢业业、埋头工作的青岛校区建设者们，又深觉惭愧。她说：“在我身边，有这么多领导干部率先垂范，带领大家搞建设；我们支部的干部职工克服工作、生活上的种种困难，踏踏实实地做好审计监察、财务招标工作。他们，都是我学习的榜样。”

工作中的刘竞虹严肃认真、勤奋务实，那么生活中的她是怎样的呢？刘竞虹说：“我的生活是丰富多彩的。”她爱看书，党支部会议上给大家提建议时，她鼓励身边的同事们在工作之余多看书，既可充实、提高自己，又能陶冶情操。读完一本书，她会在微信上分享自己的阅读体会。她坚信，只要每天汲取适当的精神养分，进行心智锤炼，幸福指数可以逐渐增加，不论人生面临什么样的遭遇，都可以成为幸福的人。她时刻在感受与传播着爱与善意，休假期间，偶尔见到谁家的小孩儿都要抱一抱、亲一亲；每逢过年过节，她总会在朋友圈中编写真诚的祝福语，开头是“亲爱的朋友们”，中间是真诚的祝福，结尾总会坠上一长串表情、鲜花或礼物的小图标，温馨之中透出点点俏皮与活泼。

因为工作繁忙，所以刘竞虹不能时常陪在母亲身边，她总感叹“与老人在一起的时光弥足珍贵”，当被问到“工作太忙家里人会不会偶尔抱怨”时，她只说：“觉得愧对88岁的老母亲。”

四年的时光倏忽而逝，盼望着，盼望着，青岛校区终于即将迎来第一批新生入驻。对于青岛校区这片倾注了情感与汗水的地方，刘竞虹有一个美好的愿景，她说：“现在我们把她建设好，将来我们把她管理维护好，让老师们在这里愉悦地传道、授课、搞科研，让学生们自由地畅游在学海之中，将来成为民族复兴的栋梁之材！”

（原载于山东大学新闻网2016年9月2日；文：张丹丹，图：受访者提供）

徐春晓:需要我,我就把它做好

“保研又开始了,今年好几百人报咱这儿了!”见面之初,徐春晓就与记者说起了这一喜人的现象。9月底,正是各个学院忙于推免事务的时候,在准备推免生报名笔试、面试、录取等繁多事务的间隙中,徐春晓接受了我们的采访。采访结束后,她一转身,就去请分管领导监督拆封试题、到考务组印推免生试卷了。

在2018年的教师节表彰大会上,山东大学数学学院研究生秘书徐春晓被评为“山东大学先进教育工作者”,这也是她在山大的32年中第三次获此殊荣。在她看来,奖项只是对过去工作的肯定,往后她需要加倍地严格要求自己。“可能我只是1%的纰漏,但是对于学生来说是100%的失误。”在数学学院的32年里,她兢兢业业甘于奉献,有艰辛,有欣慰,有汗水,有欢笑,谈起这些,徐春晓眉眼弯弯,脸上始终洋溢着笑容,透出初心不改干劲十足的活力。

从“妹妹”到“妈妈”

为了方便照顾生病的母亲,1986年徐春晓从市政府调到山东大学工作。当时数学学院研究生秘书、科研秘书职位长期空缺，时任数学学院科研院长的于秀源听说学校调来了新人，亲自去要人，徐春晓因此到数学学院工作，一干就是32年。

刚到数学学院，她23岁，担任学院研究生秘书和科研秘书。日常接触的硕士研究生、博士研究生年龄都比她大。一开始，这些博士生们都喊徐春晓"妹妹"，把她当小孩看待，出差回来还会带糖给她。过了几年，新同学开始叫她"姐姐"，后来叫"大姐"，再后来就变成了"妈妈"。不少学生对她说，"您孩子在外学习，在这里我就是您孩子"。

每学年的研究生工作，包含六次招生、四次毕业答辩。招生前，徐春晓早早地就把学院招生简章、接收推免生信息、复试安排挂到网上；新生入学前，再把学院各专业硕士、博士和硕博连读培养方案挂在网站上。60多套培养方案，她记得每一个细节。新生入学后，徐春晓会在入学教育期间替他们梳理好未来三年应该做的事情，包括何时选导师、如何选课、怎么学好课程、中期考核时间、论文撰写及发表要求、毕业审核答辩、硕博连读、出国深造等一系列与学生密切相关的事项。每当这时，她总会耐心提醒兴冲冲的新同学，珍惜时光，不能放松，要认真踏实地走好接下来的每一步路。在博士研究生入学考试、毕业生答辩时期，徐春晓需要组织老师命题。毕业季，她还得把所有毕业生的答辩材料整理、审核、装订。

32年里，徐春晓带的学生不计其数。让她印象最深的还是2009年秋天的一个背着行囊的身影。那些年研究生招生名额不满，新老师苦于找不到好学生，这时，来了一位中山大学物理学院的学生，名叫欧昱伟。因为仰慕山大数学之名，他从广东来到山东，独自一人背着偌大的行囊。复试时他不能提供推免证明（因中山大学推免生证明出得晚），本科专业不是数学，并且他"执意"要学数论（其实是数学，因方言所致），复试老师不敢贸然接下这个学生。徐春晓得知结果时已经晚上七八点了，她打电话向欧昱伟解释数学与数论的关系，问他愿不愿意学数学其他分支学科。徐春晓又联系新来的胡锡俊老师，向他解释情况，问他是否愿意再给这位学生一个机会。在徐春晓看来，人家学生来了我们欢迎，要多为他们着想，一个学生背着行囊，甚至就要在外头风餐露宿，就奔着山大来学习，走了该多遗憾。当晚，学院重新组织专家对他进行复试，经慎重考虑，决定接收这名学生。不久，欧昱伟的推免证明和成绩单寄到了——他的成绩位列全年级第一，与数学相关的学科都拿到了满分。之后的这些年里，胡锡俊教授多次表示感谢徐春晓为他招进来这么优秀的学生。

徐春晓关怀学生，学生也对她心怀感激。最让徐春晓感动的，是毕业生临走前给她的拥抱。她把自己比喻成山大的窗口，坚信学生从她身上获得的任何好感，最终都会变成对山大的好感，这也是她工作32年来最引以为豪的事情。

从“临危受命”到“得心应手”

2006年，徐春晓第一次与学科评估结缘。3月份，学位办安排自愿参加第二轮学科评估的任务，要求8月底提交报告。暑假前，徐春晓临危受命，负责山大数学学科评估的全部事宜，此时留给她的时间仅剩两个月了。

由于暑假的来临，也仅仅是抱着试一试的态度，徐春晓一个人忙碌着。曾在她办公室做过助管的研究生毕业生高芸，不忍老师一人承担如此庞大的工作任务，主动提出义务帮忙。于是两人就在办公室一点点准备着评估材料。她们拿着学院存档的纸质论文，一字一句地把题目输入到电脑里，查询和检索论文近千篇。为查找SCI论文的数字对象唯一标识符(Digital Object Identifier, DOI)，徐春晓在学院帮助下找到一名在北大数理学院任职的校友，利用他们校园的数据库资源免费查找了申报论文DOI号，省去大笔费用。

当时，连她自己也不知道做这些的意义是什么，结果会怎样。最后一天，她把所有材料看过一遍核对过后，终于点下了提交键。第二天就是新学期开学的日子，徐春晓立马投入了新学期的工作中。

2007年春节前，中心校区校园内，主干道上的大树上挂满了彩带，拉着横幅写道：“热烈祝贺山东大学数学学科评估与清华并列第六。”徐春晓骑着车来到校园，看到这些，午睡后仍有点恍惚着，“这就是我上次弄的那个评估吗?”又想了想，似乎应该是两件不同的事情，她就将这件事抛之脑后了。

2012年，迎来第三轮学科评估，这次全校都非常重视。因为徐春晓有参评经验，学院再次任命她为总申报人，负责收集、索要、核实、汇总、编辑、检索上报学科评估材料。和以往不同的是，从第三轮学科评估开始，统计学科需要作为单独的评估学科，所申报的材料在数学和统计学两个学科不能有重复的地方。保六争五是学校给数学学科的工作目标，统计学作为单独的学科拿出来评估，势必分走了数学学科评估资源，徐春晓更感觉压力增大，更得挖掘好学院的有效资源，把每一个亮点展现出来。她说，要填10个优秀毕业生，就按百人材料整理挖掘，总能找出最优秀的。

除考察论文质量外，学科评估还增加了论文博弈机制与毕业生考核。一篇论文可能是不同院校多位作者合作完成，或者作者工作单位发生过变动，这些都会导致在学科评估时多所学校提交同一篇论文，此时就需要各单位进行博弈，争取最后的申报权。徐春晓需要核实每篇论文发表时间、所有作者的单位是否都为山东大学，山大作者的成分有多少。不像2006年时只需要论文的DOI号，这次只需提交最好的30篇论文，因此徐春晓主动请缨组织研究生检索了学院四年中发表的全部论文，查询所有论文的相关信息，从中挑选出影响因子高、他引高、高被引且作者单独属于山东大学的论文信息，为学院领导筛选论文提供了最翔实的依据。与此同时，支撑材料也越来越繁多，为填写公派留学出国交流情况，徐春晓甚至收集到百余人的回国报到证明或出国护照扫描件作为填报材料的佐证。

每天上班前，徐春晓先列出一份清单，列出今天必须完成的任务、需要整理的资料，再带领助管一起完成。评估材料里要求提交的表格大概有四五十种，涉及各方面内容超过三四百项，包括老师们的工作成果、论文质量数据信息和研究生培养管理的各个环节数据及学院平台资源。有些材料可能只是需要统计一个总数，但是徐春晓希望给这个数字一个“材料支撑”。就这样，徐春晓一步一步推动着学科评估工作的进度。

经过半年多的专家评审，第三轮学科评估结果公布，山大数学学科位列全国第三、统计学位列前八。2016 年第四轮学科评估结果公布，山大和北大、复旦共同位列数学 A＋学科。

从“操劳奔波”到“融为一体”

徐春晓的父亲也是一位山大人，父亲身上严于律己的品质一直影响着她。

2016 年学科评估期间，徐春晓家中三位老人住院。那段时间，她每天凌晨四点起床做好药膳，六点多送到医院，七点多赶回办公室工作；中午休息时间，她跑到菜市场去买第二天要做饭的食材；晚上在办公室忙到八九点，再赶到医院把饭盒带回家，一边吃晚饭一边准备明天的药膳。20 多天，徐春晓瘦了 20 斤。欣慰的是老人们相继健康出了院，学科评估工作也圆满完成。

很难想象，徐春晓是如何做到这些的，何况她自己也是个病人。在 2012 年学科评估前一个月，她在医院检查心脏时查出心肌劳损，医生建议马上入院检查。她犹豫了，临近春节，家里大大小小的事都需要她操劳，她想至少先过完年，等初八到院里请个假，请学院安排好临时接替自己的教务员，交接好工作自己再去治病。当她准备提出请假时，首先得知的是马上要进行的学科评估的第三轮学科评估的消息，而且学院非常需要她，口袋里的病假条始终没有拿出来，她只说：“既然需要我来做，我就尽力把它做好吧。”

由于家里有生病的老人，徐春晓喜欢研读医书，医术颇有成效，办公室里同事有个头疼脑热也会找她咨询。她对自己的身体状况非常了解，知道自己该如何用中药调养。神奇的是，学科评估结束后，徐春晓的身体也没有了大碍。“有时候我倒挺庆幸，要是没有 2012 年的学科评估，我的心脏说不定要做手术。现在什么也没做，身体也就这么好了！”

更惊险的一次，她甚至被下了病危通知书。徐春晓在工作时发生了严重的脱水状况，后来误打抗生素，因抗生素过敏，被送到齐鲁医院抢救。有人问她，之前几个小时在办公室是怎么撑下来的，她只说，我的材料还没交出去。

原来，徐春晓为了让毕业生尽早工作，就用周末时间为他们提前准备好了人事档案移交材料，只差做交接。“我总怕学生有事等我，我懂他们焦急的心情，我不能耽误他们。”

一批批的学生来，一批批的学生走，徐春晓将一代代学生的变化看在眼里，有人说这一代年轻人凡事爱问“凭什么”会计较。徐春晓认为这一代人更善于独立思考。她始终认为，言传不如身教，在她身上，学生们看到了一个积极向上、认真负责、热爱工作的温暖形象。

在数学学院的 32 年转瞬即逝，徐春晓说：“我骨子里好像已经融进学院了，我不仅把它作为一份职业，也当成了一种义务。我想让学院更好，我已经和它融为一体了。”

（原载于山东大学新闻网 2018 年 11 月 7 日；文、图：曾依人）

郭坦:“血脉本就是相连的”

血液缓缓地从他的身体里抽出来,经过长长的透明管道,流向机器。在机器里走三个循环——生命的再造环;梦想的达成环;精神的传承环。

旁边有一个稚嫩的声音响起:“爸爸,你为什么把血抽出来呀?”

“抽出来是为了把里面的东西提取出来啊。”声音像大山,深沉而伟大。

他是新闻传播学院、山东大学广播电视台一名普通教职工郭坦,也是济南市第62例造血干细胞捐献者。

从血液到骨髓

这并不是郭坦第一次捐献,早在2005年,他就开始了无偿献血。

“我认为无偿献血是一个正常的、健康的公民应尽的义务。每次献血的时候,知道自己的血液可以帮助一些人,流淌在他们的血液中,我都特别开心。”

而给郭坦打开骨髓捐献大门的,是《天下父母》栏目的张楚晨老师,当时他们的同事不幸患病,需要骨髓移植,他们都想尽一份自己的心力,本是自发,后来大家达成一致，一同去进行了骨髓捐献。郭坦回忆初衷时说：“首先是想帮同事一把，就算帮不上同事，我想将来可能会帮助更多的人。”他在 2012 年加入中华骨髓库，开始了一场关于等待、关于奉献、关于爱的旅途。

罕见地，郭坦很快与一个患者配型成功，但因为患者的种种原因，没能成功捐赠。谈起这段经历，他沉默了良久，“虽然失败了，但是我还想着……”未说完的半句里，尽是遗憾。

“上次的遗憾一直让我牵肠挂肚。所以这次捐献更是义不容辞，只要能够帮助到他们、能够救人一命，就肯定要帮一把。”

“这是一条人命啊”

六年漫长的等待后，郭坦终于再次配型成功。而这次的他，与上次的激动相比，更多了几分沉静。

得知消息的郭坦，正处于人生最艰难的时光——弟弟身患重病，家中诸事繁杂，他抽不出身去济南，但为了能救人一命，他就主动和医护人员沟通，申请在老家抽血。

一边是病重的弟弟，一边是亟待骨髓捐赠的陌生人，生与死的迫近，让他对生命有了新的体悟：“生不容易，死很简单，人不经历生死永远不知道生命多么重要，所以一定要对自己、对他人的生命负责。”

郭坦的妻子对捐献曾有过担忧，但他当时只说了一句话：“宝贝儿，这是条人命啊。”

从此，妻子便再无反对，默默支持。而对于父母那边，郭坦选择暂时隐瞒。怕的是担忧。“我父母的教育一直以来都是，如果别人需要帮助的话，一定要帮。我母亲虽然心疼，但是她绝对持支持态度，她后来说过一句话，‘就算我当时知道这个事儿，也不会不让你去做，这是一条人命’。和我的想法是一样的。”

在一条人命面前，家人和郭坦都心照不宣，即便是牵肠挂肚，他的家人也默默站在他的身后，做他最强大的后盾。记得他的誓言，记得他的一腔热血，记得他的英雄梦，记得他义无反顾自然而然的眼神。

“守望相助，是为兄弟”

根据中国红十字会规定的“双盲”原则，为消除受捐者及捐献者的心理压力，郭坦并没有与匹配的患者进行会面，但他并不将这视为一种遗憾。

“我认为生命面前没有亏欠，他不欠我什么。”

他并没有刻意标榜自己的伟大，只希望受捐者能拥有更好的人生。当收到获赠者写信感谢郭坦给了他第二次生命的机会时，他写信回复道，“老天对你不公，让你的健康出了问题；但老天对你又有眷顾，让你我二人的配型成功，让我们能够血脉相连，继续共创美好明天。你也要加油，要乐观，要积极，永远不要放弃自己。我们以后守望相助，是为兄弟。”郭坦希望自己带给患者的，不只是生命与好运，更是生生不息的希望与善意的延续。

捐献前，郭坦挨了十一针，从临床医学角度来说，这个过程是困难的。但郭坦表示除了轻微的刺痛感和疲惫感之外没有其他异样。

“两针是抽血，剩余九针都是动员剂。疼痛度不一样，但都可以接受。”

动员剂的注入让郭坦有些“腰酸背痛”，但为了更好的效果，他拒绝了医院提供的止痛片，只服用钙片缓解脊柱的不适。“既然匹配成功了，那就要对患者负责。”郭坦轻快的语气，让我们不禁想起他驰骋赛道的洒脱与豪气。

手术后的郭坦第一时间回到了家乡菏泽，一来为静养，二来给担忧着的父母报个平安。被问及是否还有身体不适时，郭坦笑着回答：“还有些轻微的腰酸，像平常运动完一样，近期有在客厅打羽毛球逐渐恢复体能。”郭坦“违背”了长达五六年素食主义者的饮食习惯，只因为“希望自己尽早归队”。

郭坦称这次捐献是一次生命的延续和血脉的传承，“一个国家，一个民族，血脉本就是相连的”。寥寥数语背后，是不凡的奉献与大爱。郭坦不遗余力实践着“有难必帮，有义必为”的人生理念。

我有一个英雄梦

从童年时期开始，成为一名英雄的梦想便深深地烙印在了郭坦心中。日月如梭，为他人义无反顾地奉献自己的“英雄梦”不但未曾随飞逝的光阴逐渐磨灭，反而愈发旺盛地萌生滋长。

郭坦解释道：“在我的心目中，英雄一直不是成功的代名词。英雄往往是悲壮的形象。他们有时会自不量力，但为了始终坚持的信念，为了心中保护弱势群体的责任感，他们可以义无反顾地牺牲和奉献自己，以求援助他人，成全更多人的幸福。”

“坦客归来”的网名中也别有一番心思，“此‘坦客’非彼‘坦克’——我只是想做一个坦率、坦诚、坦然的人。”郭坦对“侠客”人生始终怀着一份惦念与期盼。

对公益活动满怀热忱的郭坦把爱好和助人结合。“越野是我的业余休闲生活，如果能在工作之余为别人做一些事情，我觉得非常有意义。”

他所组织的“肆零军团”自成立以来已举办了多次慈善活动，从雨雪天的道路救援，到身先士卒地为边防军战士“保驾护航”，其中不掺杂任何经济利益，现在已经发展成了遍布山东十几个地市的公益救援车友队。之所以用“军团”命名，是因为郭坦及车友们对军人心怀无限的敬仰，也是郭坦人格中始终如一的英雄情怀使然。

“一个‘有英雄梦’的普通人。”这是郭坦给自己下的定义。在他的心目中，普通人和英雄梦并不存在矛盾。“英雄本身也是普通人，没有谁会天生就是英雄。人人都有想做英雄的冲动或理想，这其中的区别只在于做没做。”每一个普通人，都应该有一个英雄梦。路见不平之时，每个敢于作为的人都能成为英雄，但是一旦选择了冷眼旁观的麻木姿态，就永远不会成为一个英雄。

“您觉得迄今为止，您完成了儿时的英雄梦了吗？”

“梦是永远做不完的，但它终有一日会醒。对我而言，‘英雄梦’不是一时的事情，而是长久的。人尽管要清醒地面对人生，但等到闭上眼睛的时候，大抵总会梦想天空吧。”

山大滋养，精神绵延

“我希望成为一个值得让人尊敬的人。”

这是郭坦一直以来所期待的，但同时这也是一个关于一生的马拉松。“修身，齐家，治国，平天下。这是一件十分长远的事情，不是一时半会就能完成的，而应该是一辈子的终极目标。”

内心的追求和山大的文化氛围一道，潜移默化地影响着郭坦，使得他可以更加乐观勇敢地面对捐献手术。

“我觉着来到山大之后，就像进入了一个大家庭一样。”

前往进行捐献手术之前，很多老师都放下自己手头的工作，一起将郭坦送到了医院，这让他十分感动，“山大就像一个让我依靠的坚强臂膀，让我不管做什么事的时候都能找到一种亲切的归属感。”

郭坦身上展现的，并非一腔孤勇，更是山大人朴实而厚重的优秀风尚。

“学校很重视这次捐献，特意给了我静养的假期。同事和社会爱心人物的慰问也让我觉得自己不是一个人在完成这件事，身上背负了大家的希望。”家庭、学校、社会的支持，让郭坦坚定了“做榜样”的决心。

“我希望能通过自己的行为，给学生、儿女作出表率。”在家庭生活中，身为父亲的郭坦要为孩子树立起良好的言行典范，而在教学历程中，郭坦则要为人师表，怀着无私奉献的热忱以及对公益事业的爱心，身先士卒地为学生们作出表率，担当起万千学子一声声“老师”的尊称。

“我希望他们不要成为对社会漠不关心的利己主义者，人应该生活在社会这个大家庭中，每个人都与社会及国家的未来休戚相关。所以未来的青年们不能只关心与自己有利益纠葛的事情，当他们看到处在痛苦之中的弱势群体时，一定不要吝啬于伸出援助之手。”

三十而立。有些人执着于在这个年纪有所成就，拼命去抓住自己能够抓住的一切，比如冰凉的物质金钱，空虚的名位荣誉......

郭坦也在奋力抓住些什么，他在路上践行并且肯定着自己的一腔热血，他朝着那个方向头也不回。但这一路，他得到的是触手生温的、有血有肉的——情与义、责任与担当。

正如他讲，“坦客非坦克”，他要的是自己的江湖，磊落坦荡。

（原载于山东大学新闻网 2018 年 11 月 26 日；文：陈晓蕾、孟子涵、吕晓曼、吴叶凡，图：受访者提供）

王述欣：寒来暑往难尽述，未量岁功事多欣

（图中左三为王述欣）

济南的冬天格外寒冷，山大的校园却仍然充满生机与活力。每天都有不同的人进出学校，他们有的是前来参会的学者、学习的师生，有的是校园参观者。校园的开放实现了教育资源的社会共享，但也给高校安全管理工作带来了不小的挑战。在保持山大开放格局的背后，离不开一群“安全卫士”的默默付出。寒来暑往，他们不曾退却，面对危险，他们迎难而上。负责山大安保的王述欣警官便是其中的代表。

王述欣，山大路派出所民警，自 2009 年以来负责辖区内山东大学中心校区的安保工作。期间，他为学校师生、职工和周边群众解决困难，化解纠纷，与学校公安处人员一同构建了和谐、安宁的校园环境。他曾获个人三等功，被评为全市优秀民警。在他的办公室墙上，悬挂着学生赠送的锦旗：“守护学生财产 保卫校园平安。”寥寥数语却意义非凡，象征着他守护山大十年的岁月与荣光。

校园安全服务的践行者

十年前，王述欣在结束部队服役后转业来到地方，成为一名公安干警。作为一名退伍军人和入党多年的老党员，军人的坚韧精神和共产党员的信念宗旨激励着他在山大坚守了十个春秋，见证了山大安保体系不断完善的历程。期间，学校始终重视并践行“生命至上 安全第一”的安全服务宗旨，王述欣积极融入并努力践行，挑起了山大校园安全管理服务的重任。

随着学校发展，山大不断投入资金用于完善校园安全服务硬件及基础设施。最近，学校公安处与山大路派出所深化合作，整修翻新了警务办公室，也进一步充实了民警力量。王述欣忆起2009年刚来山大的时候，当时的环境条件却不像现在这样。“当时校区警务室面积只有半间房子那么大，各种硬件设施也不齐全，而后来由于资源紧张，警务室又搬到了地下车库。”王述欣笑着回忆称。但即使在如此艰苦的条件下，他与安保同仁们一道克服重重困难，还是构筑了校园高高的“安全防护墙”。

民警值班室，这里是王述欣平时办公的地方。里面的一块大显示屏格外引人注目，王述欣介绍说在这里随时可以查看校园内几百个摄像头的监控画面，即时监控校园安全动态并检测锁定嫌疑人员。旁边的办公桌则是值班民警遇到复杂案件的时候与网警、刑警、交警等各部门工作人员联合办公的地方。随着学校对安全工作的重视程度不断提高，资金、设备投入力度的持续加大，对民警们侦破案件有了很大程度上的帮助。“当前遍布全校的监控设备和每个门口的人脸识别系统，在监测嫌疑人方面起到了独特的作用，既方便了民警破获案件，又减少了案件的发生。”王述欣介绍道。整个校园处于监控设备的视野之下，极大地提高了校园安全防范水平，进出校园需要通过人脸识别系统，公安处就可以准确获取出入人员的身份信息和行为动态。王述欣讲到人脸识别系统时称赞道：“这个系统对我们破案太方便了，我们可以及时掌握很多有用的信息，而且一些有侥幸心理的人也不敢作案了，极大减少了盗窃案件的发生。”

如今，校园的安全管理服务体系经过不断发展已经相当完善，主要包括报警中心、民警值班室、综合服务厅及调解室等，外面还设有“警务公开栏”，用于公布队伍管理、工作规定等有关内容及办事的进度和结果。警务室的工作人员实行“1＋2＋n”的网络化管理模式，即通过一名民警、两名辅警、数名各区域负责人的管理模式来实现区域有效管理。在山大校方与警务工作人员的共同努力之下，如今校园的安保系统正在朝着体系化、制度化的方向发展。

师生日常生活的服务者

派出所民警每天都要面对不同的人、处理不同的事，他们往往没有惊天动地的事迹,更多的是日常而琐碎的服务工作。王述欣介绍道,校园110新开设了调解室,专门聘请了民事调解员为群众服务,旨在为师生和群众化解矛盾、解决纠纷,希望能够大事化小、小事化了,让大家带着矛盾来,解决问题走。自从调解室建成以来,已经成功调解了多起同学间的纠纷,最大限度地把校园矛盾遏制在了萌芽状态。

在今年警务室翻新的时候,综合服务厅新增的设备充分体现了"为人民服务"的宗旨:身份证自助办理机、自助出入境签注机以及自助机动车违章处理机等新设备的投入使用,极大地方便了师生的生活。面貌焕然一新的警务室进一步增加和完善了面向师生的便民服务:机动车违章查询与处理自助服务、港澳通行证签证二次办理、身份证初领更换自助服务、身份证自助发放、户籍管理、人员及车辆预约服务、校园110接处警、学生安管会服务、民警驻校值勤、矛盾纠纷调解……当前校园110的服务建设致力于与校外派出所接轨,能够让师生做到不用走出校园就可以办理各项业务。王述欣说:"我们正在努力做到警务前移,希望我们多做一点事,老师和学生少跑一点路。"

作为一名基层民警,王述欣心中保持着对公安工作的忠诚与执着。当记者询问这份工作带给他的成就感时,他笑着说:"能够帮助师生解决问题就是最大的成就。"

讲到这里,王述欣想起了几年前的一件事。当时有一位山大的学生笔记本电脑失窃,警方破案以后得知电脑已经被嫌疑人卖掉,并且嫌疑人无力承担相应民事赔偿。受害人来自单亲家庭,家境贫寒,笔记本电脑的丢失对于这位同学来说是个不小的打击。王述欣了解到这样的情况后,就让他在自己当时值班的办公室学习。王述欣对他说:"办公室里有水有电,你不用到处再找地方自习了,需要时帮我做个记录,咱俩也算是互相帮忙了。"这样一来,这位学生不仅有了稳定的学习工具,还通过在这里的工作得到了补贴。这样温暖人心的事情,王述欣还做了很多。在熟悉王述欣的人看来,他是乐于助人的"热心肠",但他觉得都是一些分内之事。

作为基层民警,日常工作繁杂琐碎,总有执不完的勤、办不完的案和处理不完的民事纠纷。王述欣说自己工作压力其实很大,睡眠也不好,尤其是手里的案子没有进展和头绪的时候。"但是越是有问题就越得解决,这些都是我应该做的工作。"王述欣语气平常却坚定地说。王述欣和他的同事们就是这样用自己的辛勤付出,撑起了山大中心校区和谐平安的"保护伞"。

防范网络诈骗的守护者

近年来,电信网络诈骗案件在高校中处于高发态势,犯罪团伙不断地将触手伸向辨别能力弱、社会经验浅的大学生群体。“电信网络诈骗是在当前大学生中发生频率最高的案件。”谈到这里,王述欣眉头微锁。他向我们介绍称,去年一整年,警务室受理电信网络诈骗案件59起,涉及金额40余万元。根据以往发生的被骗情况来看,主要分为冒充亲友诈骗、网络刷单诈骗、网购退款诈骗、网络贷款诈骗、QQ等社交平台账号被盗诈骗亲友等五种形式。王述欣坦言,这些诈骗发生的主要原因还是受害者对电信诈骗的防范意识不够。

为了提高师生的电信网络诈骗防范意识,王述欣和同事们一起做了很多工作。他们一方面通过分发传单、悬挂横幅等多种方式加大防诈骗宣传力度,一方面通过运营微信公众号“平安山大”,在新生入学时要求每位学生完成安全教育课程,使安全教育得到普及。此外,他还和学校公安处的工作人员每年会到各学院给新生开设安全教育讲座,重点为新生讲述防诈骗、防传销等常用知识。经过王述欣和同事们的努力,学生们对于电信网络诈骗有了更深程度的了解,有效抑制了违法犯罪行为的滋生。

谈到接下来的工作重点,王述欣觉得还是要坚持问题导向,力争从源头上切断诈骗犯罪发生的可能性。首先是解决“宣而不传、传而无效”的问题,在互联网盛行的当下建设“互联网+防诈骗”模式,通过与公众号和相关App的合作解决纸质版宣传单页存在的缺陷。其次便是公布诈骗案例。“诈骗尚未发生之前,人们总会觉得有距离感。通过身边的真实案例,能够让师生提高警惕性,意识到自己身边可能存在的各种风险。”在谈到这些举措时,王述欣显得格外认真。在他看来,自己所做的工作是为了保护师生人身和财产安全,与其等到危害事件发生,不如提前做好预防措施。

“我希望有更多的时间在这里,为师生办更多实事。”关于未来的工作计划,王述欣说得很简单,也很实在。在山大,像王述欣这样的校园安全工作者有很多,他们都在自己的岗位上忙忙碌碌、默默无闻,做着平凡而伟大的工作。在这所校园里,王述欣所做的每一件事,都怀着对民警这份工作的热爱,兢兢业业地履行着为人民服务的光荣使命。他以饱满的精神面貌,直面繁杂的工作任务,用热情诠释了对这一职业的尊重与敬意,带给这所美丽的校园一份祥和与安静。

(原载于山东大学新闻网2019年12月23日;文:赵雨晴、国千卉、宋广鑫,图:受访者提供)

姜楠：真以待人，美以育人

姜楠，现担任山东大学艺术学院党委副书记。先后担任 2012 级、2014 级、2016 级、2017 级本科生班以及 2014 级、2015 级、2017 级、2019 级研究生班辅导员，累计学生数为 685 人。工作中，她始终遵循"立德树人、育人为本、德育为先""一切为了学生，为了一切学生，为了学生一切"的工作理念，对学生真诚付出。曾获得山东省首届高校思想政治理论课教学比赛一等奖、第八届山东省泰山文艺二等奖、山东省"十佳"思政教师等多项荣誉。2020 年 10 月，获得 2020 年度"山东高校辅导员年度人物"荣誉称号。

走进艺术学院楼，一股浓郁的艺术气息扑面而来：叮叮咚咚的琴声、舞蹈的节拍声、朦胧悦耳的歌声隐隐约约在走廊中流淌，楼道墙面上各种题材的画作在无声地讲着故事……进门右转，走廊的尽头是姜楠的办公室，屋子不大，被几个工作柜虚虚地隔成几个小空间，放置着姜楠和另外 4 位辅导员的办公桌。姜楠的办公桌在最里面靠窗的位置，桌旁的窗台上养着几株生机勃勃的绿植，桌面干净、整洁，一如她的人，干练、利落、有章法。她一头短发，通勤装简约大方，身体笔挺，声音清脆悦耳；开朗的笑声，让人瞬间就能消除距离感；常年的辅导员工作，使她的走路速度和讲话速度都比一般人快，但却不显急躁，有种内在的韵律与沉稳。提到姜老师，同学们多用“有气场”“有魅力”“善于为学生着想”来评价；提到学生，姜楠谈得更多的，是真心与热爱。

学生工作就是用真心换真心

“我昨天刚把一位学业退步严重的男生‘熊’了一顿。”姜楠说。批评的效果很明显，学生反思后立志要拿出好成绩来证明自己。

因为性格不同，也不是每位同学都适合批评的方式。对不同的学生采取不同的方式，姜楠已经得心应手。比如，有位学生沉迷于打游戏而不可自拔，导致成绩一落千丈。寒假期间回家后，连家长都对痴迷于游戏世界的孩子束手无策。思索了一段时间，新学期开学后，姜楠创新性地让这位同学当班长，因为一些课程上课前需要班长点名，因此，还没等他逃课去打游戏，身边的同学们已经拽着这位必不可缺的班长上课去了，责任感上来了，久而久之，他慢慢从游戏世界中脱离，学习上也开始奋起直追。“今年，这孩子在国际音乐大赛上拿了一等奖。”姜楠高兴地说。

对学生，姜楠用的是一个“真”字，把学生当成真正的人，尊重其人格，满足其需要，引导其发展，而不求利欲之利。姜楠说，现在的孩子情商都很高，“用真心换真心，你只要对他们好，他们都能感受得到”。

2015 届本科毕业生小应毕业后自己创业，办了一个摄影工作室，初期客源比较少，收益也少，小应向姜楠诉说了这些苦恼。姜楠马上带着辅导员们去支援，拍了一组工作照。发朋友圈并设置成了自己的微信头像。如今，小应已经将工作室的业务扩展到婚庆策划方面，业务也跨出国门，走向东南亚。姜楠仍然通过朋友圈时时关注着她，以及很多学生的情况。有成绩了，点个赞；结婚了，祝福几句。

考博二战时经常向姜楠寻求安慰和支持的 2013 级研究生滕东说：“姜老师从来都是站在学生的立场为我们分析问题，耐心倾听、悉心安慰，发现学生情绪不对了，说得最多的一句话就是‘哎，你来我办公室，咱们聊聊啊’。”

把美育教育融入思政实践

2018 年，习近平总书记在全国教育大会上强调，要全面加强和改进学校美育，坚持以美育人、以文化人，提高学生审美和人文素养。

对推崇美育教育多年的姜楠来说，总书记的话说到了她的心坎里。

周日上午，秋阳洒在教室里，学生们在等待上课，姜楠手持一壶咖啡和一罐花茶优雅地走进来，放下咖啡和茶，她面带微笑，用愉悦的声音跟同学们道一声“大家早上好”，同学们开心地回：“老师早上好。”上课时间还未到，姜楠打开电脑，先为同学们放起了《茉莉花》这首歌。这堂课主要是帮助同学们掌握正确的发音、吐字、气息和简单的乐理知识。姜楠时而请大家站起来发音感受，时而开口为同学们演示。教室里，秋阳、咖啡香、茶香、师生互动的欢笑声，充实而美好。

这是姜楠承担的“添翼工程”艺术素质拓展课程的授课常态。

2013 年，刚由行政岗转到辅导员岗位的姜楠经人提醒想到，自己身处艺术气息最浓的艺术学院，又是音乐专业出身，为什么不利用这种天然优势开设一门育人身心的“美育”课程呢。经过了解、调研，姜楠依托学校的“添翼工程”(学校面向全校家庭困难学生开设的系列课程，旨在培养全面发展的综合型人才)开设了“形象设计与形体训练”课程，内容涉及礼仪、丝巾和领带的打法、形体训练、日常化妆、乐理，等等。课程一经推出，大受欢迎，在学生们的强烈要求下，本着以学生需求为导向的原则，姜楠又陆续组织推出了“中国传统书法”“吉他入门”“中国传统绘画基础技能”“音乐赏析”等课程，也都成为学生们争相报名的“爆款”课程。

在授课过程中，姜楠亲眼见证了一位课堂上初始很羞涩的男生，在课程结课的时候变得开朗自信了。“美育不可能瞬间改变一个人，它是潜移默化的，只要让学生们知道，什么是美的，形成一种正向的引导，这个课程的目的就达到了。”

开课 6 年来，姜楠授课时长达 1000 余学时，培训在校本科生 2000 余人，学生满意度达 98%；每周日上课已经成为姜楠工作中重要的一部分，努力在学生中营造自强自立、乐学好学、敢于追梦的良好氛围成为她的责任和使命。在学生写的对姜楠的课程评价中，充满了对课程的喜爱和对姜楠个人魅力的折服，有的同学提到课程让自己学到了很多必备技能，有的同学写到，“老师穿衣搭配总是给人很舒服的感觉，衣服的颜色不多，再围上一条丝巾，气质就完完全全出来了”“老师的声音魅力四射”……姜楠妥帖地收藏着每位同学的评价。她说：“付出有所收获，这是我梦寐以求的。”

除了将美育融入课程体系，姜楠还将这种美育理念融入思政工作的方方面面，甚至她自己身上那种自信、优雅、有气场儿的“美”，也是学生们佩服和想要学习的。

2020 年 1 月 31 日，大年初七，新冠肺炎疫情还在肆虐，姜楠接到了 2016 级学生杨智慧的电话，“老师，我写了个歌，您能帮我听听吗？”此前，姜楠刚组织艺术学院连同艺术学院（威海）共同发起了“抗疫”作品创作活动，号召大家利用所学专业，以笔绘爱、以声传情，向“最美逆行者”致敬。听完歌曲后，音乐专业出身的姜楠觉得特别好，她对歌曲的名字提出了修改意见，并积极推荐这首歌曲。很快，歌曲《我心相伴》便入选全国优秀“战疫”歌曲，并在学习强国平台进行了展播。这给了杨智慧很大的鼓励，此后，她多次与姜楠在微信上探讨、交流，又连续创作了多首抗疫主题的歌曲，一些歌曲被姜楠推荐发表在了学院公众号“艺小约”上。一场正能量的思政教育，就这样被姜楠用传递“美”的形式完成了。她始终认为，思政教育不是说教，应该从细微处着手，渗透进本职工作中，“拉着家常”“聊着天”，就把正确的价值观传递给学生们了。

为了更广泛地发挥美育作用，丰富校园文化，姜楠还创建了“乐之声”小树林巡演美育品牌，定期组织音乐会、画展、艺术讲堂等活动，走进各校区，让更多的师生感受美、热爱美、拥抱美……

要做“专家型”辅导员

“辅导员必须是专家，才能最终从事务性工作中解放出来，成为真正的能引导人的人。”姜楠说。

在她眼中，“专家型”辅导员应该具备高阶思维素养，善于从烦琐、复杂的事务性工作中提炼、提升，并对之进行“分析—评价”“反思—批判”“综合—创造”，以把握学生事务管理的基本规律，并分析和解决学生心理问题与思想困惑，从而体现出不同于低阶思维方式的工作水平及效能。肯吃苦，过硬的政治素养、思想素养、文化素养和心理素养，这些要素缺一不可。

做“专家型”辅导员，一直是她的追求。初上形势政策课，姜楠没有经验，对课堂效果不满意，于是翻阅资料、多方请教，终于摸索出一套适合自己的授课方式。为了快速提升讲课水平，她还申请参加了2014年省高工委举办的“山东省首届高校思想政治理论课教学比赛”并获得全省一等奖。2018年，她的思政课件“沂蒙精神代代相传”获奖，她也获评山东省“十佳”思政教师。

姜楠有做工作笔记的习惯，从事辅导员工作至今，已经写满了厚厚的6大本，不同于一般的工作记录，她的本子上除了笔记，还贴满了各项工作记录：打分表、发展党员名单、资助工作进程表、就业情况统计……堪称工作记录“百宝箱”。她总说，“好记性不如烂笔头，有了记录本，就不用到处去翻找资料了”。同事想不起来的事情，姜楠翻翻本子，日期、事件，清清楚楚、明明白白。

刚踏上辅导员岗位的时候，姜楠给自己定下过一个目标：每年都要有实质性的工作成绩。如今回头翻看，无论是证明辅导员专业能力的各项荣誉，还是个人学业、能力素养追求方面的学术成果，姜楠都收获满满，真正称得上一位业务熟练的“专家型”辅导员了。

对姜楠来说，辅导员工作是“累与快乐并行，爱与奉献同步”的，她说：“我热爱我的学生，愿意尽我所能帮助他们健康成长。我热爱我的工作，它普通平凡但意义深远，并充满挑战，值得我为之付出青春年华。”

（原载于山东大学新闻网 2020 年 10 月 27 日；文、图：张丹丹）

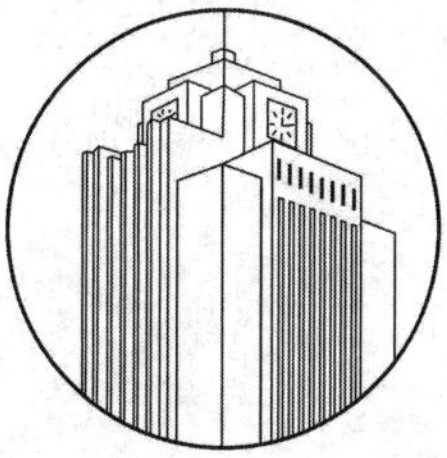

修身创业校友情

仲维畅：追寻中国现代高教之源

10月6日，借着在山东大学举行的登州文会馆150周年纪念学术研讨会之际，山大视点网站记者得以走近登州文会馆校友、山东大学堂教习仲伟仪之孙仲维畅，跟随老先生的叙述，溯源而上，聆听他对登州文会馆的“发现”经历，还原那段峥嵘历史，探究中国现代高等教育的起源。

我是山大的广义校友

作为南京燃气轮机研究所高级工程师的仲维畅，多年来一直从事声振动无损检测材料机械强度的理论和磁性无损检测的磁偶极子理论研究。初看之下，很难发现他与山大有什么关系，但其实，联系仲老与山大的，是一段教育学界无法遗忘的历史。

仲老延续着仲氏几代人与山大的联系。“我的祖父仲伟仪1885年毕业于登州文会馆，1901年任山东大学堂格致分教习；我的父亲仲崇信1948年任齐鲁大学植物学教授；我本人虽曾两次踏进山大校园，够不上校友，只能自称为广义校友。”

作为广义校友的仲老，为登州文会馆、山东大学堂在中国高等教育史上的作用探究起到了举足轻重的作用。或许是独特的身份使然，仲老一直关注山大发展，以一己之力追本溯源，探究百余年前的风云历史。2008年，仲老来山大校史馆首次参观，发现山大开校记录竟是空白，历史的罅漏使他深感遗憾，于是在2009年再次来访，将其祖父70多岁时编的一本诗集奉献给山大。这本诗集里有两张珍贵照片，第一张是山东大学堂开校教职学员的合影，还有一张是山东大学堂开校时七位西学教习的照片。当时有人问这个需要多少钱，仲老说：“我不是文物贩子，我来是为山东大学堂，也是为中国的教育史留下一点证据。”仲老真挚的话语流露出他对历史、对教育的拳拳之心。

如今，作为山东大学堂珍贵的文物资料，中国教育史的重要证据，这两张照片已成为研究山东大学校史，追溯与登州文会馆渊源的重要史料。

多年夙愿终得实现

鸿蒙基业，教育为先。仲老一直关注中国高等教育历史探究，“非常高兴能参加本次大会，因为这实现了我多年的夙愿，那就是为中国第一座高等学府——登州文会馆——山东大学堂正了名。”在“中国现代高等教育之源——登州文会馆150周年纪念”学术研讨会上，仲老的发言饱含深情。

说起仲老执着于发掘中国高等教育起源的原因，其特殊身份是第一要素。在他看来，传承祖辈父辈功业是自己职责所在。此外，教育史研究的漏洞也让仲老产生了极大的触动。他向记者讲述了30多年前的那段往事：“1983年初我有幸前往北京大学图书馆，以为能从其所藏中找到先祖父在该校前身京师大学堂教授天文算学的详情，以弥补我6岁以后祖母、祖姨、姑母、父亲等人口述有关他履历的不足，不料一无所获，更令我震惊的是连京师大学堂的半张教职员名录都未能看到，这不能不说是我国近代教育史上的一大憾事。”

仲老看到目前中国高等教育研究史存在极大缺陷，便决心要充分发挥自己的家庭优势，将那段尘封已久的历史呈现出来。工作之余，仲老就致力于历史资料整理研究，不断询问家里长辈祖父求学、教学的经历，通过老人回忆再加上浩如烟海的文献资料查阅，历史的脉络渐渐被捋清，一系列相关文章成为珍贵资料。这其中，他所撰写的《我的祖父仲伟仪》系列回忆曾在山大视点网站刊载，也成为相关专家研究当时历史的重要资料来源。

历史需要传承

仲老认为，尽管最初美国传教士开设登州文会馆的初衷是殖民东方、文化侵略，从思想上征服国人，但作为西学东渐的一个过程，以登州文会馆为代表的传教士办的学校在中国教育史上发挥的作用却不可磨灭。在他看来，登州文会馆的教育体制是现代高等教育的模本，学科划分、管理模式等都对我国高等教育发展起到了示范作用，而登州文会馆当时培养的东西学全方位人才，更是在促进中国封建科举制向现代教育转型上起到了重大作用。“光绪皇帝要求各地开办大学堂，当时受过现代科学教育的人才奇缺，这个时候，登州文会馆的学生成了建设主力，全国18个行省中，有16个大学堂的教员来自登州文会馆，所以说，无论是师资力量，还是教学模式，登州文会馆无疑是中国高等教育的起源。”

历史需要传承，为还原历史，让更多人了解那段尘封已久的岁月，仲老提出了建设中国教育博物馆的构想。“青岛有海军博物馆，北京有航空博物馆、汽车博物馆，嘉定还有科举博物馆，甚至还有皮影戏博物馆，中国科教兴国这么大的事情，教育却没有博物馆，说得过去吗？”仲老认为，山东大学与登州文会馆一脉相传，在山大校史馆的基础上扩建教育博物馆有着得天独厚的优势，希望相关部门齐心协力，早日建成中国高等教育博物馆，为后人追溯我国高等教育起源、传承发展历史文化提供有形载体。

研讨会持续了一天，休息间隙的采访中，年近八旬的仲老依然精神矍铄，将那段世人应予以重视的历史娓娓道来，用话语勾勒出了百年前历史的光辉画卷。让我们向那段历史，也向这位无私的历史发现者、拓荒人，致以最崇高的敬意。

（原载于山东大学新闻网 2014 年 10 月 9 日；文：吕倩、马驰骋）

王晨校友:遵从内心,真正的慈善无所求

提到王晨校友的名字,山大师生不会感到陌生,他是山大医学院医学系1980级校友。2010年,王晨捐赠3000万元人民币支持学校建设,创造了山大校史上个人捐赠的纪录。近日,他再次捐赠2000万元支持母校发展,传为美谈。这是怎样的人物?背后有怎样的故事?与山大有怎样的情缘?山大视点网站记者对王晨校友进行了专访。

瘦高个,黑边眼镜,休闲西装,牛仔裤,装扮简洁而精神。记者在约定地点见到了王晨。他待人和气,说话不疾不徐,语气自信而平和,也许是因为曾在山大学习工作过十二年,王晨给人的第一印象与其说像叱咤商坛的企业家,不如说更像校园里可亲的师长。"就按你们的采访提纲问吧!"他的语气透着爽快。在他的娓娓讲述中,我们走进了他的传奇人生。

结缘山大,始于一个承诺

2010年至今,时隔四年再次回到母校,王晨感到母校越来越亲切、熟悉了。

1980 年，毕业于山师附中的济南学生王晨以优异的高考成绩被原山东医学院录取，位列当年录取新生成绩第二名。以他的高考成绩，当时完全可以报考全国更知名的重点大学，但这个稚气未脱又信心满满的少年只填了一个志愿——山东医学院医学系。在王晨心目中，这是他的夙愿。他笑称："当时报专业，没有一个人像我这样，只报一个学校，一个系。"

选择投身医学，王晨没有想太多。这个选择一是出于父母意愿，父母认为医生是受人尊敬、道德高尚的职业；二是对自己而言，更重要的是源于同学情谊。据王晨回忆，高一的时候，他的一个高中好友生病，患血小板减少性紫癜，住在齐鲁医院。"他对我说，将来你要上医学院当医生救我啊。我说我答应你，一定救你。"上课的时候，他托人给王晨送了一个苹果，附的纸条上写着：你要记着你的承诺，我等着你来给我治病。两年后，王晨信守承诺，没有考虑其他学校，坚持报考了山东医学院。现在，他仍与那位好友经常联系，关系很好。

因为一个约定，重感情的王晨走进了山东医学院的大门，由此开始了他与山大的不解之缘。

大学期间的王晨非常活跃，在班上和不同学院、年级的学生广交朋友。当年的山东医学院 1980 级人才辈出，其中王晨的室友尹力后来成为卫计委最年轻的副部长，对面宿舍的同学王兴利后来则成为美国贝勒医学院终身教授，博士生导师，三人都先后获评"山东大学十大杰出校友"。

王晨与同学们建立了真挚深厚的情谊，广泛交往也为他以后的发展奠定了基础。毕业后留校一年当辅导员的经历则让他学会了如何带领学生、如何和更高层面的人打交道。"那一年我收获很大。"王晨说。

1987 年，王晨报考山东医科大学儿科研究生，当时只有一个录取名额，竞争极为激烈，身边的朋友都劝他换专业报考，王晨非但不换，表格上还注明了"不服从调剂"。与之前报考山师附中、山东医学院一样，王晨的决定自信而坚定。

最终，王晨以总分第一名的成绩遥遥领先于其他报考者，顺利考取研究生，师从时任山东医科大学附属医院院长的杨兴季教授。他很感激导师："我的导师很好，敢于放手，给了我很多研究和发展空间。我就学会了自己做事情，找方法。"读研期间，他根据自己发现的理论在权威期刊《中华儿科杂志》上发表了论文，还在两年一度的中华儿科心血管年会上宣读论文，后来还因此评上了卫计委优秀中青年奖。

总结大学本科和研究生阶段，王晨这样理解："大学本科阶段的作用不仅在于学课本知识，而在于让人得到熏陶，向不同的人学习，相互碰撞；研究生阶段的作用则在于培养学生快速地发现问题和解决问题的能力，有新的思维空间。"

研究生毕业后，王晨选择成为一名原山东医科大学附属医院的儿科医师。

“为什么选择儿科？其实心里想得也很简单，觉得和小孩儿打交道比较好玩儿。”他的眼睛里闪烁着快乐的光芒。他回忆起校园往事很欢快，话匣子一下就打开了，脸上如青年学生般意气风发，神情语气中满是对学校生活的感念。

从1980年到1992年，王晨在山大度过了十二年充满朝气活力的青春时光。

下海经商，从一无所有到名扬海外

1992年，时代走到了一个节点。这一年邓小平南行发表讲话，开启了改革开放的新时代。一系列新鲜的词汇和表述和它背后蕴含的道理无不冲击着当时人们的头脑，碰撞出激烈的思想火花，已到而立之年的王晨就是其中一份子。

王晨身无分文，在没有任何经商经验并对未来一无所知的情况下毅然决定辞职，“下海”闯一闯。

经商掘到了人生第一桶金后，他后来又到广州继续淘金。改革开放较早的广东有很多新做法、新观念，让王晨看到了另一个世界，触动很大。刚到广州人生地不熟，起步艰难，广东人的包容和校友的支持让这个有学历、有独到见解的外地年轻人在两年不到的时间里便打开了局面。入行第一年，他就被当地评为行业“明日之星”。

王晨不仅与当地人谈论做生意，还谈论国家的医药行业的整体体制、格局和构想，写了很多文章，并请当时还在国务院政策研究室工作的同学尹力提意见作参考。他的改革和发展见解得到了国家的重视，国家药监局召集处长以上的干部听“个体户”王晨谈医药行业的发展，包括中央人民广播电台、中央电视台在内的多家国内著名媒体也对他做了多次采访，王晨很快以意识超前、思维领先闻名医药经营界，各地医药企业慕名而来，纷纷和他合作。

“做这些事情就是出于一种直觉。”王晨认真地总结：“我在找一条适合自己的路。每个人来到世界，都有一种使命，一种角色定位。你无法以现在20岁的眼光设计40岁的样子，必须把心交给自己，让自己平静下来，过滤掉所有的功利心，过滤掉所有的紧张、焦虑、担忧、恐惧，这时候你才知道你该干什么。这时你选的路是最适合你的，你会发现走得很顺，顺得远远超乎你个人的想象。”

20世纪90年代中期，王晨在国内的事业已经风生水起，做过葛兰素、诺华等20个多个欧美医药巨头的产品代理，成为当时少见的千万富翁。但因不满于国内经销商受制于外国的先进技术，同时他认为当时在国内的发展已经“到了顶”，于是他选择急流勇退，1998年携妻女到医药经济、医药科技水平发达的荷兰开拓新的领域，这一选择同样是出于内心的直觉。

刚到荷兰的前三年比想象中艰难，语言不通，一切从头开始，同时还要坚守内心最真实的想法,不为一时的功利而奔波。收购一个厂,收购一个或几个世界级的产品,以此为基础慢慢发展,这是他坚持的理念。为了这个理想,他把国内几处房产卖了,甚至把荷兰的房产也做了抵押,日子一度过得艰难。“最长的时间曾坚守一个产品长达九年,期间三次破产,但后来证明我的决定是对的,我得到了很大的收益。”王晨笑谈过去,已经风轻云淡。他成为荷兰汉福科技公司总裁,开创了注射医学美容的新市场,更新了人们对医学美容的认识,其公司主打产品创造了可观的销售额。

2007 年 7 月,在香港回归十周年庆典之际,王晨以香港最佳海外投资者的身份被邀请参加时任香港特首曾荫权主持的晚宴。2009 年,在全球金融危机爆发的严重时刻,他逆势而上,成功收购了德国高科技上市公司的全球业务和知识产权,成为个人真正全资拥有业务遍布全球的头号医药高科技专利和产品的唯一中国人。

二十几年的从商经历,王晨取得了事业的辉煌成就,他说:“因为相信,所以坚持。”

不同的人对成功的定义见仁见智,王晨这样理解:“成功在于坚守了自己的理想,不因为个人欲望、个人要求和周围人的影响而改变,而是始终如一地坚持,还要保留个人的一份自由。最大的成功在于可以及时抽身而去。我在国内外建立了医药平台,很多人和我联系做投资,但是我还是需要做自己。拥有太多东西会失去你对自由、对理想的坚守,和你的初衷相背离。”

回报母校,培养医药领军人物

在 22 年的海内外医药经营生涯中,王晨在全国带动和培养了一批经营人才,不断以新思维影响行业的发展,创立了一个低成本高效率发展的经营模式。

了解和熟悉了国内外诸多医药企业后,王晨发现几乎找不到既有医学背景、又有工商管理背景的成功领导者,他想组建医学 MBA 学院。王晨认为,医学 MBA 学院应该培养具备医药卫生和工商管理知识背景、具有国际视野、有胆有识、勇于创新的复合性高端人才,引领国家乃至世界的医药卫生管理潮流的医药行业领军人物。在王晨眼里,这样的人才既懂医学语言,又可以按市场规律,把医学成果有组织、有系统地投入社会应用。

2010 年,王晨向山大捐资 3000 万元,其中 2200 万元用于建设山东大学医学 MBA 学院。这是一个旨在培养中国乃至世界医药行业领袖的地方,它与美国哈佛大学等知名高校合作,以精英教育模式培育行业精英,致力于成为全球第一家专门培养医药经营领军人才的 MBA 学院。王晨亲自担任学院的首任院长。

王晨希望学院可以结合山大医学、管理学、法学等各学科优势,充分利用校友资源,同时嫁接国际最高水平的教学资源。“我最大的希望就是使医学 MBA 学院的毕业生身上拥有一种核心竞争力,那就是开阔的思路和与众不同的视野。”王晨说。

王晨曾说过,在国外生活多年,母校的精神和灵魂依旧。走得越远,时间越久,对母校的牵挂越是强烈,希望自己的捐赠可以起到抛砖引玉的作用,激励更多校友关心支持母校发展。2010 年,在入校 30 周年聚会上,王晨给校友的一封信言辞恳切,感人至深。他写道:“我不要山大的接送,不接受学校安排的山东大厦的住宿,几次谢绝学校的宴会。不是我故作姿态,而是我很心虚。我就是一个普普通通的山医校友,无法承受山大人如此的热情。”赤子之心,拳拳之情,溢于言表。

王晨已经对母校总计捐助 5000 万元,成为山大校史上捐赠最多的个人。在一片赞美声中,王晨没有浮夸,始终秉承“上士无争,下士好争,上德不德,下德执德”的信念。他说:“如果一个人是品格高尚的人,有大智慧的人,就不会去在乎是不是在做好事,不去争名夺利。真正的慈善应该没有任何回报要求,这样才上顺天意,下应民心。”

采访最后,王晨向刚展开大学生活的学弟学妹们表达了期待:“希望他们学会放弃对完美的追求,多去尝试,青春是用来犯错的。要学会孤独,不要太在意周围人对你的看法,附和大部分人的做法。如果你和大家不一样,一旦成功了,你就是奇迹。”

(原载于山东大学新闻网 2014 年 10 月 11 日;文:谢婷婷、李子路,图:张依盟)

薛禹胜:潜心科研 无私奉献

薛禹胜,1941 年生,江苏无锡人。稳定性理论及电力系统自动化专家,时变非线性系统运动稳定性量化理论的创立者与软件产业化者。1963 年毕业于原山东工学院电力系,1981 年获中国电力科学研究院硕士学位,1987 年获比利时列日大学博士学位,1995 年当选中国工程院院士。现任国网电力科学研究院名誉院长、国际大电网组织中国技术委员会主席、国际电力系统计算协会理事。他创立了时变非线性系统运动稳定性量化理论与电力系统稳定性定量分析方法,开发成功该领域国际上至今唯一的商品软件并进入欧美市场;提出并主导研发了大停电综合防御系统,在国家、区域、省市三级电网中大规模应用,获巨大社会效益和经济效益。获中国专利金奖 1 项、优秀奖 1 项,全国优秀科技图书一等奖、国家图书奖提名奖,国家科技进步一等奖 1 项、二等奖 3 项,国家技术发明二等奖 1 项,2011 年江苏省首届科学技术突出贡献奖的两个获奖人之一。

10月11日下午，山东大学薛禹胜教育基金捐赠仪式在千佛山校区举行。薛禹胜院士以其个人财产向山东大学教育基金会定向捐赠300万元人民币，专项设立“山东大学薛禹胜教育基金”，支持山东大学教育事业的发展。捐赠仪式开始前，记者对薛禹胜院士进行了专访，深入了解薛禹胜院士无私奉献的母校情结、勤奋执着的科研之路、追求真理的创新之路和淡泊名利的育人之路。

山大传承，回馈母校

黑色西装，着装正式大气，已过古稀之年的薛禹胜院士看起来精神矍铄。在与他的交谈中，薛禹胜院士表示自己一直关注着山大的发展，他感谢母校师生对自己的关心和爱护，并对母校的发展前景充满期待。当谈到何时产生要把积蓄捐赠给母校的想法时，薛禹胜院士表示自己很早以前就有捐赠的想法，限于当时积蓄有限，各方面条件不太成熟，一直到现在，在夫人的大力支持和法律专业的女儿的帮助下，多年的心愿终于达成。他表示自己也为家人的博爱、无私和自信而感到骄傲与自豪。看着老先生满意的微笑，我们也不禁动容，相信薛禹胜院士的此次捐赠一定会在校友中起到抛砖引玉的作用，将来会有越来越多的校友积极回报母校。

我的山大我的家，薛禹胜院士深情回忆了20世纪60年代在母校的求学经历，他表示5年的大学学习对自己的一生都产生了重要的影响。“那时的山东工学院，学习气氛朴实，学校号召动手实干，培养了我刻苦耐劳、执着坚毅的性格，所以碰到任何困难都不害怕。”薛禹胜院士目光殷切，仿佛回到了那段难忘的求学时光。他说，“挫折、艰苦的教育是珍贵的经历，是真实的考核，这是母校给予自己的做事的品质，这是一种精神的财富”，所以自己对学生要求严格，是要传承给学生一种精神，“碰到困难，当作磨炼，当以后你碰到更大的困难时，才不会被打垮。”这是山大精神的另一种传承。

薛禹胜院士说，自己对母校始终抱有深厚的感情，愿意为山大贡献自己的力量。作为一个电气人，他十分关心山大电气学院的发展，“山东大学的电气专业在全国属于中上游，但是和世界一流还有很长一段距离。我觉得山大要有自己的特色，在现阶段各种各样热门课题中，怎么发扬山大传统，又做出山大特色，培养同学面对科研中遇到困难的正确态度，不要去追求表面的华丽创新，那不是口头上容易解决的问题。口头上讲创新，但是不坐下来思考、看书的话，创新是不可能的，所以更重要的是把时间放在实际的行动上。”薛禹胜院士的一席话可以窥见山大人对母校发展的密切关注和深度思考。

自知之明，寂寞之道

了解薛禹胜院士的人都知道，在他的办公桌的玻璃板下至今仍压着一张

1988年刚回国时立下的座右铭：自知之明，寂寞之道。他是这样说的，也是这样做的。回国之前薛禹胜院士向研究所提出的唯一要求是：拒绝当官只求潜心科研。他谢绝了许多可开可不开的会议、可管可不管的事务，谢绝新闻界的采访，他的承诺就是在三年之内带领研究小组走在世界前列。为此，薛禹胜院士和小组成员在一间有10多人的办公室，常常工作到次日凌晨；科研之余与家人相处的时间就减少了，薛禹胜院士回国后又过了6年的两地分居生活才与家人团聚。时间已经过去了20多年，薛禹胜院士的座右铭仍然没有改变，他表示年轻时求学条件艰苦，学业前途不明朗，从来没有梦想过有出国深造的机会。改革开放后，学成归国，国家给了他很多机会和机遇，给研究创造了很好的条件，研究工作开始变得顺利。“过去一直是自己一个人静静地研究，回国后在顺当的环境下，怎么保持这种安静做研究的工作状态，对我来说也是一个挑战，这句话提醒自己：困难时要熬得住困难，这是一种考验；相反在顺利时也不要迷失方向，牢记自己最初的追寻梦的方向。”

现在薛禹胜院士在电气工程领域已经取得了卓越的学术成就，对中国的电力事业发展作出了杰出的贡献。薛禹胜院士却非常谦虚，表示自己只是一个普通的科研工作者，并且多次提到“自己痴迷于科学，从科学探索中获得快乐”。他说，“现在的年轻人，社会对他们有各种各样的看法，但总的来说还是好的”。社会上有各种各样的诱惑，静下心来做事情更加不容易。年轻一代追求潮流、时尚和个性发展，是一种时代的趋势。“我们鼓励个性化发展，但是同时无论什么时代都需要有人献身科学，这种献身不是指牺牲自己的生命，而是把时间和精力都奉献给科学研究，默默耕耘，潜心钻研。这在当时说起来很容易，但是长期坚持下去却很难。”薛禹胜院士同时表示，现在的科研环境改善，年轻一代有条件应该比前辈做得更好，希望更多的年轻学子静下心来投身于科研领域。

追求真理，源头创新

薛禹胜院士在访谈中多次强调科研工作创新的重要性。他提到中西教育体制和研究环境的差异导致现在青年学生创新精神的不足：中国教育是灌输性思维，追求标准答案，但是却扼杀了孩子多样的思路；西方教育是从小培养对科学的爱好，孩子对科学有了兴趣，才会自愿探索，追寻奥秘。他指出，现在的大学生就是缺少这种创新、思考的精神，把别人的论文拼凑在一起当作研究成果，这是非常不可取的。提到自己培养的博士生时，薛禹胜院士露出欣慰的微笑，他说：“每个人都有不同的观点，我会鼓励学生独立思考……我们不会追随大流做热门课题，而是专心做有希望有突破的课题。”

“我们需要有基础的思考，需要源头性的创新，这是我这十几年的研究工作最深的体会。”薛禹胜院士说自己在研究的前期也不被人理解,甚至不被人客观评论。“一个不被大家认可的工作,真的是烂文章?还是因为太超前而不被认可?”在这个过程中年轻人要耐得住清贫寂寞,要有追求真理的精神,在科研之路坚持真理和谬误之间的差别,不因外界的言论而轻言放弃,这是一个科研工作者的真理精神。

薛禹胜院士同时表示,在目前不是很踏实的大环境中,创造一流的教学研究工作需要冷静的思考。“我的学生发表论文的考核是时间的考核,不是看你短期的点击率和引用率。要二三十年后依然站得住脚,这是非常重要的。追求短期的效益往往是牺牲了长期利益的,而追求长期的利益则要放弃短期的利益,这个平衡要靠自己把握。”薛禹胜院士认为世界一流是一个慎重的提法,“它是靠你每天在课桌上或者办公桌上坚持10分钟、20分钟做出来的,每一天都不间断,而不是靠一个宏伟的计划可以编造出来的。要踏踏实实去做,而这正是山大的传统,一定要传承下去。”

淡泊名利,潜心育人

在薛禹胜院士所带领的科研团队看来,他不但是一位有着坚定科研理想、淡泊名利的科学家,而且是一位关心学生、潜心育人的好老师。从3年硕士学习打下的扎实基础到成为稳定性理论及电力系统自动化的专家,薛禹胜院士对科研事业一腔热忱,把科研工作与祖国发展紧密结合,在电网安全稳定控制技术研究领域取得巨大成就,被誉为“守卫电网安全第一人”。

在1988年回国后,薛禹胜院士一直关注科研创新团队的建设,他坚持为新人提供世界一流的学术环境,向学生尽力传授科研心得,帮助年轻人出科研成果,提高其知名度,为他们改善工作环境,创造出国研究的机会。他说,“未来属于年轻有为、治学严谨的研究团队”“科研没有止境,我的科研团队永远不会停止前进的脚步。”在回国后相当长的一段时间内,薛禹胜院士的研究没有任何经济效益,青年团队的年轻人素质都很高,经费有限,薛禹胜院士就用课题的发展前景激励同学们,拿出自己的积蓄给工作人员发奖金,尽管杯水车薪,却体现了为师者的博大情怀。现在国内科研条件大大改善,国家和社会重视科研工作,薛禹胜院士淡泊名利、甘于寂寞,静下心来教书,潜下心来育人,工作在科研第一线,鼓励更多的青年学子投身科学研究,从内心深处真正地爱护学生,言传身教、润物无声,桃李芳华,目前已经培养了一大批有科研潜力的青年人才。

薛禹胜院士十分关注科研领域,在设立的“山东大学薛禹胜教育基金”教学基金不仅仅是学生的奖学金,也设立“山东大学薛禹胜讲座教授”资金,用于资助电气工程领域国内外优秀中青年学者为电气工程学院学科建设和人才培养兼职工作。同时薛禹胜院士分享了一个新的想法："教育基金"可以让电气学院享有自主权，拿出其中的一部分资金，每年从国外请顶尖的教授或专家来电气学院工作一个月，实实在在教学做科研，给学生创造机会感受国外科研的特点，了解国外的研究工作到底是怎么做的，提高教师和同学的国际化视野。薛禹胜院士殷殷寄语：让我们共同努力继承山大优良传统，真正做出创新性教学和科研工作，希望所有山大人以此共勉。

写在后面

采访虽然结束了，但薛院士韵味悠长的话语仍在耳边回响，他那博爱无私奉献的精神深深地感染着我们，他那追求梦想潜心科研的态度深深激励着我们……与薛禹胜院士的交流虽然只有短短一个小时，我们却受益匪浅。让我们由衷地祝福这位知识渊博、见解独特的老先生！

（原载于山东大学新闻网 2014 年 10 月 11 日；文：肖莹、王依婷，图：张袁子奇）

张心宏：登州文会馆故事的传播者

近日，山东大学在中心校区举行了纪念登州文会馆150周年系列学术活动。热衷登州文会馆研究的山大外文系1980级校友、北京信诺传播顾问股份有限公司副总裁张心宏特意赶来参加活动。期间，山东大学新闻网——山大视点网站记者采访了他。一见面，亲切健谈的张心宏即从背包中拿出数本登州文会馆的相关书籍，激动地向记者展示着书中关于登州文会馆的珍贵照片并动情地讲解起来。随后，他用自己独特的视角向记者讲述了登州文会馆的一个又一个生动故事。

情感故事：虚心学习 深入研究

“我是蓬莱（登州）人，又是山大外文系的毕业生。这次来聆听研讨会是抱着阅读者和欣赏者的姿态来的，希望兼收并蓄各家之言，更多地去学习。”张心宏微笑着说道。作为山东大学校友，张心宏时刻关注着山大的发展。作为业外人士，他对山东大学前身——登州文会馆的学习思考颇有心得。张心宏认为，山东大学举办纪念登州文会馆成立150周年系列活动意义重大，是对过去历史的回顾，也是对“中国现代第一所大学”的深入认识。对于登州文会馆的成立历史，张心宏生动地讲述：“一叶小船，历时6个月零21天，美国北长老会传教士狄考文博士带着自己的新婚妻子，渡过大西洋、绕过好望角，经过中国南海和台湾海峡，来到了登州。没有场地，他们便租了当地破旧的观音庙，办起了对后世具有深远影响的登州文会馆，这是一件多么伟大的事情。”谈到狄考文，张心宏十分敬佩。他说，这位美国传教士曾经说过一句很有震撼力的话：“中国是一个伟大的帝国，我要去那里，生活在那里，死在那里，死后埋葬在那里。”随后，他来到中国，希望通过传教把学生们培养成对社会有用的人才。在中国传教的45年中，狄考文只去过上海一次，回过美国四次，其余时间一直在登州专心办学传教。狄考文除了办学、教书、传道、参加社会活动外，还编写了《官话类编》一书，组建了齐鲁大学并立校训“汝将识真理，真理将释尔。”张心宏还讲述了这样一个故事：狄考文在中国传教期间，有一个出生在杭州的名叫司徒雷登的青少年经常在暑假期间到他家里来度假。受其教育理念的影响，后来担任燕京大学校长的司徒雷登，把燕京大学的校训定为“因真理，得自由，以服务”。总之，登州文会馆经过几代人的努力对中国教育作出了重大贡献。

对于中国高等教育，张心宏觉得应该从登州文会馆那里汲取精华，学习经验。他说：“狄考文创办的登州文会馆，目的就是培养社会精英，使他们掌握扎实的真理，获得自由的理念，然后去服务社会、改善生活，而不是简单地汲取知识或单纯地做神职人员。”登州文会馆有着完备的课程设置和教材。它的教学模式具有前瞻性，课程设置包罗万象，与之后抗战时期成立的西南联大有异曲同工之妙。登州文会馆在当时是中国现代文明的发源地，它的教育理念和教学方式不断向外辐射，对后世产生了极其深远的影响。说到这里，张心宏颇有感触，他想到自己在山大读书时，吴富恒校长曾把当年在英美文学、比较文学、文艺理论等研究方面的领军人物请到山大，为研究生们和本科生作讲座。作为本科生的他也进行了研究学习，尽管当时对内容没有多深刻的认识，但这种开阔视野的学习让他印象深刻，受益匪浅，并对自身产生了重要影响。他说：“在大学中学到的东西，总有一天你会在社会上用到它。”在后来的工作中他运用在比较文学中学到的方法进行了创意策划，巧妙地传播了著名投资银行高盛集团首席经济学家奥尼尔的研究报告：BRIC（巴西、俄罗斯、印度、中国）四国经济比较研究，并促成了“金砖国家”这个词在中国的广泛使用，取得了良好的传播效果，在世界范围内产生了强大影响，这种对所学知识的延展运用本身就是一个极其美好的故事。

在情感的故事里，是张心宏对山大的时刻关注，是他对登州文会馆研究的孜孜以求,是他对大学文化的深刻见地。

情谊故事:文化交流 文明交汇

“对于文化创意等领域来说,把外来东西加入原有传统之中,是传播的一种方法。”张心宏所在的信诺传播公司曾经做过“宝马中国之旅”的项目,将宝马的精品文化与中国本土的文化内涵结合是创意的结合点。同样地,150 年前登州文会馆的成立,也是中西文明交汇的产物。一方面,狄考文来到中国,在分享他的生活技巧、知识、文化和文明的同时,也逐渐融入当地的生活中。“其实传教士们学习中国文化的努力程度和精神是十分令人钦佩的。”他谈到,“在语言贡献上,《官话类编》是狄考文对登州语言学习研究的著作,也是其汉语教学的经典,可谓已达到《汉英词典》的级别,成为 20 世纪来华传教士学习汉语的必备之书,汉学家高本汉也对此书进行了解析和评价。”而由狄考文主持翻译的《圣经》和合本版本在忠实原文的基础上,充分考虑中国人的语言习惯,为使其朗朗上口,其中对于“上帝”一词的表述就有 1000 多种,最后发现选择用“神”来表述更贴近中国社会。在登州文会馆的教学中,没有英语课程,更多的是中国古典文学、世界史以及《圣经》等内容。其目的是让学生们打好国学基础,以适应本土生活、服务中国社会的需要。在这样的教学环境下,教育远远超过宗教的层面,是一种文化的交流和文明的交汇。同时,他还谈到,狄考文等美国传教士在中国建立学校或医院,也推动了中国现代文明的起步与发展。

不论是狄考文,还是浦其维、亨利·卢斯父子以及司徒雷登等外国传教士,他们来到中国,在某种程度上带来了西方先进的文明,“他们可以算是‘国际战士’”,张心宏说道。“狄考文每一次回美国除进行述职外,还将西方先进的发明创造带回中国,包括化学实验的教具、物理教具以及发电机、电灯等。这使登州成为中国第一个使用电灯的城市。烟台的苹果、梨、大花生、织花边以及罐头,也都是西方的外来物。与此同时,对残疾人和妇女进行教育等先进理念更是对当时的中国社会产生了巨大的冲击。”文明的融合与冲击一直是社会发展前进的动力,不同的文明碰撞,产生激烈的火花,也会产生不同凡响的生命力。

在情感的故事里,是张心宏对中外文化交流的推崇,是他对登州文会馆辉煌的赞叹,是他对文明交汇的内心共鸣。

情怀故事:情定会馆 多元传播

“事件传播要面向全球公众,现在的传播并不仅仅满足于事件过程,而更重要的是事件背后的文化内容和诉求,特别讲究传播所产生的遗产和重要的 take-away(带去)。”张心宏如是说,作为公关行业的领军人物,他掌握着传播领域极其深邃的认知。张心宏十分热衷于登州文会馆的研究,希望能够通过多元传播,多方面扩大登州文会馆的影响力。“只有你说了,大家才知道,就像只有向大家传播关于登州文会馆的知识,才能得到大家的认可。”在登州文会馆的向外传播上,张心宏讲述自己的想法。

“在当前条件下,事件传播已经不仅仅是拉个横幅、喊个口号那么简单。它要求有更强的穿透力和文化色彩的东西、精神层面的东西来打动人心。”张心宏说道。那么回到登州文会馆的主体上,150 周年历史的史实不会改变,我们要如何运用这个事件呢?针对登州文会馆的传播效果,张心宏说:“登州文会馆成立期间发生的事以及对中国文化、中外交流、中美友谊等在文化传播中的显著意义还没有做到让更多的人知道。应该把它放在一个传播背景下进行再传播。”

登州文会馆作为山东大学源流的重要组成部分,也是研究中国近代高等教育起源与发展的重要依据。对于这方面的传播体系建设,需要的是各种传播形式的相辅相成。以前,有人否认登州文会馆的大学价值,张心宏说:“登州文会馆作为山东大学的前身,欧美也是认可的,college 就是大学,它具备大学的教学体系。”对于这个正确的史实传播,张心宏表示,“应该有更多的纪录片,更多的文字,更多的图片,甚至包括电影、电视剧、戏剧、音乐等。这些形式会把登州文会馆的故事以及山东大学前世今生的辉煌历史得以传承。”通过传播,从另一个角度讲,可以把它当作中美友谊关系的见证。而在登州文会馆,狄考文首先充当了中美交流的使者。

论及传播效果的实例,张心宏认为,Communication never sleeps(传播无眠)。对于登州文会馆的宣传,他认为应该主动传播,抢占先机。对于大众传播,他提出一种新的理念——“你不去传播你想要传播的东西,别人就会替你传播错误的东西,以讹传讹”。登州文会馆在整个发展历程中留下了很多宝贵的精神财富,是我们应该更多关注的。我们应对其进行多层次传播,而不仅仅局限于学术领域。

在情怀的故事里,是张心宏对多元传播的理解,是他对登州文会馆影响的认同,是他对优秀文化传统进行再传播的认识。

(原载于山东大学新闻网 2014 年 10 月 16 日;文:闫薇,图:张益凤)

赵迎光：一切只为追寻心之所向

“看这个题目——我的创业之路，一看就是一个需要吹牛的东西。”一场讲座的现场，赵迎光这样调侃着开场。周四晚上七点，思源报告厅里座无虚席，他们都是慕名来听山大校友，韩都衣舍创始人、CEO 赵迎光先生创业讲座的。

在赵迎光看来，他创业的理念只是基于“人一辈子要干自己主导的事”。正如韩寒一个广告语所说：“山的那边是什么？还是山，其实很无趣。不过，去过的才有资格说。”如此说来，对于创业，积累近十年、一手创立中国“互联网快时尚”第一品牌韩都衣舍的赵迎光有足够的发言权。

凡事预则立——不打无准备之仗

赵迎光 2007 年回国筹备创业；2008 年创立韩都衣舍；2010 年韩都衣舍荣获“十大网货品牌”，本人荣获“最佳全球化实践网商”；2011 年，韩都衣舍成为山东综合实力最强的电子商务公司；2012 年赵迎光入选“中国服装十大风云人物”；2013 年韩都衣舍宣布公司 2015 年底上市规划；2014 年成为天猫女装历史上第一个三冠王“年度第一”“双十一第一”“双十二第一”……

纵观赵迎光创业七年来的历程，似乎一切都顺风顺水，并未遇到太多瓶颈。不过，成功从来不是偶然的，这些光环的背后是赵迎光对创业的热爱以及为之进行的多年准备。

1997 年，赵迎光从山东大学外国语学院朝鲜语系毕业，在当时的毕业纪念册便签上，有一项内容是“最想干的事”。他在这里写道：“各位董事，本财团投资美国的计划就这么决定了，散会后请总经理留一下。”董事长的预设口吻暗示着 23 岁的赵迎光已经有了创业的想法，已经决定未来要走创业这条路，但当时的他并没有盲目投身商海，而是进行了多年的前期准备。

等待时机、等待成功是一个难熬的过程，但出于对创业的热爱，赵迎光一直在这条路上坚定前行，一直朝着这个方向努力。在不断了解、学习前人的经验中，赵迎光总结出创业必需的三个条件：第一，要成为某一方面的专家，需要一万个小时的磨炼；第二，要进行资金原始积累；第三，要有人脉的支持。基于这个认识，赵迎光在创办韩都衣舍前足足积累了十余年。

大学毕业后，赵迎光面临两个选择，一个是当时山东省最大贸易公司——山东国际经济技术合作公司的临时工，另一个是烟台外事办的公务员。看中前者广阔的平台以及有派往韩国工作的机会，赵迎光选择了临时工。之后的日子，他以临时工的身份做着与创业无关的三产工作，在韩国做老板们的导游。在他看来，工作也是一种学习，比如做导游可以听企业家们的创业心得，获得直观感受。

在创办韩都衣舍的前几年里，他不停尝试，在网上卖过面膜、汽车用品、奶粉等，不停地试水电子商务，使他拥有足够的经验成为这一领域的专家，而独到的投资眼光以及一直以来为创业付出的努力也得到了朋友的认可，使他获得了资金与人脉的积累。万事俱备，只欠东风。2007 年 9 月，机会来了。在一次参观韩国知名网店时，负责人对网店服装销售的一席话点醒了赵迎光，他决定，辞职回国创业。2008 年，韩都衣舍正式成立。

断鳌立极——互联网思维创未来

“我们的公司是倒金字塔模式的管理，是服务性企业，决策权前置，老板是为员工服务的。”与被称为日本的“经营之圣、人生之师”的稻盛和夫的阿米巴模式相通，韩都衣舍独创的“基于产品小组制为核心的单品全程运营体系(IOSIP)”这一独特商业模式，可以说是支撑韩都衣舍一路走来的重要基础，“我们这个模式的特点就是自由自在、重复分裂、激情四射。”基于对管理、对人性鞭辟入里的认识，赵迎光独创的“单品全程运营体系”是企业利用互联网提升运营效率的一个成功案例，已经入选哈佛大学、清华大学等知名高校MBA教学案例库。

创业、创新、创客，他们彼此都有相同的词根，对于将创业视为终生奋斗事业的赵迎光，创造力是极其重要的。产品小组的模式创造、韩都衣舍内部独特的成人礼、跨界合作的Hphone等等，都是一种创新。

赵迎光自1987年读初一时就开始接触计算机，初高中以及大学阶段的大部分空余时间都用在计算机研究上，对电脑的热爱让赵迎光一直对互联网十分上心。作为中国“互联网快时尚”第一品牌，互联网思维是赵迎光一直在强调的。“从渠道为王到产品为王，从大众到细分受众，品牌更加人格化，这是‘互联网＋’对服装行业的三个影响。”“互联网＋”的思维是一种创新，也是一家企业与时俱进、顺应时代潮流的表现。

凌霄之志——做有情怀的企业，有情怀的企业家

在那张毕业留念的便签中，赵迎光写了两个爱好，一个是电脑，另一个就是读书。因为他不单单要做一个谋利的企业家，也要做一个有情怀的人。韩都衣舍的企业文化就基于医学巨著《本草纲目》，新员工入职要用一味草药起一个名字，意指各味草药混合可以发挥不同功效解决疑难杂症。独特的企业文化背后，是赵迎光对企业方向的把控，也是他所看重的情怀的体现。

“不像淘宝、天猫那样的基础平台，我们是各个环节都比较完善的中间平台。”“我们不怕人才流失，因为我们可以给员工提供更广阔的蓝天。”赵迎光对自己的企业有着清晰的定位，“韩都衣舍电商集团的愿景是成为具有全球影响力的时尚品牌孵化平台，我们的使命是成就有梦想的团队。”韩都衣舍的定位不单是一家服装企业，他们销售的也不仅是服装，更是品牌，是对创业者的支持，是一种企业家的社会意识。

在如今这个情怀被用滥了的时代，赵迎光仍旧坚信，企业是要承担社会责任的，企业家是要有情怀的，这也注定他所掌舵的韩都衣舍要成长为一个有温度的企业、有温度的品牌。

赵迎光的朋友圈有这样一条状态：“车顺利提出来了，并不是想炫耀，只是想告诉大家，做人一定要有梦想，只要你尽力奋斗，梦想一定会实现的。”他所说的车只不过是一辆普通的轿车，梦想才是他的重点。

十年磨一剑，等待、坚持、积淀，对创业满腔的热情让他坚持数十年如一日的奋斗，对创业的执着让他一手打造了今天的韩都衣舍。赵迎光，这个情怀满满的山大人，将继续追寻心之所向。

（原载于山东大学新闻网2015年4月27日；文：吕倩，图：受访者提供）

鲁统富:法律人的“术”与“道”

题记:在中国,人们习惯把“选择要去的地方”叫作“道”,而把“用什么方法去”叫作“术”。今天山大视点向大家介绍一位法学院的校友鲁统富,看他在十五年的检察官从业路上,如何精进检察之“术”,贯彻法律之“道”。

去年的6月1日儿童节,时值端午三天假期,山东省人民检察院检察官鲁统富与妻子女儿本打算在山水之间度过一家三口的休闲时光,也好好弥补一下对女儿的亏欠。随着人群前往鲁山溶洞群的鲁统富,正在想着溶洞漂流有没有必要先买件雨衣,就接到了处长的电话:“发生在烟台招远市的‘全能神’邪教人员将一女子殴打致死的‘5·28’惨案,公安机关侦查后已于今日提请检察机关批准逮捕。你速去烟台招远与我会合,指导此案的办理。”

案情如火,父亲和丈夫的身份总是要无条件地为工作让路。一个小时后,鲁统富已经在沂源前往招远的高速路上。

特案特办,检察官的一夜

到达招远时,已经入夜。

按照规定,检察机关要在7日内决定一个案子是否批捕。而这起案件十分特殊:手段凶残,案情紧急,背后的邪教组织亟待追查。特案特办,所有参与人员心中都绷紧了弦。

检察官们兵分三路,其中的两路——招远市的检察官分别提审讯问犯罪嫌疑人,核实口供;而省检察院侦查监督处的处长带领鲁统富和烟台市检察院的检察官一起连夜审阅卷宗,为是否决定批捕提供办案指导。

法律手续、证人证言、现场照片、凶案视频、被害人尸检报告……摞起来厚达二十多厘米的案卷材料摆在鲁统富的面前。作为侦查监督检察官,审阅案卷,判断证据的合法性、客观性和关联性,准确认定犯罪事实,以提出是否逮捕犯罪嫌疑人的意见是他最主要的工作。

检察官们度过了一个紧张忙碌、大脑全速运转的晚上。6月2日凌晨时分,阅卷、提审等前期工作完成。

当日,招远市检察院作出决定:对五名犯罪嫌疑人批准逮捕,并向公安机关提出了继续侦查犯罪嫌疑人还涉嫌利用邪教组织破坏法律实施的犯罪事实。当年6月起,公安部会同有关部门部署在全国开展对“全能神”等邪教组织违法犯罪活动的专项打击行动,抓获“全能神”重要头目和骨干成员近百人。

雨过天晴,云破日出。当聚光灯在法庭上闪烁时,鲁统富早已默默投入新的工作。阅卷、提审、复核、研究案情,继续着自己的各种忙碌。

从公诉到侦监,“让人放心”的检察路

翻开鲁统富的审查逮捕办案记录,既有宋晨光、季建业、秦玉海等在全国有重大影响的职务犯罪案件,又有涉及国有企业人员滥用职权罪、非国家工作人员受贿罪的疑难复杂案件,对这些重案疑案的妥善处理,得益于他十五年检察路积累的经验。“全国四级检察院,我在其中三级工作过。”

2000年,鲁统富从山东大学法学院毕业,来到济南市市中区检察院从事公诉工作,一干就是十年。

曾经,一个出生在偏远地区的男孩因多次盗窃被捕,由鲁统富提起公诉。因出生时没有出生证明,犯罪嫌疑人自述、骨龄测试、亲友回忆的年龄均不相同,最后竟出现了七个结果。我国《刑法》规定,已满十六周岁的人犯盗窃罪才应当负刑事责任,而其中有几起事实恰好就是在其年龄不清阶段实施的。

为了准确查明当事人年龄,使其得到公正审判,鲁统富就去那个男孩的老

家进行调查。去的那天下雨,从市镇到乡村,最后道路已经无法通车,雨下大了就用塑料袋装着案卷,鞋湿透了就脱掉光脚走,两小时后终于到达男孩家中。结果父母的回答“孩子多了,不记得了”让案情再次陷入困境。就在这时,鲁统富灵机一动,问:“附近有没有和这个孩子差不多时间出生的同龄人?”最终,根据邻居家一个女孩的生日,犯罪嫌疑人的年龄得以最终确认,其部分犯罪事实因为犯罪时不满十六周岁而在定罪时不被考虑。

用对案件了若指掌的“硬”实力在庭上唇枪舌剑,又能秉承着“软”心肠,跋涉泥泞去核实一个连犯罪嫌疑人自己及父母都记不清的出生日期,为的都是“给犯罪嫌疑人与受害者一样的公平正义”。

2009 年 10 月,鲁统富告别公诉岗位,经遴选到山东省检察院侦查监督处工作。从“检察院的窗口”部门到侦查监督处的一名办案人,他感觉“并没有什么不同”:都是研究案情、核实证据、追求真相。只是,侦查监督工作要求在七天内判断犯罪嫌疑人是否符合逮捕条件,更考验判断力与应变能力。

有一个案例鲁统富记忆犹新。一名犯罪嫌疑人向一家企业索要一辆轿车,供妻子上下班使用。讯问时,坚称是借用。鲁统富问:“你有无能力买车?既然有能力为什么要借?长期借用他人车辆,是否合乎情理?既然借车,为什么五六年不还?”经过这一连串的细节询问,犯罪嫌疑人口供自相矛盾,只能坦白交代。对此鲁统富总结说:“检察官要尽可能了解各方面知识,比如心理学就常在讯问中用到,此外现在许多新型案件涉及证券、金融、知识产权等专业领域,不懂的话很难作出判断。”

2010 年,高检院侦监厅向山东省检察院借调一名检察官参与由高检院、公安部、监察部、商务部联合开展的“对行政执法机关移送涉嫌犯罪案件专项监督活动”前期部署工作,鲁统富被推荐了。临行前,处领导专门鼓励他说:“这项工作需要较强的业务能力、文字工作能力和沟通协调能力,派你去,我们放心。”

“放心”,这样的评价也多次出现在案件当事人的评价中。“鲁检察官,我们信任你”是鲁统富经常听到的一句话。

轮转公诉、侦监两类岗位,历经基层检察院、省检察院、高检院三级检察机关,他坚守着对法律实现公平正义的追求。经验丰富、坚守信念、求学不倦,无论台前幕后,鲁统富都是一个令人“放心”“信任”的检察官。

时代需要法律人坚持、坚守

鲁统富读大学的时候,刑法课在大二开课,也就是 1997 年。正是在那一年,我国刑法进行了最大的一次修订。“我上学直接就学的这一部。”在鲁统富办公室的书柜里还保存着当年的刑法课本。书皮陈旧但完整,满是笔记的书页已微微泛黄。重新翻看这本书,鲁统富似乎开始怀念那段大学时光,那段与法律结缘的开始。

1997年至2015年,十八年间,刑法又先后修正了8次,鲁统富也从刚接触法律的大学生成为经验丰富的检察官,见证了中国法治建设的不断进步。时代在发展,技术在精进,法律之"道"却一以贯之。

2002年,中国举行首次国家统一司法考试,鲁统富通过了这次考试,在日后职业道路上走得更远。2009年,司法改革解决检察院自侦自捕问题,将省级以下检察机关直接立案侦查案件审查决定逮捕权上提一级,使鲁统富获得机会进入山东省检察院。2012年,《刑事诉讼法》再次修改,2013年正式施行,"保障人权"在检察工作中的意义更加凸显,日常批捕工作的执行更明确、严格。2014年,随着司法改革的进一步深化,检察官须对所办案件终身负责。

中国法治的足迹影响了鲁统富的人生,而鲁统富也以自己法律人的信念,在推动法治中国发展中奉献着自己的力量。"坚持和坚守",面对着时代的变化,这是他给出的回答。

检察官的另一面:"鲁班"

在涉及工作内容的采访中,鲁统富展示出典型的法律人形象:表情严肃,言辞谨慎,表述多为客观事实而极少主观判断。但当谈起自己的山大经历,他的表情多了起来,言语也随和活泼了很多。

高考之前,老师对他说:"你很适合当律师或者记者。"他于是填报了山东大学法学院。在他的回忆里,山大的经历也可用"赠人玫瑰,手有余香"来形容。

求学时的鲁统富得到了许多帮助:初入法学专业,并不流利的普通话令他有些失落,看到他课程作文的同学前来鼓励他,令他拿起了笔逐渐成了班长和学院学通社社长;毕业季,他作为班长帮助济南市市中区检察院组织招聘,自己的简历被前来招聘的负责人主动要走,自此走上了检察之路。

而他也在不断地回馈着收到的帮助:1999年他创办了法学院的院刊《方圆》(现《法萌》),开始了山东大学法学院自办刊物的历史;他与老师同学一直保持着良好关系,是老师婚礼上的伴郎,是毕业十五年仍会被同学们亲切称呼的"鲁班"。

作为学长,他总有很多话想送给学弟学妹,也送给曾经的自己。"公检法工作其实是有些寂寞的,你不能有太多的欲望和爱好,不然可能会被利用。工作中要常年面对社会的阴暗面,要坚持住职业操守令自己不被吞噬。选择职业,要考虑是否适合自己。你会付出时间和精力,也会得到许多你想要实现的东西。"

时钟倒转到1997年，在课堂上翻开新修订、新印刷的《中华人民共和国刑法》的鲁统富，对检察工作尚且所知甚少，在检察之“术”上精益求精更是多年后的事，但他的“道”在看到这部将罪刑法定明确为基本原则的刑法时早已萌生，正如他在《方圆》的创刊词中写道：“新世纪曙光已露，吾辈更当鞭马疾驰，一往千里，为开创法学之广阔天地献我心力。”

（原载于山东大学新闻网2015年5月25日；文：黄彤，图：黄丹妮）

景德祥:见证大会的山大人

“这张照片是 1985 年中国第一次派代表团参加国际历史科学大会的合影,有刘大年先生、季羡林先生、恩师刘明翰先生等,照片还是我拍摄的,已经整整 30 年了。”景德祥饶有兴趣地向记者介绍着那张颇有故事的明信片。

30 年前,刘明翰教授是第 16 届国际历史科学大会中国代表团的成员,也因为这个原因,作为刘明翰教授的学生,正公派德国留学的景德祥,陪同参加了大会。从中国正式组团参加会议,到大会在中国、在母校举办,30 年光阴倏忽而逝,给景德祥留下了太多回忆。作为当时会议的参加者,同时也作为大会承办方山东大学走出来的学生,景德祥有太多话要说……

30 年的见证,史学的盛会

“当时国际历史学会很重视中国代表团的参与,邀请中国代表参会,并表示希望我们加入委员会。”20 世纪 70、80 年代,随着中国重返国际舞台、国际地位不断提高,中国历史学界也得到了世界同行的肯定。1982 年,中国继 1938 年之后，再度成为国际历史学会的正式会员。1985年，以刘大年为团长、季羡林为副团长的中国史学家代表团正式出席斯图加特第16届大会。中国与大会算是有了稳定长久的联系，“还记得当时刘大年先生发言时十分慷慨激昂，很是凸显国威。”

30年前，正式组团参加会议；30年后，国际历史科学大会来到中国，举办这样一场史学盛会。对于中国，对于中国史学界，对于承办方山东大学，都是莫大的荣耀。“我们能办这次大会，原因也是多层面的，中国国际地位日益提高，经济成就显著，这是一个条件；我们作为五大文明古国之一，悠久灿烂的文化历史以及山东作为圣人孔子的故乡，让我们在文化上也有很大的优势；而作为承办方的山东大学文史见长，主编的《文史哲》杂志在国际上很有影响，这也是我们的优势。”多层面的因素，使得中国与国际历史科学大会百年交集的链条上有了最关键的一环——第22届国际历史科学大会的举办。

从参会到办会，需要承担办好大会的责任。作为有丰富办会经验的景德祥，有足够的发言权评价此次会议。“根据我的办会经验，筹办国际会议很烦琐，此次会议到目前来看还是非常成功的，无论是会场氛围还是参会人数，整个会议进展都井然有序。”对于景德祥而言，一场学术会议成功与否的标准主要在于以下几个方面：硬件上，参会人数、学者安排、学者联系沟通事宜等要充分协调；软件上，会议内容要精彩，议题要有意义，会场氛围要活跃。对于其中的会场氛围，他有这样一个生动的论述：“开会像是烤面包，要注意火候，会场上要有学者的观点交锋，热火朝天的讨论，但又要井然有序。参会者可以畅所欲言，结束又会有意犹未尽的感觉，这是最理想的会议状态。”几天的参会体验，让景德祥对会议的成功举办充满信心。

钟爱的历史，毕生的追求

“五年一次的盛会，将历史学家共同体展现在世界面前，让全人类都有机会了解历史学的进展，讨论各种历史问题，促进学术交流，推动学术发展，对我们国家来说也是彰显软实力的大好机会。”作为中国社会科学院世界历史研究所的研究员、从事历史研究30余年的他，参会自然有学术研讨的考虑。

历史于他而言，是一种科学，一种学习。“历史是一门有趣的学科，与其说历史是有固定领域和对象的科学，倒不如说历史是对世界万事万物运用各种科学方法进行观察的学科。”

在景德祥看来，各类科学是互补的，它们从各个方向研究世界，历史作为回眸人类发展的科学很有必要，历史学科的发展要注意借鉴其他学科的研究方法和成果,运用现代科学研究的新成果推动历史学科的发展。对历史研究满满的热忱让他孜孜不倦地在历史学海中遨游。“研究历史于我而言,更像是学习,我可以从中吸收滋养,学习历史学家如何处世,不仅为社会贡献学术知识,也从中学习处理与时代、与社会的关系。”

在景德祥的定义中,伟大的历史学家是有着自己风骨、有职业道德的群体,历史研究则是既仰望星空、也脚踏实地的学问。“历史研究既要有高入云端的哲学思考,也要脚踏实地,重视史实,注重严谨。”对学术向来不倦追求的他,在结束德国长达十七年的学习后来到中国社科院工作。他致力于钻研学界密切关注的、符合国情大局的德国政治历史等方面的内容,取得了不小的成果。他还积极策划学术活动,为研究世界历史的专家学者搭建交流平台,还参与社科院世界历史浩大工程——39 册、1500 余万字的中国第一部大型世界通史著作《世界历史》中的部分写作,出版书籍等。学术于他,已然是毕生追求的事业。

魂牵梦萦的母校,永远的山大人

除了学术上的追求,驱使景德祥参会的还有感情因素。作为山东大学 1983 届校友,母校承办会议,景德祥自然要回来。山东大学在景德祥的人生轨迹中留下了很深的印记,所以每逢母校有大活动,他都协调时间参加。2001 年,他回校参加建校 100 周年纪念活动;2003 年,毕业 20 周年同学聚会,他也在场。

“1979 年的高考,录取率不到 6%,考到山大是我莫大的荣耀。在这里,我接受到浓厚的文化熏陶,认识了很多一辈子的朋友,这儿的老师与同学是我宝贵的无形资产。”至今仍与当时大部分同学保持联系的景德祥,将山大的四年视作人生的重要历程。或许,母校的意义正在于一辈子的魂牵梦萦,“虽然在远方,还是常想起……”

“这张照片太珍贵了,想想当时的代表团,有些学者已经仙逝,有些学者成了我后来的同事,缘分就是这么奇妙的东西。”从学生时代见证中国代表团的正式参会,到时隔 30 年回母校参加大会,是国际历史科学大会,是山大还是历史与他的缘分?或许是三者的合力才有了这样特殊的身份吧,景德祥——见证大会的山大人。

(原载于山东大学新闻网 2015 年 8 月 28 日;文:吕倩、杨璇,图:刘梦冬)

刘培超：用机械臂撬动未来

在刚刚结束的中美创新创业大赛上，毕业于山东大学、现为越疆科技 CEO 的刘培超，率领自己的团队，凭借令人惊艳的“Dobot 机械臂”项目，夺得大赛二等奖。记者在中美创客论坛的现场，有幸见识到了他的风采。

为什么选择了创业？

“我大学是机械工程学院机械自动化专业的，但我从骨子里就一直想着创业，没想过入职某个企业做技术型人才。

“大一我在学校里推广中国移动手机卡，第二年就拿下了整个南二环的校园代理；大二时申请了两项专利，并在市里的创新比赛得了特等奖，大三带着产品参加“挑战杯”也获得了山东省特等奖。为了补充专业领域的空白，我还修了管理学院的双学位，了解市场方面的知识，为创业做铺垫。”

“机械臂”项目的研发过程是怎样的？

“我2013年去了中科院苏州，想看看有没有好的项目可以做产业化，寻觅无果便在2014年辞职去了深圳，加入一个做医疗器械的小微企业，在那里干了八个月。其间我发现这个的市场不是很大，于是在2014年10月启动“机械臂”项目，白天工作，晚上七点到凌晨两点跟同学同事一起研发。

“本来想两个月搞定，但确实有很多难点，尤其是控制系统，控制的流畅性和精确度都是大麻烦。这方面基本都是国外垄断的，我们全靠自己开发，存在很多不稳定的问题，只能自己查资料，一遍遍地调试。

“2015年5月公司的项目完成，我就辞职专门干这个。团队是我从山大同学和中科院同事里挑的，都是技术过硬、自学能力强的人。创业肯定需要自学能力，很多东西是没有导师的。”

创业过程中有什么深刻的记忆吗？

“第一个记忆点是深圳这座不夜城。每天工作完之后，凌晨两点，我都会拖着疲惫的身体下楼，吃点牛丸和拉面。还有就是，团队刚成立的时候只有五个人，三个在深圳，两个在苏州。年底开年会，我们三个人买了点啤酒，找了家KTV唱歌，之后各自买了汉堡套餐当作年夜饭。

“那个时候资金困难，全部都是自己垫钱，感觉非常落魄，但回想起来当初是乐在其中的。整个研发过程用了一年的时间，2014年春节都没回家。这是个痛苦的过程，纠结是该放弃还是坚持。”

为什么是“机械臂”而不是别的项目？

“我在中科院做实验的时候发现‘机械臂’这个领域还是很难，因为目前整个中国的工业机械臂只是做集成，技术掌握在外国人的手中。我们也是这个专业的，看到这种现象感到很心痛，但同时也看到了机会。这么多年中国上市公司都没有做好，证明我们有机会颠覆这个行业。”

你们是怎么推广“机械臂”的？

“之前挑战杯、双学位、兼职的经历让我有一点点推广营销方面的积累，但是市场敏感度还是不够，也不太懂市场推广法则。于是我找做销售营销的朋友帮忙，去华南理工招了20多个同学兼职做国外营销，在Facebook、YouTube、Twitter上用炫酷的DEMO进行宣传，也找了一些媒体来报道造势。”

为什么参加这次的中美创新创业大赛?

“首先是这个大赛的定位。中美创新创业大赛会有一些国外的朋友过来,我们可以一起做一些类似思路方面的交流。之前我们对国外团队也有一些了解,看一下他们项目后期的规划,对我们能起到很好的启发作用。另外,我们知道一些评委都是专业的投资人,也想趁机跟投资人交流一下,看看未来的资金需求方面能否达成合作。”

对未来的大学生创业者有什么建议?

“创业是好事,但不是所有人都适合。创业前给自己做一个正确的定位分析和承受能力分析,明确自己想要什么。人生最丰富的是经历,经验是未来珍贵的财富,多出去走走,对创业模式有了解后再做决定。

“创业是条不归路,真的很艰辛,建议学校多开访谈、分享会等活动。但不管成功或失败,创业都有意义,能让你对社会规则、商业模式有了解,不管未来是继续创业还是就业,都是不错的经验。”

(原载于山东大学新闻网 2016 年 4 月 12 日;文:陈泽南、杨芮茜,图:陈泽南)

李天驰:编程是另一个维度的创作

一身深蓝色的便服,独自一人站在“建行杯”第三届山东省“互联网+”大学生创新创业大赛的赛场上,李天驰面对评委犀利的提问淡定自若,侃侃而谈,最终带着“编程猫”项目勇夺省赛冠军,并将于9月中旬参加第三届中国“互联网+”大学生创新创业大赛全国总决赛的角逐。就是这位从容不迫的26岁年轻人,今年入选了福布斯中国公布的“30位30岁以下精英”榜单,走进了公众视野。

李天驰,山东大学软件学院2009级校友,“90后”创业者,编程猫创始人及CEO。参赛期间,李天驰校友接受了山大视点记者的采访。

哪怕只教十个小朋友,他的一生也会因此不同

谈到入选福布斯2017年中国“30位30岁以下精英”榜单,李天驰说:“我自己不知道什么时候申请的,是一个离职的员工给我发了句‘恭喜’,我才知道这么一个消息。”因为对编程教育作出的贡献被福布斯这样的权威榜单认可,他感

到非常荣幸,同时也向记者表达了自己始终如一的愿望:“希望把编程教育做得更好。”

回想自己的编程之路,李天驰追溯到1999年,时年8岁的他因想改掉游戏《三国志》的一些代码,快速通关、占领城池,开始和编程结缘。“学习如果是从你的内心出发的,进步的速度往往更快。”李天驰说。正是这种对游戏的兴趣,让他喜欢上了编程,也为将来他把游戏和教育融合埋下伏笔。

2009年,李天驰进入山东大学,在软件学院学习人机交互专业。在校期间,他曾担任软件学院篮球队队长,也曾活跃于院学生会,在文艺部组织各种活动。无论是篮球队还是学生会,都给他留下了许多难忘的记忆。毕业之后,他也依然和老师、同学保持密切的联系。2013年毕业后,李天驰进入欧洲创新技术研究院,对图形化编程进行深入研究。

“我觉得山大在我的编程和创业创新领域上是一个启蒙者。”回忆起在山大的经历,李天驰如是说。他一共有过三段创业经历。第一次创业是2012年,他在山大做了一个英语一对一的教育项目,由此体会了创业的乐趣。从山大毕业后,他在欧洲学习期间开发了一款名叫settler的互联网软件,帮助留学生快速在当地办理银行、租房业务等,并在2014年凭借该软件在EPA法国创业大赛中获得冠军。第三次就是致力于少儿编程教育的编程猫。

2015年,李天驰与合伙人孙悦每人在欧洲创新技术研究院修读3个硕士学位并即将毕业,但他们放弃了总共6个硕士学位,归国创办编程猫。编程猫是一家针对少儿编程的在线教育平台,提供图形化模块的在线编程教育课程,学员可以在平台上设计游戏、软件、动画等内容并进行展示和交流。他用一句话打动了孙悦:“哪怕我们只教了十个小朋友,他的一生也会因此而完全不同。”李天驰希望下一代更早地接触到编程,学位对他来说仅仅只是一纸文凭、一种认可,但少儿编程教育则承载了对下一代的社会责任,这是靠自己的力量为国家作贡献的一种可能。“我们怎么样为世界带来一点变化,在将来人工智能时代到来的时候,让所有人掌握这一种技能?我们希望让每一个小朋友在成长的过程中能接触到更好的东西。”凭借易掌握且充实有趣的课程,在短短两年时间内,编程猫就吸引了超过32万海内外少儿用户,获得3轮数千万投资,令人瞩目。

好的产品,可以击穿一切

编程猫创立之初,李天驰也曾陷入归国创业的困境之中。作为“海归”创业者,他们在海外积累了各种资源,也接触到包括像飞利浦CEO这样出色的人物。对他们来说,最困难的是回国以后怎样把心态放平。李天驰总结出一个

“空杯理论”。“当你是满的时候，就很难去接纳新的知识。特别危险的是，你明明只有一点点，你却觉得自己已经满了。一到国内市场，就会觉得处处不适应，就会怨天尤人。这时需要的是把自己倒空，见到一个人就向一个人学习。”

“创业的每个阶段都是有困难的。”李天驰笑谈。创业初期，他们面临怎么去获得第一批用户的问题；获得用户后，还需要考虑产品怎样能让用户长期停留；进入新的发展期后，则需要面对团队的组建问题。不同经验、不同特点的创始人在创业领域会面临许多的未知，因为过往的经验在这个时候都是没有用的，在面临新事物的时候，就要去作决断，去判断整个行业的趋势，自己该走哪条路。一个人的抉择，往往面临的是整个公司、整个团队的劳动成本，稍有差池就可能面临巨大的时间和金钱损失。

李天驰介绍，编程猫团队吸收了许多海外和国内的资源与技术。在创业初期自主研发搜索引擎的时候，国内成熟的技术较少，成本较高，而且国内的技术开发会更偏向应用，如应用软件开发、网页开发，如果要研发图形引擎就需要国外的技术。组建团队时，他们常常会见到一个人就不断地问，你认识最厉害的人是谁？能把他的邮箱给我吗？通过不断询问，他们把这样一群“牛人”找来中国，并在随后发展中逐渐吸纳了摩根士丹利、德意志银行、中国银行、百度教育事业部的尖端管理人才，团队日渐发展壮大。

在团队的努力下，编程猫获得了快速发展。2017年，李天驰正尝试让编程课程进驻公立教育体系，目前，在全国范围内有超过1300家的学校及教育机构与编程猫达成合作关系。怀抱“好的产品，可以击穿一切”的态度，李天驰不断改进编程猫。他认为，编程猫最大的优势是产品的优势。任何一款产品，如果不能获得大量用户的认可，不能获得家长的支持，不能获得投资人的认同，归根到底只有一个原因，就是产品不够好。这取决于能不能洞悉到用户的需求点，能不能从一个更高的维度去俯瞰这个问题。

正是出于这样的目的，即使现在编程猫已经取得了斐然的成绩，李天驰仍不忘初心。“创业的根本是为社会、为国家、为世界作些贡献，成绩永远是可以再努力提高的。其实我们相信，踏踏实实地把事情做好是最重要的。”

在人工智能时代，自由创作归于孩子

人工智能时代下，李天驰对“创作”有不一样的理解：“首先，我们对创作的定义会发生一些改变。我们以前把文字、小说、画作、音乐之类的创作才称之为创作，但在人工智能时代下，创作形态已经发生了改变，人工智能会成为一个新的创作工具。”李天驰一直把“培养未来创作者”当成编程猫的使命。“iPhone 从它的第二代到第十代，仅花了十年的时间就改变了人类社会。人工智能在未来会帮我们完成很多事情，它会帮我们去驾驶，帮我们去遣词造句，帮我们去翻译，市面上已经出现一些软件，能够将图片自动处理成梵高的风格。很早以前，只有梵高能成为梵高，但通过人工智能，人人都可以成为梵高。所以，我们会有培养未来创作者的愿景，因为可重复的劳动在未来人工智能一定会完成，只有创作，才是人工智能最难取代我们的一个地方。"李天驰和他的团队一直在做的事，就是把编程当作一种工具，培养未来的创作者。

和其他创业者不同，李天驰一直专注于教育，无论是当初的产品，还是现在的编程猫，都和教育直接相关。在创业道路的选择上，李天驰的家庭环境因素发挥了很大的作用。李天驰的父母都是老师，还有一个十岁的弟弟，正是这种为人兄、为人子的心态，让他秉持着"幼吾幼以及人之幼"的原则，一直在教育领域创业。

"国务院刚刚出台的《人工智能国家战略规划》的第五章第六条已经明确指出，将编程教育寓教于乐的形式纳入我们的学科里。实际上在世界范围来讲，欧洲、美国、东南亚，日本、韩国这些地方，已经把编程列入基础学科中。"李天驰认为，少儿编程教育这个行业在中国还处于一个预备阶段，预估它在中国真正的腾飞会在 2018 年到 2020 年之间。"从过去到现在，在教育领域，孩子们在其他学科想要取得一个小小的进步，都需要付出巨大的努力。在编程上，你可以获得远超于游戏的成就感，它本身就十分适合游戏化教育这个方向。"谈到编程教育的未来，李天驰信心满满。

（原载于山东大学新闻网 2017 年 9 月 7 日；文：陈丽荣，图：受访者提供）

华列兵:岁月虹影照红星 理想明珠映丹心

华列兵,1967年生,汉族,江苏太仓人,1989年山东大学历史学专业本科毕业,现任北京市公安局法制总队党委书记、总队长,2018年12月4日当选2018年年度法治人物。

烧滚一汪清水,将滚水稳稳地注入茶壶,只见茶壶里茶叶舒展开来,浮浮沉沉,将茶的香味尽数释放,给寒潮侵袭的世界平添一分安稳。金黄色的茶水倒映着旁边书柜里一排排典籍,亦映衬出沏茶人的周身气度——生活中的华列兵掩去了身着警服时的雷厉风行,显现出一位学者的沉稳。

于12月4日举办的年度法治人物最终颁奖礼已经过去,而当选的他提及这显赫的光环,只是极谦虚地表示感谢:“我内心依旧充满感激,感谢这个时代给予我们机会,可以发挥我们的能力,多做一点事,并得到这样的高度认可。”身着戎装,心有红星,公安法制17载,岁月虹影翩跹过。他留住了在山大研习历史时的钻研求真,留住了在军队里刻苦训练时的坚毅无畏,也留住了在公安法制岗位多年来的勇于创新:终凝成理想明珠,唤照一颗丹心。

“宪法的精神,法治的力量”是年度法治人物评选活动提出的标语,而华列兵作为2018年度法治人物当选者,对于这样一个形容有着自己的解读:“现如今,依法治国最根本的还是依宪治国,宪法作为我国的根本大法,对于社会的法治建设具有独特的精神引领作用。而依法治国是建设社会的根本方略,也是四个全面的一个方面,其作用不言而喻。”甘当法治公安建设“马前卒”,华列兵将自己比作维护法治的小小螺丝钉,以17年的奋斗为法治建设砌砖添瓦。

在研究里追寻历史,在实践中用心法治

“现在工作的确忙了,但我还是喜欢读书,喜欢研究历史。”华列兵曾在山东大学历史学专业进行学习,济南是一座历史悠久的城市,山东大学亦有着悠久历史,青砖石墙刻着时间流逝的痕迹,催生了他对历史的“偏爱”。

“穿过小树林,走到文史楼,我在那里度过了四年大学时光。在那栋楼里,我读了许多书,也更加喜欢历史。”华列兵曾在工作后回到母校,他与爱人漫步校园,走过曾经驻足的水泥路,凝眸曾经穿越的白杨林,回望曾经学习的文史楼。正值毕业季,校园里有不少学生互述离别的不舍,这让华列兵想起自己的毕业季,往事历历在目,涌上心头——这里是他亲近历史的源头,也是他踏入社会的起点。

中华历史五千载,浩瀚的历史世界对华列兵始终有着无穷魅力。在他眼里,历史并不是一行行枯燥的文字,而是一桩桩需要人们探寻的“大案”——某处遗址、一本残卷、几块石碑……看似斑驳的证据将历史的原貌一点点牵拉出来,研究历史的过程正如同公安机关办案的过程,其中有无限趣味。华列兵将自己研究分析历史的过程看作一个“思维训练”,以同样的严谨应用在案件的侦查中。

《增广贤文》中有这样一句:“人生一世,草生一春;来如风雨,去似微尘。”朝代更迭、族群迁徙、制度修订……历史上的几十年可能会被压缩成书上薄薄的几页,其中的细节则难以探寻。华列兵始终将自己看作一个站在现代的节点探寻历史真相的人,既记得仰面望未来,又坚持回望着历史的相似处。“直到现在,我还是一有机会就去了解历史。每次坐地铁上下班,我都要听段《百家讲坛》,琢磨琢磨里面的故事,我很珍惜这些能让我长知识的机会。”华列兵笑谈道,寥寥数语将无数个沉浸在历史春秋的自己展现出来。其中,华列兵还提到了自己在军校任教时开历史讲座的经历,选择选题、查询资料、开设讲座,笑称是自己开的“百家讲坛”。

数个挑灯夜读的夜,他在如豆灯火的陪伴下手抄、阅读了大量典籍,也将书香印进自己的灵魂,走在西风的广袖,也走过夕阳的衣襟。

除了天生的喜爱，华列兵对于历史的着迷也因为它对于自身的警醒作用。“在我看来，研究历史不管对于什么领域都是有着重要作用的。即使是咱们现在的法律修订，有很多都是与史实息息相关。”提及历史对于法律的影响时，华列兵沉吟片刻，提到了2012年修订的《刑事诉讼法》，其中“经人民法院依法通知，证人应当出庭作证。证人没有正当理由不按人民法院通知出庭作证的，人民法院可以强制其到庭，但被告人的配偶、父母、子女除外”这一条与孔子“亲亲相隐”思想相照应，将优秀传统文化融进当代法律之中，这其中的深远考虑又何尝不是一种对法律温暖的扩大，又何尝不是一种人性化的体现，历史对于现代法治的建设的影响可见一斑。这也正是华列兵对历史着迷的另一个原因——几千年的文明进行浓缩，取其精华，去其糟粕，对当今社会的安定和谐将会产生多大的推动作用。这是一位在公安法制岗位奋斗了17载的工作者的初心。

“宪法的精神，法治的力量”

公安法制岗位像是一种幕后工作，在执法中发挥着“大脑”的作用，有着特殊而又极其重要的意义。处于这样的位置，像华列兵一样的公安法制工作者不如一线警察受关注，却在法治建设中发挥着极大作用。在推动法治建设方面，华列兵带领团队做了许多实践与努力。

“哪里有问题，就从哪里着手，我们在顺应法治建设的同时不断引进智能化，推动透明化，从各个角度进行着探索。”华列兵简单介绍着自己带领团队进行的大大小小的改革，话语平实，却掩盖不了每一项改革背后熠熠生辉的重要意义。

公安执法办案管理中心便是改革中的一项，它是由华列兵指导的在全国率先建立起来的集“一站式办案、合成化作战、智能化管理、全程化监督”等多功能于一体的机构，它不仅能有机衔接司法体制改革和公安执法改革，还在维护基层民警和犯罪嫌疑人的权利方面发挥着重大作用。“对于基层民警，我们的公安执法办案管理中心能提供给他们最大的物质、设施支撑，让他们将全部精力放在讯问办案上，这样就能避免资源的无谓流失；对于犯罪嫌疑人，管理中心能够在实施强制性措施前保障他们应有的权利。管理中心所做的一切都是为了最终办案的方便，也是为了维护社会的安定。”不仅如此，管理中心甚至还向未成年受害者、犯罪嫌疑人提供帮教，公安部门的专业人员及各个社区的志愿者会定时给予缺乏管理照顾的未成年人一定的陪伴。华列兵相信人性化对于维护社会稳定和谐的积极意义，也始终坚持进行实践，在试练中不断完善。

除了公安执法办案管理中心，华列兵还指导牵头，带领技术人员推动智慧警务建设，打造智能化执法办案系统，全面建设推行智能语音识别、电子卷宗及智能证据审核，健全完善执法全流程管理机制，创新研发智慧办案App，接受群众监督。“现在科技发展越来越快，我们法治建设也需要注入科技的力量，这不仅是对公安部门工作提供便利，也是坦然地接收人民群众的监督。”

说到人民群众的监督，华列兵还幽默地称赞了“朝阳群众”现象，在他看来，越来越多的人民群众愿意参与到社会稳定的维护、公安部门的监督中来，这对于法治建设大有裨益。“这也是有历史依据的，古有群臣纳谏，今有‘朝阳群众’，这都是参与度提高的体现。”华列兵对这段流传自历史的典故娓娓道来，在他看来，“宪法的精神，法治的力量”也正是在这些方方面面体现出来。

传承与守望

在其位，谋其职；负其责，尽其事。身在公安法制岗位，华列兵表示自己和爱人这些年其实总是聚少离多，陪伴孩子的时间也并不充裕，但他们都享受聚在一起的时光。

华列兵与爱人在济南相识相恋，这座岁月悠长的城市并不是他们的故乡，却是他们青春的主场，见证他们的芳华岁月，正如他的爱人所说“济南见证了我生命中很重要的一段历程”。采访中，华列兵的爱人还提到这样一件趣事：“那时我们去爬千佛山，他提前‘挑灯夜读’了一晚上，就为了把千佛山那些典故弄明白，好在我面前‘逞能耐’。”华列兵立马接过话头，风趣地说道：“结果你一个问题都没问，咱们就只管闷头往上爬，倒是的确欣赏到了一番美景。”话毕，两人都笑起来，与书柜上摆放的多张合影中的笑脸相映成趣。华列兵喜好历史，他的妻子爱好文学，两个文艺且浪漫的人共同经营着一段羡煞旁人的爱情，尽管其中因工作会有分别，也并不会因为时空距离而有桎梏。

华列兵很享受自己的工作，如他所说，“能做自己喜欢的工作是一件很幸运的事。”在他看来，自己用心做好公安法制工作，爱人用文字讴歌社会，自己和爱人都是维护社会稳定和谐之路上的成员，期待以有限的精力贡献更多的价值。他和爱人的观念也一直在潜移默化中影响着孩子，引领他追随父母的脚步，在人生之路上积极奋进，努力拼搏。

华列兵已经在公安法制岗位工作了17年，他仍有无穷的斗志与信心，作为法治公安建设的“马前卒”助力国家。同时，他骄傲于自己的孩子也走上了报效国家、承担历史职责的道路，这条路上不知有多少有志之人以血泊酹这衷心敬仰的天地，华列兵以一颗谦卑且斗志昂扬的心为动力，继续做着他所爱所坚持的事业。

“我觉得，走过这一路，我要说得最多的就是感谢。纵观历史，有许许多多比我更有才能更有抱负的人，但他们那时并没有现在这样好的条件。感谢国家提供的优渥改革环境，让我们敢做、能做。”华列兵站在新百年的路口，回望着过去的风风雨雨，满怀感情地表述了他内心的感谢。去光荣地受伤，去勇敢地痊愈，走出足音的铿锵，华列兵的确做到了。

编者小记

甘当法治公安建设“马前卒”，这是华列兵的人生格言，也是时刻警醒他的一句话。17年岁月翩跹而过，红星闪耀苍穹里；理想明珠熠熠生辉，丹心尽在山河中。华列兵在这条有苦有甜的路上始终求索探寻，为法治建设献着自己的力量。

（原载于山东大学新闻网2018年12月20日；文：高鑫、魏旭洁，图：受访者提供）

李宇兵：勤奋为基石 人生不设限

2018 年，山东大学校友会成立 30 周年。在这一年里山东大学济南校友会和山东大学校友企业家俱乐部分别荣获“校友会 30 周年优秀校友组织奖”，作为这两个组织主要负责人的李宇兵获得“校友会 30 周年校友工作奉献奖”。

李宇兵，1960 年 2 月出生于山东济南，博士，教授。现任山东华天科技创业投资有限公司董事长、山东山大华天科技集团股份有限公司董事长，兼任山东大学管理学院教授、硕士研究生导师、山东大学济南校友会执行会长兼秘书长、山东大学校友企业家俱乐部理事长、山东大学校友企业商会会长。曾先后获得山东省劳动模范、山东省有突出贡献的中青年专家、山东省新长征突击手、山东省优秀青年知识分子、全省高校科研管理先进个人等荣誉称号。

李宇兵既是商海沉浮中的企业掌舵者，也是兼具理论高度与丰富实践经验的研究生导师，更承担着联结校友企业的责任。记者走进其典雅的办公室，与李宇兵一起翻开他朴素却不乏精彩的人生之书。

商海沉浮，艺术人生

初见李宇兵，身形清瘦挺拔，气质儒雅，相信很多人第一次见到他，都不会想到他是一个企业家，而从心底会觉得他是一个艺术家。在这间宽敞的董事长办公室内，曾经摆满了油画、陶器、奇石和画架，画架上时常还会留着未完成的作品。过去闲暇时，李宇兵常会外出写生，既能欣赏美景又能放松心情，灵感来时提笔作画，偶来偷闲修身养性。

“由于工作较忙，近几年已经不怎么画画了。”李宇兵提起过去那段时光，语气里满是怀念，但我们仍旧在办公室的醒目位置看到了两幅画，这是他以前在锦屏山写生时创作的。当记者要拍照时，李宇兵仿佛一瞬间提起了兴致，特意交代了该如何摆放才能让背景切割得更自然，眼中对这两幅画所流露出的珍视目光，让我们看到了绘画于他而言是生命中多么重要的一部分。

人生本就是不断在作选择的过程。李宇兵因工作减少了绘画创作的时间，企业却在他运营和规划下发展得越来越好。在他的领导下，山大华天从电源行业的无名小辈到跻身国家重点高新技术企业行列，拥有山东省级企业技术中心、山东省电能质量工程研究中心、山东省电能质量工程实验室，主要产品先后被列入国家“863”计划、国家火炬计划、国家科技成果重点推广计划、国家重点新产品等，同时拥有国家专利数十项。

回忆自己的创业之路，李宇兵在华天创立 15 周年庆典上有这样一段精彩的演讲：“忘不了当华天销售回款达到第一个 100 万元时的情景：把酒当歌，欢呼雀跃，这是大家自投身华天事业以来第一次感到如此畅快。新一代的华天员工们听到这个数字或许不会感到震撼，因为他们早已经习惯了一个单项销售合同少则数十万，多则数百万甚至上千万。可 1993 年的华天人一定体会深刻，因为这个成绩是他们夜以继日精心研制出来的，是他们在简陋的车间里认真生产出来的，是靠他们骑着自行车送货送出来的。就是靠这种拼搏奋斗、艰苦创业的精神，华天才能克服创业初期的种种困难，才能跨越后来发展中的沟沟坎坎。也只有靠这种精神的传承，华天人才能毅然面对未来可预见或不可预见的严峻挑战。”李宇兵的演讲里，将创业之初的辛酸苦涩化作如今的酣畅淋漓。艰苦的岁月已然过去，拼搏奋斗、不惧挑战的精神却留存在了每一代华天人的心中，也激励着大家不断奋勇前进。

作为华天的掌舵人，李宇兵肩负着的不仅仅是个人的抱负与梦想，更是一家企业数百名员工的前途与发展。李宇兵将创作的艺术运用在对生活和事业的经营之上，虽暂时停下了手中的画笔，他心中的画笔却在不停地勾勒着山大华天的美好未来。

缘定山大，聚众凝诚

1977年全国恢复高考。李宇兵正是在那一年来到山东工业大学（2000年并入山东大学）读书，从此便与山大结下了不解的缘分。作为恢复高考的第一届大学生，同学们的年龄参差不齐，有的甚至带着孩子来上学，而班级里年龄较小的李宇兵却积极地担任了团支部书记。大学毕业后，他留校成为电子系的一名基础课教师。然而，出于对法学和管理学的喜爱，工作期间李宇兵常常拿出时间去旁听法律以及管理的一些课程。后来他不仅在第一次全国律师资格证统考中拿到了律师资格证（之后还拿到了律师执业证），更相继攻读了管理科学的硕士、博士学位，并留在管理学院担任硕导。在山大，李宇兵完成了多次华丽转身。从学生到老师，从老师到研究生，再从博士到教授，山大的课程为李宇兵积累了厚重的知识底蕴，这里的点点滴滴都潜移默化地影响着他的精彩人生。

将高校科研成果转化为生产力，推动地方经济社会发展，山大一直走在前列。在这样一个大环境下，李宇兵与山大华天成了行业的弄潮儿。在华天发展过程中，市场开拓是一个重要节点，山大与省内高校的学生资源也帮助华天提高了社会知名度和产品美誉度。“这些都得益于与高校和同学的合作。”谈及创业初期的市场推广，李宇兵难掩对母校的感谢之情：“那是一次与省团委、校团委合作，在全省范围内推广的大学生社会实践活动，几千名学生参加华天产品的推广，使公司的销售规模迈上了一个台阶。”山大华天源于山大，其发展借力于高校，企业经营渐渐步入正轨后，李宇兵回馈母校的心情也愈发强烈。

进入山大校友会后，李宇兵出色地完成了校友会和校友企业家俱乐部的很多工作，谈到这里，李宇兵的眼中焕发出了光芒。“山大有一个很重要的探索和创新就是通过校友企业家俱乐部来促进校友会的工作。之前因为活动经费紧张，很多活动难以开展，有了校友企业家俱乐部之后，校友会便有了经费来源，可以开展更多富有成效的活动。”谈及校友企业家俱乐部的成绩，李宇兵难掩自豪之色：“不论是企业之间的合作、校企之间搭建产学研平台，还是与母校共建研究院、组织参观学生实习基地，在校友会活动的推进下，多方受益的局面已经形成。”山大校友会在全国范围内形成了富有特色的运营模式，成功为校友之间、校企之间搭建了沟通与合作的桥梁。“这一点在全国高校中，山东大学是走在最前面的，引得很多高校都来学习我们的工作模式。”李宇兵说。

校友为山大与社会搭建了桥梁，山大更为校友会提供了不断学习和成长的平台，山东大学百年学堂便是一个面向省内优秀企业家所开设的高端培训项目。在每月两天的课程中，企业家们可以学习到最新的知识，包括经济、管理、法律等在内的各个领域都有涉及，为他们授课的既有来自山东大学的优秀教授，又有从全国各地邀请来的大咖，使得企业家们不仅可以有一个沟通、交流的平台，更可以在这里开阔眼界，提升自我价值。如今校友企业家俱乐部的会员里有60多家A股上市公司的董事长，而这样一个平台也见证了许多合作项目的诞生。

任职期间，李宇兵积极吸纳热心校友，创新工作模式，整合校友资源，凝合校友智慧，不断推进校友会成员互动共赢。他先后与山东省企业集团海外促进会、山东上市公司协会等20余家省内知名协会、商会、同学会、俱乐部等建立了密切联系，同时与山东省浙江商会等15家省级异地商会保持着紧密合作，为校友会拓展了相互联结、资源整合的空间。校友发展论坛、校友新春茶叙等一系列精彩的校友活动，见证了李宇兵卓有成效的建设工作，他率先垂范并积极倡导会员企业和企业家回馈母校，支持教育事业，获得了母校的肯定，也赢得了社会的广泛赞誉。

谈到校友会的发展，李宇兵坦言不会止步于现在的成绩。时代在不断发展，校友会和校友企业家俱乐部的工作也会遇到新的挑战，但李宇兵始终本着“我参与、我奉献、我快乐”的初心，致力于为校友工作的发展与进步贡献自己的力量。

珍视当下，善待机缘

面对斐然的成绩，李宇兵总是很谦逊，“机缘巧合”是他最常说的一个词。过去的成就在李宇兵眼里变成了一种机缘，而在外人看来却是他的努力使然。随着事业的不断进步，李宇兵每天的工作时间也大幅延长，甚至周末也常常加班。“很期待能给自己放个假，但是近几年真的很忙。”他打趣着自己，同时又反思着日常的时间规划，“应该将身上的事务再理一理，做一些减法，这样还能多做一些事情。”近年来，忙碌似乎成了李宇兵的常态，要处理的事情千头万绪，但在他眼中都只是他生活中应有的色彩：“无论如何都要踏踏实实地走好脚下的每一步，不管是公司的发展还是校友会的建设，这些都承载着很大的责任。”

自古英雄柔情汉，这样一位投身事业的成功人士，他的心里却藏着对家庭的无尽温柔。李宇兵曾在公司年会上告诫员工要善待家人：“他们已经为我们付出了很多，我们的事业离不开他们的支持。所以我们一定要听得进妻子（或丈夫）的牢骚，千万不要忘了常给父母打个电话，记着抽时间陪孩子做游戏或聊聊天。”谈及最大的骄傲，李宇兵直言是他的女儿。虎父无犬女，李宇兵的女儿丝毫不逊色于自己的父亲，在清华大学完成本硕博学习后，又成为五道口金融学院博士后，女儿的学习阶段也与李宇兵相似，本科读工科，硕博读管理，博士后读金融。问及女儿是否受到自己的影响，他却摇摇头。女儿虽早已博士毕业，但李宇兵仍清楚地记得她本科时的校园经历："我女儿在大学阶段参加了很多的社会活动，做过清华大学艺术团的副书记、校团委创业中心的副主任，这些对她的影响都很好，也让她明白了自己将从事的方向，所以我也很鼓励同学们在大学期间多参加社会实践。"谈及家人，原本不善言辞的李宇兵显得格外有兴致，眼中流淌着的满是对女儿的关爱和对家庭的珍视。正是这样一位充满温情的父亲，才让我们明白他的成功绝非偶然。

问及对自己的评价，李宇兵用"勤奋"和"包容"来定位自己。只有在机会来临之前足够努力，在当下积累好迎接机会的资本，才能把握机缘，迎接成功。李宇兵喜欢的领域有很多，企业管理、法律、绘画……他的身份也有很多，父亲、会长、董事长、秘书长……在人生的各个维度，李宇兵都用自己的努力去创造令人惊艳的成绩；在不同的领域，包容的心态使得李宇兵博采众长，不断扩大自己的格局。以勤奋为基石，事业才有卓越成就；以包容为格局，人生才有无限可能。李宇兵在自己的生活里，善待每一份机缘，攀登新的高峰。

（原载于山东大学新闻网 2019 年 1 月 24 日；文：刀彦月、何元航，图：受访者提供）

李国庆:为确山扶贫出力,传鲁商信义之光

李国庆,山东大学管理学院 MBA 总裁班校友,山东舜华嘉豪餐饮服务有限公司董事长、济南舜华餐饮服务有限公司董事长,兼任山东烹饪协会副会长、颜派鲁菜研究会副会长、山东柔道协会副会长、山东攀岩协会副秘书长、山东篮球协会理事、济南篮球协会名誉会长、山东大学总裁班同学会执行会长。

坚决打赢脱贫攻坚战,让贫困人口和贫困地区同全国一道进入全面小康社会是我们党的庄严承诺。自 2012 年起,山东大学定点扶贫全国重点贫困县河南省确山县,在基础教育、医疗卫生、科技、文化以及资金等方面为确山县开展定点扶贫工作,为打赢脱贫攻坚战贡献力量。帮助确山县销售农产品就是重要举措之一。富硒米、红薯、香菇……确山县的优质农产品打开了销路,农户得到了实实在在的帮助。其中,校友李国庆积极响应校友会关于推广确山县优质农产品的号召,以购代捐,购置了确山县 250 吨农副产品,用于职工福利发放以及餐厅原材料供应。此举不仅为确山县扶贫工作提供了有力支持,更是体现了山大校友心系母校、情牵社会的责任与担当。

“就像家人需要帮助一样”

由于自小居住在山大附近，李国庆对山大有着浓厚的感情。在岁月的更迭中，李国庆见证了山大不断发展壮大的历程。提起在山大求学的经历，李国庆笑着说：“与其说是求学，不如说是更多地给了我一个机会，让我更加了解这个‘家’。”

在山大学习的这段时间潜移默化地影响着李国庆的成长与发展。他说，山大给予他的不仅是管理知识，更是一批优秀的校友资源与深厚的同学情谊。关于企业经营管理等相关课程的学习，让他提升了经营管理的理念，帮助他顺应食堂社会化改革的浪潮，克服了企业发展过程中的一个又一个的难题。作为管理学院MBA总裁班19班的班长，他主动担任起总裁班同学会执行会长一职，积极参与校友会组织的各项活动。从企业的参观游学活动到篮球赛、合唱比赛等文体赛事，都少不了他忙碌的身影。山大孕育的人文精神也培养了李国庆敢为人先的创业精神，在商业洪流中拼搏除了属于自己的一番事业与成就。

虽然已经离开校园，但李国庆没有忘却山大人“为国家图富强”的责任担当。一次偶然的机会，他听到另一位校友谈起山大对口帮扶确山县一事时，他当即决定，在保证产品质量的前提下，用以购代捐的形式购买当地的农产品，用作旗下食堂的原材料及员工福利。李国庆认为：一方面，相比于直接捐助资金，以购代捐对于确山县来说是一种可持续的消费扶贫方式，因为只有调动当地人民用勤劳的双手去创造财富，才能真正帮助贫困县摘掉“贫困”这顶帽子。另一方面，从商业的角度上看，原材料直接从田间到餐桌，也减少了流通过程的成本与时间，使得菜品的原材料更新鲜，价格也更优惠。

山东大学对确山县的定点扶贫，少不了众多校友的鼎力支持。谈及这次采购确山县农副产品的初衷，李国庆很自然地说：“山大校友会提出的关于帮扶确山县的倡议，就像是家人需要帮助，我当然会尽力而为。”对于山东大学未来与确山县的帮扶和合作，李国庆也充满信心：“这次采购农副产品的合作只是一个开始，借着山大的平台，相信会有更多社会企业加入支援确山县发展的行列中来，不久的将来必能打通多条确山县农产品的供销渠道，通过农产品的外销促进当地经济的发展，农民脱贫致富指日可待。”

“公益和工作都要凭良心去做”

早在此次确山县“以购代捐”之前，李国庆就曾在泰安的大地村开展过扶贫合作项目，帮助开发建设一个五十多亩的茶园，并计划打造成为以“茶”为主题的生态旅游项目，帮助当地的产业结构转型升级，打好“脱贫”这场攻坚战。在公益事业上,这位厚道的山东汉子容不得半点假。他说:“做公益和做事业是一样的,都需要凭着良心去做。不能把公益当成作秀,要踏踏实实、脚踏实地地做事。”讲起他做公益的思路,李国庆的言语平实而诚恳。

李国庆的事业起步于餐饮业,他师从鲁菜泰斗颜景祥,2002年成立了济南舜华餐饮服务管理有限公司,主要从事餐饮行业。随着后勤社会化改革的发展,他在这个过程中不断摸索,规模也逐渐扩大,目前已为济南多家企事业单位、学校及医院提供团膳。

在餐饮业中,诚信显得尤为重要。近年来食品安全的问题频发,也让他对于产品质量以及服务质量有了更高的要求。民以食为天,食品安全无小事。从原材料的采购,到加工生产,再到最终成为一顿精美菜肴,整个流程都有严格的指标与规定,容不得一丝一毫的马虎,更容不得任何的失信。当他看到忙碌了一天的医生护士、辛苦学习的孩子们或是加班加点工作的职工在他负责的食堂中吃到了一顿热腾腾的饭,心中尽是满足。这种满足不仅仅是一份来自顾客的认可,更多的作为企业负责人诚信经营背后所获得的一份心安。

人们常用“左手论语,右手算盘”来形容鲁商,李国庆是其中典型的代表。齐鲁大地的土壤,孕育了他热情好客又不失儒雅,紧跟经济发展浪潮却也能担起时代重任的性格特点。在义利观方面,李国庆的观念也与鲁商的“以义为先,以义致利”的历史传统不谋而合。随着公司的规模越来越大,李国庆常常在想,如何在公司的发展过程中,在将公司做大做强的同时履行好应尽的社会责任,尤其是如何发挥餐饮业的特色来服务社会。作为一位成功的企业家,他始终坚持着信义之道,在保证经济利益的同时,兼顾企业的社会责任。

作为商业经验丰富的企业家校友,李国庆也对目前大学生创业热提出了自己的看法。他认为,大学生在创业前应该对自己拥有的资源以及条件进行分析,找出适合自身发展而且自己感兴趣的行业去尝试。时代已经给予了年轻人最好的机会,在理性分析的前提下勇敢一搏才是无愧青春的选择。谈到自己的女儿也正在读大学,也同样在未来将面临择业、深造、创业等不同的选择,他深知当前年轻人身上所肩负的压力,以及对未来可能会出现的迷茫。“年轻人的未来是不设限的,有着无限的可能。应该从点滴小事做起,只有做好每一件平凡的小事,才能成就不平凡的人生。”谈到对山大学子的寄语,李国庆流露出最真挚的祝愿。

“人生不是一道单选题”

在餐饮业之外,李国庆的事业还与体育事业相关。从餐饮业到体育界,看似不相关联的行业之间,却潜藏着李国庆对人生的态度。李国庆自小就热爱体育运动,山大的操场,是他幼年常去的地方。现在虽然工作忙碌,但他仍坚持跑步，一有空，就到操场上再跑几圈。看着操场上同学们青春洋溢的脸庞，他也仿佛又重回了在操场玩耍嬉戏的孩童时光。

谈起最喜爱的体育项目，李国庆毫不犹豫地便提到了篮球。虽然平时工作繁忙，但是他仍常常与校友会的同学们一起相约去打球。在挥洒汗水的过程中，同学们的友情又一次地凝聚起来。他目前还兼任山东省柔道协会的副会长、山东省篮球协会的副主席等职务，多次参加总裁班同学会举办的篮球及足球比赛，并取得了优异的成绩。在他看来，体育既是一项团体活动，也是减轻压力的一种方式。通过篮球等体育运动，往往能够帮助他找到更好的工作状态，提高工作的效率。

虽然自己并非专业篮球运动员，但是对篮球队经营管理的策略，李国庆有着独到的见解。他表示："篮球比赛与管理公司，尽管是不同的领域，但是也有着相似之处。首先，二者都要求领导者具备极佳的管理与协调能力。只有管理者提前对发展进行谋划，做好策略，才能够稳扎稳打并且取得成功。同时，正如篮球是个要求团队合作的体育运动，企业的发展壮大也不是单打独斗的。"在他看来，不管是篮球还是公司管理，都离不开凝聚与合作。对内而言，需要成员之间相互配合，发挥凝聚力；对外则需要与不同的企业或行业合作，学习借鉴其他企业的优秀管理与运营经验，或从中寻找合作的商机。"众人拾柴火焰高，互利共赢才能维持恒久发展。"李国庆如是说。

在餐饮业中，他勤劳肯干，抓住时代发展的机遇，尽管面临着各项规章制度不完善，还需要摸着石头过河的困难，但齐鲁大地的儿女，从不畏惧任何挑战。迎难而上、脚踏实地的精神，帮助他克服了重重困难，使得他在餐饮业开创了一片自己的天地。在体育界，对于从小就热爱的各项体育运动，他则大胆地去尝试、去体验，无畏输赢，享受每一滴汗水落下的快乐，享受在体育竞技中团队协作的浓厚情谊，让兴趣成为生活中的重要部分。仰望星空与脚踏实地应该如何选择？李国庆用他的人生经验告诉我们：人生从不是一道单选题，你可以同时拥有最遥远的梦与最朴实的生活。

在与李国庆访谈的过程中，最能深刻感受到的，就是他所保有的"温度"。他数次提到，"经商先做人"，这句话也是他多年以来所总结的人生经验。谈到女儿时，他是为女儿的成长而骄傲欣喜的父亲；提及餐饮业时，他是雷厉风行、稳重老练的董事长；在公益事业中，他则是始终铭记社会责任的优秀企业家；在体育赛场上，他又是快意奔跑的篮球爱好者。不同的身份角色下有着不同的责任要求，但是不论哪种身份，都能从中感受到他朴实的温暖与善意。这种"温度"来源于山大校友的情怀与记忆，体现着一名商海掌舵人的责任与格局。

（原载于山东大学新闻网 2019 年 10 月 17 日；文：贾丰竹、李琴，图：受访者提供）

高青:山高水青 校友情长 筑梦健康 砥砺前行

8 月底,山东大学“经济学院青岛校友之家”在青岛华赛伯曼医学细胞生物有限公司揭牌,校友人才济济,汇聚一堂。山东大学经济学院 2000 级校友、华赛伯曼医学细胞生物有限公司董事长、山东大学聚贤教育基金副理事长高青作为此次仪式的发起人,在揭牌仪式上表示:“校友之家将是汇聚优势资源的平台,联系校友与母校的纽带。华赛伯曼医学将协同校友一起,共同关注山大校友发展,助推学院建设,服务地方发展。”

人生路上的指明灯

高青本科就读于青岛理工大学机械专业,出于对金融投资的浓厚兴趣,毕业时他坚定地报考了山大经济学院金融专业硕士研究生,并师从胡金焱教授,开启了一段宝贵的求学经历,也正是这段经历,为高青今后的事业发展奠定了坚实的基础。“现在想起来,能跟随胡老师学习是我人生的幸运,非常感激胡老师当时给我的指导和帮助。”如今的高青虽然已经成为一名优秀的企业家,褪去了年少时的稚气，但回想起多年前的往事，仍然感慨万分。

在十余年的商海沉浮中，每当高青面临事业转折的关口，都会去咨询导师，在他心中，胡老师已经成为自己人生路上的指路灯。“他会用自己的阅历经验给我最真挚的建议，事实证明，听取老师的建议，会少走很多弯路。”高青由衷地感慨。

唯一不变的就是变化本身

20 世纪 60 年代，高青的父母从山东举家迁往黑龙江，父辈身上就带有的“开拓”基因，使得高青心中很早就埋下了创业的种子。在东北长大的高青选择回到故乡山东读大学，毕业后则选择继续在山东发展自己的事业。

前阿里巴巴董事局主席马云说：“唯一不变的就是变化本身。”现代社会经济发展瞬息万变，很多产业往往面临着三四年甚至更短时间的革新周期，多年来，高青带领着他的团队一直在谋求转型的路上，从未止步。2003 年，研究生刚刚毕业的高青在济南做投资相关的工作，积累了经验之后，高青对自己未来的发展方向愈发清晰。2005 年，高青敏锐的眼光捕捉到国际贸易的市场潜力，便开始做铁矿石的进出口贸易。2008 年，随着事业的扩大，高青将业务拓展到了香港。2014 年，由于始终难以割舍对金融证券的热爱，高青在深圳投身基金投资业务。

然而，高青始终认为，做投资不等于做企业，高青希望去做一些真正有价值、对社会有贡献的事情。抱着这样一个理念和初衷，高青开始关注生物医药领域，不断寻找生物医药的投资项目，先后考察了国内外多个企业，通过调研，高青认定生物医疗行业会是下一个“风口”，并于 2018 年在深圳成立了深圳华赛医学细胞生物有限公司。2019 年，为积极响应山东省“新旧动能转换”及青岛市“双招双引”“学深圳、赶深圳”政策号召，高青决定离开深圳，来到青岛这座生态环境优美的城市开展自己的医疗健康事业。通过与青岛大学科学家团队进行多次交流探讨和思想碰撞，青岛华赛伯曼医学项目孕育而生，青岛大学雄厚的科研实力和丰富的临床经验，山东省新旧动能转换的大环境让他下定决心将资金快速投入该项目中，并义无反顾地着手青岛华赛伯曼医学细胞生物有限公司筹备事宜，全身心协调各方资源，搭建科学家团队，正式进军生物医疗行业。高青表示，华赛伯曼医学将通过细胞的优化存储和精准检测，新型抗肿瘤细胞药物研发、免疫细胞功能重建、干细胞与再生医学产业研发，为客户提供领先的个性化健康咨询和精准医疗服务。

正如华为总裁任正非所说：“任何人的成功都是专注聚焦。”对于未来，高青的内心十分坚定，充满信心：“我相信，企业家专注干企业家的事，科学家专注干科学家的事，各司其职。加上过去多年积累的资本运作和公司管理经验，以及青岛大学先进的技术水平，企业在行业内一定会有长远的发展和广阔的前景。”

受工作的影响，高青平时特别注意身体健康，关注自己的饮食和作息，常常去运动健身，保持着一个良好、自律的生活状态。高青在访谈中表示，自己今后的目标是紧密把握生物医疗行业的发展变化，把华赛伯曼医学在行业内做到极致和卓越，将公司打造成标杆企业，在医疗健康领域不断奋斗。

克己复礼，为仁由己

走进高青的办公室，一幅水墨画在现代主义、简约明亮的装修风格中被映衬得浓淡相宜。在交谈中不难发现，高青身上有一种“儒商”风范，嘴角微抿，语气平和，说话沉稳有力。说话时语言具有很强的逻辑性，谨慎不失活跃。除了企业家共有的特质以外，还多了一份儒雅，一份朴实，一份亲切。

从年轻时起，高青便有着许多新奇和创意的想法，这些想法往往成为他创业时的灵感来源。高青的第一次创业在研究生阶段，成立了一家做资产管理的公司，由于当时资产管理的市场行情不好，加上高青初出茅庐，经验不足，第一次创业最后以失败告终。这次事业受挫给高青的打击很大，苦闷中的高青在一个老师的推荐下开始习读《论语》，初次接触儒家经典思想。在经过一段时间的研读之后，高青感到茅塞顿开，从此把《论语》作为自己的“人生指南”，不论是工作还是生活中，始终保持着谦虚务实、低调谨慎的处世态度。

受儒家思想的熏陶和影响，高青始终抱着一颗感恩之心，希望尽自己最大的力量反哺母校、回馈社会，尽一个山大校友和企业家应尽的责任。2010 年，山东大学聚贤教育基金成立，当时毕业七年、事业稍有起色的高青听闻后，毫不犹豫地进行了捐赠，帮助推动学院人才队伍建设和学科建设，支持山大经济学院教育事业发展。胡金焱教授说过，没有感动校友的母校，就没有感动母校的校友。在青创业期间，山大校友给予了高青很多帮助，使他时刻感受到母校的温暖，成立山大经济学院校友之家，也是他凝聚校友力量回馈母校的一种特殊方式。“读书期间对母校没有很强的认知，毕业之后开始关注母校和经济学院的发展。特别是看到山大首次进入世界前 300 强，经济学院全国排名第 8 位，自己也深感骄傲。”说到这里，高青流露出一种油然而生的自豪感。

今年 3 月下旬，高青受邀参加由经济学院“李维林工作室”举办的第一期聚贤精英茶座，重返熟悉的山大校园，勾起了不少往日的回忆。校园仍然是曾经的校园，只是里面的人都变了模样，和以前懵懂的自己相似。“一代人终将老去，但总有人正年轻。”高青看着校园里的一草一木和来来往往的莘莘学子，心中满是感慨。未来的创业路任重而道远，怀揣着这份对母校的眷恋和牵挂，相信高青一定会一路高歌，砥砺前行，取得更大的成就。

（原载于山东大学新闻网 2019 年 10 月 29 日；文：杨小雪、宋烨，图：受访者提供）

孙涌:修身建业恒为先 校友责任记心间

今年年中,山东省工商业联合会发布了 2019 年山东省民营企业 100 强名单,荣华建设集团有限公司名列其中。集团董事长孙涌是山东大学土建与水利学院 1985 级本科生校友,先后获国家一级注册建造师、高级工程师、英国皇家特许建造师等职称,曾获评"全国建筑企业优秀项目经理""鲁班奖工程项目经理""全国优秀建造师""全国优秀施工企业家",荣获"茅以升科学技术奖"等重要奖励。凭借着自己的运营规划和辛勤付出,孙涌的事业取得了长足进步。但他始终不忘母校的培育之情,与学校保持着密切联系和良好互动。担任山东大学聚贤教育基金名誉理事长以来,孙涌校友先后为山东大学捐资百万余元。

八月的青岛,海风微咸,我们跟随"李维林工作室"成员前来拜访孙涌校友。初见孙涌,他衣着朴素、神态从容,热情接待来访成员。走进办公室,落地窗视野开阔,墙壁上挂着一幅大气磅礴的山水画,书架里整齐排列着各种各样的书籍和奖杯,茶桌上的茶水等待着客人,茶香却早已沁人心脾。在这里,孙涌与我们讲述了一个又一个精彩的人生故事。

学无止境

1985年高考，当时就读于莱西六中的孙涌以超出当年的理科本科线近五十分的分数，坚定地选择了原山东工业大学水利系水利水电工程建筑专业，并被顺利录取。步入大学后，难忘的四年青春时光也铺展开来。在孙涌看来，八十年代的大学生活虽然没有手机等娱乐设备，但是一点都不枯燥，他的大学生活过得充实且丰富多彩。“别看我现在体格健壮，都是年轻时打下的基础，当年在学校我可是每天都跑步！”孙涌笑称。学校在千佛山附近，每天早上五点钟，孙涌都会准时起床绕着千佛山跑步，风雨无阻坚持了四年。每到周六下午，身为班长的他还会组织班里同学在千佛山周围进行三十公里拉练，提升班级凝聚力的同时也锻炼了健康的体魄。回想起当年的那段时光，孙涌的脸上浮现出温暖的笑容：“那时过得十分快乐，结束之后一顿饭能吃下九个包子。”不仅如此，在学校举行的各种活动中也常常看到孙涌的身影。他积极且阳光，对待学业和班级工作认真负责，获得了老师和同学们的一致认可。

谈及在学业上的收获，孙涌表示：“大学教会我的不仅仅是专业知识，最为关键的是教会了我学习的能力。”水利水电工程建筑专业主要是为建造混凝土坝、水电站等大型工程培养专门的技术型人才，除了课堂授业之外，学院老师们也经常带领学生前往三峡等水电站进行实地考察，也会到实验室研究相关模型。在专业学习的基础上，孙涌对建筑学的兴趣逐步提升，经常跑去房屋建筑学专业课堂上听课，想要在改革开放后的中国建筑领域有一番作为。于是他选修了土木工程的相关课程，自学建筑学，这为他今后从事建筑行业打下基础。工作之后的孙涌虽然常常忙于公司大小事务，但他从未以事务繁忙为借口而停下学习的步伐，不论是在基层还是成为公司领袖，他始终保持着对知识的强烈渴求。他前往不同高校组织的总裁班、EMBA课程班等提升商业运营的水平和能力，甚至文化创意班、易经班都没有落下。如今的他还是长江商学院青岛校友会会长，一有时间就会去国内外等知名学府求教，与名师进行沟通、交流，学习最先进的管理知识和经验。除此之外，孙涌每年还坚持读二三十本书，以自己的实际行动践行着山东大学“学无止境，气有浩然”的校训。

三种精神

提到公司现在的企业文化，孙涌表示他主张给新员工宣扬三个精神，即“土豆精神”“挖井精神”和“竹笋精神”。“土豆无论在哪，只要切块埋进土中就可以生长，这是希望年轻人能俯下身子脚踏实地干事；挖井是不能轻言放弃，持之以恒才能成功；竹笋是讲究厚积薄发，在泥土下的时候汲取养分，一旦有了条件就会茁壮成长。"孙涌用生动形象的比喻清晰地讲出了自己走向成功的经验，这既是公司对新员工的期盼，也是孙涌多年新路历程的总结，更是每个人在生活中值得学习的精神财富。

回首参加工作的那段记忆，孙涌表示那时的公司还没有什么企业文化。大学毕业后，孙涌如愿以偿地被分配到家乡的莱西建筑公司（后更名为"荣华建设集团有限公司"），成为一名基层大学生技术员。在孙涌之前，公司里没有分配过一个大学生，公司也没有特别优待学历的传统，甚至有些轻视初出茅庐"什么都不会"的大学生。面对这种处境，孙涌并不以为意，他在基层便将自己放得很低，睡着大通铺，在建筑工地起早贪黑地忙碌。"当时加班是常态，不加班才是例外。"孙涌笑着说。冬天的时候，呼啸的寒风割在孙涌的脸上，雪花纷纷扰扰落在他的头盔上，驱散了五点半起床的困意。夏日时节，炎热的夜晚中响起悦耳的虫音，月亮透过窗户投下一地清辉，照在仔细研究图纸的孙涌身上。寒来暑往，他的心中攒着一股劲，那便是一定要在自己喜欢的事情上发挥光热。终于，经过一年的时间，孙涌的工作表现得到了公司的认可，被提升为项目经理，于是孙涌成为公司里年纪最小的项目经理。升职后，孙涌不骄不躁，依旧一丝不苟、保质保量地完成工作。凭借着这种积极向上的工作精神，孙涌又被破格提拔为分公司主管。当时该分公司面临着业绩连续亏损的窘况，是个"烫手山芋"，但是孙涌却乐于接受挑战，在其位谋其政，到任后从头开始梳理业务，针对困扰公司的症结逐一解决。在大刀阔斧的改革之后，连续亏损的分公司最终实现盈利，在每一次检查之中都取得了第一名的好成绩。

在成为项目经理的十年期间，昔日被分配到政府工作的同学在事业上已经有所建树，自己却还在工地上风吹日晒，和孙涌一起进入公司的四个大学生也因为环境艰苦而接连跳槽。由于孙涌出色的工作能力，部分北京的企业对他抛出了橄榄枝，并许诺给予优渥的待遇——包括六十万元年薪和北京户口。面对这种情况，孙涌的选择令人出乎意料——继续留在公司，拿着几千元的工资做项目经理。"当时也没有想很多，一是自己真的喜欢做建筑；二是觉得自己要做到'专业、专注、卓越'，做专业的事，专注去做，做到卓越。"凭借着这种坚韧不拔的精神，孙涌从基层做到项目经理，又到分公司经理，最后成为集团董事长。从参加工作至今，孙涌已在荣华建设集团有限公司工作近三十年，一万多个日日夜夜都在持之以恒做着一件事，终于实现卓越，实现了他对自己的要求。

承担责任

早在十几年前，孙涌就开始关注"绿色建筑"这一新兴领域，致力于实现建筑行业转型升级。为了减少施工过程中粉尘污染对环境的破坏和建筑行业的高耗能问题，孙涌在公司运营和管理的过程中主张实行绿色施工，强调要降低能耗注重环保。“如今公司的发力点在‘被动式建筑’上，也就是‘近零能耗建筑’，该类型建筑可以将建筑能耗降低百分之九十以上。”谈到近来公司的绿色建筑项目，孙涌不无骄傲地说。如今在孙涌的领导下，荣华建设集团与德国开展国际合作，建立中德生态园，使绿色建筑的发展走在世界前列。为了促进建筑领域环保事业的推动，公司还成为“中国被动房联盟”发起者之一，又与多所高校合作承担国家“十三五”研发课题，为我国环保贡献民营企业的一份力量。

在孙涌看来，企业家要勇于承担社会责任，在自己力所能及的范围内为环境保护做出一些成绩。这也是母校山东大学给予莘莘学子的一份教诲和嘱托。1901 年创办的山东大学堂，其百年间敢为天下先的家国情怀深深影响着每一位山大学子，促使他们在各行各业践行奉献和感恩的精神。

孙涌及其公司在社会公益方面也做了很多的努力。在没有成为集团负责人时，孙涌就常以个人名义资助家庭困难的孩子，但从不和受资助的孩子见面，也不让他们知道自己的名字。孙涌坦言：“我不求感动也不求回报，只要做了这件事就好。”在他看来，公益事业一个人做是小浪花，万人做是大海洋，而他并不在意自己的付出是否会被铭记。多年来，荣华建设集团有限公司在支持灾区建设、捐款捐物、帮扶农村等方面贡献突出，树立了无私奉献的企业形象，获得社会的一致好评。

作为山大的优秀校友，孙涌十分关注母校教育事业的发展。听闻山东大学成立聚贤教育基金，他毅然为基金慷慨捐资。在他看来，如今母校山大正处在“由大到强”的历史性转变阶段，作为聚贤教育基金名誉理事长，孙涌希望每一笔资金都能发挥应有的价值，为学校的发展尽一份力量。多年以来，孙涌在校友工作上倾注了不少精力和心血，他希望通过自己的努力可以起到一个引领示范的作用，吸引更多优秀校友加入进来，为山大的发展助力。基金的管理和运营都需要占用不少时间和精力，但是孙涌并没有推辞，反而乐于承担这一份职责。“我致力于和更多志同道合的校友一起，希望搭建一个以母校为纽带，信息共享、资源共享、互帮互助的平台，也搭建一个联系母校和校友、校友和校友的桥梁。”孙涌如是说。

（原载于山东大学新闻网 2019 年 10 月 31 日；文：宋烨、杨小雪，图：宋烨）

砥砺践行学子梦

研究生支教团:因爱之名以心践行

四月份的一天,在伊宁县“五四”青年节表彰大会上,山东大学第十六届研究生支教团被授予 2014 年度“伊宁县优秀志愿服务团队”称号,支教团成员程广沛、党瑞琪、彭鑫被评为 2014 年度“伊宁县优秀志愿者”。自 1999 至 2015 年,山东大学研究生支教团已经走过十六个年头,天南海北的山大人在祖国最需要的地方进行着爱的接力。“用一年不长的时间做一件终生难忘的事。”这是支教团每届成员都烙在心上的一句话。

这期山大人物,让我们一起对话优秀志愿者程广沛、党瑞琪、彭鑫,聆听来自遥远伊宁的志愿者声音。

支教,始于学但不止于学

选择一路西进,需要勇气;选择支教,需要担当;选择意味着责任,于他们而言,重要的是坚持选择,使它朝正确的方向前进。

作为支教团成员,教学任务是他们的核心工作。为人师表,传道授业解惑,一群二十二三岁、刚迈出校园的大学生要尽快完成从学生到老师的身份转换。而教学之外,他们更想带学生去看更远、更大的世界。

记者:在刚刚走出大学校门的青春年头,支教需要你们迅速完成从学生到老师的蜕变,你们是如何适应这个角色转变的?对支教老师这个身份如何定位?

程广沛:一开始因为毫无教学经验,确实不太适应,与当地教学二三十年的老师没法比。学生的成绩不佳,但是自己调整心态,也把自己置身学生的角色,不断向老教师学习。同时,因为年轻,更容易与学生亲近,能够感受到学生对自己的信任和尊重,也增强了自己要好好教学的信心。

作为支教老师,我们并不是科班的师范类专业出身,所以更多的不是在教学技巧上有多突出,重要的是在教学内容方面,注重将我们在校园里学到的为人处世的能力和潜移默化培养的品质传授给学生,用自己的经历去影响他们,为他们树立榜样,在他们心里种下一颗种子,激发他们积极向上、努力成长的劲头。

党瑞琪:我们习惯了从学生的角度去思考问题,这与老教师相比也算是一个优势,可以针对学生的需求、喜好及水平,安排课程进度和知识内容。但刚开始因为经验不足,还是会遇到一些问题。这时候就需要多听课,多思考,多向老教师学习。

作为支教老师,首先是一个老师,要在为人师表的同时,尽量做到亲切幽默又不失威严,这个度的把握是个很有意思的事。可能在学生眼里,我们这些支教老师与他们的距离没有那么远,可以以朋友的身份进行沟通,带给他们不一样的视野和思路。

彭鑫:我们来支教之前,在山大附中进行了一个月的实习,在传统文化体验中心也进行了一周的培训,多多少少为自己适应讲台提供了一些基础。不过,来到这里后,一开始上课还是有点紧张,课前要做大量的准备工作,写好教案,制作好课件,课后还要经常到有经验的老师班里去听课。我们经验不足,所以更多的是抱着一种学习的态度来定位自己。

记者:在新疆伊宁支教,当地环境、教育现状如何?在支教中遇到过哪些困难?是如何坚持下去的?

程广沛:应该说,从政府到学校,对于教育的重视程度并不差,但是学生与家长,对于上学并不重视,家长并不上心。家庭教育作为教育的重要环节,在当地比较缺失。

要说困难,还是语言交流,与少数民族的家长就学生的学习情况进行沟通时,需要找相同母语的学生进行中间的翻译,很多情况没法直接表达。我们是第一批来到今年新开辟的伊宁县四中这所学校支教的，一切需要从头开拓。好在通过在教研组内积极发言，帮助老教师整理材料，积极向老教师求教等，我们用实际行动赢得了尊重。

党瑞琪：对于教育，政府也好社会也好，都是重视的，只是当地家长对于孩子的教育不像山东的家长那么重视，对于许多孩子来说，读书可能并不是生活的主旋律，特别是少数孩子有时甚至会辍学回家放羊，所以控辍保学是学校当前最重要的任务。

彭鑫：当地环境还是很好的，有辽阔的草原，澄澈的湖水，皑皑的雪山，高远的天空，四季分明，雨量充沛，可以称得上是塞外江南。西部地区对教育的重视程度在硬件方面还是可以的，学校老师也相对敬业，除正常上课外，每天给学生上早、午、晚自习。但个别学生的上进心不强，并没有把心思完全用在学习上。家长对学生的关心与监管力度也不够，很多家长对孩子需要受教育的意识还不够。

记者：支教的主要内容是什么？有什么印象深刻的事情吗？

程广沛：支教顾名思义主要还是教学工作，同时参与学校建设，参与组织校园活动，此外还积极参加当地团委组织的公益志愿服务活动。

印象比较深的事，就是有次需要乘车到市里办事，但是上了车才发现，从司机到乘客满满一车人只有我一个汉族，他们的说话我一句也听不懂。我又找不到想去的地方的具体地址，心里有一丝小慌张。不过车上的人听说我是来支教的志愿者，用不流利的普通话纷纷热情地帮我指路，让我特别感动。

党瑞琪：支教的主要内容还是日常教学，但教学中更多的是给学生带去一些理念吧，比如竞争与合作的意识，树立“读万卷书，行万里路”的理想等等。

印象深刻的事就是为了让学生能更好地了解内地的文化，我会跟学生分享一些山大的照片和故事，在每节新课的课件开头都会选择一张山大的照片，有的是著名的建筑，有的是小树林、讲学堂的一角。刚开始他们会觉得很新奇，后来就能认出很多地方了，一看到新的照片，就会指出这是在哪里照的。山大的照片用完了，就找同学要其他大学的独特风景照。

我们已经利用课前五分钟“游览”了山东大学、中山大学、厦门大学、复旦大学、浙江大学等名校。现在学生已经学会了“要照片”，我只要一进去，一插优盘，学生就围上来问我今天去哪个大学。如果没有放照片，没有讲故事，他们就觉得这堂课不完整。

彭鑫：支教主要是教课和做一些学校行政方面的工作。由于学生的学习动力不足，所以我在上课时会经常给他们描绘一下大学样子，比如给他们放一些大学的视频，让他们对大学充满憧憬，从而提高他们学习的动力。上学期，支教团在二中举办“我与梦想有个约会”主题班会,就是一种具体的表现形式。通过这些努力,使很多学生增加了学习动力,这也是我们骄傲与自豪的地方。

记者:支教给自己带来了什么变化?

程广沛:深入了解社会,心智更加成熟,磨平了棱角但也犹记初衷。

党瑞琪:会从他人的角度去考虑问题,对老师这个职业也更了解和尊敬。

彭鑫:变化主要是自己对待工作的态度上。之前,对待工作更多的是凭借一时的热情,当热情过了工作也会消极倦怠。但在支教过程中我逐渐知道,工作自己不能仅靠一时热情,更多的是一份责任,每当工作出现倦怠时,我都会提醒自己想一下当时定下的目标,想一下自己身上的责任。要在这一年中,做一件令自己终生难忘的事,而不是简单的混一年,所以每当自己想到这一点时,便会更加认真细致地对待工作。

志愿者,感受真实新疆,传递温情

他们不单单是支教团成员,他们更是中国青年志愿者。志愿者这个称谓让他们身上有着更重的担子,有传递知识的青年之志,更有促进文化沟通之愿。教学之外,他们更重要的任务是架起东西部沟通的桥梁。

记者:看支教活动简报上,除基本的教学任务外,你们还积极参与当地文化建设,投身志愿服务活动,请问为何广泛参与这些活动呢?

程广沛:支教团有一个更加光荣的名字是志愿者,参与当地建设既是义不容辞的责任,而且也比封闭在学校里仅仅进行教学工作更加有意义。对当地的建设以及自身的提升都是一笔更加宝贵的财富。

党瑞琪:作为志愿者要服从项目办的管理,参加项目地的建设。而且作为山东大学支教团的成员,本身就应该为当地的文化事业做些事情。参加这些活动是交流、沟通的机会,也是融入当地的一个很好的途径。

彭鑫:我们不仅仅是作为一个支教老师来到新疆,还是一名西部计划志愿者,作为志愿者,弘扬奉献、友爱、互助、进步的志愿者精神,参加各种志愿服务工作也是我们应该做的。只要有需要,我们就会去做。

记者:作为西部志愿者,不单单是支教,也是架起了两地沟通的桥梁,对于消除地区偏见,传播齐鲁文化,促进民族团结,你们做了哪些工作呢?

程广沛:在校内,我们经常召开主题班会,与学生进行文化方面的交流。同时积极参与县团委的民族团结工作。我们自己今年还创立了深入农村小学的“乡望”公益项目,来到新疆的乡村小学,对学生进行德育教育。

党瑞琪:每个成员会在自己的课堂上融入了内地文化,我们还申请设立“飞翔的梦想课堂”项目,借鉴山西的经验,提出远程支教设想,以传统文化和齐鲁文化为主要内容,让少数民族学生在了解的基础上认同中华民族和中华文化,从而促进民族团结,维护社会稳定。

彭鑫:我们每周三次到红领巾爱心辅导班为贫困农民工子女进行免费辅导,多次到下阿同村英塔木小学进行下乡支教,下乡支教过程中我们会尝试开设一些特色课程,如感恩教育、物理实验以及手工制作等,这种送教下乡活动,不仅仅是知识的传播,更多的是思想的引领、快乐的传递以及正能量的注入!

记者:有没有很累很想放弃的时候,是如何坚持下去的?

程广沛:实话实说,肯定有很累很想放弃的时候,觉得努力见不到成绩的回报,觉得自己很难改变当地的现状,尤其是当你曾经信赖的人也离开你不支持你的时候。但还是会选择坚持下去,有主观也有客观原因。客观原因是必须坚持,主观就是为了那些感动你喜欢你的孩子们。

党瑞琪:很累想放弃的时候,应该是学生考试成绩不好的时候,感觉不是仅仅自己努力就可以的。自己很沮丧,还要安慰学生,鼓励学生,培养他们对学习的兴趣。刚开始带班的时候成绩比较差,学生喜欢你并不等于喜欢这门学科,我通过培养学生"背方法、说方法、讲方法"的意识,不断加强基础练习,最近一次考试平均分前进了 6 分,拿到了全年级第四,进步很令人欣喜!

彭鑫:这一年还是比较顺利的,但偶尔也会出现自己所做的努力或者说自己想去改变的事情并没有得到别人理解的情况,别人可能会认为我们打破了某种平衡而还投来异样的眼光,这也使自己很受挫。好在自己还有一群并肩作战的队友,有支持自己的家人、老师、朋友、同事,想到这些没有理由不坚持下去!

记者:作为志愿者,你们是如何理解志愿服务的?

程广沛:志愿服务不是一种活动手段,而应该成为活动的一种目的。

党瑞琪:在我的理解里,志愿服务是以我之志服务他人之愿,可能你做的事情很小,很平凡,但能够影响一个人,能够给自己和服务对象带来一点正能量,就是值得骄傲的。

彭鑫:做志愿服务不能靠一时的激情,靠头脑一热,而是需要有从一而终的耐心;做志愿服务不能想着索取什么,要不计报酬、发自内心地去做。

山大学子:凡我在处,便是山大

"虽然在远方,还是常想起……"一群人踏上西行之路,跨越千山万水,是支教老师,是志愿者,更是山大学子。在异乡,最思念的无疑是家,这个家,不单单是志愿者的小家,更是他们共同的大家——山东大学。

记者:作为山大学子,你们代表的不单单是自己,也是山大。在支教中,对学校有什么新认识吗?

程广沛:离家之后自然是思念。思念那曾留下过四年青春的地方,四年里曾陪伴自己成长的面孔。学校是我们的"娘家人",离家久了自然会有思念。有了母校的支持,我们的动力更足。

党瑞琪:学校是我们的家,是最最坚实的后盾。举几个简单的例子,我们刚到新疆,出乌鲁木齐南站的时候,远远就看见第十五届的队长于新九站在出站口,举着相机等我们。他特意穿了山大的纪念文化衫,当时看到"山东大学"四个字别提多亲了。后来在乌鲁木齐到伊犁的路上,支教团志愿者一路唱着山大的几首"主题歌"走完了十多个小时的行程。到学校后,在伊犁的山大学长还专门过来探望我们,我们送了山大纪念品给他,那时候真正体会到什么叫作"我的山大我的家"。

可能,毕业季那会儿觉得,山大是一个感情的寄托。在这一年里面慢慢发现,山大已经变成一种凝聚力,只要一提到山大,即使远在边疆也会有一种归属感。

彭鑫:确实,在支教中我们代表的不是个人,也不仅仅是我们支教团,而是山东大学。我们首先要感谢母校,正是母校良好的口碑,使我们在支教地受到了这么多的关怀,也收到了学生那么多崇拜的眼神,同时真正认识到了"凡我在处,便是山大"的校友情深。

有一个毕业于山大医学院、现在伊犁州一所医院工作的师兄,得知我们来到伊宁后,就像亲人一样对我们,经伊宁县委组织部联系上我们,给我们送小礼物,还给我们讲了很多关切的话,在我们寒假离开新疆回家过节时,他又专程从察县乘车近 2 个小时来到伊宁县,给我们送来了火车上要用的生活用品和食物,就连筷子、湿巾都准备好了,满满 4 个大包裹。

当时真的感动得落泪,每次出门都是父母为我们准备行囊,送上叮嘱,而远在 4000 公里之外的新疆,当我们要踏上火车时,是山大的师兄为我们准备这些。山大,让我再一次感受到了亲人般的关怀。

记者:经过近一年的时间,对支教有什么新的认识吗?最初的想法如今有哪些变化?

程广沛:学校里那么多同学想去支教,但真正做好支教并不是一件简单的事。一年的时光让自己认识到,要脚踏实地做好每一件小事。最初来的时候怀着很大的理想,现在就是想做好每一件小事,尽最大努力带给当地我们能给予的。

党瑞琪:这一年对支教的想法变得更加务实,来新疆之前会有很多的设想,现在真正落实到每个学生身上了,就希望能尽量上好每节课,帮他们多掌握两个题,多喜欢数学一点点就是成功。

彭鑫:支教不仅仅是给当地的孩子们带来书本上的知识,更重要的是要让他们通过我们感受到外面是一种怎样的世界,让他们能透过我们来感知这个世界的美好,我们要把自己身上最具有正能量的东西展现给学生们,我们要成为学生学习的榜样,通过榜样的力量和自己的言传身教引领班风、校风的转变。

记者:对支教口号"用一年不长的时间做一件终生难忘的事",你是如何理解的?

程广沛:时间真的不长,体验真的难忘。这辈子可能很难再回到这片土地,但这片土地上的经历将会纪念一辈子。

党瑞琪:这是我们共同的誓言吧,就希望这一年做个合格的志愿者,把生活中一点一滴都看作是志愿服务这件事的组成部分。

彭鑫:用一年的时间在新疆支教,不敢说对支教地的孩子们会产生多大的影响,但自己在支教中学到的东西,在支教过程中的成长绝对是一生的财富,这种财富会使自己受用终身。

自2014年8月踏上西部这片辽阔的土地,支教团成员已经在这里度过了近300个日日夜夜,离别的脚步越来越近,不久,他们将结束支教,回到济南,回到山大,重新做回一名学生。于他们而言,这段经历无疑是宝贵的,一年时间,不算太长,但一年的一切已足够让他们终生难忘,他们的青春曾有那样一段丰盈的岁月,支教初心不改,志愿终得始终。

支教团,一个特殊的群体,他们用异域一年的时间为青春写注,不负青春,不负本心。青年的力量在行走中体现,在志愿中释放。

(原载于山东大学新闻网2015年6月23日;文:吕倩,图:受访者提供)

看水中机器人团队和"鱼"的故事

团队指导教师刘甜甜(右二)及部分队员和焕然一新的水池合影

近日,山东大学水中机器人团队受邀参加国际智能机器人与系统会议(International Conference on Intelligent Robots and Systems ,IROS),并在会议同期进行的国际水中机器人大赛中获得了亚军。关于机器人,人们最熟悉的也许莫过于科幻片中的种种人形机器,或是被"80""90"后奉为童年经典的擎天柱、哆啦A梦、阿童木……但什么是水中机器人呢?接下来,就请跟随山大视点记者的脚步,走近这支团队,听他们讲述自己与"鱼"的故事。

记者刚踏进团队实验室的走廊,就听见了水声。一直低头忙活的队员沈立凡听见脚步声,抬头笑着说:"看,为了迎接你们,一直忙到现在呢。"直到这时,记者才知道,水中机器人并不是在水中扑腾的机器小人,而是一条条游得欢脱的"小鱼"。为了让采访能顺利进行,团队提前一天把机器人从兴隆山校区运到了千佛山校区,还特地清洗水池换了水。

比赛设立至今，历时八年的“抗战”

这些“小鱼”之所以会产生，源于八年前国际水中机器人联盟副主席、山东大学工程训练中心陈言俊教授，山东大学水中机器人团队指导教师刘甜甜与北京大学谢广明老师在一次会议中的闲聊。那时国际上的机器人比赛风生水起，而中国人却只能参与别人的比赛。“为什么不建个中国人自己的比赛?”这个想法让三个人一拍即合。他们分别向各自学校汇报，并得到了一致的支持，最终联合国内几所高校，共同创立了唯一由中国人发起的机器人赛事——水中机器人竞赛，而隶属于学校工程训练中心的水中机器人团队也因此诞生。

初生的水中机器人竞赛叫机器鱼水球比赛，也就是现在的全局视觉组竞赛。简单地说，就是用鱼形的机器人去顶水球，像足球比赛一样，谁进的球多谁获胜。后来，为了让更多同学能够参与，并增加比赛多样性，竞赛又添加了只需要编程的2D仿真组和由参赛者自由设计、自主制作机器人的自由创意组。山大水中机器人团队也因此划分为了全局视觉组、2D仿真组和自由创意组。此次获得国际亚军的，是全局视觉组。

八年来，水中机器人团队从默默无闻到成为学校的“特色优势项目”，再因击败美国西点军校而被央视等多家媒体报道，如今更是受到作为国际机器人与自动化领域旗舰会议之一的IROS邀请。“能够被IROS邀请，代表着学术界对水中机器人竞赛的关注。”并且此次同期举行的国际邀请赛的十支队伍里，只有两支是来自中国的学校，“可以说是真正意义上的国际性比赛。”聊及此，刘甜甜感慨：“这也算是对我们‘八年抗战’的一次肯定吧。”

“1+1≠2”同样重要

国际赛事的亚军，将这样一个响当当的名号抛出，总让人想要追问一句“为什么?”

当被问及参加这次在德国举行的比赛是否激动时，队员董景磊答道：“当然激动，但是因为头几天实在太累，没来得及多想就睡着了……”

出发之前，队员们专门到北京大学待了三天，适应新的“鱼”。那几天，大家不分白天黑夜，吃住全在实验室，不停写代码、不断调试改进，为比赛做着最后的努力。成绩背后是不为人知的付出与投入，而这些，或许是对前面问题的最好回答。

不过，奖项固然重要，但对于团队来说，出国比赛的意义远不止于此。IROS大会总主席、德国汉堡大学张建伟(Jianwei Zhang)教授曾给予团队高度评价，认为本科生能够参与这样的大会，和许多博士同台，并获得如此成绩实属不易。而决定派出本科生参赛的背后,隐含着学校和团队老师的特别考量。

陈言俊在今年本科生毕业典礼上曾代表教师发言,他这样介绍学校创新活动的意义:“培养学生的问题意识、创新兴趣、科研习惯和科学素养,从而提高你们的综合素质、实践能力、创新精神,以及敢于面对挑战、敢于胜利、勇敢面对失败,持之以恒、坚忍不拔的意志。”刘甜甜也提到,考虑到成绩,或许多派研究生参赛会更加合适,“但我们仍然希望能够让本科生走出去,接触世界最前沿的技术,开阔视野”。

在刘甜甜看来,所谓创客并不是指要创造多大的经济利益,只要能做自己感兴趣的事情,就达到了自由创新的目的,就可以称之为创客。比如,人们可以证明某个杯子能够盛水,但若证明这个杯子不能盛水也是很宝贵的经验,事物的正反两面都需要被接受,“$1+1=2$ 与 $1+1\neq2$ 是同等重要的东西,这才是创新或者创客该做的事”。

见一同被采访的队员若有所思,记者打趣地问:“你们老师的话很有启发意义,他经常这样和你们聊天吗?”

“没有!”队员和老师对视一眼,大笑了几声说:“老师经常说的是,这个地方做得不对,回去再改改,查查别人是怎么做‘滴’,然后我们就开始干活了……”虽然队员的一句话里转了几个音调,但刘甜甜仍不忘回归正题澄清:“强调学生自主是很重要的,他们要学会自己去解决问题。”

实际上,学生自主也是水中机器人团队一直以来秉承的管理模式。“老生带新生,高年级带低年级,老师在关键问题上把关。”这使得团队成员有着较强的团队意识和主观能动性。而老师们的帮助虽看似蜻蜓点水,却能泛起诸多涟漪,一圈圈散开的水波正如现在越来越广阔的平台,让学生们得以放手一搏。

同吃同住好兄弟

采访过程中,实验室的突然停水,使得一直忙碌着的七八个队员得以和记者一同围坐,聊聊他们的日常。让人惊喜的是,团队的老成员、远在香港中文大学读博的王健坤和在航天所读书的张伟也通过视频通话参与了采访。显示着他们头像的电脑被正儿八经地摆在了椅子上,惹得在场所有人都拍掌大笑。那么,这个团队的日常究竟是怎样呢?

“早晨基本上是不干活的,九点起来吃顿饭,走到食堂九点半,吃完饭十点,走回来十点半,发现又到吃饭点了,走过去十一点,上午就这么欢快地结束了……”

难道这就是传说中的“技术宅”?这就是国际大赛亚军的日常?然而,并不是。

事实总比想象要丰富得多。一走进实验室，就能看见角落里摆放的水杯、牙刷，和静静躺在不远处的棉被。每次临近比赛，团队总会有人在这里打地铺，写代码，灯火通明到天亮。而那样一个欢快的上午，往往是用通宵达旦换来的。

这样的工作强度，辛苦不言而喻，但好在总是兴之所至。当被问及感受，队员闵新平回答说："不辛苦，挺好玩儿的，不同学院的同学有机会聚一聚，一个是感情深，都成了兄弟，另外自己的思维也更开阔，不会局限在自己的小圈子里。"

曾经有一次，团队里几位要好的队员相约吃饭喝酒，大家喝到一半想起来有一人有事没来，瞬间感觉不对，于是纷纷掏出手机，把他的照片打开，在中间摆一溜，四个屏幕，每个手机前放一杯酒，然后拍照片给他传过去。看这些"技术宅"在眼前津津乐道着自己的"光荣事迹"，忽觉惯常沉默的他们真是不说则已，一说真"惊人"。

大奖过后，生活还在继续，这个团队的行程也不因曾有的繁华而止步。采访过后的第二天，队员们又坐上赶往贵阳的火车参加新的比赛。而他们，也将带着他们的"鱼"再次启程，创造另一个明天。

（原载于山东大学新闻网 2015 年 10 月 21 日；文：范玲，图：陈帷宏）

于书博：不做折翼天使 只为生命起舞

于书博，女，中共党员，山东大学（威海）2014 级艺术学院舞蹈专业研究生，师从张琳仙教授。荣获第十届中国大学生年度人物入围奖、中国大学生自强之星提名奖，获评省级优秀学生、省级优秀毕业生、山东大学全面发展标兵、山东大学（威海）十佳大学生、山东大学（威海）自强之星、山东大学（威海）社会主义核心价值观青春形象代言人；获得山东大学校长奖学金、国家奖学金、研究生一等奖学金、“善小·海葵”奖学金、优秀生源奖学金等；获得省级独舞一等奖四次。2015 年底，获评第二届“国家资助，助我飞翔”全国励志成长成才优秀学生典型。

6 岁与舞蹈结缘，16 岁以舞蹈全省第一的好成绩考入山东大学（威海），于书博不仅学业成绩优异，更屡次在各种专业比赛中取得佳绩。然而，她在 2011 年 11 月的一次舞蹈训练课上意外跌落，被诊断为外伤型脑梗，左侧肢体一级瘫痪，严重时甚至连吞咽、讲话都是问题，之后在医生、老师、亲友的帮助和自己的顽强信念支撑下，身体状况逐渐好转，重新站了起来。日前，她入选全国励志成长成才优秀典型，受到社会各界的广泛关注。

对这个世界慈悲，是于书博经历过痛苦和荣耀之后的感受，而立足生命本身，是她前行路上不断回首总结出的体悟，正如俄国思想家赫尔岑所说："生活的终极目的就是生命本身。"命运曾给她一片贫瘠的土地，于书博却结出了善的种子，守住了希望。

重拾梦想，感恩起舞

在一片寂静无声的黑暗之中，音乐渐起，躺在舞台中央的于书博缓缓睁眼、微笑、舞动身体，过去的挣扎与温暖都一帧帧闪回到于书博的记忆。这一天是她的生日，这一刻她全心全意只为诉说着自己。这是 2014 年 3 月 31 日，于书博受邀参加《中国好舞蹈》节目的录制，她演绎了自己从生病倒地到挣扎站起的经历，艰难却又享受地完成了一支属于自己的舞蹈，真挚的表演震撼了全场。

此次参赛的机缘正是出于她的善念。真切体会过一个舞者受伤后痛苦的于书博，更能与人共情，更理解生命，也更明白舞蹈对于一个舞者的意义。抱着一颗感恩之心，于书博一有时间就和妈妈照顾独自在威海上学却意外受伤的同班同学李洋，这一举动使得后来参加节目海选的李洋向导演推荐了于书博。"我特别敬佩于书博，她可以激励到其他舞者甚至感染更多的人，传递积极向上的精神状态。"李洋这样说道。

重新站在舞台上的于书博已经感到十分幸运，医生曾断言她"站起来就是奇迹"，而如今她还能跳舞，这就已经是一件十分了不起的事了。"我从床上还不知道能不能站起来，到如今站在这么大的舞台上跳舞，对我而言完全是一种享受。"让于书博格外欣喜的是，在参赛期间，她认识了许多舞蹈圈子里顶尖的人士，并能够和崇拜已久的金星老师互动，在节目录制中也多次受到了金星老师的维护和支持，这让她感受到别样的温暖。遭人非议也好，万众瞩目也罢，于书博既不洋洋得意也不幽怨哀戚，在有过几乎是在生死边缘挣扎的体验后，对她看来，光环、荣誉对于生命而言都是外在的东西，她将这些经历视作生命的一部分，悉数珍藏。

在节目播出后，陆续有一些有着相似经历的观众打电话或者微博私信给她，有观众本人也有其亲属，这些观众的病因各不相同，有和于书博一样跳舞摔伤的，也有车祸或者自身病变导致的，都是压迫神经引起的偏瘫，但是大部分人康复的情况不是很好。于书博说，她能从言语中感受到他们内心极度渴望关爱、渴望康复、渴望正常人的生活，虽然她的一个电话或者几条信息能给他们一些方法、信心和鼓励，但经历过这一过程的她知道，康复的路是漫长的，在这个过程中，不仅需要关爱和鼓励，身体每一个微小的进步都要通过不断的努力才能换来，而且必须平心静气。每一次访谈结束，于书博都会默默地感恩，因为康复的道路上她何其幸运，有来自学校老师、同学、亲人、朋友的关爱，每一个重要抉择时家人智慧的决定，包括遇到的医生护士，病房中的一花一木，方方面面决定了她现在康复的程度，还有内心的成长。于书博说："若有一个环节出现问题，都很难有现在的我，那些来访的患者都是无数个过往的我，看到他们就看到了自己。"

因为感恩，所以自觉很幸运的于书博更加有了一种使命感和助人的动力，她说："我知道若想真正让自己心中的苦消失，那这个苦就必须产生价值，每当我帮助一个需要帮助的人，都是在帮助自己远离过去，只有帮助别人，才能离苦得乐。"

回归现实，追寻真谛

《中国好舞蹈》节目播出后，于书博的生活发生了一些变化，陆续接到一些节目组的邀约，但都被她回绝了。她觉得，去过《鲁豫有约》，经历了这一次就够了，人生不能一直沉浸在光环中，还是要回归到现实的生活，做一个平凡而又简单的舞者。

如今，于书博已经步入了人生的新阶段，成了山东大学（威海）的研究生。她的康复之路也一直在进行，于书博坦言，她现在正处于康复的瓶颈期，进步一直都有，但比较微妙，通常专业医师用仪器才能检测出来。但她对自己现在的状态很满意，她说，康复到现在的程度已经可以活动自如，可以巧妙地进行独舞表演，生活、学习、工作、游玩样样没耽误，还可以跟着户外登山队野营爬山，虽然表演会受限，但也是当下最好的。她觉得，作品的完美是无止境的，可以丰富的是内心，能够接受缺陷，改变缺点，感受美好又满足现状，生活就这样挺好。

于书博表示，她的研究生生活之所以有相对自由的空间以及深入学习的机会要感恩于导师张琳仙，导师以人为本和因材施教的教育方式对她的生活和学习皆起到了指引的作用。她认为，研究生阶段的学习和本科阶段的学习存在着很大的差别，"研究生一定要把所学的知识转化为智慧，智慧引领人生，研究生的生活就是这样的一个平台"。本科生学得更多的在于技能和知识，而研究生时间安排则相对自由，强调提升眼界高度和训练思维方法，包括自我觉察。

于书博的研究方向更专注于舞蹈科学以及创造性艺术教育与治疗中的舞蹈治疗，同时也进行舞蹈教学、训练与表演，但因为自身特殊的经历，使她对舞蹈有与常人不同的见解："舞蹈训练要建立在科学的基础上，希望所有的舞者都不再受苦。"于书博发现，关于运动力学、解剖学、急救医疗方面的科学知识对于舞蹈的辅助远没有体育方面做得完善，而实际上舞者在训练过程中是非常容易受伤的，只有将舞蹈科学和医学结合起来才能更好地帮助专业的舞者。同时，于书博还发现舞蹈治疗不仅可以帮助到舞者，具有艺术的魅力，更是生命价值的体现，它可以面向更多的普通人，通过激发生命力，在一定程度上改善人们的心智。

学无止境，于书博在平凡中践行着她的专业理想，对她而言，舞蹈专业不仅仅在于舞蹈表演，更在于舞蹈背后的理念。她相信，有一颗光明的心，生活便不会处于黑暗之中，并一直在舞蹈的韵律和节奏中不知疲倦地呼唤着生活的精彩。

平静成长，献身公益

这段时间，于书博一直在北京舞蹈学院深造学习，在充实的学习生活中，她接触到了许多新鲜的事物，参加学术讲座，观摩实践演出，与北京舞蹈学院的舞蹈科学领域专家温柔教授交流，并在其指导下参与了国家级科研项目的调研。由于她之前的论文《现代舞训练与表演对中枢神经系统损伤的康复作用》获得了温柔教授的认可，在北京舞蹈学院组织的全国舞蹈科学学术研讨会上，她得到了唯一的学生发言机会。说起这些，于书博的语气间满是感动。她十分感恩于这一路走来遇到的许多恩师，也感恩一直能够做自己喜欢做的事情。在这一过程中，于书博进一步感受到了舞蹈对一个人身心的双重作用，也愈加明晰了内心的选择。她说："每个人都有闪光点，而我的恰巧被人发现了，很多人做得比我好却没有被发现，自己也只是幸运而已。光环对我而言是一种鼓励，有，会促使我做得更好；没有，我也依然会这样努力地去做。能够帮助到他人才是我所理解的真正的光环。"

对于成功，于书博没有执念，她只愿一面成长，一面助人利他。她说，因为自己是在很多人的帮助下康复起来的，是在朋友、亲人、社会的爱的包围下才走到了今天，所以今后的人生不想再为自己去争取些什么，而是静心感悟生命的真谛，凸显生命的意义。摆脱苦难的最好方法就是救苦救难，于书博希望自己可以像源代码一样把苦难的原始信息改掉，种下感恩的种子。

生病的经历使得于书博更能明白爱的力量，所以她热心参加公益，想把这份力量传递给更多人。她受邀在北京、上海、浙江等地的教育论坛作公开演讲和经验分享；重返医院通过文艺义演鼓励病患，感恩医生；协助老师授课六个班的舞蹈形体；帮助同学走上舞台，实现原创音乐梦；在广州佛山的千人教育论坛活动中做义工等等。她一路前行，一路公益，也重新理解了公益的含义："要怀着伟大的爱去做每一件小事，给出去的才踏实快乐。"曾经的她觉得只有做大事，帮助到尽可能多的人才是公益，但现在她懂得，或许生命并非这样宏大，尊重并感恩才是公益本来的样子。无论是从身边点滴小事中多为别人考虑还是心怀感恩地帮助他人，甚至是尽力保护虫鸟花草都是公益，万事万物都可以帮助他人，只要怀着一颗爱心，不轰轰烈烈也一样可以完成。“我们所做的只是大海里的一滴水，但如果我们不做，那滴水就会永远消失。”

对许多人来说，于书博不仅是那个“奇迹”，是那个坚强励志的女孩，更鼓舞着那些有同样经历的人涅槃重生，重新追求梦想，追求生命的意义。但对于书博自己而言，她静水流深，不卑不亢，在治愈自己的同时也想着去治愈更多的人，用舞蹈，用爱心，用公益行动。

（原载于山东大学新闻网 2016 年 4 月 11 日；文：刘青、郑晗，图：受访者提供）

326宿舍：不甘平凡的集体逆袭

从左到右依次为：张昂、江飞、袁嘉锴、景昶衡、陈帅琦、曾长发

在环境学院，有这样一个毕业生宿舍：6名毕业生中，袁嘉锴、张昂、江飞分别被美国东北大学、美国加州大学洛杉矶分校、澳大利亚墨尔本大学录取，景昶衡考取中科院生态中心研究生，曾长发、陈帅琦留在山大继续读研。环境学院2017届本科生有110多人，出国加读研的共有72个，但像这样整个宿舍都继续深造的，326宿舍却是唯一一个。

出国留学，考研成功，关键是六个兄弟一人不落，在别人眼里，这是一个令人羡慕的"学霸宿舍"。采访中发现，曾经的他们也很普通，普通到甚至与保研机会擦肩而过，真正的变化发生在毕业前短短一年多的时间里。那么，他们是如何完成这个转变的？光鲜背后宿舍文化起着怎样的作用？让我们一起跟随"学霸宿舍"，回忆他们的大学四年。

"毕业后，你们的选择是什么？"每个学期，环境学院党委副书记、2013级本科生辅导员王斌都会问学生这个问题，让大家写下对未来的规划。初入大学，袁嘉锴、张昂、江飞都不假思索地写下了出国或保研,陈帅琦、景昶衡希望考研,曾长发则打算毕业后工作。

虽然很早就确定了理想,但他们起初对目标并没有足够重视,而是尽情享受着大学里的各种精彩。军训后的一次宿舍聚会,六个人敞开心扉,谈天说地,发现彼此兴趣相投,都爱好运动,喜欢新事物。随后的一年多里,他们常常一起打篮球、打羽毛球、游泳,也会去 KTV 唱歌、去学校附近各种餐馆聚餐,偶尔也玩玩电子游戏,熬夜看足球比赛。渐渐地,宿舍里六个人变得密不可分,情同手足。

大一大二的时光很快就过去了,山大学霸不少,与他们相比,袁嘉锴等人在学习上下的功夫并不算多。基于此,326 宿舍里几个人获得保研资格的可能性很低。

面对自己并不突出的成绩单,袁嘉锴内心对毕业后的规划第一次有了动摇,他由衷感叹道:"学习真的很重要。"也是在大二,虽然内心里有着无数的不情愿,袁嘉锴划掉了自己保研的规划,开始为出国担忧。

在袁嘉锴犹豫的时候,同宿舍的张昂则早早地坚定了出国的目标。在王斌眼里,张昂一直是个勤勤恳恳的好孩子,"尽早做好规划,可以激励自己更加努力。"大一时候的张昂是班里的团支书,学生工作开展得不错。大二确定出国后,张昂辞去了团支书的职务,重新选修了大一的课程,在比别人多学好几门课程的同时,还要学好英语,为留学提高托福成绩。张昂的英语基础不错,但词汇是他的一个薄弱环节,为此,他"一直拿着单词本,早上排队买饭,或者课间休息的时候,都会看一下,做听力或阅读的时候,遇到生词也及时记下来"。正是这样的日积月累,才使得张昂一方面把 GPA 提高至了 85 分,同时也拿到了托福 101 分的好成绩。

大三寒假,借着学校提供的一个机会,张昂前往美国多所顶尖高校考察了 21 天。在这 21 天里,他亲身体验了中美之间的文化差异,见识到了新鲜的教育理念与模式。张昂在美国的所见所闻,那些新奇的经历,对他的舍友来说同样有着很强的吸引力。而此前张昂自身的坚持,也给其他人作了很好的示范,只要努力,就有成功的可能。直接或间接的,袁嘉锴、江飞也因此调整了自己的规划,确定了出国的念头。

出身农村的曾长发家中并不富裕,原本打算直接找工作为家庭缓解压力的他,尝试了几家公司却屡屡碰壁。他来不及难过,迅速自我反思:原来,自己工作的想法并不成熟,仪器操作不熟练,专业技能急需提升。看到舍友相继决定继续深造,又从辅导员那里了解到,学院人才培养主要服务于国家对环境领域高端人才的需求,权衡再三,他毅然决定加入考研的队伍。

王斌看着这几个孩子一步步成长起来，他说："我相信，他们之间的相互影响是很重要的，积极向上的宿舍文化能带动舍友学习的气氛。"在王斌看来，宿舍文化是326宿舍整体成功的一个重要原因。

一个人带头，其他人跟上，就这样，326宿舍走上了向"学霸"的转变之路。大三，专业课不算多，江飞重修了十几门课程，雅思考试也是屡败屡战，决不放弃。而宿舍其他考研人，早上八点之前到自习室学习，中午吃完饭直接回教室，晚上十点多才回宿舍。实在累了、困了，他们就在桌子上趴一小会儿，然后硬着头皮继续坚持。袁嘉锴说："刚开始挺容易的，还特别有自豪感，但时间久了再坚持就难了。"几天、几周、几个月，直至一年，那些日子里，三点一线，周而复始，好在他们不是一个人。"大家在一起可以相互鼓励，有不懂的也能随时讨论，这比一个人单独努力要容易一些。"

综合老师推荐和个人经验，袁嘉锴他们摸索出了最适合自己的学习方法。按照考研时间分配学习内容，上午复习数学，下午侧重英语、政治，培养文科思维，晚上则用来攻读专业课。"这样做对我们考研帮助的确挺大的，不过不同的人会有不同的最适合方法。"

功夫不负有心人。最终，六个人都拿到了心仪学校的offer，或者通过了研究生考试。"我可能继续读博""或者找份好工作""想在一个不大不小的城市生活"……采访中，大家七嘴八舌畅想着自己的未来。在山大的四年，他们一起欢笑，一起拼搏，留下了难以忘却的大学回忆。不甘平凡，不留遗憾，他们因此创造了一次集体逆袭，也将凭着这份集体的执着，未来之路越走越宽。

（原载于山东大学新闻网2017年6月7日；文：陈帷宏，图：杨璇）

邱月:“乒”出精彩人生

“就是想打,感觉离不开乒乓球。”这是数学学院 2014 级本科生邱月的肺腑之言。她 6 岁开始进行乒乓球的相关训练,小学五年级时在山东省乒乓球学校组织的一次集训中脱颖而出,被教练看中,力邀其参加职业训练、走职业运动员这条路。不过,邱月坚信乒乓球对自己而言只是锦上添花,而“锦”是最关键的,于是她放弃了那次机会,回到学校继续学习。一边是乒乓球,一边是学习,从此邱月两边都再没放下。前不久,邱月获得山东大学 2017 年度校长奖学金(单项—文体活动)。

自小参加比赛,邱月包揽了家乡山东临沂乒乓球比赛几乎所有的女子单打冠军。高中时,她在山东省中学生乒乓球联赛中作为一号主力斩获女子团体银牌,在山东省 2014 届高水平乒乓球运动员统一测试中获山东省第二名。

进入大学,邱月大一时便加入了数学学院学生会体育部,有机会参加了“山大杯”乒乓球比赛并获得冠军。大二,她萌生了代表山大出去打比赛的想法,主动找到体育学院这方面的负责老师,为自己争取比赛机会,最终成为山大高水平队伍中唯一一个普通生，并通过不断努力成为山大乒乓球队的队长。

任何成绩、荣誉背后，一定有常人难以想象的付出和伤痛。从初一起，邱月就开始了与各种比赛"后遗症"相伴的日子。由于长时间、高频度的练习，她的腰部、腿部、脚踝都伤痕累累，曾经脚肿到鞋都穿不上，也曾因为腰部受伤躺下就难以起身。

在 2016 年 11 月的山东省大学生乒乓球联赛中，超负荷的运动量使她承受了严重的腰部拉伤带来的痛苦，尽管如此，她依然咬牙坚持到了最后，"出来不能给山大丢人""还没为学校拿一枚金牌，不能回去……"最多的时候，她一天比赛量高达 27 局。比赛结束当天，她坐车回家进行治疗，五天后就返校，带领队伍赴潍坊参加全国比赛。2017 年 6 月，邱月再次参加山东省大学生乒乓球联赛，期间她手腕损伤，不能进行任何弯曲。不想放弃比赛，她从已经受伤的脚上解下绷带，绑住手腕，吃下多片止痛药，同时临场改变战术打法、个人风格，最后斩获了单打、双打和混双的三枚金牌。

这种不放弃的劲头儿同样贯穿在邱月的学习生活中。比赛和训练占用了她大量时间，但这并没有影响她的学习成绩。作为数学学院以培养数学基础科学研究和教学人才为目的的"基地班"中的一员，邱月三年来综合测评成绩总评排名第六，先后两次获山东大学优秀学生二等奖学金及华罗庚奖学金，并多次在全国大学生数学竞赛和数学建模竞赛中获奖。

从小开始参加各种比赛的邱月，早已习惯了利用零碎时间学习。不管去哪儿参加什么比赛，她的书包里总会背着书。比赛时，只要不是自己上场的时间，她就在一旁学习，不管周围环境多嘈杂，她都能沉浸其中。高中有段时间，在高强度的集中训练后邱月难以适应静心学习的状态，"因为打球要一直动，学习要一直静"，于是她就把自己关在屋里，没有手机或任何娱乐工具，给自己立规矩："一定要学够时间才能出去。"

大学里，因为比赛错过的课程，邱月会提前找同学帮忙把课录下来，再借读笔记，挤时间补习。她总是宿舍里最早起床去上自习的，晚上一直学到 10 点图书馆关门，再去知新楼的自习室学到 11 点，然后才回宿舍，被辅导员称为"努力到让人心疼的学生"。

对邱月来说，乒乓球已经成为她生活中不可或缺的一部分，而一丝不苟、敢于拼搏的态度，也已经融入她的性格，浸透在她的一言一行中。在担任山东大学乒乓球队队长期间，邱月一人身兼数职，既要作为运动员专心训练打好比赛，也要担任领队负责各项比赛的报名、材料准备、比赛行程等安排，还要作为教练训练队员、指导比赛，为比赛"排兵布阵"。担任班级生活委员期间，她主动申请在学院办公室值班，协助老师处理大小事务，被老师们笑称为"整个院的生活委员"。

关于此次获得的校长奖学金,邱月认为这首先得益于山大给她提供的平台,也非常感谢数学学院以及老师一直以来的支持,每次都在她需要帮助的时候及时出现,成为她最坚实、强大的后盾。而这次能够获得校长奖学金,也是邱月进入大学以来一直都有的一个心愿,更是对她此前所有付出的证明和回馈。

“靡不有初,鲜克有终。”曾经,中学老师用这句话激励邱月不断向前,多年过去,她仍牢记于心,并一次次用成绩践行着善始善终的拼搏精神。如今的她是国家二级运动员,大学连续三年获得“山大杯”乒乓球赛冠军,三次代表山东大学参加山东省大学生乒乓球联赛,累计参加 10 个项目,斩获 8 金 1 银 1 铜的好成绩;2016 年带领山东大学普通学生乒乓球运动队参加第七届全国大学生阳光体育乒乓球比赛,获得混合团体二等奖,更因为百分百的出场率和一局未输的战绩荣获“优秀运动员全胜奖”;2016 年获评“榜样的力量”山东大学学生年度人物。

作为即将毕业的大四学生,邱月感觉自己没有辜负大学的时光。在她看来,一名优秀的大学生,首先要清楚自己想要的是什么,其次是要脚踏实地做事,最后还要不忘在忙碌的生活中享受过程,感受青春。她将“天天学习,好好向上”作为自己的座右铭,不同于大家挂在嘴边的“好好学习,天天向上”,她相信,“可能不是每天都能感受到自己在向上,但只要每天都不放弃努力,收获迟早会慢慢显现出来”。

(原载于山东大学新闻网 2018 年 1 月 15 日;文:刘慧,图:受访者提供)

陈梦竹:将创业的第一桶金回馈母校

陈梦竹,2015 级电气工程学院卓越班学霸一枚,专业基础扎实,成绩优异,曾获山东大学校长奖学金,兴趣广泛,全面发展。爱本职专业也爱工商经营,以满分成绩通过沃顿商学院线上 MBA 基础课程;热爱田径赛跑,代表山东大学参加山东省大学生田径锦标赛,包揽女子 1500 米、800 米冠军,6 次打破学校记录;相信坚持不懈的田径精神,要做就要做最好的冠军精神。

2018 年 10 月,创业路上的陈梦竹赚到第一桶金,便拿出两万元在山东大学教育基金会建立了专属自己的慈善钱包,她希望尽己所能回馈学校,将这份感恩一直延续。

因为热爱,所以主动

初入大学,在父母的影响下选择电气专业,陈梦竹对电气的印象是谈不上喜欢,但学习总是没错的。每门课程她都认真对待,努力学好。后来证明陈梦竹是正确的,卓越班三年,她收获了理工科逻辑思维能力,为以后将自己的各种想法的落地提供了基础。也正是在踏实学习的过程中,她逐渐找到了自己的兴趣点:市场营销。热爱就是动力的来源,于是她通过线上学习完成了沃顿商学院 MBA 基础课程,远赴美国游学,走访数家世界五百强公司,感受先进的商业模式,与高管们面对面交流,提升自己的商业思维;飞往广州深圳各地参加培训班,与创业界大牛交流成长。

"学习永远是最好的投资,低风险,高收益,稳赚不赔。如果你足够幸运刚开始就找到了兴趣点那么向着自己的目标前进就好;如果还未找到,那么踏实做好现在的事,学好课程,当你找到了自己的方向,你会发现曾经的努力都会成为现在的基础,你会成长得更快。"

有想法就要落地

因为生活中是一枚十足的小吃货,所以陈梦竹萌生了创立自己餐饮品牌的想法。作为一名高效率的实干者,陈梦竹坚信有想法就要落实。10 月 4 日只身一人飞去云南,用一个月的时间四处试吃,拜师学艺,回到济南迅速选址办营业执照。充满激情,高效率是陈梦竹的特点。如今陈梦竹创立的首家店面已经开张了。

在市场调研的过程中,她发现许多本地商户虽然产品过硬,但缺乏商业思维,从店铺运营到推广营销,都有很大提升空间。创业者的敏感嗅觉让她发现商机,于是她开始帮助商家改善运营方式以提高工作效率,制定营销策略并协助执行,使堂食和外卖的营业额和利润都有了明显增长。陈梦竹在市场调研的同时赚到了自己的第一桶金。

"享受知识落地的过程,用知识解释现象,在生活中发现应用所学的可能。"她还说:"其实在自己实践想法前做了很多准备,磨刀不误砍柴工,不要觉得刀能用就直接去做,要让自己足够锋利,做起事来才能更有效率。现在这么快都得益于前期的准备。"

尽己所能,回馈学校

从云南回来,陈梦竹便找到基金会,希望将自己首笔创业收益中的两万元拿出来捐赠给学校。谈起最初的捐赠想法,她的回答简单而真挚。

"学校帮助了我很多,改变了我很多,让我成长很多。我觉得自己现在赚到了这笔钱,就要回馈母校。而且我希望这是个持续进行时,在接下来的创业路中,我会尽己所能继续这份感恩。"

陈梦竹还谈道,对母校的回馈不一定要等走出校门,现在在校有能力了就可以为母校的建设贡献自己的力量。"我觉得我们可以让更多的校内同学知道基金会,知道每年都有无数企业和校友为促进学校发展,为改善在校生的学习生活默默提供支持,会有更多的人想要贡献自己的一份力量。"

从萌生捐赠想法到找到基金会完成捐赠,只用了几天时间,再一次体现了陈梦竹式的高效率。

完成捐赠,拿到捐赠证书后,陈梦竹说她带着证书到学校南门门口拍了一张照片,那一刻她的心里既有激动也有满满的温暖。激动的是这是通过自己的力量为母校作出的贡献,温暖的是看到自己的名字与山东大学四个字紧紧连在一起的时候,内心油然而生的一种责任感,一种作为山大人的责任感。她希望更多的校内同学知道基金会,知道需要筹集的各种公益基金,因为每一位在校生、每一位山大人都有想要为学校贡献力量的责任感,最终这些力量会助力母校发展。

现在陈梦竹已经进入大四,再有不到一年的时间就会毕业离开母校,但热爱母校的心从不会走远。希望随着成长,自己为母校的助力也逐渐变大,时刻尽己所能回馈母校是她对自己的要求。

关于公益,陈梦竹也有自己的想法。每个人都有自己的社会责任,都该为社会尽一份力。但她希望的公益是授人以渔而非授人以鱼,这也是她为自己走出校门踏入社会设定的未来目标——希望能够为更多的人创造工作机会,使更多的人能够通过自己的努力享受更好的生活。

在采访的最后,陈梦竹这样说道:"在我们成长的时候,学校给了我们最好的支持;当我们成长起来,我们就可以尽己所能地回馈母校。"

热爱生活,保持激情,这就是陈梦竹。一个要做就做最好,时刻超越自己的山大人。

后 记

山东大学教育基金会为陈梦竹同学设立了专属于她的慈善钱包——"梦竹爱心基金"。这是山东大学教育基金借鉴国际上先进的公益模式——捐赠人建议基金(Donor Advised Fund,DAF)开发的全新捐赠模式。该模式不仅可以使捐赠者获得捐赠账户的独立命名权、捐赠免税咨询、捐赠方向建议、捐赠执行报告等一系列服务,同时也可以将捐赠人的捐赠意愿和学校的实际需求精准对接,提高公益基金的使用效能。

这个慈善钱包的设立不仅是陈梦竹与山大之间的隽永情书,也是山东大学教育基金会捐赠服务的一种创新。

(原载于山东大学新闻网 2018 年 12 月 13 日;文:王倩男,图:受访者提供)

赵宸：创意越世界，学思践未来

赵宸，国际教育学院 2016 级本科生，山东大学成仿吾英才班首期学员，中共预备党员。现任山东大学第三十五任常代会主任团主任、国际教育学院学生会主席、国际教育学院团委宣传委员、山东大学创业社暨创 e 家运营负责人等。曾获 2018 年校长奖学金（创业实践类）、山东广电奖学金等 8 项奖学金荣誉。

她结合汉语国际教育的专业学习，投身创业实践，先后收获 2018"创青春"大学生创业大赛、第四届中国"互联网＋"大学生创新创业大赛全国总决赛金奖等 3 项国家级、8 项省级、10 余项校级创业荣誉。

学研相结合

"如果要评价我的性格，首先是好奇心很重，"赵宸这样介绍自己，"这种性格的作用就是帮助我在大学经历很奇妙的事情。"

大一时，很偶然的机会，文科生赵宸与科技创新走到了一起。作为第十五届“挑战杯”的幕后组织者之一，那段经历令她结识了许许多多有趣而优秀的学长学姐。学术创新的大门，也在那个时候，提前递给了她一把钥匙。

“虽然我那时候还不太懂什么是学术论文，不过我很好奇，想要尝试一下。”在传播学专业的学长带领下，并结合自己在院会记者团运营微信平台的工作经验，她写了论文《基于微信公众平台的医学伦理传播模式研究与实践》，发表于山东大学核心期刊B类《中国医学伦理学》。第一篇论文的成功在她心里埋下一颗种子。医学伦理传播这个细分领域，俨然是她真正开始认识传播学的一颗种子，由此开始，她先后完成了4篇学术论文。

学术创新的发展，离不开国际教育学院这个“包容、开放的发展平台”。两年来接触过教育学、语言学、传播学、文化学、心理学五个领域的知识让她能够激发无限创意，明确对未来的希望。“我很庆幸选择了汉语国际教育专业。”

躬行以致远

2017年7月7日，对她来说，是大学里另外一个十分重要的日子——成仿吾英才班的首期开班仪式，也是她大学里加入又一个很温馨的家的开始。

“改变思维定式的过程很神奇，在成仿吾班我建立起了破旧立新的勇气。”从井冈的群山里，她看到了黄洋界浩瀚的云海，也重温了革命先辈的艰苦创业史；从滨医附院的急诊室里，她看到了疾病面前的坚强，还有生死面前的危急；从匡山村到沙河辛村，她走过基层党建的第一线、也走到精准扶贫的最前端。在与成仿吾英才班的老师与同学们并肩成长的经历中，赵宸获得的不仅是3次省优团队、千村行动优秀个人等荣誉，更重要的是改掉以往的刻板印象，看到了理论与文化的真实魅力。

也正缘此，结合两年中12次的社会实践经历，她在导师的指导下以第一作者身份和成仿吾班的同学合作完成了论文《大学生群体红色文化教育的有效性问题探究》，也独立完成文章《我愿做远方忠诚的儿子——不忘初心，牢记使命》，这篇文章被山东省大学生马克思主义理论社团研讨峰会优秀论文集《青马奋蹄》第一卷收录，并在今年于山东大学出版社出版。

谈到在仿吾班的学习生活，她感叹：“是和最优秀的人一路同行。”这样虽有压力，但也促使她不断发现和成长，遇见新的自己。与李家芝教授的结缘，更让她受益匪浅，“我导师是一个特别特别美好的人，虽然接触的并没有那么多，但是是她一直在告诫我，一定要做到真正的成长，不能盲目地追求成绩和荣誉。”

创传中华心

不同于大部分同学的开学礼，赵宸的开学礼，是在知新楼二十四楼的传统文化体验基地举行的。在孔子像前行拜师礼、体验篆刻、书法、碑拓让她对中华文化的好奇心越发浓重。在大一寒假,赵宸成了澳大利亚阿德莱德大学冬令营项目的项目助理。她和留学生一起逛济南、给他们做赏析课、带他们包饺子:"那个时候,会特别希望把中国、把我们的文化,都带给他们。"

在接触了不少留学生之后,她发现真正能和中国同学进行汉语交流的留学生特别少。让留学生们能够了解真实的中国当代生活,是她一直努力的方向,也是她走上创业实践道路的一个伏笔。

有一次,在学院举办的活动中,赵宸结识了北京多豆科技有限公司的创始人窦晓静师姐。在留学生汉语学习的问题上,她们不谋而合。"像小贩、龙凤这类词,承载了很多的中国元素和情感,对于留学生来说,理解起来真的很难。"

而漫画是一种富有表达力且有趣的形式。"就像小时候看《哆啦 A 梦》,我们看到了很多画面,但并没有很多的文字,却能让我们联想到很完整的剧情,这就是我们选择漫画的原因。"

语言是文化的载体,也是留学生们了解中国文化的媒介。但在世界范围内,人们认知中国的渠道还不是很丰富,各国人民对于中国的认知可能还相对保守。

"而我想要讲述的,就是当代的中国,是怎样的至美。"所以"漫中文"一方面在 HSK 严格的语言级别和语法框架下完成剧情编写,另一方面坚持用漫画展现当代中国风貌。

从最开始的一份创意,到现在兼具 App、Web 端、纸质教材和精品课的完整产品链,在不到两年的时间,漫中文已经拥有了来自全球 175 个国家的用户。说起漫中文取得的成就,赵宸归功于团队的付出,尤其是师姐窦晓静的情怀和领导力。

"汉语走向世界"的是创业的信念和动力。在整个创业的过程中,漫中文面对市场需求,在内容上不断地充实。她们不空谈情怀的伟大,而一步一个脚印地去践行。

在谈到学业与创业时,赵宸觉得是它们是相互促进的关系。她说:"专业学习始终是我的出发点和基础,我是立足于专业学习再去投入创业实践。其实专业真的是我最重要的东西,也是我们每个人最重要的,只是大家在用不同的方式、在不同的领域,将自己的专业所学发挥出来。"

在赵宸看来,借由漫中文的创业运营,她才有机会了解到行业中许多现状以及学科建设上的一些基础性问题,对自己的未来发展也有了更多的思考。对她跳出学生的身份,从一个更为客观的角度看待自己有很大的帮助。

效率和执行力是她身为创业者获得的另外两个重要能力。专业学习和创业实践之外，她还是山东大学创业社的运营负责人，服务着校内的2000多支创业团队，组织举办了双创文化节等系列活动，也曾与华为公司谈判，为山大双创争取到了30余万元资金……

带着这份创业者的拼劲，赵宸先后在“挑战杯”“互联网＋”“创青春”等大学生双创的龙头赛事中斩获国家级金奖，也在每一步中诠释“志向越大，梦想越高，让全世界都说中国话”的对外汉语人的初心和使命。

希望灵魂自由、希望四海远飞。带着一份求新的好奇、一份务求完美的坚定，赵宸始终知行合一，为传播中华尽力成长，也期待接下来的精彩故事。

（原载于山东大学新闻网2019年1月10日；文：李雨晴、梁晓仪、王越成，图：受访者提供）

郭亦宗：砥砺前进，做矢志前行的逐梦人

郭亦宗，电气工程学院 2015 级本科生。曾任电气工程学院青年志愿者协会(以下简称“青志协”)主席，班级团支书。入学 39 个月以来累计创业时间 38 个月，持有四项国家专利，获得国家级创业实践立项两项，曾获第十一届国际大学生物联网创新创业大赛(International Contest of Applications in Network of Things，iCAN)中国总决赛全国一等奖；学业方面，曾获 2017 年度校长奖学金，2018 年国家奖学金，宝钢优秀学生特等奖，全国大学生数学建模二等奖，全国大学生数学竞赛三等奖。

科研之余，综合发展

郭亦宗似乎和大家印象中的严肃少语的工科生不同，他的“软实力”非常出色，在沟通表达、团队配合等方面，郭亦宗的能力都非常突出，这也源于他坚持的理念与不懈的实践锻炼。“大一时我一直积极参加各种演讲、辩论比赛和学

生组织，这些都锻炼了我的社交和沟通能力。”而郭亦宗也一直认为处理好负责人和成员之间的关系是非常重要的：“团队里很多人都是同班同学，平衡好负责人和成员之间的关系就很重要。”无论是最开始的“学长班”还是到现在的“‘K的’学院青少年 steam 创新思维教育项目”，郭亦宗都一直贯彻着这种信念，并将其落实于行动。

在被问及未来的规划时，郭亦宗说道：“既然选择了读研，就会把主要精力放在科研上，但我一直认为，科研不一定只有科研，学习不一定只有学习。”的确，从入学开始他就一直践行着这条准则：在高中就痴迷数学和物理的他希望将所学的知识转化为实际，所以选择了需要较强动手能力的电气专业；上了大学之后他立刻积极筹备自己的创业活动，在科研之外努力锻炼创新能力。在这个过程中，郭亦宗也不断收获着新的可能：“创业让我变得更大胆，更勇敢，不像之前那样畏首畏尾；而且和那些 CEO 交流时，他们丰富的人生履历也给我带来了很大的启发，对我今后的人生很有帮助。”对于那些想要创业的学弟学妹们，他给出了自己的建议：“如果大一大二有自己很想做的就大胆去做，不要害怕，以免让自己后悔。”不过他也认为，大三时各方面事务都比较多，兼顾多项事务可能会使自身压力过大，建议大三还是要以学业为重。

在创业的同时，他还担任青志协主席、班级团支书等职务，并将每一件工作都完成得相当出色。“大学四年对我来说的确是一年比一年累，但我对自己的要求比较高，所以想把每件事做得尽善尽美。”

对大多数人来说，在创业方面取得重大成就并且还能把成绩保持在 3/269 并非易事，同时还要担任各项职务，让自己一直保持成绩优异更是难上加难。当被问及是如何平衡学习、创业和班级职务时，他回答：“我会大致想一个时间规划，把一些比较重要的事情优先处理。因为对自己要求比较高，所以有时候也难免会处理不完，这时候可能会熬一点点夜，有时候学习就会被排在最后，但我一定会把它完成。我认为课堂时间是很重要的，所以从来不会在上课时间睡觉或者玩手机。”他的自律和高效是他保持成绩的秘诀。

优秀团队，助力前行

在提及他的创业经历时，郭亦宗总是三句话不离他的团队。在他看来，团队的力量让他一直感受着温暖，也让他更加强大。郭亦宗的第四次创业实践“‘K 的’学院青少年 steam 创新思维教育项目”团队汇集了来自不同年级、不同专业的成员，这个团队的氛围让他很感到很享受。“我觉得自己的世界更年轻、更广阔了，因为从每个人身上我都能看到不一样的世界，我也可以遇到很多有趣的人。”他和记者分享说，他和一个很铁的兄弟曾经在建立“学长班”时因为意见不统一而吵过架，“但我们第二天就和好了”。这段经历也让他感受到了“真正的友情”。当谈及他在创业过程中是否遇到过瓶颈或者困难时，他由衷地说道：“在遇到困难或者瓶颈时，我们整个团队会一起讨论去解决和突破。”

作为青志协的主席，他也十分享受和青志协这个大家庭相处的时光：“无论多忙，我都会去参加青志协每周的例会。我们还会给每个成员过生日，青志协是我们的大家庭。有一次团队答辩，其他团队只有一两个人去，而我们团队十几个人都去了，说明大家心里都装着这个大家庭，真的让我感到非常欣慰。”在团队中获得温暖和力量，成了郭亦宗一直在强调的感受。

传递热情，永怀初心

当被问道为什么在繁忙的学业和工作中还坚持做志愿服务活动时，郭亦宗诚恳地说：“因为我想把热情传递给更多的人。”其实，郭亦宗的温暖与热情不仅仅体现在志愿服务活动中，有时只是从一些细节，就可以看出郭亦宗的赤诚和热忱。比如郭亦宗的第三次创业——“自助雨伞借取机”，这次创业的灵感就来源于他在策划志愿服务活动时所观察到的济南突发性降水给同学带来的不便。不仅如此，他心中还有一个未完成的支教梦：“没能去支教应该是我大学生活最大的遗憾了吧，如果有机会我一定去支教。”他还是希望自己能让温暖不局限在校园内，而能温暖更多人，让更多的人感受到整个社会的温暖。

爱好广泛，收获颇丰

在科研之余，郭亦宗积极创业，注重成果的转化；学习之余，他也有自己的爱好。围棋、唱歌、运动、读书、看电影、纪录片都是他的爱好。对于喜欢的事物，他也不是浅尝辄止，比如在围棋方面，他就颇有造诣，获得过不少奖项。至于读书，他也分享了他的书单。“青春类的话，我比较喜欢刘同的《谁的青春不迷茫》，里面有很多他的青春故事，让我很受启发；名著类的话，我还是推荐四大名著，这些是永远不会过时的经典，而且每读一次都会有不同的感受。”

专访最后，他细细叮嘱学弟学妹们，珍惜大学时光，找准自己的定位，坚定信念地去做事，不要让自己后悔。

未来的路还很长，相信郭亦宗会一直不忘初心，不断前行，在未来继续勇攀高峰，谱写出属于他的更辉煌的人生篇章。

（原载于山东大学新闻网 2019 年 1 月 10 日；文：马郁欣、赵艳芳、姜珊，图：受访者提供）

郑志超：养浩然之气，立天地之间

郑志超，山东大学法学院2016级研究生，曾因勇救落水游客被《齐鲁晚报》等多家媒体报道，并获得阿里巴巴“天天正能量”二等奖。2018级新生典礼上，郑志超受到樊丽明校长的肯定与表扬。

尊重生命，热心助人

“作为一个法学生，维护自己的权利，也帮助别人维护他们的权利，让法治因为我们这些人的努力变得离生活更近，我觉得这才是将自己所学落到实处的意义所在。”

2017年6月，郑志超和几个同学在北九水景区游玩时，偶遇一名游客失足落水。在危急关头，他当机立断选择入水施救，使落水者及时被送往医院、接受治疗。事情发生后，他一再婉拒家属的当面致谢，也一直隐瞒自己曾在景区救人的经历。学校方面也是直到收到落水者家属的感谢信，才了解到这一事件的始末。当回忆起这段经历时，郑志超告诉记者，整件事情让他感受最深的，是落水者被救起时，连声说的“谢谢你救了我”。那一瞬间对求生欲望和生命力量的近距离感受，让他受到强烈的触动。

虽然他本人直言“在这种紧急情况下自己并没有考虑太多，救人是第一要务，换作每个人都会这么做”，但这种危急关头心底涌现出的本能的使命感、对生命的尊重以及此后全然不图感恩、不求回报的精神，值得每一个人去学习。

这次事件，只是郑志超热心助人品质的一次体现。在日常生活中，他也是如此：谈及郑志超，旁人总说他是个乐于助人、对身边同学大小事都尽力帮忙的热心人。

在同学们去济南实习期间，帮助他们对接洪楼宿管中心；按照在外实习生的要求，去校内帮他们收快递和提交材料……这些看似琐碎的小事，做起来却着实有些麻烦。虽然面临着转专业的学业压力，但他依旧选择尽可能多帮到别人一些。

在他身上，旁人感觉到更多的，是一种对他人的耐心和真诚，是一种把别人的事当作自己的事一般、有责任有担当的奉献精神。

除此之外，他还会经常向学校各方面反馈与学生权益密切相关的问题，像“加强自习室硬件设施”“校区建设施工问题”这类提案从被提出到采纳，过程并没有人们想象中的那么简单。从了解和收集学生的反馈问题，到整合形成一份全面规范的提案，再到联系学校有关部门进行汇总上交，要花费许多心血。如果没有一颗为他人服务的真心，郑志超又怎能在这条权益之路上坚持下去？

在他看来，学生作为学校的主体之一，应当好好利用权益组织等相关机构，积极争取与维护自己和他人的权益，为学校能够建设得更好贡献出自己的一份力量。

投身公益，关注底层

本科期间，郑志超还长期投身于扶助弱势群体一类的公益活动。他加入南昌大学青年志愿者协会，累计参与“爱心支教”“慧聪儿童康复中心义工活动”“预防艾滋病红丝带”“关爱老年人”“口述历史”“记忆捐赠”等公益活动20余次，担任志愿者的时间长达800余小时。2014年，郑志超参与了江西省人民代表团关爱留守儿童提案调研活动，为关爱留守儿童建言献策。

有人说：公益这件事，不是因为它有意义你才去做，而是因为你做了，它才变得有意义。这句话用在郑志超身上，再合适不过。

虽然他当初并没有刻意投身于哪一类公益活动，只是跟着学姐学长们坚持去做；但在长期接触关爱儿童类型的志愿项目后，他对此产生了特殊的感触。

在去到一些贫困学校、进入这些孩子学习的环境中时，郑志超会将这一环境跟自己的现实生活做一个对照，感到他们缺失的实在是太多太多了。“设身处地地想，如果是自己，身处这样的环境当中，也会希望在教育上得到更多的帮助。而且每个人在教育面前都应该是平等的，尤其是这些孩子，不能因为身体上的缺陷，而享受比同龄城镇孩子更少的受教育权。”他希望在这样一个陪伴的过程中，能够激起孩子们学习的热情、尽可能地保护他们应有的权利。孩子们，不应该被现实条件所束缚。

谈到做公益时的感受，郑志超说：“最大的感受，就是它使我获得了一身正气吧。我一贯的想法就是，尽可能地帮助别人一些。每个人都会有遇到困难、渴望别人伸出援手的时候，只有你对别人真心相待，关键时刻才能换来真心。同时有这个能力通过自己的努力，让别人的生活有所改变，哪怕只是让世界变好微小的一点点，都是很有意义的事。”

不断努力学习，掌握更多知识、获得更多社会资源，拥有更大的力量去帮助那些有需要的人、帮助他们维护权利，这是郑志超多年来在学习生活中坚守的一个“小小心愿”。怀抱这样的信念，他一直在学习上下苦功夫，也一直在公益的道路上走了下去。

郑志超有如此强烈的维权意识和助人精神，很大原因是受到身边人的积极影响。他的爷爷处事正直正义，是他年幼时便想要成为的人。爷爷的榜样力量在他心中埋下信念的种子，潜移默化地激励他去做一个为家人、为社会奉献的有担当的人。而另一个对他影响较大的人，则是他的导师：山东大学法学院的刘加良教授。刘加良教授常常自费去做一些公益类的诉讼案，关注时事热点，推进政府信息公开，是一位既有热心、又有担当的标杆。善之本在教、教之本在师，传道授业解惑，良师尤甚。刘加良教授，便是郑志超的良师。他对郑志超在学术和精神上的双重榜样作用，使郑志超更坚定了自己的步伐。

无论是落水救人——对他人生命权利的尊重，还是及时反馈学生需求——对学生权利的维护，抑或是参加公益活动——对弱势群体权利的重视，都体现着郑志超的尊权意识与知行结合的实践精神。我们期待着他在未来的道路上继续发挥好榜样的力量，以法律信仰的践行者这一身份行稳致远、帮助更多需要帮助的人。这种力量，将影响更多人投身到助人、公益的事业当中来。

（原载于山东大学新闻网 2019 年 1 月 18 日；文：张敏，图：受访者提供）

曹晟旻:因为热爱,所以坚持

曹晟旻,山东大学法学院法学理论专业 2016 级博士研究生,以独立作者身份在 CSSCI 收录期刊上发表学术论文七篇,参与马工程重大项目及多项国家社会科学基金项目,先后获得“研究生国家奖学金”“山东省普通高等学校优秀毕业生”“2018 年博士研究生光华奖学金”“山东大学第四届和第七届‘五·四’青年科学奖”“第十三届‘中国法学家论坛征文奖’优秀奖”等二十多项殊荣。

谦谦君子,温润如玉

“我从来不爱突击,也不喜欢熬夜,但每天坚持学习,坚持早睡早起。”

“人难不难过是源于人生中起起伏伏的波折,既然没有办法左右别人,那就做一个学会把悲伤磨平、学会调整自己的心态的人吧。”

“我是那种在正式场合不太爱说话,但是很愿意自己闷头去做好每一件事情的人。”

“过自己想要的生活,活成自己最想成为的样子。”

笔隙碎语间，一个温暖而充满力量的大男孩的轮廓浮现在眼前，一如他的名字，光明而又清朗，谦谦君子，温润如玉。

写论文就是一种兴趣

“写论文就是一种兴趣。”翻看曹晟旻的简历，往往会惊讶于他长达三四页的论文成果和荣誉清单，对于博士研究生来说，发表一篇 CSSCI 谈何容易，更何况是七篇。曹晟旻喜欢把“我的经历其实并不丰富，但是比较特殊”挂在嘴边，这是一种骨子里的谦虚，但或许更是一种根源于对专业的深沉的热爱。2010 年，曹晟旻刚开始读本科。当周围的同学还陶醉在大学生活的自由、奔忙于各种社团活动的时候，他已经在大一下学期开始了正式的论文写作。面对晦涩难懂的法理学课程，他却表现出了极大的兴趣，“越是不明白越要搞明白”。老师在课堂上会不自觉地提及尚未解决的学术问题，这些总会被曹晟旻细心地记录在书本的空白处，待到课后他会选择自己感兴趣的方向和内容，再经历大量的图书馆、数据库等各类文献资料的检索和查询后，最终完成一篇论文的写作。

如果说写论文只是学术研究的外部呈现手段，那么真正让曹晟旻着迷的是法学本身和其背后的价值渗透和社会关怀。当谈到读研期间对自己影响最大的事情时，曹晟旻总是会回忆起刚保研到山大与导师见面时，老师所介绍的现代化监狱管理模式的经历。“采用大数据、人工智能、云计算这样电子化信息化的管理模式，既可节约大量的社会资源和经济成本，也使得监狱管理更加人性化和高效化，我的视野仿佛一下子被打开了，完全颠覆了自己一贯对于立法、司法和执法原有的认知和印象，新的领域正向我敞开。”人们总说，法律太冷酷，法学太枯燥，而在曹晟旻坚毅的目光中，仿佛可以窥见法学光明有力且富有社会关怀的另一面。

关于写论文从何入手，曹晟旻认为首先最重要的是学会读书，由易到难层层深入，同时也要对自己的研究领域有宏观的把握和了解，这样才能在阅读的过程中做到“发现问题、解决问题”。“读书本身就是一门很大的学问，既要读关涉现实问题的书籍，也要读基础理论的书籍。实践相关的书籍相当于西药，能够很直接地帮助你把握热点，但是只浮于表象太过单薄，而基础理论的书籍更像一味中药，虽然苦涩但能够提供长久的滋养，因而最好的办法是两者结合，而结合本身就是一种创新。”

因为热爱，所以坚持

当大家钦羡于曹晟旻的学术成果和他对专业的兴趣和天赋时，但又有多少人能做到曹晟旻日复一日地严格自律。每天六七点起床，每晚十一点左右准时睡觉,在常人看来近乎苛刻地对时间的管理,在曹晟旻看来不过是一种明确的生活态度。他喜欢图书馆、宿舍和餐厅三点一线的规律生活,喜欢把吃饭、洗衣服、打扫宿舍卫生都当作学习之余的消遣,也喜欢外出开学术会议的时候,坐一晚硬卧的绿皮火车,他笑着说"这样不耽误时间"。累累学术成果的背后,从来不是有什么所谓的"秘诀和捷径",而是日复一日地专注、坚持和努力。

"学术也是体力活。"科研路上从来都不是一帆风顺的,即便是像曹晟旻这样对专业充满兴趣的人来讲也同样是不争的事实。有过怀疑也有过迷茫,但是及时调整心态,学会释放压力,学会"不以物喜不以己悲"或许才能真正成长为一名合格的科研人。这既是一个所谓"过来人"的经验,也是他对师弟师妹的谆谆教诲。此外,曹晟旻也坦言,虽然而今社会以学历作为人才评价标准之一,但做研究依然是一种很小众的事情。"不要盲从,过自己想要的生活,没必要难为自己。"既然选择,请热爱,请坚持。

谈到未来,曹晟旻希望自己以后依然能够在高校或者科研院所继续从事科研工作,在这条道路上坚定地走下去,对于他来说,科研,已然内化成一种生活方式,一种来自本真的生命态度。因为热爱,所以坚持;不忘初心,未来可期!

(原载于山东大学新闻网 2019 年 2 月 1 日;文:姚烁、李倩楠,图:受访者提供)

马晓彤：过程与结果一样重要

马晓彤，山东大学能源与动力工程学院动力工程及工程热物理专业2016级博士研究生，作为项目主要研究人员，参与国家自然科学基金，国家自然科学基金委一山西煤基低碳联合基金等多个项目的研究；以第一作者身份的学术论文共10篇；多次受邀参加国际会议；先后获得“博士生一等学业奖学金”“山东大学2017年度优秀研究生”“第九届学生‘五·四’青年优秀成果奖”“山东大学博士生国家奖学金”等多项殊荣。

研究、课题、论文是怎样炼成的？学习娱乐如何两不误？优秀要如何养成？……记者迫不及待地向师姐抛出了一堆问题，得到了师姐的耐心解答。

在研究生期间，马晓彤以温室气体CO_2为基，发现了钙基废弃物的高脱碳活性，并改进方案实现CO_2的高效捕集，为碳捕集技术的工业应用提供了自己的智慧与方案。当问及为什么选择当前的研究课题时，马晓彤谈到她做的课题大方向是应对全球气候变化和控制温室气体排放。国际权威期刊*Nature*曾经展望16年，选出了备受关注的11大科研前沿领域，在这之中，他们把二氧化碳的捕集及利用列为第一位。中国也已经连续三年(2016～2018年)把基于二氧化碳捕集的技术列入国家的重点研发计划。但是中国目前的现况却不容乐观,燃煤烟气中的二氧化碳还是直接排放到大气当中,二氧化碳的捕集并没有实现真正的工业应用。在马晓彤看来,科研就是重在解决这种真问题。这个问题还没有被解决,它需要被解决,也确实亟待解决,这就是一个比较好的课题的方向。有很多时候马晓彤为研究内容感到自豪,它是可见的,“能为社会作贡献就会让人更有动力,更能坚持和深入,所以就一直做这个课题了”。

“真正能够让人记住的,对人影响最深的往往不是一些很顺利的事情,而是人的一些比较失意的阶段。”研一的那个时候,马晓彤的课题还没有完全确定,老师也只是给出研究课题的研究目的,研究方法、研究过程、研究结果都要自己去寻找,“当时就是特别迷茫,也不知道怎么开始入手,什么东西值得去做。”研一上学期主要看文献,却没有实质性进步,下学期开始逐步地做实验,但是结果也不是特别好。到了暑假的时候回头看,这一年虽然说是既看了文献,也做了实验,但是真的是没有什么实质性的进展,整个人的心情和状态都比较消沉。于是马晓彤开始去反思,去发现问题,去改变。真正发生转变是在她的第一个实验,实验进展顺利,有了一部分数据的时候。这个转变是她在研究阶段的入门。

马晓彤在科研领域连创佳绩,曾以第一作者身份发表SCI论文5篇、EI1篇,包括*Appl. Energ.*,*Chem. Eng. J.*等知名国际期刊。作为主要撰写人参与的专著面向全球发售,让更多的气候关注者了解前沿技术的革新。科研是艰苦的、无趣的,是要耐得住寂寞,咬定青山不放松的;同时科研也是自发的、主动的、充满无限求索激情的。马晓彤觉得,首先是因为有兴趣才愿意花时间,然后动脑筋去钻研。她们的实验室基本上直到晚上十点都还有人在忙碌,也并不是被谁强迫的,大家都是希望能早点做出好的数据、能出点成果,让自己的课题有实质性的进展。马晓彤觉得这都是那种发自内心的兴趣,或者是动力才能让她们一直在这个科研的道路上走下去。其次就是课题组里面的学术氛围很好。科研拼的就是一个环境,一种气氛。在交流与工作中,每个人对问题的理解和感悟都不同,课题组里的人经常聚在一起讨论学术问题、聊聊课题进展,如果有好的思路也会互相指点一下。还有每周一次的例行组会,每个人都会汇报各自的进展和下一步的计划,导师也会适当地提一些意见和建议,避免走弯路。这种纯粹求实的氛围,对她的科研道路影响很大。马晓彤说,其实自己曾经也动摇过,在一开始读博的时候,做实验不是很顺利,没有什么进展,就开始怀疑自己到底适不适合读博士、搞科研,最后还是觉得要坚定信念,自己选择的路怎么样也都要走下去,要尽自己最大努力,然后慢慢走,直到获得一些成果。

科研是一条艰辛的道路，并不是每个人都能取得成功，博士生的日常也总是繁忙不堪，压力山大。但是马晓彤对协调安排自己的时间、释放压力和缓解情绪有自己的一套办法："我觉得其实就是忙里偷闲。我喜欢把每天的计划列一遍，完成计划后剩下的就是自己争取下来的时间了，算是给自己一个奖励，可以做点其他的事情，也可以出去散散步或者安安静静地刷头条。完成列的计划，然后背起包想去哪儿就去哪儿的时候，我觉得是我最放松的，这也是一个释放压力的过程。如果有一段时间事情特别多、压力很大的时候，出色地完成一件事情后获得的成就感，其实有的时候也是释放压力的一种方法。"

关于研一时对自己研究生生涯和未来的规划，马晓彤说因为自己是本科保送本校的研究生，大四下学期她就跟着研究生导师研究的课题做实验了，这样就意味着她需要更早地有自己的目标和确定下来的课题。"我的计划就是摸索着到底要做哪些内容，有什么样的实验思路，预期得到什么样的结果，或者是成果。"关于以后，马晓彤希望留在高校做研究："因为本身还是对科研有兴趣的，而且积累了很多还不错的成果，有许多内容还可以继续去做，有很多问题需要解决，而有意义的事情总是会让人有那种自豪感和自我认同感，所以可能会继续一直这样做下去。"

在读研期间，马晓彤说她最大的改变应该是她的内心变得更强大了，因为科研本来就不是一件容易的事儿，抗压能力的培养就是在不断失败中获得的。回想起读博期间虽然很不容易，也都靠自己走过来了，所以哪怕日后生活中碰到些不如意，也有自信勇于面对。培养了自信后，事情就会好做很多。其他的收获就是会列计划了，因为有的时候手头的事情真的很杂，有的东西很烦琐，并不能马上就完成。写下来，什么时候要做什么，会让生活清晰很多。

最后，当被问到给学弟学妹的建议时，马晓彤认真地说道："我觉得对做科研的人来说，有没有取得真正的进步，有没有作出实质性的贡献才是最重要的。在学术领域，所有的言语都要负责、要严谨，还要有批判的态度。即使是一篇小的短文，只要写上自己名字的，都代表自己的立场和态度，所以做科研，一定是要严谨的。"

（原载于山东大学新闻网 2019 年 2 月 1 日；文：袁悦、孙丰瑶，图：受访者提供）

郭东旭：家国情怀，不负人生路

郭东旭，山东大学（威海）法学院 2016 级本科生，中共预备党员，山东大学（威海）百优大学生。两次获得优秀学生一等奖学金，多次获校级优秀学生、校级优秀团员等荣誉。他的实践足迹遍布 6 省 30 余地，调研报告涵盖乡村振兴、产业扶贫、循环农业、共享单车等多个事关国计民生的重要课题。

他走在实践路上，从未停下脚步。

饮冰“两年”，难凉热血

他的社会实践之路，是从农村沼气开始的。

小时候，郭东旭有很多机会见到沼气池。他常常看着农村沼气陷入沉思：“这东西既环保又便宜，简直是农民的福星呀！”那时常出现的想法陪伴他来到大学。带着这样的记忆，他决定了人生第一项课题研究的主题——“鲁西南农村地区户用沼气使用现状调研”。然而这次社会实践的成果并未得到认可，实践路上困难重重，可郭东旭没有就此止步。他又在 40℃的高温天开始了第二次尝试——与组员在酷暑当中发放五百多份问卷，进行大规模的数据统计分析。可这次社会实践成果仍未得到肯定，承载实践队伍成员大量心血的实践报告甚至没能获评院级优秀报告。在得知结果的那一刻，不轻易掉眼泪的郭东旭却流下泪来——他一路见证伙伴与自己付出的努力，汗水没有收获肯定是难过的，像一块石头堵在他的胸口。

可哪怕遭遇接踵而来的挫折，郭东旭也从未停步。面对困难与失败，他从没有想过放弃。“可能这个选题太难了，那就换个选题再做。这次没有得到肯定，那就总结问题，下次争取证明自己。因为选择了社会实践这条路，就要一直走下去。”

越努力越幸运。在社会实践这条路上持之以恒，郭东旭渐渐找到了适合自己与团队的选题。

在后来的实践道路上，他带领多支社会实践团队分别获得“青年中国行”2018 年全国大学生暑期社会调研实践项目全国三十强、全国二十佳报告，“筑梦新时代·奋斗新征程”2018 年百所高校上党行暑期实践活动优秀团队，“青春致昆明·筑梦新时代”2018 年全国大学生暑期昆明实践专项行动十佳报告、优秀团队，全国大学生节能减排社会实践与科技创新竞赛国家三等奖等多项国家级和省级荣誉奖励……在“丝路新世界·青春中国梦”全国大学生暑期社会实践专项行动、“青年大学习”社会实践专项队伍、“追寻青春足迹·红色筑梦之旅”全国大学生延安实践专项行动候选队名单当中，郭东旭带领的社会实践团队的名字赫然在列。

郭东旭始终怀抱着满心热血，关注着国计民生中形形色色的问题，与志同道合的伙伴们一起，在漫漫社会实践路上走下去，用自己的方式，为祖国发展献出属于当代青年的一份力量。

怀抱精神与方法，走家国情怀之路

郭东旭和他的团队在进行社会实践时，一般采用案例型、经验型的质性研究方法。定量的研究方法也有，但更多是以定性研究方法为主。他为我们介绍，这种研究方法在 20 世纪七八十年代被我国相关研究工作者普遍采用，等到后来定量研究方法传入我国，由于我国部分学者对数据存在特殊的青睐，质性的研究方法便被渐渐冷落。但事实上，质性研究方法因为研究范围小，存在定量研究方法无法比拟的优势，相比之下也更加适合学生用于调查研究。

郭东旭坚信没有实地调研就没有话语权，诚信是郭东旭的底线，责任感是他前行路上绝不舍弃的行装。社会实践的意义在其过程本身，而非是撷取成果后随之而来的鲜花与荣耀——这是郭东旭坚守的信念。

一次答辩结束后，一位老师问郭东旭："有什么能给学弟学妹的建议吗？"他其实也一直反复思考，他与他的团队能够给法学院、给学校留下些什么。求索调研团之后不能再无求索调研。他想了许久，留下一句话："在社会实践中践行家国情怀。"

在郭东旭看来，如何选择一个好课题、如何拥有一个优秀的团队、如何选择调研地点与调研方法等都是技术上的问题，需要具体问题具体分析；但家国情怀应该是我们去做社会实践的初心。怀抱这一理想，才会更渴望发现社会上的、国家存在的问题，并且更积极地帮助社会和国家提出解决问题的方案。我们的力量固然弱小，但我们却可以照亮一方土地——这才是我们应该追求的。一切技术都是手段，家国理想才是目的。心怀天下，社会实践者才能走得长远。

随着毕业一天天临近，对郭东旭来说，他的社会实践之路看上去似乎正在走向一个看似终站的节点，但事实上这条路远不会结束，尽己所能为国家民族发展献计献策，他永远在路上。

"路漫漫其修远兮，吾将上下而求索。"在谈话的最后，郭东旭以此与我们共勉。

旁人眼中的郭东旭拥有许多身份，一个拥有为人民服务责任心的党员、一个优秀的社会实践者、一个即将离开大学校园的舞台但心中常存社会与天下的学生……但其实，他只是一个在做自己想做的事情、坚守初心、为之不懈努力的青年人。社会实践路漫漫，绝知此事要躬行。无论郭东旭是否会将传统意义上的社会实践工作继续下去，他都将一直在心怀家国的路上继续砥砺前行。

在社会实践中实现家国情怀，这是理想的力量，也是榜样的力量。

（原载于山东大学新闻网 2019 年 2 月 1 日；文：乐雯、帅兮兮、王嘉翊，图：受访者提供）

巩哲:风云叱咤的真学神,暖人心扉的“老”支书

“‘学霸’是用来形容那些学习用功、成绩特别好的学生的,但巩哲已经不能用‘学霸’来形容了,得用‘学神’才行。”对于今天采访的主人公,她的辅导员如此评价。究竟是什么能够让她得到“学神”这样如此高的评价呢?带着好奇,记者走近今天的主人公——巩哲。

巩哲,电气工程学院电气工程及其自动化专业 2015 级本科生,三次获得国家奖学金,获评山东省高等学校优秀学生、山东大学优秀团干部、山东大学优秀学生干部。曾获国际大学生数学建模比赛一等奖、中国工程机器人大赛暨国际公开赛二等奖、两次全国大学生数学建模山东赛区一等奖。担任团支书带领班级获得山东省优秀班级、山东大学十佳团支部。

温婉清浅的微笑,谈话间两鬓的碎发调皮地扫过她白净的脸颊,大大的羽绒服包裹着她纤瘦的身躯,柔声细语地向记者娓娓道来……让人不禁产生这样一种疑惑:成绩排名年级第一、优秀学生干部、国际比赛获奖者、跨国项目义工等等,拿出其中任何一项都令人望尘莫及的这种优秀,巩哲是如何能够兼顾的

呢？在她看似柔弱的外表下又蕴藏着多么巨大的能量呢？

浸润优秀，不负韶华

“可能有的人觉得上了大学就轻松了，但我从一开始就没有这种想法，比较认得清，觉得首先我一定要把学习成绩搞好。”

巩哲是这样说的，也是这样做的。出身于书香门第的巩哲，深受作为大学老师的父亲的熏陶，高中毕业后进入高考第一志愿学校第一专业，被山东大学电气工程学院录取。大学三年，她的百分制绩点95.37分，五分制绩点4.88分，这是一个高得令人难以想象的数字，对自己高标准严要求的她，成绩最低的一门课也有89分。在这一串数字的背后，是见过6点20分还没有破晓的天空，是每堂课坐在第一排的专注听讲，是课后与同学朋友进行的激烈的思想碰撞，是每天清晨听的VOA，是每天晚上伴着图书馆闭馆音乐收拾书包的疲惫身影……就像巩哲的室友肖怡对她的评价：“她有点像真人时钟，非常自律，学习效率很高，每天的学习时间也不短，所以相信每日的收获也要比别人多吧。想必这是她能在电气学院这么多强有力竞争者中脱颖而出的很大原因。”

谈到自己的成绩始终能够名列前茅的秘诀，巩哲归因于做好每天的复习、预习、听讲、再复习的循环：“学习时间要保证，但因为我是班上的团支书，有时候会因为和其他班委策划团支部活动花去大量时间，那么我会选择在周末把落下的复习和预习工作补上。”另外，巩哲总是充分高效地利用课堂上的每分每秒：“坐在第一排不仅仅是能够听清楚老师讲什么，能最大限度地集中注意力，而且能够把你的反应反馈给老师，让他知道你是否理解，哪个地方还不明白。如果遇到不懂的问题会当场解决，绝不拖延。”

优秀者的身边总是不乏同样优秀的同伴。与巩哲生活了三年的室友们无一例外都是保研名校的“学霸”。巩哲每次上课前总是早早地来到教室，帮室友们占好第一排的绝佳听讲位置，然后几个美丽的姑娘亲密地并肩而坐，将专注的眼神投向知识的海洋。临近考试周，四个姑娘晚上在宿舍会就一个问题唇枪舌剑，在激烈争论中加深了对问题的理解；如果发现了可能的考点，也会毫不吝啬地拿出来和大家分享……记者在佩服四位姑娘好学精神的同时，也被她们深厚的友谊深深感动。在珍贵友情的浸润中，巩哲向着优秀不断前进。

心怀集体，脚踏方圆

巩哲骄人的学习成绩并没有让她成为一个两耳不闻窗外事的高冷学霸，她选择成为一个与同学们打成一片的团支书。细数三年多来与大家共度的温暖岁月，记不清多少次的团日活动，数不清多少次的班级荣誉，班上四十多名同学都见证了她为这个班级的付出。

“巩哲同学不单单把团支书的角色看作一项工作职责，更多的是要为一个她所热爱的班级大家庭作贡献、作榜样。也正因如此，她所做的工作也不仅仅局限于团支书的工作。”经常与巩哲就班级事务一起工作的副团支书赵亮这样真诚地评价：“巩哲同学待人真诚友善，与同学们相处十分融洽，大家都不会因为她如此优秀而产生距离感，而是把她作为学习的榜样和追赶的目标。”

高中就成为中共预备党员的巩哲，在大一刚刚加入班集体时就毛遂自荐成了 2015 级电气 3 班的团支书。之后的班委换了一批又一批，但团支书一直没有变，仿佛这个职位就是为巩哲准备的。她仿佛是兴隆山寒风呼啸中的一盆炭火，将同学们团结在一起，并给予大家温暖；又仿佛是一根绳子，不仅自己优秀，还要拉着班上的同学不断向上攀爬，追求卓越。“大一开学，我并没有加入很多的学生组织，我知道舍与得的关系，我知道团支书是我最想做的事情，那么我就只做这件事情，并且把它做好，不能辜负同学们对我的信任。”

为了让大二转专业进来的同学尽快融入班集体，她组织班委开展了“听声识人”等有趣又富有创意的游戏，另外还有一系列党团知识竞赛、兴隆山寻宝等寓教于乐的活动……遇到好玩的游戏，巩哲首先想到的就是能否用在团支部活动上。在她的带领下，班上的同学都感受到了班集体的温暖和凝聚力，都愿意为班级这个大家庭贡献自己的一份力量。

巩哲谈到她印象最深的一次团日活动，是在大一寒假返校回来时举办的家乡特产试吃大会。班上的四十多名同学来自五湖四海，有着不同的风俗习惯和饮食文化，巩哲想通过交换家乡特产试吃的方式来了解班上其他同学的家乡文化，以达到促进交流、增进同窗感情的目的。另一方面，巩哲也会考虑到同学们的经济负担，告诉同学们不用带全班份的。“但是你知道吗？几乎所有人都带了好多过来，每个人面前的桌子上特产都堆成了小山，有一位同学竟然带了好几大箱巨峰葡萄的罐头，我真是好奇他是怎么大老远搬过来的。但是当时真的很感动。”讲到这里，记者仿佛看到巩哲的眼睛里闪烁着星星般的光芒。

如果说学习是巩哲奋勇拼搏无坚不摧的铠甲，那么 2015 级电气 3 班就是支持她一路前行的力量，触动她心中最温暖柔软的部分。

青春色彩，缤纷人生

谈到巩哲，她的辅导员邱瑶老师对她的喜爱之情记者隔着手机屏幕都能够感受得到：“学习、工作、恋爱，这些个人问题全部都没有耽误，都处理得非常好。人美、声甜，还会乐器（电子琴十级），关键是待人又非常谦逊有礼，就是这样一个存在，叫人没法不喜欢她对不对？！”

身为一个工科学子，巩哲对参加科技创新比赛很有兴趣。记得与队友参加国际机器人大赛时，没有前辈经验可借鉴，比赛的机器人是从零开始搭建的，调试时遇到了很多困难：机器人的轮子在湿和干的情况下参数相差很大，赛纸稍微脏了或是皱了就会识别不出……巩哲和队友调试了很多次，感觉几乎要靠运气比赛了，但他们没有放弃，尝试各种办法降低比赛中随机出状况的概率。功夫不负有心人，比赛当天，她和队友克服了重重困难，机器人顺利运行，拿到了国际机器人大赛二等奖。同样，在参加数学建模比赛时，巩哲和队友要根据选定的题目，花三天的时间来搜集资料、构建模型、逐一解决各种问题，最后形成一篇完整的论文。要在72小时之内完成一篇英语学术论文并不容易，许多参赛队伍在巨大的压力下产生分歧，情绪爆发而选择弃赛，但是巩哲和队友顶着压力，团结一心挑灯夜战，最后斩获国际大学生数学建模比赛一等奖，又获得两次全国大学生数学建模山东赛区一等奖。

身为一个当代大学生，巩哲更深知社会实践的重要性。每次社会实践，她都被队员推举为队长，承担的工作最多最累不说，还要充当“灭火器”，留心调节队员之间的矛盾，但同时她也是收获最多、最满足的那一个。

与很多人不同，空闲的时候，巩哲不喜欢宅在宿舍里吃零食追剧，而偏爱走出去，怀着一颗好奇心去拥抱中国乃至世界各地的文化。她的足迹到达了中国16个省市，还走出国门到韩国旅行，在加拿大完成了为期三周的全英文课程，以国际义工的身份在印度尼西亚巴厘岛进行志愿服务教学……她在体验丰富多元的异域文化的同时，也向当地人民展示了中国的风采。

永不止步，逐梦前行

确定了出国读博的目标后，巩哲早早就参加了清华伯克利深圳学院的夏令营，拿到了offer，也确定了配电网这样一个研究方向：“当然清华本部也很好，但是这边是国际化全英文教学，我想以此为跳板，以便更好地向国外博士学位过渡，以后有可能的话当一个大学老师。”谈到对于未来的规划，巩哲显得有些羞涩，但眼神比任何人都明确又坚定。

“对于电气未来的发展，一方面是更大、更强，输送的电能更多、输送的距离更远、输送的电压更高，走能源互联网的路线；另一方面是吸收更多分布式电源，让电能用得更清洁、更智能。”从三年多前初进电气学科大门的懵懂，到一年前在专业答辩中与校长奖学金失之交臂的遗憾，到现在能够对电气有如此深刻的理解，成长的背后是巩哲一日日在实验室奋战的身影。

现在已经成功保研清华的巩哲并没有就此停下努力的脚步。为了能够在一年后更好地适应研究生阶段的全英文教学，巩哲正在努力学习英语：“到了清华，我不知道自己会不会还像现在这样处于一个相对突出的位置，但是不论怎样，我都会保持较高的要求，严格要求自己。”对于巩哲来说，获得校长奖学金只是一个开始，更加广阔的未来正等待她去挥毫书写。

（原载于山东大学新闻网2019年3月3日；文：霍杨，图：受访者提供）

李洪坤:从创业到奉献,投身更广阔的世界

李洪坤,山东大学法学院硕士、管理学院硕士在读,管理学院 MBA 联合会副主席兼秘书长;曾获全国大学生创业大赛银奖、全国“互联网+”大学生创新创业大赛山东省银奖、山东省第二届信息技术与信息化创新创业大赛一等奖,获评第八届山东省优秀创客。

在山东大学 2018 年度“榜样的力量”优秀学生颁奖典礼上,学校为设立社会奖助学金的爱心企业、慈善组织和个人颁发捐赠感谢状,其中受邀出席并获奖的有一名山大在读硕士生——李洪坤。2018 年底,李洪坤以个人名义向山东大学捐赠五万元奖学金,是为数不多的捐赠奖学金的在校生之一。还在攻读硕士学位的她不仅已是教育培训公司、国际商务旅行社和教育科技公司的创始人,并且多次在国家级、省级创业大赛中斩获奖项。作为高校学生参加“大众创业,万众创新”潮流的优秀代表,在李洪坤看来,创业不仅意味着自我挑战与自立自主的喜悦,还意味着为服务社会、关爱他人作出贡献。

施比受更快乐

李洪坤位于山东大学南门附近的公司里，一进门是两米见宽的前台，背景墙后是她和其他教师们共用的办公区——她喜欢和大家一起工作，简单直接，更有效率。

谈到设立奖学金的初衷，李洪坤回忆，在学校期间，她偶然间接触到几名成绩优异却生活拮据的学生："我看到他们每餐就只两个素菜，豆腐白菜，加一碗免费粥，一块钱了事。"这一件再平常不过的小事却让李洪坤久久不能忘怀，埋藏在心底的热忱再一次被唤醒。于是，李洪坤主动提出捐赠奖学金的想法。经过多方联系，奖学金最终以鼓励创业实践的形式在管理学院落实。

"我对他们不提要求，只要能帮助到他们就挺好。"面对资助对象，李洪坤并没有表现出施予者的姿态，在她看来这既是温暖别人也是温暖自己。

爱心的萌发也常常来自受他人善举的触动。2016 年 9 月，山东大学本科生院的外教 Jason 拿出了全部积蓄投资 3D 打印技术，旨在帮助残障学生，深受感动的李洪坤主动承担联络工作。"第一个帮扶对象是一名刚刚走上工作岗位的机械专业男生，他在工作时被机械磨去了手臂。"谈到这段往事时，李洪坤的眼里满是心疼。好在通过 Jason 和李洪坤的帮助，这名男生免费获得了一个 3D 打印手臂。"给他装上新手臂后，我发现自己特别开心。"李洪坤说。正是在这样一个过程中，李洪坤发现了"施"的快乐，也逐渐明确了服务社会、关爱他人的个人信念，并将这种信念延续到日后的工作和生活之中。

五万元在众多奖学金名目中或许不算一笔巨款，但对于李洪坤这名初始创业者来说却来之不易。大学期间，李洪坤在创业上投入了大量的时间精力。事实上，高三毕业那年，她便开始了在教育行业的第一次尝试。高考结束后，李洪坤到天津旅行，三天下来旅费用尽。考虑到父母的经济情况，自小懂事好强的李洪坤不愿向家里伸手。想起自己高考英语成绩不错，她当机立断，印制了几十份传单，到学校门口和小区发放，仅三天便排满了家教日程。一周后，李洪坤索性到南开大学和天津大学寻找优秀研究生，家教团队扩大了几倍，天津之行延长到一个假期。那个假期，李洪坤为自己挣得了大学四年的全部学费，收获了自己人生中的第一桶金。"那时每天最开心的就是去把自己挣的钱存起来。"李洪坤笑称。

李洪坤喜欢小朋友，并且善于和孩子们沟通，天生具备一种亲和力，步入教育行业是一种自发的选择。"让教育更有温度"是李洪坤创业的初衷，由于小时候家里条件有限，父母能供三个女儿上大学已是不易，更别提什么优质的教学资源。通过自身努力考入大学的她，深知教育对孩子成长的重要意义。于是，她想要亲力亲为，打造优秀的教育机构，从下一代身上弥补自己儿时的遗憾。

没有一个创业项目是一帆风顺的。如今的李洪坤虽然收获了成功，但背后的艰辛却鲜为人知。创业初期，曾经的合作伙伴带着资源投靠了其他团队，李洪坤仿佛一下子被拆掉了一半翅膀。面对挫折，她曾经在深夜独自坐在花坛边，反思自己是否真的适合创业。“当时我翻着微信聊天记录，看看自己曾经的努力，问自己我要不要再试试？”短暂的沮丧过后，李洪坤便打消了退缩的念头，不服输的性格支撑她从头再来。在经历了无数奋斗的日夜后，凭借着良好的口碑与负责的态度，李洪坤度过了这一段“低谷”。公司运营步入正轨后，她还常常怀念那段“不知疲倦”的日子——汗水和快乐都很纯粹。

李洪坤坦言，在创业的低谷期，是母校为自己提供了帮助，公司的成功也离不开母校的支持。研学计划是李洪坤教育公司的特色品牌之一，每周都会组织优秀学生到山东大学参观游览，一方面感受百年老校浓厚的文化积淀，另一方面对接优质教育资源，响应服务山东战略。“这一过程中，学校后勤、安保、学生就业创业指导中心等部门都主动考虑到游学时产生的实际困难，在保证正常校园秩序的同时给予贴心的帮助。”也正因为如此，李洪坤在创业取得初步成效时便以实际行动回馈母校。在她看来，母校便是自己与公司成长、发展的坚实后盾，自己为母校做些力所能及的事情也是理所应当。

越努力越幸运

李洪坤在事业上的成功绝非偶然，而是通过自身的努力与拼搏书写而成的。大学期间，家教成为李洪坤除学习外最重要的任务。每天下午上完课，她匆匆解决晚饭，乘车到市区授课，课程一直持续到晚上九点半，她再乘着夜色赶回学校。“从没见过像她这么拼的姑娘。”身边的人评价李洪坤时纷纷竖起了大拇指。面对创业的艰辛，李洪坤却乐在其中：“人家能相信我们，让我们去上课，我觉得这就很好。”她辅导过的一名学生在一个月内成绩便提升了107分，考上了聊城一中，李洪坤为此高兴了好几天。

为了使项目与社会发展保持同步，也为了使自己接触更多优秀的创业团队，李洪坤决定投身创业竞赛，让自己的项目经受大众与专家的检验。“很多方案拿出去看起来很好，但是真正落地的很少，评委们见过太多项目团队了，一眼就能看出你是不是做事的人。”

“2016年中国‘互联网＋’大学生创新创业大赛”期间，李洪坤只身一人代表团队参赛。面对强大、成熟的竞争对手，她一度被挤入复活赛。即使在这种具有明显劣势的背景下，李洪坤仍然不愿放弃。她摆正姿态，重新梳理参赛资料，反复练习演讲稿，以最好的表现闯过了复活赛，最终拿到了山东省银奖。“任何事情都需要认认真真去准备，才可能会有一个比较好的结果。”回忆起那段孤军奋战的经历，李洪坤满是庆幸和感慨，庆幸自己没有放弃，感慨努力没有白费。

比赛过后，李洪坤没有给自己留下片刻停歇的时间，她将评委老师的意见记在心里，立即准备注册培训学校，获得聘任教师和引进外教的资质。同时，她又着手注册旅游公司，开展研学计划。伴随着不断的改进和创新，李洪坤的教育公司就像一颗种子扎了根，发芽抽枝，与她的创始人一起，日渐繁茂成熟。

除了教育培训之外，为了帮助大家拓展练习英语的平台，自2014年以来，李洪坤从公益出发，与团队致力于建设公益英语角。在她的努力下，先后举办了128场公益英语角，她与团队以优质的外教资源、良好的学习氛围，以及纯粹的公益目的深受大家好评，为自己的教育事业的发展树立了良好的口碑和坚实的基础。不仅如此，通过实际操作和实践检验，公司内部更为系统和专业的英语口语培训体系也在逐步建立和完善，培训的对象也从学生群体扩展到浪潮、中建八局和济南国际机场等企业事业单位，李洪坤的付出得到了回报。

谈起创业心得，李洪坤总结了两点，一个是做对事，一个是选对人。教育是细水长流的事，越来越多的80后、90后开始为人父母，他们对孩子的教育愈加重视，尤其是幼儿教育。“选择这个事没有任何问题。”她相信自己的眼光。在用人方面，目前公司的员工中一部分是创业初期走过来的伙伴，一部分是经由后期招聘加入进来的新成员，每个人各司其职，把公司事务处理得井井有条。“踏实靠谱”，是她对员工和自己的基本要求。

忙碌之余，李洪坤还常回学校就业创业指导中心看看，自打2015年研究生入学以来，她便开始了在这里的长期驻扎：“不夸张地说，指导中心是我在学校里的第二课堂。”在这里研讨设计创业方案、安排比赛行程、注册公司指导、团队运营指导，甚至遇到瓶颈心情不好时李洪坤也常在这里消化、反思。一开始办学没有场地，很多授课也是在这里完成的，哪个教室宽敞，哪个教室光线好，她比谁都清楚。就业创业指导中心的领导老师们为学生创业团队提供了无私的支持和帮助，指导中心副主任王迎春对这个姑娘的评价是“坚韧、吃苦、创新，不甘于只学手头的一点知识，而要把对社会的体察，把已有的资源整合起来，把头脑中的财富应用到更广阔的社会实践中去”。

学习是一种常态

几乎每个接触李洪坤的人都会提到她的一个特点——爱学习。“世界上有太多事情是个人掌控不了的，唯独学习可以。”李洪坤语气笃定地说。不断学习是她保持安全感的一种方式。

更贴切地说，她是“会”学习。李洪坤喜欢高效率，面对任何事情，先分析思考，制定计划，确立目标，然后高效完成。

复习司法考试期间，李洪坤同时管理着一家400人的培训学校，但尽管如此，她还依然每天学习16小时以上，仅仅2个月就通过了考试。准备研究生考试时，她梳理了历年真题，将常考知识点进行汇总归纳，划分出难易题型，又根据自己的能力对不同知识点的掌握设定目标，哪些题不能丢分，哪些题可以适当放宽，如此一来，复习得轻重有序，有理有节，仅用三个月就顺利完成电子商务到法学的跨专业复习。最近，她利用一个月的时间，准备并通过了山大管理学院MBA考试。

李洪坤不是瞻前顾后的性格，在她看来，想做什么就去做是最简单也最有效的道理。她甚至没想过失败了该怎么办："一个人一辈子很短，你不这样过，就那样过，不去奋斗，就只能庸庸碌碌地活着，为什么不试试呢?"李洪坤的语速很快，但字字分明，就像她的行事作风一样，果断、干脆。

常年兼顾工作与学习的快节奏下，她甚至锻炼出了在公司事务与个人学业中高速切换的思维模式，并能保证年年拿到奖学金。在她看来，人生就像打怪升级，每一次克服困难后都会打开更高级的副本，她形容自己"每天都活得挺带劲儿"。

董蒙是李洪坤公司的一名员工，过去曾是她辅导过的学生，自高二那年上过李洪坤的家教课，师生二人一直保持着联系。回忆起李洪坤对自己的影响，董蒙觉得性格上的感染更深远："老师是一个非常自信，非常乐观的人，她的这种乐观会感染别人，带动着我们也十分有干劲儿。"

工作之余，李洪坤喜欢旅行，西安厚重、乌镇清雅、香港热烈、巴厘岛明媚，她喜欢的地方不拘于一种风格。"你可以很好地工作，然后不断去投资自己，不断去开阔眼界。"现在的她有着极强的适应能力和处理事务的能力，"把我扔到世界上任何一个角落里，都没问题。"这是李洪坤崇尚的个人特质，"独立、自强"。

在采访的前一天，她刚刚结束马尔代夫的婚纱照拍摄行程，回国后思虑良多："这么一个小岛，总共才二百多个旅客，却有三百多个服务人员，啥都不产，水果蔬菜却每天都是最新鲜好看的，相比而言，我们团队在服务方面做得还远远不够。"穿上白色纱裙即将步入婚姻殿堂的她，心中挂念的还是如何学习他人的优势，不断提升公司的服务质量，让更多学子通过接受优质教育受益。

"雨润万物泽乾坤，滴滴金露浩广宇。"她给自己的公司命名"雨滴"，未来想创建更加优质、广阔的教育平台。在她眼中，创业是一项社会工作，创业的成功既来源于社会，又要服务于社会，就像滴滴雨水落在大地上滋润万物。

（原载于山东大学新闻网2019年4月11日；文：刘晓硕，图：受访者提供）

王康玮：他说，风雨中这点痛算什么

2019年3月29日，山东大学举行“榜样的力量”优秀学生颁奖典礼，王康玮荣获“自强之星”，他动情地说道：“感谢学校，感谢老师，感谢同学，是他们鼓励我，激励我克服困难。这次获奖对我来说既是一次荣誉，又是一个新的开始。它激励着我不断向前，去迎接新的挑战！”

2014年冬天，软件工程专业2014级本科生王康玮突发硬膜下血肿，被送往医院急救，历时一个月的昏迷过后，他终于醒来，却发现自己已是半身瘫痪。

“我这辈子完了。”这是王康玮脑海中浮现出的第一句话。医院的天花板看起来是那么近，又那么远。

万幸的是，他看到了床边的母亲，她脸上带着憔悴的欣喜。从这个瞬间起，他决定顽强地活下去。

“我只能活下去”

“睁开眼的时候，我看到亲人和同学们都围坐在我的床边，每个人脸上都写满了焦急。在那一瞬间我很迷茫，这一切都是怎么了？我为什么会躺在医院里？”

度过三十多个昏暗的日夜后，王康玮的清醒令大家都舒了一口气。但谁也没有料到，伴随清醒而来的，是令人更加绝望的真相。王康玮发现，他根本说不出一个字，连动动手指都十分吃力，甚至只能通过眨眼和母亲交流。

“妈妈说那个早上阳光很亮，但我却一点都不记得了。”在王康玮的回忆中，那段日子在他脑海中留下的，只有“浓浓的乌云、滚滚的闪电”。他逐渐感到，自己很难克服心中的恐惧，对于他来说，人生的希望光芒好像消失了。“但我看到了妈妈哭肿的眼睛。”王康玮说，“那一刻我知道，为了不让妈妈孤苦伶仃地一个人待在世上，我必须活下去。”

就这样，新生的希望在王康玮心中开始破土抽芽，他用越来越积极向上的心态配合治疗，身体每一天都在慢慢恢复知觉。二十多天后的清晨，在一众亲人和护士的目光中，王康玮发出了他患病以来的第一个声音——“妈”。

“身在低谷，朝哪都是向上”

从只能躺着到能坐起来，从无法写字到正常学习生活，王康玮的复健练习持续了两年。

“第一次自己站，只站了两秒钟。”王康玮说，“后来坚持的时间越来越长，有一次甚至站了一分半钟，当时觉得很不可思议。”在之后的日子里，王康玮每天练习抬腿四百次，坚持左手写字，尽管练习机械而冰冷，但他从未停止。他像一个新生的婴儿般，失去了一切，又一步一步，找回了一切。

时隔两年后回到学校，王康玮接下来要面对的，是学业上的压力。“大一期末考试的时候，我发现自己学不会了，当时很消沉，想放弃。”但在母亲的鼓励、同学老师的帮助和自我调整下，王康玮最终挺了过来。谈到这段困难的时间，王康玮这样阐述自己的心境：“处在最低谷的时候，无论朝哪个方向努力，都是向上的。”

乐观，平和，这就是现阶段王康玮的心态。与病魔旷日持久的抗争，足够他打磨出一颗坚韧无比的顽强心脏，在善意和渴望的浇灌下，逆风生长。

“是你们为我驱散阴霾”

感激，是整个采访过程中出现频率最高的词。

“有困难就要解决，我们要尽可能为上进的学生提供方便的学习、生活条件。”山东大学软件学院党委副书记董兴说。在了解王康玮的实际困难后，学院党委毫不犹豫地伸出了援助之手，特地批准王康玮的母亲在校住宿，并为她安排了一份宿舍的保洁工作，学校还免除了他的学费和住宿费。在王康玮与病魔战斗的时光里，学院老师常常会嘱托两三个同学去医院探望，为他带去始终温暖如一的牵挂。

因为长时间的休学和视力问题，王康玮最初在学习上比较吃力，其他社会任务也力有不及。面对课程上的难点，王康玮有时候还没有问，老师同学们便来主动辅导；班长主动邀请王康玮参加社会实践，和同学们一起帮他上项目做实验。体贴和善意流淌在每一个细枝末节，汇聚成细水长流的温情。

"都是小事，但他们的关心我都懂。"王康玮说。

"我想做一颗启明星"

生病之后，爱看书成了他的另一个标签。"《平凡的世界》这本书给了我很大的能量，主人公兄弟身上的不服输精神很鼓舞我。"平凡的人，在平凡的世界里，闯出了属于自己的不平凡，这又何尝不是王康玮的人生写照呢？面对残酷现实，他没有愤懑，也没有怨怼，只是平和地接受，然后努力向上。

"我还很喜欢听一些励志的歌曲，例如《水手》，它的旋律很棒。"在王康玮心中，真正的英雄主义，就是在认清生活的真相后，依然热爱生活。经历过风雨的人，才有资格说这点痛不算什么。

王康玮为自己取的微信名叫"启明星"。当被问及来源时，他的笑容平和腼腆，却透露着执着与坚定："启明星是黑夜来临前的最后一颗星，更是阳光划破地平线时，东方亮起的第一颗星。"他希望自己如启明星一般，越过冰冷黑暗，成为光明的预兆。谈到未来的职业规划，王康玮表示毕业后可能会从事慈善工作，像启明星一样，把爱、希望和光明传达给更多的人。

"启明星在大海中帮助人们，指引方向。我做不到像太阳那样光照四方，我只愿尽自己最大的能力，去帮助我所能帮助的每一个人。"

当启明星冉冉升起的时候，每个人都会有崭新的开始。

（原载于山东大学新闻网 2019 年 4 月 19 日；文：陈晓蕾、李婉婷，图：受访者提供）

季新杰：风浪里少年奋行

季新杰，山东大学体育学院2018级本科生，高水平运动员，在2017年全国游泳锦标赛中获男子100米自由泳冠军、男子400米自由泳冠军；2018年印尼雅加达亚运会获男子200米自由泳决赛季军、男子1500米自由泳决赛铜牌，4×200米自由泳接力中与商科元、汪顺、孙杨组成中国队获银牌；2018年国际泳联短池游泳世界杯决赛获男子400米自由泳冠军……在过去的两年时间里，季新杰凭借出色的表现接连斩获众多重量级游泳赛事奖项，即将代表国家出战光州世锦赛和东京奥运会，一跃成为泳坛上的“新锐”。

记者在兴隆山校区见到季新杰时，他刚刚结束了一门公共课考试，穿着一身运动休闲装，显得干练精神。季新杰瘦瘦高高的，皮肤在常年训练中晒成健康的小麦色。面对采访，季新杰还有些拘谨，讲述一段段回忆时语言平实而真诚。让人很难想到，面前的这个大男孩正是国内泳坛一颗冉冉升起的新星。

为国争光是每位国家运动员的使命

在刚刚落下帷幕的2018年全国游泳冠军赛中，季新杰取得了四块银牌的优异成绩，是国内唯一同名将孙杨一起游进一分四十八秒的选手。通过此次比赛，季新杰为自己争取到了光州世锦赛的入场券。“这是我第一场世锦赛，对于我来说是一个崭新的赛场，作为一名在世界赛事舞台上代表中国亮相的运动员，我的目标便是为祖国争得荣誉。”据季新杰介绍，每个国家在世锦赛中只能选派两名最出色的运动员参加，因此这来之不易的准入资格既是一种荣誉，也是一份责任。

尽管重任在肩，季新杰却不会用“名次”绑架自己。在他眼里，比赛的意义并不在于积累光环，而在于能够给予自己提升的机会。“在这种高水平大赛中，我能够不断积累比赛经验，在竞技过程中与其他优秀运动员相互切磋，提升自己的抗压能力和心理素质。”通过大大小小的比赛，季新杰不仅可以检验平日里训练的成效，而且可以增加在赛场上的从容与自信，这对于尚处在成长期的季新杰而言远比结果来得重要。

对于今年夏天的光州世锦赛和明年夏天的东京奥运会，季新杰对自己的期待就是不能有大的失误，在赛前准备中持续提升自己的能力。“唯有不懈的训练才能出成绩，现在的我除了提高成绩，并不会考虑太多。”观千剑而后识器，操千曲而后晓声，季新杰在看待比赛上有着运动员特有的专注与笃定，也比常人看待问题更加通透，“目前的我还没有达到和世界上顶尖游泳运动员去叫板的实力，外行人都觉得名次至关重要，但对于选手而言，个人成绩的持续进步才是第一位的。”

虽然季新杰在评价自己时十分低调谦逊，但关注游泳比赛的人清楚，在国内自由泳项目上，季新杰的成绩一直紧随名将孙杨之后。比赛之余，季新杰会选择多和其他运动员交朋友，孙杨、徐嘉余、汪顺等优秀运动员都成为季新杰交流、学习的对象。他们在赛场上互为对手，在赛场之外相互促进，他欣赏其他人在训练过程中的专注和在赛场时的从容，择善而从，助力自己的成长。同为游泳运动员，他们共同经历训练时的艰辛，享受比赛时的酣畅淋漓，可谓是“同甘共苦”。与他们相处，季新杰会感到莫名的亲切。

“我们这些运动员都明白，自己最终将要走到国际赛场，我们拼搏的目的事实上都是为国争光。”在季新杰看来，运动员们在国内赛事中是对手，在国际赛场上是并肩作战的队友，为国家荣誉共同拼搏被深深烙在每名国家运动员心里。“我马上就要参加光州世锦赛和东京奥运会，即将走上更大的国际舞台，为国争光是我更大的理想和目标。”

随着个人成绩的持续刷新和光环的不断累积，年纪轻轻的季新杰身上被投以无数期待与关注的目光。但他并没有被这些“目光”扰乱心扉，反而以超出常人的冷静看待国家、比赛与个人之间的关系。他的话不多，却格外真诚，清澈的眼睛里流淌出从容与笃定。

成绩来自亿万次的坚定选择

“走上游泳这条路，对于我来说或许是一场命运的安排。”一直以简单、平实的语言回答问题的季新杰以一种浪漫的口吻聊起了自己与游泳事业的结缘。季新杰自海边长大，7 岁就接触了游泳，那时的他只是单纯觉得游泳有趣，在那片蔚蓝的世界里尽情畅游，使他感到有如在天空翱翔般的舒畅。机缘巧合下，游泳教练来季新杰的学校挑选培养对象，手长脚长的小新杰一下子便成为教练们青睐的人选。面对是否走上游泳道路的关键选择，季新杰的父母并未做过多的干涉，而是将选择权交给他自己，鼓励他做自己喜欢的事情。于是，在人生的分叉路口，季新杰怀着懵懂的心情叩开了心中理想的那扇门，自此，一条崭新的道路在他脚下铺展开来。

但成为游泳运动员的这条路并不像常人想得那样简单，正如水下不止有美丽的珍珠，也有危险的礁石。“刚刚成为专业运动员时，我们的训练初衷都很单纯，都是带着对游泳的喜爱走了下来。事实上，游泳队日复一日的训练终究是枯燥、繁重的，这对每一个运动员来说都是成长路上必经的坎，吃得了苦才能游得出成绩。”季新杰说。

“一周六天，全年无休，外出要请示；每天早上八点半到下午六点，完成一万五千米的目标……”面对记者的好奇，季新杰轻描淡写地介绍了训练时的时间和内容。随着他抛出一项项“严苛”的训练规定，我们才逐渐了解到游泳运动员光环背后的训练是何等艰辛。他们没有节假日，有的是每天固定的一万五千米的长距离游泳训练和专项训练，陪伴他们的是每天都一模一样的 50 米泳池和浅蓝色池水。常规训练之余，他们还要接受一些更高强度的训练内容。“估计只有游泳队的同学才能明白这是怎样高强度的训练，对心脏能产生多大的负荷，一天下来又会多么疲累。”季新杰坦言。这种在常人看来难以接受的训练强度，对于季新杰而言几乎每天都要经历。但如今的他已经把这些训练看成生活的一部分，用一种不能再平常的语气为我们缓缓道来。

“其实据我了解，许多运动员都有过想要放弃的念头，上万次、上亿次都有可能，但是那些坚持下来的人总会在想放弃的时候想一下自己为什么要选择游泳，为什么要站在这里。”在季新杰眼里，正是这亿万次的坚定选择才让他拥有了站在领奖台上接受鲜花与掌声的机会，亿万次的重复训练才铺就了他登上国际赛场的道路。我们在平常只能通过一方荧幕看到运动员在赛场上精彩的表现，却难以了解到他们在训练场上的真实生活。“坚持本身就是一件难事，不论是学习还是运动，不论是一名专业运动员还是一名普通的学生，想放弃的时候想一想自己当初努力的原因。”他平静地诉说着曾经的心路历程。此时，恰有一束夕阳透过落地窗照在季新杰脸上，眼前的他正通过朴素的话语展现着一种对游泳事业的执着追求和坚定信仰。

世上无常胜将军，运动场上更是充满变数。在竞争激烈的赛场上，季新杰不仅需要保持良好的比赛状态，还要在自己的“瓶颈期”及时调整心态。有人不行，会有人可以；游不出成绩，就会被超越，竞技体育的淘汰机制正是如此残酷。提到那段煎熬的日子，季新杰仍有些失落：“当游不出理想的成绩时，我就很容易陷入压抑、紧张中，但训练仍在继续。在这种情况下，我就会自己慢慢调节，将自己专注在训练上，就这么撑过去。”季新杰很明白自己的身份，清楚自己的目标，他静下心来接受日复一日的高强度训练，等待琢玉成器，破茧成蝶。

在山大开启崭新故事

2018 年秋天，季新杰踏入山大，成为一名“山大人”。身为运动员，季新杰很少有机会在学校里进行学习，他的日常总是围绕在训练场，可这并没有减少山大给予他的归属感。相反，他总是很珍惜留在山大的时间，抓住每次回到校园的机会，去触摸、感受这里的生活。

平日里被训练计划填满的季新杰很难抽出属于自己的时间去放松，回想自己十多年的训练生涯，他一时竟想不起有过什么有趣的回忆。“我和朋友、队友甚至家人很少有时间聚会，也没有其他的娱乐活动。”聊到自己的日常与爱好，季新杰有些害羞，“我偶尔会追追动漫，在训练之余放松一下。我房间里还收藏了一些游戏手办，算是我每天训练之后生活的调剂品。”这时的他表现出普通男孩也有的兴趣爱好，让我们看到季新杰心中生动的一面。在他的队友和同学杨彩萍看来，季新杰是一位安静、喜欢独处的男孩，身边的朋友都清楚季新杰的性格，也了解他对游泳的付出与热爱，因此总是默默给予他支持和鼓励，做他坚实的后盾。

“当我走进山大校园，感觉大学氛围真的很不一样。过去我的学习训练局限在一个小小的池子里，但外面的风景总是迷人的，大学就更加具有吸引力。”在季新杰眼中，山大的学习氛围和生活环境为他提供了一个更广阔的平台，他更希望有更多时间能够去感受大学的氛围。但作为高水平运动员，面临接连的训练和比赛，平衡训练、学习和生活的难度之大可以想象，这也向季新杰提出了新的挑战。

未来三年也是作为游泳运动员的他至关重要的三年，来到山大后，他希望自己能保持一个平稳的心态，不断提高自己的成绩。“我已经来到了大学，开启了我崭新的故事。我珍惜自己在山大的时间，期待能在山大不断刷新成绩，期待认识更多朋友。”作为运动员的他也鼓励同学们培养自己对运动的兴趣，平时适当地做一些体育锻炼：“身体是自己的，你不好好照看他，他会给你颜色看。”

采访结束之后，季新杰和队友要再次离开安静开阔的兴隆山校区，回到熟悉的场地，稳中有序地进行接下来的训练，全力以赴备战即将到来的光州世锦赛。拍打着泳池中的波浪，克服了前进的阻力，一次次挑战自己、突破自己。面对未来，季新杰保持着一颗平常心，眼光投向更广阔的赛场和更远的将来，奋力在那一方蓝色泳池中创造更理想的成绩。

（原载于山东大学新闻网 2019 年 5 月 29 日；文：燕隆姿、高鑫，图：受访着提供）

宋丹：热血照丹心，素手牵髓缘

她是济南市第77例造血干细胞捐献者，是山东大学“髓缘”志愿服务队负责人，是2018年度山东大学优秀志愿者。她叫宋丹，山东大学药学院2017级的一名本科生。初见宋丹，是在一个风晴日暖的午后，正是眼前这个笑容腼腆、纤细柔弱的姑娘挽救了一名白血病患者的生命。随着采访的深入，更多故事逐渐展现在了我们面前，关于干细胞捐献，关于“髓缘”，也关于志愿者们。

大爱无言 静水流深

早在2018年5月20日，宋丹通过学校组织的一次献血活动，加入了中华骨髓库。2019年寒假期间，一通来自济南市红十字会的电话在她的生活中留下了难以磨灭的印记。电话中宋丹得知自己和一位白血病患者初步配型成功，在征得父亲同意后，她当即同意捐献。由于对方病情危急，不能耽搁，宋丹从老家赶回济南，配合医院进行了高分辨检测和体检。

造血干细胞捐献不是一件小事，红十字会方面也有着严格的流程。为确保捐献能够顺利进行，红十字会反复与宋丹进行沟通和确认，同时也给宋丹充分的时间考虑，留给她后悔的余地。由于宋丹平时在“干细胞捐献”方面做过许多志愿工作，所以与平常人相比，她更清楚地知道干细胞捐献是什么、意味着什么。她坦言，自己一开始就考虑清楚，下定决心，从来没有过犹豫、动摇和害怕。在等待捐献的时间里，萦绕在宋丹脑海中更多的是“能救人一命”，这个念头也在默默激励着她。

随后，她在齐鲁医院志愿者的陪护下开始注射动员剂，促进造血干细胞大量生长并释放到外周血中，以便采集。动员剂注射历时四天，总共要打九针，医院里的护士们都认识了这位勇敢的姑娘。注射动员剂期间，宋丹会有些不良反应，但她会主动安慰身边照顾自己的志愿者：“这是正常反应，没事，吃点药就好。”宋丹笑着说：“自己不是孩子了，能忍的都能忍。”

最后的捐献环节持续了近六个小时，宋丹躺在床上，全身的血液在机器与身体之间一遍遍地循环。捐献过程并不那么顺畅，其间经历了患者感染推迟，她一度也非常担心，幸好最后还算圆满。谈起那段记忆，宋丹说得很平常：“对我来说，我付出的不过是几天时间，和一些对身体的暂时耗损，对患者来说可能就是他的一生。”

据宋丹介绍，在她高考前夕，自己的妹妹被检查出患有白血病，当时家人都瞒着她。后来在妹妹的病房里，她了解到造血干细胞移植和捐献的相关事宜，知道配型成功的概率是多么渺茫，造血干细胞对于患者而言是多么珍贵。作为妹妹最亲近的家人，宋丹时常做着为妹妹捐献造血干细胞的准备，也看了不少相关资料，改变了最初对骨髓捐献的认知。渐渐地，宋丹深刻地理解了那些患者及家人的想法，也明白造血干细胞具有长期自我更新的能力，捐献造血干细胞不是一件可怕的事情。

从初配成功，到体检、住院打动员剂，再到最后的捐献，这一年多的经历，宋丹说来风轻云淡，做起来也是从容笃定。除了最开始与父亲的通话和确认，她没有向其他人提及自己参与捐献的事情。当她拖着稍有不适的身体穿梭于医院和学校之间时，却没有人知道这个女孩正用自己的血挽救另一个不相识的生命。

“我到现在也没觉得自己做了一件特别伟大的事，只是觉得这是一件很有意义的事。我觉得每个人都应该在日常生活中尽自己所能地帮助他人。”当她沉稳舒徐地回忆这段过程时，朴实的语言和真诚的表达都让眼前这位女孩的形象显得格外高大。

健康所系，性命所托

当被问及自己如何结缘造血干细胞捐献，宋丹提到了山大的一个学生组织——“髓缘”志愿服务队，她自己正是这个团队的负责人。据了解，整个济南市成功完成造血干细胞捐献共有 7 例，其中 3 例都是由“髓缘”服务队牵线完成。提及这些，宋丹的语气也不由得轻快了起来，满是骄傲地告诉我们：“健康所系，性命所托，我们‘髓缘’的工作再辛苦也是有意义的！”

“成绩取得的背后，也存在着不少困难。”宋丹在为我们介绍平日里“髓缘”进行的科普工作时如是说。“摆展台的时候我们要联系各个部门，还要一间间宿舍地发传单，一遍遍地向同学们科普相关知识，前前后后花费了大量精力，但最后真正加入骨髓库的也只有寥寥几十个人。”面对付出与回报不成正比的境况，宋丹与“髓缘”的志愿者们却始终保持着乐观的心态：“我们就是尽自己所能，做好自己的事情。假如有一个同学因为我们的科普去加入骨髓库，也许未来就能救人一命。不论加入骨髓库的同学数量是多还是少，都是希望，都有意义。”

对待生命，宋丹有着自己的原则，时刻坚守着自己的责任。同为志愿者的马晓博给我们分享了一个关于宋丹的故事：在一次“髓缘”宣传活动中，一名同学前来询问听闻采样是否可以记入志愿时长，其他人作出肯定回答后也并未多想，但是宋丹出于担心，又向这名同学说道：“如果只是为了志愿时长来报名，我建议你不要这样做，我们希望每一名通过髓缘入库的志愿者在与患者配型成功的时候都能坚定地捐献，而不是给患者希望之后继之以无尽的绝望。”朴实有力的话语里，宋丹对生命的敬畏与呵护一览无遗。

鲁迅曾说：“有一分热，发一分光，就如萤火一般，也可以在黑暗里发一点光，不必等候炬火。”由于人们对造血干细胞捐献了解不够，许多人依然心存犹疑。但在宋丹眼里，科普工作艰难却很有必要。笃行之外，宋丹也时时反思着“髓缘”的工作，比如志愿者们的专业培训不足，尚不能完整解答同学们提出的每一个问题；比如科普工作还没有成体系；比如活动范围还是有限。“我们要做的就是让人们明白骨髓捐献究竟是什么，鼓励他们愿意去捐献，愿意救人性命。”在宋丹看来，当下最重要的就是认真完成学业，找到自己的方向，做好“髓缘”活动，吸引更多的人参与骨髓捐献活动，让血液病患者这个群体能得到更多关注。尽管道阻且长，但宋丹与“髓缘”依旧坚持着，以自己的举动发出一点光，照亮身边的人。

笃实坚定，行之弥远

“髓缘”之外，宋丹也是志愿者工作部的骨干成员。她去过社区回收过期药品，也曾向居民科普过相关知识，也积极参与举办雷锋月活动，倡导大家做志愿服务。在众多志愿活动中，少不了宋丹辛勤忙碌的身影，但她自己却乐在其中。

谈起近期的志愿活动，她与我们聊起了在脑瘫康复中心陪伴孩子们的时光："尽管那些孩子没办法把自己的想法表达出来，但是你能感受到他们的情绪。他们会拉着你的袖子，会抓住你的手指，会无声地告诉你他们的依恋与亲近。而小孩子画画的时候，你也可以陪着他们一起画。这其实并没有多复杂，重要的是让孩子们感受到爱的存在。"伴随着宋丹的介绍，我们看到了她眼里流淌出来的浓浓关爱。"爱是我们时常感受到的，但对于康复中心那些孤单的孩子们来讲，也许就是稀罕的、少有的。"像宋丹一样的志愿者们，便是要带给需要爱的人一份温暖，让他们能够感受到陪伴。

志愿活动大都在周末或节假日，会占用不少休息时间。但在宋丹眼里，志愿活动却能给她带来更多幸福感与获得感："做志愿是在帮助别人，而帮助别人本身就是幸福的，它能让我收获很多快乐。这并不比我去逛街或者游玩来得少，何况我在其中也学到了很多新的知识。"对志愿活动，宋丹甘之如饴并能持之以恒，话语里折射出的是一颗炽热的真心。

山大附中的学生们听说了宋丹捐献干细胞的事迹之后，给她写信、画画、寄明信片。"礼物有一百多份呢，我到现在还没有看完。"宋丹说起这些真诚而又温馨的礼物时，脸上流露出止不住的喜悦，笑容中透出幸福和欣慰。孩子们会写什么呢？在他们纯白的纸上，也许只是几句简单的赞美，也许是孩子气的"我也要像你一样！"……宋丹通过自己的奉献在孩子们心中种下了一颗温暖纯良的种子，这颗种子在未来的某一天或许就能破土萌芽，抽叶开花。

宋丹调侃自己，说自己是个"佛系"的人；可是在我们看来，她有着积极向上的生活态度，充满了对他人的关爱之心。没有轰轰烈烈，却踏踏实实地付出自己的努力；没有呼风唤雨的能量，却默默为社会积蓄起行善的动力。其实若要真正做好志愿服务工作，总归需要这样沉稳细实的功夫。宋丹深谙其中道理，懂得与其见之空言，不如踏实行事，所以把热血都化作了默默的奉献。

"很幸运，人生路上有这样一段特别的缘分。生命是易碎的，而这世界之所以生生不息，一定是因为我们相互关爱吧。"宋丹在《山大日记》栏目用平实的话语记录了对这段捐献经历的感想。她像是一捧缓慢燃烧的火焰，平缓温和，却一直燃着，使你发自内心地相信她会一直燃烧下去，使每一个被关怀者不禁想拥抱这样的温暖。在以后的路途里，想起宋丹便能想起春天，便能想起那样一群目光温和却笃定的志愿者们。

（原载于山东大学新闻网 2019 年 5 月 31 日；文：雒易寒、田俊腾，图：受访者提供）

孙君:知行合一,弘毅志士

孙君,政治学与公共管理学院行政管理专业 2015 级本科生,中共党员,保送清华大学公共管理学院公共政策方向直博项目。山东省优秀毕业生,校长奖学金(综合奖)、国家奖学金获得者,山东大学创新创业先进个人,山东大学 2017 “榜样的力量”学生年度人物,山东大学优秀学生干部,山东省社会实践先进个人,大学生城市治理案例大赛个人优秀奖获得者,山东大学学生社会工作先进个人。作为核心成员主要参与的团队分别在第二届和第三届清华大学公共政策案例分析大赛中获全国冠军、亚军,山东省第十五届“挑战杯”大学生课外学术科技作品竞赛一等奖,并获山东省社会实践优秀团队,山东省社会实践优秀服务队等荣誉传称号。

读万卷书,行万里路

有些人好像有“神奇星期八”,孙君就是其中一员。有着傲人学习成绩的孙君,也有着丰富的实践经历。对她来说,学习和实践并不是对立的,而是如太极

图一样的存在:你中有我,我中有你,相互促进;“实践本身就是学习。”

不同于理工类学科来源于实验数据的结论,公共政策的制定与执行都必须考虑人,这是最活跃也是最不确定的因素。政策与现实就好像平面与立体的关系,没有人的支撑就只能看到逻辑严谨的外围,推开窗才发现中央“情为民所系”的温暖。社会实践让孙君脱离小我的身份,甚至脱离某一群体的身份,真正从公众的角度思考“政策”到底意味着什么。“在大三进行有关农民土地流转的相关调研之前,农业现代化、乡村振兴这些对我来说都只是宏观的国家政策”,这也启发孙君以农民和基层政策执行者的视角来重新思考这些政策。因为了解,所以温暖;因为懂得,所以敬畏。

专业知识则为孙君所投身的社会实践提供了科学的视角。所谓“内行看门道,外行看热闹”,行政管理的知识让孙君在实践过程中不是一味吐槽和抱怨,而是懂得如何分析问题,并积极思考如何解决问题。一个事件可能有几千种解决途径,而能够彻底根除弊端的却是少之又少。专业的知识就如同过滤网,滤掉单纯的负面情绪,筛掉一时之快的粗暴方法,真正以清晰长远的眼光进行选择。通过“和理论对话、和经典对话、和最新研究对话”,专业知识使实践不仅停留在问题的发现,而是能够在此基础上以史为鉴提出自己建设性的意见:不论是新政策的雏形还是已有政策的落实。

“以知促行、以行践知、知行合一,是大学教会我最重要的一课。”孙君如是说。

负重前行,弘毅志士

对于行政管理这门学科,“有的同学感觉这是一门非常虚泛的学科,学不到什么‘硬本领’,但有的同学却十分享受这个学科对于社会和国家的关怀,在学习中也不自觉地有了一种使命感”。在采访中,孙君的回答总是洋溢着这种家国情怀。在“为天下储人才,为国家图富强”的宗旨下成长起来的山大人应以天下为背景规划人生,更应将自己的人生融入祖国的建设中去。

每次社会实践选题,孙君都会关注时事热点,紧跟时代潮流,从时事出发,反映及时,建议及时,做真正有实践意义的课题。从精准扶贫到家庭医生,从拆违行动到城管体制改革,孙君的每一项调研都贴近民众,贴近生活,真正做到了“公共精神”。

在采访中,孙君提到了精准扶贫实践中的一件事。一位七十多岁的老奶奶在听说他们是大学生后不停地说:“你们是大学生啊,真好,真好。”那时,第一次作为队长进入农村调研的孙君深受触动。“社会对大学生是有一种独特的期待的,而我们也是有着特殊的责任和使命要去承担和完成的。”一个人何时能感受到自己的价值？就是在他被需要的时候，孙君回应了这种需要。经过长期调研，孙君带领着团队获得了山东省社会实践先进个人、山东省社会实践优秀团队等多项殊荣。

曾子曾言："士不可以不弘毅，任重而道远。仁以为己任，不亦重乎？死而后已，不亦远乎？"孙君身体力行，看到了险峰就写下其登顶之径，行至悬崖便留语警示。仁者，难以视而不见、坐视不理。

把书当作世界，人就会生活在作者的眼中；把世界当作书，人就是整个世界的编辑。"世界的模样，取决于你凝视世界的目光。"孙君用自己的眼睛去看世界，客观地评价世界，现实中的无奈与责任激起了内心的热血与情怀。"Stay hungry，Stay foolish."孙君这样总结自己的大学。大四的她依然保持着每天8个小时的学习时间，专注，勤勉，在路上。

（原载于山东大学新闻网2019年6月5日；文：郭乃熔，图：受访者提供）

王守志：小晶体也能储存大能源

王守志，中共党员，山东大学晶体材料研究所 2015 级博士研究生，师从郝霄鹏教授，研究方向为金属氮氧化物材料在电化学能源存储领域的应用。迄今以第一作者发表 SCI 论文 9 篇，包括 *Advanced Materials*（2 篇）、*Journal of Materials Chemistry A*（2 篇）、*Small* 等知名国际期刊，累计影响因子 95.22，SCI 引用次数超过 200 次；授权发明专利 3 项。曾获山东大学校长奖学金、山东大学研究生学术之星，博士研究生国家奖学金、山东大学学生"五·四"青年科学奖杰出青年奖，中国大学生自强之星，山东省优秀学生，山东省优秀毕业生，山东省优秀研究生科技创新成果奖、山东大学研究生优秀学术成果一等奖等荣誉。

6 月 22 日，山东大学 2019 届研究生毕业典礼上，毕业生们在聆听校长的临别叮嘱时听到了这样一个名字："晶体材料研究所的王守志同学，你以第一作者身份发表了 9 篇论文，累计影响因子 95.22，让晶体材料这张山大名片更加闪亮。"偌大的体育馆内响起了一阵赞叹，伴随着观众席上爆发的热烈掌声。拨穗、正冠、接过博士学位证书、与校长和导师们合影……王守志为自己的博士生涯画上了圆满的句号。“我最爱的那句话是：‘凡我在处，便是山大’，如果没有来到这里，我可能无法实现自己的梦想。”带着沉甸甸的收获，回望过去的奋斗与成长，他一路以来的刻苦钻研都化为此刻的甘甜。

带着家国情怀去做研究

王守志在校期间获得的荣誉和奖励不计其数，谈起此前获得的山东大学学生“五·四”青年科学奖，他还是非常重视：“每一次获奖，都让我觉得很荣幸，但这次获奖我不仅感到幸运和荣耀，感受到更多的是一种责任。”作为博士生，他时刻关注时事新闻，通过媒体了解国家大事。面对愈演愈烈的中美贸易战，他强烈感到要通过所学为国家贡献自己的力量：“晶体材料实验室存在的目的就是为了避免在相关领域被卡脖子。”在这个节骨眼上，王守志被授予“五·四”青年科学奖，使他更加感到重任在肩，使命当前。但对于王守志而言，他最大的梦想就是成为一名有担当、有责任、有作为的青年，尽己所能报效祖国。

心怀热血的王守志，在学术道路上却始终默默耕耘、不紧不慢，经历了一段时间的学习与培养之后，王守志的科研之路也越走越宽。2016 年，他在 *Advanced Materials* 上发表的文章是世界上首次报道晶体材料应用到能量存储领域的相关成果。今年年初，王守志在此期刊上再次发表题为《提升过渡金属氧化物电化学储能性能的新策略》的文章，该成果为制备其他高性能电极材料提供了理论依据和技术支撑，对促进该类材料在储能领域的应用具有重要意义。

在他看来，研究最重要也是最终的目的是实现产业化，而实现产业化并不是在实验室里埋头研究就能完成的，需要的是更多人的共同努力。王守志坦言，他的文章虽然获得了部分认可，但是只有运用到生产生活中去，才能称之为真正的成就。当被问及该研究对于我国能源建设有怎样的意义时，王守志告诉我们，如果此类材料能够制备并且广泛应用于储能领域，未来手机电池的寿命可能会是如今的几十甚至上百倍。这对于我国新能源建设有着相当重大的意义，意味着未来不用再担心电动汽车的续航和电池安全问题，对如今的产业方式而言是一次全新的推动力。

2016 年，王守志受邀参加“*Nature* 能源材料国际会议”并作口头报告。回想起登上规格如此之高的国际学术舞台，王守志仍然记忆犹新：“现在回想起来，那是我第一次听全英文的学术报告，也是第一次在顶级学术平台上作报告，是某种意义上的一次朝圣。”在王守志看来，他是希望通过这次报告将自己的科研成果展现给世界，让世界其他国家可以看到中国的科研实力与成绩。同时，他对学术和科研保持着乐观且开放的态度，他认为一味地闭门造车对科学进步并无好处，只有通过分享和交流才能使得科研获得源源不断的进步动力。于是，王守志不断将自己的所学所得所悟付诸笔墨，写出一篇又一篇高质量的论文，让世界上更多的人听到中国学者的声音，推动中国的科研实力不断增强。

选择科研是一次机缘巧合

在科研道路上渐入佳境的王守志，却并非一开始便选择了学术道路。他从化工专业大学毕业后，并没有马上继续学业，而是选择去一家外企做了一份质检员的工作。入职以后的两年时间里，他感到每天面对的都是反复、枯燥的流水线工作，而心中的学术梦却在不断地长大。就在那时候，当年的大学同学恰好在准备研究考试，王守志内心也萌生了考研的想法。但是，已经入职两年的他不仅要面对工作上的诸多事务，而且这一想法最初没有得到身边亲友的支持。顶着他人的不理解和经济上的压力，王守志最终还是选择了考研。

“从今天回头看，这大概也是我过去这三十几年里做出的较为重要的一个决定。”王守志的选择是重要的，同时也是艰难的。工作两年后，学习的习惯和方法都渐渐生疏，一开始准备考试果然并不如意。但凭借着执着努力和勤奋，王守志还是克服了种种困难，最终考入齐鲁工业大学，成为一名硕士研究生。由于远离校园两年多，王守志一开始的硕士生涯不是很顺利，甚至面临着转变研究方向的压力，但重压之下，王守志并没有选择放弃，而是咬紧牙关，怀着坚定的信念开展研究。最终，他考博时成功考入山东大学，进入晶体材料实验室，成为郝霄鹏教授的学生。当初的选择成就了如今的学术新星。进入山大之后，王守志在潜心学术和科研的同时也参加了不少活动，在科研领域显露出过人的素质，为学术道路打下了良好的基础。

在山大碰到许多幸运

来到山大后，王守志将自己的身心都投向了科研与学术，并且努力让自己的生活变得更加充实和有节奏。在山东大学，王守志认为最幸运的就是遇到了自己的导师——郝霄鹏教授。谈起郝霄鹏教授，王守志嘴角不由自主地泛起了笑容。在他看来，导师虽然平常更多的是以一种严肃、威严的形象出现，但王守志却对导师有着特殊的印象和感情。“不管是论文发表，还是学习和生活中有什么问题，无论什么时间老师总是会立刻给我打来电话。有好几次夜里两三点钟老师还挂念着我的事情，给我打来电话指导我的论文。”在王守志看来，在山东大学的经历是一次宝贵的财富，而遇到郝霄鹏教授作为自己的导师则完全是幸运，“老师既在生活上对我们无微不至，又在学术上给予我们莫大的帮助。老师对于我而言，可能就像慈母和严父的集合体。”

对山大怀有感激之情的他，心中总是放不下校园里的一点一滴。王守志说自己最喜欢的一句话就是“凡我在处，便是山大”，对于学校建设世界一流大学和世界一流学科，王守志充满信心。当被问起在学习和科研方面有什么经验时，他略显腼腆地说：“爱上你做的事，并且要耐得住寂寞。”王守志最爱的书是路遥先生的《平凡的世界》，他说在书里看到了自己的影子。在他看来，漫漫人生可能会遇到许多事，认识许多人，经历许多艰难困苦，享受许多欢欣喜悦，但每一个平凡人心中都怀着一份信念。无论遇到什么，经历什么，他都会保持这份淡泊与坚定，在这平凡的世界里慢慢成为不平凡的人。

（原载于山东大学新闻网 2019 年 6 月 27 日；文：苏月鹏、刁彦月，图：受访者提供）

张开：山高路远何曾惧，精诚所至蜀道开

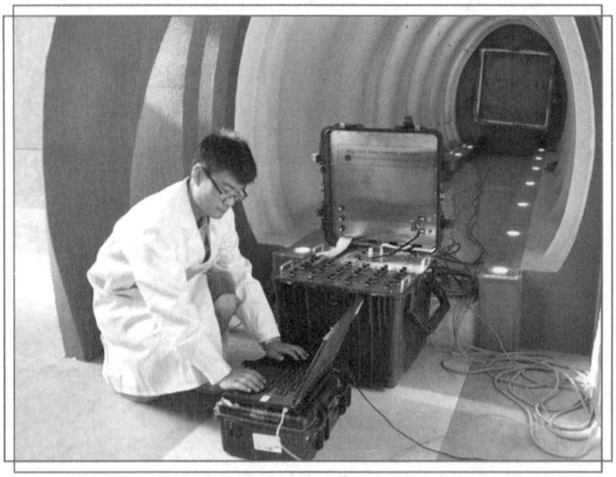

“脚上沾满泥土的博士才是好博士。”这是李术才教授任山东大学土建与水利学院院长时对博士生们提出的期望。土建与水利学院岩土工程中心 2016 级硕博连读研究生张开将其当作座右铭，指引着自己的学习与成长。

在土建学院的岩土工程中心，有这样一个科研小组，包括 2016 级硕博连读研究生张开、2014 级硕博连读研究生李志强，2016 级硕士研究生周炳桦、夏腾、张学亮五位成员，在导师薛翊国教授的带领下取得了丰硕的成果，最近发表领域高水平 SCI 学术论文 9 篇，授权发明专利 12 项、另有在审发明专利 24 项。成果广泛应用在隧道施工建设之中，包括陕西、湖北、四川、云南、福建、山东、新疆等多个省、直辖市和自治区在内的几十条隧道施工中使用了他们的研究成果，取得良好的社会和经济效益。2019 年 5 月 19 日，这一团队获得山东大学第十届学生“五・四”青年科学奖优秀学术成果奖，队长张开代表团队上台领奖。

学术实践相结合的隧道探测

此次获奖是对岩土中心学术团队师生多年来辛苦付出的一次最佳诠释。

张开科研小组进行的是“隧道复杂地层双波场联合反演与响应机理及其突水突泥灾害源三维准确定位和水量识别研究”，这个研究名称对外行来说很难理解。“如果把隧道比喻成人的话，隧道探测就是在给隧道做体检。”看到记者眼中的困惑，张开笑着给出了一个更为通俗易懂的解释：“就像检查人体时有‘CT’‘心电图’等不同的手段，我们对隧道探测也是有地震波法和电磁波法等多种手段，将两类不同的探测方法融合起来，才能对隧道地质做出准确的评估。”张开的研究项目正是通过两类方法的结合，来大幅提高隧道探测的准确性，有效保障隧道施工的安全。

选择这个研究方向并非偶然。一方面，该项目与导师薛翊国教授的研究方向十分契合，也是山大岩土中心学术团队近年来重点攻关的方向之一。另一方面，这一项目本身所具有的意义也对张开产生了巨大吸引力。在本科之前，甚至刚开始读本科的时候，张开并不清楚自己的专业到底是做什么的，甚至一度冒出转专业的念头。“后来，在学习的过程中我逐渐明白了这门专业对国家、对社会的重大作用和意义，我逐渐爱上了它，并愿意为之努力。”张开如是说。事实上，他所在团队进行的研究正是立足于国家重大需求，对接隧道建设防灾减灾与隧道重大突水突泥预报技术难题，具有很强的应用与实践意义，是各种隧道施工现场重要的一环。

基于项目本身所具有的实践作用，团队指导老师薛翊国教授十分注重学术研究与实践操作的结合，他要求学生们“三分之一的时间在教室，三分之一的时间在实验室，三分之一的时间在科研现场”。也就是说，不仅要掌握扎实的理论知识，还要能够有所创新，更要将成果与实践应用结合起来，从现场中来，到现场中去。这正是团队的常态，用张开的话来说就是，“研究遇到瓶颈时我们就到施工现场实地考察一番，待一段时间再继续回来搞科研”。

功夫不负有心人，随着团队取得一项项成果，一切辛苦都已经化作宽慰的笑容。在表彰大会上，张开作为团队代表发言，讲述了团队进行一次次实验和学术研究，深入工程现场，在恶劣的工作环境下克服困难、创先争优、攻克难关，为重大工程建设贡献力量的故事，获得了属于自己团队的那一份荣誉。

始于足下的责任与担当

山东大学岩土中心在全国各地都有科研项目部，以此来作为高校与施工单位的媒介，每当施工单位遇到技术性问题便会联系当地的项目部，再由项目部与相关的科研团队进行沟通，这样一来便有效连接了科研团队与施工单位，形成了具有专业特色的“产学研”结合模式。

2019 年初，张开收拾行囊，整装出发，长途跋涉来到新疆参与了某隧道的施工项目。古人说“轮台九月风夜吼”，张开科研小组在新疆施工的时间正是隆冬时节，室外的气温低至零下26、27摄氏度，等进入山底隧道，温度又上升至零上20多摄氏度。高达50摄氏度的温差仅仅是张开等人所遇到恶劣环境条件中的一小部分。隧道内更是时刻面临塌方、落石和突涌水等未知风险。他们常常被头顶的“瀑布”打透了雨披，被脚下的积水没过了雨靴，分不清哪些是汗水哪些是泥水。

纵然环境如此恶劣，张开科研小组没有丝毫退缩，仍然怀着高度的使命感与责任感将任务进行下去。“没有什么扛不住的困难。”已有了多次参与现场施工的经验后，张开仍然选择最直接的方式去克服恶劣的环境条件，“艰难的施工环境经常使人心态要‘爆炸’，但施工不等人，牢骚完就得接着干。”在施工现场，张开永远抱有参与重大工程的使命感，这份使命感是支持他完成一项又一项施工任务的精神动力。

新疆一直以来以景色奇丽而为人所称道，但团队成员却无暇游览美景，唯美的夕阳下，映射的是一颗颗为隧道安全24小时不敢懈怠，随时待命出发的心。回忆起新疆这次工程的点点滴滴，张开的眼中透露出的更多是坚毅与欣悦。在新疆的这段经历磨炼了他的意志，锻炼了他吃苦耐劳的精神，也让他能够首次参与到隧道掘进机（Tunnel Boring Machine，TBM）的施工一线，增加了阅历，锻炼了能力。对张开而言，这次工程还有另一层意义，那就是让他的足迹第一次踏入了祖国的西北版图。

自大学二年级开始，只要有外出施工的机会，张开每次都会积极参与。到现在为止，他已经走过了祖国的26个省级行政区，而这个数字还在继续刷新。张开有一个计划，是要走遍全国各地，希望可以通过自己所学帮助一条条隧道完成安全掘进。每一次施工对他来说都有着独特的记忆：新疆的TBM、湖北的机械化施工、厦门的海沧海底隧道、云南临沧市的第一条铁路、四川的新成昆铁路……张开科研小组的脚步始终行进在路上，带着自己的技术与梦想，怀着满腔的责任与担当，朝着远方一直坚定地走下去。

科研现场临时党支部的战斗堡垒作用

有一个出色的团队，是在科研攻关里一路披荆斩棘的重要保障。张开所在的正是这样一个团队。“团队的气氛非常活跃。有什么事只需要在群里‘大呼一声’，很快就会有人来帮忙。”张开笑着描述。由于团队成员年级跨度比较大，专业知识水平与实操能力迥异，因而如何进行合理的分工至关重要。“本科生还在打基础的阶段，通常会让他们做一些对接、沟通等工作，锻炼基础素质；硕士阶段就要多参与实践，在实践中培养创新思维；博士生则以从事具体研究为主。”作为团队中资历较老的一个，张开自觉承担起“老学长”的责任，经常主动牵头合作项目，帮助学弟学妹们解决科研与学习中的问题。不仅如此，成员们在生活中也是互帮互助，在学习和工作中培养出了难得的默契。

岩土中心党支部是教育部首批全国样板党支部培育单位，岩土中心在全国的重难点科研项目现场成立了临时党支部，积极组织党员学习，以党的先进理论、优良传统和革命精神团结人、鼓舞人，为团队的团结奋斗提供了精神力量。团队里不仅有着互帮互助的温情，更有党组织的力量。为了坚定团队攻坚克难的信念，担任全国样板党支部、岩土中心党支部副书记的薛翊国老师组织在科研现场建立了临时党支部，发挥临时党支部在科研现场的战斗堡垒作用，坚定党员的理想信念，发挥党员的先锋模范作用，在艰难时期凝聚人心、鼓舞士气。如何更好地开展超前地质预报施工、保障隧道开挖安全是团队在现场的工作重点。面对遇到的难题，团队集思广益，热烈讨论，常常为了一个问题从天亮讨论到天黑，又从天黑讨论到天亮。天不亮下隧、天已黑出洞，24 小时全天候待命、365 天全年轮值无休，这几乎已成为他们的常态。当开挖工作面遭遇碎屑岩流时，党员同志总是冲在最前面。最终团队设计的一种适用于隧道 TSP 预报的组合套管、系统及方法，一种隧道超前地质预报炮孔填充堵塞装置及方法，隧道施工地质雷达法超前预报的安全辅助系统及预报系统等，成功应用于实践，取得良好的工程效果，被项目单位夸赞为“一个优秀创新的团队”。

严师出高徒，科研小组的学术气氛很大程度上受到了指导老师薛翊国的影响。和蔼细心、科研敏锐、言传身教，这是张开对薛老师的印象。生活中的薛老师是和蔼的，对大家的关心无微不至，落到实处。薛老师也是细心的，在工作上，他一再强调团队成员们在科研现场的安全问题。而在教育过程中，薛老师更是言传身教，只要有时间，就会和他们一起下工地进行指导。“有一次老师和我们一起下了现场，回来后指出了整整 42 个科研性难题。”张开说。薛老师真诚的付出陪伴着这个年轻的科研小组快速成长。

采访下来，阳光、健谈、外向是张开留给记者的印象。除了学习与休息之外，张开还热爱运动，曾担任校排球协会的副会长。尽管随着科研任务繁重而卸任，但只要有空闲时间，张开就会参加排球协会的活动。一提到排球，张开就变得活跃起来，我们从他的话语中能够想象得到，一个阳光大男孩在排球场上不断跃起完成一次次扣杀的身影。对于张开来说，打排球正是“换个心情”，换一种生活方式，给自己充充电，减减压。

“虽然很辛苦，但这些事情总要有人去做。”在当下，国家隧道建设防灾减灾需求重大，隧道重大突水突泥预报技术难题日益凸显，张开怀揣着对专业的热爱和对事业的使命感，一直驻守在这个领域中。“莫怪无心恋清境，已将书剑许明时。”张开是当代中国千千万万个新时代青年的缩影，他们有为有梦，他们正走在路上，为国家发展与民族振兴付出自己无悔的青春。

（原载于山东大学新闻网 2019 年 7 月 10 日；文：李天一、宋广鑫、李皖宁，图：受访者提供）

范清涵:用支教一年换一生无悔

范清涵,山东大学齐鲁交通学院2019届毕业生,中共预备党员,山东潍坊人,曾任山东大学第二十一届研究生支教团团长。本科期间曾任山东大学学生会副主席、山东大学青年志愿者联合会主席等职务。曾获山东大学优秀学生二等奖学金、山东大学港华燃气奖学金、山东大学优秀学生干部、山东省社会实践优秀学生、山东省大学生地球物理竞赛一等奖、山东大学优秀共青团员等多项奖励和荣誉。

在山东大学"再见了,我的小树林"2019届毕业生告别母校青春歌会上,一束束灯光缓缓打下来,范清涵和第21届研究生支教团成员们穿着简单的白T恤站在台上轻轻唱着《奉献》:"白鸽奉献给蓝天,星光奉献给长夜,我拿什么奉献给你,我的小孩……"不久后,他们便要启程前往新疆、山西等地区支教,这次合唱仿佛是临行前的誓言。伴随着阵阵歌声,范清涵作为研究生支教团团长从校党委副书记仝兴华手中接过队旗挥舞起来,旗帜飞扬间,我们看到了大山深处的未来与希望。

与支教的三次缘分

时间一晃，范清涵的大学已经走到了毕业的路口。这四年以来，范清涵与支教的故事悄然发生了三次。从大二的短期支教，到大三成立了支教团联盟，大四又选择加入研究生支教团并担任团长。三次抉择间，更换的是支教地点，不变的是这位少年的拳拳爱心与责任感。

“第一次接触支教是通过青年志愿者协会。我大一时就加入了青志协，了解相关情况后，大二暑假去云南玉溪进行了21天的短期支教。”范清涵回忆起在云南的那个夏天，涌上心头的除了当地的“皮”孩子们，还有“劫后余生”的感慨。他笑着讲道：“我们支教的小学离县城比较远，沿着盘山公路坐车到镇上小学时，前方突然发生道路塌方，我们差一点就回不来了。”虽然支教路上困难重重，但范清涵从未退缩。谈到前去支教的初衷，范清涵说起自己偶然间看到网上一篇新闻：大凉山里“一块屏幕”和被改变的命运。在四川甘孜、阿坝、凉山三州，由于缺乏良好的师资力量，学生们只能通过网络直播课来学习，即使是这样，也无法满足大部分学生的需求。范清涵通过这篇文章，了解到教育对偏远地区孩子而言是多么宝贵的资源，而能否接受良好的教育，将直接决定他们是否有机会走出大山，这将是关乎他们一生的影响。随后，范清涵选择主动去支教、去了解、去实践，去做一些对改善教育有帮助的事情。

从云南支教回来后，已经大三的范清涵仍然致力于志愿活动，不过这次的服务对象变成了山东大学校内的各个支教团队。2017年12月，由范清涵发起的山东大学学生支教团联盟正式成立，时任青年志愿联合会主席的范清涵阐述了该联盟的理念：“成立支教团联盟的目的不是为了管理，而是为了更好地履行义务与提供服务。”在支教团联盟的组织下，校内所有的支教团队共同发表了对山大学子的倡议：修身立己，固本培元，以学习为基础，不断充实提高自己；关注公益，例行实践，从小事为善；勇于担当，敢为人先，以行为践行公益理念；不忘初心，气有浩然，牢记使命与责任，弘扬志愿服务精神。之后，有志于加入支教团队的学生源源不断地涌入，成了各个团队中的新鲜血液，伴随着支教团队的不断扩大，山大学子支教的足迹遍布祖国的山川大地。

毕业前夕，在其他同学选择就业或读研时，范清涵也面临着选择。在工作与升学的面前，他思索良久，最终选择了另一条道路：加入山东大学研究生支教团。“我与研究生支教团特别有缘分，我们是第二十一届研究生支教团，恰好我也21岁。”范清涵腼腆地笑着。他是一个典型的工科男生，话不多，为人谦虚，但是向我们介绍山东大学研究生支教团的时候却很快打开了话匣子。山东大学作为首批入选中国青年志愿者扶贫接力计划的研究生支教团高校，自1999年起共选派了两百余名志愿者，赴青海、山西、新疆、河南四地十余所中小学开展支教志愿服务，到 2019 年已经走过二十年的岁月。大山里的小孩们或许不知道山东大学在哪里，但他们认识来自山东大学的青年志愿者们。在范清涵看来，自己的时间固然宝贵，但是能用一年的时间去做一些有意义的事情，将更能凸显时间的价值。于是，他毅然地加入研究生支教团这一光荣队列，并勇于担起了队长的重担，当接过队旗那一瞬间，他已经将支教完整地融入自己大学四年，将责任与奉献定格在自己成长的那一瞬间。

付出与收获永远成正比

如果说支教是一次成长路上的选择，那么在大学这四年中，范清涵选择的成长还有很多。2017 年 12 月，范清涵组织策划了“美丽中国·最美青年”山东大学青年志愿者行动主题展活动。为了准备这次在中心校区举办的活动，住在兴隆山校区的范清涵每天往返两个校区之间。恰逢考试，又加上连续一个多星期筹备活动，让范清涵每天回到宿舍就倒头大睡。随着压在身上的工作越来越多，压力越来越大，筋疲力尽的范清涵在晚上回宿舍的途中，不禁问自己：“我真的适合学生工作吗？我做这些事情的意义在哪?”面前的这些困难并没有轻易让范清涵选择放弃，他反复地研究筹备方案，一次次地推敲其中的细节与流程，将活动举办的方式进行简化，给流程的优先级进行排序……伴随着自己的坚持，这次“美丽中国·最美青年”展览活动终于成功举行。

活动引起了巨大反响，十几家省级以上媒体报道了此次展览，仅一周内便吸引了 7000 余名师生参观，近 3000 人现场扫码注册成为青年志愿者。樊丽明校长到现场参观后，对此次展览所取得的效果表示肯定，并寄语山大志愿者们：“支教是一件很有意义的事。你们正值青春岁月，要充满热情，充分发扬奉献精神。你们都很优秀，要做那些孩子们的榜样，引导他们成长，让他们也变得更优秀。”

通过这次展览活动的筹办，范清涵再次从付出中收获了成长与进步。在他看来，每一次付出都意味着一次成长。范清涵说，自己以前并不是一个十分自律的人，但通过一次次的学生活动与志愿服务经历，他真正地学会了严于律己，使自己的耐心和韧性都得到了很大程度的提高。

伴随着学生工作的展开，一件件看似烦琐的工作使得范清涵渐渐地改变了以前遇事一多就容易暴躁的个性，变得越来越有条理，也养成了忙而有序的习惯。“我每天躺在床上都会把第二天要做的事情想一遍，实在记不住的还会把它写下来；早上去食堂的路上再想一遍要做的事，有模糊的就拿出备忘录看一下。”范清涵说。他在学生组织中总是会承担更多的工作任务，但是他却总说自己不够出色,害怕给队友带来麻烦;所以他踏实地做好每一份工作,成了让团队成员放心的伙伴。

学术路上,我想要更好

在支教和学生工作之外,范清涵还有一颗执着于学术的心。在谈到自己的专业时,范清涵首先为我们讲述了他姓名的由来。“范清涵”三个字是由自己的姑姑起的,当时姑姑正在读水利博士,她召集班上的同学集思广益,共同取了这个名字。身正为范,清澈如水,涵养如镜,三个字都带“水”,父亲也从事水利方面的工作,可以说结合了家人的职业与对他未来人生的美好祝愿。他选择读工科,是从小就受到家庭的熏陶的原因。填报志愿时,他也都选择了水利、土建工程相关的专业,最终被山东大学水利与土建学院录取,就读于城市地下空间工程专业。由于学科调整,2018 年城市地下空间工程专业转入山东大学齐鲁交通学院,范清涵也在齐鲁交通学院顺利毕业。

2016 年,范清涵在参加土建学院“大学生讲堂”时,就以“现代超级工程——港珠澳大桥隧道工程初探”为题,分享自己对地下隧道的认识和看法。“这是世界上最长的跨海大桥,兼具世界上最长的沉管海底隧道——港珠澳大桥,它将香港、澳门、珠海三地连为一体。工程师们用科技和勇气完成这个工程奇迹,他们要启用世界最大的巨型震锤来完成人工岛的建造,沟通起跨海大桥与海底隧道,这也是一项史无前例的工程。”2012 年,纪录片《超级工程》第一集港珠澳大桥开始放映,这给当时的范清涵带来强烈震撼,也坚定了他选择城市地下空间工程专业的决心。

四年来,他努力学习专业知识,在巩固理论基础的前提下多次参与实践活动。在支教结束后,他将踏入研究生的学习阶段。谈起大学期间遗憾的事,范清涵表示:“唯一的遗憾我觉得是大学四年,没有一次好好准备考试复习。学生工作比较多,尤其到了期末,每天都很忙碌。”每年的考试周都和大型活动时间重合,关“艾”行动月、真人图书馆……范清涵的考试周被一笔又一笔画上其他的色彩。大学四年没有专心经历一次考试周,这对于自己所热爱的专业来说,范清涵觉得十分愧疚和遗憾,所以研究生阶段的他想把更多精力放在专业学术上,想要在学术上有所专,有所得。

到了毕业季,范清涵常常被朋友调侃,说他不像一个毕业生,没有一点悠闲的样子。“班长要准备工作了,我作为团支书就主动承担了毕业期间的班级事务。”范清涵笑称自己是一个闲不下来的人。采访的地点在齐鲁交通学院,从六楼的全景窗户往外看,一眼就可以看见大气磅礴的图书馆,落日的余晖和充满现代感的建筑线条互相纠缠、跳动,范清涵就在这个环境里静静地思索着。他思索的或许是支教，或许是未来的研究生生活，抑或是对自己过往四年时光的回忆。

作为研支团团长，范清涵如今在为九月去往支教地服务做准备工作。“说实话，成为研支团的一员之后，我们就相当于承担了一项责任，一项使命。它相当于是你选择了一份工作，当你在工作岗位上，你总要对你的工作负责，是特别认真，要求特别严格的负责。”范清涵的语言很简单，透露出他的承诺和责任。

愿此去少年，启蒙国家之未来，赴千里之长途，奋然无悔。

（原载山大视点网 2019 年 7 月 16 日；文：杨小雪、刀彦月，图：受访者提供）

郭晓婷:过往不悔,前行无畏

郭晓婷,山东大学2019届硕士毕业生,山东大学微生物技术研究院研究生会副主席。曾获2019届山东省优秀毕业生,山东大学2018年度优秀团干部、2018年度研究生校长奖学金、国家奖学金、优秀干部奖学金,山东大学2017年度优秀研究生等荣誉。

山东大学"学无止境,气有浩然"的校训深深感染着在这里成长、从这里出发的莘莘学子。百年山大的人文历史和精神品貌影响着一代代的山大青年。从师范类专业学生到优秀的青年科研工作者,郭晓婷在山东大学度过了三年硕士研究生的求学历程。她既领略了中心校区的深厚底蕴,也体验了青岛校区的海风习习。郭晓婷以其坚持不懈的努力和勇气在人生的道路上披荆斩棘,讲述着自己的山大故事。

深钻科研,厚积才能薄发

郭晓婷本科就读于山东师范大学生物科学专业。三年前,她作出了影响人生曲线走向的重要抉择，告别了本科学习的师范类专业选择跨专业考研。历经半年艰辛波折的备考，最终她以优异的成绩被山东大学微生物技术研究院微生物学专业录取。回忆起这段考研经历，郭晓婷坦言微生物学专业作为山大王牌专业之一，考研的竞争压力很大，感谢当初自己的无畏和坚持，才成就了现在的自己。从师范类本科生蜕变成微生物学专业硕士研究生，初来山大的郭晓婷经历了一段生活环境、学习模式等各个方面的磨合期。本科阶段的学习安排和硕士研究生的培养模式存在着很大的差别。对于学生而言，需要在短时间内适应从“被动接受”到“主动构建”的学习状态的转变。郭晓婷提到，研究生阶段不同于本科阶段宽泛化的课程学习，需要对专业方向下某一领域深化理解并以实验研究为主要工作模式。

郭晓婷在硕士研究生阶段除了要完成繁重的实验任务，还需要学习专业课程，因此工作和学习的饱和度非常高，但生活过得也是有滋有味。每个工作日，她早上雷打不动八点到实验室开始实验工作，每个实验都是自己的一件作品，她都会认真对待。郭晓婷所在的马翠卿教授和高超教授带领的课题组包含博士研究生、硕士研究生总计 18 人。马翠卿教授和高超教授以其忘我的学术情怀和求实创新的科研精神为整个团队作出了优秀的表率作用，带领着团队成员以更高的标准不断提升自己。在两位教授严谨高效的实验室培养模式以及刻苦钻研的团队学习氛围中，实验室每一位成员的研究工作稳步推进，面对实验难题不胆怯，乐于学习拓展自己的实验技能。在实验室的学习工作中，郭晓婷需要完成每日工作日志的记录，两周一次的工作阶段性汇报，一个月一次的英文文献报告。研一时，郭晓婷作为一名曾经的师范生，对于实验工作相对陌生，学习压力很大。她坦言道，在当时那个过渡期，每个人都面临着不小的压力，只有通过时间去逼迫自己以最快的速度适应新的环境。郭晓婷笑称，因为自己的乐天主义，所以辛苦工作的同时也不会忘记享受生活乐趣。在课业紧张时，美食可以成为减轻精神负担的一大良药。接受采访前，即使已经结束了毕业答辩，郭晓婷依然在实验室继续着保菌工作。她说，为了更好地完成实验交接工作，必须收好这个尾巴，这是对接手工作的同学们负责，也是对自己负责。

每一个付出努力和汗水的人终将不会被辜负。在读研期间，郭晓婷取得了令人瞩目的优异科研成果：2018 年 8 月以第一作者在 SCI 核心期刊 *Journal of Biological Chemistry* 杂志发表论文一篇；2018 年 5 月以第三作者在 SCI 核心期刊 *Nature Communications* 杂志发表论文一篇；2017 年 8 月以第二作者在 SCI 核心期刊 *Journal of Bacteriology* 杂志发表论文一篇等。郭晓婷回忆说这是一段痛并快乐着的过程，需要对文章内容进行反复修改和优化，对实验数据进行反复论证。当记者问道，对于科研工作者来说，天赋、运气和努力对于科研成果的取得各占多大的影响比例时,郭晓婷说努力永远是实现梦想时永恒的主题,要相信努力和汗水终将会回报于你。科研是一条孤独而艰难的道路,需要对科研工作付出足够浓烈的热爱和无畏的坚守。

谈到影响自己人生曲线发展的关键选择时,郭晓婷毫不犹豫地说是来到山东大学,并且成为山东大学微生物技术研究院马翠卿教授和高超教授课题组的一员。“很多人觉得是这里成就了现在的我。”从本科时期的轮滑少女成长为优秀的青年科研工作者,每个年龄阶段做着每个年龄阶段应做的事情,对既往的选择不会感到后悔,人生的每个阶段都值得珍惜和纪念。

精诚合作,坚持源于热爱

研二时郭晓婷从研究生会学术部干事竞选上岗至学术部部长,并于研三接任了研究生会副主席的职务。学生工作成了郭晓婷三年硕士生活中意义非凡且不可或缺的一部分。作为微生物技术研究院研究生会副主席,郭晓婷带领开创了微生物技术研究院“山海知微”学术论坛。“山海知微”四字蕴含着深远寓意,见山海而识“微”,山海其大,亦知微末。除此之外,郭晓婷还组织策划了生命科学学院“智者为王”学术知识竞赛,参与筹办“稷下风”研究生学术论坛、“海右”博士生学术论坛等多个品牌活动。凭借出色的学生工作及校园文化活动建设经历,郭晓婷曾荣获山东大学2018年度优秀干部奖学金、山东大学微生物技术研究院2018年度学生年度人物、山东大学2017年度学术文化活动组织工作先进个人等诸多荣誉称号。

谈及学生工作中成就感最强的事情,郭晓婷提到自己运营管理生命科学学院和微生物技术研究院官方微信并发布上百篇推送稿的经历。除了日常的微信推文,曾经的每个周六,郭晓婷都承担着按时推出一篇原创稿的任务。无论身处何地,在实验室或因故出校抑或是放假在家,研二一整年的每个周六,为了稿件的顺利推出,郭晓婷都会随身带着电脑。“这是我分内的事情,作为我应该承担的责任,就必须把它做好。回首那一年,能有这样一件事情坚持下来,现在想来觉得真的很值得。”郭晓婷谈及这一年的坚持,没有丝毫的抱怨。

从担任部门干事到研究生会副主席,对郭晓婷来说,这是一个逐渐加强自我认知的重要过程。“在每一个关键节点,在我犹豫和质疑自己的时候,感谢前辈的鼓励,推着我一直向前进。”在日常学习中,郭晓婷的科研压力和课程学习并不轻松。在平衡学生工作与科研工作上,郭晓婷说既然选择竞选副主席的职位,起初就做好了一定的心理准备。郭晓婷在时间管理上也有自己的心得,做事从不拖延的习惯促使着各类任务的顺利完成。这个日常和科研打交道的理科生也有着感性的一面,在实验工作和学生工作之余,郭晓婷喜欢写一些随笔。

她说在写文章的时候会令人进入另一个状态，她很享受每一段放空、安静的时刻。当她翻看过去写下的文字时，可以从中重新审视每个阶段的自己，感触颇深。无论悲喜，无论荣耀抑或是难处，要相信时间是最好的良药。

朋辈引领，常怀感恩之心

人生旅途中足够幸运的事莫过于能够与一群优秀的人一起携手去做一些正确的事。“我承认最初的自己并不足够优秀，很感谢当初山大选择了我。感谢一路以来帮助过我的人。”郭晓婷有个很有趣的绰号叫作“牛牛”，她笑称实验室的小伙伴们总喜欢开玩笑似的互相夸奖，给工作之余的时光增添了很多乐趣。郭晓婷身边的人习惯于这样评价她：踏实、努力、有责任心、充满正能量。

2018 年 11 月，郭晓婷获得了山东大学 2018 年度研究生国家奖学金，并于当年 12 月斩获了山东大学 2018 年度研究生校长奖学金。校长奖学金颁奖典礼过后，郭晓婷在社交媒体上发布了“尽在不言中”这一句话。她说，越是在这种时刻越是难以表达自己的心情，希望自己能够常怀感恩之心，千言万语汇聚成一声最真挚的感谢。

“保持一颗不强求、不妄念的心去努力拼搏进取。”这是郭晓婷最喜欢的一句话，在很多艰难的时刻都激励着她不停歇地前进。谈到硕士研究生三年中诸多的获奖经历，她真诚地表达了内心的想法。郭晓婷深知获得国家奖学金、校长奖学金的难度，她并不强求去获得这些殊荣，最重要的是能做好分内之事。对于郭晓婷来说，这些荣誉所带给她的成就感更多是来源于能够给父母、老师和学院争光。“不强求，不妄念。这些奖项可以成为推动你努力前进的动力，但绝不是唯一目标。”我们能看到的是，每一个人的辛勤付出都会得到应有的回报和幸运的眷顾。随着毕业答辩的结束，郭晓婷为自己的学生生涯画上了一个工工整整的句号。

扬帆起航，人生无限精彩

郭晓婷说她并不是一个擅于做规划的人，但是她坚信踏实地走好每一步，机会自然而然会降临。对于职业道路的选择，郭晓婷最终选择了去往医院从事微生物相关的临床研究工作。对她来说，这是一个随心的决定。她选择了攻读博士学位以外的另一条人生道路。这道人生的选择题相信对每个人来说都是未知的，但有所舍得，才会有所获得。“虽然从某种程度上来看，未来的我可能无法成为一个科研学者，但我也很坚定这是我所想要追寻的生活，平平淡淡亦足够。”

谈到毕业，郭晓婷有太多的不舍，在山大的三年时光对郭晓婷来说弥足珍贵。每一位相识相知的朋友，每一位遇到的老师、同学和其他教职员工等等，对她来说都是值得一生珍藏的记忆。即将要离开熟悉的校园，郭晓婷动情地说："感谢在山东大学的这三年时光。山东大学是令我们自豪和骄傲的一所大学，是一所有家国情怀的学校，激励着每一位学子努力做一名有深厚家国情怀的山大人。在这三年里，我深切地感受到百年山大浓厚的学术氛围，感受到薪火相传的魅力。'学无止境，气有浩然'的校训对我影响至深，激励着我在学术和人生里程中勇于挑战，开拓进取。"

每个人心中都会有对人生道路方向这道选择题的答案。郭晓婷想要告诉学弟学妹："做好自己该做的事情，不必太刻意地去追求什么。不怀功利目的去做的事情往往是最有用的。一个小心思太多的人，是不可能明亮起来的。什么是好呢？能专心致志，就很好。""相信一切都是最好的安排。"采访中郭晓婷多次说起这句话。不去纠结过去的选择是否正确，把握好此时此刻的每分每秒。对于现在的我们来说，活在当下才是真正地对当初的选择负责。

谈起最近的小愿望，郭晓婷说想趁着这段时间用自己的积蓄带父母去旅游。设想未来的自己，她希望能够过着自己所追求的生活，活得越来越像自己，能够更有担当，有事可为，有人可爱。"保持本真，有一个简单的生活状态，就很好。"郭晓婷坚信的是，无论朝着哪个方向努力，她都不会忘记不断向前迈步。毕业是结束，更是一个新的开始。人生路途遥远，祝福郭晓婷能够带着大无畏的勇气和坚定的信念成为一个更优秀的自己。

（原载于山东大学新闻网2019年7月18日；文：陆叶，图：受访者提供）

任清宇:他来到了30年前父亲读书的地方

8月份的最后一天,19岁的任清宇正式踏上了青春征程新的一站——大学。

在山东大学,他将会度过四年的本科时光。而这里,也是30年前父亲的选择。

任清宇此前没有来过山大,但他知道,山大地处孔孟之乡,尊师重教,学风很好,"连称呼人都一律是'老师'……"

这些认知,源自同为山大人的父亲与自己的交谈。在父亲的描述里,山东的学生学习很厉害,有的高二参加高考都能金榜题名;还有,山东好武,有教梅花桩的数学教授,父亲在山大也曾习练陈式太极拳。

父亲任国军对母校的记忆,明显要深刻得多,同时也细腻得多。这位1989级运筹学专业的校友告诉记者,山大有很多让他留恋的地方,其中,一间20平方米左右的教师工作室,中间摆放着一台长城0520计算机和一把椅子,是他大学生涯里印象最深的一个场景。

工作室是毕业设计指导老师借给他用的。他还清晰记得,“我敲入一段程序后,在屋子里来回踱步。在 286 机器上瞬间就可以出来的结果,要很长时间后,才在绿色屏幕上一个字一个字地跳出来……”在那个工作室,任国军自学了 BASIC 语言,也学会了学以致用、解决问题,初窥了科学研究的门径,毕业设计也拿了优秀。

如今的任国军,在甘肃兰州城市学院工作。他说,在山大的求学经历,教给了他自立的知识和能力,使他从青涩走向成熟,拥有了认真严谨、求真务实、善于解决问题的品质。

不同于父亲对计算机的投入,任清宇对文学有着浓厚的兴趣。母亲是兰州大学文学院古典文献学教授,受母亲影响,他对文字非常敏感,自创字词联动记忆法,于 2015 年参加了吸引无数人目光的中国汉字听写大会,并因为对文学的热爱被冠以“国学男孩”的称号,是所在甘肃参赛队的头号种子选手。

任清宇阅读范围很宽泛,比较喜欢的是先秦诸子及两汉时期的文学作品,比如《史记》《老子》《韩非子》等等,对佛教作品《坛经》等也有所涉猎,另外还喜欢阅读外国文学作品。

任清宇明白自己对文学的热爱,却也知道,钻研文学不能停留在“研读往贤巨擘”这一方面,优秀的笔者和优秀的读者都需要丰富的生活阅历与人生体验作基础,反而写作技巧居于次位,“鲁迅、欧·亨利等作家就是极好的例证。”

文学之外,经济学是任清宇最为心仪的学习方向。他说:“经济学在社会科学中是颇为综合的一门学科,既有理论研究也有实践应用,对于培养逻辑思维、锻炼分析能力、积累社会经验都有积极的促进作用。”早在初中的时候,他就曾读过《牛奶可乐经济学》一类的普及书籍,高中三年,最希望的也是能够深入学习与经济相关的内容。虽说懵懂,但恰恰是那些最初的了解和触碰,搭建起了年轻人粗浅却质朴的向往。

报考志愿时,向来理性可靠、目光长远的父亲给出了建议:专业选择上,学自己最喜欢或最擅长的专业,如果不明确,就选自己有兴趣、文理兼修、比较基础的专业;学校方面,选底蕴深厚、重视教学、本科教学质量高的综合性大学。

任清宇个人也希望,能在一所综合性大学感受更好的学术氛围,实现自身的全方位发展。综合各项因素之后,他报考了山东大学经济学院。在外人看来,或许还可以报考其他更好的热门高分学校,但任清宇说,山大是自己的最佳选择。

高考成绩文科 617 分,甘肃省第 189 名,这样的成绩,让任清宇对于自己的“被录取”很有信心。即便如此,他对录取通知书的期盼却是一点都不少。在收到通知书之前,任清宇会一遍遍用手机查询通知书快递到哪里了,一边憧憬着即将开始的大学生活，一边又有些孩子气地发牢骚，怎么通知书不再快一点。

开学前，除了准备必需的学习、生活物品，任清宇同时也注意到了自己心理状态的调整，“文理兼收的专业，文科生的压力会更大一些，要做好面对开学后专业学习压力的准备”。

任国军认为，在这个需要终身学习的社会里，学习能力和独立思想的培养更为重要，因此希望自己的孩子“能有健康的身心、自立的能力、独立的思想、圆融的智慧，成为一个自我圆满且对社会有用的人”。而母校校训中的八个大字——学无止境、气有浩然，正是他最希望山大能给予自己孩子的影响。

对于大学的期待，任清宇或许没有父亲想得那么长远，但并不比父亲想得少。

他希望能借助山大的课堂、老师、同学、图书馆，通过大学生活，找到一种自由而热情的学习动力；希望在山大接触到高质量的教学、学术气息浓厚的环境、优秀而彼此促进的师生群体、独特而值得学习借鉴的文化，以及一个充满活力、机会与广阔视野的经济学院；还希望自己能得到对经济学科的深入认识和理解，高效的学习能力，坚定的执行力与自我管理能力，充实的头脑与开阔的视野，自如的社会交际能力……

“我最希望的大学四年，是自己能像古希腊的学者一般，发问、学习、探索结果。”

这样的少年，未来可期。

（原载于山东大学新闻网 2019 年 8 月 31 日；文：刘婷婷，图：受访者提供）

刘晨:晨光纵熹微,光照普心田

"凡不能毁灭我的,必使我强大。亲爱的妹妹,强大的你已经在未来向我们招手。"2019 年 10 月 16 日,温暖人心的话语两边,是两个从未谋面的人,连接他们的是一份神奇的"髓缘",是关乎生命延续的力量。

故事的一头,是阳光明媚的北京,一位饱受血液病折磨的 14 岁女孩正在等待希望降临。

故事的另一头,是下着淅沥小雨的济南,一位"95 后"青年正在进行造血干细胞的捐献,他就是山东大学临床医学院 2019 级硕士研究生刘晨。

这一天,时间一分一秒地过去,鲜红的血液从刘晨身体里流出,这是容纳宝贵造血干细胞的血液,也是将两条生命神奇地联结在一起的血液。随着透明的输液管逐渐变得鲜红,刘晨的故事也缓缓呈现在我们面前。

坚实笃定,任重道远

2016 年 3 月,正在读大二的刘晨在学校看到了红十字会和学生志愿服务组织共同举办的造血干细胞志愿者入库登记活动，他毫不犹豫地登记、采血，当场加入中华骨髓库，成为一名光荣的造血干细胞捐献志愿者。“当时也没多想，就觉得这是自己应该做的事情。”2019 年 7 月，经 HLA 检测配型，刘晨与一名血液病患者初配相合，可是由于时间过去许久，刘晨已更换了电话号码，红十字会工作人员的电话打到了刘晨母亲那里。“是妈妈告诉我，说配型成功了。”刘晨回忆道，接到电话的时候自己也很惊讶，惊讶于自己竟然这么神奇地配型成功了。但是刘晨也坦言自己有一丝顾虑：“虽然自己是学习临床的，对捐献也有一定的了解，但对具体的过程还是知之甚少，所以难免有一些害怕与担心。”

说到这里，刘晨的妈妈高女士告诉我们，之前自己并不知道儿子成了造血干细胞捐献志愿者，接到工作人员电话时“都蒙了。”“儿子怕我担心，一个劲儿给我讲捐献的知识，并且告诉我，他是学医的，懂得这件事的意义，所以他一定要去做。”谈到儿子的这段经历，她的语气中透露着骄傲之情。

在得到加急通知后，刘晨当天便在省立医院进行了高分辨检测和各项检查工作。做完检查，许多天都没有接到回复，刘晨等待得有些焦急：“是我的高分辨监测没通过吗？我的体检不合格吗？”惴惴不安的刘晨给工作人员打去电话询问，对方表示体检没有什么问题。终于，在国庆节假期的前一天，刘晨接到了配型成功的电话。那一刻，他悬着的心终于放了下来，没有丝毫犹豫就同意了。他说：“因为我没有什么好犹豫的了，有支持我的父母，有支持我的恋人，还有支持我的师长，我只需要做好自己该做的就可以了。”

捐献造血干细胞前，刘晨在山东省立医院连续注射了 4 天动员剂。和大多数进行造血干细胞捐献的志愿者一样，这期间他出现了膝关节、颈椎、腰椎等多处疼痛，还在注射的第一天大量出汗；然而，与很多志愿者不同的是，刘晨在三个多小时的捐献过程中还出现了头、脚、脸发麻的现象。由于不能服用钙剂，这一症状没办法得到缓解，并且为了保证捐献造血干细胞的质量，刘晨没有服用止痛药。“其实冲一个热水澡就可以有很大的缓解，而且疼痛没有到达不能忍受的地步。”在他的描述中，这一切都显得云淡风轻。

身为山东大学临床医学院的一名硕士研究生，刘晨的日常是跟随导师——省立医院胃肠外科靖昌庆教授参与临床学习。他感慨：“在科室里的学习工作十分忙碌，但是在我和导师以及师兄们说了这件事之后，他们十分支持我，并且主动分担我的工作。这无形中增加了他们的工作量，我感到十分抱歉，非常感谢他们的支持。多么幸运，我周围都是善良的人。”

如今，已经成功完成捐献的刘晨，又恢复了他的学习生活节奏，像一个普通的临床医学院研究生一样，奔走在学校与医院之间。不同的是，比起之前，他在捐献后的一段时间里时常感觉到疲惫，也偶尔觉得腰疼，但他对这些变化处之泰然："身体恢复需要一个过程，我是医学生，掌握一些血液方面的知识，所以就不会有太多顾虑。"

医者仁心，心怀大爱

"亲爱的大哥哥，我是接受你移植的小妹妹，虽然我们素未谋面，但你却给我带来了生的希望。"当来自北京的工作人员在捐献现场读起被救助女孩的来信，稚嫩又真诚的文字感染着每一个人。女孩在信中说，曾经的自己是那样无忧无虑，但自从得了血液病之后，全家都被巨大的阴影笼罩。唯一的希望，就是造血干细胞移植。但一次次的配型失败使她和家人陷入了绝望的边缘，之前虽然在骨髓库找到了两位初配相合的志愿者，但由于种种原因最后都没能配型成功。在小女孩一家人近乎放弃的时候，是刘晨带给了这个家庭一线光明和希望。"这是我应该做的。"泪水在刘晨的眼眶中打转，化成话语，却是这么简单又掷地有声的一句。

在给受捐小女孩的贺卡中，刘晨写道："素不相识的妹妹，你我虽无血亲之缘，却因'血缘'连在了一起。希望你能够坚强、勇敢、积极地面对疾病，并且坚信自己一定可以战胜它。祝如初升太阳的你，早日康复，茁壮成长。"他还为小妹妹准备了一个狮子玩偶，并委托红十字会的工作人员带给女孩，刘晨说，他希望妹妹能像狮子一样顽强，最终战胜病魔。

由于捐献过程有"双盲"原则，目前捐献者和受捐者之间不能互相认识，但从工作人员那里，刘晨了解到：如果受捐的小女孩康复，两年后可以通过红十字会主动联系他。在被问到希不希望见到小妹妹的时候，刘晨笑着说："当然想见到了，因为见到她就意味着她康复了，这所有的一切，包括我、所有的医务人员和红十字会成员所做的，都是为了她能好起来。"朴实的言语中充满了期待和信心。

志者之愿，涓滴成海

"山大研究生刘晨成为全国第 9000 例造血干细胞捐献者""山东大学 24 岁研究生捐髓救人"……捐献结束后，刘晨的事迹被各大校内外媒体报道。而捐献的前一天，恰逢山东大学 118 周年华诞。面对采访，刘晨朴质地说："我是一名医学生，知道捐献意味着什么，我也希望用实际行动去为我的母校——山东大学 118 岁生日献礼。"

11 月 2 日，由中华骨髓库管理中心主办、山东省红十字会及山东广播电视台承办的"红十字爱心相髓——谢谢您，捐献者"中华骨髓库捐献造血干细胞突破 9000 例宣传推广活动在济南举行，刘晨作为中华骨髓库第 9000 例捐献者参加活动，并由山东省副省长、省红十字会会长孙继业和中国红十字会副会长于福龙颁发《捐献证书》。被问及成为“第 9000 例捐献者”的感受时，刘晨表示，自己内心并无太大起伏，只希望通过这种方式，有更多的人能了解到中华骨髓库，有更多的人能够成为一名志愿者，参与到公益和助人事业中。

为了鼓励更多的人能够加入造血干细胞志愿者队伍，刘晨将捐献造血干细胞的视频上传至虎扑 App 上，如今视频点击量达到了 300 多万。刘晨说，闲下来的时候就会去回复一些私信，其实这些私信不都是正面的鼓励的话语，还有一些对捐献造血干细胞这件事情的质疑，刘晨只要看到，都会给他们回复。在一条质疑捐献对捐献者的身体有无伤害的评论下，刘晨这样写道：“捐献造血干细胞在我目前的认知里是没有长远影响的，这也是我在血液科老师那里得到的，而不可否认的是，我确实出现了短期的不适，我不想误导他人，只想说出我自己的感受。当然，在数十年之后，或许会有人能证明这种方式不太正确或者不太好，但在当下这个时间点，它没有被证明有长远的影响。”认真细致的回复中体现着一位医学生应有的严谨负责，也流露出一位志愿者的爱心和奉献。

刘晨还谈道，许多人会把造血干细胞捐献和骨髓移植等同起来，这其实是一种误解。在很多年前，骨髓捐献确实是要用针管扎到脊椎里抽取脊髓，捐献者要承受较大的痛苦。但如今，随着医疗技术的发展，“骨髓移植”有了新方法——外周血造血干细胞移植，它是将捐献者的血液抽出后流经细胞分离机，把干细胞挑出来后，将血液输回捐献者的体内。这种方法能够避免骨髓穿刺带来的痛苦，使得移植对捐献者的影响降到最低。人体内的造血干细胞具有很强的再生能力。失血或捐献造血干细胞后，可刺激骨髓加速造血，一般来说，1～2 周左右，血液中的各种血细胞就可以恢复到原来水平。

回想起捐献造血干细胞的心路历程，刘晨说他学医的初心就是成为一个对社会、对他人有帮助的人。“我出生在河北沧州的农村，乡里人的朴实、厚道深深地烙在了我的性格里，再加上父母亲人、老师兄长一直教育我要乐于助人、不给他人添麻烦，做一个对社会、对他人有用的人是我一直的追求。”

“配型成功了就去帮帮她，毕竟她的生命不应该只有 14 岁。”他的语气平缓温和，却坚实而笃定。

（原载于山东大学新闻网 2019 年 11 月 7 日；文：王言、董一，图：王言）

窦志扬：斗志扬，敢往新途试锋芒

窦志扬，山东大学计算机科学与技术学院菁英班2016级本科生，中共预备党员，获第11届全国大学生软件创新大赛全国特等奖、最具商业价值奖、最具人气奖。两次获得国际大学生数学建模竞赛MCM/ICM一等奖，获2018年全国大学生数学建模竞赛国家一等奖及全国优秀论文奖，山东大学2018年度创新创业“榜样的力量”年度人物提名、山东大学校长奖学金；获评山东省优秀大学生、山东大学三好学生等称号。

躬耕“码田”，用代码书写理想

三年前，出于对山东大学雄厚科研实力的向往，窦志扬选择了山大，并在大一下学期转到了自己更喜欢的计算机专业，进而与编程结缘。“用计算机把创意变为现实，我感觉自己好像在创造着一个新的东西，这种成就感非常吸引我。”正是有着这种发自内心的喜爱，窦志扬在一次又一次软件创新大赛中攻坚克难，勇攀高峰。

第十一届全国大学生软件创新大赛是窦志扬大学生活中浓墨重彩的一笔。“山大在这个比赛上有着优良的传统，每年我们学校都能取得很好的名次。”窦志扬说。当接力棒传到自己手中时，他想到最多的就是要为校争光。

窦志扬坦言，比赛的过程满是曲折。当时团队四个人在几十个方案中选择了“人工智能海报”方案，这个想法基于对当下“读图时代”的客观分析，旨在降低人们从事媒体工作的门槛。具体为通过最新的计算机技术手段，实现各类型海报的自动生成。团队构想的软件需要在最大化实现便捷性的同时，综合考虑图片的设计感和美观性，最终达成“人人皆可画”的愿景。在准备比赛的过程中，团队成员一起奋战了五个多月，甚至在春节期间还在通过 QQ 电话沟通软件的调试问题。到了比赛当天，就在整个团队都觉得万无一失的时候，软件却由于前后端对接出现问题而无法进行演示。第一轮结果出来，团队成绩倒数第一。黯然离开比赛教室的窦志扬接到了导师的电话，电话里，这个山东大男生在喧闹的北京理工校园里泣不成声。

来自导师的安慰让团队振作起来，大家一起找问题，一起调试。就在第二轮比赛前的三十分钟，团队完成了整个系统的优化，接下来的路演也非常顺利。最终结果出来，团队一举获得了特等奖、最具商业价值奖、最具人气奖。这也是大赛 11 年来首次有团队包揽所有奖项。事后，窦志扬再回忆起那段大起大落的经历，依然感慨万千：“在经历第一轮的打击后，我们下定决心要把这件事做到最好。”正是有这种对于极致的追求，他们在挫折面前选择了勇敢向前。

“蜂巢世界”是窦志扬用软件将创意变为现实的另一个实例。基于对现在大学校园宿舍之间交流的障碍问题，窦志扬和他的团队设计了一个社交平台，旨在通过同学使用平台交流，打破宿舍之间的壁垒，实现一种蜂巢式的大学宿舍模式。不论是在各类比赛中还是在推进项目时，窦志扬始终着眼于用户的实际需求，勤加思考，大胆创新，用代码展示自己解决问题的方案。

反哺桑梓，实干兴业

窦志扬观察到以往的一些大学生社会实践存在着“一次性”“表面性”的问题。他进行了思索和革新，创建了山东大学“优创”社会实践团队。他每年假期都带着团队回到家乡山东德州禹城市，推进“禹城市乡镇企业转型与实体经济发展现状”调研。团队致力于将计算机数据分析与经济学相关知识结合，通过实际调研和文献资料整理，得出禹城市乡镇企业转型升级方向，为县域企业提供前景分析，助力县域实体经济发展。“有一句话说得很好：‘山东大学扎根齐鲁大地，反哺社会发展。’我们在学校学习了一些数据分析、宣传的技能，就想用这些技能实实在在地帮家乡做一点事情。”正是这种“赤子情怀”让窦志扬和他的团队根植禹城,一年又一年,持续关注当地经济发展,分析禹王(实业)等企业的核心优势,为其他企业提出经验模板。如今,团队已经推进了五次实践。作为团队创始人的窦志扬也很欣慰地看到学弟学妹们能独当一面继续为家乡的发展尽自己的一份力量。“我们要怀着一种感恩的心态,为家乡作一些贡献;我们还要感恩我们的母校,并在实践中用自己的行动为母校增光添彩。”

窦志扬在担任班级团支书的时候,经常利用社交媒体对时事热点进行分析,引导班级同学积极思考国际问题。由于出色的思想政治工作,他还被评为“最美团支书”。拓展国际视野,培养家国情怀,窦志扬不仅身体力行,还用实际行动带动周围的同学。对学校,对家乡,对国家的感恩,窦志扬常内化于心,外化于行。

严以律己,苛以尽事

窦志扬用“拼”来形容自己。当问及参加这么多比赛,同时推进好几个项目,取得如此骄人成绩背后的故事时,这个“邻家男孩”的脸上却露出了苦涩的微笑。“其实说实话,这一路上打击更多一点。”窦志扬提到在大三下学期期末一边忙考试,一边忙撰写论文,压力很大,四天只睡了几个小时。他也会在夜深人静的时候感到失落,在遭受打击的时候感到沮丧。但是只有拼到无能为力,回首才会无怨无悔。

当被问到如何平衡学习、比赛、学生工作时,窦志扬特别提及自己的高中母校昌乐二中。他说,正是在高中时期养成的良好的学习生活习惯让自己可以从容地应对各种挑战。他提到了三点:首先是列计划,把自己一天要做的事情都列出来,在一定的时间内专注完成一件事情;其次是快速切换。窦志扬认为自己在多次的历练中已经养成了角色快速切换的能力。他可以在项目负责人、团支书、球队队员等众多角色中切换自如;最后一点是时间投入。窦志扬坦称自己确实熬过很多夜,因为他知道,在一件事上要有足够的时间投入才能有所产出。而且他也提到不仅是自己一个人如此努力,周围的同学、室友也同样勤奋,这样积极上进的氛围有利于个人的进步。

窦志扬说,在学弟学妹们的眼里,自己是一个“有些严格”的学长。他和同学在计算机学院参与创建了“兴趣开放平台”,专门为学弟学妹们提供创新创业比赛的经验指导。他说,这是一种传承,他很希望能把自己的经验传授给下一届,更希望看到整个行业不断向前发展。有时候他会因为学弟学妹们项目的推进速度而心急,对他们的监督也比较严格。而在这样“苛刻”的学长的带领下,学弟学妹们在“兴趣开放平台”上也受益颇丰。平台下的两个团队分别取得了山东省大学生软件设计大赛省级的一等奖和二等奖。

斗志扬，青年强，敢往新途试锋芒；勤耕编译苦中隐，实干兴邦做栋梁。当把学校、行业、国家的发展前途融入自我进步的道路中时，个人就会萌生出一种强烈的使命感，有发于心中的信仰，有生于脚下的力量，就会走得更加专注，更加坚实。想人所想，成人所需，脚踏实地，开拓创新，这就是窦志扬的生活写照。

（原载于山东大学新闻网 2019 年 11 月 19 日；文：康爱林，图：受访者提供）

白彩全：我与经济学的不解之缘

白彩全，山东大学经济研究院 2016 级博士研究生，2019 年度山东大学“学术之星”、学校第十届学生“五·四”青年科学奖获奖者，主要从事环境经济学、能源经济学和量化经济史方面的研究。已在环境经济与能源经济领域权威期刊上发表论文 7 篇，出版或即将出版著作、译著各一部；担任多个权威学术期刊的匿名审稿人，并被 SCI 一区期刊 *Journal of Cleaner Production* 评为“杰出审稿人”。在量化经济史领域，已在 CSSCI 期刊《经济研究》和《经济学（季刊）》各录用待刊一篇；参与编辑《量化经济史经典译丛》，并翻译其中的三本英文著作。在经济学其他领域，在《管理世界》等 CSSCI 期刊发表论文 4 篇。

庞大的经济数据变化为他脑海中的繁星，浩瀚的历史文献铺就了他脚下的道路。正因为每日都沉浸在学术研究中，白彩全的一天显得格外紧凑。他的前额上贴着些许刘海，充满朝气的脸庞让人看不出一丝疲惫。当这位长相有点“萌”的博士开始讲述他的学术故事时，夏日午后的沉闷空气似乎也随之跃动了起来。

学术是用一生攀登的高峰

作为发表多篇权威期刊论文的学术新星，白彩全对学术怀有执着的追求。谈到学术时，白彩全的眼睛闪烁着光芒，犹如月光映入水潭。在聊到过去的学术经历时，他的双手不由自主地挥动，热情洋溢地为我们述说一段段难忘的回忆。

白彩全曾与他的合作者冯晨合作研究过一个项目，考察了国家能力下制度差异的历史起源与长期影响，短短一行字却跨越了上千年的时空维度，跨越史学、经济学、地理学等多个学科。要想做好这个课题，不仅需要厚重的历史知识，更需要对庞大的数据进行量化研究。在实证经济学和量化历史学的研究中，数据的重要性不言而喻，而短时间内完成数据的搜集与整理绝非易事。为了更加方便查找数据，白彩全和冯晨很早便致力于建造一个属于他们自己的"数据库"，在这样一个"数据库"中查找数据资料，研究工作就会效率更高。该数据库的建造并非一日之功，在下定决心之后，白彩全和冯晨便坚持不懈地从各种史书、图书馆、档案馆中查阅各类历史数据。久而久之，该"数据库"渐渐成型，并且还在不断扩充。白彩全和冯晨利用该数据库中的千年历史数据，结合经济学、历史学、政治学、地理学等多学科知识，讲述中国故事。长期以来，白彩全还养成了坚持追踪学术动态的良好习惯。每天清晨起床，白彩全都会搜索各类新的学术动态。功夫不负苦心人，经过近两年的坚持和努力，白彩全和冯晨终于完成了这个大课题的研究。完成课题后，他俩的"数据库"仍然没有停止更新。白彩全每日在其中踱步、整理、阅读，对数据产生了非常灵敏的反应。"建立自己的数据库不是仅仅为了某项研究，在学习和研究过程中遇见好的数据要及时整理下来，否则自己就会和该数据擦肩而过了。"白彩全这样说道。

学术研究不仅需要持之以恒的努力，有时候更需要灵光一闪的创意。好的想法往往产生于不同思维碰撞的间隙，问题的解决往往就在这电光火石间。白彩全在研究中也常常碰到难解的问题，独自解决难以突破个人思维的局限，因此他十分看重与他人的合作交流。在他看来，团队合作是交流和传承的过程。"交流中大家思想碰撞出火花很有意思，能为研究带来许多益处。"说到这里，白彩全两个拳头碰在一起，向我们展示思维碰撞的力量，"我也乐意与本科生和研究生一起做项目，不仅可以从他们那里学习到很多新思路，也能让一些本科生早日接触学术研究。"

在自己做研究之外，白彩全还担任诸多权威期刊的匿名审稿人。从投稿作者到审稿人的位置转换，不仅代表着学术水平被肯定和信任，同时也意味着要承担更大的责任和义务。"审稿期间需要保持强烈的责任感，为了保证期刊文章的质量,为了不辜负作者们的努力,审阅的时候才能保证专注认真。"说到这里,白彩全挠了挠头,不好意思地说道:"我这个审稿人可能挺招人烦的,因为有时审稿意见写得很多。有一次审阅一篇文章,觉得它还有挺大的改进空间,就给这位作者八千字的文章写了三千多字的审稿意见。"

由于自身也是撰写学术论文的作者,因此白彩全很能理解作者们的心情。他知道每篇文章的作者都付出了很多心血,期望稿件得到采用,所以凡是有改进空间的文章,他都不会轻易否定:"我会通过自己的意见给他们提升的机会,毕竟帮助作者提高文章质量才是我的责任嘛!"

成为优秀的审稿人,白彩全需要具有强大的知识储备,不断提升自我的水平。为了审阅好一篇文章,他会搜集和研究有关的资料,保证能正确把握作者的思想,众多的努力都是为了不让优秀的文章埋没。他认为,审阅文章就是和作者跨越时空交流,自己也因为审稿工作收获了许多知识和信息。他的研究领域很宽,因长期和地理方面的专家合作研究环境经济学领域的课题,在经济学知识之外,他还掌握了丰富的地理学知识。"我现在研究的方向是环境能源和经济学、史学和经济的交叉学科,汲取其他学科的知识非常有助于研究。"在白彩全眼里,其他领域的知识是开启新世界的钥匙,能够使他从中获益。在他家里有一面书墙,摆放着史学、政治学、地理学等方方面面的书籍。不仅是做研究,就算是当作"闲书"来阅读,他也感到对思维大有裨益。

在经济学和其他学科之间,白彩全凭借自己的刻苦与努力搭建起了座座桥梁。他执着而专注,并且不满足于研究单一学科,跨学科交叉研究使他的学术思维变得更加敏锐。学术之于白彩全,如同浩海之于鱼,茂林之于鹿,碧天之于鸟,这是他愿意一生攀登的高峰,是他无限热爱的事业。在这条道路上,他要求自己保持赤子之心,上下求索而不倦。

过去的汗水化为如今的笑容

白彩全本科攻读金融专业,硕士攻读无线电物理专业,博士期间研究跨环境、能源、经济、史学等多个领域。阅览他的履历,不由得惊讶于他的涉猎领域的广阔和多元。在众多领域中,他像是一位骁勇的骑士,驰往各个疆域且无所不胜。但是对白彩全来说,过去的经历并非一帆风顺,相反饱含了许多不为人知的汗水和艰辛。

谈起过去的难忘记忆,白彩全提到了大二时参加的数学建模比赛。白彩全在大二时参加"挑战杯",发现其他参赛者的作品常有运用数学建模来解决问题的例子。他对这个新鲜的名词产生了浓厚的兴趣,随后便鼓足了勇气参加学校的建模团队。

数学建模是通过抽象、简化等手段建立能近似刻画并“解决”实际问题的模型，是一种强有力的数学手段，需要较强的理工科思维和知识储备。团队里几乎都是理工科专业的学生，而白彩全是个“纯文科生”，精细的数据、复杂的操作，还有自身与理科生之间的差距都让他感到压力巨大。参赛时，没有队友愿意和一个文科生组队，于是，白彩全和另外被“剩下”的两个人组在一起。虽然一开始是一个被大家非常不看好的团队，但白彩全并没有气馁。为了不拉队友后腿，他熬夜看书补充相关理论知识，并不断重复实验。

大二那年的暑假，他决定留在学校参加建模的培训班。裹在闷热的空气里埋头苦读，他翻来覆去地思考一个个难题；无数次失败后，又是无数次重复和学习。伴随着自身的持续努力，白彩全的建模水平得到了飞速提高，终于凭借团队的信任和合作，他们在省级数学建模比赛上斩获一等奖，证明了努力没有白费。当被问及“取胜秘诀”时，白彩全否认了他人口中的“建模天才”一说，坦言自己不是一个聪明的人：“做好一件事情，靠的是持续努力和永不放弃。”

白彩全说，上了大学之后，自己几乎没在凌晨两点前睡过觉，因为他觉得世界上有太多想要去探究的东西了。对于参加数学建模的经历，他觉得这段曲折的路没有白走，数学建模的思维对自己研究中经常使用到的量化方法也有积极影响。回望自己的成长道路，他感到每一次选择都似乎是冥冥注定一般。我们也仿佛看到，他曾经所有的汗水都化成今天的笑容，过往走过的道路都汇聚在一个交点，这一切过往成就了如今学术舞台上的白彩全。

守得云开见月明

浅滩则喧，深海则寂，做学术研究，必得经历过沉寂，要耐得住性子。对白彩全而言，在山东大学攻读博士学位的前两年就是潜入深海、经受考验的时期。

两年间，白彩全一反论文高产的常态，几乎没在期刊上发表过文章，这台高速运转的“超级电脑”似乎进入了睡眠模式。谈起这段时期的沉寂，白彩全表示这得益于自己导师的建议。在博士生刚入学时，白彩全的导师——教育部长江学者特聘教授、山东大学经济研究院院长黄少安就对他说：“不要轻易下笔，要写就写高水准、高质量的文章！”听取了导师的建议后，白彩全选择了沉下心来充实和完善自己：“实际上我的脚步没有停歇，我把时间更多地用在了阅读文献、听学术报告和参加学术会议上。”

在周围同学都陆续发表文章的时候，白彩全还在不断修改自己的论文。这段时间内，白彩全在尝试攀登一座对他而言全然陌生的陡峰——国际期刊。针对中国是当下碳排放大国这一现状，白彩全开展了关于碳排放和交通运输联系的一系列调查，并撰写了相关论文，尝试投向国际期刊。他坦言，国际期刊的撰写和投递等一系列程序对他而言非常陌生，整个过程可以用“笨拙”来形容。虽然在第一年便完成了论文初稿，但之后的逐字翻译和反复修改又花去了不少时间。虽然他之前已经在国内期刊论文发表上小有收获，但面对国际期刊的投递，白彩全却像蹒跚学步的孩童一样认真、谨慎。

在一切准备就绪后，白彩全望着准备了许久的稿件，诚惶诚恐地点击了发送键。结果去了一趟洗手间回来，就收到了文章被拒的消息。心中满怀的期待在刹那间破碎，对于白彩全来说无疑是当头一棒。即使他性格始终乐观、爽朗，也难免一时间陷入自我怀疑。“当时我就在想自己是否适合这个方向。”虽然此次被拒稿带给他不小的打击，但他仍没有放弃，始终坚持在浩瀚的文献与数据中细细探索，不断地反省文章的不足与缺陷，在黑暗中寻找着出口。

两年后，好消息终于传来，不仅这篇论文最后成功发表于 *Environmental Science and Pollution Research*，几个月间投递出去的其他文章也相继被 *Energy Economics* 等期刊录用。曾经付出的努力仿佛一瞬间得到了回报，白彩全的坚守与探索最终收获了多方肯定。

收获喜悦后，他第一时间想到的是授业恩师和母校山大：“山大确实是我的一个新起点，我一直都很感激导师对我的启发和要求，导师的教诲让我对研究的态度更加严谨。”作为一名山大学子，白彩全认为自己的努力与母校的培养密不可分，这所百年学府传承的治学精神已然刻在白彩全的心中。

谈起未来的规划，白彩全不假思索：“还是想继续做研究，未来希望在高校任教，将自己的所学传递给更多人。”铿锵有力的话音尚未落下，白彩全的电话铃声已再次响起，原来采访结束后他还要前往下一场学术会议。我们来不及起身相送，他便挥挥手同我们告别，小跑着奔赴会场，在蒸腾热浪中走远了……

（原载于山东大学新闻网 2019 年 12 月 2 日；文：黄绎中、杨小雪、魏旭洁，图：受访者提供）

尹林：清词丽句必为邻，转益多师是汝师

尹林，山东大学文学院2017级中国现当代文学专业博士。博士入学以来连续两年综合测评年级第一，荣获2017年、2018年度山东大学研究生一等学业奖学金、2019年度研究生校长奖学金、研究生国家奖学金、研究生优秀学术成果奖、臧克家奖学金，论文、评论、小说、翻译四十余篇散见于顶级、核心刊物《文学评论》《文艺争鸣》等以及部分高校学报。2019年11月，作为全校八位获奖者之一，荣获山东大学"学术之星"奖。

结实累累，措置裕如

"学术之星"是山东大学研究生在学期间最高科研水平的学术认可。今年是"学术之星"评选的第二届，而早在第一届的时候，尹林便接触了解了这个奖项。"但那时候觉得自己希望不大，因为当时在各种刊物上发表的成果不够多。"尹林说。但是首届"学术之星"获奖名单上那八个闪亮的名字就在时时刻刻激励着尹林，他决心在这一年继续潜心研究，以更好的自己和成果迎接第二年的评选。

经过将近一年时间的努力，2019年至今，尹林在CSSCI源刊上发布了4篇学术论文，其中3篇是独作，更有一篇发布于文学顶级期刊《文学评论》。这一年的学术成果证明了他的学术能力，在最终的评选中起到了至关重要的作用。

若非之前的发文经历积累了经验，一年之内在核心期刊上接连发表数篇论文的难度着实很大。在文学相关方向上，尹林在硕士期间便已经在CSSCI源刊《当代文坛》上发表独作论文，此后再接再厉，相继在《小说评论》《当代文坛》《延河》《时代文学》《当代作家评论》《现代中国文化与文学》等文学期刊及高校学报上发布了40余篇作品。

发表的过程并不是一帆风顺的，对于人文社科类的博士研究生来说，期刊数量少，档期又紧，大部分学生能顺利发表两篇C刊论文已经十分不易。尹林在投稿和发表过程中也深深体会到其中的难度。针对这一难题，尹林的经验是通过改善文章质量来提高发刊率。首先便是开好论文的题，对文献进行章节化、结构化的广泛阅读，同时关注学术前沿，将文献内容、自身观点和学科现状三者进行结合，有针对性地提出有价值、有深度的论题；其次便是敢于打破学科壁垒，深入挖掘自己的想法，创造多种写作的可能性，当灵感出现时也一定要坚持，相信自己的想法并坚持做下去；最后便是多写，不断积累写作经验，并逐渐在行文风格、题目构思上形成适合自己的体系。

勤写多写，合理规划

鉴于尹林丰富的学术写作发文经历，他常常受邀为文学院的师弟师妹讲授经验，“勤写多写”“合理规划”是他总结出的最重要的两点经验。

“勤写多写”是指在平常生活中多读多写，重在积累中体现成果。余华的一句话“写作唯一的捷径就是写”一直被尹林记在心里。从本科开始，尹林便养成了写作的习惯，将青春的悸动一股脑都写进校园小说中。那时候“披星戴月”的写作，让他练就了快速结构文章的能力，写出的文章也具有了一种“乌蒙磅礴走泥丸”的气魄。读研读博期间，他也坚持写作，一直向各种文学期刊投作品。在持续不懈的写作中，他的论文框架设计得越来越具有系统性、递进性，全面兼顾了自己研究的文学特色和整个文学史之间的逻辑性，这种后天形成的写作思维程序成了他能够写出优质论文的基础。

“合理规划”既指根据研究生期间的不同阶段，规划自己想要达到的学术目标，又指在生活中为了实现这个目标而规划自己的时间。回顾博士生涯之初，尹林说：“刚刚成为博士时，总觉得自己缺乏一种目的性。”在导师黄发有教授的帮助下，尹林通过对八十年代《文艺报》的探索，确定了研究八十年代文学史的方向，规划出了博士阶段的目标。在生活中，尹林想把每一个环节都变成积累的机会，把垃圾时间都变成有效时间，努力提高自己的阅读和写作效率。

递相祖述，转益多师

未及前贤更勿疑，递相祖述复先谁。别裁伪体亲风雅，转益多师是汝师。

《戏为六绝句（其六）》——杜甫

在杜甫的生活时期，诗坛上“好古遗近”者对“初唐四杰”的批评日益加剧。面对这种现象，杜甫创作了《戏为六绝句》，表达了自己的观点。这首诗对尹林的影响很大，他的硕士毕业论文题目便是《论杜诗的“追忆”倾向》。尹林从中学到了做文学的三个道理：一是谦虚，二是清醒，三是灵活。

尹林告诉记者，曹丕在《典论·论文》中讲到“自古文人相轻”，而谦虚可以避免这种现象，让我们得以去学习和理解前人，以建构一段学术或者文化史；清醒能够让我们提高分辨能力，知道什么样的人、什么样的时代值得去学习，不至于走歪路耽误功夫；而灵活可以让我们在不同的学术阶段选择不同的学术目标，在成功的路上循序渐进。

当今时代，文学教育得到推广，人们的知识不断提高，“一些过于具有个人特色的东西，可能难以‘以理服人’了。”尹林有着清晰的思考。他认为，当今文科学术研究的一个重要脉络就是“经典化”，也就是现代版的“递相祖述”，必须谦虚地去了解古人的基本言行，以及这其中所包含的基本逻辑，才能够获得进行学术研究所必需的经验。也正是因为如此，他觉得对文学史的研究是具有很大的现实意义的：“只有了解了我们现在处于发展史的什么阶段，我们个人在这个阶段中处于什么样的位置，才能够对自己的下一步工作一目了然。”

名师为领，虚心受教

2017年，刚刚考上博士的尹林并不清楚自己未来的路在何方。在博一的时候，由于缺乏方向感，尹林过得很迷茫。在博二的时候，尹林主动找到黄发有教授请教，导师使他在迷途中悬崖勒马，并且指引他找到了一口“井”——八十年代的《文艺报》，让他去挖掘。起初，尹林的研究进展并不太顺利，但在坚持了许久之后，他从《文艺报》意外地发现了八十年代的文学矿藏，一下子发表了两篇C刊。在今年的学术成果中，发表在《文学评论》上题为《“改革文学”的个人权利书写与文学转型》的论文也正是在此方向上研究的成果。每次尹林拿着刚写好的论文去找黄教授，黄教授都会当场批阅，不厌其烦，认真地提出批评性意见，言必有据、言之有物。在黄发有教授严谨治学风格的影响下，尹林的学术水平不断提高。可以说黄发有教授是尹林整个博士生涯的领路人。

尹林谈到，在为人处世方面，导师也给了自己很大的帮助，从面试的时候就一再告诫他："你知道的就说，不知道的就别说。"长期生活在校园中，尹林身上难消"书生意气"，有时候说话会不假思索，黄教授也毫不客气地指出："你的问题就是话太多，这样对你是没有好处的。"后来尹林也渐渐地开始学习黄教授身上行高于言的品质。

风气育人，环境育人

马克思说过："人创造环境，同样环境也造就了人。"尹林在博士阶段能够取得这样的学术成果，和山东大学文学院的环境密不可分。

尹林感慨，山东大学素以文史见长，文学院更是拥有百年的悠久历史传统，长久以来形成了良好的学术风气。山大"学术兴校"政策的提出激励了整个文学院，杜泽逊院长带领领导班子成员提出冲击"A＋"学科的雄心时，所有文学院师生的精神都为之一振。近年来，学院成功预聘温儒敏教授为人文社科一级教授，叶国良教授、龚鹏程教授受聘讲席教授，赵生群教授、黄发有教授、李桂奎教授受聘特聘教授，每周2～3场国内一线学者的讲座，国家社科基金重大项目的立项……文学院浓厚的学术氛围激励着师生向更高的学术成就奋斗。从2017年9月到现在两年多的时间，师生齐心协力，已在《文学评论》发表12篇文章。尹林认为，能代表整个人文科学学部获得"学术之星"的荣誉，既是自己个人的成功，更是整个文学院学术发展的缩影。

结束了七年的省外求学，作为自己新的起点，尹林在博士阶段选择了家乡的山东大学。在博士生涯中，他明确了关于未来的志向，坚定了继续从事学术工作的信念。在山大，一次又一次的获奖是对他不断进步的最好证明。

时代正在发生着翻天覆地的变化，在这个新时代里更加讲究实干精神，响亮的口号少了，但默默耕耘的人多了。在山大，很多跟尹林一样寒窗冷月、负笈苦行读到最高学位的人必定都是如此，在他们心里，一定有一个信念不断支撑着他们：强院兴校、强校兴国。尹林相信，自己在未来的道路上将会保持学术的专注和热情，在国家、社会、学校的发展进程中作出属于自己的贡献。

（原载于山东大学新闻网2019年12月3日；文：宋广鑫，图：受访者提供）

谢颖:科研路上的追光者

谢颖,山东大学晶体材料研究所2015级材料物理与化学专业博士研究生。博士期间共发表文章6篇,其中以第一作者发表4篇,影响因子共计61.327,引用次数共计90。荣获山东大学第二届研究生"学术之星"、博士研究生国家奖学金、"建行杯"第五届山东省"互联网+"大学生创新创业大赛金奖、山东大学优秀学术成果奖一等奖,2015~2019年连续五年获评山东大学研究生学业奖学金和山东大学优秀研究生。

博士研究生国家奖学金、大学生创业大赛金奖以及刚刚获评的山东大学"学术之星",这一个个的荣誉和认可,让晶体所2015级博士研究生谢颖耀眼得像一道光,但她却说:"我不是光,我只是科研路上的追光者。"科研就像是一片暗夜,需要无数研究工作者燃烧自己,创造光明,追逐光明,点亮黑夜。

调整心态,全力以赴

谢颖在2011年9月考入山东大学材料科学与工程学院就读本科,2015年又考入山东大学功能晶体材料研究所，从此在材料物理化学这个完全陌生的领域开启了自己的科研之路。读博期间，她一举在SCI上发表文章6篇，其中以第一作者发表4篇，影响因子共计61.327，引用次数共计90，如此漂亮的成绩，令人赞叹。

“成功的花儿，人们只惊羡她现时的明艳，然而当初她的芽儿，浸透了奋斗的泪泉，洒遍了牺牲的血雨”，冰心的这句话贴切地描述了每一个科研工作者状态。谢颖也是一样，研究生新学期刚开始，很早就进入实验室的她既要完成繁重的课时任务，还要兼顾实验室内的课题学习。谢颖坦言，一开始接触材料物理化学相关的科研工作的时候，自己经常手足无措，无论是晦涩艰难的英文文献，从未听过的物理专业词汇，还是零基础的激光实验仪器的操作，都一度让她感觉到慌乱、迷茫，甚至摸不清楚该朝什么方向使劲儿。她也曾有过放弃的念头，一闪而过后便被她否定——多给自己一些些时间，再多努力一点点。

“说认真就输了的那些人，其实最想认真，但怕别人笑话，其实就是怕自己失望，我不怕。”回忆起研一的生活，谢颖这样说。上课之余，她忙着借阅专业书籍、查阅资料，了解每个物理名词的概念定义、物理意义和公式推理；她认真抄写笔记，积极思考，有时候一天只为搞懂两个词，却能记下几页纸的笔记。即使周末，她也待在实验室，甚至为了尽快测得理想的数据通宵实验。深夜，晶体所的大楼一片寂静，她就放音乐给自己壮胆。

谈及做实验的过程，谢颖认为比起日夜泡在实验室的时间，保持心态平稳、做到心中有数才是最重要的。科学实验不是一帆风顺的，失败在所难免，难的是在一系列失败之后仍能保持初心，充满斗志，不惧从头再来。每个实验开始之前，她都会列出一份详细的安排表，记录每一步的实验安排、可能出现的结果以及针对这个结果该如何进行下一步工作，从而保证每个环节都井然有序，有的放矢。

“很多新奇的科学现象不仅需要依理可循的理论支持，更是藏在每个实验研究者易被忽略的微小的操作过程中，这时合理的设计实验方案就显得尤为重要。”谢颖总结道。这样不仅可以高效获得完整无遗漏的实验数据，更可以对实验结论的有效推敲提供最详尽的证据支持，为日后重复实验提供便捷。同时，事前事后的双重总结也总会激发出新的研究灵感。此外，她认为设计实验方案其实是给自己提前打一剂镇静剂，因为已经拥有了面对不同实验结果的心理准备和应对策略。即使过程不顺利，失败一直循环，也不至于太过突然，自乱阵脚。

坚持不一定会成功，但放弃一定不可能成功。谢颖坦言，五年研究生的学习经历诉说了一个道理，只有积极的心态和无畏的坚持才是收获成果的重要保障。然后,尽量放低对结果的期待,但不降低对自己的要求,勇于尝试,大胆思考,并全力以赴。

携手并进,感恩始终

能始终做自己的人,是因为得到了太多的温柔善意。“我今天受到这么多的肯定,我的导师和课题组的师兄师姐们对我有非常大的帮助。不管之前还是以后,我都心怀感激并永远铭记。”谢颖说。在课题研究中,导师张怀金教授、于浩海教授给予她很多关怀和鼓励,总是能一针见血地点破她的疑惑,教她怎么抽丝剥茧,看到本质,带领她站在更广阔的平台上思考。无论是在组会中还是日常科研中,她都会经常和导师讨论实验结果、课题进展,无论遇到什么样的瓶颈或者难题,经过导师的点拨和开导,她总有茅塞顿开、醍醐灌顶之感。

“在困惑之时有高人的提点和指导,是学生的幸福之处。就像无尽黑夜中那颗启明星,指引着前进的方向,让人充满斗志。”谢颖说。

如果导师是深山里指明道路的高人,那么课题组的伙伴们就是崎岖雨林中的同行者。谢颖忆起刚进实验室时,不管是理论知识还是实验操作,师兄师姐都是手把手地教她,完全没有一点不耐烦。因为激光实验存在一定的危险性,有时候晚上她还在实验室,前辈们也会放弃休息的时间,留在实验室与她一起讨论实验方案。“我们都是科研路上的追光者,相互抱团才能让光更加明亮,让前行的路更加清晰。实验做不出来时,课题组的小伙伴们一直都会相互鼓励,集思广益共同讨论,让人觉得充满力量。”

除了科研中的共同合作,博三期间,谢颖还与课题组伙伴们组队参加“建行杯”第五届山东省“互联网+”大学生创新创业大赛,经过一个多月的共同努力,最终获得大赛金奖。“如果决定要做一件事,就要全身心地投入,负起应有的责任,做到不留遗憾。因为这不是一个人的战斗,要对团队负责。只有全身心的付出,才会得到应有的回报。”提及和课题组同学的相处,谢颖的脸上神采飞扬。她也直言很想念已经毕业的师兄师姐,希望他们在世界各地都可以幸福快乐。

保持真我,积极生活

科研上一丝不苟的谢颖在生活中也是个阳光、真实的小女生,课余时间也喜欢看电影、旅游,做些手工艺品。她坚信只有劳逸结合才能让自己科研效率更高,通过开阔视野来开阔思维,做科研的时候才更加游刃有余。

“我不想把所有的注意力都放到实验的进展、数据的优化、文章的送审上,而缺失了这个年纪应有的活力,生活需要多种颜色。”谢颖说。她不喜欢单一的生活,喜欢丰富多彩的人生。科学研究是一场孤独的持久战,因此大家更需要多元的生活来调剂它,换一个环境换一个维度地思考问题,从而让科研事半功倍。以奋斗为旗,却不能丧失花样年华的朝气;以成果为傲,却不能忘记与人相处之道;以科研为业,却不能耗尽积极生活的元气。在读研、读博的五年中,虽然周末休息的次数屈指可数,但她也会经常晚上抽出几个小时和课题组同学或室友聚餐,去电影院看一场新上映的电影,也会去操场溜达几圈或者上节瑜伽课。说说笑笑间,凝神呼吸中,烦恼和疲惫都会慢慢消散。课题的压力、荣誉的光环、实验的瓶颈都暂时退场,她还是那个爽朗的、爱笑的姑娘。

爱笑的人运气总不会太差。谢颖认为,不要试图给自己下定义,路阻且长,唯有坚持和相信是制胜秘籍。或许破釜沉舟,或许孤注一掷,或许飞蛾扑火,只要有信念为帆、拼搏为浪,就能乘风破浪,直挂云帆。

“愿你生命中有足够多的云翳,来造成一个美丽的黄昏。”这是谢颖喜欢的一句话。科研是这样,人生亦是如此:只有经历过足够多的挫折,作出足够多的尝试,才会有更深厚的知识沉淀,使自己得到锤炼与成长,从而拨开云雾见到光明,成为那个成功的追光者。

(原载于山东大学新闻网2019年12月4日;文:刀彦月,图:受访者提供)

季剑雄：矢志探索的“大脑卫士”

季剑雄，山东大学临床医学院2018级神经外科博士研究生，师从李新钢教授，主要研究方向为蛋白质修饰参与脑肿瘤过程中的进展研究。硕博连读期间，以第一作者或共同第一作者身份在*Clinical Cancer Research*，*Oncogene*，*Cell Death & Disease*等期刊发表论文4篇，累计影响因子29.8。2019年9月至今，以国家留学基金委公派联合培养博士生身份赴美国梅奥诊所（罗切斯特总院）交流共15个月，曾于第三届中国脑胶质瘤学术大会上做口头汇报并获优秀论文二等奖，获得山东大学第二届研究生学术之星、国家奖学金、山东大学优秀学术成果二等奖、齐鲁医院优秀研究成果一等奖等荣誉。

一路走来，始终如一

“进入研究生阶段后，为什么会选择神经外科呢？”面对这样一个简单的问题，季剑雄思考了很久。

医学世界浩瀚如海，每个专业的研究方向都是一片需要科研人员探索前进的秘境，神经外科则是兼具“高难度”“高精度”特点的代表之一。众多影视作品，如《奇异博士》《周一清晨》《妙手仁医》等等，都刻画了神经外科医生的经典形象，从侧面塑造了主人公沉着冷静的性格。神经外科以手术难度大、仪器高端精密著称，对于每一位神经外科的医学生而言都是极大的挑战，对于季剑雄来说亦是如此。不过，神经外科的挑战性反而给了季剑雄莫大的动力：“人类的大脑是世界上最先进和复杂的器官，数百年来人们试图揭开人脑之谜，可是了解依然有限。神秘感、富有挑战、不断创新，这是我一开始选择神经外科的主要原因。”于是季剑雄在完成临床医学本科阶段学习后，毅然选择探索神经外科的道路。

“做医生不只是做临床医生，还要做科研。”确定方向后，季剑雄在导师李新钢教授的指导下积极开展了“脑胶质瘤”相关方面的研究。由于既有的研究成果十分有限，国际上对于“胶质瘤”这种较常见的原发性颅脑肿瘤的研究还处在一个瓶颈阶段，在这样未知的领域进行探索，不仅意味着研究理念和方向不甚明朗，还预示着研究道路上必然会面对无数艰难困阻。质量参差不齐的参考文献、有限的实验手段、不胜枚举的尝试方向、不尽如人意的实验结果……科研道路上各种不可避免的问题接踵而来，给刚踏上科研道路的季剑雄提出了全新的挑战。

“起初踏入研究生阶段时，我常常急于求成，有时候文献还没吃透就进行预实验，或是想利用一些先进的实验手段去验证猜想，但因自身能力有限，最后只能作罢。”谈起当初在实验道路上的摸索，季剑雄并没有掩饰自己的失意。正所谓“万事开头难”，他并不否认自己在研究的开始阶段有些“急功近利”的心态，但这些探索与失败并没有让他打退堂鼓，反而让他不断积累经验，自己的方向也愈加明朗。

在与老师沟通交流并自我反省后，季剑雄调整心态，放缓脚步，选择沉下心来脚踏实地。“慢慢精读文献，扎根实验室，熟悉现有的实验仪器和手段，同时和导师、前辈们不断讨论，逐步确定课题思路和实验方案。”磨刀不误砍柴工，通过稳扎稳打的积累，季剑雄拿到了第一个符合预期的结果。这极大地增强了他的自信心，也让他对科研越来越有兴趣，并逐渐形成了自己的想法。

在硕博积累阶段，季剑雄在科研上越来越“淡定”，也愈发坚定。在他看来，进行科学研究是一个循序渐进、细水长流的过程，并非一蹴而就，只要自己不断努力付出，终会有回报的那天。他笑着说：“心急反而吃不了热豆腐，每个实验室都是一个独立的体系，有自己的科研之道。在融入实验室体系的过程中思考现有平台上自己所能做到的，脚踏实地的收获会远远大于好高骛远。”

带着这份始终如一的淡定与坚定，季剑雄走过了论文投稿接连被拒的沮丧和失意，以及根据审稿人意见补充大量实验的忙碌与烦琐，一步一个脚印地探索前行。“那段时间我一直处于高度紧张的状态，每天睡眠时间很短，有时候早上五点就赶到实验室开始忙碌，八点开始再跟导师在门诊学习临床知识，下午回到实验室继续做实验或整理实验结果，晚上和外导联系讨论科研计划书，为申请国家留学基金委项目作准备。”星光不负赶路人，季剑雄在如此高强度的学习节奏中没有选择放弃，反而更加坚定了自己的方向，终于陆续收到了论文被国际期刊采用的好消息。

开展国际交流，开拓科研眼界

季剑雄所在实验室的前辈们多数都有着海外交流经历，曾在美国、欧洲、澳大利亚等国家的一流大学中访学和深造，学成归来后为学科建设作出了很大的贡献。“李新钢教授一直鼓励我们走向世界，开阔眼界，把国外的先进理念和技术带回来报效祖国。”在导师的鼓励和推动下，季剑雄开拓了国际视野，也坚定了出国交流学习的想法。

此外，季剑雄所在实验室的王剑教授每年都会邀请世界各地知名学者来参观讲课。在与这些国际知名教授的交流过程中，季剑雄逐渐认识到了自己的差距：“那时的我迫切地希望能去国外研究所学习深造一段时间，完善自身的科研素养，培养出新的科研视角，像我的前辈们一样，回国后更好地为学科研究作贡献。”

在这样的念头驱使下，季剑雄申请了国家留学基金委项目（China Scholarship Council，CSC）。CSC项目是指“一流大学，一流导师，一流学生”，即选派一流的学生赴国外一流大学跟随一流导师进行学习和科研活动。在山东大学国际化进程的推进下，学校进一步提升研究生教育国际化水平，研究生院大力推动博士公派出国留学联合培养项目，拓展研究生教育国际化的深度和广度，致力于为国家培养最富科学创造力和全球胜任力的高层次人才。也正因为此，季建雄凭借自己的研究课题，成功申请前往美国梅奥诊所进行学习交流。

“梅奥诊所是连续多年蝉联全美甚至全世界第一的医疗机构，被誉为医疗诊断的‘最高法院’和医务人员的‘殿堂’，拥有国际先进水平的医疗体系。”作为一名医学生，季剑雄对梅奥诊所不仅有憧憬，也有着某种程度上的“熟悉”。在他看来，梅奥诊所坚持的“The needs of patient come first（病人需求第一）”与山东大学临床医学院百年院训“博施济众，广智求真”都蕴含着对患者负责的医者仁心，核心理念都是通过结合医、教、研的发展帮助患者解决病痛。这些熟悉感让他很快融入了在梅奥诊所的学习生活，也让他从更深层的角度将医学国际前沿研究与国内研究进行对比和联系，了解到了梅奥诊所类国际医疗机构与国内发展方向的共通之处,并以此为据对自己的课题进行修改和完善。

在此之前,季剑雄的课题组研究重点在于寻找脑胶质瘤潜在的生物学标志物和治疗靶点,并针对靶点的蛋白结构和性质进行小分子药物的筛选。“尽管这个项目具有很大的研究潜力和创新性,但距离真正意义上的转化还有很长的一段距离,对快速改变胶质瘤治疗现状来说意义尚小。”通过一段时间的交流学习后,季剑雄从新的科研视角对自己课题组项目的社会意义进行审视,参考梅奥诊所等先进的国际模式进行了项目调整。

“梅奥诊所目前开展的一些开创性研究如干细胞治疗自动化体系、癌症疫苗、免疫治疗、新药研发体系等对新治疗理念的兴起有着推动作用。”无独有偶,成果转化及新药创制是近几年我国的科技重大专项之一,关系国计民生,是为百姓谋福利,让大家都用得上用得起好药、新药,而不仅仅是依赖昂贵的进口药物。结合国际经验,季剑雄的课题组巧妙地进行了转型,针对国内需求富有成效地推动了项目进展。

“目前,我的研究内容是由外导主要负责的美国国立卫生研究所资助的U01项目即Research Projects Cooperative Agreements(研究计划合作协议),旨在整合多个研究中心的资源,建立出一套新放疗增敏剂(一种化学或药物制剂,当与放射治疗同时应用时可以改变肿瘤细胞对放射的反应性,从而增加对肿瘤细胞的杀伤效应)的评估体系,从药理、毒理、治疗意义等各个方面评价一个新药是否能进入到1期或者2期试验。”谈到正在进行的课题,季剑雄难掩激动的心情,看似晦涩的术语背后是他和研究团队披星戴月的努力,也是他们服务社会、医者仁心的体现。在他看来,这套规范的操作和流程是其团队针对已筛选出的小分子药物进行后续研究的关键步骤,倘若研究能够转化出成果,最终得以推向临床,就能够真正帮助到患有脑胶质瘤的患者,这也是他们的初衷。

抛下光环,砥砺前行

“学术之星”是代表校内研究生最高学术水平的荣誉,参选的学生都是科研学术方面的佼佼者。在确定自己获奖后,季剑雄感到喜悦之余,也怀着满满的感激与谦卑。

“我觉得自己是幸运的,因为每位参评的同学都十分优秀,我没有把握能获评这项荣誉。感谢研究生院、临床医学院以及齐鲁医院教育处老师们的培养和指导。”季剑雄将这次评选看成自己又一次的积累和磨砺,他在评选过程中认识了许多优秀的同学,看到了他们努力拼搏、不断创新的身影,同时也坚定了自己继续努力开展科研学习的决心。

与此同时,季剑雄对一直勉励、培养自己的导师李新钢教授和实验室王剑老师也充满了感激。他回想起自己从研究生一路走来的点点滴滴，回想着各位老师给予自己的指导与帮助，心中感触良多："科研路上本是孤独寂寞的，但这些人与自己并肩作战，给了我无尽的鼓励，让我在兀自向前的道路上不惧挫折与风霜。"

神经学科的精确与严谨使得季剑雄培养了沉稳淡定的良好心态，也让他在光环与荣誉面前学会了谦卑和从容。"比起结果我更注重过程。"评选结束后，季剑雄已然回归了简单而勤勉的研学生活，继续探索着自己课题组项目，期待着成果转化和应用的无限可能。

古希腊哲学家赫拉克利特曾经有一句名言："人的性格就是他的命运。"这句话仿佛也印证在了季剑雄这个普通而不平凡的医学生身上。"我还记得八年前高考填报志愿时，我做了一个职业导向测试。具体分析已经忘记了，但还记得大意是说我属于持之以恒的性格，适合长期投身于一个行业。"季剑雄珍惜并始终践行着这份评价，选择一个方向后便坚定地走了下去。"我的初心一直都是想做一名优秀的神经外科医生，在治病救人的第一线工作。同时我也希望能通过科研这条路，去寻找治疗胶质瘤的方法，帮助到更多的患者。"这份初心也将陪伴他继续走在科研的漫漫长路，见证他下一步的成长与蜕变。

（原载于山东大学新闻网 2019 年 12 月 6 日；文：高鑫，图：受访者提供）

张闪闪:在不懈探索中成为闪耀的星

张闪闪,山东大学化学与化工学院 2018 级博士研究生,导师孙頔教授,硕士毕业于山东大学化学与化工学院。曾获评 2017 年度国家奖学金、山东大学优秀研究生,2017 年、2019 年度山东大学化学与化工学院“晨曦杯”杰出奖,2018 年度山东大学研究生优秀学术成果奖三等奖,山东大学优秀硕士学位论文。致力于表面配体修饰的金银簇的精准合成、单晶结构及性质研究,并取得创新性的科研成果。首次引入无机配体合成银簇,开辟了无机配体构筑银簇的新策略(J. Am. Chem. Soc. 2019, 141, 4460);在超小金簇(Chem. Sci. 2018, 9, 1251)和近红外区发光银簇(Chem. Commun. 2018, 54, 11905)的合成研究方面也获得突破。至今以第一作者在化学类二区以上 SCI 期刊发表学术论文 7 篇,累计影响因子达 49.637。

冬日的早晨寒风阵阵,明媚的阳光洒在校园里,照在每一个勤奋刻苦的山大学子身上。在山东大学化学新楼的实验室内,越过琳琅满目的实验器材,记者见到了被评为“学术之星”的张闪闪。她穿着白大褂,正专心敲打着键盘,像往常一样准备开始一天的实验室生活。

在山东大学 2019 年学术之星答辩的时候，张闪闪是第一个到达现场抽签的候选人，结果却抽中了最后一号。“好像我每次大大小小的答辩都是抽中最后的签。”张闪闪笑着说。“压轴”出场的她，在学术之星答辩的舞台上，成了那颗闪闪发光的新星。

我想做的研究

关于自己的研究方向——表面配体修饰的金银纳米团簇精准合成、单晶结构及性质研究，张闪闪形象地将金属团簇比喻成一颗鸡蛋，里面的蛋黄作为模板，环绕在外面的金属就像蛋清，最后是表面配体的蛋壳。

她目前的课题方向就是表面配体的选择。表面配体的选择对银纳米团簇的形成和结构具有至关重要的作用。所要探究的基本科学问题是弄清团簇如何由原子、分子一步一步发展而成，以及随着这种发展，团簇的结构和性质如何变化，当尺寸多大时，发展成宏观固体。因此必须从基础研究开始，在学科的前沿占据有利地势，只有从原理上突破，才能在后期的应用上直接弯道超车，形成新技术。谈及自己的研究历程，她总结了这样一段话：“开始是兴奋，慢慢地经历失望、挫败，然后是希望、喜悦、压力、进取。”

刚进入实验室的张闪闪十分兴奋，对于一切充满着好奇心。在老师的指导下，她很快培养出了一颗小单晶。但是，创新性、基础性研究远没有如此简单，张闪闪慢慢发现，这颗单晶的用处并不大，没有足够的研究价值。她感到失望和挫败，压力也随之而来。她在心里想：“不行，我得做出点东西来。”于是张闪闪逐渐每天早八点就到实验室，晚十一点才伴着星月离开，星期天也不敢松懈，风雨无阻。回忆这段艰苦摸索的历程，张闪闪淡淡笑着说：“星期天如果不来，我这一天都心惊胆战的，有一种罪恶感。”

功夫不负有心人，张闪闪逐渐看到了希望。一颗颗晶体在她的精心培育下，像一个个小生命一样慢慢长成。终于，她感受到了这个晶体的与众不同。经过和老师的研讨交流，得知它很有研究的意义，张闪闪喜不自禁。

喜悦的同时，别的压力也接踵而来：结构解析、性能测试、数据分析、文章撰写都不是一件简单的事。单晶需要在显微镜下快速取出才能保证其良好的质量，但作为新手的张闪闪总是不能保证速度。好不容易完美地取出后，后续步骤也让她手足无措。在老师和师姐们不厌其烦地悉心指导下，张闪闪才慢慢地熟悉了科研的路子，硕士毕业时已经以第一作者身份发表了 4 篇 SCI 论文。

张闪闪说：“想要做好研究，就需要找到自己的兴奋点，这是一个长期的过程。”2017 年，张闪闪决定继续攻读博士学位。随着学习的不断深入，她对研究课题的兴趣越来越浓厚，掌握的知识越来越多，想要探究的未知领域也越来越多。在经历了上千次失败实验之后，张闪闪成功培养出国内外首例无机配体参与保护的银纳米团簇，并且首次采用低温溶剂热的方法合成。数据整理好后，张闪闪的论文在2019年初被 *J. Am. Chem. Soc.*接收。发表后，这项研究得到了国内外广泛关注，*Chemistry Views* 进行了专题新闻报道，*Science* 以“A core-shell silver cluster”为题作亮点评述，文章被录入 ESI 高被引论文，美国著名金属团簇专家金荣超教授在 *ACS Materials Lett.*上引用并高度评价了 *J. Am. Chem. Soc.*所刊论文的研究工作。

得到国内外的认可，这给张闪闪带来了巨大的动力，同时还意味着她要继续努力，在这个方向做出一番成就。正是因为这是自己想做的研究，她不知疲惫，奋勇向前。

我想要的大学

张闪闪回忆，2015年三月末，春雨绵绵，准备研究生复试的她怀着激动忐忑的心情第一次走进山东大学中心校区，一路询问找到了化学与化工学院，第一次见到了她未来的导师孙頔教授。孙頔教授亲切地询问了她的大学生活，给她讲述了实验室的研究方向。张闪闪对这一幕记忆犹新：“和孙老师简单的交流让我的心情稍微放松了一些，我感受到了孙老师对于科研的激情，这深深地感染了我。”

第二天，张闪闪早早起来，又一次来到山大校园，迎着朝阳慢慢踱步，她看到了在操场晨练的师生，看到了在小树林晨读的同学。她不禁加入其中，在小树林一角坐下复习笔试资料。到小树林来背书学习的同学越来越多，但是并不嘈杂，所有的人都在学习或者讨论问题，她还看到一位老者在聚精会神地背着英文单词。这一幕铭刻在了她的脑海里，现在说起此情此景她依旧动容：“学无止境的氛围让我非常兴奋，这才是我想要的大学，我在人生转折点做得最正确的选择就是来到山东大学。”三天后，张闪闪被录取了，她终于成为山东大学的一员。

如今的张闪闪已经和山大朝夕相处了五年，她在学术海洋内上下求索，在化学世界中穿梭向前。山大崇实求新的校风，学无止境、气有浩然的校训和山之魂、海之韵的文化底蕴，都深深地烙印在她心里。她亦努力让自己成为山大校风校训的践行者：“凡我在处，便是山大。我作为一个山大人，不可以不弘毅，任重而道远。”

我想成为的人

张闪闪是一个乐观的人，实验中遇到困难的挫败感、被老师批评的难过情绪不会持续很久，一想到自己又能够学到新东西、又有进步的空间，她心里的阴霾很快会烟消云散。读博士二年级的她，除了做好手头的事情，也有自己的未来展望——进高校继续踏实做有价值的研究，并成为像孙頔教授这样的“指路人”。

提起自己的导师，张闪闪不由得感叹：“来到山大我最大的幸运就是遇到了自己的导师孙頔教授，他真的是一位很厉害的老师！孙教授对科研非常痴迷，研究时眼里再也容不下其他的事物。他是严师益友，在实验上对我们每一位同学都是高要求、高标准，在生活中又特别幽默。”

回首和导师相处的这五年，都是他在不断地指导实验、修改文章。张闪闪时常被导师“吐糟”，要么是数据不够美观、要么是英文论文写作能力亟待提升。做事风格雷厉风行的孙頔教授，不论是对于自己还是对于学生非常严格。张闪闪笑称：“我们经历的都是挫折式教育。”挫折式教育下激发的是张闪闪无尽的潜力和无穷的热爱，她更加积极主动、保质保量地完成科研任务，不论是做事还是做人，张闪闪都在老师身上学到了许多。

“做一个闪闪发光的人。”这既是她对自己姓名的诠释，也是对未来人生的期望。生活中的张闪闪如众多花样年华的女孩一样，喜欢欣赏电影，喜欢跑步，享受读书的自由时光。唯一让她苦恼的是“读了博士之后时间变得愈发紧张了”，不得不将自己的爱好暂且搁置，投入到日复一日的科研中。但是她心中很坚定，决心用实干回馈国家和学校给予自己的荣誉，成长为更加优秀的“学术之星”。

（原载于山东大学新闻网 2019 年 12 月 11 日；文：刁彦月、宋烨，图：受访者提供）

孙嘉敏:心之所向身向往

孙嘉敏,微电子学院 2018 级博士研究生,微电子学与固体电子学专业,导师为杨再兴教授,研究课题为Ⅲ-V 族纳米线基光电探测器。围绕本课题实现了超高空穴迁移率 GaSb 纳米线快速响应红外探测器,以及非极性无晶体缺陷高电子迁移率的 InP 纳米线光探测器等研究成果。硕博连读至今共发表 SCI 论文 11 篇,其中第一作者论文 6 篇,包括 *ACS Nano*(影响因子 13.903)、*Nano Letters*(影响因子 12.279)、*Advanced Optical Materials*(影响因子 7.430)等,共参与科研项目 7 项。获得 2018 年度山东大学学生年度人物之学术科研类、山东大学优秀学术成果奖一等奖、2019 年度山东大学"学术之星"等荣誉。

学到深处心自明

从本科到博士,孙嘉敏学的一直是微电子学与固体电子学专业。至于为什么选这个专业,孙嘉敏回答说:"我可能不像有些同学一样在大学刚入学的时候就明确自己的想法,我当时高考志愿报的是物理学,最早对微电子专业是不太了解的。”

这个专业原先属于物理学院，在孙嘉敏读研第一年，微电子学院成立。入学以后随着对专业方向的了解和对行业的观察，孙嘉敏渐渐觉得这是一个很有趣而且值得人们探索的专业。她看到了我们国家在微电子领域、在半导体和芯片行业存在的短板，想到了我们国家需要顶尖人才，需要千千万万的科研人员为之付出努力。“我也想成为这其中的一员，如果能为中国芯的早日实现做一份努力，想想是不是一件让人激动的事呢。”

孙嘉敏现在的研究方向和课题是Ⅲ-Ⅴ族半导体纳米线的可控生长和器件应用。“首先这种材料的研究对下一代电子和光电子器件的发展具有很大的意义，这其中有很多物理机制和新的应用值得去探索；而且我的方向是基于课题组先前在这个领域的研究成果，具有一定经验和优势。”

潜心盛开风自来

一年前，博士一年级的孙嘉敏抱着重在参与的心态参评了2018年度山东大学“学术之星”，但由于研究工作做得不够丰富和系统，她落选了。不过孙嘉敏并没有对这个结果感到遗憾和不甘，反而觉得自己收获很多。“在评审阶段看到其他同学的工作和成绩，一方面让我的眼界更加开阔了，知道自己需要更努力向优秀的同学看齐，对以后的科研工作更有动力，另一方面看到山大有这么多优秀的老师和同学，对我们学校更加热爱了，相信学校的学科建设和总体发展会越来越好。”

孙嘉敏一直感恩于课题组导师杨再兴的指导和同学们的帮助。杨再兴老师经常对孙嘉敏他们说，“搞科研就是要耐得住寂寞”“要珍惜大家在实验室的每一天，因为做实验是最幸福的一件事”。课题组一直以来这种积极探索、脚踏实地和严肃活泼的气氛，不断影响着孙嘉敏。

在整个团队共同努力与合作下，孙嘉敏今年又取得了新的成果，包括“超高空穴迁移率GaSb纳米线快速响应红外探测器”“非极性纯相无缺陷的电子迁移率接近理论极限的InP纳米线及光探测器”以及“Ⅲ-Ⅴ族纳米线红外探测器综述”。孙嘉敏以此成果参评了2019年度“学术之星”，导师杨再兴叮嘱她说：“去学习就行，放平心态。”这一次她成功了。

对孙嘉敏来说，2019年度“学术之星”这项荣誉来之不易，但这并没有过多地影响她的心态。因为不管是去年，还是今年，孙嘉敏都是抱着学习的态度来参加评比，她最希望的就是能够得到老师们的指点，认识新的朋友，相比之下，结果反而不太要紧了。

“我觉得最重要的还是踏踏实实地做好自己手头上的事情，安心地、耐心地、专心地把科研工作做好。”在过程中好好完成自己的事情，一切自会结果。

走到深处自有获

刚开始读研的时候，孙嘉敏感到很迷茫，不知道自己适不适合当前专业，也不确定自己能在科研这条路上走多远。“但是既然选择了，就想尽全力试一试，在每个选择的岔路口都想再往前走一走。”

这么好的实验环境和氛围、这么多老师同学的帮助，孙嘉敏看在眼里，记在心底，她时刻提醒自己：“如果不踏踏实实做事情、不坚持下去的话，应该是很不甘心的吧。”道路是曲折的，但是当她终于做出一点令人兴奋的研究结果之后，就会更有兴趣和信心，投入更多的时间精力，这是一个良性循环。

“但是要明白，不管是生活还是科研，肯定都不是一帆风顺的，当我们坚持走下来一段路再回头看的时候，一切困难都会显得微不足道了，我们会感激当初那个坚强坚定的自己。”

胸有成竹行不紊

孙嘉敏觉得协调安排时间是一种能力。在她刚开始读研做实验的时候这种能力很欠缺，常常把自己的时间安排的乱七八糟，吃饭和睡觉时间都很不固定。这段时间的科研并没有什么进展，而且整个人状态也不好。

“其实这是对自己的实验和科研把握还不够，当慢慢了解和掌握自己的工作之后，就能清楚安排出轻重缓急，自然而然地合理划分时间了。”

“对了，一定要留出时间好好吃早饭呀，对身体的好处就不说了，早饭带给我们的幸福感是一天元气的开始。”她的课余时间可能跟很多人一样，看电影、逛街、画画、享受天气和美食。如果状态不好了，一般就是约上好朋友，或者带上爸妈去吃好吃的，一边填饱胃，一边聊聊天倾诉一下，哪有什么过不去的坎和看不开的事儿。

在不断学习和成长中，孙嘉敏收获颇多，对于科研也有许多切身的感受。很多时候，她的实验结果不会朝预想的方向走，这时，她也会经常感到苦闷。但她却不会放弃，而是认为这正是实验和科研的魅力所在：“因为有时候我们想不到下一刻会出现什么样的问题，就像我们想不到下一刻会出现什么样的惊喜一样。所以遇到不顺利，千万别放弃，多思考、多分析，也许接下来就会柳暗花明。”

对于以后的规划，孙嘉敏打算继续专注科研这条道路：“毕业之后的路还没有想好，但是一定还会从事微电子方向的研究工作，如果将来能为我们国家微电子事业的发展贡献一点点力量，我会觉得是一件很有意义和令人自豪的事情。”

（原载于山东大学新闻网 2019 年 12 月 15 日；文：李皖宁、朱旭帅、胡天力、曹晓真，图：受访者提供）

蔺海洋：跨越粼粼海洋，守望科研梦想

大洋彼岸的美国哈佛大学中，有一名中国项目组的联合培养博士研究生，他怀着对学术的赤诚和热忱，在异国他乡矢志求学，朝着他的科研梦不懈努力，这名追梦者便是蔺海洋。在刚刚落下帷幕的2019年度山东大学“学术之星”的评选中，蔺海洋凭借优异的科研成绩脱颖而出。

蔺海洋，中共党员，山东大学热科学与工程研究中心2015级硕博连读研究生，研究方向为多能互补系统中的能源流协同优化，目前在哈佛大学工程与应用科学学院进行联合培养。曾获山东大学十佳班长、山东大学本科生国家奖学金、山东大学博士研究生国家奖学金、山东省优秀毕业生、ICEEE国际会议最佳论文奖、瑞典Gustav Dahl Scholarship最高额奖励资助等荣誉。目前已发表SCI、EI收录论文16篇。

求学之路：凡我在处，便是山大

蔺海洋在接受采访的过程中，不止一次提到“凡我在处，便是山大”，这八个字与他的求学之路紧密相连,展现了这位身在海外的山大人在学术逐梦路上的脉脉温情。

作为一名本硕博都在山东大学的学子,蔺海洋对母校怀着深厚的感情。但是谈到缘何踏上科研道路时,他坦言起初本没有投身于科研工作的想法。“在2011年9月本科刚入学的时候,我的目标其实是尽快完成学业到社会上历练一番。”蔺海洋说。

真正让蔺海洋叩响科研大门,则要从本科时参加的一次学术竞赛说起。“参加节能减排大赛让我开始对科研产生兴趣,否则现在我可能已经是一名公司白领了。”蔺海洋忆起当年在人生道路上作出的关键选择,颇为感慨。参加比赛时,他致力于开发一种新型除尘器优化设计的逻辑编程和3D可视化建模,这对于没有相关经历的蔺海洋来说是个不小的挑战。为了顺利完成任务,他在自学中屡克难题,也发掘出了自己对于科研的好奇心。“科创比赛时求知探索的过程开始吸引我,让我从被动学习的状态转变为主动学习。”蔺海洋如是说。

自那次比赛之后,蔺海洋的心中燃起了对学术研究的兴趣。本科毕业后,他选择读研继续深造。保研时,成绩排名专业第二的蔺海洋本可以选择到其他高校就读,但出于对母校难以割舍的感情,他毫不犹豫地选择了留校,在程林教授领导的国际领先的热科学团队——热科学与工程研究中心继续深造,成为罗纳德·温纳斯特教授的一名研究生。“从本科入学开始,我就与山大紧紧绑定在一起了,这份执拗和热爱带着我对山大的信心和自己的期望,我坚信山大会带给我更多的惊喜。”回忆起当年的决定,蔺海洋至今仍充满自豪。

谈到母校给予自己的“惊喜”,更让蔺海洋感到幸运的是自己搭乘了学校国际化培养模式的“顺风车”,使自己能够在更为广阔的国际平台上成长,与更多知名学者对话,不断提升自己。“正是因为学校全职引进国际学者,我才有幸成为罗纳德·温纳斯特教授的学生,他也是我科研路上的领路人。”蔺海洋说。如今,博士生联合培养的政策让他能够到哈佛大学进一步深造,探寻属于自己的科研领地。“正如蝴蝶震动一下翅膀,国际联合培养对于每位学子而言虽然是一次小的选择和改变,但参与其中,会因为国际化的视野和多元思想文化的碰撞出现更多样、更精彩的可能。”蔺海洋评价道。

漫漫征途:好奇心比论文更重要

罗纳德·温纳斯特教授研究的领域主要是城市能源系统的可持续化转型。作为国外知名教授门下的中国学生,蔺海洋的科研路走得并不平坦。

首先面临的是语言交流问题。步入研究生阶段后,蔺海洋在副导师孙锲老师的全力帮助下,经历了英语授课,文献阅读和书面口头报告等一系列“狂轰滥炸”般的训练，凭借自己的努力，比较快速地适应了新的培养环境。然而，这仅仅是挑战的开始，更大的不确定则来自中西方教育理念的差异。在蔺海洋看来，罗纳德·温纳斯特教授最大的特点在于秉持的是一种自由甚至有些“散漫”的培养理念：一切研究全靠“自主”，很少有项目和课题的硬性要求，研究兴趣与研究方向需要自己挖掘。而导师的角色定位更像是同事，一起研究，共同进步，而非单纯的教与学。“教授培养我们的是独立的研究思维。”蔺海洋说。这种培养理念具有一定的前瞻性和科学性，但也让一向习惯了传统教学模式的他有些无所适从。

正当蔺海洋为此苦恼时，丁肇中先生的一席话却在无形中启发了他。由于山东大学热科学团队十多年来一直深度参与丁肇中教授主持的阿尔法磁谱仪(Alpha Magnetic Spectrometer，AMS)项目，蔺海洋得以有机会多次聆听丁肇中教授的讲座。其中丁教授多次强调的一句话让他记忆犹新，那便是“好奇心比论文更重要。”“丁肇中教授在历次讲座中都要强调的‘好奇心’与罗纳尔·温纳斯特教授培养学生的‘独立研究兴趣和思维’是十分相似的，当我们自发地对世界拥有求知欲和探索欲时，这种探索未知的好奇要比发表论文的可视目标更能带来持久的精神动力。”蔺海洋说。

于是，在研究生阶段的初期，尽管周围的同学已经陆续有成果发表，蔺海洋仍然选择沉下心来，先大量阅读文献，找寻研究兴趣点。同时，由于城市能源系统转型这一研究方向的跨学科特性，在阅读过程中还需要兼顾多学科知识的汇总学习与交叉应用，这也让他下定决心先做好知识的积累，再继续在学术上进行深入探索。

渐渐地，厚积薄发成为蔺海洋的一种思维和学习习惯，让他在整个求学过程中都颇为受益。2017年春天，为了定下具体的博士课题和写作方向，原本计划每周找导师讨论交流2次的蔺海洋，却整整“失踪”了两个月。其间，他每天沉浸在图书和文献中，一边学习一边修改研究方案。两个月后，当蔺海洋带着一份翔实的研究计划再去拜访导师，内心显得波澜不惊，成竹在胸。“尽管这项研究计划的细节仍需要不断修改，但是结合了前两年研究生活的沉淀，是属于我的独立的思维果实。”蔺海洋说。

深厚的积累，随之而来的也是可喜成果的不断涌现。同样是在2017年，蔺海洋不仅顺利通过了论文开题，还受邀到ICEEE国际会议作报告，论文获评为“最佳论文奖”(Best Paper Award)。“最佳论文奖不仅仅让我倍感惊喜，更使我坚定了研究道路与方向。”这份荣誉所承载的肯定与认可，给予了蔺海洋继续披荆斩棘的勇气。

目前，蔺海洋收录在SCI、EI中的论文已有16篇。但在他看来，文章在精不在多，对于研究成果的精益求精始终是第一位的。事实上，蔺海洋参评此次“学术之星”的3篇论文，每一篇从定题到发表都经过了一年以上的时间雕琢。“在初稿完成到投稿之前，论文往往在自己组内会修改三到四次，修改时间持续半年以上，相比于期刊的审稿周期有过之而无不及，但是经过组内批评和修改后的论文在后续投稿中面临的压力会小很多。”蔺海洋总结道。

如今，保持好奇，主动进行大量学习已经内化在蔺海洋的生活点滴之中。“主动学习，建立独立的科研思维。多阅读，保证足够的前沿知识摄入量。多沟通，防止自己陷入死循环，创造更多的思维迸发点。”谈起做科研的经验，他总结了自己的“金科玉律”。据悉，蔺海洋截至目前存有记录的已阅读英文文献已有1300余篇。“三分之一时间阅读，三分之一时间交流，三分之一时间写作”是温纳斯特教授对博士生的要求，在他看来，现阶段的自己只能算勉强及格，未来的科研路还有更多的目标等待他去征服。

学术逐梦：道阻且长，行则将至

“当初选择加入罗纳德团队并选择多能流协同优化作为课题时，我就已经做好了准备，因为我始终相信‘道阻且长，行则将至’。”回首学术逐梦之旅，蔺海洋更多的是一往无前的豪情。2018年，蔺海洋赴瑞典进行交流学习。本科期间，蔺海洋做过班长、能动学院学生会副主席，也曾担任过学校青研会副主席、红色理论联盟副主席等，积累了丰富的学生工作与交流经验。在瑞典学习期间，在完成原定研究计划的同时，他也积极参与多种形式的学术交流，不断深化博士课题研究。在与不同领域专家学者的交流过程中，蔺海洋最大的感触便是，跨学科研究不仅是简单的知识面拓展，还需要与各领域专家开展实际合作，发挥多学科优势，而非在自身学科领域中闭门造车，或者只是与其他学科简单交叉。“因此我萌生了到国际顶尖的跨学科研究团队中交流学习的想法，即使面临学业延期的风险，也要把选择的研究方向做得明明白白。”蔺海洋的想法异常坚定。

功夫不负有心人，经过一系列申请程序，蔺海洋顺利拿到哈佛大学工程与应用科学学院的邀请信，并于2019年8月成为Harvard-China研究团队的一员。其参与的哈佛中国项目成立于1993年，旨在对气候变化、空气质量、能源系统和经济发展等全球性挑战课题开展研究。项目从自然科学、应用科学和社会科学的角度为社会各层面政策的制定和创新提供有效的智力支撑，以应对中国乃至世界范围内面临的重大问题。“作为这个团队中的山大学子，一方面是幸运与机遇，一方面是责任与挑战。”蔺海洋的语气中透着自信与勇气。

虽然在美国求学，但是对蔺海洋而言，目前的生活和学习状态跟在国内没有太大区别,每天 12 个小时的工作和学习时间异常充实。他感到团队之间更像是同事,而非老师和学生的关系。“很多上年纪的知名学者依然每天准时上班奋斗在科研的一线,你可以随时和他讨论问题。”在他看来,这样一种积极宽松的研究氛围有助于找到科研的初心:“论文不是研究的目的,而只是交流的工具,没有成果导向的压力。在更纯粹的科研求知导向下,我的科研道路也变得更加清晰。”

118 年前,《山东省城试办大学堂暂行章程》就提出:“公家设立学堂,是为天下储人才,非为诸生谋进取;诸生来堂肄业,是为国家图富强,非为一己利身家。”对身处异国他乡的学子而言,心中最难以割舍的还是对祖国的感情。在蔺海洋看来,求学不是为了学子的私利,而当是为了国家发展。“多能流的综合利用研究在近年来设立了多个国家重大专项,是当前国家能源战略发展的关键一环。希望我可以快速成长,能在哈佛大学丰满自己的羽翼,也为校际的学术研究搭建桥梁,为了国家能源工程和科技强国战略尽自己的绵薄之力。”蔺海洋已经把目光放到了不远的将来。

过往的光环已成为往事,对蔺海洋来说,科研的大门一旦打开,就像踏进了一个崭新的世界,永远不会关闭。作为一个始终拥抱好奇的科研追梦人,纵然要跨过粼粼大海,他也不曾畏惧。无论身在何地,他身上那一抹山大人的底色始终如一。

(原载于山东大学新闻网 2019 年 12 月 19 日;文:实皓,图:受访者提供)

刘晓亭：药学路漫，笃行求索

刘晓亭，山东大学药学院药物分析专业 2017 级博士研究生，师从姜玮教授。获 2019 年山东大学“学术之星”奖、2019 年博士研究生国家奖学金、2019 年山东大学研究生校长奖学金、2019 年齐鲁医学院银丰奖学金、2019 年山东大学研究生优秀学术成果三等奖等，研究方向为核酸纳米载体的设计和细胞内生物标志物分析及药物递送，目前已发表 SCI 论文 3 篇，累计影响因子 21.828。

助力抗癌矢志不渝

2019 年 1 月，国家癌症中心发布了最新一期的全国癌症统计数据。恶性肿瘤（癌症）已经成为严重威胁中国人群健康的主要公共卫生问题之一，占居民全部死因的 23.91％，且近十几年来发病死亡案例均呈持续上升态势，每年所致医疗花费超过 2200 亿元，防控形势严峻。

“攻克癌症是全人类最宏大的理想，也是我选择药学的初心，当然是我最想实现的愿望。当然，这个命题很难，需要我们一代又一代的药学人去实现这个愿景。”谈到专业选择的初衷，刘晓亭平静地说。

化疗是癌症治疗最常用的方式之一，但是化疗效果通常受限于药物耐受性的出现。刘晓亭在研究生期间设计了几种核酸纳米结构，实现了肿瘤细胞的成像及药物耐受性的逆转。基于这几项成果，她被学院推荐并当选为山东大学“学术之星”。

“任何成果和荣誉都是过去式。”刘晓亭面对荣誉很清醒，因为她认为还有更多的事需要去实现，“药学人肩上的担子很重，但我和我们这一代的药学人一样，会不忘初心、牢记使命，孜孜不倦、勇攀高峰，为祖国的医药事业和人民的健康福祉努力奋斗。”

刘晓亭说，药学是一门复杂的交叉学科，既涵盖了生物医学，又包括化学物理；药学同时也是一门具有巨大价值的应用学科，新药的发现，药品的生产，药理作用的阐释都为人类带来了巨大的福祉。改革开放 40 多年来，我国药学发展迅猛，一跃成为世界上最大的原料药生产国和出口国，中国的药学研究也迅速发展并取得显著成果。但是，我国的医药行业产业以仿制药为主，药学科研方面也缺乏开创性和主导权。在药物发现方面，我们既缺乏前端药物靶点的发现，又存在后端临床研究的薄弱，形成了两头窄、中间粗的现状。对于刘晓亭来说，作为这一代药学人是一种机遇，更是选择了一条面临无数挑战的学术之路。

科研之乐韦编三绝

2015 年，获得推免资格的刘晓亭选择留在山大药学院，进入王磊教授、姜玮教授课题组，开始了研究生的学业生涯。

“一开始，我课题思路理不清，英文文献看不懂，实验进展也不顺利，心想怎么会有人喜欢做学术呢？”刘晓亭回忆往事时笑称。作为刚刚接触科研的研一新生，刘晓亭的学术起步并不顺利。

2018 年，刘晓亭在 *ACS Applied Materials & Interfaces* 上发表了题为“Endogenous Stimuli-Responsive Nucleus-Targeted Nanocarrier for Intracellular mRNA Imaging and Drug Delivery”的论文，主要内容是构建了一个内源性刺激响应核靶向的纳米载体，用于细胞内生物标志物的检测及肿瘤的治疗。

这篇文章是刘晓亭已发表文章中印象最深刻的一篇，因为这篇文章给她带来了最纯粹的学术快乐，也是这篇文章的发表，让她知道自己可以在学术上享受快乐。“我现在感到做科研很快乐，现在我的时间也大都放在实验室里。”也是从那时候，刘晓亭开始找到了属于自己的快乐与充实。在外人看来是乏味的实验室生活，却是她眼中最丰富多彩的“细胞世界”。

刘晓亭总结,一个课题一般包括三个部分:提出想法,开展实验,撰写文章。万事开头难,提出一个想法后首先要考虑其能够解决什么问题,在这个基础上要考虑创新性、可行性。“最开始没有想法的时候,就每天看文献、记录文献并用不同颜色的笔标记关键点,没有进展的时候就要积累,厚积薄发。”刘晓亭说。顺利的时候,提出一个想法就可以开始实验了,不顺利的时候就要反复琢磨,“有一次刚放假,到家不久又被召唤回学校改想法。”刘晓亭认为最难的也是在这一阶段,会让人丧失信心,但在她看来没有什么是一帆风顺的。前期遇到的困难越大,解决困难后收获的快乐越多。

“做实验是一个不断试错的过程,不要怕麻烦,出现问题及时解决。”刘晓亭喜欢做实验,也喜欢作总结。“在实验工作中要脚踏实地,多方位多角度考虑问题,认真对待每一个实验结果并仔细分析。遇到问题要先考虑大方向有没有问题,确定大方向没有问题后再逐步分析小问题,并加以实验验证。”在研究工作中,刘晓亭十分认真有条理,她不想放过任何一个灵机一动,因为这可能就是一个新的想法或是一个好的论证思路。

“比较让我头疼的是文章写作。刚开始写科技论文时容易要么写大写空,要么观点太小太局限,有时候改了两三个月都没有思路。但是不管多么失望,都要抱有希望。”一点一滴,自称原本性格比较急躁的刘晓亭现在已经总结出了一套适合自己的写作框架,也已经学会“稳中求胜”。

师门传承勇攀高峰

有人说,学术之路是孤独的探索,但对于刘晓亭而言,学术之路更像是一场众志成城的接力赛。

最初,根据老师的要求,课题组成员每周都要阅读高水平文献并总结,通过长期积累,初入学术之路的刘晓亭开始了解研究方向的热点,学会总结研究工作的创新点;此外,每周的工作周报中,除了工作总结外,也需要写下本周体会,这也让刘晓亭不再单纯地为了实验而实验,更仔细体会了科研的意义。在课题设计和实验方面,课题组的师姐们给她提供了莫大帮助,即使她们已经毕业工作,但当刘晓亭遇到问题时,她们总会及时分析她的疑惑并给出由衷的建议。

“我们课题组是一个和谐友爱的大家庭,大家关系都很好,我很幸运能加入这个课题组。”刘晓亭说起课题组,言语间流露出深厚的情谊。采访的间隙,她还记挂着实验室里的小“细胞”们,嘱咐师妹实验事项。

“感谢导师们对我进行耐心的点拨,循循善诱,教会了我科研的逻辑思维,使我逐步开悟,我所取得的每一个进步都离不开老师,我会心怀感激并永远铭记。”刘晓亭对导师充满感恩与敬佩之情,他们不仅是刘晓亭的学术引路人,更是漫漫人生路上的导师。

“今年，我也接过了师门的接力棒，获得了国家奖学金并获评山东大学校长奖学金。感谢王老师、姜老师为师门带来的勤学好思、精益求精的学风。”刘晓亭相信课题组的“精气神”也将通过他们一直传承。

“再长的路，一步一步也能走完；再短的路，不迈开脚步就无法到达。”刘晓亭的座右铭和她秉持的人生态度相契合，不骄不躁，踏实做事。仰望星空、脚踏实地，刘晓亭和所有山大人一样奋力追逐梦想。在学术路上，她的梦想之花已经悄然绽放……

（原载于山东大学新闻网 2019 年 12 月 24 日；文：杨小雪，图：受访者提供）

刘昱:淡泊立志 宁静致远

刘昱,山东大学泰山学堂 2016 级数学取向学生。作为校长奖学金获得者,她的大学生英语四级 627 分、六级 668 分,曾连续三学年成绩及综合分第一,获国家奖学金、泰山学堂海外奖学金各一次,同时连续三年获得校一等奖学金及山东大学"三好学生"称号。此外,她还曾赴美国佐治亚理工学院(2018 年 QS 数学排名世界第 23 位)交流学习,担任过泰山学堂 2018 年科研训练项目第一负责人。目前刘昱已保送至北京大学数学科学学院攻读博士学位。

淡泊立志 踏实治学

坚持不熬夜的习惯,每天保持八小时睡眠,一度"除了上课就是自习",几乎不看社交软件。对文学有神秘的热爱,偶尔还会看武侠小说……刘昱与我们心中雷厉风行的学霸形象相去甚远。采访伊始,刘昱坦言自己并不是一开始就树下坚定目标的人,而是在不断前进中找到了自己的方向。

刘昱笑着回忆自己的萌新经历:"我也年少轻狂过,刚进大学的时候甚至还有点‘自命不凡’的感觉。但是大一时，自己对未来其实没有太过明确的规划。”

带着对未来的懵懂和憧憬，刘昱在军训期间参加了泰山学堂的选拔，并最终凭借实力进入泰山学堂数学取向学习。泰山学堂是山东大学拔尖人才培养的基地，可谓精英荟萃，周围的同学各有专长，许多同学学习基础学科的志向相当坚定，尚未迈进大学校门便已决定今后努力的方向。“他们的专业能力非常强，他们有初心，也一直在坚守着初心。”这种执着深深触动了刘昱的内心世界。

与高中相比，刘昱面对的是更为广阔的天地，在山大，她遇见了更多优秀的同学，视野的开阔和学业的充实让刘昱的心态渐渐平和下来。刘昱始终踏实努力，向优秀的同学看齐，慢慢地，她也开始找到了属于自己的方向。这个过程似乎相当漫长，但一步又一步，走过的每一步都如此踏实；一天又一天，度过的每一天都如此充实。

“非淡泊无以明志”，刘昱用精彩的大学生活诠释了这句话的道理。刘昱并没有期望自己取得多大的回报，也没有过分追求荣誉和奖励，对刘昱来说，知道诗和远方的所在就是努力的最好馈赠。

高中阶段遨游竞赛题海打下的数学基础，班级里比学赶帮超的学习氛围，“做好自己该做的事”的行动指南，“有课上课，无课自习”的艰苦努力，都使刘昱在“追数”的路上找到了自己的方向。刘昱选择了数学，并在数学专业的学习中寻觅到了久违的初心。

功夫不负有心人，刘昱的付出获得了耀眼的成绩：连续三学年成绩及综合分第一，曾获得一次国家奖学金、一次泰山学堂海外奖学金、连续三年校一等奖学金及山东大学“三好学生”称号。可见，志向不一定立得多高，喊得多响，真正的志向都藏潜于点点滴滴的小事之中，轻拂岁月封尘，淡泊处事、踏实治学，想收获的自然水到渠成。

宁静致远 厚积薄发

刘昱说自己只是一个普通的人，文静的气质像极了邻家的大姐姐，总是笑眯眯的，愿意倾听你的每句话。当记者请刘昱给学弟学妹们送几句话时，她说：“沉下心来，潜下心去，做好自己的事。”这种“沉潜”恰恰是做学问最该有的状态。

面对着泰山学堂严格的淘汰制度，一整天的学习会让她感到身体被掏空，无休止地做题也会让她觉得很苦恼，但刘昱没什么“偶像包袱”，她也会为解不出来的题而头疼；会在读不懂论文时为自己的发量忧心；会在一整天的忙碌后感慨“我的心像沙漠”；会在越学越深越艰涩时叹气。只是，片刻过后，烦躁不再，宁静仍然是刘昱心中的主旋律，只因刘昱坚信“非宁静无以致远”。

参加泰山学堂组织的科研训练项目,作为第一负责人,刘昱也深感自己的不足:“做科研需要深厚的基础知识和扎实的学科能力,没有长期的积累,很多领域是无法涉足的。”学无止境,越学越深,刘昱坦言自己走在科研的路上,走得越远越能意识到自己的渺小。正是这种学无止境的紧迫感成了她前进路上最大的动力。

本科阶段的课程领域广,重基础,刘昱在自主的专研探索中,连细枝末节也不漏掉。“我大概有强迫症吧,不管哪一门课,不论用何种方法,我都要把每一个细节搞懂搞透。”学习功课时的不“淡定”和对待诗和远方的“淡泊宁静”犹如飞翔的两翼,助力刘昱向梦想的方向起飞远航。

大二下学期,刘昱参加了山大组织的赴美国佐治亚理工学院学习的交流项目。在国外,刘昱体验到了不一样的学习模式。“那里的课堂很自由,做作业也大多提交电子版,学生的电脑建模水平要比我们高出许多。”在交流期间,语言压力很大,刘昱“每天都在说英语,也在上当地的英语课程”,她保持着宁静而努力的心态,英语水平得到了很大的提升。回国以后,刘昱在英语六级考试中斩获了 668 分的好成绩。

谈及她已经是很多人心中的偶像时,刘昱轻轻摇了摇头:“我觉得我做的是大家都能做到的事情。”平凡成就不凡,没有厚积哪来薄发。做学问这条路,靠的就是人人可为的踏实努力。

回首山大 熠熠生辉

来到山大,刘昱觉得很幸运。大学期间,刘昱见证了山大各个方面的进步:宿舍条件不断改善,多媒体教室等基础设施不断完善,细节设计越来越人性化……这些举措为学生创造了良好的学习环境。刘昱开心地说道:“更多改变在学术方面,比如泰山学堂就聘请了更多优秀的老师前来执教,也增加了本科阶段国际国内的交流项目。”在参加高校间的学术交流过程中,各界对山大学子的认可程度也逐步提高。

泰山学堂里的女生屈指可数,男生又个个是“钢铁直男”,乍一看严肃古板到令人望而生畏。刘昱起初和班里的同学没有太多交流,后来她在数学难题的高压下踏上了问数学题的道路,开启了“做题外交”。她至今都记得第一次向同学请教问题时瑟瑟发抖的语气与礼貌疏离的姿态。然而在你来我往的切磋中,刘昱发现原来班里的同学都如此可爱,就连“钢铁直男”们也自带萌点。

每年泰山学堂都会组织新生登泰山,从山脚到山顶,脚踏实地、坚韧不拔。沿途风景中既有乱花渐欲迷人眼,也有风刀霜剑严相逼,还有愈发陡峭、愈发难走的山路。走到后半程,同学们的双腿都愈发沉重,汗水逐渐浸透衣衫……可当最后沐浴在山顶的阳光中时，大家回头看到和自己一起经历这一切的人，回想起一路的坚持和忍耐，突然就觉得一切都值得。

从最开始的迷惘无措到如今的游刃有余，身边的同学对刘昱有很大的影响。不管是作为暗自较劲的竞争对手还是作为心生羡慕的榜样，看看这些人就会觉得充满力量。“有些人非常坚定，聊学术的时候眼睛里都会有光，靠近这样的人你也会被光照耀的。”刘昱说。

聚是一团火，散是满天星。如果说每一个赶路的人眼里都有光，那么山大无疑就是那个光源地。“越优秀的人越谦虚，因为学的东西越多，你就会越意识到自己的渺小。这大概就是‘学无止境，气有浩然’吧。”刘昱如是说。

（原载于山东大学新闻网 2020 年 1 月 3 日；文：郭力源、张涵絮，图：受访者提供）

程奕嘉:我愿做最努力的跋涉者

程奕嘉,山东大学政治学与公共管理学院 2016 级公共事业管理专业本科生,获评山东大学 2019 年“榜样的力量”年度人物。曾获 2018 年社会实践省优团队与省级社会实践先进个人,山东大学 2018 年十佳共青团员,学校社会工作先进个人、文体活动先进个人、社会实践先进个人、社团工作先进个人、优秀志愿者、优秀学生干部等荣誉称号。曾任 2016～2017 学年、2017～2018 学年山东大学青岛校区学生会执行主席、副主席,山东大学青岛校区团工委兼职团干部,连续两年在青岛市暑期大学生国家机关见习营获评优秀。获第七届全国高校“模拟市长”全国一等奖第一名,2018 年清华大学中国公共政策案例分析大赛本科生组第四名,作为第二作者编写的案例被收入中国公共管理案例库中。

躬身实践,心怀家国

昔者屈子步于汨罗江畔,玉笥山上仰天长叹,无时无刻不心系民生与国运。程奕嘉在高考之前就锁定了山东大学,通过综合评价招生进入山大并与公共事业管理专业结缘。在政管学院浓郁的“家国情怀”氛围中，程奕嘉在课堂中学习专业知识，在课堂外躬身实践。于 2017 年 6 月开始的“城市流动摊贩治理调研”是程奕嘉最早做的一次社会实践，也是他印象最为深刻的一次调研。

“最开始尝试进入调研地时，遇到了联系政府部门相对困难的困境。我们通过市长热线咨询情况，但很多部门在这项决策中都有参与，使得我们在获取信息阶段经历了一段坎坷。”这是初次接触基层事务的程奕嘉遇到的第一道坎。从专业的角度来讲，做一个完整的调研要听取各个层次不同群体的言论和建议，综合分析以得出相对客观的结果。在程奕嘉和团队成员的不懈努力下，他们终于联系到了洪楼夜市上级主管单位的负责人。结合他们对摊贩群体的走访，最终程奕嘉和他的同伴们完成了对洪楼夜市综合治理的调研，并通过这个案例斩获社会实践省优团队以及第七届全国高校“模拟市长”全国一等奖第一名。有了第一次调研的经历，程奕嘉感慨道：“这段经历让我了解和熟悉了政府部门的运作方式。一项公共议程往往由多部门联合参与，各司其职，而非单一部门的运作，这也是庞大政策运行机器有条不紊地体现。”

“山东省大学生村官嵌入式问题调研”是程奕嘉和同学们从理论入手，用理论联系实际的一次实践。他们运用社会学家马克·格兰诺维特（Mark Granovetter）的嵌入式理论，结合北京大学王浦劬教授关于基层公务人员的嵌入理论，对山东省大学生村官履职情况进行研究，最终得出公共服务动机的量化指标体系。他们通过这个课题的研究获得了第十六届“挑战杯”校赛特等奖、省赛一等奖、国赛三等奖。基于自己的初心和兴趣，程奕嘉还参与了“山东省新高考改革调研”。他充分利用日常积累的资源，从教育部门管理者、学校领导和老师、学生与家庭等层次进行分析，将自己在高中求学阶段形成的一些构想和设计进行更加专业的阐述。“我最初是想去学习教育学，我对怎样进行优质的教育，如何培养更加优秀的人才，如何减小城乡间教育的不公平等等这样的课题很感兴趣。”做怎样的实践，怎样做实践，程奕嘉总是会从身边的社会热点入手，在自己兴趣的驱使下，长期关注，深入思考，为自己积累社会经验，为政府管理建言献策。当被问及看到各种各样的社会问题是不是会有一腔“将欲改之”的热情时，程奕嘉坚定地回答“是的”。正是这样的情怀让他能够在实践中践行政管人“政以明德，管为兴邦”的誓言。

服务同学，敢为人先

作为第一批入驻青岛校区的学生，程奕嘉勇敢地承担起校区文化建设的责任。“我们当时来青岛校区的时候，校区的文化生活几乎为零。青岛校区是山大的一部分，而我是山大的一分子，我感觉自己有责任有义务把青岛校区的文化生活建设好，让我们校区的同学也能拥有丰富的文化生活。”于是，程奕嘉和他的“战友们”在团工委老师的帮助下用一次次头脑风暴，把校区的学生文化体系一点点构建了起来。程奕嘉深刻地认识到校区文化活动的主力是学生社团，所以他们在借鉴了济南校区百团大战活动经验的基础上，融合了国内其他高校大型活动思路，设计了参加活动集戳兑换奖品的方案，吸引了更多的同学参与到百团大战中，参加到学生社团里。

在程奕嘉筹办的众多活动中，“山东大学（青岛）国际沙滩音乐节”给他留下了深刻的印象。当时，他们将原本计划在室内举行的“十佳歌手大赛”搬到了室外，将比赛场地搭在足球场，并请到了专业的乐队及其他驻青高校的乐队，历时两天，为同学们展现了一场音乐的盛宴。在谈及这次活动时，程奕嘉认为自己通过这次活动加深了对“学生会服务学生”的理解。当时在音乐节的筹备会上，有同学提出过音乐节扰民的问题，但并没有引起他足够的重视。在活动期间，虽然现场的效果很好，但也有同学通过校长信箱反映受到了打扰。沙滩音乐节本是服务于学生文化需求的一次活动，但因为某些方面的考虑不周全，没有达到最好的效果。有了第一年的经验，程奕嘉带领的团队在第二年再办音乐节的时候，采纳了更广泛的同学意见，合理调整彩排时间与音量，最终也取得了更好的效果。

“学生会是服务学生的组织，我们应当遵循同学的意见去做服务。”程奕嘉在参与学生工作时，总是怀着一颗服务者的心，真心实意想同学之所想，身体力行成同学之所求。

但行好事，莫问前程

程奕嘉最喜欢的一句话是“但行好事，莫问前程”。经过大学四年的磨砺，他的观念也从最开始的“努力去做”成长到后来的“努力做好”。在校内外的实践中增长见识，在举办活动中磨砺才干。程奕嘉始终有自己做事的信条，有自己努力的方向。当谈及如何平衡好学习和其他事务之间的时间及精力分配时，他提到最重要的是要做好时间块的划分。“课堂上的时间是神圣的，要利用好课堂上的时间进行专业知识的学习；干工作的时候则要全身心投入；另外，要运用好假期的闲暇时间提升自己。我是个学生，要一直保持学习的姿态。”大一时，程奕嘉就确立下争取保研的目标。最终，他也通过自己的努力顺利保研，在大四时圆梦北京师范大学高等教育研究院。在学习工作之余，他还是一个摄影爱好者，喜欢通过自己心爱的无人机从高处俯瞰地面，发现美、追逐美。

采访中，程奕嘉提到最多的一句话就是“计划成熟，那就干吧”。他对自己的要求是“干实事，干好事”。深思熟虑的好想法加雷厉风行的执行力，是这个永不止步的大男孩攻克一个个项目、完成一场场比赛、取得骄人成绩的法宝。在参加完学校举行的2019年度“榜样的力量”优秀学生颁奖典礼后，程奕嘉在朋友圈分享了获奖后的感悟：我有很多缺点，不敢称为榜样，但我希望在追寻榜样脚步的路上做最努力的跋涉者。我愿意用余生所学，为中国的教育事业奉献自己的所有精力与力量，让青年立身立人，让教育成熟科学，让社会博识风清。我，依然愿意去追。

（原载于山东大学新闻网2020年1月6日；文：康爱林，图：受访者提供）

李瑞：以梦为马 耕耘趁年华

李瑞，山东大学政治学与公共管理学院2018级行政管理专业硕士研究生。现任山东大学青岛校区团工委兼职副书记、政治学与公共管理学院研究生会副主席。2017年8月至2018年8月作为队长带领山东大学第十九届研究生支教团河南队赴国家级贫困县河南省确山县开展为期一年的支教、扶贫工作，表现优异。曾获评山东大学2019年优秀研究生干部、2019年研究生道德风尚奖、山东大学(青岛)2018年"榜样的力量"学生年度人物、2018年全国高校学雷锋寻迹活动"雷锋式青年"、山东大学优秀共青团员、山东大学优秀志愿者等称号。

无怨无悔 异乡耕耘

那是2017年的初秋，河南省确山县迎来了一群充满活力与热情的年轻人，这群年轻人的脸上洋溢着希望与坚定，心里装载着情怀与梦想——为国家的乡村教育事业贡献山大学子的力量，他们就是薪火不熄、走过二十载岁月的山东大学研究生支教团。李瑞就是他们中的一员，在层层的选拔过后，志愿接力棒交到了李瑞的手上，她责任扛在肩，热情似火燃。

可刚刚踏入这片陌生的土地，现实就给李瑞的理想和热情浇上了一盆冷水。在来之前，尽管对服务地的生活条件已经做好了心理准备，但当她真正面对漏雨的平房，没有暖气的冬夜以及屋内只有一床、一桌、一帘子的简陋状况时，她还是需要更强大的内心和勇气去适应眼前的窘迫环境。除却生活上的困难，角色的转变对李瑞来说也是一个莫大的挑战。李瑞说："在山大，我是学生，而在这里，我是老师。要在很短的时间里适应这份转变，真的很困难。这里的孩子大多是留守儿童，缺乏父母的照顾和管教，他们的心理其实很敏感、很脆弱，这就需要我付出更多的心血去爱护和教育他们，让他们的人格不要有缺陷。而且这里的教育条件也很落后，课程开设不全，孩子们从小就没有英语课可以上，连最基本的英文字母底子都没有，一切都得从头教起。教育和照顾的担子很重，但我在心里告诉自己必须勇敢地担下去！"

然而再难的路，再大的坎，李瑞都迈过去了，推着她不断向前走的动力除了她坚定的信念和队友的扶持外，更重要的是孩子们反馈给她的最纯洁真挚的爱。李瑞动情地分享道："刚过去支教的时候，我踌躇满志，但当时并没有太多与学生相处的经验，缺乏和孩子们的沟通，不知道他们的想法。有一次，我前一天精心准备了很多作业，想了解一下孩子们对所学内容的掌握情况。然而第二天检查的时候发现他们要么没做，要么完成得很不认真，当时真的很失望，觉得自己的付出不被珍惜，一时间所有的委屈和不满都涌了上来，泪水在眼眶里不停地打转。但我还是压抑住了即将爆发的情绪，给他们上完了那节并不愉快的课。等到了第三天，当我去给孩子们上课时，进教室前，孩子们突然要求我蒙住眼睛，虽然我很疑惑，但看着他们满是期待的眼神，我还是照做了。一个孩子牵我走进教室，我刚睁开眼睛，就听到孩子们全体站起来齐声说：'老师对不起！老师我们错了！老师您辛苦了！'还在黑板上画了我的肖像，肖像的一侧还有每个孩子的签名……"说到这里，李瑞的眼睛再一次湿润了，她说那是她第一次意识到爱和温暖是双向的，她的付出与情感，孩子们都感受得到。从那以后，她和孩子们的感情越来越融洽，更加懂得如何与孩子们交流，还发起了"薪书书屋"书籍募捐、少先队建设、校园文化培养等助力教育的活动，实现了真正意义上的教学相长。

服务地的教育资源虽然很匮乏，但孩子们求知若渴的态度让李瑞格外感动。李瑞回忆说："班里有个孩子，先天视力残疾，看不清楚黑板，上课也不太能理解老师的授课内容，但是他依然在坚持听，不停地记笔记，下课也会找老师们问问题，对知识充满了渴求，让我深受感动。"正是因为孩子们刻苦的学习态度让李瑞更加坚定了做公益事业的决心，能够帮助到需要帮助的孩子们是她的幸福所在。

直到现在，李瑞还和她的学生们保持联系，像一个知心大姐姐一样去耐心倾听他们的心声，为他们排疑解惑，送去温暖。从她身上，我们再一次看到山大青年学子对乡村教育的态度：有始有终，暖心耕耘。

扎根泥土 此志不渝

为实现2020年全面脱贫的伟大目标，脱贫攻坚战如火如荼地开展着，李瑞也积极投身到扶贫攻坚的队伍中。当时在确山县除了支教，李瑞还协助当地的社区委员会挨家挨户去实地调查、开展帮扶工作。她不仅帮助社区整理和完善建档立卡档案，更是一对一帮扶贫困户，为他们介绍国家的扶贫政策，跟进扶贫工作的落实，对于生活特别困难的家庭，她甚至自掏腰包给他们买棉衣等生活必需品。除此之外，李瑞还充分利用互联网和自己的专业知识来联系当地的公益组织募捐冬衣，让社会资源流入到真正需要帮助的人们手中，让他们的生活有所改善。古人说"上善若水"，这样柔软温情的词汇，便是在赞美像李瑞这样真正俯下身子为人民的幸福做事的人吧。

扎根泥土般的下基层体验让李瑞真正体会到了人间疾苦，帮她树立并坚定了对自己所学专业的选择，她说："我将来还是想要到基层去工作，为社会、为国家继续奉献！"铿锵几个字，灼灼青年心。"我在确山的时候，还有更为惊喜和感动的发现，就是在大山深处，除了支教团成员，还有很多默默无闻扎根乡村的山大人，他们在不同的岗位上坚持耕耘，发光发热，这些志同道合的人聚在一起，都只为了同一个目标——为国家图富强，为人民谋幸福，我虽然不追星，但他们却实实在在是我的偶像和榜样！"李瑞说。

怀揣着为人民服务的热忱，李瑞在2019年暑假去广西壮族自治区浦北县挂任人大办公室主任助理，在浦北下乡镇，做调研，倾听民声。李瑞说："在挂职期间，我真切地看到了人大代表是真正为人民谋利益，从心底里敬佩他们，也想成为像他们那样奉献的人。"一个人的努力，可能是微光，可一群人一齐向着同一个方向努力，便是微光吸引微光，微光照亮微光，最终凝成火炬，点亮黑夜的长空，带去光明，也带去希望的种子。

全力以赴 力求完美

除了在支教和扶贫工作中的突出表现外，李瑞在学校还参与了大量的学生工作。始于热爱，忠于坚定，获于益友，李瑞与学生工作的缘分正是这12个字的生动写照。无论是晚会做主持，还是在活动中做组织策划者，都淋漓尽致地展现了她优秀的组织和领导才能。在大大小小的活动中，李瑞始终坚持事无巨细的认真态度和面面俱到的沟通能力，既无愧于心，也力求让大家满意。当被问到学生工作中难忘的经历时，她娓娓道来："我去年主持了青岛校区 2018 级新生的迎新晚会，当时迎新晚会的舞台是露天的，但是天公不作美，从迎新晚会的前一天就开始下雨，甚至到迎新晚会正式开始时还有淅淅沥沥的小雨。但是从彩排到正式演出，老师们和所有的演职人员都克服各种困难坚持下来，只为给新生们带来一场精彩的演出。他们的坚持与敬业给了我极大的触动，让我觉得通过努力做一件有价值的事情是非常有意义的，这更让我坚定了自己坚持做学生工作的决心。"唯热爱和付出不被辜负，辛苦与坚持终结硕果。正是因为这些经历的鼓舞，李瑞开始接触更有挑战性的学生工作，她稳扎稳打，始终耐心且细心地面对每一份工作，在工作中锻炼自己的能力，获得了更多人的肯定。

从本科到研究生，李瑞都义无反顾地选择了山大，因为这里有她割舍不去的情谊。有着百年深厚积淀的山大，滋养了她的学识，给予了她锻炼的机会，更影响了她过去的五年、往后的两年乃至长长的一生。在这所有温度和厚度的学府里求学，李瑞觉得无比自豪和享受。她说："本科和研究生阶段的学习真的有很大的不同，本科主要在老师的指导下学习基本知识，而现在的研究生阶段需要我有足够的主动性去研究自己喜欢的领域，选择自己未来的方向。"面对如何在求学路上走得更平稳、更长远一些的问题时，她回答"不要拖延，提高效率"，简洁有力的八个字，是李瑞给学弟学妹学习之路的温馨提示。

"人生的轨迹有很多条，无论我们选择了哪一条，都应该一如既往，不忘初心。"李瑞在山大的这五年也正是这句话最好的见证。异乡耕耘图报国，是山大人的胸怀；扶贫攻坚冲在前，是山大人的担当；德才兼备蓄菁华，是山大人的魅力。

凡是过往，皆为序章，相信李瑞会在奉献的道路上越走越远，她人生的价值也会越来越闪耀和珍贵。

（原载于山东大学新闻网 2020 年 1 月 3 日；文：温夏蕾，图：受访者提供）

陈晓:慢品科研真滋味,十年一剑试锋芒

陈晓,山东大学管理学院博士研究生,师从管理学院温德成教授。*International Journal of Quality and Service Sciences*(收录ESCI、Scopus)2018、2019年审稿人,在*Computers & Industrial Engineering*,*Total Quality Management & Business Excellence*等SCI、SSCI和EI源刊发表论文5篇,参与国家自然科学基金项目"网络购物平台商品质量管控作用机理及其演进研究"及教育部人文社会科学研究项目"制造业研发采购的质量控制模型及关键技术研究"。曾获山东大学优秀学生干部、国家励志奖学金、2014～2019年山东大学优秀研究生一等奖学金。

在近期于波兰克拉科夫举行的第二十二届国际质量和服务科学会议上,山东大学管理学院博士研究生陈晓的学术论文被评为"最佳论文奖",成为大会仅有的三篇获奖论文之一。这是陈晓第二次获此殊荣,第一篇获奖论文已被大会学术委员会推荐至质量管理领域唯一的SSCI源刊*Total Quality Management & Business Excellence*发表。

济南的冬天，明媚的阳光照进屋子里，与陈晓脸上的笑容十分相洽，令人倍感温暖。今年是陈晓在山东大学就读的第十年，美好的年华里，陈晓始终在做着自己喜爱且有意义的事情——科研。从刚接触科研时的懵懂无知到如今的独当一面，其中必然有他的努力和坚持。正如贾岛在《剑客》中写道："十年磨一剑，霜刃未曾试。"多年的刻苦磨炼才能让他如今在国际学术舞台上一试锋芒。

面向世界 展现学子担当

此次参与国际质量和服务科学会议，对于陈晓而言，是难忘而富有收获的。这一会议创立于 1997 年，经过二十多年的发展，已成为质量、服务及相关研究领域中最大的国际学术会议之一。不同于第一次参会时对于外界事物的好奇和进行展示时的紧张，此次参会，陈晓有着更强的底气与信心。

第一次获奖时，陈晓刚上博士一年级，科研生涯刚刚起步。与外国学者交流的紧张感、第一次出国的新鲜感都让陈晓在大会上感到手足无措。虽然获得了"最佳论文奖"，但对他来说更多的感受是"懵"。他坦言："我当时甚至都不清楚这个奖项的意义。"而如今再次在会上获此殊荣，陈晓感到更多的是开心与喜悦。

"这次去参会前，我的心情既激动又紧张。激动的是，这次会议规格很高，能够见到国际质量科学院院士 Jens J. Dahlgaard 教授和 Su Mi Dahlgaard-Park 教授这样的学术大咖。他们在学术领域有很大的影响力，也是我的学术偶像；紧张的是，我们三位博士生都受邀分别进行一场口头报告，当自己的 PPT 上印上山东大学的校徽，站到会议讲台上时，感觉自己代表了整个学校。"陈晓在他的"山大日记"中记录了自己参会的心情。

在大会论文报告过程中，陈晓从生活实例出发，按照"理论背景—构念定义—研究问题—研究方法—研究结论"的思路对论文进行报告。汇报结束后，在场的许多学者对他的研究表示很感兴趣，两位分会主席也在散会后主动找到他，表示希望能够按照这篇研究的思路进行合作拓展。最终，陈晓的论文在大会录用的 133 篇论文中脱颖而出，获评"最佳论文奖"。

与第一次参会时相比，在经过两年的研究学习之后，陈晓在学术研究上初窥门径，积累了学术经验。此前在国外一年多的联合培养经历也让他练就了一口流利的英语。再次参加大会时，他变得更加从容，出色完成了论文展示，向世界展现了中国学子的风采。

谈及研究方向的选择，陈晓体现得更多是一种家国情怀。"质量管理不止对于企业而言很重要，对于一个国家而言也是有重大影响的。"第二次世界大战之后，日本发展迅速，大有赶超美国之势。其迅速发展的重要原因之一是在日本制造力薄弱的情况下实施质量管理，以质量管理促进经济发展，实现国家经济的复苏。在质量管理成效被多个国家加以验证后，我国于20世纪80年代开始提出质量发展纲要、质量振兴纲要等。此外，我国还提出了质量强国战略、质量提升行动等一系列相关举措。

在这样的背景下，陈晓选择在质量管理的领域不断追求发展。对他而言，在国际会议上发表论文只是一个开始。在未来广阔的学术舞台上，他在实现自我价值的同时，“各出所学，各尽所知”，以学子之情怀勇担重任，尽心推动我国质量管理的发展。

潜心学术 探索规律

“在科研的道路上，我感觉距离规律越来越近。”面对学术研究，陈晓并没有将它视为一条“冷板凳”。当讲起自己的论文时，陈晓滔滔不绝，眼中闪耀着独特的光亮。对于他而言，科研的乐趣无处不在。

在陈晓看来，乐趣首先源于灵光一现的思维点。陈晓此次获奖的学术论文是“Perceived quality and customer engagement in the online shopping environment：Rational and emotional perspectives”，即感知质量对理性契合和感性契合的作用机理研究。该研究的灵感来自他与朋友的一次简单聊天，这种日常生活中的灵光一现常常让陈晓发掘到科研的乐趣。

其次，乐趣来自沉浸学术的幸福感。“我们不是在做科研，就是在去做科研的路上。”陈晓打趣道。他平日的生活状态十分简单，图书馆或博士自习室是陈晓待的时间最长也是最热爱的地方。在做研究的过程中，陈晓常常会陷入一种无法自拔、忘却时间的状态。“陈晓师兄是一个对待科研及其严谨的人，能够不断创新，了解学术前沿。”这是他的师妹赵华翠对他的评价。正是这份坚韧不拔的态度，让陈晓在学术之途上为自己打下一个又一个的“对勾”，并激励着自己不断向前探索新的学术世界。

最后，乐趣在于科研可以使自己离真理更进一步。社会科学与自然科学不同，社会科学具有很高的情景适用性。在不同情境下寻找规律的过程让陈晓感觉自己在与真理一步步靠近。“我感觉自己看世界的眼光也更加明亮了。”陈晓说。

“千磨万击还坚劲，任尔东西南北风。”在他看来，“坚韧”是学术研究道路上最重要的品质。“做学术唯有厚积，才能薄发。”刚刚开始步入学术道路时，陈晓并没有急功近利，而是选择耐下性子，在大量的中英文文献中学习方法，积累知识与写作经验，对于选题了解清楚后才下笔。“仅仅梳理现有论文，我便花了大半年的时间。”他介绍道。“万事开头难”，研究方向的确定对于许多人来说都是十分困难的,陈晓也不例外。作为一个"学术新人",要想在前人研究过的领域中找到一片兼具开发价值与开发可行性的学术沃土是十分困难的。"来回探讨与打磨是定题时最鲜明的写照。"谈到第一篇学术论文的创作过程,陈晓坦言,由于刚开始写论文,自己的选题常常范围过大或过小。面对导师对论文不断返稿修改的要求,陈晓并没有气馁,反而在一次次修改中渐渐掌握了论文的选题和写作要求,为之后的学术研究奠定了坚实的基础。在论文投稿过程中,陈晓也常有被退稿的经历,审稿人对文章的批评会使很多学生倍感挫折。但陈晓表示,别人的建议让他更加明白自己的不足,让他在接受批评的同时守住初心,在不断纠正的过程中打磨出一篇篇更好的文章。

情系山大 温暖传递

"我的山大我的家",这句口号对于陈晓而言有着更深刻的感受。自2010年来到山大后,陈晓的本科、硕士、博士阶段都就读于这所校园。如今陈晓已经待了近十年的时间。"刚刚来山大时,我130斤,现在150斤,山大的文化融入我身上,增添了20斤的重量。"陈晓打趣道。从食堂改良到体育馆建造,从校门重建到空调安装,对于这近十年山大的点点滴滴,陈晓如数家珍。在他看来,山大的校园基础建设在不断更新,设施条件在不断完善,让师生有了更好的办公和学习条件。但是,更令他感受深刻的是山大人奋发向上的精神风貌从来没有改变,也正是这种凝心聚力的山大风格,使得他备受鼓舞。十年光阴,山大已然成为陈晓心中最难以割舍的记忆,他热爱校园的每一棵花草树木,情系这里的每一寸土地。

谈到科研道路上的引路人,陈晓十分感激自己的导师。"我的导师是温德成教授,温暖的温。"提及导师,陈晓感念万千。他感念温老师在学术道路上的引领,感念温老师在为人处世方面的教导,感念温老师在生活上的照料。陈晓在隆德大学联合培养期间,父亲身体状况欠佳前来济南治疗,身在国外的陈晓心急如焚却难以赶赴父亲病床边,心中万分愧疚。那时,温老师和师门的其他学生都向陈晓父亲送去了亲切的问候,让陈晓备受感动。时隔多年后再次提起此事,陈晓依旧眼眶微微泛红,感激万分。

陈晓从山大得到了许多温暖,他也致力于将这份温暖以接力的形式传承下去。"热心肠"是陈晓身边的人给他的"标签"。当面对师弟师妹的请教时他总是细致耐心地解答,在一件件小事中,他将"温暖"传递到了身边人的心里。

不同于"两耳不闻窗外事,一心只读圣贤书"的科研状态,在略感疲惫时,陈晓会选择打羽毛球或是游泳来放松身心。他认为运动是最好的休息方式,运动过后可以卸下一身疲惫,再度投入科研时会让自己充满干劲。

“希望自己能在专业领域里面做出一点成就，发光发热。”谈及未来，陈晓表示自己想成为一名教师，坚守在教学一线，将自己所学传授给更多的人，为国家培育更多、更优秀的人才。同时也希望自己能够在学术之路上继续前行，为企业发展提供切实有效的建议与帮助，为社会和国家的发展作出一份贡献。“做一位可亲的师者，做一名可敬的学者。”这是陈晓对于自己未来的期望。

（原载于山东大学新闻网 2020 年 1 月 14 日；文：王晓萍、苏月鹏、宋烨，图：受访者提供）

姚淑涛:让青春在祖国需要的地方绽放

在中国第35次南极科学考察队里,有一位"90后"大学生。他叫姚淑涛,是队里年龄最小的成员之一,也是山东大学首位入选南极科学考察越冬队伍的学生。

姚淑涛是山东大学威海校区空间科学与物理学院2017级的博士研究生,师从史全岐教授,主要研究方向为太阳风与地球磁层的相互作用、太空微尺度下的电磁环境。2018年11月,姚淑涛成功入选我国第35次南极科学考察队,成为南极中山站越冬队员,并于当月搭乘"雪龙"号船前往南极,驻守南极近500天,于2020年1月返回国内。获2019年教育部、人民日报联合颁发的"第十四届中国大学生年度人物"提名奖,获评2017年山东省优秀毕业生、2019年山东省优秀研究生,2019年山东大学校长奖学金,山东大学2017、2019年国家奖学金,山东大学2016、2018年一等学业奖学金,山东大学2018、2019年优秀科研成果奖等。目前已在 *NatureCommunications*、*APJL*、*APJ*、*SSR*、*GRL*、*JGR* 等国际权威期刊上发表学术论文18篇,其中第一作者论文8篇、合作论文

10篇，累计期刊影响因子74，被引用120余次。

航行两万公里奔赴南极，青春无悔

南极因其特殊的地理位置，成为地球联系外太空的重要“窗口”，不仅是太阳风能量和粒子进入地球空间的入口，也是在地球空间造成磁暴、电离层暴、粒子暴等灾害性空间天气的能量源头，因此南极空间物理研究历来备受世界各国重视。然而，由于地域和恶劣自然环境等因素的限制，我国在南极大陆的基础设施建设和科学研究等方面发展得相对较慢，与发达国家仍存在一定差距，南极空间物理学研究亦是任重而道远。“为天地立心，为生民立命，为往圣继绝学，为万世开太平”，作为一名空间物理方向的博士生，姚淑涛一直希望将自己的职业发展志向与国家发展需求相结合。

带着这样的报国情怀，姚淑涛于2018年参加了南极科考队的全国公开招聘，经过重重筛选，成功入选了中国第35次南极科学考察队，并以大学生身份入选南极中山站科学家岗位，负责高空物理观测工作。据悉，全国每年仅有不到20人可以入选南极中山站越冬岗位，其中高空物理观测岗位更是仅有两个。这些越冬队员的平均年龄为40岁，均是来自各行各业的精英工程师与科学家。29岁的姚淑涛是其中年龄最小的成员。

挥手告别了祖国和亲人后，姚淑涛于2018年11月搭乘“雪龙”号船由上海码头出发前往南极，总航程约2万公里，历时30余天。这段旅程并不轻松。“雪龙”号船穿过了在海上肆虐的台风“玉兔”，穿越了南半球极为危险的“魔鬼西风带”与“南极绕极流”。狭小的船舱、恶劣的海况对每一个科考队员来说都是对身体素质和意志的双重考验，在穿越变幻莫测的“魔鬼西风带”与“南极绕极流”时，“雪龙”号船上一些队员出现了不同程度的晕船反应，有的队员甚至三天滴水未进，靠输液维持，但姚淑涛没有出现类似情况，这得益于他数年如一日进行体育锻炼的习惯。姚淑涛说：“身体素质是做科研的基础，科学家应该有强健的体魄，否则应对不了需要高度集中注意力的空间物理工作。”

500天极地驻守，不负使命

南极洲与世隔绝，气候环境极为恶劣，设备一旦出现问题，若不进行及时维修，会产生致命的损坏。对珍贵的探测设备进行“急救”，便是姚淑涛最重要的任务之一。他在读博期间，便熟练掌握了多个卫星数据以及空间观测设备的使用方法，打下了坚实的设备操控与维修基础，因此顺利完成了包括地磁仪、电离层测高仪、高频雷达、极光成像仪、宇宙噪声接收机等十余种空间探测设备的正常运转、维护与数据处理工作。

南极进入冬天后气温便会急剧下降，有的地区甚至会降到零下 90 多度，大陆周围 1000 多平方公里的海域会冻结成冰，狂风时常会超过 14 级，风速能够达到 70m/s。在每年的 3～10 月，没有任何船或飞机可以进入南极，也就意味着冬天一旦来临，越冬队员们面对的只有漫长极夜。2019 年 9 月 18 日，一场呼啸而来的暴风雪迅速覆盖了整个中山站，也毁坏了站上的网络设备，姚淑涛和队友们必须顶着暴风雪进行抢修，“气温零下二十几度，眼前什么也看不见，人在暴风雪中甚至无法站立”，尽管如此，姚淑涛没有丝毫怨言，以执着与坚守展现了新时代大学生与青年科学家的风采。

在认真完成探测任务的同时，姚淑涛的科研工作稳步推进。他回忆起在南极的时光：“在南极野外，周围除了冰雪和戈壁，就只剩下呼啸的风声了。有的时候，自己需要静下心来，心无旁骛地沉浸在科学研究中。做科研需要坚持，科研岗位需要坚守，而科学家需要有一颗坚强而执着的心，才能熬过漫无边际的黑暗，迎来黎明的曙光。”驻守在方圆 3000 万平方公里只有几十名人类的无人区，伴随着长达三个月的黑夜，姚淑涛把这看作是静下心来思考问题的宝贵光阴，并在此期间首次在太空中观测到由电子激发的镜像模结构，以第一作者身份将研究结果发表于国际权威期刊 *The Astrophysical Journal Letters*（期刊影响因子 8.3），文章从投稿到被接收，历时不到两周。在南极科考期间，姚淑涛以山东大学为第一单位，在国际权威期刊共发表第一作者论文 3 篇，合作论文 6 篇，总计影响因子 45.6。

2019 年国庆正值中华人民共和国 70 周年华诞，姚淑涛和他的队友们在地球的最南端为祖国庆生。他们在两万公里外的南极大陆上升起了五星红旗，还邀请了邻居友站——俄罗斯站和印度站的越冬队员一同庆祝。在工作之余，姚淑涛参加了央视新闻的科普节目，在节目上公开了全球首个清晰度高达 8k 分辨率的南极光影像视频。为了制作这支 40 秒的极光影像，他在野外零下三十多度的环境里拍摄了七个小时。

凭借着对科研事业的热爱和敢于探索自然、挑战困难的无畏精神，姚淑涛不仅圆满完成了祖国交付与他的使命，还成功安装运行了山东大学在南极的第一台可以常年运行的科学考察设备，并于 2020 年 1 月乘坐“雪龙”号船安全返回国内。姚淑涛在南极科考期间的工作获得社会各界的认可，在 2019 年获得了由教育部、人民日报颁发的“第十四届中国大学生年度人物”提名奖，并曾多次登上央视频道，被人民日报、科技日报等媒体广泛报道。

从 2008 年本科进入山东大学威海校区空间科学与物理学院至今，姚淑涛在山东大学已经度过了十余载的时光，求学科研耕耘不辍，支撑他前进的是对空间物理学科的热爱。参加南极科学考察，姚淑涛收获颇多。对于以后的规划,他打算继续走科研这条道路:“计划继续从事空间探测方面的研究工作,有机会的话希望能为母校效力,也希望自己能通过进一步的深造提升,为祖国空间探测领域的发展贡献力量。”

(原载于山东大学新闻网2020年4月19日;文:丁强,图:受访者提供)

姜美锐:越努力越幸运

日前,《人民日报》专版报道 110 名 2018～2019 学年度本专科生国家奖学金获奖学生代表事迹,软件学院 2016 级本科生姜美锐事迹获选刊登。

连续三年获国家奖学金、MICCAI2019 挑战赛手术阶段分割赛道国际第一名、国际奖项 2 项、国家级奖项 7 项、省级奖项 11 项、校级奖项 23 项、合作编写 40 余万字专业课程知识……一路走来,姜美锐用行动证明:越努力,越幸运。

"我是一个努力但还不够拼命的普通人"

国家奖学金是高校学生资助政策体系的重要内容,级别高,荣誉性强,引导作用明显,2019 年度,山东大学共有 530 名本科生获此殊荣。2019 年 12 月,全国学生资助管理中心发布《关于选报 2018～2019 学年度本专科生国家奖学金获奖学生先进事迹材料的通知》,从全国 6 万名优秀本专科获奖学生中遴选最优秀的学生代表联合主流媒体宣传学生典型事迹,以进一步发挥国家奖学金的育人功能,充分展示国家奖学金获奖学生的精神风貌。

5月下旬，毕业的氛围悄然而至，姜美锐接受采访时，他刚刚完成自己的本科毕业设计答辩。在被问到线上答辩方式与线下有何不同时，他认为除了形式上的变化之外，没有其他区别，各位答辩委员会的老师们在整个过程都非常认真严格。对于优秀的他来说，这并不是忙里偷闲的放假前夕，而是又一个紧张又充满希望的起点。他在忙于毕业设计之外，也在协助未来博导进行着一些科研项目。

国家奖学金、企业奖学金、学校奖学金以及其他各种荣誉拿到手软的他，在旁人看来似乎是妥妥的一个学霸。他是一个从小自我要求很高的人，进入大学后，无论是实践比赛活动还是知识学习，都积极参与，并且尽最大的努力去拿到好成绩。他一直坚信"越努力越幸运"的人生信念。父母对他的教育很严格，因此他自己也很努力，从小养成的努力的习惯，让自己变得越来越好。

人就是一直处于一个与熵增定律斗争的过程，在生活学习中总会自然地走向散漫和无序，因此需要保持自律和习惯来抵抗熵增，从而取得好成绩。很多时候他和其他人一样，无法做到全天候努力学习，有时候也会出现懒散和情绪失落。但是他会用一种强迫的手段来"逼"自己。从大一到大四，他没有一个暑假在家里完整度过，每次都会买晚半个月或者一个月的票，留在实验室里参加一些课程培训。姜美锐回忆，在大一的整个暑假，他都留在了实验室做算法美国计算机协会（Association for Computing Machinery，ACM）竞赛，就是为了让自己学到更多的东西。

"我是一个努力但是还不够拼命的普通人。"对自己高要求的他这样总结自己。他有时候也会感到迷茫和疲惫，不想学习时会看看电影和有趣的视频放松一下，然后恢复动力继续前进。坚强的他同样会感到孤独："大三的时候拿到了保研推免的资格，为了去到更好的学校，依旧需要不断学习。假期看到空荡荡的宿舍只剩下自己一个人时，心里很不是滋味。"但是他坚信付出就会有回报，继续学习更多的内容来充实自己，就这样一直积极地自我鼓励。

"没有想到我们获得了国际第一名"

MICCAI是跨医学影像计算（Medical Image Computingand，MIC）和计算机辅助介入（ Computer-Assisted Intervention，CAI）两个领域的综合性学术会议，由国际医学图像计算和计算机辅助干预协会举办，是该领域的顶级会议。姜美锐在MICCAI2019挑战赛手术阶段分割赛道获得了国际第一名。说到这次获奖，他有些按捺不住的兴奋和自豪。他介绍说这个比赛涉及医学、临床和计算机之间的一个交叉领域，通过人工智能的方法来分析手术视频的整个进程。当时参加这个比赛，是为了锻炼自己的能力，同时也检验一下自己的实力，参赛的队伍有北京大学团队、海康威视专业团队及其他国外专业公司团队。

比赛从2019年8月开始,持续到2019年10月。团队每个星期都会开会各自表达自己的想法,进行着思想碰撞。功夫不负有心人,姜美锐所在的团队最终过五关斩六将,获得第一名。

“我们团队的主要成员总共有4个人,1名来自华南理工大学,2名来自香港中文大学。”其中一名团队成员是博士后,这位博士后姐姐一直带着整个团队突破学习,就这样,来自不同学校不同地方的4人团队一步步走到了终点。

因为热爱,所以坚持

山软智库是一个专业知识共享平台,由软件学院的学生运营,姜美锐在此项目中合作编写了超过40万字的课程知识。“我之前从未想到,会有这样一批志同道合的同学共同做着一件有意义的事情。”他非常兴奋地讲述着,“起初是几个成绩比较好的同学想着把自己学习到的专业知识整理分享给那些成绩不太理想的同学。就像我们高中时候的《五年高考三年模拟》一样,现在我们已经建成了一个网站,把所有的知识整合后,再经过老师审核,然后放在网站上,同时其他人也可以编辑补充内容,像百度一样方便。”从他的语气中,记者明显感受到了他的热爱。他说:“这种知识共享的确帮助了很多人,我们觉得非常有意义。”

团队成员为了共同目标一起奋斗,目前山软智库开发了网站、开通了微信公众号,B站上也有学习视频。现在资源主要面向整个学院使用,后期会推广至整个学校,如果有可能会面向社会。他相信山软智库的未来会越来越好。

“很多东西往往都是由没有意义渐渐变成了非常有意义。刚开始,大家并不了解这个项目,所以不太感兴趣,只有我们几个人一直在坚持。后来,在逐渐发展的过程中,越来越多的人意识到这个项目的意义所在,老师也逐渐肯定了我们的想法。学院团委充分尊重我们,为我们提供了场地和设备,事情越来越顺利。”

“每个人都为这个团队付出了很多,最难忘的事情是当时有一些即将毕业回家的人继续留在学校参与知识整合,通过半个月的时间,完成了网站的线上发布——这也是山软智库的里程碑事件,之后的很多运作都可以通过网站来进行。”他继续说道,“这是一个公益平台,大家都是因为热爱才聚在一起,真的能够感受到每个人的付出。”

继续深造,期待回归

对于继续学习深造,姜美锐说已经确定了去香港中文大学攻读博士学位,专业依旧是计算机科学。他细心地提醒道:“香港学校大多数专业要求雅思均分6.5分就能申请,但是非常注重是否获得国家奖学金及专业实践活动,因此除了好好学习语言之外,可以多参加一些专业竞赛,让导师认为你是一个非常有潜能的人。”

“我希望回到山大去教学。”这是他对未来职业的规划。他说如果博士毕业后有机会,会选择回到山大,如果还是不够资格,将在国外读个博士后,然后再回到山大,“山大是我的母校,我非常喜欢她。”

在毕业之际,回首四年,姜美锐说自己刚入学时,院长就曾经提到过“大学之大在于大师”,这句话一直伴随着他四年,一路走来感触非常深刻。山大的资源非常多,并且也一直努力为同学们提供更好的资源。他很感谢山大给了他舞台,他才能够变得更好。当问到有什么话想对学弟学妹们说时,他说无论是课堂学习还是课外实践,希望学弟学妹们都能够好好利用这些丰富的资源,抓住机会,与老师们交流,与同学们交流,在这片肥沃的土地上挥洒自己的汗水,努力成为更好的自己。

(原载于山东大学新闻网2020年5月31日;文:彭林,图:受访者提供)

王琨尧："医"路前行，以爱相"髓"

小时候，有个女孩经常看到爸爸妈妈无偿献血，他们告诉她这叫奉献爱心，于是一颗有关"爱"的种子逐渐在她的心里扎了根。18岁那年，在达到无偿献血最低年龄要求后，她将献血400cc作为自己的成人礼，并填写了中华骨髓库登记表——这一个特殊的举动，竟成为三年后和一位陌生的白血病患者缘分的开端。

她便是王琨尧，山东大学临床医学院2016级本硕连读学生。在得知自己与一位患有白血病的小女孩配型成功后，她毫不犹豫地选择了捐献。今年5月，她成了全国第9638例、山东大学第12例造血干细胞成功捐献者。

续航生命 无惧艰险

2020年5月14日，对于绝大多数大学生而言，可能只是一个居家上网课的普通日子，然而对于王琨尧来说，这是她无法忘记的一天。在这一天，历经近5个小时的采集，她成功捐献造血干细胞，为一位患有白血病的小女孩带去了希望。

造血干细胞配型成功率极低，仅为十万分之一，所以在4月初得知自己同一位患者初步配型成功时，王琨尧非常激动。当时因新冠肺炎疫情，各地都实行居家隔离政策，王琨尧在初步配型成功后需要前往医院进行高分辨配型，往返医院难免会冒着被感染的风险。面对患者的期待，她没有动摇过自己的决心，在做好个人防护的同时积极配合医院进行高分辨配型工作，完成了疫情期间的多次“逆行”。虽然其间经历了许多困难，但每一次她都暗下决心——不管经历什么困难，自己都要坚持下来，为患者争取生的希望。终于，她收到了高配型成功的消息，将悬着的心放了下来。

高分辨配型成功只是个开始。在保定做完全身体检后，王琨尧又赶往石家庄，在五天内注射九针动员剂。打完动员针后，低烧、腰痛、头痛等常见不良反应接踵而至。“疼痛肯定是会有一点的，但想着那个病了那么久的小女孩，我这点痛苦也不算什么。”怀着这样朴素的想法，5月14日，她成功捐献造血干细胞，与陌生小女孩之间的一条“血缘”就此相连，传递了生的希望。

在这样一条血缘上，王琨尧和被捐献者的家庭互相挂念着。捐献骨髓有双盲规定，即捐献者与被捐献者之间不能接触。通过红十字会渠道，小女孩的父亲给王琨尧寄来了一封信。信首以“亲爱的恩人”开头，朴实的话语中流露着孩子父亲对王琨尧的无尽感激。“作为孩子的父亲，我觉得命运怎么对我的孩子这么不公平，是您的出现让我对人生、对生活又有了希望。”那位父亲在信中写道。

“余生您就是我们的家人，余生每天为您祝福。”借用原始的书信手段，一种双向的爱彼此传递。王琨尧认真且珍惜地保存着这封信。“我不认识你，但我爱你”，她在心中默默地为小女孩和她的家庭送上祝福。回望过去，王琨尧内心的选择依旧坚定。

用爱发电 逐梦杏林

王琨尧与医学结缘于童年。她小时候常常感冒发烧，是医院的“常客”，在身体难受时，白衣天使们的精湛医术和细心照料让王琨尧真切地感受到医生这个职业的伟大，也让她逐渐希望自己能够加入这一行列救死扶伤。于是，在高考后填报志愿时，王琨尧毫不犹豫地选择医学专业，成为山东大学临床医学“5＋3”专业的一名学生。

“用爱发电”，这是王琨尧对医生这个职业的认知，“这不是一个单单为谋求生计去做的职业，而是一个需要有着高度责任感去承担的工作。”

进入山东大学学习后，王琨尧愈发感受到对自己所学专业的热爱。对于王琨尧而言,山东大学带领她走进了医学的大门,为她开创了一个全新的知识领域。"专业的解剖室、实验室,对口的教学医院,学校细致的教学安排……"在王琨尧看来,学校为她提供了一个培育梦想的绝佳平台。由于老师们很多都是临床医师,讲到真实的临床案例时,王琨尧常常会有所触动。当病人病情凶险或因误诊延误治疗时,她的内心无比着急;当病人们在学校附属医院被治愈时,她又感到无比欢喜。"我们在山大努力学习,为的就是给更多病人带去更多希望。"入学以来,王琨尧深深体会到了医生所应承担的责任,也深感自己作为一名山大医学生,肩负着更重的责任。

疫情期间,大多数人对于医生这个行业有了更深的认识与更高的敬佩,他们是勇往直前的逆行者,是保家卫国的守护者。"如果我是今年工作的医护人员,面对新冠疫情的肆虐,肯定也要主动请缨前去支援一线。"当谈及今年的新冠疫情时,王琨尧如是说,眼神中透露出坚定。通过这次全国抗疫,王琨尧也更加深刻认识到了医学专业的神圣感与使命感,对于未来,也有了更加明朗的期盼。

捐献期间,除了必要的环节以外,王琨尧没有停止自己的网课学习。医学专业课业繁重,王琨尧不敢懈怠,在捐献期间几乎把自己的日程安排得满满当当。"早上去医院采集,回来后接着进行网课学习;或是完成一天的网课学习后,晚上去医院检查。"忙得连轴转的生活节奏没有让王琨尧感到疲惫,反而让她无比充实。

如今,成功捐献造血干细胞的王琨尧,已经回归到了自己的正常学习节奏。"现在的主要任务就是安稳顺利度过考试周啦!"王琨尧以一种轻松的语气谈到最近的安排。这位刚刚走出医院的女孩,面对接下来的学习,也以一如既往的认真来面对。

爱是一种传递

在王琨尧眼里,爱并不是一个抽象的概念,而是一种真实存在的情感传递。无论是谈到小时候父母对自己的影响还是捐献期间来自各方的温暖,都让她坚定这一认知。

王琨尧的父母是中共党员,有着定期无偿献血的习惯,正是这样的善举对王琨尧产生了潜移默化的影响。她从父母那得到了爱的教育,在成长过程中也身体力行地践行着这份爱心。无论是无偿献血,还是捐献造血干细胞,她都毫不犹豫。在家人的鼓励下,王琨尧在捐献骨髓期间提交了入党申请书——这也是她一直以来的心愿。

捐献期间,父母作为王琨尧的后盾,一直温柔地给予她支持。从采集血样到全身体检、打动员针，再到最终采集，每一个环节妈妈都一直陪伴在王琨尧左右。这一对母女从保定走到石家庄，从清晨到夜晚，从疼痛到坚持，克服一项项困难。在最后采集的当天，爸爸也早早奔赴石家庄，一家人在医院相会时，王琨尧的内心无比坚定，也倍感温暖。

王琨尧的师长和同学们也对她捐献造血干细胞一事倍加关心。由于新冠疫情的外出报备规定，辅导员及班内的同学知道了这件事。辅导员每天都会打电话来问候，让王琨尧感受到家人一般的关怀。同学们也在线上也发来鼓励的话语，让当时身体不适的王琨尧感受到身边的暖意。

捐献前，同专业的学长刘晨联系到王琨尧。刘晨是全国第 9000 例造血干细胞捐献者，同样也是山东大学临床医学专业学生。通过红十字会的老师，刘晨联系到王琨尧，作为过来人向王琨尧详细介绍了捐献的准备工作与注意事项。刘晨的鼓励和叮嘱让王琨尧了解到更多关于捐献的相关事宜，这种山大人之间爱心的传递令她感动，也成为她坚持下来的巨大力量源泉。

不论是父母、亲友，还是师长、同学，王琨尧身边的人向她传递的鼓励和支持，成为她毫不犹豫地选择传递爱心的坚实后盾。“从此，世界上多了一个从病魔手中挣脱的孩子，也多了一个和我素未谋面却血脉相连的小妹妹。”捐赠后，王琨尧在“山大日记”中如此感叹。这个喜欢“用爱发电”的女孩感受着爱，也传递着爱。“我相信苦尽甘来，你承受了病痛，往后一定会平安喜乐。”给小女孩的回信中，是王琨尧炽热的爱与期盼。

（原载于山东大学新闻网 2020 年 6 月 5 日；文：王晓萍、高鑫，图：受访者提供）

王立众:力学如力耕,勤惰尔自知

国家奖学金获得者,获国家发明专利三项、全国大学生可再生能源科技竞赛一等奖、山东省大学生数学竞赛(非数学类)一等奖、全国大学生数学建模竞赛山东赛区二等奖,保研至清华大学……四年的大学时光,材料科学与工程学院材料成型及控制工程(卓越)专业 2016 级本科生王立众用不懈的努力,换回一份耀眼的成绩单。

路漫漫其修远兮,吾将上下而求索

学习成绩和综合成绩均为年级第一,必修课满分 5 门,95 分以上 27 门,90 分以上 50 门。"力学如力耕,勤惰尔自知",勤奋者必有回报,这是王立众"力学"的答卷。没有莫名而来的成果,天道酬勤,学无止境,需勉力而为。王立众大二开始参加科创项目,完成了人性化定量分配器、基于激光视觉的管板焊接机器人三维定位,电脉冲处理对 3003Al 合金塑形的影响等项目。

王立众介绍,他现在做的是首创的圆柱直齿轮滚轧成形工艺基础研究,整个实验从2019年6月开始，目前已撰写376页共计10万余字的论文，其中近140页数据。整个项目包括结构设计、模拟仿真、质量评估、质量改善和工装设计，从一开始的毫不了解，王立众一点点摸索，到后来学会了很多项目相关知识以及4个软件的编程和操作。此外，因为这个项目是首创，几乎查不到任何文献和资料，所以整个项目从头到尾，从一开始的模型建立到最后成功率检测，都是根据几何关系和物理方程一步步构建起来的，6000余组数据都是一个软件导入另一个软件、经过多次计算得出的。实验进展到现在，绘图文件就有4.61G，推导公式已用完了三本草稿本。

疫情期间，王立众也一直在家远程操控实验室电脑坚持做实验。每天专注地对着电脑至少9个小时，面对烦冗的数据一点一点分析，必须找对每一步的模型，才能开展后续进程，每天要做好几十次的模拟。王立众记得，第一次模拟就花费21天，三周的努力结果并不理想，一直到大年初四才找到第一个模型。当天零点，灵感乍现，他立刻修改，第二天起床才看到理想了许多的模型。为了提高模拟速度，他不断改进、不断尝试，最终将单次模拟时间提高到5天。

学习秘籍——力学如力耕，勤惰尔自知

回想初进大学，面对完全没有接触过的材料以及跨学科的很多内容，王立众也曾困惑过；但最终，他了解了所学，找到了自己的方向："大学四年，很大的一个收获是我更加了解材料学是什么。"大学期间，王立众和舍友坚持每天六点二十起床，晚上下晚自习到操场跑三圈，有空听听歌打打球，健康的生活习惯是他高效学习的保障。除此之外，丰富的社会实践经历和学生工作让他进一步开拓思维，交际能力和学习创新能力均有很大提高。

行为知之始，知为行之成。王立众说："很多知识都是很偏实际的，是实践生产中的结论，所以可以在实践中去理解它。"课堂上老师讲的知识是一个部分，但是很难只通过课堂时间就完全掌握和理解所有内容，所以课前预习和课后复习都很重要，课后往往要花费比课堂多很多倍的时间去复习和理解。他举例："大三的时候有一门必修课叫作材料科学基础，内容偏理论，并且都需要背诵理解。老师上完课之后，我看书时最开始看一遍要一个多小时，后来第二遍半个小时，之后十分钟，最后一两分钟就能记住。"

机会，总会留给有准备的人。"有些东西你学了之后可能暂时没有帮助，但是一旦出现机会，你就会更容易把握住。"大二上学期考完六级以后，王立众开始学习德语，并拿到了德语B1的证书。在后来的学习中，德语成了他很大的助力。大三下学期"快速成型制造技术"的翻转课堂分享，他选择了3D打印在航空航天中的应用，需要在ATworks公司的全德语网站查询相关资料。德国教

授做过齿轮滚压的研究,但所有资料都是德语,能流畅地看懂德语,给他的“圆柱直齿轮滚轧成形工艺基础”研究提供了新的设计思路。所做的很多努力,即使没有短时间内让你看到回报;但是长远来看,一定会有用的。

关于未来,他说“学无止境,气有浩然”。“在求学之路上,终生学习;在科研之路上,脚踏实地;在人生之路上,忠肝义胆。”在王立众的身上体现着山大人的求学情怀和科研精神。科研艰辛,他实事求是,踏踏实实,用努力和坚持得出实用的科学成果,为国家和社会作出自己的贡献。

(原载于山东大学新闻网2020年6月12日;文:张文霞,图:受访者提供)

周孟琪：且耕且获山大行，念兹在兹文人心

周孟琪，中共党员，山东大学（威海）文化传播学院汉语言文学专业 2016 级本科生，曾任班级团支书、院学生会科技学术部部长、科研班主任；获评山东省优秀学生、省优秀毕业生、省十佳青年学生"政治佳"，山东大学自强之星、山东大学十佳共青团员等荣誉称号；获得国家奖学金 3 次、牛津大学暑期访学一等奖学金，累计获国家级奖项 4 项、省级奖项 8 项、校级奖项 40 余项。现已保研至南京大学中国现当代文学专业。

自幼喜爱文学的周孟琪，从小学对《红楼梦》爱不释手。进入大学后在与文学的终日相对中，周孟琪对自我的认知也愈加清晰："我感兴趣的不仅是作家、作品，还有文学的创作、文学的历史……我所热爱的，是文学本身。"学习于她，是一个探寻外界的过程，亦是一个发现自我的过程。

勤勉为径，巧思做楫

在本科期间，周孟琪连续 7 个学期学分绩点和综合素质测评成绩名列专业

第一，优异的成绩得益于她持之以恒的学习、钻研。从大一开始，她就把老师列的长长书单上的书一本本地读完，她还分享了自己的经验："我是一个喜欢记笔记的人，并且对笔记的要求特别高。平时上课我会用电脑做笔记，在课后整理编辑，编上目录、页码，不同的标注使用不同的颜色，包括主标题副标题采用什么字号都有自己的要求。"至于备考经验，周孟琪谈到除了老师讲的重点之外，她会将本学期所有的课程内容系统地复习一遍。

勤学苦练固然重要，但周孟琪还有一套独特的方法——将自己平时精心整理的笔记打印成册，再提炼为逻辑性和关联性很强的知识框架，阅览时从中联想起相关知识点，既节省了时间，又有利于知识点的串联。如此反复，任凭内容繁杂，也能烂熟于心。"这时候，之前的笔记到反不那么重要了，因为我已经形成自己一套独特的记忆模式。"周孟琪自信地说。不断地理解、反复地琢磨，举一反三、触类旁通，是"勤"；将书本的知识撷精而凝慧，内化于己，构建自己的知识体系，是"巧"。勤勉得以博观，巧思得以约取，周孟琪正是做到了这两点。

随着学习不断深入，周孟琪对汉语言文学的认知也不断深化："在很多人的印象里，学习汉语言文学就是看看小说、写写文章，还挺悠闲的。但其实汉语言文学学科，兼具人文性、思想性、理论性。学习汉语言文学，除了培养综合感受之外，还是要构建一个理论框架，把它当成一门严谨的科学来看待。一定不要忽视对理论著作的阅读，虽然晦涩，理论能让你更好地去理解文学。"言语间增添的是一份恭敬严谨，不变的是一片赤诚之心。

且耕且获，念兹在兹

"山东大学的学风真的很踏实，它不是跳脱张扬的，而是一种积淀的沉稳。尤其在中文专业，能够很明显地感受到山大中文的传承，自己真的是非常荣幸。"周孟琪是在济南长大的。小树林里，儿时的她在鸟儿悠然的啼鸣里静听过书页在指尖滑过的声音，中学时她满怀憧憬到中心校区参加了教学体验活动，周孟琪对山大的熟悉由来已久。

大学四年她不仅成绩拔尖，也很注重全面发展，积极参与学院和班级的活动，创办支教团，赴牛津大学访学，在科研立项与各种竞赛中屡获一等奖。周孟琪和同学们一起创立了"爱的三角"支教团，三年来 50 余名学生参与支教，奔赴山东、山西、云南等地的贫困村、少数民族村。支教之余，她们尽可能地利用汉语言文学专业和新闻传播专业所学，用文笔书写和孩子们相处的点点滴滴，用镜头来记录孩子们充满爱的笑容。支教团还运用现代信息技术的便利条件，通过写支教日记，在公众号和微博上宣传等方式，引起更多人对支教地区孩子们的关注。

“这些都离不开学校和学院的培养。”这是她最深的感慨。且耕且获，学校给予学子耕耘和成长的平台；念兹在兹，学子又对母校深怀感恩与眷恋。

为文之心，矢志不渝

山大以文史哲见长，人文的积淀经年而醇厚，历久而弥芳。周孟琪认为大学四年的学习带给自己最大的变化，就是人生观、价值观的重塑，而这个过程离不开人文精神的培育和学术视野的开拓。“毕业论文指导老师每次给我的论文提的建议，都打开了我新的视野，还是自己的思维太狭窄了，这才惊觉其中别有一番天地。”周孟琪感叹，“学校、专业带给我太多的东西了。在这样一个人生观、价值观形成的重要时期，我非常感谢遇见这些专业老师，是他们教会我们如何为文，如何做人。”

周孟琪谈起文化传播学院饱含深情：“我们学院真的是一个很有情怀的地方。我印象特别深刻，巴黎圣母院被烧的那一天，一位教外国文学的老师号召全学院学生重读《巴黎圣母院》，于是在那一天，所有同学都捧起了《巴黎圣母院》。”这些青年人聚集起来，对心中共同的圣地——文学，用他们最常见却又最独特的方式致敬。书页翕张间，一场无声而盛大的仪式庄重进行，无声，那是他们与文学相依相知的默契；盛大，那是他们对人文最圣洁虔诚的追求。而“他们”，便是周孟琪自豪而亲切地称呼着的——中文人。

周孟琪希望自己走出校园之后，也能够做到像老师寄语里所期待的，去讲真话，做真事，做一个真真正正的中文人。

尘雾之微也能够补益山海，荧烛之光也可以让日月增辉。正如周孟琪所深深铭记的，她的老师曾说“文学，是无用之大用”。人文人文，以文化人，养独立之思想，育自由之精神，正如春雨润物无声细，不经意间，几处塞北雪澌，几处江南凝绿。

因为疫情，2020年的毕业季有了些不同，但学校、学院尽量想出更丰富的形式来让大家留存下毕业季的专属感受，拍毕业视频、写毕业回忆录……也引发了周孟琪的思索：“我会以最好的心态迎接未来。而且，这反而给了我更多的时间去思考大学最重要的是什么，让我明白大学生活和学习的真正意义所在。这何尝不是大学教给我的一课。”这也许就是中文人对圆缺的独特见解：月圆是画，月缺是诗；要有情怀，更要有襟怀。

（原载于山东大学新闻网2020年6月26日；文：李思雅、李积斌，图：受访者提供）

陈大卫:愿自己的努力转化为癌症病人的希望

陈大卫,山东大学临床医学院 2017 级博士研究生,肿瘤放射治疗学专业,师从山东省肿瘤医院于金明院士。在导师的指导下,以(共同)第一作者身份先后在 *JAMA Oncology*, *Journal for Immunotherapy of Cancer*, *Journal for Immunotherapy of Cancer* 等 SCI 杂志发表论文 18 篇,论著 16 篇,累计影响因子 140 以上。博士期间曾前往美国排名第一的癌症中心 MD 安德森接受联合培养。多次于美国、中国、日本的肿瘤学年会、放射肿瘤学年会作大会发言,现担任美国肿瘤学年会(American Society of Clinical Oncology,以下简称 ASCO)官方杂志 *JCO*(IF28)和美国放射肿瘤学(ASTRO)会刊红皮杂志(IF6.2)等多个国际知名肿瘤学杂志的特邀审稿人。荣获山东省优秀学术成果奖一等奖、山东省优秀实践成果奖一等奖、山东省科学技术进步奖二等奖、山东大学校长奖、国家奖学金等荣誉。近日,陈大卫荣获第 62 届 ASTRO 年会年度唯一“国际论文奖”。

感念恩师：明珠硕果，言传身教

ASTRO 年会是国际上规模最大、学术水平最高的放射肿瘤学学术盛会。不久前，经过 ASTRO 科学委员会专家层层筛选和严格评审，陈大卫在导师于金明院士指导下的论文在世界各国 3300 余篇专业论文中脱颖而出，获得本年度 ASTRO 大会唯一的“国际论文奖”。该项成果“通过抑制 SHP-2，增强放射免疫联合治疗（iRT）疗效的基础及临床研究”，证实了放疗联合免疫双靶点 iiRT 治疗晚期肿瘤的疗效。研究成果于 2020 年 4 月在线发表于 *Cancer Immunology Research* 杂志（影响因子 8.619）。

仰之弥高，钻之弥坚。今年申请提前一年毕业的陈大卫说，自己之所以能够在科研道路上走下去并研有所成，都是多亏了导师的引导。在日常生活、学习和工作中，导师严谨的治学态度、深厚扎实的理论功底及对待工作的热情和精益求精的作风使陈大卫受益匪浅。陈大卫经常收到于老师的电话或者邮件，与他讨论学术问题。于老师通过言传身教，在临床病例中教给他国际前沿的诊疗方案，培养他严谨的诊疗思维。对于与导师的学习交流机会，陈大卫总是格外珍惜，援疑质理，教学相长，师生情谊也在这切磋琢磨中慢慢巩固。

在研究方向的选择上，陈大卫对导师的感念溢于言表：“我的专业方向是导师亲自指点的，有一个好老师是很重要的。”同时，陈大卫还谈道，在他发表学术论文过程中，会遇到审稿人提出的一些难题，于老师每次都能找到问题的重点，对他的进一步思考做出引导。陈大卫表达了对导师的由衷感谢：“六年来，一直在您的庇护下成长。马上要毕业了，希望自己有一天也能来保护您，谢谢我的老师。”

研路漫漫：不经一番寒彻骨，哪来梅花扑鼻香

聊起研究成果时，陈大卫寥寥几句带过，说自己“只是运气好，赶上了科研的红利。”陈大卫说：“肿瘤免疫治疗是 2018 年的诺贝尔医学与生理学奖，氧代谢是 2019 年诺贝尔医学和生理学奖。我本身的专业是放射肿瘤学与免疫治疗和能量代谢的表型交互，这的确是莫大的机遇了。”然而，数页字纸和台前短短几分钟的背后绝不是仅靠幸运，机会只留给有准备的人，学术果实的背后不知已踏平了多少荆棘。谈及研路辛劳，陈大卫回忆起了刚刚读博士的时光：“刚刚读博士时，我所做的亚方向在国内才刚刚开始，做的人并不多；作为一个临床型硕士研究生转科研型博士，初入实验室遇到了很多问题，水土不服了大半年。很多次想放弃，但总归还是坚持下来了。”

研路漫漫无坦途。在漫长的科研生涯中，开始投入研究的时候，任何人都

不能预知其结果，坚持做一项不知成果的研究是艰难甚至枯燥的。陈大卫说，支撑他一路走下来的最大动力是老师和家人的鼓励。同时，陈大卫给自己每个学习阶段都订下了一个小目标："本科的目标是考研，硕士的目标是发 SCI 和考博，刚读博的目标是出国，出国后的目标是带一篇 10 分以上的文章回国。老师和家人的鼓励贯穿始终，为我每一阶段的目标不断加油打气。"就这样，他面对一个一个目标坚定信念，咬紧牙关，不惧漫漫长夜，不畏酷暑严寒，持之以恒才有了今日的累累果实。

学海绝非一帆风顺，陈大卫也坦言科研路上不遇挫折是不可能的。他用自己刚到美国联合培养期间的一段"黑暗时光"举例："刚到美国时，做的第一个实验，是我们放疗专业最基本的实验——平板克隆。没想到这个两个星期就能做完的简单试验，我做了三个半月，才最终做出了想要的结果。"陈大卫并没有因为这样的挫折就有所退缩，反而更坚定了在肿瘤放射治疗学专业钻研的信念。唯学逊志，务时敏，厥修乃来。付出了心血和汗水的成果是最值得满足和振奋的。

闲暇时光：欲成英雄器，先炼筋骨气

生活是多面体，科研学术只是其中的一面。聊到兴趣，"运动达人"陈大卫打开了话匣子："我特别喜欢体育运动。首先是篮球，每周和好朋友们一起打打球、聊聊天是最放松和开心的事情了。"他还主动展示了自己的跑步记录。他说自己一直有夜跑的习惯，目前已经累计 4800 多公里了。

生活不只有科研，合理分配时间、懂得享受生活是陈大卫保持阳光的秘诀。

"但行好事，莫问前程。"这是陈大卫给山大学弟学妹们的寄语。学生生涯告一段落，但学习的步伐永不停歇。毕业后，陈大卫会到山东省肿瘤医院工作。谈到学术追求，陈大卫希望他所学的亚专业能成为肿瘤放射治疗的新突破："希望肿瘤放射治疗能被更多的人认可；但最希望的是，自己的努力能转化为癌症病人的一丝希望。"

（原载于山东大学新闻网 2020 年 6 月 27 日；文：马宁，图：受访者提供）

吴睿佳:疾风知劲草,泉水蕴深流

吴睿佳,中共党员,中华全国律师协会会员,山东大学(威海)法学院2017级硕士研究生。曾任法学院研究生会主席、研究生第三党支部书记等职务。在校期间,荣获省部级以上奖项20项,其他奖项60余项;读研期间,在各类核心期刊发表专业学术论文7篇,获得山东大学校长奖、研究生国家奖学金、优秀研究生干部奖学金和一等奖学金各1次,获评山东省优秀学生、山东省优秀毕业生。

在四年本科生活、三年工作经历和三年研究生的多彩时光中,吴睿佳不惧风雨、一路前行,丰富的经历和耀眼的荣誉也如期而至。

商矛法盾助研学 切磋琢磨成佳作

在攻读研究生之前,吴睿佳曾于2010～2014年在威海校区商学院市场营销专业就读。商科与法律的不同学科背景,让吴睿佳拥有了重视创新、善于换位思考的"市场营销思维"以及严谨细致、滴水不漏的法学"匠人气质"。

从事学术研究，吴睿佳强调“思维”，对商科和法律学科做了两个比喻。“商科的逻辑思维就像是‘矛’，发散、创新、开阔，强调‘能做什么’和‘成功的几率有多大’。”吴睿佳这样形容对本科商学的感受。而他在现实生活中也灵活运用了这种思维。正如考研那年，面对激烈的考生竞争和跨考专业的现实，吴睿佳换位思考，突出优势，除了在简历中展现自己法律相关工作经历和司法考试成绩之外，还附上了十几篇法学随笔，最终成功被法学院录取。读研后，吴睿佳的表现持续亮眼，除了在核心期刊发表论文之外，还多次参加各类法学学术会议并作主题发言。

相反，面对研究生阶段学习的法学，吴睿佳总结其思维像“盾”——要防止和填补所有的逻辑漏洞。一篇核心期刊论文的背后，是吴睿佳长达数月的精细打磨。如同厂家将产品不断升级换代一样，他经过对论文认真地“切、磋、琢、磨”，从一开始的多次拒稿，到后来的一投即中，成果的产出背后是艰辛的自我否定和提升。

融商科之敏锐与法学之严谨，这是十年学习经历赋予吴睿佳的风范。

学生工作多启发 经典书卷似故人

在校学习的七年中，吴睿佳并未给自己设置限制，而是不断体验和感悟，尽可能多地去探索追求自己的缤纷人生。作为吴睿佳本科及研究生阶段生活中非常重要的版块，学生工作和社团活动同样给他带来了许多收获。

吴睿佳曾担任法学院研究生会主席、2017级研究生党支部书记等学生职务及广播站站长、主持人俱乐部会长等社团职务，正是这些工作帮助他在待人接物、体察社会上有了更深入的认识。“学生工作和社团活动是大学成长的一个必经阶段，也是必要的一部分。这些活动和工作会让我们成为一个更加健全、全面和丰富的人，增添人生成长养料，让我们接触到很多课本里难以学到的知识。”正是这些经历，极大地促进了吴睿佳行为习惯和思维方式的形成与优化，也让吴睿佳有了丰富多彩的校园生活。

在平时生活中，吴睿佳兴趣广泛，阅读是他坚持多年的爱好。不同的是，吴睿佳从不读电子书与流行的畅销书，而是偏好经典国学的阅读。初中阶段，吴睿佳就曾花光生活费“斥巨资”购买了一套中华书局的《史记》。从中学时代到本科阶段，从走上工作岗位再到如今即将读博，这段漫长的光阴里，他一直坚持阅读《尚书易解》《论语注疏》《汉书窥管》等文史经典。在这个过程中，吴睿佳锻炼了对文言古籍的阅读能力，这也成为他从事法学研究的一个特殊竞争力，使他能够顺畅地梳理中国本土法制的流变线索。

艰难磨砺玉汝成 扎根西北枝叶情

本科四年的学生工作经历虽可贵，但本科毕业后回到家乡，在三年时间里“边工作边考研”的经历则对吴睿佳今后的学术生涯产生了更为重要的影响。

2015年至2017年，吴睿佳是老家甘肃的一名基层公务员。凭着一股弥补本科阶段遗憾和创造人生价值的执念，吴睿佳毅然决然地坚持着他的考研道路，在每天长时间的繁忙工作之余，挤出零星时间来学习。他用轻松的语调谈起自己在家乡参与祁连山环境整治和精准扶贫工作时的经历：“一个垃圾点一个垃圾点地巡查，挨家挨户地走访，除此之外还要完成公务公文、各种报表，抽出时间陪伴家人，同时还必须筹划考研……到目前为止我都没有那时那么累过。”

虽然不轻松，但三年的基层工作经历给吴睿佳带来了玉汝于成的蜕变。扎根西北三年，吴睿佳养成了一颗“柠条的心”。

吴睿佳告诉记者，柠条是生长于西北的一种植物，根系发达、成活率高，防风固沙功用大。三年工作经历使吴睿佳对“扎根”有了更深的理解与体会：“这是能够在恶劣的环境中坚持扎根基层，做出一番事业的一种坚韧不拔的性格、一颗初心。”

从本科校园里的兴趣使然到实际工作岗位上的辛勤付出，再到回到校园后的信念追求，吴睿佳以柠条的精神鼓励自己，不折不挠，奋发向上。

赤子情怀记心中 恳切寄语传后学

六月底，吴睿佳作为威海校区硕士毕业生代表，在山东大学一校三地研究生毕业典礼上发言。演讲中，吴睿佳抒发了自己在学术道路上“矢志报国”的拳拳爱国心。

在谈及今后的目标时，吴睿佳说道：“文为时而作，通过自己的专业积累和知识去帮助人民群众和基层干部，这也是我们目前从事学术研究的初心和使命。”他希望在今后的研究学习生涯中，能够让自己的专业知识和积累的实务经验，更好地运用到学术和法律事务中，帮助理解和解决社会现实问题，从而实现学术报国的理想。

“关于大学生活方面的建议和寄语，我的建议就是，不要怕吃亏。意思是不要怕犯错，不要因为错过尝试而错失机遇，你可以放心地去做很多你感兴趣的事情。”作为硕士毕业生，吴睿佳为学弟学妹们送上真挚的寄语。他希望学弟学妹们在大学期间敢于探索，勇于试错，真正找到自己想要为之奋斗的目标与事业，将山大人的精神传扬下去。

青云之志不坠，榜样力量长存。顺利完成硕士阶段学习后，吴睿佳也即将开启博士阶段学习的新征程。守家国情怀，遂凌云之志，博士学术生涯，将是他施展才华的广阔新天地。

（原载于山东大学新闻网 2020 年 7 月 8 日；文：周欢、李丹蕾、周依童，图：受访者提供）

胥梦晨:风雨中的行路人

胥梦晨,环境科学与工程学院2020届博士毕业生,博士研究生第二党支部书记;研究方向为全氟化合物诱发小鼠肝肿大、氧化应激及相关效应研究。研究生期间,以第一作者发表SCI高水平论文6篇,累积影响因子26.268,在环境化学及环境检测与健康研究领域取得突破性进展。曾多次参加全国性环境学术会议,获得省级优秀学生、校级优秀研究生干部、一等学业奖学金等多项荣誉,于2020年6月获评山东省优秀毕业生,代表青岛校区毕业生在山东大学2020年研究生毕业典礼上发言。

初识科研:由好奇开启的漫长探索

胥梦晨师从刘汝涛教授,主要研究内容为全氟辛酸和全氟辛烷磺酸诱发的小鼠肝肿大、氧化应激及相关效应。虽然胥梦晨在硕博期间科研硕果累累,但她曾感慨:“从未想过科研这条路如此艰难。”

2015年,胥梦晨参加了环境学院全国优秀大学生暑期夏令营,听取了学院老师的专题报告,参观了实验室和一些相关的企业单位。在这次夏令营中,她了解了从未接触过的领域,感受到山大浓郁的学术氛围;环境学院产学研结合的模式让她也迫切地想将自己的所学应用到生态环境事业中。同一年,她以优异的成绩被山东大学环境学院录取,并进入实验室开始科研工作。

讲起自己研究的内容时,胥梦晨的眼睛里闪烁着自信的光芒:"全氟化合物(PFCs)是我们日常生活中常见的一种化学物质,平底锅、防火材料、个人护理品中都含有 PFCs。它的化学性质稳定,能在生物体内蓄积。"胥梦晨说,她们在前人的研究中发现全氟化合物对小鼠的肝脏有诱导肿大的效应,同时,还会引起小鼠的氧化应激反应。但是肝肿大和氧化应激之间是不是有联系、有怎么样的联系,还都是未知的。基于这一科学问题,胥梦晨开始了她漫长的探索。

研究生生活刚开始的时候,为了兼顾课业和实验,她经常往返于中心校区和趵突泉校区。那时,她在药学院跟着师兄师姐学习新的实验方法。为了保持样本的新鲜,保证实验结果的准确,作为新手的胥梦晨有时候需要花一整天甚至更长的时间来处理样品。她和课题组曾一起通宵做过实验,见过沉沉夜幕下还灯火通明的实验楼,也看过济南静夜里簌簌落下的初雪。

探路前行:耐得住寂寞,经得住考验

像很多研究生一样,胥梦晨也认为科研过程中最难的地方是找出创新点。对此,她认为量的积累很重要。胥梦晨一开始接到的课题是要研究全氟化合物。起初,她对要研究的方向并不明确,在大量阅读前人研究、不断实验验证、多次与导师和师兄师姐深入讨论、参加学术会议听取业界前辈报告的过程中,她逐渐步入正轨。从细胞到个体,从表象到机制,从广泛到精细,胥梦晨探赜索隐、矻矻终日,不断接近问题的正解。她说:"如果你不知道创新点在哪里,就先明确自己要解决的科学问题,做好手头的工作;有了大量的积累后,创新点可能就自然而然地出现在你眼前了。"

除了积累,胥梦晨认为做科研要认真再认真。她提到导师刘汝涛教授告诉过她的话:"做完实验有时候可能会得到一些看似不好的数据,再检查一下实验设计,做几组重复,如果仍然得到同样的结果,不要气馁,也许这里就藏着前人没有发现的新东西。"胥梦晨谨记于心,不能忽略实验中的一些微小的细节,他们可能是导致实验失败的蚁穴,还有可能是通往新思路的虫洞。

胥梦晨回忆起第一次发表学术成果,过程充满了曲折。她的第一篇 SCI 论文从研一投到博一,五次投稿,五次被拒,那两年的她处于研究生阶段的最低谷。她看着身边的同学纷纷发表学术成果,再看自己的一封封拒稿邮件,自信心备受打击,一度十分怀疑自己的能力。回首那段时光,胥梦晨说:"面对低谷,遇到考验,最重要的是要有一颗强大的内心。你需要不断给自己正向的心理暗示,给自己加油鼓劲儿。"就是在强大心理素质的支持下,她一步步踏实地改进完善,终于收到了第一个"accept",接着再投第二篇、第三篇就相对顺利了很多。

毕业典礼上，胥梦晨用“耐得住寂寞，经得住考验”来总结自己的读研之路。做研究不会一蹴而就，这个过程需要耐得住做实验、看文献、写论文的寂寞；经得住来自盲审、拒稿、毕业以及生活中遇到的其他考验，守得一份宁静，才能走向远方。

不负信任：党支书的成长路

胥梦晨在博士期间担任了博士研究生第二党支部书记。谈起参选党支书的心路历程，胥梦晨说：“我是一个比较热心的人，同学们有问题都喜欢来找我。”讲到这里时，她的脸上绽开了一个温暖的微笑。

胥梦晨最初为了锻炼自己的能力，迎接新的挑战，参与了党支部支委的评选。当选党支书后，她面临的第一个也是最大的挑战就是发展党员。第一年担任党支书时，她对党员发展的各个流程都不是很熟悉，当时有三个同学在转博过程中，入党材料有缺失，她就一边找老师学习流程，一边自己摸索，和同学保持密切沟通，最终成功解决了同学们的问题。在平时的工作中，她组织召开支部会议，对时事热点进行跟踪学习和讨论。她曾组织支部成员进行山东大学第十四次党代会的系列学习；在“不忘初心、牢记使命”的教育活动中带领大家制定学习计划，相互督促，在支部内部营造良好的学习氛围。

2020年初，新冠肺炎疫情突然袭来。胥梦晨组织党支部同学在疫情期间充分利用联系制度，每天联系同学进行疫情情况汇报、体温填报等工作，随时掌握每个同学的动态并及时向辅导员和学院里汇报。她还积极参与党员捐款，为抗击疫情贡献了自己的力量。

胥梦晨觉得，科研和学生工作是相通的，都需要不断学习和实践，才能得心应手，渐入佳境。在总结担任党支书的经历时，胥梦晨笑着说：“是同学们的信任赋予我这一职责。我希望这几年的工作没有愧对他们的信任。”

采访当天的天气雷雨交加，采访时，不觉惊雷；采访后，已是云开月霁。正应了胥梦晨最喜欢的那句话：“暴风雨结束后你不会记得自己是怎样活下来的，你甚至不确定暴风雨真的结束了。但有一件事是确定的——当你穿过了暴风雨，你早已不再是原来的那个你。”

回首来时路，胥梦晨说，目前做出的成果，仅仅是环境健康领域非常小的一个突破，所以她选择以科研作为自己毕生的事业。成为一个优秀的科研工作者，做一个学生们心中的好老师，是她下一个阶段的人生目标。她不知道自己的暴风雨是否已过去，但她知道，要勇敢地面对未来的路，那些考验都将让她成为更好的自己。

（原载于山东大学新闻网2020年7月13日；文：康爱，图：受访者提供）

吕兴帅:能源探索路上的苦乐与成长

吕兴帅,山东大学物理学院 2017 级原子与分子物理专业博士研究生。在学期间获得山东省优秀学术成果奖二等奖、山东省优秀学生、山东大学优秀学术成果奖二等奖、山东大学校长奖、博士研究生学业奖学金、博士研究生国家奖学金、校优秀研究生标兵等荣誉。以第一作者身份在 *Nano Lett.*, *Appl. Catal. B: Environ.*, *J. Mater. Chem. A* 等学术期刊上发表学术论文共计 9 篇,累计影响因子达 90,论文总被引次数 200 余次。

随着可持续发展观念深入人心,开发清洁高效的新能源便成为了科技发展和社会进步的需求,也成为了学界的研究重点。吕兴帅在山东大学攻读博士学位期间,便将研究方向定位于锂离子电池材料和高效电催化剂的开发利用,正契合未来社会对清洁能源的需求。仲夏时节,毕业季如期而至,吕兴帅带着满腹学识和一腔志气,即将奔赴远方。

坚毅是科研的底色

“目前人们对能源的需求继续增加,寻求具有更高比容量、更高功率密度的锂离子电池材料和开发更先进的高效电催化剂也成了研究热点。”在吕兴帅看来,学术研究应该立足社会的实际需求,技术变革才是社会发展的不竭动力。面对科研,他的态度十分明确,那便是用自身所学去服务社会,报效国家。

“朴实”和“坚毅”,一个着眼于诚实,一个立足于毅力,这是吕兴帅眼中科研应具备的最基本素质。这两个词也正符合吕兴帅的个性特点。他的性格朴实,做事稳重,面对挑战有一股不服输的劲儿。在他攻读博士学位期间,他始终秉持这样一种态度,攻克了科研道路上一项项未知与挑战。

实验是科研的基石,吕兴帅的大部分时间都在做实验中度过。他力求实事求是,将理论与实验进行结合,将朴实、坚毅的态度一以贯之。当实验组在实验中发现某些新现象,他就用理论去阐释现象背后的规律;当理论可以预测某些现象时,他便立刻动手验证,将理论付诸实践。博一期间,他所在的课题组团队在电催化分解水领域发现了一种高效电催化剂设计,需要相关理论的支撑。吕兴帅查阅了大量文献,结合实验数据得出了该设计对促进二维材料在电催化领域应用意义的结论。每一项探索性研究的背后,都是无数科研人员孜孜以求不断摸索的结果。吕兴帅在科研道路上培养了缜密的研究思维,正是这样的研究思维帮助他不断缩短与真理之间的距离,最终获得理想的结果。

但科研道路上总归不是一帆风顺的。吕兴帅坦言,在刚开始接触课题时,由于面对一个全新、未知的领域,可能很久都没有实质性进展。论文撰写需要大量实验数据支撑,而从投稿到发表又是一个漫长而又曲折的过程,期间还伴随着被退稿的风险。“科研是一个渐进的过程,不是一天、一个月就可以完成的,往往在短期内不会有明显成果。做科研,就像跑马拉松,没有坚毅的态度,是到不了终点的。”科研是对某一领域深入、透彻的学术研究,过程难免枯燥乏味。“宝剑锋从磨砺出,梅花香自苦寒来”,这就要求科研工作者要有明确的目标意识和坚毅的品质。但他坚信所有的挫折和困难都是暂时的。“如果自己都不相信自己要做的事情会成功,这个世界上就没人相信它会成功,所以坚持一下,咬咬牙挺过去,必会拨得云开见月明。”吕兴帅打趣道,语气中满是信心与坚定。

在读博期间,吕兴帅对学术道德与规范十分重视:“科研的本质是探寻真理,要求我们不能说假话。”在他看来,学术研究要脚踏实地,论证过程中论据是否充足,得到的结果是否真实、可靠,都需要实事求是。涓滴之水终可以穿透磐石,不是由于它力量强大,而是由于昼夜不舍的坚持。伴随着自己的努力,吕兴帅的付出也得到了回报。论文不断发表,他的科研成绩单被一点点填满。稳扎稳打、脚踏实地的态度,让他以科研回报社会的道路上行稳致远,得到更丰美的收获。

陪伴是成长的旋律

科研道路虽然漫长而曲折,但吕兴帅很庆幸有志同道合的团队,与他一起拨开迷雾,寻找真理之路。"在刚进入课题组的时候,由于本科阶段没有接受过系统的科研训练,我不懂计算流程,也没有成熟的科研思维。"吕兴帅坦言,读博伊始,自己对科研十分陌生。

幸运的是,吕兴帅的团队在他起步阶段给予了他莫大的帮助。在吕兴帅做锂离子电池课题时,恰好组里有一位师兄也在做这个方向。于是,在师兄的帮助下,他对这个领域的认识逐渐加深,学会了如何快速有效地调研某个问题,而且也比较熟练地掌握了软件的使用方法。在科研思维的形成方面,课题组的师兄和师姐对吕兴帅的影响同样非常大。"在写论文时,我常常和他人探讨实验结果,因为即使是同一张图表,不同的人也会有不同的看法,探讨之后写文章的思路就会比较开阔。"吕兴帅说。

一滴水,唯有放进大海里,才能成为波涛。相互鼓励,集思广益,互帮互助一直是吕兴帅所在的课题组的优良传统。尽管个人已经有了充足的能力,但是只有在团队的帮助之下,才会实现无限的可能。

如果说课题组的伙伴是科研道路上的并行者,那么导师就是引领方向的指路人。"饮水思源,结草衔环",吕兴帅常常将这八个字记在心中,言语之间透露着对导师的尊敬和感激:"戴瑛老师为我们的科研和生活创造了良好的条件和氛围。在她的带领下,我们课题组的学习氛围浓厚,团队成员之间互帮互助,每个人都为团队的建设和发展贡献着自己的力量。"

在导师的悉心指导下,吕兴帅的理论水平得到了很大的提高,科研思维也有了明显的进步。戴瑛教授对课题组的每一篇论文都会亲自把关,在导师的引领下,吕兴帅以第一作者身份在国际知名学术期刊上发表论文共计9篇。在科研和人生的道路上,吕兴帅常怀一颗感恩的心。他表示:"导师不仅传道授业解惑,教会了我如何做科研,更教会了我怎样做人做事,教会我如何去面对逆境和迎接挑战。"在他看来,课题组的每位老师不仅是他科研道路上的指路人,更是他为人、治学的榜样。

提到同窗情谊,吕兴帅脸上洋溢着灿烂的笑容:"我很感谢身边的朋友和同学,几载春秋和他们相伴走过,因为他们的陪伴与帮助,在漫长的科研道路上我并不会感到孤独。"毕业季来临之际,他舍不得课题组的所有人。感恩深深,真情切切，吕兴帅相信那份师生同门之间的浓情厚意永远不会改变。

科研与生活同样有乐趣

科研是一条不断试错的道路，常常伴随着枯燥与艰辛。但同别人眼中对科研的刻板印象不同，吕兴帅眼中的科研同样充满着乐趣。“别看科研表面上枯燥，其实只要深入进去，就会发现其中奥妙无穷，充满快乐。”执行科研计划的畅快，以及获得成功的欣喜，在吕兴帅看来，这些都是科研道路上他收获的一次次激励。

平日里，吕兴帅经常关注相关领域的研究进展，当看到新奇材料和现象的时候，他总是兴奋不已。2018 年 3 月，麻省理工学院 Pablo Jarillo-Herrero 课题组在 1.1°魔角扭曲的双层石墨烯中发现了新的电子态，可以简单实现绝缘体到超导体的转变，打开了非常规超导体研究的大门。这个全新的发现令吕兴帅倍感振奋，他为人类科学的进步感到欣喜，这也为他在繁忙的科研中增加了许多信心。

课余时间里，吕兴帅会自主规划学习一些软件应用和 python。在慢慢了解和掌握自己的工作进程之后，他总能合理规划时间，不断为自己“充电”。他认为，相比于其他编程语言，Python 更为简单易学，并且有助于论文中的数据处理，“性价比”很高。“学术文章中的很多图表都是通过 python 处理得到的，每次用 python 来处理相应的数据，都会得到我想要的结果，工作也因此变得更系统和具体。”在吕兴帅看来，学习是一项系统工程，他要掌握的不仅仅是科研知识，还有相关软件的熟练使用，正所谓“工欲善其事，必先利其器”。通过不断丰富自己的技能，吕兴帅不断披荆斩棘，越走越远，他的科研道路似乎也变得越来越顺利。

科学研究需要投入大量的时间，正所谓“一寸光阴一寸金”。而吕兴帅认为，科研人员的生活并不单调。在他看来，生活需要些色彩，而调色的画笔就掌握在自己手里。在学习科研之余，吕兴帅会选择放松一下，和朋友们在一块打打篮球，或者听听歌看看电影。“打球的时候，什么样的烦心事都会烟消云散，适时给自己放个假，以便更好地投入到学习和科研中。”于是，我们常常可以看到，山东大学中心校区的篮球场上的一个矫健身影，在挥洒汗水中释放自己的激情，用篮球开拓另一片广阔天地。

在蕴含巨大潜力的年纪，吕兴帅拥有着蓬勃的朝气，用坚毅的态度攀登科研的高峰，以感恩的情怀定格学术成长道路中的回忆。面对生活，他乐观开朗；面对未来，他饱含信心。他不断为自己的科研道路注入调剂，这让他更有活力，也更有元气。

流年似水，岁月如梭。五年的博士研究生生活犹如白驹过隙，从指尖悄悄溜走。未来，吕兴帅梦想进入高校继续从事科研工作，为自己的理想继续奋斗。“如果我将来能为科研领域贡献一点点力量，我会觉得这是一件很有意义和令人自豪的事情。”吕兴帅如是说。

（原载于山东大学新闻网2020年7月28日；文：陈琬娟、高鑫，图：受访者提供）

吴方建:潜力无上限,乐为学术人

吴方建,山东大学管理学院 2017 级硕士研究生、班长,师从齐鲁青年学者唐贵瑶教授,研究方向为绿色人力资源管理。硕士期间,在 SSCI、CSSCI 收录期刊发表论文 2 篇;合作完成美国管理学会年会(Annual Meeting of the Academy of Management,AOM)、中国管理研究国际学会双年会(International Association for Chinese Management Research,IACMR)等会议论文 6 篇;参与国家级课题 1 项,省部级课题 3 项。曾获 2019 年度山东大学校长奖,山东大学 2019 年度优秀研究生标兵,2018 年、2019 年度研究生国家奖学金,2017、2020 届山东省优秀毕业生等荣誉奖励。

盛夏悄悄来临,山大的毕业季也如约而至。在这个"特殊"的毕业季里,笔者在腾讯会议室里见到了这个穿着运动装、谦逊但饱含激情的大男孩。即将与这个有着他七年美好回忆的校园挥手作别,吴方建感慨地回忆起这些年在山大的过往,诉说怎样从懵懂少年,到与学术结缘成为更好的自己。

结缘学术，心怀感恩

吴方建与学术结缘是在大二的暑假，当时他的社会实践团队邀请管理学院唐贵瑶教授为大家开展培训，教授以“实践中的学术思考”为题作了分享。一场看似平常的讲座，为那时的吴方建打开了一扇新的大门。大学生活还处于“懵懂”状态的他决定跟随自己的好奇心向唐贵瑶教授请教为学的方法，也以此为开端，走上了学术之路。

学术之路是一条极具个性的道路，每个人对学术的理解不同，先天禀赋和思维方式不同，在这条路上的境遇也不同。从刚进入研究领域的“小白”，到能够在高端杂志和会议上发表论文；从只关注于“绿色人力资源管理”这一概念本身，到开展跨学科研究，吴方建其实并不是一帆风顺，对学术之“痛”更是有着深刻的理解与体会。

“在研二的时候准备投稿 AOM 会议的论文和我的硕士毕业论文，都是相对于当时水平比较困难的研究项目。准备毕业论文的时候因为论文雏形体量远超自己的预期，导致我的论文进度滞后，第一次预答辩都没有通过……”提起曾经遇到的瓶颈期，吴方建不禁感慨万千。虽然遭遇了挫折，但值得庆幸的是他的导师、师门同学，还有朋友们都给予了他很多宝贵的支持和建议。

让吴方建更加感恩的是，在唐教授的支持下，他研究生一年级即参加了包括 IACMR 在内的 4 场次国内外高端学术会议。会议期间，他与其他参会博士生聊天才了解到，硕士期间就能得到导师如此规格和频次的会议支持实属罕见，这也让他倍加珍惜每次参会交流的机会。除了导师外，师哥师姐们在入门阶段分享给他的基本学术研究技巧、学术品格和学术态度，也对他产生了非常大的影响。

“因为导师和师哥师姐们对自己的学术要求就极高，耳濡目染，我也会对自己有高要求，更不希望辜负了他们对我的期望。”说起这个，吴方建眼里闪烁着坚定的光。

保持好奇，悦纳自己

回首在山大管理学院学习的七年时光，吴方建直言收获了太多太多。倘若要问哪一个收获最大，他的答案是：生活方式。除了最基本的“早睡早起勤锻炼”以外，吴方建还给出了自己独特的解读。

吴方建在采访中直言自己是一个非常“好奇”的人，不但对自己的专业好奇，也对一切能提升自己的可能性好奇。作为本科阶段就开始涉足管理研究专业领域的学术人，他深知进行科研需要面临的困难和苦闷。如果没有兴趣和内在的驱动力作为支撑,其实会很难坚持下去,或者很难取得一些自己满意的结果。吴方建说,正是因为绿色人力资源管理契合自己的兴趣,他才能走到现在。

2017年,硕士生涯伊始,吴方建跟随导师去临沂做调研,适逢社会高度关注企业环境治理,将企业生态环境战略与团队议题绿色人力资源管理相结合的研究想法在他心里扎了根。于是,从当时延续到2018年以该议题参加IACMR会议,到2020年以该议题跨研究方向完成论文答辩,未来他也会在适当的时机下将毕业论文未竟创意继续开展下去。“在研究的过程中,每次的新发现,机缘下读到的好文献,以及交流中与他人思维碰撞出的火花都会让我振奋不已。”不知不觉间,天马行空的思维也在帮助吴方建更上一层楼,为他积累下来更多精神财富。

除了内心的热爱,保持良好的状态也是吴方建的“杀手锏”之一,不安于停留在原地,找到最适合自己的状态管理策略使得他能解锁更大的潜力。“我一直很注意自己的状态,平时会持开放的心态去尝试一些自我管理、提高效率的方式、方法,看适不适合自己,像是一个开源的社区,在保证‘底层设计’稳固的前提下,不断地了解和尝试一些新东西,寻找机会更新和完善自我。”为了提高自己的效率,吴方建参考知乎上的一个帖子,根据自己的情况建立了个人成就清单,用会计的“收支”方法管理自己的欲望和任务清单,做到“先挣后花、日日盈余”。

因为好奇心的驱使和自我完善的渴望,他才会持开放心态接触新鲜事物,敏锐的挖到适合自己的点,用来完善自己的生活方式,就像游戏里“捡装备”给自己“升级”。“我曾尝试过一些口碑比较好的时间/任务管理方法,但一般情况下都不太适合我这种沉浸式的工作情境,所以还是要耐心地从自己的需求或情境来寻找技巧方法,不要跟风或从众,适合自己的才是最好的。”另一方面,吴方建也在反思自己,如果总在尝新,信马由缰地跟着兴趣走,试错成本和熟悉一件事情的成本都会比较大,而且不确定性也会比较大。“比如这次,我比较固执地选择在硕士论文上尝试跨研究方向去实现留存很久的一个研究创意,风险极大,而且也给关心自己的人带来了一些不必要的担忧。”因此,他也在接下来的生活中给自己定下了一个目标:补上自己在制定和执行计划方面的短板。

对自己喜爱的研究课题侃侃而谈的吴方建,很难让人想到他曾经是一个很缺乏自信的人。“开展研究的前期很容易怀疑自己的选择是否合适。”吴方建说起在研一时参加的一个会议,自己参与的成果得到了比较负面的评价,当时就很沮丧,甚至怀疑自己是否适合做学术。但是几年的学术生涯下来,见识越来越广,导师及朋友们也在不断地鼓励和支持自己,他才渐渐更了解自己、接纳自己,也对自己的能力和潜力更加自信和坚定。

回忆起自信建立的过程，吴方建说："特别是当我在不断完善自己的过程中，进行学识的积累，越来越明确自己能力的'底盘'，就有信心做好事情，而且坚信自己的想法是有价值的。"

追求更完美，解锁新可能

作为已经要结束硕士阶段的学长，当被问及对即将开始研究生学习的同学们有什么建议时，吴方建首先强调了高质量论文的重要性。

"在科研中，不仅仅要阅读高质量论文，关注学术动态，更要拓展阅读领域。"他举例道，自己的研究项目曾涉及过信息化人力资源管理、绿色人力资源管理还有集团公司人力资源管理，还包括一些领导力和绿色行为研究，项目之余还曾关注过战略管理、社会学、心理学等很多相关领域的文章或经典著作。在硕士生阶段，多做跨领域跨主题的尝试和涉猎，这些看似"摸不着头脑"的学术积累可能会是遇到瓶颈时"灵光一现"的重要来源，即使暂时用不上，也会沉淀成自己的宝贵财富。

吴方建给出的第二个建议是，尽量不要写低于自己当下水平的学术作品，"把自己的科研作品当作艺术品来雕琢。"如果每一次做项目都给自己留有余地，知道瑕疵而不去改，知道有潜在进步空间而不去尝试，就等于放弃了一个成长的机会。不去逼一把自己，一直舒服地做事，反而会觉得枯燥。"怎么才能成长？就要以此时此刻你的见识和能力的极限去完成科研作品。当你觉得作品已经难有完善空间后，别人建设性的建议就会是醍醐灌顶的，建议的这些点在开展下一个项目时就会有意识的提前注意好，成为新的起点。这时你就成长了，而且效果很明显。"吴方建非常认真地说道。

随着研究的深入，吴方建也坚定自己将继续读博，期待在领域内做出一点成绩。但他并没有把自己封闭在"象牙塔"里，而是积极寻求将自己的研究与实践相结合，从理论到实践，再从实践到理论，在理论与实践的"回响往复"中追逐自己的学术本心。"自己还处于起步状态，践行这样的路径还有很长的路要走，有很多的未知需要面对。"吴方建如是说，谦逊但激情满满。学术之路固然艰难，心存信念，沿途必有美景可寻。

奔跑助人优秀，自律使人自由

繁忙的学术生活之中，吴方建最大的乐趣就是马拉松。到现在为止，他已参加包括武汉马拉松、西安国际马拉松等在内 13 场次的半程马拉松。吴方建说："我正在加紧训练，争取完成一次全马，当作给自己的毕业礼物。"

一开始，吴方建也只是把跑步当作锻炼方式的一种，但随着跑步的常态化，他直言跑步给了他“二次生命”，而他也不愿意继续停留在“萌新”的状态，而是将跑步定位成一项“事业”，纳入自己的生活方式当中。从第一次“入坑”，到晋级成为半马“老马”，他已将目光盯在了全马上。“我已经能比较舒适地跑完半马了，半马的体验相对而言已经比较丰富和熟悉了，这时候全马就像挥之不去的‘弹幕’一样横在我脑海里，让我跃跃欲试。如果不尝试，索然无味啊！”为了能让自己顺利跑过终点线，必须要有常态化的训练，于是吴方建也半被动半主动地践行起了早睡早起的规律作息。

“优秀是一种习惯，自律给人自由。”这是管理学院一位博士学姐对吴方建的评价。她感叹吴方建的跑步几乎没有断过：“无论冬夏，在天气不好的时候他会调整时间，但是不会停，这真的很难坚持。”

现在的吴方建对自己已然有了更高的学术目标，业余时间也变得更加珍贵。他很喜欢看《海贼王》，最喜欢的电影是《教父》系列，闲暇时间和老友约次半马或一局游戏也是生活乐趣的重要来源，不过为了不让爱好影响学术，还是要严格约束自己，选择时间成本小的休闲方式。

采访最后，吴方建和记者分享了自己最喜欢的一本书——傅高义老师所著的《邓小平时代》。他说：“我通过读名人传记，知道其实他们的一生也有很多维度，很多起伏。他们经历过很多磨难，但是又从磨难中走出来，从一生的跨度来看，很多事情都是暂时的，困难也是，再回首，也不过如此。人的潜力是巨大的，没有人生下来就该被定义，在可以奔跑的岁月里还是选择尽可能地奔跑。”

（原载于山东大学新闻网 2020 年 8 月 7 日；文：王天歌、刀彦月，图：受访者提供）

李兰：桥牌如虹，飘然兰香

李兰，中共党员，体育学院 2017 级硕士研究生，师从张瑞林教授。在读期间曾多次代表山东大学、山东省参加全国桥牌比赛。三次荣获全国大学生桥牌锦标赛冠军，两次入选中国青年桥牌队参加世界桥牌锦标赛，并获得 2018 年世界大学生桥牌锦标赛第四名。在学期间获 2018 年研究生国家奖学金、山东大学 2018 年度校长奖学金等荣誉。

桥牌是一种高雅、文明且竞技性很强的智力型运动，其蕴含的内容博大精深，通过技巧和合作决定胜负，极富趣味性。这小小的桥牌对于李兰而言，既是兴趣爱好，也是奋斗目标。七年间，从兴趣到坚持再到信仰，李兰书写了自己的桥牌精彩，也见证了山大桥牌的成长与壮大。

初遇：让坚持变成了一种习惯

“与桥牌的相遇着实是一个偶然。”李兰坦言，上大学之前从来没有接触过桥牌。第一次了解桥牌,是在新生入学的宣讲会上。因为很感兴趣,她去了老师推荐的桥牌课,并在桥牌课上找到了自己想要追求的忙碌和充实,逐渐地爱上了这项活动。就这样,李兰开始了桥牌的系统学习,并于同年10月24日正式加入了山大桥牌队。

刚刚接触桥牌的那段时间,陌生的领域带给李兰的体验并不理想,“桥牌的规则复杂,对于新手而言难度较大,再加上学习周期长,让队里的很多人都半途而废。”据了解,和李兰一起选修桥牌课的学生数量从开始的五十多人到最后只剩下五人。“我不服输,不放弃!”李兰一直坚信,努力和收获是对等的,在她的字典里没有“放弃”这两个字。每周二、周四的晚上和周六下午都是桥牌训练的时间,她要从兴隆山校区坐校车前往千佛山校区,这几年来风雨无阻,让坚持变成了一种习惯。

桥牌的学习讲究循序渐进、按部就班、前后贯通,因此每节课都缺一不可。李兰不断地汲取桥牌知识,并反复地练习技巧。除了桥牌队规定的课程和训练之外,她自己还购买了许多桥牌书,然后钻研里面的逻辑,在投入大量时间和精力去学习的同时,她也越来越感受到桥牌的独特魅力。

“纸上得来终觉浅,绝知此事要躬行。”李兰认为学习桥牌最关键的两点就是努力和实践,“无论是从书上学到的知识,还是老师讲的知识,能不能做到才是最重要的。”山大桥牌队提倡以赛代练、以练促学,每次队里举办比赛,都能从中看到李兰的身影。她既享受比赛的过程,也在坚持不懈的训练中逐渐提升水平。

功夫不负有心人,一直以来的坚持终于有了回报。2014年举办的山东省青年桥牌锦标赛中,李兰收获了人生中的第一个桥牌冠军。她愈战愈勇,捷报频传。接下来,她又相继获得了“晋冀鲁豫”高校桥牌邀请赛和全国大学生桥牌锦标赛冠军,并在2015年全国大学生桥牌锦标赛中卫冕,李兰也成为自全国大学生桥牌锦标赛举办以来首位成功卫冕的选手。捧起奖杯的那一刻,李兰的内心无比激动,这份沉甸甸的荣誉不仅是对自己所付出努力的回报,也是对她执着于梦想敢于拼搏的肯定。

随着在国内赛事的不断积累与成长,李兰将目光投向了更高级别的赛事,她在全国大学生桥牌锦标赛夺冠的同时,也获得了世界大学生桥牌锦标赛的入场券。

世界大学生桥牌锦标赛是全世界水平最高、参赛规模较大的桥牌赛事之一,每两年举办一次。在2016年和2018年,李兰两次代表中国大学生参加了世界大学生桥牌锦标赛,并获得2018年世界大学生桥牌锦标赛第四名的好成绩。中国大学生体育协会桥牌分会也发来贺电,希望山东大学的桥牌运动员们能够戒骄戒躁、再接再厉,代表国家取得更优异的成绩。

通过桥牌,李兰走出了国门,走上了世界级的舞台,这是她始料未及的。能够代表国家出战,这是每一个竞技选手的梦想。李兰深感自己肩负的责任和压力,也更加激励着她不断进取,勇往直前。"身穿带有五星红旗的运动服,看到开幕式上国旗摇曳的那一刻,使我更加深刻体会到祖国在我心中沉甸甸的分量。"李兰激动地说,这是一路走来最难忘的时刻。

出于对桥牌运动的热爱,李兰投入了大量时间,但是她并不后悔:"十八般武艺不必样样精通,只要有一项拿得出手的技能就很了不起了。"在她看来,桥牌能够锻炼思维能力、增强记忆力、提高专注力,真正成了自己可以一生受益的技能。

同行:团队如"桥"感恩相随

"每个人的成长都与周围的环境和人息息相关。"桥牌中的"桥"字寓意着打好桥牌必须依赖搭档之间密切合作,齐心协力,才能实现共赢的目标。李兰的搭档同时也是自己的室友,两人每天一起学习,一起训练,一起生活,培养了极高的默契。每逢比赛,两人便会组成一对搭档,在桥牌赛场上相互配合,朝着胜利的目标前进。

在取得优异成绩的同时,李兰很感谢母校和学院对自己的培养和支持。她说,是学校、学院对桥牌运动的支持为她打开了一扇新的大门,也成为她坚持下来的动力之一,她十分感激王晓晨教练对自己的耐心指导和悉心关怀。本科毕业后,因为舍不得这份热爱,所以李兰选择留在山大读研,继续见证山大桥牌的发展和进步。

山大给李兰留下的,不只是受益终生的技能,更是难以忘却的回忆。在这里,她遇到了一群志同道合的小伙伴,无论是学习桥牌、撰写论文还是日常生活里的琐事,都离不开同学、朋友还有师哥师姐的帮助和支持。李兰表示,他们一直以来都是自己学习的榜样,从他们身上可以学到很多经验和方法。前辈们的无私指导和帮助也让李兰在桥牌运动和学术研究方面找到了支点,读研期间也掌握了学术研究的方法。

同一份热爱,同一份兴趣,李兰与桥牌队的小伙伴共同战斗,他们用默契的配合、高超的技艺和不懈的努力为山大桥牌捧回了一个又一个的奖杯,展示了山大桥牌的实力。

坚持:"努力的时候最好看"

在山大学习生活的七年时光悄然度过,李兰也迎来了毕业季。回望过去的岁月，李兰有些感慨："那时候等校车去练习桥牌、打桥牌比赛、和师门的小伙伴熬夜处理数据、准备公务员考试等等，这些都是我大学阶段难忘的记忆。"每一次努力，就播种下了一颗亟待收获的种子，在李兰看来，那些为梦想努力过的时间，就是最值得留恋的过去。正如李兰所说："一个人努力时的样子是最好看的。"

除了坚持桥牌训练之外，李兰还多次参与省级以上课题，取得了优异的成绩。她将此归因于高度集中的注意力和专心的态度。她经常会和课题组的同学讨论问题到深夜，做最充分的准备，提前完成老师交给的任务，无论做什么事情都会心无旁骛地去完成。

当被问到如何平衡桥牌和学习时间时，李兰觉得这两者之间并不冲突，反而是相辅相成、相得益彰的关系。"每当进入桥牌的世界，我就会完全静下心来思考，这样不仅摆脱了烦躁的心情，也转换了思维模式，提高了自己的学习效率。"可以说，桥牌在李兰的学习和生活中都扮演着重要的角色。在桥牌的训练过程中，她逐渐懂得了如何高效率、高质量地去学习。

李兰是个不喜欢拖延的人，在她看来时间就跟机会一样，一不留神它就会在手中溜走。因此，她养成了有目标、有计划地去做每件事情的习惯。比如她会把一个任务分解成一个一个小的目标，并将其列在电脑桌面上时刻提醒自己，自己还设计了每周的工作计划表，将每周的任务和每天的安排都详细地列出来。这样一来，李兰的每一天都变得十分充实，也让自己的学习变得更有效率。李兰说，她十分享受这种每天都学有所得的成就感。

闲暇之余，李兰很喜欢旅游，她常说："世界很大，要多去看看。"去过很多城市，走过很多地方，让李兰也收获了很多。每个地方不同的景色都能带给她不同的感受，使她能够在紧张的学习生活中放松身心，开阔眼界，同时也给予了她继续努力学习、坚持比赛的动力和热度。

"幸福都是奋斗出来的。"这是李兰最想送给学弟学妹们的一句话。她始终坚信，想得多不如做得多，当感到迷茫的时候，慢慢往前走才能找到前方的路，原地踏步是没有用的。

一路走来风雨兼程，终于取得累累硕果。李兰在山大的七年时光与桥牌结下了不解之缘，带给山大桥牌运动一个又一个的惊喜，李兰对桥牌的热爱和坚持也给予她丰厚的回馈，为自己创造了充满挑战和机遇的无限空间。

（原载于山东大学新闻网 2020 年 8 月 10 日；文：杨璇、杨小雪，图：受访者提供）

郗淑萌：潜心磨砺，如晶体折射光芒

郗淑萌，晶体材料研究所2017级材料学专业博士研究生，师从张怀金教授和于浩海教授，致力于拓扑半金属晶体的线性及非线性光学性能研究。目前以第一作者发表学术论文3篇，其中在*Advanced Materials*发表论文2篇，已授权发明专利一项，累计影响因子54.894。曾获得山东大学校长奖学金、山东大学研究生国家奖学金、山东省优秀学生、山东大学优秀研究生标兵、山东大学研究生优秀学术成果二等奖等荣誉。

高科技领域是各国都极其重视的高地。拓扑半金属拥有奇异的磁输运性质和极高的载流子迁移率，可以用作没有能量耗散的理想导线，具有巨大的潜在应用价值，是可能改变世界材料领域格局的“新星”。对拓扑半金属的研究就像一场世界性的竞速赛跑，跑得快、跑得稳，则掌握前沿科技的发言权。晶体材料研究所博士研究生郗淑萌就是在此赛道上奋力奔驰的一员。

在非线性的发展中不低头

初涉拓扑半金属晶体这一领域时，郗淑萌虽然对这个研究方向十分感兴趣，但因为内容与本科时所学的知识相差较大，从拿到入场券到真正入门的这条路走得并不容易。一路走来，郗淑萌自认为不是一位天赋型选手，做研究靠的是一股不低头的劲儿。

刚进入研究生活的郗淑萌，需要快速学会操作全然陌生的仪器设备，通晓当时让她一头雾水的物理专业词汇，并阅读大量晦涩的英文文献……面对重重挑战，郗淑萌的应战策略便是勤奋。她给自己制定计划和时间表以保持专注，每天早晨都会根据情况规划自己的任务，并且估算出每个任务的时间节点。郗淑萌阅读文献有自己的一套习惯，她认为文献不能读一次就过，而是需要多次阅读，记录重点和问题，后期带着问题再一遍又一遍地阅读。读多了，对文献越来越熟悉，不同文献之间就建起了桥梁，能更清晰地看出联系，好的观点和感悟也由此而生。

当对专业有了进一步了解后，郗淑萌就开始着手准备论文。论文的发表是对研究者的极大认可，但郗淑萌坦言，得到这些认可的路程却十分曲折。周围的同学在攻读博士生的早期就已经发表了文章，而郗淑萌的文章却迟迟没有得到机会发表，和同学的对比以及论文上的困难让她觉得焦虑。习惯不低头的她，经历了一段低落的时期。而导师于浩海告诉她："事物是非线性发展的，人也是如此。"在郗淑萌迷茫的时候，张怀金和于浩海两位教授逐字逐句地为她分析论文，提出详细的修改建议。在导师的指导下，郗淑萌重新理清了文章的思路，查阅了众多文献资料，在每一次回答审稿意见的过程中又加深了自己的理解，并找到了更佳的表达方式。经过几十甚至上百个修改版本后，论文最终得到了发表。回想起等待论文发表的时光，郗淑萌觉得，不断修改论文的过程也是收获的过程，每个意见都让她受益匪浅。

随着时间的推进，人的发展并非是稳定的、可预期的，郗淑萌认为，研究者要做的是"不要着急，慢慢来，把事情做细做实；一定要相信好事多磨，努力不会白费的"。

建好论文骨架，讲好科研"故事"

论文写作和操作实验是科研工作者的生活日常。谈及论文与实验，郗淑萌认为，两者是相辅相成的。

"实验是论文的核心，巧妙的实验设计和好的实验结果是支撑一篇论文的骨架。"郗淑萌对待实验总是习惯较真，而这个习惯的养成，源于一次不成功的实验经历。在她读研究生一年级时,有一次光学实验接二连三遭遇失败,后来发现问题的原因是光路与仪器导轨并未达到一个绝对的水平。这个一开始忽略的细节导致了与满意结果一次次失之交臂,这次实验让郗淑萌深刻认识到,科研实验的关键就在于细节,每个细节都做好了,才能期待有精确的结果。除了实验细节之外,科研中遇到瓶颈也是兵家常事,作为研究者需要克服内心的不良情绪,与前辈们讨论,积极主动地思考问题,并大胆尝试能想到的各种角度和方法,在不断的试验中往往能获得绝佳的想法。

郗淑萌记得,自己得到令人满意的实验结果后,在写作第一篇论文时却因为写作经验不足,在文章的逻辑思路、插图绘制和表达等多方面都出现了错误,直接影响了成果的呈现。之后郗淑萌通过长时间的练习和总结,形成了自己的写作心得。

"好的论文,不仅要有好的实验结果,还要构思好科研'故事',使论文更具有吸引力。"郗淑萌认为,一篇能够吸引读者阅读的论文,首先需要"知己"。郗淑萌在进行论文写作时,会先认清自己这项工作最大的亮点,以亮点为中心展开写作,通过叙述研究的背景和现有研究所面临的难题,逐步告诉读者自己是如何破除困境的、通过实验和研究总结出了什么结论,最后向读者介绍本项研究的应用潜力以及对未来的展望。这样读来结构清晰、一气呵成的论文,更能引人入胜,让读者有更多的启发和思考。

一篇出色的论文,还需要"律己"。科学是严谨的,作为科学工作者,郗淑萌要求自己的态度严谨认真,工作细致,叙述客观真实,避免犯错。细节影响着文章的质量,更体现了作为科研工作者的科研态度。郗淑萌的导师常常告诫学生们:"虽然能力有高低,但是对待科研的态度一定要端正。"郗淑萌牢记于心,她始终将科研精神贯穿于实验和论文写作中,从未敢忘记自己身为科研工作者的责任和应有的态度。

从兴趣的土壤中培养热爱

2015 年,拓扑半金属里的外尔半金属首次被实验证实;在 2014 年,郗淑萌来到山东大学参加夏令营。在山大晶体材料研究所第一次看见晶体时,她就对这些形状各异、晶莹剔透的晶体产生了极大的兴趣。怀着对前沿科学的好奇心,以及对张怀金、于浩海两位教授的崇敬,郗淑萌毫不犹豫地在保研时选择了山东大学晶体材料研究所。

在山大的生活,是郗淑萌不舍又难忘的回忆。细数来时路,郗淑萌说,导师张怀金教授和于浩海教授的治学精神和一丝不苟的态度深刻影响着她,她今天所取得的成绩都离不开两位恩师的指导和关怀。与她朝夕相处的课题组师兄师姐与同学们无私地为她答疑解惑,师弟师妹在她受挫时鼓励她,这样的氛围让郗淑萌感到课题组便是自己的另一个家。

相较于最初的兴趣,经过几年的研究,郗淑萌对这个方向有了更深入的了解。对拓扑半金属的研究已经演变为她的一种思维方式和一种习惯,她从兴趣的土壤中培养出了对晶体研究的热爱。在山大的科研生活中,让她感受最深的就是要有坚持的勇气和毅力,科研必定要经历枯燥乏味的路径,体验屡战屡败的挫败感,但咬牙经过冗长的山路,屡败屡战,便能柳暗花明又一村,遇见新的想法。山大教给她的解决问题的思维方式以及锻炼的强大内心,都是郗淑萌一生的财富。

"博观而约取,厚积而薄发。"这是郗淑萌的座右铭。钻研得越深,她越发觉,无论是文献、实验还是论文都是深奥的学问。"同样的东西,一百个人的研究可能会有一千种思路",科研的迷人之处便在于在思想交锋中推动科学的发展。郗淑萌坚定地决定继续从事科研工作,她希望自己即使到了耄耋之年,也仍然保持年轻的心态坚持学习,在丰富的科研世界中探寻更多的可能性。

(原载于山东大学新闻网 2020 年 8 月 12 日;文:黄绎中,图:受访者提供)

马文啸：征服每座高峰 点亮每片星空

马文啸，外国语学院2016级英语与国际政治双学位专业本科生，已保送至山东大学国别与区域学专业攻读硕士研究生。中共党员，历任校学生会部长、院学生会主席、院团委副书记、辅导员助理等职，现任山东大学学生就业创业中心行政助理、山东大学全球治理与国际组织发展协会主席。曾获国家奖学金、山东大学校长奖学金、山东大学优秀学生奖等7项奖学金类荣誉，获联合国青年领袖精英班优秀学员、全国高校联合国知识竞赛特等奖、山东省优秀学生干部、山东省社会实践先进个人、山东省青年志愿服务先进个人、山东省大学生"青春贡献奖"、山东大学"榜样的力量"学生年度人物、山东大学十佳共青团员、山东大学优秀团干部、山东大学外国语学院优秀党员等荣誉表彰，共计获荣誉表彰64项，含国际级2项、国家级10项、省级7项、校级29项、院级16项。

经过几个月的申报、答辩、推选、审核工作，2020年度宝钢教育奖评选结果于近日揭晓，山东大学外语学院本科生马文啸同学在评选中脱颖而出，获得宝钢优秀学生特等奖。全国仅 25 人获此奖项,其中本科生 15 人。

初冬的洪家楼校区静谧淡雅,雨水刚过,湿润的地面铺满金黄的落叶,楼房隐藏于交错的树枝中。阳光透过玻璃,细碎地洒落在外国语学院一间教室里,映照着马文啸温和的面容,他正讲述着近五年大学生涯的付出与收获,讲述着在山大的努力和成长。

创新之路 厚积薄发

宝钢优秀学生特等奖是马文啸获得的第十项国家级荣誉,在全国范围内评比,与一流院校多位优秀学生同台竞争,其获得难度可想而知,马文啸也一度面临着不自信和不确定的压力。当结果尘埃落定时,他非常高兴和自豪,“这个奖项不单单肯定了我个人,更是肯定了咱们山东大学本科生的培养体系和质量,这并不只是我个人的奖项,更是为山东大学争得荣誉。”

宝钢教育奖作为在全国最具有知名度的奖项之一,看重申报学生的学习能力、创新能力、动手能力、灵活运用知识能力、口头与书面语言表达能力,在关注学生全面发展的同时,最看重的能力就是创新。与理工医学科相比,人文社科的学生要做出令评选单位认可的创新成果难度较大,从获奖学生的专业情况可以窥见一二:本次全国 25 位优秀学生特等奖获得者中,本科生中只有马文啸一人是文科类专业;山东大学前两年的获奖者中,一位来自电气学院,一位来自基础医学院。由于学科性质等原因,人文学科的学习是一个厚积薄发的过程,本科阶段是需要积累和沉淀的,想要实现创新相对比较困难。

“而且就外语类专业来说,更多地倾向于掌握、运用一门语言,创新对我来说也比较困难,我的创新之路也才刚刚开始。”尽管如此,马文啸一直为创新不断努力着,最终能够在与众多理工医学科候选人的竞争中脱颖而出。他把创新分成两个方面,一个是突破式创新,一个是从无到有式创新,“我更多做得是前者,在现有基础上取得一些小的突破。”在今年新冠肺炎疫情的大背景下,结合热点时事,马文啸主持了一项题为“基于评价理论的中美主流报刊对美联邦政府新冠肺炎疫情期间行动评价的比较研究——以《中国日报》与《纽约时报》为例”的文学类国家级大学生科创基金项目(全校仅立项 2 项),以期从语言学的视角探究国际关系,从学术层面提升自己发现问题、解决问题的能力,“虽然功能语言学中评价理论早已有之,但是将它很好地运用到最新的现实需要,就可以称之为创新。”此外,从无到有式创新领域也有着马文啸探索的身影。为对接疫情期间翻译需求,马文啸组织外院优秀学子创立“公译战疫”平台,8 个语种、350 余人的力量汇集在一起,小到学校疫情填报小程序的英文版、大到为各地抗疫志愿提供外语翻译服务,都是马文啸及其团队勇于创新的体现。

不留遗憾 逆风翻盘

“我想要什么样的大学生活?”相信这是每一个憧憬未来的同学都会思考的问题,初入山大的马文啸也不例外。但是接受了多年中学应试教育的他,初入氛围自由轻松的大学,一度没有明确的目标,显得有些不知所措。提到这段迷茫的时间,马文啸脸上有一丝无奈,“当时真的不适应自学,以至于我的学习成绩位于班级中后游”。

在大一接近尾声的某个夜晚,马文啸躺在自己的床上辗转反侧,这一年学习工作生活的画面缓缓地在脑海中铺展开来,他不禁重新思考起这个问题,“我究竟想要什么样的大学生活?”

马文啸的目光随着话语变得坚定起来,“当时我想,我希望我拥有一个丰富多彩的大学时光,将来回忆起时不要留下遗憾”。在拥有了源动力之后,他开始突破自己的舒适圈,在思想引领、学术科研、社会工作、社会实践、志愿服务、创新创业、海外经历、专业竞赛、文体活动等领域漫漫求索。

马文啸想要尝试的方面非常广泛,时间就成为他最珍贵的东西。他给自己制定了“八十六”的作息计划,早上八点开始学习工作、晚上十点完成既定任务、一周六天忙碌只留一天休息。为了保证高效地利用时间,这样自律的日子他一坚持就是近四年。虽然刚迈出改变的第一步非常困难,但是为了收获充实而有意义的大学时光,他乐此不疲。无论时间怎么拆分,人的精力总是有限的,马文啸深谙这一道理,因此有着明确的长短期目标和计划,“我没办法在所有领域平均用力,只能在某个时间段重点攻克,2018 年的重心是社会实践,2019 年倾向于海外经历,2020 年则是志愿服务,专业学习和学生工作则放在平时”。

作为学生,学习科研一直是他的重中之重。“不管多么忙碌,我每天都会抽出至少一个小时做听说读写译的外语技能训练与国际政治专业书籍的阅读。”说到这里,他微微一笑,脸上流露出自豪的神采,“我特别知足,我的学习成绩是一个动态上升的过程。”寒来暑往,他曾迎着晨曦在树林中朗读背诵,也曾披着星光走在路上苦练听力,马文啸对专业课的用功,踏实地体现在越来越多课程的满绩上,体现在专业课比重最高的大四学年成为专业第一上,也体现在他主持、参与 5 项科研课题给自己带来的学术科研能力提升上。

这个过程给予了马文啸极大的自信和鼓舞,使他能够继续在英语和国际政治专业中深耕,并追寻着更大的国际舞台。2019 年,马文啸带领山大团队参加联合国青年领袖精英班(Global Youth Leadership Academy, GYLA),这是他印象最深刻的一次出行,为期三周的参访并不算长,但是作为队长,大事小事都需要他去对接、协调,比如准备赠送给联合国官员的山大文创产品、行程安排和出行攻略等,“虽然很忙很累,但是收获颇丰。”他在参访联合国欧洲总部、国际劳工组织、世界卫生组织总部期间,学习了先进课程,开阔了国际视野,获得优秀学员表彰,展现了山大学子良好的精神风貌;山大团队也成功邀请联合国官员回访学校,推动学校成为“联合国青年精英人才教育与交流联盟理事单位”。此后,马文啸一直深耕在国际组织人才培养与推送工作战线,担任山东大学全球治理与国际组织发展协会主席,以期实现个人理想,助推学校事业,服务国家战略。

虽沉稳内敛,仍一腔热血

马文啸的身上有着很多职务的标签:校学生会部长、院学生会主席、学院团委副书记等等,因此他往往同时兼顾多项工作,而且常常会出现突发情况,打乱原有的节奏和安排。“这就锻炼了我利用时间、随机应变和组织协调的能力。”

刚刚接手学生工作时,马文啸评价自己是一个“天真单纯的理想主义者”,遇到事情喜欢不计条件、不计后果地向前冲,但是在工作的开展中,他慢慢领悟到,还是要讲方法、讲节奏、讲规则。与学习时面对书本上冷冰冰的知识不同,学生工作需要与人打交道,之前作为外语学院辩论队的一员,他乐于和人交流,乐于与别人碰撞观点,这是马文啸的工作优势所在。同时也是在与大家的交流中,他发现作为辩手的思维逻辑并不能完全生搬硬套到工作中,“辩论式的交流倾向于用自己的观点去说服别人,然而工作中的交流是分享理解每个人的观点,达成一个有利于大家的共识”。于是他积极转换工作思路,在不断自省中变得更加沉稳务实。

处事风格内敛,但是马文啸敢想敢做的性格底色却未改变,对于正确有意义的事情他始终保留着一腔热血。突如其来的新冠肺炎疫情让许多人被困在家中,马文啸起初也遵照疫情防控的相关要求主动减少外出。但随着越来越多医务工作者逆行出征、党员同志冲锋在前的新闻被报道,马文啸开始对自己被动在家的状态感到焦急,“比起被别人保护,我更希望自己去帮助和保护别人”。二月初,在说服了父母后,他参与到了社区和乡村的防疫志愿服务中,他时而站在冷风中,对往来人口进行测温登记;时而化身快递员和外卖员,送达居民购买的物资与食品;时而跟随专职人员,挨家挨户上门排查提问……马文啸及其同事红色的志愿服在萧瑟的冬日显得格外亮眼,代表着战胜疫情、全民一心的希望和力量。二月十四号情人节那天,马文啸记忆犹新,“我们当时收到了居民赠送的鲜花和感谢信,虽然天气寒冷,但是心里真的特别温暖”。

此外,结合专业特长和疫情现实需求,马文啸组织发起的山东大学“公译战疫”平台应运而生,马文啸坦言这个过程中遇到了很多困难,但是最令他欣喜的是，这个平台得到了很多本硕博同学、专业老师和校内外各单位的热烈响应，“我发布了通知之后，一个小时左右就有接近两百个人加入。”正如马文啸对自己名字的定义和期望：“‘文’虽然是辈分所赋予，但我更喜欢用‘文质彬彬，然后君子’来解释它；‘啸’有着呼喊召集的意思，作为新时代的青年，就要勇于发声，然后感染带动身边志同道合的更多人，从小环境到大环境，推动世界的改变。”

关于公译平台的翻译成果，马文啸如数家珍，“《（中外八语版）居家隔离医学观察告知书》、医疗用品说明书翻译、国际援助物资相关翻译、翻译张文宏教授新书样章 20 页……”这都是外语学子发挥专业特长抗击疫情的生动诠释。疫情逐渐平稳后，马文啸积极寻求平台转型，以期平台能够逐渐做成外语志愿品牌。

作为同班同学和“公译战疫”平台中的一员，2016 级英语与国际政治双学位班李英健给予了马文啸很高的评价：“我认为文啸是一位谦逊好学、永远耕耘在自己热爱的领域中的前行者，也是一位心怀家国且脚踏实地的实践者。”

单纯质朴的热爱

无论是在北京参加全国高校联合国知识竞赛，还是在杭州参与“全球治理周”活动，或是在联合国机构的国际课堂，如果认真观察会发现，马文啸的胸前，总是别着一枚红色的山大校徽，它陪伴着马文啸出席一个个重要的场合，是他从容不迫的底气，亦是不断前进的动力。

“我对山东大学有着一份单纯质朴的热爱，她包容我试错，她注视我成长，她帮助我进步。无论我以后走到哪里，看到山大校徽，就会为我是山大人而自豪。同时，佩戴校徽让我自信，特别是比赛时让我觉得我不是孤军奋战，我的身后是山大。”

今年是马文啸学业上最为关键的一年，在升学和就业的分岔口，他选择了留在山东大学继续深造。之前山东大学带给了马文啸许多的成长和收获，如今，他正在思考，在未来的日子为山东大学的发展贡献或许微薄然而坚定的力量，“山大给予了我太多，今后我想回报山大更多”。

（原载于山东大学新闻网 2020 年 11 月 27 日；文：宋烨，图：秦深）